GUANGXI DUOMINZU WENXUE JINGDIAN

广西多民族文学经典

（1958—2018）

散文卷（上）

总　主　编 ◎ 黄伟林　刘铁群

本卷主编 ◎ 刘铁群　黄伟林

GUANGXI NORMAL UNIVERSITY PRESS

广西师范大学出版社

·桂林·

图书在版编目（CIP）数据

广西多民族文学经典：1958—2018. 散文卷：全 2 册 ／
黄伟林，刘铁群总主编；刘铁群，黄伟林分卷主编. —桂林：
广西师范大学出版社，2018.11
　ISBN 978-7-5598-1220-9

　Ⅰ．①广… Ⅱ．①黄… ②刘… Ⅲ．①中国文学－当代文
学－作品综合集－广西②散文集－中国－当代 Ⅳ．①I218.67

中国版本图书馆 CIP 数据核字（2018）第 227160 号

广西师范大学出版社出版发行

（广西桂林市五里店路 9 号　邮政编码：541004）
　网址：http://www.bbtpress.com
出版人：张艺兵
全国新华书店经销
广西民族印刷包装集团有限公司印刷
（南宁市高新区高新三路 1 号　邮政编码：530007）
开本：720 mm × 1 010 mm　1/16
印张：56.25　　　字数：818 千字
2018 年 11 月第 1 版　　 2018 年 11 月第 1 次印刷
定价：298. 00 元（上、下册）
如发现印装质量问题，影响阅读，请与出版社发行部门联系调换。

广西多民族文学经典（1958—2018）
编委会

编委会主任

张艺兵

编委会成员（按姓氏音序排列）

高　蔚　黄伟林　李北京　李　逊　李咏梅　刘铁群

罗财勇　谭　彦　温存超　曾　攀　张俊显

编选成员（按姓氏音序排列）

陈珊珊　陈　霞　丁　慧　杜子壮　冯爱琴　冯依晴　何维义　黄伟林　黄　怡

贾雅楠　李北京　李　逊　李咏梅　梁译芳　廖雪霞　刘铁群　罗盈盈　莫楚仪

谭凯匀　谭　彦　汪怡贝　王　丹　王　希　王　燕　王云杉　温存超　吴晓涵

杨　婧　杨斯淇　曾　攀　张冬英　周丽华　周清清

总策划：黄伟林　张俊显

总主编：黄伟林　刘铁群

诗歌卷主编：刘铁群　黄伟林

散文卷主编：刘铁群　黄伟林

短篇小说卷主编：黄伟林　曾　攀

中篇小说卷主编：黄伟林　曾　攀

长篇小说卷主编：黄伟林　温存超

戏剧卷主编：李咏梅　黄伟林

史料卷主编：黄伟林　李咏梅

总　序

　　一个有文学大师的国家或地区是值得自豪的。比如丹麦，虽为北欧小国，但因为有安徒生而得到全世界的尊敬。比如四川，地处偏远，但因为有李白、苏轼而足可傲视华夏。在当代广西，因为拥有梁羽生、白先勇、林白、东西等著名作家，让这个拥有喀斯特地貌的多民族地区，平添了文化的底气。

　　翻开中国文学史，从《诗经》到《楚辞》，从先秦诸子到两汉骈赋，从唐诗宋词到明清小说，在群星璀璨的文学天空，都找不到广西的名家，读不到广西的名作。这种局面，直至新中国成立之后才有所改观。《百鸟衣》一瞥惊艳，《刘三姐》一鸣惊人。当时光的脚步迈进1990年代，《南方文坛》华丽转身，"广西三剑客"横空出世，文学桂军边缘崛起。文学桂军的崛起，体现了广西的文化自觉和转型发展。

　　这种文化自觉和转型发展，对广西形象的改变是显而易见的。如今，人们读到这套广西多民族文学大系，除了想到如诗如画的山水风光，还会想到"百鸟衣"，想到"刘三姐"，想到"美丽的南方"。

　　中国作家协会副主席、著名评论家李敬泽说："对于我来说，提起广西就会想起它的文学，在我心中的中国文学的地图上，广西远不像它的地理位置那么偏远，它正处在中国文学创造的中心地带。"①

这是文学造就的广西。

认识一个国家和地区最好的媒介是什么？

是文学。

我们因为莎士比亚的戏剧而认识英国，我们因为巴尔扎克、雨果、福楼拜的小说而认识法国，我们因为普希金、莱蒙托夫、叶赛宁的诗歌而认识俄罗斯，我们因为爱默生、梭罗的散文而认识美国。

那么，认识广西最好的媒介是什么呢？

当然还是文学。

阅读《百鸟衣》，我们才知道广西的大地是如此绚丽。

阅读《刘三姐》，我们才知道广西的歌声是如此动听。

阅读《台北人》，我们才知道广西人的乡愁如此深邃。

阅读《桂系演义》，我们才知道广西人曾经如此纵横捭阖、深谋远虑。

阅读《一个人的战争》，我们才知道广西人能够如此孤绝率性、平地拔起、卓然独立。

通过文学，我们可以了解广西的历史，认识广西的现实，感知广西人的性格，体会广西人的心灵世界。

为了展示广西壮族自治区成立60周年的文学成就，为了呈现广西文学经典化的历程，为了让广大读者获得一个最好的认识广西、审美广西的途径，广西师范大学文学院中国现当代文学学科的师生，凭数十年广西文学阅读之积累，积数十年广西文学研究之心得，多方搜寻，爬梳剔抉，编选了七大卷十二册数百万字的《广西多民族文学经典（1958—2018）》。

当代广西文学是当代广西历史沧桑的记录，是当代广西人物形象的写真，是当代广西心灵世界的透视，是当代广西人文形象的重塑，是广西未来愿景的预见

---

① 李敬泽：《广西：创造力的来源》，《文学报》2006 年 6 月 15 日。

和想象。美国诗人惠特曼说："指出最美好的，并把它同最坏的东西区别开来，是一世代带给另一世代的烦恼……"《广西多民族文学经典（1958—2018）》就是将那些最好的、最具代表性的广西当代文学作品从汗牛充栋的期刊、报纸、图书中精选出来，附之以该作者的相关信息和创作评论、该作品的相关信息和经典解读，使之铭文于眼前，铭记于内心，铭刻于历史。它是广西壮族自治区60年的文学见证，是对广西文学精英的致敬，并将成为广西更多文学名家、文学名著的催生剂。

黄伟林

2018 年 9 月 28 日

总导言

广西多民族文学 60 年（1958—2018）

序言：开门见山

广西是一个多山地区：东有六万大山，北有九万大山，南有十万大山，西为云贵高原。对于广西人而言，开门见山，不是说话作文的修辞技巧，而是日常生活的司空见惯。不过，这里所说的山，不是自然之山，而是修辞之山，说的是广西文学那些越过了广西疆域，屹立于中国文坛的山峰、高峰。

尽管我们对广西当代文学的研究已经持续了 30 多年，但是，当我们在编选广西壮族自治区 60 年文学经典的时候，仍然不断有发现的惊喜。在这里，我们不妨开门见山，首先呈现一份广西文学的中国之最，让读者看看广西文学 60 年高原上的高峰，共同见证广西文学 60 年的历程：

中国港台新派武侠小说的创始人梁羽生（1952）；

创办台湾《现代文学》，引领台湾现代主义文学潮流的白先勇（1960）；

继《白毛女》之后中国新歌剧发展历史上的第二个里程碑彩调剧《刘三姐》（1960）；

新中国第一部也是最优秀的音乐风光艺术片电影《刘三姐》(1962)；

引起中越两国领导人高度重视的话剧莎色的《南方来信》(1965)；

第一个在大陆刊物发表的当代台湾小说白先勇的《永远的尹雪艳》(1979)；

大陆第一部探索话剧谢民的《我为什么死了》(1979)；

中国第五代导演诞生地广西电影制片厂 (1983)；

中国文坛第一篇寻根宣言：梅帅元、杨克的《百越境界——花山文化与我们的创作》(1985)；

新中国第一部反映国民党正面战场抗日的影片《血战台儿庄》(1986)；

中国女性文学代表作家林白 (1989)；

中国今日批评家成长的摇篮《南方文坛》(1996)；

边缘崛起的"文学桂军"(1996)；

中国文坛的常青文学品牌"广西三剑客"(1997)；

中国第一个大型山水实景演出《印象·刘三姐》(2003)；

传承抗战文化城精神血脉的大学文化品牌"新西南剧展"(2014)；

中国文坛的新品牌"广西后三剑客"(2015)。

中国文章之道讲究起承转合，开门见山之后，不妨从头说起，看看广西文学60 年的沧桑历程。

1950 年代：多民族元素凸显

回望 1950 年代的广西文学，我们可以发现它主要来自三个文学传统。

第一个是秦似、梁羽生、白先勇（回族）所代表的桂林文化城文学传统。作为在抗战桂林文化城成名的作家，秦似的文学声誉与抗战桂林文化城联系在一起。如今人们更倾向将秦似定位于一个杂文作家，殊不知，1950 年代的秦似，更多的热情投入到戏剧改编和小说创作。他改编的桂剧《西厢记》《秋江》由广西桂剧团演出，盛况空前；他创作的小说《太白山下》则是在巴金主编的《收获》杂志刊登，这或许是广西作家首次在《收获》上刊登小说。梁羽生（梧州蒙山人）在桂林文化城度过他人生的高中阶段，正是在桂林文化城，他大量地汲取了新文学的营养，实现了新旧文学在他个人精神世界的融合。1954 年，因为一场武术门派的比武打擂，在香港《大公报》任职的梁羽生，将新文学理念注入旧武侠传统，写出了武侠小说《龙虎斗京华》，开创港台新派武侠小说先河。之后，梁羽生一发而不可止，又完成了《七剑下天山》《白发魔女传》等名作。而出生于桂林文化城的白先勇，1950 年代定居台湾。1958 年，正在台湾大学外文系上学的白先勇在夏济安主编的《文学杂志》上发表了他的短篇小说成名作《金大奶奶》，从此走上文坛。

第二个是以陆地（壮族）、苗延秀（侗族）为代表的延安文学传统。1940 年代，苗延秀和陆地都曾在延安鲁迅艺术文学院接受过革命文学的洗礼，延安革命文学传统从此成为他们文学创作的精神血脉。1954 年苗延秀以苗族"嘎别福歌"形式创作的长诗《大苗山交响曲》由新文艺出版社出版，1958 年，他在《红水河》创刊号发表了小说《解除旧约》，1959 年，他的长篇叙事诗《元宵夜曲》开始在《红水河》连载，当年的文学史有如此评价："侗族诗人苗延秀的《大苗山交响曲》和《元宵夜曲》，以热烈的情感，优美的语言，深刻地反映了广西苗族和侗族人民反封建的斗争和社会生活。"[①] 20 年后，北京大学张钟等著《当代文学概观》亦有类似说法。对于陆地来说，1950 年代，他以极大的热情投入了长篇小说《美丽的南方》的写作，该书始写于 1953 年，完成于 1959 年，成为作者给新中国成立十周年的献礼作品。

第三个是以韦其麟（壮族）、包玉堂（仫佬族）为代表的广西本土民间文学传统。1953 年，18 岁的中学生韦其麟就在《新观察》第 15 期上发表了处女作《玫瑰花的故事》，该诗很快被译成日文、英文，向国外介绍。1955 年，已经上大学的韦其麟又在《长江文艺》6 月号发表了叙事长诗《百鸟衣》，很快被《人民

---

① 山东大学中文系 1960 年 4 月编印：《中国当代文学史》，下册，第 75 页。

文学》《新华月报》转载，1959 年入选新中国成立十周年优秀文艺作品，由人民文学出版社出版单行本。后还收入中国文联出版公司 1991 年出版的《中国新文艺大系·1949—1966 年少数民族文学集》和花山文艺出版社 1995 年出版的《共和国文学作品丛书·诗歌卷》。苏联《文学报》专门介绍了韦其麟的《百鸟衣》，文章称：

> 长诗的人民性鲜明地表现在作者所运用的艺术技巧中。他这样描写自己的英雄人物，古卡种的包粟"比别人高一半"，古卡长到二十岁，他"打死过五只老虎，射死过十只豹子"；依娌的美貌"像天上的仙女一样"，依娌是个聪明伶俐爱唱歌的姑娘，她绣的蝴蝶"差点儿就飞起来"，她绣的花朵"连蜜蜂也停在上面"。这种描写的方法与民间文学很近似，所以这诗就有一种特殊的风格。①

文学史家李鸿然称："《百鸟衣》不仅是韦其麟的成名作和代表作，而且是中国当代多民族诗坛上的艺术珍品。"② 韦其麟因此成为最早获得全国声誉的广西诗人，并于 1996 年和 2001 年分别当选中国作家协会第五和第六届副主席。显而易见，韦其麟的诗歌创作深得广西民间文学的滋养。1957 年，包玉堂同样以民歌的意趣获得了主流文坛的赞赏，《走坡组诗》最初发表于《作品》1957 年 12 月号，很快收入 1957 年度的全国《诗选》，并译成英文在《中国文学》上向国外推介。

桂林文化城的知识分子文学传统、延安的革命文学传统和广西本土的民间文学传统，共同构成了广西 1950 年代的文学景观。随着 1958 年广西壮族自治区的成立，广西文化构成中的多民族元素日益凸显，融入知识分子文学和革命文学营养的广西民间文学传统，逐渐在广西本土成为强势。

---

① ［苏］奇施柯夫：《李准和韦其麟》，苏联《文学报》1956 年 3 月 31 日。

② 李鸿然：《中国当代少数民族文学史论》(上)，云南教育出版社，2004，第 332 页。

1960 年代：《刘三姐》高峰耸立

壮族自治区的定位，为广西多民族文学带来了前所未有的机遇。1960 年代的广西文坛，多民族文学获得了空前的发展。

陆地继长篇小说《美丽的南方》之后，1962 年发表了他的短篇名作《故人》。如果说《美丽的南方》只是侧面书写了一群知识分子在新时代的精神成长，那么，《故人》则聚焦式地写出了一个知识分子在旧时代的幻灭，发表当时即被认为是"广西小说创作不可多得的佳作"[1]。

莎红（壮族）虽然有其壮族的民族族别，但他似乎有为广西各个民族写诗的愿望。1960 年代，他写了《苗寨诗抄》《瑶寨诗抄》《侗寨夜曲》《仡佬寨诗抄》《彝寨组诗》，等等，广西各民族的生活在他的笔下都获得了诗意的描绘。这些书写广西各民族当代生活的抒情诗，大多由爱情、劳动、收获等内容组成，令人联想到传统的世外桃源或西方的伊甸园，成为广西多民族奇异风情和幸福生活的双重变奏。

1960 年代，从武汉回到广西的韦其麟，经过反右斗争的挫折，仍然坚持诗歌写作，先后发表了《红水河边的传说》《歌手》《凤凰歌》等叙事诗，保持着他在诗坛的影响。

1962 年，李英敏（京族）发表了短篇小说《椰风蕉雨》，1963 年发表了短篇小说《夏朗》。李英敏是第一个知名的京族作家，至今尚未有京族作家超过李英敏的文学创作成就。他的上述作品均取材于作者在海南的武装斗争经历，属于革命历史小说。

说到广西的少数民族文学，不能不提《刘三姐》。

1960 年，依易天（壮族）在作家出版社出版了 1200 行的长篇叙事诗《刘三

---

① 刘硕良：《喜读〈故人〉》，《广西文艺》1963 年 2 期。

妹》，在民间传说基础上对"刘三妹"（刘三姐）的故事进行了大量改动和补充。

1960年，由柳州《刘三姐》剧本创作小组创编、广西壮族自治区《刘三姐》会演大会改编的新彩调剧剧本《刘三姐》由《剧本》正式推出。同时，广西举办了《刘三姐》文艺会演活动，"有六十五个县文工团、剧团演出此剧……形成了一个群众性的《刘三姐》演出高潮"①。

1962年，电影《刘三姐》公映，1963年，获第二届大众电影百花奖最佳音乐奖、最佳摄影奖、最佳美术奖和最佳配角奖四项大奖，"它不仅是新中国第一部音乐风光故事片，也是当时拷贝发行量最大的影片，后来发行到港澳地区以及东南亚各国，风靡一时，长映不衰"②。

广西不仅是壮族自治区，而且是边疆地区，是祖国的南疆，与越南海陆相连。边疆性是广西很重要的属性。1964年，《广西文艺》刊登了敏歧的《写在中越边境》和莎红的《水口渔歌》两首诗歌，写的是中越边境的和平友好氛围，也写到越南的抗美斗争。广西拥有南海北部湾大片海域，海洋与边疆是广西独特的资源，更是广西文学的优势题材。自1965年《广西文艺》2月号开始，《广西文艺》不定期地开设了诸如《反对美国侵犯越南民主共和国，庆祝越南人民反美斗争的伟大胜利》《全世界人民行动起来，迫使美国侵略者从越南滚出去》《坚决援越抗美，把美国侵略者从越南赶出去》等专栏，这些专栏不仅刊登广西作家的作品，刊登外省作家的作品，而且刊登越南作家的作品，充分显示了广西文学的边疆性质，显示了广西文学所特有的国际化特征。而莎色的话剧《南方来信》的全国性乃至国际性影响，显示了广西文学的特殊意义和特殊地位。这是当代中国一段特殊的历史，也是当代中国一个特殊的文学类型，尽管时过境迁，但仍然有值得后人关注的地方。

1960年代，定居香港的梁羽生继续在武侠小说这片土地上耕耘，完成了他的

---

① 梁昭：《表述"刘三姐"：壮族歌仙传说的变迁与建构》，民族出版社，2014，第113页。

② 刘硕良主编《广西现代文化史》（第二卷），广西师范大学出版社，2016，第369页。

武侠小说代表作《萍踪侠影录》和《云海玉弓缘》，与金庸、古龙一起成为港台新派武侠小说的代表作家；白先勇写出了他的短篇小说代表作《玉卿嫂》《永远的尹雪艳》《谪仙记》《游园惊梦》等，这些作品已经成为 20 世纪中国文学不朽的杰作，他创办的《现代文学》，成为一代台湾作家成长的摇篮。

1960 年代，一些外省籍作家加入了广西文学的创作队伍，主要有河南籍作家刘玉峰和湖北籍作家秦兆阳。刘玉峰的长篇小说《山村复仇记》1963 年由广西人民出版社出版，是广西出版界出版的第一部长篇小说。秦兆阳 1959 年下放广西，1962 年在《广西文艺》第 5 期发表中篇小说《一封拾到的信》，1963—1964 年在《广西文艺》连载长篇小说《两辈人》。秦兆阳下放广西，在广西文学界起到了文学导师的作用。

1960 年代，广西文学旗开得胜，《刘三姐》从传说到诗歌，从诗歌到戏剧，从戏剧到电影，终于成为一个时代广西文学的高峰。陆地的长篇小说《美丽的南方》亦成为那个时代广西文学的经典。遗憾的是，随着"文化大革命"的爆发，陆地、秦似、苗延秀、莎红等广西文学标志性的人物，皆成为批斗的对象。1966 年 6 月，《广西文艺》在出版了常规的第 6 期之外，专门出了一期增刊，该增刊几乎是一个批判作家陆地的专题。1951 年创刊，始名《广西文艺》，1957 年更名《漓江》，1958 年更名《红水河》，1960 年更名《广西文学》，1961 年又更名《广西文艺》的广西文学"区刊"，1966 年终于停刊。广西文学进入"休克"状态。

1970 年代：跨海峡文学对话

1971 年，《广西文艺》复刊，更名《革命文艺》。《广西文艺》是全国恢复最早的文艺刊物之一。[①] "区刊"的恢复，意味着广西文学的复苏。1972 年，《革命文艺》再度恢复《广西文艺》刊名。

---

① 参见陈肖人《一支难忘的歌》，漓江出版社，2013，第 268 页。

1972 年，秦兆阳被宣布"解放"后到了河池都安，加入"三结合"创作组，受命写一部反映桂西大石山区"农业学大寨"的长篇小说。1975 年，秦兆阳、蓝汉东等人合作完成长篇小说《穿云山》，1977 年由广西人民出版社出版。

几乎同时，陈肖人、饶晓等人组成的百色创作小组创作了长篇小说《雨后青山》，1976 年由人民文学出版社和广西人民出版社同时出版。

《雨后青山》和《穿云山》是 1970 年代广西两部著名的长篇小说，它们留下了那个时代深刻的文化印记，既是那个时代的文学样本，也以文学的方式记录了那个时代的历史。

1973 年，《广西文艺》发表于峪的《南海捕鲨人》，这是海洋题材的短篇小说，引起人们的关注；1979 年，因为中越边境战事，《广西文艺》开设了专栏《自卫还击，保卫边疆》，刊登许多中越边境战事的文学作品，边疆题材又成为引人瞩目的文学题材。

1970 年代的广西文学，主要有两股新生力量。一股力量是"文革"前受过大学教育的一批大学生，逐渐走上广西文学的前台，代表人物主要有蓝怀昌（瑶族）、韦一凡（壮族）、陈肖人、凌渡（壮族）、潘荣才、彭匈等人；另一股力量则是所谓"知青作家"，代表人物主要有聂震宁、冯艺（壮族）、杨克、林白、孙步康（壮族）等人。两股新生力量 1970 年代崭露头角，蓄势待发。

1976 年，"文化大革命"结束，一个时代终结。1978 年，改革开放启动，一个时代开始。

1970 年代的最后一年，广西文坛传来佳音。

在人们人目中，广西出现《刘三姐》这种淳美的民族土特产是可以理解的，但人们无法想象，广西能够最早出现充满实验意味的文学洋产品。如今我们很难相信，中国的探索戏剧是从属于边远地区的广西开始。1959 年支边到广西艺术学院任教的谢民是中国探索戏剧的开拓者。《剧本》1979 年第 8 期发表了谢民的探索话剧《我为什么死了》，谢民称之为"悲喜剧"。这是中国戏剧界最早的探索话剧，发表后受到国内外的广泛关注，被罗马尼亚编入《二十世纪中国戏剧选》，先后由罗马尼亚雅西市瓦·亚力山德国家剧院和布加德斯特演出。

《邕江》1979 年发表了李栋、王云高（壮族）合作的短篇小说《彩云归》，《人民文学》1979 年第 5 期转载。《彩云归》在"伤痕文学热"的氛围中，独具一格，将目光投注于海峡对岸，讲述了一个台湾军人思恋大陆，终于回归的故事。小说获 1979 年度全国优秀短篇小说奖，被译成英、法、日等五种文字向国外介绍。

当李栋、王云高这两位广西本土作家以《彩云归》向海峡对岸的台湾眺望的时候，白先勇的作品也开始了渡海之旅。《永远的尹雪艳》于 1965 年在台湾《现代文学》发表多年之后，终于在 1979 年由大陆《当代》创刊号转载。这是台湾小说首次登陆大陆刊物。两岸的广西作家以不约而同的方式展开了具有历史性意义的文学对话。广西作家以这样的对话完成 1970 年代的文学谢幕，堪称中国文学史上一个有意味的形式。

1980 年代：谋突围观念转型

1980 年代，当各省区作家纷纷收获各类文学奖项的时候，广西作家无一斩获，几成"被遗忘的土地"①。

对于广西文学而言，1980 年代是一个十年磨一剑的年代，是一个几代作家济济一堂的年代，是一个突围转型的年代。

"十年磨一剑"说的是黄继树积多年史料积累、文学创作而成就长篇历史小说《桂系演义》。

《桂系演义》讲述的是民国广西以李宗仁、黄绍竑、白崇禧、黄旭初为首的桂系集团从发生到覆灭的历史。从统一广西到出师北伐，从蒋桂战争到喋血抗战，从囊括半壁江山到瞬间风流云散，《桂系演义》既写出了民国时期的战争风云，

---

① 参见张宗栻、黄伟林《被遗忘的土地》，《文学自由谈》1990 年第 2 期。

又写出了国民党内部的分崩离析，更写出了"世界潮流，浩浩荡荡，顺之者昌，逆之者亡"的现代历史进程，既是实事求是的历史，也是形神兼备的文学，以文学的方式呈现了"三分之一部中国民国史"，被喻为"当代的《三国演义》"。自1988年出版之后，已经有多个版本，至今仍然为人们津津乐道，成为坊间声誉极大的长篇佳作。

几代作家济济一堂的年代指的是1980年代广西文坛活跃着几代作家。

陆地、秦似等1949年前成名的老一代作家继续创作。陆地长篇小说新作《瀑布》于1980年正式出版。秦似杂文写作仍有活力和锐气。莎红诗歌创作仍然一往情深。

"文革"前接受大学教育的中年一代作家正值当年，纷纷拿出了他们文学代表作，韦一凡的长篇小说《劫波》、蓝怀昌的长篇小说《波努河》、陈肖人的中篇小说《黑蕉林皇后》、凌渡的散文集《故乡的坡歌》，等等。

知青一代作家锐气十足，成为1980年代广西文坛主力。聂震宁改弦更张，1980年代以《长乐》系列小说开启对文化传统的反思，变山歌体小说为杂文体小说，试图在广西的喀斯特地貌中寻找通往中原的暗河，在全国文坛产生了一定影响。张宗栻《漓水谣》《人雕》等漓江叙事，写出了桂林山水的神韵，耐人寻味。陈敦德以电影人的身份进入报告文学写作，写出了《毛泽东、尼克松在1972》等有影响力的报告文学。林白1980年代复出文坛，开辟一片新的文学天地。孙步康的小说、黄琼柳（壮族）的诗歌在1980年代亦有一定影响。

"文革"后接受大学教育的青年一代作家脱颖而出。一批有过知青经历并且在知青年代发表过文学作品的青年作家"文革"后考上了大学，如冯艺（壮族）、杨克、林白、彭洋。更年轻的一代大学生初出茅庐，如张燕玲、东西、凡一平（壮族），他们在大学时代浸润于1980年代的文学热，走出校园后仍不忘初心，继续在文坛跋涉，他们迟早将在中国文坛打下一片属于他们自己的文学江山。

"转型"指的是广西作家文学观念的转型。

1960—1970年代，广西本土多民族文学传统已经成为广西文学主流。这个主流一方面推波助澜成就了《百鸟衣》《刘三姐》这两座广西文学高峰，另一方面，也造成了广西文学色调单一、内容浅显、形式简化的局面。1980年代的广西文学开始谋求从八桂大地的崇山峻岭突围。

《广西文学》1985年第3期发表梅帅元、杨克的论文《百越境界——花山文化与我们的创作》。

这篇论文是中国文坛最早的寻根文学宣言，早于阿城1985年7月6日在《文艺报》发表《文化制约着人类》、韩少功在《作家》1985年第6期发表《文学的"根"》、郑万隆在《上海文学》1985年第5期发表《我的根》。

这篇文章一方面明确了广西文学的审美文化传统——花山文化更接近屈原为代表的长江流域楚文化；另一方面，文章表示，必须将古老的花山文化与现代的西方现代主义审美形态融合，在融合的基础上抵达广西文学新的审美追求——百越境界。

显然，1985年，当"文化寻根"思潮在中国文坛汹涌澎湃之时，广西作家领了时代风骚。中国文坛沸沸扬扬的楚文化屈骚传统以及拉丁美洲魔幻现实主义文学，在这篇文章中都有明确讨论。广西作家的"寻根"意识，并不是简单地表现民族生活或者民族文化，而是地域传统文化与世界前卫文化融通的方式，是以现代主义的文学观念观照原始文化，创造一个反理性的，变形的，感觉的，魔幻的，现实与幻想、传说与现实浑然一体的形象世界。

黄宾堂《广西文坛的三次集体冲锋》一文认为"百越境界"的提出及创作是广西文坛进军全国的第一次集体冲锋，"百越境界"作家群从马尔克斯等拉美作家所展现的地域环境及心理背景中，发现与广西西南部地区的环境和背景竟有惊人的共通之处。显而易见，这一代广西作家与他们的广西前辈作家在文学观念上已经有了深刻的不同。如果说前代广西作家的文学范式是十七年文学，他们的文学形态是现实主义的；那么，这一代广西作家的文学观念已经走向世界，他们的文学形态是现代主义的。

这是一个重要的转型。过去的广西文学主要接受国内主流文学的影响，虽然出现过谢民"悲喜剧"的探索戏剧,但没有触动广西文学的主流形态。梅帅元一代广西作家,有了明确的世界意识,他们直接接受西方文学的影响。他们也重视广西本土文化资源,但这种重视已经不是题材意义上的重视,他们是用现代主义的文学观念去激活古老的广西文化传统,进而发现这种传统的价值,而不是用广西文化资源作为素材,去证明某种主流文学观。他们的文学转型,不仅是方法论意义上的转型,而且是观念意义上的转型。

正是在百越境界的影响下,1980 年代广西文坛出现了一批具有鲜明探索色彩的文学作品,如李逊的小说《沼地里的蛇》《坐在门槛上的巫女》,李逊因为这些作品被认为是中国文坛最具有魔幻色彩的小说家;如张宗栻的小说《魔日》《大鸟》,梅帅元的小说《红水河》,聂震宁的小说《暗河》《岩画与河》,如杨克的诗歌《走向花山》《图腾》,如林白的诗歌《山之阿 水之湄》,如史晓京的诗歌《三月三》,等等。

1980 年代,广西本土之外,一位广西籍作家在中国文坛引起了广泛关注,他就是童年时代从北海移居北京,在北京大学中文系就读的陈建功。1980 年和 1981 年,陈建功以短篇小说《丹凤眼》《飘逝的花头巾》两度获得全国优秀短篇小说奖,成为 1980 年代中国高校文学声誉最高的在读学生。

1980 年代,一位老人引起了读书界的注意,他是柳苏,原名罗承勋,桂林人,抗战时期在桂林进入《大公报》,一直做到《大公报》副总编。1986 年前后,他在《读书》发表了一系列文章,汇集为《香港文坛剪影》于 1993 年出版。柳苏的系列文章改变了人们心目中香港是一个文化沙漠的印象,使一批香港作家得到了内地读者的关注。

1980 年代,中国第五代导演在广西诞生。1982 年,广西电影制片厂专程派人到北京电影学院引进人才,导演系张军钊,摄影系张艺谋、肖风,美术系何群等外省毕业生到了广西电影制片厂。1983 年,广西电影制片厂组成青年摄制组,拍摄了由郭小川长诗改编的电影《一个和八个》。1984 年,广西电影制片厂邀请陈凯歌到广西拍片,并提供了张子良根据柯蓝散文改编的剧本《深谷回声》,陈凯歌与张艺谋合作，拍成了电影《黄土地》。

《一个和八个》《黄土地》的问世，揭开了中国电影史新的一页。张颐武指出："《一个和八个》开始通过影像革命在中国提供了一种启蒙的欲望表述方式。《黄土地》则真正实现了'第五代'早期的全部意图，他们所开启的道路则成为中国电影与外部市场相联系的开端。而广西的边缘的自由和开放反而成了一个异常有力的因素，促成了中国电影想象的国际化的历程。"① 电影理论家倪震指出"第五代电影是 1983 年从最边远的广西电影制片厂破土而出的"②。

1980 年代广西最具影响力的诗人是杨克和黄堃（壮族）。更多的诗人还在默默前行。1988 年，曾健杰在河池大化县创办了一份民间诗刊《扬子鳄》，这份民间诗刊一直坚持到 1995 年，麦子、阿权、刘春皆参与了这份诗刊的编辑。诚如主持人麦子所说："它以特有的视觉、胆识，为中国现代汉语诗歌的民间精神，埋下了延续和传播的种子。"③

1980 年代是中国文学激情洋溢的年代。广西最有才华的一批文人把他们的智慧和才华献给了文学。需要等到另一个时代来临，他们才能发现隐藏在他们生命深处的另一种潜能，他们中有些人将在其他领域释放他们生命的能量。

1980 年代的广西文学是以一场声势浩大的文学反思活动终结的，那就是"88新反思"。1988 年，黄佩华（壮族）、杨长勋、黄神彪（壮族）、韦家武（壮族）、常弼宇五位青年作家集体撰写了《广西文坛 88 新反思》系列文章。文章充满冲击力的观点在广西文坛产生了强烈的反响。后来被称为"文学桂军"的广西文学新生力量，以这样的方式登场。

---

① 张颐武：《边缘的崛起》，《文艺报》2006 年 6 月 15 日。

② 倪震：《北京电影学院故事——第五代电影前史》，作家出版社，2002，第 152 页。

③ 麦子：《过往——广西民间诗歌概述》，民刊《独立》(10 周年纪念专号)，2006 年，转引自陈代云《民族地域现代——广西当代诗歌研究（1949—1999）》，中国文联出版社，2015，第 223 页。

1990 年代：新桂军边缘崛起

1990 年，《三月三》第 3 期推出"广西青年 30 人作品专号"，聂震宁、凡一平、常弼宇、黄佩华、廖润柏（仫佬族，后来笔名鬼子）、黄堃、喜宏、沈祖连的小说，刘承辉、杨克、盘妙彬的诗歌，冯艺、黄神彪、庞俭克、包晓泉（仫佬族）、严风华（壮族）的散文，彭洋、杨长勋、张燕玲、黄伟林（壮族）的评论。这个专号表明广西青年作家形成了团队，而且是作家与评论家联袂登场。

1990 年，《上海文学》第 12 期同时推出喜宏、李希、黄佩华、常弼宇、小莹、岑隆业（壮族）的五部小说，这是广西作家在全国著名文学媒体的第一次集体亮相。

1991 年 8 月，在诗人杨克、曾健杰的协助下，诗人非亚、麦子、阿权主持出版了《自行车》第 1 期，当时的《自行车》第 1 期还寄生在《扬子鳄》身上，为《扬子鳄》总第 10、11 期特刊，本期标明《观念91·广西青年诗歌大潮》，广西青年诗人以其特有的方式开始集结。①

1993 年，《当代》第 3 期同时推出常弼宇、黄佩华、凡一平、姚茂勤的四部中篇，这是文学新桂军在国家权威文学媒体的第一次集体亮相。

1994 年，《三月三》第 4 期推出"新桂军作品展示专号"，刊登了喜宏、沈东子、东西、黄佩华、凡一平、鬼子、常弼宇、沈祖连、姚茂勤、陈爱萍的小说，冯艺、庞俭克、彭洋、黄神彪、包晓泉的散文，黄琼柳、黄堃、盘妙彬、黄咏梅的诗歌，黄伟林、杨长勋、李建平、张燕玲的评论。

"新桂军"，这是广西作家与评论家团队的一次重要命名。这个命名既是对民国广西军事业绩的致敬，也是对 1993 年文坛陕军崛起的呼应。"新桂军"的命名，

---

① 参见陈代云《民族地域现代——广西当代诗歌研究（1949—1999）》，中国文联出版社，2015，第 224—225 页。

寄托了广西作家冲击中国文学名刊，夺取中国文坛桂冠的愿望。黄伟林1994年发表《论新桂军的形成、特征和创作实绩》一文。后来，"新桂军"逐渐被"文学桂军"这个名字取代。文学桂军，成为1990年代广西文学崛起的品牌标志。

1994年，已经定居北京的林白在《花城》发表长篇小说《一个人的战争》。《一个人的战争》既是个人化写作的代表，又是女性主义文学的代表。它的发表，确认了林白在中国当代文坛作为女性文学代表作家的地位。王德威称"林白的小说仿佛要为千百同辈女子，写下'一个人的战争'，一首变调的'青春之歌'"①。1999年以后出版的几乎所有中国当代文学史，都将林白纳入了专门评介的作家序列。《一个人的战争》之后，林白的作品大都成为评论家谈论的话题。

1994年，《广西文学》第6期策划了"广西'下海'作家作品专号"，李冼、梅帅元、张仁胜等作家发表了他们"下海"经商之后的文学作品。当时的广西文坛仍然充满着张力，作家在文学与商业之间徘徊，20世纪90年代的经济大潮席卷广西文坛。有意思的是，无论是执着于文学的作家，还是敏感于商业的作家，后来都获得了可观的成绩。

站在新时代的高度回望，可以发现，1996年是文学桂军崛起的关键一年。

这一年，张燕玲主持《南方文坛》全新改版。从此，《南方文坛》由于它的精英作者团队、前沿栏目设计、高峰话题策划和卓越品牌打造，成为中国文艺批评重镇、今日批评家摇篮，成为广西文学受到中国文坛关注的重要渠道。

这一年，《广西文学》推出了常弼宇、黄佩华、东西、凡一平、沈东子、陈爱萍、鬼子、李冯的作品所组成的"广西青年小说家八人作品专号"，文学桂军逐渐形成了它的领军人物。

这一年，东西中篇小说《没有语言的生活》在《收获》搁了一年后终于发表，并在两年后荣获首届鲁迅文学奖，使20年前李栋、王云高《彩云归》的获奖

---

① 王德威：《一个人的战争》台湾版序，该序收入林白《一个人的战争》(20年纪念珍藏版)，花城出版社，2015。

纪录得以刷新。

这一年，鬼子以《农村弟弟》(《钟山》1996 年第 6 期)、《走进意外》(《花城》1996 年第 3 期)、《谁开的门》(《作家》1996 年第 5 期) 三部中篇小说揭开了他重返文坛的序幕。

这一年，李冯从广西大学辞去教职，开始了自由作家的写作生涯，在《花城》杂志上发表了他第一部长篇小说《孔子》。

这一年，广西区党委宣传部邀请 30 名青年作家、艺术家在宁明花山召开 "广西青年文艺工作者花山文艺座谈会"。与会代表就如何繁荣广西的文学艺术作了深入讨论。时任宣传部部长的潘琦在总结会上作了《理清思路，强化措施，振兴广西文艺事业》的讲话。

1997 年 4 月，广西百名青年作者创作会在南宁召开，与 1993 年的 "陕军东征" 对应，有论者称这是文坛新桂军 "文学北伐" 的誓师大会。①

1997 年 5 月，广西首批青年作家招聘签约仪式在桂林榕湖举行，东西、鬼子、李冯、凡一平、黄佩华、沈东子、海力洪（回族）、陈爱萍八位小说家成为首批广西签约作家。

1997 年 12 月，中国作协创研部、广西作家协会、广西文艺理论家协会、《南方文坛》杂志社、《花城》杂志社和广西师范大学中文系数家单位联合召开东西、鬼子、李冯 "广西三剑客" 作品讨论会。

1998 年，《南方文坛》第 1 期本期焦点栏目分别发表马相武《造势当下的南国三剑客》、黄伟林《论广西三剑客》和朱小如《 "挑战" 广西三剑客》等论文，《南方文坛》1998 年第 2 期发表了陈晓明的论文《直接现实主义：广西三剑客的崛起》。2000 年，陈晓明在《南方文坛》第 2 期发表《又见广西三剑客》。"广西三剑客"，作为一个文学符号、一个文学品牌，终于定格。

1998 年，《青年文学》开辟 "1998 文学方阵"，以创作实力雄厚的省份为单

①　黄伟林：《从花山到榕湖——1996—2004 年广西文学巡礼》，《南方文坛》2004 年第 4 期。

位，集中展示最新的创作成果，每期一省，第 2 期展示的就是广西文学方阵，同时刊登了李冯、常弼宇、黄佩华、东西、鬼子、凡一平等六位广西作家的小说。此举意味着文学新桂军已经进入中国文坛实力派阵容。《青年文学》主编黄宾堂认为："广西文学近两年创作势头汹猛，大有井喷之势，不仅形成了一个有实力有后劲的创作群体，而且拿出了一批摆上当今中国文坛也不愧色的力作。"①

1990 年代，广西戏剧界取得骄人成绩。杨波、惠国兴编剧的大型桂剧《瑶妃传奇》荣获戏剧文华奖，张仁胜、常剑钧编剧的大型彩调剧《哪嗬咿嗬嗨》和梅帅元、陈海萍、常剑钧编剧的大型风情壮剧《歌王》荣获曹禺戏剧文学奖。这些戏剧界最高奖项的获得，充分体现了广西戏剧文学的创作实力。1998 年，梅帅元开始了后来被称为山水实景演出的《印象·刘三姐》的策划和运作。

1999 年，北京《民族文学》发表黄伟林《边缘的崛起》一文，展示了文坛桂军崛起于 20 世纪 90 年代的创作实绩。从此，边缘的崛起，成为用来描述广西文学现象一个约定俗成的短语。②

批评家洪治纲曾经提出过一个问题：为什么广西这个经济和交通都并不是特别发达的边陲之地，却能够涌现出这样一群生机勃勃的文学生力军？

洪治纲列举了东西、鬼子、李冯、凡一平、海力洪、黄佩华、沈东子、陈爱萍、光盘、映川、黄土路（壮族）、纪尘、朱山坡、李约热（壮族）、锦璐、凌洁等人的小说，冯艺、张燕玲、凌渡、徐治平、彭匈、包晓泉等人的散文，张燕玲、黄伟林、李建平等人的评论，刘春、非亚、谭延桐等人的诗歌，以及从广西走出去的林白、杨克、黄咏梅……他专门谈到《南方文坛》"这本刊物不仅为广西作家走向全国发挥了重要的推介作用，也为中国当代文学的发展提供了一个重要的

———————————

① 黄宾堂：《广西文坛的三次集体冲锋》，《南方文坛》1998 年第 3 期。

② 黄伟林的《边缘的崛起》，发表于《民族文学》1999 年第 6 期。2006 年 6 月 15 日北京大学教授张颐武在《文艺报》也发表了《边缘的崛起》一文，谈的是广西作家对中国电影文化的贡献。《南方文坛》主编张燕玲也发表过《边缘的崛起》同名文章。贺州学院教授肖晶于 2011 年在河南人民出版社出版了专著《边缘的崛起——桂军当代女性文学的文化探析》。

理论平台。"对上述问题，他的回答是，"就像《作家》主编宗仁发所说的那样，广西的这种文学格局，犹如长白山的雾凇，是十几种甚至几十种因素合力而成的结果，它们缺一不可"①。

历史正是这样以合力的方式将广西文学推向了时代的前沿。

2000 年代：诸文体风生水起

新世纪，两位曾经在广西文坛影响卓著的小说家有了新的人生定位：聂震宁全力以赴从事出版业，成为中国出版界领军人物；梅帅元创造性地推出《印象·刘三姐》，成为中国山水实景演出创始人。

更多的广西作家仍然在文坛耕耘。

2000 年，白先勇在《收获》第 5 期发表了长篇散文《少小离家老大回》。白先勇的作品绝大多数都是首发于台湾，《少小离家老大回》或许是他首发于大陆的第一个作品。

2000 年 6 月 23 日，刘春创办了网络版扬子鳄诗歌论坛，这是创建最早的网络诗歌论坛之一，它延续了《扬子鳄》诗刊的精神，为广西青年诗人创造了一个自由交流的空间。

2001 年，凡一平发表《理发师》。《理发师》与《寻枪记》以其独特的文化内涵和情节构思受到电影界的关注。陆川将《寻枪记》改编成电影《寻枪》，陈逸飞将《理发师》拍成了同名电影。凡一平成为最受影视界关注的小说家之一。

2002 年，鬼子继东西之后，以中篇小说《被雨淋湿的河》荣获第二届鲁迅文学奖。

2002 年 4 月，1999 年在北流创刊的民间诗歌刊物《漆》组织了首届广西青年诗会。这个诗会是广西诗人的一个新的集结。《扬子鳄》《自行车》《漆》三个民间

① 洪治纲：《来自广西的文学冲击波》，《人民日报》2006 年 6 月 9 日第 14 版。

诗刊均在会上亮相。

2003 年，梅帅元"五年磨一剑"的山水实景演出终于"浮出水面"，2004 年，正式演出的《印象·刘三姐》在遭受市场冷遇不长时间之后大获成功，成为旅游演艺领域的"中国创造"。

新世纪第一个十年的广西文学有三个女硕士值得关注。

2002 年，在美国爱达荷大学获得电机工程硕士学位的陈谦，出版了她的第一个长篇小说《爱在无爱的硅谷》，发表了中篇小说《覆水》。数年后，《特蕾莎的流氓犯》使陈谦得到了更多的关注。

2004 年，映川、黄咏梅两位广西师大文学硕士，同时发力。映川在《人民文学》发表中篇小说《我困了，我醒了》和《不能掉头》，黄咏梅在《人民文学》发表短篇小说《勾肩搭背》和《草暖》。映川小说既有传统小说的情节结构，又有现代小说的哲理探寻，还有当下中国现实的各种社会文化心理的渗透。黄咏梅小说洋溢着珠三角文化圈的地域风情、语言风韵以及对这个中国成长最为迅猛的发达地区底层社会的体察入微的人文关怀。

2004 年 7 月 1 日，上海《文学报》以整版篇幅发表黄伟林《从花山到榕湖——漫谈近年广西文学创作》一文，对广西 90 年代以来的文学创作进行了高度评价。

2004 年 12 月 11 日，广州《羊城晚报·花地副刊》在"在现代性的焦虑中突围"的标题下以整版篇幅介绍广西文学。这是《羊城晚报·花地副刊》策划的华文文学巡礼的第二期，第一期介绍的是江苏文学。在权威性大众媒介眼里，广西文学处在了中国文坛的前沿地带。

中国社会科学院文学研究所编的《中国文情报告（2004—2005）》专门收了贺绍俊撰写的《广西群体的意义》一节，时任中国社会科学院文学研究所所长杨义指出："在这部中国文情报告中，'广西群体'是唯一以专节加以报告的区域作家群。"①

2006年，一个颇具创意的文化推广活动"广西文化舟"开进了北京，东西、鬼子、凡一平、张燕玲、梅帅元、张仁胜等文学桂军主力走向北京大学、中国人民大学、中央民族大学等著名高校，讲述广西的地域风情和文学故事。

2006年，一批评论家纷纷在多种权威性的报刊上撰文，热情地肯定了20世纪90年代以来广西文学所取得的重要成就，主要有中国作家协会副主席陈建功的《勇敢的推广 谦虚的请教》、《人民文学》主编李敬泽的《广西：创造力的来源》、北京大学教授陈晓明的《有一种性格和精神的广西文学》、北京大学教授张颐武的《边缘的崛起》、暨南大学教授洪治纲的《来自广西的文学冲击波》、中国社会科学院研究员张柠的《广西的文学精灵》和《小说选刊》主编贺绍俊的《为当代文学创造关键词》。

2007年，贵阳《山花》的《中国文学版图》栏目里，继介绍北京作家群之后，发表了黄伟林《全面突围与边缘崛起——论20世纪90年代以来文坛新桂军的小说创作》一文。

新世纪的第一个十年，文学桂军在小说、诗歌、散文、戏剧各个文学门类均有可观的建树。

小说方面，林白的长篇小说《万物花开》《妇女闲聊录》《致一九七五》发表后均引起评论界极大反响；东西推出其苦心经营的第二部长篇小说《后悔录》，得到批评界广泛好评；鬼子完成了由《被雨淋湿的河》《上午打瞌睡的女孩》《瓦城上空的麦田》三部中篇小说组成的《悲悯三部曲》；李冯为张艺谋编剧了武侠大片《英雄》《十面埋伏》；广西三剑客之后，李约热的《戈达尔活在我们中间》《李壮回家》《青牛》《涂满油漆的村庄》等作品引起文坛广泛关注；朱山坡从诗歌创作转到

---

① 李建平、黄伟林等：《文学桂军论——经济欠发达地区一个重要作家群的崛起及意义》，中国社会科学出版社，2007。

小说创作，发表了《我的叔叔于力》《跟范宏大告别》《陪夜的女人》等力作；凡一平创作了《投降》《怀孕》《扑克》等有影响的作品。林白之后，一批广西女性小说家脱颖而出，除陈谦、映川、黄咏梅之外，还有纪尘（瑶族）、锦璐、凌洁、贺晓晴、辛夷坞等人。纪尘的《九月》《演员莫认真》，锦璐的《灰姑娘》《美丽嘉年华》，凌洁的《幸福嫁衣》《怀念父亲》，皆在文学界产生了一定的影响。辛夷坞成名于晋江原创网，2007年连载长篇言情小说《致我们终将逝去的青春》引起广泛关注，后来改编为电影获得金像奖、金鸡奖、百花奖等奖项。

诗歌方面，盘妙彬、刘春、刘频、非亚、庞白等诗人渐成气候，成为广西诗坛代表人物。

散文方面，冯艺从诗歌创作转入散文创作，连续推出《桂海苍茫》《红土黑衣》两本散文集，将诗情、哲思、人文体验融为一体，前者侧重八桂大地的历史文化叙事，后者侧重广西山川的民族文化叙事，开辟了广西散文创作的新途径；张燕玲以批评家身份介入散文创作，发表了《此岸，彼岸》《耶鲁独秀》《朝云朝云》等一批力作，情系两岸，思接东西，理系古今，充分显示了批评家视野的阔大、情怀的高远和境界的深邃；严风华的长篇散文《一座山，两个人》竭力从土地那里寻找精神支持，在长达十年的山野生活体验中，"用一座山来构造我的心灵之窗"①；彭匈的忆旧散文夹叙夹议，言语诙谐，叙事记人皆有意趣。2007年，《广西文学》推出"重返故乡"栏目，栏目持续十多年，既唤醒了广西作家的土地意识，又催生了一批可圈可点的散文佳作。

戏剧方面，齐致翔、杨戈平、王志梧桂剧《大儒还乡》集多项国家奖励于一身，荣获国家舞台艺术精品工程优秀剧本奖，入选2005—2006年度国家舞台艺术精品工程十大精品剧目，荣获全国第十二届文华奖文化剧目奖；常剑钧现代壮剧《天上的恋曲》入选国家舞台艺术精品工程重点资助项目。张仁胜的实景演出剧本创作《天门狐仙》《康熙大典》《文成公主》《武则天》等为中国实景演出注入了

---

① 严风华：《一座山，两个人》，广西民族出版社，2009，第118页。

丰满的戏剧性、浓郁的文学性和鲜明的思想性，独具一格，使中国旅游演艺的人文内涵获得大幅度提升。

新世纪的第一个十年，文学桂军携 1990 年代边缘崛起之力，八面来风，风生水起。

2010 年代：新时代多元共生

时间进入了 2010 年代。

2016 年，白先勇在《上海文学》第 1 期发表了短篇小说《Silent Night》，这大约是白先勇短篇小说第一次在大陆文学期刊首发。如白先勇所有作品一样，小说表现了他以人类世界为背景的悲悯情怀。

这个时代有一个新的命名：新时代。

仿佛是冲出了高山峡谷，越过了险滩激流，新世纪第二个十年的广西文学风平浪静，百川合流。

新世纪第二个十年广西文学的有三个现象值得关注。

首先是长篇作品的繁荣。

2012 年，林白发表了对于她个人来说篇幅最大的长篇小说《北去来辞》。从《一个人的战争》的"逃离"到《北去来辞》的"回归"，林白用数百万字的个人化叙事去认识自我，发现自我，她在她的时间之流中经历过多么漫长的惊涛骇浪般的"迷失"，又收获了怎样风平浪静的"回归"？

2013 年，凡一平发表了长篇小说《上岭村的谋杀》，小说融入了复仇、侦破等通俗小说的元素，加入了对当下中国乡村社会现实的思考，既有凡一平小说原来的波谲云诡，又有回到乡土的沉潜厚实。"上岭村系列小说"显示出凡一平重回乡土的努力，从天马行空的想象虚构重新回到纷纭复杂的土地，有力地强化了凡一平小说的现实感和思想性。

2015 年，东西发表了他的第三个长篇小说《篡改的命》，小说一方面坚持了东西小说所特有的荒诞色彩，另一方面，加强了东西小说与社会现实的有机关联，语言上力求具有先锋意识的与时俱进。他的《请勿谈论庄天海》《双份老赵》等短篇小说，仍然以荒诞的形式委婉曲折地隐喻了当下现实，显示出东西小说创作的形式与思想的双重探险。

2016年，陈谦出版了她的第二部长篇小说《无穷镜》，该作延续了陈谦一贯的对海外新移民科技精英现实处境和内心生活的关注。此外，《繁枝》《莲露》《望断南飞雁》等中短篇小说表明陈谦在形式技巧、题材内容和情感思想各方面的精进。

新世纪第二个十年广西文学的长篇创作还有沈东子的《少不更事》、朱山坡的《懦夫传》、李约热的《欺男》、黄佩华的《河之上》、光盘的《英雄水雷》、红日的《驻村笔记》、萧萧的《南方的风》、龚桂华的《红船》、小昌的《白的海》、映川的《圣堂之约》、凌洁的《双桅船》、田耳的《下落不明》、张仁胜的《桂林城》、陈雨帆的《山海石话语》等等。文学桂军竞技长篇，在长篇小说王国，他们"欲与天公试比高"。

长篇作品并不只是长篇小说，新世纪的第二个十年，黄继树回到他擅长的历史题材写作领域，创作了《北伐往事》《败兵成匪》两部长篇历史纪实文学，前者以孙中山与陈炯明的政见分歧为书写对象，后者以广西剿匪为创作题材，凭借丰富的史料积累和独到的史识洞见，这两部长篇正好构成其长篇历史小说《桂系演义》的前史和后续，只是体裁上从历史小说变成了历史纪实，显示了作者的写作日趋历史实证。

陈敦德多年来一直致力新中国外交题材纪实文学的写作，《接触在1944：美军观察组》《合作在1946：军调岁月》《崛起在1949：开国外交纪实》等，被认为是"壮阔的中国外交风云长卷"，"高端题材、高端内容、高端品位的高水平力作"。①

其次是文学新人的成长。

2015 年 10 月，由中国作协创研部、文艺报社、南方文坛杂志社、广西作协联合主办了"广西后三剑客"研讨会。

广西后三剑客是文学桂军一个新的品牌，指的是田耳、朱山坡、光盘三位小说家。广西后三剑客的出现，表明广西文学后继有人，后劲十足。

广西后三剑客之外，一批广西的文学新人正在成长，主要有小说家陶丽群（壮族）、小昌、潘小楼，诗人陆辉艳，散文家林虹（瑶族）、罗南（壮族），儿童文学家的王勇英。文学新人的出现，是广西文学可持续发展的保障。

再次是外省作家的加盟。

2014 年 10 月，最年轻的鲁迅文学奖获得者，小说家田耳到广西大学担任驻校作家。田耳是湖南凤凰人，土家族。定居广西之前，已经发表出版《一个人张灯结彩》《天体悬浮》等力作。田耳加盟广西，为广西文学增添了异彩，也见证了八桂山川的吸引力。

江苏籍散文家朱千华，早在 2006 年开始旅居广西南宁从事写作，出版了《雨打芭蕉落闲庭——岭南画舫录》《水流花开——南方草木札记》《岭南田野笔记》等散文集。朱千华的广西文字，令人想起范成大的《桂海虞衡志》、周去非的《岭外代答》、赵翼的《檐曝杂记》，不同的是，范成大、周去非、赵翼之到广西是朝廷派遣，朱千华到广西是自由选择。范成大、周去非、赵翼的时代，广西是穷乡僻壤，是荒野瘴乡，而对于朱千华而言，今天的广西，是水流花开，遍地妖娆的广西。

小昌，1982 年生于山东冠县，在兰州读本科，在桂林电子科技大学读硕士，2009 年任教桂林电子科技大学（北海校区），定居北海，2011 年开始发表小说，

---

① 尹承德：《壮阔的中国外交风云长卷——评〈新中国外交年轮丛书〉》，《国际问题研究》2007 年第 11 期。

已经成为广西 80 后作家的代表人物。

2014 年，黄伟林发表了《卓然独秀南中国》一文，提出"新广西文学"概念，作者以为，从新广西文学，既可以感受到中国内部经济发展的速度和力度，感受到这种速度和力度造成的对传统生态和心态的撞伤感和撕裂感，也可以感受到中国与外部世界的融合和分歧，感受到中国向前发展时面临的内与外的阻力与动力。中国当下社会各种隐蔽的危机和蓬勃的生机在广西文学都得到了深刻的书写。①

从 1958 年到 2018 年，广西文学经历了自我追寻和自我发现的历程。自我追寻就是追寻广西各民族的来龙去脉，自我发现就是发现广西各地域的人文积淀。广西文学正是在这种追寻和发现的过程中确认自我，进而形成创作和评论的文化自觉。文化自觉使广西的山峦、河流、海洋，广西的民族、民间、民情，广西的历史、现实、未来，都成为广西作家激扬文字的文化财富。广西文学不再是对主流文学的亦步亦趋和人云亦云，而是中国多民族文学版图不可或缺的重要组成，成为中国多民族文学共同发展的有力证明。

结语：百川入海

> 这个民族太喜欢歌唱，
>
> 必须有鼓声为伴；
>
> 这个民族需要起舞，
>
> 只有鼓声才能敲出心灵的颤音。
>
> 山歌好比春江水，
>
> 鼓声就是春雷，
>
> 有歌声的日子越过越滋润，

---

① 黄伟林：《卓然独秀南中国》，《文化与传播》2014 年第 1 期。

　　爱铜鼓的民族能翻过最高最险的山。

　　这是石才夫（壮族）诗歌《八桂颂》里的句子，看来，翻过最高最险的山仍然是广西的目标，是广西的愿景。

　　那么，翻过最高最险的山之后，广西文学将走向何方？

　　自古以来，广西壮族人民一直流传着一个"妈勒访天边"的故事，天边，指的是什么呢？

　　在中国地理版图上，广西基本属于珠江流域。

　　今日广西是太平洋—南海视域下的广西，是中国—东盟视域下的广西，是风生水起北部湾的广西。

　　广西既与云贵高原融为一体成为中国西部的一个重要组成部分，又与中国当下最发达的经济圈珠江三角洲紧密相联；广西的西部紧靠云贵高原孕育有丰富多彩的少数民族文化，广西的南部与越南接壤构成了悠久而敏感的边疆文化，广西的东部与珠江三角洲相邻呼吸着中国经济最前沿的气息，广西的北部因为秦始皇修建的灵渠与长江流域沟通而融入了中原文化，广西因为拥有北部湾这片海域，滋生出与大陆文化截然不同的海洋文化。

　　广西是中国与东盟的接合部，是中国东部与西部的接合部，是中国陆地与海洋的接合部，是中国汉族文化与少数民族文化的接合部。这四个接合部决定了广西文化的多元与丰富。

　　这是"桂海苍茫"的广西，这是"红土黑衣"的广西，这是"沿着河走"的广西，冯艺新世纪创作的三部散文集，形象而生动地概括了广西丰富多元的人文地理和人文生态。

　　"沿着河走"，广西江河大都汇入西江，流成珠江，汇入南海。

　　这就是百川入海吗？

　　是，也不是。

　　时间到了 2018 年。

这一年有一件饶有意味的事情，上海作家王安忆主持的复旦大学当代文学创作与批评研究中心创意并联合《南方文坛》于 2018 年 7 月 7 日召开"广西作家与当代文学"学术研讨会，探讨广西近三代作家对当代文学的贡献。

《文汇报》2018 年 7 月 11 日许旸《王安忆：方言的养料我们只调遣了一点点，这是很可惜的》、《文学报》2018 年 7 月 12 日金莹《广西作家的写作是挑战文学法则的》、《文艺报》2018 年 7 月 16 日行超《诗性的南方个性的文学》等对这次研讨会进行了大篇幅的报道。

2018 年第 3 期的《南方文坛》，王安忆、陈思和亲自主持《批评论坛·广西作家研究》，林白、东西、田耳、凡一平、陈谦、李约热、刘春、朱山坡、映川、光盘、小昌、陶丽群共十二位广西作家同时进入了上海批评家的视野，他们的作品得到上海批评家的诠释和解读。

这就是百川入海吗？

是，也不是。

2018 年，广西籍女作家黄咏梅以短篇小说《父亲的后视镜》荣获第七届鲁迅文学奖，从梧州到桂林，从桂林到广州，从广州到杭州，黄咏梅的文学道路，是否也是一条从小溪到大海的轨迹。

是，也不是。

本文所说的百川入海，说的是广西的文学百川，汇入世界文学的汪洋大海。

2018 年 6 月 19 日，广西作家东西长篇小说《后悔录》(英文版) 作为"当代中国文学书系"之一，由美国俄克拉荷马大学出版社出版。

是的，这里所说的百川入海，特指广西文学被翻译成各国文字，汇入世界文学的汪洋大海。

妈勒访天边的天边，是否就应该是比天空更辽阔的海洋呢？

在作品译成他国文字，走出中国方面，林白和东西成绩最为突出。

林白的长篇小说《一个人的战争》，已经有日本、韩文、法文三种单行本，中篇小说集《回廊之椅》有意大利文、法文、英文三种译本，诗歌《过程》《阳台》《致武汉》译为日文,《中国现代文学丛刊》2017 年出版。德国学者 Bettinavon Reden 研究林白的论著《Der Kriegder Einzelnen》,由 Tedfum 出版。

东西长篇小说《后悔录》已经有韩文版（韩国银杏树出版社 2008 年出版）和英文版（美国俄克拉荷马大学出版社 2018 年出版）,另有一批中短篇小说被译成日文、德文、泰文和希腊文多种文字。特别值得指出的是,世界文学大国法国对东西小说高度重视,翻译出版了多部东西的中短篇小说集,如《把嘴角挂在耳边》(法文版)由法国黎明出版社于 2007 年出版,《没有语言的生活》(法文版)由法国黎明出版社 2010 年出版,《救命》(法文版)由法国黎明出版社 2013 年出版,《你不知道她有多美》(法文版)由法国黎明出版社 2013 年出版。

1996 年 7 月,林白在瑞典斯德哥尔摩的"沟通:面向世界的中国文学"会议上作了《记忆与个人化写作》的发言,发言中说道:

> 个人化写作建立在个人体验与个人记忆的基础上,通过个人化的写作,将包括被集体叙事视为禁忌的个人性经历从受到压抑的记忆中释放出来。我看到它们来回飞翔,它们的身影在民族、国家、政治的集体话语中显得边缘而陌生,正是这种陌生确立了它的独特性。①

套用林白的发言,我们希望在百川入海的过程中,边缘而陌生的广西文学,终将为世界感到熟悉而亲切。

比陆地更辽阔的是海洋,比海洋更辽阔的是天空,比天空更辽阔的是人的心灵。广西文学书写的不正是辽阔的广西人、中国人的心灵世界吗?

沧海桑田,桑田沧海。60 年弹指一挥间。从少数民族文化的张扬到海洋文化的觉悟,从经济不发达地区的定位到"中国—东盟"新的增长极、国家第四经济圈的构建,从文学观念的转型到文学桂军的崛起,60 年的广西文学对其脚下这片

---

① 林白:《记忆与个人化写作》,收入林白散文集《秘密之花》,新华出版社,2005。

土地的认识在不断丰富、不断深化。文学桂军不仅扩大了它的文化版图、社会版图、生活版图，而且也拓展了广西人的心灵世界，塑造了广西五彩缤纷、内蕴丰厚的人文形象。文学桂军在南中国的边缘崛起，不仅重建和提升了广西的文化自信，而且为中国、为世界提供了不可替代的精神创造、文明果实。

黄伟林

目　录

导　言

导　言

一

　　1950年代的广西文坛，诗歌有《百鸟衣》，小说有《美丽的南方》，二者皆以各自的经典性奠定了在广西文学史上再也无法动摇的地位。然而同时期的散文似乎没有什么可以拿得出手的作品来。相比而言，此时远在香港的桂籍作家梁羽生的散文因"文采斐然，情韵悠美，不拘内容，不论格式，谈古论今，说人评事，其中的文化含量和思想蕴藏相当丰厚"①显得尤为可贵。或许因为梁羽生作为武侠小说家的名气太大，以至于人们大多忽略梁羽生作为散文家的一面。事实上，梁羽生不仅比较喜欢写散文②，而且写散文比写小说开始的要早③。但梁羽生真正开始在散文领域大显身手则是1956年。1956年10月，同写武侠小说，人称"文坛三剑客"的查良镛（金庸）、陈文统（梁羽生）、陈凡（百剑堂主）突发奇想：在《大公报》副刊上

---

　　① 魏克智、刘维英主编《香港百年风云录》，吉林人民出版社，1997，第1782页。

　　② 梁羽生：《笔花六照·序》，上海古籍出版社，1999，第1页。

　　③ 早在1953年春，梁羽生接编《新晚报》的副刊《下午茶座》，在此期间，梁羽生以笔名"冯瑜宁"开了"茶座文谈"专栏，发表许多清新流畅的知识小品。载［澳］刘维群：《梁羽生传》，长江文艺出版社，1999，第296页。

开设一个专栏，名曰"三剑楼随笔"。三人轮流写，每日一篇，连载三个多月，约十四万字。内容"或谈文史掌故，名人轶事，或评琴棋书画，诗词联谜，或论神话武侠，剧影歌舞。总之是古今中外，无所不谈。而且篇篇自成格局，每多神来之笔"①。而入选本卷的《凌未风·易兰珠·牛虻》和《围棋圣手吴清源》即写就于此时期。《凌未风·易兰珠·牛虻》是篇创作谈，梁羽生先从柳青的来信谈起，柳青看出凌未风（《七剑下天山》中的主要人物）与牛虻间的关系，梁羽生就势引出作家"移植"外国文学的复杂现象，并解释道，"《七剑》是把牛虻分裂为二的，凌未风和易兰珠都是牛虻的影子，在凌未风的身上，表现了牛虻和琼玛的矛盾；在易兰珠身上，则表现了牛虻和神父的冲突。不过在处理易兰珠和王妃的矛盾时，却又加插了多铎和王妃之间的悲剧，以及易兰珠对死去的父亲的热爱，使得情节更复杂化了。（在《牛虻》中，牛虻的母亲所占的分量很轻，对牛虻也没有什么影响，但杨云骢之对易兰珠则完全不同。）"②。但梁羽生的可贵之处或许更多地在于他的真诚与谦虚："武侠小说的新道路还在摸索中，《七剑》之接受西方文学的影响，也只是一个新的尝试而已，更可能是一个失败的尝试。"③《围棋圣手吴清源》写的是吴清源走向"棋圣"的历程，梁羽生通过一系列事件来塑造吴清源高超的棋艺，如吴清源儿时替父对弈时的初露头角、与段祺瑞对弈时不动声色地显示实力、与日本众多围棋高手过招屡战屡胜以至震动日本棋院等。不过这篇散文的特别之处或许在于其融入了小说笔法，且看梁羽生如何写吴清源儿时替父对弈时的情景："吴清源的父亲上厕所去了许久还不回来，那胖子等得不耐烦了，对旁观者嘲骂吴清源的父亲借故遁逃。这时吴清源忽然在旁边冷冷地说道：'我替父亲下几步好不好？'吴清源那时只是十二岁的小孩子，还未和人正式对过局，那胖子大笑道：'你输了你爸爸会认数吗？'吴清源道：'怎见得是我输呢？等我输了你再说不迟，我没钱就脱衣服给你。'那胖子本来好胜，见这个小孩子毫不把他放在眼内，不禁大怒，就和他续下去。吴清源像小

---

① ［澳］刘维群：《梁羽生传》，长江文艺出版社，1999，第322页。

② 金庸、梁羽生、百剑堂主：《三剑楼随笔》，学林出版社，1997，第8页。

③ 金庸、梁羽生、百剑堂主：《三剑楼随笔》，学林出版社，1997，第8页。

孩子玩石子似的，随手将棋子丢落棋盘，简直不假思索，不过一二十手就扭转大局，转败为胜。那胖子不服气，再和他下一局，赌注十元，结果又输。"①应该说，梁羽生的这段描写确实能够表现出吴清源儿时在围棋方面过人的天分。如果单独看这段描写，读者可能会以为是小说中的某个段落，因为这段描写从语气到用词都颇有《三国演义》《水浒传》等小说的神韵。此外，吴清源十二岁时，梁羽生才两岁，即使梁羽生身在现场也不可能把吴清源和胖子的对话及神态记得清清楚楚。因此，不妨把此段描写理解为作为小说家的梁羽生试图用虚构沟通作为散文家的梁羽生而做的一个尝试。

毋庸讳言的是，梁羽生虽是1950年代的广西散文创作中的佼佼者，但这说明不了1950年代广西散文发展的脉络，因此，有必要以《广西文艺》为例，梳理一下1950年代广西散文发展的脉络。《广西文艺》创刊于1951年6月1日，这是当时广西唯一专门刊发文艺作品的省级刊物，因而它的编辑方针和发表的作品很大程度上反映出了广西文学（散文作为文学中的一支自然也不例外）发展的脉络，至少在"文革"结束前是这样。《广西文艺》在创刊号《编者的话》中有这样一段："在最初，在拟定本刊的编辑方针时，我们就已确定了这是一个地方性的、群众性的、通俗性的文艺刊物。直到最近，我们更明确地规定，本刊的读者对象不能是包罗各阶层群众兼而有之的一般群众，而应该是工农兵群众，最低限度通过工农兵干部而能为工农兵群众所接受；因此在作品内容上不能像过去一般文艺杂志那样以占大量篇幅的小说、剧本、诗歌为主要内容，而应该是以短小精悍的易为工农兵接受的通俗的民间形式的作品为主。"②这段话无疑在给《广西文艺》定性、定位和定调。在此规约之下，《广西文艺》刊发的作品多为山歌、民歌、鼓词、快板剧、活报剧、独幕短剧、真实故事、素描、特写等，散文只是偶尔出现。这种状况到1956年略有转变，1956年"百花齐放，百家争鸣"方针的正式提出带给广西文艺界的思想冲击是巨大的，但在此之前发生的两件事不能不提。一是1956年3月15日—29日，全国第一

① 金庸、梁羽生、百剑堂主：《三剑楼随笔》，学林出版社，1997，第91—92页。
② 载《广西文艺》1951第1卷第1期。

次青年文学创作者会议在北京召开，出席约450人，广西有6人参加。虽参加人数占与会总人数的比例很小，但在当时却很轰动①；二是1956年4月16日—22日广西全省第一次青年文艺创作者会议在南宁召开，240多位青年作者参加，时任中央文化部副部长的夏衍到会做了报告，同时《广西日报》文化宫专门为青年创作者出了一期专辑②。这两次会议的召开如同两块颇具重量的石头先后投进广西文坛单调平静的水面，激起的浪花一旦和"双百"方针激起的巨浪汇合，场面可想而知。遗憾的是，1956年的散文并没有随着"双百"方针的到来而出现大的转变，原因可能在于1956年的下半年，广西文艺界还处于对方针的认识、讨论和对此前广西文艺发展的总结中③。作为讨论和总结的结果则是《广西文艺》的终刊和改刊。在《广西文艺》1956年第十一本和第十二本的封底处连续预告了《广西文艺》将改为《漓江》的消息，并在《漓江》创刊征求订户时这样写道："为贯彻'百花齐放、百家争鸣'的方针，开辟创作和批评讨论的园地，切实满足广大文艺爱好者的要求，广西文学艺术工作者联合会决定将'广西文艺'停刊，改办文学艺术性月刊'漓江'。'漓江'的读者对象，主要是具有一定阅读能力的工农兵群众、国家干部、知识分子和青年文艺爱好者。内容以反映广西各民族人民丰富多彩的生活面貌、边防对敌斗争、革命根据地人民的斗争生活、广西各少数民族优美的民间传说等为主，还有指导青年进行写作的文章和广大读者开展文艺评论的园地。形式主要有小说、散文、特写、儿童文学、诗歌、剧本、曲艺、杂文、评介等，力求多种多样。"④相比《广西文艺》创刊时的定位和定调，《漓江》无论在内容上还是形式上都已悄然有了很大区别。

---

① 《广西文艺》1956年第4本以头条形式刊发题为"把文艺创作赶上社会主义革命高潮——为迎接全省青年文艺创作者会议而写"的评论，并表示要紧接着全国青年文学创作会议之后，召开全省第一次青年文艺创作者会议。而后《广西文艺》1956年第5本专门刊载作为广西参加全国青年文学创作会议六人之一的刘硕良会后的感受（见刘硕良《立志做一个忠诚的文艺战士——参加全国青年文学创作者会议后》，载《广西文艺》1956年第5本）。

② 本刊记者：《第一个春天——记本省第一个青年文艺创作者会议》，《广西文艺》1956年第5本。

③ 《迎接文学艺术发展的新阶段》，《广西文艺》1956年第8本；《畅谈"百花齐放，百家争鸣"》，《广西文艺》1956年第9本。

④ 《〈漓江〉创刊征求订户》，《广西文艺》1956年第11本、第12本。

1957年1月，《漓江》创刊号出版，时任广西省文联副主席的胡明树在代创刊词《漓江也是一朵花》中这样写道："花不逢时不乱开。每种花都有它自己开的季节和开的时候……条件成熟，花就会在它应开的季节应开的时候开放。"①显然，胡明树对形势估计不足，对《漓江》的期望过于乐观了，他不知道的是伴随《漓江》创刊的还有一场声势浩大的反右斗争扩大化运动即将上演，而最具戏剧性的是几个月后胡明树随即被《漓江》批判为"右派分子"，一起被批判的还有林焕平、李文钊、刘牧、秦黛等人②，山雨欲来风满楼，这直接导致1957年这个最有可能成就广西散文的年份流产，《漓江》这朵花终于还是在风雨飘摇中凋谢了。1958年1月《漓江》停刊，1958年3月《红水河》在《漓江》的基础上伴随着广西壮族自治区的成立创刊了，《红水河》创刊号中的《致读者》写道："这个刊物是在经过反右派斗争，检查并批判了'漓江'所犯的错误的基础上诞生的。……'红水河'必须是一个具有高度战斗性的刊物，它必须成为宣传马克思主义文艺理论，以社会主义教育人民的党的思想阵地。"③与《广西文艺》《漓江》的定位和定调相比，《红水河》显然拔高了，但拔高一旦超出了自己承载的能力，就会身不由己地被压弯，变形，直至成为革命的"齿轮和螺丝钉"。散文的园地荒芜了，再好的种子也只能深埋于地下，而随后的"大跃进"和1959年的"反右倾"最终让1950年代的散文在喧闹中寂寞落幕。

二

1960年代，准确地说是60年代初至60年代中期迎来了广西散文的收获期，在此期间，由于国家文艺政策的调整，广西散文质量明显提升并开始在全国崭露头角，在全国崭露头角的显在标志是广西散文多次出现在《人民文学》上，其中毛正三、周民震和苗延秀最具代表性。毛正三的《山荔枝正红的季节》发表在《人民文

---

① 胡明树：《漓江也是一朵花》，《漓江》1957年创刊号。
② 见"坚决反击右派、保卫社会主义"专栏，《漓江》1957年第8本、第9本、第10本、第11本。
③ 《致读者》，《红水河》1958年创刊号。

学》1961年第5期，写了"大跃进"时期壮族姑娘卜莲枝在党的支持下如何带领大家在生产上攻坚克难，并通过"向坡地要粮"和创造"三季造耕作"等事件塑造卜莲枝如何成长为人民公社生产模范的形象。作品难得之处在于塑造卜莲枝能干的同时并没有忘记卜莲枝作为女性柔情的一面（卜莲枝另一个身份是被人称赞的民间歌手，并在与柳芭村青年对歌时表现了女性特有的柔情），也没有忽略在卜莲枝成为生产模范的过程中她父亲在精神上的转变（由看不惯一个姑娘家带着一伙青年男女吃在山上、滚在山上到逐渐默许理解和自豪）。周民震的《苗乡曲》发表在《人民文学》1962年第4期，写的是普通话在促进民族团结方面发挥的巨大作用和"大跃进"带给寂寞山区的新变化。苗延秀的《归侨小凤》发表在《人民文学》1963年第12期，这篇作品曾被一些小说集收录，但从文本特征来看，《归侨小凤》更适合归入散文。与《山荔枝正红的季节》和《苗乡曲》相比，《归侨小凤》的可贵之处在于它打开了人物的隐秘的内心世界，如《归侨小凤》第二节小凤黄昏时分在河边边弹奏琵琶，边随着琵琶声柔情歌唱道："可爱的印度尼西亚，你有美丽的河山和矿藏，我们曾在你的怀里成长，你是我们的第二故乡。……"[1]这歌声在60年代广西散文中是罕见的，此类歌声的罕见不在于它表明小凤身份是"归侨"，而在于它的独歌属性。独歌不同于对歌，对歌多在二人或多人间进行，面向的是他者，即使偶有心声流露，也有限。独歌面向的是自我，是对自我的独语，是直接敞开人的内心世界。独歌打开了小凤的内心世界并开拓了人物形象的深度与广度，自我的独语使人物向纵深延展，独歌中的回忆则使父母异国多舛的命运在小凤的内心中徐徐展开，从而广度得到了拓展，而广度的拓展又反过来为小凤之所以成为如今的小凤提供了强有力的逻辑。由独歌进入内心，在内心世界中塑造人物形象的饱满度，这在60年代整个广西文学都在着力表现"三大革命运动"（即阶级斗争、生产斗争、科学实验）的氛围中实属难得。除了上述作品，这一时期写得较好的散文还有周民震和饶韬合写的《南流江潮讯》（载《广西文艺》1963年2月号）、公浦的《瑶山人家》（载《广西文艺》

---

① 苗延秀：《归侨小凤》，《人民文学》1963年第12期。

1963年4月号）、饶韬的《密林深处》(载《广西文艺》1964年2月号)、毛正三的《高原人家》(载《广西文艺》1964年4月号)、徐治平的《苍山如海》(载《广西文艺》1966年4月号)等。值得注意的是，60年代初至60年代中期，还有不少社员、工人、解放军某部人员等加入了散文创作队伍，他们响应"为工农兵写作，为革命写作"和"深入生活"的号召，散文所写之地多为公社、工厂、连队或某部门，内容多为新人、新事、新思想等，这部分散文质量相比于50年代显然有所提升，但总体来说，在语言的定调和把控、节奏的松紧、情绪的疏密、真实深浅的把握、细节的观察等方面还相对稚嫩。

1966年6月，《广西文艺》以专栏和头条形式转发姚文元的《评"三家村"——〈燕山夜话〉〈三家村札记〉的反动本质》(原载1966年5月10日《解放日报》和《文汇报》)和《解放军报》社论《千万不要忘记阶级斗争》(原载1966年5月4日《解放军报》)，"文化大革命"在广西拉开序幕。"文革"期间的1966年至1971年4月，凌渡形容此间广西散文为"一片空白"①，这是符合实际的，但要说1971年5月至1976年10月粉碎"四人帮"间的散文为"'假大空'成灾，公式化、概念化泛滥，散文已沉沦到毫无审美意义的境地"②则是不客观。1971年5月，由《广西文艺》易名的《革命文艺》试刊，1972年1月《革命文艺》试刊两期后更名为《广西文艺》，更名后的《广西文艺》首期以头条形式转发《人民日报》短评《发展社会主义的文艺创作》(原载1971年12月16日《人民日报》)，短评中重提"百花齐放，推陈出新"的方针，这为广西散文的恢复和发展提供了新的契机。1973年《广西文艺》第1期登载了一条"我区文艺创作活动简讯"，简讯这样写道："为了贯彻区党委常委的指示精神，进一步提高我区的社会主义文艺创作质量，一九七二年八月份以来，自治区先后举办了短篇小说创作学习班、诗歌创作学习班、音乐创作学习班、国画创作学习班、摄影创作学习班，并召开了小型的小说和散文作者座谈会、民歌手和新诗作者座谈会、文艺评论作者座谈会……在此基础上，编选出了广西短篇小说选《南

---

① 徐治平主编《广西散文百年（上）》，民族出版社，2004，第93页。

② 徐治平主编《广西散文百年（上）》，民族出版社，2004，第98页。

疆木棉红》、广西诗选《红水河欢歌》、广西歌曲选《壮族人民歌唱毛主席》，此外还创作了一批短篇小说、散文、诗歌（包括民歌）、戏剧、美术、音乐、摄影等作品和文艺评论文章。"①这条简讯无疑为我们进入"文革"中的广西散文现场提供了切入口，而顺着这条线，翻阅此间的《广西文艺》，会发现一个出人意料的事实——居然涌现出了一大批较好的散文，如《龙大姐》（《广西文艺》1972年第1期）、《地下河的战斗》（《广西文艺》1972年第2期）、《花山新画》（《广西文艺》1972年第3期）、《八角飘香》（《广西文艺》1972年第4期）、《绣花》（《广西文艺》1972年第5期）、《山里人》（《广西文艺》1973年第1期）、《猎手》（《广西文艺》1973年第2期）、《初次出猎》（《广西文艺》1973年第3期）、《蔗乡行》（《广西文艺》1974年1月号）、《奇特的病历卡》（《广西文艺》1975年第4期）等。这些散文虽然每篇都达不到入选本卷的标准，但整体质量却远远高于1950年代的广西散文，即使与1960年代的收获期相比也毫不逊色，如果对"文革"期间的广西散文（准确地说，应该是1971年5月至1976年10月间的散文）做描述的话，有两大现象值得关注：一是与1960年代散文多塑造主人翁为"庄稼迷"不同，"文革"期间的散文多塑造主人翁为"工地迷"；二是主人翁多是充满干劲，有着愚公移山精神的女性。

三

对于1980年代的广西散文而言，有两大事件不能不提。一是以1989年4月25日在防城港召开的"广西散文家创作联络会成立大会"为标志的广西散文家群体性的形成，在此之前的1982年《广西日报》"花山"文艺副刊在桂平召开的散文笔会可视为其铺垫，广西散文家群体性的形成一方面加强了散文家间的联系和团结，另一方面也给散文创作带来了新的可能。二是反思的氛围笼罩着文坛。如果用一个词来形容1980年代的广西文坛的话，"反思"恐怕是绕不过去的关键词。从1980年代初

---

① 《我区文艺创作活动简讯》，《广西文艺》1973年第1期。

期的反思"文革"①，到中期反思百越文化②，再到后期反思广西文坛现状③，可以说"反思"贯穿了整个1980年代的广西文坛。反思首先意味着一种姿态，这种姿态无疑宣示了散文家整体的觉醒和可能的反叛。觉醒和可能的反叛带给创作的影响是散文家们新的探索与尝试，这包括文体的自觉，主题的多元化等，但不得不承认，这种探索与尝试的广度与深度都很有限，成熟之作不多。有意思的是，这数量不多的成熟之作多由远离广西本土的散文家创作，这现象出人意料却也在情理之中。

1980年代的广西散文在数量上占绝对优势的恐怕要数民族风情类散文。其中凌渡的《故乡的坡歌》(散文集，广西人民出版社1984年版)、李宝靖的《桂海游踪》(散文集，广西人民出版社1987年版)、徐治平的《在金笋丛生的地方》(散文集，广西民族出版社1987年版)、蓝阳春的《歌潮》(散文集，广西民族出版社1989年版)最具代表性。这类散文在描写风土人情，记录少数民族生活民俗方面功不可没，但其背后所蕴含的文化表现不足也是事实。就此意义而言，入选本卷的《斗米粽》尤为可贵。古笛的《斗米粽》写的是少年时代的"我"在全县七百余人报考高小升初中时得了榜首，按照当地的习俗惯例，凡考取榜首者都得献礼包大粽(借其谐音为"包大中")，于是一场盛大隆重的"斗米粽"开始了："他(即主持人——引者注)一声令下，人们不由分说就动手从我家的猪圈里拖出两头大肥猪立即宰了，并首先割下八只猪脚洗刷干净留作大粽的肉馅。与此同时，众人中选出四个手艺麻利的能干巧妇，先以柚叶煮水沐浴，她们以圣洁的身手浸洗一斗香糯，磨泡六升绿豆，涤净

---

① 见1980年代初《广西文艺》、《广西文学》(1980年第7期起《广西文艺》改为《广西文学》)刊发的伤痕文学作品，如金彦华和王景全合写的小说《死牢里的呐喊》(《广西文艺》1980年第1期)、周广生的小说《情天霹雳》(《广西文艺》1980年第1期)、左锋的诗歌《弟弟，你听我说——痛苦的回忆》(《广西文艺》1980年第2期)等。

② 1985年《广西文学》3月号刊发梅元帅和杨克合写的《百越境界——花山文化与我们的创作》一文，该文对"百越文化"进行了反思，并迅速在创作上得到了响应，如梅元帅的《黑水河》、杨克的《红河图腾》、林白的《从河边到岸上》、张仁胜的《热带》、张宗栻的《魔日》、黄堃的《南方的根》等。

③ 1989年初，广西人民广播电台连续用五周时间播发黄佩华、杨长勋等人的《广西文坛88新反思》系列文章，引起了广西文坛的强烈反响。《广西文学》1989年第1期以"广西文坛三思录"为题刊发其部分内容，1989年3月14日，《广西文学》《南方文坛》《广西日报》等6家单位在广西文联召开振兴广西文学大讨论，150多人参加。讨论之激烈，参见彭洋：《躁动不安的广西文坛——'振兴广西文艺大讨论'记述之一》，《广西文学》1989年第5期。

一百二十张又大又长的粽叶，并采集香芜、板栗、草菇、腊味等等，切碎捣溶拌和着酱料，然后把八只剖开的猪脚一同用盆腌起。另外，由推选的四个壮汉把我家大门的两扇门板拆下，用四条长凳架着铺展在堂前庭中，作为巨大厚实的案板，准备包粽。然后，四个巧妇把一张张粽叶如同编织壮锦摆满了门板；再将浸洗过的一斗糯米倒在铺开的粽叶上；接着，脱了壳的六升绿豆、腌过香料的八只猪脚，都先后放进糯米槽中，末了将边沿的糯拢起掩盖着绿豆和猪脚，最后一道工序是把所有的粽叶从四面八方将糯米、绿豆等裹起来。"①大粽的制作过程在作者笔下充满了仪式感，而仪式感的背后则是对本民族文化的认同和自觉传承。此外，为"斗米粽"加水的人选（是年将要出嫁的姑娘和她的十姐妹）和到村外砍丹竹的人选（是年将要结婚的小伙子和他的十兄弟）及其期间的洒花水、对唱等无不充满文化韵味。某种意义上说，《斗米粽》就是一场壮家文化盛宴。

其次是回忆性散文。此类散文的可贵之处首先在于它所具有的史料价值，如张报的《萧三同志与〈救国时报〉》通过对萧三在不为世人所知的《救国时报》所撰写的诗文的辨识，既勾勒出萧三作为革命者的文人本色，又为后来者了解那段风云变幻的历史提供了一个难得的切入口。其次，此类回忆性散文不仅具有史料价值，还具有沧桑感。这点与小说相同又别于小说。好的小说需要的是命运感，这里且不说沧桑感与命运感的区别，仅就其本质而言，小说是虚构，虚构让小说的命运感可以与写作者有关，也可以无关。而散文不同，散文的沧桑感大多与写作者有关或者说写作者本人就是事件的参与者、亲历者。从这意义上说，一个年轻写作者可以写出充满命运感的小说，但他绝对写不出带有沧桑感的散文。因此，写带有沧桑感的回忆性散文是需要时间沉淀的。此外，既然带有沧桑感就必然涉及变化、变迁。而中国自进入现代以来就处在不断变化的历史之中，这对尤其刚从"文革"走出来的作家而言，体会可能更深，如秦似和陆地。秦似的《忆孟超》写对老友孟超后半生的印象记，从1940年在桂林最初会面时的拘谨，到《野草》时期的虽物质贫困但精

---

① 古笛：《斗米粽》，《民族艺术》1986 年第 2 期。

神意气风发，到香港时期仓皇逃难时的狼狈，再到《李慧娘》演出时的兴奋和不久后的被批判，最后到"文革"时期的含冤屈死。秦似选取不同时期的孟超印象，时间跨度30余年，30余年的不同印象浮现出的是孟超后半生的坎坷命运，读来令人不胜唏嘘。陆地的《七十回首话当年》既是一篇自传，又是一部中国现当代文学发展史（1940—1980年）的缩影。《七十回首话当年》有十五节，略长，有时笔尖一滑就宕开去，但读来却无丝毫的冗长感。前七节写自己是如何走上文学道路的，八到十二节写正式走上文学道路（1939年）至解放前（1949年）这十年间的文情世事，尤其延安时期是浓墨重彩的一笔。1939年初，陆地进入鲁艺文学系，是其文学生涯的重要起点，如果从1945年6月陆地离开延安南下（南下未成，后北上东北）算起，陆地至少在延安待了6年，6年间，陆地首先是延安文艺发展的见证者，如鲁艺文学系的课程设置、教员变动等，同时还是直接的参与者，如鲁艺文研室的成立和解散、部队艺术学校的创办和停办、《部队生活》报社的编辑等，但这对史料性散文而言并不是最重要的，重要的是陆地写出了延安时期文人间的微妙关系与人情，如丁玲、艾青和罗烽等人轮流主编的文协会刊《谷雨》和何其芳主编的鲁艺校刊《草叶》间的暗自较劲；陆地拿习作分别请教于严文井和卞之琳时的冒失和尴尬；时任三五九旅旅长的王震边理发边跟鲁艺文研室同仁谈话时的随意又郑重其事及陆地和周扬间的隔阂等。十三到十五节写建国后至"文革"结束期间的遭遇，这遭遇与同时期的文人遭遇相比可能更具戏剧性和力度[①]，从这一意义上说，陆地的《七十回首话当年》带给我们的启示意义可能更大。

此外，还有一类写人的散文值得一提。白先勇的《第六只手指》是其中比较有代表性的一篇，白先勇兄妹十人，三姐先明排行老六，因而《第六只手指》主要写的就是他的三姐先明。先明排行老六，地位不上不下，有些尴尬，面对上有才貌出众的姐姐，下有聪慧的弟弟，而自身"功课总赶不上"的事实，自卑和内向是可以

---

① 如1960年代初创作《故人》带来的巨大成功和"文革"初期对《故人》批判为"大毒草"的对比，作者也因《故人》受难"成了三反分子，成了文艺黑线在广西的代理人！作为权威的党报，每天以一版到两版的整版通栏标题，连续刊载了38天（从6月15日到7月23日）所谓工农兵群众大批判文章，所谓各地区各团体的声讨电文和声讨大会的图片"。其批判力度之大，在当时广西区内罕见。

想象的，再加上战火纷飞的年月，母亲也顾不上这与自己性格不太相类的女儿，于是三姐先明成了兄妹十人中最能忍让的一个，也是最寂寞的一个，然而这篇散文最令人感动同时又最让人心酸的不是她的忍让和寂寞，而是三姐先明的天真和善良。人，可能一时善良易，但三姐先明则是一生都非常善良。天真似乎总是属于孩提时代，成人可不可以回到孩提时代的天真？三姐先明做到了："她要笑的时候就笑了，也不管场合对不对。天气热时，她把裙子一捞便坐到天井的石阶上去乘凉去，急得我们的老管家罗婆婆——罗婆婆在我们家现在已有五十多年的历史——追在明姐身后直叫：'三姑娘，你的大腿露出来了！'明姐变得'性格'起来，世俗的许多琐琐碎碎，她都不在乎了，干脆豁了出去，开怀大吃起来。……她专看武侠片及恐怖片，文艺片她拒绝看，那些哭哭啼啼的东西，她十分不屑。看到打得精彩的地方，她便在戏院里大声喝起彩来，左右邻座为之侧目，她全不理会。她看武侠片看得真的很乐，无论什么片子，她回到家中一定称赞：'好看！好看！'"只不过三姐先明是以"精神分裂"作为代价回到了孩提时代，这是残忍的，也是令人心酸和心痛的。何以至此？或许正如白先勇所言："也许明姐不喜欢这个充满了虚伪、邪恶、竞争激烈的成人世界，一怒之下，拂袖而去，回到她自己那个童真世界里去了。"①柳苏，这个笔名听起来可能有些陌生，但他的另一个笔名"罗孚"对熟悉《大公报》或香港文学史的人来说恐怕无人不知，无人不晓。罗孚，原名罗承勋，1921年生于桂林，1941年在桂林加入《大公报》，先后在桂林、重庆、香港三地《大公报》工作，曾任香港《新晚报》编辑、总编辑。被誉为"香港文学界的伯乐""金庸梁羽生武侠小说的催生婆"。"1982年4月底，时任香港《新晚报》总编辑、《大公报》副总编辑、全国政协委员的罗孚由港到广州探亲，意外接到香港新华社领导通知，要他上北京开会。……"②在北京期间，罗孚以"柳苏"③为笔名发表一系列散文④，其中就包

---

① 白先勇：《第六只手指》，《联合报·联合副刊》1983年8月17日。

② 魏华龄：《现代桂籍文化名人传略》（内部资料），2013，第222页。

③ "柳即柳宗元，苏即苏东坡，柳宗元曾被贬到广西，苏东坡曾被贬到广东，'柳苏'是取其贬意。"魏华龄编著《现代桂籍文化名人传略》（内部资料），2013，第224页。

④ 后汇集《香港文坛剪影》（生活·读书·新知三联书店1993年版）一书。2010年中央编译出版社出版《罗孚文集》时该书被收入《南斗文星高》中。

括入选本卷的《侠影下的梁羽生》和《你一定要看董桥》。《侠影下的梁羽生》寥寥数笔就写出了梁羽生的侠之本色（对武侠小说的热衷）和侠之余（写文史随笔和下围棋），但不够，柳苏继续通过对朋友送梁羽生的一首诗的解释写梁羽生可爱的一面："'棋中意'说他的棋话是一绝。'竹外情'就有趣了。苏东坡'宁可居无竹，不可食无肉'，其实是既爱竹又爱肉的，竹肉并重，但梁羽生爱的就只是肉。他已长得过度的丰满，却还是喜欢肉食如故，在家里受到干涉，每天到报馆上班时，在路上往往要买一包烧乳猪或叉烧带去，一边工作或写作，一边就把乳猪、叉烧塞进口里，以助文思。"①这个解释是略带苛责的，但它却是充满微笑、充满理解的苛责。散文写人容易，懂人难，读柳苏写人的散文至少会让你觉得作者是懂得他笔下人物的。《你一定要看董桥》亦如此。《你一定要看董桥》写的是董桥风格如何野。据说这篇散文是董桥风靡大陆的推手，其影响力可想而知。就在柳苏发表《你一定要看董桥》后不久，《散文选刊》推出了《广西三中年作家散文特辑》(《散文选刊》1989年第7期)，这是广西散文家首次以群体的形式出现在全国读者面前②，稍后，《散文选刊》1990年第5期又刊发了广西散文家"庞俭克散文特辑"，同年，徐治平的《散文美学论》出版，这应该是新时期以来广西第一部系统地从理论上阐述散文美学的学术专著，这些都为1990年代的广西散文开了好头。

　　1990年代是散文走俏的时代，散文走俏为散文的文体实验提供了机遇。而广西散文在1980年代由反思积蓄的文体意识到了1990年代这个散文文体实验场中终于可以大展身手。因此，相比于1980年代，1990年代的广西散文在内容上大为拓展，形式上也更加多样。这直接带来了1990年代广西散文的多元化。散文的多元化使散文园地得到扩展的同时也显示出自身的不足，这不足在1996年12月4日至6日广西散文界在防城港召开的"广西散文战略研讨会"上得到了系统总结③。尽管如此，如

---

① 柳苏：《侠影下的梁羽生》，《读书》1988年3期。

② 徐治平主编《广西散文百年（上）》，民族出版社，2004，第169页。

③ 彭洋、凌渡、江建文：《广西散文战略》，《南方文坛》1997年第1期；徐治平主编《广西散文百年（上）》，民族出版社，2004，第166—167页。

果把1990年代的广西散文放在建国以来的广西散文史中来看，它向经典性散文迈进的过渡性特征相比于此前任何一个时期恐怕都要明显。倘若对1990年代广西散文做番梳理的话，回忆性散文依然是绕不过的内容，如凤子的《人生第一课——记中学时代的戏剧活动》《我的几位师长》、白先勇的《不信青春唤不回——写在〈现文因缘〉出版之前》、陆地的《延安"部艺"生活点滴》、林焕平的《抗战烽火话桂林》。《人生第一课——记中学时代的戏剧活动》写的虽是凤子中学时代的戏剧活动，但也可视为中国话剧早期发展史的一个侧影；凤子的《我的几位师长》回忆她在复旦大学中文系求学时的生活和几位老师对自己的影响，如选修新闻采访课和系主任谢六逸负责的《复旦学报》对自己日后走上编辑道路的影响；洪深上课时的侃侃而谈、旁征博引和对自己走上话剧演员的引导；赵景深课上对昆曲的钟爱及其日后的书信往来等。白先勇的《不信青春唤不回：写在〈现文因缘〉出版之前》写1960年代一大批崭露头角的作家如三毛、陈若曦、施家姊妹施叔青和施淑端者是如何结缘《现代文学》杂志，然而三十余年过去，《现代文学》杂志已停刊，当初《现代文学》所在的松江路那片野生地也早已变为了高楼云集的闹市，字里行间的沧桑感不言而喻，唯一可感欣慰的是《现代文学》刊发的文学还在，这或许是白先勇"不信青春唤不回"的底气。陆地的《延安"部艺"生活点滴》相比于《七十回首话当年》中的延安"部艺"生活要详细很多，如部艺的具体待遇、教员和学员的信息及具体活动，延安后期的苦闷和寂寞生活等，这为历史现场的想象还原提供了细节支撑。林焕平的《抗战烽火话桂林》回忆其1942年2月至1944年6月在桂林这个当时被称为"文化城"期间的见闻和从事的活动，见闻涉及校园中的权力斗争、贪污腐败等，从事的活动多和文艺有关，桂林文化城期间，林焕平除了从事翻译还写就了一些总结性的文章，如《五年来文艺界的概况》《岁末话文坛》《一年来的文艺界》等，这为了解当时桂林文坛的状况提供了可贵的参考。

除回忆性散文外，庞俭克的《秋意》、潘大林的《秋日还乡》、张燕玲的《维也纳森林的故事》等在1990年代的广西散文中也具代表性。庞俭克的《秋意》是篇需要反复读才能读透的散文，之所以如此说源于三点：一是他的文字富贵气极重；二是意象繁多；三是思维流动的跳跃性大。读过庞俭克的《秋意》再看潘大林的《秋日还乡》仿佛刚品过咖啡后看见一杯淡茶，还是忍不住喝上一口。但潘大林的《秋日还乡》写得最好部分不是对曾祖父和父亲的追忆，也不是对人生存在意义的追问和感慨，而是少年时代干农活时的经历："春天随大人到冰冷的水田里担秧插田，一任手脚红肿如桃；夏天顶着烈日收割水稻、挑送公粮，把喝五分钱一大海碗的稀粥当成了世间最痛快的享受；秋天邀上几个尺高寸矮的小伙伴，进大山深处烧石灰，为的是换取一元几角钱的学杂费；冬天则冒着寒风冷雨到河滩上开荒造田，嘴唇和脸颊干裂得冒出了鲜红的血珠。"①张燕玲的《维也纳森林的故事》静下心来读可能更好。"维也纳森林的故事"是施特劳斯的同名圆舞曲，但对"我"而言，其意义显然不仅如此。不妨把"维也纳森林的故事"拆开来看，"维也纳森林"首先代表着原始、本真、淳朴，最适宜安放和治愈被世俗所累的内心："生活的谎言有太多令人随时升腾又随时坠落的伤感，而单调山野的森林，却代表了永恒的朴素和真实，犹如一部原始诗集，足以让祈求宁静安然的我心折。"②维也纳森林同时也是滋养性灵的地方，施特劳斯、贝多芬、舒伯特等人无不受益于维也纳森林，创作出传世名作，当然还有容貌令世人倾倒的茜茜公主与弗兰茨·约瑟夫在维也纳森林的浪漫相遇……这些构成了维也纳森林的故事，这故事对"我"而言是诱惑，这诱惑使"我"内心深处渴望成为理想主义者："面对远处的阿尔卑斯山，面对记忆中的维也纳森林的故事，面对湖面上怡然自乐的水鸟野鸭，面对湖畔草地上坐在大藤篮上荡秋千的孩子，我只觉得灵魂出窍，仿佛这是我的新世界，我一世的幻想。"③1990年代代表性的广西散文除上述几位作家作品外，写的较好的还有徐治平的《南方的太阳》、包晓泉的《大明山的诱惑》、凌渡的《听狐》、岑献青的《故人故事》等。

---

① 庞俭克：《秋意》，《人民文学》1992年3期。
② 张燕玲：《维也纳森林的故事》，《作家》1999年12期。
③ 张燕玲：《维也纳森林的故事》，《作家》1999年12期。

四

在2000年代，有两个年份对广西散文的发展尤为重要。一是2004年，这年民族出版社出版了徐治平主编的《广西散文百年》（分上下册，上册是散文史，下册是作品选，此处指的是上册），这是第一部对20世纪广西散文的发展脉络做系统和相对全面的梳理和总结的著作，为后来者提供了诸多珍贵的史料线索和参考价值。但它更重要的意义或许在于促使2000年代及其之后的广西散文家建构"散文史"的意识。二是2007年，这年《红豆》杂志在南宁举办"《红豆》首届全国精短散文大赛"，声势颇大①。稍后，《广西文学》第7期起开辟"特别策划·重返故乡"栏目，该栏目正如其副主编冯艳冰所言："从2007年第7期起，开始了一个似乎可能无终无了的工程：命题作文，约请广西的作家们以散文的形式，写他自己的一段故事，一段与之生命旅程最重要的灵魂密码和线索，特别是真实地写出目前状态下作家们精神血缘中自己的乡村。"②应该说，该栏目的设置是有眼光的，它致使"故乡"成为2000年代广西散文再也无法绕过的话题，如入选本卷的东西的《故乡，您终于代替了我的母亲》、黄土路的《父亲传》、潘琦的《梦幻的童年》、韦其麟的《乡情》、龙子仲的《故乡无处拾荒》等。紧接着，《广西文学》第9期以专刊形式推出"广西散文新势力十六人③作品展"且篇后配有作者一二百字的散文观，《广西文学》第10期配发王兆胜的《思想的芦苇与灵魂的吟唱——读〈广西文学〉"广西散文新势力十六人作品展"有感》一文，第11期配发穆涛的《生动的局面或片面的意义——"广西散文新势力十六人作品展"专号的启示》一文，对"广西散文新势力十六人作品展"进行专门的评述。11月8日，《广西文学》联合广西文联文艺研究室主办"'广西散文新势力十六人作品展'专号研讨会暨广西散文创作高级研讨班"，会后《广西文

① 《携手共进，硕果累累——广西散文创作态势全面活跃》，《广西日报》2007年8月13日。
② 冯艳冰：《以故乡的名义》，载覃瑞强主编《重返故乡·前言》，广西人民出版社，2011，第1页。
③ 即梁志玲、蓝薇薇、何述强、沈东子、董迎春、刘美凤、莫雅平、王梆、沙地黑米、李金兰、王冰、叶华、石丽芳、苏会玲、透透、欧泽璋。

学》第12期以文讯形式刊载署名为"潇雨"的《传承与探索——〈广西文学〉"广西散文新势力十六人作品展"专号研讨会摘记》的文章。这一系列事件使2007年成为2000年代广西散文标志性的年份，学者黄伟林曾称2007年为广西少数民族文学的"集结号"①，此处不妨借用一下，称2007年为广西散文的"集结号"似乎也不为过。但也应看到，"集结"的背后是文学期刊对散文创作的深度介入，这样一来，散文在获得展示的同时也必然丧失部分自由，而散文之"散"，其实质，不是散在形式或主题上，而是散在创作之自由上，因此，从这意义上说，由文学期刊形成的"集结"既意味着蓄势待发，又蕴含着先天不足。相比而言，张燕玲、彭匈、廖德全、朱千华等这些"集结"之外的"散兵游勇"反而获得了较大自由，其散文也就更具代表性。这一现象在2010年代的广西散文格局中更为清晰。

张燕玲的散文创作在1990年代已经取得了有目共睹的突出成绩，2000年代之后张燕玲的创作力保持着稳步上升的势态，从2000年代的《望尽天涯》《耶鲁独秀》《此岸，彼岸》《走进太阳里》到2010年代的《础石》《西津渡，锅盖面》《巴金遇见金城江》等，这些作品不仅是广西散文中的精品，在全国散文创作领域也是备受瞩目的优秀作品。而且张燕玲是在繁忙的工作之余写散文的，批评家王彬彬的一段话很让人感叹："我读了张燕玲的散文后，我总觉得我们这些人都欠她的，她把主要精力都办了刊物，实际上她都是为我们做的牺牲。她如果不办刊物，她会成为一个优秀的作家。我觉得她即便是业余时间写的散文都是非常漂亮的，文笔非常好。"②好的散文需要时间的沉淀。《望尽天涯》写的是"我"对十年前那段艰难岁月母女相依为命的回望，回望来路首先需要的是勇气，在回望中，对女儿的牵挂成了治愈母亲疼痛的良药。某种程度上，女儿的出生拯救了一位母亲，但对读者而言，女儿的成长历程也是母亲在艰难岁月中实现自我超越与精神涅槃的历程。而母爱与自我超越和精神涅槃不断交织碰撞升腾出的女性生命之美正是这篇散文的魅力所在。好

---

① 黄伟林：《2007年，广西少数民族文学的"集结号"》，《广西文学》2008年第5期。

② 王彬彬：《"给我们一个更清晰的背景"：今日批评家评说独秀女作家》，《南方文坛》2013年第1期。

的散文需要一种情怀。《耶鲁独秀》与其说写的是因设计出女生碑和越战墙而伟大的林璎，不如说写的是能够让林璎伟大的情怀。女生碑和越战墙之所以能够成就林璎就在于其所蕴含的博大情怀，而作者通过女生碑和越战墙解读出的历史观、生命观、文化观甚至宇宙观既属于林璎，又属于解读者"我"，二者就像彼此等候多时的知音，终于在耶鲁女生碑和越战墙前相遇了。好的散文也需要独特的眼光。《此岸，彼岸》的独特之处不是写台湾基隆隆重的"中元祭"，而是发现了鬼圩间也有冷暖，这一发现对孤身一人的台湾老兵而言过于残忍，但更残忍的是这群台湾老兵不仅没有彼岸，就连此岸恐怕都是奢望，曾老伯与爱妻五十四年后的相逢最后的无果而终便是暗示。彭匈，是写人物的高手。《草根四章》篇幅不长，彭匈却一口气写了四个草根人物，分别是算命的伍瞎子、土工队的黄埔田、杀狗的老何、按摩的猴子仔。四个人物各有绝活，性格迥异，形象丰满，印象深刻。且看他如何写猴子仔的按摩："……待按到身上时，换了手法，忽儿单掌平按，忽儿双掌叠按，忽儿侧掌挪刮，忽儿竖掌逆推，忽儿握掌滚动，忽儿屈肘摇旋。随着客人呼吸起落，手法轻重有致，悠悠然韵味十足。最有看头的是拍打，尤其是在打一个胖子，声音爽脆，皮肉颤动，非常过瘾。他将胖子视为一个四面体，打时面面俱到。拍打又有许多讲究，一是依照顺序，先左后右，由上而下，只可顺打，不可逆拍。二是掌握力度，轻拍、中拍、重拍。轻拍只抖动手腕，多施于肉薄之处和重要器官外面；重拍则挥动大臂，专拣肉多处扇去。一个愿打，一个愿挨，打者狠狠，受者哼哼，相映成趣。三是注意节奏，多采用'七星拍子'，打起来如念七言绝句，'平平仄仄平平仄，仄仄平平仄仄平'。有时也用'一四拍子'，'劈——叭叭叭叭，劈——叭叭叭叭'。最叫人不可思议的是替胖子翻身，猴子仔竟举重若轻，轻轻一抓，胖子便翻了一面，于是响声又起。"①此段描写如果没有生活的深厚积累和细致的观察写不出，即使能够写出，没有老到的文字功底也写不好跟猴子仔按摩的节奏相映成趣的文字来。廖德全的《后主情怀》以理解、微责之笔调评述后主李煜人生之得失。李煜作为南唐

---

① 彭匈：《草根四章》，《红豆》2004年2期。

的亡国之君，苛责之声自然难免，作为有才华的词人，钦佩之声也不绝于耳。而廖德全对两种声音在理解的同时各打五十大板，以客观的事实为我们呈现出李煜作为帝王时的贪恋美色、不思进取、昏庸无能和孤行一意，同时也写出了李煜作为普通人的儿女情长、真诚待人和仁惠尽礼。但廖德全的可贵之处或许在于看出了体制腐败之于南唐亡国的时间问题和李煜的词中之味，正如其所言："这词，没有旷世才情，没有人生之大悲苦，无论如何也做不出来；这词，只配李煜去做，也只有李煜才做得出来，李煜做出来才有味道。"①此外，白先勇的《少小离家老大回》、严风华的《一座山，两个人》、朱千华的《草木染》《芋娘》、沈东子的《他们彼此从未听说过》等也各有特色。

进入2010年代，首先值得关注的是学者刘铁群于2012年推出的《广西现当代散文史》(广西师范大学出版社出版)，同样是梳理和评述广西百年散文，与《广西散文百年》相比，《广西现当代散文史》部分章节更加丰富和翔实，比如该著增加了"30年代旅桂作家的散文""桂林文化城时期旅桂作家的散文"等内容，同时，2000年后的一部分散文创作最新成果也被纳入了视野。从《广西散文百年》到《广西现当代散文史》，时隔八年。无独有偶，2007年《广西文学》第9期以专刊形式推出"广西散文新势力十六人作品展"后的第八个年头即2015年《广西文学》第9期同样以专刊形式推出了"广西散文新锐专号"。此次推出的也是16人：唐女、林虹、陶丽群、罗南、黄庆谋、梁晓阳、孟爱堂、廖莲婷、颜晓丹、寒云、杨仕芳、刘景婧、宋先周、李海凤、羊狼、陈洪健。入选本卷的陶丽群的《忧郁的孩子》写山区生活的无奈，生活的无奈逼迫山区女人们到城市从事最古老的职业，而她们的孩子如李小双者则承受着幼小躯体难以负荷的煎熬，对他而言，到城市看一眼母亲成了最奢望的一件事，没有母爱的童年是忧郁的，为了买一副塑料围棋，他要付出妈妈交代的要把鹅养大的漫长劳动。煎熬也让李小双过早地懂得了生活的含义："爷爷的话音刚落，李小双就迅速地拉了灯绳，屋子一下子就暗下来了。我在昏暗里捧

---

① 廖德全：《后主情怀》，《中华散文》2002年第10期。

着面条碗站了一会儿，难过，无言的难过。李小双并不小了，他幼小的心灵已经体会并且承受了生活的艰辛，懂得尽可能地节俭生活开销。"①阅读梁晓阳的《天山长风吹过大平滩》(载《广西文学》2013年第3期)扑面而来的是一股浓郁的草原味和挥之不去的游牧气息，奇怪的是这味道和气息如同来自身体而不是文字，这让人疑心假如与梁晓阳相邻而坐是否也会有一股草原味和游牧气息飘然而至。何以为此？仔细辨识发现可能因他善躲在及腰的花草丛中之故，花草的及腰是大自然的生成，更是他的魔法所致，道具自然是文字，技法则是他用大量的形容词构造具有标识性的梁式长句把周身呈螺旋式围了一圈又一圈，然后他若无其事一丝不挂地泡在由此形成的花草丛中试图修道成仙，最后仙没成，倒炼出了一身的草原味和游牧气息。罗南的《娅番》(载《花城》2017年第3期)是散文艺术中难得的佳作，首先是文字的扎实，这扎实是建立在生活实感之上的，且看她如何写父亲熬玉米粥："火塘的三脚架上架着一大鼎罐水，父亲左手抓起一把玉米面，右手捏着一双比平常长出三四倍的竹筷子。玉米面从父亲左手缝飘飘洒洒缓慢落入鼎罐内，右手间的长竹筷欢快地沿着顺时针方向不停均匀画圆圈。没干透的柴火吱吱地吐出白沫，冒出的辛辣烟火熏得父亲睁不开眼。父亲左右手娴熟配合，他眯缝着眼，竹筷画出的圆圈花朵一样在鼎罐内层层叠叠绽放。"②其次是深谙艺术的起承转合。《娅番》最精彩之处应该是娅番骂街，但在精彩之处却戛然而止，是吊人胃口？非也。戛然而止是出人意料却在情理之中。娅番骂街是以"我"儿时的视角观之，试想儿童有能力对骂街时的语言、动作、神态等做出准确的描述吗？即使写作者以成年后的视角回忆儿时的娅番骂街也掩饰不了其中的假态，反而得不偿失。但罗南的戛然而止并没有使自己逼进死角，而是把笔尖一拐伸到山逻街："多少时光的沉淀才堆积出一个山逻街？"于是山逻街的历史就此宕开来。宕着宕着笔尖不觉间回到了娅番身上："娅番在山逻街的出现，是一个例外。"于是娅番夫家家族的历史扯了起来。而这只是其中的前两节(共八节)，但于此已发现罗南在艺术的起承转合中已悄无声息地把娅番大半生

---

① 陶丽群：《忧郁的孩子》，《广西文学》2010年第7期。

② 罗南：《娅番》，《花城》2017年第3期。

的命运浮沉与山逻街的变迁、时代的风云变幻紧紧地联系在了一起，这是罗南的智慧。还有唐女的《追萤火，逐流云》和林虹的《钉子被移来移去时》。读唐女的《追萤火，逐流云》会让你惊讶她眼睛的澄明，文笔的流畅。而林虹的《钉子被移来移去时》则让你感受瑶妃在听到钉子被移来移去的声音时对命运的反抗。

2010年代的广西散文有一明显现象就是其作者有不少是写小说的好手，如陈建功、林白、东西、严风华、黄继树、黄咏梅、陈谦、纪尘等。奇怪的是，这些创作小说的好手一旦写散文突然变得"规矩"和"安分"起来，如同在大都市闯荡大半辈子的游子一下子回到了生养他的乡下茅草屋。茅草屋是记忆的出发点，更是安放心灵的归宿。于是以朴实的笔调娓娓道来其人生的故事成了多数写作者回望来路的方式，奇异的是在这些朴实文字的背后却有一股坚不可摧的力量一步一个脚印地深入你的内心，烙在你的脑海，让你不得不感叹姜还是老的辣。陈建功的《双城记：北京与北海》讲述的是北京与北海这两座城于己的意义，由于在北京城居住了大半辈子，陈建功自然深谙北京人"宠辱不惊的处世哲学，有脸儿有面儿的精神优势，有滋有味儿的生活情致，自信满满的神侃戏说……"，讲述起来也津津乐道，但北海于陈建功显然不同于北京城，用他的话说"回到这里，有重新回到8岁时的快乐"。如他可以穿着游泳裤，光着膀子面无愧色地骑行在北海侨港镇、金海岸大道、所住小区，这种"面无愧色"正如他所言："如果不是这'面无愧色'被人发现，我会永远面无愧色。"①底气何在？故乡也。林白的《北流三篇》从民国年间的校舍写起，在她笔下，故乡附近的几个村庄皆是有来历和有故事的，如山围的冯氏家族曾经的显赫；萝村陈氏家族的传奇；白马扶阳书院的变迁。还有充满深情的表哥与恋人长达数十年写就的三大本的信件……读来令人唏嘘不已。冯艺的《沿着河走》写的是父亲和他的胞兄沿着老家门前那同一条河走却走出了两种不同人生：伯父成了国民党的一员，解放后倒在了新政权公审大会的枪口下；父亲虽参加了革命却因历史问题起伏跌宕了30年。一条小河，两种人生，牵出一段风云变幻的历史，这是冯艺的

---

① 陈建功：《双城记：北京与北海》，《美文》2017年第2期。

智慧;"沿着河走，是为了寻找更大的江河，也成为一代代人对一段历史的万种滋味，那'隐忍不言的伤'埋在历史的深处隐隐作痛"，这是冯艺的深刻。严风华的《总角流年》是自传，与自传相异，陈谦的《鲁家二三事》是他传，但不管是自传还是他传，其所提供的历史镜像和历史细节对于我们了解20世纪中国风云变幻的历史都大有裨益。黄继树的《难忘的回乡之路》和黄咏梅的《故乡：默认的连接》可视为《广西文学》"重返故乡"系列。此外，徐治平的《鱼马往事》、东西的《真正的经典都曾九死一生》、潘琦的《我家开放四朵花》、何思源的《越南糕、三文鱼及咖啡》、彭洋的《致敬无人岛》、石一宁的《上林忆想》、何述强的《时间的鞭影》、沈东子的《海明威与桂林》、李金兰的《丰子恺在两江》、朱千华的《雁山园：一个读书人的理想国》、纪尘的《冬天，在百万人的村庄》等和上述散文一起构成了2010年代广西散文的百花园。

李北京

1950年代

凌未风·易兰珠·牛虻

梁羽生

约半月前，我收到一封署名"柳青"的读者的来信。他是某中学的学生。没有什么多余的钱买书，《七剑下天山》的单本，是在书店里看完的。他很热心，看完之后，写信来给我提了许多意见。

我很喜欢像他这样的读者。我读中学的时候，也常常到书店"揩油"，好多部名著都是这样站着看完的。他怕我笑他，其实，正好相反，我还把他引为同调呢！《七剑》第三集出版时，我一定会送一本给他的。

作者简介

梁羽生（1924—2009），原名陈文统，生于广西蒙山，书香门第，熟读古文。1936年考入蒙山县初级中学，1940年考入平乐中学，1941年转学至桂林高中，1944年回蒙山避难，拜简又文为师，听饶宗颐上课，1945年考入岭南大学，毕业后进入香港《大公报》，1949年定居香港。1954年以"梁羽生"（因崇拜白羽而自名）为笔名，在《新晚报》连载第一部武侠小说《龙虎斗京华》，开港台新派武侠小说先河，从此一发不可收。1984年宣布封笔。著有武侠小说35部。另有散文集《笔花六照》、《梁羽生散文——生花妙笔侠影留》、《梁羽生散文集》、《三剑楼随笔》（与金庸、陈凡合著）等出版。

作品信息

选自《三剑楼随笔》（学林出版社1997年版）。收入《笔花六照》（上海古籍出版社1999年版）、《梁羽生散文》（远流出版事业股份有限公司2008年版）、《梁羽生散文——生花妙笔侠影留》（生活·读书·新知三联书店2010年版）、《梁羽生散文集》（天地图书有限公司2015年版）。

当然，我更感谢他的意见。他看出凌未风（《七剑》中的一个主要人物）是牛虻的化身，因此很担心，怕凌未风也会像牛虻一样，以英勇的牺牲而结束。他提出了许多理由，认为凌未风不应该死，并希望我预先告诉他凌未风的结局。

我很喜欢《牛虻》这本书，这本书是英国女作家伏尼契的处女作，也是她最成功的一部作品，写的是上一世纪（十九世纪）意大利爱国志士的活动，刻画出了一个非常刚强的英雄像。

那时我正写完《草莽龙蛇传》，在计划着写第三部武侠小说，《牛虻》的"侠气"深深感动了我，一个思想突然涌现：为什么不写一部"中国的牛虻"呢？

吸收外国文学的影响，利用或模拟某一名著的情节和结构，在其他创作中是常有的事。号称"俄罗斯诗歌之父"的普希金（Alexander Pushkin），许多作品就是模拟拜伦和莎士比亚的。以中国的作家为例，曹禺的《雷雨》深受希腊悲剧的影响，那是尽人皆知的事；剧作家袁俊（即张骏祥）的《万世师表》中的主角林桐，更是模拟《Good-bye Mr.Chips》（也是译作《万世师表》）中 Chips 的形象而写出来的；他的另一部剧作《山城故事》，开首的情节，也和女作家简·奥斯汀（Jane Austen）的《傲慢与偏见》（*Pride and Prejudice*）相类，同是写一个"王老五"到一个小地方后，怎样受少女们的包围的。

在吸收外国文学的影响上，最应该注意的是：不能单纯地"移植"。中外的国情不同，社会生活和人物思想都有很大的差别，因此在利用它们的某些情节时，还是要经过自己的"创造"，否则就要变成"非驴非马"了。

在写《七剑下天山》时，我曾深深考虑过这个问题。因此我虽然利用了《牛虻》的某些情节，但在人物的创造和故事的发展上，却是和《牛虻》完全两样的。（凌未风会不会死，现在不能预告，可以预告的是，他的结局绝不和《牛虻》相同。）

《牛虻》之所以能令人心弦激动，我想是因为在牛虻的身上，集中了许多方面的"冲突"之故。文学评论家勃兰兑斯（George Brandes）说过一句名言："没有冲突，就没有悲剧。"我想这句话也可以引用到文学创作上来。这"冲突"或者是政治信仰的冲突，或者是爱情与理想的冲突，而由于这些不能调和的冲突，就爆发了惊心动魄的悲剧。

在《牛虻》这本书中，牛虻是一个神父的私生子，在政治上是和他对立的，这样就一方面包含了信仰的冲突，一方面又包含了伦理的冲突。另外，牛虻和他的爱人琼玛之间，更包含着错综复杂的矛盾，其中有政治的误会，有爱情的妒忌，有吉卜赛女郎的插入，有琼玛另一个追求者的失望等待等等。正因为在牛虻的身上集中了这么多"冲突"，因此这个悲剧就特别令人呼吸紧张。

可是若把《牛虻》的情节单纯"移植"过来却是不行的，举一个最简单的例子，在西方国家，宗教的权力和政治的权力不但可以"分庭抗礼"，而且往往"教权"还处在"皇权"之上，因此《牛虻》之中的神父，才有那么大的权力，若放在中国，那却是不可能的事。在中国，宗教的权力是不能超越政治的权力的。

《七剑》是把牛虻分裂为二的，凌未风和易兰珠都是牛虻的影子，在凌未风的身上，表现了牛虻和琼玛的矛盾；在易兰珠身上，则表现了牛虻和神父的冲突。不过在处理易兰珠和王妃的矛盾时，却又加插了多铎和王妃之间的悲剧，以及易兰珠对死去的父亲的热爱，使得情节更复杂化了。（在《牛虻》中，牛虻的母亲所占的分量很轻，对牛虻也没有什么影响，但杨云骢之对易兰珠则完全不同。）

可是正为了《牛虻》在《七剑》中分裂为二，因此悲剧的冲突的力量就减弱了——这是《七剑》的一个缺点。另外，刘郁芳的形象也远不如琼玛的突出。《牛虻》中的琼玛，是十九世纪意大利一个革命团体的灵魂，在政治上非常成熟，在十七世纪（《七剑》的时代）的中国，这样的女子却是不可能出现。

武侠小说的新道路还在摸索中，《七剑》之接受西方文学的影响，也只是一个新的尝试而已，更可能是一个失败的尝试。不过，新东西的成长并不是容易的，正如一个小孩子，要经过"幼稚"的阶段，才能"成熟"。在这个摸索的阶段，特别需要别人的意见，正如小孩子之要人扶持一样。因此我希望更多的读者，不吝惜他们宝贵的意见。

┃创作评论┃

四十年前，香港《大公报》的三位青年编辑查良镛（金庸）、陈文统（梁羽生）、陈凡（百剑堂主）同写武侠小说，人称"文坛三剑客"。1956年10月，他们突发奇想：在《大公报》副刊上开设专栏《三剑楼随笔》，三人合写，每人每日一篇，以展现"三剑客""交会时互放的光芒"。他们潇洒、隽永的散文彩笔，为"三剑楼"增辉添色，给"新派武侠"留下一段历史见证。我社征得当事人的同意，特精选七十余篇可读性极高的《随笔》结集成书，以飨读者，并志当年海外文坛的这段佳话。金庸、梁羽生、百剑堂主在本书所收的七十余篇随笔中，或谈文史掌故、名人轶事，或评琴棋书画、诗词联谜，或论神话武侠、剧影歌舞……总之，古今中外，无所不谈，而篇篇自成格局，每多神来之笔。喜爱金、梁作品的读者，宜乎人手一册，珍而藏之。

——金庸、梁羽生、百剑堂主：《三剑楼随笔》，学林出版社，1997年版，勒口

梁羽生除以武侠小说鸣世外，他对古今中外历史文化、文学艺术的思索和研究也是独有灼见的。50年代中期，他曾和百剑堂主、金庸联手合写"三剑楼随笔"专栏。1980年3月始，又应新加坡《星洲日报》之邀，写一个名叫"笔·剑·书"的专栏，历时近一年。后结集出版，书名即是《笔·剑·书》。梁羽生的随笔，文采斐然，情韵悠美，不拘内容，不论格式，谈古论今，说人评事，其中的文化含量和思想蕴藏相当丰厚。

——魏克智、刘维英主编《香港百年风云录》，吉林人民出版社，1997，第1782页

在中国当代作家中，金庸、梁羽生的知名度排在最前列，他们的小说，各种正版的和盗版的加在一起，印数估计不会低于3000万册。而他们的随笔集《三剑楼随笔》，印数只有3000册。3000万册和3000册意味着什么？意味着1万个读金庸、梁羽生小说的人中只有一个人读他们的随笔！3000册的印数与内容提要中的"喜爱金、梁作品的读者，宜乎人手一册，珍而藏之"一同出现，反差实在太大了，大得

让人可笑。不平衡和可笑之后是感慨。金庸、梁羽生之所以能成为"新派武侠小说"的"盟主"，那是因为他们不仅能写武侠小说，而且也能写"潇洒、隽永的散文彩笔"。什么时候大多数通俗文艺作家都能写出这样的"散文彩笔"，中国的通俗文艺才算迈上了新台阶；什么时候大多数读者既爱读金庸、梁羽生的小说，也爱读金庸、梁羽生的随笔，人们才能真正对中国的大众文化趣味持乐观态度。

——李春林：《一亩园心耕》，现代出版社，1999，第10—11页

有的读者也许不知道，除了武侠小说外，梁羽生还创作了大量的随笔，按他自己的话说，"真正的兴趣在于文史小品，不拘内容，不论格式，挥洒自如，有话则长，无话则短，那才是最符合自己心境的"。记者接触过的梁羽生的文字，最难忘的当是《三剑楼随笔》和《笔花六照》。前者系梁羽生、金庸和百剑堂主（陈凡）三位同事40年前在《大公报》上合开的专栏结集，文笔潇洒、隽永，今日读来仍鲜活如初。《笔花六照》则多是"武侠封刀"后的作品，也收录有50年代撰写的"棋人棋事"专栏的部分文章。不过，因为武侠小说的巨大影响，梁羽生散文的光彩并没有引起学界足够的重视。

——郭培明：《刀光剑影外的梁羽生》，载蔡友谋主编《非常经历》，海风出版社，

2002，第256页

梁先生的散文，一是"散"，但"散"而能收，二是"文"，但"文""野"结合，雅俗共赏。梁先生不仅是优秀的小说家，也是优秀的散文家。

——魏泉琪：《心之旅》，中国文联出版社，2004，第64页

∣作者自述∣

写作生涯五十年，我大约也可算得是个"资深写作人"了。我写小说，也写散文。小说是"独沽一味"，全属"武侠"；散文呢？则真是"散"得"厉害"了，山水人物，文史诗词，对联掌故，象棋围棋，几乎什么都有。这并非我的知识广博，

只是说明我的兴趣之"杂"。我曾说过:"我是比较喜欢写随笔一类文字的,不拘内容,不论格式,说得好听是谈古论今,其实则是东拉西扯。"(一九八〇年三月,我在《星洲日报》写的《笔·剑·书》专栏开场白)我这个人不惯受拘束,"有兴趣有材料就写,没有就不写"。这也比较适合于我的性格。

　　——梁羽生:《笔花六照·序》,载梁羽生《笔花六照》,上海古籍出版社,

　　1999,第1页

围棋圣手吴清源

梁羽生

金庸兄在《随笔》里杂谈围棋，曾提到围棋圣手吴清源的名字，吴清源十二岁即露头角，十三岁在国内无敌，十五岁至日本，二十岁创围棋新布局法。他今年（一九五六）四十三岁，在日本的二十八年间，尽败日本高手，被誉为古今一人！围棋在香港虽不流行，但对于这样一位在艺术上有极高成就的人物，还是值得向读者介绍的。

吴清源初露头角的故事非常有趣。他的父亲在北洋军阀段祺瑞手下当"部员"闲职，家境很穷，仗着"围棋"有几度散手，常常和别人赌赛，就像香港某些职业象棋手一样，每局赌一两个银圆。有一次他的父亲和一个胖子下棋，赌注是五块银圆。在三十年前，这赌注是很高的了。吴清源的父亲不知是心理紧张还是实力本来就不如人，总之未至中局，就给别人占尽上风。他眉头一皱，借入厕为名，躲到厕

作品信息

选自《三剑楼随笔》（学林出版社1997年版）。《体育博览》1997年第8期转载（转载时有删节），收入《梁羽生散文》（远流出版事业股份有限公司2008年版）、《梁羽生散文——生花妙笔侠影留》（生活·读书·新知三联书店2010年版）、《名人足印》（河北大学出版社2012年版）、《梁羽生散文集》（天地图书有限公司2015年版）。

所去松一口气，并想下一着的挽救方法。

吴清源的父亲上厕所去了许久还不回来，那胖子等得不耐烦了，对旁观者嘲骂吴清源的父亲借故遁逃。这时吴清源忽然在旁边冷冷地说道："我替父亲下几步好不好？"吴清源那时只是十二岁的小孩子，还未和人正式对过局，那胖子大笑道："你输了你爸爸会认数吗？"吴清源道："怎见得是我输呢？等我输了你再说不迟，我没钱就脱衣服给你。"那胖子本来好胜，见这个小孩子毫不把他放在眼内，不禁大怒，就和他续下去。吴清源像小孩子玩石子似的，随手将棋子丢落棋盘，简直不假思索，不过一二十手就扭转大局，转败为胜。那胖子不服气，再和他下一局，赌注十元，结果又输。事后他父亲问他："我又没教你下棋，你几时学会的？怎么这样大胆？"吴清源道："我天天看你下棋，不学也会啦！我是看准能赢才动手的呀！"

自此以后，吴清源"围棋神童"之名大著，段祺瑞知道了，特别叫人找他去下棋。段祺瑞的棋力很高，他自夸是"七段"，大约可相当于日本的四段。第一局吴清源不敢赢他，可是段祺瑞已看出他的实力，对他说："你不要害怕，你能赢我我才高兴。"果然以后再下，就都是吴清源赢了。

吴清源给段祺瑞赏识后，家庭景况好了许多，父亲也升了官，他更可以安心下棋了。一九二六年，日本的井上孝平五段（日本围棋等级共分九段，至五段已算高段）到中国游历，在北京的青芸阁茶楼与吴清源对局，吴清源"打黑手"（下围棋持黑子的先下，打黑手等于象棋中的被让先）胜。继之而来的是六段岩本熏（现在是八段），让吴清源二子，吴又胜。还有桥本宇太郎（当时是四段，现在是九段）和吴清源下过几局，互有输赢，那时吴清源才十三岁！

日本以前棋段的评定非常严格，除了实力还要讲资历，等闲不能"入段"。不过单以实力来评的话，大约每段相差三分之一子，即九段应让初段三子。吴清源能与高段互有胜负，传至日本，令日本棋手大吃一惊！当时日本的八段"准名人"（九段又称"名人"）、现在的名誉九段濑越宪作看了吴清源的棋谱，叹为天才，遂资助他到日本去留学围棋。吴清源即拜濑越宪作为师，当时年仅十五岁。

吴清源到日本后，日本棋院只给他"三段格"（即只有三段资格，还不算正式三段），其实他的棋力远不止此！他到日本不久，就和当时唯一的"九段"本因坊秀哉连下三盘，照棋院的规则，入院之前必须经过考试，三段与九段对局是"二三二"，即第一盘让二子，第二盘让三子，第三盘让二子，吴清源连胜三局。接着他与日本棋院从三段至六段的少壮棋士下过十局，都是下平手，十局总结，吴清源九胜一负，震动日本棋院。第二年他首次参加日本棋坛的"大手合"（即公开赛），以全胜晋升为四段。至十九岁又再升为五段。二十岁时，他创了围棋新布局法，打破了以前"金边银角石肚子"的观念。（以前下棋最重视的是占边，其次是占角，腹地最不受重视，故有"金边银角石肚子"之称。）日本棋坛称他为"鬼才"，怀疑他是日本棋圣本因坊道策的再生。道策被日本推许为有"十一段"的实力，即是说他要比最高的等级（九段）还高出两段。由此也可见日人对吴清源的推崇了。

吴清源打遍日本无敌手，但却很迟才升九段（一九五〇年二月，日本棋院才正式授他九段），他的后进藤泽库之助还比他先登九段之尊。论者以为这是日本棋院"小气"的表现。因为吴清源虽入日籍，但到底是中国人，所以故意抑他。

但天才是抑不了的，吴清源与藤泽同为九段，两雄决赛十八局，吴清源大胜（比数为吴胜十四负三和一），而且第一局就以"中押"胜！（中押胜即不待一局下完，至中盘就肯定能得胜利了。）入院棋士推算精确，往往只输一二子即于中盘罢战，自认"中押"败。在吴清源胜藤泽之前，日本有一个围棋组织，叫作"击败吴清源之研究会"，专研怎样去破吴清源，结果还是不能将他击败。

吴清源下棋极快，日本以前高手对弈，每人每局有取至廿四个钟头的，吴清源那次和藤泽的对局是每人每局限定为十三小时。现在是十个钟头。但吴清源往往只用五六小时就够了！我还记得他输给藤泽库之助的那盘棋，吴清源用了七小时又十五分钟。藤泽却用了十二小时又五十九分钟，只差一分钟就到限定时间，真可说是费了九牛二虎之力，才能赢这一盘。

今年七月间，梅兰芳先生到日本表演，曾会见吴清源。吴清源向他建议，请他转达我国文化当局，派有围棋天才的少年到日本留学，吴愿意负责悉心指导。

梅吴两大艺人会见，还有一件有趣的事。吴清源说："我三十年前曾在北京大方家胡同李先生家里见过你。"梅兰芳说："是呀！我还记得那时候你和一位老先生下棋，那位老先生想半天才下一子，你却一会吃糖，一会嚼花生，好像满不在乎！是不是?"三十年前之事，两人都记得如此清楚，他们的记忆力真值得佩服！

1960 年代

山荔枝正红的季节

毛正三

山荔枝红了，玛卡果紫了，大把的桃金娘，在崴村的坡前岭下，织成了五彩斑斓的一片片云锦。

崴村，离睦南关十几里路，这个不满五十户人家的小村子，在过去一直是默默无闻。可是，"大跃进"以来，它却像一朵怒放的木棉花，鲜艳透红地嵌在边境线上。

说到崴村，人们总会很自然地把它和卜莲枝的名字联系起来。因为，她是跃进人民公社的生产模范，又是一个远近被人称赞的民间歌手。不论在田间还是在村上，只要她一挂上影子，你就敞开耳朵听吧！那谈笑，那歌声，明快爽朗，像一串银铃似的，非把你引得跟着她打转转不可。

这天，村上空荡荡的，连个人影也找不到。不知道的人，还以为社员们都干活

作者简介

毛正三（1928—2016），河南范县人。1949年毕业于山东文学院中文系。曾任《广西文艺》编辑，广西文联专业创作组秘书，广西电影制片厂专业编剧等。1953年开始发表作品，1983年加入中国作家协会。著有长篇小说《拔哥的故事》、散文集《花香三百里》、诗集《山乡集》、电影文学剧本《鼓楼情话》等。曾获全国少数民族文学创作骏马奖。

作品信息

原载《人民文学》1961年第5期，收入散文集《花香三百里》(广西人民出版社1986年版)。

去了呢！原来今天有客人来参观访问，过后还要举行歌会。大家正兴高采烈地在后面的果树园里忙着布置呢！像这种一年一度的机会，早就被人盼望了，特别是它的主歌人，又是卜莲枝这位能干的壮族姑娘。前来参加歌会的人们，满怀喜悦的心情从四下合拢看，谈论着。是呵！卜莲枝有趣的故事，就是在这两三年内才传开的。

一九五八年春天，谁都知道是个"大跃进"的春天。当时，农村办工业，闹增产，轰轰烈烈，找不到一个闲人的影子，卜莲枝更不用说。她看看社里的早玉米，总是在指标的红线下面，想改种其他吧，边疆上又多是新开的坡地。她就同伙伴们三拉两凑，成立了一个青年农业试验场，专攻这一生产上的薄弱环节。

卜莲枝的勇敢行动，在跃进誓师大会上，马上得到了社员们的赞许。特别是党支部书记，眼看着一帮整整齐齐的年轻人，将要把玉米增产数字标到红线上面去，就更喜之不尽了。他说："莲枝，干吧！有什么困难找党，党会支持你们的。人家都说我们这里边远，荒僻，可我们偏要争口气，改改观，叫它开出跃进的花朵来！"

这话简直比叩响的金钟还要动人，卜莲枝听了，马上唱出一首山歌，向党表示着他们的决心：

梧桐生在南山坡，

不怕土硬石头多，

绿荫如伞遮天长，

好让凤凰来盘窝。

这山歌写在一张大红纸上，在社的报喜台上一贴。她浑身不知增添了多大的干劲，兴冲冲地走回家去。

那天，她忙得连饭也没吃，和伙伴们在一起，开小会钻研。按理说，新开的坡地，一年生，二年熟，从种到收，已经过了三个春季，总不能老是苗稀秆细吧！可盼来盼去，没有一次令人满意过。为了找出这个原因，他们热火朝天地一直讨论到半夜还没散会。最后，还是请来几个老人家，才归结到："坡地，坡地，洪水一冲，土薄肥去……"这经验，这教训，马上像一把钥匙，打开了年轻人的心扉。于是，他们当场提出措施，要为保土、保肥、保种、保收而战。

从此，他们在山上到处为营，就地培上，就地积肥；同时他们也到处出击，挖沟输洪，化灾为利。

然而一个姑娘家，带着一伙男女青年，吃在山上，滚在山上，这对当时思想还有点陈旧的老父亲来说，毕竟是有点不顺眼的。他老是这样认为：女儿入了团，进了党，走出家门，到外面开开会，做些妇女工作，已经够打破常规的啦！眼下，又要爬大山，越大岭，夜宿老林，不是太野了些吗？再说社里的这些山地，割茅下锄，才有几天，就想和一马平川的地方比生产，这担子能担得起吗？因为这，他上山几次，见了卜莲枝就说："孩子，十八九岁啦，要顾一顾外人的口舌，向高山陡坡要粮食，别把话说得太死了……"可卜莲枝却没有一点动摇，总是笑语连连，用父亲说过的话去开导父亲：

> 神地要靠人手勤，
>
> 神仙难比有心人，
>
> 这话出自你老口，
>
> 为何反而怕在今！

老父亲被女儿说来说去，思想倒也通了一半，说："好，我就等着看你的啦！"

就这样，他们肩荷风雨，脚撼大山，几个月真的创造了新的玉米增产纪录。这消息从近到远，一下子传到平而河上的柳芭村。柳芭村同样有一个青年生产队，他们的情况，恰恰和崑村相反，他们种的田，多数都在山洼子里，春雨稍大一些，禾苗就成了"水上漂"。柳芭村的青年队一听说崑村在高山陡坡上创造了增产，就联想到自己的山洼子为什么不能得到丰收呢。于是，他们和社里商量了一下，就派出十几个人，百里取经，来参观卜莲枝的青年农业试验场。

看吧！多么叫人心里喜欢啊！从村上披红挂绿的"跃进门"出来，随便攀往哪一个坡上去，你都可以看到齐整的田垄，曲长的输洪道，还有春天观云察雨、护苗保土的瞭哨棚、积肥站……像图案画似的铺展在边疆上，把一条条大岭完全改变了面貌，能不叫人从心眼里感到振奋鼓舞吗？

当时，柳芭村的青年队手抚着卜莲枝亲送的礼品——像金玛瑙嵌成的大玉米棒棒，不由向卜莲枝深深地赞叹起来："好！奇迹都创造在你们手里……"其中有一位和卜莲枝年龄相仿的姑娘，抓紧了卜莲枝的手，不知叫了多少声"阿姐"。她说："你们是我们最好的榜样！看到了这玉米，我们改变山洼子生产的决心，就更大了。"

这倾心的交谈，诚挚的胸怀，真是太美太美了。为了表达双方的情谊，大家又在�村的场坪上，喝咖啡茶，吃槟榔果，联歌欢舞，直闹到日落西山才散。

临别时，卜莲枝代表青年农业试验场的男男女女，欢送着客人。她这样唱着：

草铺绿毡迎客来，
花举酒杯表心怀，
情如泉水流不尽，
但愿别后歌还在。

柳芭村的青年队同样激情难抑，他们马上回答道：

人别歌在不算别，
犹如百里山连崖，
等到明年山荔红，
群鸟联歌再飞来……

是呵！这歌声一直像一条红线，串联在大家的心上。使他们像定下了什么合同似的，每到山荔枝正红的季节，看谁在农业生产上有新的成就，参观，访问，联欢，就放在谁的村寨。

这一年过去了，�村大队在农业上可以说是满堂红。但五九年的继续"大跃进"，又把人的心滚在糖锅里，使人感到又甜又热的一股冲劲，越来越大。这时候，卜莲枝的小心眼又开始活动啦！她想：当个新式农民，可得要像个新式农民的样子，到时候人家五行十八业，都能拿出新的成绩向党报喜，而自己，别说是倒退，就是进展不大，也够丢丑的。再说，跃进永无止境，粮食增产，也不能例外……

卜莲枝在大好形势的鼓舞下，她的思想，就像节日的礼花一样，灿烂缤纷，光彩照人。有时，她为了急于把农业搞好，竟不止一次地憧憬着："要是庄稼能长成盈抱大树，四季常收，那该多好；山上的茅草，铺坡盖岭的，为什么不都变成米粮呢？"……这虽然太天真了，然而她所追求的一切，却从这里产生了无穷的力量。她终于代表青年农业试验场，又向党提出试种"三季造"，这建议，和上次一样，得到了党的支持。

一天，党支部书记从社管会回来，跟在他后面的，还有几个面生的年轻人。"莲枝，领导上为了使你们从技术上得到保证，给你们请师傅来啦！"支部书记一转脸介绍说，"这几位都是农业技术推广站的……"

"真的？那太好啦！"卜莲枝高兴得直闪泪花，她同伙伴们热烈地围拢上去欢迎，一刻也没有让人家休息，就带着推广站的同志们去观看自己选定的试种区。

新来的农业技术员们，同样被大家的干劲感动着。他们看看卜莲枝学习心切，就来了个现场施教，什么气候、水温、土质、用肥、早插、多耘……一大套，简直把卜莲枝说得百窍齐开，眼明心亮。几天以后，这些同志临走时，又这样嘱咐她："莲枝同志，万事靠人，三季造的成功，还得看你们的钻劲。"

这时，卜莲枝的小膀尖一拧。"同志们放心吧，不试成功'三季造'，我们永远以田头为家……"这样，他们又把"巧夺三造"的大旗，第一个插在堆绿叠翠的田塍里。

年轻人的心，是那么炽热；年轻人的理想，是那么壮美！大家为了投入新的战斗，就在试种区的中心，盖起了一座"禾苗保健站"。这保健站的主任是卜莲枝，伙伴们便成了保健员。对女儿始终不大放心的老父亲，虽然不同过去，但嘴里却仍是唠叨不断："莲枝，真想不到你年轻轻的一个姑娘家，竟然成了庄稼迷。"

一年下来，卜莲枝和伙伴们连战连捷，喜报再一次传到了柳芭村去。

两三年来，两村年轻人总是互相关怀又互相竞赛着：柳芭村的青年队把山洼子的排洪道、穿山渠修好，崑村的青年农业试验场，又创造了三季造耕作的经验；柳芭村在荒山上种满了茶、桐、松、杉，崑村在秃山上就栽满了油棕、香蕉；柳芭村提出来多种竞赛，崑村就来了个全面突击……这些，在生产上你追我赶的场面，人们说起来，像谈论神奇的故事。

谈着谈着，人越来越多，不觉已挤满了茂密的果树园。看吧！十几个小竹儿，摆了个半圆形，上面仍按边疆人待客的旧例，放满了槟榔果、咖啡茶，还有鲜红的山荔枝。大家看看歌会还没开始，就拉着卜莲枝的老父亲闲扯起来：

"大伯，怎么不见莲枝同志和客人哪?"

"她和党支书带着大伙去看头造禾啦!"

"禾苗长得怎样?"

"嘿！金难买，银难换，比去年的还好!"

"这，你不骂女儿'野'、女儿'庄稼迷'了吧?"

"嗯……哈哈哈哈。"父亲爽朗地笑了。

正在谈笑，卜莲枝和党支部书记，带着柳芭村的青年队，从曲折的田陌上参观回来了。

人们在果树园里喧闹着，沸腾着，老父亲一见客人到来，也和身边的社员们一样，欢涌上去。社员们让客人一一坐下。卜莲枝马上将槟榔果、咖啡茶端在客人面前。然后，又捡了几大串山荔枝，塞进客人的怀里：

　　　　山荔一年红一年，

　　　　根深叶茂枝枝连，

　　　　如今三迎客人来，

　　　　怎不叫人心上甜。

柳芭村的青年队一看卜莲枝首先歌唱起来，他们高兴得直跳。在第一次联欢会上叫卜莲枝"阿姐"的那位姑娘，往当心一站，打开了她愉快的嗓音，"同志们，这几年我们向你们可学了不少东西，特别是你们敢想敢做的冲天干劲……为了感谢你们的帮助，和几次热情的接待，我代表我们的青年队，向你们献礼。"说着，她从怀里掏出一面新制的小红旗子，上面绣着："建设社会主义，繁荣祖国边地，一面红旗献上，谨向峚村学习"。

于是，歌会没等宣布，双方就像山泉汇流，自然而然地对唱起来。这边唱：

> 边疆跃进花朵开，
> 人们个个把它采，
> 朵朵插在心头上，
> 同跨龙凤上天台。

那边唱：

> 同跨龙凤上天台，
> 山河日新面貌改，
> 从此穷壤变富壤，
> 尽把贫苦抛大海。

这边又接唱：

> 尽把贫苦抛大海，
> 红日不落放光彩，
> 一年"三造"把谷收，
> 生产建设大竞赛。

那边又唱：

　　　生产建设大竞赛，
　　　龙头昂起龙尾摆，
　　　心心向着毛主席，
　　　共产主义幸福来。

　　大家唱着舞着，谈着笑着。红红绿绿的果树园，顿时变得格外绚丽，好像枝头上的果串，也都在为今日的一切酿制着最美的甜汁。人们真不知道怎样歌赞才好。大家的心，像要长出翅膀，带着丰收的喜讯，飞向北京，飞向毛主席，飞向祖国各地。峎村，你美丽的边疆小村呵！什么时候能比你这个时候更欢乐呵！什么时候又能比你山荔枝正红的季节再美好呵！全村老老少少，也不由得和着这激动人心的声浪，唱出了自己的歌：

　　　边疆跃进奇迹多，
　　　山也乐来河也乐，
　　　谁说这里多荒僻，
　　　如今净是跃进歌……

▎文学史评论▎

　　毛正三的散文多取材于边疆地区，反映少数民族的生活和斗争，从各个不同的侧面揭示边疆少数民族人民解放后的深刻变化，热情歌颂边疆美好的风光、美好的生活、美好的人物。

　　　　　　　　　　——徐治平主编《广西散文百年》，民族出版社，2004，第104页

▎创作评论 ▎

这本散文集，有不少篇章，通过生动有趣的故事，揭示了深刻的哲理，令人咀嚼和回味，或者发出热情的召唤，让人思索和振奋。

——毛正三:《花香三百里》，广西人民出版社，1986，内容简介

毛正三的散文笔法细腻、优美，在娓娓的叙事和对往事的回忆中，常常弥漫着亲切温馨的抒情调子，而这种抒情又不仅是简单地用语言来渲染，而是融化在叙述中暗暗地透溢出来，产生浓烈的情感氛围。……读毛正三的散文，犹如一脉心灵泉流，滔滔汩汩，一直流向读者心底。这泉流，是在轻柔得不露痕迹的语言描述中形成的。同时用议论、评介、发表看法的方式来抒情，也是毛正三散文作品的特色。作者善于将文学创作上的某些深奥的课题寓之于人与事的记叙中，予以类比和衬托，给人启迪。

——周保旺:《流光溢彩花一束》，载周保旺《多色的秋》，广西人民出版社，
2007，第240—241页

苗乡曲

周民震

碧玉盘中

在那山高云低的谷地，有一张碧绿的玉盘，它绿得那样的鲜明而纯粹，绿得那样的丰盈而袒露，像一位少女纯真的爱情，像一颗孩子的心。

是谁把一串脱了线的金黄和银白的珍珠抛洒在这碧玉盘中？一粒粒珍珠在碧玉盘中缓缓滚动……那金黄的珠儿滚过这边，那银白的珠儿滚向那边；一会儿，那金的银的又渐渐掺合起来，混在一起，构成了一幅活动的金斑银点的图案。

我不禁神驰目眩了。

微风送来了悠悠的牧笛声，它唤醒了我的神志，原来这就是高岜小队的牧场，

作者简介

周民震（1932—），壮族，广西鹿寨人。曾任广西文化厅厅长，广西文联副主席，中国少数民族作家学会副会长，中国电影文学学会副会长等。中国作家协会会员。小说、散文、戏剧、电影均有创作。著有电影文学剧本《苗家儿女》《三朵小红花》《甜蜜的事业》《瑶山春》《一幅壮锦》等，小说《后台老板》等，散文集《花中之花》《寸心篇》等。后结集出版《周民震文集》（五卷）。曾获首届全国少数民族优秀创作奖、广西文艺创作铜鼓奖等。

作品信息

原载《人民文学》1962年第4期，入选《写在南国初冬的时候》（广西人民出版社1989年版）。

它以得天独厚的水丰草满闻名于这一带高山岭上。

我迈着兴奋的步履，走进了这张碧绿的玉盘。

牧牛的是一个保族的男孩，牧羊的则是一个苗族的女孩。保族男孩头裹蓝巾，身披短衫，苗族女孩腰缠白裙项带银圈。他们都是十二三岁的模样，同样有一双聪颖的眼睛，同样光着一双粗健的脚，同样拿着一管彩色丝绦的小笛子。

一个小队里说着两个民族的语言，一块牧坡上却吹出了一个调门的牧歌。

保族男孩的牛群圆滚茁壮，苗族女孩的羊帮膘肥身胖。他们都是队里常受表扬的好牧童，他们一同在记分员那里领取奖励的工分票。

保族男孩讲不好苗话，而苗族女孩也不大懂得保语，可是他们在牧场里却是畅所欲言亲密无间。原来他们都学会了讲普通话，他们用普通话交流感情表达愿望，普通话把这两个民族的孩子联结起来了。

这时，我想起了队长曾对我说起的往事。解放前，为了这块绿坡草地，老一辈的苗族和保族人不知械斗了多少年月，反动政府更是挑拨和利用民族间的隔阂，坐收渔人之利。在那乌云覆盖的日子里，绿坡哪里有这样的颜色，它像死了一样的沉寂，没有人敢到这里来放牧，谁的牛羊只要跨进这绿坡一步，就立刻会遭到对方的射杀，牧场上没有牲畜，有的是血迹斑斑。最后，鲜丽的牧草被放火烧掉，成为一片黑灰焦土，它再也不是牧场了。

如今呢？同样的春风，同样的阳光，同样的雨露，牧场却用更新更美的翠色打扮起来了。碧玉盘放出了更诱人的异彩，绿草获得了真正的青春了。小队里的人都说，这是在毛主席英明领导下，民族团结开了花啦！

要问这民族团结的花开在哪里？我说就开在这张碧玉盘中，开在这些金黄和银白的珍珠上面，开在这个保族男孩和苗族女孩的心田里。

这时，一对牧笛和谐的协奏曲又飘在空旷的牧场上，我仿佛觉得民族团结的花朵也开在这两支笛管里，它吹出了满天空馥郁的芬芳，那是喜悦亲睦和幸福的芬芳。

笛声使我飘然欲醉了。

白云深处走马帮

金钟山，云笼雾锁的金钟山。

这里，千里雾海，万里云涛。这里，风高气冷，草径迷漫。这里，灯火稀，人烟少。

这是边远山区人迹罕至的地方。可是每天都有一串叮叮当当的铜铃声，从这里摇过一趟。雾里来，云里去；由远而近，由近又远，叮叮当当，像山谷涧流那么清朗，像玉盘滚珠那么圆亮，又像早起的晨雀润开了金嗓，对着群山高亢地鸣唱。

啊！这是公社的运输马帮，这是山里人心中的盼望。

赶马人鞭梢一响，那头领先的青骢骏马引颈长嘶，四谷应和，传开了满山遍岭的马声！于是，这一串昂头竖尾的马儿，拨云寻路，健步如风。

赶马人是个苗家老汉。风霜的纹迹布满了他乌亮的脸庞。他已千百次踏过这条山路，在这漫长的征途中，只有山鸟林雀为他唱歌作伴。"大跃进"以后，山里不像过去那么寂寞了。这一路上，他新结识了许多来自祖国各地的好朋友。

雾中来，云里去，叮叮当当……

铜铃摇过山顶的观察哨，哨所的战士们欢腾起来了。亲人的信息，生活日用品，物质的和精神的食粮，党和首长的关怀问候，一齐来到了他们的身旁。战士们为了感谢这位亲人的使者，请他喝一碗自己酿造的橡子酒，满溢情谊的酒浆，暖和了苗家老汉的心肠。他笑呵呵喝光了酒，告辞着说："下次，我一定来得更早。"

雾中来，云里去，叮叮当当……

铜铃又摇过了山谷里勘探队的帆布房。小伙子姑娘们立刻奔过来，将他紧紧抱起，举向天上。苗家老汉乐哈哈地把一件件东西交到他们手里，而勘探队员也把一包包珍贵的矿石标本交给老汉，要他带回部队去，这是他们多少个山野生活的日日夜夜所得到的结晶！老汉小心谨慎地捆在马驮上，他自豪地说："吓吓！我老汉的马驮装满了祖国的珍宝啦！"

雾中来，云里去，叮叮当当……

铜铃又摇过密林中的森林研究所，同志们的欢笑声差点儿把树叶摇落。感谢的话语道不完他们的真情，索性把老汉拉到篝火边，一块吃一顿丰盛的山珍野味饭。然后大伙儿掏出一封封沉甸甸的信——那些写满了他们最有意义的经历和森林中奇异生活的信，托老汉带出去，寄给他们的亲朋战友和心上的人。老汉笑容满面地拈着胡须，诙谐地说："多写一些吧！青年人，不要担心我的马儿驮不了！"

雾中来，云里去，叮叮当当……

铜铃又摇过了一个个高山小寨。一个个小寨沸腾了！青年人吹着芦笙，姑娘们奏着月琴，表示对他的热切欢迎。大伙拉着他问长道短，有农药吗？化肥多少？办喜事的红被面带来没有？还有什么新鲜的东西？老汉应接不暇，忙得不可开交。当他到供销部办完了手续之后，还要向寨上人讲一讲外面的好消息，哪里又丰收啦，哪里又有新创造啦！……

雾中来，云里去，叮叮当当……

铜铃不停息地摇在金钟山上，它永远响在山里人满怀希望的心上。

| 文学史评论 |

可以说努力反映革命变革所引起的边疆少数民族人民生活和思想的变化，热情歌颂民族地区社会主义革命和建设中的新人新事，深刻揭示边疆民族地区人民在战斗中的新的精神面貌和高尚品质，构成周民震散文的基本内容和主题，使他的作品具有鲜明的民族特色。

——徐治平主编《广西散文百年（上）》，民族出版社，2004，第107页

周民震是位多产作家，不仅是个快手，而且还是个多面手，一来是他的生活阅历和感受的多样性和丰富性，急需多种艺术样式予以反映，二来也是他兴趣广泛，立志多涉猎一些艺术领域，所谓十八般武艺，都要过一过手，总之，剧坛拴不住他多才多艺的生花妙笔，散文、诗歌、报道、论文等都成了他施展才华的领域，而后

来在电影领域，则倾注了较之戏剧还要多的劳动心血，成就也就更大一些。

——曲六乙主编《中国少数民族戏剧通史（下卷）》，中国民族摄影艺术出版社，

2014，第1070页

｜创作评论｜

袁枚主张诗歌要写"情性之言"，要"空灵"，这是千古的论。但民震兄不能仅限于写诗对歌，他的主业是影、视、剧，于是，他"活学活用"，以"小红花"的色，"甜蜜"的味，"跳"进了连台大戏，用以阐述主题。如今老了，"影视剧主业"的压力消失了，但空灵的思路还在，进入散文领域，用以拨动读者的心弦。我以为，这又是民震兄散文的一大特色。

——王云高：《〈散文选〉中读周民震——读〈周民震散文选〉》，《民族艺术》

2006年第4期

周民震的散文构思巧妙，情、景、事、理相浑融，其叙事不追求曲折的情节，而是透过人人可见之物，普普通通之事，表达高于世人之情，写出人所未必能够悟出之理。作品重在写心，写那种与周围融而为一的，对人生了悟明澈的心境。发乎事，源乎景，缘乎情，始终流动着脉脉的哲理智慧，执着而超脱，非常轻松愉快，充满善心与爱心。行文满是洗尽铅尘的天然与真淳。

——唐珂：《一语天然万古新 豪华落尽见真淳——读〈周民震散文集〉》，见

《周民震文集（第五卷）》，广西民族出版社，2013，第492页

翻开这本散文选，首先映入眼帘的是一幅幅目迷五色的少数民族的斑斓画卷，他以抒情清丽的笔调描绘了广西壮族及其他少数民族绚丽的风光和多彩的生活，欢跃着不同风貌的人物形象，散发着大自然淡淡的芳香，透出一种绿色的诗趣。这部分的散文多半是他早期的作品，那时，这位年轻作家的脚步踏遍了广西的山山水水，在美丽的田园沃土中漫游，顺手撷来的小花野草，妙笔生辉，皆成美文。随着作家

的成长，后来的散文进入了比较深层的思考和体验，常以世俗人情为视角，探究起现实中的人文景观，更多的介入和干预某种社会现象。感慨、喟叹或呼吁、赞许，不乏哲理的思辨。

  ——高占祥：《周民震散文选·序》，载周民震《周民震散文选》，中央民族大学出版社，2005，第3页

∣作者自述∣

  在我的创作生涯中，散文写得并不多，不过百来篇，而且大多集中在两个时期，即1959年至1962年之间和90年代后期。前者是我当时为写电影剧本和舞台剧本而下乡走马看花体验生活时的副产品；后者则是离休之后闲暇中的有感而发。……我写散文，总是先从生活发端，只认一个"真"字：把真实的感情，真实的思绪，放在一个真实的社会生活中，去认知、去感受、去体验，然后迸发出一星爱和恨的火花。这种直抒胸臆的心声，就是"真"。

  ——周民震：《周民震散文选》，中央民族大学出版社，2005，第415—418页

归侨小凤

苗延秀

一

在春暖花开的季节，我从湘桂铁路来坪车站乘着去合山煤矿的小火车，来到古花华侨农场。刚下车，便看见一幢幢红瓦白墙的平房，隐约坐落在不远的几个园林式的山坡上；一条碧绿的河水，弯弯曲曲从西北向东南的红水河流去，把岸上的映山红和远处的山峦，映成一幅五彩缤纷的画卷。两岸刚被拖拉机犁翻过的肥沃的处女地，散发着芬芳的气息。在小铁路南边的辽阔的田野里，水渠纵横，潺潺的流水，像迎春的鸟儿日夜欢唱；渠道两旁的桃李花果树木，像无数条斑斓华美的花边，镶

作者简介

苗延秀（1918—1997），原名伍延秀。侗族。广西龙胜人。1942年奔赴延安，先入抗日军政大学，后进鲁迅艺术学院文学系。1946年后历任《晋察冀日报》《东北日报》《文学战线》编辑。解放后曾任广西三江县副县长兼独立支队政委，《广西壮族文学史》编辑室主任，《红水河》杂志主编，广西文联副主席，广西作家协会副主席等。著有《大苗山交响曲》《南下归来》《元宵夜曲》《带刺的玫瑰》等。其中《大苗山交响曲》获广西三十年民族文学创作一等奖。

作品信息

原载《人民文学》1963年第12期，收入《南下归来》（四川民族出版社1982年版）、《广西当代少数民族作家丛书·苗延秀卷》（漓江出版社2001年版）、《少数民族短篇小说选》（四川民族出版社1979年版）。

在一块块金色的土地上。

这儿就是古花华侨农场——清水河上的一颗光彩夺目的珍珠。

我到达场部已是晚上七点多钟，在场部的办公室里，什么人也没有找到，只听见电话室里，一个姑娘的声音朗朗说道：

"是来坪车站吗？一卡车种子，二卡车化肥已到站两三天？你们要派人来收我们的保管费？你们什么时候通知过我们？……什么？前几天通知过？我们根本没有接到通知。"停了一下，用顶严肃的腔调说："春耕这样忙，我们正等着种子、肥料用；到了两三天，你们才通知，还收我们的保管费！你们知道吗？我们农场现在是一寸光阴一寸金，时间比金子还贵，你们能赔我们的时间吗？……不，不是开玩笑。时间不能赔，那你们的保管费也别来要。"

咔哒一声，话筒挂上了。

"好厉害的姑娘。"我心里这样想，一边向电话室走去。我走到葡萄架的阴影下，从打开着的窗户往里一望，见那姑娘穿一身红花衣裙，头戴红花头巾，打着赤脚；裙子短短的罩在膝盖上，衣袖卷得高高的。她那圆圆的脸蛋，红得像个紫石榴；两只大眼睛似乎还在生气哩！

她发现了我，便敏捷地走出房来，问道："你是从来坪来的吗？"

"是。我乘小火车专程来这里的。"

"刚刚打电话来要钱，你马上就到，真快！"她把我当作是车站派来的人了。见我不作声，又道：

"给我，把保管费的条子给我！场长去南宁开会了，场党委书记在田里驯牛，没得空。"说着，她伸手就过来要。我见她还是一个带着几分天真的孩子气的姑娘，就逗她道：

"保管费不给，运费总得给吧？你先交钱，我后给条子。"

"你不相信人？来，那就找党委书记去！"

"找党委书记去？好，谢谢你，我正要找他哩。"

她二话没说，便像只火凤凰飞过羽毛球场，穿过林荫路，走到渠水潺潺作响的一片田野去了。我紧跟在她的后边。走到洼地里一块水汪汪的田边，就站住了。

田里，几个人围着一头三岁多的水牛崽，想把靶套套在牛的脖子上。那牛有时蹦蹦跳跳，用犄角打人；有时把拖着泥水的尾巴甩来甩去。几个人像跳舞似的围着水牛团团转，眉毛眼睛都溅满了泥巴。站在田塍上准备轮流驯牛的归侨，以及归侨子弟小学的孩子们，又是喊又是叫，那水牛却抬起头，喷着鼻子，一动也不动。这时，一个高个子把靶一下子套在牛颈脖上。牛一套上靶，无论怎样蹦跳挣扎也不中用了，只好乖乖地拖靶笔直前进。

"黄书记，当心小虎！你看，它翘起剑一样的尾巴，快要发脾气耍赖啦。"

田塍上的人们叫着嚷着，关心着那个高个子的安全，原来他就是场党委书记。

场党委书记掌着铁靶，随牛一步步笔直前进。他一脸的泥巴，听到人们的嘱咐，就像泥菩萨坐庙，把一只脚踩到铁靶上，牛就躬着腰，卷着尾巴，连人带靶拖着向前冲去，并且越来越快地拼命飞奔。

那牛横冲直撞，又是冲又是跳，看着没有把掌靶人摔倒，就好好地走了一阵；但不久，突然又耍起赖来——躺下不动了。你喊它、拉它、打它，拿杠杠挑它，它像个大石头一样，一动也不动。大家你看我我看你，束手无策。那水牛却洋洋得意地在田里练起塘来。它四脚朝天，在水中翻滚，浑水把它的脖子淹没了，只留个鼻子露在水上面，发出"哗哗"的响声。

场党委书记坐在田塍上一边抽烟，一边歪着头笑，说：

"你们看，牛在洗澡哩。谁有胆量，不妨再跟它较量一下。要不，我们要赶插秧的旱稻田，就会缺它这个劳动力了。"

黄书记的话声未了，只见我身边的姑娘像只鸟一样飞到田中，竖起铁靶，用手抚摸牛的脖子，看看它颈上有没有伤痕；然后又抓抓它的肚皮，摸摸它的屁股。那牛居然翘着尾巴站起来，并且回过头来望望她。于是，田塍上响起一阵欢呼。

姑娘一只手轻轻扬起鞭子，喊声："嘿——走！"牛就真的向前迈步了。人们又是一阵欢呼。牛儿继续拖靶前进；当走到田的尾头，她左手轻轻向左后方拉了一下绳索，牛就乖乖地转弯回头走了。

这时，田中水平如镜，明月高挂树梢，青蛙到处喧闹。远处，一阵轰隆隆的火车声向古瓦车站驶来。不久，一个骑自行车的人，戴着"工"形徽章的帽子，走到田边，找着场党委书记说：农场购买的种子和肥料，已改用煤车装着运来古瓦了，请农场派人去接收，同时还向场党委书记道歉，因为他们查清，值班处理货运的同志确实没有及时通知农场种子已运到。他们虚心接受农场刚才的批评。

听着车站同志的话，场党委书记非常高兴，但也有些莫名其妙。他用目光扫视着在场的人，说道：

"同志们，种子、化肥已经运到了。现在正是分秒必争的春耕季节。明天是礼拜天，大家看怎么办？"

大家一致回答：

"春耕任务不完成，我们就不休息！"

刚才那个姑娘兴奋得像一团熊熊的烈火，两手把脸上的泥巴一抹，露出雪白整齐的牙齿，说道：

"黄书记！我马上去打电话通知各生产队，好吗？"

场党委书记点了一下头，姑娘就飞也似的向场部跑去。

二

一天黄昏，我和场党委书记在清水河边散步，倾听他畅谈农场的过去和未来。他告诉我：这儿从前是一片野草丛生的荒地，解放后，在清水河上建立了水电站；这里成立了农场；在离农场二十几里的岩口，修建了水库。从此，荒山变成良田。海外归来的侨胞，用自己的辛勤的劳动，建设了这个美丽的新田园。

场党委书记和我谈着谈着，不觉已走到清水河的渡口。河对岸传来一阵悠扬动听的琵琶声；随着琵琶的弹奏，有一个女高声在放声歌唱。

可爱的清水河啊！

你绿绿的河水，

　　是我时刻思念的太平洋；

　　你两岸肥沃的土地，

　　是我美丽的故乡。

　　……

琶琶声和着女高音越唱越热烈，越唱越激昂、奔放。场党委书记对我说：

"过河去！我带你去拜访一个人。"

河对岸，是农场第四生产队的所在地。登岸远眺，是一片无边的果树林，亚热带作物香蕉、菠萝、龙眼果、枇杷等等，触目皆是。我跟场党委书记在果园中轻飘慢绕，走到了一丛玫瑰花的后边。他指着河边，跟我说道：

"你看见吗？在我们下方的河边，有只金凤凰在唱歌。你听，她在怀念着印度尼西亚呢。"

我侧耳静听，随着琶琶声柔情歌唱：

　　可爱的印度尼西亚，

　　你有美丽的河山和矿藏，

　　我们曾在你的怀里成长，

　　你是我们的第二故乡。

　　…………

我听着听着，心里好像长起了翅膀，飞到那遥远的南洋，在那千岛之国流连徘徊。

我看清楚，这是那天遇见的那个姑娘在弹琶琶，那琶琶委婉多情之声，掠过河面，钻进密柳之中；然后，从那儿又引起回响，于是清水河两岸，就一片歌声缭绕了。

"砰——"一颗小石头落在她面前的水里，溅起几滴水珠，撒在她面上。

"谁？"她吃了一惊，琶琶声断了。

场党委书记笑着拉我走到她的身边说："小凤，你弹唱得多好呀，我带个客人来拜访你。你不会不高兴吧？"

"我不是客人，"我说，"我们早见过面了。"

"啊嗬！你们早已认识？"

我笑着说："她还欠我的保管费没给呢。"

"什么保管费？"

小凤脸热乎乎红到耳根，把那天晚上在电话室发生的事情，一五一十地讲了。场党委书记一听，就哈哈大笑道：

"哎呀，小凤啊，你看错人了。他不是火车站的同志，他是苗同志，来我们农场访问的。"

小凤把我看了看，伸过手来说：

"对不起，请你原谅！"

我说："不要客气啦。还是请你弹一曲印尼民歌给我们听，好吗？"

她沉默了一会，道：

"从前，我是一个瞎子，什么也不懂。从小我妈教会我弹钢琴和琵琶，教会我唱歌，不过是为了在国外能有一点糊口的技能罢了。回国后，我的眼睛亮了，学会了农业劳动，参加了工作，弹唱的兴趣更浓了，但技巧不高……"

"什么？"我惊讶起来，"从前你是个瞎子？你是怎样瞎的？回国后眼睛又怎么亮的？以后又怎么学会农业劳动、参加工作的？请你详细地告诉我！"

场党委书记说："不忙，我们还是先听小凤同志弹一曲印尼民歌吧。"说着，他对小凤道："弹吧，小凤！把你最喜爱的、最拿手的印尼民歌弹唱一曲！"

小凤坐在河边的一块石头上，习惯地闭上了眼睛，拨弄了一下琵琶的弦子，那琵琶就像珍珠落玉盘似的随着她一往情深地歌唱起来。

这是一首著名的印尼民歌：《宝贝》。这首叠句叠段反复重唱的催眠曲，抒情气氛十分浓郁，曲调优美动人。当她弹唱完毕的时候，睁开眼睛，一颗颗的泪珠突然滚落在清水河里。她对着碧绿的河水凝神、呆望，像个铜的雕像坐在石头上。

"看你，好好的为什么哭起来？小凤，天快黑了，妈在屋等你，我们回家再谈吧！"场党委书记用慈母般的声音安慰她。

"不，我常常到这里来坐，妈知道我在这里，我们就在这里谈吧。"

她转过脸来，想起遥远的往事，哀叹一声，然后声声欲泪地说：

"黄书记，苗同志！我告诉你们，我非常爱这碧绿的河水，我看见它，就好像看到了绿色的海洋那般深情眷恋；有时，偶尔看到一片红叶在水面上随波逐流，就好像看见我爸爸乘船漂洋而去。正因为这样，我和妈有时在假日来这里坐，直到月落西山，还不舍得回去，好像要在这等着爸爸乘轮船从海那边回来。

"说起我爸爸，我和妈妈就日夜难眠。我爸原来在新加坡一只英国轮船上做大副。日本鬼向太平洋南侵时，英国人在那里组织义勇军抗日，我爸爸也参加了。当日本鬼进攻新加坡时，英国人要中国义勇军在前面顶火，日本鬼在新加坡杀了我们华侨十四万多人。英国鬼什么也不管，夹着尾巴逃跑了。我爸身受重伤，妈把爸从死人堆里偷偷背回来，找到朋友，坐上一条风帆船，逃到印度尼西亚，在一个荒岛的岩洞里养伤。

"那时，生活很困难，归国无路，入地无门。妈找野木薯给爸吃，钓鱼煮汤给爸喝，打鸟做菜当补药。我妈就用印度尼西亚大地所哺育出来的东西，调养了我爸爸。经过一年多的穴居野处生活，我爸的伤完全好了。一天月夜，海上漂来一只木船，偷偷划到岛上。船上下来两个人，我爸就跟着他们走了。爸去之后不久，曾有一叶孤舟来到岛上，带来爸的一封信，说他已参加印尼游击队，信中还附一首我刚唱给你们听的印尼现代民歌。就这样，我爸再没有回到岛上。我妈在这个岛上的山洞里生下了我。妈用树叶给我当床，用草当尿片，用树枝编成摇篮，唱着那支催眠曲催我入睡。

"日本鬼投降时，我已一岁。一天，海上隆隆地驶来一条轮船，我妈满怀高兴，以为我爸驾着轮船来接我们了。但船上来人说，爸不得空，特派他们来接我们到雅加达。离开岛上那天，为防万一，妈在石头上刻了字留给我爸：'雅加达！'

"到了雅加达，人们把我妈安置在一个华侨办的华语小学里当老师，但没见我爸爸。他们说，我爸接到命令，当上大副，开船到海外去了。从此，爸爸就一直没有回来。我妈妈还是唱着'你爸爸一定会平安回来'的催眠曲来催我入睡。

"在雅加达，每逢假日，或者在课余的黄昏，我妈总是牵着我的手去港口看看；或者到海滩上去望望。每次每次，遇到有船从海外归来，妈和我总是非常兴奋，满怀希望，问东问西，看看是不是我爸爸回来。但是，每次我们总是失望。他们说：'这船上没有名叫何辛的大副，他可能在别的船上，你们到别的船里去找吧。'于是，妈和我就在海边流连，望着碧绿的茫茫无边的大海出神，直到什么也看不清楚了的时候，我们才携手回来。

"妈妈渐渐皱纹满面，两眼昏黑，其实那时她才二十八九岁。她会弹一手好钢琴，有个好嗓子，会唱印尼歌子。可是，我们生活在艰苦困难和失望的日子里。就在这个时候，我的眼睛迷糊，逐渐逐渐地瞎了。这个不幸的遭遇，使妈痛不欲生。

"在国外，印尼朋友曾给我们帮助，要医好我的眼睛；但由于生活困难，医好我的眼睛至少要十几万盾，所以他们也就爱莫能助。妈妈也不肯收受他们的馈赠，因为穷人家的钱，都是用自己血汗换来的。我们不能等着饿死，我妈便带我到学校去，教我弹钢琴和风琴；买个琵琶在夜中教我弹唱，好有一技之长来糊口。于是，我就爱上了音乐。

"但是，在海外辗转流离，终难生活，一九六〇年三月我们回国了。在湛江港登岸时，我听到叮叮咚咚的锣鼓声，听到《社会主义好》和《海外孤儿有了娘》的歌声，我的心就怦怦的好像要跳出来，眼泪滚滚地和迎接我们的祖国同胞拥抱。我的眼睛虽然瞎了，但仍然感触着祖国灿烂的阳光，感触着祖国人民的热情洋溢的脸孔。

"回到祖国不久，我们就到农场来了。在农场的花香鸟语的美好环境里，我听着拖拉机的响声，田野上吆喝牛的声音，愉快的劳动歌声，我的心神陶醉了……听啊，听啊，猛觉得这一切，不正是我心中久已向往的新田园交响乐吗！

"生活在微笑，祖国在召唤，我对妈说：'妈妈呀，妈妈，我不能再待在屋里了，我要和同志们一块展翅高飞。你带我去医院把眼睛医好吧！'我妈答应了。我们准备生活过得艰苦一些，储蓄些钱来医我的眼睛。场党委黄书记知道了这件事，便对我妈说：'我们农场的医药费虽然不多，你先拿一二百元，带小凤到柳州医院去医医吧。医好了，出院时，钱不够，由我们农场和他们结账就是。'我妈说：'不，我们回国不久，国家对我们各方面都照顾得很好，现在又为了孩子的病，增加国家负担，我和小凤都会于心有愧的。'

"我同意妈的看法，坚决不接受黄书记的意见，弄得黄书记生起气来。"

小凤说到这里，场党委书记笑了，插嘴对我说道：

"她母女俩都是'顽固分子'，说什么都不接受意见。结果，弄得周围的归侨都来支援她母女。他们要掏出自己的工资，送给小凤去医眼睛。"

"我妈看看没法，也就只好拿了农场的钱，带我去柳州医眼睛了，"小凤接着黄书记的话说，"到了柳州，我们先到市人民医院。医生说是可以医好，但要住院开刀。我妈一听说要开刀，心就冷了一半，问需要多少钱才能医好，医生说：'八元，住院费和伙食费不在内。'我妈吃了一惊，又问一句：'八元，还是八百元？'医生说：'八元。这是药费和手术费。'我妈什么话也没说，拉我就走了出来。

"我妈说：'在国外，医院设备好，要医好你的眼睛，至少要十七、八万盾。这个医院设备简单，候诊室里只有一条硬板凳；医生很年轻，不戴眼镜，八元钱能医好你的眼睛？孩子，回去吧。眼睛已经瞎了，别再开刀弄得败了相。'

"我妈这些话，给我当头一棒，我半信半疑，昏昏沉沉地回来。

"回到农场之后，黄书记和归侨同胞来问候我们，我妈推说'医院忙，挂不上号，以后再说'。

"农场的生产非常忙，社会主义的劳动竞赛热火朝天，我妈是生产组长，护理着果树园，她把我忘了似的丢在屋里。我生气了，说："妈呀！你不带我去医眼睛，叫我当一辈瞎子，我宁愿把自己的眼睛挖出来死去。'我妈看我太伤心，只好再带我到柳州去。

"这次到柳州，先到羊角山的康复医院。那里设备和市人民医院差不多，也是收费八元。我妈又什么话也不说，把我带出来了。回到市内，到了工人医院，在楼上找到了眼科，一位姓唐的医生给我看了眼睛。他诊断的结果，也是和市人民医院医生说的一样。这位医生，说话满口桂林腔，那声音像漓江的水，清晰、流畅、动听，我似乎从他的话里，听到一种新的更崇高美妙的音乐。他说话像和我商量一样。他说：'同志，你的眼上长了一层白膜，学名叫作白内障。动手术时，用一把很小巧纤细的刀，轻轻地一割，把白膜除掉，你就会重见光明。这种手术，现在在我们县一级的一些医院里，也可以做。你和妈妈考虑一下，同不同意开刀？'

"这一下，我的心像开了花似的高兴起来，我妈也放心一些了。但还半信半疑地说：'先开一只眼睛试试看吧。'

"医生非常平静地说：'你们农场生产很忙吧？如果一个眼睛医好了，再动第二个眼睛的手术，要花双倍的时间，这就不合算了。大嫂子，你说对吗？'

"我妈说：'我是农场生产小组长，不能长久陪我的女儿在医院住。如果开刀不伤眼珠，医不好也不要紧，那就照大夫的意见办吧。'

"医生和蔼地说：'大嫂，你放心。你生产忙，可以先回去，我们有护士照顾她。等你女儿眼睛医好时，我们再通知你。'妈妈回去了，我个人留在医院里。

"八月末的一天，我所期待的时刻到了。手术开始了。当医生用非常纤巧的小刀在晶状体囊边轻慢割开一个口口，拿眼钳将白膜轻轻取出的时候，我就看见了亮光。亮光随着白膜的割除逐渐扩大。'啊！亮了，亮了。'我的心激动着，我用滚滚的热泪，来感谢党和祖国对她的儿女的无微不至的爱护，感谢医生给我带来了光明。

"医生揩干我的眼泪，擦净了我眼上的红豆般的点点热血，上好药，用干净的纱布蒙住我的眼睛，说：'静些，静些，不要激动！现在我给你治左边这只眼睛。'

"就这样，我的双目复明了。

"转眼就到了一九六〇年的国庆节，医院通知我妈来接我出院。

"这天上午八点钟，我躺在床上，等着我妈妈来接我。医生带来一位妇女，走到我的床头，指着她问我道：

"'你看见她穿的什么衣服吗？'

"我说：'崭新的天蓝色斜纹布唐装衣服。'

"'她手里拿什么东西？'

"'黄澄澄的橙子。'

"'她的头发是什么颜色?'

"'满头银丝。'

"'脸上呢?'

"'气色红润。'

"'你认得她吗?'

"我看了又看,心想:难道她是我妈妈吗?

"这时那妇人扑哧一声笑起来。她一笑,我就'妈——妈'地大叫一声,向她扑去,把头投在妈的怀里,母女俩互相抱着大哭起来。

"临走,我一边牵着妈,一边依依不舍地拉着医生的手,迈着轻快的脚步,走出了病房。医生和护士一路走,一路祝福我们,一直送我们到大门口。我和妈向他们挥手洒泪而别。"

三

夜已悄悄来临,果园深处,晚风送来悠扬的琴声,这琴声像布谷鸟催春一阵阵呼唤。小凤的故事没有讲完,她不时向着琴声响处张望。黄书记说:"小凤同志还有事,我们走吧,剩下来的,我帮小凤把故事结尾告诉你。"

我笑着跟场党委书记照原路走回来。小凤犹豫一会,接着便向琴声响处飞去。路上,场党委书记告诉我说:

"小凤医好眼睛回到农场,就积极参加犁田组工作。开始,她感到什么都新鲜可爱;同时,对什么都不大懂。可是她有一股干劲。她学犁田时,牛不走,她不会吆喝,牛走了以后,她不会叫它停,成天在田里打转转。犁田组同志就对她说:

"'小凤,你应该学会跟牛说话。'

"小凤奇怪地睁开大眼睛说:

"'啊哈,牛还懂人话?'

"犁田组长周标说：'懂。不信，你试试看：比方，叫牛走，喊一声：嘿！要它停，就叫一声：嗬——'

"小凤在周标的帮助下，真是勤学苦练，休息时间也学犁田。一天早上，天还没有亮，周标听到远处有狼嗥，走到牛栏去一看，不见了大虎水牛牯。他就喊醒人们，扛着锄头、棒棒和猎枪，向狼嗥的地方跑去，一阵砰砰叭叭，枪响棒播，把狼打死打伤几只，狼群就逃跑到山里去了。他们把牛救了出来，发现小凤在它的身边。她站在那里，手中还紧紧地握住那粗大的犁杖。

后来才知道，原来她是想趁月夜在荒地上学习犁田，结果却遇上了狼。多亏大虎水牛牯保护着她，她靠着犁杖和狼相持了一夜。

"狼赶跑了，小凤还不肯回去。她说：

"'我还没完全学会呢，你们先走，我和大虎再犁一下地，天亮了就回去，不耽误白天出工。'犁田组长周标开口了：

"'小凤！我前几天讲的话你忘记了？你不累牛累呀。天一亮，大虎要去犁水田翻土过冬，你不让它休息吗?'

"这一下，小凤脸红起来，什么话也不说，跟着大家回来了。这事发生以后，小凤的妈妈说，犁田既累，又没什么高深的学问可学，还是改变工种，跟妈一块护理果园吧。但小凤不同意，说：'干革命哪能挑肥拣瘦，避重就轻！'她妈妈生起气来，说：'什么！护理果园是避重就轻吗？你知道不知道，护理果园，要懂得园艺技术。果树怎样栽培，怎样育苗，怎样施肥，怎样才能使它长得快，果子结得多……这些你懂得吗?'

"小凤也不让，顶她母亲说：'妈，学会跟牛讲话，学会使牛犁田，这不也是学问吗?'

"小凤坚持学犁田，继续在周标的帮助下，不断勤学苦练，战胜了重重困难，不但会使牛，而且犁得深犁得匀。劳动给她带来快乐，她的歌声，也更嘹亮了。

"犁田组长周标这个小伙子，二十来岁，人生得鲞黑鲞黑的，像钢铁铸就的硬汉。他在国外，从小就跟父亲学修理钟表；后来跟哥哥学开汽车。他到农场后，在百花村壮族老农那里拜过师傅，学得一手犁田耙田和选种育秧的好本领。他对劳动，像修钟表那样细心；工作安排像钟表时针一样准确。他同小凤工作互相配合得很好。周标开拖拉机去犁地，她就赶着牛去犁耙水田；周标选种，她就摇风扬机。甚至在文娱活动中，周标拉着提琴的时候，她就弹琵琶。刚才，我们听到的琴声，十成有九成是周标拉奏的。"

停了停，老黄又道：

"老苗，我再给你讲个笑话吧。最近一个时期，小凤已半脱产地调到场部当电话员，兼搞些文娱宣传活动，她还是念念不忘地要去犁田耙田。她上午值班，下午就去生产；下午值班，上午去生产；夜里值班，就白天去生产。

"一次，有个专业文工团到这里做慰问演出，小凤是招待员。在联欢晚会上，她是跳印尼民间舞蹈'伞舞'的主角；博得全场喝彩，掌声不绝。文工团的一位同志十分欣赏她，跑到电话室对她说：'你到我们文工团来吧！我们把你培养成舞蹈家、歌唱家。'小凤拒绝他说，'谢谢你，我没有这个天才。'那同志说，'你在晚会上的演出，证明你是个有艺术天才的人。你不要在劳动中把自己的天才埋没了。'

"小凤像受了侮辱，顶撞着他道：'各行各业支援农业，艺术也要为农业服务。你倒来破坏我的劳动热情！'

"那同志被问得哑口无言。小凤把他推出门外，'砰'一声，关上了门。

"老苗，我告诉你：小凤是个指天椒。真是又红又辣哩。我们农场这类人物有的是，你来我们这里访问十年八年也写不完啊！"

我点头同意说："对，对。十年八年、二十年、一百年也写不完。"小凤姑娘，愿你红如红豆，永不褪色；辣如烈火，永远燃烧吧！

| 文学史评论 |

综观苗延秀这个时期的小说和报告文学创作，其特色首先表现在他善于通过刻画人物的外在表现，如肖像、表情、动作、语言等，反映人物丰富的内在生活，以

达到比较完美地塑造人物性格的目的。其次还表现在他善于从自己熟悉和接触的生活实际里，寻求题材，真实地反映现实生活，塑造革命战争年代和社会主义建设时期的英雄模范人物和先进生产者的光辉形象，反映各个历史时期的生活面貌，给读者以鼓舞。

  ——王保林等主编《中国少数民族现代文学》，广西人民出版社，1989，第405页

  苗延秀也写长短篇小说和报告文学，有多种文集问世，但他的主要创作成就是诗歌。

  ——李鸿然：《中国当代少数民族文学史论（上册）》，云南教育出版社，2004，

   第361页

▌创作评论▌

  苗延秀是侗族革命文学的开创者之一，是优秀的侗族作家、诗人，他在侗族现代、当代文学中的历史功绩是众所公认的，侗族文学界都尊称他为"苗老"。

  ——进铨、敏文：《侗族革命文学的开创者——苗延秀》，载《广西侗族文学史料》，

   漓江出版社，1991，第839页

  苗延秀同志是侗族著名作家。他是侗族第一个奔赴延安参加革命文艺队伍的人，是侗族第一个文学编辑，他的《红色的布包》是侗族第一篇革命小说，《大苗山交响曲》是侗族诗人第一部公开出版的长诗，因而他也就成为侗族第一个中国作家协会会员。中国作家协会1997年11月10日的唁电中对苗延秀做了盖棺论定的评价："苗延秀同志在半个世纪的革命文学生涯中，著作丰厚，表现了强烈的时代精神和浓郁的民族特色，成为我国少数民族作家队伍中的一位代表作家。其作品鼓舞了一代文学青年。"

  ——蒙书翰：《广西当代少数民族作家丛书·苗延秀卷》，漓江出版社，2001，

   第213页

┃作者自述┃

　　我的创作，追求真实反映生活，努力表现少数民族人民的优秀品质和美好形象，歌颂英雄人物，鞭挞假丑恶；向民间文学学习，力求文笔朴实、素雅。……我是民族文学小卒，如果说，我的某些作品还能读得下去，不会被人忘记，在某些文学史书中"占有一席之地"的话，那是党的培养和侗族、苗族民间文学的熏陶哺育，植根于少数民族人民的斗争生活中所取得的小小成果。

　　——苗延秀：《不平坦的道路》，载政协龙胜各族自治县委员会编《龙胜文史》

　　（第1辑），1989，第2—6页

1970年代

- 白先勇《蓦然回首》
- 曾敏之《司马文森十年祭》
- 秦似《回忆〈野草〉》
- 黄福林《蹄花》

蓦然回首

白先勇

许多年了，没有再看自己的旧作。这次我的早期短篇小说由远景出版社结集出版，又有机会重读一遍十几年前的那些作品，一面读，心中不禁纳罕：原来自己也曾那般幼稚过，而且在那种年纪，不知哪里来的那许多奇奇怪怪的想法。讲到我的小说启蒙老师，第一个恐怕要算我们从前家里的厨子老央了。老央是我们桂林人，有桂林人能说惯道的口才，鼓儿词奇多。因为他曾为火头军，见闻广博，三言两语，

作者简介

白先勇（1937—），著名小说家、散文家、剧作家、评论家。曾用笔名郁金、白黎和萧雷。广西桂林人，回族，白崇禧之子。先后就读于台湾大学外文系、美国爱荷华大学"作家工作坊"。1960年与同学欧阳子、陈若曦等创办《现代文学》。1965年任教于加州大学圣塔·芭芭拉校区，开始长达三十年的教学生涯。著有短篇小说集《台北人》《寂寞的十七岁》《纽约客》，长篇小说《孽子》，散文集《蓦然回首》《第六只手指》《树犹如此》，舞台剧《游园惊梦》，电影剧本《金大班的最后一夜》等。2000年，花城出版社出版5卷本《白先勇文集》。2008年，广西师范大学出版社出版有12册台原版《白先勇作品集》。

作品信息

选自《蓦然回首》，尔雅出版社1978年版。收入《白先勇自选集》（花城出版社1996年版）、《白先勇文集第4卷：第六只手指》（花城出版社2000年版）、《明星咖啡馆》（江苏文艺出版社2009年版）、《姹紫嫣红开遍》（作家出版社2011年版）等。入选《台湾作家创作谈》（海峡文艺出版社1985年版）、《台湾散文名篇欣赏（第三集）》（广东高等教育出版社2000年版）、《20世纪中国散文读本（台港澳）》（海峡文艺出版社2003年版）等。

把个极平凡的故事说得鲜蹦活跳。冬天夜里，我的房中架上了一个炭火盆，灰烬里煨着几枚红薯，火盆上搁着一碗水，去火气。于是老央便问我道："昨天讲到哪里了，五少？""薛仁贵救驾——"我说。老央正在跟我讲《薛仁贵征东》。那是我开宗明义第一本小说，而那银牙大耳，身高一丈，手执方天画戟，身着银盔白袍，替唐太宗征高丽的薛仁贵，便成为我心中牢不可破的英雄形象，甚至亚历山大、拿破仑，都不能跟我们这位大唐壮士相比拟的。老央一径裹着他那件油渍斑斑，煤灰扑扑的军棉袍，两只手指甲里乌乌黑尽是油腻，一进来，一身的厨房味。可是我一见着他便如获至宝，一把抓住，不到睡觉，不放他走。那时正在抗日期间愁云惨雾的重庆，才七八岁的我便染上了二期肺病，躺在床上，跟死神搏斗。医生在灯下举着我的爱克斯光片指给父亲看，父亲脸色一沉，因为我的右边肺尖上照出一个大洞来。那个时候没有肺病特效药，大家谈痨变色，提到肺病两个字便乱使眼色，好像是件极不吉祥的事。家里的亲戚佣人，一走过我房间的窗子便倏地矮了半截弯下身去，不让我看见，一溜烟逃掉，因为怕我抓进房子讲"古仔"。我得的是"童子痨"，染上了还了得。一病四年多，我的童年就那样与世隔绝虚度过去，然而我很着急，因为我知道外面世界有许许多多好玩的事情发生，我没份参加。嘉陵江涨大水，我擎着望远镜从窗外看下去，江中浊浪冲天，许多房屋人畜被洪流吞没，我看见一些竹筏上男男女女披头散发，仓皇失措，手脚乱舞，竹筏被旋涡卷得直转。我捶着床叫："嗳！嗳！"然而家人不准我下来，因为我在发烧，于是躺在床上，眼看着外面许多生命一一消逝，心中只有干急。得病以前，我受父母宠爱，在家中横行霸道，一旦隔离，拘禁在花园山坡上一幢小房子里，我顿感被打入冷宫，十分郁郁不得志起来。一个春天的傍晚，园中百花怒放，父母在园中设宴，一时宾客云集，笑语四溢。我在山坡的小屋里，悄悄掀开窗帘，窥见园中大千世界，一片繁华，自己的哥姊、堂表弟兄，也穿插其间，个个喜气洋洋。一霎时，一阵被人摒弃，为世所遗的悲愤兜上心头，禁不住痛哭起来。那段时间，火头军老央的"说唐"，便成为我生活中最大的安慰。我向往瓦岗寨的英雄世界，秦叔宝的英武、程咬金的诙谐、尉迟敬德的鲁莽，对于我都是刻骨铭心的。当然，"征西"中的樊梨花，亦为我深深喜爱。后来看京戏，"樊江关"，樊梨花一出台，头插雉尾，身穿锁子黄金甲，足登粉底小蛮靴，一声娇叱盼顾生姿，端的是一员俊俏女将，然而我看来很眼熟，因为我从小心目中便认定樊梨花原该那般威风。

病愈后，重回到人世间，完全不能适应。如同囚禁多年的鸟，一旦出笼，惊慌失措，竟感到有翅难飞。小学中学的生涯，对我来说，是一片紧张。我变得不合群起来，然而又因生性好强，不肯落人后，便拼命用功读书，国英数理，不分昼夜，专想考第一，不喜欢的科目也背得滚瓜烂熟，不知浪费了多少宝贵光阴。然而除了学校，我还有另外一个世界，我的小说世界。一到了寒暑假，我便去街口的租书铺，抱回来一堆一堆牛皮纸包装的小说，发愤忘食，埋头苦读。还珠楼主五十多本《蜀山剑侠传》，从头到尾，我看过数遍。这真是一本了不得的巨著，其设想之奇、气魄之大、文字之美、功力之高、冠绝武林，没有一本小说曾经使我那样着迷过。当然，我也看张恨水的《啼笑姻缘》《斯人记》，徐訏的《风萧萧》不忍释手，巴金的《家》《春》《秋》也很起劲。《三国》《水浒》《西游记》，似懂非懂地看了过去，小学五年级便开始看《红楼梦》，以至于今，床头摆的仍是这部小说。

在建国中学初三的那一年，我遇见了我的第二位启蒙先生，李雅韵老师。雅韵老师生长北平，一口纯正的京片子，念起李后主的虞美人，抑扬顿挫。雅韵老师替我启开了中国古典文学之门，使我首次窥见古中国之伟大庄严。雅韵老师文采甚丰，经常在报章杂志发表小说。在北平大学时代，她曾参加地下抗日工作，掩护我方同志。战后当选国大代表，那时她才不过二十多岁。在我心目中，雅韵老师是一个文武双全的巾帼英雄。在她身上，我体认到儒家安贫乐道、诲人不倦、知其不可而为之的执着精神。她是我们的国文导师，她看了我的作文，鼓励我写作投稿。她替我投了一篇文章到野风杂志，居然登了出来，师生皆大欢喜。她笑着对我说："你这样写下去，二十五六岁，不也成为作家了？"她那句话，对我影响之深，恐怕她当初没有料及，从那时起，我便梦想以后要当"作家"。中学毕业，我跟雅韵老师一直保持联系，出国后，也有信件往来。一九六九年我寄一封圣诞卡去，却得到她先生张文华老师的回信，说雅韵老师于九月间，心脏病发，不治身亡，享年才五十。雅韵老师身经抗日，邦灾国难，体验深刻，难怪她偏好后主词，"恰似一江春水向东流"，她念来余哀未尽，我想她当时自己一定也是感慨良多的吧。

高中毕业，本来我保送台大，那时却一下子起了一种浪漫念头。我在地理书上念到长江三峡水利灌溉计划，Y.V.A.。如果筑成可媲美美国的Y.V.A.，中国中部农田水利一举而成，造福亿万生民。我那时雄心万丈。我要去长江三峡替中国建一个Y.V.A.。一面建设国家，一面游名川大山，然后又可以写自己的文章。小时游过长江，山川雄伟，印象极深。当时台大没有水利系，我便要求保送成功大学。读了一年水利工程，发觉自己原来对工程完全没有兴趣，亦无才能，Y.V.A.大概还轮不到我去建设。同学们做物理实验，非常认真在量球径，我却带了一本《琥珀》去，看得津津有味。一个人的志趣，是勉强不来的，我的"作家梦"却愈来愈强烈了。有一天，在台南一家小书店里，我发觉了两本封面褪色、灰尘满布的杂志《文学杂志》第一、二期，买回去一看，顿时如纶音贯耳。我记得看到王镇国译华顿夫人的《伊丹傅罗姆》，浪漫兼写实，美不胜收。虽然我那时看过一些翻译小说：《简·爱》《飘》《傲慢与偏见》《咆哮山庄》，等等，但是信手拈来，并不认真。夏济安先生编的《文学杂志》实是引导我对西洋文学热爱的桥梁。我做了一项我生命中异常重大的决定，重考大学，转攻文学。事先我没有跟父母商量，先斩后奏。我的"作家梦"恐怕那时候父母很难了解。我征求雅韵老师的意见，本来我想考中文系。雅韵老师极力劝阻．她说学西洋文学对小说创作的启发要大得多。她本人出身国文系，却能作如此客观的忠告，我对她非常感佩。台大放榜，父母亲免不得埋怨惋惜了一番，台湾学校的风气，男孩子以理工为上，法商次之，文史则属下乘。我在水利系的功课很好，是系里的第一名，但那只是分数高，我对数理的领悟力，并不算强。我解说了半天，父亲看见大势已定，并不坚持，只搬出了古训说："行有余力，则以学文。"我含糊应道："人各有志。"母亲笑叹道："随他吧，'行行出状元'。"她心里倒是高兴的，因为我又回到台北家中来了。

进入台大外文系后，最大的奢望便是在《文学杂志》上登文章，因为那时《文学杂志》也常常登载同学的小说。我们的国文老师经常给《文学杂志》拉稿。有一次作文，老师要我们写一篇小说，我想这下展才的机会来了，一下子交上去三篇。发下来厚厚一叠，我翻了半天，一句评语也没找到，开头还以为老师看漏了，后来一想不对，三篇总会看到一篇，一定是老师不赏识，懒得下评。顿时脸上热辣辣，赶快把那一大沓稿子塞进书包里，生怕别人看见。"作家梦"惊醒了一半，心却没有死，反而觉得有点怀才不遇，没有碰到知音。于是自己贸贸然便去找夏济安先生，开始还不好意思把自己的作品拿出来，借口去请他修改英文作文。一两次后，才不尴不尬地把自己一篇小说递到他书桌上去。我记得他那天只穿了一件汗衫，一面在翻我的稿子，烟斗吸得呼呼响。那一刻，我的心直在跳，好像在等待法官判刑似的。如果夏先生当时宣判我的文章"死刑"，恐怕我的写作生涯要多许多波折，因为那时我对夏先生十分敬仰，而且自己又毫无信心，他的话，对于一个初学写作的人，一褒一贬，天壤之别。夏先生却抬起头对我笑道："你的文字很老辣，这篇小说我们要用，登到《文学杂志》上去。"那便是《金大奶奶》，我第一篇正式发表的小说。

后来又在《文学杂志》上继续发表《我们看菊花去》(原名《入院》)，《闷雷》本来也打算投到《文学杂志》，还没写完，夏先生只看了一半，便到美国去了。虽然夏先生只教了我一个学期，但他直接间接对我写作的影响是大的。当然最重要的是他对我初"登台"时的鼓励，但他对文字风格的分析也使我受益不少。他觉得中国作家最大的毛病是滥用浪漫热情、感伤的文字。他问我看些什么作家，我说了一些，他没有出声，后来我提到毛姆和莫泊桑，他却说："这两个人的文字对你会有好影响，他们用字很冷酷。"我那时看了许多浪漫主义的作品，文字有时也染上感伤色彩，夏先生特别提到这两位作家，大概是要我学习他们冷静分析的风格。夏先生对于文学作品的欣赏非常理智客观，而他为人看起来又那样开朗，我便错以为他早已超脱，不为世俗所扰了，后来看了《夏济安日记》，才知道原来他的心路历程竟是那般崎岖。他自己曾是一个浪漫主义者，所以他才能对浪漫主义的弊端有那样深刻的认识。

大三的时候，我与几位同班同学创办《现代文学》，有了自己的地盘，发表文章当然就容易多了，好的坏的一齐上场。第一期我还用两个笔名发表了两篇：《月梦》和《玉卿嫂》。黎烈文教授问我："玉卿嫂是什么人写的？很圆熟，怕不是你们写的吧?"我一得意,赶快应道:"是我写的。"他微感惊讶,打量了我一下,大概他觉得我那时有点人小鬼大。现在看看,出国前我写的那些小说大部分都嫩得很,形式不完整,情感太露,不懂得控制,还在尝试习作阶段。不过主题大致已经定型,也不过是生老病死,一些人生基本永恒的现象。倒是有几篇当时怎么会写成的,事隔多年,现在回忆起来,颇有意思。有一年,智姐回国,我们谈家中旧事,她讲起她从前一个保姆,人长得很俏,喜欢带白耳环,后来出去跟她一个干弟弟同居。我没有见过那位保姆,可是那对白耳环,在我脑子里却变成了一种蛊惑,我想带白耳环的那样一个女人,爱起人来,一定死去活来的——那便是玉卿嫂。在宪兵学校,有一天我上地图阅读,我从来没有方向观,不辨东西南北,听了白听,我便把一张地图盖在稿纸上,写起《寂寞的十七岁》来。我有一个亲戚,学校功课不好,家庭没有地位,非常孤独,自己跟自己打假电话,我想那个男孩子一定寂寞得发了昏,才会那样自言自语。有一次我看见一位画家画的一张裸体少年油画,背景是半抽象的,上面是白得熔化了的太阳,下面是亮得燃烧的沙滩,少年跃跃欲飞,充满了生命力,那幅画我觉得简直是"青春"的象征,于是我想人的青春不能永葆,大概只有化成艺术才能长存。

一九六二年,出国前后,是我一生也是我写作生涯的分水岭。那年冬天,家中巨变,母亲逝世了。母亲出身官宦,是外祖父的掌上明珠,自小锦衣玉食,然而胆识过人,不让须眉。一九二七年北伐,母亲刚跟父亲结婚,随军北上。父亲在龙潭与孙传芳激战,母亲在上海误闻父亲阵亡,连夜冲封锁线,爬战壕,冒枪林弹雨,奔到前方,与父亲会合,那时她才刚冒二十。抗日期间,湘桂大撤退,母亲一人率领白马两家八十余口,祖母九十,小弟月余,千山万水,备尝艰辛,终于安抵重庆。我们手足十人,母亲一生操劳;晚年在台,患高血压症常常就医。然而母亲胸怀豁达,热爱生命,环境无论如何艰险,她仍乐观,勇于求存,因为她个性坚强,从不服输。但是最后她卧病在床,与死神交战,却节节败退,无法抗拒。她在医院里住了六个月,有一天,我们一位亲戚嫁女,母亲很喜爱那个女孩,那天她精神较好,便挣扎起来,特意打扮一番,坚持跟我们一同去赴喜宴。她自己照镜,很得意,跟父亲笑道："'换珠衫依然是富贵模样'。"虽然她在席间只坐了片刻，然而她却是笑得最开心的一个。人世间的一切，她热烈拥抱，死亡，她是极不甘愿，并且十分不屑的。然而那次不久，她终于病故。母亲下葬后，按回教仪式我走了四十天的坟，第四十一天，便出国飞美了。父亲送到机场，步步相依，竟破例送到飞机梯下。父亲曾领百万雄师，出生入死，又因秉性刚毅，喜怒轻易不形于色。可是暮年丧偶，儿子远行，那天在寒风中，竟也老泪纵横起来，那是我们父子最后一次相聚；等我学成归来，父亲先已归真。月余间，生离死别，一时尝尽，人生忧患，自此开始。

别人出国留学，大概不免满怀兴奋，我却没有，我只感到心慌意乱，四顾茫然。头一年在美国，心境是苍凉的，因为母亲的死亡，使我心灵受到巨大无比的震撼。像母亲那样一个曾经散发过如许光与热的生命，转瞬间，竟也烟消云散，至于寂灭，因为母亲一向为白马两家支柱，遽然长逝，两家人同感天崩地裂，栋毁梁摧。出殡那天，入土一刻，我觉得埋葬的不仅是母亲的遗体，也是我自己生命的一部分。那是我第一次真正接触到死亡，而深深感到其无可抗拒的威力。由此，我遂逐渐领悟到人生之大限，天命之不可强求。丧母的哀痛，随着时间与了悟，毕竟也慢慢冲淡了。因为国外没有旧历，有时母亲的忌日，也会忽略过去。但有时候，不提防，却突然在梦中会见到母亲，而看到的，总是她那一副临终前忧愁无告的面容，与她平日欢颜大不相类。我知道，下意识里，我对母亲的死亡，深感内疚，因为我没能从死神手里，将她抢救过来。在死神面前，我竟是那般无能为力。

初来美国，完全不能写作，因为环境遽变，方寸大乱，无从下笔。年底圣诞节，学校宿舍关门，我到芝加哥去过圣诞，一个人住在密西根湖边一家小旅馆里。有一天黄昏，我走到湖边，天上飘着雪，上下苍茫，湖上一片浩瀚，沿岸摩天大楼万家灯火，四周响着圣诞福音，到处都是残年急景。我立在堤岸上，心里突然起了一阵奇异的感动，那种感觉，似悲似喜，是一种天地悠悠之念，顷刻间，混沌的心景，竟澄明清澈起来，蓦然回首，二十五岁的那个自己，变成了一团模糊逐渐消隐。我感到脱胎换骨，骤然间，心里增添了许多岁月。黄庭坚的词："去国十年，老尽少年尽。"不必十年，一年已足，尤其是在芝加哥那种地方。回到爱我华，我又开始写作了，第一篇就是《芝加哥之死》。

在爱我华作家工作室，我学到了不少东西：我了解到小说叙事观点的重要性。Percy Lubbock 那本经典之作：《小说技巧》对我启发是大的，他提出了小说两种基本写作技巧：叙述法与戏剧法。他讨论了几位大小说家，有的擅长前者，如萨克莱 Thackeray，有的擅长后者，如狄更斯。他觉得：何时叙述，何时戏剧化，这就是写小说的要诀。所谓戏剧化，就是制造场景，运用对话。我自己也发觉，一篇小说中，叙述与对话的比例安排是十分重要的。我又发觉中国小说家大多擅长戏剧法，《红楼》《水浒》《金瓶》《儒林》，莫不以场景对话取胜，连篇累牍的描述及分析，并不多见。我研读过的伟大小说家，没有一个不是技巧高超的。小说技巧不是"雕虫小技"，而是表现伟大思想主题的基本工具。在那段期间，对我写作更重要的影响，便是自我的发现与追寻。像许多留学生，一出国外，受到外来文化的冲击，产生了所谓认同危机。对本身的价值观与信仰都得重新估计。虽然在课堂里念的是西洋文学，可是从图书馆借的，却是一大沓一大沓有关中国历史、政治、哲学、艺术的书，还有许多五四时代的小说。我患了文化饥饿症，捧起这些中国历史文学，便狼吞虎咽起来。看了许多中国近代史的书，看到抗日台儿庄之役，还打算回国的时候，去向父亲请教，问他当时战争实际的情形。

暑假，有一天在纽约，我在 Little Carnegie Hall 看到一个外国人摄辑的中国历史片，从慈禧驾崩、辛亥革命、北伐、抗日，到"戡乱"，大半个世纪的中国，一时呈现眼前。南京屠杀、重庆轰炸，不再是历史名词，而是一具具中国人被踩躏、被凌辱、被分割、被焚烧的肉体，横陈在那片给苦难的血泪灌溉得发了黑的中国土地上。我坐在电影院内黑暗的一角，一阵阵毛骨悚然的激动不能自己。走出外面，时报广场仍然车水马龙，红尘万丈，霓虹灯刺得人的眼睛直发疼，我蹬蹬纽约街头，一时不知身在何方。那是我到美国后，第一次深深感到离乡背井的彷徨。

去国日久，对自己国家的文化乡愁日深，于是便开始了《纽约客》，以及稍后的《台北人》。

|文学史评论|

白先勇的艺术实践和文化活动，前后有两个面向：一个面向是通过作品来表现的，其主题是"时间"及其所造成的各种悲剧。白先勇细腻描绘了时间变化与个人、家族国家之间的关系。他观察到，所有美的东西都毁灭于时间，却也都借助艺术得到救赎。第二个面向是通过艺术实践表现的，从八十年代以后至二十一世纪头十年，策划《游园惊梦》舞台剧和青春版《牡丹亭》，这是白先勇"文艺复兴"实践的重要例证。这些都指向对中国传统文化、文化哲学、美学的重新认识。白先勇的文学创作和文化实践，有两个相反的方向：文学中，他描绘了某种文化价值、美的必然衰亡；而在文化实践中，他试图走出这种悲剧，力振中国文化所曾有过的辉煌。在他对古典文化的重新诠释之中，暗示了现代创新的文化的可能。

——严家炎主编《二十世纪中国文学史（下册）》，高等教育出版社，2010，

第157页

白先勇以小说家名世，其实他在散文创作的数量和质量上也成就非凡。从类型上看，白先勇的散文创作大致可以分为两类：一为学术性较强的文学（文化）评论——议论性散文；一为情感浓烈的怀人忆旧之作——文学性散文。

——曹惠民主编《台港澳文学教程新编》，复旦大学出版社，2013，第62页

|创作评论|

1937年出生的白先勇在八九十年代倾心于散文而且佳构纷呈，这种创作轨迹底部暗涌的精神潜流与人性奥秘实在是耐人寻思。因此，"散文的白先勇"并不仅仅是对"小说的白先勇"的补充，拒绝虚构的散文文体使作家能够更加直接、更加真实地表现其切肤之痛和人道关怀。

——黄发有：《悲悯的摆渡——散文的白先勇》，《世界华文文学论坛》2004年

第2期

白先勇以小说家名世，他的《台北人》已成为二十世纪华文文学中的经典。因了白先勇在小说创作上的巨大成就，研究界常常把关注的目光集中在他的小说世界，而相对忽略他在其他文体上所取得的创作实绩。事实上，除了小说之外，白先勇在散文创作领域也成就不凡，风格独具，卓然成家。到目前为止，白先勇结集出版的散文集计有《明星咖啡馆》《蓦然回首》《第六只手指》《树犹如此》《昔我往矣》等数种。从类型上看，白先勇的散文创作大致可以分为两类：一为学术性较强的文学（文化）评论——议论性散文，一为情感浓烈的怀人忆旧之作——文学性散文，前者主要以序、读后感、书评、评论（演讲和访谈为其变体）等形式出现，后者则以对亲人、挚友和往事的深情回忆为主。从创作时间上看，白先勇的散文创作从二十世纪六十年代就已开始，至九十年代进入高产期。从类型分布上看，他在上个世纪八十年代以前的散文以文学（文化）评论为主，八十年代以后追思故人和缅怀往昔的作品则逐渐增多。

　　　　——刘俊:《现代美文的杰出实践——论白先勇的散文创作》，载刘俊《从台港
　　　　　　到海外——跨区域华文文学的多元审视》，花城出版社，2004，第234页

　　在白先勇的整个散文创作中，伤逝亲友的篇什占了很大比重，其间，有伤逝亲生父母的，有伤逝同胞姐姐的，还有伤逝同学和文友的，等等。在这类作品中，作者用饱蘸悲悯之情的笔墨，将他对已逝亲友的怀念与追悼之情形诸笔端，让人读来顿生一种来自心灵深处的颤动。

　　　　——黄永健、易玉锋:《痛感与悲感的交响——论白先勇散文的伤悼美》，载朱
　　　　　　文斌编《世界华文文学研究》（第三辑），安徽大学出版社，2006，第120页

　　白先勇虽然以小说家名世，但他的散文创作，也成就不凡，风格独具，卓然成家。他的散文创作，可以说是二十世纪华文散文中鲁迅、周作人、林语堂、张爱玲、梁实秋这一脉"美文"传统的延续，是二十世纪华文文学史上"美文"成果的扩充和丰富。

　　　　——刘俊:《白先勇传》，花城出版社，2009，第163页

司马文森十年祭

曾敏之

前些时候接到秦牧由北京寄来短简，有一段是这样写的："最近见到小雷，确知司马是被折磨致死的，可悲可叹！"

读了这样两行文字，不禁眼睛湿润起来，对司马文森之死，令我想得多也想得远了，悲痛之情有难抑之感。

秦牧短简，证实了司马文森死于被林彪、"四人帮"迫害。但我得知他的噩耗，

作者简介

曾敏之(1917—2015)，笔名敏之、寒流、望云、丁淙等。1917年生于广西罗城，祖籍广东梅县(今梅州市)。历任《大公报》记者、采访主任，暨南大学教授，香港《文汇报》副总编辑、香港作家联谊会会长等。1930年代即投身文学运动和创作。著有散文随笔集《拾荒集》《岭南随笔》《望云海》《文史品味录》《观海录》《春华集》《文林漫步》《曾敏之散文选》《人文纪事》《沉思集》等，论著《谈红楼梦》《诗词艺术》《诗词艺术欣赏》《诗的艺术》《古典文学欣赏举隅》等，游记《四海环游》，杂文《曾敏之杂文集》《文苑春秋》《听涛集》等。其中《观海录》二集获全国优秀散文杂文奖。此外，曾敏之在推动香港文学的发展、促进海内外华文文学的交流和台港与海外华文文学的学科建设等方面，成绩卓著，被称为内地台港文学研究的拓荒者和引路人。

作品信息

原载《新晚报》1978年7月2日。收入《望云海》(人民文学出版社1982年版)、《人文纪事》(江苏文艺出版社2007年版)、《晚晴集：曾敏之记述的人物沧桑》(金城出版社2008年版)等。入选《泪雨集(乙编)》(生活·读书·新知三联书店1979年版)、《中国文化名人哀情散文选》(湖南文艺出版社1995年版)。

却早在以前。那是"文化大革命"期间暨南大学一大批教授到三水县的南边参加劳动的时候，我也在一个春雨霏霏之夜在南边见到陈芦获，他偷偷地向我耳边说道：

"你知道吗？司马文森死了！"

我的神经震颤了一下。

"怎么能得到这个不幸的消息呢?".

"是北京的朋友寄信来说到的。"

啊，北京来信，还有什么可疑的呢？司马文森是死了！至于怎样的死法，当时无从探听，也不可能探听，我记起了杜甫的诗句"动乱死多门"，大概死得很离奇吧。

我和陈芦获都不再说话，在当时，是无话可说的。我想到晋代向秀写的《思旧赋》，他为了路过山阳故居而悼念嵇康、吕安之被司马昭杀害，在短短的赋文中，曾这么写道："惟古昔以怀令兮，心徘徊以踌躇。栋宇存而弗毁兮，形神逝其焉如。"最后是"托运遇于领会兮，寄余命于寸阴……停驾言其将迈兮，遂援翰而写心。"可是向秀却写不下去了。

在我得到司马文森噩耗的年代，处境也似"寄余命于寸阴"，所以只能把哀痛藏在心里。后来，我从南边回到暨南大学原住的宿舍养病，一个人常常悄立于窗下，眺望于园林，景物萧疏，江声掠耳，苍茫的暮色扑到我的心坎。这时候，我强烈地想到司马文森之死了，感情激荡，发而为诗，曾暗暗记下这首七律：

哭司马文森

心香一瓣代刍厄，独立苍茫凄绝时；
漓水涟漪浮翰藻。桐江风雨铸新词。
回翔欧亚夸鹰健，奋翮中南忆鹗姿；
忽报文星凋北地，哭君空有泪如丝。

就是这样的诗，我也只能暗记，后来才把它记录下来，今天可以作为祭奠之用了。说到祭，当然只是心香，而这一瓣心香历时已是十年之久，就是说司马文森已是十年祭之期了。年光不可倒流，但往事却历历再现。因此我要记下我与司马文森几十年来情深师友的经历，也是借此倾吐哀思吧。

记得与司马文森初见，屈指算来已是四十年前，远在抗日战争的初期。一九三七年我从烽火中的广州回到桂北，又辗转到了桂林。当时心境颓唐，找不到出路，于是学写些文艺作品。司马文森随同《救亡日报》迁到桂林来了。我经周钢鸣的介绍跟他认识，知道在上海以林娜笔名写小说的就是他，大型的《作家》杂志曾发表过他的作品。

司马文森矫健得很，茁壮的身体，络腮的胡子，说话带点闽南的口音，但热情、开朗，令人接触之后就感到可以结成知交。我当然不能以知交攀附，但却把他当作老师，常把写好的散文作品送给他看，希望得到他的指导，一九三九年冬天，我将在桂北兄弟民族地区的见闻写了一组报告文学，曾把《烧鱼的故事》《芦笙会》等多篇送给他看，也许是少有描写少数民族地区生活的文艺作品吧，他看了之后谬加赞赏，说有似高尔基写《草原》的风味，并把它寄给茅盾主编的《文艺阵地》发表了。我受到极大的鼓舞，曾奋发为文，先后写了许多散文，有几篇在司马文森主编的《文艺生活》刊载。一九四一年，我把这些散文冠以《拾荒集》的书名出版了。

在我从事文艺习作的道路上，司马文森是鼓励我的良师。他写作极勤，下笔也快。《文艺生活》上刊载过他的长篇小说《雨季》。他还写过《记尚仲衣教授》的报告文学，后来又出版了《粤北散记》。在三十年代的后期，司马文森可说是多产作家。

从一九三八年到一九四四年，司马文森在桂林数年之久，施家园是他的居留之地。他常常不避风雨，腋下夹着书报，奔走于城郊之间，他的文学活动最为活跃。在这期间，他和雷蕾（就是秦牧短简中说的小雷）结了婚。我从小雷口中，才知道司马文森有过不平凡的经历。他童年时代就到了东南亚，少年时代在海外漂流，做过学徒、店员……青年时代参加了海外的革命组织，从此献身革命。后来更知道，他是三十年代的中国共产党党员，在"左联"的旗帜下从事革命文学事业。

当我从文艺活动转向新闻工作的时候，一直得到司马文森的支持。我于一九四二年在《柳州日报》编《草原》副刊，他寄文章给《草原》发表。我转到《大公报》担任采访工作之后，我们的接触更多了，他常常笑我是"两栖动物"。一九四三年我写了一篇《桂林作家群》的报告文学，把坚持抗战、坚持民主进步、不畏艰苦的许多作家朋友都描写到了，也描述了司马文森的文学活动以及他待人接物的热忱。

抗日战争的形势，在国民党统治区的战场越来越坏，蒋介石消极抗战、积极反共的反动政策使得士气军心几乎瓦解。一九四四年日寇长驱直入，陷衡阳、攻桂林，终于演出了湘桂大撤退的悲剧。就在这兵荒马乱之时，老作家王鲁彦病殁于医院。身后凄凉，无以为葬，邵荃麟、端木蕻良发起募捐，我参加了募集工作，司马文森也捐了一笔钱，终于在桂林北门外以一抔黄土半截石碑埋葬了被鲁迅誉为乡土作家的王鲁彦。久日寇逼近冷水滩，司马文森随着一批朋友转移阵地了。他放下了笔，拿起了武器，以纵队政委的名义活跃于桂北广大游击区。我则奉命采访、拍发战地新闻，直到最后才向柳州、重庆撤退。从此，我和司马文森暌隔了五年之久。

这五年，可算是漫长的时间，因为抗日战争结束之后，蒋介石发动了进攻解放区的全面内战，中国人民又经历了浴血的斗争。在国民党统治区的人民，在盼望黎明，在苦度最艰难的一段日子。当解放战争以排山倒海之势向江南、向华南进军的时候，我于一九四八年到了香港，在香港又与司马文森重逢了。他恢复《文艺生活》，同时还因工作需要兼了一家报纸的主笔。在他为我举行的家宴上，我反唇相讥，说他也是"两栖动物"了，引来了愉快的大笑。在当时，大家都在期待华南解放，然后"青春作伴好还乡"，所以朋友们的情绪是热烈的，也是从未有过的振奋。

不久，司马文森就奉召随同柳亚子、茅盾等一干老前辈离港北上了。他们要到北京参加开创新中国的全国人民政治协商会议。新中国在政协会议中诞生了，《共同纲领》也制定了。在毛主席宣布中国人民站起来了的日子，从首都北京到全国各地，包括未解放的一部分地区，真是亿兆腾欢，神州焕彩。司马文森在天安门上看到了红旗的海洋，事后他向我描述过他当时喜极泪沾襟的情景。

随着华南解放了，我奉命赶到广州设立《大公报》办事处，积极展开采访活动，又恢复多年中辍的记者生活。司马文森也奉派到广州，筹组中国作家协会广东分会。他打算出版的《文艺生活》则以作协机关刊物《作品》代替，他担任主编。当时因工作需要，成立由中国新闻社、《大公报》、《文汇报》三单位组成一个联合办事处的时候，我和他共事了。在办公室内相对而坐，有一段时间我可以更仔细地观察他从待人接物到写作的一切表现。我打心眼儿佩服他的为人。凡是接触过他的人都会获得这样的印象：司马文森待人接物热情诚恳，不摆架子，他特别关心朋友的进步。而我更发现他对写作的勤奋，已达到令人难以企及的高度，他随时摊开稿纸，不轻易放过时间。只见他落笔嗖嗖，于是散文、小说、政论文章就出来了。

我难以忘记是在他的鼓励之下，我以一篇研究《红楼梦》的论文在《作品》创刊号上发表，后来由此写下去而成一本小书。我正庆幸能在他的指导下也许仍能写些文艺作品时，他却奉派出国了，到中国驻印度尼西亚大使馆任文化参赞。离开广州的时候，朋友们为他和小雷饯别，真是兴奋与惜别的情绪糅合在一起，但更多的是为他乘风破浪重到"南洋"而欢跃，想到他三十年代曾流浪海外，而如今有如凯旋的战士旧地重游，该是如何感奋啊！

就在司马文森出国之前，他还为一个文艺界朋友的婚姻风尘仆仆地奔走于珠江三角洲之间，后来终于"有情人成了眷属"，只可惜那个朋友结婚时，司马文森已经走了。直到如今，那个朋友仍念念不忘他的友爱援助，成人之美的美德。

自从司马文森出国以后，他随黄镇大使先后驻节于印度尼西亚和法国，在欧亚两洲都留下了他作为文化使节的足印，为中国和印尼、法国的文化交流做出了贡献。有一年，他回国休假，我们重叙于广州，因为风闻他写了一部长篇小说，我问他写的是什么题材？他答道：

"写老黄的，以三十年代福建武装根据地的武装斗争为背景，写老黄领导的武装斗争。"

小雷在旁边补充说明，才知道就是后来出版的《风雨桐江》。这部三十多万字的小说以优美的民族风格标志了司马文森在创作道路上的里程碑，不论构思、描写、语言、故事情节，都显示了司马文森在探索民族化的艺术上取得了极其可喜的成就。

以后，司马文森又到欧洲去了。他曾打算写一部散文游记，可是未及写成就"被召回国"，接着就受到从林彪到"四人帮"所加的迫害，以致结束了他不算很长的一生。

Ⅰ文学史评论Ⅰ

曾敏之是香港文学界的宿将，他的散文时常选择一些富有象征意味的事物作为抒情表意的对象，并融入一些富于诗情和哲理意味的议论，引导读者加以思考。

——潘亚暾、汪义先：《香港文学概观》，鹭江出版社，1993，第399页

曾敏之是一位眼光远大，胸怀祖国的作家，他的散文从不抒写个人的纤弱感情或一时得失，他抒写的是大我之情、民族之情，他的笔触，始终与时代的脚步合拍，作品的感情脉络跳动的正是我们民族的命运，一场芦笙会、一个烧烤场面、一条水街的变迁、一纸短简的传递…………浸润着多少时代风雨，凝聚着多少历史内容，把它当历史来看也无不可。

——王剑丛：《香港文学史》，百花洲文艺出版社，1995，第313页

总起来看，曾敏之散文以思精用宏、富有战斗气息和风格的阳刚美见长。

——张炯等主编《中华文学通史·第十卷·当代文学编》，华艺出版社，1997，
第315页

曾敏之的杂文，有实事求是之心，不作凌空蹈虚之论，议论纵横而深刻。他腹笥甚广，又坦率真诚，立意高，格局大，气势雄，文风犀利，文笔老到，形成了硬朗、明快的独特风格，"充满大方之气和阳刚之美，深得鲁迅杂文匕首投枪、以寸

铁杀人的文风精髓"。

——曹惠民主编《台港澳文学教程》，汉语大词典出版社，2000，第293页

其散文比较注意描写香港各阶层人士的命运波折和生活境况，尤其是流淌在作品中的浓浓的爱国情怀，盼望港台回归、祖国统一的强烈愿望，贯串如一，感人至深。

——徐治平：《中国当代散文史》，中国文联出版社，2001，第385页

曾敏之的散文有鲜明的时代气息、敏锐的社会观察力，内容涉及国家民族兴衰、个体人生苦乐，见微知著，说古说今，亦见性情。散文题旨鲜明突出，立意高昂，文字简洁明丽，具有情理并茂的特征，形成了醇厚幽远而又刚健锐利的风格。

——唐金海、周斌主编《20世纪中国文学通史》，东方出版中心，2003，第646页

｜创作评论｜

他每出一本集子，就仿佛是种下了一株果树，每一株果树结出来的果子，几乎都是不同形状和不同滋味的，酸甜苦辣皆有：或是用抒情记事的方式，画出了一幅幅幽美的兄弟民族山区的风光和愁苦的人生画面，记录了苦难中美好的人性和刚毅昂扬的心灵搏动；或是直抒胸臆，述感抒怀，歌之哭之，情意拳拳；或是引古谈今，针砭时弊，在历史与现实、风物与人情之间，注入了自己的感情爱憎；或是摘枝攀花，展示了文史长廊一连串值得品味的珠贝，介绍了我们民族文化的一串精英；或是运用通俗化的散文形式，对历代诗人的作品抉幽探秘、专做艺术技巧上的分析……林林总总，不一而足，见人之所未见，确可品味；微言大义，足堪借鉴，形成了属于自己的个性和风格。

——钟晓毅：《曾敏之散文创作散论》，载复旦大学台港文化研究所选编《台湾香港暨海外华文文学论文选》，海峡文艺出版社，1990，第293页

曾敏之的散文创作，抒至美之情，织丽词华章。这固然是他个人禀赋、才华、

品德的表现。同时也是与他站在坚实的传统的大地上分不开的。对于传统，曾敏之有着自觉的服膺与尊重。他遵循着从新文学到古典文学与古典诗歌，从史学进入文学领域的路线，研读经史典籍和中外文学名著，吸饮着传统的乳浆，使自己长成了枝繁叶茂的大树。

——陆士清:《站在坚实的大地上——略论曾敏之散文的传统血脉》，载杨振昆、胡德盛、查大林主编《世界华文文学的多元审视》，云南大学出版社，1996，第545页

曾敏之的散文，尤其是抒情性散文，深得中国古典散文的情韵，他的抒情散文、叙事散文、游记、随笔、杂感等，在叙事中有议论，在描写中有抒情，历史与现实，回忆与怀想，运笔收放自如，感情充沛。个人体验与人生风俗画紧密交织，场面的刻画、氛围的营造和感情的抒发互相映衬融为一体，清新优美，文情并茂。

——伍方斐、罗可群主编《台港澳及海外客籍作家研究》，华南理工大学出版社，2005，第188页

曾敏之先生的散文，是诗情、文心、史志交织而成的一个审美空间。无论是他早期创作的作品，还是《望云海》《观海录》中所收的文章，都是文情并茂，无一不是他内心感情和思想体验的结晶。他喜欢诗，一部全唐诗伴随他度过大半生，几十年来，他常以旧体诗词遣兴怡情，他所写的旧体诗词，意境开阔，注意炼字、炼句、炼意。他的散文创作也常常巧妙地嵌入一些闪亮、有魅力的诗句，这些诗句是随着他的思绪自然流淌出来的，并非文外的东西，是文中的有机部分，是凝聚他感情的"亮"点。在文中，他以诗为"兴"，以诗为"线"，以诗为"结"，在诗意中发放文情，激起波澜，拓展文章的意境；他还借文中的诗句，抒发人生的感慨，表达内心的隐忧，批判社会的流弊，做到诗文一体，饶有意味。他的散文，不仅有"诗"，还有史家的"志"。他是一位能与时俱进，有敏锐思想的作家，他在文学上追求的是中华民族优秀的文化传统，并以自己的创作实践，承传、弘扬这一传统，他的文章总

·63·

有益于世道人心。

> ——饶芃子：《诗情·文心·史志——读曾敏之先生的散文》，载饶芃子著《世
> 界文坛的奇葩：饶芃子选集》，花城出版社，2012，第49页

┃作品点评┃

曾敏之的《司马文森十年祭》以传神的笔墨写出了老友司马文森治学为人的风
范，语言朴实无华，感情真挚深沉。

> ——方忠：《雅俗汇流：方忠选集》，花城出版社，2014，第60页

回忆《野草》

秦 似

　　一九三八年冬，广州沦陷后，《救亡日报》由广州迁到桂林继续出版，夏衍同志因此到了桂林。在这前后，郭沫若等同志也到过桂林。接着，不少革命文艺工作者和文化人，就陆续聚集到桂林来了，桂林于是有大后方"文化城"之称。

　　这时候，我是个二十多岁的青年，在桂南从事抗日救亡工作。看到《救亡日报》，十分高兴，也就给它投稿。那时投的是杂文。本来，在三十年代中期，我在广州读书的时代，是写诗的，曾发表过几十首诗，却不曾写过杂文。一九三九年因帮助生活、新知书店做书籍转运的工作，我有机会见到《鲁迅全集》，在几个月内，贪婪地

作者简介

　　秦似（1917—1986），广西博白人。原名王缉和，又名王扬，笔名姜一、茹雯、土根等。著名语言学家王力之子。1940年与夏衍、聂绀弩、宋云彬、孟超等人创办《野草》杂志，1941年与孟昌、庄寿慈创办《文学译报》，1946年辗转至香港。1949年接手香港《文汇报》副刊《彩色版》。解放后，曾任广西省文化局副局长，广西文联副主席、广西作协副主席、广西政协副主席等。著有杂文集《感觉的音响》《时态集》《没羽集》《在岗位上》《秦似杂文集》等，出版有《秦似文集》（四卷）。

作品信息

　　原载《新文学史料》1979年第2期，收入《秦似杂文集》（生活·读书·新知三联书店1981年版）、《秦似文集：杂文·散文（二）》（广西教育出版社1992年版）和《广西当代作家丛书·秦似卷》（漓江出版社2004年版）。

把那里面的杂文全看了一遍。过去学生时代，虽也零星看到过鲁迅先生的文章，却没有像这样地窥其全豹，而且，由于这时候已经读了毛主席的《论持久战》和一些马列主义书籍，接触到了抗日宣传工作的一些实际，对鲁迅杂文似乎有了较多的理解和体会，也更加爱读起来。我给《救亡日报》写杂文，同这件事是有关系的。

所投的稿，几乎都发表了，这对我是个鼓励。更难得的是夏衍同志刊启事要约见我。我于是在一九四〇年春从桂南来到桂林。生活无着，夏衍同志给我找到一个家庭教师的工作，晚上教小孩，白天就看书和写作。不久，同文艺界的人们就渐渐熟悉起来。

那时，除《救亡日报》(它在西南几省有很大的影响)，桂林的进步刊物还有一个《国民公论》，是刊政论为主的；此外就是鲁彦主编的《文艺杂志》。重庆方面，茅盾同志主编的《文艺阵地》已停刊①，只剩下《抗战文艺》和胡风主编的以搞宗派为目标的《七月》。文艺刊物无论从内容或品种说，都不能满足读者的需要。再加上那时新八股的文风已经产生，有些大块文章读起来令人沉闷；一二三四，甲乙丙丁，开药材铺，或者像文件一般的文章似乎越来越多。我们对此颇有一些感触。特别夏衍同志，他对文章的洞察力很强，总喜欢看到生动活泼、有新意的文字，他自己写文章，哪怕写的是社论，也总要注意及此的。因此，当我向他建议办一个力求活泼，专刊短文的杂文杂志时，立即得到他的赞同和支持。那时绀弩刚由皖南来到桂林，于是由夏衍同志约集了几个人，共同商议办刊物的事。不久就筹备第一期的稿件了。编辑一共五人：夏衍、宋云彬、聂绀弩、孟超、秦似。这也就确定了它是同人刊物的性质。

记得是一面在集稿了，一面商议刊物如何定名。对于刊物的内容与方针，似乎大家都比较一致，没有多大分歧，但刊名叫什么，却费一番斟酌。我们相约各人都想一两个名字，然后公议采择。夏衍同志想了两个，其一是《短笛》，取"短笛无腔信口吹"的意思；其二是《野草》。其他各人想的，则都记不起来了。大家赞成

---

① 当时在香港编印，并未停刊。——编者

用《野草》。那理由，倒不是为了因袭鲁迅，而是觉得在那样的时局下，这个刊名可能给社会和文坛带来一点生气，引人略有所思。

我们商议创刊号内容的一次聚会，是在中山路桂林酒家的木板楼上很偏僻的一个房间里，边吃饭边谈。大家谈得很热烈，许多话都记不起来了。主要谈的是杂文和鲁迅。我们认为，鲁迅在三十年代的战斗旗帜，我们在四十年代应该接过来。夏衍同志说："鲁迅那时写文章，往往是大家心里想说而还没有说出来的话，他说出来了。所以一发表，就令人爱读。"大家认为，鲁迅在三十年代给我们做了很好的榜样，现在正需要战斗性的杂文，我们应该把鲁迅这一克敌致果的武器发挥起来，为当前的革命斗争服务。而且，四十年代已有了毛主席为首的党中央，有了抗日统一战线又联合又斗争的政策，斗争的方向、目标和策略都比鲁迅时代更为明确了，这是很有利的条件。

创刊号于一九四○年七月出版了。这一期刊了夏衍的《旧家的火葬》和其他一些短文，包括杂文、散文、随笔和翻译小品。我们采取了外表看去带点"软性"，而文章的内容要有几根骨头的方针，这正是从鲁迅的《准风月谈》《花边文学》那里学来的。我们希望通过这种表面上柔软一些的形式，去与当时成万成万地销行的崇洋媚敌、言不及义的什么"风"之类的期刊进行一个较量，争夺一下阵地。正如我们的发刊词上说的那样："弄一点笔墨，比起正在用血去堵塞侵略者的枪口，用生命去争取民族的自由的人们来，正如倍·柯根所说，是'以花边去比喻枪炮了'。然而，《英伦的雾》以至《美国人的狗》一类东西正在大量印行，这事实又教育了我们，即使同是花边，也还有硬软好坏的分别，有的只准备给太太们做裙带，有的却可以替战旗做镶嵌。"

创刊号不到几天就卖完了。虽然用了又黄又粗的浏阳纸印刷，人们还是站在书店里细细地翻看，不少人看了之后还向亲友推荐，我们也收到一批批的来信和来稿。读者的这种热情和爱护，使我们得到鼓励，也激发了我们的责任感。

当时的政治局势，是处于国民党中的民族投降派一部分人已公开变为汉奸，而国民党反动派又已发动了第一次反共高潮之后，可谓阴霾弥漫，风雨如晦，正是闷人得很的气候。因为"不但汪精卫在演出，……许多的张精卫、李精卫，他们暗藏在抗日阵线内部，也在和汪精卫里应外合地演出，有些唱双簧，有些装红白脸"②。在这样的时势下，我们办《野草》实际上是采取了三条宗旨：（1）宣传抗日、团结、进步。抗日与否，是关系到国家民族生死存亡，中国向何处去的问题，而团结、进步又是能否抗日到底、能否在国统区有效地抗日的根本条件。（2）揭露和批判国民党反动派的种种倒退腐败现象，因为这种现象与当时的抗日、团结、进步要求是背道而驰的。分裂危险与倒退危险，是当时时局中"最大的危险，……是大地主大资产阶级准备投降的步骤"③。在《野草》创刊号的首页，我们就刊了一幅漫画，题为《前方马瘦，后方猪肥》，抨击那些不顾国家存亡，大发其国难财和过着骄奢淫逸的日子的倒退现象，这幅漫画抓住了当时时局的特点，也体现出了《野草》的风格和特色。（3）在国际上，态度鲜明地宣传反法西斯的斗争。这三条宗旨，实际上是不可分割的。《野草》总是环绕着这些目标进行各种各样的战斗。

例如，几乎与我们的刊物同时，出现了也是三十二开本，但却用白报纸印、在昆明出版的《战国策》，公开叫嚷要走法西斯道路，宣传"三K主义"和鹰吃羊是善的道德观，为德国的希特勒打气，并声称要在中国找到"少数解味的看客"，其猖獗狂妄，可谓无以复加！他们公然摆开阵势，鲁迅当年一再抨击过的陈诠即西滢教授就是其中骂阵的"英雄"。对于这股逆流，我们给予了及时的反击，揭穿了他们大谈什么"尼采道德"，实则是贩卖汉奸理论的本质，剥下了他们那副貌似清高，却明目张胆地为法西斯张目的画皮。

《野草》刚出满一卷，就碰上国民党反动派制造"千古奇冤，江南一叶"的皖南事变，并在全国范围内发动第二次反共高潮。顿时之间，真有"黑云压城城欲摧"，似乎地球从此不转之势。在此情况下，夏衍同志不得不离开桂林。但是，就在临去那一晚上，在风雨交加之中，他仍深夜未睡，处理着许多事情，其中包括把即将发排的《野草》稿子看完。尽管"雨横风狂"，"波浪翻屋"，这棵小草仍然是

---

② 《毛泽东选集》，第535页。

③ 《毛泽东选集》，第579页。

压不倒的，它依然屹立在一片败墙倒垣之中。

不但坚持出刊，我们还千方百计地要对反共的黑浪潮做出巧妙的批判和回击。要把千万人心中的愤怒和抗议，通过文艺的形式传达出来。一九四一年春，国民党反动派突然封闭了桂林生活书店，人们奔走相告，敢怒不敢言。在这万马齐喑的气氛里，我们发表了绀弩的《韩康的药店》这篇轰动一时的文章。说恶霸西门庆看见韩康的药店门庭如市，自己也就开了一间，跟他抢生意。可是，由于韩康人老实，童叟无欺，人们依旧往他的药店跑，西门庆的店却冷冷清清，没人上门。这个恶霸恼羞成怒，心生一计，叫人扮成梁山泊的好汉黑旋风李逵，往韩康的店里投宿，然后带了如狼似虎的差人，前去封店捉人，让自己独霸一方。但韩康没有死，过不几年，他的药店又开起来了，门前依然人山人海，而西门庆多行不义，终于一命呜呼了。把汉朝的韩康和《金瓶梅》里的西门庆捏在一块儿，写得既生动又有趣，叫审查官也无可如何，只好啼笑皆非。这真叫作"虽鞭之长，不及马腹"，要想把普天之下的正义呼声都禁绝，总是枉然的。像这样的一些文章，在当时引起了广大群众心声的交流，使人们看到了腐朽势力尽管表面上还很强大，总有一天要彻底垮台的。

中国人民的斗争并不是孤立的。斯大林格勒保卫战的日日夜夜，我们一直在深切地关注；对纳粹在南斯拉夫和东欧其他地方的蹂躏，我们表示了愤怒的抗议，发表了《不能缄默》等文章和漫画，坚决支持塞尔维亚人民如火如荼的反法西斯斗争。

在《野草》出刊的两年多中，得到国统区内许多进步作家的支持。郭沫若、茅盾、柳亚子、何家槐、艾芜、荃麟、葛琴、林林、周钢鸣、司马文森、黎澍、秦牧、华嘉、韩北屏等，经常为《野草》写文章。郭沫若同志寄来《我的青年时代》等文，他那时在重庆，对这个小刊物却是很关切。茅盾同志来桂林稍晚，住在丽泽门外一间公寓式楼房的底层，只占一间斗室，没有厨房，炉灶就在门口边，吃饭是在走廊上。就在这样的环境下，他一面赶写《霜叶红似二月花》，一面给《野草》写连载多期的《雨天随笔》。雨天，不用说是带有双关含意的。每当我带新出刊的《野草》给他时，他总是立即翻阅，并从内容、编排上提出许多宝贵的意见。有时同我谈中外文学的问题，总是那样剀切，那样健谈，令我至今难忘。柳亚子先生身体不大好，但对《野草》约稿，有求必应，从未推却过。他对南明历史有很深刻的研究，写过多篇以南明史事为题材的文章给《野草》。我曾有一首悼念他的诗，其中"南明野史医心药，诗国雄才怒海潮"两句，就指的这件事。许多同志虽不是《野草》同人，实际上也与同人一般关心和支持这个刊物，这是很使我们感勉的。

许多进步美术家也与《野草》有着密切的联系。其中包括新波、陈烟桥、温涛、丁聪、余所亚、郁风、刘建庵、周令钊等。《前方马瘦，后方猪肥》就是余所亚的作品。而周令钊为《野草》第一卷做的封面设计，从一幅旧墙的缝隙中透出一支生气蓬勃的草芽，特别饶于意趣。那时候，这位美术家还是二十岁上下的青年小伙子呢。

没有中国共产党对当时国统区文化工作的正确领导，这个刊物是发展不起来的。虽然结社是出于大家的自愿，革命也是自己要革的，没有谁叫我们非得这样去做不可。而且，这样一个刊物，怎么去办，没有一条现成的道路可抄，只能一面干，一面摸索。但我们几个人和大多数撰稿的同志，都是在党的感召下面，积极地工作，奋力挥戈的。党的领导，是当时桂林文化城的灵魂。尽管这种领导在表面上似乎看不见。文化城的历史，实际上是革命、进步的文化和反动、倒退的文化进行斗争的历史。党密切关心当时各个进步的文化阵地，无论工作处于顺境或逆境，党总是鼓舞、引导我们兢兢业业、不屈不挠地向前。

特别值得提到的是，当时伟大领袖毛主席在延安指导着全国的革命运动，日理万机，但还注意到这个小小的刊物，嘱人每期寄给他两份。皖南事变之后，敬爱的周总理在重庆，也是要务纷繁，但曾两次叫人传达他对《野草》编辑方针的意见。总理指示我们，既要勇于斗争，又要学会善于斗争，文章不要写得太露，要注意斗争方式，注意在斗争中保存自己。《野草》之所以能够在那样险恶的环境中出版达两年多之久，正是我们执行了周总理这一指示所取得的胜利。

听到了总理的指示后，我们又进一步研究了方针，应该力求发挥小型、敏锐、迅速、及时、切中时弊的特点，但题材则应更广泛一些，多讲求文章的文艺性，不要"赤膊上阵"，而要真正钻到牛魔王肚子里去作怪。我们还靠了由科学书店发行，得到一些掩蔽，因此十分注意同书店搞好合作关系。虽然做了一些努力，现在回想起来，还远远没有达到敬爱的周总理对我们的期望和要求。

太平洋战争爆发前，科学书店曾把《野草》纸型寄到香港，出过香港版。万想不到在一九四二年秋于桂林被勒令停刊四年之后，一九四六年冬，果然在香港重新办起《野草》来。但碍于香港的法令，只能采取丛刊的形式出现。《野草》的五位同人，也都先后因工作关系到了香港。在香港复刊的《野草》，撰稿人又有了扩大，从解放区来的作家林默涵、周而复和在香港的作家黄秋耘、邹荻帆等都经常写稿，发行的地区主要是香港和南洋，进入国内则是"非法"的了。在香港出刊的经费，一部分是香港进步工人、职员及南洋爱国华侨募捐而来的，直到后来被香港政府勒令停刊，广大的海外读者还是热情支持这个小小刊物的出刊。这是实在令人感奋的。在香港一共印了十二期。历时也达二年之久。

当时虽然在国内不能公开发行，但仍有读者千方百计得到它。一位名叫林花的读者从上海的来信，很能代表国内读者的心情：

> "……统治者的黑手是如此的毒辣，即使是一棵小小的野草，也不放心让它生长！但是，野草是摧残得掉，毁灭得光的么？'野火烧不尽，春风吹又生'，即使被封锁在冰霜下面……千万个读者将呵起气来，使冰霜消融。"④

在阳光灿烂、百卉争妍的今天，回忆当年《野草》的经历，是颇有明日黄花之感的。《野草》得到过许多作者和读者的热爱和关切，但作为责任编辑的我，工作没有做好，至今有所愧疚。《野草》上虽有不少很有质量的文章，也有不少是粗糙之作。当反动文人曹聚仁和反革命分子胡风的真面目还未充分暴露之时，《野草》上曾刊登过他们的文章，更是悔之莫及的事情。有人说编辑应像厨工一样，要善于调味，我则觉得首先要善于品味。而要辨别香花毒草，懂得文章的好坏，是一辈子

---

④ 《野草》新二号，林花：《通讯》。

也不易做好的。何况那时我的经历和学识都很浅，"或看翡翠兰苕上，未掣鲸鱼碧海中"，心有余而力不足的地方，就更所难免了。

┃文学史评论┃

在"野草"作家群中，秦似的杂文相对说来较为明白畅达，较少运用曲笔隐语，多使用模糊性小的明码语言，明确地表达出自己的看法和主张。秦似这一时期有《感觉的音响》和《时恋集》两个杂文集，揭露敌人的罪行，抨击法西斯头目及其"邦闲"文人，都避免晦涩，通达朗畅而又犀利辛辣。

——尹鸿禄:《大后方散文论稿》，四川教育出版社，1990，第50页

秦似在"野草社"五人中是最年轻的一个，然而，他在"野草社"尤其是《野草》编辑工作中，占据于仅次于夏衍的持重地位。他自1940年春开始写作杂文，由于基础扎实，思想敏捷，加上夏衍等老一辈作家的提携指点，他在杂文写作方面，一出手即显示了自己的才力，接二连三地在《救亡日报》副刊《文化岗位》和《野草》杂志发表作品，至1941年，结集出版了他的第一本杂文集《感觉的音响》，很快就跻身于现代杂文作家之列，1943年又出版了第二本杂文集《时恋集》，成为当时杂文界一颗引人注目的新星。

——蔡定国、杨益群、李建平:《桂林抗战文学史》，广西教育出版社，1994，
第617页

秦似同《野草》社中的夏衍、聂绀弩、宋云彬、孟超等前辈作家相比，是个血气方刚的青年，他的杂文尖锐泼辣，锋芒毕露，热情奔放，明快流畅。尤其是那些同"战国策"派论争的杂文和"妇女问题讨论"中的论战性杂文，更显得犀利泼辣，虎虎有生气；他的杂文体式多样，包括各种形式的短评、杂感和札记，发刊词、编后记式的杂文，抒情、记叙散文式的杂文，散文诗式的杂文，以及讽刺式的杂文。

他较有特色的杂文，是刊在《野草》上的《斩棘集》《剪灯碎语》《吻潮微语》《芝花小集》和刊在香港《文汇报·彩色版》上的《丰年小集》，这类两三百字、直接抨击弊政和陋习的匕首式短评构成秦似杂文创作的主要部分。秦似的杂文，没有夏衍的简洁隽永，聂绀弩的汪洋恣肆，宋云彬的严谨博识，孟超的俊逸洒脱，显得热情有余而涵蕴不足，但也自有其蓬勃的朝气。

——俞元桂主编《中国现代散文史》，山东文艺出版社，1997，第404—405页

秦似的杂文精品，后来集成一册《秦似杂文集》，由香港三联书店出版。这本集子中收入近90篇作者40年代后期在香港写的杂文，文章题材涉猎广泛，有纵谈时事的，有畅谈战后中国前途命运的，有回顾抗战斗争岁月的，有记录香港社会见闻观感的，等等。

——潘亚暾、汪义生:《香港文学史》，鹭江出版社，1997，第219页

秦似（1917-1986年）也是鲁迅的后学。他的杂文用广博的生活与历史知识做基础，厚积薄发，舒缓有致，文化气息较浓重。如《随谈两则》从中国人的时间观念谈起，批评了"浮生若梦的人生哲学"，并讨论了国民性普遍的弱点。其行文如同拉家常，说闲话，却又诙谐精到，充满智慧。他更多的文字是对抗战中的官僚统治的积弊，予以揭露。

——钱理群、温儒敏、吴福辉:《中国现代文学三十年》，北京大学出版社，
1998，第466页

秦似的杂文，继承和吸收了鲁迅杂文的优点，针砭时弊，独具特色。作者学识广博，分析见解深邃透彻，坚持实事求是的态度。其文笔畅达明快，语言幽默风趣，具有较强的现实意义和审美价值。

——范培松主编《中国文学通典：散文通典》，解放军文艺出版社，1999，第745页

1949年以后，秦似对散文创作倾注了更大的热情，在40年代大量杂文创作的基础上，他表现出了更为自觉的对散文艺术的追求。

——徐治平主编《广西散文百年（上）》，民族出版社，2004，第125页

50~60年代杂文写作最有成就的作家是秦似。

——李建平等：《广西文学50年》，漓江出版社，2005，第104页

秦似的杂文富有热情和朝气，也因此显得含蕴不足。这股"蓬勃的朝气"鲜明地体现于秦似的杂文中。他的杂文流畅辛辣，尖锐活泼热情奔放。他曾经与"战国策"派论争，以犀利的文笔对准那些"名教授"们，穷追猛打，一批到底；他也曾参与"妇女问题讨论"，锋芒所向，颇有虎威。他的杂文体式也比较丰富，有各种形式的短评、杂感和札记，也有一些发刊词和编后记；他有些杂文侧重于记叙、抒情，有些侧重于讽刺、幽默，还有的杂文写得像散文诗。对于一个二十多岁的年轻作家来说，这是颇为不易的。

——黄开发主编《中国散文通史·现代卷（上）》，安徽教育出版社，2013，第130页

┃创作评论┃

秦似杂文还具有形式多样、自由活泼的特点。他的作品，有政论式的，有散文式的，有散文诗式的，有寓言式的，有笔记式的，形式多样，不拘一格。在语言上，显得清新、自然，朴实、简约。

——李建平：《桂林抗战文艺概观》，漓江出版社，1991，第77页

秦似散文和杂文的语言还有一个显著的特色，就是口语化和音韵美。如果说，他早期的文章由于受鲁迅的语言风格影响较深，加上时代环境的制约，文字过于含蓄了一些，曲笔用得过多了一些，因而通俗性也就显得稍差一些。但是，随着生活的变迁和时代的发展，他的文章的语言也在不断地变化和发展着，愈来愈趋于口语

化，变得更加质朴、干净、利落、通俗了。他注意学习"群众中活的口语"，善于吸收当代的新鲜语汇，又注意运用有生命力的古代词语，而且注意有节制地引进一方言词，这样，就使他的文章的语言清新而活泼，生动而晓畅，显出难能可贵的自然美和朴素美。

> ——林建华:《茶与咖啡——比较文学与文学批评》，广西民族出版社，1991，第225页

秦似的杂文在艺术表现上还具有形式多样、自由活泼的特点。他的作品，有政论式的，有散文诗式的，有寓言式的，有笔记式的，多种多样，不拘一格。在语言上，显得清新、自然、朴实、简约。就艺术风格而言，秦似的杂文比较接近于夏衍。

> ——魏华龄、李建平主编《抗战时期文化名人在桂林》，漓江出版社，2000，第629页

秦似是进入主流现代文学史的为数不多的广西作家，但主流文学史对秦似的叙述大多集中于秦似桂林文化城时期编辑《野草》及其杂文写作。如果说《野草》时期的秦似杂文高度张扬了杂文的时代性、战斗性和革命性，那么，新中国之后秦似的杂文写作则突出了知识性、文史性和反思性，同时，其杂文的文学性也得到了明显的提升。

> ——黄伟林:《秦似的成名及其杂文写作》,《南方文坛》2018年第1期

蹄　花

黄福林

我爱骏马驰骋扬起的蹄花。

我更念念不忘流传在我们家乡这一带的那匹广马的故事，因为它是一匹有功于民的骏马。

这是四十九年前的事了。特丹的爷爷韦老保，是一个养马的能手，他的马厩里有一匹滇黔桂驰名的广马。

近朱者赤啦。小特丹也酷爱起马来，甘当阿爷的饲养助手。广马千好万好有一

作者简介

黄福林(1926—)，笔名周雷林、黄五常、名之等。壮族。广西巴马人。1946年奉命化名入百色师范，边读书边搞学生运动，主编《戈风周报》，宣传革命思想，并开始文学创作。1947年回乡参加万岗起义。解放后任凌云县县长，右江革命纪念馆馆长等。广西文联专业作家。1985年加入中国作家协会。著有散文集《蹄花》《西出阳关》《古河新韵》等，诗集《红太阳永远照南疆》等。其中《蹄花》获全国第一届少数民族文学创作奖、广西第一届少数民族文学奖、广西首届振兴广西文艺创作铜鼓奖，诗歌《边防连城遗情深》获广西省第二届少数民族文学创作奖等。

作品信息

原载《北京文学》1979年第12期。收入散文集《蹄花》(广西民族出版社1985年版)，入选《广西散文百年(下册)》(民族出版社2004年版)、《广西少数民族作家获奖作品选·诗歌散文集》(广西民族出版社1988年版)、《散文·报告文学·儿童文学集》(人民文学出版社1984年版)。

缺，就是看不起小毛孩。一见小孩就厥蹄呀，风鬃呀，喷鼻子呀，吓人。但日子久了，吃了特丹割的草，饮了特丹喂的潲，就跟特丹熟了，它特别喜欢特丹给它篦鬃梳毛搔尾巴。时间长了，特丹成了广马的朋友。

广马越长越知人趣，不论是放牧，或上驮，或乘坐，都看韦阿爷的眼色待人，只要韦阿爷抚抚它的长鬃，它就对你嗅嗅裤角，表示亲近；韦阿爷要是挠挠它的尾巴，它便虎威发作，不管你是谁，它也不听役使；韦阿爷若是拍拍它的胸膛，它一天能行五百里，平如坐轿，稳如轻舟，无不叫你得意。

四乡邻里来相马，都啧啧称赞不绝。有出言求买的，韦老保婉言拒绝；有抬价争买的，他也好言劝退："兄弟，这马只等仁人志士，你福分还浅呵！"若有一掷千金的商贩，惹恼韦老保瞪起眼来，广马便昂头长嘶，吓得那商贩落魂失魄，连连退缩，掉头而去。

一九二九年，广马终于等到它的真正主人来了。那年清秋，邓小平同志到右江来，头顶秋老虎的余威，穿一条西装短套外裤，打着赤脚，跋山涉水，同拔哥踏遍桂西山峦，天天满头大汗，领导右江各族人民争自由，求解放。壮家人看在眼里，爱在心里，奔走相告："壮乡来了一位吉人。"纷纷议论要送一匹好马给他代步。

一天，韦老保家来了几位远近的同辈，壮家的民族习惯称为老保。他们倾杯相告送马给邓小平的公议。

一位五绺须老保先说："我们须得一匹上乘的青州马相送方不失礼。"

几位来客老保一齐说："是啦，邓小平巴山人，巴山一定多凤，看来他是骑惯凤了；我们右江多龙，我们须得一条好龙驹，请他乘龙才过得去。"

韦老保亮大嗓声说："你们都说到哪里去了？我马厩里现成的寄着一匹神马！"

五绺须老保疑惑看着他："神马——你有神马？"

韦老保大声说道："不信？你们有敢比的么？！"

"比！""比！""比就比！"几位老保连声应战。

众老保一齐起立碰杯——可惜酒壶没酒了！

"特丹！"韦老保急叫一声，蹲到床脚，扒起十来枚生了绿苔的铜板来。那特丹应声而到。

韦老保吩咐："酒——快！"

特丹从马厩里拉出广马来，飞身上马，没笼没缰的龙腾虎跃赶到马圩去提酒。

几位老保在门前等酒，看着四蹄腾空的广马远去，不禁同声叫好。

一转眼，特丹提酒回来了，先给五绺须老保斟了一杯，五绺须举杯重议前言："比定了？"

"定了！""定了！""比定了"。

特丹又都给各人斟满一杯，于是杯声铮铮，各人一饮而尽。一连三巡之后，覆杯抹须，比马之举议成。

这天，壮家优秀的相马家们聚集在马圩。成百上千应比的骏马一一从他们面前驰骋而过。都没有中意的。最后特丹跟阿爷骑着广马赶到了。五绺须老保巴掌一扬，众相马家一看，齐声赞叹："一条好龙驹呀！"纷纷拍掌喝彩，送给邓小平代步的马定下来了。

人群里一时议论纷纷："听过不如见过，见过不如试过，得试一试！……"表示异议。

五绺须老保高声说："嘿，大家还看不出来么？特丹他爷俩骑着一匹马跑这么远路，人不喘气，马不出汗，这不是马——是龙呵！"

驯马手们一齐嚷着："那也得让我们试一试——来！"

五绺须老保微微一笑望着特丹阿爷。

特丹阿爷默默叼着烟斗，打量驯马手们。

驯马手们看着他不说话，得意了，又嚷道："真金不怕火呀——韦老保？"

韦老保磕着烟锅，轻松地回答："试吧。"

特丹看阿爷眼色，他知道快有一场好戏看了，便扎实一下鞍辔，狠捏一下马尾巴，阿爷点点头。

五绺须老保审视着一排骑手们，从中挑出三个五大三粗的来。

第一名骑手踏上马镫，两股未及贴鞍，广马跃起，人已滑下尾巴来！

第二名跃上马背，广马后肢直立打旋风，骑手给摔出去丈把远！

第三名飞身上鞍，两膝一挟马肚，立镫提缰，正要逞威风，广马腾空飞起，忽然前肢直立，后蹄翘举，一个筋斗，骑手失重向前虚脱，被抛到马前头几丈远，喊痛不迭！

一群小伙子还不服，韦老保劝道："别拿筋骨受苦了，你们都不是吉人天相的上品。"

一个满脸横肉的豪绅蹿到马前附和："对！吉人自有天相，我不像穷小子们薄福！"指手叫韦老保交缰。

韦老保鄙夷地冷眼一翻："人伤不怪马？你死不填命？"

"成！有福自然来，我骑得走——马归我？"豪绅反问。

韦老保满不在乎答应了："立个凭证来。"

"一言为定，众人作证。"豪绅当众声明。

众人哗然，观看试马。

豪绅握缰，"嘿嘿嘿……"对广马一阵媚笑。

广马跟豪绅兜了两转圈子，突然尥蹶子一踢，正中老豪绅膝盖骨。他呀呀倒下，由家人扶走，背后一片奚落的笑声。

五绺须老保叫特丹阿爷表演骑技。

韦老保把马耳朵一扭，请五绺须老保上马。

广马闻着五绺须老保的脚跟亲热。五绺须老保柔抚着马鬃上鞍。它待五绺须老保坐定，飞奔马鞍山头，昂首嘶鸣！旋即又俯冲回来，立定在众人面前，跪下一蹄，让五绺须老保下鞍，博得众人阵阵喝彩！

五绺须老保抚须称赞："好马！"

特丹阿爷拱手作揖，请五绺须老保代表壮家人把马送给它的真正主人——邓小平。

"尼罗！"万众热烈赞同。

这时许多马鞭、草帽呈到五绺须老保面前。五绺须老保选了一顶草帽背上，抽起一条马鞭，掂一掂觉得有分量，弯一弯看着似满月，弹一弹听着有金石之声，便带着好意一笑领情，众人即拍手庆贺——马圩自从开天辟地以来，第一次度过了一个比马赠亲人的节日！

从此，邓小平同志骑着壮家的广马，挥着壮家的征鞭，戴着壮家的风帽，成了壮家最贴心的人，走遍左右两江流域，马蹄所至，盛开一路蹄花！

有一次，邓小平同志从左江回右江来，反动派知道了，命令白匪沿途设关守卡捉拿邓小平。幸亏广马比风还快，带着主人飞关越卡，过龙茗，绕大新，经镇结、取向都，回到右江红区巴麻村秣马休息。沿途白匪白白捕风捉影累了几天。俗话说得好，"良马救主人"。广马为我们保护了一位革命领袖，实在值得庆幸！

邓小平同志也很爱广马，不在紧要的时候，他总不舍得骑。

有一次，邓小平同志要到贵律一带大山里去开展工作，宁肯自己步行爬山，也要把广马留在巴麻村休养。巴麻一带的老保们，心痛邓小平同志徒步劳累，牵着广马绕到他前头，拦着他上马。可见壮家人爱戴邓小平同志的一片心意！

"百色起义"前夕，敌我态势分布很散，这对起义的统一指挥、统一行动增加了困难。邓小平同志要从恩隆县的平马城，横跨奉议县的田州、那坡两镇，赶往百色县的清风楼做出起义的战略决策。全程一百六十余里，步行要两天，而起义的时机必须是第二天凌晨。这样时不我待的军机大事，全靠广马的飞奔来抢时间了。

邓小平同志扬起征鞭，广马撒起一路蹄花。在四个小时之内，不误时机地到达目的地。当日午夜，广马带着起义的号令又投入了战斗。马蹄所向，不等天明，百色、那坡、田州、平马所有的敌人被起义军民一举消灭，右江流域七个重镇都宣告解放，真是马到成功啊！

百色起义胜利了，老保们推荐特丹去当邓小平同志的马倌，韦老保特意请来四邻几个故旧干杯，为特丹壮壮行色。特丹十分自豪。

后来，邓小平同志更少用马，全由特丹为办急事时骑用。特丹第一次有机会跨马远行，是分送《红七军施政纲领》。广马所到之处，人们以为邓小平同志来了，远近男女奔走相告。可是见到的却是特丹。特丹也好，红军首长身边的人，同样得到人民的爱戴。

特丹送的喜讯太多了，蹄花便是报春花，不论壮乡，瑶寨，男女老幼一见特丹来了，就像蜜蜂蝴蝶一齐围过来，关切地问道：

"特丹，邓政委不来？你自己来么！"

"政委今天参加平马铸币厂投产典礼。"

"特丹，政委现在在哪里？"

"政委在那平兵工厂抡铁锤！"

"特丹……"

"政委今天到平马被服厂，看看那些救济穷人的冬衣。"

"特丹……"

"政委几天来都在魁星楼，写《苏维埃的组织和任务》文件。"

"特丹……"

"政委近来都在武笪苏维埃小学，制定《土地改革暂行条例》和《共耕社条例》。"

"特丹……"

"政委今天同拔哥一起去参加东里共耕社成立大会！"特丹特别大声说："共耕社的花名册上，邓小平是第一名社员！"

"特丹，政委很忙么？"

"政委很忙，现在在右江农民运动讲习所培训土改干部。"

"特丹，政委身体好吧，我们很想念呵！"

"政委很好，想念他吗，你到右江干部学校，他在那里上课，培养我们少数民族干部。"

"特丹，请政委来我们这里一趟呵！"

"等一等，政委现在急于准备亭泗战役。你快养肥一只七里香豕，打完仗我们请他来。"

"尼罗①！""尼罗！"人们欢欣雀跃！……

今天，右江盆地，红河沿岸，桂西山岗，到处盛开的马缨花，据说就是邓小平同志的坐骑——广马留下的蹄花呢！

┃文学史评论┃

黄福林的散文，革命历史题材占有很大的比重。……黄福林的散文，也洋溢着如火如荼的民族情。作家是壮族的一分子，他具有鲜明的民族意识，因而处处流露出鲜明民族心理、民族性格以及浓烈的民族感情，使文章鲜明地烙上壮族的印记。

　　——梁庭望、农学冠编著《壮族文学概要》，广西民族出版社，1991，第393页

1985年他已年近花甲，终于大器晚成，结集出版了散文集《蹄花》，收入散文作品40余篇。在不到10年的时间里，他激情澎湃，文思泉涌，一发不可收，特别是那些如火如荼的革命斗争的生活题材，在他的笔下变成一篇篇激动人心的优美散文。

　　——黄绍清：《壮族当代文学引论》，广西师范大学出版社，1993，第327页

在广西散文园地里，黄福林致力于革命题材的创作，对革命传统的热情赞颂，对革命领袖的深切怀念，是应该给予充分肯定的。另外，黄福林的绘景、状物、忆人散文中也有不少好篇章。

　　——徐治平主编《广西散文百年》，民族出版社，2004，第371页

黄福林的散文构思新颖巧妙，情浓意重，以情铸文，字里行间洋溢着激情。语

---

　　① 尼罗——壮语好的意思。

言简洁、朴实、清新、亲切，富有个性，民族色彩浓郁。《蹄花》的构思新颖巧妙。

> ——杨春：《中国少数民族现代散文概论》，中央民族大学出版社，2008，第206页

┃ 创作评论 ┃

这《蹄花》，在福林同志今天来说，算是晚育晚产的了。晚育晚产，由于母体已经成熟，怀孕时间又长，婴儿是比较壮实、健康的。福林同志据有年深月久的生活储备，对世事人情的体会，自能洞明练达，把握分寸较准，源远自有流长，大器晚成。

> ——陆地《蹄花·序》，载黄福林《蹄花》，广西民族出版社，1985，第4页

对民族压迫的不屈抗争，对真理的执着追求，顾全大局的无私无畏的奉献，民族的自尊和自爱，交友为人的豪爽和重情义，黄福林正是通过如此多的侧面，塑造了一个刚柔兼备的立体的民族形象。独特的风土人情，往往是认识一个民族的窗口。《蹄花》散文集所描绘和展现出来的壮族风情是丰富多彩的，它让人真切地看到了壮族人家憨厚朴实的本质，同时又让人得到一种美的享受，就像喝了壮家香糯酒那样使人心驰神往。……他对本民族风土人情的谙熟，使他的作品透出一股刚劲淳厚的古风，让人感到新鲜、亲切、愉悦和陶醉！

> ——容若：《笔蘸浓情写壮歌——论黄福林散文集〈蹄花〉的民族特色》，《广西民族学院学报（哲学社会科学版）》1986年第3期

┃ 作品点评 ┃

《蹄花》是黄福林革命历史散文的代表作。这篇文章的题材、主题、情节都是很巧妙、新颖、独到的，它既充分表现了壮族人民的豪爽、真诚性格，又生动刻画了邓小平同志纵横驰骋、叱咤风云的革命气概。

> ——徐治平主编《广西散文百年》，民族出版社，2004，第370页

∣作者自述∣

我认为，文学创作的第一要义，就是勤于并善于拾掇生活的珍珠。《蹄花》集子里的每篇文章，实际上都是生长在我生活过的土壤上的小草和结在这些小草上的果实。在培植这些小草的过程中，我时时感到，在它们的上空或前方，都有一颗希冀之星隐约可见，所以我在摘取每棵小草上的果实形之于文的时候，心里总离不开那希冀之星的照耀。虽然那种种的希冀都亮在高处，亮在远处，但我的探索步伐，恰恰与"天马行空"相反，每一步都踏在现实的地面上，步步都倾注我的感情和力量，我的渴求的向往的眼睛则始终盯住那希冀之星一眨不眨。这样追求的结果，使我方才知道，这"希冀之星"原来并不是高悬空中，不可企及的子虚之物，而是潜藏在生活泥土里或者结果在植根于生活泥土的小草上的珍珠。换句话说，这"珍珠"就是反映社会上那些闪光的事物，闪光的生活，也即是生活中的真、善、美。这是每一件真正的艺术品赖以创作于成的核心成分。

——黄福林：《蹄花·代跋》，载黄福林《蹄花》，广西民族出版社，1985，

第203—204页

1980年代

一次晚会

华 山

　　一九三八年的延安，每个周末都有好多生气勃勃的文艺晚会。这天鲁艺发票，有两张是到清凉山听诗朗诵，让凌明和我两个新来的小鬼拿到了。她是学音乐的，我是学美术的，可又都想学诗。清凉山又是延安有名的地方，《新中华报》和《解放》周刊都在那里，印刷厂最大的一个石岩洞子就是晚会礼堂。夏天午饭后到延水河边游泳，就看得见对岸临崖一溜黑洞。水性好的同学还一直游到跟前，爬上陡岸，站到崖头跳水。早想过去看看。只因山洪暴发，延水暴涨，不好过河。现在秋凉了，

作者简介

　　华山（1920—1985），原名杨华宁。壮族，广西龙州人。1935年参加上海学生救亡运动，1938年春，到达延安，正式改名为华山。先入西北青年训练班学习，后转入延安鲁迅艺术学院学习。1939年调至华北《新华日报》社做木刻记者。1946年冬至1948年冬，担任《东北日报》记者和新华社特派记者随军辗转于东北战场，其间写了《承德撤退》《解放四平街》《英雄的十月》等有名的通讯文学。1949年后历任新华通讯总社记者，中国作协广东分会专业作家，《人民日报》记者。著有散文集《童话的时代》《远航集》，儿童文学《鸡毛信》，新闻特写集《踏破辽河千里雪》《英雄的十月》等。

作品信息

　　原载《人民文学》1981年第12期。入选《中国文学作品年编（1981）散文报告文学选》（中国社会科学出版社1983年版）、《感情世界〈人民文学〉散文选萃(1949-1992)》(漓江出版社1993年版)、《硝烟散去：20世纪军旅散文集锦》(解放军出版社2002年版)、《百年沧桑：中国梦散文读本》(中国言实出版社2014年版)。

延水又清了，现出卵石浅底，可以踩着踏石过河了。正好捎带看看印刷厂。参加晚会还有一个好处，就是碰到意想不到的熟人。因为各个单位发晚会门票，特别是抗大、陕公、鲁艺这样的短期学校，都是优先发给刚到延安的新同志的。好多在学生抗日救亡运动中见过的熟悉面孔，尽管没有说过话，叫不出名字，甚至不知道是哪个学校的，一旦在延安碰上，也会非常亲切，久别重逢似的，禁不住扬手招呼，跑到跟前："你也来啦！"——这种不期而遇的欢乐，简直是一种享受，一种幸福，真想多见几个，所以吃罢晚饭，便早早过河了。

不想会场早已人影憧憧，没了空位，汽灯的反光映红幕布一角，岩洞顶板现出一道道水平的波痕痕迹，那就是舞台面了。也顾不得细看，就拽上凌明，溜边挤到头里，把她推到一条稍稍松动的长凳旁边："同志，挤一挤，再过去点儿……谢谢！"那时的人，一到延安，都讲同志友爱，居然坐上第五排了。我只坐上一角，正好稍许探身，挨个儿认着一排排的侧面轮廓。凌明忽然捅了捅我：

"毛主席！朱总司令！"

是他俩！打从进入边区，在救亡室（就是俱乐部）里经常看到三组画像：马克思、恩格斯、列宁、斯大林四帧一组；毛泽东、朱德两帧一组；八路军副总司令两帧一组，都是木刻成的单色轮廓画。总司令本人比画像显得慈爱和悦多了。毛主席我们可是没少见过。第一回是刚到延安才两天，住在城里大招待所里，约莫下午三点过后，招待所长笑眯眯地跑来通知："同志们的要求答复了，马上集合去听报告，每人带一块砖头做凳子！"我们来到凤凰山下一个小院落里，就地坐好，不过一二百人。石窑洞里便走出毛主席来。跟前也没个讲台，没个座位，只是在一条长板凳上放着一只带盖儿的旧茶缸子。他朝我们站着，略微看看，便风趣地念起《三国演义》的开篇头一句来："话说天下大势，合久必分，分久必合……"谈家常似的，虽然一口很重的湖南乡音，还是听懂了，而且深入浅出，有几句话连手势带幽默感都让几个小鬼模仿到了："中部有个黄帝陵，张国焘去扫墓，开了小差。你们来了。你们是黄帝的优秀子孙。张国焘说：边区是一块鸡骨头，我说：还有两块肉——一块是坚定正确的政治方向，一块是艰苦奋斗的工作作风。你们来延安学习，不久还要到前方抗战，我欢迎你们，送给你们三个'统'：一个'抗日民族统一战线'，一个'党的团结统一'，一个'武装斗争的革命传统'……"不久分配到北门外鲁艺学习，我们这几个好动的小鬼又经常一块儿参加晚会活动，天不黑就赶到城里天主教堂里去，有时也到桥儿沟那儿天主教堂。戏剧系要演出，最忙啦，一到就装台；音乐系出一个合唱队，在开幕前和幕间唱唱歌，不装台；美术系只是出几个人打打杂，拉个幕啊，做个效果啊，比如拿件雨衣罩在汽车上头，使劲摇动摇把，发出呼呼呼呼的响声，这就是刮风；把块大洋铁皮呼喇一摇晃，就是雷雨大作。少了不行。可是事儿也真不多，还不能碍手碍脚，所以都喜欢到礼拜堂的二道门口待着，写笔记啊，画速写啊，争论问题啊。毛泽东同志忽然进门来了，一个穿红军制服的警卫员一旁跟着，手里提盏马灯，准备散场回去用的。那时候，中央领导同志出来，保卫局都不兴撵人，警卫员也不管我们，所以他到了身边，才发现。我们也没有围拢过来，抢着握手，谁在家里见了前辈要握手呢？我们也没有鼓掌，更没喊万岁，只是感到非常亲切、温暖，一个个只是傻呵呵地冲他笑着。

他披着件旧薄棉袄，同我们谈了会儿，走到一边，在静静的围墙底下自个儿来回踱着漫步去了。我们又各干各的，只差没有争论问题，还是有点拘谨呢。晚会临开始前，合唱队的打杂小组照例坐到最前排的两侧位子上，这样上台下台，进出后台，都很方便。毛泽东同志每回就座以后，看看还不开幕，也喜欢朝我们这边招招手，让一两个小鬼坐到身旁，说会儿话。可是他同朱德同志一起参加晚会，我们还是头回看到，而且又是听诗朗诵！兴趣真广泛哩。后来才知道，总司令才从前方回来，是准备出席党的六届六中全会的。在当时的青年心中，他俩不只是革命领袖，还是传奇式的长征英雄。现在同群众一块儿坐在晚会的长板凳上，穿着一身整洁的褪色旧灰军装，腰里系条皮带，一副老军人的端坐仪表，两手在两边膝盖上放着，满面的和蔼慈祥竟然像个老妈妈！毛泽东同志偶尔凑过头去，在他耳边说句什么，两人都爽朗地笑了，他笑着还是端端地坐着。

晚会宣告开始。是边区著名诗人柯仲平同志朗诵他的新作：长篇叙事诗《边区自卫军》。诗人分开红色幕布，站到台前，肩头披着件当时难得看到的八路军旧棉大衣，让人想起电影里夏伯阳穿着披风的英雄气概，又想到西北黄土高原牧羊人裹着老羊皮袄的泥土气息，更显出左手高高捧着的一厚摞诗稿的分量。诗作也是很有色彩的。比如：

人在冰上走，

水在冰下流，

不久以后我随部队到敌人后方去，上吕梁山，过太岳山，进太行山，从风雪弥漫的沁河源头走到漳河源头，一程又一程地走在深山峡谷的冰河上面，听流水伴着脚步淙淙响着，有时冒出冰窟窿来，在晶莹皎洁的河卵石上匆匆流过，又钻到冰壳底下不见了。只有忙不迭的水声，总在脚下响着，伴着诗句的节奏。现在吟诵起来，还是那么亲切，雪地行军的情景又在眼前。又如：

西不见长庚，

东不见启明，

我在夜行军中学会辨认的第一颗行星，就是黄昏在西方最早出现的长庚星，也就是黎明时在东方最后消失的启明星，一东一西其实就是同一颗离开地球最近的金星。这点常识还真是从柯老的诗句学开头的哩。可是，也不知怎么搞的，也许是因为诗人的云南口音太重，或者是因为当时还没有扩音设备，或者是因为长于写诗的人往往都是最不善于朗诵的缘故（我听李季和郭小川朗诵就是这样）。总之听着听着，就着急起来：那么厚一叠诗稿什么时候才念完啊！诗人更是汗水淋漓，炸着嗓子，总压不住人影浮动，耳语嗡嗡。不由我回头看看：呀，座位早空落落的，有人正跨过长凳，退后一排，又退后一排，向着洞口悄悄撤退，有人在洞口站站就溜走了。凌明推我站起来："咱们走吧！"

我一怔，赶紧看看右首，毛主席正凑到朱总司令耳边，说句话儿，两人都笑了，只是兴冲冲地看定诗人，鼓励他朗诵下去。我刚站起又拽凌明坐下来："快完啦，再等会儿……"

终于，诗人的嗓音提高了八度，外加两个延长音符，突然中止，诗稿同时贴住胸襟，躬身敬谢听众。满石岩洞里的掌声顿时好欢畅！伴着皆大欢喜的活跃气氛，同时纷纷站起，造成既成事实，让主持人宣告晚会到此结束。谁知诗人大受感动，连连鞠躬，满怀激越地自告奋勇说："好好好，再来一段！"

众人哇的一声，掌声骤然寂灭。毛泽东同志笑得多愉快啊。

诗人早半蹲到台口，伸出一大卷汗水漉漉的诗稿说："毛主席，我统统念完了吧？"

"休息休息，"毛泽东同志关注地点了点头，眼泪都笑出来了，"擦擦汗！"

"不休息啦，一鼓作气！"

诗人披好大衣，翻开诗稿，站到原来的位置。我们只好又坐下来，还忍不住回头看看：呀，主席和总司令的座位，恰似一道分水岭，五排往前还是不少人的，五排后面可就统统走光了。只有一个例外，就是在第六排上，离开主席不远，坐着个挺直腰杆的警卫员，手边搁着一盏马灯，灯头拧得极小极小，没有吹灭，大概是为的节约火柴，边区自己生产的延长煤油倒是不缺啊。

夜深了。《边区自卫军》朗诵完了。毛泽东同志又向诗人要了原稿，说是带回去看看。我们听了，心里暖烘烘的，靠得更近了，又不好狠挤过去，便出了岩洞。只见繁星满天，延水迷濛，急流处在宝塔山下影影绰绰，水声嘶嘶嘶的，延安古城好静！下得清凉山来，人们借着水映星光，认出块块踏石，一个个便手拉手地过了延河。每回晚会散了都是这样，人们迈上踏石，也不管认不认识，先走一步的总要回过头来，伸出只手，给后来的帮上一把，又走一步，直到好走的地方。

来到大河滩上的平沙道了。

我回过头去，对岸才现出马灯的亮光，走走停停，他们俩也踩着石头过河来啦……

华山的作品生活气息浓郁，时代感强，显示了一个老新闻工作者敏锐的政治感觉，他文笔精炼传神，善于写景状物、写人记事。语言急促有力，富于节奏感，字里行间时时可见幽默和智慧闪现的火花。

——公仲主编《中国当代文学史新编》，江西教育出版社，1985，第96页

华山是在解放区成长起来的一位有影响的报告文学作者。

——田仲济、孙昌熙主编《中国现代文学史》，山东文艺出版社，1985，第506页

华山很擅长透过表面的生活现象，攫取具有典型意义的事例作素材，进行艺术构思，以表现时代的精神与革命斗争的风貌，这使他的作品也具有历史文献的价值。因而在东北解放区的散文创作中具有一定的影响和地位。……华山散文的另一个特色，就是通过对火热的战斗生活的描写，表现人民战士的英雄气概、顽强斗志、远大理想和大无畏的革命英雄主义精神。

——《东北现代文学史》编写组《东北现代文学史》，沈阳出版社，1989，
　　第275—276页

华山像珍惜黄金一样珍惜生活，珍惜艺术。他对待写作勤奋刻苦、字斟句酌，他常常是在风雪硝烟里含辛茹苦，在昏暗的灯光下呕心沥血，只有这种用鲜血和生命写成的作品，才有永恒的价值。正如刘白羽所说"华山这些不朽之作是与那不朽的时代共存的。是他踏过硝烟、踏过战火，通过他那炽热的感情把战争的英雄豪情和美的艺术凝练结合起来的，他的文章既是英雄的又是美的。"

——李丽莹、李先锋：《中国现代报告文学史论》，宁夏人民出版社，1990，
　　第270页

谈华山的纪游文学不能不想起刘白羽。他们有不少相似处：都是作家兼随军记

者，纪游文学都偏重东北战区的描摹，都抓住了时代的脉搏，都以叙述描写为主，都洋溢着革命乐观主义高昂的情绪。但对比刘白羽，华山又有许多独到处。如果说刘白羽的纪游文学主要刻画了八路军将领尤其是东北联军将领的英雄形象，那么华山纪游文学则注重战争中凡人小事，雕塑规模宏大的中国军民集体群像。在这些雕像中，首先引人注目的是人民战士的群像。

——朱德发主编《中国现代纪游文学史》，山东友谊书社，1990，第384页

华山是我国著名的报告文学作家。

——梁庭望、农学冠编著《壮族文学概要》，广西民族出版社，1991，第387页

华山的报告文学创作，叙事具体，描写生动逼真，给人一种身临其境的感觉。华山作品中描写的战斗生活，有的是作者亲自参加的，有的是采访自硝烟还在弥漫的战场，而作者又能抓住现场中最有代表性的事件和典型的人物，加工提炼，因此最能集中突出的表现战争特有的氛围和人的精神面貌。

——吴重阳：《中国现代少数民族文学概论》，中央民族学院出版社，1992，
第205页

在东北解放区报告文学创作中，华山是创作成就较大的一位，并且产生了一定的影响。……华山的报告文学作品表现出一位优秀的新闻记者结构文章，驾驭文字的能力。他的作品语言明快，记事生动，文风严谨。事件中的人物、地点、线索清晰准确，表现出作者较为深厚的新闻工作素养。

——王建中等著《东北解放区文学史》，辽宁大学出版社，1995，第347—348页

华山的报告文学堪称是东北地区解放战争的形象编年史。

——朱德发、邢富钧主编《中国新文学六十年》，春风文艺出版社，1996，
第378页

华山的散文生动地描绘了一幅幅惊心动魄的人民战争的宏伟画图，反映了人民战士的英雄气概和革命乐观主义精神。

——张毓茂主编《东北现代文学史论》，沈阳出版社，1996，第171页

长期的记者生活，使他保持着与人民群众和火热战斗的紧密联系。他注意捕捉富有生动情趣的形象和细节，把宏伟的战斗场面，具体的生活情景，把典型的事例，生动的材料组织得比较完整，使作品显得线索单纯，穿插得体，往往从一些细小的情节中，使人感受到机智幽默的情趣。

——王庆生主编《中国当代文学（上卷）》，华中师范大学出版社，1999，第334页

华山长期生活在火热的现实生活中，他的散文作品，始终保持着高昂的格调、激越的情感、雄浑的气魄，是对时代精神、时代心理的形象而高度的概括，生动而准确地反映了时代风貌；作品中的人物充满激情和活力，充满了旺盛的革命斗志。华山的创作，将现实生活和真实人物紧密地结合在一起，凭借作家崇高的思想、人格以及多年采访积累而成的敏锐的观察力，奏出了一曲曲时代的强音、英雄的赞歌！

——特·赛音巴雅尔主编《中国当代文学史（上册）》，民族出版社，1999，第317页

华山的抒情散文，既保留他战地通讯文学那种充满激情和昂扬的乐观情调，又具有抒情散文那种深邃的意境和高度凝练的语言，在中国文学史上具有极其独特的艺术魅力。

——徐治平主编《广西散文百年》，民族出版社，2004，第88页

语言明快，记事生动，是华山报告文学作品的鲜明特点。

——唐弢主编《中国现代文学史简编（增订版）》，复旦大学出版社，2008，第364页

20世纪40年代壮族作家华山的报告文学在现代文学史上留下了光辉的印迹，也揭开了壮族纪实文学的颇为辉煌的开始。

——雷税主编《壮族文学现代化的历程》，民族出版社，2008，第361—362页

华山的报告文学题材偏重战争，他擅长组织纷繁复杂的资料，记录人民革命战争的伟大历程，歌颂革命军民特别是人民战士的英雄气势和崇高精神，从中开掘革命斗争必胜的历史趋势。

——黄曼君、朱寿桐主编《中国现代文学史》，武汉大学出版社，2012，第678页

┃创作评价┃

在解放区出现的许多成功的报告文学作品中，华山的那些篇章也是很有特色的。他在一九四四年写成的《窑洞阵地战》，就显出了自己的风格。他娓娓动听地诉说着许多真实的故事，表现了广大农民在抗战中迅速提高觉悟的过程。在他的笔下，太行山区的泥土气息，战斗生活的艰苦紧张，都写得相当纯朴和浑厚。

作者在描绘严酷艰险的战斗生活时，善于抓住表现革命者乐观主义精神的细节，使作品变得诙谐和幽默，具有一种艺术的魅力。

——林非：《现代六十家散文札记》，百花文艺出版社，1980，第237—238页

我认为在中国似乎有一种不成文法的偏见，就是一个人一旦做了新闻记者，就不成为作家(作家成了文学家专用词)。我们应当广泛一点来解释作家，否则，斯诺、史沫特莱算什么呢？三十年代及其以后走上文学艺术道路的人，多是沿着鲁迅先生教导的道路前进的。华山先把珂勒惠支的精髓与战斗的中国结合起来，而后，他又用文字代替木刻刀，把艺术与新闻结合起来，从而创造了中国文学。总之，我以为华山是一个优秀的记者，也是一个优秀的文学家。

——刘白羽：《风雪的沉思——悼念华山同志》，《新闻战线》1985年第11期

刘白羽、黄钢、华山三人在四十年代末都曾做过解放军的随军记者；他们都以热情洋溢，时代气息浓厚的通讯报告见长。但是，三人的风格在同中又有异：刘白羽的，在雄浑之中蕴含着诗情；黄钢的，在"特写镜头"式的片断连接中，给人以生动明快感；华山的，在娓娓而谈中，有一种淳厚朴实味。

——张以英、诸天寅、完颜戎：《中国现代散文一百二十家札记（下册）》，漓江出版社，1987，第1014页

这个时期，华山的报告文学以描绘硝烟弥漫的抗日战争和解放战争的军旅生活为主要题材，特别是对东北战场上那种艰苦激烈的战斗情景描写得尤为生动，气势磅礴，震撼人心。《承德撤退》《解放四平街》《英雄的十月》三篇堪称其代表作。这几篇作品的写作和发表，标志华山报告文学创作出现的第一次高峰，显示了华山报告文学的独特艺术风格。

——关纪新主编《20世纪中华各民族文学关系研究》，民族出版社，2006，第176页

▎作者自述▎

高山有巉岩也有碎屑，大海有浪花也有泡沫。活在我们记忆里的却只有一种人，那就是曾经战斗着的人和正在战斗着的人。我们有幸生活在两个时代交替的时刻。有一个伟大的党把我们带进了生活的激流。可是十几年来，我们走过的路这么多，自己却写的这样少！如果还有一点稍稍可以自慰，那就是还没有写过生活的泡沫和碎屑。

——华山《远航集·题记》，载华山《远航集》，中国青年出版社，1960，第2页

采风手记

陆 地

自从歌剧《刘三姐》问世以来，在不少民歌爱好者的心目中，广西竟有"歌海"的美誉。每年春秋两季，各地区各民族都流行着各具特色的歌圩，山歌就从那里滋长。这一天，人们的精神生活得到大大解放，自由自在地交谈，你唱我和地对唱。白天唱和未能尽兴的话，夜晚再唱。往往一唱唱个通宵，甚至连唱两天三夜的都有。对唱过程中，开始一般只拿俏皮话来逗笑取乐就是了。接下去才深一步，出难题试探真情，倾诉衷肠。临别，再唱一段情意缠绵的离别歌，叮咛明年此日再会

作者简介

陆地（1918—2010），原名陈克惠，曾用名陈寒梅，壮族。广西扶绥人。1934年考入广东省立第一师范学校，1937年在广州《民国日报》发表处女作《期考的前夜》。1938年赴延安进抗日军政大学，1939年考入鲁迅艺术文学院文学系。在"鲁艺"，创作了第一篇小说《乡间》。1947年出版首部小说集《北方》。解放后，曾任广西省委宣传部宣传处处长、广西文联筹委会副主任、广西作家协会首任主席、广西壮族自治区委员会宣传部副部长、广西文联主席等。著有《美丽的南方》（壮族文学史上首部反映壮族生活的长篇小说）、《瀑布》（长篇小说）、《故人》（小说集）、《劫后余灰》（散文集）、《落花集》（诗集）等。其中，《长夜》（《瀑布》第一部）获全国首届少数民族文学一等奖。

作品信息

原载《民族文学》1983年第1期，收入《陆地作品选》（漓江出版社1986年版），入选《新中国成立60周年少数民族文学作品选·散文卷》（作家出版社2009年版）。

于歌场。有人是在几次歌圩上相遇而结下姻缘的。有位双目失明的歌师，他的老伴就是凭他的歌唱娶得的。

土地改革完成后，个体农民组织起来成了集体社员。在某些干部的领导思想上，认为歌圩活动有碍集体出工，于是一反古老的习俗，下令禁止，这曾引起过纠纷。其实，农民一年才有一回歌圩，说耽误生产劳动，那是只见皮毛不见筋骨的瞎话。

近年来，农村生产的责任制有了改变，农民较能机动地安排自家的活路，各地歌圩才又活跃起来。这回，有机会下乡采风，来到红水河流域的巴马县，凑巧遇上寒食节——农历三月三农民上山扫墓，也正是这儿的歌圩日子，有幸身逢其盛，耳闻目睹，增长不少见识。

歌圩的现场，还是照老习惯在盘阳河边的山坡上，离城五、六里地。顺着一条铺着沥青的公路走，需要半点来钟。公路上熙熙攘攘的人群，流水似的朝着一个目标涌去。不论后生和姑娘，个个都特意做了一番打扮，穿戴都挺整齐。后生仔，穿的差不多都是些透明发亮、色彩强烈而且挺括笔直的西式衣衫；女子比较保守，年轻姑娘也仍然穿大襟民族服装——平领，窄袖，镶边，布料虽然不尽是自织自染的蓝靛土布，但是，颜色几乎都是墨绿、虾青或板栗色的。只有十二三岁的小丫头才穿的花布衫。不管是青年姑娘还是中年妇女，头上一律包着一块从百货店买的印花洗脸毛巾。尼龙袜很普及了，鞋子有塑料的，也有自己绣的花布鞋。多半人手上都拿把伞。这些姑娘、媳妇，张开口来，差不多人人都露出一颗黄锃锃的金牙，有的镶在右边，有的镶在左边，都是镶在上面一排的一颗犬齿上。镶金牙，同戴手镯、耳环和戒指一样，作为一种装饰了。

我们一路走，一路听，一路看。看并肩而行或擦肩而过的男男女女，看郊外野地春光明媚，看田里的青苗，河面的绿波，听人声的歌唱，鸟语的叽絮，蛙声的喧哗和水声的潺潺。半小时的路程不觉走完了，歌坡的场地已经展现在眼前。

碧绸如带的清水河横铺在前，一条水泥公路桥跨过河腰。人们欢喜雀跃地朝着河那边的山坡走去。山坡那边，几顶彩色塑料帐篷正在向人们招引。陡坡上，密密麻麻聚着不少人。有的找到了一席之地坐下了，有的——特别是年轻姑娘和后生仔，三三两两搭帮结队，在山脚、河边的小道上徜徉。他们彼此眉目传情，寻到可心人，好到适当的地头对唱。帐篷下是摆卖的货摊，出售日用杂货，吃的用的都有。

许多人的目光都盯住红布的帐篷，那里是县文化馆搭起的歌台。县首长今天与民同乐，带头领唱了第一支山歌。歌唱文明礼貌月，歌唱五讲四美，歌唱晚婚、计划生育的好处。领导人带头唱开了，老百姓当然也就壮胆响应了。官办的歌台安有扩音器，桌面搁着大大小小好些台收录机，还有水壶茶杯什么的，场面颇为庄严。这样一来，只有老歌手才敢到这儿来表演了，而且唱的也只是一些宣传当前政策的歌，听众的反应不见得那么热烈，特别是年轻人，他们另找地方唱去了。河边、树下、桥头，这儿那儿，你唱我和，到处是歌声。对歌的双方，各有一个到两个歌伴，再加上一位躲在背后作提示的歌师。两边相距十多二十米，面对面站着，歌伴互相拉手搭肩，交头接耳，悄声细气地说话；一面留心注意对方挑战，一面回过头来接受歌师的提示，以便回答对方，提出难题。

瞧，那一组对唱的，她们把人吸引过去了。也许是她们的歌声格外悦耳、动听，也许是她们长得特别美，要不是她们的装饰分外触目吧？围观的人越来越多，人墙越填越厚；人们伸长着脖子，踮高着脚跟，紧往里瞧。对唱的男女双方那样的拘谨，都低着脑袋，目不斜视，只见轻声细气、机械地喃唱，如同教堂做礼拜的唱诗班。不过，她们那出口成歌的警句，那即席唱和的捷才，却引起人们一阵一阵开心的欢笑、喝彩。原来她们对唱的是这样的歌——

女：红棉对着山桐花开罗，
　　妹见哥来乐开怀。
　　三月吹来春风暖咧，
　　两山花儿飞拢来。
男：抬头见到红棉开罗，
　　心比红花开满怀。

手拿竹竿采花朵咧，

树高竿短采不来。

女：龙眼花引蜂来早罗

采蜜哪怕树顶高。

过河管它水深浅咧，

竹筒扎起当浮桥。

男：松木架桥经百年罗，

河东河西水相连。

只怕架起桥来人改道咧，

没人来住桥空悬。

　　本地的同志说，假如你离开此时此地、此情此景，只听歌词本身，那是联想不到唱的是情歌的。比如有的唱：眼前禾苗是插下田了，能不能得到好收成，还得看你肯不肯下力除草捉虫和下肥呐。一位男高音歌唱家说，这一带地方的民歌，曲调是双声部合唱，四句当中，后两句是重复前两句的，实际上来来回回就只有两句。只因词儿抓人，曲儿单纯叫人耐听。词儿是一套扣一套，联句式的接唱下去的。唱了庄稼又唱家务，唱了山水花草又唱鸟兽虫鱼，唱了风雨云雾又唱月亮星星。女方唱什么，男方即席和上，左右逢源，对答如流。

　　我们一行外来人，这边听听，那边瞧瞧，到处逛逛。这些不说新奇，可也真不一般。夕阳西沉，在往回走的路上，还是同去时那样，迎面走来熙熙攘攘的人，十个八个一伙，三个五个一群，川流不断地朝着歌坡直奔。本地的同志讲，这些人今天是不打算回家了的。到夜里，那才热闹呐，他们往往一唱就唱到天亮。

　　时到傍晚，落雨了。但是，华灯初上时，街上来人奔走相告：歌场移到城里来了！果然，街头、车站，四处洋溢着歌声。街灯透过树叶洒下隐约的疏影，这儿那儿到处都是人。有人打着电筒游动，有人伫立屋檐、树下，两三个人共一把伞。歌声悠扬地一阵一阵从伞下传开来，耀眼的电筒光柱里，闪烁着白色的雨丝。汽车站对面一座四层高楼的人民旅社门前也挤着人，楼上楼下，走廊、房间，什么地方都没个空儿；阵阵歌声飞出窗户，人们聚精会神在谛听；录音机亮着小红灯，录音带在转动。房间里，男女青年分别坐在斜对面的床沿，你唱我和地对歌联唱。此刻，不论是男是女，神情都那么活泼、大方。感情的风，把人们心灵的窗口吹开了。

我们去附近村庄访问一家歌手。那家人很有代表性，父母是歌师，四姐妹都是歌手。昨天父亲领着两个女儿赶歌圩来了。最引人注目的那两朵"金茶花"，就是他家的老大和老二。姐妹俩不仅人才出众，长得水灵、匀称、俊俏，歌儿唱的动人，而且两人的首饰别致——全场成百上千的姑娘，谁头上不是包着印花的新毛巾哪，唯独就她姐儿俩脱掉头巾，从左鬓梳着一绺长发替代刘海，贴过前额，挽回后脑勺，跟另一绺发辫结成高髻，堆在头顶，在左边角别上一朵纱带扎的红花，给人留下极深的印象。

村庄离城三、四里地，散步就到了。这是一座傍山靠河，聚居二、三十户人家的山村。村前展现一片平畴，秧苗在塑料薄膜覆盖下长出翠绿如茵的苗床，放眼望去，令人分外神爽；村里头，菜园的地头，墙角，一丛刺藤，盛开着片片玉色的金黄花朵；李花谢了，嫩绿的新叶披挂了一树，白色的桐花撒了满地；几只狮头大鹅伸高脖子迈开方步，悠闲地在小片草地上张望；趴在屋檐下的狗，见到陌生人，忽一下跳起来，汪汪直吠……

我们小心翼翼地躲开狗的恐吓，在村后的斜坡一间独立瓦房里，找到了要访的人家。一位五十来岁的庄稼人，走出门槛，叱住了狗，把我们迎进堂屋。堂屋相当宽敞，办红白喜事，摆下三、四台席是绰绰有余的。厅堂两边用木板间开作卧室，前后左右共四间。屋子是新建的，板壁贴满了色彩缤纷的年画和印有电影明星照片的月历。辫成一串串的玉米穗挂满了横梁，那里还吊下六、七条被烟熏成黄褐色的腊肉。两只紫燕轮番来去，在壁上修筑新居。主人格外殷勤，搬来小矮凳让我们就座。谈话先从生产情况、庄稼活路扯起。主人见问到庄稼，好比被触到痒处，不由笑逐颜开，感到有话可说了。

他家大人小孩一共九口，六个劳动力。在生产责任制没实行之前，生产、分配以队为单位，一年三百六十天，虽然没短过一天工，都是老老实实听从队里安排活儿，一天干到黑，自家副业一点也顾不上，可到年终分配，口粮总共只得五千斤上下，平均一人四百多点，五百斤不到；现金，把粮食折算在内，每人分的也达不到八十元。前年下半年，改生产责任制，产量落实到户，由得各人主动安排生产活路，粮食生产不但没耽误，下的功夫倒反精细些，肥也下得足，去年口粮打了九千多将近万斤，平均一人千斤，比原先那些年翻了一番。而且还能腾出手来照顾副业，主要搞种、养两门。养猪七头，鹅三十多只，还有二十多只鸡。鹅市场价一元一斤，一只十斤算，只算鹅一笔账，就得二三百元；猪，良种大白猪养上两年，一般能长四五百斤，一头猪就有二三百元现金。不说缝纫机、自行车，就是手扶拖拉机也想买了。畜力方面有两头牛，一匹马，犁田耕地、运粮、运肥，够使唤了。银行里有千多元储蓄哪。去年他家得了几个第一：公交粮第一，计划生育第一，完成生猪派购第一……

"如今政策对路了！"主人由衷地赞赏。他说听老辈人讲：如今在中央高头管事的邓副主席，就是原先曾经在这地方率领红军闹革命的邓政委。当年他同韦拔哥下地方来教乡亲们闹过"共耕社"，懂得老百姓的活路，难怪想出来的办法就是不一样。

这位朴实的庄稼人越讲越兴奋。看看表，我们该告辞了。主人却硬拉住我们怎么也不松手，一定要我们留下尝尝五彩糯饭不可。留下吃饭，还有一个原因，就是我们要访问的两朵"金茶花"还没有见到。我们是带了照相机和录音机来的。准备把姐儿俩的风采和歌声记下来。

午晌，劳动的人回家了，昨天在歌场引人注目的姐妹俩大大方方地来到我们跟前，顺从父亲做介绍。大女叫凤英，二女叫凤荣。姐俩不但心眼灵，有满肚子山歌，手工也巧，绣球、花鞋都是自己绣的；干农活又是一把好手。大姐今年二十四了，前两年结了婚，可也顺从本地风俗：结了婚却未到婆家去。结完婚过了三朝便回娘家来了。除了过年过节，春种秋收，农事太忙季节，才到婆家去住上三天五日，平时仍旧生活在娘家。即算不是父母包办的婚嫁，而是两人彼此相中的，也要等养了孩子才"落夫家"。这，一来是，由于娘家父母好不容易才将女儿养大成人，少不了要占用女儿几年的劳动力，帮助爹妈干上几年活，照顾弟妹长大；二来是，出了嫁的新娘，要是马上就落夫家，甚至回婆家的次数太勤了，要受同行姐妹奚落，被耻笑说什么"离不开男人"的难听的话。这位凤英大姐的丈夫是城里某个单位的职工，两人是般配的一对，彼此感情也挺恩爱，可也没到婆家去。

饭后，歌唱家老马为了答谢主人盛情，以男高音的嗓门放声高唱一支壮族民间流行的酒歌。歌声洪亮激越，招来好些左邻右舍的乡亲，站满了门户，眼睁睁地倾听。他们都听懂了，欢笑荡漾在每个人的脸庞。我们一行人都期待着姐儿俩能跟老马对唱一轮。不知是当着爹妈的面不好意思开腔，还是因为我们是陌生的客人不免羞涩，欲唱又止。末了，二姑娘一声不响，进寝室拿来一只系着彩带的绣球，悄悄地塞进唱酒歌的人的挂包。这是对打动人心的歌者表示赞赏和敬意吧。可是，歌唱者的老马当场并没留意，回到路上才发觉挂包多了一样东西——这可是一支深沉而无声的歌啊！

| 文学史评论 |

陆地的散文挥洒自如，于平和中见神韵，尤其是《乡间集》，是优美的散文小品集，其中每篇不过几百字，作者将乡间的见闻随手撷缀成篇，一件件原本互无关联的小事，便组成美丽的珠串，闪烁着时代的风采，展示着东北解放区农村新生活的风貌。

——王建中等：《东北解放区文学史》，辽宁大学出版社，1995，第370页

陆地在延安和东北时期是文学创作的起步时期，散文创作不很多。但解放后，陆地写了不少回忆延安时期生活的作品。如《摇篮的记忆》《部艺点滴》《从延安到沈阳——行军日记》等作品。这些回忆性散文，情深意切，娓娓动听，真实记录了作家成长的历程。

——徐治平主编《广西散文百年》，民族出版社，2004，第21页

｜创作评论｜

　　散文创作在陆地文学创作中占有相当重要的地位，他的散文在思想内容、人物形象塑造和艺术表现手法等方面，具有很高的美学价值。……陆地散文的写实美、形象美、趣味美和意境美的特点，与壮族传统的审美趣味是一致的。因此，可以这么说，陆地的散文在一定程度上承继了壮族传统的审美趣味，具有鲜明的民族传统审美文化特色。

　　——黄可兴:《论壮族作家陆地散文的特征及其审美文化意蕴》，载李富强主编

　　《中国壮学》（第1辑），民族出版社，2006，第393—403页

第六只手指
——纪念三姐先明以及我们的童年

白先勇

明姐终于在去年十月二十三日去世了，她患的是恶性肝炎，医生说这种病例肝炎患者只占百分之二三，极难救治。明姐在长庚医院住了一个多月，连她四十九岁的生日也在医院里度过的。四十九岁在医学昌明的今日不算高寿，然而明姐一生寂寞，有几年还很痛苦。四十九岁，对她来说，恐怕已经算是长的了。明姐逝世后，这几个月，我常常想到她这一生的不幸，想到她也就连带忆起我们在一起时短短的童年。

有人说童年的事难忘记，其实也不见得，我的童年一半在跟病魔死神搏斗，病中岁月，并不值得怀念，倒是在我得病以前七岁的时候，在家乡桂林最后的那一年，有些琐事，却记得分外清楚。那是抗战末期，湘桂大撤退的前夕，广西的战事已经吃紧，母亲把兄姐们陆续送到了重庆，只留下明姐跟我，还有六弟七弟；两个弟弟

作品信息

原载《联合报·联合副刊》1983年8月17日。收入《白先勇自选集》（花城出版社1996年版）、《白先勇文集第4卷：第六只手指》（花城出版社2000年版）、《姹紫嫣红开遍》（作家出版社2011年版）、《树犹如此》（广西师范大学出版社2011年版）等。入选《美国华人名家散文精选》（中国青年出版社2001年版）、《世界华人学者散文大系》（大象出版社2003年版）、《中国现代经典美文书系·兄》（人民文学出版社2011年版）等。

年纪太小，明姐只比我大三岁，所以我们非常亲近。虽然大人天天在预备逃难，我们不懂，我们在一起玩得很开心。那时候我们住在风洞山的脚下，东镇路底那栋房子里，那是新家，搬去没有多久。我们老家在铁佛寺，一栋阴森古旧的老屋，长满了青苔的院子里，猛然会爬出半尺长的一条金边蜈蚣来，墙上壁虎虎视眈眈，堂屋里蝙蝠乱飞。后来听说那栋古屋还不很干净，大伯妈搬进去住，晚上看到窗前赫然立着一个穿白色对襟褂子的男人。就在屋子对面池塘的一棵大树下，日本人空袭，一枚炸弹，把个泥水匠炸得粉身碎骨，一条腿飞到了树上去。我们住在那栋不太吉祥的古屋里，唯一的理由是为了躲警报，防空洞就在邻近，日机经常来袭，一夕数惊。后来搬到风洞山下，也是同一考虑，山脚有一个天然岩洞，警笛一鸣，全家人便仓皇入洞。我倒并不感到害怕，一看见风洞山顶挂上两个红球——空袭信号——就兴奋起来：因为又不必上学了。

新家的花园就在山脚下，种满了芍药、牡丹、菊花，不知道为什么，还种了一大片十分笨拙的鸡冠花。花园里养了鸡，一听到母鸡唱蛋歌，明姐便拉着我飞奔到鸡棚内，从鸡窝里掏出一枚余温犹存的鸡蛋来，磕一个小孔，递给我说道："老五，快吃。"几下我便把一只鸡蛋吮干净了。现在想想，那样的生鸡蛋，蛋白蛋黄，又腥又滑，不知怎么咽下去的，但我却吮得津津有味。明姐看见我吃得那么起劲，也很乐，脸上充满了喜悦。几十年后，在台湾有一天我深夜回家，看见明姐一个人孤独地在厨房里摸索，煮东西吃。我过去一看，原来她在煮糖水鸡蛋。她盛了两只到碗里，却递给我道："老五，这碗给你吃。"我并不饿，而且也不喜欢吃鸡蛋了，可是我还是接过她的糖水蛋来，因为实在不忍违拂她的一片好意。明姐喜欢与人分享她的快乐，无论对什么人，终生如此，哪怕她的快乐并不多，只有微不足道的那么一点。

我们同上一间学校中山小学，离家相当远，两人坐人力车来回。有一次放学归来，车子下坡，车夫脚下一滑，人力车翻了盖，我跟明姐都飞了出去，滚得像两只陀螺。等我们惊魂甫定，张目一看，周围书册簿子铅笔墨砚老早洒满一地，两人对坐在街上，面面相觑，大概吓傻了，一下子不知该哭还是该笑。突然间，明姐却咯咯地笑了起来，这一笑一发不可收，又拍掌又搓腿。我看明姐笑得那样乐不可支，也禁不住跟着笑了，而且笑得还真开心，头上磕起一个肿瘤也忘了痛。我永远不会忘记明姐坐在地上，甩动着一头短发，笑呵呵的样子。父亲把明姐叫苹果妹，因为她长得圆头圆脸，一派天真。事实上明姐一直没有长大过，也拒绝长大，成人的世界，她不要进去。她的一生，其实只是她童真的无限延长，她一直是坐在地上拍手笑的那个小女孩。

没有多久，我们便逃难了。风洞山下我们那栋房子以及那片种满了鸡冠花的花园，转瞬间变成了一堆劫灰，整座桂林城烧成焦土一片。离开桂林，到了那愁云惨雾的重庆，我便跟明姐他们隔离了，因为我患了可恶的肺病，家里人看见我，便吓得躲得远远的。那个时候，没有特效药，肺病染不起。然而我跟明姐童年时建立起的那一段友谊却一直保持着，虽然我们不在一起，她的消息，我却很关心。那时明姐跟其他兄姐搬到重庆乡下西温泉去上学，也是为了躲空袭。有一次司机从西温泉带上来一只几十斤重周围合抱的大南瓜给父母亲，家里的人都笑着说：是三姑娘种的！原来明姐在西温泉乡下种南瓜，她到马棚里去拾新鲜马粪，给她的南瓜浇肥，种出了一只黄澄澄的巨无霸。我也感到得意，觉得明姐很了不起，耍魔术似的变出那样大的一只南瓜来。

抗战胜利后，我们回到上海，我还是一个人被充军到上海郊外去养病。我的唯一玩伴是两条小狮子狗，一白一黑。白狮子狗是我的医生林有泉送给我的，他是台湾人，家里有一棵三尺高的红珊瑚树。林医生很照顾我，是我病中忘年之友。黑狮子狗是路上捡来的，初来时一身的虱子，毛发尽摧，像头癞皮犬。我替它把虱子捉干净，把它养得胖嘟嘟，长出一身黑亮的卷毛来。在上海郊外囚禁三年，我并未曾有过真正的访客，只有明姐去探望过我两次，大概还是偷偷去的。我喜出望外，便把那只黑狮子狗赠送了给她，明姐叫它米达，后来变成了她的心肝宝贝，常常跟她睡在一床。明姐怜爱小动物，所有的小生命，她一视同仁。有一次，在台湾我们还住在松江路的时候，房子里常有老鼠——那时松江路算是台北市的边陲地带，一片稻田——我们用铁笼捉到了一只大老鼠，那只硕鼠头尾算起来大概长达一尺，长得尾巴毛都掉光了，而且凶悍，龇牙咧嘴，目露凶光。在笼子里来回奔窜，并且不时啃啮笼子铁线，企图逃命。这样一个丑陋的家伙，困在笼中居然还如此顽强，我跟弟弟们登时起了杀机。我们跑到水龙头那边用铅桶盛了一大桶水，预备把那只硕鼠活活溺死。等到我们抬水回来，却发觉铁笼笼门大开，那只硕鼠老早逃之夭夭了。明姐站在笼边，满脸不忍，向我们求情道："不要弄死人家嘛。"明姐真是菩萨心肠，她是太过善良了，在这个杀机四伏的世界里，太容易受到伤害。

一九四八年我们又开始逃难，从上海逃到了香港。那时明姐已经成长为十五六岁的亭亭少女了，而我也病愈，归了队，而且就住在明姐隔壁房。可是我常常听到明姐一个人锁在房中暗自哭泣。我很紧张，但不了解，更不懂得如何去安慰她。我只知道明姐很寂寞。那时母亲跟父亲到台湾去了，我的另外两个姐姐老早到了美国，家中只有明姐一个女孩子，而且正临最艰难的成长时期。明姐念的都是最好的学校，在上海是中西女中，在香港是圣玛丽书院，功课要求严格出名，然而明姐并不是天资敏捷的学生，她很用功，但功课总赶不上。她的英文程度不错，发音尤其好听，写得一手好字，而且有艺术的才能，可是就是不会考试，在圣玛丽留了一级。她本来生性就内向敏感，个子长得又高大，因为害羞，在学校里没有什么朋友，只有卓以玉是她唯一的知交，留了级就更加尴尬了。我记得那天她拿到学校通知书，急得簌簌泪下．我便怂恿她去看电影，出去散散心。我们看的是一张古诺的歌剧《浮士德与魔鬼》拍成的电影。"魔鬼来了!"明姐在电影院里低声叫道，那一刻，她倒是真把留级的事情忘掉了。

明姐是十七岁到美国去的。当时时局动乱，另外两个姐姐已经在美国，父母亲大概认为把明姐送去，可以去跟随她们。赴美前夕，哥哥们把明姐带去参加朋友们开的临别舞会。明姐穿了一袭粉红长裙，腰间系了蓝缎子飘带，披了一件白色披肩，长身玉立，裙带飘然，俨然丽人模样。其实明姐长得很可爱，一双凤眼，小小的嘴，笑起来，非常稚气。可是她不重衣着，行动比较拘谨，所以看起来，总有点羞赧失措的样子。但是那次赴宴，明姐脱颖而出，竟变得十分潇洒起来，那是我最后一次看到明姐如此盛装，如此明丽动人。

明姐在美国那三年多，到底发生过什么事，或者逐渐起了什么变化，我一直不太清楚。卓以玉到纽约见到明姐时，明姐曾经跟她诉苦（她那时已进了波士顿大学），学校功课还是赶不上。她渐渐退缩，常常一个人躲避到电影院里，不肯出来，后来终于停了学。许多年后，我回台湾，问起明姐还想不想到美国去玩玩。明姐摇头，叹了一口气说道："那个地方太冷喽。"波士顿的冬天大概把她吓怕了。美国冰天雪地的寂寞，就像新大陆广漠的土地一般，也是无边无垠的。在这里，失败者无立锥之地。明姐在美国那几年，很不快乐。

明姐一九五五年终于回到台湾家中，是由我们一位堂嫂护送回国的。回家之前，在美国的智姐写了一封长信给父母亲，叙述明姐得病及治疗的经过情形，大概因为怕父母亲着急，说得比较委婉。我记得那是一个冬天，寒风恻恻，我们全家都到了松山机场，焦虑地等待着。明姐从飞机走出来时，我们大吃一惊，她整个人都变了形，身体暴涨了一倍，本来她就高大，一发胖，就变得庞大臃肿起来，头发剪得特别短，梳了一个娃娃头。她的皮肤也变了，变得粗糙蜡黄，一双眼睛目光呆滞，而且无缘无故发笑。明姐的病情，远比我们想象的要严重，她患了我们全家都不愿意、不忍心、惧畏、避讳提起的一个医学名词——精神分裂症。她初回台湾时已经产生幻觉，听到有人跟她说话的声音。堂嫂告诉我们，明姐在美国没有节制地吃东西，体重倍增。她用剪刀把自己头发剪缺了，所以只好将长发修短。

明姐的病，是我们全家一个无可弥补的遗憾，一个共同的隐痛，一个集体的内疚。她的不幸，给父母亲晚年带来最沉重的打击。父母亲一生，于国于家，不知经历过多少惊涛骇浪，大风大险，他们临危不乱，克服万难的魄力与信心，有时到达惊人的地步，可是面临亲生女儿遭罹这种人力无可挽回的厄难时，二位强人，竟也束手无策了。我家手足十人，我们幼年时，父亲驰骋疆场，在家日短，养育的责任全靠母亲一手扛起。儿女的幸福，是她生命的首要目标。在那动荡震撼的年代里，我们在母亲羽翼之下，得以一一成长。有时母亲不禁庆幸，叹道："总算把你们都带大了。"感叹中，也不免有一份使命完成的欣慰。没料到步入晚境，晴天霹雳，明姐归来，面目全非。那天在松山机场，我看见母亲面容骤然惨变，惊痛之情，恐怕已经达到不堪负荷的程度。生性豁达如母亲，明姐的病痛，她至终未能释怀。我记得明姐返国一年间，母亲双鬓陡然冒出星星白发，忧伤中她深深自责，总认为明姐幼年时，没有给足她应得的母爱。然而做我们十个人的母亲，谈何容易。在物质分配上，母亲已经尽量做到公平，但这已经不是一件易事。分水果，一人一只橘子就是十只，而十只大小酸甜又怎么可能分毫不差呢。至于母爱的分配，更难称量了。然而子女幼年时对母爱的渴求，又是何等的贪婪无厌，独占排他。亲子间的情感，有时候真是完全非理性的。法国文学家《往事追忆录》的作者普鲁斯特小时候，有一次他的母亲临睡前，忘了亲吻他，普鲁斯特哀痛欲绝，认为被他母亲遗弃，竟至终身耿耿于怀，成年后还经常提起他这个童年的"创伤"。明姐是我们十人中最能忍让的一个，挤在我们中间，这场母爱争夺战中，她是注定要吃亏的了。明姐是最小的女儿，但排行第六，不上不下。母亲生到第五个孩子已经希望不要再生，所以三哥的小名叫"满子"，最后一个。偏偏明姐又做了不速之客，而且还带来四个弟弟。母亲的劳累，加倍又加倍，后来她晚年多病，也是因为生育太多所致。明姐的确不是母亲最钟爱的孩子，母亲对女儿的疼爱远在明姐未出世以前已经给了两个才貌出众的姐姐了。明姐跟母亲的个性了不相类，母亲热情豪爽，坚强自信，而明姐羞怯内向，不多言语，因此母女之间不易亲近。可是在我的记忆里，母亲亦从未对明姐疾言厉色过，两个姐姐也很爱护幼妹，然而明姐掩盖在家中三位出类拔萃的女性阴影之下，她们的光芒，对于她必定是一种莫大的威胁，她悄然退隐到家庭的一角，扮演一个与人无争的乖孩子。她内心的创痛、惧畏、寂寞与彷徨，母亲是不会知道，也注意不到的。明姐掩藏得很好，其实在她羞怯的表面下，却是一颗受了伤然而却凛然不可侵犯的自尊心。只有我在她隔壁房，有时深夜隐隐听得到她独自饮泣。那是一个兵荒马乱的时代，母亲整日要筹划白马两家几十口的安全生计，女儿的眼泪与哭泣，她已无力顾及了。等到若干年后，母亲发觉她无心铸成的大错，再想弥补已经太迟。明姐得病回家后，母亲千方百计想去疼怜她、亲近她，加倍地补偿她那迟来十几二十年的母性的温暖。可是幼年时心灵所受的创伤，有时是无法治愈的。明姐小时候感到的威胁与惧畏仍然存在，母亲愈急于向她示爱，她愈慌张，愈设法躲避，她不知道该如何去接纳她曾渴求而未获得的这份感情。她们两人如同站在一道鸿沟的两岸，母亲拼命伸出手去，但怎么也达不到彼岸的女儿。母亲的忧伤与悔恨，是与日俱增了。有一天父母亲在房中，我听见父亲百般劝慰，母亲沉痛地叹道："小时候，是我把她疏忽了。哪个女孩子，都记在心里了呢。"接着她哽咽起来，"以后我的东西，通通留给她。"

因为明姐的病，后来我曾大量阅读有关精神病及心理治疗的书籍。如果当年我没有选择文学，也许我会去研究人类的心理去，在那幽森的地带，不知会不会探究出一点人的秘密来。可是那些心理学家及医学个案的书，愈读却愈糊涂，他们各执一词，真不知该信谁才好。人心惟危，千变万化。人类上了太空，征服了月球，然而自身那块方寸之地却仍旧不得其门而入。我们全家曾经讨论过明姐的病因：小时候没有受到重视，在美国未能适应环境，生理上起了变化——她一直患有内分泌不平衡的毛病。先天、后天、遗传、环境，我们也曾请教过医学专家，这些因素也许都有关系，也许都没有关系。也许明姐不喜欢这个充满了虚伪、邪恶、竞争激烈的成人世界，一怒之下，拂袖而去，回到她自己那个童真世界里去了。明姐得病后，完全恢复了她孩提时的天真面目。她要笑的时候就笑了，也不管场合对不对。天气热时，她把裙子一捞便坐到天井的石阶上去乘凉去，急得我们的老管家罗婆婆——罗婆婆在我们家现在已有五十多年的历史——追在明姐身后直叫："三姑娘，你的大腿露出来了！"明姐变得"性格"起来，世俗的许多琐琐碎碎，她都不在乎了，干脆豁了出去，开怀大吃起来。明姐变成了美食家，粽子一定要吃湖州粽，而且指定明星戏院后面那一家。开始我们担心她变得太胖，不让她多吃，后来看到她吃东西那样起劲，实在不忍剥夺她那点小小的满足，胖一点，又有什么关系呢？回到台湾明姐也变成了一个标准影迷，她专看武侠片及恐怖片，文艺片她拒绝看，那些哭哭啼啼的东西，她十分不屑。看到打得精彩的地方，她便在戏院里大声喝起彩来，左右邻座为之侧目，她全不理会。她看武侠片看得真的很乐，无论什么片子，她回到家中一定称赞："好看！好看！"

明姐刚回台湾，病情并不乐观，曾经在台大医院住院，接受精神病治疗，注射因素林，以及电疗，受了不少罪。台大的精神病院是个很不愉快的杜鹃窝，里面的病人，许多比明姐严重多了；有一个女人一直急切地扭动着身子不停在跳舞，跳得很痛苦的模样。他们都穿了绿色的袍子，漫无目的荡来荡去，或者坐在一角发呆，好像失掉了魂一般。护士替明姐也换上了一袭粗糙黯淡的绿布袍，把明姐关到了铁闸门的里面去，跟那一群被世界遗忘了的不幸的人锁在一起。那天走出台大医院，我难过得直想哭，我觉得明姐并不属于那个悲惨世界，她好像一个无辜的小女孩，走迷了路，一下子被一群怪异的外星人捉走了一般。我看过一出美国电影叫《蛇穴》，是奥丽薇哈馥兰主演的，她还因此片得到金像奖。她演一个患了精神分裂的人，被关进疯人院里，疯人院种种恐怖悲惨的场面都上了镜头，片子拍得逼真，有几场真是惊心动魄而又令人感动。最后一幕一个远镜头，居高临下鸟瞰疯人病室全景，成百上千的精神病患者一起往上伸出了他们那些求告无援的手肢，千千百百条摆动的手臂像一窝蛇一般。我看见奥丽薇哈馥兰，关进"蛇穴"里惊惶失措的样子，就不禁想起明姐那天入院时，心里一定也是异常害怕的。

明姐出院后，回到家中休养，幸好一年比一年有起色。医生说过，完全恢复是不可能的了，不恶化已属万幸。明姐在家里，除了受到父母及手足们额外的关爱外，亲戚们也特别疼惜。父母亲过世后，他们常来陪伴她，甚至父母亲从前的下属家人，也对明姐分外的好，经常回到我们家里，带些食物来送给明姐。亲戚旧属之所以如此善待明姐，并不完全出于怜悯，而是因为明姐本身那颗纯真的心，一直有一股感染的力量，跟她在一起，使人觉得人世间，确实还有一些人，他们的善良是完全发乎天性的。父亲曾说过，明姐的字典里，没有一个坏字眼。确实，她对人，无论对什么人，总是先替人家想，开一罐水果罐头，每个人都分到，她才高兴，倒也不是世故懂事的体贴，而是小孩子办家家酒，排排坐吃果果大家分享的乐趣。这些年来，陪伴过她的有大贵美、小贵美、余嫂——明姐叫她"胖阿姨"——都变成了她的朋友。她对她们好，出去买两条毛巾，她一定会分给她们一条。她们也由衷地喜爱她。大贵美嫁人多年，还会回来接明姐到她基隆家去请她吃鱿鱼羹。父亲从前有一个老卫兵老罗，也是离开我们家多年了，他有一个女儿罗妹妹，自小没有母亲，明姐非常疼爱这个女孩子，每逢暑假，就接罗妹妹到家里来住，睡在她的房里，明姐对待她，视同己出，百般宠爱。明姐这一生，失去了做母亲的权利．她的母性全都施在那个女孩子的身上了。罗妹妹对明姐，也是满怀孺慕之情，不胜依依。每年明姐生日，我们家的亲戚、旧属及老家人们都会回来，替明姐庆生。他们会买蛋糕、鲜花，以及各种明姐喜爱的零食来，给明姐做生日礼物。明姐那天也会穿上新旗袍，打扮起来，去接待她的客人。她喜欢过生日，喜欢人家送东西给她，虽然最后那些蛋糕食物都会装成一小包一小包仍旧让客人们带走。明姐的生日，在我们家渐渐变成了一个传统。父母亲不在了，四处分散的亲戚、旧属以及老家人都会借着这一天，回到我们家来相聚，替明姐热闹，一块儿叙旧。明姐过了四十岁也开始怕老起来，问她年纪，她笑而不答，有时还会隐瞒两三岁。事实上明姐的年龄早已停顿，时间拿她已经无可奈何。她生日那天，最快乐的事是带领罗妹妹以及其他几个她的小朋友出去，请她们去看武侠电影，夹在那一群十几岁欢天喜地的小女孩中间，她也变成了她们其中的一个，可能还是最稚气的一个。

　　然而明姐的生活究竟是很寂寞的，她回到台湾二十多年，大部分的时间，仍然是她一个人孤独地度过。我看见她在房里，独自坐在窗下，俯首弯腰，一针又一针在勾织她的椅垫面，好像在把她那些打发不尽的单调岁月一针针都勾织到椅垫上去了似的。有时我不免在想，如果明姐没有得病，以她那样一个好心人，应该会遇见一个爱护她的人，做她的终身伴侣。明姐会做一个好妻子，她喜欢做家务，爱干净到了洁癖的地步。厨房里的炊具，罗婆婆洗过一次，她仍不放心，总要亲自下厨用去污粉把锅铲一一擦亮。她也很顾家，每个月的零用钱，有一半是在买肥皂粉、洗碗巾等日常家用上面，而且对待自己过分节俭，买给她的新衣裳，挂在衣橱里总也舍不得穿，穿来穿去仍旧是几件家常衣衫。其他九个手足从电视、冷气机、首饰到穿着摆设——大家拼命买给她，这大概也是我们几个人一种补赎的方式。然而明姐对物质享受却并不奢求，只要晚上打开电视有连续剧看，她也就感到相当满足了。当然，明姐也一定会做一个好母亲，疼爱她的子女，就好像她疼爱罗家小妹一样。

　　明姐得病后，我们在童年时建立起的那段友谊并没有受到影响，她幼时的事情还记得非常清楚，有一次她突然提起我小时候送给她的那只小黑狮子狗米达来，而且说得很兴奋。在我们敦化南路的那个家，明姐卧房里，台子上她有一个玩具动物园：有贝壳做的子母鸡、一对大理石的企鹅、一只木雕小老鼠——这些是我从垦丁、花莲，及日月潭带回去给她的；有一对石狮子是大哥送的，另外一只瓷鸟是二哥送的。明姐最宝贝的是我从美国带回去给她的一套六只玻璃烧成的滑稽熊，她用棉花把这些滑稽熊一只只包裹起来，放在铁盒里，不肯拿出来摆设，因为怕碰坏。有一次回台湾，我带了一盒十二块细纱手帕送给明姐，每张手帕上都印着一只狮子狗，十二只只只不同，明姐真是乐了，把手帕展开在床上，拍手呵呵笑。每次我回台湾，明姐是高兴的。头几天她就开始准备，打扫我的住房，跟罗婆婆两人把窗帘取下来洗干净，罗婆婆说是明姐亲自爬到椅子上去卸下来的。她怕我没有带梳洗用品，老早就到百货公司去替我买好面巾、牙膏、肥皂等东西——明姐后几年可以自己一个人出去逛街买东西了，那也变成了她消遣的方式之一。大部分的时间，她只是到百货公司去溜达溜达，东摸摸西弄弄，有时会耗去三四个钟头，空手而归，因为舍不得用钱。她肯掏腰包替我买那些牙膏肥皂，罗婆婆说我的面子算是大得很了。其实我洗脸从来不用面巾，牙膏用惯了一种牌子。但明姐买的不能不用，因为她会查询，看见她买的牙膏还没有开盒，就颇为不悦，说道："买给你你又不用！"

然而我每次返台与明姐相聚的时间并不算多，因为台湾的朋友太多，活动又频繁；有时整天在外，忙到深夜才返家，家里人多已安息，全屋黯然，但往往只有明姐还未入寝，她一个人坐在房中，孤灯独对。我走过她房间，瞥见她孤独的身影，就不禁心中一沉，白天在外的繁忙欢娱，一下子都变得虚妄起来。我的快乐明姐不能分享丝毫，我的幸福更不能拯救她的不幸。我经过她的房门，几乎蹑足而过，一股莫须有的歉疚感使得我的欢愉残缺不全。有时候我会带一盒顺成的西点或者采芝斋的点心回家给明姐消夜，那也不过只能稍稍减轻一些心头的负担罢了。眼看着明姐的生命在漫长岁月中虚度过去，我为她痛惜，但却爱莫能助。

去年我返台制作舞台剧《游园惊梦》，在国内住了半年，那是我出国后返台逗留最长一次，陪伴明姐的时间当然比较多些，但是一旦《游园惊梦》开始动工，我又忙得身不由己，在外奔走了；偶尔我也在家吃晚饭，饭后到明姐房中跟她一同分享她一天最快乐的一刻：看电视连续剧。明姐是一个十足的"香帅"迷，《楚留香》的每一段情节，她都记得清清楚楚，巨细无遗，有几节我漏看了，她便替我补起来，把楚留香跟石观音及无花和尚斗法的情景讲给我听，讲得头头是道。看电视纵有千万种害处，我还是要感谢发明电视的人，电视的确替明姐枯寂的生活带来不少乐趣。每天晚上，明姐都会从七八点看到十一点最后报完新闻为止。如果没有电视，我无法想象明姐那些年如何能捱过漫漫长夜。白天明姐跟着罗婆婆做家务，从收拾房间到洗衣扫地。罗婆婆年事已高，跟明姐两人互相扶持，分工合作，把个家勉强撑起。到了晚上，两人便到明姐房间，一同观赏电视，明姐看得聚精会神，而罗婆婆坐在一旁，早已垂首睡去。前年罗婆婆患肺炎，病在医院里，十几天不省人事，我们都以为她大限已到，没料到奇迹一般她又醒转过来，居然康复。罗婆婆说她在昏迷中遇见父母亲，她认为是父母亲命令她回转阳间的，因为她的使命尚未完成，仍须照顾三姑娘。我们时常暗地担心，要是罗婆婆不在了，谁来陪伴明姐？有一次我跟智姐谈起，明姐身体不错，可能比我们几个人都活得长，那倒不是她的福，她愈长寿，愈可怜，晚年无人照料。没想到我们的顾虑多余，明姐似乎并不想拖累任何人，我们十个手足，她一个人却悄悄地最先离去。

七月中，有一天，我突然发觉明姐的眼睛眼白发黄。我自己生过肝炎，知道这是肝炎病征，马上送她到中心诊所，而且当天就住了院。然而我们还是太过掉以轻心了，以为明姐染上的只是普通的 B 型肝炎，住院休养就会病愈。那几天《游园惊梦》正在紧锣密鼓地排演，我竟没能每天去探望明姐，由大嫂及六弟去照顾她，而中心诊所的医生居然没看出明姐病情险恶，住院一星期竟让明姐回家休养。出院那天下午，我在巷子口碰见明姐一个人走路回家，大吃一惊，赶紧上去问她："三姑娘，你怎么跑出来了？"明姐手里拿着一只小钱包，指了一指头发笑嘻嘻地说："我去洗了一个头，把头发剪短了。"她的头发剪得短齐耳根，修得薄薄的，像个女学生。明姐爱干净，在医院里躺了一个礼拜，十分不耐，一出院她竟偷偷地一个人溜出去洗头去了，一点也不知道本身病情的危险，倒是急坏了罗婆婆，到处找人。明姐回到家中休养，毫无起色，而且病情愈来愈严重，虽然天天到中心诊所打针，常常门诊，皆不见效。后来因为六弟认识长庚医院张院长，我们便把明姐转到长庚去试一试，由肝胆科专家廖医生主治。明姐住入长庚，第三天检查结果出来，那晚我正在一位长辈家做客，突然接到六弟电话，长庚来通知明姐病情严重，要家属到医院面谈。我连夜赶到林口，六弟也赶了去，医生告诉我们，明姐患的肝炎非 B 型，亦非 A 型，是一种罕有病例。治愈的机会呢？我们追问，医生不肯讲。

那天晚上回到家中，心情异常沉重，彻夜未能成眠。敦化南路那个家本来是为明姐而设，明姐病重入院，家中突然感到人去楼空，景况凄凉起来。那一阵子，《游园惊梦》演出成功，盛况空前，我正沉醉在自己胜利的喜悦中，天天跟朋友们饮酒庆功。那种近乎狂热的兴奋，一夕之间，如醍醐灌顶，顿时冰消，而且还感到内疚。我只顾忙于演戏，明姐得病，也未能好好照料。本来我替明姐及罗婆婆留了两张好票的，明姐不能去，她始终没有看到我的戏。如果她看了《游园惊梦》，我想她也一定会捧场喝彩的。那时我在美国的学校即将开学，我得赶回去教书，然而明姐病情不明，我实在放不下心，便向校方请了一个星期假，又打电话给香港的智姐。智姐马上赶到台湾，一下飞机便直奔林口长庚医院去探望明姐去了。智姐心慈，又是长姐，她对明姐这个小妹的不幸，分外哀怜。我记得有一回智姐从香港返台探亲，明姐将自己的房间让出来给智姐睡——她对智姐也是一向敬爱的——还亲自上街去买了一束鲜花插到房间的花瓶里，她指着花羞怯地低声向智姐道："姊姊，你喜不喜欢我买给你的花？"智姐顿时泪如雨下，一把将明姐拥入了怀里。那几天，我几个在台的手足大姐、大哥、六弟、七弟我们几个人天天轮流探病，好像啦啦队一般，替明姐加油打气，希望她渡过危机。明姐很勇敢，病中受了许多罪，她都不吭声，二十四小时打点滴，两只手都打肿了，血管连针都戳不进去，明姐却不肯叫苦，顽强地躺在病床上，一副凛然不可侵犯的模样。她四十九岁生日那天，亲戚朋友、父母亲的老部下、老家人还是回到了我家来，替三姑娘庆生，维持住多年来的一个老传统，家里仍旧堆满了蛋糕与鲜花。大家尽量热闹，只当明姐仍旧在家中一般。那天我也特别到街口顺成西点铺去订了一个大蛋糕，那是明姐平日最喜爱的一种，拿到医院去送给她。我们手足个人又去买了生日礼物，大家都费了一番心机，想出一些明姐喜爱的东西。我记得明姐去忠孝东路逛百货公司时，喜欢到一家商场去玩弄一些景泰蓝的垂饰，我选了几件，一件上面镂着一只白象，一件是一只白鹤，大概这两种鸟兽是长寿的象征，下意识里便选中了。这倒选对了，明姐看到笑道："我早想买了，可惜太贵。"其实是只值几百块钱的东西。智姐和七弟都买了各式的香皂——这又是她喜爱的玩意儿，那些香皂有的做成玫瑰花，有的做成苹果，明姐也爱得不忍释手。同去医院的还有父亲的老秘书杨秘书、表嫂、堂姐等人。明姐很乐，吃了蛋糕，在床上玩弄她的礼物，一直笑呵呵。那是她最后一个生日，不过那天她的确过得很开心。

我离开台湾，并没有告诉明姐，实在硬不起心肠向她辞行。我心里明白，那可能是最后一次跟她相聚了。回到美国，台北来的电话都是坏消息，明姐一天天病危，长庚医院尽了最大的努力救治，仍然乏术回天。十月二十三号的噩耗传来，其实心理早已有了准备，然而仍旧悲不自胜。我悲痛明姐的早逝，更悲痛她一生的不幸。她以童贞之身来，童贞之身去，在这个世上孤独地度过了四十九个年头。智姐说，出殡那天，明姐的朋友们都到了，亲戚中连晚辈也都到齐。今年二月中我有香港之行，到台湾停留了三天。我到明姐墓上，坟墓已经砌好，离父母的墓很近。去国二十年，这是我头一次在国内过旧历年，大年夜能够在家中吃一次团圆饭，但是总觉得气氛不对，大家强颜欢笑，却有一股说不出的萧瑟。明姐不在了，家中最哀伤的有两个人：六弟和罗婆婆。六弟一直在台湾，跟明姐两人可谓相依为命。罗婆婆整个人愣住了，好像她生命的目标突然失去了一般，她吃了晚饭仍旧一个人到明姐房中去看电视，一面看一面打瞌睡。

我把明姐逝世的消息告诉她学生时代唯一的好友卓以玉。卓以玉吓了一跳，她记得一九八〇年她回台湾开画展，明姐还去参观，并且买了一只小花篮送给她。卓以玉写了一篇文章纪念明姐，追忆她们在上海中西女中时的学生生涯。卓以玉说，明姐可以说是善良的化身。她写了一首诗，是给明姐的，写我们一家十个手足写得很贴切，我录了下来：

十只指儿

——怀先明

大哥会飞　常高翔

　　二姐能唱　音韵扬

　　　　　　你呢

你有那菩萨心肠

　　　　最善良　最善良

大姐秀俊　又端庄

　　二哥　三哥　名禄　交游广

　　　你呢

你有那菩萨心肠

　　　　最善良　最善良

四弟工程　魁异邦

　　五弟文墨　世世传

你呢

你有那菩萨心肠

　　　　最善良　最善良

六弟忠厚　七弟精

　　爸妈心头手一双

　　　　十只指儿　有短长

　　疼你那

菩萨心肠

　　最善良　最善良

明姐弥留的时刻，大嫂及六弟都在场。他们说明姐在昏迷中，突然不停地叫起"妈妈"来。母亲过世二十年，明姐从来没有提起过她。是不是在她跟死神搏斗最危急的一刻，她对母爱最原始的渴求又复苏了，向母亲求援？他们又说明姐也叫"路太远——好冷——"或者母亲真的来迎接明姐，到她那边去了，趁着我们其他九个人还没有过去的时候，母亲可以有机会补偿起来，她在世时对明姐没有给够的母爱。

萧三同志与《救国时报》

张　报

　　萧三同志艰苦革命的一生也是辛勤写作的一生。无论在国内或国外，他手中的笔从未停搁过，写了大量的光辉篇章。从他在《救国时报》发表过的诗文，也就可见一斑。

　　《救国时报》是中国共产党于1935—1938年在国外从事抗日统一战线的机关报，编辑部设在莫斯科，发行部设在巴黎。当时萧三同志在莫京担任中国左翼作家的常驻代表，尽管他负有与国际革命作家联络的繁重任务，却仍然积极参加《救国时报》的工作，并经常为它撰稿。这些稿子是萧三同志文学遗产的一部分，是很宝贵的。

作者简介

　　张报（1903—1996），原名莫国史，又名莫震旦，壮族，广西扶绥人。1918年考入省立第三师范学校，1920年考入清华学堂（清华大学前身），次年因参加学潮被开除。后读南开大学，转学北平国立师范大学。1926年赴美留学。1928年加入美国共产党，任美共中国党团纽约局书记，《先锋报》编辑。1932年受美国当局通缉，逃往苏联，进列宁学院，转为中国共产党员，更名为张报。后担任中国共产党海外《救国时报》副主编。1938年苏联肃反扩大化，张报以"反革命"罪遭秘密逮捕，流放西伯利亚17年。1956年回国，先后在新华社、中共中央马恩列斯编译局工作。1983年离休后发起组织"中华诗词学会"，并当选为副会长，《野草诗社》社长。出版有《张报诗词选》《我和十三妹——根据某君与十三妹通信写成》。

作品信息

　　原载《新文学史料》1984年第1期。

因为《救国时报》当时在国内是秘密发行的，而且早已停刊，所以知道这些文献的人可能不多。现在，我根据手边所有的材料和回忆，草成这篇概括性的东西，也许是有益和必要的。

萧三同志为《救国时报》撰写的诗文，主要是有关文艺方面的，大致可以综合为下列几个主题。

一、1936—1937年间，萧三同志实际上是《救国时报》带副刊性的专栏"救国谈"的负责人。他不仅编辑该专栏的诗歌、杂文，发表了《义勇军进行曲》《毕业歌》《一·二八纪念歌》《我们是大中华民族的子孙》《五月曲》《一条心》《统一战线歌》等许多革命诗歌；而且亲自撰写并发表不少的诗歌，如《前进曲》《车夫》《满洲游击队歌》（这首歌是用"孟姜女"的曲调写的，曾在苏联影片《在远东》中演唱）、《第八路军万岁歌》、《致西班牙妇女》及其他热情奔放、充满着爱国主义与国际主义的诗歌。萧三同志还在专栏里发表了自己撰写的《纪念"双十"前夕的民族英雄》（主要介绍秋瑾的革命生平和诗词）、《中国的大众诗人——陶行知》等比较长的文章。

概言之，萧三同志在《救国时报》专栏所写的诗文，有两个主要特点：（一）目的性强，这就是，根据当时国难深重的情况，宣传和鼓吹建立全民族的抗日救国联合战线；（二）力求通俗，这就是，用中国老百姓喜闻乐见的内容和形式，使之大众化。其实，这些也正是萧三同志文学创作的实质。正如他自己说："本来我搞文学，而且搞诗歌，最初的目的就是为人民大众，因此我的写作力求通俗顺口、力求和劳动群众结合。"（见《萧三诗选》自序）

二、也正是为着抗日救国的目标和文艺大众化的主张，萧三同志曾在《救国时报》接连发表论文，拥护三十年代在国内发起的新文字（即汉字拉丁化）的运动。他还引用蔡元培、柳亚子、鲁迅等人对新文字的意见的宣言说：中国已到了生死关头，我们必须教育群众，组织起来，解决困难。但这教育群众的工作一开始就遇到一个绝大的难题，这个难题就是方块的汉字……中国大众所需要的是新文字，是拼音的新文字……萧三同志说，方块字成千成万，不易学懂，识字的人很少，群众不易接受抗日救国的文字宣传，而新文字只有二十八个字母，大众易学、易懂、易写，更易接受抗日救国的宣传，更能万众一心地共赴国难。所以"新文字运动是和救国抗日运动非常有关系的运动，新文字是抗日救国运动的武器"。

萧三同志不仅在《救国时报》宣传新文字，而且和吴玉章等同志一起，积极参加和引导这个运动，在远东的华侨中召开了拉丁化文字的代表会议，出版新文字的报刊，收到显著的效果。

三、萧三同志与高尔基的友好关系和他对这个世界文豪的崇高敬仰也在《救国时报》的篇幅上得到了反映。早在1932年，萧三同志曾为高尔基文学活动四十周年纪念写了《献给高尔基》这篇充满热情的诗篇。1933年，萧三同志曾带领我和其他几位中国同志去拜访高尔基，汇报日本帝国主义者及国民党反动派残酷迫害中国进步作家和整个中华民族的情况。结果，高尔基于1934年同巴比塞、马里洛等著名作家发表谴责日帝侵略中国的抗议书并要求国民党反动政府给中国作家与人民以言论出版自由。同年，在苏联作家第一次代表会议后不久，高尔基代表苏联作家写了一封《告中国革命作家书》，热情支援和鼓励为抗日救国而奋斗的中国革命作家。这些文献都通过萧三同志首先在《救国时报》发表。

1936年夏，高尔基不幸逝世，萧三同志曾在《救国时报》撰稿，表示沉痛的哀悼。1937年6月，高尔基去世一周年时，萧三同志又在该报发表了《高尔基与中国》的长篇纪念文章，列举高尔基在各个历史时期热情支援和鼓励中国作家和人民为自由解放而斗争的历史事实。在这篇文章里，萧三同志首次译出高尔基于辛亥革命后不久写给孙中山的一封信，谴责沙皇政府使俄国人民站到仇视中国人民的立场上，并热烈祝贺中国辛亥革命的胜利。萧三同志还在文章里称高尔基是中国民众的最好朋友。在这里，可以说，萧三同志是做了不小的努力和贡献的。

四、在苏联期间，萧三同志曾与鲁迅保持着密切的通讯联系。他还把从鲁迅等人处得到的有关左翼作家的讯息在《救国时报》上发表。1936年10月鲁迅不幸病殁，萧三同志发表《鲁迅与中国文坛》的长文，对鲁迅在中国文坛的进步作用、巨大影响和不朽功勋给予高度的评价，对这个伟大文豪的逝世表示沉痛的哀悼。之后不久，针对《大公报》评论员说鲁迅受"与他接近的人"的"怂恿"，"去打无谓的笔墨官司"等谰言，萧三同志以愤慨的心情，写了《反对对鲁迅的侮辱》的评论。他指出：鲁迅是锐敏严正的政论家，有嫉恶如仇的革命精神……就忍不住对所见到的一切黑暗恶浊的现象和人物而不说话——这些正是鲁迅之辞严义正的态度和其伟大，何待于"与他接近的人"去"怂恿"呢？这篇反评论，写得有理有力，在国内外产生了积极的回响。1937年10月，萧三同志又在《救国时报》发表《纪念鲁迅逝世一周年》的长文（约占两大版），对鲁迅的生平与活动做了多方面的叙述和估计。全文有十多个小标题，分别尊称鲁迅为伟大的现实主义作家，战斗的政论家，唯物主义的伟大的思想家，社会活动家，革命者，战士，伟大中国人民的伟大儿子，中国共产党的战友，非党的布尔塞维克，苏联最好的朋友，中国的高尔基，反帝反法西斯的战士和世界人类的朋友……。萧三同志指出，鲁迅是中国及世界一个最伟大的作家并呼吁接受鲁迅的文学遗产，继续鲁迅的精神前进。可以说，萧三同志这篇名著是研究鲁迅的宝贵文献。

五、三十年代中，在国内曾掀起有关"国防文学"与"民族革命战争的大众文学"这两个口号的论争。当时在苏联的萧三同志对此论争非常关切，曾在《救国时报》发表了一系列的有关文章，如《国防文艺》《文人联合战线》《文艺家联合战线的两个口号》《文艺上的两个口号与实做》《扩大文艺界的联合战线》等等。在这些文章里，萧三同志的中心思想和坚定态度是：这两个口号绝不是互相冲突的。两个口号都好，都是抗日的性质，因此可以共存。他说，我们赞成"国防文艺"这个口号，因为它是中国作家们感觉到目前中国受日寇侵略得忍无可再忍而亟于想在文艺方面尽"中国人"一分子的天职，以巩固国防，以挽危亡。我们很赞成鲁迅先生等所提出的"民族革命战争的大众文学"这个口号，因为它有明确的、深刻的意义，有内容，因为它切对目下中国民族抗日救国的革命性质和任务……。具体地说，我们唯一的出路只是抗日救国。今日谈"国防"，就是表示我们中国人民必须加强国防以抵抗外敌。今日的"民族革命战争"即是表示出我们中国人民武装自卫的民族战争。因此"国防文学"与"民族革命战争的大众文学"实际上是一而二，二而一的东西，不过一个说的是今天抗日救国应采取的手段——国防；另一个是把这个抗日救国主要手段的性质也指明了——如民族革命战争。萧三同志还着重指出，最重要是如鲁迅先生所说的，"问题不在争口号，而在实际做"。因此，他呼吁大家实际去做，呼吁一切派别、集团和个人的文艺著作家在抗日救国的旗帜下联合起来；呼吁尽量扩大这个联合战线。他甚至希望像林语堂、周作人、胡适、梁实秋、闻一多，以至张恨水、周瘦鹃等拥有不少读者的作家都参加抗日救国的联合战线。萧三同志这个主张对当时国内文艺界停止有关两个口号的论争并进而建立和扩大抗日统一战线曾经起了积极的作用。也可以说，这个主张对我国今天必须团结一致，振兴中华这个任务来说，原则上是有现实意义的。

上面所述，只是一个概括；萧三同志在《救国时报》上发表的诗文还有待进一步的探讨、分析和总结。

壮乡三月歌如潮

李宝靖

壮乡三月三，在我面前展开了一个春潮澎湃、万花浮动的海洋，动情的歌如春江水在我心头流淌……

一大早，人们便拥向红水河畔的一个渡口，这里是都安、东兰、巴马三县交界的地方。春日载阳，千里莺啼，乱花欲语，选择这样一个时节来闹春，多么富有诗情画意！多么会生活的民族！

红水河仿佛也来为青年们凑美，平时翻滚着浊浪的红水河，现在平静了，清澈而明净，缓缓地、潺潺地流。两岸的山坡上，木棉红似火，桐花白如雪，那红艳艳的杜鹃、黄色的金樱花、粉红的野玫瑰，漫山遍野，开得灿烂，开得热烈。绿树红花，全倒映在蓝湛湛的河中。在春天的骄阳下，一切都倍加鲜明，倍加娇艳。人，仿佛生活在一个浪漫又温柔的梦境。

作者简介

李宝靖（1934—2009），笔名葆青，广西横县人。1956年毕业于武汉大学中文系。曾任《广西文学》主编、编审，广西作家协会副主席。中国作家协会会员。著有散文集《桂海游踪》，长篇传记文学《爱国名将李济深》，报告文学《一个国际家庭的离合悲欢》等。曾获首届广西文艺创作铜鼓奖。

作品信息

原载《三月三》1984年第3期。

这不是梦而是现实，生活本身就是如此富于浪漫色彩。

> 一路唱歌一路来，
> 一路唱得百花开；
> 花开引得蝴蝶舞，
> 花开引得蜜蜂来。

看，河上飘荡着一阵阵歌声，几十只小船顺流而来，青年们边荡桨边唱歌，悠然自在，嘹亮的歌声在两岸的群山中回响。

这同时，云端也飞起一阵歌声，轻如游丝，在蓝天飘忽。仰首望去，那高高的山顶上，一队青年骑在马上，正翻过山坳来。千里隔山不隔心，万里隔水不断情。今天，男男女女，老老少少，跋山涉水，披晨星，穿晓雾，从四乡八邻来。公路上人语喧哗，人流、车队，首尾相接。生活在飞跃前进，妇女们都穿着绚丽多彩的服装，戴着饰品。站在山坡一望，人流仿佛一条彩色的长河，涌向渡口，我心中不禁涌起一腔诗情。

来到渡口，赶歌圩的人熙熙攘攘，山歌声响彻四野。啊，在三月三，红水河畔有着美妙的欢乐的人生！

看，在河边木棉树下，两把张开的伞，罩住了青年男女的身影，歌声从伞底飞出：

> 蜜蜂为花山过山，
> 鲤鱼为水滩过滩；
> 人家问我为何事，
> 我为寻哥出来玩。

歌声那么轻柔、甜蜜、坦率、真诚。

是呵，唱情歌是山区少数民族青年恋爱的主要媒介，通过唱歌传情示爱，选择对象，爱情就是这样富于诗意和浪漫色彩。

看，在山坡大榕树的浓荫下，传来阵阵欢声笑语，我们被吸引过去了。走近一看，那是几伙后生向几个姑娘"求歌"。

初来到，

初初来到藕塘边；

初初来到问声妹，

这张藕塘是谁莲。

站在右边的那伙后生用歌向姑娘们试探。姑娘们瞟了他们一眼，笑而不唱。其他几伙青年又接着唱。但是，任凭青年们唱歌挑逗，姑娘们只是咯咯地笑。不过可以看出，她们的眼睛在四周围观察，在物色对手。站在左边的一个精灵的后生站了出来，笑眯眯地唱：

一条大路黑麻麻，

人讲这里有金花，

哥我一心跑来看，

谁知踩上烂泥巴。

谐谑的歌词引起了周围群众的喝彩，响起了一阵欢笑声。原来这青年用的是激将法，姑娘们岂能受讥笑，她们小声交谈了一会儿，一个脸蛋红扑扑的姑娘站到前边来。这姑娘身段秀美，体态娇嫩，气度娴雅，修长的眉眼，洋溢着青春的光彩，嘴角微微翘起，露出迷人的微笑，仿佛壮族姑娘的美和智慧都集中在她身上。她一站出来，把人们的目光都吸引住了。难怪那么多青年围着她求歌呢！只见她嘴唇微张，唱了起来。

哥想唱歌就唱歌，

哥想打鱼就下河，

姐拿竹篮哥拿网，

随哥带到那条河。

对歌的序幕就这样拉开了。没被选中对唱的那些青年自动退出，又到别处去找对象求歌。

听着那洋溢乡土气息的山歌，听着那青春的笑语，看着那一张张纯朴的笑脸，欢乐涌上我心头，我仿佛喝了一杯香醇的美酒，心都醉了。我为他们那婉转、甜畅的歌声所倾倒，更佩服那些男女青年的机智聪敏和出口成歌的歌才。

歌圩的活动丰富多彩，令人目不暇接。

在一排盛开着雪白花朵的桐树跟前，又爆发出阵阵笑声。我们赶紧走过去，挤进人群。只见几个后生和姑娘在"碰蛋"，他们的挎包、手提袋里装满了染成红、蓝、紫色的熟蛋，四对男女青年各拿一只彩蛋，以尖尖相碰，看谁的蛋被碰破了。被碰破的就将蛋送给对方；如果双方的蛋都碰破了，彼此就交换彩蛋，一边吃一边到山坡去唱歌。

我问向导小韦："他们交换碰破的蛋，是什么意思？"

"说明这对青年有缘分，可以结交姻缘，两人交换蛋吃，到山坡上唱歌，更进一步表情意。"小韦笑笑说，"碰蛋还有一个美丽的传说呢！"

"呵，这故事怎讲？"

小韦卖了关子，说："你们先到歌棚歇息，吃点五色饭，再慢慢给你们讲。"

他把我们领到村边的一个草坪，这里傍着几棵高大的扁桃树，搭有两个歌棚。歌棚是用壮家人自己织染的新布联成的杂色彩帐，里面放有凳子、茶水，是让来赶歌圩的外乡人歇息、唱歌的。小韦打开一个竹篮，里面盛满五色糯米饭和熟鸡蛋。他给我们每人盛了一碗，说："我们的五色饭是用枫木叶、红兰草、黄姜、紫繁藤水泡米蒸的，请尝尝壮家的风味。"

这五色糯米饭放在碗里像一朵彩色的花，吃起来又软又香，饶有风味。我们边吃五色糯饭边听小韦讲碰蛋的故事。

很久以前，红水河边有一个壮族村庄，那里有位姑娘叫达罕。她聪明伶俐，不仅善于唱歌，还精于织锦。好花香千里，远近的许多青年都来求亲。达罕心中只有邻村的看牛郎勒京。他们两人一同上山打柴割草，早有情意。有个土司老爷，听说达罕美貌能干，派媒婆到她家求亲。达罕对媒婆说："钱财如粪土，土司老爷用金砖起屋我也不嫁。"土司气怒，便使出诡计，诬赖勒京的牛吃了他家的禾苗，要拉勒京的牛。勒京过来阻拦。正在争夺的时候，水牛牯用角向土司的狗腿子抵去，狗腿子一命呜呼。土司便派兵丁来抓勒京。勒京和达罕得知消息便双双逃走。被追了几天几夜，两人十分疲乏。看到山边有一棵大树，两人便爬上树去躲。树上有一个鸟窝，里面有两只大鸟蛋。他们各拿起一只来看。这时，官兵赶到，在树下向他们射箭，两人一惊，手中的蛋碰撞了一下，两只蛋都破了。突然从蛋里飞出两只大凤凰。达罕和勒京骑上凤凰，冲向蓝天，飞向幸福的远方……

这故事像火红的木棉花一样娇艳动人。给歌圩活动增添了神奇的色彩。

我们匆匆地吃过五色饭，又走向人群，看青年们"碰蛋"去！

在红水河畔的一个壮族村庄，我度过了一个难忘的夜晚，一个充满温馨、充满诗、充满歌、充满欢乐笑声的夜晚。

我们在小韦家吃过晚饭，已经天黑了很久了，从村边传来了娓娓的山歌声。小韦匆匆做完家务，拿起电筒，就领着我们出门去走下山坡，只见村子里到处有电筒在闪亮，好像流萤在飞舞，歌声从村庄的四周飘荡出来。

小韦领着我们来到村外晒谷坪旁边的一棵古榕树下，只见一群男青年坐在磨得溜光的石块上唱歌呢。可没看见有姑娘，我问小韦："他们跟谁对歌呀？"

小韦向一个青年打听了一下，回转头说："晒谷坪旁边那间新屋来了两个女歌手，后生们在挑逗她们唱歌，刚刚开始。"

我们选了一块石板坐了下来。我不懂壮话，小书给我做翻译：

伯母啊，我们在你家门前休息，唱歌，想了解彼此的家庭情况，如果你老人家不喜欢，我们就把脚缩回来。

我边听边记，觉得这些青年是很有礼貌的呵！我悄声问小韦：

"男女青年对夜歌也是很严肃的吧？"

"你自己看吧！"

我们正谈着，对面那座新屋里女歌手答歌了。她们故作谦虚，说，自己不会编歌，如果圩上有歌卖，我愿意去买来唱。

后生们一听，兴致更浓了，扯开嗓门唱道：

上山砍柴排对排，

砍得头来尾自来，

唱歌不用钱来买，

山歌就从肚里来。

"夜歌"就这样开始了。

我坐在门口旁，听着小韦的翻译，不停地记录。我原以为男女青年对歌，一定是唱情歌，其实他们唱的内容是很丰富的，有天文地理、历史故事、时事新闻、农村的新政策，以及科学种田等等，实际上是比知识广博、比编歌本领的高强，当然更多的是后生表达自己的情愫，姑娘倾诉自己的心曲。

沉浸在欢乐中的人们忘记了时间的流逝。月亮西沉，对歌还在继续着。

我有点困倦了，走出新屋来到晒坪旁边的大榕树下伫立，只听见一阵阵山歌声从村子的各个角落，从山坡的松林间，从红水河畔飘荡过来，汇集成一片歌的声浪，仿佛象山涧淙淙的流水，汇成澎湃的春潮，我的思绪也随着歌声飞了起来。

三月三，我永远记着这个充满诗、充满歌、充满爱情、充满欢乐的节日。

┃文学史评论┃

读李宝靖的散文，似跟着一位导游去旅行。他带着你一步步走去，不急不赶，慢慢谈来，一点点带出奇异的景观与动人的民俗。他的散文，很少做大段的抒情和张扬的感叹，而是周到仔细地介绍所见所闻，时常还穿插些民间传说或历史掌故，使文中景物呈现清新自然之美、纯正古朴之味，令人倍感亲切。

——李建平等著《广西文学50年》，漓江出版社，2005，第289页

李宝靖的散文中写得最好也是最多的，是他所亲闻、亲历、亲访、亲见的人和事。他早年进壮乡侗寨、爬瑶山苗岭，寻访广西最富有民族特色的地区，于是乎壮乡的歌圩、苗山的烤鲤、侗乡的放鹳鹰、彝王龙蟒的城堡、京族三岛的春色等，便犹如山涧清泉汩汩地在他笔下流淌……在散文集《桂海游踪》中，李宝靖以绚烂繁复的语言，生动形象地描述广西绮丽多姿的自然风光，广西各少数民族独特的民俗风情、神话传说，广西各民族依靠勤劳、科技走向富裕的生活，笔端流淌着无限的诗情画意，字里行间洋溢着自豪和赞叹之情。

——徐治平主编《广西散文百年（上）》，民族出版社，2004，第308页

┃创作评论┃

宝靖这本游踪所记，以其真切的叙事和朴实的描写，把人领到了五彩缤纷的境界，突出地使人领略各地的各族人民特有的传统风情；同时还教人懂得当地历史掌故，看到旧貌换新颜，了解当今景象万千的世界。

——陆地《〈桂海游踪〉小引》，载李宝靖《桂海游踪》，广西人民出版社，

1987，第3页

忆孟超

秦　似

最初的会面

一九四〇年四月，我从广西一个偏僻的小镇来到了抗日期间的文化名城桂林，住在生活书店后楼的职工宿舍里。生活书店，因为我替它办过一点事，认得几个人；但那时在桂林的作家，我全不认得。第一个来到生活书店后楼看我的，是孟超。

已记不清是谁陪他来了，只记得他在一个床铺上坐下来，用一双倒凤眼盯着我，口里说的是我从未听到过的胶东土音，不停地抽烟。谈了些什么，现在完全记不起来了。我颇感奇怪的是，我那时是个二十三岁的小青年，他快要四十了，又素昧平生，却跑来看我，这真有点像农村里看"新人"的一种好奇心情。我反而感到有一点羞怯。

万想不到，从今以后，我们竟成了终生结交，休戚与共的朋友。

作品信息

原载《新文学史料》1984年第4期。《新华文摘》1985年第1期转载。入选《中国知识分子悲欢录》(花城出版社1993年版)。

《野草》时期

不久，小小的杂文刊物《野草》办了起来。野草社同人一共是五个，都是夏衍同志点的将。其中有孟超。这一来，我同孟超的来往就更密切了。

我们五个人中，只有孟超一人是着军装的。着的还是广西绥靖公署的军装，还带着中校的领徽。我开头弄不清是怎么回事，后来才知道，他是在那里挂单吃饭，他早年就已参加过共产党，是太阳社的发起人之一。

他家住在马房背一个破木楼上。一厅两房，前面是一张臭水的莲花池。虽有一厅两房，大概由于房租付不起，因此他一家四口，就只挤在一个房间内，把对面一间专让给过往的文化人。我虽然也有个"家"，但只是夫妇两个，一到了他家，他夫妇总留我们吃饭，我也乐得"打游击"。在那张旧得发了黑色的竹圆桌上，总是一大盆四季豆，一大盆豆腐，他一家四口，再加我们两口，就吃得十分热乎。肉就像天上的星星，要有的话也是散成了点点。他的凌氏夫人，是长沙人，叫凌峻琪，一口长沙口音，同他的一口胶东口音一样，真是百分之百的乡音未改。而南腔北调，彼此完全听懂，连我也完全听惯了，几乎已忘记了那中间的差距。两个女儿，孟健那时上小学，孟伟还在孩提时期。房间里铺的是一张特大的竹床，他们四人就同睡在一个床上。而且还得打横睡，孟超的脚有好几寸是露在床外的。但比起我的家来，他的家已算像样的了。

就在那个床铺上，靠墙的一角还常常放着一堆书，那是他午间闲躺着看的。那时不兴午睡，但也许正因为那偌大一张床空着了，正是他看闲书的好机会。我发现他总是喜欢看一些偏僻的笔记小说，再就是各种野史之类，正经书倒远不如这些看得勤。

有一天，他突然从他的床上掏出几个小册子来，叫我看。那是在昆明出版的，叫《战国策》。它的篇幅比《野草》还小，上面常常有些名教授的文章。比如后来写《野玫瑰》的陈铨，就是其中一根台柱子。

"卖的什么货色？宣传法西斯！"孟超一篇篇指给我看。他脸上很少有这么严肃的时候。

我翻了几篇，完全与他有同感。

"我们就在《野草》上回击他们几下，好不好？"他提出了一个战斗任务。

后来我们商定，要用一针见血的办法，来揭露这些法西斯门徒们的嘴脸。并议定了一个栏名，称之曰《斩棘录》，一共有过几期，在《野草》上刊出，当补白之用，执笔者就是孟超和我。

这时我才知道，他这个穿着国民党中校军装的人，却是一个坚强的反法西斯战士！

在《野草》上，我们都爱起一些古怪的笔名。一种是仿用古人的双姓，始作俑者是绀弩。春秋时孔子有个学生，叫澹台灭明，绀弩起了个笔名，叫澹台灭暗。为什么要灭明，我们要灭暗呀。绀弩是最会幽默的人，由此也可看出来。我跟着起了个令狐厚，并用这个笔名同别人笔战过。孟超起的是南宫熹，一个还嫌不够，又再起一个东郭迪吉。这虽是一时的情趣，现在回想起来，还觉得颇有意思。

孟超还有一个草莽史家的笔名，是颇可想见其人的。上面说过，他不大读正史，却很用力于野史、稗官、小说之类。这正是他的杂文别具一格的地方。我们同人中的宋云彬，是一位正牌的历史学家，开明书店二十五史是由他参与校点的，当他每次读到孟超这个草莽史家的文章时，总是先皱起眉头来，边咬着他那支烟斗，边认真地看，然后往往发出莞尔的一笑来。

在共同工作的过程中，孟超有很好的民主作风。论辈分，他比我老得多了，但从来不在我面前摆老资格，无论什么事，都采取商量的态度。有时，我对他的稿子提出意见，他一般都认真考虑，加以修改，很少固执己见。

《野草》有着孟超的不少血汗与辛劳！

孟超的写作是很用功的。那时，作品的出路不多，他几乎是抱着只问耕耘，不问收获的态度，夜以继日埋头于案头，他曾同我开过玩笑说："我不下楼，我将来的文集就叫《不下楼集》，好不好？"后来，次年《野草丛书》出版时，他不知为什么临时改了主意，叫《长夜集》，也许玩笑还只是玩笑吧。

旧板楼的来客及其他

　　孟超在马房背这一间旧板楼安身立命，虽然生活贫困，却一直十分乐观。他的爱人很体谅他，一切家务都给包了下来，不麻烦他。尤其安排一日三餐，看来煞费她的踌躇。只那么两个钱，管得吃来管不得用。但就在这种情况下，孟超那个旧板楼，在他对面那个房间和他房间后面那个"老虎尾巴"里，还经常不断住着外地的来客。

　　我在那旧板楼会见过许许多多文艺界的人，像老作家许幸之，电影界的司徒慧敏、陈鲤庭、李鹰，音乐界的林路，翻译界的牛综纬等等，都在孟超那旧板楼做过长客。有的不仅住，还要搭伙食。这就真难为了孟夫人。但孟超的好客，使得他夫人也是非常好客，从未听到过她有什么怨声。"文革"以后，我才听说她年青时是上海一个女工，五卅运动走上过街头。她那乐观、热心肠的性格，我至今难忘。尤其对我这个常客，每见面必留餐，但她从来未谈起过自己的经历。

　　孟超并不是文艺界的什么首领。但他对于文艺界中人，包括文、音、美、剧，可说是交往最广的。这无他，只是由于他为人正直，待人真诚，和他秉有的一种助人为乐的精神，自然就宾至如归了。

　　由于孟超同美术、音乐界有广泛的联系，在《野草》被封之后，他便找到了鲁阳同志的集美书店，编一个不定期丛刊《艺丛》。虽只出了几本，但他的设想是颇有气魄的。

　　孟超何时开始就和戏剧界发生关系，我不清楚。但一九四一年秋，田汉同志来桂林，是孟超约我去看他的。我们在当时又脏又乱、马粪成堆的马平街一间民房里，见到了田汉同志。记得他和田汉同志还谈起过一些三十年代上海剧坛的旧事。但更多的是田汉给我们介绍他家乡的湘剧。后来，田汉给当时在桂林的四维京剧团写过《武松》《双忠记》等剧本，孟超也常到四维剧团，他同李紫贵、曹慕髡、吴枫等同志是很熟的。另外，当时在桂林有一个话剧团，叫国防艺术社，孟超有一段时间担任过副社长之类，因为这个话剧团是官方办的，孟超这个中校政工人员，有一个时期就以此为他的主要工作。

一九四四年，在田汉、欧阳予倩等人的推动下，举行了盛大的"西南剧展"，孟超和我，都被聘为"西南剧展"资料组干事；又都是十人评剧团的成员。这次在桂林举行"西南剧展"四十周年座谈会，是华嘉从广州带来了一张当年十人评剧团的照片。我还未发现我自己，首先便发现了孟超！他的长相太有特点了，一看就知道这是孟超。他瘦骨如柴，属于鬼才李长吉一类的体形，特别那一对眼睛，很异乎常人。我上面曾说那是"倒凤眼"，就是眼角下垂，整个眼睛像一只向下弯的桃子，与丹凤眼眼角向上适相反。据华嘉说，这张照片是在周钢鸣同志的遗物中翻出来的，现在成了一件文物了。

我在桂林的整整四年，一直同孟超在一起。尽管是处于"相濡以沫"的景况下，我们得到了友情的安慰，也常常有一种共同参加战斗之后获得的欢欣喜悦的心情。我在《悼孟超》诗中说的"相交贫贱等轻尘，也共清流欲献芹"，就是这样一种心情的反映吧。

在香港

一九四六年夏，我先到了香港。那时，《文艺生活》上司马文森还正在写悼念我的文章，我其实是安全撤到香港了。不久后，夏衍同志从上海来到香港。宋云彬则是更早便到香港了的，因为文化供应社在香港有个分店。我们策划在香港恢复《野草》杂志。在四六年冬，总算复刊了，虽然只能以丛刊的形式出刊，而且又远离开了原来的读者。但不久后，南洋各地却有一些新的读者了，在内地，也有人通过严密的禁锢，得到了它。

一年之后，孟超突然到香港桃李台我的家中。原来他在重庆某大学教书，待不下去了，是仓皇逃奔出来的。他一进门，手上拿着两件旧衫衣，别无长物，连手提袋也没有。他身上患了一身疥疾，我问他是怎么回事，他说，从出奔以来，十多天得不到洗澡的机会。于是，我头一件事是同他上澡堂。我在香港只住一间十四平方米的小房间，夫妻俩加上一个八岁的女儿，幸好邻居好，便在公用的客厅里铺一个行军床，让孟超住下。我在桂林时不是常常去他家"打游击"的么？现在轮到他不得不在我家"打游击"了。他只身出来，夫人和两个女儿还留在重庆，而且以后也一直没有来。

绀弩的情况也相类似，也在差不多的时候从重庆来到了香港。由于绀弩的爱人周颖大姐是多年从事工运的，同朱学范先生很熟识，他们便住在九龙梭亚道十五号属于总工会的一幢房子里。由于这个关系，他们把孟超也招呼过去，也住进了那儿。这时，野草社的五个人，又不期然在香港会合了。我住香港桃李台，而几乎每周要到九龙梭亚道十五号去跑两次。

对于我们来说，香港不但不是天堂，而且是艰于谋生的地方。我们也算当"寓公"吧，但那是穷得出骨的"寓公"，而且还依然有政治风险。绀弩有一个有趣得很的习惯，我几次同他去理发，他总要到九龙最偏僻的小街陋巷里去找那最下等的理发店。他说，这种理发店才真正懂得全套理发的工序，他一坐在这样的店里就满面春风，感到特别舒服。孟超呢，似乎还不这样。但他那一身西装不知是到哪一家估衣店买的，常常皱得像从腌菜缸里拿出来的一样，他还买了顶半旧的毡帽，那副样子与桂林时代不同了，很有点像银幕上的卓别林。

唯一可以告慰的事，对孟超来说，就是单身一人，更可以埋头读书和写作了。

后来，夏衍同志为了解决一些人的生活困难，从新加坡一位爱国华侨那里领来了编一套小学教科书的工作，我负责编算术，似乎孟超是参与了编语文之类的，靠着这么一条生路，一直维持到解放前夕。

《李慧娘》前后

全国解放后，孟超分配在北京工作。我则回到了广西。巧得很，我们定的行政和工资级别，却是一样的。

在北京，他一直住在禄米仓小雅宝胡同。要转好几个弯，穿过几条小巷，才能找到他那个与薛平贵的寒窑差不多的门口。但我每次到北京，都要去他家一两回。

孟夫人对我依然一如当年，话家常可以谈上两个小时。只是，这时她已有了哮喘症，做起饭来，也比当年吃力多了。她告诉我，孟超每月给家用九十元，电灯房租自来水不说，人情客往也全包在内。是苦的，有什么办法！

我和孟超常常在南小街一带漫步，他多次同我说："人一天天老了，真焦急呀，要写点东西，就得抓紧这几年了。"我注意到，这时他已满头雪白，牙齿几乎已全部脱落，走路也开始有点飘摇。但他内心里却是老骥伏枥，还一直惦着要写，要写出一点有影响的东西。虽然"有影响"三个字，他并没有说。

"你准备写些什么呢?"有时我也随口问他。

"还是在历史题材的方面，我想，可以在这方面用点力气。"

后来果然，这样一天来到了。那是一九六三年，我到北大进修中国音韵学，有较多机会同他见面的时候。他告诉我，他正在写《李慧娘》。还有一天晚上，他那小房间里坐着一位被他当上宾看待的客人，在那儿谈得十分起劲，原来是昆腔的老艺人，他们已在研究《李慧娘》的唱腔和表演艺术了。

《李慧娘》演出的时候，虽然也送了票给我，但那时我住在北大，没有交通工具，事实上是去不了的。我虽没有去，孟超当作我去了似的，见面时恨不得把他内心的喜悦分一份给我。他原是不喝酒的，那天叫女儿上街买了点熟菜，要同我喝酒。边喝酒，边跟我讲一段他从来没有讲到过的历史。

他点燃一支香烟，微微笑了一笑，告诉我：

"前几天康生请我去他家吃饭。"

我怔住了。我不大敢相信他说的这个名字。

"谁?"

"康生。"声音不高，但他要我知道，这是明白无误的。

为了解除我的惊诧，他讲述了他与康生是诸城县同乡，又同坐一条船出来一齐参加革命的一段历史。这一下子，整个孟超在我眼中似乎变了样，我心想，他要交上一个走红的晚运了。

他还讲了康生对《李慧娘》的赞扬，因为这才是他给我讲这一些的目的。他当然不存什么飞黄腾达的心思，只是为了自己的作品得到了一个有力者的支持而感到安慰罢了。

不久后，在报上有人责备"鬼戏"了，实际上就是责难《李慧娘》。但孟超似乎不怎么着急，因为《李慧娘》出鬼，是经过康生表扬了的。何况也有不同的意见，廖沫沙同志就用了笔名，在报上发表了《有鬼无害论》，实际上是支持孟超。有一天，我和他在天安门前踱步，他十分高兴地同我讲到沫沙同志的文章。

事情很快发生了变化。六四年春节过后不久，恰好我也在孟超那里，却有人来给他报凶讯。说是在一次极其重要的会议上，已经点了名要批判《李慧娘》。孟超的脸色沉下来了。他知道这个消息不可能假，尽管在他内心也许希望这是在梦中。但现实就是如此的严酷，孟超的那颗老骥壮心，也从此宣告完蛋了。

万想不到，这就是我和他的最后一面。

在"文化大革命"那些乌天暗地的岁月里，我也无暇更多地去想到孟超。我总想，他那已半残之躯，大概很难经得起这场灾难的折磨了。现在是天各一方，都在烤炉上，连"相濡以沫"也谈不到了。

后来知道，隔离反省，数不清的批斗，孟超却还活着，他那像一条野藤般的瘦小身体，竟没有倒下！但他那位贤淑的凌夫人，就在那些最凄绝的日子里病逝了！

最近接到孟健的信，我才知道孟超死于一九七六年五月六日。那么，我写这篇忆念他的文章，正是他八年忌的时候。他怎么死的，我听到了一个"有趣"的传闻，说是他得到了补发工资，心里很高兴，人民文学出版社的一位工友把钱带来给他，这位工友原是他的好朋友，他便买了几样熟菜，招待这工友。可能是兴奋过度，多喝了两杯，第二天便不起了。

但意想不到，真相远非如此。当我写信问孟健，她给我的回信说：

"这事不知是谁造的，我觉得这个人太可怕了。人都死了，还要给编这样的谎言，为什么这么急于想为'四人帮'翻案？爸在活着的时候就没有恢复过他的工资。事实上在那个阶段，是他们搞了个所谓的结论，逼他签字，要给他定案。因为不符合事实，而且是明显拼凑的'证明材料'，爸不肯签字。当时，我们也认为这个字不能签。社里三天两头地把他叫去。拍桌子打板凳地逼他签字，甚至说：就是他不签字，也要这样定，也可以这样定。5月1日、2日爸是在我家过的。他很难过，说过：哪个沟里没有屈死的鬼呀？冤枉呵！心情极坏，痛苦不堪，神思恍惚，老叨唸着冤哪！冤枉呵！5月5日社里的老丁同志去看他（老丁是能喝酒的）。他们是喝了酒。爸是为了招待老丁喝了一小杯葡萄酒。但爸不是什么高兴的，而是在满肚子的冤枉、屈辱无处诉说又不能诉说的悲痛状况下喝的。事实上最后阶段，爸一直是在这种心境下挣扎着。以至再无力挣扎而死去。

　　知父莫若女。我欣幸孟超有这样一个女儿。她用白纸黑字记下了，孟超是在死前的几天还一直受着迫害，痛苦不堪，"哪个沟里没有屈死的鬼呀？冤枉呵！"这就是他最后的遗言。尤其不幸的是，那时距离"四人帮"倒台只有五个月了，而孟超，竟在黎明之前含冤死去，他等不到重新在光天化日之下，开眉展目的一天的到来。

　　他的壮志是已酬呢？还是未酬呢？但他死不瞑目，那是十分显然的。

　　现在，人们终于想起了孟超，想起了这位在中国革命道路上奋斗过、挣扎过，永不知疲倦地工作过的文艺战士。他像一只杜鹃，原来为春天歌唱的，却因啼血而力竭身亡。今天又是冰融雪化，春暖花开的时候了。我想，孟超在九泉之下，也会破涕而笑，感到安慰的吧。也使人们看到，历史对于一个人，到头来总是公正的。

闲话三分

陈迩冬

刘备与孙夫人

赤壁战后，荆吴结亲——刘备娶孙权的小妹，当然是政治婚姻。当时续弦的刘备已四十九岁，初嫁的孙氏比他小三十岁，论年龄，是很不相配的。

她叫孙仁，跟她四个哥哥，策、权、翊、匡一样，都是排单名。"孙尚香"是编戏的替她取的。关于这件婚事，在《三国志·蜀书·先主传》中仅有寥寥数笔："（刘）琦病死，群下推先主为荆州牧，治公安。权稍畏之，进妹固好。先主至京见权，绸缪恩纪。"（时在建安十四年）

作者简介

陈迩冬（1913—1990），原名陈锺瑶，字蕴庵，笔名沈东、冬郎、皇甫鼎等。广西桂林人，早年就读于广西省立师范专科学校（今广西师范大学）中文系，作家、出版家、古典文学专家，有"桂林才子"之称。建国后，先后在山西大学、人民出版社等单位任职。著有《九纹龙》《最初的失败》《战台湾》《李秀成传》《陈迩冬诗文选》《闲话三分》等。

作品信息

陈迩冬的《闲话三分》原为系列文章，原载于《光明日报·东风》（1982年8月15日—1985年7月21日），1986年结集出版《闲话三分》（浙江人民出版社），2007年由上海书店出版社再版，《读书文摘》2007年第6期选其再版本中的读史部分刊载，此处即选自《读书文摘》2007年第6期。

京剧乃有《甘露寺》《回荆州》几出戏，皆本元人杂剧《隔江斗智》及小说《三国志演义》。剧中刘备得"乔国老"之助，预用乌须药染黑胡须。其实"先主无须"，语见《蜀书·周群传》，有张裕者，其人多须，刘备引用"诸毛绕涿"一语嘲之（涿郡东西南北，特多毛姓，这里以"诸"谐音"猪"、"涿"谐音"啄"）。张裕引潞州长迁涿州长者称"潞涿君"（谐音"露啄君"）语反嘲刘备，足见刘备入蜀以后，还是无须，受人嘲弄。刘备因此恨张裕，后来借故把他杀了。

　　演义和京戏中所出现的"乔国老"其人，即桥玄。据《后汉书·桥玄传》："玄以光和六年卒，时年七十五"。即早于刘孙结亲前二十六年已作古了。那时孙权才一岁，他妹妹还未出世。此刻在"龙凤呈祥"中，岂不是出鬼吗？我们只能当作"天赐良媒"让圣诞老人登场罢了。就是孙母吴国太，也早在建安七年死了，怎么能活来主婚？甘露寺是孙权的孙子孙皓甘露元年才建筑的，如何又出现在此相婚？

　　话说这位孙小姐，原不是等闲之辈，她家据江东霸业，已经三世，她当然是江东第一小姐，嫁到荆州，又是皇叔第一夫人。"娇""骄"两字是俱有的，加上绮年玉貌，又有才识，还负有特殊使命，来做刘备的工作乃至于钳制刘备的。刘备君臣，很难对付她。《蜀书·法正传》："初孙权以妹妻先主，妹才捷刚猛，有诸兄之风。侍婢百余人，皆亲持刀侍立。先主每入。衷心常懔懔。"看来刘备是有几分怕老婆的。又，诸葛亮云："主公之在公安也，北畏曹公之强，东惮孙权之逼，近则惧孙夫人生变于肘腋之下。"这就更有几分疑她和防她了。所以刘备进军益州时，特留赵云在荆州为留营司马。"此时先主孙夫人以权妹骄豪，多将吴吏兵，纵横不法。先主以云严重，必能整齐，特任掌内事。"果然，"权闻备西征，大遣舟船迎妹。而夫人内欲将后主还吴，云与张飞勒兵截江，乃得后主还"（《蜀书·赵云传》注引《赵云别传》）。《二主妃子传》注引《汉晋春秋》亦云："先主入益州，吴遣迎孙夫人。夫人欲将太子归吴，诸葛亮使赵云勒兵断江，留太子，乃得止。"这就是演义六十一回《赵云截江夺阿斗》所本。看官们可以想见，诸葛亮不动声色注意于后，赵云出入防范于前，他们随时都是提心吊胆的。

　　孙夫人为什么要带走阿斗？无非是东吴想搞到一个"人质"。结果人质弄不到手，孙夫人一回娘家，便永远与刘备劳燕分飞了。

这种扣留人质的想法，东吴原是在刘备本身上打主意的。《蜀书·庞统传》注引《江表传》："先主与统从容宴语，问曰：'卿为周公瑾功曹，孤到吴，闻此人密有白事，劝仲谋相留，有之乎？在君为君，卿其无隐。'统对曰：'有之。'备叹息曰：'孤时危急，当有所求，故不得不往，殆不免周瑜之手。天下智谋之士，所见略同耳！时孔明谏孤莫行，其意独笃，亦虑此也。孤以仲谋所防在北，当赖孤为援，故决意不疑。此诚出于险途，非万全之计也。'"在演义五十五回中有周瑜致书孙权，设谋软困刘备一段话，大概就是由此而来，也与《吴书·周瑜传》相符。

孙夫人既还吴，刘备就在成都另娶了吴夫人——刘瑁的遗孀。这时东吴袭取荆州，关羽败亡，吴蜀一度成为敌国。孙刘两家的政治婚姻，原是想巩固两家联盟的，也破裂了。夷陵之战刘备失败以后，孙权遣使请和，联盟初步恢复，但"鸳梦"已不能"重温"了。

政治婚姻，没有爱情基础，只算是一场戏而已。"舞台妆卸罢，同是陌生人。"可哀的是孙夫人，做了她哥哥的牺牲品。

曹操的女婿

建安十八年（公元二一三）秋，曹操将三个女儿——曹宪、曹节、曹华，献给汉帝，想必这是曹操杀了受"衣带密诏"的董承，并株连其女董贵妃之后，给献帝以三抵一的"补偿"吧。献帝封她们为贵人。据《三国志·魏书·后妃传》，贵人魏称贵嫔，是皇帝的高级小老婆，其身份、地位仅次于皇后。次年，曹操酖杀了皇子二人，并把他们的母亲伏皇后幽禁致死。又次年，曹节就被立为皇后。这样一来，曹操不仅是汉丞相、魏公，而且是汉天子的丈人了（当他女儿未进位皇后，曹操尚不能把献帝刘协视作女婿）。

说到曹操的女婿，本来另有两位待选者：一位是才子丁仪，一位是神童周不疑。丁仪是曹植的死党，周不疑是曹冲的好友。曹操倘得丁、周二人为婿，自己以"老伯"身份进而为丈人，当是很自然的事，历史上也许会留下一段佳话。然而婚姻不成，周不疑先把性命送掉。

《零陵先贤传》："周不疑字元直，零陵人。幼有异才，聪明敏达。太祖欲以女妻之，不疑不敢当。太祖幼子仓舒（曹冲）凤有才智，谓可与不疑为俦。及仓舒卒，太祖心忌不疑，欲除之。文帝（曹丕）谏以为不可。太祖曰：'此人非汝能驾御也。'乃遣刺客杀之。"

（按：不疑死时在建安十三年曹冲死后不久，可能是年末，也可能是十四年死的，不疑才十七岁。这时，曹操既大败于赤壁，又丧爱子于许都，迁怒之下，周不疑就做了牺牲品。）

在唐人的著述里，还残存着有关周不疑的记载。如《北堂书钞》卷一一八："曹操攻柳城不下，图画形势问计策，周不疑进十计，攻城即下。"又如《艺文类聚·祥瑞部》引周不疑作《白雀颂》云。

可见，周不疑小小年纪，文能作赋，武能用兵，确是不凡，曹操择婿，是很有眼光的。不肯做曹家姑爷，即杀之，更是奸雄本色。

另一位想做曹家姑爷而不得的丁仪，却被曹丕杀了。《三国志·魏书·陈思王传》："文帝即王位，诛丁仪、丁廙，并其男口。"注引《魏略》："丁仪字正礼，沛郡人也。"他的父亲丁冲，与曹操是旧交。曹操听说这位故人之子是佳士，"欲以爱女（清河公主）妻之，以问五官将（即五官中郎将曹丕），五官将曰：'女人观貌（看对方的容貌美不美），而正礼目不便（丁仪眼睛有缺陷——目眇）。诚恐爱女未必悦也。以为不如与伏波子楙（伏波将军夏侯惇之子夏侯楙）。'太祖从之。"这样，夏侯楙本是曹操的族侄（曹操父亲本姓夏侯，过继给太监曹家为子，曹操与夏侯楙原是从兄弟），却做了魏国驸马。若论封建社会的礼法，或者现在的婚姻法，曹操都是违法的。因为他们明明是同姓，又还在五服之内。

且说丁仪做了丞相的掾（属吏），曹操与之接谈，听其议论，大加赏识。曹操说："丁掾，好士也。即使其两目盲，尚当与女，何况但眇？是吾儿误我！"原来曹操选婿，重才不重貌，与其子女异趣。丁仪也因为不得尚公主，遂恨曹丕而更亲近曹植。曹操死后，曹丕袭王位，就贬了曹植，杀了二丁，事在汉延康元年（公元二二〇）。

那已是魏国统治者内部的政治斗争，无关那位清河公主了。

至于清河公主嫁了夏侯楙以后，并不是好姻缘。膏粱子弟夏侯楙由于少时与曹丕交好，曹丕即位后，给他做安西将军，都督关中。"楙性无武略，而好治生，……在西多蓄伎妾，公主由此与楙不和。"（据《魏略》）

清河公主是曹操的长女，名字待考。曹操还有哪些女儿？《三国志》均无明文，此亦古史官重男轻女之一例也。

司马懿装病

建安十三年（公元二〇八）似乎是曹操"三生有幸"之年，他做了丞相，三方面的三个人才他都会遇了：司马懿、周瑜、诸葛亮。前一个当了他丞相府的"文学掾"，作为他的属吏。也是他的智囊。后两位是在战场上给他表演了战争艺术，他深受教益。这年，曹操五十四岁，是老作家、兵家、政治家。司马懿三十岁，周瑜三十四岁，诸葛亮二十八岁，都还是青年。

但又可说是曹操最不幸的一年，赤壁（准确地说应是乌林）之役，他狼狈败退，放弃了荆州，又送掉许多人的性命。令人毛骨悚然的是：这位被他强迫出来做官的司马懿，在四十四年后，开始剪除曹氏的羽翼，司马子孙杀戮曹氏子孙，终于代曹氏而有天下。

司马懿是河内（今河南）温县人，家庭为中原高级士族。东汉末世门第观念还很重，高级士族是看不起"阉宦"后裔曹操的（曹操本是夏侯氏之子，过继给曹家，其祖父曹腾是桓帝时的太监），虽说曹氏是汉初相国曹参之后，但那已隔了四百年了。曹操想争取高门世族在政治上与他合作，不惜用种种手段来罗致人物。偏偏司马懿不买他的账："帝（懿）知汉运方微，不欲屈节曹氏。辞以风痹，不能起居。魏武使人夜往密刺之，帝坚卧不动。"这是早在建安六年事，装风瘫装到这一步，总算蒙混过了。

但总有露马脚的时候。有一天，司马懿叫人曝书，忽天将雨，一时旁边无人，他怕淋坏了书，急忙起身收拾这些竹帛，大概司马懿是很爱书的。事后他的夫人对他说：你今天所为给某婢看到了，幸好只她一个，别人不知。我已将她秘密处死了。

但司马懿究竟抗不过曹操。曹操做了丞相又叫人去找他，并有令：他如果再盘桓不来，就捕杀之。这样，司马懿终于敬酒不吃吃罚酒，做了曹操的谋士。

曹操是听了崔琰称誉司马懿的话："聪亮明允，刚断英特"，才用司马懿的。崔琰的评语，实不如后来唐太宗李世民的论断：司马懿是个"雄略内断，英猷外决""情深阻而莫测""饰忠于诈"的人。《晋书》也说他"内忌外宽""多权变"，由他青年时装病就可以看出。

曹操与他相处后，也察觉他"有雄豪志"，又闻他"有狼顾相"，"欲验之，乃召使前行，令反顾，面正向后而身不动。又尝梦三马同食一槽，甚恶焉。因谓太子丕曰：司马懿非人臣也，必预汝家事！……"但是你会防，他更会装，装善、装忠、装勤，装得跟曹丕好得不得了，"于是魏武之意遂安"。

司马懿是持久装，一直装到曹丕死，又装到曹叡死，还最后一次装病搞首都军事政变，那就是《三国志通俗演义》中的《司马懿谋杀曹爽》和《司马懿父子秉政》《三国演义》上的《司马懿诈病赚曹爽》。看官看演义，你看他装得多像真病啊！又是风瘫，听觉失聪，动作失灵，牵衣衣落，食粥流到胸，说话颠三倒四，总之，完全是"尸居余气，形神已离"了。但几天后，他一夜之间，就"力疾将兵，诣洛水浮桥，伺察非常"！"诛曹爽之际，支党皆夷及三族，男女无少长，姑姊妹女子之适人者皆杀之，既而竟迁魏鼎云。"

演义着重写后来司马懿装病消灭了曹氏的事，却轻易地放弃了前段装病拒绝曹氏的好材料、好情节，不能不说是罗贯中之失。

（文中材料引自《晋书·宣帝纪》）

托孤比较篇

托孤的事，吴、蜀、魏皆有之。

汉建安五年（公元二〇〇），孙策遇刺受重伤，医治无效，临终以二弟孙权托

付张昭，对张昭说："若仲谋不任事者，君便自取之。"（语见《三国志·吴书·张昭传》注引《吴历》）

蜀汉章武三年（公元二二三），刘备征吴兵败后，病笃，以长子刘禅托付诸葛亮，他与孙策当年无独有偶，说了同样的话："若嗣子可辅，辅之；如其不才，君可自取。"（语见《三国志·蜀书·诸葛亮传》）

"托孤"的"孤"，厥有二义：一、幼小之谓；二、无父之谓。孙权继孙策，弟承兄业，时年十八；刘禅继刘备，子承父业，时年十七。两人岁数，皆未及冠，就做众人"主子"，父兄是不放心的。因为放不下心才托孤。所托付的人，当然是关系密切，而又资望才具俱高的人。像张昭在吴，足以当之；诸葛亮在蜀，更是没有第二人。孙策、刘备对张、诸葛都是早已遴选好了的。然而，英雄之主如孙策、刘备，对其最信任的人也就是最疑忌的人，故托付之时，把话当面说透——透底！再没有可以保留的言语了。

这样透底的话，可谓"智者不失人，亦不失言"。说话的主观意图究竟怎样？在下不敢代孙、刘回答，客观效果是人人看得到的：由于张昭尊孙权，"然后众心知有所归"，刘禅表示"政由葛氏，祭则寡人"，诸葛亮乃"鞠躬尽瘁，死而后已"。终孙权、刘禅之世，虽然一个是霸主，一个是庸君，两不相同；但相同的是未闻张昭、诸葛亮有任何异想、异动。话说到透底了，可以保证几十年的安定不移——孙策死后，孙权掌握东吴政权五十三年；刘备死后，刘禅做了四十二年的蜀汉皇帝。

而曹魏的托孤则不然。

曹丕死于黄初七年（公元二二六），病笃时"召中军大将军曹真、镇军大将军陈群、征东大将军曹休、抚军大将军司马宣王（司马懿），并受遗诏辅嗣主"（《魏书·文帝纪》）。

嗣主是曹叡，曹丕的儿子，时年廿二，不算小了。一登基就得到群下的爱戴，刘晔誉之为"秦始皇、汉孝武之俦，才具微不及耳"（《魏书·明帝纪》注引《世语》）。顾命大臣四人中两位是宗室（曹真、曹休），一个是元老重臣（陈群），司马懿是野心家，但不敢有任何动作，只是养望以待异日。等到曹叡做了十四年皇帝，又托孤时（景初三年，公元二三九年），司马懿在魏国的地位和威望已是很高了（时已为太尉），曹叡把八岁的曹芳托付于他和大将军曹爽（曹真的儿子）。话说得很哀："吾疾甚，以后事属君，君其与爽辅少子。吾得见君，无所恨！"（《魏书·明帝纪》）又注引《魏氏春秋》，曹叡对司马懿说："死乃复可忍，朕忍死待君，君其与爽辅此（子）。"没有孙策、刘备那种爽利透底的话，而是一味求人哀怜的嘱托，有十分信，无半分疑，这样倒断送了曹氏政权，且遗祸患于后三世：曹爽及曹氏连同夏侯家族被司马懿剪除了；曹芳被司马师废掉了；另立的新君曹髦，又被司马昭杀了；最后一个皇帝曹奂，司马炎干脆要他禅位。于是魏亡，天下是司马氏的。

窃以为曹操不该逼司马懿出仕，加以他的子孙魏文帝不武，魏明帝不明，所托非其人，所言止半截，失人又失言，遂使司马氏得逞。统计由曹丕黄初元年（公元二二〇）起，至曹奂咸熙二年（公元二六四）止，魏国历五帝，不过四十四年耳。仅比刘禅多二年，还不及孙权的统治长久呢。

替赵子龙抱不平

赵云是三国时名将，演义中写得他武艺超群，心细胆大，作风好，高姿态，识大体。小说家这样塑造赵将军，是无可非议的。毛本"五虎将"列为关、张、赵、马、黄，把《三国志》列传和罗氏原本的次序：关、张、马、黄、赵的"赵"提高到第三位，一是赵云与刘备的关系，仅次于关、张；二是演义中写赵云事迹与功劳，实多于马、黄。

《三国志·蜀书·赵云传》：赵云"本属公孙瓒，瓒遣先主为田楷拒袁绍，云遂随从，为先主主骑。"《赵云别传》："时先主亦依托瓒，每接纳云，云得深自结托。"……"先主与云同床眠卧。"后来"云以兄丧，辞瓒暂归"。等到重见刘备，他就跟定了。刘备投袁绍，他跟着；依刘表，他也跟着。只有征益州时，赵云留在荆州跟诸葛亮。就有截江夺回五岁的阿斗，不怕得罪孙夫人的事；比上一次长坂坡"七进七出"救出不满两岁的婴儿阿斗和保护甘夫人，似乎难度还大些。因为战场上对敌军，尽管拼命厮杀，船舱里对"主母"，要做到有理、有利、有节，与张飞做好做歹地对付她。还有，婴儿可藏于衣甲之内，学龄前儿童会说会闹，蹦蹦跳跳，从他娘手中抢过来，你道难不难？赵云之于刘备，可谓不负所托，完成任务。忠矣勇矣！至矣尽矣！

后来荆州失陷，关羽败亡。刘备称帝，首先伐吴。赵云谏言："国贼是曹操，非孙权也。且先灭魏，则吴自服。操身虽毙，子丕篡盗。当因众心，早图关中，居河、渭上流，以讨凶逆。关中义士必裹粮策马，以迎王师。不应置魏，先与吴战，兵势一交，不得卒解也。"刘备不但不听他，而且不用他，把他与诸葛亮同留在后方。诸葛亮也是不主张对吴用兵，从来是坚持联吴伐魏的。刘备这时很可能把赵云看作"葛派"。

揣刘备之用心，未必像演义所渲染的为关羽报仇，只是想争荆州。自计北伐力量不足，且运兵困难；东征则有余，顺流而下，拣较弱、较易的打。自己口口声声"光复汉室"的话不说了，诸葛亮的"隆中对"决策不顾了，什么人劝也听不进耳了。结果被陆逊反攻得一败涂地；被孙桓追得"逾山越险，仅乃身免"，还说"吾昔初至京城，桓尚小儿，而今迫孤乃至北也！"

这且按下不表，话说诸葛亮北伐初出祁山，就打了败仗，斩了马谡；自贬三级。马谡街亭这一路是对张郃；另一路是出斜谷，以赵云、邓芝对曹真，"云、芝兵弱敌强，失利于箕谷，然敛众固守，不至大败。军退，贬为镇军将军（赵云原任中护军、镇东将军、封永昌亭侯。据《赵云传》）。马谡更是"葛派"，不得不斩；赵云不得不贬；以示不包庇徇私。其实应由诸葛亮负责。所以他上疏云："……至有街亭违命之阙，箕谷不戒之失，咎皆在臣授任无方。"可见街亭与箕谷并论，只是有所重轻罢了。演义写赵云不损一人一骑，全师而退，那是小说家不忍在他塑造的英雄脸上带有一点黑。

赵云对于刘氏父子，是没有丝毫可非议的。然而刘备晚年，不重视他。他在蜀汉群臣中，地位不高，当刘备自立为汉中王时，群臣上表汉帝（献帝），署衔名的为首是平西将军都亭侯臣马超，以下是许靖、庞羲、射援、诸葛亮、关羽、张飞、黄忠、赖恭、法正、李严等，赵云就"等"在以下"一百二十人"之内。再后刘备称帝，上表劝进的又没列赵云的衔名。

刘备死后，刘禅继位，这位阿斗小皇帝十七岁，一切听从诸葛亮。诸葛亮死了，听从蒋琬。蒋琬死了，他才亲政，其时他已四十岁了。较之孙策十七岁起兵，二十五岁平定江东，孙刘两家儿子，真有虎豕之差，殊不料赵云两次救出的，竟是一个窝囊废。

而这位后主，却未尝记得赵云。《赵云传》："初，先主时，惟法正见谥。后主时，诸葛亮功德盖世，蒋琬、费祎荷国之重，亦见谥，……夏侯霸远来归国，故复得谥，于是关羽、张飞、马超、庞统、黄忠及云乃追谥……"由于"外议云宜谥"，"大将军姜维等议……应谥云曰'顺平侯'"，这才最后一个追谥的。事在追谥关、张、马、庞、黄的第二年。时为景耀四年，阿斗亲政已十五年，距离蜀亡只三年耳。

"汉家待功臣薄"，大皇帝如刘邦（高祖）、刘彻（武帝），到最后一个小皇帝刘禅，也是忘恩负义！让他"乐不思蜀"，做降魏的"安乐公"去罢。

| 创作评论 |

仅看报上的题目：他不用《三国演义》而用"三分"，就知道他的用意和写法，是兼指史实与小说的，是要把《三国志》和《三国演义》结合起来谈的。果然，一篇又一篇证实了我的看法，一篇又一篇解答了过去存在已久的一些疑问。他用轻松的笔调，闲谈的方式，生动活泼，结构灵便，一篇讲一件事，自成单元，联合成书，又首尾完具，让人看起来有趣味，放下书有想头，深入浅出，亦文亦史，的确是不可多得的一本案头清供。

——顾学颉：《看完〈闲话三分〉的闲话》，载陈迩冬《闲话三分》，浙江人民
　　出版社，1986，第7—8页

迩冬治学，旁搜冥求，常能在灯火阑珊处，蓦然发现出不寻常。但他决不大声

张扬，却待读者去品味。他的文章耐人思索，但有时也会显得有些儿冷僻。其实这才是他独特的风格。我和他有几十年的交谊，他在治学上，对我一直有吸引力，也正在这些方面。

——端木蕻良:《外行话〈三分〉》，载陈迩冬《闲话三分》，浙江人民出版社，1986，第14页

迩冬是诗人，兼工新旧，无论在旧体诗还是新诗中，都善于把西方现代派的方法和中国宋诗的传统融会得毫无痕迹，他的文章是诗人之文，写得玲珑剔透，谈艺是他的擅长，这些我们都是熟知的。《闲话三分》则以随笔和杂文的形式，治考史与谈艺于一炉，一向玲珑剔透的文笔，现在又兼有沉着痛快之美，我们都不能不惊叹迩冬文章之老更成了。

——舒芜:《说历史要能撄现代人心——评陈迩冬〈闲话三分〉》，载舒芜《串味读书》，辽宁教育出版社，1995，第309页

斗米粽

古 笛

　　"永淳大番薯（红薯）""永淳大头菜""永淳大年粽"历年来都大得出了名。红薯大得像个肥猪仔，头菜大得像个胖娃娃！说到年粽，人们逢年过节常见的一般不外是三五斤糯米包一个，顶多也不会超过十斤米，这亦算不小了。然而，我小时候曾见过：一斗糯米、六升绿豆、八只猪脚、一百二十张粽叶、三十条新打牛绳包成一个的特大年粽，活像一只小牛牯，简直是大得惊人！

　　几十年过去了，少年时代那个大年粽给我留下的美好印象，至今依然很深、很

作者简介

　　古笛（1932—2013），原名施学贵，曾用名施觉零，笔名施歌、方人也、角铃、鼓角等。壮族。广西南宁人。1949年毕业于广西永淳中学，1950年入伍，1955年复员。历任邕宁县文化馆馆员、广西歌舞团创作员、广西艺术创作中心调研员、广西民族文化艺术研究院研究员。先后在中央、地方各级报刊发表、上演、播出的戏剧、诗词、歌曲、曲艺、散文以及各种评论文章等达千余篇（首、出），其中获省、自治区以上奖励的有百余篇（首、出）。著名歌舞剧《刘三姐》执笔人之一。国家一级编剧，享受国务院特殊津贴专家。中国作家协会会员，中国音乐家协会会员，中国戏剧家协会会员，中国诗歌协会会员，中国少数民族作家协会会员，中国少数民族音乐学会会员。著有诗集《山笛》、词集《唱诗》等。后结集出版有《古笛艺文集》。

作品信息

　　原载《民族艺术》1986年第2期。

深。记得我刚满十二岁的那年，读高小还没毕业就去试考永淳初级中学；当时全县报考的总数多达七百余人、而学校只招收一个班；没想到我竟然考上了榜首前三名。消息有如春雷炸响传到了我们壮族山村。这可真不得了，乡亲们出圩入市、串村走寨无不奔走相告，竟又都夸大其词："×家出了顶子了！""××中了状元了！"就这样一传十、十传百，于是乎贺喜的人流在春节期间涌进了我的家门！抱来红冠的雄鸡、抬来陈年的香糯坛酒、捧来饱满的绿豆、挑来雪白的糯米、捎来宽大的粽叶、送来新打的牛绳……舞着狮子，敲起锣鼓，鸣号放炮，好不热闹。人们在一片祝贺声中，争着给我披红挂彩，并欢呼："中罗！中罗！编燕糍王方罗！"（壮语）其意是："中罗！中罗！包大粽罗！"亲友们按照自古以来的习俗惯例：凡考取榜首者都得献礼包大粽，借其谐音示意为"包大中"，一来向主家庆贺高中了！二来大家认为是大中了！图个吉利；引以为荣。

于是，包大粽的"筹备委员会"自发地成立了、大家公推村里三代双全、四代相见众望所归的长者成了当然的主持人，他一声令下，人们不由分说就动手从我家的猪圈里拖出两头大肥猪立即宰了，并首先割下八只猪脚洗刷干净留作大粽的肉馅。与此同时，众人中选出四个手艺麻利的能干巧妇，先以柚叶煮水沐浴，她们以圣洁的身手浸洗一斗香糯，磨泡六升绿豆，涤净一百二十张又大又长的粽叶，并采集香芒、板栗、草菇、腊味等等，切碎捣溶拌和着酱料，然后把八只剖开的猪脚一同用盆腌起。另外，由推选的四个壮汉把我家大门的两扇门板拆下，用四条长凳架着铺展在堂前庭中，作为巨大厚实的案板，准备包粽。然后，四个巧妇把一张张粽叶如同编织壮锦摆满了门板；再将浸洗过的一斗糯米倒在铺开的粽叶上；接着，脱了壳的六升绿豆、腌过香料的八只猪脚，都先后放进糯米槽中，末了将边沿的糯拢起掩盖着绿豆和猪脚，最后一道工序是把所有的粽叶从四面八方将糯米、绿豆等裹起来。四个大汉同时配合着用三十条新牛索一条条地将大粽捆个结实。白发银须的长者下令鸣炮，四个大汉在三响地炮声中，同时大吼一声：起！合力把巨大的"斗米粽"扛到我家大门前的草坪上，将它装进预先准备好宽约三尺，高约五尺的大水缸里。乡亲们也纷纷动手挑来了谷壳、草皮（铲草积肥用）柴枝、芒茅等等，环绕着水缸一圈圈地堆放看。做好准备只等点火煮粽了。

入黑，村里是年将要出嫁的姑娘和她的十姐妹们，一个个身穿崭新的蓝靛衫，头插银簪，手戴玉镯，脚踏绣鞋，挑着一对对水桶，像一串夜来香花悄悄地向村边的水井走去。与此同时，村里是年将要结婚的小伙和他的十兄弟们，也都穿上节日的盛装，去村外砍来一根根丹竹，扛到小草坪水缸旁边架起了引水竹笕。不一会儿，担水的姑娘们回来了，每个捅里都浮出一株艳丽的野蔷薇，她们笑盈盈地把水桶轻轻地放在草坪上。这时欢跃的小伙都像离弦的箭，奔向姑娘们，争着要把水桶提到早已搭好的水笕台，然后一桶一桶地倒进水槽，让森森清泉顺着引水竹笕灌满了水缸。别有情趣的洒花水开始了，姑娘们手执蔷薇把泉水拂到小伙子们的脸上，欢乐的山歌唱起来了：

天旱三年不落雨
难得春水洒珍珠。

小伙子唱罢，姑娘们也亮起金嗓答歌：

甘蔗苦瓜同田种，
苦中有甜共一枝。

歌声把村里的男女老少都引来了，连天上的星斗也跳出云头眨着笑眼远远地谛听。

鸡叫第一声时，"斗米粽"的主持人——德高望重的长者，举着蔗渣火把到水缸边点燃了第一圈谷壳；于是，篝火熊熊燃烧。照红了人们的笑脸，辉映着层层寨楼。笑声伴随着歌声，一阵阵飘出田野，缭绕夜空！青年跟青年对唱；老年同老年对唱；孩子们也和孩子们对着唱……情歌、赞歌、祝福的歌；猜谜的歌；古歌、童谣一齐交响，欢天喜地，汇成了欢乐的海洋！人们一边唱歌，一边剥着花生种，把豆壳抛进火中助燃；有的手缉青麻，口唱山歌；有的则唱着童谣玩陀螺；有的还一面编织斗笠、簸箕、扫把……一面与人对歌。手持禾叉的四条大汉不时把柴火拨弄，火苗串串，热气腾腾！水缸冒烟了，"斗米粽"在散发着香味！十姐妹在向竹笕里添水；十兄弟在向水缸旁添火；众人也在向歌场添歌；夜越深，情越浓，越唱越红火！一夜过去了，当太阳升起时，人们纷纷散入村巷，走向田野；忙过一天后，晚上回来又都云集到草坪上，重新为"斗米粽"加水、添柴，唱歌。如此七天七夜，最辛苦的是十姐妹和十兄弟；十姐妹每天鸡叫三遍天刚亮就得赶到井边抢挑春水（新水），而晚上还得对歌到深夜呢！十兄弟每天忙于耕耘之外，也还要上山铲草皮、拾柴火、挑回来煨煮"斗米粽"。老年人和小孩子只是凑热闹罢了。当然，年青人总是苦中有甜而自得其乐的。作为"斗米粽"的借题发挥者，我每天晚上都坐在人们中间，静听老辈、同辈、晚辈的歌师、歌手们唱歌，也像"斗米粽"那样慢慢地吸收清泉，暗暗地被篝火煨暖烤熟；心热了偶尔也跟兄弟姐妹们学唱几声歌。

七天七夜过去了，第八天天一亮，鞭炮声中四条汉子在长老的指挥下，把"斗米粽"从水缸中取出，抬到我家庭院的大门上；然后由长老解开捆粽的牛绳；四个巧妇随着将粽叶打开；热腾腾，香喷喷的"斗米粽"展现在人们的面前。接着先由我的堂祖父（族长）亲手以锅铲剖开"斗米粽"，再由我的父亲作为主人装满一碗捧给长老先尝；长老接过粽碗高高举过头顶带头唱起解粽歌：

中了中了高中了，

大粽（中）小粽（中）一齐开

子孙万代都包粽（中），

四面八方出人才！

一人领唱众人和，歌声中人们见者有份地，手抓、筷夹、碗盛……你尝一口，我尝一口，他也尝一口，熙熙攘攘，喜气洋洋地分享着"斗米粽"的福分。不论族内族外，近邻远客，亲的疏的……都可以品尝"斗米粽"，一直到把"斗米粽"吃完为止。

最后，妇女们争着抢要一张张粽叶"打包"（用粽叶包点粽馅）带回家去，作为"高中"的种籽给她们的儿女分吃。而汉子们则抢要那些捆粽的牛绳，拿回家去意味着有壮牛在手利于耕耘。到此，"斗米粽"这一盛大隆重的仪式算是完毕了；随着是由我家杀猪宰羊、削鸡削鸭、打开坛酒，宴请亲友。人们又整整地畅饮一天，然后在鼓乐声和歌声中散去，走向村市，漫向田野……"斗米粽"在人们心中涌甜，糯米酒在田园上飘香！

事过数十年了，解放后再也难以看到"斗米粽"。然而，我把过去乡亲们对我的鼓励，看成是"众人拾柴火焰高"一直在鼓励着我自己，我的成长离不开生养我的母土的栽培，我的学识来自我的父辈的熏陶；人民给我以智慧，我把智慧还给人民。这就是我经常下乡进行民族文艺辅导工作中所说的："宁饮家乡酒，不收父老钱"的意愿之魂。但愿我的民族人才辈出，一代胜过一代；为建设祖国，为美化家乡做出无穷的贡献；将来，我想一定还会包更多更大的"斗米粽"哩！

｜文学史评论｜

古笛是著名的壮族歌词作家，诗人。……古笛的诗，凝聚着对新生活极其强烈的爱感。"热爱他的山乡，热爱他的民族，热爱社会主义生活。这三种感情，是古笛全部诗歌的基调"（秦似序）。评价是恰如其分的。……古笛诗作题材广泛，民族风情，边疆风云，城市花絮，农村短笛，昨日的硝烟，今天的笑语……都流露于诗人笔端，他的诗歌风格更多是接受了民歌和古词的影响。由于诗人作诗角度变换不多，给人一种单调感，诗的立意方面，追求也不够，故而影响了思想深度。这是有待诗人去克服的。

——梁庭望、农学冠编著《壮族文学概要》，广西民族出版社，1991，第381—383页

古笛的诗，以反映广西各族人民的新生活为主要题材，有显著的民族特色和地方色彩。他把诗歌创作的艺术镜头，对准各族人民生活的场景，摄下了一个个闪光

的动人的画面。如果说他的《山笛》集是一册录像簿的话，那么，我们就可以从中看到壮家的青山，瑶寨的绿水，侗乡的春色，苗岭的秋光，彝寨的丰收粮，仡佬冲的马达隆隆响。各族人民独具特色的生活风貌给他提供了抒之不尽，歌之不竭的诗情，吐露出一股沁人心扉，新鲜的生活气息。

——黄绍清:《壮族当代文学引论》，广西师范大学出版社，1993，第269页

▎创作评论▎

古笛热爱他的山乡，热爱他的民族，热爱我们国家充满生气的社会主义生活。这三种感情，可以说是古笛全部诗歌的基调。他的诗，常常把我们带到他所最熟悉的壮族的农村，让我们呼吸到那里的芬芳气息……古笛也在探求着诗歌的形式，在这方面，我认为他受民歌的影响是很深的，他在寻找一条以民歌传统为主的诗歌形式道路。他不少的诗，每节末句前的一句，都用"呵""哟""咧"等可以拉长声音的语气词，这就是从壮族民歌传统吸取过来的。现在流行的《刘三姐》山歌，正使用这种基调。此外，古笛比较注意节奏的分明与匀称，这也是民歌所具有的特点。

——秦似:《山笛·序》，载古笛《山笛》，漓江出版社，1982，第2—4页

侠影下的梁羽生

柳 苏

在香港、台湾、南洋、北美、西欧的华人社会中，有着两位"大侠"，一位是"金大侠"金庸，一位是"梁大侠"梁羽生，尽管他们都是西装革履之士，一点也不像人们想象中短衣长剑的英雄人物。

他们之有"侠"名，不在于剑，只在于书，在于那一部又一部的"新派武侠小说"书。他们都是各有等身著作的作者。金庸大约有十五部四十册，而梁羽生却有接近四十部之多。一个是《金庸作品集》，一个是《梁羽生系列》——取名"系列"，真够新派！

作者简介

柳苏（1921—2014），原名罗承勋。1921年生于广西桂林。笔名丝韦、罗孚、辛文芷、吴令湄、文丝等。1941年在桂林加入《大公报》。先后在桂林、重庆、香港三地《大公报》工作。曾任香港《大公报》副总编辑，香港《新晚报》编辑、总编辑。解放前，以"罗承勋"闻名，解放后，"罗孚"取代了"罗承勋"，20世纪80年代则以"柳苏"闻名。著有《罗孚文集》七卷。被誉为"香港文学界的伯乐""金庸梁羽生武侠小说的催生婆"。

作品信息

原载《读书》1988年第3期。收入《香港文坛剪影》（生活·读书·新知三联书店1993年版）、《南斗文星高——香港文人印象》（大象出版社2010年版）、《南斗文星高》（中央编译出版社2010年版）、《繁花时节·罗孚集》（中华书局〔香港〕有限公司2012年版）等。

谈新派武侠小说，如果不提梁羽生，那就真是数典忘祖了。金、梁并称，一时瑜亮，也有人认为金庸是后来居上。这就说明了，梁羽生是先行一步的人，这一步，大约是三年。

梁羽生的第一部武侠小说是《龙虎斗京华》，金庸的第一部武侠小说是《书剑恩仇录》，都是连载于香港《新晚报》的。一九五二年，香港有一场著名的拳师比武，擂台却设在澳门，由于香港禁止打擂而澳门不禁。这一场比武虽然在澳门进行，却轰动了香港，尽管只不过打了几分钟，就以太极拳掌门人一拳打得白鹤派掌门人鼻子流血而告终，街谈巷议却延续了许多日子。这一打，也就打出了从五十年代开风气，直到八十年代依然流风余韵不绝的海外新派武侠小说的天下。《新晚报》在比武的第二天，就预告要刊登武侠小说以满足"好斗"的读者，第三天，《龙虎斗京华》就开始连载了。梁羽生真行！平时口沫横飞坐而谈武侠小说，这时就应报纸负责人灵机一动的要求起而行了——只酝酿一天就奋笔在纸上行走。套用旧派武侠小说上的话，真是"说时迟，那时快"！

梁羽生其所以能如此之快，一个原因是平日爱读武侠小说，而且爱和人交流读武侠小说的心得。这些人当中，彼此谈得最起劲的，就是金庸。两人是同事，在同一报纸工作天天都要见面的同事；两人有同好，爱读武侠，爱读白羽的《十二金钱镖》、还珠楼主的《蜀山剑侠传》……很有共同语言。两人的共同兴趣不仅在读，也在写，当梁羽生写完了《龙虎斗京华》时，金庸也就见猎心喜地写起《书剑恩仇录》来了。时在一九五五，晚了梁羽生三年。

颇有人问：他们会武功么？梁羽生的答复是：他只是翻翻拳经，看看穴道经络图，就写出自己的武功了。这样的问题其实多余。有谁听说过施耐庵精于武功？又有谁听说过罗贯中是大军事学家的？

正像有了《书剑恩仇录》才有金庸，梁羽生也是随着《龙虎斗京华》而诞生的，他的本名是陈文统。金庸的本名是查良镛，金庸是"镛"的一分为二。梁羽生呢？一个"羽"字，也许因为《十二金钱镖》的作者是宫白羽吧。至于"梁"，这以前，他就用过梁慧如的笔名写文史随笔，还有一个笔名是冯瑜宁，冯文而梁史。

梁羽生在岭南大学念的却是经济。金庸在大学读国际法，梁羽生读的是国际经济。但他的真正兴趣是文史，是武侠。他们两人恐怕都没有料到，后来会成为武侠名家，而且是开一代风气的新派武侠小说的鼻祖。

新派，是他们自命，也是读者承认的。平江不肖生《江湖奇侠传》之类的老一派武侠小说，末流所及，到四十年代已经难于登大雅之报了，或者不说雅就说大吧，自命为大报的报纸，是不屑刊登的，它们就像流落江湖卖武的人，不大被人瞧得起。直到梁羽生、金庸的新派问世，才改变了这个局面，港、台、星、马的报纸，包括大报，特别是大报，都以重金做稿费，争取刊登，因为读者要看。南洋的报纸先是转载香港报纸的，由于你也转载，我也转载，不够号召力，有钱的大报就和香港的作者协议，一稿两登，港报哪一天登，它们也同一天登出，这样就使那些不付稿费只凭剪刀转载的报纸措手不及，而它却可以独家垄断，出的稿费往往比香港报纸的稿费还高。

新派，新在用新文艺手法，塑造人物，刻画心理，描绘环境，渲染气氛……而不仅仅依靠情节的陈述。文字讲究，去掉陈腐的语言。有时西学为用，从西洋小说中汲取表现的技巧以至情节。使原来已经走到山穷水尽的武侠小说进入了一个被提高了的新境界，而呈现出新气象，变得雅俗共赏。连"大雅君子"的学者也会对它手不释卷。

港、台、美国的那些华人学者就不去多说了。这里只举著名数学家华罗庚为例，他就是武侠小说的爱好者，一九七九年到英国伯明翰大学讲学时，在天天去吃饭的中国餐馆碰见了正在英国旅游的梁羽生，演出了"他乡遇故知"的一幕，使两位素昧平生的人一见如故的，就是武侠小说，华罗庚刚刚看完了梁羽生的《云海玉弓缘》。而华罗庚的武侠小说无非是"成人童话"的论点，也是这时候当面告诉梁羽生的。

"成人的童话"，用这来破反武侠小说论者，真是不失为一记新招，尽管它有其片面性，因为不仅成人，年长一点的儿童也未尝不爱武侠如童话。

华罗庚当然是大雅君子了。还可以再提供例子，廖承志对这"成人的童话"很有同嗜，这已不是什么秘密。秘密也许在于，比他更忙或更"要"的要人，也有"不失其赤子之心"的——对"成人的童话"感兴趣的"童心"。这就无可避免地也就成了金、梁的读者。

比起既写武侠，又搞电影，又办报，又写政论，进一步还搞政治的金庸来，梁羽生显得对武侠小说更为专心致志。他动笔早，封笔迟（两人都已对武侠小说的写作宣告"闭门封刀"），完成的作品也较多。武侠以外，只写了少量的文史随笔和棋话。

梁羽生爱下棋，象棋、围棋都下。金庸是他的棋友，已故的作家聂绀弩更是他的棋友。说"更"，是他们因下棋而更多佳话。聂绀弩在香港时，虽有过和他下得难分难解而不想回报馆上晚班写时论的事；梁羽生到北京，也有过和聂绀弩下棋把同度蜜月的新婚夫人丢在旅馆里弃之如遗的事。香港象棋之风很盛，一场棋赛梁羽生爱口沫横飞地谈棋，也爱信笔纵横地论棋，他用陈鲁的笔名发表在《新晚报》上的棋话，被认为是一绝，没有人写得那样富有吸引力的，使不看棋的人也看他的棋话，如临现场，比现场更有味。

当然，棋话只是梁羽生的"侠之余"，不像文史随笔也是他的"侠之余"。他主要的精力和成就不可避免地只能是在武侠小说上。从《龙虎斗京华》《白发魔女传》《七剑下天山》《江湖三女侠》《还剑奇情录》《联剑风云录》《萍踪侠影录》《冰川天女传》《云海玉弓缘》《狂侠·天骄魔女》《武林三绝》《武当一剑》……以部头论，他的作品是金庸的两倍多以至三倍。

说"侠之余"，是因为梁羽生有这样的议论：武侠小说，有武有侠。武是一种手段，侠是一个目的。通过武力的手段去达到侠义的目的。所以，侠是最重要的，武是次要的。一个人可以完全没有武功，但是不可以没有侠义。侠就是正义的行为。对大多数人有利的就是正义的行为。

不可无侠，这是梁羽生所强调的。就一般为人来说，他的话是对的，可以没有武，不可没有侠——正义。但在武侠小说上，没有武是不成的，不但读者读不下去，作者先就写不下去了，或写成了也不成其武侠小说了。他之所以如此说，有些矫枉过正。因为有些武侠小说，不但武功写得怪异，人物也写得怪异，不像正常的人，尤其不像一般钦佩的好人，怪而坏，武艺非凡，行为也非凡，暴戾乖张，无恶不作，却又似乎是受到肯定，至少未被完全否定。这样一来，人物是突出了，性格是复杂了，却邪正难分了。这也是新派武侠小说中的一派。当然，从梁羽生的议论看得出来，他是属于正统派的。而金庸的作品却突出了许多邪派高手。

梁羽生还写过一篇《金庸梁羽生合论》，分析两人的异同。其中说："梁羽生是名士气味甚浓（中国式）的，而金庸则是现代的'洋才子'。梁羽生受中国传统文化（包括诗词、小说、历史等等）的影响较深，而金庸接受西方文艺（包括电影）的影响则较重。"这篇文章用佟硕之的笔名，发表在一九六六年的香港《海光文艺》上。当时罗孚和黄蒙田合作办这个月刊，梁羽生因为是当事人，不愿意人家知道文章是他写的，就要约稿的罗孚出面认账，承认是作者。罗孚其后也约金庸写一篇，金庸婉却了。去年十二月，香港中文大学举行了一个"国际中国武侠小说研讨会"（主持其会的是著名学者刘殿爵），任教美国威斯康辛大学的刘绍铭在参加会议后发表专文，还把这篇《合论》一再说是罗孚所作，又说极有参考价值。二十多年过去，这个不成秘密的秘密也应该揭开了。

梁羽生这《合论》可以说是实事求是的，褒贬都不是没有根据。他说自己受中国传统文化如诗词等等影响较深，这在他的作品中也是充分显示了的。他的回目，对仗工整而有韵味；开篇和终篇的诗词，差不多总是作而不述。信手拈来，这些是从《七剑下天山》抄下的几个回目："剑气珠光，不觉坐行皆梦梦；琴声笛韵，无端啼笑尽非非。""剑胆琴心，似喜似嗔同命鸟；雪泥鸿爪，亦真亦幻异乡人。""生死茫茫，侠骨柔情埋瀚海；恩仇了了，英雄儿女隐天山。"还有："牧野飞霜，碧血金戈千古恨；冰河洗剑，青蓑铁马一生愁。"可能是他自己很欢喜这一回目的境界，后来写的两部小说，一部取名《牧野流星》，一部就取名《冰河洗剑录》。

"笑江湖浪迹十年游，空负少年头。对铜驼巷陌，吟情渺渺，心事悠悠！酒冷诗残梦断，南国正清秋。把剑凄然望，无人招归舟。明日天涯路远，问谁留楚珮，弄影中洲？数英雄儿女，俯仰古今愁。难消受灯昏罗帐，怅昙花一现恨难休！飘零惯，金戈铁马，拼葬荒丘！"这一首《八声甘州》是《七剑下天山》的开场词。收场词是一首《浣溪沙》："已惯江湖作浪游，且将恩怨说从头，如潮爱恨总难休。湖海云烟迷望眼，天山剑气荡寒秋，蛾眉绝塞有人愁。"他的诗词都有工夫，词比诗更好。

他在少年时就得过名师指点。抗日战争期间，有些学者从广东走游到广西。梁羽生是广西蒙山人，家里有些产业，算得上富户，家在乡下，地近瑶山，是游历的好地方。太平天国史专家简又文（三十年代在《论语》写文章，办《逸经》杂志的大华烈士）、敦煌学及诗书画名家饶宗颐，都到梁羽生家寄居过，梁羽生也就因此得到高人的教诲。简又文那时已是名家，饶宗颐还未成名，和梁羽生的关系多少有点在师友之间的味道。

简又文和梁羽生之间，后来有一段事是不可不记的。抗日战争胜利后，梁羽生到广州岭南大学读书，简又文在岭南教书，师生关系更密切了。一九四九年，简又文定居香港，梁羽生也到香港参加了《大公报》的工作，一右一左，多少年中断了往来。"文革"后期这往来终于恢复，梁羽生还动员简又文，献出了一件在广东很受珍视的古文物给广州当局。一向有"天南金石贫"的说法，隋代的碑石在广东是珍品，多年来流传下来的只有四块，其中的猛进碑由简又文收藏，他因此把寓所称为"猛进书屋"。广州解放前夕他离穗到港时，说是把那块很有分量也很有重量的碑石带到香港了。台湾在注视这碑石。大约是七十年代初期，他终于向梁羽生说了真话：碑石埋在广州地下。梁羽生劝他献给国家。他同意了，一边要广州的家人献碑，一边送了一个拓本向台湾应付。"中央社"居然发出报道，说他向台湾献出了原碑。当时梁羽生还不知情，以为他言而无信，后来弄清楚真相，才知道是"中央社"故弄玄虚，也许他们想使广州方面相信简家献出的只是一面假碑石。但有碑为证，有人鉴定，假不了。这件事当时认为不必急于拆穿，对简又文会更好些。现在他已去世多年，这个真算得上秘密的秘密，就不妨把它揭开了吧。

老师是太平天国史的专家，家又离太平天国首先举起义旗的地方很近——蒙山西南是桂平，金田起义的金田村就在桂平。蒙山有金秀摇，容易使人想到金田村，朋友们或真以为或误以为梁羽生就是金田村的人。因此有人送他这样一首诗：

金田有奇士，侠影说梁生；

南国棋中意，东坡竹外情；

横刀百岳峙，还剑一身轻；

别有千秋业，文星料更明。

　　这里需要加一点注解。"侠影"和"还剑"是因为梁羽生著有《萍踪侠影录》和《还剑奇情录》。"棋中意"说他的棋话是一绝。"竹外情"就有趣了。苏东坡"宁可居无竹，不可食无肉"，其实是既爱竹又爱肉的，竹肉并重，但梁羽生爱的就只是肉。他已长得过度的丰满，却还是欢喜肉食如故，在家里受到干涉，每天到报馆上班时，在路上往往要买一包烧乳猪或肥叉烧带去，一边工作或写作，一边就把乳猪、叉烧塞进口里，以助文思。这似乎不像一边为文一边喝酒的雅，但他这个肉食者也就顾不得这许多了。这还不算，有时他饥不能等，在路上一边走就一边吃起来，也许这就是他自己所说的"名士气味甚浓"吧。

　　"横刀百岳峙"，说他写出了几十部武侠小说："还剑一身轻"，说他终于"闭门封刀"，封笔不写了。这就可以有工夫去从事能够流传得更加久远的写作事业，写朋友们期待他写的以太平天国为题材的历史小说了。这是千秋业，而他是可以优为之的。他应该写，谁叫他既是"金田人"，又是搞历史的呢？他应该写得好，经过几十部小说磨炼的笔，还愁写不好么？

　　梁羽生是中国作家协会的会员。他出席过作协第四次代表大会。在会上，他为武侠小说应在文学创作中占有一席地位，慷慨陈词。这在港、台、南洋一带，早已不成问题。不少学者看武侠小说，有的学者更是作古正经地在研究、讨论武侠小说。一九七七年，新加坡的写作人协会还邀请梁羽生去演讲《从文艺观点看武侠小说》呢。写了几十年武侠小说的他（当然也还有金庸），是不会对武侠小说妄自菲薄的。不知道他们同意不同意，武侠小说在许多人看来，只能是通俗文学，尽管有了他们以新派开新境，似乎还没有为它争取到严肃文学的地位。历史小说就比较不同了，它像是"跨目"的，跨越于通俗文学和严肃文学之间，可以是通俗，也可以是严肃，严肃到能够成为千秋业。劝梁羽生写太平天国的朋友，大约是出于不薄通俗爱严肃的心情吧。

增订本的《散宜生诗》有《赠梁羽生》一律："武侠传奇本禁区，梁兄酒后又茶余。昆仑泰岱山高矮，红线黄衫事有无？酒不醉人人怎醉，书诚愚我我原愚。尊书只许真人赏，机器人前莫出书。"对最后两句作者自注："少年中有因读此等小说而赴武当少林学道者，作此语防之。"要防，其实"此语"也防不了。而事实上，世间虽有"机器人"，到底是少而又少的，多的总是"真人"，不会自愚，不会自醉。聂绀弩虽然在打油赠友，却未免有些严肃有余了。

你一定要看董桥

柳　苏

谁是董桥？

在大陆，可以肯定很少有人知道。在香港，知道的人也不会太多。恐怕反而是在台湾，他的名字才印在较多的人心上。

他不是台湾人。他是一九四二年出生在福建晋江的。

他现在是"香港人"。但他只是在六十年代中期以后才到的香港，中间还离开过，到伦敦去住了六七年，才又重回这"东方明珠"。本来香港一般人都说"东方之珠"，这里故意说"明珠"，是因为他和一个"明"字大有关系，一是曾经担任了六七年之久的《明报月刊》总编辑，一是他离开不过一两年，又被请回去担任《明报》的总编辑，这是半年前的事。

今年四十七岁的他，一岁就离开了晋江，到了印尼，做了十七八年的华侨，就

作品信息

原载《读书》1989年第4期。收入《香港文坛剪影》(生活·读书·新知三联书店1993年版)、《南斗文星高——香港文人印象》(大象出版社2010年版)、《南斗文星高》(中央编译出版社2010年版)、《繁花时节·罗孚集》(中华书局〔香港〕有限公司2012年版)，入选《星斗焕文章:〈读书〉美文精粹》(生活·读书·新知三联书店2011年版)，选入《乡愁的理念》(生活·读书·新知三联书店1991年版)、《你一定要看董桥》(文汇出版社1997年版)。

到台湾念书,读的是台南的成功大学,毕业后就到了香港。在台湾的时间不过短短的几年吧。在香港,前前后后加起来也已经快有十七八年,快要超过侨居印尼的岁月了。香港势必是他居留时间最长的地方,他当然是"香港人"。

在台湾的时间短,为什么反而名气更大呢? "墙内花开墙外香"。这"墙外",是海峡那边而不是大陆这边的"墙外"。在大陆,就算文学界的人士,知道董桥的恐怕也是很少很少的。

在台湾,董桥被算为散文家。他首先是凭自己的文章,而不是凭杂志和报纸主编的身份而得名,名乃文章。

他主要的作品是散文。他的文章在香港、台湾的杂志和报纸上发表。一共结集为六个集子:《双城杂笔》《在马克思的胡须丛中和胡须丛外》《另外一种心情》《这一代的事》《跟中国的梦赛跑》和《辩证法的黄昏》。前面两种在香港出版,后面四种全是台湾的出版物。台湾远远超过了香港。大陆是一本也没有的,尽管有些香港可谓"著名作家"的书在大陆南北或沿海,都有人抢着出版。

董桥自己说出了一个秘密:书在台湾出,是怕在香港出卖不出去。

在香港,董桥甚至算不上一位作家。小小的香港有好几个作家们的组织,他好像一个也没有份。好些挂着作家幌子的活动,他似乎从来也没有参加,这可能是由于他生性爱逃避应酬,敬而远之。

就在他自己主编了六七年之久的《明报月刊》上,绝大多数时间他写的散文都只是署名"编者",直到最后的一年多才变"编者"为"董桥"。这是因为他写的是与众不同的"编者的话",不少时候,根本就和杂志本身或主编的编务没有任何关系,只是他自己在直抒胸臆,有时候也只是从那一期的某一篇文章或某一个观点引申出去,自由发挥,因此,它不是以编者身份向读者做什么交代或表白,而是一篇卓然独立,有文采,有思想,有情怀的好散文。"领异标新二月花",在他以前,简直没有人写过这样的"编者的话"。这是他独创的"董桥风格"。一开始也许你还不能接受这样和杂志不大相干或根本不相干的"编者的话",尽管同时又认为文章写得不错,渐渐地,你就完全接受,被它说服了。何必拘泥于形式?

有一篇《听说台先生越写越生气》，由台静农宣布不再为人写字应酬，写到黄裳主张不可忘记过去（特别是"文革"）。又有一篇《只有敬亭，依然此柳》写的是明末的柳敬亭，影射的是香港的"九七"前景。说不相干可以，说相干也可以。

"董桥风格"当然不仅仅是靠几十篇"编者文章"建立起来的。他一直在写多体散文，有如别人写多体书法。他甚至用短篇武侠小说的形式来写散文，而只用两句套话点题。一篇《薰香记》只有三个人物：老人、碧眼海魔和老人的女儿。文章的大题上有两句眉题似的文字："欲知谈判如何，且听下回分解"。那正是中英谈判香港前途问题的时候，没有这两句，谁解其中意，还不以为是一般的武侠小说么？两句话一点题，读者就明白过来了：老人是中，碧眼是英，少女是香港人。看似武侠，实谈时事。这个短篇的作者署名依然是"编者"，这就比前面说的那些"编者文章"就更加标新立异了。

小说也可以当散文。这篇《薰香记》是收进了《这一代的事》这本散文集中的。董桥说过："我以为小说、诗、散文这样的分野是不公平的，散文可以很似小说，小说可以很似散文。"他还举了在美国的华人作家刘大任的作品为例，"说是小说，也可以说是散文，就算说是诗，也一样可以"。董桥自己的《让她在牛扒上撒盐》《情辩》《偏要挑白色》……不都很像自具特色的短篇吗？

学术性的文章也可以当散文。《辩证法的黄昏》《樱桃树和阶级》《"魅力"问题眉批》都是。"要研究马克思主义。那是那天黄昏里偶然下的决心。"这是《辩证法的黄昏》的最初一句。"结论：也许可以在没有研究马克思主义之前就写书讨论马克思主义。"这是《辩证法的黄昏》的最后一句，也是最后一段。那不是正正经经的学术文章，但内容却不乏学术思想。

董桥是在伦敦研究马克思主义的，是在马克思当年进行过研究许多年的大英博物馆图书馆研究马克思主义的。他从台湾到香港后，曾经在美国新闻处的今日世界出版社工作了好几年，然后去伦敦英国广播电台工作，一边工作，一边进修，其间就读过马克思、恩格斯的著作，但更主要的还是读英文的文学作品。在台湾，他读的是外文系，但他说，那时主要还是接受中华文化的熏陶，到了伦敦，才投入西方文学之中，为了写论文，又兼及了马克思主义——这无妨说是野狐禅。

你说野不野？居然可以写出《在马克思的胡须丛中和胡须丛外》。且听他在这本书的《自序》中的夫子自道吧："旅居伦敦时期为了写论文乱读马克思、恩格斯和关于马克思主义的著作，加上走遍伦敦古旧的街道，听惯伦敦人委婉的言谈，竟以为认识了当年在伦敦住了很久很久的马克思，写下不少读书笔记。其实大错。去年答应'素叶'整理那些笔记之后翻看那些笔记，发现认识的原来不是马克思其人，而是马克思的胡须。胡须很浓，人在胡须中，看到的一切自然不很清楚，结果写了五万字就不再往下写了。"后来写别的东西，他大叹"胡须误人。人已经不在胡须丛中了，眼力却一时不能复原，看人看事还是不很清楚，笔下写些马克思学说以外的文章，观点仍然多少跟马克思主义纠缠，就算偶有新局，到底不成气象。幸好马克思这个人实在不那么'马克思'，一生相当善感，既不一味沉迷磅礴的革命风情，倒很懂得体贴小资产阶级的趣味，旅行、藏书、念诗等比较清淡的事情他都喜欢，因此，这本集子借他的胡须分成丛中丛外……"你说野不野？

董桥还别有一野。看起来，他是个温文尔雅，有点矜持，不怎么大声言笑的人，写起文章来却自有奔放，自成野趣。

你看他怎么谈翻译："好的翻译，是男欢女爱，如鱼得水，一拍即合。谈起来像中文，像人话，顺极了。坏的翻译，是同床异梦，人家无动于衷，自己欲罢不能，最后只好'进行强奸'，硬来硬要，乱射一通，读起来像鬼话，既亵渎了外文也亵渎了中文。"你以为这是不是亵渎了翻译呢？他还有进一步的妙喻。初到伦敦，英文不灵，说话都得先用中文思想，然后译出英文，"或者说'强奸'出英文来。日久天长之后，干的'好事'多了，英文果然有了'早泄'的迹象，经常一触即发，一塌糊涂，乐极了。可是，'×我妹的'日子接踵而来了。"讲中文的时候，不说"逐渐进步"，说"有增加中的进步"；不说"威尔逊在洗澡"，说"威尔逊在进行洗澡"，等等等等等等等等。他说，中文既然是自己"母亲的舌头"，这样的亵渎中文，"朗朗上口，甚至付诸笔墨，如有神功"，岂不成了"×我妹的"么？

董桥是藏书家，年纪轻轻就成了藏书家！又是藏书票家（还藏书画，还藏古董，有人说"他心中有一间古玩铺"）。他藏书多少，我不知道，只知道他拥有藏书票上万张，成了英国藏书票协会的会员，是收藏西方藏书票的书最多的中国人（不知道这是说在协会的会员中还是在十一亿中国人中）。

谈到书，我们年轻的藏书家又来了，他是从"书谣"说起的："人对书的会有感情，跟男人和女人的关系有点像。字典之类的参考书是妻子，常在身边为宜，但是翻了一辈子也未必可以烂熟。诗词小说只当是可以迷死人的艳遇，事后追忆起来总是甜的。又专又深的学术著作是半老的女人，非打点十二分精神不足以深解；有的当然还有点风韵，最要命是后头还有一大串注文，不肯罢休！至于政治评论、时事杂文等集子，都是现买现卖，不外是青楼上的姑娘，亲热一下也就完了，明天再看就不是那么回事了。"比起谈翻译来，这已经不能算野了吧。当然，也可以说还是有点不大正经，就像他"倒过来说"也是这样："倒过来说，女人看书也会有这些感情上的区分：字典、参考书是丈夫，应该可以陪一辈子；诗词小说不是婚外关系就是初恋心情，又紧张又迷惘；学术著作是中年男人，婆婆妈妈，过分周到，临走还要殷勤半天怕你说他不够体贴；政治评论、时事杂文正是外国酒店房间里的一场春梦，旅行完了也就完了。"

我想到了叶灵凤。他也是藏书家，年轻时也写过被认为有点"黄"的小说，后半生主要写散文，也翻译些东西（董桥当然也译过书），但他却没有董桥这些对翻译和书籍的妙喻（又一次写到这"妙喻"时我甚至担心我自己是不是也要挨骂："哼，居然说妙！"）。也许他后来叶灵凤已经成了"叶公"，成了长者，已经在文字上"结束铅笔"了。而董桥至今仍是小董。

但董桥并不就是野小子，人固然斯文的被认为是一介书生，文也很有中西书卷气。真佩服他，读过那么多书，又记得那么多书，笔下引述的古今中外都有，却并不是抄书。他的文章散发的书卷气，有古代的，也有现代的。他的文章既显出中国人的智慧，也不乏英国式的幽默。文字精致，文采洋溢。

董桥当然不是野小子，他已是中年人了，只是在老年人眼中他看来年轻而已。他有一篇《中年是下午茶》。他给中年下了许多定义：中年"是只会感慨不会感动的年龄，只有哀愁没有愤怒的年龄。中年是吻女人额头不是吻女人嘴唇的年龄"。"中年是杂念越想越长，文章越写越短的年龄。""中年是一次毫无期待心情的约会。""中年是'未能免俗，聊复尔耳'的年龄。"……

写下去，他的古今中外都来了："总之（中年）这顿下午茶是搅一杯往事、切一块乡愁、榨几滴希望的下午。不是在伦敦夏惠那么维多利亚的地方，也不是在成功大学对面冰室那么苏雪林的地方，更不是在北平琉璃厂那么闻一多的地方，是在没有艾略特、没有胡适之、没有周作人的香港。诗人庞德太天真了，竟说中年乐趣无穷……中年是看不厌台静农的字看不上毕加索的画的年龄：'山郭春声听夜潮，片帆天际白云遥；东风未丝秦淮柳，残雪江山是云潮！'"

但野性也还是又出来了："中年是危险的年龄：不是脑子太忙、精子太闲，就是精子太忙，脑子太闲……中年的故事是那只精子扑空的故事……有一天，精囊里一阵滚热，千万只精子争先恐后往闸口奔过去，突然间，抢在前头的那只壮精子转身往回跑，大家莫名其妙问他干嘛不抢着去投胎？那只壮精子喘着气说：'抢个屁！他在自渎！'"

不要以为董桥的笔下时人是男欢女爱，抄抄他六本散文集中的一些分类的题目吧：《思想散墨》《中国情怀》《文化眉批》《乡愁影印》《理念圈点》《感情剪接》……再抄些文章的题目吧：《雨声并不诗意》《也谈花花草草》《春日杂拾》《朱自清的散文》《从〈老张的哲学〉看老舍的文字》《谈谈谈书的书》《关于藏书》《也谈藏书印记》《藏书票史话》《读今人的旧诗》《听那立体的乡愁》《故国山水辩证法》《枣树不是鲁迅看到的枣树》《"一室皆春气矣"》《我们吃下午茶去》《处暑感事兼寄故友》《马克思博士到海边度假》……不抄了，还不如你自己去看吧。

不过，谈谈《马克思博士到海边度假》也好。董桥是从一八八〇年夏天马克思全家到英国肯特郡海边避暑胜地蓝斯盖特度假说起的，写得很人情味，最后归结到"马克思该去度假；中国人民该去度假"。

他甚至替马克思写了一篇《马克思先生论香港的一九九七》。十九世纪的马克思如何去论二十世纪末的事？他从《路易·波拿巴的雾月十八日》中"集句"而成，只是加一些原来没有的文字在一些括号中。他说这是一个"尝试"，承认这是出于"编者想象"。又是一篇怪异的"编者文章"！和用武侠小说《薰香记》谈论"九七"一样怪异。

还想谈谈另一篇《境界》。董桥说，王国维的三段境界论给人抄烂了，他要抄毛泽东三段词谈境界："此行何去？赣江风雪迷漫处。命令昨颁，十万工农下吉安。"此第一境也。"四海翻腾云水怒，五洲震荡风雷激。要扫除一切害人虫，全无敌。"此第二境也。"往事越千年，魏武挥鞭，东临碣石有遗篇。萧瑟秋风今又是，换了人间。"此第三境也。但是，还有人有"衣带渐宽终不悔，为伊消得人憔悴"那样的心情么？董桥不说，你说呢？

董桥又是怎样看散文，看别人和自己的散文？

他说，他绝对崇拜钱锺书的识见（是崇拜，不是说别的），钟爱《管锥编》，但认为钱锺书的散文有两个缺点，一是"太刻意去卖弄，而且文字太'油'了"，也太"顺"（Smooth）了；一是"因为'油'的关系，他的见解很快就滑了出来。太快了，快得无声无息，不耐读"。这真是直言无忌。就年龄来说，也许还可以说是童言无忌。

他说："散文须学、须识、须清，合之乃得 Alfred North Whitehead 所谓'深远如哲学之天地，高华如艺术之境界'。年来追寻此等造化，明知困难，竟不罢休。"又说，有学，才有深度；有情，才不会枯燥。他还指出："散文，我认为单单美丽是没有用的，最重要的还是内容，要有 Information，有 Message 给人，而且是相当清楚的讯息。"他更表示："我要求自己的散文可以进入西方，走出来；再进入中国，再走出来；再入……总之我要叫自己完全掌握得到才停止，这样我才有自己的风格。"

其实已经有了"董桥风格"了。对他的文章读得多的人不必看作者的名字就会说："这就是董桥！"

我想起董酒。这名酒初初大行其道，在香港还是稀罕之物时，我从内地带了一瓶回去，特别邀集了几位朋友共赏，主宾就是董桥，不为别的，就为了这酒和他同姓，他可以指点着说："此是吾家物。"在我看来，董文如董酒，应该是名产。董酒是遵义的名产，董文是香港的名产——确切些说应该是香港的名产，它至今在产地还没有得到相应的知名。

我并不十分喜欢董酒，看来董桥也是，他似乎根本就不爱酒。我也并不一定劝人喝董酒。

但你一定要看董桥！用香港人的习惯语言，他的散文真是"一流"，不仅在香港，在台湾，也在中国。我这是说文字，尽管我并不同意他的一些说法和想法。

董桥的散文不仅证明香港有文学，有精致的文学，香港文学不乏上乘之作，不全是"块块框框"的杂文、散文。他使人想起余光中、陈之藩……他们大约只能算半香港或几分之几的香港吧。董桥可以说就是香港。

七十回首话当年

陆 地

一

我是用汉语写作的壮族人。

1918年11月18日初冬圆月升起的时辰,广西省绥禄县城关(今广西自治区扶绥县东门镇)姓陈的农家诞生了一个男婴,起名小五,即是我的乳名。上学取名陈克惠,1938年参加革命组织,改名陈寒梅;1942年发表《落伍者》笔名陆地,尔后便为日常称呼。

二

现在回头来看,我走上文学道路,恐怕是植根于性格的土壤。我小时候沉默寡言,常常独自陷于沉思遐想,从读懂《小朋友》起,书本便成了离不开的伙伴。

从小学到初级师范阶段,我对"五四"以后的新文学——鲁迅、胡适、叶圣陶

作品信息

原载《新文学史料》1989年4期,收入《广西当代少数民族作家丛书·陆地卷》(漓江出版社2001年版)。

等等的小说、诗歌，外国的《木偶奇遇记》《天方夜谭》和《鲁滨逊漂流记》等等，大都涉猎了一通。此外，还有中国古典文学作品，如红楼、水浒、三国以及《千家诗》《古文观止》等等；但是影响日后写作最深的却是二哥从广东寄来的一套《苏曼殊全集》和在南宁上中学的小朋友带回的郁达夫的《迷羊》等作品。

这段少年时期，春情萌动，仅靠阅读已经不能完全寄托内心情怀了。往往从书里联想到自身的生活感受。于是开始尝试做旧体诗，倾吐怀乡思友的惆怅；也学郁达夫的小说写法，将个人的感受，写了十来篇比日记较为集中的散文。

三

1933年寒假，在本县初级师范毕业。从1934年秋到1937年暑假，在广州度过了我的中学后期阶段。先是在私立培桂中学高中读了一个学期，深感理科课程太紧，挤掉了我平素的文学爱好，因而违背二哥要我做工程师的期望，另考入了广东省立第一师范。

这前后三年间，我的阅读领域大大扩展了。艾思奇的《哲学讲话》、恩格斯的《费尔巴哈论》等等，对我的世界观、人生观起了转折性的作用。初步懂得运用辩证唯物论和历史唯物论的望远镜和显微镜来观照文学作品。普列哈诺夫的《文艺与社会生活》和本间久雄的《欧洲文艺思潮》等书，都是在这时读到的。

这期间，我做班会的学术干事，担负编写壁报的义务。在全校各班级的壁报文章和班会干事的联席会上，给我印象最深的有三位同学。一个低我两个年级的杨思仲；另两个是高我一年级的梁奇达和郭植秀。前一位后来在延安鲁艺又成了同学，那就是解放后成了研究鲁迅的有名学者陈涌。后者梁奇达当了暨南大学的党委书记，而当年在省一师时，他就是地下党支部的党员。

讲到写作实践，记得是1937年清明前后，我见到毕业班同学为应付全省会考，废寝忘食，觉得这种会考制度的实际意义很值得怀疑。于是，从给壁报写文章发展到向报纸投稿。一篇题名《期考的前夜》居然在广州一家唯一刊登新文学作品的

《民国日报》的《学生园地》发表出来了。这是我的作文头一遭排成铅字，在我日后的文学生涯中，当然是一次非同寻常的起步。跟着下来，因受普希金等人的著作影响，也学写过一些抒情的短诗。其中只有一首，假托一位东北青年流亡关内给母亲写的家信，意外地得到赞赏，发表于铅印的校刊。

四

1937年暑假，我正在广东鼎湖——我二哥服役的驻军防区消夏，芦沟桥的枪声揭开了抗战救亡的帷幕。

作为军人的二哥，怀着"雪耻急如焚"的激昂气概，奔上国防前线。我便离开鼎湖，跟雁嫂在肇庆城里住到暑假终了才回校复课。此时，广西当局登报招考学生军，为随营抗战服务。马上改变入学注册的主意。一位海南同窗黎秀统热情鼓励，陪同回穗，九月六日傍晚，送到长堤西濠口码头，登上开往梧州的轮船。就此告别了生活了三年的广州，告别了中学时代。

五

九月中旬到南宁。李宗仁以第五路军总司令身份，正率领桂系部属整装待发徐州，局面动荡。我因未曾受过广西中学生统一军训，终于在学生军考场上名落孙山。

岁暮回到老家，满怀惆怅。为了生活，到离家不远的南乡中心学校代人授课。这时，以成仿吾做校长的陕北公学正在遥远的西北高原向全国招收学生！好多令人仰慕的文化名人：艾思奇、丁玲、周扬、李公朴等等都到那边去了！感到无比的向往。

只是有件事把我难倒了：从广西到广州、去武汉、入西安、进延安，一路盘缠，非得百元不行。百元，在1937年还是不小的数字啊。

哪知事有凑巧，随着1938年到来，不期天外透出一线亮光：省府建设厅新办一所速成合作人员训练所，由各县招考一名高中学生保送到省复试，取录后入所训练，结业后派遣中心县做合作指导员，试办合作社，这跟我一心一意要投奔延安学文学的志趣，可是南辕北辙。但到桂林复试，可领双程路费，何不借此机会去桂林，然后到前线，去寻找二哥取得川资，即奔陕北呢？再说，即令一时北去不成，能到桂林逛逛，总比在闭塞的乡间舒畅得多吧。

县里初考顺利地录取了。1938年2月，到达桂林当天晚上，正是庆祝台儿庄大捷的游行示威，鞭炮满城，歌声如潮，实在激动万分。

延安出版的《群众》周刊、广州出版的《救亡日报》《文艺阵地》、武汉出版的《抗战三日刊》和《七月》等等，在这里很快便看到了。

由于形势紧张，原来的计划行不通了。这样，只好耐下心来，且受合作业务训练。以为延安一时去不成，能从事"我为人人，人人为我"的合作事业，总也差强人意。三月末结业，四月初和四位同事由姓林的主任被派往武鸣县推行农贷互助社试验。

六

这边旧世界的腐败，伤了我单纯的心，那边新社会的光明，愈益令人憧憬。"到陕北去！"的召唤，无时不在耳边长鸣。便迫不及待地写封信，自荐于八路军驻穗通讯处主任潘汉年：自述几年来接受进步思想的过程，提出申请到延安学习。很快即有署名云广英的回信：表示欢迎到陕北上学，告诉拿这信直接到百子路10号面谈。得到信，同时又有二哥的百元汇票，一时真是插上了翅膀，大可以天空任鸟飞了。

八月末，一个炎热的下午，冒着触犯战时公务员擅离职守应予严惩的风险，借口下乡复查农贷的使用情况，从武鸣乘上班车直奔南宁，立即买舟东下广州。

九月六日，正是去年回广西的日子。整整一周年，我又踏上熙熙攘攘的长堤。

来前，雁嫂嘱咐说：二哥曾为我跟她姨表妹撮合婚姻，姨妈和表妹看过我的照片，都有了默契；要我到广州，务必去走一趟。为着好奇，我还真去打了一转。见面接待的却是那表妹的姐姐，一位少将的年轻太太。说"很遗憾，妹妹跟妈怕空袭，过港躲去了"，希望我过去相见。过香港，一夜间的海船，三个钟头的火车，来回极便，只怕去见了面，脱不开身，阻止了我梦寐以求的前程。踌躇了一下，最后还是把这头缘分放弃了。

在通讯处填张表，跟一位女秘书谈了话，隔天即去拿到了介绍信。九月十日，便和黄克勤、黄流、周洁玲三位新伙伴首途入陕。但因战时交通不正常，广州市郊铁道天天遭到空袭，只好先乘船到清远，再从潖江口站搭上粤汉路火车。到汉口，过郑州，下旬到达七贤庄八路军办事处，听从统一编队，步行去延安。

走了十来天，八百里行程终于在我们脚下走完了。十月三日傍晚时分，我们十多个人的小分队来到朝思暮想的宝塔山脚。

七

这时间，正是全国各地青年男女涌到延安的高潮。城里，旧屋房新窑洞，全都住满了人。抗日军政大学第七大队是扩大的新单位，住址设在蟠龙镇，离城还有九十华里。我们这批才到的人，除了女同志，几乎全都编入第七大队，在延安住了三个晚上便走了。

蟠龙，是个日中为市的古老集子。我们七大队三中队的住处是原先地主的大院套。操场、球场、课堂三合一的露天场子，都是自己动手在原先的打谷场扩建起来的。新的天地，新的伙伴，新的生活方式，大家都觉得挺新鲜，也挺开心，日子过得挺充实。

不久，广州、武汉相继失守，紧跟着延安首次遭到轰炸。一声巨响，震动了蟠龙。中队部发动学员每人写封信慰问延安。我写的那封，在"抗大"校刊头版加了花边登了出来，引起不少同学惊讶，也使我对写作产生进一步的自信。

也许是由于未到延安之前就接受到进步思想，也许是由于不远万里、从边地投奔革命的实际行动，党支部很快便接受我的入党申请。十二月十五夜晚，中队副队长向阳明和指导员王立功作为党的介绍人，为我举行了入党宣誓仪式，后补期三个月。1939年3月，按期转为中共正式党员。

"抗大"预科三个月结束时，我和部分同学参加了一场《论持久战》问题的考试，获得留校进研究班的资格。和黄流、肖鲁等几个人，便回延安校本部研究班报到。

这时，延安城里经过轰炸之后已成了空城，居民全都迁到南门一条山沟，各机关单位则住到城外四周的山头窑洞办公，景象比三个月前大大改观了。

"抗大"研究班设在清凉山附近山腰的一排排窑洞里。学员正在从"陕公"等校陆续来到，等待编班。看看图书资料，设备如此贫乏，研究工作如何深入呢？再说三个月来深感军事单位管理制度太死，纪律过严，自己真是难得适应，正在这时，鲁艺每周一次陆续招考新生，听人讲，那里学习生活特别灵活，用不着上早操，也不必搞什么烦琐的"整理内务"，用不着过分强调集体，能依个人的爱好发挥专长，有大量的文学艺术图书可以阅读等等。人们鼓动我去应考文学系。自己也在想，比起做社会科学理论工作，弄弄文学创作对我会合适一些的。因而抱着试试看的心情，去了鲁艺学院，报考文学系。去考的那一周，已经是考最后一场了。主考人是代系主任陈荒煤（主任沙汀和何其芳率领第一期学员，到贺龙部队体验生活去了）。考试要求，主要是当场作篇文章，写自己感受最深的生活片段。我写的是想起童年时候，父亲每逢年三十躲债的凄凉日子，写了千把字，题目叫作《冬至》。其次，还要书面回答两个问题：一、喜欢哪些作品？二、分析某篇作品的主题意义和艺术成就。在喜欢的作品里，举了高尔基《草原的故事》里的《马加尔·周达》；回答第二个问题，举了果戈理的《巡按》做例子。此外，还有口试，系主任问：喜欢哪些作家的东西？我说：早先喜欢郁达夫、苏曼殊，近年爱读翻译的了——普希金的小说和诗、屠格涅夫的《父与子》什么的。主任没让我讲完便点头首肯，让我过隔壁去同政治处王子刚（建国后曾任邮电部副部长）谈话。王听我说加入了党组织便不多问，算是通过了。三天后去看榜，这回，录取三人：李清泉和丁克辛两个，是从晋察冀根据地来的，早已住到系里了，实际上只取我一个。

八

要说我的文学生涯，应当是从1939年初，进入鲁艺文学系开始的。

先后给我们讲话、授课的老师，有全学院都听的：讲文艺理论的周扬、茅盾、吴玉章和陈伯达；讲哲学的艾思奇；讲政治经济学的柯柏年；讲革命气节的传统教育的赵毅敏、徐一新和宋侃夫等等。

文学专任和兼课的教员，前前后后就有：沙汀、何其芳、周立波、陈荒煤、萧三、曹葆华、严文井、卞之琳和徐懋庸等等。

文学课方面，常设的有：1.马克思主义文艺理论；2.外国名著选读；3.专题讲座；4.习作讨论等。

学院起初在北门外孔庙遗址山坡上，到了1939年8月间，党中央为了照顾学院师生学习、工作的特殊需要，将中央党校从一座天主堂让了出来，学院才搬到城东十多里地的桥儿沟，住进庭院式的庄园。此地北依青山，南面延河，榆柳成荫，溪涧流淌，环境幽静。学院老师都是来自全国各大都市文化艺术界的名流和经过筛选的青年学生。人杰地灵，一时传为胜地。

为了适应战时需要，同时还为培养将来建国文艺人才的战略任务，学院的教育方针和学习期限并不一成不变。文学系头一期，孔厥、康濯他们才只学了三个月就上前方去了；我们第二期却学了一年半才结业。1939年3月，投入大生产运动，一边学习，一边结合开荒种庄稼。到了七八月间，全院学员做了一次甄别，组成不分专业的综合普通班，由副院长沙可夫和教务长吕骥率领，开赴晋察冀边区，编入华北联大文学院。文学系五十二位同学，林漫（李满天）、田家、肖鲁、陈冷等，有三分之二的人走了，留下的有：贾芝、葛洛、杨思仲（陈涌）、林蓝、柯蓝和我（陈寒梅）等十来个人。不久，诗人萧三从苏联回来了，刚好接替系主任的空缺。研究员严文井给我们做辅导。学员采取自愿组合办法，建立人数不等的学习互助组。过了两三个月工夫，沙汀、何其芳和陈荒煤先后从冀中和太行带回和他们一起上前方去的同学孔厥、康濯、岳瑟、黄海（吴微）、尤琪、黄钢、梅行和聂眉初等，刚从大后方归来的周立波也在这时到文学系来任教。学员除了从前方回来的一期学员还有新来的魏伯、陈落、高亮、洪流、浪淘（曾扬清）、叶克、张沛，和几位女同学：苏菲、夏蕾、李一纯等等，师生济济一堂，盛况空前。

1939年冬，周扬从边区教育厅长任上调来学院任专职副院长（院长为吴玉章兼），何其芳接替萧三当系主任。在学院的教学方针上，周扬接受左联教训，主张强调提高艺术质量，着重培养尖端专门人才。文学系的创作指导思想，是以何其芳当时的观点为依归。他根据自己上前方采访战斗英雄的体会，形成这样一种观念：认为知识分子的思想感情和工农战士之间是存在着距离的，硬要去写，吃力不讨好；认为"五四"以来文学作品中够得上称为中国知识分子典型的，至今还没有。于是，他向我们学员提出这样的课题："我们现在的文学创作，为什么不去补这一课呢？"系主任这指导思想正好结合了学院"高举艺术质量的旗帜前进"的号召。我们的学习便都往外国古典名著里钻，盲目地闯进了"言必称希腊"的王国。

文学系一年半的学习，我写作上是有收获的，先后交出四篇习作。本来打算将在广西农村所见所闻分作若干篇章，仿效基希《秘密的中国》那样一本报告文学，揭露旧世界的种种丑恶。第一篇叫《乡间》。一天午休时间，冒冒失失闯进严文井窑洞请他给指导。过两天，他劈头就问："你爱读郁达夫的作品吧？也写过东西？"他认为初次作文，能写成这样流畅已经不易了。但是，他不大赞成我将要接二连三地照此写下去。说这类暴露文学是消极的，不符合当前举国上下、团结一致、积极抗战的精神。这样一来，原想要写的自己熟悉而深有感受的生活素材便照教导放到一边去了。于是，凭空虚构，连写两三篇有利于抗战的"小说"，请教于卞之琳老师。得到的评语是：主题好，思想正确；可惜，情节不真，人物形象模糊。一句话，概念化。

失败的教训很深，不能再瞎编了。

"九·一八"八周年，延安各界要开群众庆祝大会。鲁艺学院要拿出各种文艺节目去参加演出。文学系拿出什么东西去应付呢？系主任萧三向我们提出任务，要我们学苏联正在提倡的集体创作方法，写篇故事性强点的、以东北抗日联军故事为题材的朗诵小说。要我们十多位同学，由各人自愿组合成三个创作小组。每组集体讨论，拿出一个提纲交系主任从中挑选一个，再由执笔人集中组里意见写出稿来。三个组的执笔人：一个是葛洛，一个是杨思仲，再一个就是我。系主任认为我写的一份故事性较强，较适合朗诵。题目叫作《重逢》，是写东北抗联两支来自不同山头的游击队，从分裂又团结的故事。在"九·一八"那天的晚会上，由夏蕾（蔡若虹夫人）登台朗诵，也曾引起阵阵笑声。稿子后来魏伯拿去第二战区他主编的文学期刊《西线文艺》发表，得稿酬五元，给系里加菜会餐，大家欢聚了一番。又是集体创作，又是朗诵小说，无论是成功还是失败，在我却是头一遭也是仅有的一次尝试，以后再没接触这种合作方法和这种通俗形式的创作了。

秋收季节到了，春天开荒播种的庄稼有了收获。看到人们在劳动过程中精神面貌明显变化，人与人之间互相有了进一步的了解，深深感到在这新的天地里真有如此的幸福和欢乐；从而体会到，体力劳动即令不能完全说它是一种娱乐，但也并不一定是一种沉重的苦役；觉得某些同学在劳动过程表现的那种虔诚、单纯、勇敢都太美，太善良，太可爱了。从此还看到了集体力量的伟大。不禁产生一股抑制不住的创作冲动。终于花了一星期工夫，一气呵成，写了篇二万四千来字，名为《从春到秋》的小说。其中的人物是从系里某些同学摄取来的印象，生活细节都是大家日常见到的情形。系主任何其芳给的赞誉很高：认为反映当前大生产题材，虽然有文协作家《开荒篇》那样的东西了，但却没写出人物来；而这篇《从春到秋》可说是新的收获，说得上超出了水平线。不足之处只不过语言、文字不那么准确、优美，类似一些蹩脚的翻译，读起来拗口。稿子给了周扬编入《文艺战线》第7期。由沙汀带去重庆付印，向全国发行。不幸，《文艺战线》出到第6期，国民党当局把刊物给查禁了。据说沙汀在重庆跑防空洞，把稿件也带着的。后来学院把它收进准备要出版的《鲁艺文艺丛书》，可是当时延安的纸张和印刷能力有限，丛书又未能出成，底稿在1945年要南下时，交给孟冰保存。日本投降后，他带到张家口，撤退时，未能带得出来。这篇标志我创作生涯的一次飞跃之作，如此几经折腾，终也未能问世。

不过，在创作经验上倒是可贵的。起码懂得了"写你最熟悉的"。但同时也产生了副作用：给我带来了骄傲的幼稚病和狂妄的自负、急于求成的野心。以为一星期既然能写两万多字，一个月不是可以写它十来万了吗？写长篇！写从"一二·九"运动到1938年投奔延安、参加大生产运动的背景，一个知识分子在这历史潮流中思想感情的转变过程。素材是足够的。自信能比齐同的《新生代》（反映北平"一二·九"运动题材）写得好。

1940年元旦开始动笔，动用了全部时间，即使当着同学们烤火聊天的身边，或在大家都午睡时候，我都没停下笔来，专心致志地写呀、写呀，一直写到五月十七日中午，十八万多字的草稿总算杀青了。手稿在部分同学中传阅，引起了普遍兴趣。鲁艺建校二周年开展览，这部书稿（暂名《寻——时代的儿女》）曾作学员创作成绩展出。遗憾的是，到了1942年整风运动，自己担心它或许会同别的作品一样，遭到断章取义、牵强附会的指责，一把火给烧了。跟《从春到秋》差不多的命运，都夭折于襁褓之中。

一年半的学员生活结束了，我以《从春到秋》的成就，被留校深造，进入以培养党的青年作家为中心的文学研究室。同在创作组的有：孔厥、黄钢、李清泉、林蓝、葛洛、洪流、杨明和我（陈寒梅）八人；理论组有六个，他们是：贾芝、毛星、杨思仲（陈涌）、岳瑟、梅行和葛陵（陈元直）等。

九

1940年7月，进入文研室的同时，就要下乡、进厂、到部队体验生活。这时刻，茅盾刚从新疆来到延安，落脚处就在鲁艺学院。我们临走的前夕，周扬院长特意请茅公给我们几位新兵讲话。茅公答应就"创作与生活"讲了一番跟他在《创作的准备》里写的差不多的道理。

这回和我到群众生活中去的伙伴，有戏剧系老师姚时晓和文研室的同仁李清泉、林蓝。到了绥德专区，姚、林两位分别下农村，我跟李到河防部队三五九旅。旅长王震对我们到来表示特别欢迎。那天他一面让理发员剪发，一面跟我们谈话：说部队战斗英雄惊天动地的事迹很丰富，红军时代固不用说，就是当前抗战，可歌可泣的人物故事还少吗？可惜，部队还没培养出自己的作家，地方的同志又来得少。你们这回下来开了个头，以后多来，我们一定热烈欢迎，工作一定给大家提供方便。郑重其事地嘱咐他的秘书郭小川关照我们下主力团（七团）去，以宣教干事名义，深入连队，协助指导员教战士学文化。

七团所属各个连队，以义和镇团部的驻地为中心，沿黄河西岸一线布防。到团部时，得到宣教股的干事侠静波热情招待，是值得记忆的。哪里料到，二十六年之后，"文革"开始，他老兄却以广州军区宣传部副部长身份到广西支左，牵头组织写篇批我作开路的大文。不几天，他自己也成了大革命的对象。这是今天说的事了，可当时他给我们的印象倒是挺诚恳、淳朴的同志。听他的介绍，我下的连队是驻宋家川渡口附近的村庄，对岸便属晋西北的柳林镇，日本鬼子经常来骚扰的地带。河声怒吼，日夜喧嚷。连队生活除了巡逻、守望，便是出操、打球、学文化和种菜浇园。按时间表排列进行，周而复始，像河滩、像涛声一样，单调而平凡。平凡的生活不到一个月便发生了突变：太行总部发来紧急电令，部队要过河参加"百团大战"。和李清泉一道，赶到碛口东渡，追上了参战的前头队伍。作为军中宣传鼓动工作的干部，在晋西北游击区的火线下辗转个把月，首次闻到战争的火药味儿，见到敌后军民关系的鱼水之情，听到敌后武工队员口述他们生龙活虎的游击故事。战役结束，一支由地下党一位文化人张宗汉为头领发展起来的游击队，改编成三五九旅九团，从冀南开回河西陕甘宁边区休整。我便请调到那里去，在那里跟政治处宣教股长高铁相处很短一段日子，听了不少关于这支农民抗日队伍逐渐成为正规的八路军的种种故事。

为期半年的体验生活，转眼便过去了。和林蓝、李清泉一道，按时离开农村和部队。记得临走，王震旅长还托我们带只灌满酥油的羊肚回延安奉献给毛主席。

半年的连队生活体会，给我提供的创作素材应该说是丰富的。不过，要把它写成小说，就像一锅沸腾的开水，不经相当时间的沉淀，清浊难分，一时还不好落笔。这跟几位下农村的同仁遇到的苦闷是相通的。大家觉得既以创作为专业，当然就得拿出作品作为任务交差。任务越完不成，精神压力也就越大。弄得人人自危，个个愁眉苦脸。周扬院长了解大家情绪，把话讲得很委婉：一时写不出就不必硬写嘛，陀思妥耶夫斯基二十四岁写出《穷人》，能说才华不高吗，可他也停滞了好多年后才再有新的创作。还说，一个人生活了二十来岁，积蓄的生活、知识，在头篇处女作大概用得差不多了。写不出就读书好了。多读书，多读名著——那是经过人类千百年淘洗下来的精品，可作借鉴，对写作大有裨益。

但是，作为组织的领导者，可能还要考虑到问题的另一面：似乎认识到，采取关在"象牙之塔"来培养未来的红色作家，未必是个好办法。于是，文研室办了一年半之后便解散了。周同我谈，问愿不愿去延安大学学俄文？说懂得一两种外文对创作很有帮助。这不能说不是出于爱护。可当时年少气盛，误会是自己被嫌而给放逐了，负气写了封信，认为解散文研室的措施，带有不公正的偏心。听说这引起周好大的不高兴。从此，造成了彼此多年的隔阂。

十

1941年11月，正当鲁艺文研室解体时刻，留守兵团在鲁艺旁边要开办一间部队艺术学校，兼校长的政治部主任莫文骅来鲁艺请求派教员支持。借此时机，和黄照、叶克三人便从鲁艺学院转过部艺学校，从创作研究员成了文学教员。给学员讲授习作课，一直干到1943年3月。文学队学员当中，有后来因写《吕梁英雄传》成了大名的西戎（另一位合作者马烽，当时是戏剧队学员），《在零下四十度》作者的部队作家西虹和电影剧作家孙谦和纪叶等等。

原先半年的部队生活素材，在鲁艺写不出东西，现在到了部艺，因为经过一定时间的过滤，倒是写成了两个短篇。其中一篇《落伍者》登在丁玲、艾青和罗烽等几位轮流主编的文协会刊《谷雨》第四期（1942年4月号），与名家之作并列。署名陆地的新人，引起了文学圈的注目，老作家吴奚如、罗烽齐声赞赏，顿然成了文坛新秀。然而，想不到麻烦竟接踵而来：有人就说，"你本是鲁艺培养出来的人，有作品为何不给《草叶》(何其芳主编的鲁艺校刊。在人们心目中，《草叶》跟《谷雨》乃是鲁艺与文协两大山头的阵地)？"鲁艺的人以为我另投山门，成了异己分子。等到文艺座谈会一来，我这篇本为个人主义者唱的挽歌，却被鲁艺的程某署名文章当头一棒：认为革命队伍即令有少数落后分子现象，终将也会受到感化而转变成革命者的，为什么写他掉队去呢？作者赋予落伍者的同情，不就是对革命队伍的诬蔑吗？面对这种逻辑的指责实在难以接受，趁着当时即使党报的批评文章也还允许反批评的风气，本着初生之犊的憨劲，立即写文章，引用鲁迅在《非革命的急进革命论者》的话，驳斥了程文那种形而上学的观点。文章在舒群主编的《解放日报》副刊发表后，有天在延河边散步，与周扬邂逅。他客气地说："你的小说和最近的文章，我都读了。什么时候来我处谈谈。"谈谈，兴许是长者出于对晚辈的好心吧？但我当时还是认为程某对我的打击是有来头的，无疑是代表着包含周在内的程某一伙理论权威。我当时已归属军委系统的干部了，以为鲁艺的组织已管不到我头上，不管周对我怎样，只有敬而远之。始终不肯应邀趋前领教。这就进一步加深和鲁艺程某一伙的隔阂。只有彼此都经历了"文革"十年之后，一次，跟一位一贯以马列主义者自居的鲁艺旧人重逢叙旧，他老兄这才带着歉意地叹道："42年我们批你的那些，都'左'了！"

十一

1942年冬，陕甘宁边区部队、机关实行精兵简政，部队艺术学校停办。我的教员生活也随之而告终。接下来是从1943年初到1945年6月两年半的报人生涯。

本来调令是到联防军政治部新创办的《部队生活》报社去当特派记者的，这对我的文学创作还是比较接近的行业。不想正要随同徐向前首长（陕甘宁晋绥联防军区副司令员）出发去独立一旅的时刻，莫明其妙地突然被留下了。顶头上司"联政"宣传部副部长兼报社社长向仲华找谈话，说报社内勤缺人，先干一段编辑再下去吧。这样，我就跟这位当过《新中华报》社长的老报人的副部长面对面坐在办公桌，由他手把手教我学起了编报的业务。

七月间，作为党中央社会部领导人康生搞的逼供信，掀起了一场抢救运动的龙卷风，霎时间，我成了抢救对象，从而经历了九个月隔离审查的种种折磨。到了1943年除夕，党支部才当众宣布：我的历史问题，原来是根据中央党校职工班邓某检举材料，说我来延安之前，通过他接受日本特务派遣。这才不让做记者、列为抢救对象的。但经过查证，邓某1941年到了延安之后，经黄流介绍才跟我相识，而且邓某在其遗书中，对他被逼的供词已做了否认。因而，审查结论是：个人历史清楚，不存在任何政治问题。

个人政治历史问题解决了，无异组织上第二次入了党，真正是成为自己人了。这本来可以做记者的，只是总觉得到部队采访还是难免被动，受约束很多。自知一生若真能对社会有所贡献，唯有从事创作，或许会有所作为。但要弄文学，除了重回鲁艺别无去处。而鲁艺，有程某一伙人在，又有周扬对自己那么一些也许是不公正的看法在，自己既然从那里被放逐出来了，现在又要回去，好吗？犹豫了几天。最后，为了夙愿得偿，为了特长得到发挥，比起来，过去的恩恩怨怨统统不去管它了。决心上书文艺界领导周扬，申请重回鲁艺。不想很快便有亲笔回信：说欢迎回学院搞创作；只不过问了肖部长（我的顶头上司），说是等到"七大"开过后，看干部如何调整再做定夺。过不了几天，原兼部艺校长的莫文骅来找肖向荣、向仲华两位我的顶头上司，要求支持他回广西老家开辟新区工作，指名要我和韦必克两个广西老乡一道随他南下。肖说，"周扬正说要他（指我）回鲁艺；我们是留不住了。回广西还是回鲁艺，看他个人拿主意吧。"莫在部艺学校兼校长任内，对我和对他手下的宣传科长韦必克是认识的。他找我和韦谈：目前在钦州、防城十万大山一带，有五六万农民暴动，正缺有力的干部去领导，说韦、我两人回去，就到那边去打开局面。想想自己，一介书生，居然受命要弄刀枪，那是赶鸭子上架。不过，南方那边青山绿水的大千世界，对我却十分诱惑。这边大西北的黄土高原毕竟是太单调了，挨过了那么漫长的七年，实在真想能够有所改变。尤其一心为了要写作，对生活的追求总是无穷无尽的，所以说，这机会对我是求之不得的。

延安这新世界的摇篮，一住就是七年。如今，人要走了，往日多少情谊，宛如飞鸟失落下片片羽毛，那是不能带得走的。回想当年告别母亲离家出走的情景和心绪，多么洒脱、多么轻快。如今，正要打回老家的时刻，反而不禁感到茫然的怅惘！

六月十一日，队伍出发的前夕，毛主席向即将南下的部队做动员。我却请了假，赶到桥儿沟边区师范学校，向黄海、叶克两口告别。后天一早，南下队伍出发，是要经过桥儿沟来的，当晚我便不回队上了。

八月初，部队从中条山太岳军区地带的旧垣曲某个渡口，南渡黄河，进入洛阳附近的新安县邱沟煤厂休整。中旬，日本无条件投降，抗战宣告结束，部队继续南下便成了出师无名。朱总司令连发三道命令，要八路军、新四军就地受降。我们满以为马上便开进洛阳了的。蒋介石却以中央国民政府名义，强调统一受降。胡宗南队伍即将从关中开来郑州，接管陇海沿线各城。我们只好从西沃镇北渡，退回豫北沁阳，围城发动群众。过了半个来月，党中央来电：两广南下干部即同武装部队星夜兼程，直奔东北。队伍便取道太行，解决御寒装备。然后每天以八十里的行军速度，跋涉于一望无际的河北大平原。

赶到白洋淀边边上的新镇时候，我打起了摆子（疟疾），被迫留在冀中行署卫生部，服了两天奎宁丸。愈后，政治部动员留在冀中等待进入北平或天津。我却怀念着一起相处了几个月的伙伴和队伍，还是要求拿到了组织介绍信和"路条"。沿途有乡、村公所或兵站的车辆、牲口载送。过了北宁路，遇上三五九旅收容队十来位同志，跟他们搭伙，直奔山海关。

到此，步行结束了。在七年未见的电灯光下爬上了开往锦州的装煤车厢。翌日，天色微明时分，列车在锦州站停了下来。头次见到令人景仰的苏联红军，也是

187

头次看到，曾经不可一世的日本鬼子，这时却成了动物园的狼似的在街头广场被铁丝网圈起来了。一些戴眼镜、口罩的家伙，个个耷拉着脑瓜，乖乖地在扫大街。

广东干部队和他们的武装队伍三五九旅驻扎锦州。收容队的伙伴回到他们各自的单位去了。我一个人独自找军区政治部，转关系去沈阳向东北局报到。在一座豪华的奉天旅社意外地遇上了部队政委雷经天和大队长黄一萍。原来部队到了冀东玉田时，广东、广西两支干部队和武装队伍便兵分两路出关，广东的三五九旅奔山海关，广西的警一旅走承德。承德到锦州火车不通，队伍都停在那里了，雷、黄和其他几位老团长脱离部队先赶去东北局汇报。大队长见我掉队的病号倒反赶到前头来了，特别高兴。马上给二百元仍在流通的伪满钞票，让去街上理发、洗澡和买些日用品，吩咐明早同他们一行去沈阳。

傍晚，从理发店出来，在街口看到从火车站走出一队穿灰一色的行列。有人从背后猛喊我名字，回头一瞧，嗨，原来是文学系老同学浪淘，他们一行全是一大串延安常见的熟人：严文井、天蓝、公木、雷加、高阳（李江）和华君武等等。听他们讲："八·一五"之后，延安文艺工作者统一组成一个文艺工作团，步行两个来月，到了张家口。周扬、艾青、欧阳山一部分人留在那儿开办华北联合大学文学院。他们这批要到沈阳去。翌日，我们又都巧遇于锦州到奉天的列车上。十四年抗战终于胜利了，彼此说东道西，兴高采烈。到此，山沟沟的单调生活已成了历史。我的四个半月零两天的徒步行军也就到此结束。

四个多月的日日夜夜，跟经历过二万五千里长征的红军老同志生活在一起，听到不少惊险动人的故事，亲眼看到这些老英雄在行军里头表现的可敬可亲的优良作风；最令人感动的还是经过几个抗日根据地甚至游击区时，见到农民群众对待我们八路那么亲，那么诚实，那么淳朴、敦厚，真像是自家兄弟。总之，感受太丰富了。日后写的短篇《钱》《中途》和中篇《钢铁的心》以及稍后才整理出来的《行军手记》（从延安到沈阳）都是这段生活的回声。其中一篇《钱》在《东北文艺》发表不到半年，即为苏联著名的文学期刊《旗》（1948年8月号）译载。苏联期刊译载中国小说，在当时来说，不是头一回也是极为罕见的。副刊部一位懂俄文的刘仲平同志，一天从中苏友协拿回刊物来见面便欢呼："乌拉，阁下可是成了国际作家了也！"这叫我都为之愕然。

十二

1945年10月最后一天，和雷经天、黄一萍、欧致富、李志明等几位广西老红军负责同志一道，从锦州抵达沈阳，苏军抵不住国民党政府的攻击，不让我们关里来的八路干部在城里公开露面。半夜里东北局把我们安排到铁西区飞机场附近名叫烟粉屯的小窝铺住下。和雷、黄两首长睡在一条炕上。第二天，雷征求我个人对工作的要求，说今后我们就要管大城市了，工作门类不同山沟里那样简单了，问我想干哪一行，能干哪一行？都可以提出个人意见，让组织去考虑决定。这时刻，要提出去写作、当专业作家，显然是不合时宜的了。但是考虑能干什么的问题，唯有编报纸还可以对付。雷说，东北局的机关报——《东北日报》，目前正在到处物色干部，急需有这方面经验的人才。过两天，东北局组织部便给雷来电话，让我直接去报社找廖井丹副社长。就在那天，我把介绍信交廖的时候，提出把名字改称陆地。廖问，愿做记者还是想编副刊都可以。我说先编副刊一段，等对社会情况熟悉一些以后，再做记者吧。没想副刊一编下来就脱不了手，从1945年11月初到1949年8月离开报社进关南下，一直干了将近四年工夫。而且从报社筹建开始到后来发展阶段，一直担任编辑组长，主持整版副刊的全部编务。先后在副刊部编辑的同事，除了副总编严文井分管副刊以外，曾有过几位女作家——陈学昭、白朗、林蓝和李纳，男同志则有刘仲平、刘和民、关沫南和姜健等，专画画的有，以华君武为首的宋小四（高莽）和黄铸夫。

报社开头是在沈阳《盛京日报》《康德新闻》两家伪满报纸的底盘筹建的，后来东北政局动荡，随着东北局迁移，从沈阳迁出到本溪，再到海龙，不久，进入长春一个月，又北迁哈尔滨，等到全东北解放才重返沈阳。

1946年七八月间，在哈尔滨稍定下来时候，一天，东北局宣传部部长凯丰召我谈话：说东北青年学生遭受日伪十四年奴化教育，文化知识水平、政治思想觉悟都不高，不能把关里根据地那一套全都搬来，他们一下子还接受不了。他们不是只知道巴金那样的东西吗？你的副刊是不是组织那样的文章呢？目的只要让青年学生肯跟我们走就行了，调子不能太高。

遵照这一指示，副刊就发了林蓝一篇《樱桃》，跟着我自己写了一篇《叶红》。写了新时代一位女性，从个人怀着浪漫的英雄幻想投奔革命圣地延安，经历种种实际生活、学习的锻炼，特别是经过学习"讲话"之后，思想感情逐渐有了变化，跟工农群众打成一片。小说一经发表，正如我每星期在副刊写的《阅读与写作》专栏文章一样，在知识青年当中产生意想不到的影响。有一天，去催周立波要《暴风骤雨》的连载稿，扯谈起来，周说，他在乡下土改，别人听说工作队有个文化人，便问他是不是叫陆地？

但是，"木秀于林，风必摧之"。等到日丹诺夫批判左琴科和阿赫玛托娃的那股旋风，从西伯利亚吹到哈尔滨时候，在东北首届文代大会上，我这篇曾为广大青年倾倒的《叶红》便被牵强附会，当作同左琴科鼓吹"小资情调"一路的货色，而列为大会批判中心。在文学小组连续批了三天，批得剧作家宋之的听得都不耐烦了，诘问主持人刘某："天天都叶红、叶红，说个不完；请问，我们的会还谈不谈别的问题了？"诗人李江敢讲句公道话："我看，在这儿讲来讲去，还是我们几个人的说法。我说，干脆，拿到群众中去听听读者的意见，看是不是同意我们的观点。"最后决定由严文井写篇评论，作为收场。可文章一直未见出来。这场批判虽未一棍子打死，不过，对脆弱的创作神经不能不是一种创伤。何况还真因为我受过批判，出席首次全国文代大会的名分却于无言之中被否了。

《东北日报》副刊工作四年，除了主持编务，也曾下乡土改，进厂搞民主运动。因而写有工人生活的《大家庭》，农村题材的《乡间》等几个短篇小说和一些散文。1948年在哈尔滨出版了第一本小说集《北方》(1950年上海群益出版社重排，改名《好样的人》)。同年，应三联书店的哈尔滨光华书店邵公文之约，将报上《阅读与写作》专栏文章收编成单行本《怎样学文学》，列为新中国小百科丛书之一，在北平、上海、香港等地一印再印。1949年还有一本中篇《生死斗争》，在沈阳东北书店发行（1950年上海群益出版社重排改名《钢铁的心》）。

1948年11月4日，全东北解放。就在当晚万众欢腾的庆祝声中，我而立之年同年方十九的小姑娘于凤乡（于千）在哈尔滨结为伉俪。

十三

1949年8月，为迎接全国解放，在东北的两广干部大多数调离原单位集中长春准备入关南下。我这才离开了《东北日报》副刊部，从沈阳到长春，加入叶剑英的华南工作团的广州干部大队。在广西籍的朱光（后来当首任广州市长）直接领导下，集中学习一段政策。月底进关，经天津、济南、南京、上海、杭州和南昌。路过赣州，赶上庆祝中华人民共和国成立的群众大会。十月初，到达广州市，进驻当时最高的爱群酒店，接管市教育局。十一月下旬调广西工作团，到梧州任市党委宣传部部长，奉省委书记张云逸面命：创办《建设日报》，首任社长。

1950年7月，上调广西省委宣传部，从此，历任处长、秘书长和副部长，直到1966年6月"文化大革命"。十六年的漫长岁月，主要精力和时间全都消耗在"会海文山"了。这当中，1951年冬，参加广西土改工作团跟北京中央团的田汉、艾青、李可染、胡绳、吴景超以及胡昭等作家、诗人、艺术家、教授和领导干部以及大批清华、燕京两校的学生，一道搞了大半年的土改运动。

1952年11月，中宣部文艺处从全国各地借调作家、诗人上京，统一安排各人下乡、下厂、到部队深入生活，为期一年。我有幸获得了这求之不得的机遇，企图就此良机，将土改的生活感受写部长篇：塑造个从奴隶翻身成为主人的当代农民形象；同时表现一群知识分子在与工农相结合的过程中，思想感情发生变化的精神面貌，其中不免顺带批评某些思想僵化的干部领导作风。一心想写有别于已有的土改题材作品的模式。但因酝酿、准备工夫不成熟，1953年一年的借调期限很快便过了，愿望落了空。

1954年初，又坐回办公室，行政工作的担子加重了：秘书长、副部长接连升级；另外还有第三届政协全国委员和广西作协主席等社会职务的活动，写作实在没有可利用的业余时间了。不过为着要写心中的长篇，脑子一直没少酝酿。到1959年初，组织上为国庆十周年献礼，动员作家们创作，先准我有三个月的创作假。三个月要写部长篇，按说时间是不够的，好在事前有着五年怀胎，人物形象已活现眼前，其中细节也都有了清晰的想象，一旦执笔写来，得心应手，进度神速。从四月初到六月上旬，不要三个月便写出了二十多万言书稿。1951年那段农村绚丽多彩、令人难忘的生活图画，终于在《美丽的南方》（1960年作家出版社）得到了反映。

十四

1960年到1963年，因病住院疗养，乘机构架另一部现代革命历史题材的蓝图，数易设计草稿，拟出二百来页提纲。在未进入创作之前，先写两个短篇试笔。真想不到头篇《故人》竟会获得如此广泛的读者，《广西日报》、新华书店一段时间就收到为数不少的书信和电话，要求报上转载，打听有没有单行本出售。

《故人》的成功，大大鼓舞了我酝酿多年、一心要写以反映从本世纪初（指20世纪。——编者注）反袁称帝到三十年代中华工农苏维埃诞生，那段民主革命题材的信心。

1963年3月，出席中宣部针对外国修正主义文艺思潮而召开的反修防修文艺工作座谈会回来，便得假动手写我第二部长篇。仅仅用了一年半工夫，七十万言的初稿便出来了。初步拟名《他留下的脚印》，是以一位革命前驱者的命运为中心的书。这时，正要开展农村四清运动，大抓走资本主义的当权派。文艺界紧密配合政治运动，批电影《早春二月》、批戏曲《谢瑶环》、批史学《忠王李秀成自述》等；"以小说反党是一大发明"的余震还在令人惴惴不安。而我这部以资产阶级民主革命历史时期为背景，表现知识分子出身的革命先驱者所经历的曲折道路为题材的长篇，其中不仅闯了为知识分子树碑立传的禁区，而且直写到孙中山那样的历史人物，直写毛泽东、周恩来等等那样的真人形象，这在近年来已成司空见惯的现象了，可在六十年代初是要有敢担风险的傻乎劲才行的。难怪一家出版社看过初稿，虽然说什么人物个性的刻画、历史时代背景的再现，以及整个布局构架等等，颇具匠心；但值得考虑的是：规定主人公的地位过高（中央苏维埃委员），会不会招致物议？特别是领袖人物真人如何塑造得恰如其分？因无前例，不能不予顾忌。因为已是"山雨欲来风满楼"的严重时刻了，所以对书稿的取舍，没说否，也没敢说要，模棱两可。接下来不久，果真一声霹雳，一场惊天动地的"大革命"旋风便令人目怔口呆，什么都说不准了。

十五

那是正当全国到处都在传达《"五·一六"通知》的危急时刻，我还在桂林芦笛岩山脚的肖家庄领着四清工作组学习这红头文件之际，广西区党委秉承中南局部署要每个省区必须揪出个代表人物来作大批判开路的旨意，6月5日开会决定：拿我作为修正主义分子的典型，号召全自治区人人口诛笔伐，罪名便是炮制《故人》大毒草！不教而诛。谁能想到，曾为广大读者（包括现在要判她罪的衮衮诸公）赞美备至的《故人》，那纯粹而且明显不过的在控诉国民党特务给知识分子制造的悲剧，怎能昧着良心颠倒黑白把它说成是"为地主分子树碑立传"？谁敢相信欲加之罪何患无辞的莫须有的冤枉，竟在革命队伍中重演？然而，一夜之间，我居然就这样为《故人》受难——成了三反分子，成了文艺黑线在广西的代理人！作为权威的党报，每天以一版到两版的整版通栏标题，连续刊登了三十八天（从6月15日到7月23日）所谓工农兵群众大批判文章，所谓各地区各团体的声讨电文和声讨大会的图片。至于我本人以及家属所有成员所受的冲击，实在超过人所能忍的极限。但丁在《地狱》写不到的残酷，我在人间却真受够了。只因有1943年被"抢救"过的教训，深信党最终将会做公正的裁决，于心倒能坦然；怀着苦涩的好奇心冷眼静观这出戏剧如何终场。再就是幸亏自己平生无怨敌，没给乱棍打死，终归经历了第二次严酷的考验。记得运动初起，身受冲击，心事万千，吟成几句泄愤，题为《冰雹》：

霹雳一声天地崩，何来夜半排山洪？

村前乌桕逐狂浪，屋后丰松啸疾风，

茅舍倾圮犹有础，渡船漂泊已无篷。

雨里老夫迎风立，翘首凝睇望旭东。

1972年国庆前夕，已是林彪死后周年了，我才总算死去活来，从六年的噩梦中得到了解脱。1973年初被安置到自治区文化局当副局长，排第九。人们取笑叫我"老九"。老九是分不到什么工作来干的。另一位支左的副局长来叫拿出写作计划去，交党组讨论，通过了，便在家写东西，不给设办公室了。

写什么呢？自知一贯写作的心情就像谈恋爱那样害羞，不到成熟可以公开的程度是不好意思向人泄露秘密的。要事先拿到会上去叫人七嘴八舌说这说那，实在太难为情。当然，最难以从命的还是江青的"三字经"，还有接二连三掀起的大批判开路：一下子批《水浒》，一下子批《创业》，一下子又批《三上桃峰》……写作无异谈虎。我的大捆书稿，一直束之高阁，真没心机也缺那分勇气去触动。白白混了好几年的日子。

十六

1976年10月，十年灾难终于结束了！创作思想终于挣脱了紧箍咒。12月即给领导机关打报告，请求批准创作假，完成长篇《瀑布》(《他留下的脚印》最后定名)的书稿。但石投大海，没得回音。事隔一年，由于中国青年出版社刘平、李荣胜两位得江晓天推荐，专程来访，看过初稿前头十多万字之后，格外赞赏。立即代向区党委文教办主任罗立斌交涉，获准我的假期。

从1978年初开始，一边修改《瀑布》，一边还得兼顾恢复文联的筹备工作。到十一届三中全会时才完成全书前两卷，只好作为第一部（《长夜》）先出书，1980年4月第一次印行。1981年荣获全国少数民族文学创作一等奖。后两卷因种种缘故，拖到1984年末才以第二部（《黎明》）出版。到此，《瀑布》全书一百零五万言四卷本的整个工程总算告竣。这是自己认为用生命写成的书，无疑是代表我一生创作所能达到的高度了。要说短篇的代表作，则该是《故人》，《落伍者》只能标志着我开始迈进作家之林的第一步台阶。

党十一届三中全会全盘否定了"文化大革命"，1979年3月，广西区党委才肯为我曾经被当作打倒对象的代表人物予以平反，才肯承认1966年6月5日会议把我作为三反分子而撤销党内外一切职务的决定是错误的了。于是恢复我区党委宣传部副部长的职务。1979年全国四次文代大会，当选四届委员，同时入选中国作协理事。1980年广西文联和广西作协重建，当选两会主席，并任党组书记。1982年离休。最后，吟成如下几句旧体诗作自白：

> 自古文章憎命达，从来骚宦不一家；
> 寂寞桑榆思冯异，留得清名对噪鸦。

1990年代

- 凤子《人生第一课——记中学时代的戏剧活动》
- 杜渐坤《探望冰心老人》
- 包晓泉《大明山的诱惑》
- 凤子《我的几位师长》
- 白先勇《不信青春唤不回——写在〈现文因缘〉出版之前》
- 庞俭克《秋意》
- 彭洋《圣堂山圣典》
- 岑献青《故人故事》
- 潘大林《秋日还乡》
- 陆地《延安『部艺』生活点滴》
- 凌渡《听狐》
- 林焕平《抗战烽火话桂林》
- 张燕玲《维也纳森林的故事》

人生第一课

——记中学时代的戏剧活动

凤　子

在家里读《三字经》《女儿经》，在私塾读《幼学琼林》的十岁左右的女孩，竟冲破了家庭关，进了洋学堂——武昌女一中附小，真是不可想象的事，如同后来未经家人同意剪掉辫子一样。在封建意识占统治地位的没落世家里，这样的行为，不啻是一场"革命"。我有兄弟姊妹十人，我排第十。记忆中只有两个姊姊，三个哥哥。听说大哥过继给大房，四姊做了"望门寡"，年轻轻的就走到她未见过面的丈夫的家！九姊早夭。活着的哥哥姊姊都未进过学校，但他们不是文盲，都在私塾学习过。我的启蒙老师是瘸子五哥，第一次上学也是进的私塾。记忆中私塾是个私人学堂，不分班、不分男女，当然都是没有成年的儿童。在一间堂屋里，摆了几张桌

作者简介

凤子（1912—1996），原名封季壬，笔名禾子、封禾子等，广西容县人。1936年毕业于复旦大学。早年在上海、重庆、桂林、香港等地从事戏剧活动。曾任《女子月刊》主编，桂林《人世间》编辑，上海《人世间》主编，《说说唱唱》《北京文艺》编委，《剧本》主编。著有长篇小说《无声的歌女》，散文集《废墟上的花朵》《舞台漫步》《旅途的宿站》《人间海市》等，散文小说集《画像——凤子散文小说选集》，散文评论集《台上·台下》等。

作品信息

原载《新文学史料》1991年第1期，收入散文集《人间海市》（上海文艺出版社1998年版）。

椅。教书先生是个老头儿，穿长袍马褂，还拖条辫子，脸上架副铜框眼镜，威严地坐在八仙桌旁的太师椅上，桌上放有戒尺。八仙桌上方有一个条桌案，条案正中墙上供有至圣先师孔老夫子的牌位，条桌案上供有香炉、蜡台，蜡台里的蜡烛没有点燃，香炉里的香却烟雾缭绕，增加了神秘感。入学那天，先向孔子神位磕头，再给老师磕头。为了背书时不挨手心，我也整日摇头晃脑地唱着"混沌初开，乾坤始定……"今天来看，《幼学琼林》不失为一本学习科学、历史……启蒙的教材，要看老师如何讲解了。

读私塾时我还不到十岁，当时我家在武汉，正是军阀混战的年代，为了"跑反"，我们家经常从武昌搬到汉口。因为武昌有城门，军阀们抢夺地盘，武昌就得关城门，汉口有租界，为了活命，武昌城里的人，在吴佩孚、孙传芳的指挥刀下，动乱时跑汉口，和平时住武昌。也因为汉口有亲戚提供"跑反"的方便。

我母亲的堂妹有个侄女儿叫杨励，我管她叫表姊，实在是算盘亲戚。表姊在武昌女一中附小读书，我们年龄相近，常在一起玩。我羡慕她穿的学校制服，月白色竹布褂，黑府绸裙子。我翻看她的课本，像天书，愈看不懂愈好奇。为此向父母闹着要进学堂。说动了家人，插班进了小学六年级，和表姊同班。穿上了月白竹布褂，黑府绸裙子，心里又是欢喜又是愁，因为除语文、史地外，数理化、英文都跟不上，下学回家不少哭鼻子。表姊为了辅导我，下了学就和我一块做功课。居然毕了业，也不知怎样混过来的。

高小毕业，这时因父亲工作调到汉口，家已搬到汉口，我就考进了汉口二女中。班主任林先生、语文老师涂先生、教务主任陈先生，思想开明，学生课外活动很活跃，如演讲比赛，演出话剧等。他们不仅鼓励，而且给以具体指导。当时也没有什么组织，就以班级名义活动。初中二年级文娱活动比较活跃，喜欢话剧的同学多。不都是当演员，更多的是搞舞台工作。所谓舞台，并没有台，只在食堂的一头，用白粉笔画出一条界线，用床单做幕，布景、服装当然更是因陋就简了。关键在剧本。当时田汉的名字在武汉青年人中叫得很响，他早期的作品深得青年人的喜爱，所以《南归》《苏州夜话》《湖上的悲剧》等自然被选中排演。同班同学有好几个大个儿，如董启容、沈蔚德自然被派演男角，而我因个子小，只有承担演悲剧女角的份了。

什么叫演戏，我们都一窍不通，但绝不是为了好奇、好玩才搞戏。我们是那样严肃、认真对待这个活动。语文老师、班主任是导演，实际上他们只是把大家叫到一块念剧本，他们根本也没有排戏经验。武汉长大的人都不会说"国语"，那时还不兴方言演戏，因此就得请会说"国语"的同学当老师，校正语音，听听谁念的上口，谁就被挑做演员。当时普通话都是南腔北调，都说得不纯正，大家也接受了。

我饰《南归》中的春姑娘和《苏州夜话》中的卖花女，沈蔚德饰老画家，董启容饰流浪者。我没有参加《湖上的悲剧》的排演，也忘了扮演者都是谁了。这三个戏的演出，在全校，甚至全市来说是件大事，《苏州夜话》反映了军阀混战时代人民遭受的生离死别的痛苦，卖花女的身世自然赢得人们的同情。不过，我对《南归》中女儿的感情毫无体会，等到流浪者走后，女儿急切地追出去，那情景引人掉泪。我们不懂表演，首先自己就被剧情感动了，演来也就感动了观众。卖花女诉说身世时禁不住流泪，而"台"下观众也一片唏嘘声。观众的反应促使了演员控制不了感情，演员们都泣不成声。导演班主任林先生急了，叫拉幕，向观众宣布停演十分钟。戏半途辍演，观众都不离座，有的观众不住地以巾拭面，待演员们喘息过来，才又拉幕继续演下去。

当时小学、中学男女分校，男二中的学生大多是我们的观众。董启容的弟弟就在男二中，解放后才知道他们姊弟当时就已参加了民先组织，不久都入了党。演出话剧，而且演田汉的戏，就是一种革命行动。尽管田汉当时的作品有的带有浓厚的小资产阶级的情调，但是他的作品反映了那个时代广大人民的心声，人们生活在军阀割据的环境中，跑反的经历，家败人亡的惨剧并非绝无仅有。当时我们都是十几岁的女学生，正是多愁善感的年龄，演到伤心处，演员们自己就哭了，观众也哭了，这哭并不是表演艺术应有的效果。当时我们这些女学生都是第一次上"台"，能把台词背下来，肯化装扮一个角儿就很不易了，我们对戏剧表演 ABC 都不懂，全凭兴趣和热情，当然个别人如董启容是作为政治任务而积极投入工作的。当时共产党还是秘密组织，包括"民先"。解放后一次聊天，我问董启容当时为什么不发展我参加民先，她避而不答。我在二女中时还患有肺结核，身体单薄，感情脆弱，平时就容易掉泪，对革命毫无认识，当然不是发展的对象。

1927年大革命爆发，革命浪潮汹涌澎湃。出于对封建割据军阀内战的愤恨，武汉人民都积极组织起来迎接国民革命军，学校里更是热气腾腾。我们都参加了全市各界民众欢迎国民革命军的活动，还参加了收回租界的游行。阶级意识虽然朦胧，爱国热情却蓬勃高涨，为了慰问国民革命军官兵，我们排了一个大戏《空谷幽兰》。内容是写婆婆虐待媳妇，寓义妇女解放。在汉口最大的民众乐园演出，地点在汉口后花楼新市场。记得参加演出的是全校各班同学，作为任务赶排出来的。我饰演媳妇，一位姓汪的同学饰演婆婆。我是一个受尽虐待的苦命女子，可是我看婆婆既不狠也不恶。国民革命军战士都是来自农村，揭露封建思想对民众，特别是对妇女的迫害获得战士们的共鸣。民众乐园有三层楼座，近千个座位都坐满了人，我一出场看到那么多观众真有点怯场，糊里糊涂不知怎样把戏演完的。

七八岁时，跟着瘸子哥哥看过文明戏，当时女角都是男演员演的，文明戏演出没有剧本，而是凭一张幕表，即分幕、分场，分派角色，从简单的说明，看出故事大概，由演员自己发挥。王无恐、陈秋风的演出轰动一时，陈秋风饰女角，王无恐是言论老生，针砭时事，慷慨陈词，获得满堂掌声。我们二女中演出的是话剧，相反，男演员要女角担任。我们根据剧本，要背台词，经过排练才演出。当然，如何进行艺术创造，我们是不懂的。但是，演戏不是为了玩、戏能教育人，朦胧懂得了"艺术的使命"，当然，这词儿当时也未听说过，更说不上理解了。

学校剧早在北方大学里开展了，周恩来同志就是南开大学著名饰演女角的演员，而且北方还创办了戏剧学院，这些，在当时我完全不知道。凭自己的经验，我认为学校剧是时代的产物，它有一股强劲的力量，它团结、教育了参加学校剧组织的师生，它团结教育了广大的观众。它是革命运动的一股不可忽视的力量。回顾二三十年代参加影剧界的作家、导演、演员……几乎大多是从学校业余演剧团体磨炼出来的。

话剧是一种外来的艺术形式，二十年代初期传到我国，最初名为文明新戏，以别于旧戏，即戏曲。所谓旧戏是五四新文化运动中派生的一种民族虚无主义对戏曲艺术的贬词，这里且略而不论。话剧定名始于洪深，男女登台合演也始于洪深。话剧繁衍到今天，我们忘不了她的最初奠基人——欧阳予倩、田汉、洪深三位先行者。他们不仅仅是引进了一门新的艺术形式，而在新文化运动大潮中，他们投身于实践，鼓舞、教育了广大人民群众，首先也团结教育了要求进步的知识分子。在反帝、反封建的战线上，他们掌握的话剧这武器，是匕首，是投枪。一声"放下你的鞭子!"唤起了万千人民群众的爱国热情；"打倒卖国贼、抗战到底!"的呼声，引发了多少民众的内心共鸣。

新文化运动先行者，我们也忘不了胡适、丁西林、熊佛西、赵太伟——许多位在戏剧文学和教育事业做出贡献的前辈，话剧成为教育部门的一项专业学科，尽管在二十年代中北京艺专成立有戏剧系，1927年大革命失败后，田汉创办有南国社，1929年欧阳予倩在广州创办戏剧研究所，下设戏剧系开戏剧教育的先声，三十年代国民党创办的国立剧专，也都培养了一些专业人才。而全国解放后，由国家主办的中央戏剧学院、上海戏剧学院，几十年来在老一辈戏剧家擘画下，戏剧教育更是蒸蒸日上了。几十年来为全国各省市专业话剧团、院输送了多少人才，我们的话剧艺术，不止国内，在亚洲、在世界都取得了她应有的荣誉和地位。

我所以回顾这一段中国话剧发展史，深深有感于近年来话剧艺术趋于低潮，我个人未能掌握全面材料以进行研究，我想到八十年代一度出现的校园剧，以北师大为首的校园剧的演出给人们留下深刻的印象，可是为什么到了八十年代末、九十年代的今天却又沉寂了起来呢？

我毕生工作在戏剧岗位上，虽然建国后不再当演员了，可我一直是个热心的观众和剧本创作的读者，面对当前话剧现状，引我深思。不禁回忆中学生时代的那段历史，我忘不了那些日子，忘不了二女中的老师和同学。今天还有联系的有董启容（已改名董启翔，广西文联离休干部）、沈蔚德（南京大学离休老师，毕生从事戏剧文学教学），偶然在会上见到，共叙当年，不胜感慨。

一个人的一生事业前途有偶然性，但是处于启蒙阶段是最为关键的。青少年时代说不上什么理想，但所生活的时代、具体的环境对人的一生的影响最为深远。大革命的洪流冲击着社会的每个角落，而在大革命前后，自觉、不自觉地被卷进革命的浪潮中，无形中受到当时先进思想的影响，参加了一些社会活动，回顾起来虽不可思议，却有其必然性。如同旧社会婴儿一周岁时举行"抓周"礼一样，婴儿做周岁生日，请亲朋好友，要在一个盘子里放许多引人注目的东西：有文房四宝，有金银饰物，有糖果，有脂粉……，让婴儿信手抓取，以预测婴儿长大成人后的前途。这是旧社会的迷信，婴儿长大成人是个什么样的人，关键在婴儿生长的环境和所处的时代。儿童学步要人引路。要站起来走自己的路得靠本人的努力和锻炼。

中学时代是幸福的，比起同龄人来，我缺乏自觉。路已迈出了第一步，自然要走下去。

┃文学史评论┃

凤子的散文，注重艺术意味的蕴藉和文字的锤炼，弥散出清新秀丽、明朗照人的艺术魅力，在抗战时期的散文小品中，显露出别具一格的魅力。

——蔡定国、杨益群、李建平：《桂林抗战文学史》，广西教育出版社，1994，

第683页

┃创作评论┃

凤子的散文多写她过去自身经历的人与事，用她自己的话说："不过是观察生活时留下的一幅幅速写而已。"然而她自称的这些"速写"和"片段"由于都是她切身的感受，又都从肺腑流出，所以读起来总使人觉得亲切。……凤子对散文的写作态度却一直相当严谨，她从不粗糙为文，也不轻率下笔。她的写作态度也相当真诚，无论是早期或晚期，她的散文都真挚地向你倾吐着她的情怀，她的喜忧悲哀，她所浪游过的地方以及她所缅怀的各种人物。她的笔调一如她说话的语调，亲切动人，

自然流畅，只是笔调有时更从容、更细腻、更深情哀婉一些，而且还不时地交织进一些淡淡的哀愁。她在散文中也抒情，但决不大起大落，决不激烈；她更多的是将抒情与议论结合在一块，造成一种特有的情感气氛，同时也造成了她散文的一个重要特色。

　　——孙琴安编著《名家散文新读》，汉语大词典出版社，2006，第204—205页

　　抗战胜利后，我读过凤子在一九四五年十二月出版的散文集《八年》，主要是她抗战期间流浪生活的记录。我认为这是她一生所写散文中最见光彩的部分。当然，战后在《人世间》发表的散文也给我留下很深的印象。如富有象征意味和抒情色彩的《灯》，以及为纪念闻一多遇害周年而写的《永生的，未死的》。感情激愤怨怒，文字又优美如诗。

　　——姜德明：《记凤子》，载姜德明《流水集》，上海远东出版社，2011，

　　　　第126—127页

探望冰心老人

杜渐坤

"爱在左，同情在右，走在生命路上的两旁，随时撒种，随时开花，将这一径长途，点缀得香花弥漫，使穿枝拂柳的行人，踏着荆棘，不觉得痛苦，有泪可落，也不悲凉。"

我们有谁没读过冰心老人的作品？又有谁不记得老人这句话？九十岁的老人，锦心绣口的著名前辈作家，从五四运动起就在文坛上驰骋了大半个世纪，一路地撒播着她的爱——爱祖国，爱人民，爱母亲，爱儿童，爱人类，爱大自然妩媚的风光，爱尘世间一切美好的事物；老人正是用这样的爱孕育了无数绚丽的篇章，滋润着一

作者简介

杜渐坤（1944—），广西合浦人。1967年毕业于中山大学中文系。历任原广州军区政治部干部，广东人民出版社文艺编辑室编辑、副主任，《花城》杂志主编，《随笔》杂志主编，编审。中国散文学会第二届常务理事。责编《人啊，人！》（戴厚英著）等长篇小说多部，策划并编辑《老作家自选集》等大型文学丛书多套。编选有《随笔佳作》（上、下集）、《戴厚英随笔全编》（上、中、下册）及多种年度随笔选本等。其主编的《花城》杂志和《随笔》杂志在文学界均有较大影响。作品《落叶》《萤火虫》《在海边》《凭吊黄花岗》等入选多种权威选本。著有散文集《偷青》。

作品信息

原载《当代》1991年第1期。

代又一代读者的心田，同时丰富着中国文学的宝库。这样的老作家，我们又谁能不像爱自己的母亲一样，深深地敬爱着她？

所以，一九九〇年初春，当决定要去探望冰心老人的时候，北京的画家王为政和作家霍达夫妇俩，早早地就在家里备下一份礼物了——又红又大的日本宏富仕苹果。这种苹果，我也曾在为政家里吃过的，既松且脆又甜，吃过之后，尚有一股淡淡的余香。我猜想为政夫妇俩的心意，该是祝福老人岁岁平安晚年舒甜罢。而我远道的从南方来，匆促间却没有带来什么礼物。我也应该表示一点我的心意的，于是，便在路上托霍达代买了一包威化巧克力和一听饮品。然而我不知道，这样的东西老人是否爱吃。

下午五时许，车到冰心老人的寓居，在二楼她的书房兼卧室里，我们终于见到了我们景仰已久的老人。她的神态是那样的端庄，那样的慈和，眸子里满含着温婉的光，一时间我仿佛觉得，我不是在探望一位从未谋面的前辈作家，而是在探望我年迈的母亲。

我的母亲今年也已年近九旬了。然而，我的母亲却是一个目不识丁的妇人，在途远的故乡，她曾经是那样含辛茹苦地用悲酸的泪水把我泡养大，然而冰心老人，却是用精美的精神食粮哺育我们成长的可敬爱的老人呵！

九十岁的冰心老人，那么慈和地坐在我们面前，柔声娓娓地与我们闲话家常，这又使我觉得，我不是坐在陌生人的书房，而是坐在自己熟悉的家中。

老人的这间书房兼卧室，面积本不大，陈设又极简，只一张书桌一架书橱和两张单人床，此外就是几张散放着的坐椅了。老人对生活原无多求，然而她给予社会和他人的，却是极多极多呵！

那两张单人床，据后来霍达告诉我，一张是冰心老人的，一张是她先生吴文藻教授的，先生业已仙逝，然而她总不肯撤去那张单人床。

老人的身板还算结实，精神也还好，只是在十年前不慎跌伤过一条腿，此后就只能靠助步器在房间行走了。而在此时，在室外有寒风呼啸的早春的下午，她正把一只热水袋置放于膝上，两手交叠着放在热水袋上取暖，有时又把热水袋夹于两腿间。此情此景，又使我不禁担心起她的健康来。

可敬爱的老人，她或许也看出我们的担心了罢，她淡淡地然而却极温婉地笑着，对我们说：她还能看书和写作的，她忘不了读者们和年青的作者们。她的书桌上此刻正摊开着一本《福建文学》。她说那上面有两篇小说写得不错，她把其中的人物和一些重要段落都画出来了。她说她不认识这两位作者，不知道他们是哪里的。我看其中的一篇是石国仕所作的《蓝热》。我说这作者我认识，他是海军南海舰队的创作员。我猜想老人在小说上画了这许多杠杠，该是要撰文评介这两篇作品吧。哪怕是从不相识的作者，老人也是那样的关注而且高兴呵！

只是她的精力已不如从前了。她说看书或写作久了就头昏。我们望着老人，都从心眼里祝愿她健康长寿，有旺盛的精力为世人写更多华美的篇章。

老人又问我是哪里人。我说我的故乡在广西合浦县，湛江西去还有二百多公里的地方。她说合浦那是历史上有名的珍珠城，可惜她没去过。湛江她是去过了的，那城市实在太美了，有满城四季常绿的秀树和永放不败的鲜花，不像在北国，一到秋深树木就落叶鲜花就凋零。这又使我忆起，老人是写过许多赞美绿树繁花的篇章的。善良的老人，她是无时不在期待树之常青花之永放不败呵！

老人又说她很爱小猫们。那小猫太通人性了，夏衍家曾养过一只猫，在动乱年头散失多年后，仍能跑回家来看望主人；她自己也养着两只猫，每当她寂寞的时候，猫们就跑来与她亲近，给她逗乐，很乖地蹲在书桌上让她喂食或跳到她床上戏耍；她说小狗也很可爱，小狗更通人性，只是一样不好，便是提起一只后脚就撒尿。我看见老人说着这些的时候，脸上始终现着慈爱的微笑。

其实，老人又何止爱小猫小狗们呢！老人也爱马们和牛们，也爱蜜蜂和蝴蝶，也爱知更雀和黄鹂，也爱萤虫和青蛙，也爱大海高山和河流……老人把这些爱倾注在她的《春水》《繁星》《寄小读者》《再寄小读者》等众多灿烂篇章里，虽经时间流逝的淘洗而永远不减其耀目的光辉。

"但有两件事，我心中决不至于模糊的，就是我爱我的祖国，我爱我的母亲。"

这大概就是冰心老人执着于兹的爱的精髓罢。

爱着总是美丽的。在冷酷麻木卑污尚未被荡涤干净的尘世上，我们又如何能不言爱？又如何能摈弃爱和挞伐爱？爱是人类心灵之上的暖且融融的阳光吗？爱是人间美好情感的升华吗？当然这里所言之爱并非是去爱坏人，并非是去爱丑陋，并非是去爱龌龊的为人类所不齿的东西。冰心是不会去爱这些的，冰心就是现在也仍然爱得如是崇高如是纯净。冰心爱世间一切美好的事物同时也爱我们。所以我们无法不深深地敬爱着冰心。

大约一个小时，我们告辞出去，车子在冷风呼呼暮色迷茫的长街上奔驰，我回望冰心老人的寓居，我心仍被一脉氤氲甜美的情意所浸润……

┃ 创作评论 ┃

虽不能说每辑每篇都字字珠玑，每辑每篇都给写得重岩叠嶂，清荣峻茂，但杜渐坤为文之可贵，就贵在他发乎心诚于意。他总是诚挚地写他独有的心灵体验，执着于他自有的美学追求。并不刻意求工，却每每"一曲动心多"地使读者产生强烈的共鸣。

——梅汝恺：《知文知人者语》，载杜渐坤《偷青·序》，花城出版社，1987，

第1页

读杜渐坤的散文，往往为他文字之中所含蕴的魅力——完全个性化了的情感所折服。渐坤的秉性、情趣、感受和体验，无不以情感为媒——熔入作品。

——童炜钢：《个性化了的情感》，《羊城晚报》1988年6月3日

大明山的诱惑

包晓泉

有山居一梦。

枕林屋鸟语，枕不倦的苔痕青青，枕森林一脉泻地而来的香潮，就这样，就这样梦醒，欣然欣欣然。花在檐下，鸟在檐上，声声都是妩媚，悠悠远远，叫颤了一万重青山。百啭无人能解，因风吹过蔷薇，涧鸟翩翩，翩翩在大明山。

山上有雾，山上有迷离的烟云，南方五月的烟云，乘风之驾，吟森林之女缠缠绵绵的诗句，将龙头峰的青顶吻住。我在山籁中站着，谛听一种悸动不绝的声音，那在无人语的林间躲躲闪闪的声音。日神渐起，吸走夜遗的千枝浆露，把手炉祭得高高。而空山鸟语依然，纤纤的蔷薇依然，漉漉野径纷飞缭乱的烟云也都依然，在林子中央，林子外面，葳蕤的棘丛和一壁千仞的崖下，总是一层不去的仙意，林间

作者简介

包晓泉（1963—），仫佬族，广西罗城人。1984年毕业于中央民族学院（今中央民族大学）中文系。中国作家协会会员。1985年起曾任广西民族出版社编辑、编辑室主任、副编审，广西艺术创作中心指导部主任等。出版有散文集《青色风铃》，文化专题图书《山水沉香》《树影家园》《红水诱惑》《水秀南方》等。《青色风铃》获第三届文艺创作铜鼓奖、全国第六届少数民族文学骏马奖。

作品信息

原载《民族文学》1991年第6期。

孤客，或可握几枝山兰，举在颈下，唇下，鼻下，闭眼思 Bantock，思他在伯明翰或米德兰，一心一意奏他的《阿尔塔斯山的女妖》，想他美丽的女妖怎么爬树，怎么直视人心。大明山没有女妖，此一时，只有阳光满地走，有勾人的神秘鸟的叫声。就觉得丢失了什么，丢失了甚至是还未拥有的什么，却不知如何找回。也许女妖能助，浅浅一笑可解千般难题，视形体而知心，但那是 Bantock 与雪莱所共有的女妖，帮不到一百年后的我了呢。失了，当然也有得，亦得亦失，是一件自然天成的事情，或者那份沁体润心的归属感，就是最大的补偿？

这是桂中的山，很冷静地苍郁着，阵雨骤至，更见几峰青翠。有古木参天，乱藤齐上，一树的历史和沧桑，就写在皮上干上根上，散在森林密处。极目四望，唯有云浪渺，天地无言。想这百年古树，一定记得西南不远那座宁武山庄，记得弯弓跑马的庄主，记得有个叫陆荣廷的人醉卧沙场，引出一部腥风血雨的《桂系演义》。也一定记得南去百里那道巍巍雄关，记得昆仑关上旗升旗落，凄厉的号声响响停停，抗日勇士的刀光闪在山坡。这古树啊，纵有千千叶落，也抹不去那段岁月的记忆，在风中，在雨中，在似静非静的山中。绿笔记写了又写，挤满荆棵，挤满草莓鲜红的肌肤，好沉重地悬着，想说什么，想说太多的什么，抑或，只等我去细细地读？

那天边的风来得猛烈，在山坳间呜咽着，竟不知是否有雨。夏天的大桥将临未临，这五月风，仅只是一种亦喜亦忧的季节之兆吗？

我说过有一种悸动的声音，那在林间躲躲闪闪的声音，始终在耳边，非风非雨非雷，穿谷而来，穿谷而去，悠然滑过树梢。但不能捕捉！似乎抓住了，开手时却了无踪影，耳旁只有松果偶尔的坠响和枯枝折裂之声，一只金龟子在草上嗡嗡呻吟。我的怯意和怅惘就在那时生出来，惶然无措，飘荡无着，任头顶那只山雀放肆地大笑不止，自觉渺小中，不敢再想属于生命的题目，生命的大小强弱，生命永恒，还有丰盈或消瘦。但仍然要找，找那声音，每一根神经都感觉到那声音的真实，催我去，催我下山谷。

百丈谷底是幽冷的视野，天窗窄小，映出原始在涧中的景象，映出一条柔柔又野野的甘南河。甘南河是瘦河，是山野女子的风度，衣袂飘飘，从容在十里绝壁之下，有百般的温柔千般的泼辣，真正的静若处子，动若脱兔。淡淡雾，凉凉水，和越石而来愈益清晰的幽谷合唱，抚鬓而至。那神秘悸动的声音之源，竟是越来越近了。紫杜鹃悄悄摆，摇一种不可捉摸的节奏，微笑于凄清之岸。告诉我，能告诉我吗，那是什么，那扑在发上脸上肩上衣服上的动静是什么。是山吗，树吗，花吗，甚至就是这条河？河是红色的汁液，很怪的红色，从狭缝里漫出来，急缓进退，绕着千石万石，泛出锈味十足的呼吸。有几分钟我凝视那水，看暗红的沫子，看石根浅浅的水线，顿时就生成几分失望，失望于没有清澈，没有鱼，没有淡淡的水丝丫的香气。那怪异的红色或者是矿物，或者是腐植物。我不喜欢这种赤裸裸的混合，一种破坏性的混合，一种湮没了纯净本质的侵略性的混合，是的，不喜欢。但我喜欢这张背景，这由百丈谷及树及河砌成的背景，以及大背景中无时不在诱人跃跃的悸动。

甘南河无错，错在上帝之手偶然的痉挛。

那瀑布很突然就出现了！没有过渡，就在一个弯处，轰然于眼前。你可以想象贝多芬那著名的四个重音，就是这样骤然而起，也没有过渡，突然得让你吃惊，别无选择去接受一个干脆的答案。这就是悸动之源。60米之上，倾泻的是一壁不可抗拒的力量，淋漓得无以复加，雪挂长长，溅在石上潭上，砸出万树梨花。峡风高旋，水雾如幻，撞击每一寸临瀑的石面，低啸似诡谲的古乐。迎瀑直立，压过来的完全就是一种气势，一种毫无避让余地的逼迫着的气势，堆叠在看官的额上，并向未湿的脑后延伸，延伸。尽管衣领高竖，那道微微的寒意，依然潮潮地顺脊而下，为我打一个瑟缩的印记。这时候，已不能再想红色。哪怕是不如意的红色，也不能。每一个毛孔都专心致志地承受着一种愧意，一种不能言说的敬畏，一种难以挣脱的渺小意识。所有的想象皆已封冻，下沉在心湖之底，只有一个声音在冲顶喉头："啊瀑布！啊自然！"真的，这瀑布不应该属于眼睛，而应该属于感觉，属于心。你还能够在这巨大的飞流前喋喋不休吗？甚至坚持你那理智和冷酷的逻辑？不，你应该获得一种灵气，获得一枚涩涩又甜甜的青橄榄……

这是大明山最漂亮的一笔。

这是大明山最迷人的诱惑。

总想再做山居梦，梦山中一切，梦在黄昏的溪边读诗，读莎士比亚的十四行，念一念他对爱友说的话："白天看起来像是夜，我不能看到你／黑夜可成了白天，你出现在梦里。"梦中梦，山中山，瀑中瀑，朦胧的影，会心的沉默，都来吧都来吧，我始终承认那份诱惑。听，很多鸟又开始叫了。

｜文学史评论｜

包晓泉后来就读于中央民族大学，当时，西方思潮再一次以汹涌澎湃之势涌进国门，现代主义、后现代主义高扬反传统、反权威的旗帜，企图寻找别的精神支点，国内亦刚从十年噩梦中醒来，忙于舔舐"伤痕"，进行"反思"，因此在文化大熔炉的北京，制造了一个奇特的文化场。我们在包晓泉的作品中不难看出这些思想冲击在他头脑中的折射以及由此而被催发出的思考和努力。这一阵喧嚣过后，头脑恢复冷静，"寻根文化"悄然兴起，离经叛道之后是一种空虚的惶恐，站在浪潮尖端的人，也最先感受到寒意与虚空，于是他们开始回归，把曾经毫不犹豫地抛弃的民族文化重新拾起，企图在民族传统文化强大的土壤里培育出一度失落的强悍的民族精神和体格。这是一代热情的青年人的深刻思考，反映到包晓泉的作品中就成了他对仫佬族的重新认识、认同乃至于褒扬、膜拜，二十多年的失落之后，这个精神上的流浪儿终于找到了回家的路，终于回归了自己的精神家园。

——徐治平主编《广西散文百年（上）》，民族出版社，2004，第414—415页

｜创作评论｜

在当代仫佬族散文创作中，包晓泉的散文可谓独树一帜，卓尔不群。代表了一个新生代的崛起。他的创作不仅属于新时代的感知，体现了新的价值取向，而且追求散文语言的探索和创新。其创作以余光中"现代散文"的创作理论为追求，集古文的凝练、典雅与现代诗的含蓄、朦胧于一体，展现出同仫佬族以往当代散文的

不同风貌。在仫佬族当代文学史上，文学语言经历着一个由民族语言到现代语言的过渡。包晓泉富有探索和创新的散文语言昭示了仫佬族文学已经发展到了一个新阶段。

　　——高海珑:《论包晓泉散文的语言特色——兼谈其对仫佬族当代文学语言探索的贡献》，载银建军主编《第四次仫佬族文学研讨会论文集》，广西人民出版社，2009，第315页

我的几位师长

凤 子

人到老年，难免浸沉到往事回忆中，而往事如烟，如同似水流年，一去不复返，可是，脑子里经常浮现一些老师和同学的形象，和愉快、散漫的大学生生活。

我念大学，从预科到本科，都是靠父亲的朋友、同乡的关系，出资资助，才完成学业的。我父亲是广西的老文人，长期主持广西省省志局的编纂工作。可是家累重、供养不了我的学费。念中国公学预科，得到校长马君武的资助，当时国民党内派系斗争激烈，像马君武这样的左派老国民党员，尤其是他主持的大学，有那么一点民主作风的中国公学，被右派视为眼中钉，收买打手，掀起倒马运动。我当然是拥马派。拥马失败，马君武将我转送到大夏大学预科，而且也得到免费。

经历了"一·二八"上海抗日战争，仍然在父亲友人资助下考进了复旦大学，我走上话剧舞台，成为一个话剧演员、刊物编辑，是和复旦大学有着深厚的渊源。不仅是复旦剧社，更和复旦大学几位老师的影响有关。这里仅凭记忆所及，录下点滴回忆，作为对已故去的老师的追念！

1932年我考入上海复旦大学中文系，所以学中文，无他，因我其他学科基础差，

作品信息

原载《新文学史料》1992年第1期，收入散文集《人间海市》（上海文艺出版社1998年版）。

特别是涉及数学和外文。学中文，对我来说，是个偷懒的办法。

中文系主任谢六逸，贵阳人，他兼任新闻系主任。我选修了新闻系谢六逸先生的有关新闻采访课。谢先生负责《复旦学报》，有个暑假，我到杨行采访了赋闲在杨行家中的马君武先生，写了篇《杨行行》，发表在《复旦学报》，作为暑期采访的习作。我的采访实习可能给他留下了较好的印象。复旦毕业时，他就介绍我到《立报》做记者。当时新闻系毕业的一位姓熊的同学，急望到《立报》去，而正好赵景深先生介绍我到女子书店编辑《女子月刊》，从此走上了编辑工作的岗位。一晃眼，却是50多年前的旧话了。

复旦大学一年级的课程比较轻松，除国文、英文外，有社会学、经济学、生物学、近代欧洲史和体育。二年级除中文作文、英文作文外，加了哲学大纲、现代文选和历代文选和电影艺术，同时加了一门第二外国语，我选修了日文。一、二年级有体育，我喜欢网球，参加了网球组。二年级开始，专业课多起来了，除现代文选、近代文选外有文艺思潮。三年级加了更多的专业课，如中国文学史、文艺批评、修辞学、词选、文学史、戏剧原理、历代诗选、音韵学等等。四年级有戏剧表演论和戏剧原理。记得二年级我就选修了洪深先生的有关戏剧的课程。洪深是外文系的老师，作为选修课，听他讲课的学生最多。如听大课，一个教室容纳不了，窗台上、走廊里都挤满了人。戏剧课本身固然有吸引力，实际是洪深先生本人最为吸引人。他不仅口才好，旁征博引，使听讲人入迷，他还连说带做，更引人出神。他是复旦剧社的创始人，实际上他和田汉、欧阳予倩三位是中国话剧的奠基人。话剧这个词就是他定的，以别于文明新戏。文明新戏是针对旧戏——即京戏和地方戏而起的名。忽视京剧、地方戏的历史渊源和群众基础，是一种民族虚无主义。文明新戏是幕表戏，即没有剧本，演员根据幕表拟定的人物和情节，饰某个角色的演员自己在台上发挥。话剧一词来自英文的 Drama，话剧主要是对话，没有唱，不是歌剧（Opera）将 Drama 译成话剧，是个创造，洪深憎恶男演女角，决心写一个没有女角的戏——《赵阎王》，是吸取奥尼尔的《琼斯皇》的形式而创作的，虽然演出失败了，他仍坚持话剧工作，复旦剧社成功地演出了他的农村三部曲，即《五奎桥》《香稻米》《青龙潭》。《五奎桥》是第一部反映中国农村封建势力和觉悟了的农民间的斗争，复旦剧社演出获得极大的成功。

洪深戏剧艺术体制实行彻底的改革是在早期进入上海戏剧协社排演《终身大事》时，角色分配男女合演，《终身大事》演出，获得观众好评，下面一个戏男演女角就令人喷饭了，这是一个革命行动，从此话剧舞台是男女合演了。

1936年我在复旦毕业，和复旦老师一直有联系的就是洪深先生。在他讲授戏剧概论的课堂上，他当众约我参加复旦剧社排演《五奎桥》，我顾虑这消息传到广西我家中，会断了我的经济来源，当时社会上认为演员就是"戏子"，我还没有勇气和旧观念做斗争，可是看了《五奎桥》的演出后，我懊悔了，所以复旦剧社第二次约我参加演出王文显的《委曲求全》时就答应了，不过仍有保留，把我的学名封季壬改为凤子，以此躲过家人的注意。

1942年春从香港经东江游击区撤退回到重庆，成立了中国艺术剧社，第一个戏排的是宋之的《祖国在呼唤》，请洪深导演。这是我们师生第一次合作。他笑问我："你不是不演戏的吗？怎么也做了'戏子'的！？"我无话可答。

有人说洪深如果活着，可能过不了1957年"反右"关，更过不了1966年"文化大革命"的关。他的嫉恶如仇的性格，蜚声国人。早在上海大光明观看罗克演的《不怕死》侮辱中国人的影片，他当场演说，激起全场观众的义愤。大光明借租界的庇护，控告洪深，在法庭上他振振有词，把"原告"驳得败下阵去，大长了中国人的志气，当时，全上海、全国引起轰动，传为美谈。

1955年洪先生因患癌症不幸去世，距今36年了，不知有多少人还记得这位名教授，中国话剧舞台做出不朽贡献的先驱者。1983年剧代会期间曾有过一次洪深纪念会，八年了，虽然很少有人提到他，可是话剧创始人之一洪深的名字将永载史册。他的敢于斗争的性格，出于对祖国、对人民的热爱。抗战期间，由于国民党的腐败，文化人生活陷于绝境，他曾举家自杀，当然被朋友们抢救过来。他的坎坷经历，令人同情；他的义愤行动，令人尊敬。他是我在复旦大学受业过的最最尊敬的老师之一。

赵景深先生是昆曲行家，我选修他讲授的"中国文学史""中国小说研究"，词选、曲选等课。上他的曲选课，课堂十分活跃，他讲得高兴，就唱将起来。因为我参加了复旦剧社，他对话剧也极有兴趣，每戏必看，看后必写文章。他非常欣赏欧阳予倩先生导演的《雷雨》，《雷雨》第三幕四凤跪下向母亲发誓，一声炸雷，闪电掠空，大雨倾盆，四凤哭不成声，这一场景，赵景深先生极为欣赏，深受感动，他不知道这场戏受到导演欧阳予倩的严厉批评。受了批评，我们才略为领悟到表演的分寸感，而不能失之自然主义的流露。

赵景深先生很希望我能学点昆曲，我连唱歌都不会，哪能学昆曲？八年抗日战争，我像江湖艺人一般，走遍了西南几省，为了能在舞台上为抗日救亡工作尽一个青年人的责任。1941年皖南事变，为了躲过国民党对进步文化人的迫害，为了向海外扩大抗日宣传，组织安排我到香港参加"旅港剧人协会"。未料到只四个来月，太平洋事变，又经东江游击区回到桂林、重庆。1945年8月15日，日本投降，我借手中的笔，作为记者，又回到上海，仍然同八年前一样，回到记者、编辑工作岗位上来，同时也客串地演演戏。

回到上海，很想见到复旦的老师，虽然复旦在抗战中转移到四川北碚，一度被炸，孙寒冰先生就在一次轰炸中牺牲的。在四川重庆，他多次约我到北碚母校聚一聚。我是选修过他讲授的经济学，在上海师生间常往来的有他一位，可是，我到北碚，特地到复旦去时，只参观到他曾住过的一间住房，断瓦残垣，令人不胜追念，同时也记下了日寇欠中国人民的一笔债。

回到上海，熟识的老师都星散了！谢六逸老师已于1945年夏天去世了，这消息还是赵景深老师告诉我的。记得1939年秋冬，我曾经路过贵阳，和新闻系同学舒宗侨一块去重庆，在贵阳特地去采访了谢六逸老师，他留我们吃了顿晚饭，谈到战时生活，看来他虽在家乡，而战争前途渺茫无期，生活不宽裕，心境似不佳，未想到这竟是最后一面！

上海沦陷前，赵景深老师到安徽立煌应安徽大学邀，躲过了在孤岛上海的一段生活，日本投降后回到上海。我因要接编报纸副刊，特采访了多年不见的赵老师，他和师母希同先生热情接待，特约我到他四明里家中吃了顿饭。

胜利后，文化界人都陆续回到上海，1945年底，中华文艺协会上海分会举行成立大会，赵先生写了一篇《上海文艺界的一个盛会》，收在《文坛忆旧》集子里。《文坛忆旧》是北新书局印行、上海书店出版的一套"中国现代文学史参考资料丛书"之一，出版于1983年。

1984年7月底，景深师曾寄我一本《文坛忆旧》，信中说："前天我平寄给你的《文坛忆旧》，不知收到否？这里有你的小传。还有一本比《文坛忆旧》早出的《海上集》中记您的文章更多，上海书店也想影印，倘能成事实，出版后也当送您一本"。《文坛忆旧》中提到我这个学生，居然还写出我的学号5591。

《海上集》我一直未收到，不知有未出版。手边居然留有赵景深师1980—1984四年间五封来信，1980年3月22日信是收到《剧本》月刊约稿信时给我的来信，信中云：

我早就猜想，去年一年间的《剧本》月刊是您送的，果然不错。我不能白受赠送，总想写点什么，可是我已79岁，明年就80岁了。我的爱人不放心我去看戏，买了一架彩色电视机，偏偏又要半年才放半年前的戏剧，看不到新戏。前些天收到今年一、二月号的《剧本》。我在家里带复旦中文系研究生，教《中国戏剧史》，你送的十四本《剧本》一本也没有遗失。好像是在电视里看到《一包蜜》和《发霉的钞票》（这剧名不好），想写点什么，以后我见缝插针，再写点东西吧。

1984年所以和景深师通信，因为当时北京出版社正准备出版我的散文小说集《画像》，他曾告诉我，他有我的照片。我自己保存的照片，早在1942年太平洋战争中，在香港全部烧掉了，为了逃避日本人发现我们这些文化人的身份。我为了想借用我的旧照片，景深师居然寄给我五张旧照片，嘱复制后寄还给他。他收到复制照片，十分高兴，来信说：

"我本来以为您是复制照片像复制文字那样不太清楚，一看您寄来的五张，大为惊奇，尤其是我那张您与沫若合拍的照片，小得很，您拍成大照片，比原来好得多，真是奇迹。还有您青年时代的照片，也拍得比原来的好，其中有两张是我所没有的（包括那张您的近照），我也喜欢。《委曲求全》也不比原来的差……"（1984年7月25日）

在1984年6月1日来信，提到收到《画像》。看到集中谈到女子书店的事，谈到景深师介绍阿英同志给我，他感叹说：

"……往事历历，如在目前，二三十年的一些旧人，好多现在都已经去世了。您还谈到夏衍，慧深的一个妹妹，就是嫁给夏衍的儿子的。"

重读此信，不胜黯然。阿英同志是景深师介绍的，为了接编《女子月刊》。阿英同志为了《女子月刊》的改版，花了不少心血，多少年后我才知道这是党给的任务，当时白色恐怖笼罩下的上海，左派根本办不成刊物，为了占据一个阵地，阿英同志精心擘画，像我这个初出校门的女青年，投进社会这个大学校，如果不经过阿英同志的点拨，我是担当不了一个刊物的责任的。记得我接编《女子月刊》时，阿英同志嘱我举办一个座谈会，并备有晚餐。记得是在八仙桥青年会楼上，名单包括上海各大学的文学教授，和部分老作家。看到名单，女子书店经理姚铭达慷慨地发出请帖，他自己也出席座谈会，而且让我主持。阿英同志自己未出面，如何广泛团结文化人，是我任编辑工作上的第一课。

当时姚铭达先生对我很信任，但所谓编辑部只我一个人。组稿有阿英同志撑腰，但具体的编辑工作，包括访问作者、校对原稿、下工厂、写报道……这对一个毫无工作经验的青年人来说，担子不轻，也确实是个锻炼。半个多世纪以后的今天，一次见到谢冰心先生，她笑说当年我访问她的情景，我那时幼稚得像个孩子，谢先生说："你访问我，实际是我访问了你！"

认识了阿英同志，直接、间接地认识了夏衍、阳翰笙等当时左联的领导。

赵慧深是景深师的妹妹，一位造诣颇深的演员，不幸于"文革"中自尽了！我们在重庆熟识，她的弟弟和夏衍的女儿沈宁结婚，作为堂兄的赵景深竟然把堂弟误当作堂妹。这都是80年代的事，说明人一老和病，难免犯糊涂。

景深师患有糖尿病、心脏病，晚年不能行动，只有坐轮椅。1984年8月4日后未再来信，不久，消息传来，不幸逝世。

非常意外的这几封信居然保存了下来，半个世纪的乱离生活，加上一场"文化大革命"，我已习惯了不留书信。重翻《文坛忆旧》，这本书确实是中国现代文学史的资料。书分上、下两卷，上卷记述了三十几位作家，和对他们的作品的评述，有的作家今天可能少有人知，他介绍的书不是绝版，也是孤本。下卷记述了文艺界的几次活动，都是抗战胜利后在上海的记述。

1949年7月第一次文代会在中南海怀仁堂举行，当时大会发给每人一本红色皮面记事本，我留作纪念，请与会朋友签名题字，景深师写了两句：

"你是我的光荣的学生，我希望将来能做你的光荣的老师！"

似乎他只参加了这一届文代会，这本纪念册每次文代会我都请人签名留念。难得的是毛主席在胡考速写的毛主席头像上签下毛泽东的名。周恩来总理为纪念册题了字！

"为建设人民艺术而努力！"

党政领导签名的有朱德、董必武、聂荣臻、薄一波、陆定一、徐特立、林伯渠；文艺界朋友签名的数不胜数。1960、1979、1984几次文代会都有签名和题字。1985年作协四次代表大会和剧协四次代表大会，也有一些朋友题字签名。1985年，重庆举办雾季戏剧节，又留下了四川文艺界朋友们的手迹。

今天翻看这本纪念册，不禁黯然！老一辈革命领导都已去世，文艺界的前辈也都先后走了！读着题词，望着签名，我不知道这四十多年是怎样走过来的。正是1984年文代会上秦牧同志题词所云：

"这是一本很有历史意义的纪念册，将来放到现代文学档案馆里，大家都会记住凤子同志搜集这些签名和保存它的功绩，并且也凭它想起许多先行者的风貌。"

是啊，翻看这本小纪念册，一个又一个先行者的风貌，模糊而又清晰地展现在眼前。

除了洪深、顾仲彝、赵景深三位是我在复旦受业的老师外，更多的文学艺术界前辈都有题词或签名，他们无不勉励我深入工农兵，为人民服务，这类题词也反映了老一辈文学家、艺术家迎接新时代的心声，叶圣陶老人、郑振铎先生都说："文艺境域至今而最广"，"从前是有所不为……今日必须想到该怎样做的问题。"关于这本纪念册，我曾写过一篇纪实文，这里回忆复旦老师，笔走远了。事实上文艺界前辈都是我的老师，在社会这所大学校里，我学到比在大学校里更多的知识。为了编刊物而去拜访认识的，在文学艺术道路上，我忘不了老一辈的引路人。

褪了色的红皮纪念册，顺手一翻，一个又一个老师的面形，从模糊的显影中逐渐清晰起来。

大学二、三年级，我选修第二外国语是日文，老师姓郑，说是福建人，日语流利，国语有浓重的福建口音，精神状态有别于常人，有次讲课，谈到台湾，他脸色苍白，声音颤抖，课堂静静的，当时我年轻气盛，突然站起来对他提意见："台湾本来是中国的，被日本人霸占了，迟早要归还祖国，我们受够了日本鬼子的气，干吗谈到日本人就胆寒呢！？"他听了像日本人一样，向我深深一鞠躬，就下课走了。这场闹学，印象很深。意外是1937年春，我应中国留日学生邀，到东京参加他们排演、演出《日出》。受阿英同志托，带封密信给在日本旅居十年的郭沫若。那是西安事变后，国共开始了第二次合作。郭老看了阿英的信，十分高兴，常到东京聚会，郭老和秋田雨雀熟识，一块聚饮多次。一天在秋田雨雀主持的一个戏剧界大会上，陪同秋田的有一位穿和服的老人，见到我腰弯到90度，我看不清他的面貌，待到他为秋田先生将日语译成中国话时，我吃惊地认出他就是复旦教日文的郑老师，他为什么回避我，不和我说话呢？事后我问秋田先生，他告诉我，这位日文教员是台湾人，从台湾回到日本的。他是否受日本有关组织的辖制，非我所知，因为他会中文，所以这类文化活动，都请他做翻译。

台湾人，就是中国人，但被日本帝国主义强占之下，台湾同胞是没有自由的。怪不得课堂上教日文时忍不住悲愤，而我竟然向他开炮！这时我多么想见到他，和他谈谈话呵！当然不可能。

一天，我突然收到一封不具名的信，内容是："日本有关方面将举办日中'满'联欢会，将请您参加，望速作离开东京的准备。"一看就知道是这位日文老师给我报信来了。演完《日出》原想在东京住个时候，继续学点日文，当然还未料到日本侵略者已经做好侵华的准备，当时日本刑事已对我加以监视，经常到我住处来检查我的东西。我也感到留学计划不可能实行，接到郑先生的信，当即秘密离开东京，乘船回国。

秋田雨雀先生因反对侵华战争，曾陷入囹圄，日文教员郑先生可能也未能逃过魔掌，他的一片爱国心，我深深难忘！

大学不是世外桃源，1931年"9·18"东北三省沦陷，"1·28"上海战起，爱国学生都义愤填膺，而国民党不抵抗政策，更是激起人民的义愤。"12·9"运动，上海各校学生都联合起来，在上海市政府门前广场静坐，一天一夜，也未见到上海市长吴铁城的面，于是各大学联合起来，到南京向国民政府请愿。我参加了静坐和请愿行列，当时就接到不具名的警告信，说什么不要上共产党的当。说真的，当时我对共产党并无认识，但对国民党的反动嘴脸却有深刻的印象。

记得有一次军警包围了复旦的大门，我见到有四位女同学在女生宿舍草地上徘徊，我认识她们，模糊地感觉到她们和女学生们不一般，她们穿着和女生们不一般，非常朴素，也不烫发，我意识到她们要找地方躲避，我当即叫她们跟我走。平时我好玩，校园内外我都熟悉，校园外是一条水沟，水沟边上满是野生的荆棘，我引她们爬水沟，穿过荆棘，眼前是一片荒野，找到我中国公学同学陈的家。那时中公也迁到江湾，陈已结婚，就住在江湾农村。全国胜利后，郑振铎先生曾告诉我："有一个女学生在给我整理书籍画册，想见见你。"我上郑先生家，原来就是徐，是我帮助逃出军警搜捕的同学之一。聊起另外三位，一位是法学士，出席第一次妇代会我们还见过面，一位程姓同学，"文革"中听说被整死了！谈到国民党对进步学生的迫害，不胜感慨。事实上国民党内部也有派系斗争。物必自腐而后虫生，国民党在解放大军横扫之下，不就一小撮逃到台湾去了么？

解放后，复旦成为国内几大学府之一，培养了许多人才，复旦校友遍天下，据说明年为纪念复旦创办人马湘伯，将召开盛大庆祝会，为马湘伯树立铜像。我在复旦时校长是李登辉。北京及个别地区都成立了校友会，我因行走不便，未能参加。作为复旦的学生，我忘不了四年大学生活，忘不了曾经受业的老师。除了前面提到的，还有教授欧洲史的余楠秋，讲授文学批评的陈子展，还有李青崖、曹聚仁、汪馥泉……个别人敌据时期未能坚持晚节，绝大多数都投进抗战洪流中，历尽艰辛，随校迁移到四川。孙寒冰先生不幸被敌机轰炸而遇难，谢六逸师死于贫病，听说曹聚仁在香港，其他无消息。

记得为《女子月刊》约稿，复旦的这些老师都被请来。阿英同志很懂得广泛地开展统一战线工作，国民党不让共产党人出面办刊物，而当年的《女子月刊》在阿英同志领导下，却办成了党的外围组织办的刊物之一。如何开展统一战线工作，如何发挥文化人的力量，当时我理解不深，经过了多少年月，我才多少悟得了其中的道理。回顾往事，我感到赧然，因为我并未能成为一个合格的编辑。

不信青春唤不回

——写在《现文因缘》出版之前

白先勇

如果你现在走到台北市南京东路和松江路的交叉口，举目一望，那一片车水马龙，高楼云集闹市中的景象，你很难想象得到，二十多年前，松江路从六福客栈以下，一直到圆山，竟是延绵不断一大片绿波滚滚的稻田，那恐怕是当时台北市区最辽阔的一块野生地了。那一带的地形我极熟悉，因为六十年代我家的旧址就在六福客栈，当时是松江路一三三号。父母亲住在松江路一二七号——现在好像变成了"丰田汽车"。家里太拥挤，我上大学时便迁到一三三号。那是松江路右侧最后一栋宿舍，是间拼拼凑凑搭起来的木造屋，颇有点违章建筑的风貌。松江路顾名思义，是台北市东北角的边陲地带，相当于大陆地图上的北大荒，我便住在台北北大荒的顶端。一三三号里有一条狼狗、一只火鸡、一棵夹竹桃，还有我一个人，在那栋木造屋里起劲地办《现代文学》，为那本杂志赶写小说。屋后那一顷广袤的稻田，充当了我的后园，是我经常去散步的所在；碧油油的稻海里，点缀着成百上千的白鹭

作品信息

　　选自《白先勇文集第4卷：第六只手指》(花城出版社2000年版)。收入《明星咖啡馆》(江苏文艺出版社2009年版)、《姹紫嫣红开遍》(作家出版社2011年版)、《昔我往矣》(中华书局2016年版)等。

鸶，倏地一行白鹭上青天，统统冲了起来，满天白羽纷飞，煞是好看——能想象得出台北也曾拥有过这么多美丽的白鸟吗？现在台北连麻雀也找不到了，大概都让噪音吓跑了吧。

一九六一年的某一天，我悠悠荡荡步向屋后的田野，那日三毛——那时她叫陈平，才十六岁——也在那里溜达，她住在建国南路，就在附近，见我来到，一溜烟逃走了。她在《蓦然回首》里写着那天她"吓死了"，因为她的第一篇小说《惑》刚刚在《现代文学》发表，大概兴奋紧张之情还没有消退，不好意思见到我。其实那时我并不认识三毛，她那篇处女作是她的绘画老师"五月画会"的顾福生拿给我看的，他说他有一个性情古怪的女学生，绘画并没有什么天分，但对文学的悟性却很高。《惑》是一则人鬼恋的故事，的确很奇特，处处透着不平常的感性，小说里提到《珍妮的画像》，那时台北正映了这部电影不久，是珍妮弗·琼丝与约瑟·戈登主演的，一部好莱坞式十分浪漫离奇人鬼恋的片子，这大概给了三毛灵感。《惑》在《现代文学》上发表，据三毛说使她从自闭症的世界解放了出来，从此踏上写作之路，终于变成了名闻天下的作家。我第一次见到三毛，要等到《现代文学》一周年纪念，在我家松江路一二七号举行的一个宴会上了。三毛那晚由她堂哥做伴，因为吃完饭，我们还要跳舞。我记得三毛穿了一身苹果绿的连衣裙，剪着一个赫本头，闺秀打扮，在人群中，她显得羞怯生涩，好像是一个惊惶失措一径需要人保护的迷途女孩。二十多年后重见三毛，她已经蜕变成一个从撒哈拉沙漠冒险归来的名作家了。三毛创造了一个充满传奇色彩瑰丽的浪漫世界；里面有大起大落生死相许的爱情故事，引人入胜不可思议的异国情调，非洲沙漠的驰骋，拉丁美洲原始森林的探幽——这些常人所不能及的人生经验三毛是写给年轻人看的，难怪三毛变成了海峡两岸的青春偶像。正当她的写作生涯日正当中，三毛突然却绝袂而去，离开了这个世界。去年三毛自杀的消息传来，大家都着实吃了一惊，我眼前似乎显出许多个不同面貌身份的三毛蒙太奇似的重叠在一起，最后通通淡出，只剩下那个穿着苹果绿裙子十六岁惊惶羞怯的女孩——可能那才是真正的三毛，一个拒绝成长的生命流浪者，为了抵抗时间的凌迟，自行了断，向时间老人提出了最后的抗议。

很多年后我才发觉，原来围着松江路那片田野还住了另外几位作家，他们的第一篇小说也都是在《现代文学》上发表的。荆棘（其实她叫朱立立）就住在松江路一二七号的隔壁，两家的家长本来相识的，但我们跟朱家的孩子却素无来往，我跟她的哥哥有时还打打招呼，但荆棘是个女孩子，青少年时期男女有别，见了面总有点不好意思。我印象中，她一径穿着白衣黑裙的学生制服，一副二女中的模样，骑脚踏车特别快，一蹬就上去了，好像急不待等要离开她那个家似的。那时候她看起来像个智慧型颇自负的女生，不容易亲近。要等到许多年后，我读到她的《南瓜》《饥饿的森林》等自传性的故事，才恍然了悟她少女时代的成长，难怪如此坎坷。那几篇文章写得极动人，也很辛酸，有点像张爱玲的《私语》。我应该最有资格做那些故事的见证人了，我们两家虽然一墙相隔，但两家的佣人是有来有往、互通消息的，两家家里一些难念的经大概就那样传来传去了。有天夜里朱家那边隔墙传来了悲恸声，于是我们知道，荆棘久病的母亲，终于过世了。《等之圆舞曲》是荆棘的第一篇小说，发表在《现代文学》上，她投稿一定没有写地址，否则我怎么会几十年都不知道那篇风格相当奇特有点超现实意味的抒情小说，竟会是当日邻居女孩写的呢？人生有这么多不可解之事！

《现代文学》四十五期上有一篇黎阳写的《谭教授的一天》，黎阳是谁？大家都在纳闷，一定是个台大生，而且还是文学院的，因为我们都知道《谭教授》写的是我们的老师，台大文学院里的点点滴滴描摹得十分真切。那时候是七十年代初，留美的台湾学生"保钓运动"正在搞得轰轰烈烈。有一天我跟一位朋友不知怎么又谈起了《谭教授的一天》，大大夸赞一通，朋友惊呼道："你还不知道呀？黎阳就是李黎，骂你是'殡仪馆'的化妆师的那个人！"我不禁失笑，也亏李黎想得出这么绝的名辞。

据说李黎写过一篇文章，把我的小说批了一顿，说我在替垂死的旧制度涂脂抹粉。《谭教授的一天》是李黎的处女作，的确出手不凡。没有多久以前，跟李黎一起吃饭，偶然谈到，原来从前在台北，她家也住在松江路那项田野的周遭。天下就有这样的巧事，一本杂志冥冥中却把这些人的命运都牵系到了一起。如果六十年代的某一天，三毛、荆棘、李黎，我们散步到了松江路那片稻田里，大家不期而遇，不知道是番怎样的情景。然而当时大家都正处在青少年的"蓝色时期"，我想见了面大概也只能讪讪吧。有一次，我特别跑到六福客栈去喝咖啡，旅馆里衣香人影杯觥交错，一派八十年代台北的浮华。我坐在楼下咖啡厅的一角，一时不知身在何方。那片绿油油的稻田呢？那群满天纷飞的白鸟呢？还有那许多跟白鸟一样飞得无影无踪的青春岁月呢？谁说沧海不会变成桑田？

台大文学院的大楼里有一个奇景，走廊上空悬挂着一排大吊钟，每只吊钟的时针所指都不同时，原来那些吊钟早已停摆，时间在文学院里戛然而止，而我们就在那栋悠悠邈邈的大楼里度过了大学四年。一九六一年的一个黄昏，就站在文学院走廊里那排吊钟下面，比我们低两届的三个学弟王祯和、杜国清，郑恒雄（潜石）找到了我，他们兴冲冲地想要投稿给《现文》。王祯和手上就捏着一沓稿子，扯了一些话，他才把稿子塞到我手中——那就是他的第一篇小说《鬼·北风·人》。那天他大概有点紧张，一径腼腆地微笑着。《鬼·北风·人》刊登在《现文》第七期，是我们那一期的重头文章，我特别为这篇小说找了一张插图，是顾福生的素描，一幅没有头的人体画像。那时节台湾艺术界的现代主义运动也在如火如荼地进行着，"五月画会"的成员正是这个运动的前锋。那几期杂志我们都请了"五月"画家设计封面画插图，于是《现代文学》看起来就更加现代了。王祯和小说的那幅插图，是我取的名字："我要活下去！"因为小说中的主角秦贵福就是那样一个不顾一切赖着活下去的人。我那时刚看一部苏珊海华主演的电影《I Want to Live》，大概灵感就是那样来的。杂志出来，我们在文学院里张贴了一幅巨型海报，上面画了一个腰杆站不直的人，那就是秦贵福。王祯和后来说，他站在那幅海报下，流连不舍，还把他母亲带去看。画海报的是张光绪，在我们中间最有艺术才能，《现文》的设计开始都是出自他手，那样一个才气纵横的人后来好端端的竟自杀了。在同期还有一篇小说《乔琪》，是陈若曦写的，故事是讲一个被父母宠坏了的少女画家，活得不耐烦最后吞服安眠药自尽。当时陈若曦悄悄地告诉我，她写的就是陈平。这简直不可思议，难道陈若曦三十年前已经看到三毛的命运了吗？人生竟有这么多不可承受的重！前年王祯和过世，噩耗传来，我感到一阵凉飕飕的寒风直侵背脊。我在加大开了一门"台湾小说"，每年都教王祯和的作品，我愈来愈感到他的小说经得起时间的考验，如嚼青榄，先涩后甘。他这几年为病魔所缠，却能写作不辍，是何等的勇敢。无疑，王祯和的作品已经成为台湾文学史中重要的一部分。

那时，文学院里正弥漫着一股"存在主义"的焦虑，西方"存在主义"哲学的来龙去脉我们当初未必搞得清楚，但"存在主义"一些文学作品中对既有建制现行道德全盘否定的叛逆精神，以及作品中渗出来丝丝缕缕的虚无情绪却正对了我们的胃口。加缪的《局外人》是我们必读的课本，里面那个"反英雄"麦索，正是我们的荒谬英雄。那本书的颠覆性是厉害的。刘大任、郭松棻当时都是哲学系的学生（郭松棻后来转到了外文系）。一提到哲学就不由人联想起尼采、叔本华、齐克果那些高深莫测的怪人来。哲学系的学生好像比文学系的想法又要古怪一些。郭松棻取了一个俄国名字伊凡（Ivan），屠格涅夫也叫伊凡，郭松棻那个时候的行径倒有点像屠格涅夫的罗亭，虚无得很，事实上郭松棻是我们中间把"存在主义"真正搞通了的，他在《现文》上发表了一篇批判萨特的文章，很有水准。《现代文学》第二期刊出了刘大任的《大落袋》，我们说这下好了，台湾有了自己的"存在主义"小说了。《现文》第一期刚介绍过卡夫卡，《大落袋》就是一篇有点像卡夫卡梦魇式的寓言小说，是讲弹子房打撞球的故事；不知道为什么撞球与浪子总扯在一起（《江湖浪子》保罗·纽曼主演），弹子房好像是培养造反派的温床。当时台湾的政治气候还相当肃杀。我们不谈政治，但心里是不满的。虚无其实也是一种抗议的姿态，就像魏晋乱世竹林七贤的诗酒佯狂一般。后来刘大任、郭松棻参加"保钓"，陈若曦跑去搞革命，都有心路历程可循。从虚无到激进是许多革命家必经的过程。难怪俄国大革命前夕冒出了那么多的虚无党来。不久前看到刘大任的力作《晚风习习》，不禁感到一阵苍凉，当年的"愤怒青年"毕竟也已炉火纯青。

"绿鬓旧人皆老大，红粱新燕又归来，尽须珍重掌中杯。"——这是晏几道的《浣溪沙》，郑因百先生正在开讲《词选》，我逃了课去中文系旁听，唯有逃到中国古典文学中，存在的焦虑才得暂时纾解。郑先生十分欣赏这首小令，评为"感慨至深"，当时我没听懂，也无感慨，我欣赏的是"舞低杨柳楼心月，歌尽桃花扇底风"，晏小山的浓词艳句。那几年，听郑先生讲词，是一大享受。有一个时期郑先生开了"陶谢诗"，我也去听，坐在旁边的同学在我耳根下悄悄说道："喏，那个就是林文月。"我回头望去，林文月独自坐在窗口一角，果然，"落花无言，人淡如菊"，我不知道为什么会联想起司空图《诗品》第六首《典雅》中的两句诗来。日后有人谈到林文月，我就忍不住要插一句："我和她一起上过'陶谢诗'。"其实《现代文学》后期与台大中文系的关系愈来愈深，因为柯庆明当了主编，当时中文系师生差不多都在这本杂志上撰过稿。

台大文学院里的吊钟还停顿在那里，可是悠悠三十年却无声无息地溜走了。逝者如斯，连圣人也禁不住要感慨呢。

六十年代后期，台湾文坛突然又蹦出新的一批才气纵横的年轻作家来：林怀民、奚淞、施家姊妹施叔青、施淑端（李昂）都是《现文》后期的生力军。林怀民那时已经出版两本小说集了，转型期中台北的脉动他把握得很准确，《蝉》里的"野人"谈的大概就是当今台北东区那些"新人类"的先驱吧。而林怀民一身的弹性，一身羁绊不住的活力，难怪他后来跳到舞台上去，创造出轰轰烈烈的云门舞集来。奚淞也才刚退伍，他说身上还沾有排长气。六九年的一个夏夜，奚淞打电话给我，"白先勇，我要找你聊天。"他说，于是我们便到嘉兴大楼顶上的"蓝天"去喝酒去。"蓝天"是当时台北的高级餐厅，望下去，夜台北居然也有点朦胧美了。那是我跟奚淞第二次见面，可是在一杯又一杯 Manhattan 的灌溉下，那一夜两人却好像讲尽了一生一世的话。那晚奚淞醉得回不了家，于是我便把他带回自己敦化南路的家里，酒后不知哪里来的神力，居然把他从一楼扛上了三楼去。六十年代末，那是一段多么狂放而又令人怀念的日子啊。

台湾的鹿港地秀人杰，出了施家姊妹，其实大姊施淑女从前也写小说，白桦木就是她，在《现文》二十四、二十五期上发表了《头像》和《告别啊，临流》，写得极好，如果她继续写下去，不一定输给两个妹妹。施叔青开始写作也是用笔名施梓，我一直以为是个男生，《壁虎》和《凌迟的抑束》写得实在凌厉，后来我在台北明星咖啡馆和施叔青见面，却大感意外，施叔青的小说比她的人要彪悍得多。我送给了施叔青一个外号"一丈青"，施叔青那管笔的确如扈三娘手里一支枪，舞起来虎虎有力。当时台北流传文坛出了一位神童，十六岁就会写男男女女的大胆小说《花季》了。我顶记得第一次看到李昂，她推着一辆旧脚踏车，剪着一个学生头，脸上还有几块青伤，因为骑车刚摔了跤。再也料不到，李昂日后会《杀夫》。李昂可以说是《现代文学》的"末代弟子"了，她在《现文》上发表她那一系列极具风格的鹿城故事时，《现代文学》前半期已接近尾声。也是因为这本杂志，我跟施家姊妹结下了缘。每次经过香港，都会去找施叔青出来喝酒叙旧，她在撰写《香港传奇》，预备在九七来临前，替香港留下一个繁荣将尽的纪录。有一次李昂与林怀民到圣芭芭拉来，在我家留了一宿，李昂向我借书看，我把陈定山写的《春申旧闻》推荐给她，定公这本书是部杰作，他把旧上海给写活了。里面有一则《詹周氏杀夫》的故事，詹周氏把当屠夫的丈夫大切八块，这是当年上海轰动一时的谋杀案——这就是李昂《杀夫》的由来，她把谋杀案搬到鹿港去了。小说家的想象力，真是深不可测。那年联合报小说比赛，我当评审，看到这部小说，其中那股震撼人心的原始力量，不是一般作家所有，我毫不考虑就把首奖投给了《杀夫》，揭晓时，作者竟是李昂。

《现代文学》创刊，离现在已有三十二年，距八四年正式停刊也有八年光景了，这本杂志可以说已经变成了历史文献。酝酿三年，《现文》一至五十一期重刊终于问世，一共十九册，另附两册，一册是资料，还有一册是《现文因缘》，收集了《现文》作家的回忆文章，这些文章看了令人感动，因为都写得真情毕露，他们叙述了各人与这本杂志结缘的始末，但不约而同的，每个人对那段消逝已久的青春岁月，都怀着依依不舍的眷念。陈映真的那篇就叫《我辈的青春》，他还牢记着一九六一年，那个夏天，他到我松江路一三三号那栋木造屋两人初次相会的情景——三十年前，我们曾经竟是那样地年轻过。所有的悲剧文学，我看以歌德的《浮士德》最悲怆，只有日耳曼民族才写得出如此摧人心肝的深刻作品。暮年已至的哲学家浮士德，为了捕捉回青春，宁愿把灵魂出卖给魔鬼。浮士德的悲怆，我们都能了解的，而魔鬼的诱惑，实在大得难以拒抗哩！正如柯庆明的那一篇文章题目：短暂的青春！永远的文学？回头看，也幸亏我们当年把青春岁月里的美丽与哀愁都用文字记录下来变了篇篇诗歌与小说。文学，恐怕也只有永远的文学，能让我们有机会在此须臾浮生中，插下一块不朽的标帜吧。

秋　意

庞俭克

窗外的小院已是枯燥的景象了。

一架丝瓜枝藤牵挂，三几朵小黄花斜上墙头，孤零零地失却了嫩绿叶片的扶持，徒有花枝上起伏不平的细细梗条持枪武士般的守护。叶凋零了不少，留下枝上的也已风干得黄爽爽的，还有些绿意也是叶面上滋漫着青灰，操尽了心似的憔悴，老迈的枯黄从叶的边缘渐上来了。瓜细瘦弱小地垂着，花蒂呈褐色，吞噬光阴的无常似的把不祥延上来。花，叶，瓜，一层层地衬着，清冷如一幅年月久远的古画。眼光定定地逗留，心里寻思，那古旧的枯色何时涂抹上去的，那份萧瑟是谁的手剪裁出来的，心思便游移不定。盈盈的绿色和凋败的枯萎，鲜明的对比恍若隔世。数

作者简介

庞俭克（1955—），笔名雨帆，壮族，广西靖西人。1983年毕业于广西师范学院（今广西师范大学）中文系。1987年后历任漓江出版社策划部主任、总编辑助理、副总编辑。1984年开始发表作品。1993年加入中国作家协会。著有散文集《秋天的情书》《三十岁男人自白》等。曾获广西文艺创作铜鼓奖、庄重文文学奖。

作品信息

原载《人民文学》1992年第3期，《散文选刊》1993年第11期转载。收入《三十岁男人自白》（陕西人民出版社1992年版）、《广西当代作家丛书·庞俭克卷》（漓江出版社2002年版）；入选《广西散文百年（下）》（民族出版社2004年版）、《中国当代散文排行榜》（漓江出版社2004年版）等。

月前的光阴蓦然倒流回来。

也是黄昏，风推着云块飘上头顶，夕阳的余晖才斜上墙，雨便轻款着潇洒而来。美人蕉嫣红的蕾摇曳，文竹平铺的叶俯仰。撑一伞飞溅的雨丝，老父亲努力认真地在墙根堆起了土，点上了瓜种。润物细无声哪。五月的桂林雨水多，门窗紧闭也挡不住湿润的潮气。一阵风来，一场雨去，湿漉漉潇潇雨声打发了时日。待到天色放晴，阳光淡淡洒下，屋里人开窗向院，一抹嫩绿抢上眼来，新条毛茸茸的，叶片嫩生生的，宛若羞怯的小姑娘衣袂临风。润泽的生气便把身心荡漾得激动。才几日过去，那藤缠着竹枝攀上去，藤尖举着蜷曲的叶苞，其下却已次第招摇着健硕的叶子。眼看着就竹枝附满绿叶，枝头已有小黄花迎风了。招摇的两枝，朝窗户倚过身来。足足两尺远呢，那稚嫩的枝条能腾身过来？不料想第二天清晨拉开窗帘，见粉色的须条已弹簧似的圈住窗棂，那韧性，似乎没有千斤之力，莫想移之毫厘。

如今那须条仍缠定窗棂。

枝叶也牢牢护定生命的青春年华。

只是凉风渐起，枝干瘪了，叶萎谢了，花也蔫了。静静地扶持，稀疏地攀延，偎着九月的萧瑟。目送粗枝绿叶走过的一程程心路，我不忍将枝藤除却。就这样聆听冬的脚步吧，悬垂的一个大丝瓜透身金黄，正冥入沉思。

待来年，一腔蕴积该催发多少生命！

如此沉静的思索，该凝着多少渗透季节的悟性？所谓草木摇落而变衰，见衰而衰的古人多多少少把物人格化了，而这种伤感的感情外推可曾念及被推者的生来澄明？推而广之，花落野岭，蛙鸣池畔，月上柳梢头，日落山坳里，落花为结蒂，鼓噪为求偶，月光流泄因为太阳已成昨日辉煌，夕晖耀眼在于坐地人已行八万里，缘何见风落泪，遇雨伤怀？这些事物若解人语，当不屑如此断续诗行，说不定犹抱怨俗世中人，蝇营狗苟，浑浑噩噩，无奈人生之际便把酸腐倾倒。

一悬丝瓜可清千年的积尘。想来亿万年前的孢子组合，云起潮落，风掀开无数岁月，花落瓜熟，枯藤新枝，在我眼前凝结成那么一段新鲜而古老的方块字，展现生命的永恒与瞬间的美丽，我想那沐着夕阳的成熟的丝瓜会做夜来残梦的亮色衬景了。

记得梦中是还有过雁唳的凄厉的。在北国，高远天空排开人字雁阵，拍动翅膀飘飘南飞，日夜兼程，那种悲凉之气使人心旌摇动，为宋玉"憭栗兮，若在远行，登山临水送将归"的叹喟意夺神骇。然而长梦醒来，暗香起伏盈身，桂树把花挑上墙头，绿叶衬起金黄无数，粉粉团团的宛若盛装的小姑娘，轻轻款款的好一番温存可人。芬芳之前，风势减了几分凉意，梦中雁唳也无影无踪了。"尘世何曾识桂林？花仙夜入广寒深，移将天上众香国，寄在梢头一粟金。"宋人杨万里的诗道出了千百年来骚人墨客对桂林的感情，这恐怕也是当地人不知秋的悲凉为何物的原因。仲秋时节，满城桂花飘香。金桂丹桂银桂，一层金黄一抹橙红一袭雪白，一层层间着，恰似五色锦缎。满城男女，品桂花酒，桂花糕与月饼且做下酒菜，细数嫦娥思凡憔悴了心，玉兔玲珑得可爱，吴刚伐桂，根扎得深，枝养得壮，更有满城百姓一腔恋情撑着，那桂岂是伐得断的？闲话古今时便有一份淡泊的平静。至于赏花品花，百姓们那股兴致和痴迷怕是更难一语道尽。自家院中植着，或阳台上供着，嫁接繁殖，浇水施肥，除虫治病，那种一枝开来满室香的韵味，恐怕只有花主才能深谙。若欲品尝浓烈的极致，出门便有醺醺的甜意。云高日静，树立花奔，恰好鲜明的比照。而花色如颓，粗干若肩，或倩笑，或指点。顽童则在父辈母辈肩上咿呀，即便日日为生计操劳的汉子，扫街的妇人，亦香气袭人，那氤氲，何来时岁之遒尽？何来萧萧瑟瑟之气？

沐着甜丝丝的花香，顶着晴朗朗的天空往前信步走，香风熏得人欲醉，步履也趔趄起来。我想起我若干年前写的一首歌词：

　　"桂花，桂花，

　　开得粉茸茸……"

粉茸茸，像小女孩的脸，天真得逗人老想笑。其实这时树在笑了，哗啦哗啦的好像江水起了浪。树后面的高楼也顽皮得很，巨人似的你挤我我挤你，宛若我上小学时与同学们玩的游戏"挤油渣"，肩膀叠肩膀，膝盖顶膝盖，气喘吁吁，脸涨得通红，挤的结果，终于有几个体弱个小的缩肩袖手矮下去。而那些楼房也真涨红着脸，夕阳抹上去，窗玻璃一闪一闪的仿佛挤出泪花的眼。脚下矮着的，正不知是抗战时的遗物呢，还是四九年前的建筑，灰蒙蒙板房兀自撑起亮堂的招牌。时装店，美容发廊，米粉铺，茶室，旅舍，一家连一家缭得人眼乱。

"要过河走西门桥。"

声音很哑，很苍老，扭头一看，三几个老太婆慈眉善目地围坐闲扯，脸上的皱纹一样深，头上的发一样霜白。头顶一株高大的楮树招着风，不时有叶婆娑着旋落，叶还浓，阳光透过枝叶间隙薄薄斜下来，脚前的坎坡一级级蹀下去，桃花江水明亮地映着了。码头上三几个女人正在浣洗衣服，"哗哗"的甩摆声把丰腴的臀及白皙的腿衬得格外醒目。此时我才发觉我已把宽阔的柏油路和挤挨得紧的楼阵移到身后，置身一条古旧的巷子里了。我记得桥头的这条巷子，上班下班路经，每每投去一瞥。古风依然。这就是当时的感觉。后来就确确实实从巷子这头走到巷子那头。再以后有事无事总爱来巷子里逛。小巷怕是最能唤起我对秋的感觉来的吧？我生怕遗忘它们似的来来回回仔细地看，还用照相机从不同角度把眼前之所见拍摄下来。老实说，这样的巷子在脚踏的这块地面上已是不多见了。这是否就是怀旧？是否就是古人说的若在远行盼归来呢？

视线所及的都仿佛似情绪在血管里奔流。三合土路蛇样蜿蜒，平房一溜，白垩的墙从桐树荫下迎出，红砖到顶的小楼公鸡打鸣般昂起。门的朝向不一，有的向着巷子，有的把后院的墙逼着路。临江的一溜房屋中间豁开几条小码头，方便居家浣衣洗菜。树不少，谁家的小院里摇出冬青的翠色来，果实一串串，像刚上架的小葡萄，摘一串嚼嚼，那滋味可酸涩？桑树的叶长得很旺势，皮也光光亮亮的没有斑痕，我想巷子里的孩子一定喜欢小虫子，要不这些桑树也一定被天牛啃得露出树干，青痕断续的如同被嘴馋的小孩刚咬几下便扔掉的甘蔗。桐树三两株，鹤立鸡群似的挺身出去，风吹来，叶子哗啦啦一片乱响。这桐树也恐怕是妇人们的话题，谁家媳妇搽脂抹粉成天逛舞厅呀，谁家姑娘的门槛成天有油头粉面的小青年来踩呀，招蜂惹蝶的祖宗晓得了不把胡子气歪才怪。花草也多。紫罗兰的沉静倚在墙根，石榴的嫣红笑在檐角，吊兰仿佛花篮从阳台垂下来，土墙上的狗尾草和凤尾草斜插得密，不留心走近，还以为是花架，仔细一看才知晓前路原来一堵墙。倘若在这样的小巷里住上些时日，吃晚饭时端着饭碗扎堆老太婆的话题里，听听市场上的菜蔬换季了，芥菜不经霜不甜，快到立冬了，棉被该请湖南师傅弹弹了诸如此类等等，有一份细腻，更添一份闲散，那秋来的韵致，也不过如此了。

想着想着便在老太婆身边蹲下了。

"老人家，巷子清静啊，有花有草还有水，又方便又安然。"

"不安然了。看了报纸没有？规划进去了。"老太婆抬手向东指指。可不，九龙餐馆的红招牌亮得耀眼，豪华饭店的板立的墙壁在夕晖映照中泛着青白的光，桥的扩建工程正按部就班进行，临大街的不少旧居已经拆迁了。柴扉小院，狗吠客来，中间杂以昏黄的路灯，这样的图画，衬着霓虹灯闪晃汽车响亮的鸣笛，多少显得不协调了。待来年风斜雨细，一任桃花江水起的，不知是谁家老人抑或小红伞下依偎得紧的痴男痴女？可还见那领颀长的身影目光空洞地漫无目的游走？胡思乱想间，我起身移步，才走几步，一堵矮墙肃立眼前，黑黑的瓦片鱼鳞似的排列下来，直抵额前了，一株楮树，粗壮的枝干破瓦而起，高高地挺立了，肥大的叶沐着风斜斜地招摇……

水一样的情绪把我润湿了。

｜文学史评论｜

借着深厚的古文功底，庞俭克散文特别讲究辞藻，善用比兴，常吸收古诗词和赋的写法练字琢句，时常运用文言语汇构筑意境，这使散文凝练、含蓄，具有古典美。

——徐治平主编《广西散文百年（上）》，民族出版社，2012，第280页

庞俭克是壮族散文文苑的后起之秀。他勤奋写作，写下数百篇作品，在《人民日报》《民族文学》《文艺报》等报刊上发表，结集出版《秋天的情书》和《三十岁

男人自白》等。其散文以哲思见长，寓意深邃，语言优美，文字洗练，颇具大家风度。

——周作秋、黄绍清、欧阳若修等:《壮族文学发展史（下）》，广西人民出版社，2007，第1685页

┃创作评论┃

庞俭克的散文可以说是一种倾诉式的散文。五四以来，中国散文从文调上大致可分为两类，一是倾诉式的（以朱自清为代表），一是聊天式的（以周作人为代表）。倾诉式的散文是散文中的浪漫主义，倾诉式的散文是多情的散文，或热情激越，或凝重深沉，或婉约优柔，读起来让人觉得华丽而浓酽。……于是，这就构成了庞俭克散文的情调与品性——他的散文不是"太阳"，而是"月光"，是审美范畴中的"优美"，而不是"崇高"。这不仅在于他的散文过多倾诉自己的冥想世界（这冥想世界远比他的物理世界来得生动优美），过多写到月夜山野（即使是于"秦堤踏月"了，也还自吟"我是盼月了"，他对月光的种种感觉非常丰盈别致）；并且他把自己于月夜的种种怀想喻为孤独的灵魂，使冬夜不现黑暗，使杉湖于静夜灵性飞动，使幼小饥饿的噩梦滤出几分善良人温暖的画面，还有历史的无情，使他的两部散文集《秋天的情书》《三十岁男人的自白》一派婉约精微的气象，甚至几达刻意经营；而且，更在于，他的散文使人感受到一种华丽的忧郁的存在，一种善良的柔美的弥漫，而一切思情寓意也就被浸润在桂林特有的（而且不仅仅是桂林的）宁静优柔的那山那水那湿漉漉的空气和月色里了。

——张燕玲:《宁静优柔》，载《广西当代作家丛书·张燕玲卷》，漓江出版社，2002，第144—145页

在广西壮族作家中，庞俭克是最着意追求语言艺术的作家，他的散文语言考究华美，充分张扬了中国文学的意境和语言魅力。

——黄伟林:《不断超越自我的广西壮族当代文学》，《民族文学》1998年12期

圣堂山圣典

彭 洋

领到结婚证的一个小时之后，我们便踏上了去大瑶山的路途。火车转汽车，汽车再转汽车，而后带着干粮由向导领着在深山老林中转悠了大半天，第三天傍晚，我们终于觉得走够了，走累了，才在一个小山寨驻足。向导也说，再往前走，便是原始森林带，不会有人家了。

妻子的一个心愿就是要在某处深山的小竹楼里度过我们两个人最初的日子，远离都市，远离被尘嚣污染的空气，甚至远离文明。妻子认为在那么一个地方，才会有世间真正隆重的人生圣典。事先我们一点也不知道我们的目的地，只想着要走，要像私奔一样走得急匆匆的，要像出走一样跑得远远的，而且谁也没有告诉包括自己。闯进了大瑶山，才知道大瑶山里有个圣堂山，圣堂山是山里最高最美最神秘

作者简介

彭洋（1953—），生于广西南宁，祖籍广东顺德。1982年毕业于广西大学中文系。历任广西文联党组秘书，《南方文坛》编辑部主任、社长，广西文联文艺理论研究室副主任、主任。广西文艺理论家协会驻会副会长等。中国作家协会会员。著有散文集《圣堂山圣典》，诗集《二十岁的谎言》，评论集《视野与选择》等。

作品信息

原载《散文》1992年第9期。收入散文集《圣堂山圣典》（广西人民出版社1996年版），入选《1991—1993散文选》（人民文学出版社1995年版）、《广西散文百年（下册）》（民族出版社2004年版）。

的。所以一头也就闯了进来，在这举目无亲、陌生而荒蛮的大山中寻找我们的洞房，寻找我们的花烛，寻找我们婚典的洗礼地。

圣堂山是大瑶山脉群山中的山之王、伟丈夫、圣母。雄浑之极，阴柔之极；山头，林木繁茂；涧壑，流泉喧豗；峰峦，猿猱欲度；幽篁昼晦，禽兽出没。行于此间，我的新娘竟成了美丽而神秘的山鬼，被石兰带杜衡，折芳馨乘赤豹，由花狐狸引路，以桂树枝为旗，走向我们婚典的圣殿。

眼前的村寨就在山路的尽头。四五户人家，六七座竹楼。推开最边上一户人家的门，主人的热情真叫我们感动，好像我们预先约好了要来，好像我们是久别重逢的朋友。半小时后. 我们已经和他们一道用木棒在山涧里猛捣两面针藤，为晚餐闹山蚂拐了。

主人并不知道我们离奇而浪漫的秘密，但他们好客的传统却使我们感到异常浪漫。我们竟把这宁静的世界搅得有点过分了。有一位主人马上进了后山猎山鸡，砰砰地直放枪，枪声震撼着山谷。另外两个主人带我们到村边的山涧里闹蚂拐，我们在上游用木槌捣藤药，他们则下潭子里把水搅浑。山蚂拐经不住两面针的呛辣，纷纷醉意朦胧地浮出水面，我们捡呵抓呵，那份高兴准会使世界上所有的新娘新郎惭愧。

开饭的时候，天已全黑。全村的成年男子都出席这天的晚宴。这是他们的礼仪传统。有朋自远方来，不论哪家，都这样。像北京的我国陪同团成员，国宾至，照例要出席陪饮。不用邀请，都携酒而至。山里的晚宴，上桌的全是山珍：野鸡、山蚂拐，说不清的鸟肉、野韭菜，香菇、木耳，自家熬的水酒。人多，桌子太窄，各人盛酒的碗只好都放在自己脚边的地上。

他们用酒灌我们，我们也用酒灌他们。这种贯穿着友情主题的战争与和平从第一口就开始直至最后。我的妻子悄悄地做着她的新娘，我也悄悄地做着我的新郎，彼此心照不宣。在我们的心里，他们都是上苍派至的宾客，圣堂山当然就是我们的圣堂，它把我们的爱情推至一个宗教的境界。世上只有信仰才需要虔诚，爱情也是一种信仰，彼此的拥戴和虔诚，她崇拜我，我崇拜她，于是我们才来到了这一圣殿，举行我们相许的圣典，把我们相互的崇拜，以天为证。圣堂山的人都是圣子、圣民，爱情也使我们成为圣男圣女，所以他们给我们以一种超凡脱俗的纯朴的典待，用他们那无尘的竹楼宽容我们。圣堂的晚宴丰盛而圣洁，没有一丝铜臭，没有一丝腐味，一切都是新鲜的、原汁原味的香醇。

月色如银，如水如泻，圣洁的光芒染白山林和村寨，只有背光的阴影部分是纯黑的。他们把我们安顿在一座竹楼。墙壁、地板、门、窗、床，没有一样不是竹子扎的。我们踩上去的时候，整座楼都在咿呀作响。别人的竹楼也在响。我们睡不着，竹楼便睡不着。也睡不着的月光穿墙而过，照在我们的床上。我们知道天使便在此时来临，环绕我们而舞；无声的乐曲优美而流畅，她们用许多鲜花来拥簇我们，使我们魂魄轻扬飞升。我无声地向她们耳语我们的心愿，无声地向她们祈祷地久天长。天使们默默的答许也如花坠落，铺满她们的来路。清莹凛冽的圣水在圣坛中由女神捧着从头淋下，由骨髓沁下直透我们的全身，霎时红尘顿消，只觉得自己已脱胎为无知山谷里幸福的村民，我们赤足裸体，一任自己走回亚当与夏娃吃禁果前的伊甸园，一任自己臂膀上也长出可飞翔的小翅……

圣堂山的夜原来是在快黎明的时候才睡的。

回到城里，恍如做了一场梦，有好一段时候竟怎么也想不起我们在圣典所经历的，恍如一种永远不可能忘怀的空白。实际上，当我们在归途上回望去路，才深悟到昨夜那座圣殿原只是为我们为这一天所筑的，谁也不可能再找到，包括我们自己。它已经如星月一般消失于太阳的光阴里，但它确确实实存在过，仅仅是为我们而存在的。

｜文学史评论｜

在散文创作方面，彭洋敢于探索，勇于创新，在理论上逐渐形成了自己的独特见解。他的散文创作，一是强调"表现心态的原生态"，他认为"散文不仅要从以往大一统的'载道'超脱出来，还要一般的由表现心态转入表现心态的原生态"，因为"散文是所有艺术文体中的一种'极致'的文体，它的最高境界是最接近自然"；

二是坚持"散文必须真实"这一原则，"决不矫饰"。因此他把散文喻为"我的镜子"，既照别人，更多的是照自己。

——徐治平主编《广西散文百年》，民族出版社，2004，第346页

1996年由广西人民出版社出版的散文集《圣堂山圣典》，集中了彭洋散文的优秀之作。其优秀之处，在于它们全出于彭洋自身，无论内容与形式，看不到像谁、模仿谁，是一种具有独特魅力独特风格的大气度的散文。

——李建平等:《广西文学50年》，漓江出版社，2005，第413页

⏐创作评论⏐

彭洋是我区屈指可数的青年评论家、作家和书法家，他的成就是多方面的，尤其是他近年的散文创作，在区内外都颇有影响，很多篇章为读者所喜爱，也引起了评论界广泛关注。

——黄云龙:《彭洋散文创作浅论》，《南方文坛》1994年第6期

彭洋散文创作的文体内涵与彭洋散文观对散文文体内涵的把握是一致的。我认为其核心特征是真和情。真，指的是真性情，彭洋散文的真不仅是一种事实的真，而且是一种自我灵魂的真；情，指的是情感，彭洋散文的每一篇，无不洋溢着浓郁炽烈的情感，且这情感，独属于彭洋个人，是个体自我之情。真和情合起来，谓之真情。彭洋散文，出以真情，现为自我，自我真情，成为彭洋散文最本质的特征。

——黄伟林:《彭洋散文论》，载黄伟林《文学三维》，广西人民出版社，2004，
第269页

⏐作品点评⏐

至今我仍然记得自己第一次读《圣堂山圣典》时的感动。这篇散文在形式境界上诚如彭洋的追求:"珠圆玉润，精致优雅。"但我认为这八字真经仍不能概括这篇

散文的美质。在我看来，《圣堂山圣典》除了形式的圆满之外，更有一种内涵的圆满。整篇散文，写的是一场婚礼仪式，仪式形式之奇妙已属罕见，仪式内在情韵之奇妙更为罕见。作者把爱情推到"高峰体验"的极致，让这种"高峰体验"的爱情在美风景和奇风俗的烘托映衬下获得一种洗礼。我读这篇散文，首先体味到的是纯，一种爱情的纯，纯到非要用纯的大自然陪衬不可；接着体味到的是淳，一种性情的淳，淳到非要用淳的民风民俗陪衬不可；最后体味到的是圣，一种境界的圣。圣是一种高远，由纯而淳升华而成的高远；圣又是一种脱俗，由罕见奇妙造成的脱俗。《圣堂山圣典》以其形式和内涵的双重圆满达到高远脱俗的境界，以至我甚至做如是想，彭洋有一篇《圣堂山圣典》足矣。

　　　——黄伟林：《彭洋散文论》，载黄伟林《文学三维》，广西人民出版社，2004，
　　　　第269—270页

┃作品点评┃

至今我仍然记得自己第一次读《圣堂山圣典》时的感动。这篇散文在形式境界上诚如彭洋的追求："珠圆玉润，精致优雅。"但我认为这八字真经仍不能概括这篇散文的美质。在我看来，《圣堂山圣典》除了形式的圆满之外，更有一种内涵的圆满。整篇散文，写的是一场婚礼仪式，仪式形式之奇妙已属罕见，仪式内在情韵之奇妙更为罕见。作者把爱情推到"高峰体验"的极致，让这种"高峰体验"的爱情在美风景和奇风俗的烘托映衬下获得一种洗礼。我读这篇散文，首先体味到的是纯，一种爱情的纯，纯到非要用纯的大自然陪衬不可；接着体味到的是淳，一种性情的淳，淳到非要用淳的民风民俗陪衬不可；最后体味到的是圣，一种境界的圣。圣是一种高远，由纯而淳升华而成的高远；圣又是一种脱俗，由罕见奇妙造成的脱俗。《圣堂山圣典》以其形式和内涵的双重圆满达到高远脱俗的境界，以至我甚至做如是想，彭洋有一篇《圣堂山圣典》足矣。

　　　——黄伟林：《彭洋散文论》，载黄伟林《文学三维》，广西人民出版社，2004，
　　　　第269—270页

┃自述┃

　　我的散文创作大致可分成四类。当然，心思主要是放在纯文学的散文上，因为我觉得唯有文学散文也就是抒情散文能成为散文艺术脉络中的主流。散文是所有艺术文体中一种最接近"极致艺术"的文体，它的最高境界是最接近自然态的。所以，在我的散文中，不仅表现心态，而且还着意从一般的表现心态转入表现心态的原生态。散文最怕矫饰，最怕虚构，甚至怕"构思"，因为它本来就是一条真实地流淌着的河流。我虽喜欢余秋雨的散文，但总觉得，从整体上说它的理性还嫌过强了，尚缺纯文学的抒情佳构。而我认为，即使是随笔，其基点也还是说情的而不是说理的。我总把我的前几类散文和情调性散文、主题性散文、叙事性散文等看成是代表了我艺术水准的东西，而偶尔为之的随笔小品，也只是无心插柳、随手而已了。

　　——彭洋：《圣堂山圣典·跋》，载彭洋《圣堂山圣典》，广西人民出版社，
　　　1996，第202页

故人故事

岑献青

1978年2月底，我从遥远的广西的一个小煤矿来到北京大学读书，第一个认识的同班同学就是吴北玲。在大饭厅的新生报到处，北玲比我稍稍晚来几分钟。看到她在报到本上写自己的专业和名字，我便没来由地觉得亲切起来。当时北玲没带钱，老师让她买饭票时她挺犯难，我就借了十五元钱给她。记得那个时候她用一种很奇怪的眼光看了看我才接过去，我也没在意。倒是她办完手续后，因为是北京人，没带行李来，就对我说一声再见便走了，让我一下子竟不知说什么好。

第二天再看到北玲时，她第一句话就问："你又不认识我，就把钱借我了，是不是太大意了？"

作者简介

岑献青（1955—），女，壮族，广西龙州人。中国作家协会会员。中国少数民族作家学会理事。1976年开始文学创作。1977年考入北京大学中文系。后分配到中共中央宣传部文艺局工作，1985年调入《民族文学》杂志社。在《人民日报》《广西文艺》《长城》《广西文学》《三月三》《民族文学》《青年文学》等报刊发表散文近百篇，小说十多篇。作品入选《中国新文学大系·少数民族卷》《青年散文选》等多种选本。1988年出版的散文集《秋萤》获首届壮族文学奖、全国第四届少数民族文学创作奖。小说集《裂纹》获第三届壮族文学创作奖。

作品信息

原载《民族文学》1994年第6期。

我一时无言以对。我还真没想过，在北大这样的地方，也会有人来骗我不成？

我当然还得承认她的问话不无道理，只是从小受家庭的影响太深，对人很少设防，总觉得倘若自己遇到困难时，也是希望能得到别人的帮助的，就像我的老外婆常常说的那样：将心比心。所以，即使北玲那样提醒了我，后来在一次寒假时回老家途中，我又一次把十元钱借给了一位素不相识的军人。那位军人在列车中途停车时下车散步，结果所有的现金证件和车票都被人偷走了。当时也有一位同路的同学说我"太大意了"，我听了惊出一身汗来。我是带工资上学的，每月也就三十元左右，那十元钱就相当于我十天的工资了。但是假如我不借给他呢，他就无法再转车回家了。后来那位军人从家里把钱给我寄到了学校，我才松了一口气。即便如此，我也还是上过当，大白天让一个其实不像乞丐的乞丐讨走了近十块钱。事后我细细琢磨，才发现他那些乞讨的理由没有一条可以成立的。而且那时我也曾听说过有些人靠着这样的"乞讨"已经成了万元户，日子过得比我不知好了多少倍！

话说得远了。

北玲比我年长几岁，在延安插过队，和史铁生、高红十是很要好的朋友。她常常给我们讲他们在延安的事，最开心的是一个笑话，有位陕北老乡看见一个美国人在院子外面转悠，就问他是"哪搭人"，美国人听了直愣神，老乡说："听不懂？给你来句洋话吧！你的，什么的干活？"那美国人又耸耸肩，老乡很奇怪地说。"怪咧，外国人听不懂外国话？再换一句。"于是老乡扬起脖子大喊："你的，死啦死啦的？"

北玲模仿着一口陕北话，惟妙惟肖，把一群女生笑倒在床上滚成一团。

后来学校来了一批外国留学生。那时还没修建勺园大楼，留学生都住在校南门马路东侧二十五楼里。学校让中文系派一些学生去陪留学生住，帮助提高汉语水平，北玲和另外几位同学就住到了二十五楼。除了上课我们仍在一起外，有时北玲也会跑回宿舍来说说话，很热心地帮我们这些外省学生解决一些问题，总是一副老大姐的样子。1991年我曾和高红十一起开过会，高红十说："你就是岑献青吧，你在北大读书时，吴北玲还给我寄过你的小说呢。"十年前高红十在陕西的一家文学刊物当编辑，北玲向她推荐了我的一篇小说。也许因为当时的"政治气候"缘故，高红十把小说送上去后又被打了回来。小说虽然后来一直就压在了纸箱底，但我还是很感激北玲和高红十这两位老大姐。

北玲也有遇到难题的时候。她那时和"文革"中很有名的知青孙立哲正在恋爱，当时孙立哲患病在京住院，碰到了一些麻烦，大约是政治待遇方面的问题。北玲很气愤很着急地在宿舍里说这事，一筹莫展。我那时也不知怎么想的，脱口就说，你们找朋友从青年团这条线往上递"状子"，准能解决问题。其实我也不过说说而已，不过有点打抱不平。没想到似乎就提醒了北玲，后来不知她和立哲怎么活动，好像真的就从"这条线上"解决了问题。当然也是正遇上解决冤假错案的时候，我母亲二十多年的右派问题也在那时平反的，这于我，是一个很深切的感受。为了母亲这个右派帽子，我们家曾付出了许多。现在，这个"问题"像被摘除肿瘤似的解决了，我的感受就像走进了春光明媚百花争艳的新世界里，那一种兴奋和喜悦是难以言传的，而其中掺杂的苦涩也是难以表达的。我很真诚地希望这个世界上不要再有尔虞我诈，不要再有虚伪狡诈和阴谋，不要再有什么冤假错案。说了这样的话，想来也是当时的"下意识"。

临毕业时，北玲和班上另一位女生小查到美国留学去了，班上的同学各奔东西，来往渐渐地少，关于北玲的消息更少了。不时能听到一些，说是她读了硕士，又去读博士了，她的丈夫孙立哲也从澳大利亚到了美国。后来又有消息说北玲生了一个儿子，还办了一个公司。几年后，也在美国读书的同学高小刚回来说，到了北玲家，仍十分地中国化，盘腿坐在地板上捧着大碗吃炸酱面，那个香！

1989年秋，北玲带了刚两个月的女儿飞回北京，到北大新技术公司商谈生意，抽空回北大看同学，我丈夫张鸣也是同班同学，晚饭就在我们家吃。黄子平张玫珊夫妇、陈平原夏晓虹夫妇亦在座，都是同学，便很随意。席间北玲不断地夹着红汤红叶的红苋菜吃，还不断地说，在美国就吃不到这个菜！

那天北玲给我们的感觉是有些憔悴。但谁也没在意，都以为是旅途太累的缘故。

第二年忽然有一天从谢冕先生那里听到北玲患了癌症的消息。谢冕先生又是从回国探亲的学生那里听说的，说是北玲做了手术，几乎不能吃不能动了。后来严新在纽约往芝加哥她家发了气功，她居然神奇般地起身下楼吃了两碗米饭。

这个消息让我们很难过，对于气功，我们不了解，但愿能挽救北玲的生命。在我所知道的有关北玲的身世中，她似乎就没有过过什么舒适日子，"文革"中到了最艰苦的陕北，后来在北大苦读四年，又独自到美国闯天下，她不该这么早离开这个世界的！

再后来就听说北玲从美国回来了，住在中日友好医院。我们的老班长、现在人民大学中文系执教的叶君远来我家说，北玲回来了，说是这次回来治病，若能好呢，再不回美国了，若好不了呢，就算叶落归根罢。老叶传来的一番话，让我和张鸣久久不能言语。因为我要在家看孩子，张鸣便先约了叶君远、夏晓虹去看北玲，回来后说，北玲真是一个奇迹，精神居然好得很，说了许多话，真不可思议。

过了几天，我约了几位女生一起去看她，没想到一进门就见她正在输液，头上罩着一顶淡蓝色的塑料帽。看见我们，她笑笑，艰难地说："可别吓一跳呵，前些天张鸣他们来时，我还有头发呢，这会儿全剃了。"

原来那天张鸣老叶晓虹离开后，到了晚上，北玲突然颅压升高，医生立即做了开颅手术。

"差一点就不行了。"后来孙立哲说。

即便如此，北玲还是和我们慢慢地说着话，不时回忆做学生时的趣事，还让我们看了她儿子女儿的照片。她说她那个八岁的儿子刚从美国回来，有一天在她的病房里打死了一只苍蝇，便去告诉护士说，"你们这里有女蜜蜂"。护士问他怎么知道是女的？他说，因为它的肚子里有一个"Baby"。北玲说着笑起来，满脸溢彩。

我也是做了母亲的人，我能深切体会北玲在生命终结前对儿子的无限留恋之情，北玲的一位中学同学说，北玲之所以能坚持这么久，就是舍不下她的孩子呵。看着她，我心底里不由悄然漫出一种悲怆之感。

离开病房时，孙立哲告诉我们，北玲全身都布满了肿瘤，还有好几处骨折。这话使我们每一个人都惊骇得说不出话来，想到她居然这么坦然地面对死亡，不由得肃然起敬。

北玲在美国拿下了硕士、博士学位，获得过亚洲教育基金会奖学金和P.E.O国际和平奖学金，受聘于美国西北大学学院任讲师，1986年，从"孙太太的饺子"起家，和她丈夫创办了芝加哥万国图文有限公司，后来又创建了美国万通科技国际公司并任董事长，1991年，她在北京一边治病，一边和丈夫筹办了在京的合资企业——金华快印公司。他们有两个孩子，儿子捷声八岁，女儿捷妮三岁。

北玲什么也没落下，学业、事业、家庭，样样出色，却唯独没有好好地享受过，在人生的道路上，她的脚步太过于匆忙了。

从医院回来，一夜未能成眠，从前的许多事都一一地掠过眼前：北玲和我们一起骑着自行车到鹫峰野餐；和我们一起趁人不备时，从铁丝网的破洞里钻进八大处公园，在宿舍里拉着孙立哲给我们做英语作业；把我们一群同学叫到她家，将一大桌凉菜热菜冷饮热饮点心水果一扫而光……

也许这些回忆都会渐渐地被淡忘，而北玲却永远不会从我们的记忆中消失了，她自身的关于生命的意义将作为一种永恒的精神长存于我们之中。

这篇小文还没写完，就传来了北玲逝世的消息。尽管早在意料之中，仍十分地震惊和悲痛。几天里四下电话联系在京同学，一齐往八宝山向北玲告别。灵堂里北玲很安静地躺在花丛中，遗像上的北玲年轻俏丽动人。站在她跟前，总有一种拂不去的梦一般的感觉，仿佛她不过是在小憩。她还有一个心愿未了，她和孙立哲计划过要为延安捐献一座现代化医院，还有，儿女尚小，他们还需要母亲的呵护……

在电视台工作的同学王娟带来摄影组，为北玲留下最后一盘录像带。北大中文系主任孙玉石先生、教授谢冕先生、乐黛云先生、我们从前的班主任张剑福先生，也来向他们的学生告别。白发送黑发，先生送学生，说起来也是令人唏嘘不已。班上的同学大都在北京工作却鲜能常见，有些同学毕业十年一直没见过面，还有一些在国外闯世界，大伙儿曾计划在毕业后的第一个十年举行一次聚会，却不料先在这样一个场合下相见，执手泪眼相看，个中滋味实在难以言传……

｜文学史评论｜

岑献青是一位壮族女作家。她写小说，也写散文，有散文集《秋萤》。她善写童年，写故乡，写亲人，写朋友，情思缠绵，文意委婉，充满了青春的活力和诱人的灵气，富有女性的特质和美感。

——周作秋、黄绍清、欧阳若修等:《壮族文学发展史（下）》，广西人民出版社，2007，第1685页

｜创作评论｜

壮乡遂在岑献青的笔下呈现为一个现时代的生死场。那是艰难而又坚韧的生，平淡而又悲凉的死。或许，因了多少年前的飞来横祸曾差点使母亲轻生江中吧，她对这"死"字会有这样的敏感。姨的死，矿警叔叔的死，新结识的笔友的死，正是反思这"死"才向我们昭示了"生"的意义。九死还魂草、长满气根的榕树、死不绝的星星……这些反复抒写的意象显示了岑献青想要参透生命奥秘的努力。更能打动人的是写"亲情"的那些篇章，她写了那份复杂的充满酸甜苦辣的感情：眷恋、歉疚、感激、遗憾、不满……实在，生命的奥秘须得在生命的长链上去体验：我们的个体存在，负载了怎样的一些自然的和文化的基因，辗转于这个陌生的世界呢？这"生死场"在岑献青的笔下或许展开得过于狭仄，世事场景过于纯净化，"铁血和苦水"中的众生相未能得到原生态的表现，笔墨也嫌不够精到简练，然而，生与死的疑问如何始终燃烧着她的文思，那痛苦、困惑、折磨、焦灼、执着，却是可以感觉到的，并且被震憾了。

——黄子平:《"永远的灵魂"——序岑献青的散文集》，载岑献青《秋萤》，广西民族出版社，1988，第6—7页

在广西的民族散文中，岑献青的作品可谓卓然而立，极富于个性的色彩。她的作品洋溢着壮乡泥土的气息，闪现着左江所赋予她的秀气，却又能从城市与农村的参照反差中透出新奇和厚度来。

——赵壮天：《岑献青散文创作个性简识》，载广西民族文学学会编《花山文学漫笔》，广西民族出版社，1990，第119页

秋日还乡

潘大林

　　从历史文化的角度看，这是一片极少被人提起的、几近被人遗忘的土地：它既没有青藏高原的险峻神秘，没有黄土高原的粗犷神奇，没有华北平原的广袤壮阔，也没有江南水乡的肥沃妩媚。偶尔被史书提起，也往往与征服和血腥连在一起。

　　这里山多，却不高，最高的也在千米以下，但无论你站在什么地方，都可以看到山的影子。这里的土不肥，想要取得一分收成，你就必须付出数倍甚至十数倍于收成的艰辛和汗水。它没有地域性的文化传统，没有独特的宗教信仰，从语言、风俗直到生活习惯，都属于古老的中原文化的范畴，却又在长期的移徙传播过程中，多少有了迁衍性的变异。

作者简介

　　潘大林（1954—），笔名黑马。广西容县人。中国作家协会会员。曾任《金田》杂志主编，贵港日报社社长、总编辑，广西作家协会副主席等。出版有小说集《南方的葬礼》《岁月无声》《教我如何不想他》，散文随笔集《牧野之风》《最后一片枫叶》，长篇小说《黑旗旋风——刘永福传奇》，长篇纪实文学《天国一柱李秀成》《沸腾的大藤峡》等。曾获广西文艺创作铜鼓奖、庄重文文学奖。

作品信息

　　原载《中国作家》1994年第6期。收入《广西当代作家丛书·潘大林卷》（漓江出版社2002年版），入选《穿越生命的河流（上）》（光明日报出版社2002年版）。

这便是我的故乡，南方的那片丘陵。

每年秋天，我都要利用一年一度的国庆节假，回故乡去登高扫墓。按照本地习俗，扫祭先人更看重的是清明或重阳，但我不愿为这类似乎并不怎么光明正大的事告假，用的便都是法定的假日。

每次还乡，我的灵魂似乎总要受到一番冲击，年龄愈长，这种冲击就愈深重、愈强烈，仿佛有无数根带刺的鞭子，在狠命地抽打着我的心灵，让我食不甘味、睡不安寝，想哭，想喊，想把内心的所悲所喜所怒所怨一股脑儿地宣泄出来……

一

我的故乡，是桂东南云开大山余脉中的一个小村子。说是小，是指地域上的，群山环抱中的一河两岸，黑瓦黄墙，屋宇错落，站在稍高处，即可将千百户农家一览无余。但就人口而论，它就不算太小了，男女老少四千余口，单是与我同宗的就有两千余人。

人们把自己生于斯、长于斯的地方称之为故乡，一个"故"字，最贴切、最传神不过了：它强调的是过去，是时间上的差异，而不是空间上的距离。我现在工作的城市，离老家才不过七八十公里。这点路程，坐上班车还不用三个小时。尽管如此，尽管我每年都要回一两次老家，我却越来越强烈地感觉到，故乡离我竟已是那样遥远，遥远得在我脑海里只剩下一片模糊的痕迹。

相信从乡下出来，到城里生活了多年的人都有这种体验：在乡下的日子里，你一定渴望过要逃离它，就像渴望要逃离魔鬼那巨大的阴影。城市从它诞生的那天起，就一直以与封闭落后的农村相反的崭新面貌，诱惑着那些渴望繁华与喧闹、渴望幸运与享受的乡下人。只是当你离开乡下，到城里生活多年之后，你又会发现思乡的念头越来越痛苦地折磨着你、煎熬着你，使你越来越频繁地在梦中重温起故乡的种种美丽与温馨，直到逼迫得你不由自主地收拾行囊，踏上还乡的路程。然而，等你一旦回到故乡，眼前的一切，竟已变得是那样的陌生，陌生得甚至使你已很难辨认出它的本来面目。

我是二十多年前离开老家的。那时的高中毕业生，还没有直接升上大学的机会，唯有回乡接受贫下中农再教育两年之后，被实践证明是可造就的无产阶级革命事业接班人，才有千分之一二的被推荐上大学的可能。

因为这种希望太渺茫了，我高中一毕业，虽然各科成绩名列全校前茅，但还是不顾众多亲友的反对，迫不及待地报考了当时偶尔招点应届毕业生的地区师范。我更深层的隐私，除为了尽早减轻家庭负担外，更主要的，则是为了逃避乡下那经常肚皮贴背脊的饥饿和贫困，逃避烈日下、寒雨中日复一日、年复一年的繁重的体力劳动。我十分渴望有朝一日能成为每天上班8小时、每餐都能吃饱大米饭、每周偶尔加一两次肥猪肉、看一两次电影的城里人。我不想重复父辈那种面朝黄土背朝天、像蚂蚁那样不知秦汉、遑论魏晋的碌碌终生。

我尽管一度为这种见不得太阳的阴暗心理感到惭愧，但我还是抵御不了城市生活的诱惑，参与了当时看来几乎是"鲤鱼跳龙门"般的竞争。我生来个子矮小、体质孱弱，从骨子里害怕繁重的体力劳动，但我却不得不拼命地干着所有的农活：春天随大人到冰冷的水田里担秧插田，一任手脚红肿如桃；夏天顶着烈日收割水稻、挑送公粮，把喝五分钱一大海碗的稀粥当成了世间最痛快的享受；秋天邀上几个尺高寸矮的小伙伴，进大山深处烧石灰，为的是换取一元几角钱的学杂费，冬天则冒着寒风冷雨到河滩上开荒造田，嘴唇和脸颊干裂得冒出了鲜红的血珠。田里的碎玻璃划破过我的脚板，锋利的镰刀在我的小手上留下了累累伤痕，沉重的打谷机压在两个十五六岁少年的肩头，抬出两里地外放下，即使半天匀不过气来也没叫过一声苦。乡亲们在评工分时都说我热爱劳动，给了我9.5分，壮劳力一级工也才是10分。我很珍视这种评价，但只有自己内心最明白：这并不是我所乐意这样拼命的，只不过命运把这一切强加到我头上，我无法回避，就只好咬着牙认了。尽管今天看来，把这些远远超出负荷的生理、心理重压，强行地放到一个少年娇嫩的肩头，已被公认为是一种不人道的行为，我却从不后悔当年所干过的一切，因为它们教会了我的吃苦耐劳和坚韧顽强，而这些，恰恰是从书本上难以学到的。

多年之后，当我听到美国歌星保罗·西蒙（Paul Simon）的《拳击手》（The Boxer）这首歌时，一下就被歌中那个小拳击手的命运感动得热泪盈眶了：一个穷人的孩子为了挣钱谋生去当拳击手，他不得不忍受着屈辱和痛苦，一次次被人打倒在地，又一次次地爬起来，即使鼻青脸肿，血痕斑斑，眼里流着泪水一再哭喊"我要回家！我要回家！"。但最终他还得留下来，因为他已经别无选择了。

其实，每个人的命运何尝不是如此？我们所能做的，唯有干出个人样来！

我终于考取了师范，用扁担一头挑着装杂物书籍的肥皂箱，一头挑着简单的被帐，满怀憧憬地踏上了离开故乡的漫长的人生之旅。

那时候我义无反顾，没有回头留下无限眷恋的一望。

今天，当我以一个活得还算体面、事业略有所成、连乡亲父老们提起来也多少有点称道的城里人重回故乡之际，我非但没有半点荣归的欣悦，沉甸甸地溢满心头的反而只是无数说不清、道不明的悲凉和无奈。

我终于理解了以退职宰相的尊荣回归故里却因"儿童相见不相识"而满腹感慨的贺知章，理解了"近乡情更怯，不敢问来人"的宋之问，理解了"旧路青山在，余生白首归"的刘长卿，也理解了"一片归心拟乱云"的辛稼轩。即使是位极人臣而煊赫一时的游子，在古老而沉重的故乡面前，他也只能是个永远都长不大的赤裸裸的孩子。

二

我每年回乡扫墓，都习惯从曾祖父开始。这样做，实际是出于一种十分功利的考虑。我们老家一带先人的坟茔，不像北方人往往只集中于某片墓地，而是各居一处，每人占一块风水宝地，儿孙们则像对奖券一般，寄希望于某个先人葬中了某处吉穴灵壤，以保佑后辈大富大贵或大红大紫起来。由于各个墓地相距甚远，在短短的一天半天时间里，不可能前往一一扫祭所有的先人，就只好择其近者要者了。

辈分距我太过遥远的先人，尽管或多或少有着一点血缘上的关系，但却无多少恩惠于我，感情上没有多少联系，也就不想为他们付出太多的辛苦劳累。曾祖父则不然，我虽然从未见过他，但我却在他一手惨淡经营建造起来的老屋中居住了十数年，听叔祖们转述过某些关于他的轶事，以至我觉得他在作古多年之后，仍在仁慈地关注着我，温厚地庇佑着我，如果我不去扫祭他，感情上就总有一种忤逆般的负罪感。至于曾祖母，当年我曾亲自参与了她遗骸的二次葬，只是墓地实在太远，我们已多年未去扫祭，想来坟茔上早已荒芜得令人不复辨认了。

我们转到父亲的墓前，半堆黄土，荒草萋萋，一块简易的水泥墓碑还是在"文革"浪潮风起云涌之际，由父亲所供职的公社党委立下的。我记得，那是1967年的春夏之交，地方上所有的政权机构几乎全都瘫痪了。我最后一次护送已是重病在身的父亲到他任职的公社去，准备收拾行李去住院。他不时地以右手压住疼痛的肝区走完了二十多里的山路。那时候，公社大院里里外外都贴满了"庙小妖风大，水浅王八多""坚决砸烂×××的狗头"之类杀气腾腾的大标语、大字报，甚至许多领导的房门也被糊满了。那些平日昂首挺胸走路的基层干部们，只好低下高贵的头颅，小心翼翼地从大字报的隙缝里进出，稍一不慎，就会招来更猛烈的批判炮轰。奇怪的是，我那当组织委员的父亲的门前竟意外地被网开一面，给予了充分的活动空间和自由。至于是否因为父亲平日的人缘不错，还是因为造反派们对病重的父亲心存恻隐，就不得而知了。一路上，他总是不时地停下来，跟田里劳作的相熟的农民打招呼，有时干脆走下田去，接过犁耙乐呵呵地犁上几道。他本来就是个农民，干农活几乎已成了他的嗜好。不知为什么，人们都懂得他得了病，关切地问他，他总是嘿嘿一笑："没事没事，大不了跟焦裕禄去。"

没想到，他那玩笑话竟一语成谶！他于四十二岁上仓皇辞世，甚至使我直到今天，也没能原谅他在死神面前的无能：他过早地把一个中年男人所应担负的家庭责任，一股脑儿地推卸到了我那身材并不高大的母亲和13岁的我的身上！

我静静地站在父亲墓前，二十多年的时光，当然早已冲净了心头的隐痛。看着漫山遍野回绿转黄的荒草和高低错杂的松树，看着天空中不断变幻出种种形状的云彩，我忽然感到了时间流逝的迅猛。我们常常指天发誓，要与时间赛跑，要跑在时间前面，但就在我们一再发誓的当儿，时间早就弃我们而去，远远把我们抛到了十万八千里的后头，它所卷起的岁月风尘，不知不觉就染上了我们的鬓角眉梢。人生实在是太短暂了，短暂得让我们迫切地生出一股要干点什么的欲望。人的一生，能干的事情实在是太少了！唯有认认真真、踏踏实实地干好一两件自己想干的事，恐怕才能算是不枉此生。

而对面山坡上那位廿一公祖，则是我们村上辈分最高的人。按潘氏祠堂的那首对联，"谦实庆荣锡，信美余良昭"一族宗亲的辈分是早就排定了的。我属"锡"字辈，廿一公祖则似乎应是"谦"或"实"字辈的人。因各房人丁发展进度不一，有的"谦"字辈也许才三四十岁，但"信"字一辈却已有年近古稀的了，于是便出现了褓褓中的叔祖捧着侄孙媳妇的奶子大快朵颐的喜剧性场面。

廿一公祖的前半生，似乎没正经干过什么营生，种田不是好手，就东奔西跑，为人挑过盐巴布匹，当过猪牛贩，担过柴卖过炭，只因好酒贪杯，绝无积蓄，便终身不娶，直到六十好几那年，生产队有一方荒山无人愿管，他便自告奋勇，领了生产队统筹的一石几斗米，独自开山劈岭，种松种杉种八角玉桂，过着几乎与世隔绝的生活。多年之后，那方荒山变成一片林海，开始有了收成，他却老得再也走不动了……

"廿一公祖的那片山场怎么了？"我十分关心这件事，因为当年我曾到那片山场看过，还写过一篇小报道，公社的广播站居然给播了，让我在乡亲们面前人五人六地神气了好些日子。这微不足道的成功，给了我巨大的激动和喜悦，我甚至以为，那大概就是我写作生涯的滥觞了。

"别提啦，"弟弟懊丧地说，"公祖一去，人们就把那片山林分光砍光了，唉！"

我的心蓦地一沉，半晌无语。

一个人的存在，实在是太渺小了！那些所谓轰轰烈烈，拜相封侯的英雄豪杰，尚且很快就会消失于无形，那些平凡庸碌小人物的终生努力和生趣，更会轻而易举地被残酷无情的时间幻化为荒坡上的一抔黄土或一丛衰草，难道他们的生存就是如此的虚空和无意义吗？

不！不！！不！！！

我心底有一个洪大的声音，像一口巨大的钟在猛烈的撞击中发出震耳欲聋、惊魂动魄的浩响，然而，余音袅袅、愈来愈弱之后，它又显得是那样的深洞、悠远、柔弱直至散为死寂。

人们害怕死亡，千方百计地拒绝死亡，显然并不都是为了贪图俗世的享乐，他们或辛勤劳累于生儿育女，或孜孜不倦于物质建设，或殚精竭虑于科学发明，或乐此不疲于道德文章，明知道这一切，他们都无法在身后带走，显然就是想给这个世界留下些什么。只是到头来，他们到底留下什么没有？未来世界历史所能记住的，不就只是几个孤零零的名字么？

许多人似乎什么都没留下，又似乎什么都留了下来。作为恒河沙数般的个体，他们简直渺小得如同蚁蝼没什么两样，唯有作为人类的力量，他们的智慧之火才能洞穿古今，绵绵不绝地燃亮现在，燃亮未来……

三

人的一生，或长或短，都会和这个世界发生联系；或多或少，都会和其他人连在一起。连持"生存空虚说"的叔本华也承认：一切事物都是相关联、相依凭的，个体不能单独存在。我想，人的生存意义，显然就存在于与他人的联系之中。他们的爱与恨，他们的愤怒和欢欣，他们的奉献和抱怨，他们的理解和宽容，他们的娴雅、风致、气度、操守乃至粗暴、蛮横、促狭、冷酷、残忍……都会对他人产生影响，这种影响又会由他人再延及他人……即使是一个早夭的婴儿，他或她曾给予母亲带来过的喜悦、母爱和悔痛，同样也不会仅限于影响母亲一个人。

从这个意义上看，一个人就是一滴水，没有千千万万滴水，就没有小溪、池塘和江河湖海。反之，没有小溪池塘、江河湖海，孤零零的一滴水就失去了任何意义。也正是在这个意义上，我开始朦朦胧胧地理解了死亡，理解了海明威在《战地钟声》卷首所引的约翰·堂恩的那段箴言：

"任何人的死亡都使我受到损失，因为我包孕在人类之中。所以别去打听丧钟为谁而鸣，它为你敲响。"

按照民间的说法，因果报应，六道轮回，灵魂应该是长存不灭的。那么，我们的灵魂早在百万年前、第一伙猿人出现之际就已存在了，经历过的无数灾祸、劫难和沧桑，早已使我们伤痕累累，疲惫不堪，但尘世中数不尽的享乐与欢悦，诱使我们千百次地再生于这人满为患的俗世，吃过了，喝过了，玩过了，乐过了，做过了自认为该做的一切，再极不情愿地撒手而逝，让后人或痛恨唾骂或颂扬惋惜，而这一切嗡嗡嘤嘤的声音尚未消散，或许你又已钻进某个呱呱坠地、鲜嫩红艳的肉身之中，开始了你新的一轮漫长而短暂的人生旅程。

这当然虚妄。死亡就是死亡，就是毁弃，就是寂灭。时间是一柄冰冷而执着的钢锉，一一锉掉无数珍贵的生命和记忆。尽管如此，嫩红的生命和更鲜活的记忆，却仍会顽强地在人寰之树上萌长出来，它们一点也不在乎等待在前面的终极结局是什么。对它们而言，生存就是一切。

秋阳正暖，落霞满天。斑驳的夕照中，一株枯瘦的老松树无声地落下几只干燥的松子。就在那片焦黄的败草中，来年温暖的春雨洒过，蓬勃地崛起的，又将是几棵生趣盎然的新苗。

是果就要发芽，是花就要开放，是树就要挺立，是草就要为春天缀上一点新绿。即使结局终归腐土，但它们毕竟顽强地生存过。

也许，这就是生命的全部真谛。

┃创作评论┃

作为一个写作者，潘大林先生的心灵视野事实上是在面对整个当代文坛。这一点使我感到潘大林先生的散文在整体上所具有的大气。我看到，潘大林先生的散文笔触所到达的文艺领域是极为宽广的：当代文艺状况、文苑新书、古今音乐大师、社会思想动态、写作经验、自我抒情……我隐约知道潘大林先生是今日广西文坛的一个为官者。现在我感到他更是一个整个当代文坛的关怀者。

——荣光启:《阅读潘大林或潘大林散文论》,载潘大林《最后一片枫叶·代序》,中国文联出版社,2003,第1页

在广西当代文坛上已形成创作特色的青年作家中,潘大林是引人注目的一个。翻开潘大林近十年来的创作,我们会发现,无论是作家描绘生活的画面,对生活做出的美学判断,抑或是人物刻画、结构艺术以及语言特色,都渗透着作为艺术家个人的独特性和创造性。他的作品,总是带着时代的、民族的、地方的色彩,洋溢着浓郁的生活气息,蕴涵着严肃的理性思索,凝聚着潘大林的人生观和美学观。他的作品,总是在"思想和形式的密切融汇下按下自己的个性和精神独特的印记。"(别林斯基语)"论"潘大林的创作特色用不着拐弯抹角,直径就在眼前。

——王志明:《潘大林创作特色论》,载《文学·时空·比较:王志明文学论文集》,西南交通大学出版社,2012,第177页

潘大林散文是叙述、诗意与哲思的融合,字字句句都是他人生历程诸种况味的结晶体,灵魂深处的诗性精神将其思想流程为诗意叙述与诗意语言所承载,因此读来酣畅而不艰涩,有回声而不沉闷,实属散文中的美文佳构。

——陈莉:《灵魂中的诗性精神——读潘大林散文随笔集〈最后一片枫叶〉》,《南方文坛》2012年第2期

潘大林文学创作的主要方向是小说,散文是在近乎闲暇时间里的余事,这种心态有意无意之间反而使他接近了散文的文体特质,使他加深了对散文自由品格的理解并成功地运用于创作实践。贯穿了他的散文创作的是随性,但是自由言说并非抛弃一切准则,他在散文创作中遵循的准则叫作随物赋形。具体地说,他依据生活的本相量体裁衣,以情感的流动引导散文的外在形式发生变化,这使他的散文的叙事

与抒情有时平静内敛，有时汪洋恣肆。

  ——魏继洲：《被赋形的情感——评广西作家潘大林的散文创作》，《广西民族
  大学学报（哲学社会科学版）》2017年第4期

| 自述 |

  聊可自慰的是，那些年里我没有懈怠过，笔下所写，也大多是自己所熟悉的桂
东南乡村生活，是自己的所见所闻、所思所想和所爱所恨，即使水平有限，原始的
创作冲动却都是真诚的。我在故乡生活的时间尽管只有十八年，但那段记忆已深深
地揳入到我的脑海里，成了一道永远也抹不去的风景。

  ——潘大林：《广西当代作家丛书潘大林卷·后记》，载《广西当代作家丛书·潘
  大林卷》，漓江出版社，2002，第334页

延安"部艺"生活点滴

陆 地

1941年11月间，延安鲁艺文学研究室建立一年半之后，学院的实际领导周扬副院长认同社会舆论，领悟到照这样学院式的关门提高来培养革命文艺家，确实是脱离当今抗战现实的斗争生活，走入单纯为艺术而艺术、盲目追求世界名著的歧途。亡羊补牢，决定拨正办学方针，撤销文研室，将研究员分别调到实际工作岗位，或留校当助教，或分配给《解放日报》《边区群众报》等新闻单位去当记者或编辑，有的则派下各专区党委宣传部门做干事、秘书什么的。当时，周扬副院长找我谈话，说"取消文研室不是鲁艺放弃对青年作家的培养，而是考虑改变采用另一种接近实际些的培养方式。你的去处，我们觉得你还年轻，趁着还在学习年龄，转去延安大学学俄文专业；为了日后搞好创作，掌握一种外文很有帮助。"这，也许是组织上出于爱护的用心，但我却误会是不留我下来当助教，显然是对我的放逐，不免产生逆反心理。

料想不到正在此时，在跟鲁艺隔条小溪（桥儿沟）的山坡，留守兵团烽火剧团要扩建为部队艺术学校，兵团政治部主任兼校长莫文骅亲到鲁艺学院要求支援文艺

作品信息

原载《新文学史料》1995年第2期。

教员。学校的专业设置，照搬学院的模式：设戏剧、音乐、美术和文学四个队。于是，我便接受了聘书，从学院的研究员变成了学校的教员。

同我一道从鲁艺学院到部艺学校的有：除了以写过《流寇队长》的剧作家王震之为副校长，当教员的就有，戏剧队的翟强、地子、谢力鸣、马瑜、史行、李实和做队长的陈其通；音乐队的李鹰航、梁寒光；美术队的徐一枝等等，他们除了陈其通系原烽火剧团、长征红军英雄，其余人员全是鲁艺实验剧团主要骨干和各研究室的拔尖人才。

文学队的主任教员黄照系鲁艺文学系辅导员，他原先和严文井、刘祖春等人在北平曾是沈从文的门人。教员有我和叶克、吴微夫妇以及一位日本留学回来参加过北平左联的陶然，一位当过印度国际医疗队柯棣华大夫翻译的董均伦和一位矮个子的四川才子高鲁。

部队对待我们这批知识分子的新干部倍加优厚：鲁艺的专家教员，月生活津贴每位12元，我们部艺教员则得6元，比在鲁艺当研究员的3元多了一倍，而且每月每人另外还有五斤面粉、两斤猪肉的技术津贴；一人独居一孔窑洞，衣服是营级干部的那种浮吊口袋，有别于连级干部；饮食有"小鬼"从山下厨房挑送到山上的窑洞来。生活在当时的同辈可算够优越的了。

然而，专职副校长的王震之，到底是个知识分子专家，作为领导，家长作风暴露出不少毛病，在教职员工中引起忍无可忍的义愤，急得我们教员一群不得已而联名向上级政治部主任莫文骅校长状告。校长下来深入了解，逐个找我们个别谈话，然后在全体教员的座谈会上，首先表示歉意说："学校存在那样多的问题，自己名为校长，对下情不甚了了，真是尸位素餐了。副校长专家治校，经验欠缺，发扬民主不够，脱离群众，影响大家发挥积极性，是值得吸取教训的。同志们能及时反映实际情况，向上级提了有益的建议，目的是为了把学校办好，动机是肯定的。我们欢迎。不过，从客观的效果来考虑，问题是采取联名上告的方式，从严来说，那就是非同小可的错误了。诸位都是革命队伍成员，个人有任何意见，都可以通过一定的组织渠道逐级向上反映的嘛，为什么采取联名告状的非组织活动呢？每人都必须认识清楚，革命队伍里头是绝对不容许有联名、请愿之类小组织活动的。这是铁的纪律。前不久，两间学校为相互对调校舍的事扯皮，一间总支成员不通过正当组织路线提出意见，而是联名告状反对。事情给毛主席知道了，批了'岂有此理'四个字，责令解散党总支组织，处分联名的党员。说明原则问题可不能儿戏。当然，你们大家是还未经多少锻炼的新同志，不懂原则，无知之过，这回就不给处分了。但是必须记取一次深刻的教训。不用多言，大家都是各有专长的人才，这是革命队伍的财富。……"一席话，特别是收尾言简意赅，斩钉截铁的箴言，果真叫我长期生活中受用不尽。

讲起文学队来，学员二十多名，分别来自军委系统直属单位和各旅团保送来的文学爱好青年，到来之后，学校再做一次测验才入队。记得一位年龄最小的西戎，也许当时的作文因应考怯场，文章未能做得称心，取录名单没有他。苦得他找到主任教员来哭诉他死也要进文学队。念他一片赤诚，终于成全了他的志愿。天才加上勤奋，到了解放战争期间，他终于跟戏剧队的同学马烽合写成通俗章回体说唱故事《吕梁英雄传》，连载于作家周文主编的晋绥群众报，得到广大读者欢迎。自此闻名远近。当然，文学队的同学在创作上取得的成就，在后来的全国文坛崭露头角的还不止他：比如还在延安大闹《兄妹开荒》秧歌广场剧时期，西虹便也写出一出颇受欢迎的《军爱民、民拥军》的秧歌剧，随后到东北，及时写出反映解放战场的中篇小说《在零下四十度》(连载于《东北日报》)和《英雄的父亲》等短篇，一跃而进入军队青年作家之林；再如以写电影文学剧本闻名于五十年代初期的孙谦和与人合作《智取华山》脚本的纪叶，以及总政文化部创作员的孟冰；建国后，还有先在上海《文汇报》副刊编辑、后到新疆大学做理论教研室主任的秦明和解放军文艺学院头头的陈辛火，都是文学队学员的优秀高材。此外，别队同期的学员后来成了专家的，就有戏剧队的马烽，音乐队的彦克，美术队的赵域等等。当然，这些学员之所以成功，无疑对部队文学艺术事业做出一定的贡献。其中说起来，都不全是出于当时作为老师的功劳，说到底，还是由于那个革命战争年代的现实生活环境的土壤和气候促进了他们的成长。

记起孔夫子曰:"人之患在好为人师",给我提起了戒心,所以我虽名为老师,在平日却跟几位同龄的学员生活打成一片;也许还因我教的是"写作实习"一课,针对每篇具体的习作分析、研讨其得失成败,做到有的放矢,比之专讲抽象空调的理论课使得学员感受亲切,促成了我们师生之间弥补隔阂而成了朋友。日子过得比在鲁艺拿创作当任务而背的包袱轻松自在得多了。

然而比起戏剧、音乐和美术各队可以搞演出、开展览的多姿多彩的集体活动来,文学队的学习生活就单调而沉闷了。教文艺理论课的陶然老师讲课引不起学员兴趣,因而向我们同事传授他想出的窍门:"你要想叫学员佩服你,讲课时候不妨掉掉书袋——言必称希腊,吹吹莎士比亚、托尔斯泰什么的,叫他们越听不懂就会越以为你了不起。所以说,在他们面前可不能过于天真,赤膊上阵。师生之间不能不保持一定的距离……"

陶兄的高论,叫人一时接受不过来。我仍然一心为了刺激、促进学员们习作的情绪,便仿效美术队的做法:不时将素描、速写作业的画稿,在学校内部展出,让大家相互欣赏、观摩、共同进步。我们文学队师生一道,便也集体办起一份名称《靶场》的大型墙报,从学员每次的习作中挑选写得较好的,用统一规格特制的稿纸誊录整齐,加上报头、尾花的装饰编好刊出。好比练兵的靶场让大家学射击,学员练笔有发表的场地,老师有合适的新作也拿来一起张贴,当作教官的示范动作,彼此观摩学习。像炸弹爆破,顿然攻破了文学队单调、沉闷和寂寞的气氛,引起全校刮目相看。这也许正是培育了西虹、孙谦、西戎等等一批日后长成作家之林的苗圃吧。

1942年,抗战经历了四个年头,战争局势处于持久战的相持阶段。从1938年拥入延安来的大批知识分子胸怀那股香客朝圣的狂热,随着岁月的流逝逐渐减退了:革命理论的求索已不再新颖迷人,革命前辈的气节教育和英雄故事,听起来也不再那么激动人心。昔年朝气蓬勃、青春作伴一路并肩而来的女伴,如今犹似暮春天气,花朝已过,绿叶成荫子满枝:一个个都各有了归宿。传说有人凭空夸张玩笑,说什么延安知青男女比例是18:1。男人的精神世界,成了无言的苦闷象征。

在我生活周围的伙伴中，读书、写作已不可能全部寄托于情思。于是，有人养鸡下蛋，有人种植西红柿，多少帮助补充物质供应匮乏的蛋白质和维生素C。

记得当时就同黄照、叶克也种起西红柿做消遣。利用星期天，顺桥儿沟走到深处，砍伐山坡的灌木枝干，背回山上窑洞前面空地，给种下的西红柿搭架。每天早晚还得用水桶从山脚汲水上山浇园。当时还真年轻不知累，相反，还觉得不这样，消耗不去年轻充沛的活力，也打发不了寂寞的日子。

西红柿又名番茄，是现已成了鲁艺校舍的法国天主教堂传下的品种，果实硕大、鲜艳诱人，宛若大红玉苹果。我们一个人才只种十来八株，结果累累，当作水果吃也吃不过来。叶克夫妇把它熬成红艳艳的果子酱，早餐抹馒头片，充实穷对付的日月。邻家还在窑洞外壁挖只小洞，养起母鸡，每天午晌下蛋，"咯咯哆，咯咯哆"地啼唤，干扰别人午睡，但，这多少有如吹皱一池春水的涟漪，给生活增添些生气。可没多久，一天清早，邻居神色沮丧，向人喃道：昨晚忘了搬动片石堵住鸡洞，半夜，抓鸡虎来把鸡叼走了！没了鸡的啼唤，山头又趋平静，寂寞结了冰，叫人难堪。

不想忽然来了灵感：受鲁迅《鸭的喜剧》的启发，立即写成2000来字的《鸡的悲剧》，当作墙报稿，拿去《靶场》贴出来。引起围观者哈哈大笑，得到了共鸣。都说我捕捉到典型环境的典型形象，鼓励我就这样多写这些，给单调、寂寞的生活气氛增添些色彩。

由于这样一来的缘故，还真使我想起40年下部队体验生活，看到一位"独善其身"以自持的炊事员的悲剧故事：他个性嘎孤，不爱合群，本分工作倒是无可挑剔的。就是在那次"百团大战"的战役中，某天发生意外的敌情，必须紧急转移，他因独自去找地方做饭，没跟得上队伍而掉了队。从他身上，使我悟到真是个命运的弃儿，时代的落伍者啊！为着给唯我独尊的极端个人主义者唱挽歌，信手写出6000多字的小说《落伍者》。篇幅不算长，但在《靶场》显然是容纳不下的了，拿去哪里问世呢？当时延安的权威文艺报刊，除了党中央机关报《解放日报》文艺版之外，就只有全国文协延安分会由丁玲、艾青他们几位知名驻会作家每期轮流主编的会刊《谷雨》和鲁艺学院由周立波、何其芳负责编辑的《草叶》。两刊分别代表所在地的蓝家坪、桥儿沟两个山头。文人相轻，彼此多少存在互比高低，意气用事的成见。我虽鲁艺出身，而今仍没有摆脱桥儿沟环境的氛围，但组织关系已属军委系统的干部，无意于什么山头的瓜葛。因而将稿子直送往蓝家坪的《谷雨》。始料不及，我第一次署名陆地的《落伍者》，居然在该刊第4期（1942）上与诸位名作家并列，意味着我从此获得了较大社会范围的认同，走上艰难的文坛。

　　该期《谷雨》的轮值主编是东北作家罗烽，他很快给我素不相识的新人写来一封充满热情的祝贺信，说小说可贵之处是在于作者勇于赋予不幸的小人物那样崇高而真挚的同情。要是人与人之间欠缺这点爱心，人类社会岂不成了"冰岛"世界了吗？紧跟着也是从未谋面的老作家吴奚如也来信说，读了《落伍者》才查知我系"部艺"的人。说他想要写个剧本，揭露反动派制造篡江惨案的罪行。请帮他在部艺图书室借出《太平天国》的演出本去做参考。"有话见面再谈"。想不到这位当"国防文学"两个口号之争时，站在鲁迅、胡风一边，为"民族革命战争的大众文学"讲话的左联党员作家，个性如此直率，同我年轻后辈初次见面，直说什么"周扬在鲁艺都叫你们躲进象牙之塔，专攻什么世界名著。可就是他周起应（周扬）在上海左联时候，却拿走上街头冒险去搞飞行集会、贴标语、喊口号来考验各人的党性。把鲁迅、茅盾等等都给吓跑了。现在呢，从一个极端走到另一极端、让你们脱离抗战现实，关起门来提高。不左即右。"末尾，他才转过头来说："不知你才是个年轻同志，竟然用几千字写出《落伍者》，表现这样深刻的主题，本应得到鼓励才对。可周扬他作为党的文艺界领导，却对它说三道四，甚至把它选作有争议的几篇作品之一，拿到文艺座谈会上去讨论，好在朱老总说了公道话：认为'青年文化人肯写我们部队，单这一点就值得欢迎。文章写得不够全面不要紧，以后继续深入连队生活就会克服片面性的。'可见大人大量，高瞻远瞩，拿与人为善的胸怀，爱护人才，不同一些或右或左的机会主义者那样小鸡肚肠。"……

　　另外，有的认为：比起来，拿《落伍者》所达到的水平而放在头篇，无疑是当之无愧的事，可《谷雨》的编辑老爷仍然是重名家轻新人的旧眼光，太不公平了；有的则讲：陆地不就是陈寒梅嘛，鲁艺培养出来的人，写出佳作为什么不给《草叶》而拿去给《谷雨》？简直是对鲁艺的背叛，向文协投降。……

于是，便有了周扬手下理论班子的程钧昌的署名文章在《解放日报》文艺版首先向《落伍者》发难。文章啰唆半天，归纳起来，无非两个观点。其一，指责作者人道主义，为不幸者的小人物的命运寄予过多的廉价的同情，当中便是无言反衬了革命队伍人情的冷酷；其二，说什么众所共识：革命队伍乃是造就人才的熔炉，即令有这样个别的落后炊事员，可为什么不能使他在熔炉的锻炼中得到转变而成为先进的战士呢？……

读完这样批评文章，很不服气。好在当时即令在党报上也还允许学术问题的批评与反批评的自由。凭一时意气，立即写篇《关于〈落伍者〉》的答辩文章，投去《解放日报》文艺栏，给主编舒群，阐明《落伍者》的主题是在给个人主义者唱的挽歌，不免或有流露人道的同情，但不能接受批评者牵强附会，说什么反衬对革命队伍的歪曲。因而，引用鲁迅在《非革命的急进革命论者》一文讲的革命者在进军途中，个人主义和集团主义两者"也时时有人退伍，有人落荒，有人颓唐，有人叛变，然而只要无碍于进行，则愈到后来，这队伍也就愈成为纯粹、精锐的队伍了"的道理，讥讽了程某们的形而上学的理论破船，在现实的沙滩搁了浅。紧跟不几天，黄昏时刻，照常在河边散步，不期遇上周扬和夫人迎面走来。周先开口招呼，直说："你的小说和报上的文章，我都读了。你看什么时候到我那里谈谈。"这突如其来，叫我一时愣住，只支吾应付过去。回头心想：鲁艺对我既已放逐出来，而今我又已属军委系统的人，对他已无所求；凭一股傲气，"不肯低眉事权贵"。终也未去登门领教。飘然超脱于蓝家坪与桥儿沟两个山头之外。

然而，回头一惊，在这过左的压力气候下，我在鲁艺习作的第一部长篇《寻》的初稿，恐也难避灾难。一夜之间悄悄把它投进了火盆，化成灰烬。

但是，部艺学校的艺术活动是跟着鲁艺学院学步的。戏剧方面，虽然起初曾有过翟强编导，李鹰航作曲的面向连队的歌剧《小八路》的演出，然而赶到后来，还是摆脱不了鲁艺的衣钵，鲁艺大力提倡舞台艺术而演大戏、洋戏的时候，部艺也在亦步亦趋：鲁艺演《日出》，部艺跟着演《太平天国》；鲁艺演莫里哀《伪君子》，部艺也在排练演《悭吝人》……。

文学队的师生写作，上头政治部倒是下达一项任务，要我们都来写通俗小故事，提供连队文化教员拿去向战士做口头讲授，作为文化课的补充。这倒是新颖、切实的课题，值得尝试的写作去处。遗憾的是，同时立下条定规：不准写对立、矛盾。说军队内部只有进步快慢、多少的距离，不得拿阴暗陪衬光明、拿反动陪衬进步的反差。这，明明白白是画地为牢，缚住了创作想象力的翅膀。

正当我们文学队对待写作的规矩感到蒙头转向，无所适从的困惑时刻，"精兵简政"一声号令下来，学校政委萧元理向全校师生宣布上级组织一项决定：撤销部队艺术学校，戏剧、音乐和美术各队的大部分人员与中央青委的青年剧院合并，成立联政（联防军区政治部）直属的文艺宣传队；文学队师生则分别委派新的工作岗位。

这样一来，我和黄照先就被派到联政所创办的部队报纸《部队生活》社当特派记者：黄照到骑兵旅，我原本要去独立一旅的，临行又被留下做编辑，教员的技术津贴自然没有了，营级干部的政治待遇不变。记得离开桥儿沟要到联政宣传部报到的那天，黄海（吴微）说了一句：

"今天正是三月十八啊。"

论年份是1943年；正当延安整风后期的审干阶段，康生操纵的中央社会部发动一场灾难性的"抢救运动"前夜的岁月。

转眼，几十年的风尘岁月过去了。原先部艺学校的旧班底，新中国成立后，发展成为武汉中南部队艺术学院，后来终于变成北京解放军艺术学院。

听　狐

凌　渡

很难得这故乡宁静的夜了。窗外月色很美，幽幽的月光中听得见落叶在风飘摇里触地的窸窣声。仔细听着，仍是那些不知疲倦鸣叫的蟋蟀和纺织娘，它们得意的歌咏很快就把我的童心从遥远的地方呼唤了回来。尽管夜已深，我还在听着，我明白我一直在寻觅另一种声音，听听，没有，再听听，也没有。为什么没有了呢？也

作者简介

凌渡（1936—），原名凌永庆。壮族。广西扶绥人。中学毕业后，由于家境不好，便选择了由国家负担学费食宿的龙州中等师范专科学校，1956年毕业后任扶绥县东门小学教师。1959年就读于广西师范学院中文系（今广西师范大学），读大学期间的一次会议上，凌渡见到了倾慕已久的故乡名家陆地，并在亲友的介绍下与之通信。1963年毕业后到广西文联民间文学研究会从事民间文学的搜集和整理工作，后出版有《广西民间动物故事》一书。1972年调入《广西文学》杂志，先后任编辑、副主编。1996年退休。系中国作家协会会员。曾任广西散文创作与研究会第二届会长。出版有散文集《故乡的坡歌》《南方的风》《听狐》《萤火在山地里飞》《闲楼手记》，散文诗集《视线中的彩蝶》和《广西当代少数民族作家丛书·凌渡卷》等。其中散文集《故乡的坡歌》获首届广西文艺创作铜鼓奖，《南方的风》获全国第四届少数民族文学创作优秀奖，散文《乡忆》获1991年《民族文学》优秀作品奖。作品被《中国新时期抒情散文大观》《当代散文名篇赏析》《中国当代游记选》等多种选本收入。

作品信息

原载《朔方》1995年第4期。收入散文集《听狐》（广西民族出版社1996年版），入选《广西散文百年（下）》（民族出版社2004年版）。

许它们还没有出来。月色很美，中很幽谧，它们该活动了，夜，是它们的自由世界，是它们嗥鸣欢叫的广袤舞台。

我每次回乡，都住在乡村中学里朋友的宿舍，因为母亲辞世，老父早随我们移居城中，老屋就空着没有人住了。这里靠近郁郁葱葱的油茶山，那是狐经常出没的地方。

可是今夜，狐没有来，没有狐的叫声。对我来说，那是久违了的声音了。细听，思量，久久不能成寐，这野性的声音，如今更觉得十分美妙和珍奇，心也就急切地等待着了。终究没有，狐都去哪儿了呢？

然而母亲关于狐的故事永远是美丽的。孩提时代，深夜一听到狐嗥，母亲总会说起狐来。我家虽离中学稍远，但却在一座叫神农的山下，那时夜里，狐的叫声久不久就是从那儿传过来的。声音有时觉得格外凄楚，有时又觉得相当平和，恳切，有时听起来还觉得它们仿佛是在欢呼。山村静极，狐的声音也就传得相当遥远。起初我害怕极了，母亲就一边轻轻抚摸着我，一边温存地对我说，孩子，别怕，狐在呼喊它的兄弟姐妹一道去看望它们可怜的母亲呢！它的母亲怎么了？我不明白。但狐的可爱，狐的善良，一下子就在我的心灵慢慢浸润开了。我同情狐，"妈，它们的母亲是不是病了？"母亲长长地叹了一口气，说，"不，它太劳累了！"有一回夜间，风清月白，小半夜，狐便早早来到山上，"喔呼呼"，"喔呼呼"，声音急促而诚恳，仿佛是在乞求什么。我躲在蚊帐里侧耳倾听着。狐的哀声一遍遍传来。我怜悯起它来了，可怜的狐，是迷路了吧？没有母亲在身边都是太孤独太冷清的。可母亲说那是狐在拜月。狐觉得月亮太漂亮太漂亮了，是一面很美很美的镜子，它在央求月亮将镜子送给它呢，好让它带回去孝顺给它勤劳的母亲。又有一次天快亮了，山上狐声骤起，一声比一声高。狐怎么啦？我问母亲。母亲却这样说，是狐骂露水的呀，露水将它早早出门做工的母亲打湿了……母亲一遍又一遍对狐的评语，对狐的附丽，都将一个母亲和一个儿子的美好心灵热切地沟通了起来。而母亲也许不太知道，她所说的这一切，在流光中，却一次比一次深埋进了我童年纯稚的心底。

等我成了少年，认识了狐，才知道真实的狐比母亲所说的相去甚远。我明白了母亲通过她的想象美化了狐，也许是母亲暗暗对我寄予希望，在呼唤一颗永远圣洁永远充满对母亲的爱的心魂。

乡人最恨的是狐为非作歹，偷他们的鸡。鸡在山脚下刨食，突然给它叼走了。有时狐还悄悄潜进村巷，如果有什么人突发地惊呼一声，十有八九是狐作案了！紧接着，"狐吃鸡啦"的喊叫声就在村里响成一片。我们和一些大人便不约而同立刻迅速集中一起，唤狗追逐。那是人与狐、狗与狐的激烈角逐，但往往以狐的机智而获得胜利。狐机警、刁猾，在逃亡途中，它在这土堆那草丛里撒尿，泄出狐臭，摆下迷魂阵迷惑狗，让狗在它施发狐臭的地方团团转，延误了战机，致使它有更多的时间逃之夭夭，潜行得不知所去。有时，明明见它叼着鸡在山沟沟的沙圹里转悠，做出藏鸡的勾当。但当我们赶去，挖遍了沙圹松土，寻完附近的树丛草墩，就是不见死鸡的影子。狐不知将鸡埋在何处，它一定等我们"鸣金收兵"后，夜里再来偷偷将其赃物拿走的。好乖巧好狡猾的狐！

而这些时候听狐，其声音似乎总隐着掠人之美的杀机，令人十分厌恶……

朋友见我辗转反侧，不能入眠，因问了我。我说起缘由，他说如今狐也很少见了。他又喟叹说先是熊，后是虎，现在的劫难大概要轮到狐了。我心里一阵悲怆，难道乡野之大，已包容不住狐安全生存之余地了吗？

我这次回乡，是为给母亲寻找一块长眠的墓地，不想母亲已长逝多年，但她关于狐的故事仍鲜活着。联想今天狐的销声匿迹，我不觉又忆起童年听狐的情景，只是依稀记不清我是否有过这样的感觉，当年狐声的凄楚是否狐已预感到它们对未来生存的绝望？

我原谅了狐。它偷鸡是它生存的本能，是为了维持它生命的亮丽。大自然应该有狐，大自然会因为狐和赖它以生存的其他生命而能永远保持着它的博大与美丽。人们不是也还需要我母亲那些关于狐的故事？

夜宁静极了。但宁静中的所盼也落空了。狐没有出来，长夜里始终没有狐的嗥叫。

窗外的月色依故，很美，很幽，月光中，却只有落叶在风飘摇里死去的窸窣声，和蟋蟀、纺织娘的一声声愁鸣。

抗战烽火话桂林

林焕平

（1942年2月—1944年6月）

1942年2月中旬，我历尽艰险，从落入日寇魔掌中的香港逃亡出来，到了桂林。那时，桂林是大后方一个有名的城市，其实却是一个破残不堪的小城市。

桂林有名，在于文化城集中了一大批文化人。

在香港的朋友吴涵真、千家驹、沈志远、金仲华、梁漱溟等都先后回来了。茅盾因在东江纵队小住回来略晚。

回来了，怎么办呢？

（一）校园的生活和斗争

我还是喜欢做教师的。吴涵真老先生对我说：

作者简介

林焕平(1911-2000)，原名林灿桓，号进。笔名木桓、东方旭、石仲子、为民、江河等。广东台山人。1930年加入左联。早年就读于上海公学、暨南大学并留学日本。曾任广西大学、桂林师范学院（今广西师范大学）教授，香港南方学院院长，广西文联副主席，广西中国文学学会会长等。著有《林焕平文集》10卷、《林焕平译文集》5卷、《林焕平编选著作集》5卷等。其中《林焕平文集》一、二卷获第二届广西文艺创作铜鼓奖。

作品信息

原载《新文学史料》1999年第1期，收入《林焕平文集》第10卷（广西师范大学出版社2003年版）。

"梁漱溟先生是著名学者，又是桂林人，请他帮忙去。"

他住在七星岩普陀山下的广西教育研究所，所长是雷沛鸿先生。梁先生在香港和我有来往，雷先生则不认识，只知他是广西有名的教育家。

吴先生同我一起去找梁先生，他很爽快，立即就写了一封信给广西大学校长高阳，推荐我到西大教书。

高校长是个古板的人物。他原是江苏教育学院的院长，京、沪沦陷后，他逃亡到桂林来，刚接任为西大校长。他很尊敬梁漱溟先生，立即答应请我担任先修班（预科）的国文教师。梁先生的介绍信写明我是广东国民大学香港分校教授。但他说："在先修班教课，只能给讲师名义。"我接受了这个任务。到校后，发现著名教育家、老教授庄泽宣。董渭川也在先修班上课，这就是说，高阳欺骗了我。

1942年上半年，我在先修班讲授国文。1942年8月起，我改在师范专科班教国文、中国文学史和在政治系及经济系教日语，教课相当紧张和繁忙。

先修班在大埠，离良丰校本部约有五公里，师专则在校本部，本部在雁山西林公园，这是清代大官僚宋子实在同治八年（公元1869）建的公园，是仿照《红楼梦》大观园的模式建筑的，里面有红豆树、红豆院，相思洞，相思河，虹桥院等等。风景是很优雅的。我先是住在红豆院，与国文教师胡凤伦为邻，他是江浙人，是一个正派人物。后来搬到教授楼，盛成、周伯棣、万仲文等都住在这里。还有一位教英语的女教师王德箴也住在这里，她常和训导长王慕尊搞在一起，我讥之为"红楼梦教授"。虽然是国难临头，大敌当前，但我静观默察，仿佛很难同他们谈心。在他们中，甚至还有人在谈话中宣扬希特勒的《我的奋斗》呢！

我同革命学生包敬第等是有联系的。他当时是经济系学生，听我的日语课。解放后，他当上海古籍出版社总编辑。他们八个同学请我指导。在碧云湖开会，碧云湖有九曲桥，是西林公园的风景点之一，成立"西林文学"社，出版壁报，宣传团结抗战，反对分裂投降；也议论校政。我同欧阳予倩都给他们写文章。这个文学社成了团结广大同学争取民主，从事抗战工作的核心。

这是抗战最艰苦的时期。国民党统治区，却又是群魔乱舞腐败不堪的时期。发国难财者比比皆是，人民群众颠沛流离。

大学，谁说是清水衙门？同样是罪恶渊薮。

首先是权力争夺的斗争。

当时的校长李运华是国民党桂系的人物；训导长王慕尊是国民党 C.C. 系的人物。桂系对蒋介石国民党保持一定的距离；在统一战线下，它对共产党保持着若即若离的关系。而蒋介石和 C.C. 系则是积极反共的。校长的职位是个肥缺。王慕尊积极活动想争取校长的职位。李运华掌握着学校的国民党党部，王慕尊支配着学校的三青团组织，双方激烈争夺。

斗争公开化和白热化了，李运华感到地位有点动摇。李、白、黄，便不能不出面干预，据传他们警告王慕尊：

"这是广西大学，不是别的什么大学，请你识相点！"

加之，王慕尊在学校的名声也不大好。

于是，C.C. 把他调到某大学当师范学院院长去了。学生贴出对联欢送他，上联是：

男盗任训导长纳粹

论调自弹自唱，如今荣升师范学院院长，下联是：

非王氏本人事迹，姑不引叙了。

当然，李校长干了一些非一般人所能想象得到的事情。王训导长也正是眼红这些事情。

其次，是校长的贪污腐败。

根据革命学生的调查了解和某些教授的谈吐，特别是参与过校长的这些腐败活动的梅老教授和陈医生事后的透露，有如次的事实：

每年新谷上市的时候，以缓发一个到两个月的教职工的工资，购买新谷囤积在大埠乡下的农民家里，过了三几个月，粮价大大上涨了，就把粮食放出去，发国难财。当时广西大学分文、法、商、理、工、农等学院及师专。学生二千余人，教职工约五百人。这些人和他们的家属在物价飞涨的情况下，他们在饥饿线上喊天叫地，苦不堪言。可是校长却缓发——扣发他们的工资拿去囤积粮食，让自己发国难财，让全体教职工及其家属饿肚子。

还不止这些。校医室有一位陈医生是广东台山人，在台山的滨海市镇都斛与澳门仅一水之隔，天天有走私船艇穿梭其间。台山，因为靠近澳门，也充斥着各种各式的洋货。于是，校长请陈医生拿扣发的职工工资到台山和澳门去购买黄金和西药回来出卖，这时西药和黄金价格奇昂，校长便可以大发洋财。

有些教授大叫大嚷，政府是按月发放钱粮的，校长为什么不发工资？有些革命学生也在壁报上议论这些事，抨击校长。可是，校长是李、白、黄的亲信，他们自有神奇妙法掩盖扣发工资的事实。他们发了国难财以后，分赃机密，我们确实无法了解。

还有一个发国难财的秘诀，这也是梅老教授于1953年退休以后不知不觉之中透露出来的。那时全省只有一所广西大学。一切直接间接发国难财之辈的子弟都想进大学。而这些人的子弟又多是游手好闲，为非作歹之辈，正规考试是无法考得进大学的。于是一两黄金一个入学名额，来者不拒，多多益善。

校长去向考生的家长招呼，请他们的子弟在试卷上面打个暗号，——试卷的号数是密封的，不打暗号便无法辨认。——校长将暗号告诉亲信的教授，请他们笔下留情，高抬贵手，一个试卷多打二、三十分，两三门课试卷就可多得六、七十分，录取稳操胜券。那个时候，是每个学期或每个学年给教师们发一次聘书的，这些亲信教授便可高枕无忧了。

一九四四年六月桂林大疏散的时候，教师和进步学生包围校长的住宅，这是三面环水的桂花厅，平时是十分优雅的住宅这时却成了一个危险的囚笼。教师要求发放拖欠的工资，学生要求抗日，校长无奈，只好于夜间跳窗游水逃跑了。这是后事，听进步师生谈到的。

我在桂林一家七口，——爱人，三个嗷嗷待哺的小孩和两个侄女，生活十二分困难，广西大学在雁山，离城五十里，无法兼工作。同吴涵真、千家驹商量，转到城内找工作。还是吴老先生找梁漱溟想办法。梁先生十分热心和通情达理。他说：

"你家庭负担重，进城来可以找两份工作。而且，去年你进广西大学时高阳校长只给你个讲师的名义，也确实委屈你了。我介绍你到桂林师范学院去吧。"

于是我拿介绍信去见该院院长曾作忠先生，听说他是梁先生的学生，他立即给我以副教授的名义去该校任教。这是一九四三年七月的事了。

我在桂林师范学院讲授国文，中国文学史和语言学。后者我没有什么研究，正如在广东国民大学香港分校一样，我只是照搬我在大学时张世禄先生教给我的一点东西。中国文学史只是我专攻的科目，又有郑振铎、陈中凡、陆侃如三位教授传授给我的思想内容和方法，讲授还有一点信心。曾编过一部简明中国文学史讲义印发给学生，后来散失了。

桂林师范学院院长曾作忠是教育家；训导长王金鳌，不知何许人；听说他们二人都是C.C.系的人物。教务长林砺儒先生，是开明的老教育家，曾任广东文理学院院长，大半的教师都团结在他的周围。解放后，他曾任中央教育部副部长。

在桂林师范学院，有两件事我的记忆很深：

第一件，每星期一上午第一节，举行"总理纪念周"，这是国民党对师生进行思想政治工作的形式。全体师生先到礼堂坐好了，然后曾作忠走在前面，王金鳌在后面，从礼堂正中的通道上威风凛凛地走进来，有人喊"立正"，大家起立，目送他们走上讲坛。我们很厌恶这仪式，有好些教师傲然地坐在椅子上不起立，有时索性不去参加。曾作中对这点很不高兴，但他没有办法。

第二件，抵制教授登记。一九四二年前后，一方面是抗战最艰苦的年月；另一方面又是国民党屡次掀起反共高潮的年月。国民党在教育方面也千方百计想办法进行法西斯控制。其办法之一，便是教授登记。重庆国民党政府教育部向各高等学校发出通知和表格，要各校讲师以上教师进行登记，汇报国民党政府教育部。这是政治目的很鲜明的事件，又是一件对高校教师的考验。

对这件事，大体有三种意见和态度：

1.右倾的教师自然热情拥护，高高兴兴地登记。其中有些人可能当作一种表忠的表现。

2.中间派的教师觉得这件事可有可无，可登记可不登记。采取无所谓的态度。

3.进步的教师认为这是法西斯教育统治的方法，不愿登记，采取置之不理的态度。

国民党的这种手法，早在1939年就施行了，到1943年才进一步推行。我记得当时我在广东国民大学香港分校教书，国民党政府教育部已发来过通知，要教师登记。那时在香港，更不会理睬这种事。不但我没有登记，自由派的教师也不想登记。这一次是到国统区来了，可是开明进步的教师还是不愿登记。在桂林师范学院，以林砺儒先生为首，好些教师都拒绝登记，中文系主任吴世昌、教授穆木天、彭慧、颜虚心和我；历史系教授宋云彬、傅彬然等都不登记。对于一些著名学者，国民党还有一个表面"礼聘"实质为统治的妙法，就是聘他们为"部聘教授"。地位和待遇都比一般教授高一等。

对这一"礼聘"，有的人自然得意忘形，欣喜若狂。有的人当然也漠然置之弃如敝屣。记得1942年我还在雁山广西大学教书时，吴涵真老先生到雁山来，同我一起去看望著名地质学家李四光先生，他原来是中央研究院地质研究所所长，南京、上海沦陷后，他迁来桂林住在雁山。吴先生是从香港脱险归来的。在某种意义上，可算"同是天涯沦落人"。彼此见了面，十分高兴。李先生就给我们讲了一个故事：

半年前，国民党教育部给他挂号寄来一封"部聘教授"的聘书和条例。李先生把东西搁下来，并不理睬他们。

半年后，他又接到国民党政府教育部一封公函，说："查该员是被聘为部聘教授，至今未往任何高校讲学。特为通知，希履行条例……"云云。李先生摊开两手说："真是好笑，什么该员该员……"

李先生又说：

"我把半年前寄来的部聘教授聘书和这次的来函，一并挂号退回去了。"

我过去但闻李四光先生是著名地质学家，这回第一次见面，听他讲了这个故事，我不禁肃然起敬！

为了生活，我又到西南商业专科学校去教课。这是广西大学张先辰教授介绍的，他是留日同学，是西南商专廖竞存校长的老乡。他的哥哥廖竞天，记得曾做过广西银行行长，是桂系中比较重要的角色，因此廖竞存也算是桂系中人，他却又是国家社会党人，与国家社会党党魁张君劢友善，他矮矮胖胖，是一个精明人。他"三顾茅庐"，到我家里来找我。他要我担任语文教授兼训导主任。他笑着说：

"我会看相，一看我就看出你是一个能干的人。我给你全校教职员，包括我在内的最高工资。"

这个人倒是挺厉害，他态度比较诚恳而手段则单刀直入，所以能礼聘好多位有名文化人，如千家驹、张君辰、龙家骧、姜庆湘等到该校教课。他要我讲授语文，我欣然承诺；他要我当训导主任，我却不想接受。在国民党的公立学校，训导主任是管制学生的，我同张先辰和千家驹商量，他们却说：

"这是私立学校，与国民党的公立学校不相同。况且，国民党可以利用这个职位去管制学生，我们为什么不可以利用这个职位去团结学生呢？"

他们反复说：

"没有问题，没有问题。"

我于是接受了这个职务。

到校之后，我每隔二三周，利用总理纪念周——时间，向全校学生讲国际反法西斯战争形势和中国抗日战争形势，又举行全校性的文艺晚会，请一些名演员到学校表演。这样一来，很快就几乎把全校学生团结到我身边来了。连廖校长都显得淡然失色了。廖校长觉得有些害怕了。

先谈一个小插曲：

1943年11月西南商专举行全校性文艺晚会，事先约好新中国剧社女演员朱琳和李露玲前来表演。晚会前一天，我给朱琳送去一封信，赞扬她的表演艺术精湛，广大观众拜倒于她的"石榴裙下"。她认为这是旧式词语，不好听，生气了，临时决定不来表演了。我只好向师生宣布朱琳临时感到身体不适，不能来，以后有机会再来演。另外，我再给朱琳同志送去一封信，说明这是一句庸俗的话，不庄重，表示歉意。

这是一个小插曲，但无损于我们的艺术上的同志友谊。1984年春在桂林举行西南剧展40周年纪念活动，朱琳同志也来参加了。她到我家里来做客，很喜欢我的外孙女费佳琳，甚至想接她到北京去学戏哪。

话又转回来，西南商专廖竞存校长看到广大师生倾倒于我的影响之下，这是他始料不及的。他有些恐慌，怕大权旁落。到1944年2月春季开学时，他解除了我的训导主任的职务，让我教两班语文。1944年6月，桂林大疏散，我就离开这个学校了。

（二）文艺生活

从1942年2月到1944年6月初，我在桂林的著作和翻译，也可说是丰收的。

1942年夏，我写了专著《文艺的欣赏》。这是用马克思主义文艺观去评论朱光潜先生的《文艺心理学》的。当时广西大学图书馆有三本《文艺心理学》，经常借了出去，我想借来翻阅都无机会。可见该书在读者间的流行与影响，于是我决定写《文艺的欣赏》，力求雅俗共赏，使它容易为广大读者所接受。前面论艺术的典型，论作品的思想意义等章，都是针对朱氏的唯心主义观点，而提出马克思主义文艺观点的。以下，评孤立绝缘说的错误，旁观与分享说在欣赏中的一定作用等。当时在报刊分章发表；1947年在上海《文艺春秋》分期发表；1948年在香港出版单行本。现收入《林焕平文集》第一卷。

当时在桂林开展过一次《诗与自然》的讨论。最先，吕亮耕先生发表《诗与自然》的文章，认为诗歌就是表现自然。这是在抗战烽火中提倡诗歌游离抗战，脱离人民的倾向。我即陆续在《诗创作》《文艺新哨》等杂志发表了《论诗与自然及其他》《再论诗与自然》《论当前诗歌上的诸问题》等文章，以诗歌为抗战服务，生活是文艺的乳汁，人民是文艺的母亲的观点，对上述错误倾向加以批评。这些文章，后来编辑为《诗歌与人民》一书，送出版社出版。稿刚发排，日寇进攻湘桂线，桂林大疏散，出版便流产了。

两年间，我在《时代中国》《文艺生活》《收获》等刊物上，又发表了《五年来文艺界的概况》《岁末话文坛》《一年来的文艺界》等总结性文章，这些文章后来被收入到好几种书刊上。

当时在国民党统治下，文化有商品化和庸俗化的倾向。有人称为"人欲横流"。针对这种倾向，1943年6月，我在《广西日报》发表《文艺的神圣使命》，在1944年第9期的《时代中国》，发表《当前文艺界的中心问题》，严肃批评了那种"人欲横流"的倾向。重新强调文艺工作者必须以高度的爱国精神，为团结抗战而奋斗。

这个时期，我翻译的外国文学作品也颇多。首先是翻译了契诃夫的短篇小说集《红袜子》（内附狄更斯的《圣诞树之歌》），于1943年由科学书店出版。科学书店当时由上海老报人俞颂华先生任总编辑，约请当时逃难来桂林的文化人任特约撰述，我也是其中的一人。我向来爱读契诃夫，他是批判现实主义文学的最后一位作家，号称为"世界短篇小说之王"，作品以短著称，简练、丰富、深刻，常带讽刺性，对沙皇统治下的黑暗现实的揭露，读了令人感到痛快。这在当时国民党黑暗统治区，仍还有间接的鞭挞意义。

我特别翻译了日本藏原惟人和小林多喜二的狱中书简，交《时代中国》《力报》副刊及《收获》等报刊发表。藏原是日共政治局委员，日本无产阶级革命文化运动的思想领袖。小林是日本无产阶级革命文学运动中最活跃最有成就的作家。藏原早被监禁；小林被捕后，被用电刑电死了！当时国民党正在推行消极抗日，积极反共的政策。在桂系统治下的桂林，仍有法西斯恐怖。著名民主人士，新闻记者萨空了，从香港脱险回来桂林后，就在光天化日之下在马路上被国民党特务绑架。著名革命家、廖仲恺、何香凝的哲嗣廖承志也被关在桂林。所以我翻译藏原和小林的狱中书简，实在有影射和反抗国民党法西斯统治的意义。

这里附记一个故事。中国的女杰、老革命家何香凝先生从香港脱险归来，住在七星岩东北面的叫化子岩附近。吴涵真先生与她时有过从，她曾给我们讲了一个巾帼英雄的故事。

她对国民党把廖承志关在桂林非常气愤。大敌当前，国难重重，为什么还扣押抗战英才？她亲自跑到重庆去，找了蒋介石，要他把廖承志放了。

香凝老人还是一位著名画家，毕生以画老虎和画梅见称。这就是香凝老人的性格。1944年3月，她曾画了一幅盛开的绿梅赠送给我。绿梅是梅花中的珍贵品种。前几年，珠江电影制片厂拍摄电影《廖仲恺》时，曾派人到桂林来拍摄了我这幅画。拍成电影时，却变成了红梅。

我也翻译马克思主义文艺理论。1942年初，我译了《马克思主义文艺观》一文，辗转送给在河南的臧克家同志，他在《大地文丛》创刊上发表了，引起了轩然大波：国民党在河南的统治者汤恩伯立刻查封了该刊，烧毁了刊物，克家同志差一点儿被抓。

我又翻译了藏原惟人的长篇论文《社会的文艺批评在俄国的确立》，送给邵荃麟同志主编的《文化杂志》。荃麟同志为当时党在桂林的负责人之一。《文化杂志》为文化供应社所办，该社为桂系的进步派人士陈邵先、李任仁等所办，吸收了一些进步文化人，如宋云彬、傅彬然等在里面工作。但稿件刚送到印刷厂，桂林就大疏散了。荃麟同志赶紧到印刷厂将稿件取回，逐一送回著译者。这件事突出地说明了邵荃麟同志做事的认真负责的精神。如果不是如此，我这篇译稿会被日本的炮火毁灭了。

1944年二三月间在桂林举行的西南剧展，是中国戏剧史上空前的大会演。它包括话剧、京剧、粤剧、湖南花鼓戏、桂剧等剧种的演出，演出将近一月，又举行戏剧工作者代表大会。剧展的直接的组织者和领导者是欧阳予倩和田汉。欧阳那时任桂林艺术馆馆长，与桂系关系较好。当时李济琛任国民党军委会桂林办公厅主任，李济琛有曾被蒋介石拘留监禁的宿怨。故他的政治态度较开明，共产党的统一战线工作在这里开展得较好，桂林抗战时期文化城的形成和发展，西南剧展的圆满成功，都是党的统一战线工作的直接结果。我因为在两所院校任教，工作太忙，没有直接参加西南剧展的实际工作，我只参与了撰写剧评，他们送一个看戏证给我，抽空去看戏，看后，写剧评。我写《茶花女》《大雷雨》《皮革马林》《旧家》等许多个戏的评论，送报刊发表，这些文章都收在两厚本的《西南剧展》里。

我之所以参加展评工作，与新中国剧社颇有关系。该社是一个规模相当大的专演话剧的剧社，是田汉、瞿白音两同志领导的，田汉和我过去已认识，它的优秀女演员李露玲同志曾和我家同住在七星后岩陈迩冬同志家里，露玲当时还很年轻，正怀孕临产，却又与他的爱人姚牧闹翻。我的爱人刘以德给她以许多照顾和帮助。又因为我家是从香港回来的，以德还带了一些衣服回来。新中国剧社经济非常困难，演员们吃饭都感到难以为继，演出时需要的服装，就更困难了。因此，露玲和其他两位优秀女演员朱琳、石联星就经常到我家来借用以德的旗袍，自然也借过我的西装和长衫。我无形中成了新中国剧社的赞助人和支持人，我和瞿白音同志也成了好朋友。1948年我在香港担任南方学院院长，有戏剧专业，还请瞿白音去教课。

除了文艺的著译外，在这期间，我还写了不少关于国际反法西斯战争形势和抗日战争形势的文章。在《世界知识》《半月文萃》《中学生》和《广西日报》等报刊发表。《世界知识》原在上海出版。上海沦陷后迁香港出版。香港落入日寇手中，又迁桂林出版。著名国际问题专家金仲华主编。是分析研究国际经济、政治、外交、军事的权威刊物，当时在国内外都很有影响。《半月文萃》也是进步人士创办的新兴刊物《中学生》则是叶圣陶老先生主编，在青年中有广泛的影响。《广西日报》初由从香港归来的俞颂华任总编辑，后由莫乃群接任。我为他们写了好些国际问题与抗战形势的专论。

桂林遭到日寇压境的险恶形势下，我写了一篇专论：《论日寇进攻湘桂线》，根据欧洲反法西斯战争的胜利发展与太平洋战争的形势，分析了日寇似乎在胜利进攻中的必然失败，我国在节节败退中的必将转败为胜，大声疾呼军民团结，坚持抗战，争取胜利。

在这两年零三个多月的时间里，我较少参加中华全国文艺界抗敌协会桂林分会的工作，一则它的理事会及各部门负责人都早已选定，我这个外来的人不便插手，二则此期间，我的生活非常困难。1942年，由于国民党的贪官污吏囤积粮食，经过澳门，周济敌人以发国难财，造成广东的空前大粮荒，我的家乡台山亦遭同样灾难，全县人口饿死十分之四，我家里的哥、嫂、侄子就饿死六个人，一个嫂子逃荒去了，两个侄子送去孤儿院。年老的父母也岌岌可危，隔一段时间，还得寄点钱回去给他们。我一个人在两所学校教书，还得拼命写文章，都难以维持生活。因此，文协桂林分会工作，除必要的活动外，就没有时间参加了。

这期间吴涵真老先生被李济琛聘为顾问，过年过节，李将军总要给文化人送点礼金，名单都是由吴老先生拟定后总是同千家驹和我商量的。我自然也会得到一点周济金。

有一个时期，我真是困难到几乎无米下锅了。千家驹同志替我找到冯和法同志，他也是有名经济学家，这时经营贩运食盐生意，大概赚了一些钱，他送了两万（还是两千，记不清楚）给我解救我于危难之中。

我工作虽然十分繁忙，但我作为一个左联老作家，时刻未忘职责，我写了大量文章：包括文艺评论、诗歌、散文、政论，也翻译了不少外国作品和理论文章，作为一个作家，是多产的。

┃文学史评论┃

林焕平的散文在艺术上表现出质朴、自然的艺术风格，不铺饰雕琢，浅近易读，简洁明了。他的散文具有"求实"的作风，崇实避虚，重实录而不尚虚华，如实地描写客观对象，很少有曲折离奇的故事情节和热闹紧张的气氛。

——徐治平主编《广西散文百年（上）》，民族出版社，2004，第67页

维也纳森林的故事

张燕玲

我写下这个题目，心灵回响的并不只是施特劳斯的同名圆舞曲，我渴望的是与维也纳森林对话。

这也许是一种精神野心，但我更愿表述为是一种对美好记忆的诗话，或者说是

作者简介

张燕玲（1963—），广西贺州人。1984年毕业于广西师范大学中文系，1985年至1986年进修于北京大学中文系，中国作家协会会员，中国作家协会理论批评委员会委员，中国文艺评论家协会理事。现任《南方文坛》杂志主编，编审，广西文联副巡视员、副主席。系广西有突出贡献科技人员，享受国务院政府特殊津贴专家，全国文化名家暨"四个一批"人才。作品获第二、第三届中国女性文学奖，第三、第五届广西文艺创作铜鼓奖，第三届全国少数民族文学研究优秀成果奖，第二届独秀文学奖等；在《人民文学》、《文艺报》、《人民日报》、《光明日报》、《作家》、《十月》、《散文选刊》、《美文》、《侨报》(美国）等国内外报刊发表文论及散文百余万字，一批散文作品选入近30种中国年度选、优秀散文选和《大学语文》读本，并译成韩文在韩国出版。出版论著《玛拉沁夫论》《感觉与立论》《广西当代文艺理论家丛书·张燕玲卷》《批评的本色》《有我之境》，散文集《静默世界》《广西当代作家丛书·张燕玲卷》《此岸，彼岸》《好水如风》等；主编有《南方批评书系》《南方论丛》《鸢尾花图文书丛》《我的批评观》《南方艺术视角》等近30部。

作品信息

原载《作家》1999年第12期。收入散文集《广西当代作家丛书·张燕玲卷》(漓江出版社2002年版)、《静默世界》(河北教育出版社2002年版)、《此岸，彼岸》(河南文艺出版社2004年版)，转载于美国《侨报》（2000年6月19日），入选《环球遥望》(广西人民出版社2000年版)、《广西散文百年（下）》(民族出版社2004年版)、《背景：独秀女作家作品集》(广西师范大学出版社2012年版)等。

我逃遁现世最好的方式——生活的谎言有太多令人随时升腾又随时坠落的伤感。而单调的森林，却代表了永恒的素朴和真实，犹如一部原始诗集，足以让祈求宁静安然的我心折。何况，维也纳森林还有施特劳斯们，有令我着迷的绝世美女茜茜公主，更有令我神怡意远的记忆。

一切都清清楚楚，一如昨日。

那年，在整个欧洲行程中眩晕不断的我，最恐惧的便是总觉得自己永远在高速公路上以200公里的时速旋转。面对巴黎到戛纳公路两旁整齐划一的葡萄园、满山遍野的草地、牛羊、黄花，无奈中，我也只能让这份生机和灿烂与我眩晕。然而，在穿越数不清的长达20公里的隧道之后，一阵清风吹来，展现眼前的是大片大片的山毛榉、栎树、冷杉，山地坡麓和谷地还有村庄的袅袅炊烟，始终环抱着我们的阿尔卑斯山脉，林子边不断出现的湖泊，还有公路旁雀跃的赤鹿、灰兔，我不禁阵阵欢呼。这与我在戴高乐机场看见满草地野兔时的惊喜多了几分欣慰，仿佛找到了家园，我明白自己总是钟意于山幽水清的地方。维也纳的山野清洗了我一身的不醒和困顿。

终于，坐在一个距维也纳几十公里的湖畔边。风从前方青黛色的山林长驱而至，拂过波光潋滟的湖面直沁心脾。面对远处的阿尔卑斯山，面对记忆中的维也纳森林的故事，面对湖面上恬然自乐的水鸟野鸭，面对湖畔草地上坐在大藤篮上荡秋千的孩子，我只觉得灵魂出窍，仿佛这是我的新世界，我一世的幻想。温情中，我走向那些欢乐的孩子，犹如著名影片《音乐之声》中，无趣的上校终于情不自禁加入孩子们的歌唱，深情的《雪绒花》至今仍令世人倾倒。我满心微笑摇动着秋千的篮绳，藤篮里的金发男孩快乐地在我的幻想中飞翔。同伴用镜头为我定格下这个令人神迷的画面，我感激她。

其实，山、水、森林、湖泊、月光、星空和野花都是些很重要的滋养性灵的东西。难怪素来喜爱郊游、骑马的茜茜公主，在森林得以与弗兰茨·约瑟天心目对视；难怪在《音乐之声》里，能有女教师和孩子们在山野的无忧无虑以及由此而唤醒了上校自然素朴的欢乐天性；难怪施特劳斯在森林散步时能舞蹈出《维也纳森林的故事》；难怪萨尔茨堡的林子至今还跳跃着莫扎特的旋律；难怪贝多芬在维也纳树林散步出《田园交响曲》；难怪舒伯特神迷于维也纳的花妖树魔，一曲《魔王》使天下想尽维也纳森林的故事。

自然，一草一木总关情，离开了心心相印，草木也会无趣。令奥地利骄傲的茜茜公主在林子开始了她富于传奇色彩的婚姻。当年《茜茜公主》系列电影放映时，全世界都为之着迷。然而奥地利人却认为，电影里17岁的施奈德（她也因此而成了国际影星）饰演的茜茜远不如真实的茜茜公主漂亮。当我在美泉宫看到茜茜真实画像时，惊叹不已。这才明白奥地利人对施奈德的轻视，才明白汉语中"高贵、美丽和绝世"的真正意义。维也纳人还告诉我，茜茜与弗兰茨·约瑟夫的初恋的确如电影所描述的那样神奇浪漫。然而，婚后的茜茜皇后并不开心。曾发誓要经常与她到维也纳林子散步和骑马的夫君，作为一国之主，连同其他一些向茜茜许下的诺言都实难兑现。女人的心灵毕竟有异于男性，只企盼真爱的女子最后只能弄伤自己的身体和精神。对此，我至今都难以明白。那么，在林子独自漫步的茜茜公主最终能否安然于世呢？我没来由地又想起茜茜公主与众不同的房间，里面有一只浴缸，浴缸上方吊有一个圆环，据说它是用于茜茜公主沐浴时吊束她那头美丽的长发的。有如此美丽的生活场景，我觉出了茜茜的优美、失望和从容了。

维也纳的书籍、明信片、钥匙链上，甚至巧克力上都印有茜茜的画像，这些都是她35岁之前的画像；在35岁之后，她便拒绝了所有画师为她画像。于是，茜茜公主便成了奥地利永远的美丽和永远的音乐。

在某种程度上，占有国土面积40%的维也纳森林孕育了世界音乐的精灵，她们在那蓝色的湖水、绿色的丛林中游走：活跃的节奏、丰富的情感表现、浓重而深远的音色，伴着热烈和轻灵飞翔于维也纳的上空，飞翔于全世界。

我明白了为什么浪漫主义诞生于德国，奥地利历史上与德国本来就是一体，"维也纳"德语即为"东疆"，因而，它的音乐传统也与德国一脉；我也明白了欧洲谚语——"森林是我们的面包"。

一位交往很少却颇能相知的朋友，曾很伤感地向我指责我们中国人对待森林和土地的粗暴。他说：大地是母亲这句话绝不能止于言语，北欧人耕地都用木犁，而反对用铁犁，他们认为大地是母亲不能撒野只能温柔待之。我想这大约也算是一种农业文明吧。

当然，不同的生活土壤造就不同的文明，可是我们毕竟共同拥有自然。我深信环境养人。

朋友还告诉我他在北欧生活时的两个小故事。他说周末的晚上，他常常被一群德国青年拉到森林里过周末，所有的人不带任何食物，饿了，大家自己找东西吃。他们每个人都有很强的甄别树叶、野菜、野果的能力，他们说当人类没有食物或是大饥荒时，"我们能生存下去！"森林的确是面包。还有一次在丹麦，房东老太太领着他在森林里散步，那时大约下午两点，冬天的北欧此时已是黄昏，林子很静，深处不时遇见一二座用树皮编成的猎人木屋，他说感觉好极了。他就是那个时期时刻感受到欧洲人对森林的深情的。我插言问他，在林子里游走，有没有想过会从大树或青藤或岩石中跳出一两个妖怪或神仙或精灵什么的。他说那是自然的，那毕竟是生养安徒生的地方。我想，那真是一种神秘、奇异而美好的境地。要知道这是我与女儿读安徒生、格林兄弟时常常描绘的梦幻。走笔至此，我还能感到一种蜜滋滋的留恋。再说，友人正为森林而醉时，他与丹麦老太太已漫步到了湖边，几只白天鹅正在清澈的湖面上自在地游弋着，这时，落日的紫云闲闲地散落在湖光里。房东老太太不禁喃喃："假如我死后能上天堂，我相信天堂也就是这样的了。"朋友不禁牵紧老人的手。"我感到有一种力量，正从林子的深处悄悄袭来，我的眼角一热。"朋友这样告诉我。

是的，生活常常让我们失望伤感，同时又总是有一种力量让我们泪流满面，总有一种力量让我们抖擞精神。正是这种力量，使老人像施特劳斯们一样，在森林里获得了灵感，她似乎感知到了她未知的冥茫。于是，她把自己对生命执着的爱延续到生命之外，她超越了生与死的界线。兴许，这也是一种生命之根，根植于此，森林、生命、人生、死亡便都有了意义。

记得梵蒂冈圣彼得教堂的众雕塑中，有这样的一个情节：见不着真容的骷髅上覆盖着一块猩红丝绒(大理石质地,但丝绒的轻软光泽却可感可视)——因为在时间面前,人人平等;无论贫富美丑,都会死的。雕塑家是这样表述了时间生命的自然性。

不久前,中国老人冰心的葬礼不就是在一种盎然的生气中进行的吗?

当然,这些都已不是维也纳森林里的故事了。

Ⅰ文学史评论Ⅰ

张燕玲的散文正如她的为人一样,淡雅而从容。文章中透露出的浓浓的文化气息以及人格力量、情感力量,是她的散文别具韵味与感染力之处。人性是贯穿她散文境界的内核。她笑看浮华,带着尘世的莫名伤害,却以极大的韧劲与生活热情去承受,去创造,去体会,去珍惜,去热爱生活与生命。她习惯于以审美创造与审美鉴赏来使自己的受烦扰的心灵宁静下来,于是散文便成了她的精神家园。

——李建平等:《广西文学50年》,漓江出版社,2005,第538页

张燕玲的散文可分为三类,一类是情感悸动的纪录,一类是文艺随笔,再一类是游记。其实这种划分是没有严格界限的,因为在她的每类散文中都在以心灵映射万象,以自由和内动构筑一个知觉融于感觉的思维世界。由此,在张燕玲的笔下,散文成了一种悟道的文体。她的散文无论是对社会生活的审美观照还是对个人人生遭际的思考,都主要是从内心的感悟出发,找寻外在世界所包含的生命意蕴和美学素质。

——徐治平主编《广西散文百年(上)》,民族出版社,2004,第437页

Ⅰ创作评论Ⅰ

散文之于张燕玲是一种灵魂挣扎的文体,心的智慧书写。张燕玲的散文是典型的女性散文。她散文大多是在寂寞独处时,在没有对视眼光的时候写下的。于是她沉入自我的世界,独自与灵魂交流。她在生活中的每一点温馨中感动,为每一道

风景流连。分别与乡风、期待与失落、孤独与重逢以及人生种种的际遇与忧伤都会带来心灵的感动。……张燕玲的散文多采用诗的语言，表达女性特有的变化无端的心绪和潜意识，沉淀情感、情理相济，以表现更丰满、曲折的女性心理，使叙述成为散文中富有生命力的组成部分，具有更多的随意与灵气。……张燕玲是一个在深刻文化背景中成长起来的作家，长期与文字为伴的生活，形成了她率真洁白的书卷气。她的散文除了那股扑面而来的淡雅书香，还有严谨的思辨才识。张燕玲注重叙述与描写语言的洗练、干净，追求一种典雅而纯净的风格。

  ——黄晓娟:《心灵的风景线——论当代广西女性散文创作》,《广西大学学报》
  2004年第3期

  张燕玲在批评之余，还出版有颇具韵致的散文集《静默世界》《此岸，彼岸》。读她的散文，我们会在一种纤柔、绵密、准确而又丰富的感性言语中，体会到许多难以言说的生存感受和精神意绪，像《耶鲁独秀》《此岸，彼岸》等，都是当代散文中不可多得的佳作。从张燕玲的散文中，我们会读出很多的柔软和温情，但是，在那本由她主编的《南方文坛》中，我们又分明看到了她的另一种形象：坚毅果断，朝气蓬勃，兼收并蓄。

  ——洪治纲:《愉悦的见证——来自广西的文学冲击波》,《人民日报》2006年
  6月9日

  张燕玲作为一个写作者同样是出色的，她的散文和批评文字会让人过目难忘。她的散文集《静默世界》《此岸，彼岸》在文坛广受好评。她文笔精细，对事物有特殊的敏感，总是写出人物的内心，写出一种生活的撕裂感，写出自己诚挚的情感世界。正如黄伟林在评论张燕玲时所说的那样，她的写作是"有人之境"，张燕玲做人做事做文最大的特点，就是始终都坚持"有人之境"。

  ——陈晓明:《有一种性格和精神的广西文学》,《文艺报》2006年6月15日

张燕玲写广西师大有自己非常深情的回忆，同时她也有把更飞扬的视角伸向了海外，飞得很高飞得很远。在她作品里面，我们看到了梦想的力量，和知识女性的那种对于天下、对于艺术等等各方面的情怀。像《此岸，彼岸》是名篇了，是我们《人民文学》历史上一个著名的散文篇目。我觉得她的文学才华很让我羡慕。一方面文学评论做得特别好、行文非常雅，非常庄重，有自己独特的判断；另一方面，她的散文能够在理论的束缚下一下子把自己解脱开，翅膀张得特别开。

    ——施战军:《"给我们一个更清晰的背景"：今日批评家评说独秀女作家》，

    《南方文坛》2013年第1期

我读了张燕玲的散文后，我总觉得我们这些人都欠她的，她把主要精力都办了刊物，实际上她都是为我们做的牺牲。她如果不办刊物，她会成为一个优秀的作家。我觉得她即便是业余时间写的散文都是非常漂亮的，文笔非常好。

    ——王彬彬:《"给我们一个更清晰的背景"：今日批评家评说独秀女作家》，

    《南方文坛》2013年第1期

女作家张燕玲对历史的书写更多了一份敏锐与灵性，她的目光和思绪能瞬间照亮历史，同时又接通现实，她在历史与现实之间游走自如、奇思频现。《耶鲁独秀》《西津渡，锅盖面》《础石》等一批散文都是既具艺术功力又见思想深度的作品。

    ——刘铁群:《深流藏于静水 生机蕴于寂寞——简论近20年的广西散文创作》，

    《南方文坛》2017年第4期

❘ 作者自述 ❘

我以为散文的精神当然是自由自在的性情之文，既是典籍书斋的智文，更是日常自然的率性随心的记录，尤其有感之文常常就是周遭"不耐烦时"的产物，还是家长里短的闲话。

……这样的精神写真：闲游于工作之余，闲读于人间书简，闲情于生活烟火；

忍不住闲话所遇所感，一思一情，自由自在。丝丝缕缕散发着自己的心性、率真与"不耐烦"，点点滴滴努力呈现"这一场人世，终究值得一过"的万千理由；我以为，人终将要活下去，面对生活的"不耐烦"，一个写作的人，如能写出"不耐烦"之所以，也就写出了于己于人一丝清醒的力量，才使卑微的我们有把人间的情义与希望长存于心底的可能。把"不耐烦"变"耐烦"，日复一日，年复一年，是以为人生。如此的杂谈，似乎就不止于闲话了……

——张燕玲:《好水如风·后记：闲话多说》，广西师范大学出版社，2018

少小离家老大回

——我的寻根记

白先勇

去年一月间，我又重返故乡桂林一次。香港电视台要拍摄一部关于我的纪录片，要我"从头说起"。如要追根究底，就得一直追到我们桂林会仙镇山尾村的老家去了。我们白家的祖坟安葬在山尾村，从桂林开车去，有一个钟头的行程。一月那几天桂林天气冷得反常，降到二摄氏度。在一个天寒地冻的下午，我与香港电视台人员，坐了辆中型巴士，由两位本家的堂兄弟领路，寻寻觅觅开到了山尾村。山尾村有不少回民，我们的祖坟便在山尾村的回民墓园中。走过一大段泥泞路，再爬上一片黄土坡，终于来到了我们太高祖榕华公的祖墓前。

按照我们族谱记载，原来我们这一族的始祖是伯笃鲁丁公，光看这个姓名就知道我们的祖先不是汉人了。伯笃鲁丁公是元朝的进士，在南京做官。元朝的统治者歧视汉人，朝廷上任用了不少外国人，我们的祖先大概是从中亚细亚迁来的回族，

作品信息

原载《收获》2000年第5期。收入《明星咖啡馆》（江苏文艺出版社2009年版）、《树犹如此》（广西师范大学出版社2011年版）、《姹紫嫣红开遍》（作家出版社2011年版），入选《遥远的回响："收获"散文精选》（云南人民出版社2001年版）等。

到了伯笃鲁丁公已在中国好几代了，落籍在江南江宁府。有些地方把我的籍贯写成江苏南京，未免扯得太远，这要追溯到元朝的原籍去呢。

从前中国人重视族谱，讲究慎终追远，最怕别人批评数典忘祖，所以祖宗十八代盘根错节的传承关系记得清清楚楚，尤其喜欢记载列祖的功名。大概中国人从前真的很相信"龙生龙，凤生凤"那一套"血统论"吧。但现在看来，中国人重视家族世代相传，还真有点道理。近年来遗传基因的研究在生物学界刮起狂飙，最近连"人类基因图谱"都解构出来，据说这部"生命之书"日后将解答许多人类来源的秘密，遗传学又将大行其道，家族基因的研究大概也会随之变得热门。其实我们每个人的身体里，好的坏的不知负载了多少我们祖先代代相传下来的基因。据我观察，我们家族，不论男女，都隐伏着一脉桀骜不驯自由不羁的性格，与揖让进退循规蹈矩的中原汉族，总有点格格不入，大概我们的始祖伯笃鲁丁公的确遗传给我们不少西域游牧民族的强悍基因吧，不过我们这一族，在广西住久了，熏染上当地一些"蛮风"，也是有的。我还是相信遗传与环境分庭抗礼，是决定一个人的性格与命运的两大因素。

十五世，传到了榕华公，而我们这一族人也早改了汉姓姓白了。榕华公是本族的中兴之祖，所以他的事迹也特别为我们族人津津乐道，甚至还加上些许神话色彩。据说榕华公的母亲一日在一棵老榕树下面打盹，有神仙托梦给她，说她命中应得贵子，醒后便怀了孕，这就是榕华公命名的由来。后来榕华公果然中了乾隆甲午科的进士，当年桂林人考科举中进士大概是件天大的事，长期以来，桂林郡都被中原朝廷目为"遐荒化外"之地，是流放谪吏的去处。不过桂林也曾出过一个"三元及第"的陈继昌，他是清廷重臣陈宏谋的孙子，总算替桂林人争回些面子。

我们这一族到了榕华公大概已经破落得不像样了，所以榕华公少年时才会上桂林城到一位本家开的商店里去当学徒。店主看见这个后生有志向肯上进，便资助他读书应考，一举而中。榕华公曾到四川出任开县的知县，调署茂州，任内颇有政绩。榕华公看来很有科学头脑，当时茂州农田害虫甚多，尤以蚂蟥为最，人畜农作都被啮伤，耕地因而荒芜，人民生活困苦。榕华公教当地人民掘土造窑烧石灰，以石灰撒播田中，因发高热，蚂蟥蔓草统统烧死，草灰作为肥料，农产才渐丰收，州民感激，这件事载入了地方志。榕华公告老还乡后，定居在桂林山尾村，从此山尾村便成了我们这一族人的发祥地。

榕华公的墓是一座长方形的石棺，建得相当端庄厚重，在列祖墓中，自有一番领袖群伦的恢宏气势。这座墓是父亲于民国十四年重建的，墓碑上刻有父亲的名字及修理日期。山尾村四周环山，举目望去，无一处不是奇峰秀岭。当初榕华公选择山尾村作为终老之乡是有眼光的，这个地方的风水一定有其特别吉祥之处，"文化大革命"期间破"四旧"，榕华公的墓却好端端的，似有天佑，丝毫无损，躲过了"文化大革命"这一浩劫。

从小父亲便常常讲榕华公的中兴事迹给我们听，我想榕华公苦读出头的榜样很可能就是父亲心中励志的模范。我们白家到了父亲时，因为祖父早殁，家道又中落了，跟榕华公一样，小时进学都有困难。有一则关于父亲求学的故事，我想对父亲最是刻骨铭心，恐怕影响了他一生。父亲五岁在家乡山尾村就读私塾，后来邻村六塘圩成立了一间新式小学，师资较佳。父亲的满叔志业公便带领父亲到六塘父亲的八舅父马小南家，希望八舅公能帮助父亲进六塘小学。八舅公家开当铺，是个嫌贫爱富的人，他指着父亲对满叔父说道："还读什么书，去当学徒算了！"这句话对小小年纪的父亲，恐怕已造成"心灵创伤"（trauma）。父亲本来天资聪敏过人，从小就心比天高，这口气大概是难以下咽的。后来得满叔公之助，父亲入学后，便拼命念书，发愤图强，虽然他日后成为军事家，但他一生总把教育放在第一位。在家里，逼我们读书，绝不松手，在前线打仗，打电话回来给母亲，第一件事问起的，就是我们在校的成绩。大概父亲生怕我们会变成"纨绔子弟"，这是他最憎恶的一类人，所以我们的学业，他抓得紧紧的。到今天，我的哥哥姐姐谈起父亲在饭桌上考问他们的算术"九九"表还心有余悸。大家的结论是，父亲自己小时读书吃足苦头，所以有"补偿心理"。

父亲最爱惜的是一些像他一样家境清寒而有志向学的青年，他曾帮助过大批广西子弟及回教学生到外国去留学深造。我记得我大姐有一位在桂林中山中学的同学，叫李崇桂，就是因为她在校成绩特优，是天才型的学生，而且家里贫寒，父亲竟一直盘送她到北京去念大学，后来当了清华的物理教授，李崇桂现在应该还在北京。

会仙镇上有一座东山小学，是父亲一九四〇年捐款兴建的，迄今仍在。我们的巴士经过小学门口，刚好放学成百的孩子，一阵喧哗，此呼彼应，往田野中奔去。父亲当年兴学，大概也就是希望看到这幅景象吧，他家乡每一个儿童都有受教育的机会。如果当年不是辛亥革命，父亲很有可能留在家乡当一名小学教师呢。他十八岁那年还在师范学校念书，辛亥革命爆发了，父亲与从前陆军小学同学多人，加入了"广西北伐学生敢死队"，北上武昌去参加革命。家里长辈一致反对，派了人到桂林北门把守，要把父亲拦回去。父亲将步枪托交给同队同学，自己却从西门溜出去了，翻过几座山，老人山、溜马山，才赶上队伍。这支学生敢死队，就这样轰轰烈烈地开往武昌，加入了历史的洪流。父亲那一步跨出桂林城门，也就改变了他一生的命运。

从前在桂林，父亲难得从前线回来。每次回来，便会带我们下乡到山尾村去探望祖母，当然也会去祭拜榕华公的陵墓。我那时候年纪小，五六岁，但有些事却记得清清楚楚。比如说，到山尾村的路上，在车中父亲一路教我们兄弟姐妹合唱岳飞作词的那首《满江红》。那恐怕是他唯一会唱的歌吧，他唱起来，带着些广西土腔，但唱得慷慨激昂，唱到最后"待从头收拾旧山河，朝天阙"，他的声音高亢，颇为悲壮。很多年后，我才体会过来，那时正值抗战，烽火连城，日本人侵占了中国大片土地。岳武穆兴复宋室、还我河山的壮志，亦正是父亲当年抵御外侮、捍卫国土的激烈怀抱。日后我每逢听到《满江红》这首歌，心中总有一种说不出的感动。

到桂林之前，我先去了台北，到台北近郊六张犁的伊斯兰教公墓替父母亲走过坟。我们在那里建了座白家墓园，取名"榕荫堂"，是父亲自己取的，大概就是向榕华公遥遥致敬吧。我的大哥先道、三姐先明也葬在"榕荫堂"内，榕华公的一支"余荫"就这样安息在十万八千里外的海岛上了。墓园内起了座伊斯兰教礼拜的邦克楼模型，石基上刻下父亲的遗墨，一副挽吊延平郡王郑成功的对联：

孤臣秉孤忠五马奔江留取汗青垂宇宙

正人扶正义七鲲拓土莫将成败论英雄

一九四七年父亲因"二二八事件"到台湾宣抚，到台南时，在延平郡王祠写下这副挽联，是他对失败英雄郑成功一心恢复明祚的孤忠大义一番敬悼。恐怕那时，他万没有料到，有一天自己竟也星沉海外，瀛岛归真。

我于一九四四年湘桂大撤退时离开桂林，就再没有回过山尾村，算一算，五六十年。"四明狂客"贺知章罢官返乡写下他那首动人的名诗《回乡偶书》：

少小离家老大回，乡音无改鬓毛衰。

儿童相见不相识，笑问客从何处来。

我的乡音也没有改，还能说得一口桂林话。在外面说普通话、说英文，见了上海人说上海话，见了广东人说广东话，因为从小逃难，到处跑，学得南腔北调。在美国住了三十多年，又得常常说外国话。但奇怪的是，我写文章，心中默诵，用的竟都是乡音，看书也如此。语言的力量不可思议，而且先入为主，最先学会的语言，一旦占据了脑中的记忆之库，后学的其他语言真还不容易完全替代呢。我回到山尾村，村里儿童将我团团围住，指指点点，大概很少有外客到那里去。当我一开腔，却是满口乡音，那些孩子首先是面面相觑，不敢置信，随即爆笑起来，原来是个桂林老乡！因为没有料到，所以觉得好笑，而且笑得很开心。

村里通到祖母旧居的那条石板路，我依稀记得，迎面扑来呛鼻的牛粪味，还是五十多年前那般浓烈，而且熟悉。那时父亲带我们下乡探望祖母，一进村子，首先闻到的，就是这股气味。村里的宗亲知道我回乡，都过来打招呼，有几位还是"先"字辈的。看来是一群老人，探问之下，原来跟我年纪不相上下，我心中不禁暗吃一惊。从前踏过这条石径，自己还是"少小"，再回头重走这一条路，竟已"老大"。如此匆匆岁月，心理上还来不及准备，五十六年，惊风飘过。

我明明记得最后那次下乡，是为了庆祝祖母寿辰。父亲领着我们走到这条石径上，村里许多乡亲也出来迎接。老一辈的叫父亲的小名"桂五"，与父亲同辈的就叫他"桂五哥"。那次替祖母做寿，搭台唱戏，唱桂戏的几位名角都上了台。那天唱的是《打金枝》，是出郭子仪上寿的应景戏。桂剧皇后小金凤饰公主金枝女，露凝香反串驸马郭暧。戏台搭在露天，那天风很大，吹得戏台上的布幔都飘了起来，金枝女身上粉红色的戏装颤抖抖的。驸马郭暧举起拳头气呼呼要打金枝女，金枝女一撒娇便嘤嘤地哭了起来，于是台下村里的观众都乐得笑了。晚上大伯妈给我们讲戏，她说金枝女自恃是公主拿架子，不肯去跟公公郭子仪拜寿，所以她老公要打她。我们大伯妈是个大戏迷，小金凤、露凝香，还有好几个桂戏的角儿都拜她做干妈。大伯妈是典型的桂林人，出口成章，妙语如珠，她是个彻头彻尾的享乐主义者，她有几句口头禅：

酒是糯米汤，不吃心里慌。

烟枪当拐杖，拄起上天堂。

她既不喝酒当然也不抽烟，那只是她一个潇洒的姿势罢了。后来去了台湾，环境大不如前，她仍乐观，自嘲是"戏子流落赶小场"。她坐在院中，会突然无缘无故拍起大腿迸出几句桂戏来，大概她又想起她从前在桂林的风光日子以及她的那些干女儿们来了。大伯妈痛痛快快地一直活到九十五。

祖母的老屋还在那里，只剩下前屋，后屋不见了。六叔的二姑妈房子都还在。当然，都破旧得摇摇欲坠了。祖母一直住在山尾村老家，到湘桂大撤退前夕才搬进城跟我们住。祖母那时已有九十高龄，不习惯城里生活。父亲便在山尾村特别为她建了一幢楼房，四周是骑楼，围着中间一个天井。房子剥落了，可是骑楼的雕栏仍在，隐约可以印证当年的风貌。父亲侍奉祖母特别孝顺，为了报答祖母当年持家的艰辛。而且祖母对父亲又分外器重，排除万难，供他念书。有时父亲深夜苦读，祖母就在一旁针线相伴，慰勉他。冬天，父亲脚上生冻疮，祖母就从灶里掏出热草灰来替父亲焐脚取暖，让父亲安心把四书五经背熟，这些事父亲到了老年提起来，脸上还有倾慕之情。祖母必定智慧过人，她的四个媳妇竟没说过她半句坏话，这是项了不起的成就。老太太深明大义，以德服人，颇有点贾母的派头。后来她搬到我们桂林家中，就住在我的隔壁房。每日她另外开伙，我到她房间，她便招我过去，分半碗鸡汤给我喝，她对小孙子这份善意，却产生了没有料到的后果。原来祖母患有肺病，一直没有发觉。我就是那样被染上了，一病五年，病掉了我大半个童年。

我临离开山尾村，到一位"先"字辈的宗亲家去小坐了片刻。"先"字辈的老人从米缸里掏出了两只瓷碗来，双手颤巍巍地捧给我看，那是景德镇制造的釉里红，碗底印着"白母马太夫人九秩荣寿"。那是祖母的寿碗，半个多世纪，历过多少劫，这一对寿碗居然幸存无恙，在幽幽地发着温润的光彩。老人激动地向我倾诉，他们家如何冒了风险收藏这两只碗。她记得，她全都记得，祖母那次做寿的盛况。我跟她两人抢着讲当年追往事，我们讲了许多其他人听不懂的老话，老人笑得满面灿然。她跟我一样，都是从一棵榕树的根生长出来的树苗。我们有着共同的记忆，那是整族人的集体记忆。那种原型的家族记忆，一代一代往上延伸，一直延伸到我们的始祖伯笃鲁丁公的基因里去。

香港电视台另一个拍摄重点是桂林市东七星公园小东江上的花桥，原因是我写过《花桥荣记》那篇小说，讲从前花桥桥头一家米粉店的故事。其实花桥来头不小，宋朝时候就建于此，因为江两岸山花遍野，这座桥簇拥在花丛中，故名花桥。现在这座青石桥是明清两朝几度重修过的，一共十一孔，水桥有四孔，桥面盖有长廊，绿瓦红柱，颇具架势。花桥四周有几座名山，月牙山、七星山，从月牙山麓的伴月亭望过去，花桥桥孔倒影在澄清的江面上，通圆明亮，好像四轮浸水的明月，煞是好看，是桂林一景。

花桥桥头，从前有好几家米粉店，我小时候在那里吃过花桥米粉，从此一辈子也没有忘记过。吃的东西，桂林别的倒也罢了，米粉可是一绝。因为桂林水质好，榨洗出来的米粉，又细滑又柔韧，很有嚼头。桂林米粉花样多：元汤米粉、冒热米粉，还有独家的马肉米粉，各有风味，一把炸黄豆撒在热腾腾莹白的粉条上，色香味俱全。我回到桂林，三餐都到处去找米粉吃，一吃三四碗，那是乡愁引起原始性的饥渴，填不饱的。我在《花桥荣记》里写了不少有关桂林米粉的掌故，大概也是"画饼充饥"吧。外面的人都称赞云南的"过桥米线"，那是说外行话。大概他们都没尝过正宗桂林米粉。

"桂林山水甲天下"这句自古以来赞美桂林的名言，到现在恐怕还是难以驳倒的，因为桂林山水太过奇特，有山清、水秀、洞奇、石美之称，是人间仙境，别的地方都找不到。这只有叹服造化的鬼斧神工，在人间世竟开辟出这样一片奇妙景观来。桂林环城皆山，环城皆水，到处山水纵横，三步五步，一座高峰迎面拔地而起，千姿百态，每座殊异，光看看这些山名：鹦鹉山、斗鸡山、雉山、骆驼山、马鞍山，就知道山的形状有多么戏剧性了。城南的象鼻山就真像一具庞然大象临江伸鼻饮水。小时候，母亲率领我们全家夏天坐了船，在象鼻山下的漓江中徜徉游泳，从象鼻口中穿来穿去。母亲鼓励我们游泳，而且带头游。母亲勇敢，北伐时候她便跟随父亲北上，经过枪林弹雨的，在当时，她也算是一位摩登女性了。漓江上来来往往有许多小艇子卖各种小吃，我记得唐小义那只艇子上的田鸡粥最是鲜美。

自唐宋以来，吟咏桂林山水的诗文不知凡几，很多流传下来都刻在各处名山的石壁上，这便是桂林著名的摩崖石刻，仅宋人留下的就有四百八十多件，是一笔丰富的文化遗产。在象鼻山水月洞里，我看到南宋诗人范成大的名篇:《复水月洞铭》，范成大曾经到广西做过安抚使，桂林到处都刻有他的墨迹。洞里还有张孝祥的《朝阳亭诗并序》。来过桂林的宋朝大诗人真不少：黄庭坚、秦少游，他们是被贬到岭南来的。其实唐朝时就有一大批逐臣迁客被下放到广西，鼎鼎有名的当然是柳宗元，还有宋之问、张九龄，以及书法家褚遂良。这些唐宋谪吏，到了桂林，大概都被这里的一片奇景慑住了，一时间倒也忘却了宦海浮沉的凶险悲苦，都兴高采烈地为文作诗歌颂起桂林山水的绝顶秀丽。贬谪到桂林，到底要比流放到辽东塞北幸运多了。白居易说"吴山点点愁"，桂林的山看了只会叫人惊喜，绝不会引发愁思。

从桂林坐船到阳朔，那四个钟头的漓江舟行，就如同观赏南宋大画家夏珪的山水手卷一般，横幅缓缓展开，人的精神面便跟着逐步提升，四个多钟头下来，人的心灵也就被两岸的山光水色洗涤得干干净净。香港电视台的摄影师在船上擎着摄影机随便晃两下，照出来的风景，一幅幅"画中有诗"。漓江风光，无论从哪个角度来拍，都是美的。

晚上我们下榻市中心的榕湖宾馆，这个榕湖也是有来历的，宋朝时候已经有了。北岸榕树楼前有千年古榕一棵，树围数人合抱，至今华盖亭亭，生机盎然，榕湖因此树得名。黄庭坚谪宜州过桂林曾系舟古榕树下，后人便建榕溪阁纪念他。南宋诗人刘克庄曾撰《榕溪合诗》述及此事：

> 榕声竹影一溪风，迁客曾来系短篷。
>
> 我与竹君俱晚出，两榕犹及识涪翁。

榕湖的文采风流还不止此。光绪年间，做过几日"台湾大总统"的唐景崧便隐居榕湖，他本来就是广西桂林人，回到故乡兴办学堂。康有为到桂林讲学，唐景崧在榕湖看棋亭上招待康有为观赏桂剧名旦一枝花演出的《美蓉诔》。康有为即席赋诗："万玉哀鸣闻宝瑟，一枝浓艳识花卿。"传诵一时。想不到"百日维新"的正人君子也会作艳诗。

榕湖遍栽青菱荷花，夏季满湖清香。小时候我在榕湖看过一种水禽，鸡嘴鸭脚，叫水鸡，荷花丛中，突然会冲出一群这种黑压压的水鸟来，翩翩飞去，比野鸭子灵巧得多。

榕湖宾馆建于六十年代，是当时桂林最高档的宾馆，现在前面又盖了一座新楼。榕湖宾馆是我指定要住的，住进去有回家的感觉，因为这座宾馆就建在我们西湖庄故居的花园里。抗战时我们在桂林有两处居所，一处在风洞山下，另一处就在榕湖，那时候也叫西湖庄。因为榕湖附近没有天然防空洞，日机常来轰炸，我们住在风洞山的时候居多。但偶尔母亲也会带我们到西湖庄来，每次大家都欢天喜地的，因为西湖庄的花园大，种满了果树花树，橘柑桃李，还有多株累累的金橘，我们小孩子一进花园便七手八脚到处去采摘果子。橘柑吃多了，手掌会发黄，大人都这么说。一九四四年，湘桂大撤退，整座桂林城烧成了一片劫灰，我们西湖庄这个家，也同时毁于一炬。战后我们在西湖庄旧址重建了一幢房子，这所房子现在还在，就在榕湖宾馆的旁边。

那天晚上，睡在榕湖宾馆里，半醒半睡间，朦朦胧胧我好像又看到了西湖庄花园里，那一丛丛绿油油的橘子树，一只只金球垂挂在树枝上，迎风招摇，还有那几棵老玉兰，吐出成百上千夜来香的花朵，遍地的栀子花，遍地的映山红，满园馥郁浓香引来成群结队的蜜蜂蝴蝶翩跹起舞——那是另一个世纪、另一个世界里的一番承平景象，那是一幅永远印在我儿时记忆中的欢乐童画。

桂林走笔

敏 歧

欣赏·咀嚼

清晨推窗，见不远的石山上，有座小亭，提醒我，已来到了风景区，告诉我，那是一处风景。

那亭，霞光中明亮，雨雾时消隐。明亮时，我在欣赏风景，消隐时，我在咀嚼人生。

作者简介

敏歧（1935—），原名许艾昌，笔名敏歧、雪平、吴干等。四川富顺县人。中国作家协会会员。1959年毕业于四川大学中文系，分配到中国作家协会《诗刊》编辑部任编辑，1964年《诗刊》停刊，到《人民文学》任编辑，1973年到广西大学中文系任教，1991年到广西师范大学中文系任教。曾任中国散文诗学会副主席、中国散文诗学会广西分会主席、中国当代文学研究会广西分会会长。著有散文集《霜叶集》，诗集《风雨集》，散文诗集《绿窗集》《荒原的苦恋》等。

作品信息

原载《散文百家》2002年第2期。入选《2002年中国年度最佳散文诗》（漓江出版社2003年版）。

调　整

来到了风景区，不仅是人，就连象鼻山下这几只鱼鹰，其职业，其技能，都必须做某种调整。

首先，在浪花中抓鱼的真格本领，就须忘得干干净净，要做的事，是站在竹竿，让游客担在肩上，在快门掀动的一瞬间，扇着翅膀，保持一秒钟的平衡。

康有为讲学处

有的人攀上明月峰，走进那个叫"拿云"的小亭，伸着手去拿云。

有的人伫立风洞洞口，侧着耳，听那凛凛的风。

为了图个吉利，更多人挨着个儿，去摸大肚罗汉的肚皮。

只有你，一脸的尴尬，一脸的苦涩，孤零零地坐在那里："这个学，该怎么讲? 又讲给谁听?"

满地沙沙的落叶，一下向你偷眼着，一下又飒然去远，和风咬着耳朵，窃窃私语。

兴坪灯火

晃晃悠悠的一点灯火，捧在我的手中。

群峰，江流，林盘，村落，重得像铅块般的夜，悄悄地，都在向我聚拢。

屏着息，听自己的心跳，听远方的风。

江畔人家的傍晚

霞光熄灭之后，越来越浓的野草气息里，夜色在一点一点地加添。

人们归去，把爬着豆花的篱门，随手虚掩。

无意间，把溅溅的江声，关在了门外，而园里却关下了，簇簇峰峦。

鱼 烛

一粒光，闪动在黝黑而狭窄的船底。

一粒，若血的一粒，如豆的一粒，难道仅仅因为摇曳不定，你，也叫作"鱼"？

缩在船帮上的鱼鹰，若一团团影子，凝然不动，而曳一串星光，你真的要向黑玻璃般的江，鱼一般地游走么？

江水，还有些凉呢。

风在挑逗，一下像涌动的浪，一下如凝固的记忆。

绝妙的风景

峰影在船头缓缓转动。随着船的转动，人们的眼睛，总是望着前面，总在水影天光间，焦切地找寻，结果是太多的失望，太少的欢欣。

疲惫之躯，倚着船栏，偶然回首，这才惊喜地发现，原来的平淡处——还是那片天空，还是那弯江流，还是那丛峰峦——角度一换，竟然是绝妙的风景。

尧山春色

山上，那若火一般燃烧着的"云"，越来越浅，越来越淡。

——踏春归去，人们的车窗里，车把上，闪着簇簇杜鹃。

尧山的春色，毕竟是脆弱的，一如尧山脚下躺着的朱明王朝，几根拔尖一掐，就已大半凋残。

王气——荒冢

依然能够想象，分封时，那王者的威仪，那王族的尊荣。

漓江边这座石头小城，于是也有了王气——隐隐然有若剑气——夜夜徘徊在，星晕夜暗的天空。

眨着渔火的江声，也陡地变得沉重。

结局里，那石头的城圈，成了文物。

而王族的尊荣，王者的威仪，只是在风声飒飒的尧山间，添一串荒冢。

阴　影

时序又值秋深，怦然萌动的诗心，禁不住又开始了一次，自己也无法说清的找寻。

骑着自行车，尽量避去景区，尽量甩开景点，让疲惫不堪的心绪，在漫天飘飞的黄叶中，带几许随意，几许野趣，几许闲情。

一片荒芜的山坡。一条干涸的水渠。一个待修剪的果园。一圈颓败的篱笆。忽地，闪出一只木牌："靖江王墓群"！

是真实的悲哀，而非一时的扫兴。

荒冢——一个王朝倒下后留下的废墟——不管着意还是无意，多少代人，也无法走出它的阴影。

奇　迹

西山半山的石窟中，有一尊唐代的佛像，一天深夜，被人用斧錾，把头偷偷凿去。

不久，人们又在原有的脖颈上装了一颗，用高标号的水泥。

这样一来，就产生了一个奇迹：身在盛唐，但大脑中，全是"现代人"的思绪。

摘　星

——摘星亭在七星公园,位于248米的天玑峰顶。

置身小亭,人就成了一帧剪影,贴在天上,而星星,有的如一粒粒闪光的石子,有的若一盏盏橙黄的小灯,晃晃悠悠,就游动在手边。

真想摘取一盏,但终于未敢,尽管人生的案头,属于我的那一盏,很小很小,很暗很暗。

"正　果"

每次来信,都说羡慕我。你说"头枕漓江,身倚普陀,清清净净,洒洒脱脱,蹲在你的绿窗之屋,就能修成个正果。"

我说,"正果"已与我无缘——这并非个人过错——最多,我能修成的,是一个半假半真,半清半浊,既有人的复杂,又没全然泯灭人的尊严的"自我"。

| 文学史评论 |

在艺术形式上,敏歧的散文诗吸收了中国古诗词凝练、浓缩的特点,因而富有中国式的色彩。他喜欢单纯与丰富的统一,喜欢明朗和深沉的美,追求的是纯化的意境。作品中不易察觉的音韵、节奏乐感,依然适合朗诵,这是很多写散文诗的人很难做到的。在艺术结构上,许多作品看似一种情节性的,侧重于物象的描绘,容纳的东西也有限,但实际上属于情绪上的,侧重于心象,容纳了很多东西。……他的散文,艺术上从情绪到语言,有诗的影子。可以说,他的诗、散文诗、散文,都有某种共同的东西,那就是激情与诗意。

——李建平等:《广西文学50年》,漓江出版社,2005,第243—244页一个作家在世纪之交，通过自己的生活感受，经历了这样丰富的内心体验，跋涉了这样漫长的文学道路，这是时代的赐予，也是时代的显现。以文学现象而论，它从现实主义走向现代主义；以心理现象而论，它从具象思维走向内心体验；以社会现象而论，它由一元统治走向多元共生。当代文学有自己的思潮线索，但敏歧空所依傍，踽踽独行，他以自己的生活感悟和内心体验，表现了一个时代文学的深刻变化。这是一个特例，但较之那些随时尚浮沉的文字，也许更具文学史的观照意义。

——鲁原：《精神苦旅——读敏歧的〈经历荒原〉》，《南方文坛》2014年第4期

广西是南方少数民族聚居的地区，敏歧长期工作在那里，少数民族的热情、憨厚、纯朴，特别是他们丰富的民歌，也给了敏歧式的散文诗以不小的影响。这使他的散文诗有一个别人没有的、明显的特点，就是能够上口。有一种平易的不被察觉的音韵，隐藏在整篇之中。能上口就便于朗诵，也便于流传，就使散文诗更富于生命力。要做到这一点，并不容易。

——柯蓝：《敏歧式的散文诗——序敏歧散文诗集〈荒原的苦恋〉》，载《荒原的苦恋》，1990，广西人民出版社

敏歧散文诗中的精神是博大而真实的。敏歧不像一些年轻诗人那样轻飘飘地、抽象地、不着边际地妄谈精神，精神在这些人那里已成为某种形而上的虚无和逃避，这样的精神只是一种空像或者已被它本身的无所依托消解一空，最后只剩下一具符号学意义上的词汇躯壳。敏歧的诗歌精神则不同。一方面，它是具体的，是归结于现实生活然后从现实生活中升华出来的；另一方面，它具有历史的深度和时代的高度，是和时代和历史紧密相连的；再就是，它是建立在审美艺术形象的基础上的，并非是纯词汇的推导和演绎。

——陈金平：《敏歧散文诗的诗歌精神》，《广西大学学报》1997年第2期

一个成熟的作家对意象的选择绝不是偶然的，因为意象里往往凝聚着作家对生活的独特观察、感受与认识，也凝聚着作家独特的思想、感情与想象力。许敏歧散文诗中以"荒原"为核心的意象群的形成显然与他的生活经历、游历经验以及人生体验与感悟是密切相关的。可以说，许敏歧之所以选择了"荒原"这一意象，是因为"荒原"是他在创作中邂逅的与他本人的人生经验相契合的对应物，是最适合表达他对人生的感悟与思考的重要载体之一。

——刘铁群：《荒原的苦恋与沉思——论许敏歧的散文诗》，《贺州学院学报》
2011年第4期

耶鲁独秀

张燕玲

2002年4月的一个清晨，在康州千顷万顷的阳光中，我们穿行于不知是纽黑文市还是耶鲁大学的街道上。在美国，大学不像我们用高楼高墙包围着，它是开放式的，大学就是城市，城市常常也是大学。就如眼前纽黑文与耶鲁这样难以区分，它们互为拥有，比如街道，比如耶鲁培养出来的五任美国总统，比如13位诺贝尔奖获得者等。而对于中国人，再比如这里录取了中国近代史上的第一个留学生容闳，之后的詹天佑、梁诚等等中国的栋梁之材。

走在整齐划一的街区，渐渐地便感受到一种历史庄严、开放自由和博大生机。耶鲁大学东亚图书馆副馆长龚文凯博士，指点着眼前的哥特建筑丛："那是交谊大

作品信息

原载《羊城晚报》2002年9月25日。《散文（海外版）》2002年第6期、《散文选刊》2003年第2期分别转载。收入散文集《广西当代作家丛书·张燕玲卷》（漓江出版社2002年版）、《此岸，彼岸》（河南文艺出版社2004年版），入选《21世纪年度散文选·2002散文》（人民文学出版社2003年版）、《2002年中国精短美文100篇》（长江文艺出版社2003年版）、《名家推荐2002年最具阅读价值散文随笔》（上海社会科学院出版社2003年版）、《新世纪散文精品·大地的眼睛》（百花文艺出版社2003年版）、《女性生命潮汐：20世纪90年代女性散文选读》（河南大学出版社2005年版）、《背景：独秀女作家作品集》（广西师范大学出版社2012年版）等。

厅，教学大楼，那是法学院——克林顿与希拉里就是在这里第一次相识和相恋的，东亚图书馆——你们马上开始的中国作家赠书活动就在这里进行。"建筑的意义就是这样，过去和现在都可以活在其中，似乎每一座建筑都有一个"前世"的故事，而这种历史的性灵，在我眼里正代表了耶鲁的魅力。说话间，我们走近一个雕塑，陪同我们的冰凌先生兴奋地告诉我们：那是耶鲁女生纪念碑，又因形同桌子又叫女生桌，是林徽因的侄女林樱设计的。我仿佛被击中一般：世界名校，林樱，华人女生，林徽因的侄女。这一串美丽的意象犹如"前世"的故事，令我着迷。

我喜爱林徽因。新文化女性中，在我心目里林徽因是第一人，这不仅在于她没有那时文人的颓靡、滥情和做作，也不仅在于她纯正的诗文以及建筑奇才和创造天赋，更在于她在民族危难之时为中国建筑史做着实实在在的杰出的贡献，更在于她为人的优美与激情、刚烈与克制、明朗与大。如今，满城争说的林徽因是个风流的伤情女子，这讹之又讹的恶俗传说，不仅肉麻，更是对林徽因的一种误读乃至侮辱。幸而，林徽因没有面临这场快餐文化的灾难；当然，她也没有看到她们家族为人类贡献的另一位才女林樱是耶鲁的独秀。

的确，林樱在西方的现代建筑史上，为耶鲁争足了面子，也为中国人（尤其中华女性）赢得了荣誉，犹如贝聿铭，犹如她的长辈梁思成与林徽因，1940—1947年的梁思成还是耶鲁大学的聘问教授呢。只是中国的建筑大师梁思成与林徽因没有料到，他们的侄女创造的是融汇东西方文化的神来之笔。

女生碑坐落在耶鲁东亚图书馆门前，一大片椭圆的黑色花岗的剖面，椭圆的中央是一个圆孔，水从螺旋上升的圆孔中不断涌现，均匀地一波一波地向整个桌面漫去，无声无息无休无止，亦水亦岸的剖面上，以波纹的走线，排列着耶鲁自1873年以后女生的名字和数字。它无声地告诉人们，在耶鲁300余年的历史中，有近三分之二的时间没有女生，而最早有幸进入耶鲁的是两名艺术系的女生。这横如眼波的薄水就这样清清浅浅顺顺柔柔地润化着女生入校时的数字和年代，一如女性的平和蕴藉。尽管太阳强烈，我静静地坐在女生桌子下那半圆的大理石凳上，不仅与所有到过此处的家有女儿的人们一样，留个影，以祝福家中的女儿也能考上如意学校；

我还要听听这水声、看看她潋滟泽光、感觉她的味道。这时，清风忽来水面，那水仍然不黏不滞，干净、透明、清澈、无尘。我知道自己需要这片水，可以为镜鉴出自己内心之浑浊，以有所清澈有所归依。便想起苏东坡"好风如水"之说，如果他看到这女孩般无纤无尘的波光，他会不会说"好风如风"呢？

这的确是一片好水，只是西方人是否知道女人是水做的这一东方文明？是否知道中国河姆渡文化和大汶口文化中水盆、水瓶生命之树（花）的崇拜。是否知道中国关于生命源于水、生命之树通天地而源于水的原始哲学观念？还有那象征生命之源的阴性符号：椭圆、棱形、凹形等，还有女生碑剖面上蕴藉的圆孔。这圆孔不仅是整个剖面汩汩流水之源，它更是女生碑的灵魂所在、生命所在。在中国原始人的观念中，圆穿、圆圈、圆点，同人的眼睛一样，是自然万物的眼睛和生命之所在，这犹如玉圭凿穿与汉代圭碑凿穿，其意义并非常人所说是为了便于佩系和葬礼穿绳往下系碑时出于实用，而是出于玉圭、圭碑凿穿成灵，成为通天通神、生命永生象征的通灵圭目。其实，这是人类的美学观念，它在现代雕刻抽象艺术流派中早已作为艺术规律而在普遍起着画龙点睛的作用。我想，林樱的丰富、深刻和柔韧大约也在如此了。

还令我着迷的是整个雕塑的材料——黑色花岗岩，凝重、深沉、高贵也纯正。而赋予黑色生命的是阴性符号的椭圆与鲜活无际的流水，这轻灵的律动是女性的舞蹈，她展示了一种女性的平和柔韧、超脱束缚、飘逸流动的美感。林樱完美地融汇了梁思成的厚重坚实、林徽因轻盈灵动的东方艺术风姿，再以寥寥的几何线条便把西方现代技巧化为神奇，我仿佛触摸到林樱如同林徽因那时时涌动的难以遏制的强烈的艺术灵感与创造力了。因此，这神来之笔只能属于林樱，无人替代，独一无二。于是，天才的林徽因便拥有了富于国际声誉的同样天才的侄女林樱。除却天资之外，什么是家学？我想这便是了。

女生碑就这样立在耶鲁东亚图书馆门前，与中华文化、东亚文化，更与世界文化的书香为伴，日复一日，永远不断；林樱富于人文精神的女性关怀也成为一个永远的绝响，与东方女性的魅力合一，日新月异，永远焕发，独秀于耶鲁。

令林樱成为耶鲁独秀的，还不是女生碑；设计女生碑时，她已经名满世界，因为她还在耶鲁念大二时，小小年纪的林樱居然设计了越战墙。那是一个国家纪念碑。林樱居然在1421件角逐作品中荣获第一。21岁的华裔女生，美国的纪念碑，这不能说不是对美国人情感的一种挑战。这是真正的天才了。而中选与选择之间，其文化含量也一样伟大，其中就有一条是我们中国人不习惯但人类必须遵循的公平竞争的规则，以及这规则后面的文明、活力甚至趣味。在这些规则面前，林樱是幸运的。

越战墙林樱用的还是黑色花岗岩，岩石深埋大地，并竖排成直角的两面墙体，墙面光鉴照人，上面刻着56132名越战阵亡将士的姓名，据说要三天才能从头到尾看完所有的名字。一本阵亡将士名录安放在起点的石桌上，他们的亲友，可以据此索引找到他，给他放上一朵鲜红的康乃馨或玫瑰或美国国旗。当我站在这样一朵红玫瑰前，望着墙体上映照的自己以及行走的生者，在感受着林樱虽死犹生、生死无界的创造理念的同时，我深切理解到受难者的死亡记录对于人类的意义，假如忽略人类历史悲剧的受难者，我们就是在轻践人类和生命本身，假如忘记了战争的罪恶，就难以抵达真正的现代文明，这是人类诗意的信仰。

"那是一个老兵。"朋友轻轻对我说，我顺眼望去，只见一个理着齐刷刷平头的花白后脑勺，定在黑色的墙体前，一动也不动。这个斑白点点的老者与一个穿梭于亚热带丛林中全副武装的战士是同一个人吗？那时的潮湿、闷热，毒蛇、虫蝎，暗桩、陷阱一、恐惧、伤亡。时间无情，它竟让你找不到当年，了无旧痕。但他就那样一动不动地站在那里，你能感到他的苦痛，他如墙如山的沉默。是的，战争是统治者挑起的，而最后承受战争苦果和灾难的却是人民，他们无法掌握自己的命运。今天的他们只能无言以对，只能选择泪水和静默，这便是全世界老兵的今天。老兵用手轻轻抚摸着墙面上的一个名字，当年的同伴已不能相济相助了，唯有沉默。我似乎看见了老兵的泪光，似乎看见他沉默的外表里翻卷的几十年的岁月：血汗、人性和情感，英勇、艰辛和沉重，不堪回首，还有永不消失的死亡的恐惧和难以愈合的创伤。老兵还在枯站着，伴着夕阳，与那座同样沉默的黑色的碑墙连成一体，他就是一面越战墙。我不得不钦佩林樱的深度，钦佩她年仅21岁居然弄出如此深刻、博大的文化意象，一个中华女孩就这样接通了生者与死者的阴阳之界，犹如所有往来的游客都来往于墙体一样，黑色花岗岩映照了所有生者与死者的现在进行时，"前世"和"现世"相会于此。

其实，林樱这简洁的两面墙体相错成直角的半个四方连续图案，正是天地相合，阴阳相合，生命永生、灵魂不死的阴阳哲学观念的典型符号图像。如果说耶鲁女生碑体现了林樱"水"的理念，那么入土而立天的越战墙便是"天、地"的概念。于是，天、地、水三界生命起源的东方文化观，在林樱的现代创造中便得以完美显现了。而美国国家纪念碑评审委员会是这样表述他们对林樱越战墙的选择的："它融入大地，而不刺穿天空的精神，令我们感动！"东西方文化在这里殊途同归。

意象万千的女生碑与越战墙就这样成就了永远的林樱。

离开美国正好一个月，这个月里我常常沉迷于对林樱的遐想中，心里真的是愉悦万种，为中华优秀的女性，为林徽因，更为林樱。心里常常涌出林徽因的诗句"直到灵魂舒展成条银河，长长流在天上一千首歌"，此时，握笔的我正以灵魂唱着这无数的歌。

Ⅰ作品点评Ⅰ

她的散文《耶鲁独秀》既是关于生命起源的追问，也是自身心态情感的外射与凝聚。在字里行间透着作家对"女性是什么"的拷问，对灵魂的追根究底，对生命之链、时间和空间的遥想。无法摆脱的人类生存的大惑、力图通过历史、文化、民俗等对人类的生存作出哲学的思考。

——黄晓娟：《心灵的风景线——论当代广西女性散文创作》，《广西大学学报》2004年第3期

后主情怀

廖德全

    南唐后主李煜，后人多指为亡国之君，泼在他身上的脏水不少。泱泱大中华，上下五千年，江山易主，改朝换代，多了，居"后主"之位而亡国者也绝非李煜其人。玩物丧志，荒淫而大失其度，把江山社稷给丢了，实属可悲可叹，后人说他几句也在情理之中。有哪个帝王没给挖出来大说一通的？但李后主留给后世的，不仅仅是因失国而招致的责骂与声讨，也还有他"问君能有几多愁，恰似一江春水向东流"的不朽词章和绵绵情怀。

    李煜的江山，是不可能不丢的。他子承父业，虽也有兄有弟，但均因种种原因不得其所终，是命运选择了他，历史选择了他，基本上算是自然接班。非经打拼而

作者简介

    廖德全（1954—），笔名紫苔，广西合浦人，1982年毕业于贵州大学哲学系，中国作家协会会员，北海市人大常委会机关公职人员，已退休。长期坚持业余创作，笔耕不辍，作品散见于《随笔》《美文》《中华散文》《杂文报》等报刊，出版有《广西当代作家丛书·廖德全卷》《大美涠洲》《万里瞻天》等。作品入选《2002中国年度最佳随笔》《2007中国年度随笔》等多种选本。

作品信息

    原载《中华散文》2002年第10期。收入《广西当代作家丛书·廖德全卷》（漓江出版社2004年版）、《万里瞻天》（西北大学出版社2017年版），入选《风生水起：广西环北部湾作家群作品选》（作家出版社2005年版）、《江山代有才人出：读史随笔之文人名士篇》（崇文书局2007年版）。

得天下，一般是不太怎么会去励精图治的。后主是国君，但也是人，也是活生生的人啊！由人的惰性决定，大都会贪图享受。守着鱼库不享用而打更守夜去垂钓的猫儿，大概有但也不会太多。不是说绝对的权力必然要导致绝对的腐败么！更何况，作为帝王之尊贵，人中之真龙，天下之主宰，消耗点自家的宝物，享受点自家的美色，也就是在自家的菜园里摘棵白菜，何过有之，何罪有之？天下者，本朕之天下，有谁见过中国帝王因贪污受贿、生活腐化而被属下治罪的？没有，一个也没有。美国国会可以弹劾美利坚合众国的总统，却奈何不得中国的古代皇帝。不是那个一般的"刑不上大夫"问题，而是其作为一国之君，就是法，就是国家，就是举国上下一切的独裁者、拥有者，他有权分封诸侯、分封领地，也有权享受所有的一切，一切的一切。所以，其任何奢侈腐化都不会轻易受到指责批评，在执政期间，其所作所为，包括红杏出墙、宠幸民女，父子间的乱伦，都具有天然的合理性。

在中主李璟之后，选择李煜来做"主"，实在是历史的一大悲哀。与其说是由于李煜的腐败而导致江山易主，不如说是体制上腐败的必然结果。一个国家，一个地方，一个单位，如果没有使优秀人才能够脱颖而出的健康机制，不能把最优秀的人才选拔出来，重要的领导职位如果不是由最优秀的人才来担任，是不会有生机与活力的，自然也难以长治而久安。如果权力不能受到必要的制约，作为社会主体的人民群众没有选举权、监督权、弹劾权、罢免权，而是任由独裁宰割，必然要走向腐败，走向没落。在世间一切事物中，人是第一个可宝贵的。在人治社会，选择谁来做"主"，就成了兴衰成败的关键。

看李煜作那词，与他老爸如出一辙，也都做得情真意切，哀哀婉婉，是很得李中主真传的。中主写道："菡萏香销翠叶残，西风愁起绿波间。还与韶光共憔悴，不堪看。细雨梦回鸡塞远，小楼吹彻玉笙寒。多少泪珠无限恨，倚阑干。"（《摊破浣溪沙》）后主在他的词作中，也常常出现那座"小楼"，那个"阑干"，也都是那多愁善感的情怀。填词赋曲、后宫吟唱是一把好手，让他当国君治理国家，恐怕只能是真正的"历史的误会"了。儿女情长，缠缠绵绵，没有政治家的谋略胸怀，没有铁的手腕，铁石心肠，哪个家国天下如何玩得转？！

当年曹操在接班人的问题上，用曹丕而不用曹植，真正的出于何种原因，可以众说纷纭，莫衷一是，但我觉得还是与曹植的霸气、刚性不足有关。丕年长于植，当然有排名之优势（当然不是姓氏笔画的优势），按顺延自然接班是非他莫属。但事情不会这么简单，他父子三人在文学上都有建树，也都是够资格的文人才子，而相比较，曹操更为雄才大略，更为阴险老辣，得以奸雄称道于世不会是枉担虚名的；曹植则更富于才情，诗才敏捷，但玩政治并不老到，阴谋阳谋都不怎么样，总是心太软，受人欺辱也只能躲在一边生闷气，以致把个要到手的太子位也给弄丢了，到后来也是闷郁而亡；而曹丕，恰好就处于他们二人之间，玩政治不如其父之狠辣，玩文学不敌其弟之迅捷，但却略有所兼，这就得显其长了，以他勒逼胞弟七步成诗论，是颇得其父奸雄神脉的。所以，我揣度，怕也与曹操认为曹植过"文"有关。虽然早年甚得曹操宠爱，却始终没有把他封立为太子。曹操作为历史上数得上的政治家、军事家、文学家，其选人用人当有自己的标准，绝不可能是说你行你就行不行也行的那一套，不仅看你文才口才，笔试口试是否合格得分，更要看武略胆识，政治腕力能否把持得住大局，是否能按他的既定方针办，把他历尽千辛万苦开创的事业进行下去。按此标准，曹丕虽不一定是最佳人选或者唯一人选，却也是一个合适人选。这样，才有可能使曹丕得以优于曹植而"脱颖而出"，圆了曹氏家族的帝王之梦，也才延续了曹魏之家业。

南唐小朝廷在李煜的手中败落了，李煜成了千古罪人。但如果摈弃成王败寇的传统理念，结果又会怎样？或者，他早个一年半载"退休"让位，或者退居二线三线不当"一把手"，或者他那鸟位被某个嫡亲或者部下夺了去，南唐小朝廷会不会也同样的落叶飘零，也同样的"亡国"？我想会的，只不过是个时间问题，迟一天、早一天罢了。腐败的是南唐小朝廷，是当朝的政治体制和昏庸无能的官僚机构，而绝非李煜之一人耳。李煜的父亲李璟，也是靠自然接班而当上国君的，所幸是他没有把江山弄丢。但实际上，他也是极为平庸的无能之辈，在他手上，南唐江山已被割去十四州六十县土地，是靠依附强权、当"儿皇帝"才得以苟延。

李煜在位十九年，其德才勤绩、治国腕力，国人应该一清二楚，大小官僚们更应该一清二楚，但都干什么去了？说话了吗？批评了吗？参政议政了吗？监督了吗？想到罢免另选了吗？能吗？！

倒也真的有过。先有两臣据理力谏，也就是大胆提意见、提建议的意思，连提案、上书言事的水平都还够不上，却被处以一徒一流，下场甚为悲切。这样一来，谁还敢说三道四。也有一位冒死以谏的，说李煜的作为恐怕还不如梁武之饿死台城，不得善终呢。李煜听了，有所震动，想想也真是那么回事，事佛而冷政之为有所收敛，但也只是稍稍有点淡化，稍稍的有点律己而已，其向佛之心已铁，本性就那样，意见提来提去也只是水淋鸭背，风吹过耳，起不到多大的作用了。李煜还是我行我素，还在继续爱着他的爱，梦着他的梦。偌大一个南唐，就找不出任何规劝、约束、改变李煜行为的有效力量来。既然如此，就只有顺着他的性子，任之由之了。

李煜也有他的爱情。但是，真正的爱情对于一个处于极权地位、统治天下的帝王来说，不仅多余，也危害无穷。爱情，永远只属于两个互相独立平等、互相倾慕的忠诚个体。他处于"想什么得什么"的强权地位，爱的只是美色，贪的只是肉欲，就像饿了要吃饭、渴了想喝水一样，而不会是真正的男女间的纯洁爱情。女人不是祸水，但位高权重者贪色宠妃势必乱政。李煜是太迷恋他那对大小周后姊妹花了呀！

李煜也有他的人性。他之上台，既没有贿选，也没有跑谁的门子，用重金铺路，更没有动用黑社会暗杀明抢，而是谦让了一番，且不是虚情假意，而是真诚的。他待人热情，仁惠尽礼。父亲病逝，他哀伤几绝；母亲生病，他衣不解带，朝夕侍奉于侧；对几个兄弟，他个个封王，反正那时也没有"任人唯亲"这一说，是给足了实权的。这也很够意思了。

李煜没有一统天下的大智大勇，不是"卧榻之侧，岂容他人鼾睡"宋太祖式的有为明君，他只是想做一个"太平王"，快乐着他的快乐。他奉行的是"人不犯我、我不犯人"的基本国策，却没有勇气"人若犯我、我必犯人"。虽有大好机会，也是温良恭俭让，没有举兵夺城掠地，扩充疆土，壮大势力。太平也是不错的呀！如果大宋的兵马不杀将过来，不就是天下太平、永远太平了吗？但，大宋的兵马又怎么可能不过来？在弱肉强食、群雄争霸的历史时期，成王败寇，你死我活，你想太平就能太平了吗？作为一国之君，不以国事为己任，而贪图一己之乐，安事一己之天伦，这就是失职、罪过！好人还不一定是好国主，有才还不一定能治国平天下啊！后主，你知否？

更让人想不通的是，一旦国破家亡，一些南唐臣子又表现出异常的忠勇，有奋勇战死的，有自缢身亡的，也有举族朝服坐以待毙的，宁死不屈，义薄云天。比起肉袒出降的李煜，自是多了一腔忠肝义胆，倒也豪气了得。贫穷出孝子，世乱见忠臣，精神委实可嘉。但为什么要等到这一天才得见真情？平日里都干什么去了？干事了吗？尽责了吗？光会高呼"万岁！万岁！万万岁！"就是大忠臣，就是好干部？莫不是顺着竿儿溜，当马屁精去了吧？莫不是"该出手时就出手"，也趁机捞他一把，跟着风流主儿快活潇洒去了吧？事到如今，才想起要以死报国，一身不事二主，壮则壮矣，却也有无法抹掉的深重悲哀。"国家兴亡，匹夫有责"，该不是说着玩儿的。所以，把千古罪责归咎于一人，既不是历史唯物主义的科学态度，也不是对大才子李煜的公正评价。

当然，处于治下的平民百姓，可以有自己的良好愿望，希望有个好的君主，有个好的世道，安安生生过日子，痛痛快快干事业；历代的历史学家、文学家们，也可以有自己的独到见解，按自己的想法去评说或者戏说历史。但山终归还是那座山，梁终归还是那道梁，历史是不会以人的主观意志为转移的。李煜的处世为人，他的才情气质，他的政治权术，就那德性，就那水平，你还要怎么着？

勾践也是亡国之君，但他卧薪尝胆，终于成就了复国大业。他"三千役卒可吞吴"，功莫大焉，当然是了不起的大英雄，被人颂之为千古越王也不为过。但冷静反观，他装疯卖傻，自作人臣，妻为人妾，就连吴王如厕他也要亲自检查，实非一般的韬光养晦所能尽言。在人格上的猥琐不堪，如猪狗一般，既可怕也十分可悲，他的得分应该大大地打些折扣。我觉得，他虽有雄才大略，也有一番苦尽甜来、大耻大辱而后大富大贵，但说不上就是一个堂正君子，而更像是骨子里浸透了深仇大恨而卷土再起的复国主义者，是可怕的政治阴谋家。

大丈夫顶天立地，堂堂然，凛凛然，富贵不淫，威武不屈，既然失败被俘，落于敌手就杀吧，剐吧！无非一死，夫复何求！像楚霸王项羽，兵败乌江，丝毫也没有奴颜婢膝，更不会屈膝求饶。他临绝境而不乱，先把随他征战多年的坐骑送人，然后迈开虎步，跃入敌阵，成排成排地砍杀开去。临了，还慷慨悲歌："力拔山兮气盖世，时不利兮骓不逝！骓不逝兮可奈何，虞兮虞兮奈若何？"不慌不忙地把那颗好好地扛在肩上的头颅切下送人去领赏，卖了个天大的人情。勇哉，项羽！壮哉，霸王！难怪多少年后，那位倾倒无数须眉英雄俊才的宋代大才女李清照，还要为之击板吟唱，颂扬不已。有此大牌红颜知己，楚霸王受之无愧，虽死犹荣。

作为"词中一帝"的李后主，集国君和词家于一身，应该是通晓古今，知多识广，大概不会不知道霸王别姬之壮烈，勾践卧薪尝胆之意远。是他不想学，不愿学，学不了。他只是南唐小朝廷的后主，不是西楚霸王，也不是越王。他只按自己的方式去活着，去奢侈着，享受着，浮华着，灿烂着，苦闷着，悲惨着。在他幸存于《全唐诗》中的几十首词中，没见到他在职在位时心高气傲、壮怀激烈的倾吐，也没有忧国忧民、把窗外萧萧竹籁也作民间疾苦的内心独白。有的，只是他落难以后，对那一段时光的回忆与咀嚼。奇了？不奇。就李煜那德性，他在职在位时，定会有所吟唱，一定会有与"文友"和后宫佳丽们的来往唱和，也一定会有情到浓时的文思汹涌，不得不发。不是轻易的散失了，不见了，没有了，而一定是遭到了人为的切削，不予载传。而他落难之后的怀古念旧，他的"靡靡之音"，更代表了李煜的性格特征。李煜的悲剧是人性的悲剧，命运的悲剧，是那种深深地刺扎于敏感的心灵而又无可救助的悲剧。如此才会有李煜大悲大苦的悲剧人生。而恰是这些，才得以"幸存"。得以载道传世的，不是李煜在职在位时的"政绩"，而是他苦难中的悲切吟哦，这是当初无论如何也是料想不及的。这也是李煜的不幸之幸吧。

历史上的帝王，大都"略输文采""稍逊风骚"，但能凑合着来个诗词歌赋什么的，也大有人在。有"专著"刊留于世，在文学史上可以称"家"、有一席之地的姑且不说，就连出身低微、"不修文学"、往儒生帽子大放其尿的刘邦，兴趣来了也能高歌一曲"大风起兮云飞扬"。身为帝王，高高在上，在日理万机之余，也客串一下文学作品，卖弄一下才华学识，并不为过，有所发泄，有所寄意，人之常情嘛。李煜就不同了，国君写诗作词没有什么，要命的是一个亡国之君，既没勇气引颈成一块，提着头颅见先辈于地下，也没有韬光养晦，卧薪尝胆，从长计议，图复国之大业，还在那里儿女情长，叹唱吟哦，还在做着亡国之词章，太过沉湎于个人的喜怒情怀了呀！

身为国君，荒淫无度，也太不负责任了！你的"第一责任人"的责任心呢？你的历史使命感呢？你的才华和爱民之仁呢？总不能毕其功于一役，都集中在对后宫佳丽的宠爱上吧！李后主无须"政绩"，他的特权与生俱来，是当时的政治体制所必然赋予。但有一条是相同的：荒淫无度，必然灭亡！如此说来，"垂泪对宫娥"的悲剧，就是社会的悲剧，时代的悲剧。悲剧既然要发生，有如"无可奈何花落去"，是不可避免的。历史的覆辙，惨烈如血，却总还会有一些人去重踏它。

有好事者做过统计，中国的皇帝平均寿命不足三十岁，李煜死于四十一岁，已远在平均年龄之上，也算比上不足比下有余，可以有个心理上的平衡了。在他的有限生命中，在权力的巅峰把玩了十六年，也是很不错的了。我们现时的政策，允许连选连任，两届也就十年。美国总统也大抵如此。李煜在位时间不短，没留下什么像样的政绩，笑骂由之。倒是他的词，是不应忘记的。看他笔下："林花谢了春红，太匆匆！""自是人生长恨水长东"（《乌夜啼》），"小楼昨夜又东风，故国不堪回首月明中"，"问君能有几多愁，恰似一江春水向东流"（《虞美人》），"四十年来家国，三千里地山河"，"最是仓皇辞庙日，教坊犹奏别离歌，垂泪对宫娥"（《破阵子》）那满腔的悲怆与惶惑，剪不断、理还乱的无奈与悲愁，相去千年，世事沧桑，仍给人深深的震撼。这词，没有旷世才情，没有人生之大悲苦，无论如何也做不出来；这词，只配李煜去做，也只有李煜才做得出来，李煜做出来才有味道。

也真难为了这位旷世的风流大才子。

人世间，只一个李煜，也不止一个李煜。命运，错待和枉屈了多少天才！

| 创作评论 |

在历史散文大行其道的当今，我们看到太多对历史典籍的复述或随意戏说，太多关于王朝更迭、权力争斗，太多关于知识分子的忠诚、气节、人格与反抗等等的叙述描写。廖德全一反流行的宏大叙述，他以一个地方官员（或许称"儒生"更确切）的非常经历练就的锐利目光和生命体验，把历史与传统引向现代，引向人性深处，以现代意识进行文化与人性的双重观照，从中获取个性化的感悟，并以平等姿态与历史对话，从而实现与历史人物的对话、与读者的对话。以史为鉴，如砥如砺，自由自在。

——张燕玲：《历史的现实与飞翔的大地——关于廖德全的历史散文》，

《文艺报》2007年11月20日

| 作者自述 |

这些年来，断断续续写了不少文章。我觉得，写作是快乐的，有一种特立独行的快乐，寄寓人生的快乐，抒发情感的快乐，解脱烦恼的快乐。这么说，也就是为快乐而写作吧。……也写了一些散文。上大学读的是哲学，工作接触的更多是公文，长的是"官话"，短的是煽情，却偏舍不下散文写作。……公文与散文，是两套完全不同的思维方式和语言表达方式，在公文之余再去酝酿散文的语感和心态是艰苦的，但更多的还是愉悦，愉悦情感的寄托，自我的回归，精神的不再漂泊。

——廖德全：《广西当代作家丛书廖德全卷·后记》，载《广西当代作家丛书廖德全卷》，漓江出版社，2004，第308—309页

走近一座城市

廖德全

久居北海，却不知"北海精神"是什么。这不是可不可悲、有知无知的问题，而是事实；在其他城市，我想也大抵如此。城市"精神"应该是弥散的、无形的，说有却无，说无却有，难以透视和明言。有一年发起"北海精神"大讨论，讨论来讨论去，公说公有理，婆说婆是真，意见纷呈，难以定论，最后只好由领导圈点了结。但这类事，也不大好由领导说了算，所以说了就了，几年来也没谁认起真来去弘扬，甚至早已淡忘。城市精神这个东西，也不在乎人们去不去说她，怎样评论她，缥缥缈缈，似是而非，但经人点破，似乎又在情在理。

我所认识的北海，本身就是一个移民城市。"正宗"的北海人，也不少是明清时期从他处迁入，有打鱼避风滞留北海的，有天灾人祸迁徙北海的，也有古代征战的军事移民。前些年北海开发狂潮骤起，外地人更是潮涌而入，到机关工作的，搞房地产开发的，开厂办店的，做大小买卖的，开餐馆的，打零工的，街上听人说话，南腔北调都有。随便进入一个菜市，买菜的、卖菜的、闲逛的，足有一半是外地人。当然，他们也都是"北海人"了，只是肤色外表，言行举止，还一时未能"海化"

作品信息

原载《中华散文》2003年第10期。

而已。但这无足轻重，人们和睦相处，表现了很好的包容性。所以在上一次北海精神大讨论中，就有人说北海精神是"海纳百川"。想想，还真有那么点意思。

有过一则流传很广的故事，是说各地人的观念差异的。说一个外星人到了北京，北京人的第一反应是赶快查清他的国籍身份，有无政治军事图谋；如果在上海，则会把他抓起来，然后举办国际展览会，广而告之，收门票赚钱；如果在广东，立马就有人研究哪个部位最鲜嫩可口，是拿来煲汤好，还是清蒸、红烧；如果落在北海，很可能是警车开道，先请进来饮杯茶，然后设宴相待，酒至半酣，提出到北海投资办厂事宜。北海人会不失时机地发问："知道北海吗？"如果说不知，以为还是北京的北海公园，北海人便深表遗憾和同情；接着便会喋喋不休数家珍，一城系几南，一口通几西，珠还合浦，天下名滩，空气甜得可治病，海鲜多得可沤肥。临了，还会慷慨陈词。说那一年北海热火朝天，万贾云集，到处是工地，遍地尽黄金，一个电话号码也卖几十万！北海人真的是热情好客，真的是诚心招商。至于外星人领不领这份情，那又另当别论了。

北海房多，新楼好卖，空置房却少人问津；近年好多了，购空置房比例大幅上升，但也大多是外地人。北海人就爱个"新屎坑"，喜欢新的，新酒楼，新商场，新茶房，新洗脚堂，新按摩室，刚打锣鼓才开张，再偏再远也频频相顾。我们到成都、南京、杭州、苏州，看人家多的是老字号，百年老店；但在北海，十年老店也鲜见得很，根本就找不着什么老字号。一般是各领风骚三五年，轻易就易主易帜，原字号是不要的。一位领导到北海视察，说在北海大街上看不到文化。其实是有的，这便是"新屎坑文化"。图新并不错，但没有老字号，丢了本色，所失多矣。大街上有没有"文化"，百姓不管，也管不了，但经营自家庭院是轻慢不得的，北海人购屋建房爱讲个有天有地，单门独院，不土不洋的各式别墅就盖到大街上来了。怎么会这样？北海就这样。原先乡下相亲，有一套保留节目叫"看家门"，要看你的居住条件，生活环境，有一块属于自己的小天地，面子要好看得多；那种"家门情结"，也随农民进了城。

到北海，吃什么？不好说。北海没什么特色名菜名点。最家常的是咸鱼稀粥，北海人到哪儿都忘不了；在外地工作想着往回调，说是一日三餐离不开咸鱼稀粥。北海人待客，最上脸的是生猛海鲜。也不枉担一个"海"字，鱼虾蟹贝，沙虫泥丁，应有尽有；但基本是白灼一法，煮熟即食，原汁原味，不会玩其他繁杂花样。他们会指责"外地佬"，说那么好的生猛海鲜，放那么多辣椒配料，辣肠剐肚的怎么吃？而"外地佬"也会指责"北海佬"，说那么好的生猛海鲜，清汤寡水，无盐无味，浪费了！不同的饮食文化，时时发生激烈碰撞。

那是先时。现在的北海人外地化、外地人北海化已很普遍。有个叫"屋仔村"的小区，简直就是北海的"中国村"，湖南人，四川人，重庆人，贵州人，东北人，几乎全国各地都有。卖羊肉串的，烤白薯的，花江狗肉，桂林米粉，特别是一年四季，春夏秋冬，各式火锅鲜花盛开，麻辣烫让人眼水鼻涕一块来。初时北海人畏之如虎，如今也雄赳赳气昂昂地杀将过去，可以与不怕辣的四川人、辣不怕的贵州人、怕不辣的湖南人一比高下了。也是的，天上飞的除飞机不吃，四条腿的除板凳不吃，还没什么禁得了北海人的口福。没有老字号，没那么多金科玉律、条条框框，常吃常新，是否也算北海"海纳百川"之一例？

北海夏长天热，善饮者不多。有一回在北京一家馆子吃饭，我们三个北海人，点了七八个菜，有荤有素，花色品种齐全，外加到哪儿都不能少的一锅汤，但只要了一瓶啤酒，一人一杯，点到为止；邻座恰好也是三位，北京人，只点了四碟小菜，拍黄瓜，花生仁，西红柿炒蛋，凉拌土豆丝，却抬了一大箱啤酒，喝得大汗淋漓。他们看着我们笑，我们也看着他们笑。但也有另类，有一回请朋友喝酒，是真正的朋友聚会，桌上两个北海人愣是把两个贵州人喝得用餐纸裹在筷子上举白旗才作数。酒桌上，豪气云天的北海人也不少。一般说，请将好过激将。

走在大街上，远远的看见一位先生走过来，西装革履，风度翩翩，光鲜如同接见外宾的国家要员，近前不经意一看，脚下皮鞋锃亮，却没穿袜子。我平时很随意，衣食住行一般不讲究，常有亲友来家坐坐，没想到人家更随意，三下五除二便把一双黄脚也盘到了沙发上，一只手还不想闲着，手机往茶几上一搁，就在脚丫上忙不迭地抠，一副很舒坦惬意的样子。不知是谁说的，一代可以暴富（如今一夜暴富也有），但没有三代修炼不出贵族气来。私下想，北海近年发展很快，但看来看去也就一副"新贵"样；"新贵"也好，或许正是北海稚嫩，鲜活，希望之所在呢。

此岸，彼岸

张燕玲

此岸，彼岸哲学家告诉我们，此岸到彼岸有多长，一生就有多长。但实际上，此岸与彼岸对于人生是远远不够的，此岸与彼岸并不能耗尽所有人的一生，有的人就没有彼岸。这个悲凉的认知源于一段心灵疼痛的旅程，旅程的疼痛始于2002年中元节，在台湾海峡的彼岸，我认识了一个与我们骨血相连却苦海无涯的群体。

作品信息

原载《人民文学》2003年第11期。该文曾获"2003年度中国当代文学最新作品排行榜·最佳散文"并被译成韩文，收入《中韩作品选集》(韩国Paradise文化财团出版)。《散文(海外版)》2003年第6期、《中华文学选刊》2003年第11期、《散文选刊》2004年第5期分别转载。收入散文集《此岸，彼岸》(河南文艺出版社2004年版)，入选《2003中国随笔年选》(花城出版社2003年版)、《新世纪编年文选2003年散文》(山东画报出版社2004年版)、《名家推荐2003年最具阅读价值散文随笔》(上海社会科学院出版社2004年版)、《2004·中国文学最新作品排行榜》(文化艺术出版社2004年版)、《21世纪年度散文选·2003散文》(人民文学出版社2004年版)、《冬天的情话》(百花文艺出版社2005年版)、《世纪经典散文·清风吹散万般愁》(延边人民出版社2006年版)、《大学语文：大学版》(广西美术出版社2009年版)、《命运深处——〈散文选刊〉：一本杂志和一个时代的表情》(漓江出版社2012年版)、《背景：独秀女作家作品集》(广西师范大学出版社2012年版)、《文学桂军二十年·散文精选(1997—2017)》(广西人民出版社2017年版)等。

一

我们去不去阿里山、日月潭？去不去绿岛？去不去澎湖湾？今天只有半天工夫了，还是先去看看基隆港？

我们这一代人，对于台湾的向往大多来自我们熟知的那几首台湾民谣，向主人"吱吱喳喳"地要求——托出各自的台湾梦。

圆梦。《美丽的基隆港》，我们胡乱哼唱起来，从台北上中山高速公路，经过隧道就进入基隆，仿佛通过时光隧道来到了另一个世界。

基隆的确像是另一个世界。

那天，我们一行闯入的是一个临海依山次第而生的海港山城，它没有了台北的都市化，甚至连一片大平地都少见，三面环山一面临海，形似鸡笼，旧时就称鸡笼港。然而，基隆的别样，并不只在于山城海港，令人诧异的，在不期然中，我们闯入了一个勾人哀思的香火世界。满街飘散着各色冥钱焚烧的烟火，店铺门前巨大的或方或圆的铁盒熊熊燃烧着各式现代化的生活冥物，家家户户门前挂着灯笼，上书"阴光普照""庆赞中元""普度"等字样，处处插有"何""蓝""韩"姓氏的蓝白旗。仿佛丧礼，仿佛乡葬，仿佛清明，又肯定不是，街上的人们一脸虔诚和肃穆。我们一车的欢歌笑语霎时凝固，谁都未见过这般情形，只觉出阴气飕飕，以为闯入一个不该打扰的灵异世界。

主人没料到我们一脸骇然，她受传染似的急急告诉我们，这是台湾的"中元祭"，即中元节，鬼节，整个农历七月都是，尤以基隆为甚。

果然，穿过一城的香火，顺山盘旋到了"老大公庙"。这是基隆中元祭的中心，这天是初九，那里已是香客熙攘、灯明火旺了。回望山城，香火萦绕，冥旗飘飘；放眼海港，船帆猎猎，远海苍茫。基隆地势险峻，又是主要的登陆港。早期，大量的移民辗转漂洋过海来台湾，沿途葬身海底不计其数。这里的冤魂实在太多太多，便有了隆重的中元祭，有了后人悼祭在此不幸的亡灵，有中元普度节庆诵经超度亡魂并为后人祈福。

于是，每年七月以老大公庙为中心，以民间各方宗亲团体轮流担任炉主，并请道士或僧侣主持，举行普度、放水灯、放焰口等祭仪。而能担纲炉主的则为基隆人口最多、凝聚力最强的黄、江、林、郑、赖、许、刘、唐、杜、张、廖、简、何、蓝、韩等15姓的字姓宗亲会，今年的炉主"何""蓝""韩"宗亲会已在初一会同道士在此打开了庙侧龛门，启墓扉、放鬼魂，让冥界幽魂无主阴灵来到阳间，分享餐宴，直至七月底"关鬼门"。这么说，我们如今是与无主孤魂野鬼一起在四处飘荡？无神论的我们不觉打了一个寒战。

俗话说"当兵望落雨，饿鬼望普度"。在基隆，鬼神的期望的确得以圆满。七月初一"鬼门"一开，老大公庙夜夜点灯，那各家各户门前高挂的灯笼都是夜夜明亮的普度公灯，它们要整整点够30天，彼岸的幽冥到此岸享祭的来往之路，那是亮堂堂的了。那么，在阳界游走的我们则是借光了。在我们长期的理念里，我们是否缺乏这种对彼岸阴界的关爱之心呢？是否缺乏对此岸彼岸、对生死阴阳两界的追问呢？一时，便觉出了基隆人的可爱和可敬了。你想，如此尊崇彼岸各方冥灵、慎终追远，如此祭祀祖先、推己及人，如此充满敬天法人的情怀，其意义似乎早已超越了宗教。

二

真正感化幽冥，也感动我的是中元节的当天。

那天，到台湾中部的花莲，夜色已晚，统帅大酒店的房间正在直播基隆人中元祭的高潮——七月十四放水灯游行和放水灯仪式。那真是热闹非凡的场景，岸上彩船彩舞，水面灯火辉煌。所有的水灯不仅争奇斗艳，还争先恐后，人们呼喊着，许多青年人甚至上了年纪的人下水推"灯"助澜，各姓氏家族角逐相当激烈，谁都希望自家本姓的水灯能拔得头筹。因为水灯漂流愈远，则愈表示崇高诚意，对幽魂能有更多感召，也能普度更多的孤魂野鬼，并得以庇佑施灯的人兴旺平安。

那是非常隆重的祭祀，吸引了世界各地的大量的游客。人们的虔敬达到了极致，既在感化幽冥也在感动自己。

可是，今夜谁能感动那个广西老乡曾老伯千疮百痍的心呢？

车子刚进花莲时，主人指着路边一个院子说："那是'荣民之家'，住着全是在台湾孤身一人的台湾老兵。"同伴中的曾先生低声叹道："我老家有个叔叔可能还在里面，如果他还活着。"于是，我听到一个难以释怀的故事。

曾老伯是广西武鸣人，当年是村里有本事的青年，1948年当兵前与青梅竹马的同村女孩结婚了，没料到这暮婚晨别，便是漫长凄苦的半个世纪的别离。曾老伯跟着蒋家部队一路血雨腥风一路魂牵梦萦到了台湾，然后，是谁也料不到的几十年始终不寐的思念，尽管音讯全无，他却深信他的爱妻与他心心相印，年年期待着回家与她团圆，这个梦想支撑了他五十余年。

也许，爱的确能创造一切，当世界还是一片死气沉沉的不毛之地时，是爱神厄洛斯"拉起了他的生命之箭，射穿了大地冷漠的胸膛""黄褐色的大地立刻覆盖上一片繁茂的青翠"。生命是男人和女人创造的，万物是爱创造的，有生命的世界就有爱。

新娘也深爱她的如意郎君，在那个时代，她咬着牙把屈辱一一往肚里吞，一等就是近20年，然而，再坚强的脊梁也难以负荷严酷的时代，况且，她的新郎生死不明，杳无音讯。在众乡亲的撮合下，她改嫁了。

世经之交，曾老伯终于与家乡联系上了，口口声声回来与他的新娘团圆，没有人敢把真相告诉他。

54年后的相逢已是尘满面、鬓如霜了，整整三个小时，两老相顾无言，执手相看，唯有泪千行。要开饭了，曾老伯兄弟让女方赶紧悄悄离开。落座时，曾老伯才发现这一切，悲愤交加的老人摔下筷子竟去追赶他的新娘，整整追了五里地，也没能追上他的新娘。

尽管残年兄弟相逢在，老伯更盼妻子在身旁。爱可以激发生机，同样也可以扼杀生机。曾老伯张了半个世纪的爱弦"砰"的一声断了，一生的期待在相见的瞬间，引发出令人惊叹的喜悦也带来令人沮丧的绝望。人的内心不可以没有期待，那是宗教，那是信仰。绝望中，他当即把自己带回来的一辈子的积蓄，也就是他原准备抚慰他的新娘并安享晚年的生活所依，全部送给了兄弟乡邻，并以最快的速度回到台湾海峡的彼岸，回到"荣民之家"的当晚就病倒了，并拒绝医治。

不久，在岸的这边，他的新娘也病重了。

花莲是石头之乡，它邻近的太鲁阁峡谷的大理石世界闻名。绚丽的石纹肌理分明，每一条纹路便是一次惊心动魄的板块运动。我不知道，在曾老伯和他的新娘千疮百痍的身心里，发生过多少次人生的板块运动；我还不知道，基隆中元祭的水灯是否有一盏属于曾老伯。

精美的石头真的会说话？

三

一夜无眠。

清晨五点多钟，我便冲到令我心里堵慌了一夜的"荣民之家"，我只想赶在八点半出发前看看曾老伯是否还在世，我还想看看那些大陆老兵，他们是否像传说那样过着艰苦的生活。

没料到，那是一个漂亮的大院，排排行行的榕树掩映着一个个红瓦白墙的小院落，老人们说那是他们的住所，大理石的门楣也有些气势。

围墙外正有三位老人在散步，征得他们同意，我们聊开了。徐老伯是上海人，陆、李二位是安徽芜湖人。徐老伯说他回过上海，只剩几个远亲了。他说"我们都是孤身一人，有钱就有亲戚，没钱就没有亲戚"，大部分回过家乡的人，都回到这里，而整个大院（"荣民之家"也叫"国民之家""荣军院"），有大半人没回过大陆，主要是家乡已没有亲人了。陆老伯、李老伯就没回去过。陆老伯说他有个妹妹以前在上海纱厂做工，他写了许多信，最终只得知她去了东北。他读过点书，他说："我们一直都在等死，谁理你？80岁了早该死了，死了也没人理。'人言落日是天涯'，我们望极天涯也不见家。"他说着宋诗呢，语气却冷漠。

当我问及曾老伯时，他们说虽然不认识曾老伯，但这类事在大院里太多太多，多半都是绝望而死。这个院子建了四十多年了，原来好几千人，都死得差不多了，如今只剩下七百多人，都是1949年从大陆过来的兵人，生活能吃饱，可是全部都是孤身一人，"没有想法呵"，也有极个别与当地人成家的。"他就是。"老人指着一位开着一部旧车过来的壮实老人说，他是安徽老兵，每天清晨他都会来陪他的老乡老战友们在大院门前的石凳上坐坐。安徽老兵说，他今早来晚了，因为昨晚中元祭到深夜，睡晚了。

　　难怪，我清晨打不着出租车，是酒店大堂副经理帮我叫的车。老人又说："大院的人不关心中元节。"

　　他们说，他们钱不多，偶尔也会结伴到以大陆地名命名的风味菜肴餐馆、茶室坐坐，吃吃"乡情"：汕头沙茶、上海卤味、四川抄手、广东老火汤、湖州粽子、北平豌豆黄……有时，只上一碟驴打滚，听听乡音，解一解长长的思乡之情。然而，回到大院，又是一夜一路的乡愁。清晨，如此刻，万物还在沉睡，他们又三三两两，或以老乡为由，或与战友为伴，走走看看，有话没话，或者一阵沉默。他们说，乡愁一直都是只犬，女人梦则是一匹狼，它们在他们一辈子的荒原里嗥叫，怎么也挣不脱，它们交替着时时逼逐而来，闯进日梦夜魇里狂吠长嗥。许多老人便挣不出嗥声，惶惶然追犬而去了，更多的老人还在此生凄苦无望中挣扎。他们说，他们无所谓生无所谓死了，生死都没有人可以相会，曾老伯有可能与他的新娘相会吗？他们说"活也不是，死也不是"。

　　他们没有彼岸。

　　正聊到苦处，从大门里又走出来一位穿格子睡衣裤的老人，他听到我的恳求："老伯，您好，我可以跟您说说话吗？"

　　"不可以。什么大陆，什么蒋介石，我都不要！蒋介石老是说马上就带我们打回去的，骗人！"他愤然而去。

　　几位老人说："难怪他了，十几岁就离开北平的家，一身弹痕，又一直没回过大陆，没有任何亲人了。老蒋一直说带我们马上回去，喊了几十年，等不到也成不了家，老蒋还比我们先死，他有人送终，我们只能当孤魂野鬼了!"

老人们心中的耿介和块垒绝非外人可以想象的。老人们可不管政治，他们只想回到生命的本真，回到人生的起点——故乡，回到人生的生命之源——爱情。这是他们人生的此岸，尔后，在故乡与爱人一同走完此岸，在彼岸圆满新的世界。然而，乡关何处？爱人何方？此岸没有人等待他们，彼岸他们也没有人等待。

"生死都是可怕的。"

"我们在等死！谁管你呢！!"

这些时代的孤儿。

我曾看过一条电视新闻，在加拿大，老兵们每年11月11日都集会游行，为了纪念那些失去的战友并为此而自豪，他们认为他们已经为这个社会做出贡献。政府官员一同与他们举行纪念仪式，他们穿着不同年代的旧军装，高唱军歌，老泪纵横，感慨万千，队列里有不少华裔老兵。

然而，在台湾海峡的彼岸，我认识的这群与我们骨肉相连的群体，却是一个被遗忘被忽视的群体。

我有说不出的感受，我想，一切战争狂想都是有罪的。战争的残酷，不仅仅表现为对平民生命的漠视，也表现为对军人生命的漠视。

四

在与台湾黎明文化公司座谈时，我读到他们出版的陈漱渝先生的文章《以贫穷人为师》，让我难以忘怀的是陈先生提到台湾的孙大川先生写文章引用了威廉·詹姆斯对工业革命后现代社会中财富与贫穷问题的有关论述，特别强调要"以贫穷人为师"，因为：

　　——在这个世界上，有谁比他们更有资格告诉我们"不正义"的痛苦？

　　——有谁比他们更具权威、更具说服力地说出"被排斥者"的疏离经验？

——有谁比他们更了解"知识""职业"以及"住屋"对人的重要性？

——有谁比他们更清楚"饥饿"与破碎的"家"对人性的摧残？

——有谁比他们更知道"尊严"与人间善意的价值？

——有谁比他们更渴望"自由"？

——有谁比他们更清楚"恐惧"的滋味？

请允许我把它摘录于此，献给这些台湾老兵。

五

农历七月十五，台北在举行盛大祭拜的普度仪式，我们从花莲飞抵台中，驱车前往埔里。

在穿越南投的旅程中，随着黄昏残阳的逼近，沿途一直不间断的私普（家庭中元普度）越来越多，渐渐变得家家户户都在门前祭拜了，我们就在两边焚烧的冥物、供品中穿行，它已不是基隆一个小城了，而是几个小时长长望不到边的祭拜，仿佛我们也成了被祭祀的孤魂野鬼。尽管一周以来大家已有所领教，但还是在渐深的夜色中被如此的情形震住了，有人一直想笑话沿途的槟榔西施来淡化此情此景。然而，大家还是感觉到阴气嗖嗖地往车上冲过来。

孔子说"敬鬼神而远之"。一时，车上，有任何同伴对鬼神有一丝失敬言行或有不吉利言论，都招致群起而攻之，敬畏和恐惧积攒了一周的日子随风从马路两边的香火顺着空调车紧闭的门窗接榫处，一丝一阵穿心而过。

一车静默。

"今天是鬼圩呢。"有人冷不丁说了一句。

我朝墨绿的云海间望去，他们说鬼圩又称"绿圩"，说鬼圩坐落在绿色的云海间，热闹非凡。圩上，众鬼云集，比富比穿比欢乐，由阳间子孙后代供给钱财，谁家供得多，送得早，其家鬼赶圩就更显荣耀，可提前参与欢乐。没有阳间供给鬼钱的"穷鬼"，遭受冷落，不敢靠近闹区。尽管基隆人在为普度更多的无主阴灵而努力，然而，鬼圩上还是有冷暖之分。看来，鬼狐世界也是人世的，同样充满卑俗势利。我突然明白了，为什么"荣民之家"的老人不关心中元节，为什么他们说没有彼岸了。

来自另外一个世界的意义对此世之人的作用更加严酷。我想，我们过去的世界实在缺失对此生来世的描述和追问了，此岸彼岸我们知道得太少，这才会导致我们此行一再产生恐惧。

其实，这些本来就是我们文明的一部分。

比如，就文学而言，神鬼世界、博物志怪的文学传统极为丰富，它神秘、奇妙、幽深、灵异，它们描摹人事，委曲生风；抒写鬼狐世界，虚实相映；极具想象力又富于象征主义。山鬼出没，触发屈原，写成骚赋；神仙幻化，启示李贺，吟成诗章。更不用说《庄子》《山海经》《搜神记》《世说新语》《博物志》《拾遗记》《酉阳杂俎》《幽冥录》，还有《聊斋志异》等等。这些书当是风雨敲窗时的最佳读物，正如此时此刻。当然，创作他们的先师并不知道什么主义、什么手法，他们就那样随性随意描述着、创作着，如此自由，如此自在，这不是文学，又能是什么？

｜作品点评｜

张燕玲不是"职业"的散文家，可她写得很有技术含量，注意张弛有度，像《此岸，彼岸》（《人民文学》2003年第11期，并入选多部年度优秀散文选本及2003年下半年"中国当代文学最新排行榜"）一篇，就是这种有法度的代表作。作者在这篇散文中，从台湾海峡对岸的基隆市的"中元祭"仪式写起，写到花莲的中元节，写到住着大陆去的老兵的"农民之家"，穿插其中一个老兵曾老伯的故事，最后写到文学。这篇文章所写到的此岸彼岸关系可分为三个层次：第一个层次为现实地理包括政治地理意义上的两岸关系；第二个层次是宗教意义上的，现实人间的此岸与未来死后的天堂或地狱彼岸；第三个层次是文学隐喻意义上的，即将语言文字符号视为此岸，而其意义则在彼岸。《此岸，彼岸》因此获得了丰富的内涵，它将现实层面和宗教层面结合进文学层面，使文章成了一个严密的整体，收放自如。

  ——张柱林：《散文的业余精神——读张燕玲散文有感》，《光明日报》2006年12月15日

草根四章（节选）

彭 匈

"君自故乡来，应知故乡事。"每遇家乡来人，我几乎都要向他们打听，下面这几位人物安在否。也怪，这些人大字不识一个，连升斗小民都够不上，充其量也只是几茎草根，却老是让我萦怀，什么原因，我也说不清楚。

一

头一位是住在罗汉街尾小南门附近的伍瞎子。伍瞎子是个大忙人，打从我懂事

作者简介

彭匈（1946—），原名彭石生。祖籍江西吉安，出生于广西平乐。1969年毕业于广西师范学院（今广西师范大学）中文系。1970年参加工作，历任广西恭城县文化局创作组组长、恭城县委宣传部部长、漓江出版社社长、广西人民出版社总编辑、广西新闻出版局图书处处长、广西出版总社出版部主任。2006年退休。中国作家协会会员。广西散文创作与研究会副会长。出版有小说集《新庙祝传奇》，散文集《向往和谐》《云卷云舒》《会心一笑》《极品男人》《一事能狂》《我的另类先人》《丛林栖居》等。其中《向往和谐》获第四届广西文艺创作铜鼓奖。多篇作品入选《2000中国年度最佳散文》《2003年中国散文精选》《2004中国年度散文》《2005中国年度随笔》等不同版本的"中国年度散文"选本。

作品信息

原载《红豆》2004年第2期。收入《彭匈随笔·会心一笑》（广西人民出版社2005年版），入选《2004年中国散文精选》（长江文艺出版社2005年版）。

起就见他一天到晚忙不清楚，手上的活路大致有这么几样，一是算命，二是收惊，三是唱令令落。伍瞎子算命不太准，这是大人们对他的总体评价。准不准我们自然无从知道，只是经常看见有人在街边同他论理，还有人说他完全是"扯卵谈"。伍瞎子似乎很懂得自己的弱势地位，从不跟人争辩，连脏话都不曾听他说过，最激烈时也只是一句"信不信由各人自己"。最后无论算得准与不准，他的顾客都会把钱照付了。

找他收惊的比找他算命的人多。所谓收惊，就是哪家的小娃儿受了惊吓，或烦躁，或呆滞，或哭梦，或痉挛，大人便会将伍瞎子请到家里，给娃儿收惊。我，我弟，我妹，他都帮收过惊。那次我属重症，不仅哭梦，而且还跑到隔壁谢老板家乱骂了一通，害得谢老板把小儿子木保揍了一顿，木保大声喊冤，说他这两天根本就没有惹过我，而第二天我对昨晚发生的一切全无印象——显然是需要收惊了。我母亲将伍瞎子引进我的卧室，只见他燃上香烛，念念有词，又不断用手抚摸我的头，轻拍我的背。这使得我有了近距离观察他的机会。伍瞎子人很高大，这在南方是很少有的，而且白皮细肉，这在男人中也是很少见的。五官也长得周正，下巴上有一撮山羊胡子，本来我讨厌长胡子的人，但他的胡子黑、亮、柔和，不像别的胡子公那样邋遢。两只看不见瞳仁的眼球不停地翻上翻下，这倒没有使我感到有什么可怕，不像正北街那个单斗（独眼龙），看人的眼神很凶。伍瞎子的手抚摸我的脑门的时候，我感到很柔软且温暖，还有一股说不出的好闻的气味，他嘟哝的要懂不懂的话也很和蔼可亲，摸着听着，我舒了一口长气，便很有些安然了。临走前他又对我母亲交代了一些话，大约是注意事项之类，还留下一包草药（我认得里面有柏枝），塞在了我的枕头底下。不知是伍瞎子弄的哪个环节起了作用，当天晚上，我就不嘈了。伍瞎子收一次惊大约半个钟头左右，做完工收了钱（收费极低廉）他便起身告辞。每次我母亲请他再喝一杯茶多坐一会儿，他总是作一个揖，说半边街、下关街还有人家在等着他。那年月的小孩子似乎很容易受惊，请伍瞎子收惊得预约。

到了晚上，伍瞎子便有集体活动。一支很奇特的队伍，天擦黑便出门，上关街下关街来回走。远远地就知道他们要来了——"嘁——喳——嘁——喳"——他们中的一个人手里拿着一把巴掌大的铜算盘，很有节奏地摇着。领头的是一个身高不足一米的驼子，因为矮小佝偻，平日她在街上出现的时候就像一个泥巴捏的公仔。没有人知道她姓什么，大家一律叫她驼子妹。驼子妹是这支队伍中唯一的"光子"（瞎子们对有视力的人的一种尊称），也就是说，她的两只眼睛供整队人马"合用"。他们清一色的黑衣服，一个牵着一个的后襟，在昏弱的灯光下，呈一排高矮悬殊的剪影。看见这支队伍远远地飘来，我每每有一种身临童话中幽灵世界的感觉。以至后来无须看见人，只听得"喊——喳——喊——喳"的算盘声，就会缩着肩膀直打寒战。直到有人请他们唱上一段时，空气才会暖和过来。

令令落这种民间说唱，与渔鼓、文场同属南方曲艺，长江以北的地区叫唱道情。主角仍然是伍瞎子，其余伴唱的人，只要恰到好处地反复唱那几句衬词就行了。排就一个简单的阵势，伍瞎子便开了腔："天下英雄——三国众喔啊！"驼子妹和那几个女瞎子便同声附和："令子令落令。"伍瞎子："刘备关公（嘛）赵子龙！"众人："令令落——长板落。"伍瞎子："孔明先生算八卦喔啊！"众人："令子令落令。"伍瞎子："曹操马背上哭抓抓！"众人："令令落——长板落。"我估计那唱词全是他自己创作的，词藻上不太讲究，韵脚倒是押得稳。就这样一路唱去，只要听客不喊停，可以一直唱到鸡叫。应该说，伍瞎子的演唱风格介乎于今天的民族唱法和通俗唱法之间，吐字清楚，余韵悠扬。人们除了享耳福之外，多少也还有一些看头的，伍瞎子左手揽着一个渔鼓，有点像妇人抱嫩仔，姿势优美谈不上，但也不难看。拍打出的声音虽然听来听去只是"嘡、嘭、价、嘡、嘭"，但他轻重徐疾掌握得好，颇有一番韵味。身后那一圈伴唱的，自然不会像当今流行歌曲伴舞的那样狂扭腰肢，但手中也各有家伙，或以筷条敲碟子，或拎酒杯叩节拍，用短棒击竹梆，高低错落，清越爽亮，让人领受到一种十足的荡气回肠。

身高一米八的伍瞎子与驼子妹是一对恩爱夫妻。他们一共生了三个儿子，竟是个个身材匀称，白净体面，视力正常。通街的人都说伍瞎子修了阴功，我却想起一句西谚：上帝是公平的。

早两年乡人说伍瞎子还在。他老人家该有九十多了吧。

二

镇上有个土工埋葬队，简称"土工队"。我们则开玩笑管他们叫"武工队"。每当此时，大人们便摇头叹气，说人家讨生活不易，倘若没有他们，家里死了人，谁同你抬上山呢？

土工队里一个头面人物，大号黄埔田，住在正西街，人生得青皮寡脸，冷郁阴沉，与其说他不苟言笑，还不如说他根本就不会笑——反正我们从来没见他笑过。他缺了半只耳朵，这就更添了几分肃杀。关于这半只耳朵，街坊上一个说法是与他的名号有关，镇子解放的时候，四乡里苦大仇深的贫雇农冲到街上，"向黄埔田讨还血债"的口号喊得震天价响，那天他正好在街上闲走，只听得身后有人说"这个就是黄埔田"，他还来不及出声，解剜尖刀便架到了耳朵上，待弄清楚是个误会时，早不见了半只耳朵。没有人向他道歉，谁让你叫黄埔田呢——镇上的头号地主恶霸才叫做黄埔田呀！至于他是否真的是姓黄名埔田，还是街坊四邻见他穷得叮当响，便恶作剧将他戏称为黄埔田，这就无从核对了。

一天福没享过，倒替人挨了一刀，这霉倒的也够大了——真正的黄埔田早得了风声，逃到海外去了。他也不打算向谁讨个公道要个说法，每日里仍旧穿着那件带着汗渍的青灰色唐装在街上游走。我们都晓得的，倘若他那唐装扣了扣子，步履又十分清闲的话，街上多半没有哪家有人归天；哪天他的唐装不扣扣子，时时扯起衣襟扇凉抹汗，脚下又习习生出风来时，八九不离十便是有人要办白喜事了。

黄埔田粗活也干，那是象征性的。比如挖坟坑，行话叫作"挖井"，第一锄都是由他动手，接下来他便退到二线以外。至于这井怎样才挖得周正，怎样才符合规格，众人得听他的。土工队最吃紧的活当然要数抬棺材，假如风水先生给那归天的主儿选定的宝地又高又远的话，那就有得他们好看。通常的棺材是八抬，格局跟八抬大轿相似，但棺木本身比轿子重，又不知一种说法对还是不对——死佬要比活人重得多的。故而相比轿夫，土工队的人龇牙咧嘴的日子居多。黄埔田抬棺材就更具有象征意义，他腰间系一条麻绳，麻绳上绑两根比筷子略粗的短棒，就算意思到了。

众人是不是有意见呢？看来没有。因为任何部门都有白领和蓝领的分别，黄埔田他属于白领。他跑前跑后指挥着一支队伍，什么时候起杠，什么时候喊歇，全由他。本来，他绑上一根短棒就已经对得住大家了，何况还绑了两根！

黄埔田派工比较富于人情味，他安排走在最前面的是一个哑子。这哑子不仅身坯细小，而且长着一口龅牙齿，平日很难找到合适的事情做。哑子的任务是挎一只竹篮，捏一支燃香，竹篮里面装满钱纸和小封炮仗，负责一路上弄出些小响动来。抬杠子的自然是些牛高马大的角色，但高矮的搭配也很要紧，若搭配不当，高的压死，矮的悬空，走不成路的。跟在棺材后面的是鼓乐班。鼓乐班的规模得看雇主的经济条件而定，有钱大户，八音齐奏；贫穷人家，一把鼓手，一面文锣也就对付了。更加贫寒的，完全免了音响，一副火板（薄板钉成），四人一抬，草草就掩埋了。每逢这样人家，黄埔田只要求管一餐粗茶淡饭，连工钱都不收的。对于大户人家，黄埔田也不跟他们讲客气。只这一条，黄埔田在街坊四邻便得了口碑。

黄埔田只管到鼓乐班这一段。后面举挽联的，捧灵牌的，拄哭丧棒的，都不关他事。对于身后这长长的队伍，他也不是全然不理，有时也冷冷地看他们几眼。靠前的是死者的儿子媳妇之辈，对死者的哀悼，这固然是人之常情，但也不排除一些平日对前辈不孝不敬，甚至长期虐待老人的可恶之人，恰恰是这些家伙，鼻涕眼泪一包糟，哭得比谁都要响亮。到得墓地，还有一场表演，几个妇人，轮番跳进坑里，呼天抢地，就地打滚，一般来说，喊得最凄厉、滚得最惨烈的，多半也是那些不肖之人，有的甚至还赖在坑里，假如不是后生们使出吃奶力气去拖去扯，她还大有与老人同归于尽的气派。每当此时，黄埔田那脸色就更加阴沉。"生时不供喉，死了才供脚趾头"，这种现象，他见得太多。

黄埔田的目光也有迷惘的时候。近年来，人们烧的陪葬品越来越叫人看不懂，除了外币，还有汽车、洋房、家用电器，还有三陪小姐。死去的老者，一世清廉，配送了这些乌七八糟的东西，岂不坏了他的操守？

黄埔田人比较单瘦，脖子有点偏，走起路来给人感觉身子总歪过一边。小时候见他就是这个样子，早两年见他还是那般模样。黄埔田一辈子都没笑过，包括前不久人们听说他女儿嫁了一个老外，起哄说他要跟洋女婿出国，住洋楼，坐洋车，吃洋饭，荣华富贵受用不尽，无论众人怎么逗，他都没笑。

三

我至今不大愿意接受按摩，原因倒不是自我清高，怀疑别人以按摩的名义从事那份"人类最古老的职业"；也不是自己看过不少关于按摩的书，如《黄帝内经·血气形志篇》《厘正按摩要术》《推拿广义》等，纸上谈兵地懂得几十种按摩手法，如：摸、接、端、提、按、摩、推、拿、抖、搓、捻、缠、揉、滚、拨、振、抹、擦、扯、弹、叩、拍、伸、屈、摇、踩等等而对现实中的按摩技术不屑一顾。真正的原因只有一个，我的家乡小镇上那位身怀绝技的按摩师傅留给我的印象太深。至今要想寻出那种韵味，恐怕难了。

按摩师傅家住东泉街，其人头小如拳，身瘦似虾，诨名"猴子仔"。

观看猴子仔作业，是件十分有趣的事。百十斤重一个人，在他手中，如同面团，任他摆布。先是搓，由上而下，搓得皮肉泛红，伴随着搓的动作，客人身上的垢泥成索状一条一条滚落，很是痛快！接下来是按，先用指按。两只大拇指从印堂下手，憋足了劲向额际抹去，似要将藏在天庭里的秽物统统赶到太阳穴，然后加以聚歼。手劲之大，让人担心太阳穴会不会爆开。奇怪的是，客人竟毫无痛感，一脸受用的样子。待按到身上时，换了手法，忽儿单掌平按，忽儿双掌叠按，忽儿侧掌挪刮，忽儿竖掌逆推，忽儿握拳滚动，忽儿屈肘摇旋。随着客人呼吸起落，手法轻重有致，悠悠然韵味十足。最有看头的是拍打，尤其是在打一个胖子，声音爽脆，皮肉颤动，非常过瘾。他将胖子视为一个四面体，打时面面俱到。拍打又有许多讲究，一是依照顺序，先左后右，由上而下，只可顺打，不可逆拍。二是掌握力度，轻拍、中拍、重拍。轻拍只抖动手腕，多施于肉薄之处和重要器官外面；重拍则挥动大臂，专拣肉多处扇去。一个愿打，一个愿挨，打者狠狠，受者哼哼，相映成趣。三是注意节奏，多采用"七星拍子"，打起来如念七言绝句，"平平仄仄平平仄，仄仄平平仄仄平"。有时也用"一四拍子"，"劈——叭叭叭叭，劈——叭叭叭叭"。最叫人不可思议的是替胖子翻身，猴子仔竟举重若轻，轻轻一掀，胖子便翻了一面，于是响声又起。

除一般的按摩术外，他还有两道绝活。一是"拿懒筋"。伸出他那鸡爪般的小手，在你的脊梁骨两边摸捏片刻，便百发百中地拿住一条叫作"懒筋"的东西，如同弹大提琴一般往外一提，"噔"的一声（只有你本人听得见），什么叫作筋酥骨软，什么叫作通体舒泰，你就慢慢去体会吧。他的另一手绝活是"蚂蚁子上树"，用指尖在你背上游走。那指尖功夫，神出鬼没，臻于化境。你会感觉到背上的蚂蚁，一会儿是三只，一会儿是五只，一会儿是一大群，有时是一只大蚂蚁在横冲直闯，有时又是两只小蚂蚁交头接耳，走走停停。十几分钟下来，周身经络通畅，腾云驾雾一般。

研究表明，45分钟的按摩，能达到9至11个小时熟睡的效果，真是功德无量。

猴子仔的这套绝活是得了高人传授的。当初高人问他，有两样绝活，一是按摩，二是化水，你学哪样？所谓化水，就是人若被骨刺卡喉，可取凉水一碗念念有词，饮下立解。猴子仔考虑再三，选择了按摩。应该说，他的选择是明智的。化水得钱虽多，但机会太少。即便学会，也是"屠龙绝技"。

即便是按摩，平日里他的生意也淡，尤其是白天，故而猴子仔还要打些零工方能糊口。常见的是在戏园门口削马蹄。猴子仔削马蹄也是一绝，刀法跟他的按摩技巧可以比美，削出的马蹄个个白净饱满，极有看相。十个一串，摆上条盘，顶在头上，在戏园里叫卖："来嘞，消渣马蹄！"不过后来有人乱说，说猴子仔削马蹄时可以手拿双刀，将那马蹄望空一抛，双刀接住，密密旋动，马蹄皮便层层飞出，最后双刀一剔，一颗雪白的马蹄便流星一般飚向天空，猴子仔伸出尖刀，轻轻一戳，稳稳接住。这哪里是削马蹄，完全是周星驰的电影特技。猴子仔若有这身绝活，还用得着在街上苦吃苦做么？

猴子仔也干重体力活，比如帮供销社晒萝卜榄、晒柿饼之类。供销社也乐意请他，一来是个廉价劳动力，二来他的个头合适，可与一个高子组合——供销社的晒台很高，从仓库到晒台，要上很长一段码头，于是将东西往上抬的时候，他走前，高子走后；往下抬时，他走后，高子走前。旁人看时，那简直就是一对绝配！只是有人曾看见他凡是走在后面时，就偷吃东西，抬什么吃什么，且嘴巴动得很密。供销社的人也睁一只眼闭一只眼，只要不往口袋里揣，他一个猴子仔能吃得了多少？

猴子仔对生活要求很低，一天只要弄到两三毛钱，盐菜送白粥，就可以度日了。

想不到猴子仔身上也传出了"桃色新闻"，而且是两桩。一桩是说他应约给某桂剧名伶按摩，按到大腿根部时，猴子仔两眼发直，脸上出现公狗走草时的表情，被那名伶顺手一记耳光打醒过来。第二桩是说有一天黄昏，他在后山菜地里挑水浇园，遇到另外一个女子也在淋菜，见四下里无人，他便起了歹意，把那女子按倒在地，女子剧烈反抗，两人相持良久，猴子仔终因体力不支，无法腾出手来做进一步的动作而作罢。对于第一桩，我表示基本相信，猴子仔也是人呀；而第二桩，我则表示怀疑，那似乎不太符合他的性格。

早两年我回乡，在大街上碰见了猴子仔，几十年了，他还是那样的小巧羸弱。我问他还做按摩吗，他说还做。做一个全套多少钱？他说昨天有个台湾老板给了他7块钱，说时脸上颇有得色。我说明天你到我家来，我给你15块。他问明了我家的地址，高高兴兴走了。第二天我就一直在家等他，但始终没见他来。猴子仔老了。

在美国，按摩15分钟，收费21美元。猴子仔亏大了。

据说他有一个很雅气的名字——吴兰友——可惜从来没有人叫过。

| 文学史评论 |

彭匈集小说家、编辑家、学者、散文随笔作家于一身。如果说作家周涛是"站在诗的肩膀上"的随笔家，那么彭匈就是"站在小说肩膀上"的随笔家。他具有小说家的丰富想象，编辑家的慧眼胆识，学者的渊博深厚、随笔作家的幽默潇洒。彭匈的随笔，视野开阔，题材广泛，既有洞明世事的"世相杂说"，又有隽永动情的

"城东旧事"；既有编辑里手的三句"不离本行"，与文坛宿将新秀（如汪曾祺、贾平凹等）的心仪神交，又有品味生活的"自我感觉"；既有享用名茶美食的"即席谈经"，又有蕴含深厚、令人警醒的"说古道今"。彭匈的随笔，随意随和，富有张力，激浊扬清，风流倜傥且幽默风趣，情味盎然。

——徐治平：《中国当代散文史》，中国文联出版社，2001，第225—226页

彭匈散文内容庞杂，题材十分广泛，取材生活，涉笔成趣，无事无意不可以入散文。以平和的文字导向富有实感与质感的生活原生态，"心有所思，情有所感，而后有所撰作"（叶圣陶语）。生活本色，妙手偶得，这是彭匈散文的价值与特色所在。

——徐治平主编《广西散文百年（上）》，民族出版社，2004，第256—257页

他的随笔，题材广泛，知识丰富，于谈古论今之中，道出独到的见解，且纵笔幽默，文字优美，随心所欲，游刃有余，显出了阅历丰富，视野开阔，学富五车，谈吐儒雅的气质和功力，因而，读他的散文，常常获得许多新鲜的知识和丰富的联想，获得一种深山寻宝，满载而归的喜悦和享受。

——李建平等：《广西文学50年》，漓江出版社，2005，第396页

彭匈的散文题材广泛，而且率真、幽默，有丰富的知识性。

——刘铁群：《广西现当代散文》，广西师范大学出版社，2012，第163页

| 创作评论 |

总的来说，彭匈的散文随笔是基于"有益于世道人心，追求一种大而化"的宗旨出发创作的。既然大而化，便杂而博，题材广泛，从世俗百相，到文化心态，无所不谈，似乎不着边际，又确实言之有物，兼有文采，将一些枯燥的题目写出味道来。

——龚长栋：《追求一份静穆与祥和——彭匈散文随笔论》，《南方文坛》
1996年第2期

我读了他的文稿，突出的印象有二：一、他的文章没有造作，一任率真，质朴可爱，但貌似朴素之中充满灵动。为什么能做到这一点，大概他并不以作家的身份入文，也不以文为文，他是无为而有所为的。二、他是一位饱学之人，世事又洞明，写来就极从容，能深入浅出，举重若轻。这两点，保证了他散文的质量，也是给了专门写作人如我的重要启示。

——贾平凹：《向往和谐·序》，载彭匈著《向往和谐》，华夏出版社，1997，第6页

彭匈致力于散文随笔的文体创新，构建自己的文体风格。他的随笔构思新颖、笔墨洒脱，具有变化多姿的艺术美质，表现出丰富的人生内涵。

——张淑云：《英雄本色与知性人生——评彭匈随笔集〈极品男人〉》，《文艺报》2007年2月15日

俄语王（外一篇）

彭 匈

"俄语王"姓黄。我们的本意是叫他"俄语黄"的，无奈家乡口音王黄不分。黄老师俄语教得极棒，"俄语王"即便作为一项桂冠，戴在他的头上，也合适得很。

俄语王是北方人，毕业于北京外语学院。他不但俄语讲得顶呱呱，普通话也讲得顶呱呱。光凭这一条，就先把我们这些南方学生镇住了，何况他说话时声音洪亮，激情饱满。不过他笑起来的时候倒是有点怪，笑得很用劲，却没有声音。他是在说过一件有趣的事之后，便突然张大了嘴巴，将一股很强的气流从他那巨大的喉咙里喷射出来，之所以没有"哈哈哈"，是因为气流没有冲动声带的缘故，有点类似哮喘病人在"嘿——"地扯气。在我读过的俄罗斯名著中，也有一些人物是采取这种笑法的。不知道俄语王是不是受了这方面的影响。

尽管他在课堂上也时不时"嘿——"地来上一下，但我们仍然很怕他，有时甚至到了畏之如虎的地步。每天的俄语课，他都要提问，提问时他不点你的名字，而

作品信息

此文写于2001年，先收入《云卷云舒——彭匈随笔》(广西民族出版社2002年版)和《广西当代作家丛书·彭匈卷》(漓江出版社2002年版)，后发表于《红豆》2004年第6期。《新世纪文学选刊》2004年第12期转载。

是用俄语念你的座位号，俄语念数字远远没有汉语那么爽快，比如"第36号"，俄语念起来是"特里哪察七些斯多衣"，在神经高度紧张的情况下，是很容易"听错"的。而且他在念36号的时候，眼睛并不盯住36号，而是盯住别的同学。假如他重复三次，36号同学还不站起来的话，马上就要被记一个0分。而如果不是36号同学，而是别的号码的同学（经常是被他盯住的那一位）站起来的话，也要被记一个0分。几乎每节课都会有人被记0分。那时是采取5级记分法，挨了一个0分，那是很惨的事，需要挣回许多个5分才能补平。站起来之后，第二步是回答问题，倘若你在10秒钟之内不能开口，他就会毫不留情地催你："贝斯特烈延（快点）！"倘若你回答问题没把握，想用小声咕噜来混过去，他又会紧盯住你来上一句"贡隆切（大声点）！"总而言之让你无处可逃。俄语王的另一个"毒招"也很让我们恐惧。每天晚上的俄语自习，我们有时做完了俄语作业，就会把余下的时间用来做数学作业或者看别的书。每当这时，他就会像一个克格勃，从教室后门进入，不声不响地踱到你的身后。被他逮住的人好像没有哪个不哭的。因为他的惩罚手段太狠——当众宣布，某某同学，请拿笔出来记录，第一单元的1、2、3、4题，第二单元的6、7、8、9题，第三单元的……题量之大，你就是熬两个通宵也做不完。杀一儆百的效果是显著的。此后我们在俄语自习时间里就是做完了俄语作业，看腻了俄语书，也不敢染指别的科目。俄语王还曾经在课堂上痛斥过一位同学，并使用了"厚颜无耻"这个词。这位同学平时爱要小聪明，学俄语也想走捷径，他把俄语通通用汉语来注音，比如："玉米长得大"注成"姑姑鲁杀，巴黎杀鸭"；"玉米长得高"注成"姑姑鲁杀，杀了大鸭"。当他把《共青团员之歌》中的歌词"我们再见吧亲爱的妈妈，请你吻别你的儿子吧"注成"打死勿打你呀妈妈捏戛溜，大疤拉瞎眼打泼了一桶粥"的时候，被俄语王逮住了。我们都认为训得好，因为这种捷径走下去，这位同学只能成为一个光会说话而不识字的文盲。

俄语的语法很复杂，性、数、格，弄得人常常头脑发昏。为了提高我们的俄语水平，俄语王为我们几乎每一个人都介绍了一位苏联朋友。我的朋友是一位列宁格勒的女学生，叫依娜。从照片上看，她挺可爱，脸上似乎还有一点雀斑。我们之间的俄语通信一直保持到中苏关系全面交恶。除了写信，我们还互赠礼物。我给她寄过桂林山水的明信片；依娜送给我的一本反映苏联人造卫星的小画册，我一直保留至今。通过这种活动，我的俄语水平提高很快。

尽管俄语王的课上得很好，但我仍然觉得他还是投错了行。假如他去演话剧，很可能会成为一个大师级的演员。他给我们上《刘胡兰》这一课，用俄语朗诵一遍，不知为什么，朗诵到刘胡兰与敌军官的对话时，竟把我们全班同学吓得伏在课桌上，没有一个敢抬头看他，甚至大气都不敢出。"你是刘胡兰吗？""是的，我是刘胡兰！""你是共产党员吗？""是的，我是共产党员！""村里还有谁是共产党员？""不知道！""再不说，我就杀了你！"……敌人的杀气腾腾与刘胡兰的英勇刚毅，用俄语来表现，那真是淋漓尽致。朗诵完毕，我们抬起头来，仍瞪着一双双惊恐的眼睛，半晌回不过神来。过了一会儿，他把我和另一个女同学叫起来，让我扮演敌军官，女同学扮演刘胡兰，于是我和那位女同学便仿照他刚才那种语调演习起来，谁知，我们的大喊大叫引起的却是一场哄堂大笑。俄语王也张大了嘴巴，"嘿"了半天也合不拢口。他说，"达瓦里西彭（彭同学），你很像一个美国佬在说俄语！"

俄语王的歌唱得很好，美声唱法。登台的时候穿一身藏青色呢中山装，一只手优雅地搁在钢琴盖上，风度好极了。那年月不兴穿西装，倘若他穿西装，一定气派得不得了。拿手的歌曲是《延安颂》和《太行山上》。让人充分领略他的演艺才华的是后来学校排演大型歌剧《白毛女》，他出演恶霸地主黄世仁。叫人没有料到的是，他除了把黄世仁的凶残暴戾演得入木三分之外，还把这个老地主的淫荡好色演得活灵活现。演喜儿的是教我们体育的周老师，她的身材十分健美，自由体操做得尤其好。俄语王看她的时候，那色眯眯的目光，着实叫人要为喜儿捏一把汗。演到他把喜儿抢到手，准备着做新郎，摇晃着身子唱的那段"八月（那个）十五，桂花香；张灯（那个）结彩，全家忙"时，脸上得意加无耻。有人说恨不得当场就想上台去揍他一家伙。全剧演到最后，出现一个败笔：黄世仁恶贯满盈，在被"拉出去"之前，贫下中农要开他的斗争会，无论按道理还是按剧情要求，黄世仁都得下跪。扮演狗腿子穆仁智的蒋老师扑通一声就跪下去了，可俄语王他不肯跪。导演是教物理的谢老师，用了整整半天给他"说戏"，就是说不通。最后只好搬来校长，校长指出：在舞台上，你就不再是一名光荣的人民教师，而是一个罪恶滔天的阶级敌人，你打死了杨白劳，强奸了杨小喜，你罪大恶极，必须向革命人民下跪。可是，无论是谁，无论说什么样的道理，俄语王他就是不跪。他抱着一个死心眼：膝盖代表我本人的尊严，任何情况下都不能跪。在这个问题上，他始终不能"入戏"。最后精明干练的谢导也只好摇头，改为让他蹲在地上，双手抱头，在革命群众的批斗下直打哆嗦。这个俄语王，真倔呀！

高考填报志愿时，俄语王一直做我的工作，希望我把外语院校或者大学的外语系填报第一志愿。我当时很是犹豫，我对他说，报外语系我没有足够的把握。他一直给我打气，除了"包你能考上"这句话没说外，什么话都说到了。最终我也填了外语系，只是把它放在第三志愿。后来在考场上打开外语试卷，我便后悔没有听取俄语王的劝告，外语试卷上的题目对于我来说，简直如同吃豆腐那么容易！当然，与其说是试题太浅，不如说俄语王平日教得太好。第二天我考完俄语口试与听力，俄语王又告诉我，主考的老师对他夸奖我的口语很棒，说罢便再一次对我没把外语系放在第一志愿表示深深的惋惜。

上大学后不久，"文化大革命"就开始了。先是传来俄语王是"苏修特务"的消息，主要证据有两条，一是他一直订阅《真理报》并一直与苏联人有联系，第二则是他不知教唆了多少学生与苏联学生通信，培养修正主义苗子。不久又传来一些老师遭凌辱折磨而死的消息。再过一阵便传来了俄语王的死讯。他是自杀身亡的。他的膝盖没有向任何人下跪过。

想不到三十年后我有幸到俄罗斯参加书展，还到了魂牵梦萦的圣彼得堡（当时的列宁格勒）。当年的依娜已经无从找到，我却在展厅里看到了一大群中学生。许多学生还到我们的展台来参观咨询。我觉得每一个女孩子妩媚动人的脸上，都有依娜可爱的影子。离开圣彼得堡的前夜，正是中秋节，在晚宴上我用俄语唱了一首《三套车》。在场的人都说我唱得很动情。是的，我是想起了教授我俄语并介绍我与依娜交上朋友的俄语王，他是我一生中最值得我尊敬的老师。

故乡小镇的一段移民史

彭 匈

　　我的出生地，一个依山傍水的小镇。山很一般，水却有些名气——漓江、茶江、荔江三条江水在这里骤然汇合。陆路交通未曾发达的年代，货物的集散，主要靠的是船。这里溯流而上是桂林，顺流而下是梧州。全是大地方。船到时，不是一只两只，而是一批又一批。每当红帆落定，岸边便响起"码头夫"的号子，大街上，行商坐贾，进货出货，也是一阵子紧忙，吆喝声算盘声响成一片。

　　镇上的居民，来头都很远，以广东、湖南、江西、福建四省的人为主，故而口音很乱。在街上，大家讲的本地话里带有很重的外地口音，一听就知道他是从哪方来的。回到家里关起门，更是叽里咕噜讲自己的家乡话。广东人讲话，尽管久不时夹句把"丢那马"，但总的来说还比较斯文。湖南人嗓门大，又喜欢远远地大呼小叫，显得很嘈，故而有"宁可听广东人吵架，不愿听湖南人讲话"的说法。我家是江西人，祖父从吉安来到这里，在下关街做纸品生意。江西人节俭，靠精打细算发家，加上江西话说"吃"为"呷"，故而当地人根据这些特点，便总结出两句话：一句是"江西老表呷大肠"，意思是江西人挣了钱舍不得吃，尽买些猪下水，花少量的钱便可得一大篮；第二句就完全没有道理了："江西老表开药材，卖不完，自己呷。"据我观察，江西人的节俭，主要是针对自家人的，在饮食穿着上能省则省，几近刻薄，而对于外头人，尤其是对顾客，出手还是大方的。否则，生意怎能做得红火？江西人做生意的胃口很大，开百货店，开"苏杭铺"（经营布匹绸缎），开药材铺，开染坊，开纸品店。

广东人比较精，办贸易货栈，做转手生意，本地称他们为"水客"。经常见水客们一天到晚在茶楼酒肆里吃东西，显得很会受用的样子。我们家有一阵寄宿过一位广东水客，姓高，我们称他高先生，称他夫人为高太。高太是个高大的女人，比高先生高出一个头。他们的独生儿子叫高佩罗，名字和举止都很优雅，我们则把他叫作"箩筐"，并经常打哭他。高太很会做菜，无论是豆豉蒸排骨还是油炸虾球，都能使我们不停地咽口水。他们吃得少而精，我们讥之为"猫仔食"。当然，也不是所有的广东人日子都过得很潇洒，辛辛苦苦只赚得些蝇头小利的也不乏其人。有一个圆头圆脑的广东人，胸前挂着个大大的玻璃镜盒，满街推销"菠萝面包"，每天只卖两轮，那时消费水平低，吃得起"菠萝面包"的人不多。还有一位走街串巷叫卖"上海钢针"的，一天到晚都没见他停过脚。这位精瘦的广东佬手上有一件奇巧的道具，五块铁片串在一起，手腕一抖，便发出"玎玲玲玲"一串脆响。这个道具在北方叫作"惊闺"，女人们听见，就会从闺房里走出来买他的"上海钢针"。广东人也有做技术活的，半边街就有一家机械铺，有一台手摇机床，车一个陀螺要摇出一身汗。

相比之下，湖南人比较辛苦，多半做码头夫，也有做毛笔，做雨伞，做裁缝的，故而当地又总结出一句话："广东猪，湖南牛，江西老表癞子头。"这话虽不中听，说的却大抵也是事实。搞不懂是什么原因，老辈江西人癞子头确是不少。癞子不知医学名称叫什么，只是样子不太好看，头上一小圈一小圈，有点像庄稼地遭了虫灾的那种情形。到了我们这一代，头上也长过一些"鸡屎堆"，奇痒，若一直抠下去，恐怕迟早也要成为癞子的，后来卫生条件改善了，才没有恶化下去。也莫怪别人老是调侃江西人，江西老表里面，也很出了几个怪人的。一个是上关街的曹道记，他老人家有个怪癖，喜欢打喷嚏。喷嚏这玩意儿不是想打随便就能打的，于是他只要一闲下来就自己"制造"喷嚏——用草须来旋鼻孔，火候到时，就"乒乒乓乓"乱打一气，有时竟能连打一二十个。于是便又有"曹道记打喷嚏通街人没得睡，保和堂的中药卖得贵，刘原记的棺材没得人睡"的说法。后面两句说的好像也是江西人，保和堂的中药尽管贵，但质量高；刘原记的棺材，在用料上无可挑剔，只是"短小精干"了些。

外地人当中，讲话最难懂的是福建人，不要说大体意思，有时听了半天，连一句都听不懂。我们只知道他们叫"阿嫁"不是叫阿姐而是叫娘。福建人跟镇上的交流也比较少，他们总是默默地做他们的事。

比较张扬的是广东人。应该说，对于小镇的文化，广东人有两大贡献。一是粤菜和各种广东小吃。平心而论，湖南菜咸、辣，是居家过日子的饭菜。江西人的饮食，前面已经说过，不值一提。唯一称得上享受的是广东人的膳食。苏芳记的绿豆沙、芝麻糊、叉烧包、裹蒸粽，出笼时一条街都香透。广东人的第二大贡献是一个娱乐项目：醒狮队。本地只有一种"木头狮子"，从形象到舞法到锣鼓点，都土俗单调，跳来跳去就那两下，完全不能与醒狮相提并论。本地人极善于给外来的东西安一个土名字，如曼陀罗花本地人叫"闷头花"，兰花根本地人叫"猫屎糖"，摩托车本地人叫"啵啵车"，于是醒狮就叫作"大头狗"，既生动又形象。遇上大头狗"抢青"，就等于有半天精彩节目看。那"青"从楼上的窗户伸出来，吊着一片青菜叶，菜叶里隐藏着一个封包。这时醒狮队的汉子们便一个个赤膊了上身，扎成三层人梯。我们都知道，汉子们赤膊了上身并不是为了亮出那饱满的筋肉，而是那炮仗从高处泻下时，落到身上无挂无碍。人梯扎得停当，大头狗便抖擞精神，随着鼓点，攀着人梯，一层一层地舞上去，直到把"青"衔到嘴里。有时也抢"水青"，店铺门前桌案上放一盆水，大头狗咬住那盆水，得意扬扬地跳跃腾挪，待众人看得正上瘾时，它便猛地一甩头，我们挤在前面的娃儿立刻就成了落汤鸡。

跳大头狗的人是无名英雄，因为他们一直躲在狮被里，实际上最出风头的是打鼓的。镇上狮子鼓打得最出色的有两位：一位是工人俱乐部的"肥篓"，一位是统一照相馆的叶四。肥篓高大威猛，脾气很丑；叶四是个驼子，人很纯和。两个广东佬的鼓技各有千秋。后来肥篓颈脖上生了一串"老鼠栗"（实为淋巴癌），死了，好多年以后，镇上的人都还说"可惜"。

镇上常年四季都保持着一些流动人口——主要是船上人。船上人讲的是船上话，我们有时也听得懂几句，比如"吃肉"，他们叫作"切榨"。但遇到新名词他们就消受不了，如"社会主义""统购统销""拖拉机"等，于是便经常听见他们的话里面土洋结合地夹杂着一些"现代化词语"。那时，猪肉凭票供应，便常听见他们说"切计划榨"和"切高价榨"。他们的工作极为辛苦，船上滩的时候，肩膀顶着竹篙，身子几乎匍匐于地，嘴里发出"呀呀呀呀"的惊天动地的嘶啸。"逆水行舟用力撑，一篙不进退三寻"，就是他们的写照。待到水势平缓时，他们的姿势也会十分洒脱，嘴里发出"哎衣嘞呃，哎衣嘞喔"的悠闲至极的歌吟。人们说，一苦撑船，二苦种田，是有道理的。船上人有三种嗜好，一是穿云纱衣，这种衣服凉快，易洗易干，穿在身上还有一点派头。二是镶金牙齿，一笑起来，闪闪发光。弄了两个辛苦钱，又无须建房子，镶在牙齿上，既美观又保值。三是看桂戏，戏园里的座位，有一半是他们包了的。他们漂泊无定，无法上学念书，但他们经验丰富，充满自信。有一次县里征招航标员，一些船上青年前去应征，体检时，看色盲表，表上的图形分明是"352"几个阿拉伯数字，那船上青年扫了一眼便脱口而出："脚鱼！"还指出哪里是头，哪里是尾巴，把个医生当场就笑岔了气。他们经常吃一种形如年糕，味似粽子，颜色翠绿的粑粑，名字叫作"假粽"，那与众不同的颜色是用蒜叶捣汁搅拌而成的，这种百吃不厌的"绿色食品"很快就被岸上人家接受并普及开了。

镇上有粤东会馆、湖南会馆、江西会馆和福建会馆。风格迥异的会馆建筑体现了各省人们的审美意趣。每逢会期，自有一番热闹。会馆的任务是增强本省人的凝聚力和保护本省人的合法权益。五方杂居的生意人一直都遵纪守法，勤勉自励，相互间大体上也井水不犯河水。解放后他们也很听党的话，50年代公私合营，家家户户敲锣打鼓接受改造。那一阵，炮仗天天响，大头狗、木头狮子都很风光了一回。

醉花阴

丘晓兰

我时常想：中国，怕是世界上最精通享受之道的国度；而中国人，也是世界上最懂得品味各种最细微的美好，享受最精致，或者，最粗糙的生活的族群了。

古代宫廷里的奢华繁复且不去说它，便是民间稍富足的人家，在过起日子来也是习惯性地要把享受推到极致的。比如在鞋底上绣花，在食物上刻绘，在住处焚香，在旅游或者出差的时候写几个字吟两句诗等等，风气流传直到今天。可谓各有花巧，源远流长。

过这样的日子是需要物质基础的，同时也暗藏着精神。

作者简介

丘晓兰（1972—），生于广西南宁，祖籍广东梅县。发表小说、诗歌、散文、评论近百万字。著有散文集《完美的一天》《幸福是一种简单》《乡韵土风》和长篇纪实文学《虹起邕江》等。作品多次被转载或获奖并入选各种选本。现为广西作家协会副主席，南宁市作协主席，南宁文学院院长，《红豆》杂志社社长、主编，南宁市"绿城玫瑰"女作家群负责人。

作品信息

《醉花阴》原载《扬州日报》2007年8月8日。获《人民文学》杂志社、扬州市委宣传部主办的"纪念欧阳修千年诞辰"暨"千年欧阳修征文大赛"一等奖。《扬州晚报》2007年8月11日、《人民文学》2007年第11期和《作家文摘》第1077期转载。以"醉花阴·享太平"为题刊发于《中国艺术报》2017年5月15日。入选《绿城星光：1995-2008年南宁市文学精品选》(下卷)，广西民族出版社2008年12月版。

京剧《天官赐福》里有这样一段唱词："雨顺风调，万民好，庆丰年，人人欢乐，似这等民安泰，乐滔滔。在华胥时，见了些人寿年丰，也不似清时妙，似这等官不差，民不扰，只俺奉玉旨将福禄褒。"——这是很经典的中国特色了。剧目、情节、唱词，从里到外，从头到脚，都透着浓浓的中国味。这段唱词还有一个曲牌名，叫"醉花阴"。

是啊，过这样的日子，不醉哪行呢？不醉上那么一两醉，那才叫怪了。而且还不能轻易地醉在别处，要醉在花阴里，那才叫有滋有味，有传统，有文化，有遗风啊！

这歌舞升平万民好，人欢乐，令人有微醺迷醉的感觉或曰社会状态，是古往今来从上至下无数中国人几乎就是毕生的一个向往和追求。所不同的是，一般人只想着自己要怎样才能过上，或者比别人先过上这样的日子；目标和理想更远大一些的人则清楚，只有整体的和谐才会有真正的个人的好，所以，到底要怎样，才能让天下人都过上好的日子呢？但这"享太平"的愿望和向往的强烈程度却是万众归心地一致的。

因为向往得太甚，就有点等不及了。等不及所有人的日子都好起来了再共享同欢，也等不及个人的"物质与精神双丰收"了再享受。那就让一部分地方，某一个层面先享受起来吧！哪怕有被降格为享乐的谴责。这样，无论什么时候，我们就有了总可以享受的所在。大至一个都城，小至一双鞋垫、一杯黄酒。

然而，这也是文化。我们中国人的文化。出了很多很琐碎的小玩意，也包容得了很高远的抱负和情怀。

比如"烟花三月"要下的那个扬州，就"夜市千灯照碧云，高楼红袖客纷纷"，十足一个销金地。所以要先"腰缠十万贯"了，才能骑着鹤去那里享乐。公元1048年的元月，一个叫欧阳修的文豪也到扬州去了。不过他不是带着钱去消费的，而是一个因谏被贬到扬州去做太守的京官。不见得文豪就不喜欢享受，相反的，还更会享受。但欧阳修是个有情怀有理想的人，他的目标是要尽量多的人都过上能享受、会享受的日子。

扬州，是个多好的地方啊！"十里林亭通画舫""泛舟湖上，为居民游览之良法"。瘦西湖边，荡舟游园：红桥修禊、长堤春柳、梅岭春深、赏月胜境、湖心钓台、莲花浮水、白塔晴云、四桥烟雨……犹如一颗颗明珠，镶嵌在瘦西湖这根玉带上。正是："西湖弯弯水迢迢，两岸绿柳夹红桃，画舫轻移拨绿水，湖中西子更妖娆。"更有勾人心魄的二十四桥诗，让多少骚人墨客对一个叫扬州的地方心旌摇动，每每念及都不能自已啊！

天公的恩赐与人间的能工巧匠，把一个叫扬州的所在，洇染得繁华富足如诗如画。人们的衣食住行也因此更多了别处不能有的讲究。八大菜系里的淮扬菜，到今天了，也还是全体中国人的骄傲之一。

若是大家都能过上这样能享受，又真正会享受的日子，多好哇！那才真正是"醉花阴，享太平"的好日子呢！

我猜那自号"醉翁"的欧阳修就是这么想的，因为他就是这么做了的。在扬州任职不过一年的时间里，他施行"宽简之政"，又使用自己会写文章的特长感化民众。对自己，亦不忘精神世界的修养，使之更为饱满。且看《避暑录》中"公余之暇，携友来此，并邵伯湖取荷花千朵，置客人间，击鼓传递，依次摘瓣。轮最后一片者，饮酒一杯，赋诗一首。往往到夜，载月而归"的此情此境，是否《论语》中孔子"暮春者，春服既成，冠者五六人，童子六七人，浴乎沂，风乎舞雩，咏而归"高远情怀的传承呢？

在扬州不过一年时间的欧阳修，用语言，用文字，用行动，不仅为后人留下了"文章太守"的千古佳话，告诉了人们他所认为的大享受，也令扬州因之有了精神的高度，而与其他同样也很华丽也很富足的城市有了区别。

"故人西辞黄鹤楼，烟花三月下扬州。孤帆远影碧空尽，惟见长江天际流。"是李白在景物、人事的感悟与超越中得到了享受的记录。也为后人在摇头晃脑地吟哦佳句的片刻，提供了来自精神的享受。我们不是李白、欧阳修，却同是对"醉花阴，享太平"心向往之而常常不能自已的中国人。否则，又哪里会有"鹅湖山下稻粱肥，豚栅鸡栖半掩扉。桑柘影斜春社散，家家扶得醉人归"的诗句流传，和"桃花源"式的千年向往呢？

在最容易磨损的衣领和袖口上绣最精细的花，在最无关处下最大的功夫只为换得一两句好听的、赞美的话，并从中得到最享受的感觉，似乎是国人一直以来就最擅长的本领。所以我们在鞋底上绣花，在食物上刻绘，在住处焚香，在没有衬衣穿的年代有滋有味地戴上个假领子、假袖口，在旅游或者出差的时候写几个字吟两句诗，在忙了或闲了的时候吼两句：雨顺风调万民好，庆丰年人欢笑……这当然也是一种享受，一种文化，我们传统的文化。

这文化奇怪地催生了在几颗茴香豆和"茴"字的四种写法中也能得到享受的孔乙己，和沉浸在"我们先前……"也能陶醉的阿Q，幸而我们也有这世上最坚韧的神经和最智慧的头脑。

总会有越来越多能够发现阿Q的鲁迅，能够身体力行、忠言直谏的欧阳修，能够把"和谐"完美地拆解为"人皆有饭吃，人皆能畅言"的人的吧！人类最美好的愿望，真的也不过是祈愿所有的人都能享受到来自物质与精神的赐予，做一个真正的舒展的人。届时，我们于最细微处出精神、得享受的传统将成为最高雅的艺术，大放光芒。这样的好事，又岂可不醉一下花阴呢？

| 创作评论 |

翻开晓兰的散文，迎面扑来的是一个充盈丰赡而又异态纷呈的文学世界。其笔墨之间，有历史的寻觅，也有现实的烛照；有都市的写意，也有乡土的纪实；有风物的点染，也有世态的描摹；有人生的对话，也有心灵的独语……如此这般的林林总总，你如果是蓦然相遇，也许会目迷五色，不过细加体味，仍可见一条清晰的线索与一种稳定的取向，这就是，作家对记忆之门的深情回眸，对时光之水的精心打捞，它让人想起王鼎钧先生关于以笔捡拾生命脚印的说法。从这一意义讲，晓兰的散文最终是"我"的心灵史和成长史。

——古耜:《生命之河里的爱与痛——丘晓兰散文读感》,《文学报》2012年
7月19日

故乡，您终于代替了我的母亲

东　西

　　三年前，母亲在一场瓢泼的大雨中回归土地，我怕雨水冷着她的身体，就在新堆的坟上盖了一块塑料布。好大的雨呀！它把远山近树全部笼罩，十米开外的草丛模糊，路不见了，到处都是混浊的水。即使这铺天大雨是全世界的泪，此刻也丝毫减轻不了我的悲。雨越下越大，墓前只剩下我和满姐夫。我说："从此，谷里跟我的联系仅是这两堆矮坟，一堆是我的母亲，另一堆是我的父亲。"

　　我紧锁心门，强冻情感，再也不敢回去，哪怕是清明节也不回去，生怕面对宽

作者简介

东西（1966—），原名田代琳，出生于广西天峨县。著有长篇小说《耳光响亮》《后悔录》《篡改的命》，中短篇小说《没有语言的生活》《救命》《我们的父亲》《私了》等。后结集出版《东西作品系列》（8卷本）（上海文艺出版社2016年版）。部分作品被译为法文、德文、日文、泰文等版本。多部作品被改编为影视剧。中篇小说《没有语言的生活》获首届鲁迅文学奖。现为广西作家协会主席，广西民族大学驻校作家。

作品信息

原载《新京报》2007年12月11日，刊载于《广西文学》2008年第1期。收入散文集《挽留即将消失的情感》（花城出版社2009年版）、《谁看透了我们》（江苏文艺出版社2011年版）、《叙述的走神》（上海文艺出版社2016年版），入选《2007中国年度散文》（漓江出版社2008年版）、《2008中国散文年选》（花城出版社2009年版）、《大学语文（大学版）》（广西美术出版社2009年版）、《重返故乡》（广西人民出版社2011年版）等。

阔的灰白泥路，生怕空荡荡的故乡再也没母亲可喊。但是，脑海里何曾放得下，好像母亲还活着，在火铺前给我做米花糖，那种特别的浅香淡甜一次次把我从梦中喊醒，让我一边舔舌头一边泪流满面……

如果不是母亲，我就不会有故乡。是她，这个46岁的高龄产妇，这个既固执又爱幻想的农村妇女，在1966年3月的一个下午把我带到谷里。这之前，她曾生育三个姐姐，两个存活，一个夭折。我是她最后的念想，是她强加给未来生活的全部意义，所以，不管是上山砍柴或是下田插秧，甚至大雪茫茫的水利工地，她的身上总是有我。挖沟的时候我在她的背上，背石头的时候我在她的胸口。直到6岁时上小学，她才让我离开她的视线。去小学的路上有个水库，曾经淹死过人。她给我下命令：绝不可以欺水，否则就不准读书！老师家访，她把最后一只母鸡杀来招待，目的是拜托老师在放晚学的时候，监督我们村的学生安全走过水库。她曾痛失一个孩子，因而对我加倍呵护，好像双手捧着一盏灯苗，生怕有半点闪失。

11岁之前，我离开谷里村的半径不会超过两公里。村子坐落在一个高高的山坡，只有十来户人家，周围都是森林草丛，半夜里经常听到野生动物的叫唤。天晴的时候，站在家门口可以看到一浪一浪的山脉，高矮不齐地排过去，一直排到太阳落下去的远方。潮湿的日子，雾从山底漫上来，有时像云，有时像烟，有时像大水淹没我们的屋顶。冬天有金黄的青冈林，夏天有满山的野花。草莓、茶泡、凉粉果、杨梅、野枇杷等等，都曾是我的口中之物。"出门一把斧，每天三块五"，勤劳的人都可以从山里摘到木耳、剥下栓皮、挖出竹笋、收割蒲草，这些都可以换钱。要不是因为父母的工分经常被会计算错，也许我就沉醉这片树林，埋头这座草山，不会那么用劲地读书上学。是母亲憋不下这口气，吃不起没文化的亏，才逼我学会算术，懂得记录。

因为不停地升学，这个小心呵护我的人，不得不眼睁睁地看着我离开她，越来越远，越来越远。13岁之后，我回故乡的时间仅仅是寒暑假。我再也吃不到清明节的花糯饭，看不到秋天收稻谷的景象。城市的身影渐渐覆盖乡村，所谓想家其实就是想念家里的腊肉，担心父母的身体，渴望他们能给我寄零花钱。故乡在缩小，母亲在放大。为了找钱供我读书，每到雨天，母亲就背着背篓半夜出门，赶在别人之前进入山林摘木耳。这一去，她的衣服总是要湿到脖子根，有时木耳长得太多，她就捡到天黑，靠喝山泉水和吃生木耳充饥。家里养的鸡全都拿来卖钱，一只也舍不得杀。猪喂肥了，一家伙卖掉，那是我第二个学期的路费、学费。母亲彻底想不到，供一个学生读书会要那么高的成本！但是她不服输，像魔术师那样从土地里变出芭蕉、魔芋、板栗、核桃、南瓜、李子、玉米和稻谷，凡是能换钱的农产品她都卖过，一分一分地挣，十元十元地给我寄，以至于我买的衣服会有红薯的味道，我买的球鞋理所当然散发稻谷气息。

直到我领了工资，母亲才结束农村对城市的支援，稍微松了一口气。但这时的她，已经苍老得不敢照镜子了。她的头发白得像李花，皮肤黑得像泥，脸上的皱纹是交错的村路，疲惫的眼睛是干水的池塘。每个月我都回村去看她，给她捎去吃的和穿的。她说村里缺水，旱情严重的时候要到两公里以外的山下挑，你父亲实在挑不动，每次只能挑半桶。那时我刚工作，拿不出更多的钱来解决全村人的吃水问题，就跟县里反映情况，县里拨款修了一个方圆几十里最大的水柜。她说公路不通，山货背不动了，挣钱是越来越难。我又找有关部门，让他们拨了一笔钱，把公路直挖到村口。她说某某家困难，你能不能送点钱给他们买油盐？我立即掏出几张钞票递过去。在我有能力的时候，母亲的话就是文件，她指到哪里我就奔到哪里，是她维系着我与故乡的关系。

后来，父亲过世了，我把母亲接到城市，以为故乡可以从我的脑海淡出。其实不然，母亲就像一本故乡的活字典，今天说交怀的稻田，明天说蓝淀塘的菜地，后天说代家湾的杉木。每一个土坎、每一株玉米都刻在她记忆的硬盘里，既不能删除也休想覆盖。晚上看电视，明明是《三国演义》的画面，她却说是谷里荒芜的田园。屏幕里那些开会的人物，竟然被她看成是穿补巴衣服的大姐！村里老人过生日她记着，谁家要办喜酒她也没忘记，经常闹着回去补人情。为了免去她在路上的颠簸，我不得不做一把梭子，在城市与故乡之间织布。她在我快要擦掉的乡村地图上添墨加彩，重新绘制，甚至要我去看看那丛曾经贡献过学费的楠竹，因为在她昨晚的梦里大片竹笋已经被人偷盗。一位曾经批斗过她的村民进城，她在不会说普通话的情况下，竟然问到那个村民的住处，把他请到家里来隆重招待。只要能听到故乡的一两则消息，她非常愿意忘记仇恨。谁家的母牛生崽了，她会笑上大半天，若是听到村里某位老人过世，她就躲到角落悄悄抹泪。

有一天，这个高大的矮个子母亲忽然病倒，她铁一样的躯体终于抵挡不住时间的消耗，渐渐还原为肉身。从来不住院从来不吃药的她被医院强行收留，还做了化疗。三年疾病的折磨远远超过她一生的苦痛。她躺在病床上越缩越小，最后只剩下一副骨架。多少次，她央求我把她送回谷里，说故乡的草药可以治愈她的恶疾。但是，她忽略了她曾送我读书，让我有了知识，已经被现代医学所格式化，所以没有同意她的要求。她试图从床上爬起，似乎要走回去，可是她已经没有力气，连翻身也得借助外力。她一直在跟疼痛较劲，有时痛得全身发抖，连席子都抠烂了。她昏过去又醒过来，即便痛成这样，嘴里喃喃的还是故乡的名字。临终前一晚，不知道她哪来的气力，忽地从床上打坐起来，叫我满姐连夜把她背回故乡。我何尝不想满足她的愿望，只是谷里没有止痛针，没有标准的卫生间，更没有临时的抢救。因此，在她还有生命之前，我只能硬起心肠把她留在县城医院，完全忽略了她对故乡的依赖。

当母亲彻底离开我之后，故乡猛地就直逼过来，显得那么强大那么安慰。故乡像我的外婆，终于把母亲抱在怀里。今年10月，我重返故乡，看见母亲已变成一片青草，铺在楠竹湾的田坎上。我抚摸着那片草地，认真地打量故乡，发觉天空比过去的蓝，树比过去的高，牛比过去的壮，山坡上的玉米棒子也比过去的长得大……曾经被我记忆按下暂停键的村民，一个个都动起来，他们脸上的皱纹头上的白发第一次那么醒目。我跟他们说粮食，谈学费，讨论从交祥村拉自来水，研究怎样守住被邻村抢占的地盘，仿佛是在讨好我的母亲。如果说过去我是因为爱母亲才爱故乡，那现在我则是通过爱故乡来怀念母亲。因为外婆、父亲埋葬在这里，所以母亲才要执着地回来。又因为母亲埋葬在这里，我才深深地眷恋这座村庄。为什么我在伤痛的时候会想起谷里？为什么我在困难时刻家山北望？现在我终于明白，那是因为故乡已经代替了我的母亲。有母亲的地方就能止痛疗伤，就能拴住漂泊动荡的心灵。

| 创作评论 |

　　在小说的光耀之下，东西散文相对静默无声，但不能否认，东西散文独具情怀，用情至深，是不可多得的优秀文学作品，尤其是关于故乡题材的系列散文（以下简称"故乡"散文），如《朝着谷里飞奔》《父母桥》《狗窝》《故乡，您终于代替了我的母亲》《站在谷里想师专》等，蕴含着丰富的内容、理性的思考、明彻的人生感悟，令人动容的深情厚谊，写尽了作者对故乡、亲人由逃离、怀念至皈依的心路历程，以及陪伴一生的乡愁。

　　　　——石丽芳：《铅华尽褪的写作——小议东西"故乡"散文》，《吉林广播电视大学学报》2017年第2期

父亲传

黄土路

父亲就是我的乡下；

父亲就是我的老家。

————题记

一、站在树上的父亲

火车一直北上，我的心却越过平原起伏的小叶杨，一路往南。

好几个月了，我给父亲打电话，说我很快回老家去了，要待上好些天。不知道父亲听到这个消息是怎么想的，我已经好久没见到他了。春天的时候，我随一个电

作者简介

黄土路（1970—），原名黄焕光。壮族。生于广西巴马瑶族自治县，先后就读于河池学院数学系，广西师范大学中文系研究生班，鲁迅文学院第七届中青年作家高级研讨班。中国作家协会会员。著有小说集《醉客旅馆》，散文集《谁都不出声》《翻出来晒晒》及诗集《慢了零点一秒的春天》等。

作品信息

原载《广西文学》2008年第4期。收入散文集《谁都不出声》(金城出版社2014年版)，入选《重返故乡》（广西人民出版社2011年版）。

影剧组去老家寻找景点。湖岸的草刚绿，眼前碧波荡漾，站在老家的湖边，我指着远处的一个山谷说，从这里往上，三公里，就到我家了。我给父亲打电话，说忙完手里的事情，我就回去。父亲对这个从天而降的消息似乎有些不知所措，他紧张地问我，在家里待多少天？我说，就一会儿，不过，我很快就会再回来的，到时会待上好长时间。父亲便满心欢喜地期待着。那一次，我只在家里待了十多分钟，来不及陪父亲聊一会儿天，没有坐下来跟父亲吃一餐饭，甚至，话也没多说上几句，我就匆匆地离开了。我低着头走出家门，走下门前的小斜坡，穿过村边的果林，一直到跨上朋友的车子，我一直不敢回头。父亲一直跟在我的身后，我害怕看见他眼里失望的眼神。

从三月到六月，一直到七月，八月，我一直期待着把手里的活忙完，然后回乡下去。不知为什么，今年我特别想回乡下，在那里好好地待着。我有很多年不干农活了，耕田，耘地，耨草，割稻谷，收玉米，或者到后山捡些枯柴，这些在少年时看来的一件件苦活累活，现在都生疏了。我不知道当我再次置身玉米地里时，我是否还能承受得了玉米地里的闷热，以及淌不尽的汗水，和玉米叶划在手臂上的辣、疼和痒。我是否还能回到收割后的稻草垛上，翻一个跟头，像儿时那样，带着满身的稻秸回家。

后山是一片莽莽森林，一年四季总有着不同的野果。我最喜欢的是无花果。无花果的果期长，春节刚过，树干上就挂起一串青果了，绿嘟嘟的，但直至七八月份，无花果才会慢慢变红。当它红得深沉，红得闪亮的时候，随手摘下一颗，小心地掰开它松软的外皮，皮里的白色的浆汁就会先渗出来，而皮下的果肉和里面糯糊状的甜蜜的果汁，会在你的舌上留下甘甜的回味。如今想来，那记忆竟有些遥远了。

还有野番石榴，那是一种滥长的野果树，在森林的边缘，在长长的茅草坡上，野番石榴树疯长着。每年八月，野番石榴熟了，香气随风飘荡，整个山谷弥漫着它淡淡的清香。孩子们每天都会去摘一些来吃，剩下的，却没有人想到拿到集市上卖，于是，那本来每天一摘的野番石榴，就会熟透，掉在地上，直到腐烂。而腐烂的地方，就会有新的野番石榴树长出来，恣意横生，密密麻麻。

还有野草莓，它的美味，却是跟一个伤心的故事是连在一起的。二十多年前的那个傍晚，我摘了野草莓回来，吃过晚饭，背起书包就去三公里外的初中上学，才到学校，村里的两个大哥就随后赶来，把我叫回去。母亲就是那个黄昏心脏病发作去世的。母亲抱着才一岁多的小妹，身子向前倾倒，再也没有醒来。村里的赤脚医生黎伯伯说，心脏病发作，如果是向后倒，还是有救的；向前倒，压着心脏，就很难救活过来了。母亲的心脏病总共发作了两次，第一次，她坐在凳子上，突然一阵心脏绞痛，片刻就向后倒去了。第二次，她扑倒，让我即使在村道上疯狂地奔跑着，也来不及赶上让她看最后一眼。

那个黄昏是我最后一次吃乡村野地里的野草莓了吧？此后整整二十年，我几乎没有在六月的时候回过老家了。每年春节回去，地里的庄稼已收割干净，山上的草木萧索一片，乡土之上的天空总是灰蒙蒙的。我不喜欢冬天，冬天里的故乡总是布满了愁云，就像父亲的脸，我很少在上面看到灿烂的笑容。即便是现在，生活好了，但在他的脸上，我看到的只是历尽沧桑后的平和。

无花果、野草莓、野番石榴的美味，还有扬穗时的稻香，这就是我心目中故乡的味道。当我渐渐明白这个浅浅的道理的时候，我已在城里生活好多年了。我没告诉父亲，我想回家，就是因为好多年没吃到家里的枇杷、黄皮果，还有山里的无花果、野草莓了。我想回家，就是想站在晴天下的故乡，看着夏天的草木静静地生长，或者，坐在他的面前，看着他咕噜咕噜地抽着水烟筒，然后抬起头来，回答我无聊奇怪的话题。

但手里的活儿哪时会忙完呢？编完手中的杂志，邮箱里还有着看不完的稿；一本写了近二十年的诗集，在出版社和印刷厂之间往返穿梭；一个最终不知能不能拍摄的电影正在写作中；还有职称，有些表永远也填不清；房子也终于买下来了，装修又花了几个月。我跟父亲说，等房子装修好了，你过来小住一阵吧。我知道父亲并不喜欢城市，乡下有他太多割舍不了的东西，但我还是希望他来城里待上一阵。至少，他的孙子渐渐懂事了，儿孙绕膝的欢乐他却很少享受到。

手头的活真的快忙完了，最新一期杂志印了出来；房子终于可以入住；接着，再去一个遥远的地方开一个会，回来就可以回家了。我买了火车票，突然想起给父亲打一个电话。电话通了，手机里传来父亲接电话时习惯的那一声长长的喂声。我这边人声嘈杂，父亲那边却显得很安静。爸，我说，你现在在哪里？父亲说，我在树上。我吓了一大跳，父亲说，今年的黄皮果熟咯，我正在树上摘黄皮果呢，今年的黄皮果，收成不错……父亲还说什么，我没听清楚，车站吵吵嚷嚷的声音把他的声音吞没了。听不清他的声音，我的眼前却清晰地出现他一边站在树枝上，一边拿着手机给我打电话的情景。家里的黄皮树都是些老树了，据说是爷爷那一辈人种下的。小时候，黄皮果成熟的时候，我和弟弟喜欢爬到树上去摘果。树枝纵横交错，有时候我们会从这棵树爬到另一棵，或者爬到树顶，爬到不能再往上爬了，这时，在那里站着，风吹过来，树枝和人都在摇摆，那种感觉就像一种惊险的表演。而我们的少年，就是在那种不断的冒险中成长起来的。我，弟弟，妹妹，如今天都长大了，都走出了乡村，只留下我们的父亲，站在我们曾站过的那棵树上。而此时，他仿佛在我的眼前，在风中，摇晃起来。

仿佛我的乡村，也在我的视野里，摇晃起来。

二、他的心里有一头豹子

接着，又两个月过去了，我还是没有回成老家。

我捡起包袱，竟到北京上学来了；从北京，还去了一些遥远的地方。

十月的时候，有一天晚上，我和朋友在内蒙古一个名叫赤峰的城市里唱卡拉OK。喝过酒了，我头有些晕，就拉了个帽子盖在脸上，躺在椅子上装着睡觉。音乐的声音震耳欲聋，我竟感觉身体变得轻盈了。我的目光仿佛穿过草原，穿过平原的树，穿过云贵高原上高悬的云朵，看见远在桂西北的我的小村庄，那是我童年中的老家。土制的榨糖机被老牛拉着，发出巨大的转动声，咕噜咕噜的甘蔗汁从榨糖机流出来，正顺着竹子做成的水槽，流到一排大铁锅里。火已熊熊地烧起来了，铁锅上用竹篾编成的蒸笼早已冒着蜂窝状的泡泡，空气中弥漫着蔗糖的香气。闻到这香味，在草坡上玩打仗的孩子们立即放下他们手中的枪，凑到蒸笼前，伸着脏兮兮的脸。再过一会儿，甘蔗汁变得越来越浓稠，颜色也会越来越深沉，他们就可以用甘蔗皮做成的勺子，一勺一勺地接着糖水，送到脏兮兮的嘴里了。

我甚至还看见自己的出生，听到自己人生的第一声啼哭。我还看到老屋的布帘被揪开，一个老女人探出头来，对紧张不安的父亲说，是个小子。父亲脸上的笑容就绽开了。

父亲那时是28岁吧？他穿着一件白布衣，手足无措地站着，脸上挂着一位年轻男人刚做父亲时的不安。我也是在28岁的那年做父亲的，坐在床上，我把襁褓中的儿子放在大腿上，儿子才大腿般长，他的脸粉嘟嘟的。看着他，我感觉生活突然变得有意思起来，那是一种新的开始，生命在那一刻起变得有意义了。

我不知父亲是不是有同样的感受，36年前，他会不会像我一样，把儿子抱在怀里，轻轻地摇晃着，让他感觉到一种颠簸和刺激？稍稍长大，看到父亲一见村里的孩子，就会凑上前去，捏一把，逗一把，咯吱一把，使尽各种手段，把孩子逗得咯咯直笑，我心里就很疑惑，父亲是不是也这样捏过我，逗过我，让我咯咯地笑个不停？

记忆中，父亲是一个性格暴烈的人，我和弟弟妹妹们做的事情让他稍感不顺，他就会暴跳起来，等待我们的是鞭子的抽打。我想，父亲的心里一定养着一只豹子，当它发作的时候，它在里面冲突着，奔跑着，让他变得无法自制，让他也变成了一只猛兽，横扫着家里本来就很少有的欢乐，让家庭笼罩着持久的阴云。

那时，我其实是村庄里最乖最听话的孩子，走在狭窄的村道上，看见大人，我会主动让到一边，打个招呼；碰上挑担的老人，我会迎上前去，抢过他们肩上的担子；回到家，我就会搬一张小椅子和一张小凳子，坐在门外的亮光处，安安静静地做作业。

但后来我的性格却变得倔强起来，因为父亲的鞭子。

鞭子是随手就可以从柴堆里捡起的树枝，当它挥起来时，我不由得开始抽着冷气，或者打着一个激灵，心里充满了恐惧。鞭子落在我的屁股上，我整个人往下沉，眼里蓄满了泪水，心里充满了委屈。后来，被打多了，我的感觉变得麻木了，我开始咬紧了牙关，把目光冷冷地盯住地上某处，任由他鞭打。有时我还把愤怒的目光投向父亲，这是一种挑衅和反抗。其结果是，父亲变得愈加不理智了，他的喉咙里发出咕咕的声音，鞭子飞快地在我的屁股上起落，我的屁股上开始出现一道道鞭印。还有一次，他竟把猎枪的引火器打开，枪口指着我的脑袋，狂暴地吼着：我打死你！一位父亲，他竟要亲手打死自己儿子，这在我的心里留下的创痕，一辈子都难以愈合，甚至，它抵消了父亲对我的种种好处。

父亲打累了，会坐到火灶前，咕噜咕噜地抽着水烟筒。我依然不敢动弹，只是一动不动地站着，目光冷冷地投在某处：门框、地上的一截木头、椅子的边角、透过竹篾编成的墙缝的光亮，但也冷静多了。父亲终于抽够烟了，他扛起猎枪或者锄头，上山或者下地，我才敢一点点地活动自己的手脚。我一点点地往门口挪动，然后趁家里人不注意，飞快地蹿出门去。出了家门，我就自由了，我开始像一个孤儿那样在村里游荡，然后找一个父亲找不到的角落，躲了起来。我想从此我不再回家了，也不会再吃饭。就让我死去吧，我在心里说，我死去，他不一定会心疼，但到那时他至少知错了。

有一次，我竟躲到家里的一棵大黄皮果树上去。黄皮果树是我曾祖父栽下的，差不多有两个人合抱那么大，树叶浓密，坐在树杈上，抱着树干，只要不出声，谁也发现不了。我悲伤的目光穿过树叶的隙缝，越过前边人家的瓦房和屋脊，看到自己的家门口。母亲从门中进进出出，呼唤着我的名字。母亲一定是急坏了，她的焦急的声音在村庄里回荡。但我还是咬住嘴唇，屏住呼吸，不让自己发出一点声音。我的脸上一定有泪，但我知道我不能回去，因为这是我与父亲的一场战争，我不能先败下阵来。母亲要担心，就让她担心去吧，我的心肠竟硬了起来。那时候，我体会不到一位母亲担忧的心情。

我就坐在树杈上，两天一夜。母亲找不到我，开始跟父亲骂起架来。父亲一定也觉得理亏了，他的脾气好像突然收敛起来，嘟嘟囔囔地应对着母亲，但他断然是不会跟着母亲一起去找我的。

三十年后我回到老家，母亲去世已有二十年了，她的坟上芳草萋萋。有一天，我跟村里的一位老人聊天，她突然问起我小时候的事情。她说，小时候，你父亲打你后，你躲到树上去，这事情你还记得不？我说记得！然后感到恍若隔世。她说，你母亲过树下不知多少次，一声一声地喊你，你就是不应，你们黄家的人啊，脾气都有点韧。韧，是我们壮话方言，意思是拧。我无言，突然感觉时间在我的眼前汹涌起来，三十年的时光转眼就过去了，我被母亲孤零零地丢在人世间，丢在时间的河岸上，而今天，站在村里这位老人面前的这个人，已不是当年的那个孩子了。

后来，经这位老人点拨，母亲才在树上找到我。她说，你们家的孩子爱爬树，他爬树，一般也是爱爬自己家的果树，你去看看。

母亲找到我时，我已在树上睡着了。蚂蚁爬在我的身上，蚊子叮在我裸露的皮肤上，甚至还有不知名的小虫，把我叮出了包包，但我浑然不觉。我是怎样从树上下来的？母亲是不是把我紧紧地抱在怀里？我已记不清了。也许，我一从树上下来，我的少年就这样过早地结束了，时间带走了一切，带走了母亲，还有记忆。

弟弟也长大了。一个个子蹿到一米七几，另一个蹿到一米八。父亲再也不能把他们吊起来打了。放假回家，父亲跟我们说着某件事情，有时竟遭到我们三兄弟的联合反对，这让他感到愤怒和无奈。他的目光只好又转向妹妹。妹妹坐在火塘边，勾着头，不说话。妹妹比我小十五岁，她是最后一个长大起来的。还抱在怀里喂奶的时候，母亲就去世了，母亲没有留下一张照片，母亲的容貌对她来说永远是一个谜。

在一个缺少母爱的环境里生长，小妹总是郁郁寡欢，多愁善感。她总是躲在一个不被人注意到的角落。开学了，交完三个哥哥的学费，妹妹的学费总是一拖再拖，从小，她总是不断地面临着辍学，有谁感受到她内心里的那种无助和绝望呢？我们一个个目光向前，总希望着脱离苦海。我先大学毕业，开始工作了，然后返过来送大弟上中专。大弟也毕业了，我们一起送小弟上高中，送小妹上初中。小弟高考没考上，补习，最后到部队当了一名特种侦察兵，退伍后，竟奇迹般地找到了工作。这个过程几乎过了整整十多年。

前几年，小妹也高中毕业了。她高考也没考上，又复读了一年。正当我和两个弟弟规划着她的前程的时候，她竟把父亲惹怒了。据父亲说，她把家里新装的电话，打了八百多元的话费。八百，在父亲心目中是一笔多大的数啊，1989年，为了我和弟妹的学费，父亲去银行贷了八百多元钱，结果十多年都没有还上。直到我工作好多年了，两个弟弟都工作了，这笔钱才还上。记得我去还那笔钱时，连本带利，已经变成两千元了。

记忆中的妹妹是我们家最可怜的孩子，几个男人，父亲和哥哥们，是不知道如何去关心她的，我们对她头发里长出的虱子感到手足无措。我理解妹妹，一定是什么人突然给她以家庭以外的关心，让她迷上了打电话。但妹妹也被八百元的话单弄傻了，看到了父亲眼中的怒火，她飞快地躲进自己的房里，把门从里边紧紧地关上。父亲把门拍得砰砰响，把门踹得不断晃动，妹妹就是不把门打开。她知道把门打开，父亲会因为这八百元钱跟她拼命的。门不开，父亲竟在门上泼上煤油，扬言要一把火烧了。事情后来是怎么平息下来的？我不知道，只是知道妹妹逃出了家门，逃出了村庄，有好长一阵时间，最后竟不在父亲面前露面了。

后来，我们把妹妹送进了中专学校，只读了一年，就被学校送到厦门的一个企业实习，从此在那个企业待了下来。从小到大，我们家最可怜的孩子，现在离我们大家都远了。我不知道，自从父亲把煤油泼在门上的那一刻起，妹妹的心里是不是也埋下对父亲的怨恨，从此再也不踏进这个家门？

春节要到了，我小心翼翼地给小妹打电话，问她春节是否回家？小妹平淡地说，回呀。我心里的石头突然放了下来。其实，从小到大，最疼父亲的是小妹。因为我们一直在外面读书，只有她，在父亲身边的时间是最长的。最艰难的时候，她坐在火塘边，勾着脑袋，黯淡地跟我们说，她不想读书了，想回家帮父亲干活。父亲怎会答应她的请求？父亲要求我们家的孩子每个人都必须读书。

春节到了，经历了二十多年风风雨雨的一家五口人，终于可以静静地坐在火塘边，聊着家常了。风在屋外呼呼地刮着，但不再让人感到小时候的那种寒冷。火塘里的火熊熊燃烧，铁锅架在火塘上，父亲正忙着炒米花。经过煮熟、晒得半干，用舂舂扁了的糯米粒，被父亲铲起，丢到油锅里，它们瞬间就绽开成白白的米花，那是一个灿烂的过程。炒完米花后熬蔗糖。甘蔗糖在开水里一点点地洇开，一点点地溶化，再过一阵，水里冒出一串串的糖泡，糖水越来越稠，越来越粘，父亲用一根筷条来定火候。做米花糖，火候掌握得好不好，是成败的关键。如果掌握得不好，做出来的米花糖就结不成块，就会散开。做米花糖是父亲的拿手绝活，他做的米花糖，几十年竟没有散过的。

我们东一句西一句地闲扯着，父亲压低声音，用气愤的声音向我们控诉着村里某些人对他的不敬，我们劝他用平和的心态对待家里和村里的事情。我们对他说，你现在都六十多岁了，应该好好地享受自己的生活了，不要动不动就跟别人动气。父亲嘟嘟囔囔地申辩着，但很快就停了嘴，我们趁机转换了话题。

儿子也被我带回来了。儿子是幸福的一代，他没受过什么苦，过的是无忧无虑的日子，这使他显得有些调皮，一口饭含在嘴里，半天也吃不下去。我发火了，把手在他头上扬起来，做出一副要打人的样子。父亲在一边竟先急了，他说，打孩子只能打屁股，不能打脑袋，打脑袋会把孩子打傻的，到时候你后悔都来不及，小时候，我打你们就是只打屁股。

父亲对打孩子，竟十分有心得。父亲不无骄傲地说，要不是我从小打你们，你们能有今天？

说到打人，大弟总是笑嘻嘻的，他上学的时候，蹿到路边的溪沟里躲起来，没去上学，让父亲知道了，因此父亲把他吊起来打。大弟笑嘻嘻的，他似乎觉得那是应该打的。

说到打人，我几乎是难以原谅父亲的，但我没提起小时候他把猎枪顶着我脑袋的事，也许他早已把这事忘了。

记得有一次，在我生活的城里，我跟在父亲的身后，走在来来往往的人潮和车流里。那是我第一次这么认真地看着父亲的背影，一位乡村的猎人，他的身影在城市的人流里左右躲闪，脚步竟有些晃，透着一种无助和不安。那一刻，我突然觉得父亲老了，在他身上，再也看不到当年在山里奔跑着追赶着猎物的影子。我记得小时候，我正在屋里煮玉米糊，屋边的小路上响起咚咚的脚步声，我就知道父亲回来了。我跑出家门，墙角探出一捆硕大的干柴火，然后父亲勾着头出现了。他把柴火砰的一声丢在地上，拉下挂在脖子上的汗巾擦汗。看着那捆硕大无比的柴火，我感觉自己一辈子都扛不动它。

但父亲毕竟老了，面前的父亲，不再是那个强悍的父亲了。他的身材瘦小，那已不是小时候我在阳光下仰望的高大无比的父亲了。由于缺了不少牙齿，他的腮帮瘪了下去，让我感觉他瘦弱不堪。

儿女们对父亲的理解，可能就是从父亲衰老开始的。我竟渐渐记起小时候父亲把我的屁股打肿后，用药酒涂着我屁股的一些细节来。他让我伏在他的膝盖上，撅着屁股，然后，浸了药酒的药棉在我的屁股上轻轻划过，一种凉丝丝的感觉浸透了开来，舒服得让我龇牙咧嘴。

我与父亲的战争，终于因为父亲的衰老停息了。我们面对面地坐着，父亲抽着他的水烟筒，我拿着手机开始玩游戏。这是大年夜，弟妹们都睡了，我和父亲还在聊着天，聊村庄的事情，等待新年的到来。有时候，我们聊我小时候的事情。父亲总想表示自己在任何事情上都是有道理的，包括用鞭子打我们，我也懒得去争辩了。我甚至想，我们四兄妹也许上辈子是父亲枪口下逃走的猎物吧？这辈子是来向他偿还什么的，受到他的鞭打，也许是命中注定的事情。

我心里最感激的是，不管在如何困难的时候，父亲咬着牙也要我们四兄妹读书。让子女读书，是他一生的信念。

在柴火熊熊燃烧的火塘边，父亲正抽他一辈子都离不开的水烟筒，红红的火光照在他的脸，脸上竟透着少有的慈祥的表情。父亲心里的那头豹子，如今也老了吧？它静静地蛰伏在他内心的一个角落，睡着了，好像永远不会再醒过来。

三、乡村的最后一个猎人

猎人，这个属于乡村的词语，一定能让你想起那个遥远的年代：森林，荒野，野兽四处横行，枪声，冒烟的树丛……

陈应松的小说《牧歌》发在我编的那期杂志上：猎王再也猎不到森林里的动物，他把猎枪无奈地卖给城里来的客人，作为装饰品。

其实我的父亲也是一位猎人，那时他有一把猎枪，一把冲锋枪。猎枪就挂在墙上，冲锋枪是父亲当民兵发的，他把它藏在内屋的柜子里。还有一只猎狗，总是跑在他的身前身后，然后箭一样地蹿出去，消失在前边的树丛后面。它一定是看见了松鼠，或者田野里的其他小野兽，因此兴奋地叫个不停。

我记得苍鹰在村庄上空盘旋，村庄里所有的鸡都开始往有阴影的地方跑。母鸡咯咯地叫着，催促着小鸡，但来不及了，苍鹰从高空像一块石头坠落，砸向鸡群，在一阵母鸡的尖叫和挣扎声中，复又飞快地升起，向村前草山上的那块岩石飞去。被捕获的总是母鸡，它的叫声在随着老鹰升起，在空中回响着，在到达那块岩石时已经消失了。村人目睹了整个过程，从老鹰的盘旋，到它落在草山的那块岩石上。在这过程中，有人一直"喝……喝……"地叫着，以为能吓跑那只正向母鸡俯冲的老鹰；甚至有人呼喊着我父亲的名字：卜送，卜送……我父亲并不是这个名字，他有一个让人嘲笑的名字：黄洪文。南方人，"黄""王"不分，在打倒"四人帮"那阵，甚至有人直接把我父亲叫"四人帮"。卜送这个名字，是因为我出生，并有了名字后，人们才按习俗称呼他的。卜，是爸爸的意思，送，是我的壮话小名。

我的父亲出现了，或许他就在家里抽着水烟筒，听到人们叫他，就飞快地放下水烟筒，跑出家门，那时老鹰已经升空了，只有失去母亲的小鸡们还在惊慌失措地叫个不停。或者他正在后山里打柴，听到村里人的尖叫，他飞快地跑回来。顺着村里人的手指，他隐约地看到老鹰，正站在那岩石上，脑袋一点一点地，撕扯着那只老母鸡。

父亲背着猎枪出发了。村里所有的目光都注视着他。他消失在村前的树丛后，不久又出现在对面的山上。他从侧面攀登，一点点地向着那块岩石靠近。不久，枪声在对面的山上骤然响起，一缕青烟似乎是为了告诉村人们父亲的位置。枪声过后，人们看见那只老鹰再也没有从那块岩石上飞起来，它再也飞不起来了。

也有意外的时候，他还没到那块岩石附近，老鹰就飞走了，向着草坡的高处飞去。村里的人们不由惊叫起来：飞了，飞了。父亲在对面的山上喊：飞哪边？村人们于是高声地告诉他，向那棵枫树飞去了。父亲越过那块岩石，向着那棵枫树进发，但不久他就垂头丧气地回来了。那只老鹰早已不在那棵树上了。不过，再过好些天，它又会在村庄的上空盘旋，引起村里的鸡们的又一阵恐慌。

记得小时候，家里火塘上总会垂下一根绳子，挂着一个木架。春节过后，木架上挂着一挂挂腊肉。腊肉滴下的油，不时地滴在我们放在火边烘干的白鞋，或者其他东西上，甚至干脆滴到火里，发出哧的一声，火突然旺起来了。

腊肉挂在那里，对我们永远是一种诱惑，但只有一些亲戚和朋友的到来，它才会被取下来。亲戚和朋友也许并没有什么事情，有时仅仅是路过，或者刚好到附近的山上寻找牛马，突然想起在这个村里，有一家亲戚，就折进来坐一坐，抽一筒烟，喝一口水。腊肉挂在那里，不取下来，是不合人情的，而且家里除了下蛋的母鸡，就没有什么可用来待客的了。于是，木架上的腊肉就渐渐少了，到农历三月初三，木架上的腊肉很快就没有了，这时，木架上悬挂的其他东西才突然引起了我们的兴趣，它们是：老鹰或者猫头鹰的爪子，动物的骨骼，差不多熏干了的小布袋一样的动物的胆囊……

父亲告诉我们，这些东西都是宝，因为它们都是可以入药的。对村里人来说，这些东西，还有门前木板上钉着的兽皮，似乎在提醒他们，这是一个猎人之家。

爷爷也是一个猎人，当然他后来入了党，参加了韦拔群在大革命时期组织的"三打东兰"中的两打，后来又转到乡苏维埃政府任民政助理。红七军北上后，东凤根据地陷在一片白色恐怖之中，他不得不改名留下来，做了地下联络员。在我的印象中，爷爷不过是乡间一个普通的喜欢种菜的老头，在他的身上，我看不出曾有过的传奇。但他的哥哥，就是有一次在给他送子弹的路上，被敌人在邻村打死的。

说起爷爷的枪法，父亲总是嗤之以鼻，因为打了大半辈子的猎，爷爷只打下一只黄猄，而父亲的枪法，在我们那一带却是威名远扬的，他能一枪把盘阳河对岸的飞鸟打下来。父亲跟爷爷是一对冤家，他们坐不到一起，谈不拢什么事情。很多时候，爷爷忙着自己的事情：捡草药，种菜，戴着老花镜在门前的光线里看着偶能找到的报纸。许多人把爷爷的医术吹得神乎其神，说他能治肝硬化、麻风，还有许多疑难杂症，但爷爷却从不把自己的医术传给父亲。每次上山捡草药，他总带上已嫁到邻村的侄女，而不是父亲。他边走边给侄女讲解看到的每一棵草，每一种植物的性能、药用，以至于她后来也成了一位颇有名望的乡村医生。父亲后来也给别人捡草药治病，但他所学会的，都他的堂姐教的。

在我的心目中，父亲其实是一个难得的孝子，每次杀鸡宰鸭，他总要把最好的最适合老人咬嚼的肉留给爷爷，把鸡棒腿留给我们小孩。他还给我们讲许多故事，都是教育我们如何孝顺老人的。父亲与爷爷合不来，一定是父亲在枪法上嘲笑过爷爷，不然，善良耿直的爷爷是无论如何也不会生气的。以至于到了临终之时，他把母亲叫到床前交代后事，而不是我的父亲。

父亲第一次参加狩猎，是1961年腊月二十三，那时父亲刚满十七岁。前一夜，村里领着大家打猎的头人刚做了一个好梦，这是一个好兆头，于是，一大早他就把大伙召集起来，准备上山打野猪、黄猄。父亲还记得他第一次扛着猎枪出门，跟在男人们身后的情景：大家投向他的目光是不信任的，甚至是不屑的，还有人嘲笑父亲，说他连扛个铳（猎枪）都打晃，还打什么猎啊，幸好一位姓陆的伯伯帮他说了话。就是那一次，父亲一枪打死了一只黄猄。在人们还在感到诧异的时候，又过了几天，父亲又打了一只。那一年，全村共打了二十五只野猪、黄猄，有十七只就是父亲打下的。年仅十七的父亲，一年的时间就成了乡间的名人，并因此成了大队民兵连的一个连长。

但林里的野猪和黄猄总有被打光的时候，到我出生，并开始长大时，山林已寂静下来了，除了小松鼠和吱喳乱叫的小鸟，再也没有什么野兽的踪影了，没有黄猄爬到苦楝树上去吃苦楝子，没有野猪越过树林，跑到玉米地里拱玉米，在夜晚出没的，只有野猫，它穿过乡村的夜色，在杂草丛生的村路或玉米地里一闪而过。

父亲吃过晚饭，依然会扛着铳出门，他的目标就是那些野猫。他总在乡村的路上来回走着，从一个村庄走到一个村庄。他自己加工过的加长电筒发出强光，不时在村路、田地、山野上扫过，那是夜晚的一个发散的光柱，黑乎乎的树丛，连绵的玉米地不时被照亮。那些风吹草动就被吓破胆的胆小的夜行人，看到这光柱就放下心了，因为他们知道那是我父亲，一个天不怕地不怕，连鬼神也不怕的猎人，有他在那里走着，他们就不用害怕什么了。

父亲的电筒光终于锁定了两粒闪亮的光点，这光点往往一闪而过，需要多少细心才能把它发现啊？那是野猫的眼睛。父亲把电筒闪回，对准野猫的眼睛，野猫就呆着不动了。这种习惯了在夜晚出动的动物，对光线总是感到迷惑，电筒的强光一下就让它傻住了。这时，父亲摘下肩的铳，把电筒套在铳管上，瞄准，射击。我不知道，野猫被打中时是否发出一声惨叫，我只清楚地记得，当父亲扛着铳出门的时候，我们熄灯上床，感觉黑夜像一堵无边无际的墙横在眼前，它不时地活动着，向我们挤压过来。一点点的风吹草动，就让我的心蹦出胸脏。在那样的夜晚，我心跳的声音就像锣鼓在敲，我感到呼吸困难。如果有人走路的声音传来，我就屏住呼吸，极力分辨那是不是父亲的脚步声。我一定是在那焦灼、恐惧中，度过一个个夜晚的。第二天天未亮，我起床点亮煤油灯，烧热水洗脸，准备去上学，这时我才发现野猫就蜷在火灶边，好像睡着了。它的脑袋，被父亲的砂弹打花了。

在那个物资匮乏的年代，野猫曾经带给我们一家多少美好的回忆：皮被剥下来了，它被钉在一块木板上，晒干后，父亲拿到市场上，能卖上十多二十块钱，那往往是我和弟妹们去学校的生活费。野猫肉被我们一锅煮了，它的香味往往蹿出篱笆墙，在我们童年的记忆里飘荡不散。

野猫渐渐也没有了，空寂的原野往往只剩下风吹过茅草的声音。村庄的夜，只剩下看家的狗在夜静时分不时地叫着，仿佛告诉你那是村庄，那是村人们生息之所。

父亲也渐渐老了，他过了当民兵的年纪，因此冲锋枪被收了回去；接着，收枪治暴，父亲的铳也被没收了。没有了猎枪，最后一只猎狗老死后，父亲也就没什么心情养猎狗了。从此，走在路上的父亲，再没有什么特征，让你想起他曾是一位猎人。

但父亲还是保持了穿越山林的习惯。有事没事，他喜欢拿着一把柴刀，从一个山头走到另一个山头。山上有鸟在鸣叫，有松鼠在跳跃，有蝉在没完没了地嘶鸣，但不会再有野猪、黄猄这些大型的动物了，父亲巡山回来，肩上扛着的，只有柴火。

打柴火是农村所有的农活里，他最喜欢的，因为那样可以让他整天整天地泡在山上，而不是地里。父亲不喜欢地里的活，地里的活总是落到母亲的肩上。母亲去世后，地里的活让父亲愁眉苦脸，父亲因此被村里的人们称为懒人。他们不知道，其实我的父亲骨子里就是一个猎人，猎人是不喜欢田地的，他喜欢山林。只不过，山上再没有他的猎物了。一个失去了对手的猎人，他的内心是孤独的。在他的内心里，就只剩下那些打猎的故事了。

从很小的时候起，我就喜欢坐在火灶边听母亲讲故事，那都是民间口传的故事：卜火（穷人），田螺姑娘，雷公雷母……母亲去世后，我们坐在火塘边，整个家显得冷冷清清的。父亲抽着水烟筒，我们在看连环画，心情好的时候，父亲竟跟我们讲起打猎的故事来。

父亲打猎遭遇过危险，也遭遇过尴尬：哪一年？他手中的枪走火，野猪回过身朝他猛扑过来，他腾空而起，抓住了头上的树枝。父亲讲到这个细节时辅以动作，然后，他说，如果慢腾空一秒钟，他的大腿就被野猪撕了。又是哪一年？他参加狩猎，对面山头有人朝他喊，过去了，过去了，不久，他眼前的草丛耸动，他朝那儿开枪，打中了一个人，砂弹把那人的身子打出了许多眼；父亲还说他们打过老虎，那可能是乡村的最后一只老虎了吧？因为此后，我们那一带再也没出现过老虎。

父亲就是带着对打猎的无限美好的记忆来到我生活的城市的。那时候，弟妹们都工作了，我的儿子正上幼儿园。星期天，我们问父亲，你想去哪儿玩？我们陪你去。父亲竟说他想去动物园。于是，我们浩浩荡荡地出发了。动物园在西郊，树荫掩映。有关动物园，我曾写过一篇《前往二十二世纪的西郊动物园》，那是一篇忧心忡忡的文字：到二十二世纪，我们城市里的动物园，就会变成动物纪念馆了，因为很多动物，很多物种，会不断地消失。但眼前，虽然我们无法看到老虎啸聚山林的雄风，但它膘肥体胖，正过着休闲的园居生活。还有表演艺术大师大象，正饶有兴趣地表演着踢球；还有鳄鱼，在阳光下半睁半闭着眼睛，好像沉在另外一个世界里。对于动物园，儿子来过多次了，他感兴趣的只是大象表演，而父亲，他一直在掩饰着自己内心的激动。他走在我们的前面，似乎带着我们乱走一气，我知道父亲一定在找着什么？黄猄！！父亲惊呼！我们的目光顺着父亲的目光，看到了铁笼里的几只黄色的动物，它们还长了角，像鹿一样好看的角。这是我第一次看到黄猄，原来它是一种温顺美丽的动物，它的眼神像驴那样单纯，透明，让人类能够从中看到的是自己的污浊。父亲贴近栏杆，像看到老朋友那样，长久地看着黄猄，他的目光却是复杂的。我们还看到了野猪、老虎、竹鼠、狐狸……看到每一种动物，父亲都惊喜地叫着它们的名字，并说他曾打过它们。但渐渐地，他的声音由最初的兴奋，最后竟变成了沉默。父亲是一个猎人，他曾亲手剿灭过多少动物啊？它们是他的敌人，还是他的朋友？现在，父亲只能在动物园里看到它们了。无敌的人类，当他们剿灭了动物，最后就只剩下他们自己的时候，大自然对他们的惩罚就是给予他们孤独，这是大自然对人类的警告。但我依然无法从环保主义的立场去审判父亲。环保意识的形成，也许是一个漫长的自觉的过程。在这个自觉的过程中，我们付出了惨痛的代价。

从动物园回来之后，父亲竟陷入深深的失落中，自此后，他再也不跟我们讲打猎的故事了，最后一位乡村猎人，他打猎的故事，最后也要从乡村中消失了。

四、一个人的乡下

父亲是否想过，拼命地把几个小孩送进学校，结局却是把他自己一个人丢在了乡下？

老屋越来越破烂了，三面是竹篾围起来的篱笆，四处漏着风。太阳，月亮，星星，一年四季从竹篾上走过，从屋里能清清楚楚地看到，那么明亮，孤单。冬天，风能透过篱笆吹到屋里来，坐在火塘边，脊梁却冷得一阵阵发麻。更要命的是，唯一的一面土墙，已裂开了几个大口子，由于风吹雨淋，不时地往下掉泥巴。加上排水不畅，薄薄的墙脚被雨水浸得又松又软，整面墙随时都可能坍塌下来。偏偏那时候，小弟小妹都还在读书呢，每年两次开学，我和大弟的积蓄就都花进去了，根本没有多余的钱起房子。父亲安慰我们说，不要紧的，只要你们都能读书，都能工作，我住破房子，心也甘。

但一下大雨，我和大弟就都把心提起来了，而老父的床，刚好就在那危墙下面。我们急忙把电话打到村里，半响，父亲喘着气在电话那端出现了。父亲说，墙能撑得住的，我已经打了几根顶柱了，估计是倒不了的。父亲说的是估计，我们的心还是无法放下，我们说，要不，下大雨的时候，你就去别人家住吧，这样我们就能放心了，就能睡得着觉了。父亲说，好的，下大雨我就去阿飞家住。阿飞家是村里跟我们家最亲的一家人，因为我母亲和他母亲是从同一个地方嫁过来的。三十年来，两家人不是亲戚，却一直以亲戚相处。

春节到了，我和大弟从外乡回家。站在屋前，看着那栋半是篱笆，半是土墙，半盖茅草，半盖瓦片的全村最破烂的老屋，我们心里在盘算着它还能撑多久。它摇摇欲坠，看来很难能撑得过下个雨季了。

必须建新房，借钱！

父亲也不得不同意这个决定。其实，父亲的心里就一直有着新房梦，几年前他曾说过，等你们都读完书了，都工作了，我们盖一栋三层的小楼，一层我住，二三层你们回来时住。父亲说完，我就想，等我们都工作了，那还要多长的时间啊，那时小妹才读小学，至少还要十年的时间。但现在，才过去五年啊，房子却快撑不住了。父亲说，那就打三层的基础，先建一层吧。我们让父亲打个预算，水泥多少，砖多少，还有，还有，请别人起房子也要花钱的啊，先不管了，哪怕先欠着。

然后我们分头去借钱。我跟作家东西借了五千元，这是当时我借的最大的一笔钱了。上一次借钱是好几年前，大弟考上了中专，我跟自己工作的那所乡下中学财务借了八百元。我的工资只有一百六十八元，为了还那八百元钱，我节衣缩食过了差不多一年。这一次，我对东西说，东老师啊，我跟你借这笔钱，不知哪时才能还得起。东老师说，拿去吧，拿去吧。

房屋终于动工了，共和村的覃叔说，我去给你们建房子吧，不用你们付钱。他心里惦记着1958年建水库时，没有蚊帐被窝，是父亲把他这个十多岁的孩子，拉进自己的蚊帐被窝里的。

我们不时地打电话询问建房的进展，父亲说，在倒地梁了。倒地梁花了好长一段时间啊，我问父亲，能不能买红砖，用红砖建房，住多久心里都踏实。父亲在电话里跟我算起账来，一块红砖比水泥砖贵多少分钱，换成红砖，要增加多少多少。我无奈地说，那，就按原计划，用水泥砖吧。

墙终于砌到屋檐下了，这回是父亲打电话过来。父亲问，要不要倒板啊，倒板，就成一间平房了。父亲心里还没放下他的平房梦。我说，倒板要多少钱啊，父亲说，至少三千，我说，那就不倒吧，等将来有钱了，把上面几层砖拆了，同样可以倒板盖楼啊。

终于，房子建好了，但四米宽、四米高的大门，再也拿不出钱来修了。不仅拿不出，还欠着一千多元的水泥砖钱和一千多元的劳务费呢。父亲说，房都建好了，门还能愁死人不成？他动手用从旧房拆来的木板，钉了个简易的门。

终于可以进新房了，我们心里别提多高兴啊，虽然它只是两间灰扑扑的水泥砖瓦房，虽然它有着一个难看的门，但我们再也不用担心它会在一个下雨的夜晚倒下来，压住我们的父亲了，我们的心终于可以放下来。

但住进新房，我们才想起，弟妹都去上学了，平时家里就父亲一个人啊。一个人做饭，一个人吃；一个人睡觉，一个人给自己暖被子；一个做活路，没有人给他帮忙；甚至，没有人跟他说话，要说，只好去串门了。我跟父亲说，爸，你给我们找个后妈吧。弟妹附和，是啊，找个后妈。父亲却说，不找，怕后妈心毒，对你们不好。我们说，那就找一个心不毒的啊。父亲说，那，再等等，等日子再好一些吧。

再等等，又等了两年，小弟也工作了，三个人送小妹读书，再也不成什么问题了。父亲真的找了一个善良的寡妇。她比父亲小十多岁，有五个女儿。但人家在犹豫啊，父亲说，我们家三个子女都在外面工作，她担心你们真能对她好吗？而且，她的女儿们，也舍不了她。我说，不用担心，我们支持你们。

春节快到了，我，两个弟弟，一个妹妹，还有，我的妻子，还有，大弟的女朋友，还有，小弟的女朋友，我们一行七人浩浩荡荡地开拔到三十公里外的那个小村。我们的借口是，邀请她过来过年。其实，是诚心地邀请她过来，做我们的后妈。

从小就没有母亲的小妹，一见到她就挎住她的胳膊，脸上笑得多甜啊。在她的脸上，我看到小时候课本里蝌蚪找到妈妈的那种幸福！

我们终于有后妈了，但是，她还是过不来。她的女儿嫁人的嫁人，还没嫁的，都在外乡打工，家里就丢下一个外孙，还有几亩田地。孩子要有人带啊，田地也不能丢荒，于是，父亲和她，不是那个跑这边住几天，帮帮这边干干农活，就是这个跑那边几天，帮帮带外孙。即便不住在一起，父亲的心里有了一份牵挂，我们也觉得挺幸福的了。

前几年，我租住着单位的房子，一家三口算是有了栖身之地了，我对父亲说，闷了，你就出来住一阵吧。父亲说，好。忙完农活，父亲把家里的猪呀、鸡呀什么的，交代给乡亲们，就锁上门，骑着老单车去了县城。从县城，先去大弟工作的宜州市乡下卫生院，住了一阵，才坐车从宜州到南宁。我和专程从钦州赶过来的小弟，陪着父亲玩了两天，小弟就赶回去了。白天，我和妻子要上班，儿子在幼儿园，中午都没法回家，我们就教父亲用煤气灶、微波炉、热水器，开防盗门，父亲不耐烦地说，中午我到楼下吃粉，你们不用管我的。有一天回家，父亲气鼓鼓地坐在屋子里，嚷嚷着要回乡下去。原来，他在开门的时候，把钥匙拧断了，不仅钥匙断了，程序也乱了，是妻子找来开锁匠，把门打开的。没有谁责怪父亲，我跟父亲说，两道门，明天你就锁一道好啦。但父亲执意回去，在城里，他实在是待不住了。

父亲转了一圈，又回到他的乡下。父亲在电话里说，住在城里实在是没有意思，不认识什么人，整天就对着那电视机，心里闷得慌。不像在村里，一村都是熟悉的人，想进哪家进哪家。还有，山上有他种的几十棵果树，几十丛竹子，地里有庄稼，每天去打理它们，心里踏实，高兴。

我很好，你们放心好啦，父亲说。

从此，我们也习惯着父亲一个人在乡下生活了。

父亲在乡下生活，成了城里孩子每天的牵挂。

∣作者自述∣

我非常同意你说的，散文是写，或者记，而不是创作。在我看来，散文首先就是一种记录。它是与一个人的成长有着血肉相连的关系的；它也是作家看社会和人生的一只眼睛，是一种情感的表达。就像一个人，他心里憋着有话要说，那他就写散文。散文就是说出来。我写散文最初就是想留下那些远去的事物，比如母亲、乡村的事物……现在看来，我的散文就是记录了一个进城的农村孩子的轨迹，他在城里四处招摇，却拖着一条乡村的尾巴。

——黄土路：《与庞白扯散文（代后记）》，载黄土路《谁都不出声》，金城出版社，
2014，第159页

广西多民族文学经典

GUANGXI DUOMINZU WENXUE JINGDIAN

（1958—2018）

散 文 卷 （下）

总 主 编 ◎ 黄伟林　刘铁群

本卷主编 ◎ 刘铁群　黄伟林

GUANGXI NORMAL UNIVERSITY PRESS

广西师范大学出版社

·桂林·

他们彼此从未听说过

沈东子

我的爷爷和外公，在我出生前就已不在人世，他们分别居住在华东和华南，彼此从来没有听说过对方，更不知道后代会把他们合在一起想。我的奶奶和外婆，在波澜壮阔的革命年代，活得要更长一些，吃的苦也更多一些，她们也许彼此听说过，但没见过面，因为她们也分别居住在华东和华南。在过往的岁月，女人的生活圈子是很小的，她们甚至没走出过所在的省份。男人不一样，总会卷入一些历史活动，也会因为那些历史，或腾达，或遭殃，爷爷和外公都属于后一种情况，爷爷在与北伐军作战时坠马受伤，后来郁郁早逝。外公就读于黄埔军校，在国共纷争中站在国民党一边，二十世纪五十年代初被处决。

作者简介

沈东子（1960—），出生于黑龙江，祖籍浙江湖州，1963年迁居桂林。1987年入漓江出版社外国文学编辑室，1997年与广西文学院签约写作小说，2000年参加全国青年作家创作大会，2006年参加中国作协第7次全国代表大会。译著有《呼啸山庄》《诺贝尔文学奖丛书·大盗巴拉巴》《都柏林人》等。著有长篇小说《少不更事》，短篇小说集《空心人》《广西当代作家丛书·沈东子卷》，随笔集《桂林人》《西风·瘦马》等，其中小说《美国》获上海文学小说奖，小说集《空心人》获广西文艺创作铜鼓奖，长篇小说《少不更事》获2009年度最佳长篇提名。

作品信息

原载《天涯》2008年第5期。

我的外公本来也可能是另一个人，父亲先前有过另一段婚姻，而且有一个儿子，就是我的同父异母哥哥。如果没有革命的暴风骤雨，哥哥的外公应该就是我的外公，不过这种说法似乎不能成立，因为那个我，自然不会是现在的这个我了，是福是祸，孰能料定。现在的我固然一事无成，但那个假如的我，谁又敢肯定比现在的我过得好？人生没有如果，我注定不会有那个外公。哥哥的外公没有因为不是我的外公，就逃脱厄运，他跟我的外公一样，为当时的政府做事，五十年代初回到家乡四川，也跟我的外公一样，被获胜的一方捉住，处决。

我的爷爷奶奶，外公外婆，是我想象中的四位先人。我从来没有见过他们，也没有见过她们，正因为没见过，在想象他们和她们时，我的心平静如水。我没有见证过他们离世时的哀伤，也没有经历过她们受难时的悲情，甚至因为没有具象的回忆，我想象不出先人的面容。我看到的只是党同伐异的残酷。

通常来说，在这样的家境中长大，能活过来，没得精神病，就万幸了，还想有什么作为？作为是官宦子弟的事，我们的梦想，只是有一口饭吃。父母每天都有告诫，告诫我不要乱出门，不要乱说话，尤其不要乱说话，祸从口出，总之都是不要，至于想要什么，不敢想，更不敢说，好像这世界是别人的，我们不幸降临，就得看别人喝汤，自己只能吮手指。当时最神往的，是毛泽东在莫斯科对一群孩子的讲话，他说世界是我们的，也是你们的，但是归根结底是你们的，等等。

不过我后来想了想，还是有缝隙可钻的，只要能钻出生天，就是一马平川。人在恐怖中成长，有两种可能，要么比常人胆怯，要么比常人胆大，反正不会是常人的胆子。我选择了后者，或者说后者选择了我。因为家里没有老一辈无产阶级革命家做指点，我只好自我指点，又因为自我指点经常出错，于是我养成了一种冷冷的脾气，平日独往独来，见人爱理不理，麻烦自己担当，尽量不求他人，不喜欢的说我是冷血动物，喜欢的说这叫冷峻、孤绝，又名酷。居然也有人喜欢。

那些居然也喜欢的人当中，有一个成了我的太太。

太太在云南的锡都长大，她的家族是另一种情形，举凡汉字里有称呼的亲戚，她都有，上下左右就不用说了，其他如叔叔、姑姑，堂哥、堂姐，舅舅、姨妈，表妹、表姐，不但一个都不缺，光姑姑就有大姑、二姑、三姑乃至八姑、九姑，姨妈也有四五个，整个家族就像一棵枝条齐全的参天大树，一片叶子都不少，而且没人死于非命，没人离婚，更没人坐牢什么的，所有世人眼中不光彩的事，她家都不曾发生，活生生一个传统美德滋养下的家庭标本。谁想研究中国人的家族结构，找她家准成。

那次回云南，我一下就领教了什么叫作人民战争的汪洋大海，那么多双眼睛望着你，虽说都是亲人，却不相识，要我一个一个按辈分叫一遍，恐怕叫完，我也记不得谁是谁，只怕最后连自己是谁都记不得了。加上那些亲人都习惯说本地话，我大概能听懂六七成，跟听法国人说英文也差不多，可有时关键的一两个字听不明白，就不敢吭声，生怕理解反了，丢太太的脸，我倒不在乎自己的脸面，可太太一家的脸面是很要紧的，他们日日朝夕相处，若传出领回一个痴呆女婿，脸往哪儿搁？于是我就面带笑容，装作很安分的样子。只要不出错，就没人说你傻。

太太有一个伟大的外婆，外婆是过来人，抗战时带着自己的母亲和妹妹，一步一步从华东走过来，走到西南，知道什么叫困窘。刚跟她外孙女认识，有次打电话回家，我被催着：跟外婆说几句话啊？我说说什么啊？外婆就在那头笑，一种温良和善意，覆盖了遥远的距离。整个家族聚餐那晚，她见我不抽烟，也不好酒，就用浙江口音对大家说，今天只管吃菜，不敬酒！那气势，三军不敌。我对她的外孙女说，我喜欢你外婆，超过喜欢你。

她的外婆跟我的父亲一样，都是浙江人，年龄也相当，同样感受过流亡学生的艰辛。只是他们并不相识，彼此也没有见过面，不会想到会因为后代，重新唤起对故乡的遥念。外婆后来去世了，跟我的父亲一样，客死他乡，不知道飘零一生的魂，有没有回到江南？

太太是典型的好学生，中学上的是当地最好的中学，大学读的是全国最好的大学，因此往来的同学都是精英，有时冒出一个貌不惊人的小子，一问底细，也是哪所名牌大学出来的，真是人不可貌相。既然都如此优秀，免不了会好奇，于是我的身份就成了一个谜。曾有同学问她：你到广西那地方，老公是哪所大学毕业的啊？这问题貌似随意，其实是很刁钻的，因为哪怕是本省最好的学校，跟京城比也要矮一截，而那些精英同学通常都喜欢找精英同学做配偶，比如北大找清华，人大找南开等等，如果问出的是一个什么三流学校，自然就会得到一点攀比的满足。

太太说他没读过书。她说的实话。我当然也读过几本书，只是没在校园里读过，按现今的习惯，没在校园里读过书，基本上可以算作没读过书。这个答案经常让同学措手不及，一下子失去了比较的标尺，读过书的人跟读过书的人，是可以比较的，跟没读过书的人比，好为难，好比青蛙跟癞蛤蟆比，自然优越，我的皮肤漂亮呀，我是王子呀，可要跟蜻蜓比呢，就失去了可比性，谁好说青蛙就一定比蜻蜓漂亮？

太太是学中文的，当然也参透了中国文化的实质，是随和，何况有那么完整的家庭熏陶，自然对人和气，有人缘，不像我那么没人味。这一点我很快就发现了，我本来就没几个朋友，结果我的朋友很快都成了她的朋友，而她的朋友依旧是她的朋友。朋友有什么事，总是愿意先找她，找过后随口问一句，老沈还好吧？不待回答人已走出五米开外，其实也不在乎我好不好，只把老沈二字当作客套，相当于拜拜。

我在这座城市住了三四十年，如今走在街上，跟她打招呼的人，要远远多过我。朋友也就罢了，重色轻友也不是没见过，问题是连我不多的那些亲戚，也乐意跟她交往，从来不管辈分直呼其名，全然忘记如果没有我，他们怎么认识她？

至于文化差异，也是很明显的，我的书柜里不是尼采，就是什么什么斯基，不是德国，就是俄国，满脑子西人的哲学，西化的句式——幸好还算通顺。她则满嘴苏轼、李清照，不是杭州，就是济南。看见秋月，她说我欲乘风归去，又恐琼楼玉宇，高处不胜寒。看见落日，她说把吴钩看了，栏杆拍遍，无人会，登临意。看见山，高兴时说我见青山多妩媚，料青山见我应如是，不高兴时就说青山遮不住，毕竟东流去。

好在人生本来就是一个回旋，终于有一天，她说《达·芬奇密码》很好看，《达·芬奇笔记》也不错，说着还把后者译出了几段。而我承认，二十年后重读辛弃疾，除了豪放，我还读出了背后的苍凉。苏轼和尼采，彼此没有听说过，不会想到世上有人，会把他们合起来想。达·芬奇和辛弃疾，也是一样。世上许多看似风马牛不相及的人和事，其实是相及的。

卡　雅

凡一平

这个宛如一口锅的村庄是我发现的。

我跟着摄制组，坐着车，在崎岖、蜿蜒、陡峭、刺激和危险的村级公路上爬行，去寻找一个跟我的小说描写的一样的村庄。我的小说现在已经变成了剧本，马上要摄制为电影了。小说或剧本描述的故事，发生在一个封闭而又盛开着木棉花的村庄。我们要找到这样的村庄。我原以为这样的村庄，很容易就能找到，因为，我童年和少年的记忆中，到处都是这样的村庄——四面环山，山坡匍匐着松落的石头，石头缝和石头上长着青草和苔藓，像是粗粝的、结着菜垢的锅面。山底是松散的房屋和肤浅的土地。房屋冒出炊烟，像是锅底还在温热的玉米窝头。土地长着庄稼，

作者简介

凡一平(1964—)，原名樊一平，壮族，广西都安人。先后毕业于河池师专中文系、复旦大学中文系，曾任广西《三月三》文学杂志副总编辑，现为广西作家协会副主席，广西民族大学驻校作家。著有长篇小说《老枪》《上岭村的谋杀》《天等山》等，小说集《理发师》《沉香山》等，散文集《掘地三尺》。作品多次被改编为影视剧，成为文学现象。曾获广西第二届少数民族创作优秀作品奖、广西第三届文艺创作铜鼓奖、第五届广西青年文学独秀奖等奖项。

作品信息

原载《作家》2008年第7期。收入散文集《掘地三尺》(广西师范大学出版社2017年版)。

主要是玉米，其次是红薯、木薯和黄豆，它们露在浅土上，像是铺在一个巨大囤仓底部的粮食。事实上它们都是粮食。在每一块地的地头，都长有树。最多也是最高的是木棉树，它有着粗糙乃至丑陋的躯干，却能绽放着最鲜红、硕大、美丽的花朵。最少和最矮的是草芒，但这就不是树了，是拿来烧火的柴火。还有，在村庄里找不到水。水是山民最珍贵的东西，比油还珍贵。还有，上下山看不到路。但路肯定是有的，只是因为太小、太陡峭和弯曲，而且没有开凿过的痕迹，只有人和牛羊的脚踩踏过的印痕，让没有走过的人不相信这就是路。还有……我就在这样的村庄度过了我的童年和少年，我的小说或剧本的人物也生活在这样的村庄里。但即将拍摄的电影要找到与我描述的村庄吻合的场景或环境已经很难。摄制组所经过和看过的村庄，不是地头或屋后建起了水柜，架接了电杆和电线，就是通了机耕路。这样的村庄景象其实看上去更美，但却与剧情开始发生的年代不符。

我们在广西的巴马山区已经找了十多天了。

摄制组的人坐在车上，多数的人因为疲顿和失望，正在睡着或闭目，只有我和司机在睁着眼睛。我不甘心我描写的村庄已经消失。我相信肯定还有。车子像甲壳虫一般爬行在山中，在绕上一个山巅的时候，我让司机把车停下，因为我看见两块怪异的大石头。我独自下车，钻进两块巨石相互抵触形成的空洞里。我在洞里看到光线。我迎着光线走去，看见了另一个口。我从这个口出来，发现了相连成锅形状的山。我朝山下望去，看见像火炬一样的木棉树，它们在地头燃烧，温暖着山民们居住的房屋。这不正是我们要找的村庄吗？我回到车子停住的地方，把摄制组的人都叫下车。他们跟着我钻进洞里，从洞的另一个口出来。眼前的景象让他们的眼睛顿时发亮。我们迫不及待地沿着石头上的脚印走下山去。二十分钟后，我们下到山底。在一丛竹子边，我们遇到第一个人，他正在用刀把已经砍下的竹子破成篾片。我用当地话问他：大哥，这个村子叫什么呀？他说：

卡雅。

电影的主场景选定在了卡雅。这是一个只有12户人家的村子。每户人家的房屋都是依山而建，为木栏结构。四米高左右的房屋却普遍分为三层，下层圈猪、鸡、牛、羊，中层住人，上层存放粮食。随同摄制组来的一名县里的干部把这种结构的房屋概括为：下层是畜牧局，中层是人事局，上层是粮食局。这样的概括并不让我们称奇。令我们惊奇的是，这个村子每户人家的人口都不下于十人，基本上是五代同堂，还有六代同堂，最高寿的人今年已经112岁了！我在竹丛边问话的被我叫作大哥的男人，他看上去也就是50出头，但后来知道，他已经82岁了。我后来还知道，卡雅村一百多人口，80岁以上的就有近40人，其中百岁以上有6人。卡雅人为什么显得年青？又为什么那么长寿？这不是我所能回答的问题。卡雅不过是广西巴马县的其中一个村子，而巴马是国际自然医学会认定的世界著名的五大长寿之乡之一。国际自然医学会"世界长寿之乡"的认定标准是，每10万人中至少应该有7位健康的百岁老人，而目前拥有24万人口的巴马，百岁老人就有74位，也就是说，每10万人中的百岁老人就有35位之多。我不知道巴马这74位百岁老人，是否包括了卡雅的6位。如果调查人员去过卡雅的话，应该是包括了的。但是他们去过卡雅吗？这么偏僻的、闭塞的、从没有放过电影的地方。

可现在的卡雅不仅要放电影，而且要拍电影呢。这真是一个新鲜、稀罕的事情。电影的剧情里，有一场公社放映队来村庄放电影的戏。拍这场戏那天，刚过春节的卡雅像又过了一个春节。闻讯而来的各村村民像潮水涌到卡雅。他们的脸上洋溢着赴喜宴一样的表情，手里拿着未点燃的火把。干旱少水的卡雅头一次成为欢乐的海洋。数百名各族人民团结一心，期盼天黑和电影的放映。电影终于放映了，是故事片《白毛女》。这是一场戏中的电影，或者说是电影中的电影。放电影和看电影的人都是戏中人，是演员。卡雅和卡雅以外的村民们不知道什么是演员，什么是演戏，但是在这天晚上，在这场戏中，他们的朴素、自然、全神贯注、服从而又随兴的发挥，让导演不断竖起拇指啧啧称赞，让混在其中的职业演员露怯。在这场特殊的电影之恋中，寿乡的人民不是名角、主角，但却是最本色、最地道、最感动人的人群，无论是戏里还是戏外。那天的这场戏一直拍到深夜，准确地说是拍到凌晨三点，可在场的群众没有人提前离开，因为周围的山是黑茫茫的，没有移动的火光。当导演同意收工，他们才有序地散场。那绵长、游移在山中的几道火把，像是聚会的火龙，眷顾着这灵性的山村。

如果谁想知道世界上年纪最大的演员有多大？在哪里？我可以告诉你，他在卡雅，今年104岁了。

电影剧中人物里，有一位曾祖父。故事开始的时候，他已经80多岁了，而故事结束的时候，他已经108岁，而且还健康地活着。在整个的故事中，他一言不发，但是却目睹和亲历了巴马山村人民的忠孝和仁义。

扮演曾祖父的人选，曾经很让导演头疼。这么大年纪的角色演员，在北京没有，即使有，也不方便带来。在北京，导演曾经找了一个60岁的职业演员，对他进行化装，但是化装后的效果，很不如意。直到发现卡雅，进驻卡雅，导演的苦恼，随着百岁老人韦汉儒的出现，蓦然消解。

摄制组走进老人家里时，他正在剁猪菜。在暗淡的堂屋里，他结实的身影和使劲的动作，使摄制组不把他当作老人，而错把他当作老人的儿子。摄制组想找和想看的是老人。那么，他继续剁他的猪菜。摄制组在家里屋后看了看，没有别人，回过头来问他，叔叔，你今年多大了？他耳朵灵敏，回答说：104了。他的回答让摄制组的人耳朵失聪。然后他被请到屋外的晒台上。光亮照着他沧桑、红黄的脸，把他脸上的斑点和皱纹照得十分仔细，也使他的精神看上去更加矍铄。因为是在寿乡巴马境内，摄制组相信了他的年龄。在试镜后，导演握着他厚茧皲裂的手，说大爷，我们找的就是您啊！

就这样，卡雅的百岁老人韦汉儒当上了电影的主要演员。他和受过科班训练的演员明星们在一起搭戏，费在他身上的胶片竟然是最少的。在戏里，他不需要表演，因为剧情呈现的，就是他的生活。老人在卡雅生活已经超过了一百年，他的贫困、悲伤、寂寞和孤独，也超过了一百年。他的岁数比卡雅多数的树都大，生命力也比树们更顽强。

在拍摄期间，摄制组决定在巴马县城补办开机仪式和新闻发布会，我极力主张将这位老人请到仪式上来。开始导演担心卡雅距离县城路途远，而且艰险，怕老人身体不适。我就说，这可是世界上年纪最大的演员啊，104岁了，可他的艺术人生才刚刚开始。我的话让正愁缺新闻点的导演突然兴奋。

当然兴奋的还有韦汉儒老人，因为他已经许多许多年，没有出过远门了。接他的那天，剧组雇了几名壮汉，准备轮流背着他，上卡雅至公路间那段坎坷、陡峭的路。但老人坚决不让背，要自己走。众人提心吊胆保护着徒步的老人，这种担心在老人从山底走上山巅后变成多余。当然，他的确有些气喘。但是这样的喘息，我每次进出卡雅也有。然而，你只需要站一小会儿，呼吸一下天然氧吧的空气，气喘立刻全无。老人坐上车。他说，这是他第一次坐车。他第一次坐车来到巴马县城。在开机仪式和新闻发布会上，他一出现，就成为众媒体关注的焦点。面对闪烁的摄像、照相镜头，老人情不自禁唱起了"巴马东，巴马西，两只公鸡对面踢……"的本地山歌。这是我唯一的一次看到老人的快乐。

老人又回到了卡雅。后来，我在网上查找关于电影《撒谎的村庄》的新闻，在出现的十数万条相关新闻中，有一半以上是关于"巴马百岁老人开始艺术人生"的消息。他现在成了明星，却全然不知。

就像我现在惦记卡雅，卡雅人不知。

梦幻的童年

潘 琦

　　童年，不管是幸福，还是痛苦；是快乐，还是辛酸，在每个人的回忆里，都是难以忘怀的。即使你现在已是一个白发苍苍的老人，一个历尽艰辛的老者，童年时代的种种情景，都会时时出现在你的眼前，仿佛是昨天发生的事。这些情景总是带着一种诗性的光辉、梦幻的色彩和一种奇异的感受激动着你的心弦，震颤着你的心灵。

作者简介

　　潘琦（1944—），仫佬族，广西罗城人，毕业于中南民族学院。曾任广西壮族自治区党委常委、宣传部部长，广西壮族自治区区委副书记、广西壮族自治区人大常务委员会副主任、广西文联主席等。被誉为"部长作家"。著有散文集《山泉淙淙》《琴心集》《润物集》《微言集》《情结集》《撷英集》《百感集》《文缘集》《绿叶集》等，小说集《不凋谢的一品红》，诗歌集《山乡晨曲》，歌词集《心泉集》，书法作品集《墨海探笔》等。后结集出版十八卷本《潘琦文集》（广西民族出版社2011年版）。曾获全国少数民族文学创作奖、"五个一工程奖"等。

作品信息

　　原载《广西文学》2008年第8期，收入《春天的呼唤》（接力出版社2009年版），入选《重返故乡》（广西人民出版社2011年版）。

一

我的故乡在桂西北山区，我们的村子不大，村后有一座很像凤凰玉立的大山，山上密布的树林，绿茸茸、翠滴滴，像是凤凰的羽毛。村子因此而得名，叫凤立村。小时候，我和村上的小朋友常到山上捉迷藏，采摘野花野果。山下有一口清澈的泉水长年潺潺流淌，水质特好，饿了，渴了，喝上几口泉水，便精神起来。泉水从村前流过，成了一条小溪流，说深不深，说浅不浅。窄的地方，潺潺作响，搭上几块石头，便可以涉足越过；宽的地方，像一泓深潭，晶莹剔透，清澈见底。我和村里的小朋友，去溪边抓泥鳅，晚上打着火把捉螃蟹，回家用油炒，几个人吃得有滋有味。

我家住在村子的中间，一条用石块铺成的小巷从家门前经过，因为祖辈都比较贫困，砌不起大房子，没有庭园，没有鲜花和绿草，只有一个小小的天井。平日我和弟妹们就在这小小的天井里玩。房子虽小，但祖母把房子打扫得干干净净。祖母是客家人，很爱清洁，家里的东西摆放得有条不紊，谁要是乱了她的规矩，定会遭到一阵骂。父亲烟瘾很大，而且经常随地丢烟头。为这事，祖母不知和他吵了多少次。有时祖母要一直看着他抽光烟把烟头丢到屋角垃圾堆才走开。

我小时候特别淘气，好玩，撒野，我和几个小朋友经常做些怪事捉弄人。有一次，我们裸身在稻田里，用烂泥把全身涂得面目全非，然后躲在石头背面，等有过路的人，猛地跑出来，把路人吓得哇哇叫，我们就哈哈大笑起来。记得还有一次，我和小朋友一道上山摘野花，到林中捡菌，爬到树上掏麻雀蛋，最后到清清的小溪里，用盆舀干溪水捉鱼。玩了一整天，傍晚回到家里已是一身污泥，衣服也划破了。父亲对我一贯管教严厉，见我这般模样，大发雷霆，拿起鞭就要往我身上抽。是祖母从他手中抢过鞭子，我才免遭皮肉之苦。当晚我被"罚站"，直挺挺的，一站就是半天。蚊子叮着也不许动！父亲一边训斥，祖母一边为我说好话，父亲火了："这孩子，让你惯坏了，不管不行，要不然长大就成了废物！"

父亲的一个"管"字，我牢记了一辈子。我也曾放松过自己，每当懒意袭来，玩劲上头的时候，我就想起父亲，想起他一生操劳，靠着几亩薄地，喂几头猪养活一家人，培养儿女的拳拳之心。随着年岁的增长，我的野性也收敛了许多，人也慢慢懂事起来。家里的活也能帮着干，比如帮母亲种玉米，到菜园里种菜、种瓜，学着打草鞋，纺棉花……学什么成什么，而且技术含量很高。逢年过节包粽子，本是母亲和祖母的事，我见她们忙，也学着包，竟然学会了，而且包得很好。母亲笑着说："往后包粽子，全交给你了！"我从小就有极强的模仿能力和自我约束的毅力，这种模仿能力和自我约束力所产生的效果连自己都感到吃惊！

二

当我刚学会走路，母亲便带我进山种地，在山里，母亲把我放在地头的树荫下玩，她自个去干活。有一次我扑向路边的林子里，踮着小脚，在比我高出两个头的树枝上，摘下一些野果放进嘴里吃起来。母亲发现了，跑过来抢过野果，叫我吐出吃在嘴里的东西，用一种责怪、一种爱怜的话语告诉我："这野果吃了会坏肚子的，吃多了还会死人呢！"接着，她给我讲了村东头一个孩子自己上山摘野果吃，第二天就死在床上的故事。末了，母亲叹了口气说："他家穷，吃不饱饭，总有一天会死的！"这是临解放前发生的事。可当时年幼的我却不懂这些，只是眼睁睁地看着母亲手中的野果，仿佛这一个个野果是我摘来的，是我的果实……我哪里知道，这种东西曾夺走过一个人的生命！

我小时候，是个多灾多难的人。母亲告诉我，三岁那年，我就差点断了性命。那年春节，我在家里的地炉边玩耍，在和一个堂妹抢东西时，一屁股坐到火旺旺的地炉上，裤子全烧着了，屁股烧得通红，当即起了很多水泡。那时家里没有药，也没钱上医院治疗，祖母用腌酸的水为我洗伤口，结果感染、化脓，疼痛极了，我不能坐立，整天趴在床头哭叫着。姐姐整天为我打扇子，哄着我。父母亲和祖母都很揪心，到处求医，后来还是隔壁村的土医用草药把我的烧伤治愈了，为医好我的伤口，家里花了几十斤大米呢！

那些年，很倒霉，一难过后，又遭一难。烧伤治愈不久，因为身体太虚弱，接着得了一场大病，上吐下泻，人瘦成皮包骨，吃什么药都治不好，母亲看着我瘦小的身体，没有一丁点力气，全身软得像根刚榨出来的米粉。一天，我已奄奄一息，母亲用草席把我卷好，放在堂屋地上，只等我一断气就送上山埋了。

这时祖母从山里做工回来，看到这番情景，忙问母亲到底是怎么回事。母亲哭着说："这娃崽不行了！我的命好苦啊！"祖母蹲到地上把我从草席上抱起，在我身上摸了摸，对母亲说："他还有气啊，怎么就丢下不管了！别哭了，快想办法啊！"说着把我交给母亲，转身拿起镰刀，往村后的山上跑。不多时回来，祖母捧着一大把树叶、草根放在锅里煮水，然后用药水为我洗擦身子，擦得周身通红。洗着擦着，我竟奇迹般地睁开眼睛，哭起来，原来软塌塌的身子也慢慢地硬了起来。母亲紧紧地抱着我，哭着喊："我的儿子有救了，有救了！"祖母说："还哭，哭什么，还不快点到后山再采点草药回来，晚上还要给他洗！"

就这样，祖母和母亲连续几天，轮流上山采药，为我泡洗。在她们的精心照顾下，我终于闯过鬼门关，不到半个月，身体就渐渐地好起来。自那次大病之后，我身体慢慢壮实起来。小时候家里穷，没有钱买鞋子，白天都是打赤脚，晚上穿板鞋。我的脚板被磨得很硬，有时跟母亲上山种地，无论是乱石嶙峋的山道，还是灌木丛生的陡坡，我都能小跑着前进，一点也不感到脚疼。母亲常常对我说："孩子，脚板底硬了，走路稳了，妈妈放心了！"后来，每当我不听祖母的话，惹她生气时，母亲便严厉地对我说："你要听奶奶的话啊！你这条命是她帮你捡回来的！"时至今日，我每每想到祖母让我死里回生，如今已走过了人生的大半历程，万分感激。祖母啊，是你给了我第二次生命！想到祖母的庇护与厚爱，我的心身之火就永不熄灭，我生命之树必会常青！

三

弟弟们没有出生时，就我一个男孩，家里人对我很好，五岁便送我进学堂，用祖母的话说"早学早成才"。母亲却说:"成什么才啊,放他到学堂由老师管着,以免他去玩水出事!"父亲说:"读好书就能穿皮鞋,读不好书就穿草鞋,由他自己去选吧!"……

我上学那天,祖母早早就起床,把叔叔用木板做成的书盒子摆放在堂屋方桌上,然后蒸了个鸡蛋,上面撒了一点葱花。等我洗完脸,祖母就把我叫到堂屋,说:"你要上学开蒙了,先拜拜祖宗,然后把这碗鸡蛋吃了,就能聪聪明明读书,清清白白做人,你一定要好好读书,光宗耀祖!"我点了点头,按祖母的吩咐做了,这时,我看到祖母站在一旁,脸上露出慈祥、亲切的笑容。

村里的小学校设在祠堂里,只有上下两间厢房,三个班级只有一个老师,他是村里最有文化、最有威望的人,仫佬话叫他"天生",即先生。仫佬人对文人很尊重,不但平时以礼相待,逢年过节都抢着把"天生"拉到家里吃饭,"天生"享受着汉族"文化绅士"的待遇。老师在学校对我们实行的是封建式的管教,我们不仅不能随便出去玩,就是连单独到村前的小溪的机会也难得有。老师为了防止我们去玩水,每天早上用红墨水在我们腿上打一个红记号,到下午放学时,他逐个检查,如发现红记号不见了,放学得留下来,不仅会被老师训斥一顿,还要等家里人来领才能回家。我们都很怕老师。班上有几位年纪稍大的同学,在背后常说他的坏话,都想捉弄他一次。

有一天,不知谁在门上放了两把扫把,然后把门虚掩着,等老师打开门进来上课时,扫把掉下来,打在老师的头上,大家哄堂大笑。老师这时反而不生气,平静地走上讲台,开始上课。我们在下面紧张得不得了,不知道老师最后会怎么样收拾捣鬼的同学。大家战战兢兢地听完课,下课前老师点名把五个同学留下,我不在其中,我们躲在教室外偷听。老师一个个地审问,到底是谁干的?五个同学都不说话。后来,老师罚他们跪下,头上还顶着一碗水,足足跪了半个多小时。几个人经不起逼问和体罚,终于有两个同学承认是自己干的。那天中午,那两位同学一直被罚跪,直到家里人来说情道歉,才被放回家。这事,我们感到老师太神了,他怎么知道是这五位同学中的人干的?他为什么不当场追查他们?他为什么要在五个同学头上顶一碗水？这些对我们都是一个谜，久久不能解答。从那以后，谁也不敢捣乱、捣鬼了。我们那两个同学后来干脆不上学了，在家放牛，捡粪。我打心眼里同情他们，但又觉得他们对老师太过分了，老师的体罚也不应该，误了他们一辈子的前程啊！

在村里的小学堂读了三年，我便转学到镇里的小学读书。从家里到镇上只有两三里地，乡间的小路总是弯曲的，一头是我古朴的农家小院，一头便是学校了。到镇小学的那天，祖母用绣花针为我缝了个书包，我早早背着书包就要上学，母亲、父亲再三叮嘱："到学校后一定要听老师的话，别贪玩，全家的希望都寄托在你身上了！"我什么话也没有，只是频频点头："哦！哦！"

我的班主任是一位女老师，典型的桂北妇女，她中等个子，方型脸，长着一头茂盛的、黑油油的秀发，顺顺当当地梳到脑后，十分好看。那天开学，她在教室前迎接我们，她亲切地问我多少岁，家住哪里，然后牵着我的小手，把我带到我的课桌前。

她声音很清脆，讲课时操着一口桂北官话，语调柔和而委婉。我是一个土生土长的仫佬崽，觉得她讲话实在好听。她还能写一手很好的粉笔字，字体秀气清晰，再加上她秀丽的模样，我觉得我的班主任真是美极了，太了不起了。我特别喜欢上她的课，有时听着她的声音，感到是一种享受，对她有一种诚挚的敬意。

当年，村里的耕牛是集中轮流放牧。有一天，轮到我家放牛，父亲身体有病，而女孩子又不放牛，父亲只好叫我旷课上山放牛。傍晚，当我把牛赶回村子里，一走进家门，便听到了班主任和父亲在说话。

"大叔呀，你不应该让孩子丢了功课去放牛！"班主任埋怨地说。

"娃崽家，少读两天书，不碍事吧！"父亲为自己的做法辩护。

"他刚从农村到城里读书，基础差，缺一两天的课就差一大截啦！"

"嗨，家里就他一个男娃，有时得他帮忙！"

"那不行，这娃崽很聪明，别误了他的前程！"

……

我闯进屋，不敢和班主任打招呼，就一头躲到房间去了，任凭父亲、母亲如何叫唤，我死都不肯出来。班主任很晚才走，我也不敢出来送她。

那次班主任家访之后，家里不再分派我干什么重活，也不让我旷课帮家里干活了。父亲虽然没有文化，但还是听了班主任的劝告，宁愿自己多累一点，多苦一点，希望自己的儿子日后有出息。上学不是一件容易的事情，大部分是没有什么乐趣的，但因家境不是太好，为给我交学费、书费，父母增添了很多烦恼和负担。正因为这样，我读书时特别用功，学习成绩也好，没有辜负家里人对自己的期望。更重要的是，我非常幸运，碰到了一个真正的好老师，她使我内心产生一种对知识的强烈的渴望，她激发起我强烈的上进精神。这种精神从来没有消逝，这对我整个人生起到了一定作用。

四

小小鞭子一尺长，

挥鞭赶牛上山冈，

仫佬娃崽爱唱歌，

唱得石山嗡嗡响。

这是我儿时学会的第一首山歌，也是我最喜欢的一首。现在每每唱起它，我还能清楚地回想起，小时候母亲教我唱歌的情景。母亲目不识丁，但歌唱得很好，在方圆十里八寨是出了名的，凡是村里逢年过节，大事喜事，要对歌什么的，都少不了母亲到场，而且每对必胜。我稍懂事之后，常跟母亲去听大人们对歌。有一次母亲对我说，看得出你很喜欢唱歌，我教你唱一首吧！于是母亲就清了清嗓子，用那特有的韵律和拖腔，唱了这首歌，眉宇间流露出了对山歌质朴的爱，还有对儿子的一分寄托。这一情景，给我的印象非常深刻。母亲于山歌的钟情，于唱山歌的天分，潜移默化地影响了我，我身上有母亲能歌善舞的基因。

仫佬族有一个供青年男女开展社交活动的节日，叫"走坡节"，因为这个节日主要是给男女青年对歌恋爱的，又叫"后生节"。小时候，我常跟村里的后生崽去走坡听山歌。那时还小，我不懂得歌词的意思，不理解哥哥、姐姐们为什么对唱歌那么着迷，整天整夜地唱，仿佛他们肚子里装的全是歌。年纪稍长，我才知道走坡是男女青年谈情说爱的节日，哥哥、姐姐们唱的都是情歌。他们通过对歌互相传递感情，从此找到自己的心上人。后来，我听说父亲和母亲就是对歌对上的。

记得有一年中秋过后，我偷偷跟着村里一帮后生走坡。一路上，女的打扮得花枝招展，男的穿着节日盛装，成群结队，聚集在村东边的山坡上，他们分别坐在绿茵茵的草地上，吹着指口哨，挥动着花手帕，高亢嘹亮地对起歌来。男的先开腔：

山上坡顶百花开，

见妹是个好人才，

今天有幸见阿妹，

妹想对歌就过来！

这时，对面的姑娘们故作娇媚，欲言语，围拢在一起交头接耳，嘻嘻地发笑。男的接着唱：

哥想邀妹唱风流，

看妹点头不点头，

妹若无心同哥唱，

劝妹赶快别处游！

姑娘们再也按捺不住内心的情感，但谁也不好意思先开腔，你推我让，最后还是一位俊俏的姑娘先站出来，用花伞半掩着腼腆的脸蛋，打开金嗓，假装不解其意地试探：

一把芝麻撒上天，

走坡节歌万万千，

不知阿哥唱哪种，

阿妹生性图新鲜。

小伙子们见姑娘们开了腔，立即活跃起来，都争着开腔，还是一个小帅哥占了风头：

妹图新鲜哥新鲜，

哥用新鲜把妹连，

今日有缘逢着妹，

要唱三百六十天。

姑娘们也不示弱，交头接耳地商量了一会儿，即唱道：

哥莫慌，

这种想法欠思量，

三百六十天都唱歌，

那有功夫去种粮！

小伙子们哈哈大笑，唱：

唱歌先，

功夫不做丢一边，

功夫不做千年在，

风流没有几多年！

……

就这样，他们从唱"邀请歌""问村歌""初恋歌""定情歌"到最后的"难舍歌"。一问一答，有板有眼，一直唱到天黑，才依依不舍地分开，最后一首歌特别感人：

东山顶上升月亮，
哥妹分手回村庄，
哥妹唱歌嫌日短，
妹走以后嫌时长。

树上喜鹊叫连连，
我俩话头讲不完，
世上三年逢一闰，
为何不闰唱歌天。

送妹送到九山头，
分别不觉眼泪流，
远远望妹悠悠去，
好比铁钳把心揪。

莫泪流，
哥也装在妹心头，
来日歌节再相会，
妹陪阿哥唱个够。

山歌成为仫佬人生活的必须，他们以歌传情，喜结良缘；他们以歌赞美生活，憧憬未来；他们以歌鞭挞假丑恶，赞扬真善美。在一个村子里无时不唱歌，无人不会歌，无处没有歌，家家有歌本，代代都相传。这在我幼小的心灵里埋下山歌的种子，以至今天能开花结果。我感谢故乡这方水土，养育了无数像我一样的仫佬人。

五

在村上，我有几个童年相好，仫佬话叫"勒童"（结拜兄弟之意），平时玩得很好，经常上山抓鸟，摘野果，有时你出米，我出菜，他出油盐凑份子，打平火一起煮饭吃。然后到树林里捉迷藏，你找我躲，累了就睡在林外的草垛里讲故事。父母们见我们很晚了还没回来，就着急得四处寻找。我们躲在草垛里就是不吭声，等到他们走了，才各自悄悄地回去，这时少不了挨一顿教训。父亲罚我站，大声地说："你小小年纪就玩得不顾回家，长大不就要翻天了！"祖母说："尽和村上淘气的野孩子在一起，今后不知变成什么样子！"我静静地站着，一声不吭。

暑假里，我负责放牛。有一天，阵雨没有下完，细细的雨丝还在空中飘洒着，我就约了几个"勒童"牵各自的牛，到村东头的荒坡上去放，雨后的荒坡青草如洗，鲜嫩鲜嫩的，牛甩着尾巴，自由自在地啃着青草。突然一头牛仰起头"哞——"地叫了声，竖起尾巴跳跃起来，引得我和"勒童"们朝牛群望去，啊！天晴了，太阳出来了，漫山遍野一片金色阳光，我们拍着手，唱起山歌来："看牛娃崽嗓门尖，山歌一唱刺破天，唱得大树连根起，唱得石头缺半边。……"这时是我们最快活、最自在的时候了。

记得有一年夏天的晚上，在明亮皎洁的月光下，我们结伴在村外的晒坪上，分两支队伍玩"攻城"，一边守，一边攻，我的口哨一响，双方就打起来，每个人都奋勇出击。攻守双方必须把对方全部俘虏才算胜利。双方都竭尽全力，不让对方俘虏。当时，我常是玩这种游戏的组织者和策划者，可以对"全部战友"发号施令，裁判"战争"的胜负，这个时候，心里充满着快乐！觉得自己长高了，长大了。

我的"勒童"中有一个叫国新的，他天资聪明，学习成绩很好，在班上都是前三名。他心灵手巧，小时候就会做木匠活，做箱子，修板鞋。他做的风筝，既好看，又飞得高。有一次，我们一块用竹子做成套套到山里装麻雀，他不一会儿就抓了两只，我的套套还是空荡荡的。他见了一边指教，一边重新做了个套套给我："你呀，竹篾不能搞得太薄，太薄了没有力，怎么套得住鸟的脚呢？告诉你，弓弦要放得灵活，弓子要套得有力，鸟一跳上来吃东西，准能套住它……"

我照他的方法做了，果真抓住了两只麻雀，那天，我们烧麻雀吃完后，躺在柔软的草地上，秋天的阳光照在身上，令人浑身都有一种暖洋洋的感觉。国新这时跑进林子里，摘来野桃果，他说："这地方有几株野桃树，是我放牛时发现的，你别告诉别人，以后我们可常到这摘野桃子吃。"我点了点头。后来，搞大炼钢铁，把这片林子全砍光了，我们再也吃不上野桃子了。

国新家是"富农"，成分高，村里的其他孩子很少和他来往，只有我经常和他泡在一起。他兄弟很多，都没有一个有出息。他常在孤独和寂寞中编些山歌自唱，后来他父母先后去世，他是家里的老大，没有读完初中就回家种田了，靠帮人检修房子、做泥水匠赚钱维持生活。他早早结了婚，接着生了好几个孩子，家境比较困难。我读完高中后就很少回村，我们就不常往来。其实他如果能继续读书，考上大学，说不定是一个很有才干的人。可惜了他的一手好手艺，一身好天性，命运是某种巧合，命运支配我们行为的一半，而把另一半委托给我们自己。

时光飞转，日月如梭。那年深秋，我回到家乡。家乡的一切给人一种全新的感觉，砌了很多新房，修了条水泥路，封山育林后，周围的山都郁郁葱葱，村前的小溪水潺潺流淌……傍晚，我走到村头的晒坪，儿时"攻城"捉迷藏的游戏，仿佛是昨天发生的事情。远处悠悠的山歌声随风传来，我的心醉了，愈发眷恋少时的生活……

梦境不可挽回，缈如烟云的童年，使人恋恋不舍地追思，令人在甜蜜的回忆中有些伤心和感慨。天真无邪的童年时代，像流水上的浮萍一般，飘然而去，永不回返。啊！人生是如此短暂，如此匆忙，而时光又是那么无情。想到我竟然度过了大半辈子，然而，我时时仍在回味着那梦幻的童年，有不尽的乐处！童年，我觅住这些事，便寻到了你……

┃文学史评论┃

总的说来，潘琦的作品主要以人物形象的塑造见长。正如他务实的工作作风和质朴的人格一样，他的文风也基本上是朴实淳厚的。在叙述语言和情感表达上总是不繁复的，却往往在简单的语言中含蕴着较深沉的情感。不断增加的美学意识和理性精神，使他的作品不断出现精彩之作。由于他在写景方面很下功夫，所以在他一些较有代表性的作品里，往往能够将抒情、叙述、议论融为一体，做到情与景融，意与境合，表现出不俗的艺术魅力。

——徐治平主编《广西散文百年（上）》，民族出版社，2004，第244页

潘琦作品类别丰富，其中散文是主要组成部分，也是集中体现了作家创作特色的部分。潘琦散文内容广泛。其中有作家走访山乡、游历祖国山河古迹、世界名胜的游记作品；有记录身边细微人事，感悟生活真谛的记事抒情短章；有对新时期人生主要问题、重要社会现象进行独立思考的论说小品。它们在内容上涉及人生、社会的各个侧面，感悟、论述均有独到之处。

——李建平等：《广西文学50年》，漓江出版社，2005，第387页

┃创作评论┃

他的散文，总是喜欢通过质朴亲切的娓娓而谈寄寓着挚情深意，我们也发现在这质朴亲切的语言中，却时时呈现着一种炽烈的动人意境。如果说，他在作品的整体意境上，注重从艺术的整体着眼，描绘鲜明的主体形象，使作品构成时代的开放与欢活社会性的意境，那么，在每篇作品中的局部"小意境"，则有着情中景与景中情的妙处。

——王敏之：《凉凉山泉沁人心——谈仫佬族作家潘琦的散文创作》，载潘琦
《我的文学之旅》，广西人民出版社，2007，第113页

创作视野的放大，并不只是题材的扩充，而是思维的开拓，是文学观念的新化，

是创作触角灵敏度的提高。一群探索者来到辽阔的海滩上——人们挑挑拣拣，总感到难捡上一块闪光的贝壳。而有一位探索者与众不同，他怀着一颗赤诚的心，细心地观察，默默地寻觅，一步一个脚印，把一个个多具形态的贝壳，拂去沙粒，珍藏进自己的口袋里。这就是潘琦的散文创作给我们的启示。

  ——陈学璞：《评仫佬族作家潘琦的散文创作》，载潘琦《我的文学之旅》，
  广西人民出版社，2007，第120页

  概括地说，作家潘琦的文学创作体现了中国文学诗缘情、文载道的审美传统。一方面，亲情构成了潘琦文学写作的情感底色，这种亲情经友情、师生情、事业情、故乡情而上升为爱国情；另一方面，政治之道、道德之道、宏大叙事之道以及日常生活之道构成了其作品的载道内容。潘琦文艺作品的可贵之处在于将动人之情与惠人之道作了融会贯通的表达，找到了现代教育和民族民间文化传统的契合点，形成了情道融通、精英与民间兼容的有意味的形式。

  ——黄伟林：《惊奇于自己的文学之美——论仫佬族作家潘琦的文学创作》，
  载潘琦《我的文学之旅》，广西人民出版社，2007，第142页

  潘琦作为仫佬族散文作家，在民族文学领域有着独特的地位。他的散文质朴、平实、自然，没有矫情，没有做作，没有华丽的辞藻和虚华的情节，写景状物情真意切，读起来引人入胜，亲切感人。他的散文创作不仅是仫佬族文学的收获，也是我国少数民族文坛的收获之一。

  ——艾克拜尔·米吉提：《仫佬族散文作家潘琦》，载艾克拜尔·米吉提《艾克
  拜尔·米吉提作品集：评论卷》，民族出版社，2009，第265页

  与许多始于70年代创作的散文作家相似，潘琦散文早期大多秉承杨朔提出的以"诗"的方式从事散文创作这一文脉，无论山水风貌、社会习俗、个人抒情述志，常以一事一议，咏物抒情，结尾升华，文以载道；文笔热烈开阔，铺陈如泼墨般浓

酽。20世纪末以来，潘琦散文开始打破"物—情—理"的惯性写作，对现实与历史在保持热诚关照的同时，更多地叙谈人生某一刻骨感受，文笔朴素而富有才情，颇领宋朝散文平易流畅、重于议论抒情的文风。

——张燕玲:《散文创作中的仫佬族三杰》，载银建军主编《第四次仫佬族文学研讨会论文集》，广西人民出版社，2009，第102—103页

曾被誉为"部长作家""书记作家"的潘琦在其散文中对这种人与自然和谐关系的表现可谓情有独钟，具有一种别样的深刻。在潘琦的笔下，大自然令人惊叹的不仅是其鬼斧神工、势出意料，更在于它们是人类的母亲、保姆和兄弟姐妹。他笔下不仅无山不美，无水不美，更在于它们大多美在其天赋的宁静、自然与和谐，美在其没有受到现代工业文明负面因素的干扰和影响。以一个游子归家般的真情对那些没有污染的青山绿水直接描绘的纯美文字，构成了潘琦散文美的一大特色。

——银建军、钟纪新:《生态美学视野中的仫佬族文学》，载斯炎伟编选:《中外生态文学评论选》，浙江工商大学出版社，2010，第284页

潘琦的散文就闪烁着善的光芒，引领多民族团结友爱、共创和谐社会的美好未来。作者将笔触深入社会各个角落，刻画出一个个具有清泉般清澈内心的人物形象，借助对大自然的赞美，来歌颂他们健康乐观向上、乐善好施的精神品格。他一方面通过对日常生活的描写来展现人物内心的真善美。另一方面通过对普普通通生活场面的刻画，来展示一个充满爱心、勤劳善良的民族的高尚情怀。

——李琨:《本土的声音——世界性视域下桂西北文学的多维解读》，华中师范大学出版社，2013，第143页

乡　情（外一篇）

韦其麟

　　年轻时在学校，读到一句外国谚语："在他乡当国王，不如在家乡做个木匠。"半个多世纪了，有些当年熟背的诗词已淡忘，记不全了，而这句谚语是一直记得的。谚语总离不开具体形象，常以比喻表达思想，也许这句谚语的形象比喻很夸张，但把人们对故乡那种特殊的深沉的爱尽情地流露了。

　　对故乡的爱，大概是每一个正常的人都本能地具有的吧。犹如敬爱自己母亲一样，是一种高洁的情感。因为爱，对故土总是有些眷恋和怀念的。虽有"志在四方"之类的豪言壮语，但"离乡背井"从来就是带着伤感的字眼。"乡愁""思乡""怀乡"等都是很有诗意的情深的词语。人在他乡，总不免思念故园。"独在异乡为异

　　作者简介

　　韦其麟（1935—　），壮族。出生于广西横县文村。1957年毕业于武汉大学中文系。曾任中国作协副主席，广西作家协会主席，广西文联主席，广西壮族学会副会长等。代表作有长篇叙事诗《百鸟衣》《凤凰歌》《布洛陀，昂起你的头！》等。著有诗集《寻找太阳的母亲》《含羞草》《苦果》，散文诗集《童心集》《梦的森林》《依然梦在人间》，作品合集《广西当代少数民族作家丛书·韦其麟卷》，学术专著《壮族民间文学概观》等。曾获全国第一、第二、第三届少数民族文学创作奖。首届少数民族文学研究优秀著作奖。

　　作品信息

　　原载《广西文学》2008年第11期，入选《重返故乡》（广西人民出版社2011年版）。

客，每逢佳节倍思亲""故溪黄稻熟，一夜梦中香""故山在何处，昨日梦清溪""不忍登高临远，望故乡渺邈，归思难收"。古今都有一些感人至深的怀念故乡的诗歌。一些少数民族兄弟，住在不宜人居的山区，政府关怀帮助他们搬迁到较好的地方，却有一些人又搬回了原地。虽然自然环境不好，却是祖祖辈辈原所在，可见人们对故土眷恋之深切。一些毕生或世代在国外奋斗的侨胞或其后裔，也有回乡祭祖的举动或落叶归根的心愿。曾读过真实记叙"金三角"的游记和有关的文章，都提到当年国民党残部逃到那里，老死在异国他乡。他们的坟墓一律是坐南朝北，遥对自己的祖国，眺望自己的故乡。真是"鸟飞反故乡兮，狐死必首丘"。那年去湘西凤凰，朋友带去城外山上访沈从文的墓。一生在外的作家，把坟墓安在故乡，我想，肯定也是作家自己的决定。是的，"月是故乡明"，山是故乡的青山最慈祥，土是故乡的泥土最芳香。

故乡的土地长眠着自己的祖先，生活着自己的亲人，抚育过自己的童年。一草一木，青山流水，都是亲切的，纵使十分平凡，在自己的记忆中也是秀美的风景。故乡有自己童年的幻想，童年的梦境，纵使已经遥远，也不会在心中泯灭。俄罗斯诗人叶赛宁说过："你想成为诗人吗？到你故乡的土地和童年的梦境去寻找吧。"是的，我想每一个人在故乡的童年，都有一些诗，有的人写出来了，有的人永远藏在心灵的深处。我曾写过一些诗歌，如果这些诗歌算是我生命之树的几片绿叶和花瓣，也是故乡对我童年的恩惠。故乡的赐予不仅在童年，在离开故乡后漫长的岁月，也有许多的给予，在他乡的荒山野岭，每当看到在故乡山上常见的野花，都使我由衷地欣喜，都引起对故乡美好的记忆。每当失眠的长夜，辗转难寐，我就想念故乡，重温童年。常常沿着记忆中的那条小路，从村边那棵大榕树出发，走过小溪上三块青石板的小桥，逆着溪流而去。这里，溪边的园边，有几株芭蕉。那儿，路旁是一丛簕竹，簕竹开花结籽，定是大旱歉收的年头。这里，一片草坪，小溪有个深窝，曾在草坪垂钓，钓手指大的小白鱼。那儿，一个水堰，溪水从小渠流进稻田……走呀走呀，直走到小溪的源头，一处泉水喷涌的深谷，茂密的杂木林中，有鹧鸪的啼鸣。清清的泉水，仿佛稀释了心中浓浓的烦忧，在鹧鸪阵阵的啼声中，不知不觉进入了梦乡。童年的故乡，总陪伴我在生活荒原不知何往的彷徨，抚慰我在人生旅程风雨中的迷惘。20世纪70年代初，在北部湾畔的沙滩，夜色苍茫中独自徘徊，大海的涛声与故乡的松涛混合起伏，我又像儿时走在故乡的山村那样，有一种忘却世间的超脱。在桂北重山铁路工地的工棚，春寒料峭的晚上，偶尔听见一两声山蛙的鸣叫，童年故乡春夜田野的热烈蛙歌，给我阵阵温暖。每当百无聊赖而陷入空虚的烦躁，或被不测的袭击而苦恼不堪时，我也往往躲回童年的故乡。在回忆中爬上村后的山坡，静静地独坐，凝视天边的白云悠悠，古诗说"相看两不厌，唯有敬亭山"，我也有天边云，相知又亲近。有时走进有几棵梅树荔枝的园子，久久地看着园边那一小片的苦竹林，苦竹并不高大，但一株株枝叶相扶而互不阻碍地欣欣挺立。我喜爱这片竹林，在天真的童年，仿佛就给我一种朦胧的感悟。虽朦胧，却也使人摆脱眼前的烦嚣，获得忘我的宁静。

有故乡可以思念，是一种福分。无故乡可思可归，我觉得人生未免有所缺憾。读过这样的文章，说回到梦牵魂绕的阔别的故乡，找不到印象深深的房屋和村庄或街巷了。虽有高楼和车水马龙的大道，还是怅然匆匆离开，发誓再也不回乡了。我理解这样的感受，内心深处的故乡消失了。有一些人，似乎是没有故乡的。记得20世纪70年代上半叶，我们一家在中越边境的山沟里安家，小女儿四五岁，好像是教她念"举头望明月，低头思故乡"，她问："什么叫故乡？"一个人出生和长大的地方。""爸爸的故乡在哪儿？""很远很远，你还未见过呢。""我的故乡呢？"爸爸的故乡就是你的故乡。""没有见过的地方怎么是故乡呢？""那你的故乡就在这里。""可我是在南宁出生的呀。""那南宁就是你的故乡。""可我是在这里长大的呀。"我无言以答，她又问："我的故乡到底在哪里呢？真的，我也困惑。像我的儿女，童年跟着父母搬来搬去，城市、郊区、乡村、山里，小学都换了两三所。长大了，虽也认同我的故乡也是他们的故乡，他们的"籍贯"，户口本就是这样填写的。但我感到他们的故乡观念是淡薄的，甚至没有。他们可能只有思亲（父母）而没有思乡之情，我的故乡对他们也只是一处陌生的异乡。有一种情况也许更为难堪。二十年前我到龙胜县龙脊一些村寨采访，搜集民俗资料，知道那里曾有过严厉的村规民约，如有偷盗行为或其他严重违反伦理道德的恶行，最重的惩罚是驱逐出龙脊十三寨，永远不得返回。被开除"乡籍"的人受到乡人甚至亲人极其的鄙视，像这样虽有故乡却被故乡放逐的人，毕生不准踏上故乡的土地，是人生的悲哀了。

我离开自己出生的祖屋和长大的村子，是十三岁时到二十公里远的县城去读初中。在中学，并没有什么离乡的感觉，也没有思乡的心绪。真正对故乡怀有浓浓的离情别绪，是1953年秋天上大学的前夕。虽然家庭给我的包袱太重而一心想"远走高飞"，对自己的未来充满了憧憬，但对家乡也深沉地眷恋。心想，此生或许（也准备）不会再回这个村庄这个老家了，尽情地多看一眼吧。离家前一天，独自走遍了我童年常走过的巷子和村边的路，还爬上村背的山坡，走走停停，遥望故乡的山峦和田野，默默地告别。还记得祖母曾关切地问我："去读书的处在（地方）远吗？"我说："要坐两日两夜火车。"不识字的从未离家连县城也未到过的祖母有点怆然说："要不，不去了，行吗？怕我日后都见不到你了，就留在家吧。"我没有回答，也不知道如何回答。至今，每当忆起，我深深悔恨，为什么不多说几句安慰老人。我离家那天，祖母一早就上山割草去了，也没有向她辞行。我离家不到一年，祖母就逝世了，我在学校，路途遥远，音讯阻隔，几个月后才知道。也记得离家前晚上，邻家潘屋四公特地来话别，和我在屋前坪子的门口石板上坐了很久，夜色蒙蒙中说了许多，有关怀，有鼓励。有句话是铭记于心的："其麟呀，如果四公不是这么难（穷），本应卖担把谷给你上路的。"四公大概也以为我此去不会再回家乡了，他又说，"日后，你也难得回来了，不回就不回吧，记得屋里（故土亲人）就得了。"是的，我是怀着可能不再回乡的心情到远方上大学的。

武汉大学在远离市区的珞珈山上，东湖之滨，在秀丽的湖光山色中，在衣食无忧的学府里，心中充满幸福感。同时也慢慢萌生了从未有过的思乡之情，到学校不久的一个晚上，从图书馆回宿舍，经过宽阔的坪子，寂静无人，一轮圆月高悬中天，仰头凝望，风清夜静，突然想起故乡和亲人了。久久徘徊，默默地想，何时才能回乡？（我领丙等助学金，每月零用钱一元）"但愿人长久，千里共婵娟。"这在中学也读过的词，过去不知好在哪里，此刻，深深地感动而有所领会了。在遥远——当年的确感到武汉离故乡十分遥远——的他乡，在学校四周的山野，春日看见紫红的嫩枫叶，我便忆起故乡三月三的黑糯饭，想起祖母从山上采回的枫叶（用来煮黑糯饭）发散着满屋的芳香。深秋看到芒絮（带细毛的种子）的飘悠，仿佛在故乡的山野，也引起阵阵乡情。雪花纷飞、寒风呼啸的冬夜，不胜寒冷，到图书馆或资料室去坐在煤炉旁看书取暖，更回忆童年烤火的情景，家乡的亲人，是否也不胜严寒？……离家前那种远走高飞不再回乡的心思，不知何时烟消云散了。那年寒假，独自在教室埋头学写一首长诗，并没有特意写出什么风光，一落笔就写了"绿绿山坡下，清清溪水旁，长棵大榕树，像把大罗伞"这几句，这是我故乡那个村庄实在的景象。或许，这也是乡思所使然吧。

乡情与亲情，无论怎样的云水迢遥、关山重重，也是阻隔不了的；无论岁月风雨如何吹打，也都湮灭不了。当经济条件许可，在大学学习和毕业参加工作后，虽然来去匆匆，但也回过几次故乡。1963年春节期间，还和妻儿回一次。但想不到，此后三十年没有回乡，整整三十年我没有回养育过我的村庄和老家。忘记故乡了么？可那些月年正是我对故乡思念最为深切的年月，在柳州鹧鸪江五七干校的日子，从干校又到中越边境农村公社的日子，从公社又到桂北枝柳铁路工地的日子，我都常常梦回故乡。记得在桂北山中的一个寒夜，写了一首题为《梦》的诗："我常走在回乡的路上／我常因此快乐得发狂／一座大山却横在面前／巍峨的高峰云雾茫茫／我走不出迷茫的雾障／我越不过险峻的山梁／我的家乡是那样遥远／我的心里是这样荒凉。"这首诗在1981年6月的《星星》诗刊发表过，后收在我1987年出版的诗集《含羞草》里。20世纪80年代，生活安定了，我仍没有回乡。是因为母亲曾来南宁小住过几次（一次次由于不习惯又回去）么？见了母亲就不想念故乡么？不是的，那些年我也写了一些怀念故乡的诗，如《乡情》中我说："……仿佛有句话，常常缭绕耳边／早日把家乡全都遗忘了吧／又不在天涯海角，并不遥远／是村前那棵大榕树在呼唤／……是流过村边的小溪在责备／……是村后山坡的松林在议论／……是散着清香的荷塘在闲话？……／我怎么能够，也没有力量遗忘／托粗浅的诗行带回深深的祝愿。"在《小溪》我也诉说:"我爱家乡村边的小溪 / 如今仍在我心中流淌。"这都是真心话,这些诗作都收在诗集《含羞草》里。但为什么,故乡并不遥远,整整三十年都没有踏上回乡的路? 我不知道,也不清楚,我说不出其中的缘故。

80年代,有的乡亲来南宁,顺便到我家坐坐,总说:得闲回去看看吧,如今不同"文革"那时了。我也总说要回去的,但总未能找到合适的时机。母亲不愿长住南宁,是对故园的眷恋,对老家的难舍。南宁有她的子孙,老家也有她的儿孙,有我的弟弟和侄子们的照顾。何况还有同辈的婶母们可以谈谈,随时可以出门走走,不像在城市整天都关在宿舍里。母亲已年迈,过八十岁了,我有时也很想回去看望,却未能下决心动身。直到妹妹传达母亲的心思:我再不回,她也觉得难对村里人了。母亲说:"不讲家里,也应回来看看叔伯兄弟,隔篱邻舍,村中父老。又不远,怎样都是文村人。"妹妹还带来三伯父的话:"读书人,识道理,这么久了,总该回来走走。"三伯父是我敬重的堂伯,是家族中最年老的长辈,曾给我许多关怀和教育。1963年我和妻儿第一次一同回家,当时物资还不丰富,他从家里带了扣肉、白切鸡和其他菜肴,走过长长的巷子,到我家来和我们一起吃饭。在母亲的敦促下,1993年初春,我又再回到阔别的故乡。踏进祖屋的大门,坐下不久,五叔——三伯父的胞弟低声对我说:"三伯已过世,刚上山不久。"我不知说什么好,五叔又说:"你也不要难过,三伯高寿了,你今日回来,他会知道的,也会高兴。"一生握犁扶耙也曾勉励我努力读书的三伯父,定有过盼望侄子归来的深切而长久的期待吧。

母亲见到我归来,自然很高兴,我很难见到她那样宽舒的神情。我想在房内和她多谈,她总要我到厅堂陪叔伯们坐,一起谈话。晚上,满屋的村音土话,久违的热闹和亲切,给我许多欣慰和愉悦。年老的前辈问:"还认得我吗?"年纪相仿的问:"还记得我吗?"都是认得记得的。比我后生的自我介绍"我是谁家的某某"。与儿时的伙伴回忆童年的趣事,听长者谈我出生的以前村里遥远的往事,今昔变迁,世事沧桑,总有不尽的话题。滔滔不绝,三言两语,都是一片好心意。离家那天,叔伯兄弟,伯母婶娘,这家几斤鸡蛋鸭蛋,那家几节莲藕甘蔗,还有番薯芋头糯米。已当祖母的小妹为我收拾行装,怕我久居城市不懂事,悄悄对我说:"哥,这些东西都要带回南宁。"我知道，这不只是家乡的物产，更是金钱难买的情意。这次回乡，给我留下的记忆，定会终生难忘。

同年十月，为母亲辞世奔丧，又再回乡。村人都很热心帮忙，诸事无需我操心。有的长者知道我从小离家求学，又长期在外，不懂家乡习俗，谆谆教导我有关礼规，告诫我应遵守。我多么感激，心中固然有永别母亲的悲凉，而故乡的思情也使我感到温煦。送母亲上山，安葬母亲之后，五叔对我说："三伯父就在附近，去烧炷香吧。"跟五叔走到三伯父的坟前，我烧香祭拜，五叔在一旁提高声音："三兄啊，其麟回来了，三兄，其麟来睇你啦！"我低头怆然肃立，有悼念母亲的哀痛，有缅怀三伯父的感伤。故乡永在的青山，亲人长眠的圹埌。

母亲辞世后，我又几次回乡。每次返回南宁，离村到镇上乘车，村边，路上，碰到村人，都对我说这些话："去这么快呀，多住几日不好吗？""再停几日吧，急什么？""以后得闲就回来，多回来睇睇。"我觉得不是客套，而是朴实的真情，纯净的心意。

故乡，故乡！

有故乡让你热切呼唤一声故乡，有故乡牵引你的思念，有故乡叮嘱和期待你的归来，是人生一种珍贵的幸福。

季 节

韦其麟

是老了，自己的感知也随之老化而鲁钝么？或许，漫长岁月风雨吹打，心灵起了厚茧而有所麻木了？

久住城市，越来越觉得城市只有阴晴冷暖，没有季节变换；只有漠然保持着距离的高楼大厦，没有四季不同的景色。

常有一种淡淡的惆怅，失去了童年时对季节敏锐的感觉，也没有了故乡的春夏秋冬给我的愉悦与陶醉。

童年在故乡，四季是各有各的美丽的。

空气、风和阳光，都使人感受到季节。

看见的，闻到的，听到的，都有春夏秋冬鲜明的景象和浓郁的气息。

大年初一响到十五的大鼓声刚刚停止，村前的藕塘已露出荷叶的尖尖角，光秃的苦楝树枝头也有了一丛丛青翠，小溪旁的草地不知什么时候换了一片新绿。

走过田塍，在去冬已挖过的慈姑田里，偶尔看见一株两株绿苗，一两寸的慈姑苗；多么高兴，走下田里，双手插进绿苗的土下，肯定得到一个鸡蛋大的挖漏的慈姑。田水还很冰冷，心里却溢满意外获得的欣喜。

经过园边，不时传来柚子花和柠檬花的清香，那是我一生最为喜欢的清香，不会令人沉醉而是使人兴奋又安神。闻着这不凡的芬芳，什么郁闷都会烟消云散的。

就是天天出入的巷子大门外，几丛欣欣伸展嫩叶的三叉苦，也飘散着一种特别的虽不芳香却很宜人的气味，都使人感到春意的浓浓。

三月三,三月清明人拜山——村人叫扫墓为拜山。上山扫墓，行经一处处大树的浓荫，阵阵初起的热闹的蝉声就像草木一样蓬蓬勃勃。那些用来泡水浸米煮黑米饭的嫩枫叶，还有一些不知名的草木，发散着种种不同的芳香。毫无尘埃的阳光暖暖地拂煦山野，处处有野花开放，最记得大朵大朵的洁白的金樱花，那纯净的洁白叫人不愿抚触不忍采摘——这是一种亵渎。这洁白得非凡的山花，令山野的春光格外明丽了。

流过村边的小溪，溪旁的野蔷薇一簇簇地盛开，花的芳香，蜂的嗡嗡声，流水淙淙，春意融融。溪水也有瓣瓣落英飘下，但从没有什么"落花流水春去也"的感触，只觉得清清的溪流漂着粉红的花瓣，很美。

田野的一块块水田已经耙平，正待插秧。晚上，一手提着铁线织成的燃着松明的火篮，一手拿着竹制的长钳，走在田中借火光寻捉夜游的黄鳝，也是春天令人着迷的事。黄鳝爬过面前的浅水，用竹钳钳住，放进挂在腰间的篓里。为什么用钳子钳？鳝鱼太滑，用手抓能上能下了还常从手中溜掉。夜的田野，火光朵朵，和风习习，蛙声阵阵。离开故乡，我再没有享受过这样的春夜了。

插秧的日子，村中宁静得只有偶尔的鸡啼和匆匆掠过的燕子。走在寂寂的巷子或村边，也见宋诗所写的景象："童孙未解供耕织，也傍桑阴学种瓜。"村人不种桑，其他树荫是有的，未解耕织的童孙，也知道这是播种的时节了，虽然他们种的是小小的卵石。

转眼间，梅子熟了。再酸也要吃几颗的，这亦使人有春去夏至之感。

阳光变得火辣辣的，田野荡漾着绿波，蒸发的水汽在烈日照耀下，有如透明的火焰在跃动。时有三三两两的白鹤，在透明的火焰上悠悠飞翔，然后优雅地降落绿波中。

天气也变得难以预测，阳光灿烂，万里晴空，忽地，几团乌云从天边汹涌而来，带着哗哗的骤雨，一筒烟工夫又匆匆而去。这"过云雨"经过村前的藕塘。雨打荷叶，犹如千军万马的奔驰。更有电闪雷轰的暴雨，倾盆而下大半天，让小溪变成小孩不可亲近的滚滚的山洪，急激而混浊，但第二天溪水又变得清澈了。

连绵的山峦浓绿重翠，莽莽苍苍，郁茂的林间或幽深的山谷，不时传来鹧鸪和斑鸠的啼声，悠扬而深沉。

"六月六，摸芋督（督，屁股，又指物之底部或尾处）"，早春种的芋头长大了，可以挖起吃了。种在田里的藕也长大了，刚挖起的嫩藕，多么可口。切片晒得半干煎香的芋片，也是童年爱吃的。还有姜，也可挖起吃了，嫩姜微辣芳香，记得有两句山歌："挖得嫩姜共藕炒，云队（我们）连情甜又香。"儿时不懂"藕"与"连"（莲）的双关意味，只觉得嫩姜和嫩藕一起炒，很好吃，味道美。

夏夜乘凉，听听大人们的闲话或讲古，是很有兴味的。也能懂得一些人情世事。童年懂得的道理可受用一辈子，指导你的人生。自然，追逐忽明忽灭地飞舞的萤火，更是孩子的乐趣。有些事物，萤火、彩虹、荷叶上的水珠、山上的野花，都令孩子喜爱，而大人们往往不屑一顾，毫无兴趣。也许，纯洁无邪的童心更能感知自然所赐之美，有更多与利害无关的纯粹的愉悦。大人由于生存生活的必须，他们的喜爱恐怕都和对自己有利与否的顾虑分不开了。

夏收夏种的日子，忙碌而紧张。家家户户，上午把早稻收割挑回村旁的禾堂，下午把稻穗铺成圆饼状，用牛拉着石滚一圈圈来回滚着脱粒，叫"蹚禾"。脱粒后清除稻秆，堆成堆烧作肥料。接着，也家家户户，又在刚收割的田中滚田，牛拉着"六轴"，人站在"六轴"前后的踏板上，来回滚田，把收割时留下一半的稻秆压入土中。几天后稻秆腐烂，再滚一次田就插晚稻。黄昏的田野，四处"哒哒哒"的"六轴"响声，有季节不待人的繁忙气氛，也有收获的欢乐的情调。村边缭绕着烧稻秆的青烟，飘拂着浓浓的好闻的稻秆的气味。

"六轴"的响声停止，田野又恢复一派欣欣的翠绿。晚稻插秧不能误过"立秋"农谚说："过了立秋，有种无收。"

虽已"立秋"，却是一年最酷热的时节，谚语云："立秋处暑，有米懒煮。"热得连饭也不想煮了。晚稻勃勃苗长，草木依然繁茂。

"九月九，黄蜂返饮酒。"农历九月，早晚有点凉意了，天高云淡，阳光温柔，风也清爽。直到如今，我也不知道是什么原因，九月初九前后一两天，总有黄蜂成群结队飞来村里。在屋边瓦檐绕来绕去，或飞进窗棂和"炮眼"，偶尔有交尾的双双落在地上。捉黄蜂吃，也是儿时的趣事。捉住黄蜂拉开其肚子，肚内有一泡比芝麻大一点的金黄液汁，很甜——至今也不知这泡甜液是什么。黄蜂返饮酒，也给日子带来了清秋的情调。

田野满目金黄的晚稻，也使人感到秋的深情。这时，田水早已放干，待泥土干爽就收割了。收割晚稻不同早稻，把稻秆割得很低，脱粒后也不烧掉，要留下作牛过冬的饲料和作柴草。

秋收后的田间，只剩下一两寸根部的稻秆，泥土干爽柔软，一块块平坦的田地，可以随便行走。孩子们也只有这段时间，可以在田野自由奔跑，随心嬉戏。因为不久要犁田过冬，开春又放水进田，直到秋收后，田野才会有如此的悠闲和坦荡。清朗的高空飞翔着叫作"陆儿"的小鸟，不时飞下田间，觅食收割时掉下的谷粒。就是人走近也不飞走的，只是在短短的稻秆中穿来走去，贪恋着田里的谷粒。根据这样的情况，孩子们用细麻绳织一米多长的三角小网，捕捉小鸟。网开一面，装在离小鸟两三丈远的地方，然后戴着草帽，蹲着走到小鸟的前方，不停地点头动着草帽，把小鸟赶进网里，可怜的小鸟就真的"鸟为食亡"了。童年，我也织过网，赶过鸟，却没有成功过一次。对那些捕鸟的能手，既羡慕又佩服。

村旁路边，巷子草丛，有蟋蟀的吟唱，传达着深秋的情意。田野处处一片虫声，那是有点苍凉的秋歌，代替了蛙们欢奋的春之合唱。

秋收后田间的农活少了，人们多是上山割草砍柴。家家户户，在屋旁或禾堂都叠起堆堆柴草，以备来年一年之用。人们割的是成片的蕨草荒茅，今年割了，明年又会蓬勃地长起；种种不同的灌木，今年砍了，明春又长出新枝，有的一年就长一两米高。那些随风飘飞的芒絮，无论飘落什么地方，来春也定会有一株绿苗苗长。深秋的山村，依然苍绿，虽也间有一树两树的鲜黄或殷红，黄叶在飘落，红叶在凋谢，但并没有什么"悲秋"之感，只觉得山河的壮美和大自然永不止息的生命力。

生命的源本都孕育于这大地山河，大自然有无限的魅力，深沉、朴重、博大、仁慈、宽容而亲切，永远对人们毫不吝惜地给予。在大自然的怀抱中，一如儿时在母亲的怀抱里。如今住在都市，夏日虽有空调的凉快，却感不到秋天清朗的厚意；冬有暖气，却感不到春日柔和的温情。

走在深山，不时会听到山歌悠悠地飘过，不知来自何处，到处是茂密的草莽和山林，很难看到人影。这山歌不是唱给谁听的，也不希望谁听到，更不期待谁的回答。只是独自在山野劳作，感到孤独时情绪的抒发，是解闷，是孤寂心灵的自我抚慰。"心焦焦，十二条竹搭条桥，朝朝都见人双过，不见我情过一朝。"这首歌是世代流传的，人们在山野独自劳作时，唱得多是这类内容的歌。歌声悠扬，和青山白云融为一体了，把山野的秋光唱得更美更有诗意了。

不知道什么时候，蝉声沉寂了，燕子也不见了踪影。北风吹了，天气冷了，故乡并不像人们所说的那样四季如春。虽然没有雪飘，但冬天也是明显的——至少田野没有禾苗绿波的起伏，园中屋边的枣树和梨树，还有村外一棵棵苦楝树，一片绿叶也没有了。只是苦楝树的秃枝还挂着一簇簇小果，黄得很可爱。孩子们馋了就摘来吃，核很大，一点点果肉也苦也甜。大人是不吃的，但也不禁止小孩吃，吃了可以驱蛔虫。

有霜的清晨，走过溪边的草地和田塍，草上凝结着一片片白霜，因为少见，用手摸摸，手指冷得都麻木了。在这天寒地冻，所谓"打狗不出门"的日子，晚上烤火倒是很舒心的。一家人围在灶炉前生火取暖，烧的是上山特地挖的小灌木的肥硕的树根，这些树根很耐烧，因为质地坚硬。火堆烧得旺旺的，炭火里煨着几个红薯，燃烧的树根散发着好闻的香气，煨的红薯也飘出又香又甜的气味。祖母有时讲古，有时出谜给我们小孩猜，她的谜语很简单，而且谜底都是身边的事物，如"一粒谷，撒满屋"就是放在灶头的油灯。冬夜烤火，暖和又愉快。但愉快中我总有一丝莫名的情绪闷在心里，似乎很可笑，也总不想说。烤火烧的多是桃军娘的树根，我就想起春天满山遍岭的桃军娘花，一片绯红，多么美丽；夏日上山去摘成熟的桃军娘果，多么欢快。美丽的花，甜蜜的果，我觉得桃军娘很可爱，是我喜欢的小树。为什么要挖它的根烧掉呢？后来知道它的传说——桃军娘是古代为拯救义军而牺牲自己的一位姑娘的化身——之后，更感到儿时喜欢的小树可爱也更可敬。它给人间奉献美丽的花朵、甜蜜的果实，为给人间温暖奉献了生命。

有件微不足道的事，至今还留在记忆里，也是严冬的给予。真是"打狗不出门"的寒天，家中养的一只白狗总蜷缩在屋里，晚上赶它出屋看门都不愿走。我找了一个烂箩筐，放进厚厚的稻草，为白狗做个窝安在大门外的屋角。我做这些，白狗都看见了，晚上也在窝里过夜了。从此，白狗对我就特别地友好而殷勤，我出入大门，它总唔唔低叫摆尾绕着我转。我在较远的地方，吹两声口哨，它就立即跑来伴我去游玩了。我到县城上中学，假期回家，尚未相见，也许听到我的脚步声吧，它就跑到巷子来迎接我，前后左右使劲地摆着尾巴，甚至在我面前跃起一双前脚，仿佛要拥抱我，亲热得令我也拍拍它的头。起初，我只觉得它有趣，好玩。在中学知道"情义""感恩"以及"滴水""涌泉"之类的词语后，我感动甚至感激它了。我只是在那个严寒的冬日，天真地想，我们烤火，也应该让它暖和一点而已。我不知道我家的白狗什么时候怎么死去，但如今依稀记得它的样子。许多年前，读一本书，书中写到一个自认为享有人的尊严而蔑视情义的人，自豪地说："只有狗，才知道感恩！"我的心有点震动，真的如此吗？那么，没有情义不知道感恩的，是什么东西呢？

有些习俗早已消失，而冬日"围村"的事项依然记得。入冬，为了防盗，主要是防偷牛贼，除了几处巷子大门，村周围可以随便出入村庄的地方，都用有利刺的荆丛严严实实封堵。"围村"之日，家家户户，上山拉回大把大把的荆丛，俨如什么盛事。荆丛筑起的"围墙"，给人森严的感觉，有一种冬日阴冷的氛围。打陀螺则是欢乐的，是孩子们喜欢的游戏。农闲，有的青年也和孩子们一起玩。兴致最高的是大伙在很宽的坪子，你打我的、我打你的陀螺。先用头粗尾细的麻绳把陀螺从脚径绕到半腰，再握稳绳头用力甩在地上，陀螺转着发出呜呜之声，叫"响风"。待陀螺定在一处转时，别人对准地上转的陀螺甩他的陀螺，把地上转的陀螺打到很远的地方去。这是冬天才有的景象，北风再冷，气氛总是热烈的。

人们准备过年的种种活动，也使人感到隆冬的情味，但这是迎春了。山野和村边，一些急于迎春的树木，已长出许多叶芽，甚至伸展了几片最初的嫩叶，或青翠，或紫红，或灰绿。英国诗人雪莱曾经吟唱：

冬天来了，
春天还会远吗？

是的，不会远了，而在我的故乡——

冬天未去，
春天已经来了。

草木染

朱千华

她们轻轻地印着一块块花布，看着太阳将花布一寸寸地晒干。时间流过去的，都是这些蓝草青花般的日子。谁能比得过她们。

一

来南方之后，我一直没有放弃过寻找蓝草。我走过无数的山岭，去过壮族、侗族、瑶族山寨，寻找那种我已陌生和遥远的花草。南方的天空蓝得透亮。门前山野稍稍有些湿润，是植物的潮湿气息。去岁枯黄的茅草像风一样渐渐远去。蓝草绿叶

作者简介

朱千华，江苏如皋人，现旅居广西南宁。中国作家协会会员。2006年6月开始行走南方，做岭南田野考察，从事岭南文化研究，专业写作。《中国国家地理》杂志特约作家。代表作有"岭南文化三部曲"（《水流花开：南方草木札记》《岭南田野笔记》《雨打芭蕉落闲庭：岭南画舫录》），《像麦子那样金黄》《中国美女地理》《三沙人文地理》等。其中《那些销魂荡魄的声音》获首届朱自清文学奖。

作品信息

原载《雨花》2008年第12期，收入散文集《水流花开：南方草木札记》（北京航空航天大学出版社2008年版）。

在早春的风里微微颤抖。河边吊脚楼仍然是灰色的茅草与木桩。周围有一圈竹篱，那是吊脚楼的围墙，墙有柴扉。出了竹篱笆，是小河滩。再行几步，可以看见廊桥。中国廊桥多分布在南方山野之间，侗族、瑶族山寨尤其多。他们称之为风雨桥。过桥后，是长满藤蔓的丘陵。这些亚热带植物有旺盛的生命力，它们的枝蔓长满尖刺，沿着地面爬行，没人敢靠近，它们甚至可以将一整座丘陵完全封死。绕过丘陵便是蔗田和远方的山野了。

她。一个人。深蓝的青花布衬衣。中袖。收腰。逆着光看，她的头发很细微，半透明的样子，照出南方女子的精致，还有像竹子那样的清秀。在不远处有一片山坡，长着成片茎秆极细的蓝草，再远，有些雾霭，看不清草茎，只见一片蓝草的绿起伏晃着。蓝草并不很茂密。阳光。雾霭。蓝草变得青绿，轻轻浅浅，像暖风中出现的幻觉。她在山间行走。满眼的绿，满身的风。风轻云淡。她去山坡采蓝草。

蓝草带给人的是简洁，素雅，田野的清新。它是小家碧玉。是漂亮的村姑。是这些深山里的瑶妹。青丝绾成发髻。青花布衣裳，瘦瘦的腰身。柳条一样的排扣，越过胸前拱桥，到腰际。系着一路春光。那里的植物，丰茂异常。从吊脚楼边的榕树下，到盘阳河边的蓝草，都在她的身边次第出现。那一刻，她长成了一株水生植物。

采蓝草与采茶一样，是个辛苦活。很多很多年前，有一个少妇在田野里采蓝草：终朝采蓝，不盈一襜。五日为期，六日不詹。她劳作了一个早晨，采得的蓝叶甚至还装不满系在身上的围兜。蓝叶难采啊。丈夫也到远方的山里去了，约定五天后回家，可是到了第六天，还不见丈夫的身影。蓝草啊蓝草，苦命的蓝草啊。

桂西北的巴马瑶族山寨，是个世外桃源，人寿年丰。百岁老人不计其数。更有瑶女，受到这灵秀山水滋润，出落得如花似玉。其中有一个蓝靛瑶，以染制蓝布料为生。我在蓝靛瑶山寨里盘桓数日，看到瑶族女子在蓝草地里。她们含情脉脉的样子。后来才明白，这些蓝草为什么长得如此茂盛。在巴马的许多山野，都种有成片的蓝草。瑶乡女孩的秘密，就在这片蓝草地。原来，瑶族女孩定亲之后，男女双方有开垦荒地种棉花种蓝草的习俗。男子种棉花。女子种蓝草。秋后，棉花收成了，交给女方。女方纺织，用蓝草的汁液，把棉布漂染成深蓝或青红。蓝草长在女孩们的心里，葳蕤茂盛。她们的表情却是浅浅的，那么单纯。这是一种奇特的爱情表达，没有山盟海誓。只有草木染。草木染是爱情传奇，悄无声息，在不知不觉中把纯白的棉花，彻底染透。

现在还有几个女孩会手工呢。更不用说种蓝草染蓝缝衣了。但是这些瑶族女子平日里说话不多，只把心思放在布鞋、头巾、绣衣、筒裙上。那是她们的爱意。手工时偶尔也会心跳，想的时候，脸也会发烧，但不会让人看见。静静的身姿，柔柔的动作。手指在舞蹈。一针一线，绵绵无尽。驿动的心早就越过围墙，和心上人在那河岸边，在蓝草地里对歌。

妹采蓝草下山来，棉花紧紧抱在怀。想哥情义心更暖，密密针线缝起来。

关于蓝草，我不陌生。我故乡就有。童年时的蓝草，成片成片在记忆里，叶子却是绿色。与南方蓝草不同的是，故乡的蓝草多为男人种植。我就种过蓝草。那时我还穿土布衣。所谓土布衣，就是最原始手工制作的衣服。用棉花纺线，再上织机。织机响声很大，啪啪啪，很有节奏地响。我至今记得，那织布匠日夜不息，脚踏、手拉。机梭左右如飞。织机声响在宁静的夜里，全村都能听见。织成的布匹，浆洗、染蓝。加工成衣。我童年时就穿这样的衣裳。虽然土，现在看起来，却是最绿色的织品。纯棉，透气，暖和。

二

虽是土布，工序却是一样不能少。譬如染色。这是一项重要的技术活。比较烦琐。首先就是要种蓝草。能提取靛蓝的植物有好几种，都称之为蓝草。采蓝就是采叶。这些草木都有一个诗意的名。这些植物都是无比幸福的，她们的名字简直就是一首首小令。都很美。很多人喜欢植物，就是从那些诗意的名字开始的。在我的记忆中，故乡大地上，长满了蓝草。最常见的五大蓝草如下：

【木蓝】 木蓝俗称小青。这是南方常见的一种小灌木。生于山野疏林间。在众多蓝草中，木蓝是最好辨识的。它的别名叫野槐树。叶如槐叶。它的花很好看，蓝紫色，也有浅紫的。如果不是因为有这些花，就容易误认它是小槐树。木蓝很可爱，只要给点阳光，它就快活地猛长。七月开淡红花，枝上挂着小豆荚，长寸许，累累如小豆角。

【路边青】 最初，路边青是用来吃的。采它的嫩叶，回家炒鸡蛋。后来吃香椿，味不见得比路边青鲜美。只是多数人不喜欢路边青略有的苦味。其实不算苦。那年月，过日子才是苦不堪言。吃槐花、吃榆树叶，这些我都吃过。现在讲起来，很多人以为很乡村、很野味，全然不会想到，那是很难下咽的。但它的清香却很独特，那感觉像在陌野上的青麦地里走。路边青也开花，很小，黄花，像油菜花。路边青真是名副其实。长在路边、草地、沟边、田埂、河滩。有时可以长到半人高。

【马蓝】 这是一种野菜。在我故乡，称为鹅儿斗。我一直不知道为什么会有这样的名字。后来想想，才明白，它的花，像鹅头，风一吹，如鹅儿互相嬉斗。麦子青黄时，田埂上长着许多。很好认。它开着紫色的花。嫩叶可食。周作人在《故乡的野菜》也曾写过：那时小孩们唱道：荠菜马兰头，姊姊嫁在后门头。

这种植物在我的童年记忆中，一直很清晰。每当我想起这种植物，我就会感到春天，田和阳光。我们三三两两走在田埂上。此时的马蓝草，已经开花。是紫色的小喇叭花。我们把鹅儿斗摘下来，一边念念有词：鹅儿斗，打额头。啪。往自己额上用力一拍。额上就有了一个紫色的印记。像印度女人额上的红印。

【野板蓝】 即菘蓝。很多人可能还不太明白。它的叶，俗称大青叶。它的根，却是妇孺皆知的，叫板蓝根。太熟悉了。可以说，很少有人没吃过板蓝根。尤其在春天，伤风头痛、感冒咳嗽，多数人喜欢喝板蓝根。想起来，板蓝于人类的贡献真是不小。在非典时成了心理的一味安慰剂。几十块钱一袋，还不一定能买到。真应了那句俗语，丰衣足食它是草，非典来时它是宝。用量大，就有市场。不少地方都种植板蓝根。只是很少有人看见过板蓝是什么样子。或者，就在身边，见过了，却不认识。板蓝也极平常的，初长时，像大棵的荠菜。开花结籽。花不算很美，很小，但黄黄的耐看。长圆形角果，扁平有翅。生长旺盛时期割一次青叶子，秋后收根。

427

板蓝于我们毕竟是一种亲切的植物，割叶子也就算了。最后还要斩草除根，实在有些过分。

【蓼蓝】 蓼蓝是最古老的染料植物。五月，启灌蓼蓝。就是说到了农历五月，蓼蓝就要开始栽种了。《诗经·采蓝》记载：终朝采蓝，不盈一襜。此蓝草即为蓼蓝。所谓青出于蓝，也是蓼蓝。野生于旷野水沟边。穗状花序，花色紫红，淡红，叶子为椭圆形，碧绿，很难想象这绿叶与蓝之间有什么关系。可是，蓝靛又确实是从这绿叶中产生的。蓼蓝也结果。瘦。黑褐色。

三

这些蓝草一直是我记忆中的童年。我们每个人，在十岁之前都是诗人。我的诗歌写在故乡。那些植物温暖了我的身体并最终融入我的体内。那些蓝草的染缸早已不知去向。在以后的日子里，不管走到哪里，那些绿叶都会在我心中起伏。我在南方腹地旅行已经整整两年。有一天，我独自一人，去桂西北的巴马瑶族自治县。虽然偏远，却是世界著名的长寿之乡。巴马，这个神秘的南方瑶寨一直是我神往的地方。我决定在巴马盘桓一些时日。当我在巴马镇住下来之后才发现，我已经被这里的各种瑶族支系弄得晕头转向。盘瑶、过山瑶、花篮瑶、蓝靛瑶、红瑶、八排瑶等。而我要寻找的，是其中的蓝靛瑶。我走过那社、所略、燕洞，以及那桃等乡镇。我终于找到了传说已久的蓝靛瑶。

蓝靛瑶，顾名思义，其以善种蓝靛、喜穿蓝靛所染的衣服而得名。在巴马县，蓝靛瑶的女子是最漂亮的。因为她们的服饰艳丽多姿，有蓝白对比的，也有红蓝对比的。以深蓝为主色调。只在服饰上，这些姑娘就占了很大的优势。

我住在那桃乡。这是一户蓝靛瑶人家。在瑶家，总能嗅到一股蓝靛的清香味。真是名副其实的蓝靛瑶啊。我来得正是时候。正是蓝草收割季节。我看见好多瑶族女子陆续将自己种植的蓝草采回来。她，我不知道叫什么名字。我就叫她蓝草。瑶族有自己的语言，但没有文字。交流有些困难。不过她听懂了我叫她蓝草。

她白天采蓝草。我跟在她后面。人在草木中。绿色在指间荡漾。手指上下翻飞，一滴一滴，把那些绿色的春光摘回来。风在山岗上滚落。低矮的灌木丛。青苔的石头。暖和的花。走着走着，一群山雀与我擦肩而过。春天的阳光斜照在山间。她发丝乌黑，眼如秋水。这日子风一般。明快。干净。

不管是哪种蓝草，采回来后都要浸泡。这需要一种靛池。蓝草浸在池子里，约三天时间，池水就变成深蓝色。捞出蓝草的枝叶。

蓝草水做好了，将细石灰粉撒进靛池里，用木棒搅拌，约莫一个时辰，水面上浮起大量泡沫即停。浮沫是蓝色的，泡沫越多，蓝靛的成品就越好。舀取浮沫，晒干，色青蓝，粉质细腻如黛，可作画，也做药用。有个极好听的名字，青黛。

提取青黛，需要一定的经验。这种功夫，全凭舌头轻轻地尝试。好多次，我看见她轻轻地伸出小小的舌头，去品尝那种蓝色的汁液。我当然不会放过这绝好的机会，接过她手中的勺。那是一种苦涩。很像我喝过的王老吉。我们的嘴上，涂满了绿色的蓝草汁，手上全是蓝草味。

用芭蕉叶和稻草将靛池密封起来，以防雨水浸入后蓝汁变坏。两三天后，石灰和蓝靛水化合沉底，排出靛池上端的废水，只留底部糊状的蓝靛。把这些蓝靛糊用芭蕉叶或芋叶包起来，滤去水分，干品即为蓝靛。

染青花布用蓝靛。每家每户都有染缸。很小时候，我跟在大人后面，染过粗布。现在的情景，十分熟悉。缸里置清水，放两斤蓝靛，浇杯老烧酒，发酵。竹棍搅动。即可染布。将洗净的白棉布置缸中。一天加一次蓝靛，浸染三次。浸透。晾干。再浸透。再晾干。如此反复。从染坊里抽出的蓝布悬挂在院子里，让人感觉是从高高的云天直挂而下，在风中飘。

如果阳光特别的好，则院子里满是蓝草的清香味。蓝印花布上有一痕痕的白，那是阳光、土地、河流的影子。而蓝色的背景，则是纯净的天空。只有这时，我才看到瑶妹们欢快的身影在蓝印花布之间隐现。蓝印花布贪婪地吸纳阳光。瑶妹们全身都被染蓝了。她们清亮的眸子，像盘阳河的溪水。那些染好的布在风中飘啊飘啊。这些在水一方的女子并不知道，世界已发生多大的变化。蓝染手艺仍原始简朴。在这里没有时间观念。一切可以从容不迫。她们轻轻地印着一块块花布，看着太阳将花布一寸寸地晒干。时间流过去的，都是这些蓝草青花般的日子。谁能比得过她们。

风吹过山岗。天空高远。一只蓝色的鸟从往事深处飞来。每当我的目光掠过那些蓝印花布，我就会想起一碧山水，还有那些在风中的蓝草与走过的身影。故乡如皋，这个季节该是满院弥漫着茉莉花香。蓝草也长得更加的茂盛了吧。《通州志》记载："种蓝成畦，五月刈曰头蓝，七月再刈曰二蓝，甓一池水，汲水浸之入石灰，搅千下，厔去水，即成靛。用于染布，曰小缸青。出如皋者尤擅名。"小暑，白露前后，故乡原野上到处都是采蓝叶的女子。我的记忆里仍然保留着那股淡淡的蓝草味。现在，我为生计在南方奔波，故乡离我很遥远了。但我看见，那些纤细的浸透了阳光的蓝草，正飘荡着山野的草木气息，在暖风里明媚地舞动。

| 创作评论 |

《水流花开》用唯美的文字、幽幽的情致，深入浅出地呈现了南方植物的美丽烂漫诱人，是审美的桃花源，离我很近，就在伸手可及的地方，感性着，打开着。……写植物，不仅摹出它们的外貌，描出它们的情致，刻出它们的心，同时写出人的心，又用如此深情自然的笔调，让两心"联姻"，这也许是《水流花开》吸引我们，打动我们的最大原因。

——文青:《南方草木菁华梦——读朱千华〈水流花开：南方草木札记〉》，
《出版广角》2009年第3期

朱千华的"原野系列散文"无疑值得我们期待，那种无拘无束的自由文字，那种鲜活的想象力，那种深入灵魂的细节描写，确实令人惊心动魄。

——朴素:《像麦子那样金黄·序》，载朱千华《像麦子那样金黄》，文心出版社，
2012，第3页

│作者自述│

　　写作《水流花开：南方草木札记》之余，我收集了大量的关于岭南人文与自然的原始素材。我记下了厚厚的几大本日记。其中神话、民谣、情歌、古俗等，多有涉及，且很多内容，皆闻所未闻。诡异，迷离，神秘，唯美。芳草闲庭，山水沉香。我目睹了一幕幕五彩斑斓的异域风情，男欢女爱，以及热带雨林里流淌着毒汁的奇花异果。其间诸多异事，皆为亲历，不敢造次，如实记录。我想透过这些一鳞半爪的历史痕迹、奇风异俗，以及一些飘忽不定、语焉不详的神话传说，去寻找曾经属于岭南人的精神个性。遂将所写的岭南笔记，一一重温，酒后茶余，闲闲点笔，创作岭南异闻实录，定名为《岭南田野笔记》。

　　——朱千华：《岭南田野笔记·自序》，载朱千华《岭南田野笔记》，江西人民出版社，2009，第1页

故乡无处拾荒

龙子仲

故乡无处

我一直不能确认哪里才算我真正的故乡。

从出生到成年，我一直被告知，自己的故乡在湖南。但生涯却始终在岭南的大地上流徙辗转，这儿住几年，那儿住几年，哪里都挺适应，哪里都挺遥远，而哪里又都只是暂时。"暂时"给人带来的最大好处，是让你始终感受不到时光的压力……从小到大，这种"暂时"感始终驻扎在我的感知深处，无论走到哪里，见到什么人，发生什么事，我都会想到那只是一个"暂时"，心中不存长久的系挂。——也许频

作者简介

龙子仲（1963-2011），生于广西南宁。1985年毕业于广西师范大学中文系，同年参加工作，任《广西师范大学学报》编辑。1988年进入广西师范大学出版社，历任文史编辑室主任、北京贝贝特出版顾问有限公司编辑总监、社科分社文化普及编辑室主任等。获"全国第二届优秀中青年图书编辑称号"。策划出版《郭小川全集》《思考中医》等。著有《怀揣毒药，冲入人群——读〈野草〉札记》《汉字的故事》等。

作品信息

原载《广西文学》2009年第1期。收入散文集《故乡无处拾荒》（广西师范大学出版社2015年版），入选《重返故乡》（广西人民出版社2011年版）。

繁在大地上流徙的最大恶果，就是你永远也无法真正目睹流年，因为每一次地理上的变更，都在你的经验中将时间的痕迹重新归零。

对于那个叫"湖南"的故乡，我没有真正的生活经验，它只是一个命定的符号，如同你身上的一处胎记，让你无从装点，也无法抹灭。对我来说，故乡湖南反而是最陌生的一个地方。直到上了大学三年级，父亲携着我们兄弟，第一次去到那个暮霭沉沉的湖南乡下。我一看到那里的大地如此低矮，烟树如此凄迷，就知道那里的人为何心志如此远大飞扬了。

有时候，远大的心志是被捧起来的，也是被挤出来的。我始终认为，地理越矮，人口越挤，那里的人们野心也就越大。而在辽远的南方，比如说我的出生地的那个城市——南宁，三十年前一点都不挤，城外榛莽荒秽，邕江一路裸奔，该泛滥就撒泼打滚、无拘无束，该沉静便默默潜流、心无旁骛。植物们日子更好过，一年四季都不缺少阳光雨露，哪怕是季节上的三九寒冬，它们也活得暖洋洋的，浑身茂密的枝叶总是一脸呆绿地�420着，无欲无求，既无由捧举，也无所挤压。在这里，阳光在季节上的分配基本是 AA 制，使你很难辨识季节。看不见季节，你就看不见衰老；你不知衰老，也就读不出大地上的故事。人间总是有这样的逻辑：没有故事的地方，不会成为你的故乡。后来我总是固执地相信：没有故乡感的人是不能搞文学的，因为他血脉里往往没有故事——所以我就很明智地把自己活成了一个跟文学无关的人。

做一个跟文学无关的人是很轻快的。你无须拿很多故事来纠缠自己，所以你也就极其无聊（无话可聊）。无聊的时候偶尔也会无聊地想：故乡究竟是什么？——对于全无故乡感的我来说，这不是一种经验，而是一个抽象的问题。佛说因果。譬如一粒种子，是一种"因"；播到地里，得日光风雨养育，契机发芽，开枝散叶，这是它的"缘"；因缘和合，有所成就，终于结实收获，即是所谓"果"。你的"因"，在你的命理深处，所以故乡不是"因"。你的"果"，是你的挣扎所得，所以故乡也不是"果"。那个生养你的土地，那土地上的山川河流，那山河中辗转着的风雨寒暑，那风雨寒暑间发生过的事事物物，以及那事事物物里揪心撕肺的爱恨情仇……

那或许才是你的故乡。所以，抽象地看去，非因非果的故乡是一种"缘"，是你生活的原型经验，是你最基础的那一份凤缘。

风过庭幡时，幡飞猎猎，一个幸福的凡人无须分辨究竟是心动还是幡动。也许打动你的只是那似曾相识的风。惊风飘白日，或者凯风自南来，都被一代一代的人看惯了。只有那风里的味道，泥腥瓦咸草苦花酸，承载着大地万千，使你顿时发现世界骤然变得熨帖，不再陌生。仿佛找到了一个参照，逐入记忆里，立定一个脚跟，于是经验隧道打通，一如回到你早岁时节的某一处晨昏，某一程蹀躞……这或许就是故乡。故乡只是带着你走完一生的那部分建设性的经验，而不是一种实在。

其实你无法具有一个实在的故乡。因为故乡每时每刻都在故去。从这个意义上说，每个人其实都没有故乡。所谓的回故乡之路，也只是被赋予了某种意义的新的流浪罢了。回乡的人，心疾情怯，那只是记忆的一种撼动。其实他已经不再能够"住"到他真正的原乡里去。他只是住在此刻的地理上，拾捡往日的时间碎片。他就像个拾荒者，待他拾尽离去之后，那片乡原对他而言，会变得更荒……

想象故乡

我只能到别人的地里去拾荒了。

拾荒是一件貌似浪漫的俗情琐事。它并非漫无目的的随兴拾取，而是饱含着价值判断的功利行为。城市拾荒者在所有可能存在垃圾的场所拾捡空可乐瓶，是因为可乐瓶具有某种赎买价值。那么，故乡是一只空可乐瓶吗？我只能想象。

在我的理解里，故乡的情感更像是某种科幻性的命题。比如说：如果故乡是一束光，它会如何驻扎呢？如果故乡是一种味道，究竟用什么才能将它持续包裹，而不至于随风飘散？如果故乡只是某个季节，那么在别的季节里，我们怎样才能够抵达……

卡尔·萨根写《宇宙》，设计过众多的外空生命形式，诸如在一个气态的星球上，它的生物可能像一个水母状的巨泡，在那个星体里飘来飘去。那么，它们的故乡肯定是某种特殊的气体——也许是二氧化碳，也许是甲烷。

而恒星上的生物，它们可能是一种光的有机聚合体。它们的故乡，也许只是原子的某种裂变形式，或者是光子的扰动中某种瞬间的均衡……多么微小、多么精致的故乡！这样的故乡里没有细菌，也钻不进任何病毒。高温如潮水般涌来涌去，热浪把"故乡"摇晃着，如卧摇篮。光的生物每时每刻都能看见光电火花滋润地拂入身体，如饮甘泉，然后在亿万个"故乡体"的闪烁中跃动如虹……

看来，故乡不一定是土地、老屋，也不一定是草木田园。那么故乡是什么？

假如有一个故事，它被传播得很远很远，有一天，故事被风吹到墙上，一颗生锈的钉子恰好把它挂住了，它孤悬异地，上不去，也下不来。这堵墙可能是砖石们的尸体，它没有温度，没有表情，也不呼吸。钉子异常沉默。故事噼噼啪啪地扭动身体，大喊大叫："放开我，你这颗老不死的钉子！"钉子会飘下几屑橘黄的锈斑，仿佛起风了，可是却感受不到任何气息浮动。钉子一如既往地在那儿钉着。故事猜想，这大概是颗昏迷的钉子，像那些没有感情的蠢树似的，是颗"植物钉"。后来，故事累了，呜呜呜地哭了起来。很多天里，都不再有人去讲述它。

不被讲述的故事一如失乡的浪子。

故事在没有语言的日子里肯定感到了孤独。它平生第一次哲学起来，发现过去的一切悲欢荣辱其实都是语言给它营造出来的幻象。在语言消失的地方，情节只是一丛干枯的骸骨。当你的躯体不再洋溢的时候，那并非静默，而是沉沦。所以故事陷入了一种深刻的困惑中，它不知道自己是谁。

墙上的岁月笔直而又漫长，甚至在白天和黑夜之间都没有任何褶皱。白天的凌乱还可以分散一些注意力，天一黑，心就变得发慌。不知到了第几个晚上，故事忽然产生了无限的乡愁，它希望回到故事开始的那个地方。可是它想啊想啊，也没有想出故乡在哪里。它甚至做了一个思乡的梦，梦里却什么也没有——那个梦是白的。

醒来的时候，天亮了。故事发现有一片很白很白的云在天上飘着。它想，自己的故乡可能是云。可是不一会儿，云散了，不知从哪飞来一群白鹭，在天上盘旋。

它们雪白的翅膀使天空变得生动起来。故事想，自己的故乡大概是翅膀……

后来白鹭也飞走了，因为来了很多乌云。那些云越积越厚，忽然噼啪几个闪雷，哗哗哗地就下了一场雨。故事沮丧地垂下头去。这时候钉子说话了："为什么你的血是黑色的？"故事吓了一跳，抬起头来盯着钉子。这时它感到自己身上有什么东西在往下淌，它低头一看，原来是那些字迹被雨水洗退了颜色，正滴滴答答地往墙角那儿滴。故事这才想起来，自己的故乡原来是文字。

可是，这时候它已经成了一张沾满尘垢的白纸了。

拾荒者可以拾起墙脚下那些墨黑的尘埃，但他拾回的已经不再是原来的文字。荒凉就像一个冰冷的魔咒，在岁月的远方时时刻刻凝视着你的心。当你面向故乡，心里生出无端的暖意，但你却不知道，故乡已悄悄绕到你的身后，目睹你背脊的沉重和冰凉。——我们能拾到什么呢？

张望天涯

我已经人到中年，却还在张望天涯。之所以茫然张望，是因为找不到回眸的方向。这仿如流浪般的心结，其实与返乡的冲动是相似的。

我们用明亮的眼睛看着这个世界，不知不觉已是满眼泪花——天地无言，是什么触发了你的感伤？其实既非恩仇，也非荣辱，只是因为你自己身心疲惫。英雄下马，宝剑归匣，回故乡之路像落日熔金，蚕食你的豪情。也许故乡会让你发现，你得到的生活是以你失去的生活为代价的。两相加减，一切的伟业丰功或奇耻大辱都会变得波澜不惊。或许你重温舐犊之际，会骤然眷恋刀斧惊心，然而大幕已落，谁还会为你击鼓鸣金！人生从来都是系乎一念，凡夫无须窃喜，英雄也不必感叹——你想想，柔情固然短暂，豪情又有多恒久呢？

我们重返故乡，寻找的其实只是我们丢失的自己。从这个意义上说，回乡的人就是那只空可乐瓶。你当初贮满液体，兴致勃勃，去灌溉他人的需求。当你被喝空的时候，仿佛功成名就，却又为自己已经变得轻飘而感到心神不宁。你在人际需求所交织成的巨网中找不到真正的宁静，于是，你重返故乡，去寻找那曾经的液体岁月……可是谁能保证，故乡还会像从前一样的汪洋呢！

日常生活就像一个战无不胜的强盗，终究会把你褫夺得干干净净。年轻的时候读毛姆那本《月亮和六便士》，对那个怪异的画家感到既神往又排斥。他从日常生活中逃亡出来，献身给了心中那宗教般的艺术，从此，他在人间就如同一个飘忽不定的影子，没有实体。我确信毛姆骨子里是一个俗人，所以他在写伪善而又胶着的日常生活时，写得入木三分、神情活现。而一旦试图触及那天才画家的精神世界时，毛姆的笔就立刻转入用努力精致的辞藻支撑起来的议论之中，显得单薄而无力，失去了丰沛的生机。但是，毛姆毕竟是眼光敏锐的，他看出了故乡跟流浪之间的内在联系。在这小说的后半部分，毛姆说：

> 我认为有些人诞生在某一个地方可以说未得其所。机缘把他们随便抛掷到一个环境中，而他们却一直思念着一处他们自己也不知道坐落在何处的家乡。在出生的地方他们好像是过客；从孩提时代就非常熟悉的浓荫郁郁的小巷，同小伙伴游戏其中的人烟稠密的街衢，对他们说来都不过是旅途中的一个宿站。这种人在自己亲友中可能终生落落寡合，在他们唯一熟悉的环境里也始终孑身独处。也许正是在本乡本土的这种陌生感才逼着他们远游异乡，寻找一处永恒定居的寓所。说不定在他们内心深处仍然隐伏着多少世代前祖先的习性和癖好，叫这些彷徨者再回到他们祖先在远古就已离开的土地。有时候一个人偶然到了一个地方，会神秘地感觉到这正是自己栖身之所，是他一直在寻找的家园……他在这里终于找到了宁静。

然而仔细想想，在那个芭蕉树巨大的叶子一直搭到窗角屋檐下的塔西提岛上，已经走到了天涯的画家，他心里真的宁静了吗？如果他确已宁静，那么这宁静究竟是塔西提岛带给他的，还是艺术带给他的？

笃信上帝的人，把彼岸视为故乡，一生都在等待拣选成为义人。大地上没有他们的家——这样度过的一生，不正是浪迹的一生吗！他们张望天涯，垂心祷告，却无从知道那冥冥上苍之中是否真的存在着一份聆听。他们只是坚信这聆听，让"聆听"来引导自己的一生，仿佛无言的告示。有时候，我目睹这信仰者，会觉得他们的故乡只是延伸在一条听觉的信道上，完成的地方，只是一份永恒般的默默无语。

"故乡"试验

我也时常在他人的反馈中，体会故乡的滋味。这是我的"故乡"试验。

北京是个大城——大城之所以让人觉得大，是因为那城里不相干的人太多。我在北京断断续续地住了有五六年，每天都会见到很多不相干的人。

不相干的人见到你，听出你并非本地口音后，最喜欢问你"老家是哪儿的"或者"是哪儿的人"——这是他人对你故乡的一种刺探。我通常会在下列几种答案中随口选出一条作答。几种答案都不算撒谎，因为对我而言，它们都具有某些"故乡"的含量。

湖南人（我父母出生、成长的地方，也就是俗称的所谓"老家"）

广西人或南宁人（我出生、成长的地方）

桂林人（我定居了二十多年的城市）

后来我发现，几种回答获得的态度是不同的。当我告诉对方我是湖南人的时候，对方常常会顿一顿，干笑着，然后投出一种略加防范的目光，说："你们湖南人，厉害！"——这时候，你心里会隐约生出点儿拥有了安全感之余的不安。因为我确实属于那种一点都不厉害的人，不免觉得给厉害的湖南人脸上抹了黑。也许心里还会有某种不踏实，生怕他在"厉害"这个话题上纠缠下去。所以常常会自我开脱地告诉他："我是湖南人中的雷锋那类人。"然而这样做的结局会更尴尬，因为无论你如何标榜自己是活雷锋，对方也是死活不信。

另一种情况下，你告诉他，自己是广西人。他听罢便会对你投出漠然的一瞥，下巴开始微微扬起来，扬得很自然，并不是故意做出来的。说话的语气也骤然变得像是一个有文化的地主，慢条斯理之中始终透着些爱答不理的劲儿。那种感觉，让人觉得很有可观赏性。其实我很喜欢表明自己是南宁人。但这个答案也是我最不愿意采用的。它的麻烦在于：你回答完毕之后，紧接着的话题就很难围绕着"故乡"来进行，而是会陷入一场烦琐的地理知识的辅导课之中。因为北方人似乎多半不知道南宁在哪里。这使我很适当地认定，南宁是一个十分安全的地方，无论恐怖分子或是霸权主义，大概都不会把炸弹丢到这儿来——因为南宁在哪里，估计他们也搞不清楚。

我有很多次回答自己是桂林人的时候，对方的反应都是相似的——他们眼睛一亮，脱口而出："那是个好地方啊！"然后你接着跟他聊，才发现他并没有去过桂林，甚至连桂林在哪儿也不是很清楚，但他就是认定，那是一个好地方。后来我总结了一下，发现桂林的"好"其实是抽象的，它是一个抽象的"好地方"。或者也可以从另一层意义上这样来总结：桂林的"好"是命定的，就像一个人，他姓"好"，单名一个字叫"人"——甭管这人有多坏，你也只知道他是"好人"。从这个意义上说，桂林其实已经成了"好地方"的一个代名词。有一首歌叫作《我想去桂林》，它的本意，其实就是"我想去一个好地方"，"桂林"无非是一个代码。得出这结论之后，我忽然觉得，当我说自己是桂林人的时候，我在被认知中就不再是一个婆婆有情，而成了一个抽象的人——这其实是蛮符合我的。作为一个没有故乡感的人，大地上也没有一个地方真正让我"著相"。无处著相，也就是一种抽象。

这些经历很有意思。我称之为"故乡试验"。试验的结果会让你发现，故乡不是别的，它在别人看来，就是你的身份，如同你的外套，因此也是你的体温；而在你自己看来，故乡也许是你的一种世俗标志，它或许内在于你，但更凌驾着你。其实，所有的身份都是被附加的。——如果把这些附加都去掉，那么，什么是你？恐怕连你自己也不知道。话说到这种地步的时候，你会忽然发现："故乡"很禅！

一切回忆、都成"重返"

对我而言，"重返故乡"是一个无法言谈的话题。我本来不曾走出，又何来的重返呢？但生命的趋势，似乎就是一道定向弯曲的轨迹。你活得越久，那弯曲就越趋向于一个圆。从这个意义上说，一切的回忆，都将成为我的"重返"。

有时我枯坐书房，脑子里会溢满一片漫长的、盛夏般的时光。那是童年。也是我的故乡。

一座山，两个人

严风华

关于我的乡野情结

人之生计，五味杂陈。而无论劳苦或安逸，断然不能缺少梦想。贫者求富，富者祈安；画饼充饥，临渊羡鱼；得陇望蜀，朝三暮四；勤耕盼丰年，苦读为功名；舍俗欲得道，得道想成仙，如此种种，皆为常情常理。毕竟，岁月漫漫，穷通未遇局已定，老疾未到关已破。若不时掺入梦想的成分，日子便有了味道，有了奔头，有了意趣。

自然，梦想过于长久，便是痴想了。

我心里就常常揣着这样的痴想。

作者简介

严风华 (1962—)，壮族，广西龙州人。曾任《广西文学》主编、编审，广西文艺理论家协会秘书长。现为广西作家协会常务副主席，广西散文创作与研究会会长，中国作家协会会员。鲁迅文学院第12届中青年作家高级班学员。著有散文集《窗外是风景》《民间记忆》《一座山，两个人》《龙州记忆》《总角流年》等。其中散文集《一座山，两个人》获广西文艺创作铜鼓奖。

作品信息

原载《广西文学》2009年第9、10合期。收入《一座山，两个人》，漓江出版社2013年版。

想有了钱，买一栋别墅，在庭院里栽花种草；买一部车，闲时寻亲访友，游山玩水；写出一手好字，或孤芳自赏，或招摇于世；藏一屋奇石，独自把玩，或邀好友共赏……说白了，梦想实质就是一种激情，一种期盼，一种追求，一种向往；或许未必一一实现，却可以激活内心的欲望和生活的热情。只是想多了，迟迟不见实现，就淡忘了。

能始终缠绕我心的，是逍遥乡野，结庐为舍，图个自在。

如此说法，略显矫情或造作。但实在系我所愿，并已积集数十年之久。

这是有缘由的。

小时，父母就多次将我和弟弟从县城送往乡下。其时，我姑妈一家在离县城几十里外的生产队里插队落户。每逢暑假，当教师的父母就把我和弟弟送到姑妈家。记得第一次，父亲是用自行车驮着我和二弟去的。父亲车技不精，不敢同时搭载我两兄弟和母亲，所以，我们坐在车尾，父亲把着车头在前面推，母亲则跟随一旁。大约走了三四个小时便到。父母把我们交给姑妈就马上返回了。他们刚走不久，天上立即乌云密布，接着电闪雷鸣，下起了暴雨。雨十分的大，很远的地方都还看见一条条灰白的雨丝往下挂。那时大约是下午五点，我和二弟坐在门槛上，怯生生地望着远方，没有说话。刚才还在外面找吃的鸡都心急火燎地跑回来了，全躲在屋檐底下，一只挨着一只，排成一溜。雨水一柱一柱地不停地沿着瓦顶上的雨槽往下流，溅起的水珠，淋湿了我们的脚，也淋湿了屋檐下的那一条鸡。那一条鸡一个个缩着脖子，耷拉着翅膀，羽毛水淋淋的，已无半点生气。

我们也是毫无生气。我望着灰蒙蒙的天，望着父母回去的路，一直忧心忡忡：他们不会遇到山洪吧？山洪不会把他们冲走吧？天很快黑了，他们能回得到家吗？

我不是为了写作而特意渲染我这般幼稚的童心以博得好感。我当时大约五六岁，头脑简单，并不知道这回家的路有多遥远，这即将来临的黑夜会不会暗藏杀机，也不知道仅仅一场暴雨是不能阻挡父母的脚步的。但从此，第一次产生的、一种无穷无尽的牵挂，让我几乎每一天都带着一种压抑和郁闷的情绪。我们无端与父母隔离，终日无人诉说；姑妈又因家庭出身不好，一直要求我们不能过多跟村里的孩子玩，不能跟大人说话。生怕说错了话，惹事。唯有我那个勤劳、乐观的二表哥，倒是给我们制造了不少的快乐。他带我们到村外，教我们装鸟、掏鸟窝，教我们采野果，教我们插秧，教我们耘田，教我们放鸭子，教我们烧红薯窑。乡野的气息，无论沉重或轻盈，均如丝如缕，不动声色地渗入了我的肌肤和血液，构成我挥之不去的乡野记忆和情愫。

只是始终无法明白，当年父母为何总要把我们送到乡下去。

以至于今日，我对乡野所产生的一种特殊的亲切感有增无减。乡野坦荡荡，有满眼翠绿的青山，有清澈宁静的溪流，有生机勃勃的庄稼，有炊烟袅袅的农舍，有清丽悦耳的鸟鸣，有明净安详的浮云，有弯腰曲背的劳作，有放牧草地的悠然……面对这一切，完全可以放纵眼睛，放松思想，只要稍稍注意脚下的路，避免失足山崖、踩中毒蛇就行了。不像城市，有太多的管束，有太多的诱惑，也有太多的争斗，有太多的陷阱。城市其实就是一方看不见的沼泽地，时时让你陷入其中，时时让你挣扎，不得安生。

这恐怕就是我热爱乡野的理由。因为乡野简单，简单了就可以轻松自由。

我是一个不喜欢热闹的人。只要安稳，有一件喜欢的事做就行。所以，我越来越向往日子的单纯与安静。这种向往，竟成了一种嗜好。如果某一天外出，无意中踏入了乡野，远看小山孤立，田野芬芳，村舍隐现，炊烟散漫；近见清溪蜿蜒，灌木丛丛，蜂飞蝶舞；钓叟移舟去，村童跨犊归……这样的画面一旦入目，我的内心便有了亲近的冲动，便想：如果能在这样的地方建一茅舍，渔樵耕读，多好啊！

真的一直这么想。

而且想了很多年。

"结庐在人境，而无车马喧。问君何能尔？心远地自偏。"（晋·陶渊明《饮酒》）古代文人大多心性淡定，喜欢心灵的宁静。文字里，点点滴滴，无不宣泄着一种独立寒秋、冷眼红尘的情态。即便是雄群聚居，也能玩出不落世俗的诗意十足的花样来。在浙江，有一个闻名遐迩的"曲水流觞"人文景观。当年，晋朝"书圣"王羲之召集天下名士谢安、段融等人，来到江南水乡绍兴的会稽山之阴，兰亭曲水之滨，举行了一次浪漫的曲水流觞修禊盛会。只见崇山峻岭、茂林修竹之中，众名士列坐曲水两侧，将酒觞（杯）置于清流之上，任其漂流，停在谁的前面，谁就即兴赋诗，否则罚酒。王羲之就在这次集会中，书写了《兰亭集序》而名扬天下。我等自然不能与名士比肩。

古时文人隐遁山林，是一种节气，是一种处世的方式方法，同时也是一种时髦。要么洁身自好，不与浊流为伍，要么期望出现这样一种结局：皇帝忽然开恩，召至朝廷，隐遁者又重见光日，荣华富贵。而当今世界，歌舞升平，车水马龙，人海茫茫，我若入了山林，必如滴水入海，不仅了无踪影，更是断了生活的来源。所以，我只是想，平日里能久不久离开城市的热闹和拥挤，在乡下图得片刻的清静，这便是享受了。

快乐，是靠自己寻找得来的。

我发现，我所喜爱的正是这样的意趣。这也是我唯一的浪漫。

于是，我开始了寻找。

2000 年冬，一个偶然的机会，我通过朋友，在南疆边陲一个叫上石的小镇里，认识了一位常年深居山林的孤寡老人。经他的允许，我在他的屋对面建了一间简陋的瓦房。自此之后，无论寒暑，无论雨晴，基本在每一个月的某个周末出发，到山里待上几天，与山为伴，与老人为伴。将近十年过去，见闻甚多，但我从不敢随意地将山中之事写成任何文字，见诸报刊，更没有成书的想法。直至如今，忽然产生了写作的冲动，才巍巍然将这前因后果及当时的日记整理成文，以备遗忘。

这才有了《一座山，两个人》。

造一座房子住梦

南方天气奇异。

尤其是南宁以南的地方，到了所谓的冬天，其实也没有几天是冷的。许多的人仅穿一件外套，有的甚至只穿着一件短袖，就可以招摇过市了。过了十二月，就日渐见暖。在南宁，即便是很冷的天气，满街的树都是绿的，几乎不见落叶。若有落叶，那也是老叶。某一天来了一阵大风，老叶就脱了，顿见满地金黄。没多久，新叶就长出来了。

2001 年 2 月，记不清是哪一天，我如期赴约。我和凭祥的一个朋友廖文约定，要去山里见一个老人。

先从南宁坐火车到凭祥，与廖文见了面，再一起到上石。

上石在凭祥东南方向，离凭祥仅十七公里。我们先坐班车，在公路边的车站下车（其实就是上石镇一个露天的乘车上下点），然后改乘三轮车，一块钱一人，往镇里去。往镇里的路有四公里，七八分钟便到。

这是一个壮族边境小镇。路是沙石路，一路进去，车后便带出一路尘烟。但尽见田野坦荡，庄稼多为甘蔗、水稻、木薯。将接近小镇时，公路右边才渐渐见到镇政府、边防派出所、镇中学、兽医站等这些机构。走完了这段路，才是居民区和圩亭。街区中心，有一条街，东西走向，长约一百米，宽二十米。左边是民宅，右边是圩亭。小镇居民，多为壮民，务农为主。故屋前路边，多晒杂物，衣服、杂粮、柴火，皆有。房屋多为平房，砖瓦结构。间杂几栋四五层楼房，如鹤立鸡群。见老妇头扎布巾、穿对襟蓝靛壮衣，坐于门口，或纳鞋筛米，或砍柴摘菜；小孩则聚于街边，弹玻珠，打陀螺，拍香烟纸牌。手里攥着零食，不是木薯、红薯、甘蔗，就是花生、饼干、棒棒糖。小镇西面，是一排不高的山冈。山上无树林，多见石壁裸露。

街边还停有一排拉客的三轮车。车主或呆坐，或趴在车头上睡觉。

在圩亭里买了些菜，廖文便指着小镇南面的连绵不断的群山说，我带你去的地方，就在那里。不远，三公里。

往南望，见远山灰蒙，林木葱茏，天际低垂。

又改乘三轮车，也是一块钱一个。出了小镇，再见田野。地里的庄稼是稻谷，刚收割过，稻草、禾根残存，一片灰黄。过一张水塘，再过一座三拱小石桥。桥下有清溪。又见头扎布巾、身穿蓝靛对襟壮服的农妇，在溪边挑水、洗衣。小溪中浮出一块土山包，二十来个平米宽，芳草萋萋，四边环水，有三五只鸡或静处，或觅食，或梳洗羽毛。旁边放有一个开着口的大鸡笼。

却不见主人。

过了桥，走一段路，就开始上坡。坡微斜，但弯曲。不久就见到立在路边的警示路碑，"严禁烟火""严禁进山熏蜂、煮饭"等标语历历在目。原来，开始进入林区了。里面就是一个林场，叫伏坡林场，场部就在山里面。越往里走，两边的山就渐渐见高。皆为泥山，座座相连，多种松树、杉树，间杂有些杂木，都有电杆般粗了。一路行人极少，有风，风里的空气清清的，甜甜的，不时带有松脂的味道。

六七分钟，车停下了。廖文说，到了。右边有一条下坡的小路，我们就顺着走，过一座小木桥，桥下有小小的溪流。再上坡，微微抬头看，见一条小路往里伸，当中有两丛竹子立在路边，竹叶交叉，极像一堵寨门。穿过竹丛，见有一间南北走向的小瓦屋，屋边搭有一间木条结构的油毡厨房，厨房又连着鸡舍。鸡舍简陋、低矮。听到我们的声音，一个六十多岁的老人迎出来了。

廖文事先介绍过，这里住着的是一个孤寡老人，一生未娶，属五保户。七八年前就搬到山里来住了。除了镇民政所资助一些钱粮外，他就靠种果、养鸡补贴家用。廖文自小就在镇上长大，认识他的外甥女。她们常常到这儿来玩，廖文就跟老人熟了。

老人体格单薄，高且瘦，皮肤黑，脸削长，眼睛小，腰不驼。穿很旧的衣服，吸自卷的生烟。他跟廖文讲话时，讲的是壮话，与我说话则讲白话。第一次见面，便觉得他性情爽朗，热情。见我们来，立即从地里挖出一大把木薯，煮了，给我们吃。我们也把带来的菜在他的厨房里煮了，然后在他家门口，立起饭桌，一起把午饭吃了。头顶是一棵三华李树的枝丫，白白的花瓣如指甲般大小，不时落在菜碗里。

我这才得以仔细看看周边。老伯的屋地约有十来亩，属承包地，正处在一座山脚下，地形微斜，呈长方形。山脚下有一条小水溪从林场里由南往北流下。水流不大，但清。地里多种三华李，间杂种有荔枝、沙梨、芒果、柚子、菠萝等。刚过元旦，暖得快，李花早早就开了。满坡都是白白的一片。花瓣落下，又将地面染白。二十来只鸡，两只西洋鸭，在树丛里扒着枯叶残草觅食。老伯的承包地以上，就是农场的林地，都种满了杉树，阴森森的。整座山便觉得有些阴凉。

严格来说，廖文所认为的好去处，在我看来并不是十分的满意。古人住宅，讲究庭中有园，园里有石，石边伴水。这儿地面不整，缺山石点缀，水小，没有我想象中的那种为之一振的佳境。但感到主人好。人好一切就好，"穷交能长，利交必伤"。而所谓的佳境，其实都是心中所造。清代张潮《幽梦影》有云："有地上之山水，有梦中之山水，有胸中之山水。地上者，妙在丘壑深邃；画上者，妙在笔墨淋漓；梦中者，妙在景象变幻；胸中者，妙在位置自如。"也就是说，只要胸中有了山水，目之所及皆山水，这样就可以随心所欲地安排和造型了。得如此境界，何处不是山水？有了山水，无论何时何地，闭门即是深山，读书随处净土。

如此一想，一切都满足了。

满足了，就可以安身了。

我便试探着问老伯："我在你这儿起间房子，以后与你同住，可以吧？"

没想老伯爽快就答应了："我这儿有大把的地，你想住哪儿就住哪儿。"

我脑门就激腾出一股热气。我激动时，往往都是这般情态。

我们到处走了走。我选中了在他房子的对面，大约相距二十来米的一块地方。这也是一块斜坡，地面上有几棵李果树。要起房子，得把斜坡削平。

我说，就在这儿吧。老伯说，那就在这儿吧。

我当即交给他八百块钱，让他代我起房子。"一个人住，不需太宽，十来平米就够了。下个月我再来，再补些钱。"为了省钱，我还特意吩咐老伯，要利用山体的那面削平的泥壁做墙，砌三面砖墙就行了。

没想到，一切都那么顺利。

但还是有些担心。老伯与我非亲非故，也仅是一面之缘，他能尽心地满足我的愿望吗？过了一个多月，我独自去了山里。见到现场，一切都释然了。有两个工人已经铲出了一块空地，并挖好地基，将砖墙砌到一米多高了。老伯说，下个月来，肯定起好了。我又给老伯六百块钱。交代他，就用山里的材料做两张床。房子和床，一共花了一千四百块钱。

"造一座房子住梦"，这是贾平凹一篇文章的题目，极其地喜欢。说的极是，造了房子，除了住人，还可以住梦的。中国人历来都很注重建房的。一个家庭或一个家族，造一间房子或一座庭院，远远不只是为了栖息安身那么简单。或大或小的房子，都会在一砖一瓦、一窗一户中散发出很多的意味来。大户人家，往往飞檐斗拱，雕梁画栋；屋脊墙头，雕砖镂瓦，极尽工巧。除了舒适和美观，更是为了显示出家底之殷实，望族之气派，在不动声色之中意在威震四邻，气霸八方。而正因为富贵之家无以匹敌的财气以及对家居装饰的完美追求，才得以将传统的建筑艺术淋漓尽致地表现在家宅上。至于平民百姓，只是日求三餐，夜求一宿。建一间房子，能遮风挡雨足矣。但是，无论豪宅还是陋室，入住之后，并不是所有的房子都可以造梦，留得住梦。虚妄的梦，狂妄的梦，浪漫的梦，平实的梦，恐怖的梦，喜悦的梦，都是用心造出来的。

只是，心有善恶。

2001 年初，我在乡野里造了一个浪漫和喜悦的梦。

六月泉声

去上石，可乘南宁至凭祥的火车。有两趟，一趟是快车，早上 8 点发车，途经扶绥县、崇左市、宁明县三个大站，达凭祥，四个小时路程，设空调，票价三十元。然后从火车站到汽车站，乘坐班车到上石镇。另一趟是慢车，早上 11 点 58 分发车，每十来分钟停一站，约五小时路程，无空调，票价十五元。慢车可直接在上石镇停一站。

我一般都是坐慢车。慢车没那么赶。

坐慢车的人，大都是小城镇或农村的百姓。每到一个小站，总有一拨人下车，一拨人上车。他们出门，无非就是走亲戚，做买卖，或办事。有不少人总是带着很多的货物。有鸡或鸭，用竹篾织成的笼子或纸箱装着，大概是走亲戚用的；有农产品、日用品，用整个蛇皮袋装，或肩扛，或扁担挑，这大概是拿去贩卖的。上车时，车门高，也窄，他们就先把东西抛上车，然后人才跟着上车。有的甚至直接从车窗外塞进车内。上了车，又重新把东西挑起或扛起，去找位置坐。把东西安置好了，就把头上的帽子摘下，当扇子扇凉。一边扇还一边喘大气。天气热，车厢里会有一阵阵的汗味。

车厢里人多，我一般都是到餐车里坐。但到餐车坐，必须要在那儿吃饭。一个肉菜，一碗饭，就得花二十元。所以，到餐车的人并不多。因此清静，可以看看书。

我今天是第二次到上石住。到上石车站时，是下午4点40分。

这个时候，车站门口往往都停有六七辆拉客的三轮车。旅客一出车站，三轮车立即包围了上来，吆喝声顿起。客人多时，他们每一辆车都能拉上几个，赚上几块钱；人若少，有几辆拉不到客，就算是白跑了。

六月天，已经很闷热。在南宁，空气是很稠很浑的，夹有阳光的炙热、人流的拥挤、街道的吵闹，呼吸时似乎带进了一股浑浊的尘烟，多有不畅；坐着不动，皮肤也会渗出些汗来，不爽。但到了这里，就觉得呼吸很畅快，畅快里带有一种浑身通透的快意。风一阵一阵地抚过脸颊、手臂，凉凉的，清清的，纯纯的，让人满怀感激。

人总是生活在矛盾之中。城市热闹但不清爽，乡下清爽但不热闹。所以钱钟书就说了，围城里的人想出来，围城外的人想进去，但最终没有多少人能达到城里城外进出自如的境地。

到了镇上，我便下车，进市场买菜。

这一带的壮民，还保持着赶圩的习俗。按当地习惯，以农历为序，规定初几为一圩。有的地方每隔三天为一圩，有的地方隔五天或七天为一圩。每到圩日，远远近近的壮民一大早就从家里赶来，有空着手的，有挑着鸡鸭或瓜果蔬菜的，聚集在圩亭里，进行买卖。大约十点多钟，圩亭内外，人如蚁集，噪声聒耳。赶集的人，多为上了年纪的主持家务的男女。多是三五一群的结伴而来。大人走在前，小孩碎步紧跟其后。平时，在城市里，已经很少见到有人穿壮服了，但在此时，倒是见到不少，均为黑裤蓝衫或黑裤黑衫。穿壮服者，又仅限于老人与小孩。见到邻村的熟人，就停下来，闲聊几句。小孩则另立一旁，手拉大人衣角，怯生生地左顾右盼。片刻，才随各自散去。卖东西的，随便在圩亭里找一块空地，放下货物，蹲坐一旁，耐心等候；买东西的，已将圩亭转了个十回八回了。最后，货物出手了，就在圩亭里的饮食摊上吃一碗粉，然后，将油盐酱醋或者肥皂牙膏等日杂买齐，就赶回了，这圩日就算散了。那时，大概只是下午两点多钟的光景。

我这次来，没碰上圩日，所以市场里十分的冷清。圩亭边，才摆着十来个摊位。摊主多为女性，都是镇上的居民。卖的青菜，都是贩来的，并非亲自所种。我大概面生，一看也不是本地人，摊主们个个都怪怪地看着我。我在怪怪的目光注视下，买了些菜。

入到山里，已是五点多钟了。我远远地喊了一声"亚伯"，老伯就从厨房里出来："噢，小严，来啦……"我将东西放进屋里，一看，见屋内地面已经被打平了，门角边放有一把木棒槌。

看样子老伯是花了不少工夫的。

我们就到屋门前坐。

此时，太阳已经被我们的那座山挡住了，山里阴凉起来。

我掏出烟，递给他，他接了。我拿出板凳给他让座，他不坐，却蹲下。两条腿就全埋进他的怀里，不见了。他的头顶很快就冒出一团乳白的烟雾。

乡下人喜欢蹲。很能蹲。

坐了一会儿，我说我去挑水煮饭菜吧，老伯就说不用不用，我接了山泉水，不用挑了。

老伯在他的门前蓄了一个水池，接住了山泉水。

原来，我的房间与老伯的房间之间，有一条小小的山沟槽。山上都是几十年的原始林，植被很好，下了雨，密集如织的草根、树根像海绵一样将雨水积集在地表里，然后慢慢渗透出来，汇到沟槽里成了泉。这一次，因为我来了，老伯就用砖块特意砌成了一个池，然后，用一根拇指粗的单竹，破开，打通关节，又合上，用小铁线绑紧，插进泉眼，成了一根水管，水便不断地从水管里流了出来。水池离我这儿也才有二十来米远。

老伯回到他的厨房煮饭，我则在门口炒菜。他的菜刀、油盐、饭桌一齐都搬到我门口来了。

老伯的饭锅是农村常用的那种铁鼎锅，锅底是尖的，里外皆黑，但煮出来的饭却是白的，且香。

我买的豆腐、豆芽和鸭蛋，是农家自制和自养的，炒起来，豆腐、豆芽的豆味特浓，鸭蛋特黄。

半个小时，一桌农家饭菜就弄好了。我们就露天吃。

先喝酒。

老伯每天都要喝酒。酒是镇上酒坊酿的米酒。度数不高，酒色浑浊，一看就知道是纯正的自酿米酒。

老伯伸手拿酒杯时，我又很清楚地看到了他的断小指。我很想问问他是怎么回事，但不敢问。每一个人身上的任何一处伤疤，都是一个故事，有些故事也许是不堪回首的。

姑且留个悬念吧。

但聊着聊着，我渐渐就弄清了老伯的身世。

老伯的祖籍，是广东的三水。其祖父早年带着一家人出来做生意，来到上石，就安下家了。到了他的父亲，家业兴旺，成了上石镇的大地主。解放后，地主家庭日子是不好过的，整天挨斗。他十六岁那年，就因为有一天扛木头不太积极，晚上就被生产队拉去批斗了。那个年代，家庭出身不好的人，一般是很难嫁夫娶妻的。他性子倔，见一时难以成家，就狠下心终身不娶了。至今便是孤身一人，无儿无女。但由此成了五保户，镇政府每月给予他三十斤大米、四十元的补助。前些年，他觉得在镇上住没意思，就独自搬到山上住了。种果养鸡，卖了钱补贴生活。在镇上，他还有一个妹妹，两个侄子。有一个弟弟，也像他一样，孤身一人，住在山上。就在我们这座山的西边，站在路边就可以看见他那间孤零零的屋子。

此外，他还有一个哥哥在桂林，一个姐姐在南宁。他哥哥出去工作以后，再也没回过一趟老家。

我忽然感到奇怪，天地之大，人口之广，我又为何偏偏就遇到这位老人呢？难道他也是早早就在山里专门等我吗？山和老人，与我是怎样的一种缘分？

天黑了，我们点起了油灯。灯光如豆。路边的小路，偶有汽车、摩托车进出，车灯不时射进来，有些晃眼。夏天虫子多，见到灯光，就不断地扑到饭桌的油灯上。这些虫子，翅膀上沾满了粉末，扑打在灯罩上，粉末便星星点点地飘飞起来。我们就一边吃，一边用手赶虫子。有时虫子掉进菜汁里去，翅膀拍打几下，就不动了。我们用筷子挑出来，继续吃。

在城市，任何人断然接受不了这样的情形的。

但我一直都很习惯。在乡下，无论在哪儿，无论在什么条件下，我都能吃能睡。在城市文明的比照之下，乡下的生活无疑是简陋而艰苦的。但事实上又没有多少人能为改变乡下的艰苦和简陋做过什么。所以，我觉得没有理由产生嫌弃之心。

路边的灯光渐少，夜变得清静了许多。我听到了水池里流水的声音。

老伯说，在山里，空气好，睡一个小时，就可以抵得镇上的三个小时了。每天起来，他都是先煮一锅粥。这锅粥，就是他和鸡鸭、猫共同的一整天的饭食了。然后再做一些工，到十一点左右，才吃饭，实际就是早餐中餐一起吃了。大多时候没什么菜，几个辣椒，一碟青菜，也可以喝二两了。若是冬天，有时就懒得上饭桌，干脆蹲在火灶边边烤火边吃。晚饭也是如此。夜里，没个去处，也没事干，就听收音机，听气候，听农事。听着听着，就睡着了。

神仙不过如此。幸福与否，其实就是个人的自我感觉。

有一次，众弟子怂恿苏格拉底去逛热闹的集市，以为他一定会玩个痛快，而且满载而归。但回来之后，苏格拉底说："我去那里最大的收获，就是发现——我原来并不需要那么多东西。"我们平日里看到一些处境艰难的人，总以为他们十分可怜，极需要我们伸出援助之手。其实不然，人最需要的东西不是物质，是精神。亚里士多德早就说过：幸福就是自足。

自足的精神，不是靠怜悯得来的。

大约十点多，我们散席了。不一会儿，老伯的房子里就传出了含糊不清的广播声。

有些酒兴。

我便拿出水桶到水池洗澡。将水桶接满水，用毛巾捧起水往身上泼。虽是六月，但水还是有些冰凉，却舒畅。很快就觉得山里的水与城里的水确实不一样。山泉水矿物质多，水质滑溜滑溜的。洗毕，皮肤感到极其光滑，通体清爽，精气顺畅。体内的疲劳，甚至血液里的杂质，似乎都可以一并荡涤。

洗完了，我便习惯性地伸出手去关水龙头。却摸不到开关，才明白这是山泉，根本就不用关。

回到屋里，躺在床上，一直还听见水流的声音。

不知怎的，这水突然很令我在意。

我最初来时，只知道山里有水就行了。我在乎的只是我房子的大小、位置、结构和走向。也许每一个人都这样，无论到哪儿，最先关心的是水。因为水能解渴，能煮饭菜，能洗衣冲凉——这是人的生存的最基本条件。但几乎每个人对水的关切程度似乎仅限于此，再也没有更多的想象了。

事实上，水之于人，已经结成了一种亲密无间的情缘。

水让人踏实。

我每次到水沟边洗涤，总有一种舒展的感觉。山野之水，取之不尽，使用时，没有城里那种因"节约"的概念而造成用水时的拘谨。水时时刻刻地流着，大大方方地流着，清清的，凉凉的。手和脚，一旦触到了水，一切都觉得洁净而舒坦。再仔细地听，水还会说话呢。只要有落差，有障碍，水的流动必然发出响声。响声自始至终似乎都是一致的，但你一用手触摸，不同的方位，不同的手势，水的声音自然就发生变化。它似乎在和你诉说，和你嬉戏、玩耍。它温柔，随和，但有时也很调皮。无意间它会溅到你的脸上，水珠的冰凉会突然让你受到一点小小的惊吓。它还会湿了你的衣裤，让你受冷，甚至导致发病，但你又不会产生任何的恼怒。它与人亲密，是不经意的，没有任何的约定。当哪一天突然断水了，人们才知道着急，才知道水是多么的重要。难怪古人有云："宅之四周，如无溪流，当为池井，虑有火烛，无水救应……""井一为邻，邻二为朋，朋三为里……""物须臾不可断水，人须臾不可无井……"

古人说的是井，实则为水。人无论到哪儿，都得找水做伴。其实水就是家庭的成员，像牛呀马呀狗呀，只是它来了去，去了来，不留踪影，所以没人能记住它的模样。

水还是人的楷模。

老子《道德经》曰："上善若水。水善利万物而不争，处众人之所恶，故几于道。居善地，心善渊，与善仁，言善信，正善治，事善能，动善时。夫唯不争，故无尤。"其意为：最高尚的人应该像水那样。水善于帮助万物而不与万物相争。它停留在众人所不喜欢的地方，所以接近于道。上善的人居住要像水那样安于卑下，存心要像水那样深沉，交友要像水那样相亲，言语要像水那样真诚，为政要像水那样有条有理，办事要像水那样无所不能，行为要像水那样待机而动。正因为他像水那样与万物无争，所以才没有烦恼。

此时的水，已通了人性。几千年前的老子早就知道，人从水里就可以悟出道来。

我十分庆幸我所在的那座山里竟然有两条山泉。它们应该就是这座山的血脉。山的血脉强劲、坚韧、从容，即便是在干旱季节，它也是不断地流，让山有了声音，让草木有了姿色，让泥土变得滋润，让人感到踏实。我想，这座山里要是少了山泉，就等于断了山的血脉。血脉不存，灵魂不在，这座山就活不了了。山不活，老伯也就不来了；老伯不来了，我也就到不了这儿了。水是一条生物链，能将人连在一起，将自然连在一起。

能在这样的自然中站成一道景色，那是水对我的牵引。

日　子

早晨，天未全亮，山里便嘈杂起来了。

那是鸟叫声。

不知是什么鸟，也不知有多少，个头有多大，就在屋边的树丛里叽叽喳喳地叫。叫声很欢快，很清脆，也很灵动。但那些鸟总是很调皮，喜欢从这枝头飞到那枝头，啼鸣声便像风一样，从这儿飘到那儿，旋转个不停。

鸟总是早起。我常常就在这样的吵闹声中醒来。睁开眼，见周边还是灰蒙蒙的。但翻了两个身，天就见亮了。

天一亮，鸟声稍稍减弱，大概是飞到远处去觅食了。但还听见屋边的几棵三华李上有"吱吱吱"的鸟鸣声。它们也许知道这是一间人住的屋，屋里有人。所以它们发出的声音很微弱，但又很放肆，很从容。可以让人感到它们耳鬓厮磨或互相追逐挑逗的样子。

土育树，树生风，风生雨，雨生云。云为鹤家乡，树为鸟天地。

这里树多。

老伯上山时，大规模地种植了三华李树。当时这种果十分畅销。后来，有一些树死了，空出了地方，老伯就这儿种几棵芒果，那儿种几棵龙眼，如今，山上竟有了很多的树种。老伯说，尽量多种些，卖得就卖，卖不了就留给外甥、侄孙吃，免得他们嘴馋。他妹妹有一儿一女，大侄儿有两个女儿，二侄儿则有一子。

老伯种有两棵很漂亮的树。

一棵是牛甘果树。

这棵树，就像一个看守寨门的卫士，立在屋下那道坡的中段的路边，和两排单竹并排一起，枝丫互为攀附，形成了一道拱门。这棵树，树干已有手臂粗了，有些弯曲。树身上有寄生虫，树皮被咬出了一个个伤疤，伤疤又长成了瘤，树身便疙疙瘩瘩的，有一种古老、苍劲的神韵。

这种树，滥生，贱生，广西南方荒山野岭到处可见。却极少单株，多成林成片，一般有一两米高。春天长叶，七月结果。一张枝叶，丫杈纷繁，有巴掌大。而丫杈上的叶子，却只有蛾翅般大小。到深秋，转青变黄，最终尽落。乡野里的放牧者在空闲时，常常大把大把地摘下，晒干，然后将叶子抖落，做枕头。睡时，叶子不时透出幽幽的清香，绕过鼻梁，沁人心脾。所结之果，如小孩玩的玻珠球般大小，浑圆，青中乏黄，如润玉般有透明之质感。可食，核如黄豆，肉质先涩后甘，甘味多存留于喉，且回旋长久。若饮清水，更是留甘满口。小时，每逢暑假，便结伴而去，到荒野里一筐一筐地摘回，然后放到瓦罐里用盐腌，暴晒三五天后，涩味除去，日啖七八颗，权当零食。

老伯的果多，自然吃不到它。它便自由地生长。到了十二月，叶落尽了，果仍然在。我偶然会摘下一两颗吃，一吃，便想到儿时。

另一棵漂亮的树是柠檬树。

它就长在老伯的厨房门口。树皮灰黑，带白斑点。树茎挺直，有手臂粗。从树根到树顶，两米多高，直溜溜竟无枝丫，但到了树顶，枝丫繁茂，亭亭如盖，像一把绿伞。每年皆结果，初呈青色，熟后呈黄色，如乒乓球般大小。味酸，皮涩，一般不能生吃；若吃，只能捻出汁水当醋食。多数用盐腌，可作配料食用。柠檬炒鸭，即为一味美食。

这棵漂亮的树，无论远看近看，其貌其形其神其态，皆如盆景，有缩龙成寸、以小见大之妙。这样的树，若长在庭院，便显富贵；而长在乡野，则显慧雅，有幽幽仙气，敬而远之。

老伯无意中种了一棵盆景。盆景终日伴着老伯。老伯可与人言无二三，而纷纷落叶可告知冷暖。树下嗅雨，孤屋御风；与鹿豕为群，看草木同朽，这就是老伯的日子。老伯的日子清淡，却不乏诗意。

只是，仅过了一年多，那棵柠檬树就死了。

我读明人张岱的《陶庵梦忆》，一篇一百来字的《朱文懿家桂》印象很深。此文记载的是，有一个叫朱文懿的后院里，种有一棵桂树，"干大如斗，枝叶溟蒙（茂盛），樾荫（树荫）亩许，下可坐客三四十席"。此树之所以能如此壮观，是因为主人在树下"不亭，不屋，不台，不栏，不砌……"，"花时不许人入看，而主人亦禁足勿之往，听其自开自谢已耳"。也就是说，这棵树始终保持原生状态，没有受到人为干扰。老伯种的柠檬树，正好就在厨房门口，不仅常常被碰刮，火烟也熏，枯死就不足为奇了。而那棵牛甘果树，至今仍活，乃是远离人烟之故。

同样，人不能太热闹，太热闹的日子会乱心。心乱则惘。

山多草木，亦多草虫。看得见的和看不见的，备受困扰。清代的张潮在《幽梦影》里就特别地表达了对虫子的憎恨："一恨书囊易蛀，二恨夏夜有蚊，三恨月台易漏，四恨菊叶多焦，五恨松多大蚁，六恨竹多落叶，七恨桂荷易谢……"

六月之后，天便热。若是在家里，肯定赤了上身，才叫痛快。但在山里，到了下午三点以后，太阳被山一挡，天便见凉了。无论多热的天，到了半夜，必定盖被。而雾水漫起，从瓦缝里透进来，打湿了被面，一摸，潮潮的，凉凉的。要命的是，刚躺下，刚盖上被子，就感觉手脚、身上痒痒的。先是觉得有一两个小虫不知从哪儿偷袭上来，轻手轻脚的，然后就是闲庭信步，悠然自得，实在胆大妄为。我轻轻伸出手去往痒痒的地方捏，想把那虫子捏住，却总也捏不到。不一会儿，这儿也痒了，那儿也痒了。一抓，便起了疙瘩。一折腾，睡意全消。

白天，在屋里或在门口看书，时不时觉得哪儿痒了，一看，没看见虫子，一抓，又起了个红包，书就读得断断续续了。

夜里的虫子，能看得见的就是那些带翅膀的由蛹化成的蛾。见灯光就扑，不管死活。翅膀抖下的粉落下来，碰到也发痒。

最大的虫是老鼠。

有一天夜里，我听见横梁上猛烈发出"吱吱"的叫声，用电筒一照，见一对老鼠颠鸾倒凤，十分放肆。一赶，它们就往地下跑了。电筒光追过去，发现床底下有一个洞，估摸着这肯定是老鼠的窝了，便想，明天，我烧一锅开水，烫你个毛发全无赤条条的！

第二天真的烧了满满的一锅开水，往洞里倒，钻出来的却是几只惊恐万状的癞蛤蟆！

法国的昆虫学家法布尔在他著名的《昆虫记》里对蝎子如此津津有味地写道："早晨六点钟光景，我掀开黑蝎的纸壳掩蔽室，发现一只母蝎背上挤着一群小蝎，看上去仿佛披在母蝎身上的白色短斗篷。我心里顿时产生一种甜蜜的满足感，这种令人欣喜的时刻，观察工作者要隔很长时间才能赶上一次。这是我第一次看到母蝎子把幼蝎'穿'在身上的珍贵场面。"

蝎子有毒，能蜇死人的。

在山里，我并非对所有的虫子都没有好感，但绝非像法布尔那样达到了"欣喜"的程度。

我把我对虫子的厌烦与老伯说了，希望得到老伯的指点，能把这些虫子灭了。可老伯却说，唉，别跟它们计较。我吃鸡，鸡吃虫，虫咬我，我灭虫，过日子都这样的啦……

我无言。

在我们的生活环境里，恐怕很难获得如此的宽容。人总是很容易产生仇恨。你做了九十九件好事，不会有人给你记住；但你做错了一件事，就会有人老是记住你的错，然后不失时机地攻击你的坏处，渐渐地你就一无是处，甚至臭名远播。所以，我们在有限的一生里，往往得花很多的时间学习防身术，尤其要防最接近的人。结果是一个比一个精明，一个比一个有经验。这种精明和经验，甚至超过了工作所必备的素质。最后，攻击我们的人也同样受到了我们的攻击，形成了一个循环。

凡有人类群居的地方，都会有这种争斗。这就是日子了。

至此，我已渐渐明了，我为何到山里偶作闲居的原因。我是在尽可能地远离生活中常常发生的那种无端的令人烦恼的伤害和干扰。与其说我是在逃避，不如说我用行动直接表达了我对这种伤害和干扰的强烈的憎恨和厌恶。现在的人，大多都是一脸的和气，极少有我这样的表情。

《小窗幽记》曰："人有一字不识，而多诗意；一偈不参，而多禅意；一勺不濡，而多酒意；一石不晓，而多画意……"老伯也许不知道，他就属于"一偈不参，而多禅意"。他不信佛，不懂佛，但说的是佛理。世界无强弱之分，只有大小之别。

大与小，小与大，便是轮回。轮回是春夏秋冬，是日落日出，是生老病死，是迎来送往。在山里，草木也罢，蛇虫也罢，人也罢，都是山的公民，彼此相依相偎，当可善待。至少对老伯来说，它们都是他的伴，把它们都灭了，老伯也许就真的孤独了。

这个理，我们这些所谓的文化人，未必比老伯明白。

初　冬

入冬了。这是我入山后经过的第一个冬天。

我一路进来，见两旁的山林，无论是树叶还是草丛，有些都已经转黄，再不是春夏时那种绿油油的生机勃勃的颜色。一些坡地光秃秃的，杂草已被农人除去。一片灰白的草就杂乱地躺在地上，坡地就显得很干爽，很开阔。农村的冬季时节便是这般情景：收割了，入冬了，农人便将土地上的杂草除去。过了些日子，草干了，就一把火烧了，既可作肥料，又可灭虫；再过些日子，翻一遍土，晒晒太阳，让土地歇一冬，开春又开始耕种了。

我入到山里，远远就看见老伯正在地里除草。他弓着腰，手里拿着一把锄头，一锄一锄地铲除地面上的杂草。他身后跟着大大小小十几只鸡。他连泥带土锄下一棵草，鸡们就扑上去，找刚刚被翻上来的虫子吃。他就只得停下，爱怜地看着那群鸡。等鸡们吃得差不多了，老伯就"去，去！"地赶，又重新锄。鸡们又重新扑上去。

他已经穿上长袖衫了。

入屋，放下东西，发现屋里的地面干爽了许多。屋前屋后的杂草已除，十分干净。但看见门前那几棵沙梨，原来叶子是如此的茂密，如今都掉光了；发达而细条的枝丫互相交织着伸向天空，天空好像挂上了一张网，便变得逼仄起来。攀爬在沙梨树上的水瓜藤也死了。十几个水瓜高高地悬挂在树上，金黄金黄的。南瓜藤也死了。几只经夜霜打过的南瓜，还连着瓜藤，黄黄地躺在地上。一排芭蕉，叶子耷拉了下来，有些已经变黑。

在山里，秋冬两季最干爽。被子不潮湿了，睡觉的时候再也没有虫子满身爬的感觉。

但夜里冷。

床板是竹子钉成的，空隙大，半夜里身子都是凉的，没法睡。后来加上了木板，垫上毯子，才睡得着。

门前，变黄的竹叶，经风一吹，"沙沙"的摩擦声更显得响亮。

老伯每隔一两年都可以从民政所里分得一张棉被，所以不会受冻。但衣服少，很冷的天都穿得很单薄。常穿一双解放鞋，没穿袜子。脚踝黑乎乎的。

我只好送一些我的旧衣服给他。

入了冬，山上基本就没什么蔬菜了。

我来多了以后，才渐渐体验到老伯日子的艰辛。每个月四十块钱的民政补助，实在少得可怜。油盐、烟酒、菜，都包括在里面了。如果遇到什么病痛，那根本就没钱医治。所以，平常老伯吃得很节俭。食用的油，都是从菜市里买回来的肥肉炸出来的猪油。这些肥肉，实际上就是吃不了也卖不了的被猪贩子剔出来的零杂碎，里面夹带有很多的淋巴。炸出来的油，黑乎乎的。但我不能嫌弃，我得跟着吃。

渐渐地我就发生了变化。在南宁，无论是吃的用的，都是大手大脚地花。到饭店吃饭，不管远近，总是坐出租车，来回二十来块，从不心疼。但到了山里，就变得吝啬了，小气了。从镇上坐三轮到山里，一个人两三块钱就可以，但有些车主，见我面生，要五块。我就压价，压不了，一恼怒，干脆走路。在我看来，剩下这两三块钱对我没什么用，但能省给老伯用，就不一样了。三块钱，在这能买三两肉，或两包烟，或一斤二两酒，或一斤火油，或一两斤盐。用处大了。

在乡下，根本就没有地方摆谱。摆谱顶替不了柴米油盐。

这天夜里，我和老伯就在火灶边吃饭。油灯就搁在铁锅上，两碟菜就放在火灶的两边。锅底下的柴火仍在燃烧着，暖呼呼的。老伯说，今年入冬以来，不太顺，一下子就瘟死了不少的鸡。尤其是阉鸡。本来期望今年春节前卖得一些阉鸡，好过年，没想到都死了。我说，没事，我给你钱过年。老伯再也没说什么了。

火灶里的柴烧尽了，只剩下火炭。

火炭烤得我们的脸红红的。我感到热。

老伯又说，阿姑的大女儿坐月子了。生了一个男孩。按这里的风俗，远近的亲戚都要送鸡给她。明天我们到镇里去看看，送一只鸡给她。你是我的侄子了，这鸡就算你送了。我说行。

老伯早就用"我们两父子"这句话来表达我们的关系了。

我给了他三十块钱，当是我买的鸡。

吃完饭，我们各自回房了。洗澡，上床，读《陶庵梦忆》和何新的《思考》。

突然听到鸡棚里有鸡的惊叫声和猛烈扑打翅膀的声音。

老伯在捉鸡。

嘤嘤之泣

一早起来，才七点多钟。见门前山色黛黑，浓雾弥漫。跟前的沙梨、三华李、桂花、牡丹，经雾水一洗，每一张叶子，便都变得更鲜更嫩的了，还闪着光亮，水灵灵的。枝头上，不时有水滴落下，"噗"的一声，打中了下面的叶子，那张叶子便往下一沉，瞬间又弹回了上来，像钢琴里跳动的琴键。

女儿央子也跟着起来了。刷牙洗脸，吃了老伯煮的塘角鱼粥，就跑到鸡棚里看鸡。

刚孵出了一窝鸡，出窝才四五天。鸡崽毛茸茸的。

母鸡抖动着蓬松的翅膀，带着鸡崽出去觅食了。鸡崽走到哪儿，央子就跟到哪儿。想抓，又抓不着。

老伯见了，笑呵呵的，像小孩一样活泼。转身用米筒装出了半筒的碎米，给央子喂鸡。"来来来，央子，你给它喂米，它靠近了就抓……"老伯用普通话跟央子说话，但语音不准。

央子撒米，大鸡小鸡都跑过来，但央子一伸手，母鸡就抖动着翅膀展开架势护住鸡崽，央子就缩手了。鸡崽渐渐往后退。最后，母鸡带着鸡崽钻到草丛里，不见了。央子满眼都是无奈的目光。

临近中午，突然听到坡下有嘈杂的说话声。老伯的二侄子带着一个小女孩来了。还带来了几条鲢鱼。老伯说，正好做鱼生。他大概还耿耿于怀昨晚没吃上的那餐鱼生。

那小孩是老伯大侄子的大女儿，叫阿露。

老伯就连忙去杀鸡。

我们就杀鱼做鱼生。

在我们广西南方的壮族地区，吃鱼生是很普遍的，只是吃法各不相同。《徐霞客游记》载，当年徐霞客来到南宁那齐村，正巧碰见村民捕鱼做鱼生："已复匦而缯焉，复得数头，其余皆细如指者。乃取巨鱼细切为脍，置大碗中，以葱及姜丝与盐醋拌而食之，以为至味。余不能从，第唦肉饮酒而已。既饭，日已西，乃五里还至那齐村。登一茅架，其家宰猪割鸡献神而后食，切鱼脍复如前……"这恐怕就是最早的有关吃鱼生的记载吧。光绪《横州志》亦载有："剖活鱼细切，备辛香、蔬、醋，下箸拌食，曰'鱼生'，胜于烹者。"用鲢鱼做鱼生，我是第一次见到。因为鲢鱼刺多，肉太薄，且易变软，在南宁根本不吃。但老伯说，在上石，大家最爱吃鲢鱼了。而且不用去皮，带皮吃，脆。

鲢鱼也便宜。

约四点，饭菜煮好了。

鱼生果然好吃。

这里没什么配料，只有番鬼芫荽和花生米、花生油。把芫荽切碎，把炒熟的花生米拍碎，放到鱼生片里，倒上花生油、酱油，一搅拌，就可以吃了。果然清甜，皮脆。只是肉软了些。

古巴领导人卡斯特罗说过，世界上最好吃的菜肴制作是最简单的。

小孩就吃鸡肉。

老伯养的鸡，在上石是远近闻名的。因为他的鸡都是在山上放养，不喂人工饲料，只喂杂粮，故肉结实，清甜。林场里的人，镇上的人，都常常进来跟他买。他几乎不用拿到镇上卖。

他从不独自在山里杀鸡吃。总是拿到镇里，要么跟阿姑一家一起吃，要么跟两个侄儿和侄孙吃。我来了以后，他才开始在山里杀鸡。

今天，央子来了，阿露来了，他就杀了一只大阉鸡。

阿露是听说南宁来了个女孩，大概觉得好奇，才跟着她二叔来的。一问，才知道阿露与央子同龄，都在读二年级。但阿露比央子大几个月，却比央子矮了一个头。两个孩子坐在一起，都在用涩涩的、怯怯的目光互相探询，但就是无法对话。在这一带的壮民，自小都是讲壮话的。阿露大概不会讲普通话，所以一直都不吭声。

黄昏了，饭也吃饱了。我便说，央子，今晚你就跟阿露到她家，跟她一起睡吧。央子的表情是高兴的，很快就点头了。她可是从来就没到过农村，更没在农家里住过。让她结识农村的小朋友，有好处。

但阿露却没吭声。

怎么，你不愿意啊？我和老伯都这样问。

阿露还是摇头。

阿露的眼睛小，但圆。眼神不算机灵，但善良。此刻她低下了头。

老伯便用壮话跟她说。说着说着，她竟嘤嘤地抽泣了！

她哽咽着说了几句话。是壮话。

我虽是壮人，但听不懂。我在龙州县城里长大，县城讲的是粤语，俗称白话。

但老伯和他侄儿听懂了，都"哦"的一声长叹。

老伯便翻译给我们听。阿露说，他们家现在只有一个床，爸爸妈妈，她，还有一个妹妹，都共睡一张床，没有多余的床给央子睡了。她觉得难过，不愿央子去。想着想着，就哭了。

我心酸酸的，眼睛都有些湿润了。我说，央子，你听见了吗？

当时老伯的大侄儿还没起新房，是有些挤，但没想到挤成这样子。

天黑了，老伯和央子送阿露回去。她们开始一起说话了。

我没去，我有些醉了。

后来，央子也跟我来过几次，每次来都跟阿露玩。但渐渐的，央子对上石不再感兴趣，不愿来了。尤其是上了初中以后。到了假期，老伯就给我电话，让我带央子来。我也答应了。其实我已经知道央子不会来的。果然，我一来，却不见央子，阿露就觉得失望：不是说央子也来的吗？怎么不来了呢……

阿露盼了几次，后来就不盼了。

央子也许已把阿露忘了。

她读书很刻苦，每次考试都是年级前五名。

独　舞

由于环境和能力的原因，老伯平时养的鸡大大小小只能维持在三十只左右。大、中、小，各占三分之一，平衡发展。老伯不爱吃鸡蛋，所以，母鸡生出来的蛋，只要受孕的，都可以拿来孵鸡崽。

有一次我去，正好碰见已经出窝一个多月的一窝鸡崽。那些鸡崽，翅膀上刚长出几片羽毛，而浑身的乳毛还是毛茸茸的，没有褪去。在十几只小鸡里，我发现有一只受伤了。是右腿受伤。整条腿挺得直直的，无法动弹。而左腿又没力气站立，小鸡几乎每时每刻都在地上趴着，胸部沾着泥水，脏兮兮的，样子十分可怜。

老伯告诉我，那是被小鹰抓的。小鹰抓不走，却把小鸡腿部的筋腱抓断了，腿就残了。我说，没有腿怎么觅食？那看来它活不成了。老伯说，没问题的，我会单独喂它。果然，到了夜里，鸡入窝了，老伯就点上油灯，到鸡窝里把那个小鸡找出来，给它单独喂小米。

淡黄的灯光下，那只小鸡开始还有些惊恐，但慢慢就平静下来了。然后就急促地叮米。它饿了一整天了。

第二天，母鸡又带着小鸡出去觅食了，正好路过我跟前。我看见了那只受伤的小鸡。

它行动十分困难。左腿蹭一下，身体才可以往前挪一点。那条受伤的右腿，就像绑在它身体的一根小木棍，成了一种拖累。也许负荷过重，每蹭一次，它都得趴在地上，喘一会儿的气。眼看母亲带着兄弟姐妹们走了，它想跟上，却怎么努力也跟不上。它着急了，张大了嘴巴"唷——唷——"地叫。两只眼睛充满了紧张、慌乱、恐惧的目光。它的母亲看见了，也曾几次回过头来，抖动着翅膀，要呵护它，但它动弹不得，母亲只好带着兄弟姐妹们走了。可以说，它是被遗弃。当它们暂时停留在一个地方觅食时，它才拖着残腿赶上来。但只是待了一会儿，它们又走了。

它的眼睛又布满了紧张、慌乱、恐惧的目光。

它们一整天都在觅食，可它却是用一整天来赶路！

第二个月我来，见那只小鸡还活着！它有大人的拳头般大小了。绒毛基本褪去，身子强壮多了。但看过去，它的个子比它的伙伴小了许多。它的左腿变得有力，每一次可以蹬几下，气也不喘了。当母亲带着它的兄弟姐妹走远时，它就努力地蹬。它还是很难跟得上队伍，它还是有些着急，但眼神里已经不慌乱了，不恐慌了。跟不上队伍，它自己就侧着脑袋觅食。

第三个月我又来，见它浑身已经长出了羽毛，是纯白色的，雌性。它的兄弟姐妹已经学会了觅食，都独自用脚在草丛、腐叶、烂泥中去翻找食物。但还跟着母亲，母亲到哪儿，它们就跟着到哪儿。只是队形有些散漫了。

但它不跟了。无论它们走到哪儿，它根本不在乎。既不着急，也不慌乱。目光平静、沉稳、安详。它无法用脚翻找食物，就用嘴巴代替脚，一左一右地扒，发现了可食的东西，就侧着头去叮。累了，就躺在那儿小憩。

它跟它们完全脱离了关系。

天黑了，它同样按时回到鸡窝里。

老伯说，我说对吧，它死不了。

第四个月我来时，它的羽毛完全丰满了。而且洁白、光鲜。样子娴静，优雅。

它是一只美丽的雌鸡。

它此时就像人类一个时年十八岁的妙龄少女，青春焕发，生机勃勃，情窦初开，充满灵性和渴望。

不同的是，其他的鸡是站着的，它是趴着的。

第五个月我来，看见它体格更加健壮，羽毛更加丰满了。它还是独来独往，无人相伴，但自信、从容。

我还惊奇地发现，它走路的姿势突然变得优雅起来了！它的左腿已经十分有力，蹬几下，就能走出一米多远。而它表情、形态上的成熟、独立、自信、从容、优雅，完全掩盖了单腿走路的别扭，看上去，简直就像一个身穿白色裙裾的舞者，在自由地舞蹈。它不需要观众，不需要舞台。在这座山里，它是特立独行的。

我还发现它的脸部变得通红起来了。

在我小时候，母亲养过很多的鸡。根据经验我知道，母鸡的脸部一旦由白转红，那就意味着它将要生蛋了。也就是说，它可以养育了。

果然，奇迹发生。

第二天，一只羽毛鲜亮、体格健壮的公鸡时时刻刻都围着白鸡，帮助白鸡觅食，大献殷勤。一般，一群鸡里只能养一只公鸡。若养两只，就会互相驱逐、打斗。

也许，这只白鸡优美的舞蹈吸引了公鸡。公鸡并不知道这是一种残疾的步姿。而这只公鸡是唯一的诱惑，所以白鸡也没有拒绝。突然间，公鸡爬上了它的背，尾巴一点，它，那只残疾而美丽的白鸡，获得了它最幸福的一刻。

我当时真的不知如何表达我的兴奋。

应该说，我为它高兴。我目睹了它的成长历程。从小遭遇不幸，但它顽强，坚忍，经受漫长的孤独和遗弃，最终走到了自己的少女时代，并且开始享受到了准备做母亲的喜悦。

它已经拥有了美丽的一生。

如果是一个人，未必都有这样幸福的命运。

当时老伯不知内情，说这鸡正肥着呢，把它宰了吧。按当地风俗，白鸡不吉利，很难卖的，一般都留着自己吃。但我说留着它吧，反正这几天都有菜。我只是希望看到，到底这只残疾的鸡将是如何养育自己的孩子的。

第六个月我来，想看看这只白鸡是否孵出小鸡了。但老伯说，它死了，被外来的狗咬死吃了。有一天，老伯从外面回来，看见白鸡躺在水沟边，浑身血迹，胸脯的肉被咬去了一大块，旁边是一片零碎的羽毛。

动物也有它们的生存法则。它们的世界里也同样充满血腥。

自然有些惋惜。但总觉得它已不枉此生了。

李花满床

我每次回去，因为赶时间，来不及收拾留在床上的蚊帐、被子、衣服，都是事后由老伯给整理的。他每次都叠得很好，整整齐齐放在塑料箱里。

我每次来，最先做的事情就是打开席子，拉好蚊帐，铺好被子。这些东西长时间没人动，总是潮湿的，晾一会儿才能把这些霉气散发掉。

这次来，是一月底，正好碰上李花开。李花总是开得很早的。站在公路边往果园里看，满山坡都是一团团一簇簇的白花。像天上的云，落到了地上，沾住不走了。走近了看，树叶才刚刚吐芽呢，长出来的叶子，最长也不过一寸，而每一棵树的每一条枝丫，都缀满了一串串的花苞。花蕊呈黄色，从花芯里探出头来，四处张望，充满了好奇，但还带有几分的羞涩。花瓣纯白，有指甲般大小。无数的蜜蜂在树上嗡嗡嗡地飞，微风一吹，花瓣便抖落不少。低头看，地面已是一片数不清的白点。

有两只狗，一只黄，一只花，在树底下互相追逐。顷刻间，花就被它们踩乱了。

入屋，放下包裹，巡视一下，见平展展、空落落的床板上已落满了一瓣瓣细碎的李花！再细看，地面上也有！

这些李花，有的是刚刚落下，还很新鲜，很洁白；有的已经落下有好些天了，已发黄，干枯。它们静静地躺着，样子很安详，很淡定。我开始不明白它们是从哪儿飘下来的，抬头一看，见房顶上有几块用于透光的玻璃瓦也积满了无数的花瓣，这才知道它们就是从瓦缝里飘下来的！我的屋前屋边都长有几棵李树，有些树枝都已伸到房顶上了。风一吹，花瓣自然就落到瓦顶上。再有风从下往上倒吹，那些花瓣就从瓦缝里落下来，洒满一地。

我想，那些花瓣落下时，一定很轻盈，很浪漫，很悠然，而且一路带笑，一路带香。

这是李花的语言。它到我屋里来，是想和我说话，和我倾诉。

我立即给桂林的伟东发了个信息："到上石山上了。满坡李花白，遍地如落雪。一黑一黄两只狗，鸟音清丽。老伯在忙碌……"

伟东是陕西人，到桂林的广西师范大学读研后留校。古文功底好，外出观景，有感而发，当即以短文发信息与我。如此兴致，只有我与伟东了。

以往，我在挂蚊帐之前，必定将床板上的尘埃扫一扫的，但这次我不扫了。我直接将席子铺上去。我枕花而眠。我与花言语。

到了二月，李树开始结果。一颗一颗像黄豆般大小，躲在树叶里。到了三月，就大胆地露出了头，像大拇指粗。呈青色，表皮里还留有一层乳白色果胎。到了五月，果开始熟了。由青色变为黄色，再由黄色变紫红色。熟透时就是暗红色了。

据我所知，三华李从20世纪80年代初开始引进，到90年代中还十分畅销。但到了90年代末就滞销了。所以，近几年老伯种的三华李基本就卖不出。他也不护理了，由它自由生长。收成时，若没人收购，就叫几个侄孙、外甥来摘，拿回去吃。林场里的一些人来玩，也可以随便让他们摘些带回去，做个人情。

我想，老伯是不会有我那样的兴致去观赏那些落花的。我衣食无忧，在城市里闹热够了才想到乡下图个清闲。见花说花香，见草说草美，还酸溜溜地写诗作文，感叹一番。而老伯只关心收成。《幽梦影》有云："有山林隐逸之乐而不知享者，渔樵也、农圃也、缁黄（僧人、道士）也；有园亭姬妾之乐而不能享者、不善享者，富商也、大僚也。"农人终年操心生计，岂有闲心闲游山水？官商劳神劳心，为名利忙，哪有精力享用园亭姬妾？故而，在老伯眼里，花就是果，果就是钱。开花不结果，结果不卖钱，那日子就不好过。乡下人就这么实在。而我们这些所谓的文化人、艺术家，杞人忧天，"站着说话不腰疼"，到乡下采了一趟风回来，似乎总有无限的感叹：某某地方某某民族原生态的歌舞已逐渐变味，或传统民居遭受破坏，应该大力保护，等等，一副痛心疾首状。但最终会有多少人出了钱出了力去保护？要人家保存原生态，那不就是要人家永远跳着土里土气的原始舞蹈，住着破烂不堪的旧房子，供你们观赏和作为创作素材而已？

不知不觉，这些树也有十年八年了，老了。老伯的侄儿曾提出要砍掉，种上桉树或八角。但老伯不同意。他和阿姑及两个侄子常常因为种植的事发生争执。老伯固执，他们说服不了他，大家就只好维持原状了。他大概舍不得山上这些伴。他知道，这些树要是砍光了，那些鸡就没处去了。养不了鸡，如何补贴生活？但是，那些树终归要被淘汰的，它们的命运如何，我就不知道了。

素食者阿贝

我在家乡的朋友不多，两三个而已，且都是中学同学。儿时，因亲眼看见外公、父亲、姑妈在"文革"中被斗争，我就一直对家乡没有什么感情。到南宁读书、工作至今，再不跟其他同学来往，更不喜欢与官府接触。

这几个仅有的朋友当中，其中一个还是大学同学。他一直都在写些文章，起了一个很好的笔名，叫雨相。他个高，壮，在校时爱踢足球，我们曾是校队的队友。早些年，大家还没有手机、电脑，我们便用书信来往。现在有了手机、电脑，联系就更密切了。

知道我在上石起有房子住，他颇感兴趣，便提出要过来玩。龙州离凭祥极近，坐汽车四十分钟便到。有一天，我到了上石，便邀他过来，他就带着妻子过来了。

那时正是四月。天已暖，阳光媚媚的，透透的。满山的树木都换了新叶，绿荫如盖。果园里的三华李结满了果子，青青的，看着就嘴馋。很多的鸟，不断地啼叫，但就是看不到它们的影子。两丛单竹，叶子上沾满了露水，一凝聚，成了水珠，不时往下滴。走过去，头顶和脖子就被敲中。

我在镇上接到了雨相。一见面，我便吃惊：他的妻子，比他小了十来岁呢！这么多年，我与雨相来往，但未曾到过他家，见过他妻子，也没见他谈起。

雨相喜作诗文，所以浪漫。他给妻子起了个网名，叫阿贝。

阿贝三十出头，留着短发，略瘦。一入到山里，见那些果树，那些鸡狗，甚是高兴，像个小孩似的，大呼小叫。三华李未曾熟，她便摘了几个下来，一吃，酸得她龇牙咧嘴。那些鸡崽被她追的，全都躲到草丛里去了。老伯便笑了，说，咦，这个妹仔，怕是未见过呢。一问，果然是从来都没到过这样的地方。

我和老伯不敢怠慢，连忙做好吃的。中午饭杀了一只鸡。那鸡昨晚就抓住放到笼里了。还煮了南瓜。这个南瓜还是去年老伯留下来的，特甜。吃饭时，阿贝净吃南瓜，不吃肉。还连连说这南瓜好吃。我和老伯都笑了，说早知道我们就不那么忙乎了，煮南瓜就行了。雨相说，她就这样，爱吃素菜，不吃肉。老伯说，这样的人，好养。

阿贝问，山里都有些什么野菜呢。老伯说，野菜可多了，有白花菜、雷公根、红薯藤、南瓜苗。阿贝不解：红薯、南瓜是野生的吗？老伯答：我从不护理，它们自生自灭，不算是野生的吗？

吃了饭，阿贝转到老伯的厨房，见有一个凉薯，又切开一半，生吃了。然后，雨相和阿贝就钻到树林里去，说是摘野菜。不一会儿，人影就不见了。

做晚饭时，他们真的拿出了一把雷公根。原来剩的一半凉薯，也煮了。吃饭时，阿贝就吃雷公根和凉薯。吃得津津有味，吃得动情而真实。我和雨相、老伯喝酒吃肉。

吃完饭，阿贝回到房间，拿出了一样东西，递给老伯：我们买了一个收音机，送给你。

老伯感到意外，我也感到意外。老伯竟愣了一下，才接过来：噢，噢，多谢，多谢！正好，我那只收音机也坏了，收不了几个台了。今晚就换个新的，好，好……

入夜，雨相和阿贝就到水沟边洗漱去了。回来时，气喘喘的，连连说，这水好凉快好凉快哦。

夜里，雨相和阿贝就睡在我屋里。我和老伯睡一起。早早，就见他们屋里的灯黑了。我和老伯听收音机。

第二天他们就回去了。做早餐时，阿贝还是趁空到坡地里摘了一把红薯叶，给我们煮了。红薯叶几乎都给她吃完。临走时，她还把屋里门前扫了一遍。我在一旁，拍拍雨相的肩膀，悄悄地说，你艳福不浅啊……

雨相和阿贝一走，老伯就望着他们的背影，说，这个妹仔还真不错呢，吃得苦，不嫌弃。我还真少见呢。

后来，雨相和阿贝又来了两次。可渐渐就少来了。

时不时，老伯就念叨，哟，好几年了，那个雨相和阿贝都不见来了，怎么回事呢。

能让老伯念叨的人可不多。

土地的颜色

从上石镇出来到林场的山脚之间的那段小公路，两旁都是水稻田，平展展的。这大概是上石最好的水田了。

这一大片水田，有两个季节是最迷人的。

一个是春季。三月初，一块块闲置了一冬的水田被农人灌满了水，土被泡软了。月中，农人赶着牛，把地翻了，又把平了。没几天，泥沉淀下来，田里的水清清的，远远看去，像一片片闪着光的大镜子。接着，农人把农家肥一担一担地挑出来，一铲一铲地抛到田里，搅匀。过几天，就开始插秧了。秧苗一点一点地将这些闪着光的镜子遮了去，最后一块也不剩。

插秧这几天，镇上的猪肉一下就卖完。

十天半月后，田里已是绿油油一片。歇了一冬的青蛙，在夜里又开始哇哇地叫。

秋天，田里又换成了另一种颜色。

稻穗和叶子在秋风的吹拂中慢慢由青转黄，最后变成金黄。整块田野，就有一种沉甸甸的感觉。这时候，不时见到一两个农人走到田里，这儿看看，那儿看看，还随手摘下一枝稻穗，掰下几颗谷子，放到嘴里咬。忽然有一天，有一家人到田里，开始收割了。紧接着，又有很多家跟着收割了。打谷机被拉到田边，轰隆隆地响起来。田野里突然变得忙碌起来。走过路边，到处都闻到很香的稻禾的味道。

收割这几天，镇上的猪肉也是很快就卖完。

我最喜欢秋天时候的田野。每年这个时候我来，看见道路两边，谷穗低垂，金黄一片，心底就产生一种富足的感觉。不知道阿姑的稻田是哪一块，但知道她马上就要忙坏了。

但这两年，这样的景色消失了。

不知从哪里来了十几个四川的农民，把这片稻田全承包了，租金是每亩五百元一年。他们来了之后，马上在路边搭起了茅棚。茅棚很低矮，仅高出人头一点点。人住了下来后，又马上锄地耙田，播种，盖上薄膜。不久，庄稼从薄膜冒出芽尖，远远看去，不知是什么菜种。菜农每天都给菜施肥、淋水。两个月后，菜结果了，是辣椒。过了一个来月，采摘了。菜农每个人提着背篓，到地里弯腰弓背地摘，没几天，就把辣椒全都摘完了，堆在屋边。过几天，就有老板来把辣椒全给拉走了。有时候，老伯路过，他们就把剩下的辣椒抓一大把送给老伯。他们叽里呱啦跟老伯说四川话，但老伯听不懂。

仅仅歇了几天，他们又开始翻地耙田，准备种新菜了。种什么品种，谁都不知道。

那帮四川农民来了以后，那片田再也没闲过。一会儿种这个菜，一会儿种那个菜，几个月就换一种颜色。菜被采摘以后，田就变得光秃秃，疙疙瘩瘩的，远不如稻田好看。但总感到上石镇的农民已经没有以前那么忙了。他们路过这片地，只是轻轻瞄一眼，没有一丝关注的目光。

四川菜农也不关注菜田以外的事情。他们干完了活，就在自己门前专门放工具的空棚子里坐着歇息，或聊天。

他们也养了一只狗，但整天拴在棚子里。它常常对着过路人吠。

断指之谜

2009 年大年初四，我独自来到止嚣庐。最近四五年来，每年腊月初四我就出发，到山里来与老伯过几天的春节。

最初入山的时候，我就从没想过要把这些经历写成书。2005 年读到《瓦尔登湖》这本书时，我才产生了一点点写书的念头。好在我的目标不大明确，否则就太刻意了。直到去年年底，我渐渐感到有些故事的确值得记一记，我才计划要写作。

从我入住至今，已是第九个年头。当年种下的那棵石榴树仅仅过了一年，还没结过一次果，就已经死去。而那棵桂花树，由原来仅一米高的单株已长成了树丛，而且已高过房顶。每一年都长出许多的奶黄色的花，花朵精微，花香飘逸。那棵牡丹，高贵典雅，亭亭玉立，在山中，其花算是开得最为娇艳、最为醒目的了。去年年初的那场雪灾，也波及南疆，不少的庄稼和果树被冻伤，但它们竟然都挺过来了。

时间让植物长大，开花结果。

但时间让人衰老。

回头一想，转眼间我竟然能坚持了九年的时间来到山里，那已经是很有恒心和毅力了。九年的时间里，世界会发生多少变化？前几年，南宁至凭祥的高速公路开通了，我改坐汽车，再不用挤火车了，也见不到那个列车长和那个漂亮的女列车员了。老伯的亲人一下子就有姐姐、弟弟、妹夫三个驾鹤西去。去年，中国南方发生了五十年不遇的雪灾，接着又是汶川大地震，事事触目惊心，不堪回首。现在又遭遇全球经济危机，每个人的钱都在缩水。时间会使人变老，使人改变初衷，甚至改变了命运，其中有喜有乐。

今年春节之前，我来过一次。见老伯走路，腰背显然弯驼了许多。老伯说，他常有些头晕，腰也比以前痛了，医生告诉他，那是营养不良。他还说，他以前不喜欢吃鸡蛋的，为了营养，现在硬着头皮也要吃了。

阿姑、大佺和二佺，要求砍掉果树、种上桉树的愿望更加强烈。事实证明，种桉树的经济效益更为明显。他们也考虑，将来老伯失去劳力，鸡鸭养不了，生活如何解决？种桉树，恐怕就是最可靠的经济来源。也许，某一天老伯拗不过，砍光了果树，那将来这座山，已不是原来的那座山。皮之不存，毛将焉附？从私心来说，没了树，止嚣庐将没有任何意义了。

因此我想，九年的经历，也可以梳理一下了。

晚上，我们坐在火灶边，我重新很仔细地打听老伯的身世和经历。老伯说，唉，这么多年过去了，都没人问起了，你既然问了，我就说说吧……

我以为他会翻江倒海地大说一番的，但所说的内容与以前的差不多，很简单。也许，他本来就没有什么曲折离奇的经历。

我最关心的是他的断指。

从入山后发现他的断指至今，我一直没有放弃过好奇。这么多年，他的断指不断地在我眼前摇晃。我每见一次，就好奇一次，猜想一次。但出于礼貌，我从不敢问其究竟。我知道，断指的原因总是很多。可能是砍柴失手，可能是毒蛇袭击，可能是重物击打，可能是……总之，它要么是一次很痛苦的磨难，要么是一次很简单的意外。它里面可能有一段刻骨铭心的故事，也可能什么都没有。说出来可能触目惊心，也可能索然无味。

火光中，他那只断指依然清晰可见。

不用说，他那个断指肯定就是一个故事，哪怕是一个很简单的故事。好几次，我已经把话放到嘴边，但就是不好意思开口问。我从来都是很注意别人的痛处，但又从不愿触到别人的痛处。即便我问了，老伯说了，我也不大愿意看到老伯那种无奈的表情和难以启齿的吞吐。我还觉得，老伯如果说了，他就一目了然了。

我反而不想探个究竟了。

世界之所以奇妙，是因为存在许多的无法解释的秘密。有了秘密，才有探索，才有思索，才有寻求。

我想让老伯的断指一直都是秘密，让老伯永远都藏有自己的秘密。

让这座山永远产生秘密。

关于《瓦尔登湖》

我写这本书，就不得不说到《瓦尔登湖》。

2005 年，这本书开始在南宁流行。几乎所有的文人，在这一段时间里，见面就推介、就谈论这本书。4 月，我就到书店买了这本书。

这本书是 19 世纪美国作家亨利·戴维·梭罗写的。1986 年曾出现在中国的书市，著名诗人、作家海子、苇岸等就深受其影响。1989 年海子卧轨自杀时，身边带有四本书，其中一本就是《瓦尔登湖》。但当时这本书并没有在全国大范围引起轰动。2003 年，翻译家戴欢重新翻译了这本书，再次出现在中国书市，引起轰动。

读者对这本书的喜爱和关注，最大的原因恐怕就是作者离奇的经历。1845 年到 1847 年，梭罗居然离开了闹市，独自来到瓦尔登湖畔，砍下山林中的树木，靠自己一个人筑起一间木屋，然后住在那里，渔猎、耕耘、思考、写作，最后诞生了《瓦尔登湖》。

当然，这本书闻名于世，并不仅是因为作者的离奇经历。本书的思想艺术，是光彩照人的。它在娓娓地向我们讲述了简单生活的情趣，十分动情地描绘了大自然的美妙，同时又毫不留情地对金钱社会进行抨击。字里行间，不时跳跃出让人为之一振的至理名言。

我当时买到那本书时，欣喜若狂。我不是那种嗜书如命的人。我读书没有耐心，也不认真，只求一知半解就行。我对《瓦尔登湖》之所以产生兴趣，只因为我的经历与作者的经历太过相似了。他住在湖边，我住在山里；他以湖作为依托，将自己孤独起来，写作，思考；我则以山为依托，思考，写作。我似乎为我自己的行为找到了根据，找到了榜样。我甚至还想，将来我也写出我的"瓦尔登湖"。

当然，我明白，我不能跟梭罗比，不能跟《瓦尔登湖》比。

但我欣赏我的行为和勇气。一个作家，其人格精神、审美标准、生活实践应该是统一的，这样才有可能成就创作上的个性。

读了《瓦尔登湖》，才知道我的一些想法与梭罗在一百年前的说法是相吻合的。我并无攀附名人之意，也并非想说我比先人高明。只是说我步了前人的后尘。但我毫不谦虚地说，我的行为已经证明了我在生活、创作上怎样的一种认真的态度。

梭罗去瓦尔登湖，最初的想法也只是为了避开闹市，去经营他一些生意上的事情。但后来他就慢慢发现，"在当今时代，在这个乡村，我凭借自己的体验，发觉只需要几样工具就可以生存下去，一把刀、一把斧头、一把铁锹、一辆手推车，已经足够；对于勤奋好学的人来说，灯光、文具，加上几本书，这已经是第二位的必需品了"。

这一段话，完全看得出，他主张的是生活的简单、朴素。"简朴是门学问，它一直遭到人们的轻视，但它却不能任人漠然无视。""一个人若要维持生计，并不必要大汗淋漓，除非他比我更容易出汗。"他在身体力行追求简单和朴素的同时，对奢侈极为反感："奢侈的富人不单是追求惬意的温暖，而且好追求自然的温暖，我在前文已提过了，他们是经过了烹煮的人，当然是一种很时尚的烹煮。"

够了。

简单和朴素，其实就是人的一种气质和涵养。这是一种思悟的结果，是对生活透彻的领会。感悟此理者，已抛弃了繁杂，舍弃了闹热，洗尽了铅华，变得安详和宁静。到达此境，如立于高山之巅，云海翻覆，日落日出，芸芸众生，可尽在眼底。

我又发现，我这样奇异的行为，其实就是追求生活中的一种简单和朴素。或者说，我开始渐渐明白了简单和朴素的无与伦比的美妙。即使是在现代化的今天，我们的生活必需品同样是需求很少的，一张床，一双碗筷，仅此而已。但我们没日没夜地干，拼命挣钱，拼命为官，美其名曰为改善生活，改变命运，追求文明进步。有了一套房还不行，还要一套，钱不够，就贷款，成了一辈子的房奴。这种不休止的追求，其恶果是，人竞争越来越激烈，也变得越来越自私，弱肉强食，贪欲不止。但细细一想，最终为的只不过是面子而已。梭罗说得够准确的了："假如一位绅士意外伤了腿，这是司空见惯的事情。他自会救治，但假若他的裤子破了，就不会对它进行救治了，因为他关注的，并不是真正值得尊重的东西，而是关注那些受人尊重的东西。"

最受尊重的东西是真诚。

但城市里每一天都少不了上演着一些缺乏真诚的戏剧。乡野孤寂，人迹罕至，没有这样的戏剧。

梭罗一个人住在湖边，生活单调自不必说，还常常受到虫蛇侵扰、疾病侵害。万一有什么意外，而无人知晓，无人救助，一命呜呼也就在所难免。而他之所以坚持独自到湖边居住，除了过一种简单、朴素的生活之外，还有一个目的，就是写作。写作的结果，要么一举成名，要么默默无闻。对于大多数作家来说，一举成名难乎其难。因此，对于后者，估计梭罗肯定是考虑到了。而从他的言谈看得出来，他并非是为了写作的成败而来。而是出于对生活的热爱，对创作的真诚。说实在，一个人若是缺少了这样的精神，别说住两年，就是两天，也会落荒而逃。再说，为了成名，用什么途径不行？非得在瓦尔登湖住才行吗？

放到今天，我们定会有很多的写作者，恐怕就耐不住这份寂寞了。什么研讨会、评审会、笔会，都看到他的影子。你不请他参加，他就不舒服。到了会上，他不说两句，指点江山，他更不舒服。你要是让他到黑灯瞎火的湖边待上两年，坐不上小汽车，进不了酒馆，看不到热闹，怕是受不了的。他必须要凑这份热闹，而且要人模狗样地凑。所以，李国文早就看到了这一点，已经很准确地给一些人画出了这样一幅画像："一旦衣冠楚楚，人五人六，马上就把裤腿放下，遮住未洗干净的泥巴，叼起雪茄当精神贵族，一张嘴，全是洋人的名字，一说话，全是西方的名词……"

妙。

我极少在文章里针砭时弊的，因为我没有这样的学识和眼光。所以我很惭愧我已失缺了作家的良知了。偶尔在文章里才出现一两句所谓尖锐的话，但一些作家朋友见了，就为我担心：你这样写，怕得罪人呢……后来想了又想，还是觉得不顺气，就找他们质问：你们来自基层，有的还没有公职，怎么比我还要势利、圆滑呢？

梭罗几乎没有谈到关于孤独的话题。也许他已经看透一切，明了一切，已无孤独可言。而我总感到孤独。一座山里，老伯一个人独处了多年，我每次来，一眼便感到了他的孤独；他的孤独，又很快就感染了我。我便在孤独的氛围中，将心敞开，想一些该想的事情，尔后又觉得看到了一片热闹。

这与梭罗的观点并不矛盾。

梭罗用瓦尔登湖来营造他的心灵世界，我用一座山来构造我的心灵之窗。

但世界和窗，是有距离的。

┃文学史评论┃

严风华的散文，文风清新、自然、真挚、朴实，构思精致、严谨，于看似平淡中透出人生真谛。他的作品为数不多，却力求精美、别致。

——徐治平主编《广西散文百年（上）》，民族出版社，2004，第399页

┃创作评论┃

出于最质朴的对于土地的情感，他选择了对自然乡野的回归。在长达十年的山野生活体验中，他"用一座山来构造我的心灵之窗"，力求悟道，力求提升个人的精神境界，漫长而庞大的精神传统和天人合一的知识体系成为其强有力的精神资源，同时也成为其强有力的精神支援。正是在这样的精神资源的营养下，他实现了心灵的安居。

——黄伟林：《用一座山构造心灵之窗》，载严风华《一座山，两个人》，漓江
出版社，2013，第184页

《一座山，两个人》具体写的就是严风华在乡野居住的人和事。好家伙，掩卷之后，让我爱不释手，真舍不得一下子将它读完，我像品着一杯陈酿美酒，读着读着，一股属于壮乡的清新与淳朴气息扑面而来，淡淡的墨香直透我的肌肤，他那禅

一样的悟性，对人生的理解，对自然乡野的解读，随书卷气习风飘来。自然的本色，博大的情怀，原来是蕴藏于深厚的大山情怀上的，他冥望着的梦想像冷月一样照彻吾心。他不知道，他为读者营造了一个充满诗性的世界，一个精神憩园！我读了他的散文之后，不知不觉为他的文章而快乐着，幸福着，畅快着。严风华是精神的开拓者，更是大自然的歌者。

　　——孙宝廷：《充满诗意性的精神憩园》，载严风华《一座山，两个人》，漓江
　　　　出版社，2013，第219—220页

　　对严风华而言，山的意趣不仅在于拒绝都市文明的侵蚀，还在于坚守自我的艺术立场和趣味。他对城市的批判，总是蕴含在乡野生活的静的观照与孤独的思考中，而简单朴素、平淡自然的艺术追求，承续了20世纪中国作家对现代散文的探索，巧妙地将人性、社会性与大自然调和，在雍容的气度中呈现出一种本色的乡土情味。《一座山，两个人》的写作，即使面对梦想与现实的矛盾，个我体验与社会风尚的冲突，也能摆脱流行观念的影响，寓动于静，化焦灼为闲雅，在城市与乡村的对视中，把个人的所思所感化为漂亮纯正的文字。

　　——陈祖君：《人与山的世界——论〈一座山，两个人〉兼及现代散文的艺术身
　　　　份》，《南方文坛》2014年第1期

　　严风华是一个具有自觉的文体意识和艺术追求的散文家，他在《一座山，两个人》中以一个成年人的视角进行叙述，建构了现代化背景下的一片精神栖息地；而在《总角流年》中却采用童年视角，通过回望童年时代所眼见、听闻、经历、感受的系列事情，呈现各个人物的不同命运遭际、从而映射出一个时代的历史本相，显露出严风华散文独特的叙事策略和艺术魅力。

　　——罗小凤：《在童年的回望中想象历史——论严风华〈总角流年〉的叙事策
　　　　略》，《广西文学》2017年第6期

当人们在谈论严风华的著作《一座山，两个人》的时候，往往喜欢拿它与《瓦尔登湖》做比较，比较的重点多是文本的写作结构和内容差异，或是品味其中的思想情绪与文字艺术，认为作者向往田园牧歌的老庄式活法，试图从嘈杂的城市生活逃离，去追求诗意的栖居。这些当然正确，但我总觉得大家忽略了最重要的一点，即作者没有明说的那个言外之意——人之尊严。

——侯钰：《拾回尊严——严风华散文阅读笔记》，《广西文学》2017年第6期

┃作者自述┃

2000年冬，一个偶然的机会，我通过朋友，在南疆边陲一个叫上石的小镇里，认识了一位常年深居山林的孤寡老人。经他的允许，我在他的屋对面建了一间简陋的瓦房。自此之后，无论寒暑，无论雨晴，基本在每一个月的某个周末出发，到山里待上几天，与山为伴，与老人为伴。将近十年过去，见闻甚多，但我从不敢随意地将山中之事写成任何文字，见诸报刊，更没有成书的想法。直至如今，忽然产生了写作的冲动，才巍巍然将这前因后果及当时的日记整理成文，以备遗忘。这才有了《一座山，两个人》。

——严风华：《一座山，两个人·序》，载严风华《一座山，两个人》，漓江出版社，2013，第5页

这本书，是我——一个文人九年间断断续续的乡野里朴素而真诚的生活。全文始终以山居为背景，记录着我之所见所闻、所思所悟；所有的故事和经历，都离不开那座山，离不开我与老伯的缘分。也许，我的文字极其浅薄，但点点滴滴之间，亦可略见乡野中的民情、世情、风情。在此，我不想提出什么问题，要解决什么问题。我只是想认真地记述这座山里所发生的真实的事情。

——严风华：《一座山，两个人·后记》，载严风华《一座山，两个人》，漓江出版社，2013，第171页

走得远了，走得累了，不妨回望一下——回望乡关，回望故里，回望故人，定会知道我们曾经的"来由"，也知道我们将来的"投奔"。来由和投奔，就像一挑担子，一头挑着过去，一头挑着现在；一头挑着故里，一头挑着他乡；一头挑着童年，一头挑着壮年。放弃了哪一头，都会失去平衡。回望里，我们看到了什么？目光所至，无非是远山和浮云。但透过远山和浮云，必定是青天白日之下的美丽如初的童年与故里。别怪我偏心，现在挑在我肩头的担子，如果两头的箩筐分别装的是童年和壮年，或者是故里和他乡的话，我更热爱童年或故里。那里有熟悉的乡音和故土，有码头篷船，有庙宇祠堂，有古巷小径。我调皮的身影，曾经像风一样从它们身边溜过；在一阵阵的叫卖声中，我经不住诱惑停在小食摊前，掏出仅有的一两枚镍币，买了酸萝卜或薄荷糖，和弟弟吃得两腮生津；我抱着幼小又哭又闹的妹妹，买了三次票，进了三次电影院，总也看不完《三进山城》；我逃了学，与同伴一起，蹚入没人看守的鱼塘中用竹排将鱼赶上岸，白花花蹦蹦跳跳的鱼让我们捡得手忙脚乱……

　　——严风华：《总角流年·序》，载严风华《总角流年》，漓江出版社，2016，第5页

芋　娘

朱千华

母亲的背影拖得很长很长，一直拖到几千里以外，经常缠住我的梦，引领着我，在一切阴影出没的地方，栽种阳光，盛开花朵。

一

芋头其貌不扬，外表粗糙，许多芋籽堆在一起，像乡间那些毛头小子。芋头南北都有，不是稀罕物。当年在苏北古溪河畔，扁豆花紫，荞麦花白。母亲常在自留地里种芋头。培土，浇灌，茎有一人高。叶子很大，远远望去，芋叶何田田，一片碧绿。那时我早起第一件事就是去看芋叶，亮晶晶的水珠布满叶上，摇摇欲坠。我踮起脚才能看到。一手抓住芋叶的茎，叶上水珠就滚落我一脸。那些没完没了的炎热中午，我躺在芋叶下睡觉，梦见沙沙的声音，阳光穿透芋叶像急雨般射来。

当年在古溪河，母亲每年都要种好几亩芋头。我跟在母亲的背影里，到芋地里

作品信息

原载《雨花》2009年第12期。收入散文集《水流花开：南方草木札记》（北京航空航天大学出版社2008年版）。

去。我渐渐长绿了。有一次，我问母亲，芋头开花吗？母亲笑着说："铁树都能开花，芋头当然也能开花啊。俗话说，芋头开花，喜事到家。只是太难了。哪天芋头开花，你也长大成人了。"在乡村古老的槐树下，那些青绿的芋叶像一个个轻梦。梦一个接着一个，挂在芋叶上。脆脆的阳光洒满田野。一张张芋叶在炊烟里舞蹈，母亲的背影被细雨挽留，被春天和冬天遗忘。

芋头长成一棵一棵。母亲用镰刀割下一些枝茎，切碎，煮熟，做猪食。那些翠绿的叶子成了猪们的梦。它们吃饱了，会安静好长时间。我在农村那些年，家里每年都养一两头，最大的一只，有五百斤重。有一次，不知何故，那头猪撞断圈栏，疯似的跑到地里，把芋头拱倒，它的嘴像尖利的犁，把土里的芋头翻了个遍。不知它要找什么，谁也不敢碰它。那时我还小，站在芋地里，被疯狂的猪吓得不知所措。那猪奔跑起来，眼看就要到我面前，母亲拿起扁担，挡在我的面前。那猪不理会，竟然用嘴把母亲拱了个趔趄。母亲毫不畏惧，抡起扁担向疯猪砍去。猪跑了。

母亲告诉我，猪吃了没煮熟的芋叶，那里面有一种很刺激的成分，猪吃了满嘴麻痒，像长满刺，就忍不住嗷嗷叫，龇牙咧嘴。后来，我看到那头壮实的猪嘴肿得像个冬瓜。最后，母亲找来渔网，把猪网住，任它在地上翻滚，折腾完了，芋头地一片狼藉。那是我十岁前见过的芋头地。

被猪拱出来的芋头，没长熟，都是很小的籽。母亲把芋籽从芋头上掰下来，用瓷片刮尽毛皮，做芋头青菜汤。我和母亲吃了好长时间的芋头青菜汤。母亲说过，故乡的芋头是一种叫香芋的品种，吃起来很香，很粉，是其他地方没有的。故乡的芋头吃法，很朴素，没有多少花样。除了芋头青菜汤，那些芋籽可以炒着吃。芋头可以刨成丝，和些肉末，炸芋头丸，对贫穷故乡而言，这是最奢侈的一种吃法，并不常有，一年中只有春节才吃上一回。贫穷和苦涩一起，从草根渗出。穿透了三月的春寒和冷雨。

冬天，大雪封门。我和母亲于火盆旁边，烤芋吃。后来读《小窗幽记》所说的"拥炉煨芋，欣然一饱"，也就是这个境界吧。火盆红红的，周围围了一圈芋籽，连皮，冒着热气。饿了，就撕开皮吃，香喷喷的。一家人围着火盆，外面风雪再大，日子再穷，也都是温暖和美的。这情境一直在我的记忆中。

一盏孤灯，开成水中莲花，撑开一蓬朦胧，照见田野无数芋叶，轻轻摇晃。很淡很淡的村庄。三月的故乡多么辽阔。一丛夕阳，被远方的芋叶抱紧。风正柔和，阳光柔软得如冰冷的丝绸。

二

你听完我的讲述并不出声。我不知道我所说的故乡的芋是不是很土——做法简单，吃法单一。虽然其味香糯无比。这里是南方腹地的一个普通酒肆，环境很优雅，有萨克斯曲《Going Home》在耳边回旋，餐桌旁边有两丈高的鱼尾葵。我们在鱼尾葵下喝菊花茶聊天。我们谈起芋头的起因是，这家酒肆有个特色菜，叫拔丝芋头。我第一次听说，不知啥味。于是就谈起芋头。我说，芋头在《史记》上，称为蹲鸱，鸱，是猫头鹰。细细回味一下，真的是很有意思。芋头的样子，很是可爱，大而圆，褐色，周身有毛，圆圆的芋头籽让人想到猫头鹰圆圆的眼睛。这个想象，真是绝妙而奇特。

你似乎对我说的故乡香芋并没有特别的兴趣。你很平静。你问我去过荔浦没有。我说去了，只是匆匆而过。你说，荔浦产芋头。我说这不奇怪啊，全国都产芋头。你说，荔浦芋头是皇帝吃的，是贡品。

我感到十分的新奇。芋头本是村野粗蔬，成为贡品，自有不寻常之处。正待细说，服务生端上一只盘子，说是拔丝芋头。奇怪的是，盘子上有罩，像一个要揭开的魔术，里面充满诱惑。盖掀开，一股热气冲天——浓郁的蜜香、芋香扑鼻而来。你迅速拿筷将那些芋块一个个分开——那些金黄色的芋块上，浇了一层滚热的蜜糖，如不迅速分开，蜜糖就会凝固，而且很结实，最后一块也吃不到。

荔浦芋产于桂林地区的荔浦县。一般饭店，荔浦芋难以吃到，因为它很特别，只有那一方水土盛产。这里的拔丝芋头，就是荔浦芋做的。我轻咬一口，视之，芋肉布满细小的红丝纹，慢慢品尝，很香糯，口感松粉，细滑，有特别的甘香。果然与众不同。据说还有一道名菜，叫荔浦芋头扣肉，也是名不虚传。你说，下次请吃荔浦芋头扣肉。

我说，芋头的叶子，在我们家乡，叫芋头胡子，真是很形象的——那叶子就像一把垂下来的大胡子。南方叫什么？

你说，在南方，芋头叶，叫芋荷，也很形象。如果到了一片芋地，放眼远望，虽无红花，却也满目"接天莲叶无穷碧"的景致，足以让人流连忘返了。

我说，在我的家乡，结子的大芋头，家乡话，叫芋头头。南方叫什么？

你说，那就更形象了，叫"芋娘"。

芋娘！我一下子震住了。在南方，大芋头，称为芋娘。多么形象的称呼——她的周围簇拥着许多芋籽，像暖暖的一家。可是，当我听到芋娘二字，心中忽然堵得慌。来南方快有一年时间，却不曾回去看望母亲一眼。母亲已到古稀之年，还在家里忙碌着一日三餐。我知道，芋心青菜汤定然是少不了的。还有，母亲做的油炸芋头丸，我很久没有吃到了。只是每到冬天，她那种芋的手，常常有裂口，不知现在还痛不痛。

望着眼前的贡品荔浦芋头，我再也没有吃下去的心思。曾经感动过我的一切东西，都已经渐渐坠向记忆深处。唯有那蓬蓬碧绿的芋叶，把光芒照到母亲身上。母亲的背影拖得很长很长，一直拖到几千里以外，经常缠住我的梦，引领着我，在一切阴影出没的地方，栽种阳光，盛开花朵。

2010年代

鱼马往事

徐治平

小　序

"鱼马"原指广西柳州的鱼峰山和马鞍山。如今所谓鱼马即柳州的鱼马公园。

在繁华闹市，峭然耸立一座形似立鱼的石峰，石峰下的小龙潭常年丰盈清澈，小龙潭对面是高耸雄奇、山脊如鞍的马鞍山，有缆车飞越小龙潭，从鱼峰山直上马鞍山。登上马鞍山顶，北眺柳江自西北蜿蜒而来，绕至山脚，将柳北画成葫芦状，再朝东北飘袅而去；南望桂中大地石山连绵，逶迤千里，横横斜斜、星星点点街道

作者简介

徐治平（1942—），笔名徐柳、柳笛、柳愚溪等。广西柳州人。1966年毕业于广西师范大学中文系。中国作家协会会员。曾任广西散文创作与研究会会长。主要从事散文创作和研究。作品多见于《人民日报》《光明日报》《文艺报》《散文》《散文选刊》《散文选刊·海外版》等刊物。出版有散文集《在金笋丛生的地方》《海灯法师弟子在边关》《边境八万里》《旅人的凝望》《徐治平散文》《行走美国》；学术专著《散文美学论》《当代散文艺术论》《散文诗美学论》《摄影》《中国当代散文史》《散文春秋》等。其中《散文美学论》获第二届广西文艺创作铜鼓奖，《中国当代散文史》获全国首届冰心散文奖。此外，还主编有《广西散文百年》（上下册）。

作品信息

原载《广西文学》2010年第6期。

楼房就点缀于座座石山的坡谷之间。

山水园林，大开大合，既有石峰穿云破雾的豪气，又不乏山潭清幽灵秀的神韵，一如柳州人的爽朗与聪慧。我曾走遍祖国所有的省会城市，亚洲、欧洲、美洲、大洋洲多国亦曾留下我的游踪，但从没见过像"鱼马"这样的公园，称之天下独绝实不为过。

小龙潭东侧、马鞍山西麓曾有一条街道叫乐群路，小龙潭北面、鱼峰路东边曾有一家工人俱乐部。如今这街道、这俱乐部已杳然消逝，变成了鱼马公园的一片园林。

曾记否，在这片山水园林之间，飘游过哪些如烟往事？流淌过哪些峥嵘岁月？

从山乡到龙城

那是20世纪50年代初。

我们家族栖居于粤桂交界处云开大山里的一个小山村。因父亲英年早逝，母亲悲痛不已，独自辗转去了柳州。我们兄妹四人听天由命，留守山村，随祖父祖母艰难度日。

1953年春，母亲捎来口信，叫我带上三弟去柳州。山里人说，柳州遍地是石头，不好"作吃"。但想到能与母亲在一起生活，还是欣然前往。

从广东信宜古立村"行路"至广西容县黎村搭汽车。当时还没有黎湛铁路，我和三弟坐汽车到玉林，再转往黎塘。

那时的汽车很是奇怪，不烧煤，不烧油，而是烧木炭。在车头和车厢之间安个炉子，炉子上方竖根烟囱，沿途不断加炭。跑了一小段，车子就要找一处田峒沟渠河湾停下，副驾打开车门，提个小桶去打水。若是上坡，车子如老牛负重，气喘不已，副驾就得靠近炉前，手摇鼓风机，呼呼地往炉里灌风。最要命的是车子不时半坡死火，副驾就得赶紧拿个三角木垫塞到车轮下，并招呼乘客下来推车，让司机重新发动机器。路是沙泥路，狭窄、坑多、弯急、坡陡，一路尘土飞扬，路边的草木全蒙上了厚厚一层泥尘。乘客满头满脸是尘土，全成了泥胎石塑，只有眼睛在说明那还是些活物。尽管如此，因为是第一次搭汽车，免受"行路"之苦，我还是感到十分新鲜而亢奋。

从黎塘乘火车前往柳州。不知过了多久，看见窗外石山罗列，房屋散布，便以为柳州到了。匆匆拉起三弟下车，看看又不大像。听说柳州是大城市，怎么只有这点房子？赶紧上车，继续北行。一打听，才知道我们错将百朋当成了柳州，险些漏车，吓出了一身冷汗。

那一年，我十一岁，三弟七岁。

都市里的山村

来到柳州，意外地发现，我们家竟然在一座高大的石山下。门前横过一条长了两行大叶桉的沙石路，路前是一汪澄碧如镜的潭水，潭对面是一座突兀峭立的石峰。

对于来自山区的少年，这里的环境既熟悉又陌生。熟悉的是这里也有山有水有林，屋后靠山，开门见山，和云开大山里的山村差不多；陌生的是这里的山是石山，奇峰峭拔，巉岩垒叠，而故乡的山是泥山，重峦叠嶂，绵延起伏。

当时我只觉得周边这山这水平平常常，没有什么特别之处，后来才知道，屋后的山叫马鞍山，屋前的潭叫小龙潭，对面的峰叫立鱼峰（鱼峰山）。这里是柳州的风水宝地，是广西的风景名胜。无意间落户龙城柳水、马鞍立鱼，不知是何世修的福分？自此，心里一直洋溢着骄傲与自豪。

我家的门牌是柳州市乐群路88号。乐群路从马鞍山与小龙潭之间穿过，北头在天后宫附近与东风路（今屏山大道）相接，南端在乐群社旁边与柳石路交会。

当年的乐群路就像一条山乡村道，只是在马鞍山麓零星出现一些低矮的"板皮房"。柳江上游盛产杉木，柳州是全国闻名的杉木集散地。三江、融安、融水、柳城等地的杉木扎成木排，顺流而下，运至柳州，开木板、锯木方、做棺材，故有"死在柳州"之说。当地居民就地取材，利用边角废料，竖几根杉木，构成框架，然后横钉板皮作壁、作瓦，房间亦以板皮分隔，俗称"板皮房"。初盖时新木板呈土黄色，散发阵阵杉木清香，之后日晒雨淋，逐渐变黑，像山村的茅寮泥舍一般简陋寒碜。

我家那间"板皮房"建在一个土台上，门口正对小龙潭和鱼峰山。门前有一截斜坡路通往横过山边的街道，屋后有个菜园，那是用石块垒成的几畦菜地，上面种满了葱、蒜、蕹菜、苦麻菜、母猪菜，靠近山崖一侧还种有一株黄皮树。隔壁的颜家、伍家住的也是"板皮房"，屋后也有一个菜园。

那时的乐群路只有一根小小的自来水管经过，我家所在的这个街区只有一个公用水龙头，就安装在街边的一株大叶桉树下。居民家还没通自来水，各家各户要用水，只能挑着水桶到公用龙头那儿去接取。水桶几乎是同一型号：用杉木板拼成，外侧勒以铁箍，里外涂上桐油，中部鼓凸，上下略为收缩，有点像放大了的腰鼓。水桶又高又大，装满两桶，绝对超过一百斤。

用水人得先到居民组长那儿买"水牌"，然后凭"水牌"挑水。所谓水牌，其实是一块比拇指稍大的竹片，内侧有该居民组长的签名。公用龙头旁边的大叶桉树干上钉有一个木箱，往上面一寸多长的缺口处投进一块"水牌"，就可自行打开龙头，挑水一担。没有人监督，居民都自觉投"水牌"，从没听说有人伪造"水牌"或不丢"水牌"就挑水的现象。力气大的挑上满满一担，扁担一颠一颠，水桶一上一下，无异于优美的舞蹈；力气小的投一块水牌，挑半担水，跌跌撞撞、晃晃悠悠，打得水回，也心满意足。

柳州人的诚实厚道可见一斑。

乐群社

乐群社位于鱼峰山东南侧、乐群路与柳石路交会处。

每天上学，我都要沿着乐群路走到鱼峰山脚，经过乐群社，再横穿柳石路，进入柳邕路。去羊角山和大龙潭打柴或游玩，也要先到鱼峰山，路过乐群社，再拐进柳石路。

乐群社对我来说是再熟悉不过的了。

那时的乐群社称得上是柳州的标志性建筑之一。一幢四层的方形塔式小楼，底层大门长方形，二层和三层的窗头分别是圆拱状和三角形，四层窗口则是一个大大的圆圈，楼顶呈穹隆状，四角砖柱顶端各有一个小尖塔；左右两侧各有一座两层的附楼相连，方门方窗。整幢建筑中西合璧，稳重端庄而又富于变化。

在我的印象里，乐群社色泽暗淡，灰头土脸，总是门窗紧锁，既不像学校，又不像医院，掩映于楼前两排古树之中，似乎隐藏着许多秘密。

有一年街道发放救济品，也不知是以什么理由、按什么标准分发，反正我家分得一份。那是几个很精致的罐头，封纸上印有"USA"字样，标明是美国产品。用菜刀将顶上的铁皮砍开，里面是满满的一罐黄豆。因为是在乐群社门前领的，便猜想乐群社可能是美国建筑。

后来无意间听老师说起，乐群社曾是大韩民国临时政府抗日斗争活动的场所之一。从那一刻起，我每次从乐群社旁边走过，总会不经意地向它投去敬佩的目光。

半个多世纪之后，于2006年1月25日，我才有机会走进乐群社。此时的乐群社已成了大韩民国临时政府抗日斗争活动陈列馆。其间的实物、图片、雕塑告诉我，20世纪10年代初，韩国沦为日本的殖民地。此后，大韩民族展开了艰苦卓绝的争取民族独立的斗争。1919年9月，大韩民族各界代表在中国上海成立大韩民国临时政府。抗日战争时期，大韩民国临时政府于1938年10月从广州迁至柳州，1939年4月再从柳州迁往重庆。在柳州半年，他们发表了《韩国独立宣言二十周年纪念宣言》；成立了韩国光复阵线青年工作队；组织了义演募捐慰问中国前线受伤将士等抗战活动。

我骄傲，因为我曾经与乐群社朝夕相处，曾经以目光反复抚摸过这一座象征中韩人民战斗友谊的丰碑。

板皮房的命运

20世纪50年代，柳州的民居大多数是板皮房，江南片尤为明显。当时的防火措施非常严格，又十分独特。

每天晚上，睡觉之前，都会有防火检查员逐家逐户检查。走进厨房，拿根木棍在炉灶间扒拉一阵，看里面是否残留火星；揭开水缸盖，看里面是否装满了水。检查员由居民小组长轮流担任，一根黑白相间的木棒（就像长跑运动员的接力棒），既是其身份的标志，又是权力的象征。每当他们敲响梆子，高喊"风高物燥，小心火烛"的时候，各家各户就会自动检查一下火灶和水缸，看看还有没有火灾隐患。

尽管如此，柳州还是发生过几场大火。

在我的印象里，最大的一场火灾发生在驾鹤路竹篾巷一带。据说最先是太平街（柳州的老菜市）起火，继而蔓延至文笔路一带（现汽车总站对面），然后席卷老龙巷（俗称人头岭），将汽车总站一带烧了个精光，文笔路也烧剩了半条街。尤为惨烈的是竹篾巷，一排排木板屋、遍地的竹片、堆积的竹器，烈火一过，呼啦啦爆响，燃烧着的竹箩竹筐竹笼纠缠在一起，形成一个个大火球，烈风卷起，满天飘飞。其中一个巨大火球随着风势，飘过柳江，滚落江北沙街的木板房顶，随之引发江北大火，把从如今柳江一桥至浮桥头之间的民房全部烧光。

老旧枯焦的板皮房，大火过处，风卷残云，烈焰腾空，浓烟蔽日。虽有一两台救火车赶来开水枪喷射，也有街民提桶端盆运水泼洒，终因板干风高火烈，不多久几条街便烧剩了一堆炭头灰渣。

事实证明，板皮房难以抵御火灾。此后板皮房逐渐退出了柳州的历史舞台。

我们家也和街坊们一样，决计将板皮房改建成砖瓦房。没有钱买砖，就到附近工地或街边巷角捡拾别人丢弃的断砖，大大小小，长长短短，各尽其用，均不放过。如果是砌过墙的，还得削去表层的灰沙。没有钱买沙，就到柳江边去挑。我和二弟、三弟，轮番上阵，各自挑了一担泥箕，走过天后宫，穿过东风菜市，从驾鹤码头走下浮桥，过了浮桥，再走到"沙角"（柳州高中东南角的大河滩）那儿，才有沙可挑。如此反复，半天最多能挑两三担。

筹集了部分砖和沙，就买些石灰，用以搅拌砂浆盖房。先在板皮房外围砌墙，砌到一定高度，拆掉板皮房，用其屋柱、椽子、隔板作横梁和楼板，再买些红瓦作天面。就这样，断断续续，随拆随建，耗时四五年，方才建起一座两层的砖瓦房。

50年代初，乐群路只有一些单门独户的板皮房，稀稀落落地点缀于山坡菜地上。到了六七十年代，就像变戏法一样，忽然冒出了许多房子，全是砖混结构，高高低低、密密匝匝地挤满了马鞍山麓。

我家背后原是一片开阔的山坡，不知何时竟建起了工厂。当时极负盛名的双马电扇就是在这里起家的。厂房的高墙紧挨我家厨房，就像一堵峭壁，完全将我家与马鞍山隔绝了。后来，航空站宿舍以及一些政府部门又占据了山脚的大片空地。

从此，马鞍山西麓的这条乐群路，房屋密集、街巷纵横、熙熙攘攘，"都市里的村庄"完全变成了喧嚣闹市。那些不批外墙、红砖裸露、参参差差、斑斑驳驳的房屋，与鱼峰山、小龙潭、马鞍山的优美环境极不相称，实在丑陋寒碜，有损柳州的脸面了。

街坊邻里

我家门前是一截小巷，巷口两侧各有一户人家。北侧一家姓任，湖南人，养马养牛做豆腐，女主人又肥又大，常穿一件无领无袖纱线衫，整天黑乎乎油腻腻的，我们叫她豆腐婆。听说她家是逃亡地主，解放初却成了劳动发家的典型。南边一家姓黄，玉林人，是养蛇杀蛇卖蛇的，店主是小个子，自封"蛇王"，外号"粒儿"。

我最讨厌、最害怕的动物是蛇，偏偏家门前就有一家蛇铺。每次从街边巷口路过，总会看见或黑或白或花花绿绿的小蛇大蟒盘蜷于铁丝笼中，有的闭眼屏息，纹丝不动，像死了一样；有的缓缓蠕动，昂起扁缩的蛇头，吐出一根开叉的红信子呼呼吹气，恶心至极。有时还会看见"粒儿"在铺前竖起一块木板，随手从笼中抓出一条蛇，将其尾巴拴住，倒挂于木板上，然后手拿刀片，自上而下划一刀，接着翻开蛇肚，抠出一颗绿色的蛇胆，丢进玻璃瓶里。有如庖丁解牛，熟练极了。其时的"蛇王"，眯眼凝神，踌躇满志，就像品尝了蛇胆三花酒一般微醺薄醉。空气中弥漫着难闻的腥味。我虽好奇，却不敢久留，赶紧离去。

当时大半条街文化最高的是我母亲和一位叫"晚公"的老人。不时有街坊邻里来到我家，叫母亲代他们写信，若收到家书，也常常叫母亲给他们念。母亲总是来者不拒，有求必应。晚公则擅长讲"三国"、讲"水浒"，因此备受我们这伙"跟屁虫"追捧。

有一年暑假，燠热难当，我和家人在门前坪地上摊开竹席乘凉，正天南地北地闲聊，两头大黄牛忽然从豆腐婆家侧门冲出来，沿着只有十来米的斜坡路闯到我们身边。大家急速逃回家里，关上门，任由疯牛在外面践踏坪地上的竹席和花草。许久，豆腐婆闻讯赶来，将疯牛牵回去。第二天，她照样赶着马车去卖豆腐，似乎什么事也没有发生过。

这条街的人家大多是引车卖浆、盖房筑路、锯木凿石、养猪贩狗的劳动者，但他们追赶新潮、爱美爱靓、敢穿敢戴，令外地人刮目相看。

我家邻近有个泥水匠叫阿六，某年讨老婆，为了风光体面、显示时尚，就向别人借了一套西装。举办婚礼那天，他在新房里兴冲冲地穿起上装、套好领带，忽闻锣鼓声、唢呐声、鞭炮声在客厅响成一片，忽想到就要拜堂了，心头痒痒的，随即匆匆穿上裤子走了出去。阿六此前从没穿过西装，不大留意裤子正反两面的差别，加上走得太急，忙中出错，竟将西装裤穿反了，更要命的是没有拉起裤裆的拉链。

拜堂时，六亲团聚，高朋满座，欢声笑语，鼓乐大作。一拜天地！他叩头弯腰，一撅屁股，裤裆处裂开一个口子，恰巧又没穿内裤，白白的屁股蛋子便露了出来。众人心中暗笑，扭过头去，装作没看见。二拜高堂！他又一叩头弯腰，一撅屁股，裤裆处又裂开一个口子，屁股蛋子又露了出来。众人捂住嘴，低声窃笑。夫妻对拜！这回阿六和新娘子面对面，只见新娘子眉清目秀，满脸通红，心里格外高兴，腰于是弯得更低，屁股撅得更高，裤裆裂口开得更大，屁股蛋子便更白更亮。人们终于忍不住了，放声大笑，夺门而出。新郎官愣在那里，一头雾水，不知发生了什么事情。

改革开放之初，柳州人在全国率先做起服装生意，西去云贵，北上湘鄂，南下粤琼，赚得盆满钵满。这其中就有一个阿六，也许跟他当年的追求时尚、穿反西裤有关？

浮桥的记忆

20世纪50年代，柳州市区除了一座铁路桥外，还没有横跨柳江的公路桥。市民往返于柳江南北，最便捷的途径便是浮桥。

浮桥架设于驾鹤路与培新路口之间的江面上。桥身有五六米宽，底部是浮在江上的二三十条木船，木船上方横架几根粗大杉木，杉木上钉上厚厚的杉板，便成了桥面。

那时我正在柳州高中读书，前往学校必须走过浮桥。从驾鹤路北侧的一个斜坡走到江边，踏上浮桥，一会儿就融入了人流之中。浮桥随着江波左右摇摆，人流随着浮桥微微晃荡，就像置身于童年的摇篮。夏天，骄阳似火，桥板被晒得发烫，赤脚走过浮桥，脚底被烤得火辣辣的痛，开头还能逞强，装作若无其事的样子慢慢地走，走到一小半，再也忍受不住，便不顾体面，飞快奔跑起来。有时在上桥前先到江里将脚浸湿，以为这样走过浮桥就不烫脚了，谁知这一来就像将油浇在锅上，脚板就像摊在锅里的鱼，被煎得吱吱地直冒油。于是飞奔到桥头，走上培新路口的石级，听广播喇叭播放笛子独奏曲《小放牛》，或是二胡独奏曲《渔舟唱晚》，却也心旷神怡，疲劳顿消。要是洪水暴发，浮桥被冲断，渡船不敢横渡，那就得从上游的铁桥走过，绕城大半圈才能回到家。

过了一个多学期，忽然发现浮桥上游聚集了几条船，桅杆顶上挂着小红旗。不久听说那是钻探船，要在那里兴建横跨柳江的公路大桥。之后，每次路过浮桥，都隐隐约约听到那里传来机器声，晚上，还看到那里灯火通明，映照得江水流光溢彩。又过了数月，两座水泥桥墩露出了江面。那时，我热切盼望，心生感激，不由自主地写了一首小诗，题为《致建桥英雄》。当时柳州有一份不定期出版的报纸叫《群众艺术》，我那首小诗便发表在1959年5月19日该报上。

原以为大桥很快就要横跨江面，不料其后竟偃旗息鼓，施工船瘫痪了，机器声停息了，探照灯光隐退了。柳江大桥似乎成了美丽的幻影，成了柳州人难圆的梦。

柳江上留下两截刚露出水面一两米的桥墩，则成了游泳爱好者的天堂。柳江南岸鱼峰路口附近的江湾有一块岩石，由江岸斜伸江中，如同一个大锅铲，人称"锅铲石"。夏天的傍晚，我总爱约三五好友到锅铲石一带游泳，为了显示各自水性了得，就吆三喝四从锅铲石下水，游到江中桥墩处，爬上去歇息，尤其喜欢从桥墩上往下跳，镰刀式、燕子式、翻滚式、炸弹式，江心水深，无暗礁，桥墩成了游泳者最理想的跳台。

后来我到外地上大学，柳江大桥的美梦渐渐淡忘了。直至60年代末，在"文革"期间，我"大串联"回到柳州，才发现柳州市区第一座公路桥——柳江大桥已飞架南北，中学时代的美梦不经意间变成了现实。

最近查阅资料，发现早在1942年1月，柳州市政当局就开始筹划建桥事宜。新中国成立后，市委市政府于1958年成立柳州大桥筹建处，再次将建桥工作提上议事日程。1959年，两个双柱式桥墩建出水面。后因材料、技术等原因，大桥建设停工。直至1968年12月26日，"我国自行设计、自行施工、全部使用国产高强钢丝的第一座T型悬臂加吊梁体系的大跨度预应力钢筋混凝土桥"最终建成通车，前后历时二十六年。

梦中家园

一晃就过了三十多年。时光老人驾着他的金鸾辇倏忽间便把我们带入了21世纪。

2005年，听说柳州要把鱼峰山公园和马鞍山公园连成一体，筹建一个规模空前的鱼马公园。为此，小龙潭与马鞍山之间的乐群路、工人俱乐部一带的建筑、马鞍山北侧屏山大道旁的单位和民宅都得拆迁。听到这一消息，我既为柳州当局的大手笔而高兴，又为我家被列入拆迁之列而惋惜。我想，母亲在小龙潭边住了大半辈子，她舍得搬离马鞍山脚那个小院子吗？

2006年1月底，我便和儿子赶回柳州，一来看望年迈的母亲，二来与旧居道个别。其时乐群路大多数民居已拆除，街边路旁散落着一堆堆残砖碎瓦。穿过一截小巷，走到家门前，只见母亲坐在客厅中央铺了一块旧布垫的木沙发上，两眼呆呆地望着门外。母亲目光所及处，正是她朝夕相伴的鱼峰山。看样子，她是心有所恋，舍不得搬离此地吧？我便安慰她，建鱼马公园，对改善柳州的环境、提升柳州的档次、丰富柳州人的生活都有好处。再说，政府给予补贴，到别处安个家也是可以的。母亲再也不说什么，依旧望着鱼峰山发呆。

那天中午，我与儿子来到鱼峰山公园，买了两张索道游览券，乘坐缆车攀登马鞍山，为的是从缆车上再看旧居一眼。悬挂于索道上的"吊篮"由低向高缓缓攀升，刚好掠过我家上空。探头俯瞰，红砖红瓦的三层小楼依然耸立，门前地坪边的胭脂花依然盛开，屋后菜园那株黄皮树依然青翠。以往我们在露台纳凉、在菜园摘菜，甚至蹲在茅坑里"方便"，偶一抬头，往往会看见缆车从头顶悠悠驶过，但从来没有从天上看过自家住宅一眼。如今从旧居上空飘过，俯览家园，感觉它竟是如此美丽。然而眼前这一切即将消逝，眷恋、疼惜、怅然若失，心中的滋味真是难以言说。

返回南宁不久，便听说母亲病倒了，住进了医院。患的是脑血管梗死而引发的脑颅坏死。又过数月，噩耗传来：母亲已于2007年3月4日12时仙逝。次日，我赶紧携儿子、女儿回柳。

其时乐群路旧居已夷为平地，新家安在旧机场开发区银航路某座大石山下。初到新家，心中不由得一愣：这一带不就是我少年时代曾来砍过柴、看见过飞机打靶的地方吗？真是世事难料，这里竟成了我们的新家！

然而母亲已经不在了。在新家所见到的，竟是母亲的灵堂。客厅北侧设置祭坛，墙上挂着母亲的遗像，遗像下方摆放香炉、红烛以及鸡、鱼、酒、果等供品。香烟缠绕，烛泪如雨，韩红演唱的《天路》反复播放，如泣如诉，似乎要将母亲的灵魂引向天国。遗像两侧贴着我撰写的挽联：

云开绣水寸心流徙情有憾

鱼马龙潭木门紧锁爱无涯

　　母亲于1921年8月12日生于云开大山绣江上游，其后家庭变故，辗转奔波，多有遗憾；继而迁至"鱼马"之间的小龙潭边，木门紧锁，不问世事，将她的爱全部奉献给子女以及身边这片土地。母亲享年八十六，可谓长寿，"白事"可当"红事"办，故挽联用红纸书写。众人默读挽联，回想母亲坎坷一生，无不潸然泪下。

　　次日上午到殡仪馆参加母亲的追悼会，与母亲遗体告别。下午即和子女乘车返邕。离发车时间还有一个多小时，我和子女又来到鱼马公园，寻访我们那片宅居地。在这里，母亲生活了半个多世纪。如今鱼马公园已建成，母亲却未能亲自来这里走走、看看，享受这里的开阔宏大、宁静清幽，真是百感交集，嗟叹不已。

　　鱼马公园留下了我少年的记忆，留下了我母亲的体温。鱼马公园成了我母亲灵魂的安息地，成了我永远的梦中家园。

| 文学史评论 |

　　广西有许多优秀散文家，而徐治平只是其中一个；但是，若要把散文创作、教学、评论、理论都算上，那徐治平理应是唯一一家。

——徐治平主编《广西散文百年（上）》，民族出版社，2004，第209页

　　徐治平喜爱旅游，喜爱走进大自然中，享受大自然赐予的美。他说，除了台湾外，包括香港、澳门在内的全国所有省市自治区都走过了。我们看徐治平的散文，也是以描摹山川、亲和自然的旅游散文为最多，也写得最好。于是，在这本《旅人的凝望》里，记下了《华山之美》《庐山揽胜》《岷江峡谷》《京岛金滩》等山川胜景。或许有人会说，这些景致，千百年来早被人写滥了，有什么稀奇的？这里说的是，徐治平写的不是千人一面的景致，作品不是前人滥绘景致的旧模式，而是写出了自己心

底的风光,写出了他生命火花照亮的山川风光,从而展示了他的散文的独特的美。

徐治平写山水风光散文,较少对景物做具体精致的描绘,而大多是突出景物的某些美的特征、美的情调,造成一种宏大的美的氛围与美的气韵,给读者强烈的美的震撼。

——李建平等:《广西文学50年》,漓江出版社,2005,第404—405页

他确是一位凝望的旅人,登山临海,游湖渡河,以身体和心灵去体验内在和外在的世界,大自然的生机和奥秘尽收眼底,无不跃动着独特的生命和个性。

——张振金:《中国当代散文史》,百花文艺出版社,2012,第253页

▎创作评论▎

治平的散文,不管是描写哪一片土地和哪一种生活,都喜欢蘸满了鲜艳华美的色彩,追求着气象万千的画面;总钟爱响彻了急管繁弦的声响,追求着响彻云霄的音乐。从这种艺术的追求中,可以看出他十分向往姚鼐在《复鲁絜非书》中所说的"阳与刚之美者"。

——林非:《海灯法师弟子在边关·序》,载徐治平《海灯法师弟子在边关》,
广西人民出版社,1989,第1页

应该说,徐治平的散文创作所遵循的,主要是现实主义的创作方法和民族传统的风格,他的绝大部分作品,内容和形式上基本上属于传统的诗化散文,作品饱含着创作主体诚挚、炽热、崇高的感情。作家不仅善于在正面写人叙事时,倾注自己的情怀,而且笔触所至,连一般神话传说、一则民间故事、一条轶闻、一首诗词、一篇碑文所引起的翩翩联想,都浸透着情思。

——杨炳忠:《诗情和哲理的交融——读徐治平散文集〈在金笋丛生的地方〉》,
载杨炳忠《桂海文谭》,广西师范大学出版社,1990,第181页

徐治平力图透过外在的景物挖掘内在的含义，极力捕捉表现时代精神，记录时代风云的变幻，展开历史前进的足迹；揭示不同时代的不同美丑标准，让历史的风雷闪电在胸中闪烁，让作品具有鲜明的时代感；绘祖国之美，抒时代之情，赞改革之风，颂创业之人，这是他在散文创作中自觉的美学追求。……徐治平三十年如一日，真诚呼唤美，让美惠泽人间。这就致使他的散文贯穿始终的是田园牧歌情调，一味地赞美歌颂，一味的甜、甜、甜……难道这一位才华横溢的中年散文家就不能突破，没有超越吗？不，事实并非如此。只要我们稍加注意，就会发现徐治平最近的散文，在爽快之中微带忧患。

  ——林建华：《徐治平——他真诚呼唤美，让美惠泽人间》，载林建华《茶与咖

   啡：比较文学与文学批评》，广西民族出版社，1991，第256—257页

  徐治平是新时期南方文坛上崛起的一位散文作家。他早在1963年读大学时就发表了成名作。他热爱生活的真与美，二十多年来他游历的足迹遍布神州大地。他酷爱散文创作，执着于散文美的追求，取得了可喜的成就。起初，他的散文以贴近生活的写实风格和诗情画意的魅力赢得了广西的读者。近年来，他又以作品题材和风格的绚丽多彩，对生活美的本质发现和艺术表现，以及当代意识的强化和民族性、历史感的深化，而引起了读者的注意。

  阅读徐治平的任何一篇散文，都会感触到作家一颗爱心迸发出来的热量和色彩。他的故乡在桂北，柳江流域的温厚人情、桂林阳朔的奇山秀水，孕育了作家爱生活和爱美之心。爱的沉淀和积累，使他产生了对生活美的浓厚兴趣和追求，使他走出故土到更为广阔的大自然和人生世界去领悟生活美的真谛。他总是严肃认真地把构成生活美的自然美和社会美的原材料进行分析、分解、选择和重构，使之成为独具散文特色的艺术美而表现在自己的作品中。

  ——鲁西：《生活美的重构和超越——评徐治平的散文创作》，载曾绍义主编

   《中国散文百家谭》，四川人民出版社，1993，第1022—1023页

徐治平的一篇篇抒情散文，如淙淙的山泉，汩汩的江水，澎湃的海潮，感情奔放，荡人心魄。

——陈学璞：《评徐治平的散文》，载陈学璞《玫瑰园漫步——马克思主义文艺理论与实践》，漓江出版社，1993，第153页

徐治平对色彩有着一种天生的恋情。他在《感受色彩》中说："我喜欢绘画、摄影，喜欢将大自然美妙无比、变化无穷的色彩采撷进画幅间，凝固在照片上；我喜欢音乐，喜欢倾听阳光与花朵的对话，倾听色彩吹奏的美妙和谐的乐章。"富有独特而鲜艳的色彩，可以说是徐治平散文的艺术特色之一。作者在行吟山水、描绘风物之时，善于捕捉大自然各种事物的不同色彩，领略大自然给予人类的美感与熏陶，并以自己美好的心灵，去追寻生命的春光。

——张振金：《融入自然的理想主义者——读徐治平散文集〈旅人的凝望〉》，《南方文坛》2000年第4期

徐治平的散文是温暖的，字里行间中总能反射出心灵的亮色，使你感觉不到丝毫的颓废与阴冷。其中原因当然取决于其乐观旷达的人生态度。在游记散文中，作者习惯以心灵的暖色调为自然画像，使自然也带上了性格与体温。

——霍小青：《温度·气度·风度——徐治平散文论》，《广西民族大学学报》（哲学社会科学版）2008年第S1期。

徐先生视写作为生命能量的一种释放，吟唱与行走，体验与融入，一向无拘无束，对他来说写作源于对世界的感知，散文只是因世界之精彩而感动的产物。在他的散文中总是活跃着一个自我抒情主体，其突出特征是拒绝心灵封闭，拒绝无限放大一己的悲欢，这是一个能够理性看待个人与世界之关系的自我，一个向生活寻求灵感以荡涤内心的自我，一个向自然寻求出路来弥补现代文明之缺失的自我。就整体风格而言，他的散文是一种比较典型的外感—内省型写作。具体地说，其基本

架构受制于个体对外在世界的感应，其抒情倾向则和情绪与自然环境的协调程度一致。这种形式特征与他总是把散文置于人与自然的接合地带有关。

　　——魏继洲：《思想在行走——评徐治平先生的散文创作》，《南方文坛》

　　2013年第6期

∣作者自述∣

　　我喜欢摄影。那一个个镜头，捕捉住迷人风光、瞬息表情、芳踪倩影，留下多少美好记忆。但我更喜欢散文。自己那双"生理眼"，不就像精妙的镜头，可随时摄下祖国河山的旖旎风光，摄下社会生活的千姿百态，摄下时代人生的迅雷闪电？我还应练就一双"内视眼"，审视自我，找到自我，充分调动自己的生活积累、艺术情趣和美学理想，学会运用"蒙太奇"语言去展现生活，做出属于自己的艺术创造。

　　我和散文结下了不解之缘。散文成了我生命的组成部分。我觉得散文应该是一种美的凝结。一篇好的散文，应该是作家主体意识的坦诚流露，应该是一页历史、一束情感所留下的一片艳红、几缕馨香。我觉得我应该将悄悄飞逝的生活彩蝶、隆隆远去的时代沉雷迅速抓住，印在纸上，凝固在历史上……生命之火不熄，散文之花就应永开不败。

　　——徐治平：《海灯法师弟子在边关·后记》，载徐治平《海灯法师弟子在边关》，

　　广西人民出版社，1989，第217页

真正的经典都曾九死一生

东　西

一九五四年，作家纳博科夫在小说《洛丽塔》快要收尾的时候，借主人公亨伯特之口说："此书正式出版让各位一饱眼福时，我猜，已经到了二十一世纪初叶……"这个预测虽然是虚构中的虚构，但不难看出纳博科夫对该书前途所持的悲观情绪。事实正如他所料，当小说脱稿之时，也就是该书开始漫长旅行之时。它先后被美国五家大出版社退稿，就连和纳博科夫签有首发协议的《纽约客》也不愿刊登。这些有权有势的出版社和杂志对《洛丽塔》都发出了"死刑判决"书，仿佛当时的美国出版界集体眼瞎。传说，也曾经有火眼金睛看到这个小说的价值，只是迫于当时美国阅读环境的压力，所以不敢言好。然而，我更愿意相信，当时真的没有人喜欢它，除了纳博科夫的妻子薇拉。这个"老男人乱伦"的故事，即便是放在标榜自由和开放的美国也过于惊世骇俗，它严重地挑战了人类的道德底线。

不能出版，也许不是对作家最沉重的打击。纳博科夫完全可以说这是一部写给未来读者的小说，也可以说这是写给五十个知音阅读的伟大作品。全世界所有倒霉

作品信息

原载《当代作家评论》2010年第4期。收入散文集《谁看透了我们》(江苏文艺出版社2011年版)、《叙述的走神》(上海文艺出版社2016年版)。

的作家，无不这样自我安慰，并以此作为创作的动力。但是，就连这样的安慰纳博科夫也不能得到。曾经帮他推荐稿件到《纽约客》发表的评论家威尔逊，是纳博科夫值得信赖的朋友，也是纳博科夫的文学知己。可是，威尔逊在看完《洛丽塔》之后，回信给纳博科夫："我所读过的你的作品中，最不喜欢这部。"甚至把《洛丽塔》指责为"可憎""不现实""太讨厌"，并将这些意见转告给出版商，使《洛丽塔》未曾出版先有臭名。而另一位评论家玛丽·麦卡锡在根本没有读完该书的情况下，竟然写文章批评其"拖泥带水，粗心草率"。

朋友的打击才是对纳博科夫最大的打击。他一度失去信心，对自己的才华产生了真实的怀疑。当时，炒作和策划还没有今天这么汹涌澎湃，纳博科夫也绝不是想故意制造一本禁书，以便获得另一渠道的畅销和公认。他的写作态度可以为此证明，能把主人公亨伯特的心理写得如此准确、复杂，肯定不是为了弄一个事件来吓人，而是全身心投入创作的结果。另一个证明就是纳博科夫要把《洛丽塔》的手稿烧掉，让这本书彻底地消失。关键时刻，他的妻子薇拉抢救了手稿。她说这是纳博科夫写得最好的小说。纳博科夫当时获得的唯一正面评价不是来自文学界，而是来自患难与共的妻子。如果多疑，纳博科夫可以认为这是一种鼓励，是"赏识教育"，甚至也有可能是为了家庭收入。假如纳博科夫真这么想过，那他当时的孤独和绝望是可想而知的。

为什么经典总是要面临被烧掉的危险？难道仅仅是巧合吗？或许，这恰好证明了江湖险恶，证明了经典在成长中注定要遭遇偏见与傲慢。卡夫卡临终的时候，也曾经吩咐朋友布洛德把手稿全部付之一炬。幸好布洛德没有执行，否则这个世界上将永远没有一个名叫卡夫卡的作家，文学菜地里也许会因此而缺少一个品种。纳博科夫和卡夫卡是幸运的，他们的幸运在于有人及时地保护和抢救了手稿。但抢救并不是百分之百的，他们的幸运可以反证：在这个世界上有许多经典作品可能已经被烧掉。谁又敢保证果戈理烧掉的《死魂灵》第二部就不是经典小说？

到了一九五五年，《洛丽塔》终于以色情小说的面目在法国奥林匹亚出版社出版，首印五千册。该出版社虽然出版过亨利·米勒和让·热内的小说，但大多数出版物都是像《直到她销魂尖叫》这样的色情作品。由于对色情标签的反感，开始，纳博科夫还想拒绝，甚至想挂一个假名。但奥林匹亚出版人坚持要用纳博科夫的真名，纳博科夫只好妥协。被美国宣布"此路不通"的《洛丽塔》，终于在异国获得了准生证。英国作家格雷厄姆·格林读到该小说之后，把它评为一九五五年最佳的三部小说之一，并在伦敦《泰晤士报》上撰文大加赞扬。从此，《洛丽塔》才真正获得了生长的土壤、阳光和空气。一九五八年，美国普特南书局出版了《洛丽塔》，立即成为畅销书。纳博科夫五十五岁写的这部小说，在美国畅销并家喻户晓的时候，他已经六十岁了。在西方读者的眼里，他是一位六十岁的新作家。

尽管这部小说没有像亨伯特预言的那样，要到二十一世纪才能出版，但是，在被退稿和评论家们打击的那些年里，纳博科夫所受的煎熬也许比等待五十年还难受。煎熬使时间缓慢，一年长于五十年。后来，《洛丽塔》在慢慢成长的过程中，它仍然给灭它的人提供了如下理由：一、它是色情小说，是下半身写作；二、它太畅销，是炒作出来的经典；三、作家的腔调过于轻佻、油滑，其反省之态度值得怀疑；四、它没有获得过诺贝尔文学奖；五、它堕落到被改编成电影了（一九六二年电影怪才库布里克以一百五十万美金买下其电影改编权）。以上的任何一条理由，都足以让高高在上的庙堂排斥它，打击它，羞辱它。但是由于它的畅销，它的渐渐强壮，谗言和伤害最终没有得逞。

好作品不是僵死的，它可以像人一样不断地成长，不断地获得对诽谤的免疫力。在禁欲的年代里，我会把《洛丽塔》当成一本淫书。在放荡的年代，我终于明白《洛丽塔》是一个辛辣的讽刺。产生这样的阅读效果，不是小说传达得不够准确，而是因为社会环境的改变推动了作品意义的改变。如果男人们都敢于放下架子，和亨伯特的内心来一次比较，那我们就会发现纳博科夫远在五十年前，就已经撕开了人类的伪装。当亨伯特杀死抢走洛丽塔的奎尔蒂之后，他有这样一段独白："忠于你的迪克，别让其他任何人碰你。别理陌生人。但愿你爱你的孩子，但愿是个男孩。但愿你丈夫永远对你好，不然的话，我的幽灵就会像一缕黑烟，像一个发狂的巨人降临到他身上，将他一片一片撕得粉碎"。这不是色情，这是父爱与情爱的复杂结合，是对人类复杂心灵的准确勘探。也许就凭惊世骇俗这一条，《洛丽塔》就应该成为名著。它所制造的震惊效果，是所有艺术家做梦都想达到的效果。

《洛丽塔》是经典作品成长的一个极端例子，它对急于呼唤经典的我们有警示作用。看看今天的报刊，对大师和经典的期盼是如此热切。有的作品还在写作中，吹捧的礼炮早已鸣响；有的作品油墨未干，已经被捧为经典；有的作家只在练习打字，却屡屡被专业人士齐声歌唱……这样的局面，让读者不只一千次、一万次地反思：是不是自己已经弱智？轻松得来的所谓经典，必将轻松地失去。真正的经典，也许会被当时的某些因素埋葬，但即便埋葬了，它也像那些土地深处的木柴，多少年之后再变成煤，重新燃烧。乔伊斯的《尤利西斯》是这样，卡夫卡的小说是这样，凡·高的画作也是这样……

忧郁的孩子

陶丽群

回家乡工作后，就听说这条小巷了。起初听说时，给我的感觉说的是人在讲故事，因为这样的街道只有在电影或者小说里才看到。现在，却活生生地出现在我生活的环境里。

这条小巷隐没在一个极为普通而窄小的巷口里。巷口的对面是琳琅满目的小商铺，巷口左右两边也是小商铺，卖乡下人的鞋袜衣帽，白天人来人往，不注意根本就不知道这个不起眼的小巷口里有这样一条街道，这条街道俨然是另外一个世界，畸形的世界。

我是在下乡的时候遇见李小双的。李小双是个八岁的男孩子，跟着七十八岁的爷爷一起居住，父母外出打工。他们村子里大部分孩子的父母都外出打工，有的是

作者简介

陶丽群（1979—），壮族，广西百色人。中国作家协会会员，鲁迅文学院第15届、28届高研班学员。主要从事小说、散文创作。作品散见于《人民文学》《北京文学》《民族文学》《长江文艺》《广西文学》《山花》《边疆文学》等刊物。出版小说集《风的方向》《母亲的岛》。曾获广西青年文学小说、散文奖，广西少数民族文学创作花山奖，《民族文学》年度奖，《北京文学》优秀作品奖，骏马奖。

作品信息

原载《广西文学》2010年第7期，《散文选刊》2010年第10期转载。

女人外出谋生，男人在家里照看孩子和年老的父母。在家的男人们并不种田地，非常悠闲。那些守家的男人甚至整天只是聚在一起打纸牌，给家里的孩子、老人做两顿饭菜。他们指着嶙峋的山地说，这样的土地只会长草，长不出粮食来的。长得出来的只够山上的老鼠吃，人就吃不上了。我问他们，怎么你们都让老婆出去挣钱，你们却在家里？他们就不说话了，望向远方的目光荒凉如同山上的坡地。

李小双过来了，手里拿着一块还在冒热气的红薯，八岁的他看上去只有六岁的模样，清瘦得如同山上的狗尾巴草。他刚放学回来，到三里外的邻村去读书了。一个男人问他，小双，怎么又吃这个，爷爷没做饭呀？李小双嘶嘶地吹着红薯，说爷爷感冒了，没做饭，炖了红薯。男人没说什么了，起身回家，一会儿就来叫李小双去家里，他说给李小双煮了面条，李小双吃完了给爷爷端回去一碗。另一个男人说，他家里还有一板感冒药，让李小双自己去拿，就在神台上。李小双都答应了，去吃面，然后给爷爷拿药，男人们继续打纸牌。他们脸上表情淡漠，使人无法相信这样的脸下会有柔软的心肠。

要回县城时，给李小双煮面的男人磨蹭着走到我面前，说能不能帮李小双给他父母捎口信，给他爷爷买点药回来，或者回来看看。李小双的父母已经很久没回家了，这孩子想他妈。我说行，没问题，问李小双的父母在哪里做工。男人给我说了一个地址，眼里躲躲闪闪的。当时我并不知道为什么。李小双非常高兴，并央求男人，能不能让他跟着我去县城看他的父母，他说下午不上课。男人瞪了李小双一眼，李小双便不再说话了。男人把我拉到一边，满面愁容地说他们村子里的女人大部分都在那里，有的公婆俩都去了。这里穷，实在没办法，山上种的粮食只够吃饱，花销就种不出来了。他们又没什么文化，外出打工挣不到钱，女人们就出去了。李小双拿一个黄色的塑料袋子装了点红薯让我带给他妈，他说他妈妈喜欢吃烤红薯。这个瘦弱的小男孩因为被阻止去看他的妈妈，显得很难过。

回到县城打听到李小双父母所在的那条小巷，非常吃惊，明白李小双村子里的女人在这里干什么了，也明白村子里男人们的目光为什么那么凄凉了。

这条街道在县城几乎无人不晓，原来的名字很好听，叫江南巷，但这个巷名早就被人们淡忘了，改为夕阳红巷。这条巷两边都是高耸的居民楼房，一条窄小的过道终日阴暗而潮湿。户主们大都把房子出租了，他们只住最高那层，其余的全租给一些边远山区出来的女人。一户人家可以租给四五个女人不等。一条小巷两排房子，三四十户人家，这个小巷里租住了不下两百来个山区里出来的女人。她们衣着简朴，倚在门前三三两两地说话，拿眼睛警惕地看我。小巷里的阴暗使人无法看清楚这些女人脸上的表情。一些老人不断进进出出，戴着大墨镜，轻车熟路地走进一扇扇门里去。我和一个女人打听了李小双的妈妈，那个女人警惕地问我找她干嘛，我说我是她的亲戚，给她送点东西来，说着我给她看我手里提的红薯，她这才带我去了巷尾的一栋楼前。

李小双的妈妈很年轻，不到三十岁吧，和其他女人一样穿戴很简朴。她非常紧张地看我，我说是李小双让我给她带点红薯来，并告诉她李小双的爷爷病了，得给老人赶紧买点药回去。她一听到李小双的名字，眼睛就湿了，赶紧把我让进屋里去。李小双的妈妈住在四楼，在二楼和三楼的楼梯口边的房间，我听见里面传来了令人别扭的声音。李小双的妈妈非常不好意思，开了她的房门后就飞快地把门关紧了。她说这里就这样。她的房间很小，一间连着卫生间的小房间，她在阳台上做饭。我把红薯递给她，她一下子流眼泪了。我和她说了去她们村子里的事情。她抹了一把泪水，说过两天就回去，她早就想回去了，但李小双的爸请不得假，他在一处建筑工地上打工，晚上才回来，白天他从来不在。我很吃惊，说你们夫妻俩一起住吗？李小双的妈妈点点头。她说他们村子里有很多对像他们这样的夫妻住这里，白天男人们出去找事情做，把房间腾出来留给女人们，让女人们在这里和前来找乐子的老头们做廉价的交易……

因为进这条小巷的都是五十岁以上的老男人，所以被人们戏称为夕阳红巷。

我感觉胸口隐隐生疼，我说你愿意吗？你们村的女人愿意吗？李小双的妈妈说，说不上愿不愿意，谁都得过日子。我们那片山你也去过了，我们得过日子。我们在这习惯了，我和李小双的爸爸在这里住三年了，都习惯了，就像种地一样。我们不偷不抢。我说，李小双的爸爸呢，他看着你这样他不难过吗？李小双的妈妈脸上扬过一缕无奈的笑，她说，不习惯也得习惯。他们刚来的时候，李小双的爸爸每天晚上回来都打她，有时打着打着他就哭了，但第二天早上他又早早地出门去了，即使一整天没活干他也待到晚上才回来。后来他就不打了，有时候还会把做晚饭的菜买回来，问问她今天怎么样，仿佛在和她说买卖似的。习惯了，都习惯了，习惯了就什么都好了。李小双的妈妈无奈地说。那，你们，我小心翼翼地问，你们之间还有感情吗？李小双的妈妈很奇怪地看了我一眼，说，夫妻哪会没感情，我们是在过日子，没感情怎么过日子。

　　我和李小双的妈妈在她的房间里待不到一个小时，她的房门给敲了两次，每次她都冲着门外说，在忙着呢。说着很不好意思地看我。我意识到自己在这里待久了会影响到她做事情，就和她告别了，她拿了两只红薯给我，说山里的红薯甜，拿回去尝尝。我没要，她便拉住我的衣袖，又赶紧放手了，仿佛碰到了什么不该碰的东西。我只好接过来了。

　　走出阴暗的小巷，我无法说清楚心里是什么滋味。别扭、难过，还是别的什么想再次见李小双的念头，在见过他的妈妈后便强烈地冒出来了。在原单位时天天坐班，哪怕在那里发莫名其妙的呆也得遵守，双休日又总是被这样那样的小事情绊住，小山村便只能在梦中浮现。到了这个相对清闲的单位后，办公桌还来不及整理好，就奔上街去给李小双和他的爷爷买了十斤挂面、两斤蛋糕，便风尘仆仆地来了。本来打算给李小双买点礼物，篮球什么的，但想到李小双可能连篮球都没摸过，只好作罢。上了班车后我便后悔了，没摸过篮球的李小双难道就没有权力得到篮球吗？甚至可以引申为，贫穷的孩子就不该得到稍微奢侈一点的玩具吗？这和吃惯了红薯的肚子，如果愿意的话给它喂米饭就很不错了，肉实在是奢侈得令人可笑的想法。我不知道这种虚伪的善意只是我自己才有，还是大多数的人都有，但愿只是我，而不是别的更多的人。

　　李小双的父母在我给他们捎话后，回了一趟家，并且给李小双买回来四只鹅崽崽，让他每天放学后有点事情做。他的妈妈甚至告诫李小双，如果喂不好鹅，把鹅弄丢了，甚至死了，她和爸爸就不回家过年了。所以我到达山村时，那些似乎永远闲散在村头榕树下打纸牌的男人们告诉我，李小双到后山的小河边放鹅去了。一个男人跑到就近的一个小山坡顶上，面朝一个有树林的坳口大喊：双——双——回家来。男人的叫喊声在山谷里跌跌撞撞的。秋天了，满山萧瑟，枯草瘦山，李小双赶着他的鹅，和萧瑟的秋天一起朝我走来。他一边走一边挥动手里的树枝，把四只半大的鹅赶得慌慌张张的。小家伙记性很好，一下子就认出我了，黝黑的脸上漫上一缕羞涩的笑容。他把鹅赶到一边，以免鹅啄人，问我，是不是又下来收集故事了？我赶紧点头。因为上次就是下乡来收集民间故事碰见他的。在李小双的心里，也许他还无法理解我为什么会在城市里想到他而专程来见他一面。我发现孩子比上次见时多了些笑容，也多了些话。和他往他家里去的时候，我问他，小双，有什么高兴的事情？你说说，我回去捎话给你妈，也让你妈高兴高兴。李小双笑了，说，妈妈答应今年回家过年的时候给他买一副围棋，只要他把鹅养大了。李小双说着，有些兴奋地看那几只嘎嘎叫的鹅。我非常诧异，问他，你会下棋呀？他说会，在学校里他还和老师下棋呢，老师有时候都输给他。我不免对他有些刮目相看，却看见他缩短了一截的衣袖和脚上一双打了好几块颜色不同的补丁的凉鞋，有些心酸。我说一副围棋就把你高兴成这样了？他很奇怪地看我，说那当然了，村子里的韦小宁叫他妈妈给他买把水枪，都两年了，他妈妈还没给买呢。我说你妈妈也说不定不给你买，只是想让你把鹅养好了。小男孩连忙申辩，说他妈妈是说话算数的人，不会骗他的。一副塑料围棋，在地摊上十块八块就可以买到了，年仅八岁的小男孩，其实完全可以理直气壮甚至毫无理由地要求妈妈给他买的，然而他还是和妈妈妥协了，为了这副微乎其微的围棋，他要付出把鹅养大的漫长的劳动。在他幼小的心灵里，已经懂得通过付出劳动来换取自己所需要的必需品。我犹豫了许久，终于问他，小双，知道你妈妈在外面做什么工吗？男孩回答说，嗯，妈妈没说。我感到揪心，李小双的童年，这片山里的孩子的童年，他们的妈妈也许是出于为了孩子的将来生活得更好着想，而走上令人无可奈何的打工路，却不知道她们的行为会对孩子们的童年有什么影响。孩子们总会长大，任何事情的真相都会随着时间的流逝而显露出来，那时候的李小双们，该以什么样的眼光看待他们的母亲？这个社会将会以什么样的面目驻进这些幼小的心灵里？

李小双的爷爷看起来还很硬朗，到他家时，他爷爷正在劈柴火，脚边一堆劈好的柴火整齐地码在地上，他看见孙子赶着鹅领个陌生人回来，显得有些慌张，扔下斧头进了黑咕隆咚的屋里，拖出一把长条椅子招呼我坐下，等到孙子赶着鹅到偏房里时，才紧张小声地问我：是不是他爸妈在外边犯事了？他这一问令我莫名其妙。老人赶紧又说，我就知道会有这天，我们年轻时碰上三年困难时期，挖草根啃树皮，都没做那埋没祖宗的事情。他们倒好，看看这村子，还剩谁了，一村子没见个女人影子，要我说就是懒。这山地是穷，好好种上玉米还是饿不死人的。老人的思想依旧停留在吃饱就满足的状态里，也许他是对的，人类的贪婪会使自身置于苦难中，然而这个村子里的女人们，她们是贪婪吗？老人唠唠叨叨，显然他知道村子里的女人，包括自己的儿媳妇是在外边干什么的。我有些尴尬，于是对老人撒个谎，说我是李小双的老师，来家访的。老人看了孙子，又看了我，放心了，赶紧叫孙子进屋生火做饭。我把面条提给李小双，说煮面条吧。老人非常过意不去，到邻居家买来两个鸡蛋，让李小双下面条。

李小双的家是土坯房，村子里大部分都是这种房子。早几年房子盖的是茅草顶子，西部大开发使农民得到了一定的实惠，由政府补贴对贫困山区的农户住房进行茅改瓦，李小双的家屋顶上也盖上了瓦片，不像覆盖茅草那样捂得密不透风。但我进屋后，还是站了好大会儿才慢慢适应屋子里的昏暗光线。一孔熏得黑乎乎的火灶首先在昏暗的光线下显露了出来，一个小人影在火灶旁熟练地刷锅头。李小双把短袖子挽得高高的，火灶和他的腰身平齐，男孩无法把锅头从灶孔里提起来，便拿一只开瓢的葫芦费劲地舀锅头里的刷锅水，他把水小合地倒进脚边一个瓦盆里，说这水可以拿去喂鹅。我说你们村吃水很困难吗？他说也不难，到山上的水柜挑就行，不过倒掉了可惜，爷爷会骂他的。小男孩有些不好意思，朝屋外看看，仿佛担心爷爷听见似的。我帮他烧火时，弄得一屋子烟，仿佛要着火似的，李小双和我呛得直咳嗽流眼泪，他赶紧从火灶孔拖出几根柴火，说是柴火塞得太多了，果然，火一下子就呼地蹿起来。爷爷从屋外探进脑袋，说，双，烧个火怎么弄得跟烧砖窑似的，你把老师当老鼠熏呀。李小双朝我笑，对爷爷说，柴火有点湿，烟大。爷爷说，瞎扯，好几个月都没下一滴雨了，哪来的湿柴火。我和李小双憋不住了，哈哈笑起来。这是我第一次看见李小双这样开心地笑，小家伙一手拿着葫芦瓢，一手拿锅铲，在灶孔边边擦眼泪边笑，乐不可支的模样。爷爷又探进头来，说别把鸡蛋打散了，面条快熟了就把鸡蛋打进去，等它慢慢熟，你和老师一人一个。我一听很惊慌，赶紧找来一只碗，把鸡蛋打进去后几筷子就把鸡蛋全搅散了。李小双在灶边直朝我眨眼睛。

我和李小双，还有爷爷，一人捧一只碗坐在门前吃面条。屋前是山，屋后也是山，那感觉就像是坐在野地里吃饭似的。屋子里实在太昏暗了，面条摆上桌子时，爷爷小心翼翼地拉开柱子上的电灯线，我说，我们到外边吃吧，我也是在农村长大的，小时候常蹲在院子里吃饭，一顿饭跑好几个院子呢。爷爷很高兴，说，是啊是啊，屋外亮堂，又凉快。爷爷的话音刚落，李小双就迅速地拉了灯绳，屋子一下子就暗下来了。我在昏暗里捧着面条碗站了一会儿，难过，无言的难过。李小双并不小了，他幼小的心灵已经体会并且承受了生活的艰辛，懂得尽可能地节俭生活开销。

李小双一连吃了两大碗面条，爷爷在一旁蹲着吃，李小双和爷爷都是蹲着吃，只有我坐在椅子上。一老一小，并排蹲着，捧着碗。我在给他们照的照片上仔细端详爷孙俩，李小双只顾埋头吃，爷爷在一边吃一边看孙子，脸上满是慈爱，仿佛孙子吃的是山珍海味。李小双会抬起头来，看爷爷和我的碗，爷爷的碗一空，小男孩就把自己的碗放在椅子上，接过爷爷的碗进去盛面了。他不断地瞟我的碗，我说我这碗就够了，他才放心吃起来。孩子的懂事令我自惭形秽，长这么大，我给自己的父母打饭的次数，我真不知道有几次，反正很长时间了，每次在家里吃饭，我刚洗完手，母亲已经把家人的饭全打到饭桌上，包括给她的儿媳妇打饭。

李小双的敏感和乖巧，使我不知道该诅咒生活还是感激生活，这一片长满荒草和石头的土地，我不知道究竟会赋予他什么样的人生品质，也许会使他养成逆来顺受的性格，凡事隐忍，像他的爷爷一样，和大山一起枯荣。也许，生活里那些物质会像病毒一样，悄无声息地潜进他幼小的心灵里，在某个时候，爆发出来变成某种可怕的摧毁的力量，那是我所不愿意看到的。但愿天怜贫孤，照拂这些不幸的生灵。

李小双对我带来的数码相机表现出莫大的兴趣。然而他并不主动，任由我使唤他摆出各种姿势，他甚至想和他的鹅一起照相，让我把相片捎给他妈妈看。可惜鹅很不配合，我们一朝它们走过去，它们就很不友好地伸长脖子，做出决斗的架势，我们只好作罢。李小双有些遗憾，后来爷爷叫他过去抱邻居的狗，他才高兴起来。小狗很温顺，李小双叫它"毛驴"，李小双去捉它的时候，毛驴连哼都不哼一声，仿佛一件东西让李小双顺手牵来了，人和狗就一齐很忧郁地进入我的镜头里了。

临走时，李小双还是给我红薯，但不带给他妈妈了，而是给我。大概他觉得我给了他面条，他就该给我红薯了。我提着红薯，小男孩手里拿一块蛋糕，和我一起朝村口走去。路上，他把蛋糕分了一半给一个光屁股的小弟弟。

"双。"我说。

"嗯。"

"你还想要什么，除了围棋？"

"我想，去城里看看我妈和爸爸。"

"除了这个，还有吗？"

"没。"李小双很小声地说。

我感到很难过，这正是我所不能为他做的，我不想把他带到那个地方，那个小巷里去。然而除了这个，这个孩子什么都不想要了。

或者，你需要一双鞋子？运动鞋，城里的男孩子就穿运动鞋，我可以送给你这样一件礼物，如果你愿意接受的话。我说。

鞋？李小双低头看他脚上的凉鞋，说，爷爷说鞋还不用买，还能穿。

我彻底无语。直到走到村头，李小双才又小声地说，姐姐，你能带我去一趟县城吗？我很想见我妈妈，这两天周末，不上课。你带我去，到了县城让我妈妈给你补我的车费钱。

我说，你有话要对你妈妈说？

他说没，就是想见见妈妈。

李小双手里的蛋糕他没咬一口，那是我从他家里出来时拿给他的，李小双到底还是个孩子，不会不爱吃蛋糕。但从出门到现在，他都没咬一口，我现在才知道，他没心思吃蛋糕了，一出门他就寻思着想要我带他到县城看他的妈妈。我不知道该对这个小男孩说什么，摸摸他的头，艰难地拒绝他：这次还不行，姐姐还要到别的村子里去收集故事。他赶紧说，那我等你，等你从别的村回来了我再和你一起去。

我说蛋糕不好吃吗？你吃一口，很好吃的。这个敏感的孩子的脸上马上掠过一丝失望，犹豫地咬了一口蛋糕。我说，如果来得及，我就来接你，不过我要去好几个村庄，也许我回来那天正好不是周末，你要上课的，是吧？

嗯。小男孩失落地点头。

现在，我坐在电脑前，看电脑里忧郁的李小双，心里愧疚得想揍什么东西一顿，并且拼命请他原谅。让一个孩子失望，也许连上帝都不会原谅我。然而我能做什么呢？我面对的是一个顽固而强大的社会弊病，除了心疼李小双们，我什么都做不了。

沿着河走

冯 艺

路够远的，坐了很久的车，然后，沿着一条河边上走。山谷很窄，窄得像一条长蛇。那年，要不是父亲下决心领着我回老家一趟，我真不知道，老家竟在深山里，很荒僻，却很美。河的两岸青山耸峙，河水中岩石要么只露出一点点，要么干脆没在水中。河水顺着蛇一样的山谷流淌着，很远，不知尽头。老家破旧的房子建在河边，打开门，就看到绕着稻田流淌的河水。

阳光停留在岸边竹子的末梢，原始稻田里耕牛悠闲地时而低头啃着青草，时而抬起头来独自哞哞，似乎向我讲着一些远离喧哗的事情。平时，父亲总是对我们尽情地说起那些艰难岁月走过的十万大山，却从来没有向我们谈过家门田园的一湾碧水。

作者简介

冯艺（1955—），壮族，现任广西作协名誉主席、中国作家协会主席团委员，编审。曾任广西民族出版社总编辑、社长，广西作家协会主席、广西文学院院长、广西文联副巡视员等。作品散见《人民文学》《诗刊》《钟山》《花城》《人民日报》《光明日报》《文艺报》等报刊，出版诗集、散文集十余部，其中散文《一个人的共运史》（《美文》2015年第8期）入选2015年当代中国文学最新作品排行榜，散文集《朱红色的沉思》《桂海苍茫》分别获第四、第八届全国少数民族文学骏马奖等多种奖项。

作品信息

原载《钟山》2010年第6期，《散文选刊》2011年11期转载。收入散文集《沿着河走》（作家出版社2012年版），入选《新时期中国少数民族文学作品选集·壮族卷（下）》（作家出版社2013年版）。

老家永远是游子难以释怀的归宿。父亲离开几十年后第一次回到老家的时候，是我第一次站在这条小河边上的时候。我想，在这之前一个个寂寞和相思煎熬的夜晚，父亲一定会常常梦见这条小河，这清澈河水，一定是他儿时常常眷顾的地方，因为这条小河是村里孩子的游乐场，天天都能掀起一波波喧嚣的水花。天快黑了，忙碌了一天的母亲们记起了孩子，在一片呼唤或责骂声中，玩得正乐的孩子们一个个不舍地从河里走了上来。

那天，走进家门，父亲再也回不到童年，面对着老屋中堂墙上挂着的爷爷奶奶的相片，走过枪林弹雨和心灵摧残都不曾流过一滴眼泪的父亲，却无法堵住泪水的闸门。屋外那粼粼的水声，让他的心似有无边的寂寞和凄凉，受尽苦难的父母早已如水远去，家也随着他们而远去了。目之所及的景物，令父亲奔涌般的泪水如湍急的河水，在他的心里搅起圈圈旋涡。

在现在说起来快要让人忘记的日子里，父亲循着小河流水的方向，用一个青年的热渴，敞开了深藏的夙愿。可是他看到的是人们艰难的日复一日的生活，他背负了忧患和创伤。也许他曾经把流过家门的河作为一个可以推心置腹的倾听者，看着身边流过的河水，想要找寻心中的上善之水，更找寻哪一条河可以成就他梦中的奔腾不息和汹涌跌宕。

终于有一天，他沿着河走，翻山而去，看远方是更高更大的山峦，目光看着小河远去，心一点一点地沉重了起来，于是，有了一种血性的升华，从此，他知道了"国家"的概念，他要把生命的激情平摊于天宇之下。他离开了老家，去寻找更大的江河。

然而，战争给人类带来的一定是苦难，要么是死亡，要么是无处寻觅的离乱。对许多人而言，留在老家终日牵肠挂肚的父母，就像挂在墙上的相片，脸上布满纵横交错的、深深的皱纹。我感到一般人的皱纹都长在额头和眼角的周围，而他们却连双颊都不曾空着，犹如老家的崇山，皱皱折折，深邃而深重。战争使多少人的骨肉，不是草草浅埋在荒山野岭，便是漂泊千里，音讯杳无。可是，当一个时代结束，又一个时代诞生时，远在深山的父老双亲想到的便是燃香一炷，祈望轻烟上天，给那个混沌世间中死去的亲人捎去战争终结的消息，也呼唤着活着的儿子早早回家。

已经是人民解放军指挥员的父亲，作为在枪林弹雨中风餐露宿的胜利者，却还来不及回家，便被卷入到一场又一场的"折腾"。原因很"简单"，一是他沿着河走，进了城，上了学，为了"地下革命"的需要，给一家报馆写一些反饥饿反内战的文章，而这家报纸在战争胜利后被定为"托洛茨基派"的报纸，此后，父亲再也无法辩清与那莫须有"托派分子"的干系；二是因为那位我连相片也没有见过的伯父，父亲的胞兄。那时，战争已打了很多年，许多年轻的生命在战争中死去，国民政府在缺乏兵员的困境下四处买兵，说有粥吃，有衣穿。山里生活困难，父亲还年幼，为了生活，伯父便跟着别人一起沿着河走，成为国民党军一员。几年后，与参加革命的父亲成为陌路。战火消停后，作为另一阵营的战败者，伯父倒在了枪口下，是我年幼的堂兄连夜把他拖回，浅埋在荒芜的山冈上。这两个"简单"造成了父亲整整30年起伏跌宕的"复杂"命运。

父亲没有回家，父亲回不了家，发配到了离故乡更遥远的地方。我的爷爷奶奶目睹了伯父的倒下，又听闻父亲的不测，未能团圆望眼欲穿的老人痛入骨髓。

在老家的祖屋，我把视线停留在两位老人安静的照片上，我想象着，在艰难日子里拉扯大的两个孩子决意离家那一刻他们的心情。我给他们点上一炷香，拿在手上，想起了曾经背过的那首唐诗，"慈母手中线，游子身上衣。临行密密缝，意恐迟迟归。"生活在太平盛世的孟郊把母亲的心愿，把对儿子的爱表达得至真至诚，而乱世中我的奶奶是否知道自己的儿子沿着河边走，就意味着将生离死别呢？浩浩人间，不论战争与和平，有孟郊的母爱，就有所有人的母爱，而处在战乱中的母爱更令人揪心扯肺。那天，我的奶奶一定是久久地站在河边看着儿子的背影，越走越小，越来越模糊。那时整个村子，奶奶一定感觉到无比荒凉，冷风吹着她的头发，孤独的身躯站在萧瑟的旷野里。或许她的心里早就知道，这一离别，就是永别了。家破了，国破了，但充满阴阳的世界里依然充满着母爱，或悲或喜，或乐或哀，浸透着母亲的殷殷心血。或许她根本不知道，这两个沿着河边远去的儿子，会穿上不同颜色的军装，穿上军服的两个儿子在战场上竟是敌人，脱了军装便是同胞共脉的兄弟。或许她还不知道，30年未能回家尽孝替她分忧的小儿子，竟被足足审查了30年。如此的惨烈，真不知道爷爷奶奶是如何走过，人间的委屈，生活的苦头，他们至死保持着相片上的笑容。第一次回家的父亲失声痛哭，哭这一切。

奶奶积淀的性格，父亲承续着。这些积淀和承续使父亲在极端的境遇中有一种心力支撑。生命中的一层层阴影，始终包围和笼罩着父亲，多少次申诉遭遇各种来源不明的阻挠，自己营垒中的"同志"在权力场的争斗，一场场的运动接踵而至，"一放"便是30年的生死折磨。苦难当然也伴随着我，让我自小懂得了什么叫世态炎凉。这种无奈练就了父亲笑对苦难的信念和态度，也使我深深知道人生是不会一帆风顺的。我决不相信，人只有在愚昧之中，才能随顺自然安度一生。

眼前的一切模糊了起来，香火成了一团火苗，轻轻跳动，这一团跳动的火苗，始终在我的心中。

同样经历过生离死别的作家龙应台说过，所有的颠沛流离，都是从江河流向大海，所有的生离死别，都发生在某一个码头，上了船，就是一生。我老家的小河没有码头，也没有船，父辈沿着河走的历史已河水般无声地流过，如今一些章节无法书写，像风过无痕。一些字句无法印刷，像被水打湿，我看到的是月光下河水泛起的光耀，抚摸到时光照在心头的那丝丝寒意。

沿着河走，是为了寻找更大的江河，也成为一代代人对一段历史的万种滋味，那"隐忍不言的伤"埋在历史的深处隐隐作痛。可是，我注定爱着老家深山里的这条小河，因为我生命的根须就在岸上。沿着河走，它让我感激生命给予一双眼睛和一个脑袋，去关注和感受在二十世纪里发生的中国故事。因为，我记得有人说过这样一番话，"随着时间推移，我们能看到的历史记忆越来越少了。对年轻一代尤其如此，我们有完全不同的生活，面对完全不同的问题。但我想了解我们自己的历史是至关重要的，因为那是教训。如果有的问题不谈论、藏起来，始终当作秘密或者禁忌，那非常危险。"那是获奥斯卡终身成就奖的波兰电影导演安杰依·瓦依达曾经对自己导演的电影《卡廷惨案》说的。

冯艺的散文，大多篇幅不长。在这些篇幅不长的散文中，作家充满了对故土、对民族、对祖国的深情厚谊；他在作品中所灌注的人生格调和审美情趣，使读者感受到作者一定的胸襟、性情、理想、追求和品格。尤其难能可贵的是，作为一个少数民族作家，在对民族风情、民族历史、民族人物的题材处理上，他往往挖掘出了许许多多的美好生活场景和人生哲理，格调积极乐观。在结构上，文章整体和谐，错落有致。语言灵活清新，整句与散句相结合，起伏跌宕。联想丰富，想象奇异，更是作家散文的一大特色。但也有个别作品，内容和艺术上都显得轻浅，缺乏更为深刻而凝重的感受和思索；在散文作品的创新意识上，作家也显得较为薄弱。

——特·赛音巴雅尔主编《中国少数民族当代文学史》，漓江出版社，1993，第857页

冯艺创作起步是坚实的，他并不浮躁。他力求把自己的思想、感情与自己抒写的大自然和社会的一切都融为一体，抒情不忘寓意，哲理不流于空泛。他擅长以比喻、拟人等艺术手段营构诗的意境。

——梁庭望、农学冠编著《壮族文学概要》，广西民族出版社，1991，第386页

总的看来，《逝水流痕》不论在思想方面还是在艺术方面都有深度追求，冯艺以自己的话语和自己的方式言说，使这部散文集呈现出独特的个人风格。它又深邃又清澈，又凝重又飘逸，行文随意而章法井然，平实质朴却色彩绚烂。冯艺在《包装的"狂"》中说："有一种实实在在的人，却是平淡、朴实、坚韧如泥一般的，总是在现实中找到强大的自我，而又始终认为自我是渺小的，并且因为这种渺小而更坚实不浮夸。于是，他愈发显得实在而强大，有斑斓的吸引力。"这段话，让人联想到作者的为人与为文。

——李鸿然：《中国当代少数民族文学史论（下册）》，云南教育出版社，2004，第958页

冯艺的许多作品记下了自己对生活对生命的真切感受。他把写作当作生命存在的又一种方式。他认为一本书就是一个人的一段历史，文章就是人的第二生命。既然是一种历史的记录，就是真实的再现，只不过历史与现实共同交织了一个心灵的网络。在许多作品中可具体感受到他心弦轻轻拨动的声音。

——李建平等:《广西文学50年》，漓江出版社，2005，第403页

冯艺的《朱红色的沉思》不仅思想内容上饱含热爱故土，热爱民族，热爱人生的特点，而且艺术技巧上有追求散文诗意美的特色。80多篇作品，长者千余字，多是精美的数百字的短章，显得很凝练。这些作品，虽然不像诗歌那样分行排列与押韵，但富有诗的激情，诗的意境，诗的韵味，短小精悍，有节奏感，耐人咀嚼。但有些地方写得稍"虚"，稍"玄"，有造作之嫌。

——周作秋、黄绍清、欧阳若修等:《壮族文学发展史(下册)》，广西人民出版社，
2007，第1744页

｜创作评论｜

这些作品情真意切。没有故作丰厚的庞杂，写得比较单纯;没有伪装超凡入圣的矫揉，读来感到亲切;没有为显示深奥而故弄玄虚，总能感受所表达的情意。

——韦其麟:《朱红色的沉思·序》，《散文选刊》1991年第6期

冯艺散文对过去的反复书写甚至在题名上都反映了出来，如故事、记忆、旧事、曾经、别了、怀旧、生涯、传说、回梦、又见等等，经常出现在他的题目里，在现代化和全球化一浪高过一浪的"前进"潮流中，显出了难得的回望姿态。……对过去的怀念，乃是对时间的挽留。生活除了在时间的长河中留下自己的痕迹外，还在空间中留下痕迹。一个人不会只在自己所站着、坐着或躺着的地方生活，他还会扩展自己的空间。冯艺的许多散文也是对自己所游历过的地方的纪念。从北海到黄土高原，从新疆天池到长白山，他的足迹遍布神州，从东京地铁到巴黎地铁，从

俄罗斯到马来西亚，世界上其他许多地方也曾有过他的踪影，他走到哪里，他的笔触就跟到哪里。然后，我们跟着他，仿佛也听见了戛纳古教堂的钟声，漫步在卢浮宫的艺术殿堂中，似乎也看见了日本京都的满城樱花、美国得克萨斯的如茵绿草，当然，似乎也闻了伏特加的酒香……

　　　　　　　　　——张柱林：《纪念和反抗》，《广西日报》2005年11月17日

　　我想将冯艺近期散文创作分成两类：一是以《逝水流痕》为代表的通常意义的抒情散文，其审美特点可概括为平淡率真；二是以《桂海苍茫》为代表的文化散文，其审美特点可概括为人文关怀。比较冯艺的早中期诗歌、散文诗创作和近期散文创作，最明显的不同在于前者的情感是放纵的，后者的情感是收敛的。

　　　　　　　——黄伟林：《论壮族作家冯艺的文学创作》，《民族文学研究》2006年第3期

　　壮族作家冯艺的散文是走出来的。他的行走，不同于"千禧之旅"之类的浩大行动，也不是奔着名胜古迹而去。他是用脚步去丈量文化的绵亘，去寻访历史的脚印。……冯艺在行走中凝视每一民族每一地域历史老人脸上的每一道皱纹。他书中呈现的被雨淋湿的桂东古街道，光滑的石板路泛着水光，让人乍一看竟以为是河流，是古老民居之间的一条河流。那确乎可以视为一条历史的河流。那湿漉漉的石板路，河流一般的石板路，似历史的眼神，亦似一位老父亲的眼神，凝望着后人。冯艺写古镇古街，实际上是在写一种对古意的坚守，对于这份古意，他心怀虔敬。冯艺的人文地理笔记是有力度的文字，其立意就在于："使更多的人看到山水之外的许多或伟大或平凡的人文墓碑。那是一个标志，向生者诉说着逝去的往事……虽然有些东西已经过去，但绝非虚妄，肉体长此驻足，灵魂却继续上路。"这是一种并不虚妄的文化担当。冯艺的散文也不乏温度。这种温度，在他用心去体悟民族生活中的人与事时，体现得尤为明显。

　　　　　　　——李美皆：《冯艺散文的力度与温度》，《文艺报》2014年11月5日

在广西的散文创作领域，冯艺是成就突出又颇具个性的一位。冯艺的散文内容丰富，有对故乡的追忆和感想，有对国内外自然风光、名胜古迹的描述，有对个人生活经历的书写，也有对亲人、朋友、作家的回忆。不管是哪一种内容，我们都可以看到冯艺的散文中有一个沉思者的身影。在某种程度上可以说，冯艺既是一个写作者，也是一个沉思者，他是以沉思的状态写散文的，他的散文是沉思者的歌。冯艺的散文有对已逝岁月的沉思，有对生命、对人性、对生态的沉思，也有对历史文化的沉思。沉思是冯艺散文的灵魂，也是冯艺散文的魅力所在。

——刘铁群：《沉思者的歌——论冯艺的散文》，《梧州学院学报》2010年第5期

┃作者自述┃

对于一个人来说，一本书就是他的一段历史。编完了这本集子，有一种说不出的感觉。过去了的生活，就像撕月份牌似的，一页一页撕了下来，几十年的光景一下子就没有了。生活确如逝水，过去了便不再回来，但它却在我的记忆中永远流动，流入我岁月的深处。

——冯艺：《逝水流痕·后记》，载冯艺《逝水流痕》，花城出版社，2002，
第329页

回过头来算算，自己在业余写作二十多年的时间内也有了几篇习作。如果对自己的创作进行回顾，我以为大致可分为三个阶段和三个部分：1975—1985年主要是诗歌写作，1985—1992年主要是散文诗写作，1992年至今主要是散文写作。……我十分珍视这些习作，因为这些习作都是我经历了人生从无到有，又从有到无之后去完成的，自然有了一些可能与他人不同的深沉和思索。在这些有限的篇章中，我以为充满了自己对故土、对民族、对祖国的深情厚谊，对人生道路和情感历程的回望与反思，在作品中所灌注的人生格调和审美情趣，体现了我的胸襟、性情、理想、追求和品格。尤其作为一个少数民族作家，在对民族风情、民族历史、民族人物的题材处理上，我着意地挖掘出许多的美好生活场景和人生哲

理，格调积极乐观。在结构上，力求文章整体和谐，错落有致。并努力使语言灵活清新，起伏跌宕。

　　——冯艺：《广西当代作家丛书·冯艺卷·后记》，载冯艺《广西当代作家丛书·冯艺卷》，漓江出版社，2002，第309—310页

新屋手记：神灵犹存的村庄

林 白

一

乡下新盖的房子还没粉刷，我们就赶来住上了。

门口槐树挂着一幅毛主席像，树干因为总拴牛，树皮蹭掉了一块，是白的，主席像和这溜白树干上下连成一体，早晚猛一看，十足像一个人站在树下，让你心里一凛。

听乡邻说，在建屋工地上挂主席像可以辟邪。

作者简介

林白（1958—），原名林白薇，生于广西北流，现居北京。毕业于武汉大学。1970年代开始写作，主要作品有长篇小说《一个人的战争》《万物花开》《妇女闲聊录》《说吧，房间》《北去来辞》等，中短篇小说集《子弹穿过苹果》《同心爱者不能分手》《大声哭泣》《致命的飞翔》等，散文集《丝绸与岁月》《像鬼一样迷人》《秘密之花：林白散文集》《凋谢之美》等，诗集《过程》等。有《林白文集》四卷出版。作品多次获全国性文学大奖。有小说译成日、韩、意、法、英等语出版。

作品信息

原载《上海文学》2011年第2期。收入散文集《凋谢之美》(江苏凤凰文艺出版社2014年版)、《枕黄记》(河南文艺出版社2015年版)。

二

屋后有竹园，砍掉了一半，仍有百余竿，称它竹林也不为过，简直奢侈，简直可以竹林七贤。

是自家的竹园，就更好，不是贪，而是方便。打开窗，一伸手，就碰着了！百余株竹，雨打时，或者风吹，绵绵连连的婆娑，听起来赫乎千万株，何等的浩大！

赫乎是此地方言，形容其多。楚地文化深厚，方言都是古雅的。

连骂人也都古雅，最恶毒的骂人是拿一把刀，在砧板上剁，边剁边骂道：全家戮！用广东话说，就是撼家铲，即全家死光光，实在不比一个"戮"字有古意。

三

有虫子，电脑里见过的虫子都是隔着天又隔着地的，何其遥远，简直以为它都不在这个地球上，却忽然，出现在眼前。竹园里有一种鲜绿色的毛毛虫，孩子知道它是蝴蝶的小时候，它头上有一粒亮黄的圆斑，看上去是它的眼睛，却不是，而是眼斑，是用来迷惑敌人的。用小棍子捅它的肉身，头顶上马上伸出两根酱红色的触角，同时喷出一股子臭气来！

看到一种七腿长蜘蛛，品种稀少，普通蜘蛛都是八腿的。塘边有一种豆娘，发现它就是白扇蟌，轻盈秀丽，长而细的飞翼，后四足各有一把小小的白扇子，扇子上绒毛翕动，这样神奇的虫子原来就在老家的池塘边，谁又能想得到！

房间里飞进了大黄蜂和大蛾子，黄蜂有手指么长，蛾子有巴掌那么大。

却就是，到处都，见不到传说中的萤火虫。

女儿最想见到的就是它，那种尾部发光，一闪一闪，带有童话色彩的虫子。于是晚上就全家到野地里走，月亮有半边，房屋庄稼树木，都照上了一层凉白的月色，天地洒然。星星也有许多，但远远近近，到处，都看不到发光的虫子。别的虫子嗓音嘹亮，众声喧哗喳喳响在野地里。只是没有萤火虫。

堂姐木珍说，以前多的是，高粱叶上，一串一串的，这时没有，是季节过了，亦不是农药喷的。大家无话。

到了半夜一点，黑暗中忽然传来孩子的叫声，是萤火虫儿来了！她把我们叫起来到她房中，沿着孩子的手指一看，果然，离床头最近的窗帘上，有两团小小的光芒闪烁，暖黄的，圆圆的，一明一灭。简直像梦一样！

事情也真是出奇呢，门窗紧闭，它怎么就飞进来了？

次日说起，老家的大伯大妈叔婶乡邻，众口一词，都说，自然是她爷爷心疼这个最小的孙女，见她从来没看到过萤火虫，他就捉了两只放进她的房间里给她看。要不门窗闭得紧紧的，虫子能飞进去？怎么别的房间都没有虫子进来？

听来诡异虚忽，因为孩子的爷爷死去已有二十多年。

一个死去多年的人从坟墓里爬出来，他手捧两只萤火虫，在黑暗的夜空中飞翔，他的手上一明一灭，一灭一明。然后他飘进门窗紧闭的房间，把发光的虫子放到孙女枕边的窗帘上。

人人都认为这是一件再正常不过的事情。

楚地乡下就是这样人鬼神都在同一个世界里过活，死去多年的人也和活着的人一样，知道活人的心思并且适时而动。

四

新屋就盖在祖宅的宅基地上，邻居从前是谁现在还是谁。对面是二伯，二伯力大无穷，当年分家，一对石碾子，拎起来健步如飞。七十多岁的人，打一夜麻将，第二天照样下地干活。他给人家卖工夫。如果不是一辆农用卡车撞着了他，他定能活到一百岁。

二伯家隔日就会停一辆卡车，是新的。二伯的儿子与人合办了养鸡场，养了一万一千只鸡，每天的饲料钱都得花上两千多元。今年蛋价好，销往南昌和广州。

堂叔一家，八口人，一个弟弟终生未娶，因为太老实，没姑娘愿嫁。其外号叫

"马达"，意思是，只要你一合上电闸就不用管了，他会一直不停地干下去。儿子生了女儿，招了杨姓女婿入赘到家来，生了孙子，叫什么好呢？爷爷姓马，奶奶姓牛，爸爸姓杨，于是叫"马牛羊"，马牛羊壮实活泼满地乱跑，每到黄昏，炊烟升起，干草燃烧的气味漫在空气里，我们就会听见喊：马牛羊——回家吃饭了！

这家还有一个儿子，长得体面，却是个傻子，他成日站在路边，人是眉清目秀，却只会瞪着你。

村子的另一头有个青年，宠坏了，从来没叫过妈，管他妈叫"逼"，二十多岁，装扮得像个城里人，整日什么都不干，就爱上网玩，老问妈要钱，不给，就把刀架在妈妈的脖子上，还把家里的电扇、两个暖壶、窗玻璃都砸了。父母只好出去打工躲开他，又放心不下地里的棉花和花生，又回来了。他在家里要吃饭时只做自己一个人的，不让他爸爸妈妈吃，有菜就"哗"的一下，全扣在自己碗里。

中秋节那天中午，这个人被水牛顶死了。

乡下认为人要死，晚上死最划算，因为吃完了一天的三顿饭，是饱死鬼，如果早上死就太亏了，要成为一个饿死鬼。这个人，他两顿饭都没吃，早上起得晚，没吃过早饭，中饭还没到饭点，也没吃。他看到树上的柿子，挺谗，想吃，邻居说还没熟呢，过几天吧。他又走到一棵枣树下，摘了几只青枣，正想吃，那水牛就把他顶起来了，从肚腰顶进去，身子都顶穿了，肠子流出来，人摔在地上，皮带还挂在牛角上！他喊了几声救命，有人听见，以为是小孩闹着玩的，那声音不像他，变形了，听起来像是小孩的喊声。

人人觉得奇怪，因这是一头婆牛（母牛），按理婆牛不顶人，而且是中秋节大正午。乡邻就说，这个人他本是该死的，所以才这样奇怪地死掉。虽如此，那牛顶死了人，也不能留，当时就卖了别人杀来吃肉。

牛顶死人，村里的孩子大叫大笑，兴奋得乱跑，以为是极好玩之事，儿童就是这样没心没肺的。我也想着，如此的戏剧性，或可铺排成一篇小说。也同样不够厚道。

五

细姑家门口的空地上隔日晒着芝麻和黄豆，她用一只连枷打芝麻，连枷翻一个跟头就"啪"的打在芝麻上，它连连翻跟斗，煞是新鲜好玩。

我们就想干点农活。去年采棉花，今年仍想再采，但今年雨水多，棉花到了中秋还不怎么开，都是眯着的，硬硬实实，一点都不开。也有好歹开了点缝的，摘回来堆在墙角，剥出来的花絮是瘪的，而且脏，全然没有喜悦。

于是就去拔花生。天太热了，每天都有三十五度，就等着太阳下山。日影偏斜才下地，拎一只塑料桶，地边小路的草高得汹涌，连艾草都长到及人肩，揪一叶揉碎了闻，是香的。

艾草也避邪，端午节摘来晾干，挂在门口的正上方。

艾草原来是这样普通的到处都疯长着，随手可得。想着也可以学乡下采一些来挂在北京家中的门口，但不知城里的邪祟是否会畏惧这艾草？

花生地里有毛毛虫，只沾上一丁点，立即辣痛。又有食虫虻，在身边轰个不停。还有指甲盖那么小的蛤蟆，在地里一跳一跳。地蝉呢，是一团肥白的肉虫，略略透明，首尾相连团成一个圆圈伏在花生的根部，没有翅膀，更不会飞，枉当了一个"蝉"字。汗直流到眼睛和鼻孔里。

太阳真的下山了，花生的叶子有些发潮，夜岚在山野间铺了薄薄的一层，各户的炊烟升起来，是浓的，也是有草的气味。

六

还有货郎呢，真是古老。两个货郎，一高一矮，高的卖日常用品，矮的呢，实在太矮了，是个侏儒吧？他专卖给孩子吃的小糖果小饼干，他走路摇呀摇的，我们碰到过他两次。我从他的货担上买了两袋饼干给侄孙女，她妈妈在花生地里远远看见，大声直喊，木珍说她是嫌货郎的饼干不卫生。

我们到大队去，应该叫村委会，但老老少少仍按大集体时代的旧称，叫大队。大队有两层红砖裸露的房子，破旧萧条，上了锁。

大队合作医疗站有人正在打吊针，从前称之为赤脚医生的，现在叫作乡村医生，两个男人，五六十岁，面相敦厚，他们的照片贴在门厅。全村人都是信他们的，他们拔牙拔得最好，打针打得不痛，花很少钱就能医好病。到城里打工的乡人，不管在北京还是在深圳，病了也坐上火车回村里治。

乡邻劝我，如要拔牙，在村里拔是最好的。

为什么没有戏台和操场？从前的戏台和操场派多大用场啊，演"革命样板戏"，斗争大会，庆祝、欢呼、悼念，全大队的劳动力都要能挤下。我当年插队的广西六感大队，就有戏台和操场，平时晒谷，晚上我们在那里排练舞蹈，跳的是铁姑娘学大寨，我们要撬动一块虚拟的大石头，舞台上充满了"嘿哟""嘿哟"的号子声。

木珍说这里从前也有一个礼堂，礼堂里有戏台，她的哥哥还在里头演过杨子荣。现在拆了，建了一幢私人的楼房，墙上贴了亮闪闪的瓷砖，如同一个大厕所，楼顶的太阳能铁管子，闪着金属坚硬的光芒。

知青呢，也来过。

武汉知青，七八个女的，两个男的，一个姓汪，一个姓邱，女知青有两个姓李，一个姓万，一个姓董，一个姓王。他们就住在大队的平房里，在林场养蚕，农忙的时候才下生产队，晚上也是在大队礼堂排练节目。有一个女知青，学会了开粉糠机，她就给大家粉糠。姓王的那个女知青，先是给一家有七个女儿的人家拜了干女儿，后来她就嫁给了邻村的一个老光棍，还生了一个儿子。

城里的知青为什么会嫁给乡下的老光棍呢？

"她有神经病！"木珍说。

紧邻有小学校，却荒废了，大铁栅栏锁着。站在门口看到荒草赶着操场，眼看就快要长满所有的空地。学校盖得很漂亮，是黄色琉璃瓦屋顶，像亭子似的六角形。但是没有一个人，是一所空学校。孩子越来越少了，许多孩子跟父母在打工的城市上小学，到读初中的年龄才独自回家乡上中学。

路边芭芒最高，锋利的、疯狂的，炸着长，我们走小路时要倒着走，以免芒叶划伤。

人说现在的植被比六十年前要好，因为不烧柴草了，主要烧煤气和太阳能，又因为牛少多了，要不然，牛早就啃光了，哪里还有这么高的草。

可见大自然也有生生不息的力量。我们对世界，其实所知甚少。

七

木珍怕鬼，她睡在老家新屋的床上，脸不敢冲外，因为担心鬼趴在窗户上看她，她一看窗口就冷不丁跟鬼对上眼了。她就一夜没睡。

我不敢笑她，笑她必定生气，她说打死她也要说世上有鬼。

我问她：鬼在什么时候出来呢？

木珍肯定说，鬼是中午十二点出来，白天就到山坳里，晚上到家里来，天快亮时鸡一叫鬼就跑了。麦子黄了鬼也要出来，叫"麦黄鬼"，鬼它也知道要收麦子了，它从墙上伸出手来要吃的。

有家的鬼呢一般都是在家里看家的，它能看见你你看不见它，它是飘着的，如果你碰了它，那就是撞着鬼了，撞着鬼要生病，或者发烧，或者浑身疼。小孩最容易被鬼摸了，祖先的鬼魂都在屋里，它喜欢小孩，忍不住就要摸一下，它一摸，小孩子就病了，哭闹不停，不是肚子痛就是脚痛，你就要烧点纸钱，跟祖人说，你喜欢他看看就行了，别摸，一摸他就生病了。

我又问她：最重的鬼有多重？连这个木珍也知道，因为她有一次中午睡觉被鬼压了，怎么用力都睁不开眼睛，醒来的时候正好有一个走下界的人路过，这人告诉她，世界上最最重的鬼也只有三十六斤重。

"但是新屋肯定没有鬼"，木珍说，新屋肯定进不去鬼的，她是怕马路上的鬼，新屋的门口就是一条小马路。二伯刚被车撞死不久，他生时喜欢在对面屋前筑锄头，"哚哚"的声音，死后还时常能听见。邻家呢，儿子也是被车撞死了，夜里会传出敲脸盆的响声，一敲就敲一夜，第二天去问，谁都没有敲。那肯定是鬼敲的。

可见屋外头的鬼很多。

八

乡下人都是万物有灵论者，大伯从县城搬回乡下老屋，他就跟他的桌子椅子说话，他告诉桌椅说，十二年了，当初带你们走时老屋还是土砖房，现在又带你们回来了，现在是楼房，你们一个个都要认得新屋。

各处都是有神的，到了正月十五，水缸有水缸神，鸡埘有鸡埘神，都要点上灯或者蜡烛供上，水缸放一根，鸡埘放一根，牛栏猪圈也都各各放上，大门有大门灯，各屋有各屋的灯，坟墓也要点上灯让祖先回家来。

光影摇摇，神灵跳荡。

老家人准备给新屋做一个奠席，要请道士念经，"做了奠席就好了"人人都说。这个叫奠席的仪式是很有威力的，在道士的经文喃喃中，把祖人接回来，把各路神灵接回来，用一张大红纸，写上"天地君亲师"，写上"司命土地六神"，如此礼成。

于是诸神归位，不但祖宗进来了，土地神、福禄寿三星、财神都坐好了，灶王爷到了灶头上，门神呢，守在了门口，外头的鬼，全都轰得远远的了，那些野路来的鬼，那些祟物，它想进来也进不来了，因为大门口有两尊门神手执大刀守着呢！

| 文学史评论 |

林白的散文在个人的记忆中放任自流，情感跌宕起伏。她毫不遮掩地把自己袒露给读者，让人真正看到一个真实的女性，她敢于揭开遮掩自己内心的帘幕，并且把自己隐秘的内心世界用散文化的语言公之于世。她回忆又时常被现实的情感毫无

节制地穿插，思想融化在其巨大的情感潜能之中的，感受又总是处在激变之中，多而零乱，因而在记忆与现实之间，她常常采取片段性的表述，打破散文完整的情感线索，而用一种情绪贯穿，从而在整体上保留了散文的情感性——这种情感是受着情绪牵引的，显示出强烈的个性。林白的散文叙事带有明显的自传特征，体现了个人化的叙事法则。

——徐治平主编《广西散文百年（上）》，民族出版社，2004，第431页

┃创作评论┃

林白的散文善于突破线性思维模式，跳跃性极大。她有意采用意识流、内心独白、理性和非理性等手法，以图有效表达焦虑、孤独、无法言语的绝望等剧烈的感情，以利于心灵的舒张和个性的弘扬。自觉地使叙述技巧、意象设置、章法结构，力图使叙述在散文中活起来，成为女性散文作家审美欲望追求的体现。林白的散文和她的小说一样，习惯采用"回忆"的视点。她笔下的故事和生活场景，既是最真切的个人记忆，又是飘忽不定的人生幻想。因而，在那些用回忆片段连接的散文中，散发着特殊的文化意味。……林白的散文色彩飞扬，文辞俊俏生风，既锋芒锐峻，又幽默，灵慧轻盈，在文风上蔚然自成一家。从她的散文中感受到一种体验生活的全新印象，得到一个可以比照参考的自由联想空间。私语式地对文化与生活的体察、洞见与评鉴，是她的散文中带有独特的文化内涵，她能够以文化为参照，以生活为依托，在散文中自由地发言评说，散文作品中还带有思辨的内在脉络，显示出一种机智与灵变。一种经由文化心理智慧浸润的光亮，行文清简、明鉴。

——黄晓娟：《心灵的风景线：论当代广西女性散文创作》，《广西大学学报》
2004年第3期

┃自述┃

我的有些小说，也被人认为是散文化的小说。所以我把这些小说中的一些像散文的段落摘下来，安一个题目，就成了一篇散文，我觉得这有点像一个人换了

一件衣服。我想，无论写小说还是写散文，都是一份为自己黑暗的内心寻找光明的心愿。

  ——林白：《我与散文》，载《凋谢之美》，江苏凤凰文艺出版社，2014，
    第282页

我家开放四朵花

潘 琦

搬进青山小区居住，远离了喧嚣的市区。这里的环境十分幽静，可生活很不方便，没有辆车，寸步难行。长年累月，便生几分寂寞。妻子常说，我们是从山里来到城里住，如今又从城里回到山里住了。

儿女们为了减少我们的寂寞与孤独，商量好每逢星期天和节假日都要雷打不动地回家团聚，这给我们老两口许多安慰和喜悦。每到孩子们要回来时，妻子就忙着准备第二天孩子们回家聚餐的饭菜。

今年过端午节，儿子把两个姐姐叫到一起，决定早点回家，亲手做一餐饭菜来慰劳我们，于是几个人分头去做准备。下午三点，女儿、女婿、儿子、媳妇的车子先后停在住房前的空地上。儿女们平时很少这么早回家，妻子见大家都回来了，从来没这么高兴过，可嘴里仍在唠叨："今天怎么回得这样早，也不打个电话提前告诉我们一声！"

"阿妈！今天是端午节，晚上的饭菜我们全包了！你们就等着吃现成的吧！"二

作品信息

原载《广西日报》2011年4月13日，入选《新时期中国少数民族文学作品选集·仫佬族卷》(作家出版社2014年版)。

女儿搂着她妈妈说。"那敢情好啊！我们坐着享福了！"妻子满脸挂着笑容说。大女儿边从车上搬东西边说："生菜、熟菜都准备齐全了，稍做些加工就可以上桌！"

我家是个民族大家庭，有仫佬族、壮族、瑶族、汉族四个民族，各个民族过端午节的方式都不尽相同。全家只有妻子是壮族，在我们家属于少数民族，可在晚饭问题上，她说话最算数。看到孩子们买回来的食品，妻子马上发表意见："今天是端午节，可不能像平时回来一般加菜，你们买回来的东西都不合格！"孩子们傻了眼。没等他们说话，妻子接着得意地说："我都准备好了！"她打开冰箱，把东西全拿了出来。鸡、鱼、鸭、黄瓜、青菜、芋头、蒜苗……应有尽有。"还是阿妈想得周到！"孩子们异口同声地夸奖着。

妻子昨天就忙碌了一天，包了三种不同的粽子，有壮家的三角粽、仫佬族的小长粽、汉族的凉拌粽，瑶族油茶也是上好的油茶料子。妻子很得意地说："端午节主要吃粽子，我按你们各人的口味包的，自己选着吃吧！吃不完就带回去，够你们吃几天了！"

因为是过节，妻子执意要自己亲自动手做菜。大女婿是瑶族，喜欢吃扣肉，她专门做了荔浦芋扣肉，二女婿是汉族，喜欢吃柠檬鸭，这道菜是她的拿手好戏，做得香甜可口。我对妻子说："我们仫佬族最喜欢吃的是粉蒸肉和豆腐圆，这道菜还是我亲自动手吧！"没等她同意，我已经开始操作了。孩子们都为我们打下手。

剩下的白切鸡、鸡蛋饺等一些常规菜都由汉族媳妇来做。这餐饭，人人都想露一手，连最不会做菜的小儿子也动手做了酸拍黄瓜。下午六点半钟，所有的饭菜都做好了。全家乐融融地围坐在一个大大的圆饭桌上，儿女们举杯祝阿爸阿妈端午节快乐，健康长寿！我说："为我们家民族大团结干杯！"

其实，这样的家庭聚餐我们经常举行，而且都做各个民族独特的菜肴，孩子们说，我们家可以开个民族餐馆了！尤其是中秋节、清明节、春节、我和妻子的生日，孩子们都各显身手，每个人做道菜，真是丰富多彩、琳琅满目，全家乐融融美食一顿，每当这个时候，我都告诫孩子们要十分珍惜我们这个民族家庭这种和睦与欢乐的气氛！

孩子们相处得很好，我们家有事都能坐下来有商有量。记得前些年，小外孙出世之后，我们都为他们的民族归属为难，谁知两个女婿很开明，表示孩子要仫佬族。如今，一问外孙们，你是哪个民族呀？他们都说，和妈妈一样，是仫佬族！我常半开玩笑地对朋友们说，我们家是仫佬族自治家。

说句实话，当初我并没有意识到我的婚姻、儿女们的婚姻要组建这样一个民族大家庭。广西12个世居民族，各族人民世代和睦相处，同住一座山，同耕一洞田，同饮一江水，同唱一种歌，彼此之间没有隔阂，亲如一家。在我们家乡，逢年过节各族乡亲都互相串门、相互请客，各族青年穿着节日盛装，聚在一起，唱歌跳舞，对歌谈情说爱。有山歌唱到："一把芝麻撒上天，山乡好歌万万千。万千好歌同声唱，各族人民情相连。"我母亲是客家人，年轻时很会唱歌，是方圆十里八寨有名的歌手，听说她和父亲结婚就是对歌对上的。这说明我们仫佬人很早就和汉人通婚了。有一次，我在给兄弟省介绍广西民族团结情况时无意中脱口说："我家有四个民族，相处很好，可以说是广西民族团结的缩影！"这事便传开了。

后来，凤凰电视台要拍我家民族团结的专题片，我说："像我家几个民族和睦相处的家庭在广西各地还有很多，去拍他们更有典型意义！"此后，有的领导同志向外界介绍广西的民族团结情况时，都拿我家做例子，这成了我这个"仫佬族自治家"一张靓丽的名片。

和睦的家庭空气是世上的一种花朵，没有东西比它更温柔，没有东西比它更优美，没有东西比它更适宜于把一家人的天性培养得坚强、正直。我们这个多民族组成的家庭，每天都在浇灌着这朵鲜花，让它永远开放在温暖和谐的家庭里！

穿　城

何思源

　　1966年11月底，我母亲怀揣三十八块四，带一套换洗衣服，着一身单衣单裤，腰间系一根麻绳就挤上了开往北京的列车。车开动后她才发现，计划陪他们上北京的班主任仍被汹涌的人流困在月台上，而她周围都是陌生的红卫兵。我母亲在此之前都没离开过县城，此时一股恐惧从心底升起：怕是不能活着回来了。她想起她父亲决然把这样一笔大钱给她，临行前嘱咐：拿着花吧，想买什么就买什么。似乎有这样的意味——对来日无多的人的宽容大度。我母亲为这想法短暂地悲痛了几分钟，但不久就被另一种宏大的想象给充盈了：毛主席，北京，远方，城市，现代化，

作者简介

　　何思源（1978—），京族，广西宁明人，语言学博士。现任职于中央民族大学少数民族语言研究院，主要从事跨境壮族、京族的语言文字及文化研究。主要著作有《壮族麼经布洛陀语言研究》《中国京族》《中国京族喃字汉字对照手册》等，近年从事的科研项目有"中国京族喃字字库建设""东南亚春节研究""人口较少民族非物质文化遗产传承机制研究"等。发表论文有《京族教育研究》《民族语兼为外语情况下语言教学面临的问题及对策》《在京壮族语言文字使用情况及语言态度问卷调查分析——兼与广西地区壮族比较》《京族语言态度及文字使用情况考察》《从基本颜色词看汉越文化的交流》等。2003年开始在《民族文学》《中国作家》等刊物发表小说散文多篇。

作品信息

　　原载《民族文学》2012年第2期。

革命，造反……这些都是她的祖辈、父辈们想都不敢想的东西，而她就要去经历了！她在纸上写：黄美娥你上车了吗，我是梁春燕，我在4车厢，速来找我。纸条在车里传递，得知最好的朋友也上了车，她释然了。两人或站或坐，膝盖相抵，兴奋地交流，激动地想象，近乎癔病。接下来的昼夜更替已经忘记，一路的困苦也都被忽略，多年后我问她坐了几天几夜，她竟然答不上来。在她脑海里，一个又一个蒙太奇镜头剪切，就转到了北京。

永定门火车站，我母亲觉得大地在震颤——这是一个巨大的预言和梦想突然变成现实所发出的声音。她甚至不觉得寒冷，直到前来迎接他们的战士把军大衣披到了这些来自遥远南方的红卫兵身上，她才意识到，天气和家乡最冷的时候完全不一样。我母亲坐在军车上，经过天安门，看到了城楼上的毛主席像，广场上的英雄纪念碑，大会堂……她的视界从没如此拥挤过，所见所闻一再敲打着理智：这是真的吗？这是到北京了吗？我母亲多次向我说起当年的心情，我是感同身受的，虽然这中间横亘着几十年的距离，有一些东西还是没改变：来自边陲乡下的女孩子，由于各种机缘突然被运送到了国家的心脏，那些来自政治文化中心的符号直截了当地扑过来，我们都处在一种类似应激性反应的状态当中。

车子一路奔驰，沿着长安街及其延长线，到了石景山红一中。这是她穿越北京城的首次旅程。可不是穿越北京城嘛，都到了城外的石景山。到处都是菜地和麦田，车开在土路上扬起很大的灰尘。吃过大白菜煮粉条和白馒头后，在铺着玉米高粱秆的床上睡过去。我母亲太困了，来不及细细体会这些文化震撼，但在多年以后，她反刍似的一遍遍向我说起那里的馒头、大白菜和高粱秆床。

12月的北京早晨，灰白的阳光弥漫着，楼宇浮沉于烧煤产生的气体中，竟有点如仙如幻的景象。我母亲和同伴们每天的行程就是步行到西郊进城必经的阜成门或复兴门路口，然后，要么继续步行要么乘坐公交车，开始浩荡的穿城之旅。第一天是在一位战士的带领下，来到军事博物馆参观。返回时天太晚，末班车已经没了，小战士慌了神，因为他记不起回去的路了。我母亲说，我好像记得的。于是，队伍在街巷中穿行，竟然顺利回到了红一中。我至今仍对她超强的方向感到惊讶，而她只是说，和丛林里纵横交错的小道相比，北京正南正北的街道实在没什么难认的。31年后的初秋，我在军训的队伍里，步行来到军博。我总觉得自己和那么多的人是那样完全不同，自己和31年前的人齐赴一致的目的地这一事实会让我疑惑和难以接受。然而，与31年前那个把整个城市看成一座丛林的女子相比，我甚至缺乏那样的诗性。而命运，不就是往往在大致相同的轨道上重复的吗。

1966年的清华附中，成了外地学生"朝圣"的接待站。经过打仗般的冲挤终于上了公交车，我母亲和同伴还是提前在北大南门下了。北大没有我母亲想象的辉煌，只是一栋栋老旧的建筑，外墙上还有夏天爬山虎留下的残枝。她们从东门出来，走进了清华。清华园，很多学生在溜冰。三个女孩子在学校里穿行，应该是很平常的事情，但不知是什么原因，一位老教授还是看出了不同之处：请问，你们是哪个少数民族？我母亲被这个问题镇住了，觉得是一件比较耻辱的事，是因为她们看起来太土了太怯了吗？我母亲甚至为自己刚才和同伴交流使用民族语感到羞赧。黄美娥反应比较快，恶作剧地说，我们是倮倮族。倮倮族？老教授一脸疑惑，而三个女孩子就这么快步走远了。我问我妈，怎么想起"倮倮族"这个说法呢，她也说不上来。我觉得，那个老教授，肯定不是一般人。我明白他的困惑从何而来：有自称"倮倮"的吗？这个称呼带有特别的意味，她们为什么不忌讳……那位老教授，是否经历了浩劫活到了改革开放年代已无从知晓，但这个疑问应该直到他生命的尽头都没能解开。

除了为数不多的集体活动，我母亲更多的时候是和黄美娥一起来到阜成门路口，挤上哪路车算哪路，然后开始激动人心的穿城行动。没有明确的目的地，沿途的所见所闻就是最大的收获。很多年后，我母亲仍能说起很多地名：鲁迅博物馆，南池子，菜市口，骡马市大街，天文台，中国强胡同，京西宾馆，亚非学生医疗院，莫斯科餐厅，中山公园，德胜门，天坛，景山，北海，颐和园，大栅栏……零散的，没有必然联系的，有些也已湮灭在时间长河里。但这些散落的记忆碎片，时不时跳出来，让我们知道，过去与现实的切换，用不着桑田变成海，就足以让人感慨时间的漫不可信。当时的复兴路口，道路两旁挖开了很深的沟渠，横穿街道得通过临时搁置其上的木板。走到路的对面，得花好一段时间。我母亲不知这些沟渠有什么用处，只是从木板上看下去，黑黝黝像吞噬一切的宿命。2006年我与母亲在阵阵气流呼啸而过的复兴门地铁站，我说，这就是你当年没怎么看清楚的地下世界。滚滚的人潮中没有当年那些年轻激昂的面孔，明亮的灯光与当年的昏黑没有交集，广告牌也终究幻化不成大字报，母亲只是感慨着。历史的车轮轰隆隆驶过，个人的经验有时候都靠不住，剩下的，还是与宏大的历史重合在一起的那部分。

冬天的北京，只是冷。我母亲经历的，是她这辈子经历过的最残酷的冷。在露天简易厕所如厕，起来时能感觉到寒气已经入侵到了大腿根，而双手，半天都系不上麻绳。她们更多的时候拼了命挤上公交，然后，尽量在商场商店里游荡。她们去得最多的是西单、东单和王府井。商店里烧的暖气煤烟味虽呛但总是好的。柜台里的东西都快空了，柿子倒是很多，除此之外剩下的东西又太贵，不敢买。早上带出门的馒头，冷硬得咬一口就飞出大量的细屑，实在饿得不行了在外边吃，但也不敢多花钱。在西单和王府井之间的无数次穿行中，看着长安街红墙上浆着的一层层硬厚大字报在寒风中剥离摇曳，我母亲想到了混乱、残酷、凄凉、无常这些东西，然后，在百货大楼，很奢侈地给自己买了一条羊毛头巾。这一点，我和母亲大不一样。再艰难的时候我也会想着以后会好起来的。2007年和2008年冬天，我在西单附近的缸瓦市一个四合院内租了几平米的单间。1976年的唐山地震造成的后果，使得院子里分出更多的隔断和空间，于是，这个杂乱的院子，挤满了外来务工者。屋里没有暖气，怕煤气中毒，便靠着一个小太阳取暖。下班后瑟瑟抖抖地写稿子，然后在彻夜通电的褥子上睡觉，想着明天报纸生活版的头条会不会是"电热毯引发火灾，女博士命丧胡同"之类的题目，但就没想过对自己好一点儿。那些漫漫长夜，脑海里是母亲四十多年前在北京游荡的样子。不管怎么说，我比她幸运得多，至少没经历过寒气到达大腿根的那种冷。她来过西单，是否再往北走一点，脚印踏进过这条胡同？是否和那些顽主们擦肩而过？是否抚摸过这间房子的外墙？这么想着，心里温暖起来。她完全不可能料到在多年后的某个冬天，一个与她有着最密切血缘关系的人回忆起那些清冷又狂热的场景时，会因为身在不同的时空而令这一切抹上某部老电影的光彩。

12月底，我母亲在北京已经游荡穿行了近一个月。某天傍晚，终于得到一个消息：毛主席要接见他们了。大家欢呼雀跃，激动万分，很多人整个晚上都没睡着。第二天天还没亮就起床集合，步行到了西郊飞机场。大家手挽着手，席地而坐，唱着革命歌曲，等着那一刻的到来。午后时分，只看见车队远远驶过来了，扩音器传来毛主席和党中央领导同志在天安门城楼检阅红卫兵的欢呼声和口号声，一阵高过一阵。大家都站了起来，举着红色语录本，不断高呼毛主席万岁。后边的人们要挤到前排来，已经看到了毛主席的人则随着敞篷车和摩托车组成的车队的移动而跑动。队伍大乱。我母亲的反应似乎是慢了点儿，当她看到排山倒海的人浪向旋涡中心扑去时，在南宁火车站时的心情又重现了：别被人踩死了！于是，就在大家热泪盈眶、狂热地喊口号、奋不顾身地向前拥挤时，我母亲万分惊恐反方向朝人少的地方跑去。等她惊魂未定回头看时，只看到车队的背影。我母亲多年后和我说起当时的反常行为，把这解释为觉悟低，见的大场面少，禁不起惊吓，而我更倾向于理解为缺乏安全感：来到北京本就有很大的偶然性，置身于陌生的城市，在把握不了自身命运的年代，狂热的集体行为带有巨大的力量，能对渺小的个人造成极大的压迫感。

毛主席的车队离开很远了，他们才返回驻地。我母亲的懊恼与后悔，一路上升腾：来北京就是为了见毛主席，可这次愣是没见着！这一个月来经寒受冻，这些苦算是白吃了！毛主席接见过了之后又过了几天，军代表把他们送到了北京站。归家的路无限地在面前伸展，对这个城市的眷恋也在不停地滋生，不知什么时候能再回来了。

而后我母亲的命运平缓地滑行。她上了一所师范学校，毕业后在一所乡村中学教书。直到恢复高考，我母亲还有那样的念头：考到北京读大学去。她还记得北大校园里萧瑟景致下的肃穆，清华园里与理想有关的东西。我母亲的灵魂有相当长的时间停留在北京的街巷中和电线杆上了。她依然记得那些清晨，电车飞奔过冬天的街道，人们上上下下裹得严实，骑着钢硬而又笨重的自行车在街道上匆忙穿行。还有不少红着脸蛋的人们，就那样没有遮拦地在寒风里走过。更浩大的穿城想象一遍遍地滋生、繁衍开来，然而，1978年我的出生使这些梦想永远只能是空幻了。

此去经年，再回北京，已经是四十年之后。我们冒着四十度的酷暑，来到天安门广场。也是排着队，她终于近距离看到了毛主席。隔了四十年的时光，她已经老去，而他老人家，保持着那样的容颜，静静地躺在那里。还有什么能比这一刻更具有岁月不饶人的意味呢。

清凉的晨风飘来许多秋意，树叶上留积的寒气已化为晶莹的露珠，被风摇得点点落下来。太阳还没有升起，天空微带着苍白的颜色。1997年的9月，我来到北京，继续我母亲31年前的穿城行动。从北京西站开始，到魏公村，再到望京，这些都是她没有走过的地方。

很多个冬天，我的生活跌跌撞撞地前行。有谁知道我的挣扎与不易呢？从生物学的角度，你可以说，一个马来的女子，在这个北纬四十多度的城市，难免隔阂。从社会学的角度，你会说，来自底层社会的人，想要在一个生活成本高的城市站住，确实不易。都很对，都很理性。在我，这些分析都是无意义的。我只想着如何在不困顿的情况下完成学业。那些年，我靠着兼职做家教挣点零用钱。我去过苇子坑、亮甲店、骚子营、晋元庄、团结湖，去过玉渊潭、太平桥、辟才胡同、花家地西里，都是我母亲没去过的地方。这样的游走，超越了我母亲的穿城。汽车缓慢地行驶，像一艘潜水艇，摇晃着，颠簸着，前行。如果是冬天，烘烘的人汽凝成水珠，模糊了窗外的世界，只能感觉光影或红或绿或明或暗在变幻，严寒世界里的景致，都已隐去。如果是夏天，可以看到沿街的风景走马灯似的往后消逝。我永远记得某天回家没赶上末班车，为了省钱走了差不多两个小时的路程。一路是寂寂的街灯，漠漠的飞虫，喑喑的鸣蝉，偶尔飞驰而过的计程车。天空粉红晦暗，某个地方发出来的亮光，在隐隐地跳动，在水洼里，在街树上，在广告牌楼群的金属寒光中，然而却寻不到它的源头——未来的某个人偷偷窥视现在，偷偷掀起时间门帘的一角，亘古的亮光泻出来了。而那人，到底是谁呢？在1966年，我母亲是否也有过被未来的某个人窥视的感觉呢？突兀间，眼前现出几株叫不上名的植物，不高，叶子却肥厚阔大得吓人，也许通过了什么时间隧道，从远古的热带雨林移植过来。这是怎样的奇怪揉碎交错并列的时空啊。超未来世界的光，急驰的车是机械时代的产物，还有六十年代，蒙昧，安静，却有狂热在奔涌。这些不同的时空场景，我看得到，但抓不住。我穿行其间，也是不真实的。似乎站在一个舞台上，背景在不停变幻，不变的是来自边地的女子落寞的内心。

从1997年到2011年，在一个城市生活了14年，每个角落层层叠叠堆积了记忆。我穿行过很多地方，都会有在不同时空维度穿行的幻觉。在一些熟悉的地方，会想起我母亲的背影与足迹。我在和平西里的午夜迷路，在烈日烤软了路面的佟麟阁路上歇息，在紫竹院为着爱情的背叛而哭泣，在她当年初抵北京的永定门缴还助学贷款，在石景山她住过的中学试讲……这些，她永远不知道，就如我永远不知道1966年冬天她内心细微的触动和秘密一样。但我与她在穿行城市的时候，都是一样的，有好奇有挣扎，有梦想有无奈，也同样经历冷漠与荒凉，最后也都有了安身立命之所在。穿行北京，是我们这辈子最难忘最短暂、最幸福最艰难、最辉煌最落寞的经历。短短的行程，这样细水长流地被咀嚼，被反刍，被雕刻，在穿城中，似乎经历了一生。我母亲终究只是过客，被时代浪潮裹挟而来，退潮后又回到原先的地方——甚至比原来的糟了点儿，她连把握自身命运的机会都失去了。

我们都没清晰地意识到自己的命运与时代的紧密联系，只是冥冥中觉得有太多重复又有太多不同。我母亲生于1950年，而我正好生于改革开放那一年。我母亲的大半辈子，正是一个国家记忆的缩影，而我的成长与收获，也离不开时代的给予。我比母亲幸运得多。她当年极力掩盖的，正是我所认同的，她当年要忘却的，正是我要追寻的，她当年引以为耻的语言，正是我的优势所在。在这个城市读了十年书之后，我留在了我母亲当年没有到过的 XX 大学的语言研究所。"你的民族语太差。"我母亲总是说，"如果当年要看这个的话，应该是我而不是你留在那里。"我只笑着不语。有梦想有追求的女子何其多，会说民族语的人亦不只我们，如果不是这个国家、这个时代提供的机遇，我还会是南疆边地一个平庸无为的女子，重复祖祖辈辈的生活，纵使有一点变化，那最多如我母亲的人生，能发生的大多已经发生，不能发生的将永远不会发生。青春多么短暂，理想多么漫长。穿城，是梦中的一个抚摸，你于午后醒来，只听见有人远去的声音，却不知其去向。但无论经历了什么，我们都心怀感恩。因为，只是凭着自身的努力，过于单薄的生命里，我们又能创造出什么呢？时代的洪流裹挟着我们，或汹涌或平静，或荒芜或繁华，或绝望或新生，在我们的生活中烙下印记，我们努力而坚强地活着，生命才因此变得丰盛。

┃作品点评┃

　　京族何思源的散文《穿城》追忆母亲作为一个红卫兵的北京之行，将一个时代的记忆通过合理的想象和细腻的笔触生动描绘出来。

　　　　　　——杨玉梅：《民族文学的坚守与超越》，作家出版社，2013，第28页

越南糕、三文鱼及咖啡

何思源

吃上越南糕，佐以三文鱼，再来一杯浓咖啡，对我来说，这是幸福生活的全部滋味。

越南糕应该是来源于壮语的说法。因为同样的食品种类，南宁那边叫卷粉，越南语叫 bánh cuốn，而本地壮语则把米粉做成的食品统称为糕。这应该算语言接触、语言底层的一个典型案例。

到底是越南糕先来还是越南华侨先到已经不大清楚，反正我记事起就是在通往华侨聚居区的道路旁一家小店吃的越南糕。那些印尼和越南归侨，在二十世纪八十年代初，就已经住楼房，有运动场、电影院，用空调、冰箱、电视机，烫发、穿牛仔裤。对我来说，能沾上光的则是去那里看电影，看病，吃越南糕。电影院内部是敞开式的上下两层观影区，共享一个银幕，我后来发现这样的布局竟与十九世纪的西方歌剧院相似。不知是为了省钱还是别的什么原因，我们家从来没有机会体验过上层座位，几乎每次都是坐下层第一排。我们每次都带去了露天电影院的各种习

作品信息
原载《民族文学》2013年第7期。

惯：在座位前铺开一张报纸，把刚出生不久的小妹放在上面，然后拧开军用水壶喝上一口白开水，等着电影的开场。那些穿着漂亮连衣裙与水晶凉鞋的华侨小姑娘们清泠泠走过，手里拿着爆米花，有好闻的爽身粉或者香水的气味飘来，那真是一场华美的盛宴啊。而每次去华侨医院看牙，我万分雀跃又难为情。那些整洁明亮的大块落地玻璃，它们隔绝了我与外边肮脏溽热的世俗的联系，代表了另一种明亮清洁的生活。那位漂亮时髦的护士阿姨，她温柔美丽得不属于我们的世界。她每次带着微笑让我张开嘴，越发让我觉得在她面前拥有一口坏牙齿是多么的厚脸皮。离开电影院或医院的一个告别式，就是去大道边的糕摊吃东西。店主是一位和我奶奶差不多年纪的阿婆。将近三十年岁月的阻隔，她依然以那个样子保留在我脑海中：富态喜庆灵活的眉眼，和我奶奶、我表妹、我在京族三岛遇见的老人同一个样子，与广府人、壮族人则略有不同。小吃店实在简陋，矮长凳，板桌，墙是用没有剥掉树皮的木板钉成的，屋顶覆羊毛毡。油烟熏黑了板材，在今天看来也许还算是有原生态木屋风貌，如果对那些嗡嗡乱飞的苍蝇视而不见的话。

越南糕每条一角钱，比中国糕要贵两到三分，分量却比中国糕要小，这让一些人觉得吃这东西很不值当。用我妈的话说，"放个屁就饿了"。只有到了不再图个果腹的地步，方觉越南糕的好处。那个卤汁，那个粉皮，那些配料，那个程序，单看着就觉得细致精妙，技艺讲究。而本地人，则显得太大条、粗糙。我这个认识那时候就有了。现在好多中国人去到顺化①，看到古都，就以为是故宫的小型翻版，却不知中国紫禁城的设计师中有一位安南②人。我爸每次吃糕都要和阿婆唠家常，而我只是希望阿婆给我的卤汁多些再多些。阿婆也总是把刚蒸好的糕放到我碗里，说着：食多D，食多D。越南糕皮薄，一条糕看起来好像一口就能吞下去的样子，大人们（比如我妈）总觉得一口气吃十条都没问题，可奇怪的是每次最多吃到第七条就塞不下去了。而我也总是两三条就饱，自己也很是郁闷。今天看来，这应该是热带民族掌握的一个绝招，用尽可能少的米喂饱尽可能多的人。

① 越南平治天省的省会，位于越南中部。

② 安南，古代中国的属国，即现在的越南。

后来搬家，再也没机会去那里看电影，看牙病，吃糕。那些穿着花朵裙和水晶凉鞋的小女孩都去哪里了呢？那些披着湿漉漉的长发来看电影的少女们都长大了吗，她们都嫁人了吗，如她们祖辈一样又漂洋过海去了吗？那位温柔的护士阿姨是黯然老去了还是最后一搏也寻求更好的出路去了？那个阿婆是什么时候死的？华侨聚居区是如何萧条下去我已经不清楚了。似十九世纪歌剧院的影院，有落地玻璃的医院，原木头和羊毛毡搭成的小吃摊，是另一种不可触摸的生活。而我的依然是溽热而脏乱吵闹的，两种生活平行滑行，没有了交集。

我后来的家所在的小镇，菜市场和小学门口都曾经有越南糕摊，但许是店家和越南都搭不上什么关系的缘故，用料再精致再丰富，味道就是少了点什么，反正我吃起来觉得那是中国糕。中学边上有一个，味道倒还算纯正，能找到一点童年的感觉，还多了鱼露，实在美味。但那时吃糕的机会却太少，主要是我上学的时候它没开，我放学的时候它又已经关门——生意太好就这样。再后来，到北京读书，更是没有了越南糕的踪影。每次寒假回家也很少能吃上——觉醒来都中午了。越南糕注定如一切美好而短暂的东西一样再难碰触。

在北京求学那些年，生活就是一个不断与过去告别，努力使自己融入主流的过程。但生活经验未能置换掉胃的消化偏好，当那些压抑和挫败感袭来，胃部"失根"的感觉就日益强烈。作为一个生活在北方的广西人，脑海中浮现白斩鸡的形象时并未瞬即产生唾液，这多少让我有点背叛了原籍的感觉。可是白斩鸡这东西，难道不是更多地与重大宴席上被告知的各种中规中矩结合在一起的吗，它更像某种更为社会化仪式化的符号。而越南糕则是伴随着犒赏、安慰及整个童年的懒散、热带的闲愁。我思乡最厉害的时候，就是盼着能吃上一口越南糕。想得愁肠百结，与生活的困顿、周围的否定、未来的无望、感情的失败、学业的荒芜纠缠到一块，实在是让人都没有了往前走的勇气。站在三十岁的当口看过去，童年的贫困已经淡化，而气味的记忆总要牢固得多。越南糕的香味，连着富足和温情，伴随着满溢关爱的童年，我想回到那个年代。二〇〇六年，我坐车经过大望路，视线的尽头，隐约看到什么。那是一家越南餐馆。但，这与我有什么关系呢。异国风情，我有钱消费得起吗。那里的一切，亦是一个未知数。那里并不盛着我的童年，那里没有爱我的人们。我很穷，我很丑，我有病。我害怕人们，我害怕陌生，我害怕周遭的变化。越南糕离我越来越远，就如同那些群星西沉的夏夜，我们吃过越南糕走在回家的路上，身后的铁轨泛着冷光，枕木之上升起薄薄的夜雾，那散场的电影及吃过的食物，都似乎没发生过。

　　说起来，我的成长与所在的小镇同步。整个二十世纪八十年代，外边的世界翻天覆地的时候，我家乡由于战争的原因发展缓慢。九十年代初，一切都加快了脚步，犹如突如其来的青春期。和柔姿鞋、萝卜裤、小虎队、暗恋一起降临的还有咖啡。初三那年，因为成绩不好，经常遭到爹娘的打骂。我的叛逆心理也发展到顶端。我学会喝酒，学会逃学。我和丹妮在街上瞎逛，我们一起到兴起的咖啡店"啖"黑森林蛋糕，就着一杯咖啡下肚。黑森林的椰蓉末吃到嘴里有黑煤屑一样的味道，那杯咖啡也焦苦得像锅灰。似乎也就喝过那次咖啡，并没有什么可回味的，因为再也没有钱去咖啡馆装问题少年了。上高中后有一次我爸从海南回来，带来一大袋咖啡豆，我自己泡过一杯，根本找不到什么好喝的感觉。雀巢咖啡的广告词，我到了大学才终于感受到说得没错。是的，咖啡豆加上伴侣，那种香醇，让我一下子坠进去。我才知道得加入伴侣，得有奶油甜味，咖啡才之所以是咖啡。青春过了大半，前半段都是苦的，到了九十年代的后半期，才知道青春原来可以有它的另一面。一九九九年的冬天，我们去美国。离开干冷的北京，降临在一个咖啡的国度。机场、超市、餐厅、大学……都有咖啡的香味。在这个国家能吃到一碗稀饭和咸菜，再好不过。而这只有在唐人街才有。那么，一杯咖啡和几块饼干也是可以的。陌生的世界，熟悉的只有慌乱感和咖啡的香味。而在咖啡的香味里，一切都有了秩序。咖啡的回忆一直萦绕着，让我想起动力、热情和富足。多年后有一次一位朋友对我说，咖啡啊、巧克力啊、奶油啊能让她感到幸福平安，我说这是有科学根据的。正是咖啡里的奶油及啥啥化学物质，让我们感到满足。读博期间，是我大剂量服用咖啡的时期。炮制论文让我黑白颠倒。我一般是午后一两点醒来，得喝上一杯咖啡提醒自己要抖擞精神面对新任务；晚上九点多，还得喝上一杯，告诫自己跨过这一天的坎儿完成最低任务。咖啡能让我坚持到凌晨三四点，这两杯咖啡的中间，偶有进食，但总的来说是营养不良的，奇怪的是我竟然胖了。看我二〇〇六年十二月拍的证件照，一饼大肥脸，一把大眼袋，简直惨不忍睹。咖啡因持续地刺激神经中枢，而奶油、植脂末则囤积下来，两者共同为眼袋和肥脸的生成添砖加瓦。凌晨三点的阳台，还催生了存在主义若干。咖啡应该是这段时间上的瘾，反正我上班后每天早上都得喝上一杯咖啡，不然浑身疲惫。有好朋友曾经警告过我，说起咖啡的种种副作用，让我断然决然地戒了它，改喝茶。说的容易。茶能一杯下去二十分钟后让我精神抖擞吗？我经常是早上喝的茶，到晚上才发挥作用，苦不堪言啊。再后来要去上课，我每次上课前，喝上一杯咖啡就如吞了一颗定心丸（这不科学啊，咖啡因会使人不安）。人类失去咖啡，世界将会怎样？地球照样转，很多人得以安睡，但对于我，得套用沈宏非的常用句式：没有咖啡的夜晚，最难将息。

二十六岁那年，猛然发觉自己在特定年龄该完成的必修课没有完成，于是开始了各种相亲。较之校园恋情，这样的交往模式更像单刀直入地谈生意。两个陌生人开始坐在饭桌上相互端详权衡斤两。表面上是相互选择，但实际上"条件差"的那一方只能把自己当成菜由对方决定是否举筷并品尝。你不够高。你不够漂亮。气色不够好。据说广西人当中的地中海式贫血很多。你们少数民族婚前交往很不受束缚的，你明白……我的意思。你毕业后能留校工作吗。你能否落个北京户口。在饭桌上，我的心理承受力得到了锻炼，观察能力得到了提高，当然也拓宽了品尝各式菜肴的渠道，不少东西是我在学校再待上二十年都没机会见识的，比如三文鱼。

对方在外企工作，言谈中多英文句式以及被这种句式攻占了的中文表达，这让那些只会蹦英文单词的人自愧不如。似乎看出了我的自卑，他还提议吃日本料理，"可能比较符合你的胃口"，因为"海洋民族饮食清淡"。他点的三文鱼，我告诉他这是我第一次吃到日本料理。我以无比壮烈的心情干掉了一片三文鱼，还呛出了泪水。他在一边呵呵笑。再愚笨的人都看得出他对我的好。当然，种种的原因，我们没有向爱情发展，这也是情理中的事。介绍人蕙蕙曾经骂过我：你还挑个啥？就是他了！条件再好一点儿的早被人挑完了，还轮到你？我只是固执着：对他没感觉嘛。几年过后，才知道爱情的机会成本原来非常非常大，一个女子，没有花样容颜，那必须有别的硬件来弥补：工作，房子，票子。在你什么都没有的时候，一个男人在乎你，这是多么不容易的事情，比金星上的微生物还罕见，比在南极种树还难。而你什么都没有的时候，去爱一个不珍惜你的男人，简直是自取灭亡。——扯远了，说三文鱼吧。没能和外企友人碰撞出爱情，我倒是和蕙蕙沆瀣一气了。这家伙极爱吃三文鱼，有几次跑到学校，发短信：出来，我今天非常非常想吃三文鱼，同吃去。在数量有限的几次改善伙食的行动中，我爱上了生鱼肉蘸上芥末的滋味。这个爱好在后来又得以保持并发展。在机关上班的时候，和领导们一起在一些高级饭店吃自助，众目睽睽下猛吃三文鱼。又有过该饭店的赠票，还邀来同学，大力向其推荐，狂啖三文鱼。吃三文鱼对月入两千的人来说不啻为败家习性，平时舍不得花钱，想吃的时候对自己说：等等吧，等等吧，机会快来啦。再等到一次开会，我负责会务，订餐时无比坚决地点了三文鱼，结果没几个人吃，遭到了大家的指责。看来这个国家对三文鱼的狂爱实属小众尚未普及，我深陷其中不明此理，遭到指责也算是罪有应得啊。

后来逛超市，看到超市是有三文鱼的。一百多块钱一公斤还是一斤了，反正，买个三四十块的就可以摆一小盘。从此不再受单思之煎熬，想吃就吃，想唱就唱，无视周边朋友的告诫：那个，鱼肉里是有各种寄生虫的！再后来，连超标核辐射都不能阻拦我对三文鱼的热爱，这基本说明我是用生命在点亮"信仰"了。

有人发现了这其中的捷径，他讨好我的套路就是：我们去吃那个京越寿司呗。这让我想起一首泰国歌，歌里唱：我能不能和你一起去吃个饭？当时觉得真是好笑，这泰国人怎么一点浪漫细胞都没有呢，表达爱意就说去吃饭！如今懂了，在你吃最爱吃的东西的时候，边上老有一个人，这个人不是侍者，不是排号吃饭的，也不是讨饭的，那你大约会对这个人滋生出一种"同甘"的情绪，继而产生这个人也许能和你"共苦"的感觉。再到后来，对三文鱼的热情稍减，主要是这个人成为我的家人，他花的钱也是我的钱。三文鱼不是每天都吃的东西，偶尔吃一次，回味一下，就行了。和蕙蕙倒是保持联系，她要见我的时候，就说，那啥，我们公司附近开了家店，每样都是八块，有三文鱼。然后，我就坐上地铁去世贸天阶见她，两人大谈恋爱婚姻家庭的困惑。然后直奔三文鱼。再大的问题在三文鱼面前算个啥呢。我说，能吃上三文鱼，这就是幸福的滋味。实现幸福，就那么简单。对方点头，两人埋头继续吃。

童年，少年，青年及中年前期，越南糕、咖啡、三文鱼，它们一个个缓缓走进我的生活。如朋友，如亲人。但无论是朋友还是亲人，都没有一个能知晓我生命某个特定阶段的经历与感触。食品不能言，我自作多情地认为，它们进入了我体内，化成了血肉的一部分，因此它们能。它们和我一起感知了周遭，与我一起共哭笑，它们才是我最真切的知己。我的中年后期和老年，将会有什么样的幸福食品出现呢。我知道，这世界只要还有这三样东西，那活着就是非常有盼头，有嚼头，有嗑头。博士毕业时找工作，身心疲惫，遍体鳞伤。读了这么多年书还找不到工作，这就像劳动产品没能转换成商品，没能实现那意义重大的一跃一样，这说明你没有被世人认可，说明你之前这几年是失败的。偌大一个国家，竟没有你的立锥之地……但是，我想起，也许可以嫁人罢？中国男人把女博士妖魔化太厉害，咱自动规避，外嫁吧。嫁个老美，劳工阶层的就行，只要能天天喝速溶咖啡；嫁日本人也好，北海道农民尤佳，顿顿吃三文鱼刺身；越南男人可惜太少，咱也缺乏竞争力，那就到越南教汉语去，也是个体面的工作，还能天天吃越南糕。一系列想象生发延展开来，人生原来还有那么多种可能，每一种都将是摆脱掉的宿命。明白了这个道理，瞬时释然。我在等着那个最坏的结局砸下来，然后纵身一跃逃离此地。Life is elsewhere，美好的未来在前边，在别处，等着。

最后，各种因缘造化，我还是在中国，腿都没迈出一步。只是某年冬天在越南旅行，我看到人们在街头支起小桌子，在滴漏咖啡的悠长时光里闲谈，吃着 bánh cuốn，以青柠汁和青芥就着吃"鱼生"的时候，一种关于宿命的隐喻突然跳上来。

是的，它们都在这里了，你以为是造物随意散落被你刻意拼接起来的东西，原本就是一体的。它们是本源，也是上帝牵扯着的那根看不见的线，你从哪里来，还将回到哪里去。而这中间横亘的生活，无论浮躁不安、喧嚣忙碌、轻浮浅薄的还是舒缓深邃、愉快兴奋的，你都要或立或坐，或饮或食，简单思考。

你依然生活在这里，此时此地。一切美好都不会来得太直接，太容易。你的生活不像你本人想的那么糟糕，而在你最贫穷艰难的时候，生活反倒是最富有的。时间流逝，你只需满怀着对生活中出现的各种美好符号的赤诚与热爱，接受各种不完美、不如意乃至缺憾，努力活着去拥有它们，享受它们。梭罗这个永远成为不了老头的人说："那些强烈地、合情合理地引起我注意的事物，我喜爱掂量它们的分量，处理它们，被它们吸引——决不吊在秤杆上来试图减轻重量——对任何事情不妄加推测，而是完全按照其实际情况来处理；只走我自能够走的那条唯一的道路，在这条路上，没有任何力量可以阻止我。"——这样的固执与坚定，我倒是希望自己也能拥有，只不过投射对象不是那么辉煌。

| 作品点评 |

京族何思源在她的散文《越南糕、三文鱼及咖啡》中，由三种代表不同文化的食物进行串联，讲述了作者成长过程中的心路历程，另一方面，也从侧面展现了多种文化碰撞交融不可避免的时代趋势。

——安殿荣:《新气象的凝聚与升腾——2013〈民族文学〉扫描》,《民族文学》2014年第1期

致敬无人岛

彭　洋

这也许是一次邂逅，也许是一种开始。

壬辰夏，在最炎热的季节、最炎热的时令，陈中华、邓志勇和我，开始了一次颇具冒险性质的文化科考行动：探秘无人岛，以在无人岛上野外生活、采风写生和文学创作的方式，启动了一个特别的文化计划。

与我们结伴甚至是相依为命的只有我们的书画艺术和文学。我们预感可能抵达的，是一片片处女地，所以我们的目标是中国的所有岛屿，特别是无人岛。

对于个人来说，这绝对是一次生命事件。

——题记

漂浮的国土

在祖国版图中，大海大洋的碧波上，成千数万星罗棋布的岛屿，俨然一座座漂浮的国土。它们是扎了锚、铸了根的，永不移位永不沉没，神漂而形不漂，神逸而

作品信息

原载《中国作家》2013年第2期，入选《2013中国报告文学年选》（花城出版社2014年版）。

形不移。

甚至就连卫星云图上的它们也是精彩的：大海大洋上，星星点点、星罗棋布，如珠如玑，有时被抽象为一摊散布于徽宣上的泼墨，边缘同样是有中国画与淡墨书法的沁化效果的，而一旦登临，你很快就被其大自然的宏观大象与细腻的细节感染了。

实在是因为它们大都太小了，除了非常专业的实用地图和军用地图，适合我们阅读的一般的最大的地图都无法按比例表达这么一种存在。因此，在我们的印象中，它们似乎是不存在的。大陆，大岛，大海，大浪，这种粗浅的印象，长久地淹没了一种应该有的对岛屿的细腻的认知。

北部湾是我国海洋岛屿的富集地之一，有500多个岛屿。资料表明，我国是海岛大国，拥有面积大于500平方公里的海岛6900多个，其中有居民海岛400多个，无居民海岛（简称无人岛）6500多个；而小于500平方公里的无人岛还为数众多。这些岛屿分布于温带、亚热带和热带海域，生物种类繁多，独具特色的岛体、海岸线、沙滩、植被、海域的各种生物群落和非生物环境形成了相对独立的海岛生态系统，一些海岛还具有红树林、珊瑚礁等特殊生态环境；海岛及其周边海域自然资源非常丰富，有港口、渔业、旅游、油气、生物、能源、生态等显在和潜在的优势资源，是我们伟大祖国领土重要的组成部分。岛屿对主权国家的意义是非凡的。那些被确定作为国家领海基点的主权岛屿，根据国际海洋法，其构成的准线向外延伸12海里均为主权国领海范围。岛屿在海洋国防上还有着举足轻重的军事作用。

茫茫大海，伊犹沙砾。有时小至一房、一厅，或一张椅子，甚或一块岩石，如果一定要在一张信笺大小的地图上标注它，也许就只是隐隐约约的一个点，但即便是最高的潮水，也无法把它淹没。就是因为无法淹没，所以为岛，否则，它就叫礁了。

于是，潮起潮落、大潮小潮中的它们，小浪巨浪中的它们，在浩瀚的大海大洋中就这么地时隐时现，表达着它们倔强的存在。

就像在联合国一样，国家不分大小，投票时都算一票，海岛也一样，在法理上它也不分大小，却是界定国土、领海和领空最重要的依据。

国土，疆土，沃土，净土，圣土——守土；同样的，领土、领海、领空，国宝，国资，国格，国权，国艺等等，这也一定是你登岛时最强烈的感觉和油然而生的信念。

不平静的无人岛

这些在祖国大海怀抱中的无人岛，绝对是国土中最精彩的部分。

从15世纪开始，即使是有着疆土广阔的家园，人们仍把目光盯在了遥远的彼岸，开始了伟大的远航时代。

寻找新大陆，有时，这条航线就是由一连串小如砂粒的无人岛串起来的。无人岛，无疑成为那时人们首要征服的目标。今天，当我们再度觉醒，同样会发现，祖先怎么就比今人更有远见和远征的血性呢？特别是我们的祖先。

我国是航海最早的民族。传说中，秦皇派童男童女出海寻长生不老药；史载，郑和下西洋比哥伦布的航海早了近一个世纪；壮族的祖先，早在数千年前，就怀着寻找太阳的浪漫宗教情怀，从独木舟时代开始下南洋、过赤道、横渡太平洋，从美洲南部上岸，然后过大西洋，终达加勒比海湾；还有沿海岸北上的，有考证的达美国加州——有石锚为证。在当时的条件下，这些早期的航海，基本都是一生一世有去无还的壮举，是一代接一代代代相传、香火接力不断前行的航海壮举。这是一个无人岛探访连珠的奇异征途，一个个无人岛成为先祖们依托的跳板和休整生息的基地。从出发到抵达，彼此已相隔数代，前人不识后人，后人不见前人。无人岛传奇，最早的书写人可能是中华民族的壮族祖先。中国的海疆如此深远辽阔，中国的岛屿如此辽远和众多，与中国先民大大先于其他许多国家的早期航海息息相关。

无人岛从来就没有平静过。它是探险家的乐园。都说西沙遥远，南沙遥远，有据为证的是，中国先民却是那许多无人岛最初的登陆者和开发者；无人岛的历史从来就是如此地充满了人的喧嚣。

20世纪80年代联合国通过的《联合国海洋法公约》，明确了海岛同陆地一样拥有领海、毗连区、专属经济区和大陆架，国家可以岛为中心在其周围拥有相当大面积的专属经济区。这一公约打破了海洋传统制度的平静。一时间，已成为全球共识的海洋时代的海洋战略关注，毫无例外地聚集到了岛屿问题上，岛礁价值暴涨，岛屿争端，成为国际争端的焦点，"寸海必争，每岛必夺"成为不可撼动的国家意志。

无人岛的故事也从此改写。

但你永远有不断成为第一人的机会。岁月太深，日子太长，历史悠久，人来了又走——铁打的海岛，流水的客。无人，无人，还是无人的岁月伴它的时间更长。你的每次登临，都会在它的滩头留下陌生的脚印。

由此它成为动植物的极乐世界甚或天堂。丰满的植被，丛林，灌木，叫不出名的奇异树、奇异花、奇异果，奇虫异蝶，奇禽异兽，正是它们在寂静的海潮声中发出奇异的响声——这就是传说中的天堂的音乐吗？一切都如此自在而繁荣，一切都如此自由而畅快；还有那些来了又走，走了又来的候鸟……

深深的海洋，你为什么不平静？

半个野人与半个艺术家

当代都市人并非全被现代文明浸染得透心透骨。实际上，每个人的内心或多或少都保持着某种程度的野性，而这种野性，往往还是有价值的。

也不用打定主意和有意为之，到这座山自然会唱这座山的歌。闯进无人岛，不用学，防不胜防地，你肯定会成为半个野人。

没有异性，穿着首先野了，常常是裤衩一条的赤裸世界；接着是口头野了，粗声粗气地大声说话大声叫唤大声唱歌，口无遮拦地批判现实和谈论女人；继而是行为野了，可谓随随便便；条件艰苦，吃得野了，再不用什么消毒餐具，抓来的海货，过过海水就扔进了锅里，总之卫生不可能讲究了，我们甚至创下了连续38摄氏度以上高温全天候户外运动，而5天不洗澡、不换衣裤的纪录。生存环境恶劣，祖上的野性魂归故里重新附着在身上，让我们个个有了如狼似虎的气概，腰间刀佩叮当，棍不离身，以备随时的格斗；义气取代了礼仪和秩序，没有专制，也不用民主，一切都是野趣盎然。

但我们还保持着纯正地道的艺术家的习俗，所以除了是半个野人，还可以算半个艺术家。真正的日出而作、日落而息，绝大部分时间都用在写生和创作上，画画的，书法篆刻的，写作的，野外艺术论坛常常举行。无人岛陌生的生活情境和奇特的风光的确给了我们很多灵感，使我们创作了一大批以后或许价值连城的奇作；我们甚至还搞起了技术和技巧要求都很高的艺术试验。我们相信行内将会在我们的展品面前大吃一惊：哇，这是怎么弄的？书画原来是可以这么搞的！

时日虽尚不长，我们就已经创作出大量的作品。岛上岁月，每天都显得特别悠长，与尘世大不相同的情境，使对社会人生的反省、追问和对艺术的追索成为我们心境的主旋律。于是，一个多少让人有几分醉意的乌托邦在这个狭小的地里自然而然地形成了：自觉的共同劳动，各尽所能，各取所需，互敬互爱，乐于助人，相依为命，视艺术为共同的信仰与终极目标。

虽衣衫褴褛、仪容不整，虽不时有粗陋鄙俗野蛮之处，但一种属于上帝子民才有的优美与崇高也与我们紧紧相随。

舌尖上的无人岛

无人岛的滋味最初就不是为人类设计的。

所以到目前为止，它还不是为人类而设计的。那是海洋动物世界和海洋植物世界的天堂，所以，无人岛提供的最好饮食，都不是给人类，而是给它们的。

没有人的无人岛，那真是一种属于动植物世界的"文明"，它不遵从人的法则而只遵从自然的法则，它以食物链为文明准绳。上了岛，我们才知道人必须服从它们的法则，将自己拴在一条最原始的食物链中进行拷问，让基本的生存成为生命的主题，当人与自然的矛盾重新以最初的关系方式呈现出来，你才会获得存在的快乐。

天堂的滋味绝对上好，所以，这里的动植物活得有滋有味，让人羡慕。

这是一条特别悠长的食物链。种类繁多的海洋生物，包括各种微生物，都在它们的餐桌上遵循着大鱼吃小鱼、小鱼吃虾米的规则。我们完全有理由相信，它们对上帝之厨充满了敬意与满足。我们也从长得白白胖胖的海鸟和肌肉结实而富有弹性的鱼身上，从臂大膀粗、力大无穷的蟹身上，从那些要么硕大无比要么多如牛毛的贝类身上，看出它们一天到晚吃得是多么有滋有味。

我们是它们的贵客，我们来的时候，它们自然就会在这张巨大的餐桌上给我们挪出一个就餐的位置：让我们自由选择，随便吃它们当中的谁都行。

如果我们抓到一些小虾，它们是最乐意上钩的，甚至是奋不顾身地上钩，好让我们胃口大开。实在找不到虾子，其他什么海洋生物都乐意奉陪，只要我们餐前开心。

它们甚至还设计了一些富于诗意的项目，如在退潮的滩涂，洒满了各种好吃的东西，好让我们赶海。我们只需拿着一个盆子去捡去抓，我们只需拿着一把刀子、凿子、铲子到泥里去挖，就会使餐桌上充满了海味的原香。

在无人岛滞留期间，我们天天钓鱼、抓蟹、撬蛤蜊、吃好拉好，包括给蚊子们提供新鲜血液，在海岛的食物链上循规蹈矩，心安理得地做着我们的贵客。味道好极了！

旱涝海，逆流河

天天与大海相伴，四陪——陪吃、陪喝、陪睡、陪发呆，我们成为朋友和情人。

它以潮的名义，让我感受它的来去和不安的情绪。

钦州湾形似如来之袋，口小膛儿大。这里每天都要上演一场具有前卫色彩的、波澜壮阔的潮汐奇观。潮来潮去，里边所有的水流就都有了两个方向。顺来逆走，逆来顺去。一生一世，何处曾见这逆流河！能与之邂逅，稀哉，奇哉，幸哉，只我得见，只我得悟并由我命名之。旱涝海！其汹涌之态、澎湃之势，一泻千里，让人惊心动魄也让人销魂。

这是一部周而复始的海上摇滚。北部湾钦州湾内，七十二泾和龙门有90多个无人岛，其间形成一个特殊的水网，似湖非湖、似河非河、似沟非沟，似渠非渠。每天，海潮从两个不同方向涌进涌出，又形成复杂甚至多变的流向，使这些或大或小的岛屿有如一个狂热地扭动着腰身的舞者，摇滚的海潮、摇滚的海岛、摇滚的乐曲，造化天工夺人神魄。

身处逆流河，那种充满了宿命与哲理的感慨实在叫人击节不已。

大潮退去，只见旱海无边，十里蛔田，十里蟹圩，鱼遗浅水，愚鲜献身；旱得好啊，我们都喜欢赶这大自然的海圩，应有尽有，用之不竭；这种集子只需要一种货币，那就是力气和运气，以力易物，以运易物，以勤易物。身心如此滋润，何旱之有！

时至下午，水漫金山，吐石淹云，惊涛拍岸，浩瀚无边。只想登天望远，望尽天涯，极目世界。看日沉大海，月生水端。岛啊岛，总有一天，你将以我们足迹的名义成为一串我们举烛朝圣的石阶。

黄色月光雷雨夜

入夜的时候，除了远处的渔火和斑驳的山影、树影，陪伴我们的，只有月亮了。

我们看着一弯新月慢慢长大。每天，只要太阳一入海，它就从太阳下沉的地方浮出，似乎它是被太阳赶出来的，是被太阳从海里溅出来的，是跟太阳交接之后上班来的。西边的霞光还未褪尽，它就浮在天角边上，完全应了那句名谚：上上上西西，下下下东东。其意思是：上弦月出现在农历上半月的上半夜，月面朝西，位于西边的天空。

它瘦瘦的、浅浅的，让人好生怜惜。待从初四长到了初十，半边月亮日见丰满，亮晃晃地闪着迷人的银光。

吃过晚饭，我们各自选择一块同样寂寞的岩石，失神地与它呆呆对望。

总觉得上面有我灵魂的影子。说是玉兔，说是桂树，说是吴刚，还有那些若隐若现的星辰，北斗？太极？白羊座？双鱼座？摩羯座、宝瓶座、金牛座、双子座、巨蟹座、狮子座、处女座、天秤座、天蝎座、射手座？我想找出属于我的白羊座，都说白羊座的人热爱自由、喜欢冒险，也说白羊座的人冲动、缺乏耐性，白羊座的简单是因为单纯吗？白羊座的乐观是因为阳光吗？白羊座的星位居中，悠长而灿烂。我的影子在夜空上也居中，悠长而灿烂。

在城市的日子里，这个时候，我们大多还在奔忙，似乎从来没有过这种安恬的时刻。黄黄的上弦月，让人想起许志安、郑秀文和胡灵的《上弦月》：你搭乘的班机已起飞＼飞过了换日线的另一边＼那里冬天会下雪＼你和谁一起过情人节＼给你的邮票没有贴……

此时的心情是几分浪漫，也有几分无序，我太想邮寄此时的心情，于是选择了一个假想中未婚的我的爱人，要给她写封信。我打开手机，取随机翻开的第一页上的第一位女性，告诉她我在遥远的无人岛上，我要给她写封信，然后用短信发了出去。

不知怎的，这种即兴竟写成了散文诗，信中是这样写的：

日落月升，转眼又到了夜晚。我们所有的才华都还给了上帝。树梢上的将圆之月，使人浮起一种对宗教的向往。泰戈尔的《吉檀迦利》和《新月集》中所有对月的颂词和意境涌向心头。我也有我的颂辞，我想说的是——

不完全是因为我的思念，月圆或是不圆。

不完全是因为你的思念，月圆或是不圆。

不完全是因为我的犹豫，月圆或是不圆。

不完全是因为你的犹豫，月圆或是不圆。

不完全是因为我的在意你的不觉，月圆或是不圆。

不完全是因为你的在意我的不觉，月圆或是不圆。

不完全是因为我还有遗憾你也还有遗憾，月圆或是不圆。

不完全是因为我的唯一你的唯一，月圆或是不圆。

不完全是因为我也倾心你也倾心，月圆或是不圆。

是因为这夜潮汐月潮汐，月圆或是未圆。

是因为你我的心总如潮落潮涨，月圆或是未圆。

她有点愕然，回了一则短信，问，你怎么了？这是真的吗？

我立刻又回信道：

给你一首诗回答——

月、潮对白。

潮对月说，你急急忙忙地升起，是到来还是离去？

月对潮说，你急急忙忙地涌来，是为了带来还是为了带走？

月对云说，你来无踪去无影，是欺我怕我还是拒我？

云对月说，你日落而升日出而没，是有我无我还是恨我？

话到此处，也时至午夜，对方不再回短信，也许是有了云一样的恨意。无论怎样，天还是起了恨意，很突然地，星月消遁并刮起了风，接着是劈头劈脑的大雷雨。

当时的情景着实可怕，雷声就像专门砸向我们的巨石。雨水从各个角度挤压着我们的帐篷，一阵阵山洪从帐篷下方、贴着我的脊背穿过。

我突然有了一种重归母体的感觉，黑漆漆、喧嚣之中，外边的世界到底怎么了？

来不及搬进帐篷的还有很多东西，所有的食物、用品。想必那群觊觎了很久的老鼠们都被风雨赶跑了吧？虎视眈眈的群蟹，这回有了进攻的机会，它们一直想占领一切，包括我们的皮鞋、餐具、手套、背包等一切有空隙的地方。昨天下午，有一只爬进了陈中华的裤裆，有两只钻进我的手套并藏在指尖部位。我正想去刻字，一戴手套，中指和无名指同时被夹，着实把我吓了一跳，以为是蜈蚣、毒虫之类，不由得大叫一声：呀！拔出手一看，原来是两只螃蟹，它们正热烈地吻着我的指尖。

渐渐地，我睡着了，一觉到天光。激情主义画家陈中华叫醒了我。睁开眼，只见一缕阳光直投我的胸膛。

阳光染坊

从北部湾群岛走出来时，所有遇见的朋友和熟人都惊呆了：你们怎么这么黑呀！我女儿甚至好几天都无法适应我的新形象，每次与我照面都要吃一惊，说，爸爸，你太黑了！

到底黑到什么程度，我们谁也感觉不出来。三个大男人，在一个没有异性的孤岛上，没有谁想过要照什么镜子，也没有什么镜子。因为太热，如果不是为留些照片和防虫蛇，大多情形下，我们都只穿一条裤衩。

记者邓志勇时髦的白皙光头是他一直保持的形象品牌，确实是日渐变深。先是浅红色，既而由浅入深，最后变成褐色。后来他不得不冒昏热中暑的危险，坚持每天戴起了帽子。

被海水合围的无人岛的的确确是一间阳光染坊，你的黑不是太阳光照出来的，而是染出来的。无论你怎么遮着、挡着、捂着，无处不在的那把阳光刷，直射、散射、反射、辐射，蘸满了赤橙黄绿青蓝紫重重叠叠地在你全身各部位反复浸染，直到你成为铜像为止。

有一种说法是，男人的优劣与肤色关系极大，其排列的顺序是：一铜、二黑、三花、四白。古铜色说明其日常注意保持运动，不贵即富，同时肯定健康，此乃上品。

第十二天的时候，三个"铜像"由无人岛出炉了。

中华是染得最黑的一个，算得上是这一窑烧出的极品。为了有最好的写生角度和画好他的长卷，他几乎每天都长时间地在太阳下暴晒，完全是一派豁出去的劲头，有时不得不对着太阳大喊大叫：晒吧！晒吧！我看你的心有多黑！最终，太阳在他的肩背留下了深深的烙印。离岛当天，他背后的皮肤全部起泡并破裂，黑皮白里的，让所有人吓了一跳。

无人岛的价值，在于你获得了一个让自己的心灵U盘得到清空的机会。岛上无人，你的人际关系也突然归零，已成陋习的生活节奏也突然归零，所有积累起来的各种本事也同样归零，在一条生存的起跑线上，你得和所有人一样一道起跑。从无人岛拾到的第一个贝壳开始，我才意识到，在无人岛人，我可能会拾回一个自己。

无人岛以上帝的名义给我们换了一套衣服，然后将我们重新扔回到这个尘世。

楹联海湾

浩瀚的北部湾上，属于我国的海疆里分布着数百个无人岛。钦州湾里，七十二泾无疑是最迷人的无人岛群。

我把这里的白山洲岛、樟木环岛、蚂蚁山岛、金鱼守盆岛、山仔岛、狗仔岛、孔雀岛、大娥眉岛、小娥眉岛、杨梅岛、白坟岭岛、大阉猪岛、杀人墩岛、鬼打鱼岛、高山岛、蜘蛛岛、过江埠岛、摩沟岛、螃蟹岛、背风环岛、蛇山岛、急水门岛、虾岭岛、大三墩岛等二十多个无人岛岛名编写成五副对联：

白山洲樟木环岛
蚂蚁山金鱼守盆

山仔狗仔爱孔雀
大娥小娥怨杨梅

白坟岭上大阉猪
杀人墩里鬼打鱼

高山蜘蛛过江埠
摩沟螃蟹背风还

蛇山急水门
虾岭大三墩

行走无人岛可能是我们命里注定的一件事情。

也许是命里注定、前世因缘，我们与海洋有着一种与生俱来的血缘。画家陈中华生在北部湾、长在北部湾，是浸着海水吃着海鲜长大的海边人。我呢，父母给的名字里就有一个"洋"字，母亲是广东海丰人，也在海边长大，算我跟海也有了渊源。我是在北部湾环海城市长大并工作之人，自小就水性极好，北部湾，自然也就成为我们的艺术发源地，从策划、组建广西北部湾书画院开始，海洋文化的血脉，就深深地移植到我们的艺术肌体中了。

当然，还有一种特别的使命：作为广西北部湾书画院的两个创始人，我们有责任带领这个特别的艺术方阵，将一种生命信息转化为艺术信息，我们要用一种最地道、最纯正的海洋文化元素，投身在海洋这座土性无边、水性无边、火性无边的大熔炉中，完成"北部湾画派"品牌的冶炼、锻造、锤形、研磨和淬火。

我们以画家、书法篆刻家、作家加记者三人行的组合方式，启动了这一计划。如果不是南海形势紧张，我们的第一个选点应是南海西沙。

在我的印象里，所有的岛都是我的彼岸。彼岸总是神秘的，要多远有多远，要多奇有多奇，要有多少不可思议就有多少不可思议。彼岸甚至可能不在此生此世，但正因此，彼岸的岛，才如此勾魂摄魄，一说走，甚至来不及和家人商量，扛起背包就走了。

与美国作家房龙在《宽容》一书中所说的那个故事多少有些相仿，冥冥中，似乎我们也有了与书中那个寻找新的绿洲的小伙子相近的感觉和好奇：无论是社会现状、生活现状、艺术现状、工作现状，甚至幸福的家庭现状，从某种程度来说，也使我们陷入了与"无知谷"村民相同的情境中，遥远的山那边水那边，说不清有多么遥远的彼岸，是不是也存在着更美、更富饶的绿洲呢？

与几千年前壮族先民追寻太阳天边的故事多少也有点相仿，我们也被一种带有浓郁宗教情感的、对未知世界无限憧憬的情怀激荡着，也想让我们的独木舟完成一次横过大洋彼岸的远航壮举。

我们的目标是广西的无人岛，中国的无人岛，世界的无人岛，集我们之所能，集时日所予我们之元气。

我们开始，出发了。

天山长风吹过大平滩

梁晓阳

春浓的时候

　　春浓的时候，我在大平滩草原那高达一米多的花丛中或坐或卧，静静地观察一朵站在绿衣之上的天山红花喜气洋洋地开放的过程，并且闻到了它那隐隐约约的苦香。有时候我也会抚摩一朵油漆花上片片金亮亮的花瓣，用两个手指捏搓着那些花朵上的细腻的花粉，或者用一根细长的芨芨草棍挑逗那些正在花丛间专注地采蜜的蜜蜂，挑逗一只翩翩起舞后正在悠闲歇息的蝴蝶。2009年夏天，我和明月拉着小伊丽的手，沿着一条及人腰膝的花海掩护着的小径慢跑。这时候，我的心就会一下子

作者简介

　　梁晓阳，70后，广西北流人。中国作家协会会员，鲁迅文学院第33届高研班学员，"美丽南方·广西"文学系列创作签约作家，玉林市第一、第二届签约作家，北流市文联主席。在《中国作家》《花城》《天涯》《散文选刊》《西部》《广西文学》等刊发表作品。出版有散文集《吉尔尕朗河两岸》《出塞书》，长篇小说《天堂谣》(待出) 等。其中散文集《吉尔尕朗河两岸》获首届三毛散文奖。

作品信息

　　原载《广西文学》2013年第3期。收入《吉尔尕朗河两岸》(新疆青少年出版社2014年版)、《我们必须爱这残缺的世界——〈广西文学〉精品集·散文卷一》(漓江出版社2017年版)。

躺进这无边无际的灿烂海洋里，并且很长时间里因为陶醉而忘记再站起来了。

但是有一点让我感到惭愧——我经常采摘草原上的鲜花。是的，我知道这个习惯并不好，采摘它们之后我也有过一种损害美好事物的感觉，但是我有点儿恨自己的定力是那么有限，我总是无法控制自己对这片草原上这些美丽的追逐，而且是这种短暂地攫为己有的追逐。那些鹅黄的、雪白的、淡紫的、大红的、嫩蓝的鲜花，交相辉映，吸人眼球。我想这肯定是在南方的时候被那些花花绿绿的应酬搞糊涂了，以致成了习以为常，可见习惯这个东西的威力。难怪休谟会说，"习惯是人生的伟大指南"。我学过不少美学的知识，也接受过不少环保和生态的教育，但是这些知识和思想在如此光芒四射的草原面前，似乎一下子就失去了它们的功用，被这个"伟大的指南"扳转了方向。这就直接导致了我在五颜六色的草原花海上的轻狂。

近两年来我终于发觉，一次又一次任意采摘草原上的花朵会降低我一直引以为豪的自尊心和审美感。这是因为，每一次我忍不住摘下一束一束的花之后，我总是感觉到，如果不摘花可能会更好。我觉得我的想法是正确的，虽然观点肤浅而单一，但是蕴涵了部分人类回归自然的生活哲学。有时候，肤浅而单一才是我们达到目的的捷径，也是我们处理许多复杂事情所需的境界。这个想法又是很微妙的，如同花丛中隐藏的各种爱情。蜜蜂在花瓣上爬行的时候，它是在亲吻呢还是在撷取？花儿在送受花粉的时候，它们是在奉献呢还是在占有？现在回过来，我在采摘花儿的时候，是在把美完整地拎出来以便专注地欣赏呢还是在对美心存怜悯地摧残？

不管怎样，随着时光的消逝，我摘花的次数终于逐渐减少了。有一年春天，我甚至已经完全降伏了这种本能，整整十来天，我奔跑在花儿如海的大平滩草山上，举起的双手仿佛圣女的前额一般光洁无比。实际上，从镜子里看我的脸，几乎也可以用"光洁无比"这个词。我想这就是因为草原上这些鲜花绿草正在滋养的缘故。明月也非常认同我这个观点，她是细心观察我这些年在草原上发生变化的人，她说我每次回到马场，出现在草原上，我的脸上那些在南方常见的油脂粉刺就会荡然无存，在草原上经历了一段时间的阳光和山风，脸庞尽管有些像草原牧人一样黧黑，但依然泛起一种健康滑亮的光泽。

此刻凝视草原的每一个方位，都有那些蒲公英、马兰花、油菜花以及我叫不出名字的花儿在慷慨地交换着她们的芬芳，我的双手和两条裤腿都沾满了花粉和花香，那些花儿笑容可掬地向我点头招手，我和她们已经成了好朋友，虽然以前我曾经随意采花，但是花儿对我已经不再有怨言和恨意。我为自己战胜了这种较低层次的欲求并获得花儿的谅解而高兴。我觉得我在草原的花朵面前迷失多年之后，终于达到了过滤心灵的目的——我把那种文明人一直喜欢的恶习过滤掉了。

得到这种收获之后，我的心情一天比一天愉快起来了。这样，在后来的许多日子里，我和明月以及女儿会选择清晨或者傍晚晴好的时间，沿着大平滩草原漫步。有时候，我会捡拾到一些装矿泉水的空瓶子，岳父曾经以他十多年的牧羊经验告诉我，羊吃了塑料之后就会活不长的——明月看见了也会捡拾，我们的女儿自然是积极寻找，因为草山上的塑料瓶子本来就几乎没有，牧羊人是不会轻易这样奢侈的。

我们在金屑银碎般耀眼的阳光里，从一座草山走到另一座草山，从一片杨树林走进另一片杨树林，这时，无论是清晨还是傍晚，溪谷和树林都会被一种神秘的光芒所笼罩。走着走着我们便忍不住脱了鞋子袜子，充分享受柔嫩小草在我们脚下制造的愉快感觉。当然，我也并不总是安于这种过于悠闲的漫步。有很多次，我都发现自己莫名其妙地在草原上奔跑——有时候是骑着摩托车奔跑，如同孩提时代遇上秋天起风时那种意气风发借力使力的奔跑，我还感觉到，这是一种满怀喜悦浑身是劲的奔跑。让我感到更高兴的是，我一边奔跑一边还可以呼吸到自然之神用各种花香调制出的清洁的空气——请注意，这可是真正称得上清洁的空气，我在南方的时候，即使是早起晨跑，呼吸到的依然是比我起得更早的瓷厂皮革厂和大货车呼出的气体，它们甚至通宵达旦加班，至于一天之中的其他时辰就更别说了。再想想看，我们工作在那么拥挤的小房子里，而面对面就是我们伸手可触的同事，房子外就是所谓东部产业转移落户的塑胶厂或者利用本地资源发展起来的瓷厂水泥厂，我们不但要呼吸这些空气，我们还要待在这间小房子里整整一天！就算离开了房子，我们又能到哪里去？嘈杂的人群，喧嚣的车辆，我们依然寻找不到可以过滤一下肺部的空气，哪怕仅仅获得两分钟的过滤也十分困难。

在我看来，大平滩草原的春天因为远离了城市的侵袭，更因为远离了南方的狂躁而得以保持了一份清洁、闲适和雍容。我爱大平滩草原，更爱这里这个春浓的季节。春浓的时候，既是莱丽花最艳情的时候，也是我的思绪越过吉尔尕朗河，越过加乌尔山在湛蓝而遥远的天山山脉上空冥思苦想的时候，我想得最多的是，草原生活如此美好，这片土地上的人们如此亲密和睦，故乡一样的草原雪山总是在深夜里以三四级天山长风这种特有的模式呼唤我，问我是否还要继续在这里居住下去？特别是近年来随着我的工作环境和生活理想的改变，我刻意切近一种富含西部自然文学和生态主义色彩的创作理念，我变得不再像在南方的岁月里那样好高骛远，急功近利，趋炎附势，而是渴望过上一种平静祥和的自然生活，并且是一种西部的自然生活，这其实不是我在看破红尘之后的心灰意懒，而是对我过去一直就有着的一种西部生活理想的回归。如今我在这个叫作新源马场的村子里结庐而居，和我们相亲相爱的亲人们一起生活，和友好热情的左邻右舍一起和平相处，在这片叫作大平滩草原的天山脚下自由游荡，生活以一种无所事事却又内心充实的方式推动着我，让我不至于寂寞，也不至于沉默，偶尔发出的一些声音，因为草原春天的宽容和赐予而更加温良随和。啊，就让我远离南方的流浪生活在这片春意浓浓无比宜居的土地上终结吧，让我对这片美丽神奇的土地的赞美和敬仰得以一直在这里安静地进行下去吧！

与海拉提交谈

我早就发觉，而且一直到现在还是可以感觉到——我的内心深处潜藏有一种本能，那就是渴望过一种开阔自由的生活，比如说期盼着过上草原游牧式的豪放生活，但又并不一定是远离现实只求浪漫十足的生活。曾经在办公室一干就是十多年的我深知这种生活在后工业时代的艰难和珍贵，我只希望这种生活是让我眼光开阔的生存状态，能够源源不断地制造清新空气和惬意心情，这样我就感到十分满足了。这也说明，这个地方不可能是广袤的沙漠。风光秀丽、视野开阔而又偏僻荒凉的北疆草原可以成为这类地方。但是现在许多人还浑然不觉，可能这也是伊犁草原今天还能保持着这么纯净清洁的原因。而我则想趁着大部队还没来到这片草原之前，多带几次我们尚且可塑的女儿去草山上漫步，讲解这片大自然的童话故事，趁早把她培养成一个热爱大自然特别是热爱伊犁的诗人、画家或者歌唱家。

而且，我热爱开阔和自由的生活就像热爱得体的衣服一样强烈——我天生有一种注重装束的习性，我觉得装束很大程度上体现了一个人的气质，这也导致了我对一些美丽女人的审美标准与别人截然不同的结果——我认为追求得体装束的女人即使相貌平凡些也比那些虽然具有美人胚子却缺乏独到审美观的女人好看。再如我所热爱的开阔和自由，在一定程度上甚至已经被朋友们视为走向荒凉和野蛮了，尽管勇敢地体味之后得到的结果往往截然相反（自然这种结果他们也很少知道），大多数情况下是一种人与自然的和谐统一。许多人可能对此感到疑惑，人与自然的统一，在大多数情况下应该放在山清水秀的地方才对，比如南方的一些自然保护区，比如沿海的一些沼泽港湾，为啥你要在风沙弥漫、干燥缺水的大西北说呢？我觉得这是一种十足的误解。实际上，除了江南那种水草丰美、层峦叠翠的赏心悦目和怡人性情之外，大西北更有一种在陶冶人生性情方面别处无与伦比的特色，那就是十足的大气，是飞翔的爽朗。生活在广袤草原上的人们，他们的心灵是自由的，不愿意被具体事情缠住。西北因为历史和地理的原因，还有不少人生活在艰难境地，尽管如此，他们依然留存着一份心灵自由，喜欢迎风歌唱，喜欢顺风飞翔。尤其是草原上的人们，他们一出生就和草原亲近，很早就熟悉草原，长大后还是生活在草原，于是就很自然地把自己看作了草原的一部分，从某种意义上来说，他们已经和草原融合了。

2009年9月的一天，我在大平滩草原上行走时看见了一匹空着鞍子的大白马，时而默默地吃草，时而在草原上溜达，慵懒散淡，逍遥自在，它踏在草地上发出空荡荡的马蹄声。我疑惑可能有人就在附近干着啥事儿，于是我朝着大白马来的方向走过去，结果才走十来步远即发现，在被秋光照得有些发红的一座高高的草山上，哈萨克汉子海拉提正在悠闲地翘着两腿躺卧在青草上，用坎土曼帽半盖着眼睛和脸部，一只手拢举到头顶，另一只手正在拨弄着一个手机。在他旁边十来米外，有二十来只羊正在吃着秋天最后一茬青草。秋末星星点点的野油菜花儿在他身边绽开最后一片白色花瓣，青黄中已开始掺着蜜色的草地为他铺染一片凝重的色彩。他一个人躺在这儿思考啥呢？再过一个多月，也许是两个月，马场的第一场雪就要下来，山腰的雪原就要铺到山脚了，那时候马和羊都要回到山下的棚圈里喂养。他是不是留恋这片为他的羊和马提供了丰足青草的土地，想在这一年的冬天到来之前多一天亲近这片土地？

与海拉提的自由交谈就这样在秋光烂漫的大平滩草原上进行。海拉提，我三年前认识的哈萨克族朋友，在大平滩草原上度过了三十八个春秋的牧羊汉子，对草原的认识自然比才在这里流连几年的我更深更沉。

他说，这羊嘛，是我们的粮食，这草原嘛，是羊的粮食，所以嘛，草原是我们的祖先，没有祖先就没有父亲，没有父亲也不存在母亲，所以草原比你们汉族人说的母亲还要重要。

我问，你考虑过放弃牧羊吗？就是干耕田种地的活，或者进城做生意，你考虑过吗？

不行不行，大平滩草原上的牧羊汉子连连摆手，手机被甩到冉冉的草丛里，他赶紧伸手捡起来，用手抹了抹手机外壳上的泥土，眼睛注视着手机说，我们不能离开草原，我们离开草原就不能活。

我看着他那酱红的脸庞，再看看他的诺基亚手机，关心地问，手机没有损坏吧？你用手机和外面的很多人保持联系吗？

不多，我只是和新源县城的朋友联系，他开烧烤店，有时候要我的羊，我还和家里人联系，和住在场部房子里的媳妇说说话。海拉提说。

那么，一年中大多数时间你都在草原上，而草原又是这样寂寞，天天大风吹，太阳晒，冬天还有暴风雪，你不觉得苦闷、不觉得艰苦吗？如果是我，我肯定挺不住的。我很佩服你，还有你的家人。我有些崇拜地看着他，说了这些话。

嘿嘿，海拉提酱黑的脸上露出洁白的牙齿笑了，他说，我们哈萨克人自从来到世上的那天起，就注定要永远地迁徙。我们要年复一年，从春到夏，从秋到冬，从孩子一直走到老年！

那个"老年"，海拉提是用了铿锵有力的语气做强调的，特别是那个"年"字，很有肯定的气势，仿佛是做出了一种斩钉截铁的誓言。

以我这些年在大平滩草原上的见闻，不仅仅是海拉提这个牧羊人，生活在草原上的哈萨克人都有这个特点——顽强与忍耐。家在草原，即使到了转场的季节也舍不得离开，但是他们的天性决定了要经常迁徙，从一处草原游荡到另一处草原，于是，他们以矢志不渝的和谐与默契，恪守着与大自然的约定，恪守着与草原的约定。也正因为这样，他们的心胸永远是敞开的，是接纳的，是交结的，因而也是另一片广袤的草原。

阅　读

春末夏初的阳光显得新鲜和热烈，但绝没有南方常有的湿热和窒息，从东南面天山库尔德宁林区方向吹过来的天山长风把那些酷热大大消减了，同时山风又扬来了一阵又一阵野花的芬芳，那花香便在金亮亮的阳光里一波又一波地覆在我的身上，甚至穿透我的衣服渗进我的皮肤里。凉风、芬芳和阳光的抚摸让我情不自禁地拥有了快感，于是我做出一个非常大胆的决定：把全身的衣服都脱光——我要让自己赤裸的身躯沐浴在阳光和花香里。接下来，我开始认真地选择一块地方，结果我在西北面选到了，那里的芨芨草、羊胡子草、茵陈、马兰花和大红花、大黄花、郁金香等等花草铺天盖地，有许多地方花草几乎达到一人高，随便拨拉一条缝钻进去，然后细心拢好便又天衣无缝，自成一方世外乐土。这样，我自己一个人就站在了一片迎风招展的花花草草之中。

现在，只有天空和大地才可以看见我了，也只有身边的野花野草才可以注意我的一举一动了，但它们都以一种无比宽容的眼光鼓励我，我仿佛身处一种幻觉，又像置身于一间温馨宜人的洗澡房。接下来，一件一件地脱掉衣服便是一种必然和自然的举动了。我太幸运，能够在这样方圆二三十平方公里都没人的草原上独处，因而有了真正的自由，也有了真正的尊严———不违心地说，我讨厌人口密度大的都市，在那儿实际上是一种群"雄"粥粥的生活，而在繁密房子之间已经没有任何私语和隐私的生活，更别说一些豪情男女的私生活。而在这里，当我把身体交给阳光和风，交给起伏摇曳的花花草草，我的头上和脸上便落满了一层草的叶、花的粉和花的瓣，那正是一种我梦寐以求用以洁身的药物，然后阳光和风如水而至，在我那显得白皙却又看不出一丝健康和强壮的身体上来回地揉擦、濡染、搓洗，一种强烈的紫外线掺杂着大自然缥缈的药香、花香深入我的皮肤，风的抚摸又消减了太阳在我全身制造的热辣。有一刻，我甚至仰面朝天，或者五体俯地，让五月下旬熨帖的阳光和风扫过我很少见天日的下体，于是全身就升浮起了一种百病皆除阳气飙升的豪迈。我这样做也是实践我多年以来就已萌生的一个愿望——我想过一种像古代圣人那样亲近自然的生活。我觉得，我这样做与一些人表现出来的那种病态的心理是截然不同的，这是源于一种原始的冲动和健康的天性，而且我相信，越是在无人的荒凉中，就越能窥视出一个人的真实的灵魂。我当然也不能例外。这次，在荒野中我把自己最炽热的情感和最健康的想法向大地毫不保留地倾诉了。我依稀记起，许多年前我就与草原有了一个约定，相约一起袒露自己的真诚。如今许多次过去了，许多年也过去了，我依然十分自信地认为，我比没有到过这里的人们多了一层无人面对时的勇敢和真实，也多了一层草原赐予的健康和芬芳。

在许多个清晨和午后，我和明月还喜欢赤了脚坐在花儿如海的大平滩草原上，捧读亨利·梭罗的《瓦尔登湖》或者阿尔多·李奥帕德的《沙郡岁月》，这两本书都是关于人与自然的心灵经典，也是我们的心灵经典。我们常常那样埋头一读就是一个小时。这时候，面积广阔达三十万亩的大平滩草原，成为我们阅读这些自然著作的最好的书桌。我摊开书本，让山风跟随我的手指一起翻转书页，寻找我喜欢的文字。有时为了开拓思路，我还会随身带来本土作家的著作，比如周涛的《伊犁秋天的札记》，沈苇的《新疆词典》，刘亮程的《一个人的村庄》，从中我了解了一些更本质的东西。我还会阅读少数民族作家的作品，比如维吾尔族的艾贝宝·热合曼，哈萨克族的叶尔克西，甚至还有嫁到江南的维吾尔族女作家帕蒂古丽，他们的作品让我窥见了另一个民族的一些隐秘的心灵和生活。如今，我和他们同样生活在这片土地上。

阅读久了放下书本休息的时候，我们便手脚摊开躺在草地花丛中，眯着眼睛看湛蓝的天空和它旁边的鲜奶一样洁白的云朵，感觉好像已经把心丢了，丢得不知不觉，丢得毫不在意。我想，这主要是因为天空中那一丝丝的白云，白云如果是大片大团，那反而没有了空灵的感觉，但是它是一丝一丝地飘荡在湛蓝的天上，甚至不是一缕一缕的，所以给人纯洁的感受反而更加深刻，更加细腻，也更加灵动可感，所以也是一种眼看天空的阅读，人的心灵因此获得了一种可以细细品味的纯洁情思。

据说生物学教育是一种塑造成功公民的途径，如此我们的许多有识之士便更多地把自己和子女的青葱岁月放在了自然和野外。曾经有许多次，在阳光温和的上午，或者在有凉风吹拂阳光也并不强烈的下午，我在厚厚的草原上躺着看湛蓝湛蓝的天空，躺着躺着便美美地睡上了一觉。醒来的时候已是阳光明丽的中午或者夕阳西坠的傍晚，感到自己身上正有一些奇异的响动在超越自己，在这种超越中短时间内感到自己不知身托何方。这真是一份修炼多年的惬意，我们沾着花粉的嘴角和手臂上总有一些蜜蜂或者蝴蝶在轻盈爬动，这应该也是神的宣示和招抚——人们素来相信，寂静和干净偏远的地方就是神的栖息地——于是我们重拾书本，重新进入我们潜心阅读的仿佛草原一般芬芳的世界。

在这里，阅读其实就是一种确认自己存在的方式，要是没有了这种思考性的阅读，我们可能早就迷失在另一种诱惑里了——一种面对草原花草的诱惑，通常这种面对容易被人形容为无所事事，但是我已经逐渐意识到，在草原或者雪山边缘的阅读才是真正的阅读，即使是阅读久了也感觉不到昏沉——除非你像某些人一样既没有书本也没有躺进花丛，相反却总是有一种清醒敏锐的时刻。《瓦尔登湖》和《沙郡岁月》里有太多的森林、草地、湖泊、动物和土地的描写，阅读并思考甚至运用它们，便有了在其境读其境的味道。这或许就是当下一些人常常说到的在场主义。有时候，我们读完其中的一节后会站起来放眼瞭望，神清气爽中看白云西去，朝阳东来，心潮起伏中听归鸟暮鸣，松涛晚唱。冰凉的天山长风吹过我的脸，从草地里飞起来的黑灰色云雀乘风把娇小的身子和尖利的叫声弹入天空，还有远方那一年四季也不会融化的天山雪峰，在高远的蓝天里放射出一缕缕神秘的摇曳着幽幽蓝色的光芒。在天山雪峰映衬下的草原，又是多么辽阔啊，我游弋在这片草原上，有时是用眼光去阅读，有时又是用我的内心去品味，我越发喜欢这片包容我一切的草原了，草原也用她的辽阔和旷达把我反复打磨。

傍晚来了，那些银白的雪峰在彤红的斜阳里则如熔红的巨剑般热力逼人，又如燃烧的炭火般鲜艳迷人。雪山下面是归牧的人影和羊群，随着薄暮降临，他们在红红的夕阳光下和参差的松树林里渐渐淡下去。这时，多思的我总是站在草甸上，久久举目眺望着远方，望着远方草原上正在牧归的哈萨克人，看着远方那些黄泥小屋和毡房里隐隐约约亮起来的橘黄色灯光。在草原长长晚风的吹拂中，我原本因为阅读而引起的思想波澜被缓缓抚平，心底代之有一丝清新的想念仿佛毡房顶上的炊烟一般悄悄升起，那想念的可能是我最遥远的故乡，也可能是我最近的故乡，或者是自己的爱人和孩子，它是一种真挚的情感，散发着草原野性而健康的气息，它还暗含一缕忧伤，一丝甜蜜，在蓝郁而朦胧的天山腹地里缓缓飘荡。

> 情人离开我远去他乡，
>
> 为此我并不过分忧伤，
>
> 因为春天割下的那缕发梢，
>
> 早把她的心儿连在我身上，
>
> 不管她远走天涯，
>
> 迟早总会回到我身旁。

对有情人远去他乡的思念，相信哪个民族哪种性别的人都会深感惆怅，深深地思念和渴望。但是从这首歌里，我又读出了另一种性格的哈萨克人。我一直以为，哈萨克人过于好爽憨直，却从这首歌里听出了比江南儿女还要愁肠百结的多情，有些吻合他们民族的悲壮，却也有更多的缠绵，更多的牵挂，更多的忧愁，当然，还有更多的自信和希望。

草原上的哈萨克民歌一年又一年地唱下去，已经穿透了漫长的雪山岁月，仿佛草原上的骏马和牛羊满坡散放，仿佛草原上的风和蝴蝶一样四处飞翔，也仿佛草原上的民族盛宴一样洋溢出诱人的香味。20世纪90年代以前，明月也曾是这片草原上的一名牧羊少女，也曾和哈萨克牧童一起高声响亮地唱过《花儿与少年》《矮山冈》《黑云雀》之类的歌曲。后来到了南方，明月常常回忆起草原上的牧羊生活，怀念独自放羊时牧羊犬乐乐陪伴她度过的大段美好的时光，怀念后山草原上那丰沛肥嫩的青草。那都是些聆听过无数歌曲的青草，它让明月的童年多了许多说不出的愉悦。明月曾说，后来她离草原越来越远了，但她总是想着走近它，想着抚弄那一片碧绿柔嫩的羊胡子草，然后采一把，放在嘴里慢慢咀嚼，直到嘴角流出绿色的草汁，直到羊胡子草的气息回荡在她的胸间，她动荡的心灵才会因为草汁的浸润而变得柔软和宁静。

我理解明月，在她成长岁月里走过的许多季节，一直是草原给她真正的安慰和抚摸。在明月童年时代的眼中，马场草原是宁静的，嫩嫩的芨芨草秆是鲜甜鲜甜的，满山的野草莓也总是把他们这些淘气的孩子的衣裳都染成紫红紫红的。草原像母亲养育她一样，养育着这里的牧人和他们的羊群。草原也是热闹的，那里有哈萨克人动听的歌声，有马嘶羊叫，那里也有她和牧羊犬乐乐分享水壶里的水和衣兜里的馍馍的欢乐。在那时，草原的光芒洒满了她的生活，她就在草原的光芒笼罩中，走过了一年又一年。

童年和青少年时代是一个人最值得记忆的时代。我想那也是一个人树立理想的时代。在草原上出生长大的姑娘，她的理想会是什么？我曾经追问明月，她说，天天有馍馍吃，年年放的羊又肥又大。在那个特殊年代生活过的人，有这样的理想是不算奇怪的。仅仅如此吗？我又追问。还有草原永远翠绿，河流永远奔流，倒是没有想过要离开这儿，到人人都羡慕的大城市去。为什么？我觉得草原已经够大的了，草原也美丽，放牧的季节鲜花盛开，天空湛蓝，冬天它又是一个天然的溜冰场，就是下雨吧，雨过天晴也有一道灿烂的彩虹，可是南方有吗？这些年在南方，见惯了烟囱林立，天空一片灰蒙蒙，地面的河水污浊连年，晚上和妻子散步，一路上都是跑出来的臭水沟和飞驰汽车的尾气混合味道。唉，说到河水简直让我揪心，那地方，这几年纯净水、矿泉水销路看涨，许多人家除了洗澡洗衣，都不敢接触自来水了。我们的房子在四楼，差不多四五天就要叫人送来矿泉水，送水的小伙子一手提一箱二十五公斤重的水上楼，我们除了要付每月三十多块钱的矿泉水费之外，看到提水的小伙子气喘吁吁的样子，那个每次一两块的额外提水辛苦费想不给都不忍心了。

水其实是我们最紧要的食物。日夜西流的吉尔尕朗河水能满足我们吗？

在这样的背景下，我躺在鲜花盛开的草原上，在用牙齿嚼一根草茎的同时，更愿意倾听不远处吉尔尕朗河那潺潺流响的声音。

它正在平静地向西流淌。

它是一种水光潋滟的声音。

后来，那个在大平滩草原上和羊羔子牧羊犬嬉戏的小姑娘不见了，她去了南方。十几年后，她又回到了这片曾经那么熟悉的草原，和一个同样热爱草原的青年沿着山包漫步。草原依旧，青草依旧，只是她自己发生了变化。那个青年很感叹地说，如果我是你，当年才不会去南方，伊犁多美呀。当年的放羊姑娘却不无认真地说，要不，我们都回伊犁吧，我爸我妈家里还有四十多亩的土地，现在新疆种田人的日子已经很好过了。

当年的放羊姑娘说的话让我沉思了许久。我知道，这里的农民种地，不像南方的农民用手抛秧，个别观念落后的农村甚至还维持沿袭着传统的每棵每棵点插完成，那样需要多大的工作量啊。就是后来推广的抛秧技术，其工作强度也比机械化大得多。而这里全是靠机械化操作，一年种一遭，半年忙碌半年闲。有个别贪图安逸的农民甚至种一年闲上两三年，因为种一年粮食足可以保证数年的粮食了。大多数牧民的生活也今非昔比，我们曾经听到马场的人说过这样一件往事：有一年，马场上一名职工跟了场里的干部去大平滩草原上的哈萨克牧民家里收提留，视羊如命的哈萨克牧民没等干部开口，就说要羊不给，要钱就有。干部说当然要钱。话音未落，牧民哗啦一声从炕边拖出一麻袋钞票说，要多少你自己拿吧。那位干部看到这场面都愣住了。这里的牧民只要养有一百只羊，一年收入不会少于三万元。特别是现在的许多牧民文化知识增加了，见多识广了，养羊也比较讲究科学了，牲畜不但长得快，而且抗病能力强了。除了春天围栏放牧，夏天转场游牧，冬天还盖圈饲养，打草还用割草机，放牧也驾驶着崭新的摩托车山上山下地飞驰。牧民们想的是，人民币是羊变出来的，我当然要羊，羊才是我真正的命根子。

　　这些年，我养成了在清晨或者傍晚到草原上溜达的习惯。有两三年春夏之交的那些天，每天清晨，只要天气晴朗，我都会到老马场后面的大平滩草原上走走。这时候，吉尔朵朗河似乎还没有完全睡醒过来，漫不经心有声无声地从加乌尔山脚流过，越过山岭而来因而高高地洒在河面的霞光，给静谧的河面抹上了一层时明时暗的奇异光泽。

　　在连绵起伏的牧场高处选择一座绿绒般的草山坐下，在大红花、茵陈、羊胡子草和野油菜花的环绕中，从晨曦初露一直到日上山梁，我认为这是属于清晨的时间，而从下午八点一片草山可以挡住另一片草山的阳光开始到夜色朦胧，这是属于傍晚的时间。在清晨的时候，我的手上通常会捧着一本可以让心灵自由地获取智慧的书——大多数时候是《瓦尔登湖》或者《沙郡岁月》。这时候，周围还是一片宁静，只有我自己（我和明月回来的时候就是我俩）坐在这四面都是草山环绕的草地上思索着，有时候会有一小拨羊群或者马群经过，有时候会有几只小鸟在周围鸣叫，我一动不动的时候它们还会飞到我的面前，像几个淘气的小孩一样，一边啄食草地上的虫子一边不住地歪着脑袋观察我。在大多数情况下，我捧着的依然是那本《瓦尔登湖》，明月则仍旧是读那本《沙郡岁月》。我已经发现——和许多人的发现一样，只有来到这样宁静的地方，我才能真正潜下心来读完这两本书，而此前在南方的时候，我一个星期下来也无法静下心来读完其中的一章。全书二十多万字，光是那章《经济篇》就有七十六页五万字之多，完全是俭朴的梭罗在湖边生活时精打细算的记录，琐碎而显得不厌其烦，如此页码我在南方生活的时光里是足足用了一个星期才读完的——在南方已经没有菩提境界的水泥森林和画皮一般狰狞的市声人影里，我翻转这些书页如同搬动一座大山。可是当我回到了马场，二十多天里我就读了两遍全书，仿佛啜饮一杯酒香源源不断的酱香伊力老窖。此时，我还开始了《沙郡岁月》继南方第一次阅读之后的第二次阅读。当然，对于这两本流芳千古的名著，我的领悟能力决定了我虽有多次阅读却还只能停留在囫囵吞枣阶段。至于完全读懂，我一直到现在也不敢夸下这个海口，毕竟，这两本书的内容和思想是如此的丰富和深刻，它们简直是在教导我们应该如何选择生活才不至于沦为一个只会吃饭的庸包，但是我坚信，这些年来我在草原上获得的深刻思想比在南方的三十多年岁月里获得的还要多得多。

冬天的阅读时光别有严寒岁月里的生机。在老马场，冬天的日子不但极为严寒，而且会比春日更加寂寞。我在窗前阅读，尽管有火炉陪伴，见缝插针的凛冽寒风还是可以让我头脑清醒。窗外，万径人踪灭，茫茫雪白的原野和天山，还有偶尔飘落的漫漫雪花，淹没了我内心曾经有过的那些文字和思想，只觉得自己还是一个幼稚懵懂的孩子，一切似乎要从头再来。"读书之乐乐何如？绿满窗前草不除"，元人翁森写这样的诗句应该也是抛却了浮华之后的真话。那些曾经有过的城阙之志和挥霍欲望，一段时间里实在可以置之度外。麻雀和一些不知名的鸟的鸣叫，以及不时呼呼劲吹的四五级西北风，让我阅读的心仿佛回到了冰河世纪，好长一段时间似乎万念俱灰，再没有任何红尘道上的斗志，但也不是完全沉沦，至少这片土地是让我快乐自信的，我只是想让自己在这片冷寂的土地上终老下去。

佛经上说，远离人间的欢乐，为接近智慧，愿独处于寂寞深山。当年，那么多的僧众为远离诸恶，乐居高岩，建起了无数名刹寺庙，莫高窟、克孜尔千佛洞、龙门石窟、大同石窟等著名的礼拜和传道之所就这样诞生了，众多的参悟文本和文化殿堂也随之出现，寂寞深山和岌岌高岩成为千百年来的文化传播中心。

寂寞地思考，适合在泉水潺潺、枯枝落叶的山间，适合在疾风劲烈、苍鹰展翅的高原，适合在草原连绵、雪冠千年的山巅……

无可否认，寂寞和清新的生活不是谁都可以过、谁都愿意过的，它是一种被现代文明社会所遗忘的爱好，更是一种我们必须共同面对而又难以实现的理想。于是我们就常常为此感到困惑，为此不辞劳苦地奔跑。首先声明一下，我并不是自命清高，其实我做得还很不够。尽管如此，我还是想自问一下，这些年来，我是不是已经成为这方面的一个典型例子了？

直率地说，假如要我像梭罗在瓦尔登湖边生活两年那样也在一片荒原上不间断地度过两年，我还没有想好应对的措施。现在，我只是在一个偏僻的牧场上，但有着和乡亲们一样的生活，有着朋友一般带我转场的马牛羊，这已经是一个诗意生活的家园。每年，我像一只候鸟一样在南北来回飞翔，寻找我温暖舒适的家园。我也常常感到自己是多么的矛盾，我爱这里的自然，我甚至愿意在较长的时间内和这片自然一起生活，渴望看到天空的颜色，听到野花开放的声音，甚至想把自己融为这片自然的一部分，但是我也想啜饮世俗甘醇的美酒，倾听都市舞蹈的律动，乘坐一辆现代气派的小汽车，酣睡在一张高级销魂的软榻上。

但是，我的想象就如洗完澡接着又去洗脸显得多余。更多的时候，我是在一边阅读一边思索，一边有意无意地眺望云雾缭绕的天山雪峰，雪峰下被松林染成蓝色的山腰，从斜滑的半山以及云岫里倾漫而下的嫩绿的草原，正在被春风掀起一浪一浪闪亮的潮。而在潮的荡漾深处，在溪边平坦的地方有几座灰白色的毡房，毡房边的草地上，一拨一拨的羊群仿佛是谁遗落在草丛中的白绢。如果抬头看，在纯蓝如洗的天上，有块块白云在飘荡，但是我一直不敢肯定那究竟是白云还是羊群？我们的小丫头就仰起头喊，爸爸，妈妈，羊羊跑到天上去啦。在小家伙的眼里，白云和羊是没有区别的。云如白练，丝丝缕缕，羊如白云，飘飘荡荡。还有吉尔尕朗河的河滩上碧绿而又带些荒凉意味的开阔地带，以及后山草原上穿着鲜艳的民族服装、艰难挑水上山的哈萨克妇女，或者赶着羊群上山的牧民发出吆喝声，有时也有歌声，这时便有一种清新而又忧伤的静思从心底油然升起，弥漫、淹没我的全部身心。

如果上午温暖的阳光在一场透雨之后穿过稀薄的云层照在草原上，我们便会看到草原上空那种奇异的景象。那是彩虹，彩虹是草原上的另一种光芒，它横贯大气底层，像一个弯弯的彩门，颜色鲜艳而清晰，并用它浓烈的色彩为我们四周的嫩绿草叶染上了五颜六色的水晶光。哦，彩虹，真的久违了，在南方，你与我们可是难得一见的了，面对烟囱林立的天空，你义无反顾地来到了北方，和我们在厚厚的碧毯一样的草原上相会。在彩虹的光芒里，我们在山包的侧坡上踏草漫步，看自己平淡无奇的身上被这种神意的光芒濡染。当我沐浴在这种缘分赐予的光芒中时，通体感到温暖而透彻。常常在这个时候，我们会被自己影子周围的一圈圈光轮所迷惑，以为自己有幸获得了无所不在的自然神的佑护。

沐　浴

深秋的大平滩草原草色已经慢慢地转为一片蜜色了，蜜色中还泛起一层奶油的光泽，使本来凉风徐徐的整片草原上反而浮起一层暖洋洋的气息。仿佛是应和着我们心境的变化，这片海拔接近一千六百米的空中草原，在百花谢幕之后总能再度挑选出一位出色的报幕员——个子高挑而淡雅的野油菜花。站在高远的大平滩草原上向四面遥望，这个季节依然旺盛开放的就只剩下那些粉白粉白的野油菜花了，它们随着已经逐渐转为蜜色的草原蔓延，草原平坦它们也平坦，草原成了起伏的草山它们也成了起伏的草山。10月的时候，我一个人坐在四面方向都有一片丘壑的大平滩上，坐在这片真正的空中草原上，坐在棉花地一样的野油菜花草地里，这时候我又有了一种更新的感觉，觉得自己正浮荡在有着满天灿烂星辰的夜空里。

因为寂静和寥廓，草原好像一头反刍的母牛，正在安详地卧着沉思自己的往事。我也因为正处在沉思中，因而我坐着的时候虽然寂寞却没有感到厌烦，虽然孤单却没有早早地走掉，相反，我从中午一直待到了傍晚。虽然秋阳普照，走到哪里都有一种面对日光灯的耀眼和亮灿，但有长风吹送着远方天山山麓的沁凉气息，阳光因为有沁凉的山风中和而显得恰到好处地熨帖，空间释放出一种与南方截然不同的明朗和健康的气息。我有很长一段时间躺在草地上，静静地吸收着10月后期的阳光。这幅孤独自然和高远湛蓝的天空让我忍不住长躺不起，在这个无论是空间还是时间都算得上是最偏远的家园，我静静地躺着——用手作檐遮住已经走到午后因而并不显得很刺眼的阳光，目光掠过手檐斜视天空，在很长的时刻，我都听不到耳旁的声音，也没有声音，秋天落在大平滩上的表情是严肃和温热的，灵魂却在传达着一种高天旷远的寂寞和凝神。

记得还在夏天的时候，我自己一个人在原野上待着，突然间就会做出一件让人觉得好笑的事情。比如有好多次我在马场的后山草原上闲逛，来到草高花盛足可掩及半腰的坡段，我会情不自禁地来一次让身体与草原的零距离接触。诚如在我前面说过的草原日光浴一样——赤身裸体睡在繁密的青草鲜花上——让自己的身体与这些女孩一样的鲜花嫩草充分接触——我这种做法是否是对这些鲜嫩的花草进行一种粗暴的作践？其实我只不过是想更多地吸收掺和着夏日阳光的花草芬芳。当然，我会顺便在双手遮盖着的目光里，慵懒地观看一只正在头顶飞翔的鹰。

山下田野里的油葵的花盘刚刚开始变黄的时候，我又悄悄地走上大平滩草原。草原上到处都是花生米一样的羊粪蛋、点心一样的马粪蛋和花卷一样的牛粪块，初春草短的时候简直让人坐不下屁股，那些羊粪蛋、马粪蛋和牛粪蛋毕竟属于在这里土生土长的动物的东西，这些动物早已经与这片草原达成了一种默契。草原对这些动物说，你们拉吧，你们拉吧，我需要你们，我养育了你们，你们也赡养了我，你们就是我的儿女了。那么我呢，我得到了这片草原的体认吗？我在南方的岁月因为一种前世生活在草原的命定而疯狂地思念草原，总认为自己今世肯定有草原人的血统，肯定是草原的一个游子，几年前终于圆了自己的心愿——回到草原，并且总想在草原上做点什么，最好一辈子地做下去。可是，这片岑寂连绵的草原会把她当成我的母亲吗？

就在这个夏末秋初的时候，我再一次为自己准备了一场草原日光浴。当秋天的阳光毕毕剥剥地在我赤裸的上身皮肤上炸响，偶尔吹过的山风又在皮肤上绵软清凉地抚摸的时候，我闻到了草原上漫过来一片牲畜的气味。我想这时候人若成为一头牲畜也不见得就是耻辱——能以这种方式与大平滩草原上的花草亲近，如果没有一份赤诚的情感你能做到吗？随随便便的相遇就要以身相许，对于这，博大而浩荡的大平滩草原会轻易答应吗？

和普通的家居生活一样，沐浴之后，我还在花地里睡了一觉。我觉得在草原上的时光真好，我想干什么就可以干什么，不用过多考虑有谁会来干涉我。在喧嚣而冷漠的南方大街上，你能睡下吗？姑且不说沸扬的市井声让你无法入眠，甚至在南方干涸的山坡上你也无法享受到过去那种人迹罕至的寂静了，到处都是人，昔日偏僻的乡野也不例外。而在大草原上，我却可以放心地躺下，没有人来干扰我，我既可以闭目静静地倾听远远近近的各种声音，也可以无牵无挂地酣然入梦。草原是慈祥的，她多么宽容。我醒来之后精神是饱满的，眼睛明亮得可以看见几百公里外的雪山。我依然听不到鼎沸的人声，却听到了原野上的虫鸣、鸟叫、花草开放生长的声音，听到山坡上奔驰而过的牧民和他们的骏马。这些小虫、小鸟、花草和那些马牛羊，她们知道我吗，她们清楚我在南方所受的委屈吗？现在她们看到的，是一个脸朝天空，背枕草原，异想天开地想在遥远大西北破釜沉舟、成就一番事业的男人，但是他不知道，草原和草原上的一切生命会相信这个男人吗？

我是多么钦佩和羡慕诗人惠特曼啊！他漫游在美丽辽阔的美利坚大地上，走过雪山岭巅，走过草叶森林，写下了那么多那么美丽诱人的诗句，在隐秘的地方做出在别处不敢做的反应（多么像上面的我），甚至不再害羞，从而达到了人与自然的和谐统一。让我随意朗诵其中的一首吧，这些诗句尽管作者写在一百三十多年前，却也足以表达出今天处于这个纷繁世界上的我的独特内心：

在人迹罕到的小径间，

在池水边缘的草木里面，

远离于纷纷扰扰的生活，

远离所有迄今公布过的法令，

远离娱乐、赢利和规范，

这些，我用以饲养我的灵魂已经太久，

如今那些尚未公布的标准我才看清，看清了，

我的灵魂，那个我为之发言的人的灵魂，只在伙伴们中间作乐，

在这里我独行踽踽，远离世界的喧腾，

在这里迎合着、听着芳香的言语，

不再害羞，（因为在这隐秘的地点我能做出在别处不敢做的反应，）

那不愿显示自己但包含着其余一切的生命有力地支配着我，

让我下定决心今天什么也不唱，只唱男人们彼此依恋的歌，

沿着真实的生命一路将它们撒播，

由此馈赠各种各样的健壮的爱，

……

    有一次我醒来的时候，草原上的野油菜花瓣泼了我一头一脸，我的口水流到了花地里，茵陈的味道被我的口水泡了出来，我的鼻孔深深地把这种大自然处子般的灵丹妙药吸了进去。我坚信，因为我睡的这一觉我会因福而继续得福——我既享受了大平滩的静谧对我根深蒂固的思想的熏陶，也肯定会因为这一副灵丹妙药而使我远离南方的湿热从而成为一个清新爽利的人。

    偶尔我也看到在西面沟连着沟的草山上走动的几个人，他们显得零零星星，成了浩大无垠的空间上的几个点。纵使是那些羊群马群，也只不过是这幅灿烂锦绣中的几块颜色。普照的秋日依然闪闪亮亮的，把草原上驰骋的哈萨克和漫荡的羊群马群映衬得神采飞扬。

    大平滩草原啊，每当我在你丰腴润厚的胸怀里自由行走，或者躺在你温软平坦的腹部上沐浴，嚼着汁液浓多的草杆仰望天空之际，我总是被你那寥廓、温柔的美丽所倾倒，似乎你就是人们常常在梦里歌里赞美的草原，但是梦里歌里的草原常常是一种传说，让人觉得缥缈失真而不可即。可能拿你与附近的5A级景区那拉提相比还好参照，但是后者早已名闻遐迩，而你现在还是默默无闻，只有深爱你的我一个人常常纵情歌颂。你也许就是另外一个那拉提，在伊犁草原中，你就是一个比那拉提还要大的那拉提。你也是一片比那拉提要远离了商业化因而更天然的景观，在这里，还有成规模的牛羊放牧，牧民们依旧在自然的景观里闲荡。

    多少个春天的清晨，我在你布满青草的肚腹上散步，从小溪的南边跨到北边，

从一个山岗走到另外一个山岗，从一丛灰灰条来到另一丛灰灰条，从一片天山大红花趟到另一片天山大红花，有时甚至直接走进牧民的毡房或者土墙房子里，过牧民的日子，过我喜欢的日子……这样的生活真是太美妙了，我再也不用呼吸那些带着粉尘的呛人的空气，因为我已经生活在这个远离喧嚣甚至远离人工斧凿的地方，这个一直保持着自然、清新、圣洁、宁静的地方。不错，马场远离喧嚣和瞩目，但是正因为她远离都市，远离南方，甚至远离人世，她就有了一种放射微光的功能，那种微光时常在茫茫天宇中闪烁，照亮了我思想的长途，同时也照亮了我那些在这片草原上生活的兄弟一般的牧民们。我越来越觉得自己是跋涉在一片险阻而且黑暗的天地里，但是我没有成为胆小的野兔或者迷途的羔羊。始终在高空照亮一角并且指引我前进的是因为草原这个没有多少人知道的发光体，因而我感觉，只要我到了这里，我就会看见升腾在草原上空的那种自然而迷幻的光芒。这时，吉尔尕朗河谷和加乌尔山都被一种神圣而明亮的光芒所笼罩。

恋　爱

"为什么你要独自一人躺在俄罗斯大地的中间？"面对这个星球上只有自己才记得住的小村庄，阿斯塔菲耶夫的表述方式是无与伦比的，他创造的世界带给我们一种天高野旷落英缤纷的意境。那么，从我这些年来在大平滩草原上的经历看，我是否也可以这样低吟一句："为什么我要独自一人躺在伊犁大地的中间？"面对起伏而辽阔的大平滩草原，我一直觉得我有一种别人尽管有但绝对无法超越的感动。

循着这种感动，我想坦白地说，我与这片草原有着一种几乎是与生俱来的深切的情感。这样说可能有些抽象，那么我再具体地解释就是，我至今和明月谈过两次恋爱。第一次当然就在我们结婚之前，先是在学校到工作路上的认识，半年后就确定关系，接下来再正经谈了两个月，之后我们就结婚了。从南方回到马场后，在草原上的休闲岁月也开始了，那简直就是另一场恋爱，时间开始于回到伊犁，中间候鸟一般万里奔驰，最高兴的栖息地就是吉尔尕朗河畔，在大平滩草原上。可以毫无避讳地告诉你们，每次我们回到老马场，我们就迎来了无忧无虑的幸福时光，那又高又美的大平滩草原就是我们感情发酵的温床。我们曾经多次互相确认，在草原上生活，要比在南方的生活更像一场恋爱，双方的脸庞可以提示这一点，诚如我在这一章的第一节就已说过的，我的双手和脸都光洁无比。而明月的经历也很能说明这一点，有一年，她因为在南方听信了一些朋友关于女人要上美容店的话，结果她的脸非但没有她的朋友那样细腻娇艳，反而长出了五六颗黄豆一样大的黑斑，一直持续五个月也没有消褪的意思。这年春末夏初我们回了一趟草原，一住就是三十多天，奇迹出现了，只是回到马场十来天，她的脸上的黑斑颗点完全消失，不但连影子也没有留下，反而让整张脸像草原上牧人做的奶豆腐一样光洁而富于弹性。一直以来对自己脸上那些缺点苦恼的明月终于如释重负，发誓说以后再也不进美容院了。很长的日子里我们都在大平滩草原上闲荡，呼吸了遥远的天山长风，以及草原上百花的香味，让草原上的鲜旺花草养活我们的眼睛，滋润我们的身心。

那时候，居住在新源县城里的雪莲姐弟和表妹张敏应该明白了吧，你们多次打电话叫我们离开马场到县里喝酒，我们很多次都婉言推掉了，我们怎么舍得大平滩草原上那些绚丽的鲜花，怎么愿意在7月里离开树木葱绿空气清凉的吉尔尕朗河畔，怎么会舍得放弃了在库尔德宁密林深处毡房里啜饮马奶倾听冬不拉的惬意？我们正在恋爱，而恋爱中的男女往往都会把不是其恋人的东西忘掉，男人会忘记橱柜里的最后一瓶美酒，女人会忘记衣橱里昨天才买回来的那件新衣。

2012年夏天，我们在吉尔尕朗河右岸的房子开始动工了，明月回到马场，亲自筹划了动工仪式，尽管我还在南方，但当天晚上明月在电话里把动工的情形跟我讲了，我非常欣喜，因为这是真正属于我们自己的一院房子，一个属于自己的家。房子的布局是明月征求了我的意见后设计的，房子的门窗用料也是我们在电话里确定的，我们可以随心所欲地布置，一间大房明月让建筑工人把它隔成两间，卫生间设计在房内，再也不是外面人家的旱厕，冬夜如厕也不用担心外面有多寒冷。明月说，在我们的院子里，想种花就种花，想栽树就栽树，想开辟一个菜园就拿起坎土曼，一切都由我们自己做主。是啊，我们只希望幸福可以在这片土地上继续下去。世间最高境界的幸福，就是躲开于己有害的喧嚣，和自己亲爱的人在一起。

这些年，我和明月在大平滩草原上，或者在加乌尔山上，真像两个寻梦者一样行走着。在辽阔的大平滩草原上，我们两个平凡的身影显得多么渺小，但是却觉得自己的灵魂在这片草原上是多么自由；在这偏僻遥远的新源老马场，在相对荒凉寂寞的加乌尔山上，我们的身影虽然是两个人，但却显得有点儿孤独，然而我们可以忘却许多不堪回忆的南方岁月。通常，高高的加乌尔山上只剩下我们俩了，我们就可以在天籁里轻轻地诉说一些在楼房里没有说过的话了，就可以一首接着一首地唱心中的歌了，就像传说中的那位哈萨克小伙子，为了自己深情思念的美丽的回族姑娘，望向远方，轻轻吟唱，这就是那首哈萨克著名民歌《燕子》，我们是多么喜欢啊，又忧伤又美丽又寥廓又凄美的《燕子》啊！

> 燕子啊，
>
> 听我唱个我心爱的燕子歌，
>
> 亲爱的听我对你说一说燕子啊。
>
> 燕子啊，
>
> 你的性情愉快亲切又活泼，
>
> 你的微笑好像星星在闪烁。
>
> 啊——眉毛弯弯眼睛亮，
>
> 脖子匀匀头发长，
>
> 是我的姑娘燕子啊。
>
> 不要忘了你的诺言变了心，
>
> 我是你的，你是我的燕子啊。
>
> ……

我曾经无数遍从光盘或者mp3里聆听欣赏这首歌，演唱过它的歌手有好几个，有哈萨克族的，也有汉族的，但我更爱听体现着哈萨克原汁原味的哈萨克族歌手演唱，歌中有草原的味道，有游牧儿女的气息，有转场的氛围；歌声是从连绵的草山上升起的，又从高高的白杨树林上空飞过，一位黑眼睛长头发的姑娘从树下越走越远，终于像燕子一样高高飞去，只剩下辽阔而寂静的草原和高高的白杨树林在守望。

我有一种绵长、深沉而强烈的渴望——就这样和明月和女儿生活下去，年年都回到马场家园住上一段日子，年年都在大平滩草原上欣赏百花烂漫的春天。无论是在天山山脉上，还是在云杉森林里，还是在崎岖牧道上，我们都希望在一起。如果能够这样，我认为这就意味着我实现了多年的文学理想，这是我和明月一直梦寐以求的生活，也是我们一家三口最高质量的生活。

这些年，我和明月就喜欢待在老马场，待在大平滩草原上游荡，许多时候我们总是在互相回忆或者在对草原的顾盼中自然而然地交流，而更多时候则是我在倾听她对这片草原的回忆与辨认。有时候我们也会重复一些少男少女的镜头。或许这就是结婚之后我们开始的另一场恋爱？许多人都明白，不是所有的结婚都经历了恋爱，也不是所有的恋爱都能结婚，实际上更多的是，不是结婚之前都恋足了爱，也不是恋足了爱就可以结婚。如果能够在结婚之后再开始下一场恋爱，这种感受应该是最美妙的。而我更认为，开始下一场恋爱是需要充足的条件的，这种条件不一定就是丰裕的物质生活，我觉得美好的环境和对这个环境的深思熟虑的爱才是我们的条件，就像今天，我们在经历了对这个地方多年的精神之恋般的思念，还有女儿在这片神奇的土地上出生，还有和这些亲人多年生活在一起之后，已经觉得我们与这个地方不可分开了，我们的恋爱其实就是这样的一种携着自然做伴的恋爱，可能也是一种意欲躲避尘世的恋爱，比普遍意义上的男女之恋要更加深沉，更加投入，也更加宽广。

　　　莱丽花在山顶上开放了，

　　　莱丽花在山腰上开放了，

　　　莱丽花在山脚下开放了，

美丽的好姑娘啊，

我一直等候你到天黑了啊！

……

　　对一个人的爱加入了对一片自然的爱，这爱应该就达到了一种超越吧，尤其是当爱这片自然丝毫不比爱一个人少的时候。至于后来的加入，比如女儿，比如一朵莱丽花，无疑在一点点地加大了这种爱的分量。设想手抚一朵莱丽花凝望草原远方的岁月，或者和明月，有时女儿也在，我或者我们，或坐或站在这片偏远得荒凉寂寞的草场上，或者沉思默想，或者倾心相谈，在这些年来的每个春天，几乎成为我出现在这片草原上的特写。

　　在大平滩草原上经历了许多年的思想沉淀之后，我终于感觉到，在辽阔草原上的生活实际上是一种适宜恋爱的生活，以我几乎走遍中国的经历看，没有哪个地方比在伊犁草原上更加适宜恋爱和真诚地生活。在这里我强调的是真诚，真诚是不以物质的丰裕为前提的，就像早些年我在伊宁市六星街维吾尔族民居院子里采风时听到一位漂亮而端庄的中年女子说的，"我们只是过好自己的生活，我们从不跟左邻右舍攀比，更不会跟外面的人家攀比"。这是迄今为止我听到的关于生活的最朴实最真挚最本质的陈述。要知道，六星街是伊宁市最有民族特色最能体现民族文化的居住区，许多住户都是当地的原住户，有些住户一直过着农耕生活，有的还是清末便已开始繁衍的百年居所。我欣赏这些保有古老文明并且将世代善良和知足的价值观流传下来的原住民，他们是伊犁大地上真正的支柱和财富。

　　同样沐浴在这种具有历史传统和文化氛围的伊犁草原上，这里的生活无疑也是一种最朴实最本质的生活。只有在伊犁草原上生活过，你才知道生活还可以这样过，而且只有在伊犁草原上生活的时候，我才明白一个人无论经历过多少曲折的往事，无论是在青年还是在中年，甚至是老年，他的心都会在草原的抚摸下重新变得年轻，变得心态平和，变得乐于奔跑，变得活力四射。

　　这些年在吉尔尕朗河两岸上生活，我还发觉曾经因为一点不如意的小事就闷闷不乐的我变得开朗达观了，曾经因为生活的烦琐而语言枯燥无味的我们变得富于妙趣了，曾经因为南方谋生的繁忙而很久没有野外活动的我变得喜欢在草原上一边快跑一边欢呼雀跃了。于是我明白，草原在过去让明月得到了仿佛自然之子的快乐，现在让明月和我又找回了仿佛自然之子的快乐，也让女儿找到了城里的小孩所没有的快乐。由此我更悟出，草原在过去不会叫一个人失望，在现在不会叫一个人失望，在今后也不会叫一个人失望。每次回到草原，我用了最多的时间坐在草山上看远方，看朝阳从东面天山山脉徐徐升起，看夕阳从加乌尔山顶缓缓坠落，从体味早晨的温暖开始，一直体味到傍晚的苍凉。这时我觉得，草原无论是对生活在她中心的人们，还是对生活在她边缘的人们，都一样照耀着一种温暖而迷人的光芒。而我也在这样的光芒里，感受到了一种自我的安宁，也伴生着一份无由的幸福、伤感和慰藉。

把春天带到去过的地方

2008年，春天再次回到这片草原上的时候，我来到了加乌尔山脚下东南面的草甸。大平滩草原向加乌尔山下延伸大约五公里并且即将靠近山脚的地方，是一片突然凹陷下去十几米的河滩草甸，那里有一条流入吉尔尕朗河的无名小溪闪闪流淌，两三户哈萨克牧民搭建的四五座陈旧得灰暗的毡房紧靠在溪边高地上，毡房两边是十几棵有些生长岁月的胡杨，羊群和人偶尔会下到一个小潭旁喝水、取水。顺着小溪的南面走下那一片连绵起伏的草地，可以看见一个大约两三百平方米的小湖泊，有一溜子牛羊围在湖边吃草，再过去十来米又是一个差不多大的湖泊，也是一溜子牛羊围着。许多时候，湖水都是清亮亮的，照出远远雪山的倒映，山风吹过时荡起一阵阵涟漪，于是这湖水就显得更有动感和生机了。常常有三三两两的妇女儿童在湖边或坐或卧，有的小孩正在淘气地奔跑。这方圆大约两千多亩的草甸，数年来我经过这里都发现羊欢马笑，可见这儿实在是一片水草丰美的牧场，是山上骑马浪荡的哈萨克们的幸福乐土。

> 我出生的地方，美丽的故乡，
>
> 人民亲密，雪山巍峨，湖水荡漾，
>
> 美丽的故乡啊，谁能比得上！

这是我的朋友巴哈提别克在加乌尔山下给我唱的另一首哈萨克族民歌《故乡》，虽然翻来覆去就是唱那么几句，可是歌词朴实，感情真挚，概括性非常高，却又不失细腻的描绘，真是点面俱到，演绎得非常高明，真是哈萨克人民的高超智慧的结晶，我听了非常喜欢。实际上，如果我在这片草原上细心聆听，总能听到他们不时地这样歌唱着自己的故乡。是啊，他们的祖辈和他们都在这里出生、成长、骑马、游牧，与城里的人们截然不同富有自然诗意地生活着，只有他们，才会从心底里理解和热恋这片辽阔肥美的草甸，永远不息地歌唱这个美丽家园。

草原上的默默劳作也是一种献给神的歌唱。上午十一点多，两座毡房门口的草甸上，两棵身躯躬屈的胡杨树下，有三匹马正在吃草，毡房内有小孩的嬉闹声。毡帘掀动处，走出一位高大俊美的哈萨克女子，那是二十多岁的多斯江，她手提一只水囊，头上包着有浅色红点的花头巾，黑花褂子浅红上衣一直罩至灰色裤子的膝盖上，脚上是低筒黑马靴子，很挺拔很干练的一副身影，看样子正准备下小潭边去汲水吧。她的矫健姿势让我心里不住地感叹，也让我恋恋不舍。很久以来，我不但一直在考察北方少数民族的生活习俗，也一直在留意北方少数民族的服饰，觉得他们特别是女子的穿戴总比南方少数民族女子的穿戴好看，这种好看具体在哪里呢我也一直思考着，但在此之前总找不出答案。现在我明白了，她们美在健美的体形，美在干练的英姿，美在爽朗的神态，有了这些再通过独一无二的服饰显示出来，就有了南方女子没有的好看。每天，只要我来到加乌尔山东面山脚下，并且愿意守上半个时辰，我就会有机会看到又高又美的多斯江正在劳动忙碌的身影，她提水，在奶桶里冲奶，给她的弟弟妹妹换洗衣裳，或者回到毡房里生火做饭，不一会儿，银灰色的毡房顶上便会炊烟袅袅，散发出草原人家生存的素朴和日子的悠闲。

是的，草原上的生活是自由闲适的，也是历史悠久的，如果从先秦时期西域的游牧民族生活兴盛开始算起，也有接近三千年的历史了。在这片土地上，经常可以看见大规模的转场情境，每到春夏秋季节，在天山深处的牧道上，就可以看到连绵不绝的畜群走过，这在现代文明笼罩的东南沿海，是想也不敢想的稀奇场景。据说，就是在面积广大草原辽阔的邻国哈萨克斯坦，尽管还有游牧转场的生活方式，但是像伊犁地区这样庞大的转场生活是很难找到了。就是在新疆，在伊犁，随着定居政策的推行，随着草场的再分配、再分割，当然也随着哈萨克民族追求现代文明生活方式的热切行动，大规模的游牧日子是渐渐减少了，除了因为历史原因、自身条件和交通环境的制约，还有一部分人在天山深处生活，依然过着逐水草而居的游牧生活。但是，随着县、乡、村山地草原的重新划分，随着广袤草原的一年年被分割、被围栏，在将来，这个英雄的民族还是会走出大山，走出草原，过上大众普遍习惯的定居日子的。那么，伴随了哈萨克民族三千多年的生活习惯，真正到了消失的那一天，究竟是值得庆贺呢，还是令人惋惜？如今，我这个意欲远离现代烦嚣的孤独流浪者，一个人走在大平滩草原上，边走边看边想，心里竟然升起一片迷惘。

从内心深处来说，我是一直把草原生活看作是一种与鲜花亲近与生命沟通的最原初方式的，马蹄走过的地方，是意志飞扬的地方，毡房盖起的地方，是祥和笼罩的地方，畜群吃草的地方，是歌声唱起的地方。

现在，我正抱着双膝坐在对面的草山上，眯着眼睛看着提水的哈萨克女子多斯江，她那生机灵动的面容，她那俊美而健康的外表，周身散发着一种岁月掩饰不住的芬芳，令我莫名其妙地着迷。在这片枝繁叶翠春花烂漫长风浩荡的草原上，她就是最俊俏最健美的姑娘，正是她，把有草有花的春天带到了她所到过的地方。

｜创作评论｜

在他笔下，草原之夜是宁静与热闹的结合体，山雀、新月、哈萨克小女孩、林区守林员夫妻、雪岭云杉、林间残雪、宰羊的哈萨克人家、常年在深山的牧羊人、一年一度的阿肯弹唱、转场的人与牲畜等，都是一种岁月的见证与沉积。"从山上吹下一直刮到河岸两边的风明显地冰凉起来，不断地有金蝶红蝶从树上翩翩飘下，库尔德宁河床上的胡杨桦树几乎落光了金色的叶子，在萧索的河风里像一个个哈萨克老牧人硬朗挺立，从头到脚却阳光一般放亮。"这些体现了梁晓阳敏锐的观察力、清晰的表达力，类似诗意而朗朗上口的句子比比皆是。面对吉尔尕朗河两岸，他从外在进入内在，整整用了一部书的容量去写活了一个地域的风景史，写出了吉尔尕朗河两岸独立不羁的个性，文笔徐缓而自然，心灵专一和执着，吉尔尕朗河两岸像巨幅风景画，应当挂在中国当代文学长廊里。

  ——王克楠:《吉尔尕朗河两岸·序言》，载梁晓阳《吉尔尕朗河两岸》，新疆青少年出版社，2014，第5页

  读《吉尔尕朗河两岸》，可以感受到这部作品有一个突出的特点，那就是叙述主体"我"的强烈在场。作品中所描绘的吉尔尕朗河两岸的瑰丽风光和诗意生活固然迷人，但真正能打动读者并带有冲击力量的并不是瑰丽风光和诗意生活本身，而是作者在其中融注的主体精神和力量。这种主体精神和力量，是整部作品的灵魂。

  ——刘铁群:《"有我"的散文世界——读梁晓阳的长篇散文〈吉尔尕朗河两岸〉》，《广西民族师范学院学报》，2018年第1期

❙作者自述❙

  正因为这种爱，我决心写这部书，并且是披阅增删，持续十年。它被我一次次地扩容、雕琢。为方便阅改，我上百次把它打印出来，打印稿重达五十多公斤，至今还保存在我的书房里。……我马不停蹄地从南方赶回到吉尔尕朗河两岸，我对自己说，我的灵感在这里，我的书中那股自然和浪漫的气息，只有在我面对苍茫天山、奔淌河流和壮美草原时才能完美地呈现。那一刻，我为自己的作品与身边的自然水乳交融而深深地陶醉。

  ——梁晓阳:《吉尔尕朗河两岸·感谢》，载梁晓阳《吉尔尕朗河两岸》，新疆青少年出版社，2014，第458—459页

上林忆想

石一宁

不像北方，这里的天空要低得多，阳光要湿润得多。漫长的雨季使得这里的天空像十月怀胎一样，丰沛的雨水使她向大地俯下身来。被天空深情地凝视和亲吻的大地，生长着一片片的相思林，怒放着火红的木棉花，还有数不清的种种异树奇卉。这里的地理条件是优越的，北回归线拦腰穿过，南亚热带季风吹拂着群山与河流。

你的老家，徐霞客在那里住了54天，想来很美啊。

京城的友人这样赞叹，让我一时有些愣神。老家，即上林。徐霞客是1637年到上林考察，距今已375年了。然而，上林人想起徐霞客到过上林，好像才是近年

作者简介

石一宁（1964—），壮族。广西上林人。1983年毕业于中山大学中文系。著有文学研究专著《吴浊流：面对新语境》（繁体字版《真实的追问》由台湾人间出版社出版）、散文集《薄暮时分》、传记文学《丰子恺与读书》、《石一宁自选集》（两卷本：评论卷《走向文学新天地》和散文随笔卷《湖神回来了》）。另发表文艺评论和各类体裁文学作品多篇。传记文学《丰子恺与读书》获第十二届中国图书奖。曾任中国作家协会《文艺报》副总编辑。现为中国作家协会《民族文学》主编、编审，中国大众文化学会副会长、中国少数民族作家学会副会长、世界华文文学联会理事。

作品信息

原载《中国作家》2014年第2期。入选《2014中国最佳散文》（辽宁人民出版社2015年版）、《2014散文》（人民文学出版社2015年版）。

的事。

在上林生，在上林长，离开上林时，已是16岁的少年。但是直到高考那年负笈远游，并无听到有人说起徐霞客。是上林人忘记了三百多年前关山迢递风尘仆仆来此荒僻之地考察的这位江苏人？可能。但是曾经忘记徐霞客的或许不只是上林人。20世纪70年代之前出生的中国人，都曾经历过某种对历史的遗忘。

那么多的阳光，那么多的雨水，即使不用专门照料，各种植物也能在上林的土地上茁壮成长。七八年前，在西北某省会城市到机场的路上，我看到一座连着一座的光秃秃的山峦，路两旁倒是种着一些树，东道主说这是当地的形象工程。然而，那些树在我的印象中还没有一个人的两条腿高，而我却被告知那些树已长了二三十年了。千难万难是因为没有水。也许是上林的雨太多了，树太容易长高了，人们也曾经不那么珍惜。20世纪50年代后期，一场席卷全国的大炼钢铁运动，使上林的一片片森林倒下，一座座童山突起。

飓风呼啸，无可阻挡，这怪不了上林人。但缺少了森林的环境，改变了人的生活，也改变了人的心理。幼小时，曾在澄泰乡外婆家度过许多时日。听母亲说，她小时候村里村外都是树，果树尤其多，龙眼、沙田柚到成熟季节，都是往撑了吃。后来砍去炼钢铁了，龙眼只能尝尝，而沙田柚再也吃不着了。

一天，在离村不远的河边发现了一棵柠檬桉幼苗，在周围一丛丛草中，这棵小小的柠檬桉显得那样的孤单，又是那样的惹人爱怜。我小心翼翼地用一根树枝把它连着泥团挖了起来，带回家种在屋旁的山坡上。之后几乎天天都会去看它，有时会给它浇点水。在我的殷勤看顾下，它长得极快。一年后，一棵高高的柠檬桉站在了我家屋旁的山坡上，虽然树干还不是很粗，但它那亭亭玉立地向着天空伸展的样子，那全身散发着的浓郁的香气，给童年的我带来了无比的快乐。然而好景不长，一天，从家门口望向山坡，不见了我的那棵柠檬桉了。急跑到坡上，只见树已被从根处斫倒，一位村中长辈正手持一把斧子继续砍削树干上的枝杈。颇为仔细地干完这些活后，长辈将已变成一根光溜溜木杆的树干扛在肩上，向不远处的他家迈着沉稳的步子而去，丢下身后一堆旁斜逸出的树枝，还有满腔悲愤的树的主人——一个11岁的孩子……

这件事跟徐霞客有关系吗？如果让时间倒流回70年代，11岁的我会问：徐霞客是谁？那个长辈呢，可以肯定他会重复这样的提问。所以今天叙述这件事情，我的心中并无怨恨。

徐霞客生前及方死，是有一些理解与欣赏他的亲友和读者的，如同其族孙徐镇所说："于时名人巨公，莫不乐购其遗编，当卧游胜具。"但到清乾隆四十一年即1776年徐霞客游记由徐镇正式刊刻出版，已是徐霞客逝世135年之后的事了。而且，在天灾人祸频仍的近代和现代中国，对徐霞客感兴趣的，也不外是所谓"名人巨公"之流。徐霞客这个名字与普罗大众发生关联，被大众所记忆，在之前的中国历史上，缺少契机，也缺少理由。明朝人，地理学家、旅行家、探险家，在漫长的历史里，离政治很远，离民生也很远。

2012年夏，一个酷热的午后，"上林县徐霞客旅游文化研究会"的牌子被挂在上林县老年文化活动中心的门口，我是揭牌者之一。

徐弘祖，字振之，号霞客，江苏江阴人。在其51岁之年，开始西南之旅。迢迢万里，高而为鸟，险而为猿，下而为鱼，饥餐云烟渴饮雨露，历江苏、浙江、江西，由湖南入广西。踏进上林县境，驻足将近两个月。上林缘何能留住徐霞客这么多天？

"西望双峰峻极，氤氲云表者，大明山也。"崇峻巍峨、云遮雾绕的大明山却没能吸引徐霞客前去探察一番。仅是上林的三里一地就让他流连不已，51天都在三里度过。三里，典型的石灰岩地貌。一座座山平地拔起，孤峰耸立而又遥遥相守，望去令人惊亦令人奇，有所得亦有所思。曾听上林同乡自夸：都说桂林山水甲天下，也不过是桂林的山像三里的山罢了！语气里有些调侃，但见惯了三里山水的上林人，真的是不会把桂林山水当回事的了。连徐霞客在游记里也这样说："有一峰当坞起平畴中，四旁无倚，极似桂林之独秀"；"在（三里）城南四里，此地有三独山……省中（即桂林）之独秀无此峭拔，亦无此透漏也"。

三里的美还不止于山秀。徐霞客在这里受到了江苏老乡、参将陆万里的盛情款待。其时明廷为镇压上林、忻城的八寨起义，置参将于三里，并开府建衙。陆万里是江苏镇江人，已镇守三里六年。徐霞客于崇祯十年（1637年）十二月二十一日进入上林地界，二十二日到达三里。翌日，即给陆万里写信。陆万里收信后，当天即令手下持名帖来请徐霞客入府做客。徐霞客"为道乡曲，久之乃别"，他乡遇老乡，两人颇有惺惺相惜之感。第二天，陆万里再派人送来手书，约徐霞客再叙。当天下午，即在参署宴请徐霞客，并请其弟陆玄之作陪。第三天，陆万里请徐霞客下榻参署东阁，并馈赠包括衣裤鞋袜在内的众多用品，"谆谆款曲，谊逾骨肉焉"。陆万里并陪同徐霞客游览三里城西十里远的韦龟岩。之后，或陆万里兄弟俩，或其孙子，或其部下，陪同徐霞客游览考察三里的山川岩洞。徐霞客辞别时，陆万里又为他选择吉日，让内侄和孙子分别设宴饯行，并为徐霞客表演骑马射箭等军事本领。徐霞客离开三里的前一天，陆万里又亲自饯行，赠送厚仪，还有便利通行的证件和推荐信，"极缱绻之意，且定久要焉"。离开三里当天，陆万里又亲为徐霞客治装，饭后送至辕门，并命数骑相送。陆万里如此厚待，令徐霞客万分感叹："何意天末得此知己！"

让徐霞客心醉的还有三里的树。三里"土膏腴懿，生物茁茂，非他处可及。参署四围乔松百余株高刺云霄，大可三人抱，余疑数百年物，考之碑记，植于隆庆初建帅府时，栽逾六十年，其巨如此，为良区异壤可知"，"木棉树甚高而巨，粤西随处有之，而此中尤多，春时花大如木笔，而红色灿然，如云锦浮空"，"相思豆树高三四丈，……其子如豆之细者而扁，色如点朱，珊瑚不能比其彩也"，"竹有中实外多巨刺者，丛生而最大。有长节枝弱不繁者，潇洒而颇细"……

友情乡谊，连同绿水青山，连同参天的乔松、似火的木棉、艳丽的红豆、窈窕的细竹，挽留了徐霞客。树美亦因人善，因人对树的栽培、爱惜和呵护。徐霞客关于三里之树的赞美，也使得几百年前的上林先辈们珍护生态的善心懿德随之遗响后世，流芳天下。

56岁的人生有54天在上林度过。纯属偶然？或命中因缘？徐霞客西南之行，虽经周密准备，但正值明朝统治大厦将倾之前夕，一路险象环生，状况连连。丙子

（1636）年，九月十九日从家乡江阴坐船出发时，有一僧二仆同行。江阴迎福寺的僧人静闻，刺血写《法华经》，发愿供之于云南鸡足山，所以随行。两个仆人一姓顾，一姓王。十月五日，王仆即难耐苦行，悄悄离去。翌年二月，一行三人在湖南新塘遭遇强盗，所乘之船被强盗烧毁，静闻和顾仆受伤，三人行李丢失净尽。进入广西境内，静闻伤病恶化，九月卒于南宁崇善寺。静闻留下遗言，托徐霞客将其骨灰带至鸡足山掩埋。徐霞客忍痛负静闻骨灰继续西行，并作《哭静闻禅侣》诗六首，其中悲叹："西望有山生死共，东瞻无侣去来难"；"别君已许携君骨，夜夜空山泣杜鹃"。十二月二十一日，徐霞客主仆二人抵达上林县境，在上林一住54天。之后，渡红水河，经宜州、河池、南丹入贵州。在贵州丰宁，遇两土司争斗打仗，盗贼塞途。进入云南后，两度绝粮。徐霞客于己卯（1639）年四月二十七日的游记中颇为生动地记述："至是手无一文，乃以裰、袜、裙三事，悬于寓外，冀售其一，以为行资。久之一人以二百余文买绸裙去。余欣然沽酒市肉，命顾仆烹于寓。"然而，顾仆还是无法忍受这种苦不堪言的日子，最终于云南行之途中抛弃主人，并将徐霞客行李箱箧中之所有掠取一空逃回家乡。徐霞客伤感地说："离乡三载，一主一仆，形影相依。一旦弃余于万里之外，何其忍也！"也许是此次十万余里之西南行途程过于艰困险恶，身心备受打击摧折，徐霞客在云南期间忽发足病，无法继续行走天下了。被丽江木太守派人送回家乡后的徐霞客双足俱废，惟卧游而已。他置怪石于病榻前，终日摩挲相视。对前来探病者，他说，能以一介布衣而与奉天子之命出游之汉张骞、唐玄奘、元耶律楚材"三人而为四，死不恨矣"（明·钱谦益《徐霞客传》）。当其闻悉被其尊崇为"字画为馆阁第一，文章为国朝第一，人品为海内第一，其学问直接周孔，为古今第一"的友人、谪任江西按察司照磨的黄道周被崇祯下狱，即遣长子长途跋涉前往探看。三个月后长子归来，述说黄道周案情及狱中景状，徐霞客听后据床浩叹，绝食而亡。

徐霞客的一生，潇洒至极，亦苦辛至极；死而无恨，亦死而有恨。但在上林的54天，应是他游历生涯中一段愉快的时光。当他于生命进入倒计时之际，摩挲端详病床前的怪石，回顾云游遐荒瞻星览月的此生，脑子里应该也闪现上林秀美的山川、奇丽的花树与淳朴的民风的吧。作为上林人，我为此而心安。

然而，在烽烟连天、兵燹遍地的年代，徐霞客只能淡出人们的记忆。徐霞客被国人重新记起，需要历史的机缘。"癸丑之三月晦，自宁海出西门，云散日朗，人意山光，俱有喜态……"《徐霞客游记》如此开篇，突然有一天让浙江宁海人自豪不已。"中国宁海徐霞客开游节"2002年起每年一度举办。《徐霞客游记》开篇之日5月19日，自2011年起，被国务院定为每年的"中国旅游日"。远离徐霞客故乡的上林人，也蓦然想起自己的这方水土与徐霞客有着深深的交情。于是徐霞客游记中关于上林的部分被印制成精美的册子，徐霞客的名字被当作上林的一张名片，徐霞客的轶事掌故被广为搜罗，飞入寻常百姓家。在这个崇尚徐霞客的时代，但愿还会带来一个风尚，即不再有人毫不心疼地砍掉一棵风华正茂的树。

白圩镇爱长村智城遗址。夕阳西下，暑气犹盛。只见入口内荒草萋萋，野花点点。一方清幽的池塘向南延伸，与清水河连接，群群白鸭浮游水面。池塘里，几只水牛把大半身子潜在水里，只露出头和两只角，在悠闲地消暑。入口前的草地上，还有三两头牛在不急不忙地啃草。远处水岸大片的绿色，是树丛和庄稼。进入外城之后，方望见北面的一道坍圮的城墙将智城分为内城和外城。内城三面环山，山形如刀削斧劈，俨然天然屏障。外城东面的山岩上，夕阳、荒草、野花和静水，使摩崖石刻《智城碑》显得有些落寞。

走近《智城碑》，一边辨认斑驳的碑文，一边思索此碑的意义。智城是唐代澄州刺史韦厥隐居之所及其后裔唐代廖州刺史韦敬办的庄园。智城遗址、《智城碑》和同为唐碑、位于澄泰乡洋渡村剥庙山山脚一岩洞中的《六合坚固大宅颂》，堪称上林三宝，为全国重点文物保护单位。《智城碑》刻于武则天大周万岁通天二年（公元697年），由廖州刺史韦敬办撰文并序，无虞县令韦敬一刻制。碑文内容乃夸赞"直上千万仞，周围数十里。昂昂焉，写嵩岱之真容；隐隐焉，括蓬壶之雅趣"的智城及周边形胜，颂扬韦敬办"性该武禁，艺博文抠，观祸福于未萌，察安危于无像"的多才和英武。《智城碑》的历史、民族、民俗、文学和书法等等价值已获公认。汗水涔涔地徜徉在智城遗址，我想着另一个问题：徐霞客如果光顾此地，将会如何落笔？

"君未睹夫巨丽也，独不闻天子之上林乎？左苍梧，右西极。丹水更其南，紫渊径其北……"

远眺智城南面苍茫的水色和田园光景，不由得想起汉赋大家司马相如名作《上林赋》。但彼上林非此上林。司马相如夸张宏丽之辞，铺写的是始建于秦始皇嬴政扩建于汉武帝刘彻的皇家园林上林苑，地跨陕西长安、咸阳、周至、户县、蓝田五县，纵横三百里。而家乡上林，是广西南宁市的属县。上林县自唐武德四年（公元621年）得名，比上林苑晚了800多年。然而，今天的上林人还是应当感谢司马相如，他的《上林赋》使得上林二字响彻古今。况且，安知唐高祖李渊于原岭方县地置方州，析岭方县地置上林等县隶之之时，李渊或者其朝廷官员对上林县的命名，不是因为脑海里有个上林苑？上林苑自秦至西汉，在中国历史上大约存在了240多年，至东汉初期已成一片废墟。"诗家清景在新春，绿柳才黄半未匀。若待上林花似锦，出门俱是看花人。"杨巨源的这首《城东早春》，印证着唐人对上林苑的憧憬和钟情。

上林，一个富于诗意的词，一个很美的词，把西北和岭南联结在了一起。我把它当成一个意味深长的象征，一个极其美好的寄托。西北的上林，无论是巨丽的园林还是火后的废墟，无论是秦、汉还是唐，都是首都的一部分。岭南的上林，是唐代的交通要道，从长安到交趾的路线，经由宾阳、上林、南宁再到交趾。《智城碑》碑文上有武则天颁布的六个新字。千百年来，上林与中国的政治和文化中心的紧密联结，犹如一条条幽蓝的血管，与祖国的心脏一起搏动。

行万里路的徐霞客来到上林而足不出三里，或许还因为一种美丽的鸟。"三里出孔雀。"徐霞客游记中的这句话，开启我无边的遐思。五彩斑斓的孔雀，被印度人当作鸟国之王的孔雀，被中国人视为凤凰的原型的孔雀，还能在这片土地的上空飞翔，在这片土地的草丛花间漫步吗？上林，载着古代先人吉祥的心愿，你能否使北方逝去的壮丽园林又在南国像神话般复活……

北流三篇

林　白

民国年间的校舍

我们这些在"文革"期间上中学的人，即使在北流中学待了四年（初高中各两年），也从未听说过"民二楼"。这座暗灰色的二层老楼有上下四个教室，有宽大的内前廊，廊檐是一个连着一个的半椭圆，我数了数，二楼一共有九个这样的圆拱顶，围栏及腰，我们趴在上面。在冬天，太阳从正面照过来，课间我们就挤在前廊上晒太阳，男生一堆，女生一堆。下雨了，雨丝飘过不远处的操场和对面的旧礼堂，前廊宽大，踢毽子的照踢不误。

我只知道这是我们高734班的教室楼，却从未听说过它有一个单独的名称，叫"民二楼"，是一幢建于民国二年的校舍。它的坚实、雅致、内敛，我也都视而不见。

就连"民国"这个词，我也是一次都不曾见过、听到过。我们把1949年以前，称为"解放前"；没有"民国"，只有"国民党反动派"。

作品信息

原载《作家》2014年第10期，收入散文集《枕黄记》（河南文艺出版社2015年版）。

历史是割断的，十几岁的时候，我们无根地飘浮在单一色的天地里。

我们不大上课，经常劳动。学校把建一幢新教室楼的劳动交给我们——从圭江河的沙滩挑回沙子，每天一担；还要到附近的石山挑石头，挖地基、落石脚也都是我们这些中学生做。秋天的雨下了起来，我们的劳动课照常。代理班主任语文老师拿着一把铁铲，他皱着眉头看了我们一会儿，然后说：不要以为我想当你们的班主任，我不想当，学校要我当，我没办法。既然当了，我希望，在我代理班主任期间，你们中的任何人，不要出任何事情。不要擦破一块皮，不要锄伤一根脚指头，也不要踩着瓦片、玻璃得破伤风，别的就更不要说了。出意外是很容易的，上周学校的围墙倒了，还压死了一个人。当班主任责任重大啊，你们知道吗！一番话把我们说得沉重起来。

2013年11月，我回校参加百年校庆，在学校的校史册页上，我第一次知道，当年我们上课的这幢民国二年的校舍，是北流中学的第一幢校舍。看到它照片上的九个拱顶，旧砖墙上斑驳的水痕，我意识到它是如此古雅别致，曾经独步一时。但它已经拆除了。

反倒是20世纪70年代，我们劳动课挑来沙石盖的那幢教室楼，还立在学校里，上面密密匝匝挂满了红布幅——某某企业、某某企业家为母校捐赠十万、二十万、三十万……整个百年校庆听说一共获捐两千万。捐赠人都是最有面子的人，校方要郑重宴请，并在庆典仪式上隆重介绍。

还有礼堂。

那上面两个端庄厚重的楷体是李宗仁手书！这个传奇的桂系人物就这样与我们有了遥远的瓜葛。

礼堂，这个全校大会的汇集点，阔大的主席台兼舞台，还有直贯两边的楼台，楼台只有方形的柱子，没有墙，是敞开式的，可以采光，木板的台阶，有三级，学生们一排排地坐着，总结表彰、入团、批判、传达、演出……校文艺队的排练，那些小镇的文艺精华，他们在威严空旷的礼堂里唱起了京剧，"穿林海——跨雪原，气冲霄汉……"一串陡峭的风声在礼堂里翻滚爬升。我们这个亚热带小镇在冬天实在是气候宜人。冬天时分，遥远北方的宁夏女篮和山西男排来冬训了。他们身材高大，几乎比我们高一倍！这些巨人令我们目瞪口呆。我们一下课就奔跑着涌进礼堂。我们真是太爱看他们了，他们真是太好看了！一跳就跳得那么高，不跳也高，投篮进去总是空心的！我们对宁夏女篮备感亲切，因为她们隔年又来了，我们给最喜欢的两三位取了外号，一个叫"矮婆"，一个叫"小姐"，还有一个叫"白牙"。矮婆虽矮，却像一只母老虎，她是队长，威风、神气，统领全队。那个小姐，细腰，白而慵懒，人漂亮。她像一只懒猫，场上场下不爱跑动，整日像游魂。她很绝，球一到手，立马就醒了，漂亮转身，迅雷不及掩耳，投篮，两分。白牙呢，一看就是农村姑娘，齐耳短发，皮肤黑黑，黑里透红，脸圆圆的，一笑一口耀眼的白牙。头年来，白牙还是个孩子呢，第二年，她长高了，长胖了，这真让我们高兴，她简直就是我们看着长大的呢。我们跟着宁夏女篮到县球场比赛，仿佛她们是我们的校队。

一个歌声缭绕、热气腾腾的处所。合唱比赛，"莽莽昆仑冰雪消融，滔滔江河流向海洋"，我2005年回北流的时候礼堂还在，仍是暗的和旧的。它亲切而深切地根植在学校的中心。我一厢情愿地以为，既然它交织着如此多的年月，它总会越来越结实。

还是拆掉了。听说它成了危楼，或者是借口吧，它又不高，结实的砖墙，何危之有？肯定是礼堂没有用了，再也不开大会，开也容纳不下全校师生。它碍手碍脚的，于是，拆掉，扩充操场。谁要回来寻这个民国年间的旧礼堂，那好，你就找那棵老人面果树吧。它还在。

初中时我们班的教室是一间平房，地砖松动不平，在学校的最尽头，几乎同饭堂紧挨着，每天都能看到采购员用自行车驮着一只大箩筐，里面装着从菜市场买的新鲜菜。采购员不知是从哪里下放的，他穿一身整齐的中山服，讲一些我们没有听说过的成语，文质彬彬。邻班却在一幢考究的楼上上课，这楼有拱门，有露台，有大大的玻璃窗，屋顶斜斜，白墙黑瓦。楼下一层是教工宿舍，有保姆抱着小孩出出进进。

毕业三十八年后我才知道，这曾是我们中学的图书馆，建于民国，由各界筹资建成，连李宗仁、黄绍竑等新桂系人物也都捐了钱。当时是整个北流县的第一家图书馆，很是了得。

20世纪70年代学校里没有图书馆。我们也不知道学校里应该有一个图书馆。记得在高一下学期，1974年左右，在礼堂外墙的一排平房中辟出一间当作了阅览室，内有两张大桌子，有报架，有条凳。报纸有《广西日报》《人民日报》《光明日报》和《红旗》杂志，以及当时唯一的文学丛刊《朝霞》，有一本大概也是不定期丛刊，叫《自然辩证法》，大概还有一本《人民画报》，此外就再也想不起来有别的书了。到了1975年，听说学校图书馆开放了，每班派一人轮流管理图书。班上派了我去。我对那些出版物提不起胃口，耍赖，一次都没去。

又过了两年，1977年春夏，朋友的母亲调到学校卫生室，兼管图书馆的书。朋友在尘封的书库里翻到了禁书，她给我偷出了一本，是普希金的《青铜骑士》。

一日三乡——山围、萝村、白马

先说山围吧。山围本不拟去，因与萝村近，顺便一去。

山围与我，是上四代的瓜葛——我外婆的母家是山围冯族，如此，我算了一下，我身上有十六分之一的山围冯族的血统。山围冯是个大族，明嘉靖末年，一个名叫冯显钦的人自广东迁来广西北流，定居在都陇里山围村。之前，五胡十六国，冯氏先人趁乱建立了北燕国（公元409年），后为北魏所败，逃到高丽，一年后，冯业率三百人乘船南归，投奔南朝宋文帝，留居广东新会。这个冯业曾是广东西部的封疆大吏，罗州刺史，是岭南冯族的先祖。

山围冯族世代书香，有功名，至民国，出过两个名人，一是铁路工程桥梁专家冯介，一是著名教育家、国学家、诗人冯振。关于前者，小时候常听外婆说：我的表叔是第一批到美国学修铁路的。"第一批"，"去美国"，她每次都要强调这两个关键词。冯振是她的表哥，曾任无锡国专代理校长。外婆说：我们山围还出过大学校长呢！她们冯家思想解放，所以她也得风气之先，到容县上了女子师范，成了一时的新女性。

沾上了冯族的十六分之一血统，我深感脸上有光，所以，一路穿过正在收割的田野，穿过建得七零八落的农屋，来到一处看不出名堂的地方——这就是山围了。

什么都没有。当然有许多房屋，与吾国大地东南西北农村的新房子差不多，两层、三层、四层。它们像一些装着不同货物的包装箱，疏密不一地立在那里，无甚美感。老房子哪里去了？我想看老房子，最好是我外婆家还在，她的青砖瓦房门口塘。那好吧，我被带到山围小学的一幢青砖二层楼，这是民国建筑，仅存的旧房子。民国建筑到底讲究，门口四根圆柱，柱头有雕花，有探出楼体的露台，有回廊，有门拱，窗围有突起的砖框，那些弧线、凹凸、关节，配以斑驳的水痕、年岁的暗影，实在是有模有样，切合我关于远年冯族的想象。

又被带到一处人家的后门，这是村里唯一没有拆掉的旧墙，可惜只有后门了，不完整，当时大户人家的后门就是这样的：有走廊，有拱门，有方柱。

就到了萝村。萝村很是让人意外，在北流，有保存得这样完整的古村落建筑群——寺庙，戏台，多进的大祠堂，像灯塔一样高而窄的藏书楼，高耸的官帽状屋脊，绵延数里的古围墙，上面留有对外射击的枪孔，还有一棵上千年的古荔枝树，据说是东南亚之最。

全都是旧的，旧屋的墙上有历年的痕迹——在大祠堂我拍下了20世纪50年代红漆书写的"鸣放专栏""五种分子改造栏"；"大跃进"年代此处当过集体食堂，墙根堆着柴草，想是习惯性堆放；六七十年代的语录亦隐约可见。只是新时代的新屋，那三三两两、一色红砖到顶的长方形夹杂在灰旧的老建筑间，显得杂乱逼仄，气韵不再舒缓。不过听说马上就要有专项资金来保护了，新屋拆掉，迁往别处。

在一口塘旁边的空地上，听说原来有一家兼售食品的杂货铺，这铺子有一个很雅的名称，叫"静壶"，这么多年来铺子一直开门营业，连"文革"期间也未关门。

前两年这静壶还在，不久前才拆掉的。

我来到古围墙外。围墙绵延数里，村子背靠青山，绿水环绕，墙外稻田一片新黄绿润，不由心生俗念，以手机拍一张到此一游照。若有友人来北流，我就可以用萝村来招待了。但愿此村既能保护，又不至于游客汹涌，既交通便利，又略能僻静。这样的好事大概是不能有的。

有关萝村一定要说到萝村陈。

萝村陈，萝村的陈氏家族，始祖陈楠，原籍浙江台州府天台县，南宋进士，任北流县令，至南宋亡。陈楠居北流西门街，成为萝村陈的先祖。南宋至民国，萝村陈共出进士二人，举人二人，贡生十三人，京官六人，六品以上官员七人。晚清，萝村陈送子弟出国留学成风，当时主要是送到日本，留学子弟出了两个标志性人物：一个陈绳虬，光绪年间曾任度支部（即户部）库藏司郎中，由三品加三级，诰授荣禄大夫，从一品，到日本成城中学校（日本陆军成城学校）毕业后，已转民国，是民国第一次众议会议员，获大总统授嘉勋章和文虎勋章。另一位，陈柱（一名陈绳孔），为民国期间著名教授，国学大家。日本占领期间，陈柱曾短期担任南京中央大学校长，此事当然不够光彩，北流乡党一般不提。

日本人来了，无锡国专，这个苏州大学的前身，本来是准备迁到北流山围村的，当时的代理校长冯振回老家勘察，他看来看去，还是觉得山围太小了，房子不够。陈柱就对冯振说，你到萝村来吧，萝村环境好，房子够大。1937年，上海沦陷，日军进逼无锡，国专先后迁校武汉、长沙、桂林，于1939年迁到广西北流的萝村。当时的国务院教育参事在报告中说："萝村山明水秀，清幽宜人，地处山隙无空袭之忧，讲学环境殊觉良佳。"迁校萝村期间，国专学生增至二百多人，冯振聘请了一批著名专家学者任教，如郑师许、钱仲联、蒋石渠、饶宗颐、陈千钧、吕集义、周谷城、王子畏、陈竺同、向培良、万仲文等等，还请来画家黄宾虹做专题讲学，教员中不止文、史、哲、经、教、国学杰出，农、林、医、工、数也多专才，一时名师荟萃。无锡国专迁校萝村，对当地乃至广西的文化教育、政治经济均有深远影响。

国专旧址还在，历经土改、"文革"而不倒，灰色的砖墙上挂了一块黑底金字的牌子。陈柱故居也如初，不像山围冯家，片瓦无存。陈柱故居是一个大院子，里面有荔枝树，有一窝鸡四处扒土，一户人家正在围桌吃饭，我探头看了一眼——腊肉、青菜、咸菜。一直走到深处，一间砖房，门口亦挂了牌子，内中有陈柱的相片、生平介绍及各种版本著作。最显眼的是五六幅黄宾虹的写生，画的就是萝村。

后园有藏书楼和茶花。藏书楼小小的，有三层，高而窄，像岗楼，或者灯塔——这是读书人喜爱的比喻吧。外墙是白色，没有窗，暗的，有幽闭感，做学问最宜。说它是象牙塔更恰当！茶花是陈柱从日本带回手栽，白色的茶花，腊质很厚，四季常开不败，若摘下置于水瓶，一月不凋！

再说白马吧。白马是个遥远的地方，从县城出发，要坐五六个小时的汽车。那叫南部山区，意味着落后、偏远、贫穷。那边的人有一种奇怪的口音，他们管伯父和伯母叫"大爹"和"大奶"，他们是不吃青菜的，据说因为山多地少，种不了太多菜。那边的女人连坐月子都只能吃腌咸菜，那她们缺不缺维生素和蛋白质呢？不知道。

白马的书记请我到白马看看，我一听就回绝了——连绵的山路，连绵的呕吐——我不要去。回家跟母亲提到此事，她却立即精神抖擞，眼睛放光，连连说道：我想去呢我想去呢！白马是我继父的老家，母亲说她已有十几年没有回去过。我家没有车，弟弟是保安，弟媳是鞋厂女工，每天要用胶粘许多鞋底，计件收入。八十岁的母亲出行实在是件困难的事。后来我才发现，母亲是很愿意跟着我坐在人家来接送的小汽车上东走西逛的——原来这是一件风光的事，看到她心满意足，我终于意识到。

因为在清朝顺治六年，白马建了一座扶阳书院，因为现任书记筹了一大笔钱把这个残破的书院（也许只剩下了墙基？）又修好了，所以我们来到了遥远的白马，这个从前叫白马公社，现在叫白马镇的地方。当然不再是五六个小时的车程了，只有两个多小时。"很近的，很快。"大家纷纷说。

母亲很高兴，因为小汽车一直把我们送到了白马的金头乡根垌村，而不是之前商量的，到了金头就把她放下，由老家人从村里骑摩托车出来接她。天上下起了雨，幸亏有车送到了村头。我们是书记的客人，书记送了一桶油和一箱苹果给我们的亲戚，母亲感到脸上更有光了。她踊跃着，到村委会的电脑上看根垌村的村歌，是视频，有山有水，有孩子和女子，唱歌的大概是当地的明星。

扶阳书院，它散发出油漆的气味，除了墙上新写的古老格言就再无一物。"我们要放上桌椅，放上书报。"书记说。新的书院修得很新，当地人是喜欢新的，修旧如旧，那有什么意思呢？当然要新，崭崭的新，在雨中鲜艳结实富有戏剧感。

晚上回到家，表哥说："吓，白马的书记很架势的（北流话，架势，指威风，有本事），你要记住这个书记的名字，他迟早要升，至少升到副市长。"

天上掉下的表哥

家里来了一个中年男人，自称是我表哥，姓梁。我从未见过这个人，也从未听说过有这样一个表哥。他带来一袋苹果，还有几本我的书，说要签名。那天家里来了几个母亲的老同事，都是七八十岁的老阿姨，我入迷地听她们说些六七十年代出诊的故事，顾不上这个突然冒出来的表哥。他被晾在一边，但还是坐了两个小时才走。第二天他又来，托母亲交我一封信。

信写在红色的格子稿纸上，有七八页。"我的外公和你的外公是同胞兄弟，我的母亲和你的母亲有共同的祖父和祖母。"他写道。六十多年前，十口之家亡故六人，"文革"中又死去两人，祖母、父母和五个兄弟姐妹，一共死了八个。只有他和姐姐幸存下来。他很早就去梧州农村插队，一年后政审发现，他的外公是国民党的北流县长，被人民政府镇压了，大哥十六岁就为土匪当通讯员，也被镇压掉了。他被赶出了生产队，户口转移和粮食转移均不被接收。他失去户口，成为"黑人"，从此流浪，达十五年。

我知道他是谁了，罗震南的外孙。罗震南，《北去来辞》中章绍甫的原形，我外公的胞兄。有关这个旧政权的县长，他的一妻二妾，大庄园和庄园里的火砖楼、玫瑰花、稀奇的苹果和咖啡，他的西装领带和两条大狗，我曾听母亲说过。所以我一下就知道他是谁了，这个梁表哥。只是我也有不知的，他的父亲1935年毕业于上海复旦大学，所以他家有一个"复旦堂"。这位父亲读的文学专业，后来在梁朝玑（国民党军长）创办的"三育中学"任语文老师，后来从军，有少校军衔。另外，我母亲的一个堂兄也毕业于复旦，后由省府考送美国留学。这些我都不知道。

梁表哥眼下就住在北流市区，"文革"后他考取广西师范大学数学系，后任中学数学老师至退休。他的妻子和妻妹在街上开一个小吃店，专做一种北流名吃芥菜包。有天早上他送来几个让我当早餐，正好我要赶早去吃街上的糠头粥，然后去山围、萝村、白马。芥菜包我一口都没尝。

他热切希望我能住到他家，他在信中说，他家就在圭江边，家里有许多世界名著，他列举了一些书名，品位不俗。我当然不会贸然住到一个陌生人的家里，即使他是我的表哥。我甚至没有跟他说过几句话，我一直不习惯跟一个生人聊天，哪怕他是我的表哥。何况他将要说到的，会是他最深入骨髓的伤痛，即使以文学的名义，我也以为不妥。

临走的当日上午，梁表哥再次来访。我不在，他托我母亲交给我一个大牛皮纸信封，里面是三大本订好的手写信件，大概有八九万字，是他三四十岁间和恋人的通信。两个人的字都洒脱有力，写在不同的稿纸或信笺上，每一页都用红笔标了统一页码。因为时代的原因，成分不好，中学里的两个高才生都未被大学录取。恋人离散，70年代末意外重逢，女方已是有夫之妇，四个孩子的母亲。从此两人开始通信，长达十数年。前些年女方患病去世，病前她大概有预感，在信中说：我打算把1980年下半年始你的所有信件寄回给你，我们本无任何秘密，但我尊重您，您的信件只有一个读者。如果哪一天我不知不觉死了，也没有人能看到它。至于以前我那些信，把它烧了也可以，把它寄给某个作家也可以，无所谓。由您做主。我像少林寺那个和尚那样，万念俱灰，但我比他多了一点，就是心里有个"恨"字。最后她写道：我实在是心灰意冷了，要是你很长很长时间没收到我的信，有关我的情况，可以问我的妹妹。

梁表哥给我留了一封信，说他2007年到上海，曾想把这批信件交给王安忆，后来突然想起了我，认为交给我更合适。我想，我所能做的，也许就是征得他的同意，在某一天，把这些信件交给某家设有"民间语文"栏目的杂志吧。

江山交付的下午

林　虹

　　母亲说："我和你爸聊到谁先去的事了。""妈——"我心里一酸，停下来，剪刀夹在苦丁茶叶之间。"妈，你和爸身体健康，活到百几岁呢。"我说着，继续剪苦丁茶，眼角有些涩，低下头。"傻的，人生不满百，哪有百几岁的？"母亲淡淡地答，她手中的苦丁茶咔嚓咔嚓，剪得很匀速。"有的，您看巴马的老人百几岁还上山砍柴呢。"我说。"有也是少的。"母亲回答得很慢。我抬头看着阳台外淡灰的暮色，想快些结束这样的谈话，"妈，别想太多，过好每天，就好。"我说着，心里酸酸的。

作者简介

　　林虹（1971— ），女，瑶族，广西贺州人。中国作家协会会员，鲁迅文学院第22届高研班学员，上海戏剧学院2015高编班学员。在《作家》《诗刊》《民族文学》《散文选刊》等刊物发表有小说、诗歌、散文。有散文入选《散文选刊》《2015中国最美散文》《2015中国民生散文》《2017中国最佳散文》。出版有小说集《清澈》，散文集《时光深处》《两片静默的叶子》，诗集《十万朵桂花》。获2014年度华文最佳散文奖，2017年度中国少数民族作家学会文学奖，第五届广西少数民族文学创作花山奖，第八届广西剧展金奖、剧作奖。

作品信息

　　原载《作家》2014年第11期。该文获"2014年度华文最佳散文奖"，《散文选刊》2015年第2期转载。入选《2015中国最美散文》（二十一世纪出版社集团2016年版）、《艰难世界——年度散文佳作集录》（江苏凤凰文艺出版社2016年版）、《文学桂军二十年散文精选（1997—2017）》（广西人民出版社2017年版）。

"快八十了，还有多少年光景？"母亲手中的苦丁茶随着咔嚓咔嚓的声音飘落到簸箕里。"有的，有的，您看巴马的老人……"我站了起来，"妈，我去煮饭了。"这样的话，父母已经不避讳了，人到八十，越往后越清晰，而我越害怕。我想努力地忽视它们，淡化它们，想和它们对抗。

想起昨天黄昏时，我和父母一起到江边散步，我们谈到老屋的问题，父亲说将这老屋卖了，分成六份，每人一份，他和母亲那两份，就留着做清明的时候……我听着心里酸疼着，打断父亲的话，"爸，都好好的，拿去南宁买房。妈，你看，那江边……"我分散他们的话题，走得极其缓慢、沉重和无力。要面对的，父母似乎已经很从容了。

心情沉沉的，我下好米，回到阳台，和母亲继续剪苦丁茶。母亲虽然快八十了，但她的身板很直，头发染黑，她依然讲究着生活的细节。比如，对苦丁茶剪片的事，大小一致。比如，在江边看见一棵粽叶，挖回来，说拿回南宁种在阳台。嗯，这样的母亲，她温润地过着每一天，即使谈到她和父亲谁先去的事，也是很淡然的。母亲说的那个"先去"，是人生的常态，我自己最终也要面对的。这么一想，心里的酸楚淡了很多。

苦丁茶是母亲多年前在老屋的院子里种的。她说，有二十多年了吧。是的，那时，老屋还是平房，后来建成了小洋房，长廊，院落，菜地。这是母亲和父亲的江山，我们在那里，度过了很美好的时光。

如今，老屋要卖了。因为我们四兄妹都在外工作生活，父母也去了南宁生活。

下午，我们去房管所签了字。我看见父亲温和地告诉母亲签在哪儿，母亲毫不犹豫地签下她的名字，再按下她的手印。母亲这么利索，是有原因的。想想，这江山，是她和父亲一点一点打下的，从一个小山头，挖平成一大片空地，她的干劲，是当时附近居民的美谈。可是，在母亲按下手印时，我看不到她有什么感伤。这和母亲多愁善感的性格多不符合。至少，她该有一点点留恋的。也许，母亲近八十了，对世事愈发看淡了。

到父亲时，我看见他慢慢地戴上老花眼镜，犹豫了会儿，端详了会儿。其实，这合同是父亲和哥哥、弟弟草拟的，他很熟悉了。我看出了父亲的不舍和留恋，这是他和母亲打下的江山。从仙回瑶族乡的瓦房，到昭平的平房，再翻建成现在的小洋房，院子，菜地，还有十多间出租的平房，这个四合院，我们笑称林府。

前段时间，母亲种了三十多年的铁树开花了，嫂子发来照片，说，林府的铁树开花了。母亲说，终于开花了，这苏铁还是他给的。是吗？母亲提到的这个名字，很熟悉。我剪着苦丁茶，有点不相信。是的，母亲说。我就不出声了。这个人，曾经是我们家的一员，我叫他姐夫，叫了很多年的。现在，他和我们没有关系了。他又开始新的生活了，结婚，生子，有别的人叫他姐夫。他和我姐的儿子结婚时，我和弟弟去敬他酒，叫他李哥。往事如烟，母亲却记得那棵铁树是他给的。那些生活的痕迹，一点点，是存在母亲的记忆里的，至于她如此利索地签下她的名字，也是不得已的。

父亲端详合同的时候，我看见他稀疏的白发，松弛的皮肤，稀少的白胡子。我看见父亲的神情很凝重，心有点酸。明年父亲八十了。许久，父亲才在合同上，一笔一画很认真地签下他的名字。然后按下他的手印，这一签一印，就是交付他的江山了。我和母亲、哥哥坐在一旁，盛夏的太阳透过玻璃窗，透过纱窗，映照在茶几上。"过几天立秋了，买点芋头仔回来吃，皮肤就不痒了。"母亲的话，和这个下午的一切多不搭，可我喜欢母亲这种细微温润的生活态度。"嗯，等会儿回去，就买点儿，我也很久没吃了。"我答。"再过几天，就七月节了，得去捡些芭蕉叶回来，晒干了，做蕉叶糍。"母亲又说。啊，七月节了，我都忘了，去北京鲁院学习回来，这是第一次回老家。我们不说鬼节，忌讳，说七月节。

"到你签了。"哥哥签完，叫我。哥哥性子急，父亲原来说等下星期一的，哥哥说，夜长梦多。我知道哥哥的意思，是怕买主突然变卦。我也知道父亲的心思，多一天，这江山还是属于他多一天的。三十多年了啊，这属于他的江山，过了今天，就不是他的了。父亲内心的感伤、惆怅和无奈，我能感知的。

在这之前的时间里，父亲站在小洋房的长廊前，极目望去，有君王的感觉吧。四周是他建起的平房，合成一个四合院，住着来城里生活租房的人，他们叫父亲房东。父亲种下各种花草树木，干净的院落，鸟儿在悠闲散步，从不惧怕人。我们在院子里打羽毛球，端着碗坐在石凳上吃饭，那条养生的碎石小路，是我们从河边捡回鹅卵石铺成的。我们最喜欢坐在长廊的躺椅上，散淡地享受一天的光景。母亲在菜地忙活，在院子里晒衣服、被子、菜干、腊肉，一切有烟火气息的万物。我亦如此，包着蓝色的头巾，在烈日下摘木瓜，切木瓜丝，做木瓜酱。穿着红色的拖鞋，穿过露水微湿的院落，到大门外的邮箱拿报纸、书刊。在院子摘胭脂花涂指甲，光着脚丫去追赶几只淘气的鸡进鸡笼……那个穿着红色T恤的小伙子，在门外吹着响亮的口哨，那是我的名字，我就欢喜地跑去给他开门，后来我嫁给了他。没有像姐姐那样，按照风俗撑着红雨伞出的家门。

我记得奶奶喜欢坐在老屋门前，摇着扇子，和我们聊天。她在土地深处十多年了。我依旧记得她笑眯眯的样子，骨子里散发着优雅和闲适，尽管她守寡了四十多年。在她的葬礼上，我们悲伤不已，泪流满面。但是，时间治愈了这些伤痛，我们依旧向死而生，在人生的长河里，被时间裹挟着，不停地向前。

我也记得姐姐结婚时，撑着红雨伞，从这个门走出去，嫁给一个曾经相爱的人。我记得父亲为给姐姐的嫁妆丰厚些，叫人又赶制了一个柜子。姐姐出嫁了，我那时年少，家里办喜事，很高兴啊。姐姐嫁得也不远，也可常回家，自是没有感伤的。可是，我在鞭炮声中，在喜庆的祝福里，看见父亲眼角的泪，他用袖子偷偷擦拭着。那时，是冬天，清瘦的父亲就站在种苦丁茶的那个地方，看着姐姐撑着红雨伞渐行渐远。那是我印象很深的。我至今也没跟姐姐说起，当年她出嫁时，父亲眼角的泪。不说也好，一段婚姻结束了，也是人生新的开始，姐姐那么聪慧，她是能把选择的人生过好的，事实也是这样。

我们又提起那个人，说到他的生活。唉，母亲叹了口气。那是很深的遗憾。"男怕入错行，女怕嫁错郎啊。"母亲说。"也没嫁错的，至少在当时是幸福的。"我说，"只是后来步伐不一致了，有勇气调整也是好的，要不，人就这一辈子。"我说的时候，有点气若游丝，明显的中气不足。我们在说起那个人的时候，淡淡的，没有怨恨。相反，记住的，都是那些细节里的温暖。比如，母亲说，他切的白切鸡很有水平啊。我牙齿疼，他来看我的……母亲说，"唉，都这个年纪了，活一天少一天，过好就好了"。

我手中的剪刀咔嚓咔嚓地响，苦丁茶一片一片地落下。你要这么多茶吗？母亲问。是的，这些苦丁茶，是美容茶、减肥茶、降压茶，我剪那么多，给谁呢？一些给予我温暖的人啊。这些从我手中一片一片剪落的茶，我要从树上摘下，洗净，晾干，剪片，再炒，然后晒干，我在做这些的时候，心存愉悦和想念，等对方用一杯热水泡茶时，那些温度就一点点散发出来了，我想做个温暖的人。喝的人能体恤出来吗？可是，不一定要知道的。很多时候，就是这样，默默地，就好。我当然没和母亲说。

"没有位置了，签在下面也可以的。"父亲说。我看了父亲的笔迹，母亲的笔迹，哥哥的笔迹，以及上面红色的指纹，心里不是滋味，这些符号，将把父母的江山递交。我签下自己的名字，父亲说用拇指按印油吧。我照父亲的话去做，轻轻地按下我的指纹。哥哥说，看得见吗？母亲说，有就行了。这么潦草，我心里不舍。所以，不想留下我对这江山递交的印记。

没有结婚证的原件吗？工作人员问。父亲说，找不到了。工作人员接过父亲从民政局开的结婚证明，看了看。父亲笑，不相信吗？工作人员也笑：工作程序是要这样的。父母的结婚证，我们从没看过，不知道是怎样的，也很好奇，可是父母自己也不知怎么弄丢的。他们也不着急，谁会着急呢，从结婚那天起，他们就想牵手一辈子的。结婚五十多年了，这些日子是怎么过去的？母亲从来不问的。母亲常说，心情好，有一天过一天，吃得不多，睡就床的一半，还有什么看不开呢。说的也是啊，有时，不用想太清楚的，循着生活的轨迹走就好了。

你的离婚证呢？工作人员问买主。买主是个生意人，三十多岁，很精干的女人。她有点惊讶，一定要离婚证的吗？我写自己的名字就可以了。不在这儿离婚的，也要吗？工作人员问了下主管的领导，回答她，那就不用了。

我偷偷问母亲，她离婚的吗？她不是说有丈夫的吗？母亲小声说，别管别人的事。

我就不出声了，女人看见我们的眼神，有点不自在，解释着，"我想写自己的名字。我和我丈夫过几天才去领证。"我们笑笑，没出声。

母亲把剪好的苦丁茶在簸箕上摊开，"那个女人啊，很有办法啊，写自己的名字，这一栋房子和土地啊"。

我继续咔嚓咔嚓地剪苦丁茶，"是啊，一看，就是个精明人。只有这样的人才做得这么大的生意啊。可是有这么多钱，还这样做"。

母亲的手哗啦哗啦地翻着苦丁茶，那样，把苦丁茶片拨散开来，方便炒茶。母亲说："那是别人的生活。"

是的，我们又继续咔嚓咔嚓地剪苦丁茶。其实她什么都知道了。母亲说。知道什么？我一时有些反应不过来，停了下来。母亲说，房子的事。我叹了口气，"其实也没什么的，去到医院人才不在的。"母亲说，但是在老屋发生的。我沉默了。母亲说，那女人，什么都打听得很清楚了。我说，那是，那么精明的人。"不过，她不像我那么忌讳，她说，这有什么的，人又不在那儿走的。"母亲说。

那件事，是母亲如此利索签字的缘故之一。那个孩子，有十多岁了，是我们的亲戚。当时，父母在南宁，没人看房子，叫了他爷爷去看，他爷爷带着男孩一起去住。那时是冬天，男孩去洗澡，他从乡下来，不知道要开窗，等他爷爷来时，已经二氧化碳中毒昏迷了，送到医院，没能抢救过来。这个男孩命也苦，几年前，他的父亲喝酒坠楼不在了。他母亲也改嫁了，他就跟着他爷爷生活。没想到会这样。

我们从房管所出来，我提议去看看老屋。于是，沿着台阶小路往下走。李叔的房子，三十多年了，还是那样。梁叔早就不在了，他家门前的三角梅依然长得很茂盛。李老师也不在了，他家的石榴树伸出围墙外了。看见李伯的房子，四周长满了四季青。母亲说，他的骨头都敲得鼓响了。

当说到谁谁走了，母亲很平静的，好像他们是去了远方。"快八十了，还有多少年光景。"母亲又说。我又安慰她，巴马老人百几岁了，还上山砍柴呢。母亲说，其实吃得那么苦，还有百几岁，我是不太相信的。我跟着她，不出声。

我们打开老屋的门，熟悉的家具、摆设。我跟母亲说，妈，你看，我们的厨房。母亲说，建得太宽了。妈，你住的房间。母亲伸头进去看，窗外对着院子。光线多好啊，早上太阳照进来暖洋洋的。母亲感叹了句。我往楼上走，我的房间，看得见坡上的芦苇、苦楝树，院子的黄秋葵、桂花树，它们看见过我那些青春的时光啊。我跟母亲说，妈，你还记得那条大黄狗吗？记得，多懂事啊，追着我去上班，赶也赶不回去，要不是影响学校上课，也不至于不留它的。母亲答着。是呀，大黄狗也追着我去上学，在教室里走来走去，如果不是这样，我也舍不得的。我回忆着。还有那只老猫。嗯，还有，有次下小小的雪，我们一起站在菜地拍照，背后是表伯家瓦房屋顶薄薄的积雪。那时，你怀里抱着那只老猫。妈笑，是吗？嗯，我回去拿照片给你看。哦，我记起来了，那时，我刚退休。我记得还有你表妹。是的，表妹。我答。她现在好点了吗？还在医院吗？妈说，还在吧，多好的孩子啊，把自己弄成这样。她的前夫又结婚了，老婆怀孕了，和我们住一个小区。哦。我应了声。表妹因为感情问题，精神出现了障碍。好好的，离什么婚呢？母亲自言自语。我没有应。生活是自己过出来的。

妈，你记得在这院子杀的猪吗？母亲笑，三十多年的事，你还记得？我说，我记得杀猪的声音，在凌晨很早就叫，很刺耳。那时，我还读小学。母亲说，建了两次房子啊，欠了钱，我和你爸工资低，你们四兄妹要读书，就养猪了，还是你奶奶也帮忙。是的，那时，我记得我帮奶奶砍猪菜。你奶奶的骨头也打得鼓响了。母亲应了声。

租房的女人走出来和我们聊天，我伸头去看她住的房子，说，这些房子的墙壁，我也有份刷呢。是的，这些平房的墙壁，是父亲用沙子刮上去的，然后再刷上石灰。父母俩很勤奋啊，他们年轻的时候，自己挑石头、砖、沙、石灰来建房。第二次翻盖的时候，才请人。"很不容易啊。"母亲感叹着。是的，很不容易。三十多年的记忆，那么多啊，我记得那些刷墙的日子，记得那些吃白菜宴的日子，那些在院子晒萝卜干的日子……

走吧。母亲说。好的，走吧。我应着，给铁树、桂花树、苦丁茶、黄皮树、小路、院子、邮箱、门牌……拍照。

你爸和你哥，怎么还没回呢？母亲问。嗯，快了吧，有人要租房。我答着，把剪好的苦丁茶摊开，准备炒茶了。

"我那年见他，有些发福了，喝些苦丁茶，可以减肥的。""哦，妈，他有自己的生活了。再说了，他也在外地生活。"我们又谈起那个我曾叫姐夫的人时，一天的光景快要过去了，淡灰的暮色涌了进来。

I 创作评论 I

林虹善于将自己的感觉、感触、感想凝注于笔端，融会自己的灵魂，形成轻盈淡雅的散文风格。

　　——黄晓娟主编《中国当代少数民族女性文学研究》，上海文艺出版社，2014，
　　第174页

她获得"2014年度华文最佳散文奖"的《江山交付的下午》，不仅少了她以往略显单薄的唯美，而以真诚深切的写实精神、鲜活的生活细节，将家事与心事，仅以一个庸常的午后便在娓娓道来中，写出大动静。尤其关于前姐夫的淡然描述，独特优雅、内敛宽容，人性的柔美和幽微跃然纸上，直抵人心。于是，林虹便有了文学上的惊鸿一瞥。

　　——张燕玲:《从瑶乡出发》,《文艺报》2015年7月1日

I 作品点评 I

林虹《江山交付的下午》写琐碎细微的日常生活。老屋是父母一点一点打下的"江山"，如今年近80的父母要卖掉老屋。作者没有从勤劳的父母身上升华出普通劳动者的优秀品质，也没有从凡俗日常中探讨生活的意义。而是以平实的笔墨书写带着质感的毛茸茸的鲜活的生活场景。父母已经聊到谁先去的事，他们坦然面对生死，不避讳。而"我"感到害怕，"我想努力地忽视它们，淡化它们，想和它们对抗。"但在江山交付的这个下午，"我"并没有被害怕与对抗的情绪淹没，老屋中度

过的幸福时光，兄弟姐妹曾经历的快乐与忧伤，家人几十年积攒的浓烈的亲情，都足以让"我"坦然地循着生活的轨迹向前走。

  ——刘铁群：《深流藏于静水 生机蕴于寂寞——简论近20年的广西散文创作》，《南方文坛》2017年第4期

上瑶山记

冯 艺

那年，有一些事发生了，有些从来的好笑容瞬间变脸了，仅仅午后。当然也怪我素来的大大咧咧，忽视了友人午时的提醒，以致猝不及防。同样愕然的妻子好半天才回过神来，她轻声说：明天，我们上瑶山？

于是，远离是非之地，再次成为我人生节点的生活方式，一如12岁时的我，父母被打成"反革命"，我被塞进西去的列车，投奔新疆阿勒泰亲戚，以逃离将面临"文革"的冲击。

其实，早些天全家被吸引在《遗爱大瑶山——费孝通·王同惠》专题片时已经提及"上瑶山"这个话题，那天看到费先生蒙难大瑶山，痛失新婚妻子王同惠，却不改初心，五上瑶山，晓行夜伏，深入瑶寨，置早期悬壶济世的学医理想于一边，而毕生致力认识中国社会以及疗治乡土中国时，感动得泪流满面的女儿相宜就说：今年夏天，我们上大瑶山吧。

没料到，家人的心愿竟以我的"远离"而实现。"行吗？"我问相宜，还有从珠海来度假小学刚毕业的外甥女小雪，我担心孩子们此行能否受得了。"没问题，我

作品信息

原载《民族文学》2015年第1期。

们想去!"孩子很爽快。

大瑶山位于广西中部偏东，桂江、柳江和西江三角夹着的2000多平方公里的高山区。民国十七年夏天在国立中山大学校长戴季陶及朱家骅、傅斯年等人慷慨助力下，该校著名学者辛树帜组织采集队一行五人进入大瑶山调查。一份当年采集队撰写的调查报告这样描绘大瑶山："嵯峨众山，绵引足聚，地之广袤，达数百里。最高一峰，在六千尺以外。白云横岭，榛莽未辟，虫鸟乐处，太古遗民自称曰瑶者，宅居其间，都为七十余村，艺山田以自食。"而进山"路径艰险，皆为羊肠鸟道，轻装已感蜀道之难"。彼时，社会势利者"动辄盛道瑶山之艰阻"，"烟瘴弥漫"，"瑶人之野蛮如何可畏"，云云。

如此环境下，刚从燕京大学毕业的费孝通与同学、新婚妻子王同惠利用出国留学前的空档，应广西政府之邀来到大瑶山，对瑶族进行历史和社会调查。他俩计划在大瑶山待上半年，就可以完成瑶族支系花蓝瑶、坳瑶和茶山瑶的田野考察。没想到，在他们上山徒步访遍七乡八寨，三个月后的一天，前往瑶民家中路上误入森林，费先生踩中虎阱，王同惠狂奔回村呼救，失足山涧急流，不幸遇难。此时，他俩结婚仅108天。他们内心的洁净与勇敢，为理想而执着而献身，今日优越条件下的我们，却无法做到这样的勇敢和冒险，而是惶惶然于杯水之争中，谁之过？一想到我大学时代，费先生与我们同居于母校；想到自己曾在出版社从事民族文化工作多年，编辑过相关费先生的书籍；想到曾无数次感念费先生不远数千里来到大瑶山，不是一次，而是五次上瑶山田野考察，为乡土中国立言，也为广西瑶族扬名，而大瑶山离我的城市并不遥远，可是它却一直在我的脑子里打上马赛克，成了我生命中的盲区，实在令我羞愧与反思。

从南宁出发，在高速公路上向东北行二百八十多公里，即进入层峦叠翠、茂林修竹的金秀瑶山境界。这一片逶迤的高山群落，山色由绿及苍，让人舒畅地在勃勃生命气息的生态空间漫游。我把汽车空调关了，按下车窗，山风抚心而过，神清气爽。此时，与七月无风、充满口臭和耳语，充满功利的、相互挤压的城市相比，简直就是一个清静世界。车子在平坦的柏油马路进入大瑶山腹地金秀县城。金秀县城原是金秀村，过去南宁至金秀村"路径艰险，必三日始能到达"，而今，我们只用了三个多小时。当我置身于这一幽谷里，站在溪边听哗哗流淌的山泉声时，我惊喜地发现，我正徜徉在一个远离鸡零狗碎与暗算的世外桃源中。

瑶民们在不断地迁徙之后，定居此地，开辟荒野，留下刀斧的痕迹，土地因而生机盎然。他们在这儿创造自己的生存之道，把这里变得更好，成长并繁殖了一代又一代，说明了他们的存在，而他们的存在又吸引像费先生夫妇、中山大学采集队以及后来更多的靴履，让我们记住一些名字、一些并不遥远却有意义的事情。此时，我已抵达，脑子骇然悚然，好像面对了费先生们，在这地老天荒的自然大山面前，我们此行就是对他们精神的朝圣。

我们在县城的宾馆住了一夜，恬人的夜晚安详宁静，城市喧嚣的创痛已渐行渐远。似乎换了人间，其实，人生路有许多。比如费孝通如鲁迅放弃医治人肌肤的人生路，而毕生走在疗救人的精神与社会之旅。

第二天清晨6点，我倾听着外面的世界静寂无声。我们要上圣堂山。圣堂山是大瑶山的最高峰，离县城三十多公里。"昂首霄汉，群峦俯伏其下，壁立千寻，险不可阶。"当年，费先生曾"一度探视，高山仰止，无路可通，辟草芥，开路而前"。大瑶山太大了。至今还有许多盘绕的崎岖小道，有的窄得只能一个人通过。山路对所有人敞开着胸襟，任何人迈出一步都必须付出自己真实的汗水。幸好，当地人告诉我们，圣堂山现已修建了石阶，可从山腰拾阶至顶峰，但仍要三四个小时。

这也绝非一件容易的事情。我看大家有点沉默。我则不甘心。有些事情只有从个人的必要性来看，才会有意义，而我们必须自己去选择这个必要性。此进瑶山，我只想用我的双脚，用历经风霜的心灵去开拓新的视界，抖丢碌碌奔尘，抛弃世俗所累。

而孩子们是要鼓励的。"孩子，想想费先生王同惠当年比我们难多了。"我为女儿打气。小雪才13岁，又娇弱，仿如一只被风不经意就吹落的小鸟。妻子拍拍她肩膀，说："不怕！"

出了县城，抬头远望，是大山的绿和旷远。我们驱车盘上了山腰。因为下着小雨，一些游人在山门徘徊犹豫。雨不能成为阻挡我们上山的羁绊，让我感到一种神秘潜伏的力量是，抵达山腰时的这份沁凉。于是我们撞开山林，拾阶向上。遮天蔽日的古树，掩映着数千阶的石级直上高陡的山顶。足下的石阶是潮湿的，苔藓和暗色的草皮因夏天多雨而湿透着。我们一路搜索着周围的树林，捕捉万物点点滴滴的声音。除了身旁隐约的潺潺水声外，虫叫鸟鸣一声一声间或回响，这些精灵必定在繁芜的林莽中，也在聆听我们的动静？每一次树枝的断裂，每一次枝叶被风摆动，孩子们都以为身边会突然蹿出什么活物。因为，充满古老的贫瘠和危险的森林，仍然存于我们的生命里。难怪费先生曾经这样叙述："一阵风来，震撼山林，长啸如笛，怪鸥磔然发声应之，令人生怖。"就像我们所认识的世界都会以某种方式，回到那个幽灵之处，在那儿有人在磨刀霍霍。我想，如果不是这条被无数双手脚开辟的步道，我们很容易消失在这座大山里。

我不由自主地想起费先生夫妇。白天，他们走的羊肠山道，攀登险峻的山崖，钻进人迹罕至的草丛，穿过茂密的原始森林，同恶蜂、山蛭、毒蛇搏击，战胜各种难以想象的困难。晚上，他们住进瑶寨，调查访问瑶人的社会组织，生活状况，宗教信仰，民间风俗，搜集歌谣和整理标本等。在眼前的山里，我仿佛看到了他们的身影。他们在这样的环境下做了该做的一切，然后问心无愧地走到生命的尽头。至今，说起他们，瑶民们心里都还记着。当我真正地走在他们走过的路上，就会无法忘记他们的冒险在当时以及后来所代表的意义。

今人修建的石阶，对于后人是一件功德事。让我的心跟着它，在山中旋转。圣堂山实在太陡了，爬一会儿胸就开始发堵，腿也变本加厉地发僵。一个多小时后，我们才到了海拔900多米以上的隘口。隘口有一道石墙横跨于两峰之间，是用一块块巨石垒成。石墙爬着青藤，布满青苔。据说，这是明代瑶民起义反抗朝廷被迫退守到这里建筑的。明嘉十八年二月，明军攻打瑶民，残杀数百人。为保存实力，瑶民们退回他们的"圣山"筑石墙防守。至今石墙上还遗留有许多刻石文字符号，但它们要表达什么内容，还无人打扫细节。云雾从眼前飞过，我突然明白，历史本身就是一个巨大的迷宫。

离开石墙，沿着石阶，从隘口北面山谷继续往上，我们还有很长一段路要走。走着走着，小雨没有了。凉风令人精神一振，我深吸一口气——自然的生命，旋即感到力量的复苏。眼前豁然开朗，但见左右群峰叠嶂，列岭排空，铺展连片的变色杜鹃林。据说变色杜鹃，苞蕾时是鲜红的，花开时变成粉色，盛开后成了白色，凋谢前又成了黄色。这种难得一见的花木"异类"，唯有圣堂山上才能生存。它们或盘根石缝，或横枝峭壁，或簇拥崖下，随意恣肆，自在自为，那样猛浪若奔，放浪得如同嗜酒的草圣张芝，大醉后呼叫狂走，又以头发濡墨，在这苍山夹峙间迅疾一甩，成就眼前万亩靛青色的一片，每到五月，不约而同地张扬生命的繁花。可惜，我们错过花期，爱花的妻子啧啧不已。

空气更冷了。体力的下降，对我而言是一次考验。毕竟自己年龄与体力不像年轻时那样了。我看孩子们也累得够呛，大家都不说话了，听到的只是急促的喘气声。"这是最后的冲刺，孩子们加油！"我拼命地挤出气喘吁吁的声音，保留了那份纯真和简朴。其实，我们每登高一步，山就为我们增添一分高度。

我想，当年费先生他们"自晨八时起至午后四时，历八小时，始得达山腹高四千五百尺左右。而云气弥漫，不辨方向，不能更上，遂中道返。计其巅去人力所能至处，当再有千五百尺外"。据说，费先生后来也未曾登顶，可见，他们当年走的路是何等的艰难，而我们走在今人开辟铺设的捷径上，开始虽有小雨，却无"云气弥漫"，还用了三个多小时，况且一路美景相伴。终于登上了山顶。这里显然摆脱低谷的荫翳，一派开阔、疏朗与明洁。那虬枝横生的五针松，仿佛撑开的云朵伞盖；主干凸壮的圣堂铁杉鹤立鸡群于变色杜鹃之上。最大的一棵成为瑶山的标志，见诸各类书报，据说它高达600多岁了，枝干缠满苔丝，铁骨铮铮，像一把巨伞，以茂密的枝叶庇护着这片大地。这些铁杉令人真正懂得什么叫生命，什么是历经沧桑，坚忍不拔。站在这里，众山皆小，更遑论前日城市无良的一声一息了。

真的风和日丽。

阳光照在树上，珍珠般的水珠在静止的空气中闪闪发亮。这种光亮和灿美，正是我所期待的心灵的松弛和解放。我迎着风，自由自在地散步，穿过一株巨大、扭曲的罗汉松，走到一座木屋前，一股烟囱飘出的柴火味扑面而来，久违了，这种生活中最原始、最朴素的气味，却在城市基本绝迹了。这味道让我想到温暖的厨房和那些山珍野菜，顿时饥肠辘辘。

"该吃饭了。"已是中午一点多了。我招呼在花树美景跟前眺望远方的妻女们，跨进山顶唯一（只能是一家，多了就破坏了生态环境）的木屋餐馆。热情的主人说，我们是今天的第一批客人。我听到厨房里传出了忙碌的切菜声。新鲜的各式野菜吸引着妻子的眼球，三下两下她就把几个菜点好了。这些美食在城里的餐馆里，可想而不可即。

"不喝一杯再走？"一转身，妻子把一杯红红的满满的酒杯放在我面前。"稔子酒"，这是一种叫桃金娘的植物果实泡的果酒。别看这家简朴的高山餐馆，硬是把野菜都做得美味可口。气味浓香的野猪肉，野气横生的山韭菜塞满了我的口腔。稔子酒此时饮来，真好。我想，这可能是自在从容所生的一种满足感。这里不仅有我们想了解的事情，而且明明白白地告诉我们，原来自己对生存其中的世界了解得多么肤浅。看一看费先生们来过的大瑶山是何等奇崛宏阔，在它的前面，先生们在后来的日子里都可以"荣辱任来去"，面对这样的自然造化，我们这样的蝼蚁之躯又算得了什么呢？

我坐在餐馆，慢慢地喝完我的杯中酒。

妻子在催促下山了。下山有数千级石阶，比上山要辛苦十分。妻子跟着女儿，我护着小雪。看到小雪不住发抖的双腿，我连声道："小雪妹妹，对不起！让你受苦了。""小雪，不怕，你能行。"是的，一个城里的小女孩，上山下山来回8个多小时，真的为难她了。但是一生中有过这种锻炼，也许会终生难忘的。

循着下山的路穿过树林，路边各色的花，大树小草长藤都在雨后散发着诗意为我们做伴，我们慢慢走着，何等好啊。阳光渐渐消逝，我心里却很快活。没有了在焦虑和恐惧的丛林里彼此无尽的追逐。虽有疲劳，却多了一些经历，利用时间创造自在和满足感，以及内在自我的更新。路开始慢慢地弯曲、下降，我的目光越过河流，此时，恰是在落日的余晖之中。

第二天，我们都不愿离开大瑶山，循着费孝通的足迹，我们又顺山爬上爬下，走进瑶山六巷村瑶胞家里，快乐的心也越装越满。在另一个清晨，我们把一束鲜花献在梧州白鹤山王同惠费孝通合墓前，2005年费先生去世后，家人遵从他的遗愿将其部分骨灰与王同惠合葬了，分别70载后又相聚当年王同惠的长眠地，何为生死相许？山川也为之低回。我想，我们浅浅踏过费先生走过的路，收获了许许多多，包括我还未悟到的，仿佛重生。第二年，相宜丫头如愿考上她心仪的大学。看到她发表了不少相关文字，我想，这次上大瑶山对她的成长是有意义的，这不，今年暑假，她又嚷嚷着要再上大瑶山。

走笔至此，想起鲁迅先生所言："所谓回忆者，虽说可以使人欢欣，有时也不免使人寂寞，使精神的丝缕还牵着已逝的寂寞的时光，又有什么意味呢，而我偏苦于不能全忘却，这不能全忘的一部分，到现在便成了《呐喊》的来由。"于我，上瑶山不能全忘的，便是这番丝丝缕缕了。

｜作品点评｜

散文《上瑶山记》很不错，有两种潜在的精神结构：一是作者在城市机关是非之地受了刺激，突然决定去上向往既久的大瑶山。这个冲动，决定了心灵对照的强烈、鲜明；另一结构是，作者的上山，是与当年费孝通的上山遥相呼应的，增加了人文底蕴，历史纵深度。当年费的田野考察，失身陷阱，新婚妻狂奔呼救失足山涧而死。作者不时想起费，想起他们的大勇，感慨万端；我们不如他们。同时以瑶山的清凉与和风，与城市充满口臭和耳语的挤压、暗算相比照。增加了文章的张力。

——雷达:《广西民族作家的声色表达》,《民族文学》2015年第4期

冯艺的《上瑶山记》是一篇向费孝通王同惠夫妇上瑶山壮举致敬的佳作，也是

一篇向大瑶山寻找精神抚慰的美文。

——王鹏程：《2015年少数民族文学：民族精神的现代书写与叙事传统的深度
内转》，载中国当代文学年鉴中心编《2015中国当代文学年鉴》，百花洲文
艺出版社，2016，第228页

时间的鞭影

何述强

在田野中奔跑的童年不知道什么是时间。只知道乡村的夜晚星空灿烂，蛙声绵绵，冬天的菜心有白莹莹的雪。只知道村边有无穷无尽流淌的河水，河水总是很清，映着朵朵白云。连绵的青山在远处呈现剪影。当然，乡村美好的物事远不止这些。记得读小学时有一段很短的时间，学校突然发神经让我们各自带煤油灯到学校上晚自习，我还记得班主任在教室里走来走去，监督一朵一朵的煤油灯光下心不在焉的我们，别人怎么样我不知道，就拿我自己来说，我对夜晚上晚自习的好奇远远超过我对学习的兴趣，整个晚上都在东张西望，根本看不下一页书，做不成一题作业。

作者简介

何述强（1968—），男，仫佬族，广西罗城人，先后就读于河池师专中文系和广西师范大学中文系文艺学研究生班。鲁迅文学院第九届高研班学员。中国作家协会会员。在《文艺报》《中国艺术报》《广西日报》《民族文学》《文学自由谈》《山花》《广西文学》等多家报刊发表散文及评论，作品入选《散文选刊》《散文（海外版）》及国内多种出版物。出版有城市传记《山梦为城》、民族文化随笔《凤兮仫佬》、散文作品集《隔岸灯火》。获《广西文学》"金嗓子"广西青年文学奖。现为广西民间文艺家协会副主席、广西作家协会秘书长。

作品信息

原载《民族文学》2015年第1期，《散文（海外版）》2015年第3期转载，入选《文学桂军二十年·散文精选（1997—2017）》（广西人民出版社2017年版）。

我到现在仍然记得班主任那张幽暗的脸。因为，全班只有他没有带灯，他在教室里走动，脸在煤油灯光的上方，因此，十分幽暗，时隐时现。毕竟每一盏煤油灯照亮的范围都是有限的，即便是全班的煤油灯，也无法照亮教室的夜空。下晚自习后我们得经过一大片田野回家，跟来时经过的那片田野是同一片田野。那时候秋天的谷子已经入仓，田野很干爽，到处都是堆着的禾草，我们把熄灭的油灯集中放在田坎边，就在草堆上做跳跳床的游戏，每一次弹跳起来都可以看到天上的星星。运气好的话，还可以看到流星。我们快乐地欢叫着，声音回荡在夜晚寂静空旷的田野上。也不知道我们在田野中嬉闹到什么时候。月亮升起、落下，露水冒出、隐匿，秋虫唱歌是否跑调，这些，对我们都不重要。我们一个个就像脱缰的野马，尽情地跳荡在秋夜的禾堆上，毫无拘束感。我至今想起那样的情景，内心都会微微地激动。我对记忆中的田野一往情深，应该是建立在这种激动的基础上的。我想，在禾堆上跳荡的夜晚所看见的风景，所感觉到的自由，一定影响了我对事物的看法，以及我对人的态度。夜晚有夜晚的快乐，白天有白天的欢畅。白天的田野向我昭示的是大自然的蓬勃生机。一样的田野，不一样的感受。童年的旷野是一个丰盈无比的世界，似乎一切永远不会枯竭。那拧得出水的空气，疯长的植物，跳跃的动物，飞翔的鸟，盘旋的蜻蜓和虫子。还有那翻卷的白云和突如其来的乌云，那起伏的山影，那扛着牛轭在春天汪汪的水田里踢踏前行的水牛年复一年。沉浸在这样的世界，除了知道白天黑夜的交替，谁又曾料到有什么东西已经偷偷溜走？

在差不多念完小学时，转到县城读书。也还不知道什么是时间。只记得住在父亲工厂宿舍的那些雨夜，雨点打在瓦片上，绵密急促，一片连着一片，让离开村庄的我感到宁静和温馨。因为工厂处于城乡的结合带，工厂的院子外面就是田野，工厂与村庄共一口清泉。白天担水和洗衣服的人络绎不绝。夜晚走近泉边，可以看到星月映照在上面。要是借助手电筒的光，还可以看到泉水里自由游弋的鱼。越到深夜，鱼从泉眼游出来就越多，大约是世界的寂静让它们取消戒备。我由于住近泉边，得以窥探这个秘密。我们家的窗外是一条道路，离窗口很近的地方有一个长满草树的角落，每隔一段时间就会有村人到那里放鞭炮，我一直弄不清楚是怎么回事。他们好端端的，到这里放一串鞭炮干吗？我是稍微长大一点才知道的，我们家窗口下面那个位置，原来是人家村庄的灶王庙。这些因素，我爸爸他们当初盖厂房起宿舍的时候显然没有考量过。因此，每次鞭炮响起，我爸爸是不能抗议的，他只能沉默。或者，假装什么也没听见，"王顾左右而言他"。那一串炮，不就一缕烟吗？一会儿就消散了。现在想起来，我到县城读书，由于住在农村和县城的结合部，仍然是没有彻底离开村庄，厂区与村庄共用的清泉，爬上围墙就可以看到的广袤的田野，春夏天的蛙鸣，以及窗口下的祭祀灶王的鞭炮声，都在帮助我建立与村庄系统的联络，有关村庄的信息向我不断涌来。只不过，旁边这座村庄，不再是我原来的村庄。从村庄到村庄，于我而言，依然是沉浸在一种漫无边际的境界中，蒙昧愚顽，并没有觉察时间为何物。那时候老师布置的作文总是很简单。比如，我的童年，难忘的一件事，记一个勤奋学习的同学。这些，都帮助不了我认识时间。产生时间感的历程漫长而艰难！直到一个在我看来"比较老练"的同班同学把我作为他记叙的对象写进作文，而老师又把他的这篇作文当作出色的范文在课堂上朗读，我才意识到身上有些东西不能再沉睡了。同学这篇惊世之作的第一句是："何述强同学已经十三岁了！"开宗明义，直奔主题，没有任何迂回。那一瞬间，我头脑轰的一下，顿时觉得事情严重起来。班上同学普遍十二岁，或者干脆十一岁，而我，已经十三岁了！那种苍老的感觉足以让我步履跟跄，恨不得马上有人递一根拐棍过来，好渡过难关，有点类似电影里的战士突然中弹用手捂住胸口一样艰难（小时候这类电影倒是看了不少）。这个同学深刻的提醒唤起我的时间感。不知不觉，十三年光阴已经从我身上流淌了！懵懵懂懂的我，在这一声棒喝中苏醒过来。

同学那篇令人惊恐的作文还写到我那该死的书包，那是从村庄背到县城的书包，也不知道背了多少年，书包带子早已发白，并且已经成功地磨损得只剩下一根绳子。我为同学细致入微的观察和出神入化的笔触震撼不已。我看到自己浑身苍莽洪荒未开地从乡村和田野走来，除了裤管、指甲、鞋头上的泥土，头发上拍不掉的草籽，身上还系着一根可怕的绳子！这绳子比石壁上的青藤还坚硬。连猴子都可以挂在上面荡来荡去。太多青涩、老土、蒙昧的气息缭绕着我，让我失语，无力，陷落，崩溃，根本无法为自己辩护。是时间，还有我的血肉之躯，把曾经美丽的绿色的书包带子磨损成一条寒碜的绳子！这绳子紧紧地勒住我，一直勒到我的身上淌出血来，旋即又从我身上像蛇一样飞起，化为一条鞭子，向我抽打。我被狠狠地打了一下，又一打。那绳子，像我在农村抽打水牛用的鞭子。我不知道那天我是怎样回家的。怎样从书桌下掏出书包，系上那根宿命的绳子。穿过早已空旷的校园。是不是流泪了，也不知道。我十三岁了，陪伴着我的，是那一句像鞭子一样响亮的话，还有一根像鞭子一样残酷的绳子。

到了今天，我更愿意把那根绳子理解为时间的鞭子。

作为物质意义的书包绳早就消失了。它一定是随着书包的被淘汰而退出历史舞台的。太多的消失我们无法统计。但是，如果把它理解为时间的鞭子，形而上的鞭子，它就几乎没有消失过。它一直在变着法子抽打着我的血肉之躯。悠来荡去，神出鬼没。有人说，岁月像一把杀猪刀，那未免太残忍了一点。像一根绳子，时而情人一样温柔地贴身，时而不近人情地拉开距离无情抽打，倒是比较恰当，庶几可以坦然接受。杀猪刀常常伴随着嗷嗷的嘶叫，太热闹和惨烈了，这似乎不符合时间的性格，时间是安静的，它的特长是抽丝剥茧，滴水穿石。

诗人臧克家写有一首《老马》，最后一段是："这刻不知道下刻的命，它有泪只往心里咽。眼前飘来一道鞭影，它抬起头望望前面。"这是让老马心惊胆战的鞭影。不也是让我们心惊胆战的时间的鞭影吗？人到了年长了，变成一匹老马了，才不敢对这样的鞭影掉以轻心。我记得父亲在他的一本藏书的封底用钢笔录了两句诗："老牛自知黄昏晚，不用加鞭也奋力。"我一直弄不明白出处。直到读到臧克家的另外一首诗《老黄牛》，里面有这样的句子："老牛亦解韶光贵，不等扬鞭自奋蹄。"我才知道父亲抄录的两句诗脱胎于此。刚好，父亲那本藏书书名叫《龙文鞭影》，是一本古代很有名的启蒙读物，据说龙文是一种千里马，它只要看见鞭子的影子就会奔跑驰骋。父亲的这本藏书也像我的旧书包一样，在时间的长河中早已消失得无影无踪。但父亲用两句诗来警醒自己，珍惜时光，也暗暗地警醒着我。当我们失去了许多东西，当我们熟悉的亲人慢慢像玩捉迷藏一样隐匿起来。我们才猛然发现时间去了一个说不清楚的地方，而且永远不会重来。现在，我只有在阅读中，或者沉溺于文字织造中才会恍惚间进入一个隐秘之境，这个隐秘之境暂时不被时间觉察，尚可忘乎所以，那里边，依然波涌云横，草长莺飞，一如我曾经经历的丰盈的村庄和田野。

▎创作评论 ▎

何述强的散文具有浓郁的悲剧意蕴，它里面所包蕴的深刻的悲剧性内容、悲剧性的历史感、悲剧性的审美倾向，浸润着唐代怀古诗的灵韵，有着内在的永恒性。作者所咏叹的历史古迹，往往是古时极为繁华豪奢的所在，今日却相当荒凉、衰飒、寂寞。乡荒台、野草、古墓、断碑等，都传递出荒凉灰暗的色彩，落寞无主的氛围，带有很强的悲剧意识。面对秋风荒草中的断碑古城，作者所感悟的不仅是王朝的兴废盛衰，还有进一步对人生存困境的悲哀，对人生价值的思考。那些史志般的古迹，向作者诉说着一个王城曾经拥有的繁华和荣耀，同时也向作者呈现出这个王城灭亡的余烬。

——李琨:《穿越时空的倔响——评何述强系列散文》,《时代文学》2006年第5期

何述强的散文世界由一个散发着古旧气息的意象群构成，因此他的散文常常带着荒寒的冷色调，但他的散文并没有把读者带入荒寒的绝望，而是让读者感受到一种荒寒中升腾起的力量，这种力量在很大程度上来源于对生命的思考与追问。

——刘铁群:《深流藏于静水　生机蕴于寂寞——简论近20年的广西散文创作》,
《南方文坛》2017年第4期

▎作品点评 ▎

何述强的《时间的鞭影》仔细雕琢叙述，如同锻造诗句般锤炼语言，极富张力。
——李湘萍:《深植八桂　茁壮岭南》,《广西日报》2015年1月20日

散文中，何述强的《时间的鞭影》通过回溯童年的一件小事，用文字的隐秘之境呈现时光镌刻在记忆深处的感伤、感动与感念，质朴自然而又感人至深。

  ——王鹏程：《2015年少数民族文学：民族精神的现代书写与叙事传统的深度内转》，载中国当代文学年鉴中心编《2015中国当代文学年鉴》，百花洲文艺出版社，2016，第234页

我和父亲之间

陈建功

　　二十多年前，1994年9月5日凌晨，先父因脑出血突发病逝于张家界的一家宾馆。父亲那时已从北京调到广州工作，是为出席湖南籍已故经济学家卓炯的学术研讨会而去那里的。上午，接到噩耗，我先是飞往广州，又和父亲单位的领导以及几位亲属一起飞往长沙。多亏湖南省有关方面鼎力相助，派车送我们赶赴湘西，料理丧事。

　　"养在深闺人未识"的张家界，自从被吴冠中先生推崇，后又经摄影家陈复礼等人传扬，到了1990年代，已是名满天下了。我对她当然也心仪久矣。然而谁能想到，自己竟以这样一种方式到了那里。

作者简介

　　陈建功（1949—），生于广西北海市。1957年跟随父母到北京定居。1968年毕业于中国人民大学附中，在京西木城涧煤矿当了十年采掘工人，随后开始文学创作。1977年，考入北京大学中文系，1982年大学毕业。著有小说集《迷乱的星空》《前科》《鬈毛》《谈天说地》《放生》等，长篇小说《皇城根》（与赵大年合作），散文随笔集《从实招来》《北京滋味》《默默且当歌》等。曾任中国作协副主席。作品曾多次获全国性文学奖，并被译成英、法、日、捷、韩等文字在海外出版。

作品信息

　　原载《上海文学》2015年第6期，收入《默默且当歌》（华文出版社2017年版）。

自此很长一段时间，不愿提张家界，不愿提武陵源，不愿提索溪峪。

那是我的伤心哀痛之地。

再往前数十年，1984年，我失去了母亲。十年后我又失去了父亲。令人不胜唏嘘的是，父母的离去都如此突然，连抢救时的焦虑都不容儿女们承担。母亲离去时我在南京，那是到《钟山》杂志讨论《找乐》的定稿事宜。离京前一天我还回到家里去看她，没想到第二天飞机还没在南京落地，《钟山》便已得到我母亲因心脏病突发而逝的消息。而父亲，竟是在异乡终老。这种方式恰如父母的一贯作风，他们一生不愿给任何人添麻烦，包括自己的子女。

父母的一生并没有多少传奇性。父亲唯一令我吃惊的事迹，至今我还将信将疑：1949年，我妈怀上我不久，他就离开家乡北海，远赴广州求学。据说那一次远行很有些惊心动魄——几天以后他只剩一条短裤，狼狈不堪地回到家里。他说船至雷州半岛附近遇到了台风，船被打翻，他抓住一块船板，凭借过人的水性而逃生。"你知道台风来时那海浪有多高？足有四五层楼高呀！"这故事是他教我游泳时说的。我当时就质疑他讲这故事，只是为了给我励志。那时我还不到八岁，可见就已经不是"省油的灯"。当然，那一年，我爸最终还是从北海来到了广州。不久，广州就成为叶剑英治下"明朗的天"，他顺风顺水被吸纳进新中国培养人才的洪流，进入了南方大学。而后，他又被送到北京，在人民大学读研，最后留在那里任教。我爸离开北海不久，北海也解放了，我妈也和全中国的热血青年一样，被时代潮流裹挟进来，先是在北海三小做副教导主任，随后也获得到桂林读书的机会。她毕业于广西师范学院中文系，毕业后被分配到北京工作。

1957年，父母应该是在北京团圆了。夏天，父亲回家乡接祖母和儿女上北京，我才第一次见到父亲，那时我已经跟着祖母长到八岁。"留守儿童"忽然发现，时时被祖母挂在嘴边的"爸爸"回来了！其实此前我已无数次看过父亲的照片，并向同龄人炫耀。在那照片里，爸爸穿着黑呢子大衣，头戴皮帽，站在雪地上，一副英气逼人的模样。就是为了找这个人，我曾经求赶牛车的搭我，沿着泥泞的小路，吱扭吱扭地走了一下午。天傍晚时，扛不住好奇的赶车佬问我：细崽，你坐到哪里才下？我说，离北京还有多远？我到北京找我爸呀……那赶车佬吓了一跳。他说他也不知道北京有多远，但坐这样的牛车肯定是到不了啦，"细崽，天黑啦，野鬼要出来捉人啦，赶快回家啦！"……那时我才明白，坐牛车是找不到爸爸的。

而忽然有那么一天，一个人，一手拿着一只装满了花花绿绿糖球的玻璃小汽车，张开胳膊把姐姐和我搂到了怀里。这就是爸爸呀！络绎不绝的亲友提着活鸡活鸭和海味，来看望"从北京回来的阿宝"；过去曾牵着父母的手耀武扬威的玩伴儿们，趴在院子的栅栏墙外观看……从此我寸步不离地尾随在我爸的身后，直到一顿痛打把我扔到了可怜巴巴的地方。

离开少年北海半个世纪之后，当我以花甲之身回到故乡的时候，在我的姨表弟阿鸣家，看到了当年我爸爸用他带回的相机为他们拍摄的"全家福"——四姨和四姨父站在中间，左右站着他们家的五个孩子。四姨和四姨夫已然过世，表姐妹和表弟同我一样，当年不过垂髫总角，今亦老矣。谈笑间大家说这是我和他们仅存的童年照——因为就在作为背景的公园凉亭里，我不知什么时候溜进了画面，远远地骑在栏杆上，肢体语言里散发着不平。这就是当年我时时刻刻要独霸父亲的"眼球"，不准任何人染指的铁证。然而也正是这独霸的心思，招来了平生挨的第一顿，也是唯一的那顿痛揍。

回想那次，我实在没有理由为自己开脱——起因是我爸那天中午和我的四姨父一起到我家附近的酒楼吃饭。这是何其简单而自然的事情！可一直"监视"着爸爸去向的我，为我爸不带我去而气恼。我居然跟踪他们到酒楼门口，"坐实"了父亲的"罪证"，随即回家向祖母告状，要祖母"御驾亲征"。祖母固然不会糊涂至此，却也顺着孙儿指天咒地，甚至言之凿凿地许诺，待这儿子回来定痛打无疑……谁知这都无法平息我的骄蛮。父亲和四姨父吃完了饭，回到家，看到了正在院子里撒泼打滚的我。

估计自从回到故乡，我爸已经忍了我几天了，一直想找个机会践行"棍棒"与"孝子"的古训。他先让四姨父离开，又把蹲在身边哄我劝我的祖母拽回屋里，反锁了屋门。听到祖母在屋里又哭又喊，我还不知道大祸临头。直到我爸提着一根竹棍冲到跟前，我才恍然大悟。我被按在当院，当着篱笆墙外围观的街坊邻居的面，连哭带号，饱饱地挨了一顿。

到今天还在思忖，是不是自此我就变成了一个敏感、内向的人？

此后我爸再也没打过我，甚至连粗声的训斥都没有。我相信父亲也一直在为那次暴打而后悔着，虽然其错在我。我感到他的一生都在弥补。比如他每一次到外地讲课回来，都会给我买一件玩具。那些玩具是有训练动手能力的拼装模型，有带有小小马达的电器组合。如今想起来，相比我并不富裕的家境，那些玩具的价格，都令我大感吃惊。后来，父亲又给我买了《少年电工》《少年无线电》，而由此衍生的各种电工器械、无线电元件的开销，更是巨大。我还清楚地记得父亲带我到地处新街口的半导体元件店，为我买下的那个半导体高频管的型号是3AG14，其价为六元一角六分，而那时父亲的月薪，仅仅是八十九元。我至今还记得，那店员用电表帮我们测试三极管的时候四周的电子迷们那艳羡的目光。而我，从挨打以后，似乎已经"洗心革面"，成为一个"乖乖崽"，甚至可以说有一点唯命是从。我虽不再骄纵，却也从此和父亲生分。只要面对他，我永远会感到游弋于我们之间的一种隐隐的痛。至今想起自己在少年时代那永远不卑不亢的沉默，让我为自己羞愧，更为父亲心痛。难道我是个记仇的孩子吗？我为什么再也没有在他面前展露过作为儿子的天真与无忌——哪怕是得到一件玩具后的欣喜，跑过一趟腿儿回来复命的得意？

不过后来我又怀疑，也许，我们之间隔膜的起因，并不像这样富于戏剧性。作为一个父亲，待孩子长到八岁时才出现，无论你再想怎么亲，大都无济于事了吧。

直到他去世，我也没有找到机会，把我们之间的隔膜做个了断。

当然我是爱他的。我又何尝不知道他也爱我们？

回想起来，其实从我很小的时候，父亲就开始为我谋划为生之路了。我甚至看出来了，是学"理"还是学"文"，父母有着不同的梦想。我妈之所以要我做文学，用今天的话来说，因为她当年就是个文学的"脑残粉"。我少年时代偷看过她的日记，走异路寻他乡的理想，破牢笼换新天的激情，洋溢其间，后来便明白其源盖出于鲁迅和巴金。父亲并不和母亲争辩，但他不愿我"子承父业"，从事文科类的工作，是显而易见的。比如他对自己的"工业经济"专业，甚至不比做木工电工水暖工兴致更高。他对我妈隔三岔五就"点赞"我的作文也从来不予置评，只是每当他修理电闸、安装灯泡的时候，都把我叫过去扶凳子，递改锥。他还教我拆过家里的一个闹钟，又教我把它复原。我的未来，似乎做个修表工更令他欣喜。

年齿日增我才渐渐地理解了，父亲似乎对过往不断的"运动"更为敏感。而最终使我恍然大悟的，是他原来和我一样，很久以来就隐隐地感到，头顶上一直笼罩着一团人生的阴影。

"阴影"应该是在我全家移居北京两年以后笼罩下来的。那时候知识界有一场"向党交心"的运动，父亲真正由衷地向党交了心：解放前夕他大学毕业时，为了不致失业，曾经求助过一个同窗，据说那同窗的父亲是一个有来头的人物，亦即今人所言之"官二代"吧。随后我父亲发现，那"官"是一个国民党的"中统"。为此他狼狈逃窜，再也没有登门求助。

父亲这种完全彻底的"交心"之举，来自那个时代青年的赤诚，也薪传于"忠厚传家"的"祖训"，就像高血压脑出血，属于我们家人祖传的病患一样。而父亲终生的遗憾，就是这"忠厚"竟使他成为一个"特嫌"。那时候他还不到三十岁，全然没料到这样的后果。直到"文革"中两派组织打仗，争相比赛揪"叛徒"、抓"特务"，他被"揪"了出来，这才恍然大悟，原来早已入了"另册"！他这才明白，为什么争取了几十年，入党的梦想永难实现？为什么兢兢业业、勤勉有加，也永远不能得到重用？而我，当然也如梦方醒，明白了自己何以不能入团，不能参军，不能成为"红卫兵"而被称之为"狗崽子"……被高音喇叭宣布"揪出来"的那天凌晨，父亲把我和姐姐、妹妹叫了起来，坦诚地把向"组织"交过的心又给儿女们"交"了一遍。他请我们相信他，他不是特务，绝不是！

我记得听他讲完了，姐姐和妹妹都在看我。

我当然相信他，但我只是点点头，"唔"了一声。我早已不会在他面前表达感情。

又十年，他终于得到了"解除特务嫌疑"的结论。

那时候我还在煤矿当工人，已经快干满十年了。我妈来信催我温书考大学，还告诉我，父亲被"解脱了"。我记得母亲的笔调仍然激情洋溢，她赞颂了高考的恢复、政策的落实，还赞颂了南下北上、调查取证的组织。

然而由矿区回到家里，听母亲说父亲还是决计南调广州。

我理解。

其实，在人民大学，比他冤的人就有的是。比起那些蒙冤者，这点委屈又算得了啥？但对于他，这就是一生。他若继续留在"人大"，那个笼罩了他近三十年的心理阴影或将挥之难去。

父亲平反南调后，据说终于入了党，先是参与了中山大学管理系的筹办，最后做到广东管理干部学院的副院长。在别人看来，他晚景辉煌。我却觉得，"辉煌"之谓，言之过矣，但他在广东，疗治了中年时代留下的心灵创伤。作为儿子，聊可慰藉吧。

我们之间的隔膜，却只能是永远的遗憾了。

我所能做的，就是小心翼翼地待我的孩子。

当然，更期待，这世界，小心翼翼地待每一个人。

┃创作评论┃

陈建功的散文坦率得透明，与读者心理平衡。文字却依然是京味儿，调侃得富有情趣。没有装模作样的说教和所谓形散神不散的暗示、象征或曲笔，耿耿地直抒性灵，如草原上的火光红红地夺人心目。

——甘茂华：《女儿寨笔记》，中国三峡出版社，1996，第235页

陈建功散文的最大特点是他一以贯之的真性情，这也是支撑其散文世界最重要的情感内核。他所坚持的真情，不仅渗透在他日常情感交互之中，还深深地嵌入了他的饮食之道，并且在北京和北海之双城记中寄寓况味。更值得探究之处在于，如是这般的情感、情绪和情思，在陈建功形构的语言机制中，以一种平淡蕴藉的方式

透露出来，因而较之于洋洋洒洒直抒胸臆的表达方式，更能够如在眼前的亲切中，感知作者深藏其间的热忱与赤诚。

——曾攀、周丽华：《人间至性——读陈建功散文集〈默默且当歌〉》，《广西民族师范学院学报》2018年第2期

│作者自述│

写散文要比写小说舒坦得多。写小说你得找出张三李四王二麻子，让他们出来替你重新铸造一个世界。写散文你不必劳这份神，提起笔，你就撒了欢儿地写吧。你怎么活的就怎么写。你怎么想的就怎么写。你就是一个世界。正因为这，写散文也难。

——陈建功：《"风格"这个害人精——代自序》，载陈建功《建功散文精选》，华夏出版社，1997，第1页

钉子被移来移去时

林　虹

一

会议室里，烟雾缭绕，我推开窗，深呼吸。九月的风里，全是热气，高大的榕树枝丫，有蝉在"咋啦咋啦"地叫，好似"开心开心"，很热闹。我一点也不嫌它们的聒噪，那是爱的声音，人间最美妙的声音。它们知道生命短暂，当爱则爱，一点也不迟疑。它们还知道向死而唱，比起人类，它们自成体系的生命哲学，是向上和向乐的。还有一只鸟，在上午或下午的某个时段，叫着"你莫怪，你莫怪"，叫的是桂柳话，慢悠悠的，如此清晰，一听就乐。我很好奇这只鸟，它怎么会说桂柳话呀。它在向谁道歉呢？因此，只要我被烟熏得晕沉沉时，就推开窗，听这些有趣的叫声，特别是这只道歉鸟，它让我想起乡音，想起百里之外的家乡。奇怪的是，从不见它的踪影。它和蝉一样，隐伏在枝丫。

这是一个有趣的世界。

如此，我开始原谅这些缭绕的烟雾，淡淡的烟味。那是一张张葱绿的叶子，也

作品信息

原载《广西文学》2015年第9期，入选《我们必须爱这残缺的世界》(漓江出版社2017年版)。

曾有阳光和雨露的味道，以及月光和露水、虫鸣和微风，世间最好的景致曾伴它们成长，最后才成为这些烟味，也是修炼过的。如此，才不辜负了它的本质——爱我，就给你智慧。这只是我的个人感悟，我曾经多么讨厌这些烟味，在一次次创作会上，我被熏得头昏眼花，心躁无比，有老娘不如拂袖而去的念头。是的，多少次，我就是这样，老娘拂袖而去了，那样的冲动，结果就被窗外的声音化解了。"你莫怪，你莫怪"，"咋啦咋啦"，"开心开心"。当我会心一笑，我知道，拂袖而去，终究还会回来。莫非，它们知晓我内心的秘密？因此，声声如佛，看我得道多深。

我不禁笑。

导演抬头看我一脸闲适，甚至笑意融融，不解。"你想出什么好点子了？"而他，眉头紧锁，手指夹着烟，一圈呼出的烟，还未散去，正笼罩着他年轻俊朗而又疲惫的面容。昨晚的创作会开得很晚，走出大门的时候，星光稀疏，月色寂静，南宁的民主路上，偶有车辆开过，便剩下满街灯光。我从没见过民主路这么安静，白天车来人往，喧哗得让人想要逃离。此刻，我喜欢它的安静。导演问，要不要送你？我摇摇头，酒店就在附近，走过去就好。于是，我就慢悠悠地走着。我的脚步是沉重的，内心有牵绊，当然不能释然，虽然月华正当。如果我能有今天的得道，从一些鸟鸣中体悟，我想我会是走得很轻盈的。那么，那点创意，也不是什么要紧的事。

说不要紧，也是要紧的，舞剧《瑶妃》毕竟是我的第一部大戏。就如怀了孩子，总想着他长得健康周正点。至此，已经走到最关键的一步——和导演的二度创作切磋，开始舞台执行台本的创作。二度创作，原本是导演的事了，我可以不参加，毕竟舞台的呈现，于我完全是一个陌生的世界。可是，这个年轻的导演有他不同的创作理念，他组建了一个年轻的创作团队，从舞蹈编导到音乐、舞美、服装……都是充满朝气的，像灌满了浆汁的玉米，长得满目生机蓬勃。因此，彻夜奋战，也不是不可以的。这样的队伍，你会被感染。

除了文学指导德高望重，是的，他虽资历最深，却不比这些年轻人缺乏什么。他的思维和精力、阅历和经验，给这个团队注入了鲜活的力量。而我，作为编剧，混淆其中，也属正当年的那种。导演需要我的文学表达，何况，对于一个剧本的解读，他也想在舞台的呈现上，听到我更多的诠释，以便更快地把这个文学脚本梳理出一个清晰的脉络。在舞台执行台本的创作时，同时也在完成场次的叙述，用简洁而又有美学意义的词语，表达这一场剧的内容，让观众一目了然，又过目不忘，甚至回味无穷。他让我去看看赵明的舞剧《红楼梦》。

这是个好的建议，对于一个半路出家的编剧，这是我最好的学习范本。此前，我开始创作舞剧《瑶妃》剧本时，也像棵灌满了浆汁的玉米，感觉体内的力量无尽，生长是如此快乐。我借用小说创作的方式，一气呵成，当然，早期的资料已了然于心。当我把一个晚上写出的剧本递给领导，她惊讶我的速度。而其中的框架构建、思想维度、情节呈现，居然有些地方和她的想法不谋而合。这让她惊喜。因此，我得到了这个剧本再深入改编的机会，以最快的速度立项，申报经费。至此，我就开始了对这个剧本的不断修改，最后，搬上舞台。

我开始在网上找赵明的舞剧《红楼梦》，这个大师颇具胆量，挑战了这个名著。要知道，《红楼梦》一百二十回，博大精深，情节丰富，人物繁杂，拍成电视都几十集，文本厚得都可以拍死人。赵明却把它搬上舞台，可想而知，这是多么有勇气有智慧的事。可是赵明成功了，他将《红楼梦》重新结构，提取黛玉葬花、海棠诗社、太虚幻境等有代表性的场景搬上舞台，用肢体语言完美诠释了这个名著。当然，导演特殊的思维方式介入，是舞剧的亮点，比如在诠释"黛玉葬花"这一场，是花葬黛玉了。这是个有意味的转换，这种文学意向的颠覆，有着很大的想象空间，而舞蹈赋予的力度、视觉、冲击力、空间感，给人耳目一新的体验，化繁为简，简而有味，便是舞剧的魅力所在。

而舞剧《瑶妃》，能借鉴的，或许就是在于人物的诠释了。以人物的命运贯穿，讲述明朝时期一个瑶族女子的传奇人生。然，传奇无处不在，谁没有自己的传奇呢？关键是瑶妃李唐妹是明孝宗的母亲，她养育了这个有作为的皇帝，且是在后宫偷偷养的。这才是重点，一个坚强有智慧有担当的瑶族女子，她的命运在历史的长河中，留下了这有意义的一笔。在时间的褶皱中，听见了她吟唱的一首歌。我找到这个剧的动词，爱。以爱贯穿剧。讲述瑶妃的爱，爱儿子，爱宪宗，爱家乡，最后提升到爱国家。比如舞剧《妈勒访天边》的动词是访，整个剧就是在寻找太阳中展开的。而导演似乎不赞同我对这个词的提炼，觉得这个词还不能承担他想要表达的，他认为还有更贴切的词来诠释。

二

那么这个词是什么呢？大家都在冥思苦想，香烟在这个时候，必不可少，它能提神，也能激发出潜在的、沉睡的智慧。

导演提到一个词，行进。这是个行进的民族。他的提议如醍醐灌顶，给大家在黑暗中打开一道光亮。我们不能拘泥于史实，思维必须跳脱出来，才会有新的东西涌入。导演说，要呈现瑶族的元素，它的精神是最重要的。这是一个不屈不挠、不断行进的民族。一个为生命行走的民族，它永远都是积极的、向上的、勇敢的、坚强的、充满智慧和无所畏惧的。唯有行进，才能看到这个民族的变化和延续；唯有行进，才能体现这个民族的韧性。他的发言得到大家的赞许。文学指导进行了更深入的诠释：这个民族从大山走向远方，有的走得更远，还漂洋过海，这说明了瑶族的智慧，这是一个富有开拓精神的民族。对，开拓！导演应着。讨论突破了瓶颈，进入了白热化。香烟、咖啡和茶，还有窗外的鸟叫声，喧哗如此真切，我的手指在键盘上飞快地敲打，像弹一串音符。

导演像打了鸡血，这是他第一次导演舞剧，挑战难度很大。而我，第一次编剧，还属菜鸟级，这样的合作，我们从未质疑过对方。场记不停地给大家加茶、咖啡，张罗买什么盒饭。编导、音乐、服装、舞美也在讨论中碰撞自己的思想火花，以求寻找和剧目的最佳切合点。

我说，我想要有一场经典的舞蹈，类似于《白毛女》的窗花舞，让人过目不忘。导演深知我意：我也有这样的想法。事实上一个剧，只要有一首音乐和一个舞段被流传，成为经典，那么这个剧就成功了大半。我说要有一个女子的瑶族小群舞，美丽的瑶寨，瑶族服饰，蝴蝶歌，长鼓舞，场面欢快，舞蹈优美有特点。最好是打着

· 645 ·

瑶家油茶，月夜，火塘，意境很美，情思雅致。导演说，大杂烩？我知道你想把瑶族的元素呈现出来，可是也不能硬贴，要和剧目的气韵一致才好。我坚持己见。导演问，你想怎么加？我说，在瑶妃进宫后，和宫女们跳梳妆舞时，以长鼓为由，讲述她在贺县桂岭的生活。或者，在遇见宪宗时，和他说起她在桂岭的快乐生活，那么打油茶，唱蝴蝶歌，跳长鼓舞，也是合情合理的。导演说，你以为这是在拍电影？镜头一切换，场景就变了。这是舞剧，空间就在舞台上。他说得有道理，那么这个女子的瑶族小群舞就没希望了。我已经在脑海里想象她们的舞蹈动作了：火光下，她们在打着油茶，蝴蝶歌流淌其中，优美的身段，在打油茶的起伏中，像剪影一样充满了意境。而长鼓舞，也适时而出，这种欢乐恰好和瑶妃在宫中的思乡呼应，是一种视觉冲突。

我有些怅然，走出楼道透气，从窗口看去，外面红尘滚滚、热气腾腾，充满了烟火气息。为什么要穿越六百多年的时光，在一个瑶族女子的身上寻找一种坚韧的品质？因为她是广西唯一的瑶妃，因为她在和命运的抗争中，闪现了一个瑶族女子的聪慧和美好，这是可贵的、稀缺的。即使她消失在六百多年的时光深处，她依然是被传说的。我曾去过她的故乡——贺县（今八步区）桂岭白石村，她的儿子明孝宗给她建了衣冠冢，追封她为孝穆皇太后。衣冠冢陈旧沧桑，朝廷赠送的石羊、石龟散落田间，印证一段从未尘封的历史。我问在田间劳作的妇女，知道瑶妃吗？她们指指衣冠冢。是的，她在这田间地头静默了六百多年，如果时光流逝，她不被掳进宫，是不是和普通的瑶族女孩一样，过普通人的日子，结婚，养儿，劳作，和喜欢的人白头偕老？

就如此刻的我们，置身红尘中，也是循着命运的轨迹前行的。那些看不见的时光中，终究有些不可知，是我们无法探究的。不问不想，也是好的。就如昨天黄昏时，我在对面的市场漫步，一个卖杨桃的女子叫住我，买点杨桃吧，我自己种的。我在她的摊位前停下，杨桃卖相不是很好，我也不喜欢吃。我没有买的意向。女人又说，你尝尝，不甜你不要。她满脸的笑，有点急切。是的，这个时候，倦鸟也归家了，她的杨桃还没卖完。她用刀割了一小块，递给我。指甲的缝隙里，有污垢，手晒得黧黑黧黑的，和她的脸色一样。这是个常年在日头下劳作的女人。我尝了下，是挺甜的。要完吧，不多了，难遇到自己种的杨桃。我看着她热切的眼神，说，好吧。她欢喜地捡着杨桃，唠叨着：我家离这挺远的，原来想着要照顾孩子，在路边卖，被城管赶，有次没来得及走，车也被城管没收了。这不，就老老实实来市场了。远是远了点，但踏实。我把这些卖完，就回家了，孩子小，盼着我呢。她的一番话，没有抱怨，一个能和生活和解的女人。我拿过一袋沉甸甸的杨桃，说，你早点回家吧。她说，还有几个香瓜，卖了就回，出来一趟不容易。我问她，香瓜也是自己种的？她说，不是，贩来的，小本生意，自己有点事做，赚点小钱，心里踏实。这是她第二次说到踏实。我从她的眼神里看到一种满足的光芒，是真真实实的。

真好，我看着暮色中的女人，只有一个当了母亲的人，她才会为了孩子这么去打拼的。

我把杨桃给了酒店的服务员。那个绾着头发用深蓝色蝴蝶结扎着的女子，总是笑意融融。我在大堂的墙上，看见酒店员工的一个亲情园地，那上面有员工和家人的来信选摘，她的照片下，是她的儿子，圆嘟嘟的。她写给儿子的信充满了温情，这是一个在外打工母亲的思念，朴实而动人，我因此而记住她。她和我聊起孩子，一脸的幸福。想给孩子一个更好的环境，她和孩子父亲到城里来打工，到时把孩子接来城里读书。她说着，眼里闪着光。

母亲的爱，是世间最无私最温暖的。我的思绪又回到瑶妃的身上，我要在这个剧中，如何体现她的这种爱？她和在后宫偷偷生养的孩子，是不是可以有一段感人的双人舞？我回到会议室，大家依然在讨论剧情的结构。我提出的这个构想，得到导演的赞同：这是瑶妃教育孩子学习瑶文化和汉文化的一段戏，我们有一个瑶族双刀舞的构思。我对这段双刀舞很感兴趣，而从北京舞蹈学院进修回来的四位编导，阵容强大，我对他们的编舞充满了信心。因为他们年轻，还因为他们有不俗的创意。而编这段双刀舞的编导亲自领舞，这是这个剧的一个看点。而这段舞蹈，就切入在瑶妃和孩子的双人舞之后。

年轻有个性的编导说，这是一段雄浑、有力度、有生机的舞蹈，展示瑶族男子刚毅、勇敢的魅力。音乐创作接过话题，是的，这段舞蹈的音乐我已有了构思，加入铿锵的鼓声，将会很有震撼力。"为什么不是长鼓舞？"我提出。长鼓舞才是瑶族有代表性的舞蹈。而长鼓一直贯穿整个剧，从瑶妃离开瑶寨的长鼓离情，到遇见宪宗的长鼓定情，到幽居后宫的长鼓思情，到亲人团聚的长鼓叙情，长鼓就是这个剧的一个象征。导演说，是的，是这样，但是在最后一场戏，我们会有一个场面宏大的长鼓舞。而双刀舞，相对于小皇子学习瑶文化，我觉得更贴切，那是勇敢和信念、力量和不屈的象征。

如此，我就沉默了，看着窗外的榕树，蝉依旧在"咋啦咋啦"地叫着，还有"道歉鸟"，隔一段时间会持续叫上一阵子，然后沉默，如此反复。没有人注意听它们的声音。我的耳畔一边是鸟鸣声，一边是音乐制作哼唱的蝴蝶歌。"留的西，拉的咧，蝴的蝴，蝶的蝶，黄的蜂……"

<h2 style="text-align:center">三</h2>

"留的西，拉的咧，蝴的蝴，蝶的蝶，黄的蜂……"这是瑶族的蝴蝶歌，我喜欢它的歌词，很有意味，而旋律也带着强烈的瑶族文化印记。因此，它已被列入国家级非物质文化遗产名录。六百多年前的瑶族同胞，他们唱的山歌是什么样的，已无从考究，而艺术的虚实结合，让蝴蝶歌重新得到了诠释。这就是艺术的魅力。

我对瑶族山歌的印象，最早来自仙回瑶乡的茅坪村。我出生成长在仙回瑶乡，如今，瑶族同胞的生活和汉族已没什么区别了，只有在偏远的茅坪村，还保持着过山瑶的风俗。当年我父亲中师毕业，就分配在茅坪小学工作。我曾去过那里，瑶族人淳朴憨厚、勤劳踏实，他们靠山吃山，有着坚韧果敢的开拓精神，和这个舞剧的精神内核是一致的。

然而，小时候，我更多的是对这个民族的神秘感兴趣。比如，听得最多的是，会法术的过山瑶胞，一根黄茅草压在路边，丢失的东西就会回来；两根筷子叠起，心术不正的人就寸步难移；能在异地听到熟悉亲人的声音……我听着这些，就感觉那些穿着瑶族服饰的人很灵异，是带着某种超自然的力量的，他们来自一个神秘的国度。所以远远看见那些盘着绣帕、穿着精美刺绣瑶服、背着渔网袋来赶圩的瑶胞，我就躲得远远的，生怕自己不小心会沾染上那种神奇的事。事实上，我的母亲，在我们出门上山之时，总会扯根黄茅草给我们扎上，说是避邪。这样的习俗，一直沿袭到今天。有些事情无从解释的，我相信每根草都有它的灵性和神性。

父亲从瑶山回来，会跟我们说起那里的情况。父亲说那里的瑶族同胞并不像传说中的那样神奇，他们和汉族人一样劳作，按节气耕种，生活的风俗也差不多，他们纯朴、善良、勤劳，张口就能唱山歌……是的，是这样，这是我在茅坪村所看到的。那时，我住在小林香屯的一户人家里，他们家的房子建在山坳里，他们日出而作日落而息，阿婶和阿叔六十多岁了，一直生活在山里，他们在山上种八角、毛南竹、柚子、养竹鼠、采野木耳、香菇、割松脂……日子像山泉水一样平静纯净。夜里，他们坐在火塘边，阿叔默默地抽着水烟，阿婶在一旁剥着豆壳，有时给阿叔添点茶。孩子出去打工了，他们俩每天都是这样，话不多，各做各的事，一种平静的幸福。这种平静就是相濡以沫。我和阿婶聊天，阿婶，你戴的帽子重吗？习惯了，结婚戴到现在。阿婶很祥和。一直生活在山里，有没有想过出去看看啊？阿婶笑着，老了，不想去了。阿叔在一旁搭话，你阿婶的山歌唱得很好的，见到哪样唱哪样。阿婶有些羞涩。我问阿婶，唱下好吗？好。阿婶很爽快，清了清嗓子，"啦依呀啦……"，歌声清洌干净，一点杂质也没有。我惊讶阿婶的声音。阿婶说，以前上山时唱，做工时唱，觉得日子没那么静，没那么苦。那时啊，鸟儿听了都会停下叫声呢。没想到阿婶还这么有趣。阿叔吧嗒吧嗒地抽着水烟，说，是挺好听的，唱得我都没法接。

很久以后，我还想起这样的歌声。因此，我提议在"行进中的民族"这一场戏里，用上这样的拉法调。音乐制作听了我的哼唱，很感兴趣。他说，这样没有杂质的原生态音乐，是这一场戏里的音乐之魂，太稀缺了。而编导，已经在陈述他的舞蹈构思了。

　　编导说，背景是一幅和舞台一样大的瑶锦，一座升在半空的群山，露出瑶族男子的脚，他们迈着矫健而有力的步伐，从山里走出，走向广阔的外界，而群山随着音乐缓缓升起。行进中的瑶族男子，诠释了这个民族的勤劳、勇敢和刚毅。瑶妃李唐妹出现在群舞之中，怀抱长鼓，边舞边走，寓意她走向大明皇宫，走向她未知的命运。他的想法，很新奇，首先是悬在半空的幕景，露出的脚，这吸引了大家。导演很惊喜，嗯，有创意，说，往下说。编导用手捋了下头发，这场戏要给人眼前一亮的感觉，瑶族元素要用足。因此服装和音乐、道具和舞美，都要有自己的亮点……

　　这是个燃点，第一幕是一个剧的起承转合，很关键。就如写小说的第一句话，调子和内容的走向，都已在其中。因此，服装、舞美、道具开始了各自的陈述。

　　"啦依呀啦……"说起故乡，就想到了在南宁生活的父母。我停止敲打键盘，望着窗外九月的天空，望着父母生活的半岛方向。我知道，此刻，他们正在侍弄着那几垄菜地，绿豆、红薯、玉米、韭菜、藤菜……长势正好。他们保持着瑶乡人和客家人的勤劳，保持着见门开山的本性，和土地的情感，始终是挥之不去的乡情。父母已年近八十，依然精神矍铄，身体硬朗，他们做了个重大的决定，在南宁安家，买房，装修。这是一个远离故土的城市，于他们是陌生的，他们得重新开始熟悉、适应。每天，他们两个人一起散步，沿着荔滨大道，默默地走着，有时聊天，有时沉默，累了就在路边坐一坐。看着邕江水不停地流淌，而五象大桥上的车子像梭子一样，对面的良庆区正在如火如荼地建设。他们看着近处的高楼，其中的一户，是他们的家。从前，他们在小城生活，出门就遇见熟悉的朋友，聊聊天，散散步，一起聚聚。毕竟是生活了大半辈子的地方，熟悉、亲切、安心、舒适。而今，他们必须坐上一个白天时间的班车，才到达这个城市。没有熟悉的朋友，没有熟悉的乡音，没有熟悉的可去之处。唯有的，就是他们的三个儿女及家人。

　　而我，远在贺州，每次来，就和他们去江边散步。所以，我熟悉他们的路线，他们的眼神，以及他们心底的从未说出的思乡之情。我们坐在木棉树下休息，那时，是四月，木棉花开得轰轰烈烈，母亲对这种花极为感兴趣，怎么会没有叶子啊？

花怎么开得这么多啊？树怎么这么高啊？她欢喜地要我给她和这些花拍照，各种姿势，乐此不疲。年近八十，保持着这样的生活态度，我是很开心的。我们坐在树下休息，鸟儿叽叽喳喳地叫着，母亲感叹，唉，多熟悉啊，像我们老家院子里的鸟声。是的，我也这么感觉，老家院子的鸟，也是这么聒噪和淘气的。落在院子里，叫个不停，还闲庭信步，从它面前走过，也不避让，一点也不惧怕。我们和这些鸟相处甚欢。那个院子，留下多少我们的美好时光，积累起来，比铺开我们从南宁去往昭平那一整个白天的路程还多。

母亲听到鸟的声音，便是在这个陌生城市的乡音。她一个熟悉的朋友也没有，父亲也一样。父亲说，如果，你们有一个留在昭平生活，我们就不会考虑来南宁了。是的，我知道父亲的想法，老了，终究是想在家乡生活的。可是，他们依然保持了年轻时的那种干劲，在晚年的时候，重新开始适应一座陌生城市的生活。父亲的性格里，有着客家人的吃苦耐劳。而母亲，有着瑶乡人的坚韧勤劳。他们在仙回瑶族乡，白手起家，建了房子。然后，又带着我们到县城生活，在县城建了两次房子。然后，又到南宁买房。一个瑶乡人，一个客家人，骨子里迁徙的本性，让他们不屈于生活固有的东西。行进，创造一个个新的起点，即使生活重新开始，也努力让它开始得更丰富和美好。

我也被父母影响着，感染着。比如写这个舞剧。父母说，好好写，这样的机会不多。是的，我知道，对于一个半路出家的编剧，能有这样的机会，确实不多。他们也会问到我想来南宁生活的事，他们希望我也像他们一样，有足够的勇气去改变自己的命运，行走至自己人生最好的状态。

因此，我对这个舞剧的诠释，对瑶妃个体命运的坚强抗争，有一种新的感悟。作为编剧，我呈现了这个意思。而导演，他能和我的想法有共鸣吗？

四

事实是可以的，我们都看到了黑暗中那一抹温暖的光亮，感受到了来自生命里那种原始的力量维度。比如在太监张敏这个角色的处理上，这个有良知有温度有担当的太监，在历史上是不可多得的。为此，我还查了他的原籍，福建厦门人。这是一个我敬重的太监。事实上，不是所有的太监都是那种脸谱化的坏，比如明朝的宦官郑和，他的七下西洋，对航海和贸易是有贡献的。张敏在奉万贵妃之命溺死瑶妃的孩子时，做了一个有历史意义的决定，留下孩子，告知万贵妃孩子已死，并偷偷带食物给瑶妃，一起养大了这个日后成为举国拥戴的明朝皇帝——孝宗。当然，还有那个被宪宗废弃的吴皇后，这个善良的吴皇后，经常偷偷接济和看望小皇子，以至于孝宗登基后，把她当母亲一样看待。还有那个不知名的宫女，万贵妃让她端药给瑶妃，要坠下那个孩子，这个好心的宫女回去告知万贵妃，瑶妃没有怀孕，只是生了肚胀的病。以万贵妃在后宫的势力，太监和宫女如此这般，是要冒着被杀头的危险的。透过漫漫的历史长河，总有些温暖的事和人，让灰暗的现实充满了光亮，而一些朴实渺小的生命，却散发着人性的光芒。

这些温暖的人，改变了小皇子的命运。这些温暖的人，也温暖着瑶妃。在后宫，六年，小皇子藏在密室里。瑶妃和他在那个仅能从透气窗看见一方天空的密室里，相依为命。长鼓舞，瑶族山歌慰藉了乡情，还有瑶绣，盘在小皇子的头上，简直就是回乡了。窗外的海棠树上，有鸟鸣，是的，鸟鸣，和故乡的一样。这些声音的出现，成为每天的乐章。而阳光那么好，终有一天，他们能站在那些光下，看鸟飞过，看海棠花开，倾听鸟鸣。

那一天终于来了。瑶妃和小皇子不仅站在阳光下，还站在大明的江山面前。

我无法和导演说出那些诗意的鸟鸣，如何在舞台上呈现。而肢体的语言，能替代鸟的翅膀。而鸟鸣呢，如此隐喻，是否晦涩？

编导说到了光，一灯如豆，光的温暖晕开，是瑶妃命运的转折。是的，这也切合了我的心思。舞台上的光源就是命运的光源，总有一束，是能照亮出口的。

导演终于宣布可以休息了，我下楼出去透气。

九月炎热的阳光晒在水泥地上，又反射回来，热腾腾的。正值下班时间，行色匆匆的人群，在绿灯亮起的刹那，像海水一样涌出，他们奔向自己的目的地，神色各异，焦虑的、安详的、闲适的、疲惫的……我也被裹挟其中，在人群中茫然地向前。那样的时候，我常有愁绪从心里涌出，人生都在不停地赶路，生怕自己放慢了脚步，就会落下。这个繁华的城市，于我是这么远又那么近，想起父母说的，你要来这个城市，和我们在一起，要努力啊。母亲说，找到适合你的工作方向，就去争取。我嘴里应着，可是心里却是怯场的。茫茫人海、滚滚红尘中，看似有路，其实不然。母亲说，你要拿出我当年的勇气来啊。那时，我从城里下放回去，和你们生活在娘家，被人歧视，生产队里有人要排挤我们。我找到乡里的吴书记，反映情况，才不至于无处安家。我知道的，母亲身上有一种韧劲，像弹簧，越压越有力度。这种生活态度我是欠缺的。我习惯于顺其自然，像我写的诗歌《钉子》：钉子沉默寡言 / 它已习惯语言的缺失 / 习惯被敲打，被移来移去 / 我们彼此习惯 / 它知道 / 我不是这颗钉子就是另一颗钉子 / 钉子的命运就是钉子本身。

如果，像听见鸟鸣一样，听到钉子移动的声音，那么，命运的褶皱里，总能看见自己的纹路在哪里。

六百多年前，瑶妃一定听见了钉子移动的声音，所以她才不会认为自己就是那枚被移来移去的钉子，认同钉子的命运。所以，大明的历史才不会改写。所以，才有孝宗那"弘治中兴"的辉煌盛世，才有他成为史上唯一一个没有嫔妃皇帝的一段佳话。他和张皇后相亲相爱过着民间的爱情生活，才羡煞了那么多人。

是的，即使不能到这个城市生活，也不能缺乏对自身命运的认同和妥协，即使是一枚被移来移去的钉子，也要在移动时，清晰地听到它的声音。我在阳光下，又看见那个卖杨桃的女人，依旧笑眯眯地吆喝着：杨桃，杨桃，自己种的杨桃，不甜不要钱。她黧黑的脸上，充满了阳光的颜色。或许，是她散发的那种积极向上的生活态度所致，我觉得那种颜色很美。我走到她的摊前，她认出了我：是吧，我种的杨桃好吃吧，要不要再买点？我笑着，好，来两斤。我拎着这袋杨桃过马路，过往的喧哗声，有着热气腾腾的烟火气息，我居然极其享受。是的，即使那些带着热浪的尾气，那些飞扬而起的尘埃，都是这美好的一部分。

因为，我又听到了那些蝉的叫声，"咋啦咋啦"，"开心开心"，"你莫怪，你莫怪"。真是有趣，白花花的阳光下，我不禁抿嘴而笑。

┃作品点评┃

　　《钉子被移来移去时》在行文上老练而从容，这篇散文围绕舞剧《瑶妃》的编剧及创作构思而展开。就叙事进程的把控而言，可谓收放自如。比如收的方面，场景和细节的剪裁简洁流利，历史深处的瑶妃，宾馆前台的服务员，卖杨桃的乡下大姐，耄耋之年的母亲，还有漫步沉思中的"我"，这些人物皆被巧妙地串联于"行走"的生活态度之上。而放的方面，如果把散文写作比喻成植树的话，作者相当注意树冠的蓬松情状，在主干之外，蝉的鸣叫也好，鸟的叫声也好，卖杨桃女人的肤色也好，瑶乡的行走也好，皆轻易铺展开来。这种旁枝逸出的写作方式一方面彰显了散文的自由精神以及结构灵活的特点，另一方面也体现出写作主体技术方面的自信程度。收放的自如，使得作为读者的我们一旦和这样的文字遭遇，就会有舒服和放松之感，而一旦再往深处行走，陡生一丝惘然，这惘然或许是来自作者路数上的讨巧吧。

　　　　　　——刘军：《〈广西文学〉散文新锐专号述评》，《广西文学》2015年第9期

豁 口

罗 南

一

父亲说，我没钱了。父亲站在我家客厅里，他的灰蓝色中山装泛白，蓝布帽檐撑不起，软塌塌地搭在前额。父亲像是长途跋涉，他疲惫而忧伤，单薄得像是要随时飘走。

我正要从钱包里拿钱，却又醒了。躺在黑暗中，拥被发了好一阵子呆，黑的空间里似乎全是父亲疲惫而忧伤的眼神。

几年了，父亲每一次到我梦里来都是这样的装束、这样的眼神，像是从我们身边离开，父亲便走回很久很久以前的过去，走回他为全家人奔劳的岁月里。他泛了

作者简介

罗南（1976— ），女，壮族，广西凌云人。毕业于广西民族大学，中国作家协会会员。有散文、小说发在《花城》《作家》《美文》《广西文学》《民族文学》等刊物。有作品入选《散文选刊》。著有散文集《穿过圩场》、长篇小说《泗水年华》(合著)，曾获第八届广西文艺创作铜鼓奖、入围第三届华语青年作家奖。

作品信息

原载《广西文学》2015年第9期，入选《我们必须爱这残缺的世界》(漓江出版社2017年版)。

白的中山装和他塌了帽檐的蓝布帽子，从我孩提时代穿越而来，一次又一次出现在我梦里，让我在无数个黑夜里独自黯然神伤。

时间大段大段荒芜，脑里大段大段空白，我得回头翻找才能记起那个日子。2011年3月21日。那天，我没有了父亲。那一天像是不存在的。在我记忆里，我找不到父亲即将离去的样子。

我的记忆停留在2011年2月2日，那一天是除夕夜。那年的除夕夜和过去所有的除夕夜一样温馨，全家人围坐在暖暖的火盆旁看我帮父亲穿上我带回来的过年新衣，父亲上下打量自己，笑呵呵的，他略带遗憾地说，暖是暖了，可惜太重。大衣厚实，里面是一层厚厚的绒毛。我买它的时候只想着它的暖了。我说，明年，明年我买一件轻的回来。

我不知道没有明年了，一个多月后，我就没有了父亲。

那些日子，我被年的味道蒙骗，一点儿也看不出我将要失去父亲。父亲也丝毫没有流露出颓败的样子。他和往常一样，每天一大早起床，出门游游脚，吃早餐，然后回家和他的孙子孙女们坐在客厅里看电视。

父亲看起来是那么健康，除了骨质增生，他的身体找不出大的毛病。可是，那只是假象。它蒙骗了所有的人，包括父亲自己。对于离去，父亲和我们一样猝不及防，我们都以为那一天还很远。

父亲的离去磕开了一道豁口，我蓦然看到时间的黑洞。它隐于某一个未知的地方，等着将我的亲人吞没，将我吞没。我的母亲，我的兄弟姐妹，我将一个个失去。直到有一天，失去的是我自己。

二

我不是第一次面对亲人的离去。在我出生之后，在父亲逝世之前，我依次失去了祖母、六堂哥、小叔叔、四伯、姑妈。只是那个时候，岁月还没有成长到让我认识悲伤。

祖母是我来到这世上第一个离去的亲人。那时候我四岁或五岁。那时候，饥饿像鬼魅一样弥漫整个逻楼街，漫长的，贯穿了我的整个童年。

祖母应该在病榻上躺过，只是我的脑子里没有关于这方面的记忆。我只零星记得祖母的房间终日充斥着药酒呛人的味道。她的脚患有风湿病，肿得穿不进鞋子。她常常拄着拐杖，颤颤巍巍地立在堂屋中央骂她的某个孙子或孙女，坐下来的时候就用手使劲捏掐她风湿的肿脚。

有一天，祖母突然躺进棺木里，被停放在她拄着拐杖骂人的堂屋中央。母亲将一块白布缠到我头上，我抬头，看到家里每一个人的头上都缠有一块白布。几乎是一夜之间，家里变得富足而热闹起来。白晃晃的大米、肥油油的猪肉，一筐筐堆放在地上。一匹匹贴着黄纸或绿纸的各色花布从高高的墙板上悬挂下来，铺满堂屋四壁。麽公们穿着绚丽的长衫，戴着怪异的高帽绕着祖母唱歌跳舞。蜡烛的焰、煤油灯的焰摇曳着淡黄的光，将每个人的面孔映得明明暗暗。街坊邻居们簇拥而来，他们围站在祖母四周，一边看麽公跳舞一边轻声交谈。

应该是有哭声的，可是，我在记忆里搜索不到它们。我只记得我的心被架上高空，那是一种莫名的想要飞翔的兴奋。我听从麽公的召唤，和哥哥姐姐们一起，一遍又一遍跪在祖母灵牌前叩头，像玩着一场好玩的游戏。麽公不召唤的时候，我就从密林一样多的大人们的腿缝间穿过，和邻家的孩子疯跑追逐，我一直笑一直笑，内心里抑制不住的快乐像不断分裂冒出的泡沫。那么多人在走动，那么多食物在烹煮，空气里挤满了人的气息和肉的气息。我是多么喜欢这样的场景，前所未有的富足和热闹，所有人的目光都汇集在这里，在我们家每人身上。

一直到现在，每当我回想这段往事，我都会看到四岁或五岁的自己，亢奋莫名地来回奔跑，我的笑声夸张地刺向人群，招来周围大人们嫌恶的目光，母亲伸出手，用力敲打我的脑袋，她压低嗓门叱责说，不准笑，也不准跑！四岁或五岁的我捂着头，敏感地捕捉到母亲尴尬羞愧的目光飞快扫向人群。她和乡邻们一定都想不明白，这个孤僻怯懦的孩子今天为什么一反常态的活跃张狂。我飞翔在空中的兴奋被母亲这一敲打，石头般直线坠落，沮丧和懊恼沉甸甸地压在胸口。我的眼睛伸向堂屋中央祖母的棺木，隐约觉得，这样的日子，不应该快乐。

祖母的丧礼更像是一场盛宴。八仙桌整齐地从家门前的大路旁一字排开，粉蒸肉香甜的味道弥漫整条街道。上午是女宴，女人们坐到八仙桌旁，还没有动筷，就各自在面前摊开一张绿莹莹的芭蕉叶，也不知是谁的令下，所有的筷子依次从每个盘里夹起肉，放到芭蕉叶上——这是要打包拿回家给孩子吃的。打完包，女人们轻松多了，她们吃着桌上残余的菜，聊起家里的丈夫孩子。下午是男宴，男人们一坐到八仙桌旁就开吃起来，他们的筷子狠准地落在一块块肥肉上，他们的脸上却仍然保持谦逊有礼的神态。

祖母的子孙们不能吃肉，他们要吃素，一直到把祖母送到坟地里，直到麽公在一碗水里念咒施法，我们各自从头上戴着的白布里扯下一根白线，燃烧，把灰化进施有法术的水里，一口喝下——这个时间会很漫长，也许是九天，也许是半个月，也许是比半个月更长的日子。

我和弟弟站在八仙桌旁，看着那些肥肉馋得挪不开步子。我到底没忍住，偷了一片肉，和弟弟躲到没人的地方，忐忑不安地分食，我们当然不会忘记母亲的告诫，在吃素期间偷吃肉会受到祖母的惩罚。祖母在高高的天上，她能看到地上发生的一切，谁也瞒不了她。可是，我和弟弟太想吃肉了，我们已经很久很久没闻到肉的味道。

多少年后，我想起祖母，内心里仍然愧疚不安。祖母一定早就看到我和弟弟狼吞虎咽的那个下午，祖母一直没有惩罚我们，她到底还是疼爱她的孙子孙女。

我没有悲伤。我的记忆里也没有储存有悲伤。那些食物和人声淹没了我有关悲伤的记忆。

我记得小婶娘的悲伤。很多年前的那个傍晚，六堂哥躺在门板上，一张床单从他的脸上覆盖下来，他伸出床单外面的脚白净而修长。

小婶娘号哭着扑向六堂哥，她的头一次次撞向墙壁，哭喊着要去追赶六堂哥。六堂哥安静地躺在门板上，床单上大朵大朵的牡丹花，它们从六堂哥的头延绵盛开到六堂哥的腿。六堂哥的脚从花朵下伸出来，像是要随时站起来行走。

小婶娘的声音嘶哑，她瘫倒在几个妇人怀里，长长的手臂挣扎着，努力伸向六堂哥。

晚霞从山那边燃烧过来，魅一般的光影将我家坝院涂抹得热烈。六堂哥的头朝着大门，六堂哥的脚伸向大路，六堂哥每天清晨扛着包袱走出家门的时候就是这样的朝向，可是，那个傍晚，六堂哥却再也无法走回家门。

六堂哥被人抬回来的时候，我正背着书包，仰头抄写电影院旁小黑板上用白粉笔写的电影名。我念小学一年级，我还认不全小黑板上的汉字。

街坊们走过我身旁，他们对着我喊，还不快回家，你六哥不在了！

街坊们的声音从我脚下一路铺开，我踩着这些声音奔跑，像踩着一个个不真实的梦，一直到，六堂哥赤裸的双脚直杵杵地向我遥遥伸来。

我远远站着，我手里捏着抄有电影名的纸片，我不知道应该拿它怎么办。六堂哥在恋爱，他关注每一场电影。每天放晚学路过电影院，我都把当天将要放映的电影名抄下来拿给他看。

我见过那个女孩子，六堂哥的女朋友，那个身材娇小的女子很不招小婶娘喜欢，六堂哥不愿意违背母亲的意愿，却也无法割舍对那个女孩子的爱，他只能在每个傍晚来临，和他心爱的女孩隔开好几个座位，像两个陌生人一样坐在露天电影院里看电影。

我很害怕，一个昨天还微笑的六堂哥就这样没了。小婶娘嘶哑的哭声撕裂满坝院的霞光，它们像碎纸片零散跌落在每个人脸上。阴冷灰暗的气息像是从六堂哥的光脚，又像是从小婶娘凌乱的头发，抑或是从比这些都更遥远的地方向我围拢而来，我突然感觉悲凉，沧桑超越年龄更早抵达我内心，我隐约看到在某一个未知的地方有一种无法抗拒的可怕力量。很多年后，父亲的离去让我再一次看到它们。

是一辆拖拉机带走了六堂哥。六堂哥卖烟丝，那种金黄色的烟丝是从贵州贩过来的。六堂哥赶每个流动的圩日，一个乡接一个乡赶下去，一周正好是一个轮回。那天，六堂哥赶的是沙里圩，回来的时候，拖拉机翻下了路坎。

除了小婶娘的悲伤，我已记不起太多的细节。六堂哥被埋葬在一棵茶油树下，坟墓潦草，他将不被纪念——因为，在桂西北乡间的认知里，没有子嗣的年轻人将从这里出发，重新投胎做人。

巫师说，六堂哥是来报恩的——前世，他欠了小婶娘的情，他与小婶娘的缘只有二十一年。报完恩六堂哥便回到花母娘娘那里去，重新化为一朵红花。花母娘娘的后花园只开两种花，红花是男孩子，黄花是女孩子，他们安静地开放，等待花母娘娘送他们去阳间，投胎成为人世间的男孩子和女孩子。

巫师的话像破译神秘时空的密码，小婶娘似乎找到了能抵达六堂哥的秘密通道。来不及流更多的泪，小婶娘就开始四处寻仙问神，她想作法让六堂哥重新回到家里来。我不知道六堂哥回来了没有。埋有六堂哥的油茶树下，荒草没膝，已然没有了坟的痕迹。这么多年过去，家里又增添了很多人。那么多侄子侄女，他们哪一个会是六堂哥呢？

小婶娘已年近八旬，她喜欢在吃过晚饭后坐到家门前和街坊邻居拉家常。没有人提起过去。过去被一个又一个翻过的白昼和黑夜层层覆盖。

某一天傍晚，一个小男孩从小婶娘身后跑过，他嘴里大声呼喊他伙伴的名字，那曾经也是六堂哥的名字。小婶娘愣了一下，突然放声大哭。她仓皇地四处寻找，大声追问，谁在喊呀？谁在喊呀？不能喊这个名字呀！我蓦然又看到小婶娘的悲伤，原来它一直在。它藏在小婶娘内心深处，被一个又一个日子覆盖，它很深很重，却又很浅很轻，只需一声呼唤就被从日子深处翻找出来。

我第一次明白悲伤，它不一定比痛更痛，却一定比痛更深更长。

三

堂姐拍打我家房门的时候，大约是凌晨四点。我打开门，堂姐的脚还没跨过门槛就冲着我吼，关机关机关机！老是关机！全家人打你手机打不通，你父亲不在了！

我站在客厅里，头顶雪白的灯光刺着我还没完全醒来的眼。我很恍惚，不知道是在梦里还是梦外。堂姐见我傻愣愣地不说话，缓了语气，说，别难过，人老了都会走的。

堂姐离开很久，我仍在恍惚。我环顾四周，在心里一点点还原堂姐到来的每一个细节。窗外漆黑，离天亮还有一段时间，我听见狗在小区里吠，声音在黑暗里似乎很寂寥很遥远。我确信，此时，我不在梦里。拿起桌上的手机，按下开机键，眼泪这才簌簌滚落下来。

我想起那一年，我也是这样关掉手机一个人跑到河南开封玩。整整七天，不与任何人联系。那时候我刚离婚，周围如潮的目光和问候让我抗拒厌恶。小时候的孤僻和敏感，在我长大后沉淀进骨子里，像隔着一堵墙，我走不近别人，别人也无法走近我，就连最亲的人也不能。

那次，回到家的时候天已很晚，我看见哥哥站在家门前，他隐在墙角阴影处，十五瓦白炽灯昏暗的光投落在他脚跟前狭小的空地上，哥哥看起来那么渺小孤独，我突然看到了自己，我和哥哥是那么相像，一样的渺小孤独。

看到我，哥哥眼睛里有火焰跳动，他咧开嘴冲着我笑了一下，竟是羞涩歉意的笑，像是一个陌生人，突然闯入了别人的领地，需要致歉和解释。哥哥说，父亲让他来找我。哥哥还说，要是今天见不到我，他们就报警。

说完这话，哥哥便找不到话了，我也找不到话，在我们沉默与沉默之间，来回翻滚许多话，许多牵挂和责备。可哥哥什么也没说。哥哥和我一样嘴拙，罗家的孩子都嘴拙，我们都继承了父母亲的羞于表达。

我跟着哥哥回家去见父亲，父亲像什么事都没发生过一样。他的平静让我几乎怀疑，他曾经那样焦虑地寻找过我。

我仍然习惯关机。电话铃声会让我焦躁莫名——我会感觉压抑，像是有谁伸出手企图将我控制。这个习惯一直保留到那个凌晨，堂姐用力拍打我的房门。

我没有见到父亲最后一面。我赶到逻楼的时候，父亲的棺木已封上红纸。我只见到堂屋中央红彤彤的棺木，它孤独地横放在麼公搭起的屏帘后面。我想象父亲的面容，却怎么也想不出他躺在棺木中的样子。父亲在我脑海里仍然是一个月前我离开家时的模样。

母亲很平静。她安详地坐在角落里，看我们为父亲烧纸钱续香烛添灯油。在麼公做法事的三天三夜里，在送父亲去来世的路上，他的车马钱不能断，长明灯不能灭。母亲默默地坐着，麽公锣钹的喧嚣，街坊脚步的奔忙，似乎是另一个世界。

对于父亲的离开或自己的离开，在很多年前，母亲就已经做好了准备。那些寿衣寿鞋，母亲挑来选去，衣服的款式，鞋面的花样，每一种细节对比，每一种取舍都让母亲犹豫很久。母亲像挑选嫁衣，精心挑选自己和父亲的来世。

前世，今生，来世，母亲相信它们的存在，相信一个人的德行会延绵贯穿三界。今生的福是前世的德，来世的福是今生的德。母亲一生隐忍，与人为善，笃信有一个来世等着她积攒今生的德行。

姐姐说，父亲只是感冒。在老家打了几天针。她们耐心等待，以为父亲会像以前一样，烧很快退下去，感冒很快好起来。父亲的感冒却比往常顽强，像抽不掉的游丝，看似很快结束了，却总迟迟不能断根断底。姐姐说，她们没想过要告诉我，父亲和母亲也不让她们告诉我。感冒只是小病，就像人身上沾的灰尘，伸手拍拍就干净了。

我在忙。我不回家的时候，我就这样告诉父亲和母亲。父亲母亲从来不问我在忙什么，他们永远弄不懂文联是什么部门，可他们相信公家人，相信他们的女儿总有忙碌的理由。

其实我在逃避。那座名叫逻楼的小镇让我依恋又让我畏惧。那片生我养我的故土，我的亲戚藤蔓一样遍布大街小巷，他们看着我出生，看着我长大，看着我嫁人再看着我离婚。这很残酷。一个人赤裸着，无地遁逃。我不喜欢这种感觉，不喜欢一踏上故土就置身于亲人们用目光织成的网中。母亲从来不问我离婚的事，她不问原因和细节。每个节假日，她精心烹制我喜欢吃的食物，盼我归来，送我离去。母亲总是笑盈盈地，她站在车窗外，目送我一点点远离她的视线。我没有回头，我的眼睛盯着远方，却清晰地看进母亲心底，关于她女儿的终身大事，她酝酿了十几年，却一直不敢问出口。

父亲没能留下一句话。那天，父亲输着液，他的嘴无声张了张，姐姐问他话，他没应答。姐姐以为他口渴，便喂了他一些水。那些天，父亲一直很虚弱，他说话完全靠气息来完成。喂过水，父亲安静地闭上了眼睛。姐姐以为他睡着了，还帮他拉了拉盖在他身上的毯子。哥哥来换班的时候，父亲仍然闭着眼。哥哥看到输液管里的药水静止不动，叫来医生，这才知道，父亲已经不在了。

姐姐向我说起这些事时，我的思绪是飘忽的，我在想那条停止流动的输液管，父亲的生命一点点经过它，终于在无人知晓的时刻戛然而止。父亲最后想说的话到底是什么？他的灵魂是否还在附近徘徊？他会不会觉得遗憾，他没能等到他最小的女儿回来看他？

四

一个陌生男人从我身边走过，他看了我一眼，又看了我一眼，突然停下步子，问，你是罗炳回的孩子？我点头。他说，我一眼就看出来了，你长得像你父亲。

三十岁过后，我的脸庞褪去丰润，显示出岁月明晰的棱角。那些潜藏于我骨子里来自父亲的烙印，像融化的冰层，逐渐显现出它原来的模样。我越来越像父亲。我的眉眼、声音、性情，甚至某一个不经意间的动作或姿势，都能看到父亲影子一样存在。我无法藏匿，这个身材矮小脾气暴躁的男人与我有千丝万缕的关系。我看到我身上来自父亲的强大和弱小，像怜悯父亲一样，我深深地怜悯我自己。

每当我的目光无限怜爱地凝视我女儿的时候，我都会想起父亲。他的目光也曾这样停留在我身上吗？关于这个问题，如今，我已永远无从得知答案。在我记忆里，父亲是疏离而模糊的，他不知道他孩子在学校念的是几年级，不知道孩子的考卷分数，他甚至弄不清他每一个孩子的出生年月。他像一个不合格的农夫，随手撒出一把种子，便袖手等着秋天来临。

这样的记忆一直很清晰，直到我年过三十之后，某一天，我站在岁月这头望向那头，突然怀疑起自己的记忆。我发现，我的父亲竟然一路在奔跑，他从岁月那头奔向这头，每一个身影都保持着搏斗的姿势。

我仍记得小时候的很多个夜晚，哥老一出现在我们家门前，父亲就扛着锄头和泥箕，一言不发地跟在他身后。他们踩进夜色里，淹没在夜色里。他们的前方是医院，再往前是山野。等到哥老一和父亲从黑铁一样厚沉的黑暗里走出来时，母亲已在大门前备好一盆柚叶水，好闻的柚叶味跟随水的热气弥漫在夜空里。

父亲和哥老一轮番把手浸进柚叶水里。哥老一把手在空中甩了甩，一把抹到裤子上，他跟母亲道了声谢，独自再次走进夜色里。他无儿无女。他的家在街头，那是一个油毛毡棚子，棚子里有一张床和他从各处捡来的垃圾。

父亲和哥老一去埋死孩子。医院隔三岔五会有产妇产下死胎，那些来不及开放便已凋谢的孩子便交由父亲和哥老一趁着夜色埋进山野里。

哥老一出现在我家门前的那些个夜晚，我站在屋檐下看着他们在夜色里进出。我在想那些死孩子，他们会被埋在哪里？他们会不会变成一个个鬼魂，游荡在夜空里？柚叶水是驱邪的，那些鬼魂沾在哥老一和父亲身上，飘呀飘，飘到我家门前，哥老一和父亲把手浸进柚叶水里，沾在他们身上的鬼魂纷纷滚落下来，逃回远远的山野。这些鬼魂，他们害怕柚叶。

除了埋死孩子，父亲还做过许多事，赶马车、搬运、挖沙、卖老鼠药……父亲似乎什么都能做，什么都愿做，他像是生来就有无穷的胆量和力气。

很多年后，当我拥有了自己的孩子，我站在岁月这头望向那头，我看到八张嗷嗷待哺的嘴，他们挂在父亲身上，每天张大嘴巴向父亲要吃的。那是我们，父亲的孩子，我们让父亲顾不上畏惧。

很长一段时间，父亲与我们是疏离的。他动辄发火的坏脾气让我们不敢亲近。在我的记忆里，翻找不到有关他与孩子温情脉脉的细节。父亲是强硬的。他是王，他孩子的王。过去几十年里，父亲对我们说的话，浓缩概括出来大抵是六个字：斥责、叮嘱、吩咐。父亲从来不说想或者爱。我们都不说想或爱。这些湿淋淋的柔软温暖的字眼我们从来不使用。我们把它们深埋在心里，直到它们长成岁月的一部分。

说不清从哪一天起，父亲不再斥责姐姐了，不再斥责哥哥了。像节节败退的将军，父亲的领地一寸寸被他的子女占领。有一天，我将我参加工作后的第一个月工资交到父亲手上。那一刻我是自豪的，我想，那一刻父亲也是自豪的。我们都没有想过，这一递一接，无形中竟完成了某种交接。自那以后，父亲似乎一下子变成了孩子，或是，一下子变成了老人。他会伸过手来对我说，我没有钱了，给我一点钱用。那样的时刻总让我不由得怜悯，怜悯父亲也怜悯我自己，我看到生活沉甸甸地从父亲身上压过，又从他子女身上压过，我还看到岁月蛀空了一个男人的强硬。

这个家越来越不需要父亲发言，父亲对家事的决策权在哥哥娶妻生子后迅速弱化，也不知从哪天开始，街坊邻居们有事不再找父亲，他们越过父亲找到哥哥，俨然哥哥才是一家之主。父亲无事可做，便开始坐在电视机前和他的孙子孙女们一起看电视，动画片、言情片、武打片，他不挑剔，孙子孙女们看什么，他就看什么。父亲的话越来越少，电视机和孙子孙女们的声音遮盖了他的声音。

父亲像一枚钉子长久地钉在电视机前，他的八个孩子各自装出一副忙碌的样子，似乎不这样忙碌，生活就艰难到无以为继。没有人肯停下来多看父亲一眼，更没有人愿意坐下来陪父亲说话。我们都假装看不到父亲的寂寞。

父亲心里堆积有多少无人倾听的话呢？年轻时，他不能说，因为他忙着填饱八张幼小的嘴；年老时，他不能说，因为没有人肯坐下来听他说。从年轻到年老，父亲积攒的话早就葳蕤成参天大树，或是像书房里年久无人翻阅的书，积满厚厚的灰尘。

只需打开一个小小的缺口，父亲内心里拥挤的话就会奔涌而出，只是父亲没有机会。唯独的那次还是我的一篇小说需要了解凌云县解放初的一些事，从另一种角度说，我不是倾听，我是在索取。可父亲仍然是那么欢喜，他兴致勃勃地跟我说起他十六岁跟随四舅公打游击，从祥福村打到逻楼街，又从逻楼街打到凌云县城，队伍刚刚走到半路，就听到有人说凌云县城已经解放了，他们便又转回家来。那时候是1950年，《凌云县志》上有记载，1950年1月5日，凌云县城解放。

父亲说，平时，你哥姐都不喜欢听我摆这些，你喜欢听，我就摆给你听。父亲的眼睛亮晶晶的，像一个平素里不招家长疼爱的孩子，某一天终于做了一件令家长满意的事，迫不及待地向家长讨好邀功来了。

父亲的眼神让我疼痛。

五

姐姐跪在棺木旁，不断往火盆里投纸钱。说起父亲，她眼睛潮湿，迅速低下头，停止说话。

姐姐的话题很残忍，她挑起一个让人疼痛让人负罪的假设——假设尽快把父亲送到县城就医，父亲会不会还活着？

我不敢顺着姐姐的思路往下延伸，我害怕推想出那个令人心碎的结论。我有很深的负罪感。

火盆里的焰伸出长舌，迅速卷走纸钱，迅速变成灰烬。弟弟双手平放在膝上，低头盯着火盆发呆。弟弟形容憔悴，他刚刚从麽公的法事上下来，他已经三天三夜没睡觉了。裹在白色孝衣里的弟弟清瘦得让人怜爱。这个家里最小的孩子，父母亲最疼的孩子，他比我们多吃了母亲几年的奶水，比我们得到父亲更多的呵护。父亲走的这天，他在想什么呢？我抬头看哥哥，他端着父亲的灵牌，跟在麽公身后，对着父亲鞠躬。这个家的长子，我唯一的哥哥，我犹记得小时候受他欺负的点点滴滴，那些孩提时代的哭声和笑声，什么时候他已代替父亲成为这个家的依靠？

麽公一成不变的舞步似乎从很多年前祖母的丧礼一路不停歇地舞过来，他们领走了祖母，领走了六堂哥、小叔叔、四伯、姑妈，现在，又来领走父亲。在那个遥远的未知地方，父亲会与他的亲人们相遇吗？

锣钹声声中，父亲的车马走到哪儿了？马蹄疾疾，父亲可曾回头看我们？坐在角落里沉默的他的妻，他在她十一岁时遇上她爱上她。他耐心等她长到十六岁，长到十八岁，长到她成了他的妻。他们一起走过五十几年，他会不会记挂她，放不下她？

凌晨五点，是送父亲去墓地的时辰。桂西北的壮族，迎娶的吉辰在凌晨，送葬的吉辰也在凌晨。凌晨是一个干净的时辰，那时候天地安静，虫不鸣，鸦不叫，离黑暗越来越远，离光明越来越近。

哥哥走在队伍前头，他端着父亲的灵牌，一路沉默。父亲跟在我们身后，他睡在棺木里，他知道他长眠的地方。那地方是他和母亲共同挑选的。

火把沿着山路曲曲折折，香的红光在黑暗里明明灭灭，鞭炮阵阵，纸钱飘洒，这是父亲在人世间的最后一程。我跟在姐姐身后，我们的周围，白色孝巾在晃动，我的思绪一会儿飘得很远，一会儿飘得很近。黑暗里，父亲的笑，依然那么近，那么暖。我的眼泪抑制不住滚落下来。

在半山腰，在远远能看到父亲墓地的地方，麽公让送葬的女人们停下来。她们不能到墓地去。她们得立刻返家，并且，头也不许回。

我跪在路旁，等着父亲从我身边走过。我把手里的香插在路边，让它的光继续为父亲照亮。天色微亮，我能看清眼前的路，它们从宽阔的街道拐过来，逐渐变小、变弯，它们往山的方向蜿蜒，经过我家的地，经过小婶娘家的地，经过邻居家的地，再往上攀过一道长满荒草的小陡坡就到了父亲的墓地。

我的方向与父亲相反，我愈走，离父亲愈远。

我没有回头。所有老祖宗留下来的规矩，在父亲走的这天都变得郑重其事。在口口相传了几千年的告诫里，我们不能回头，因为父亲会因为我们回头而恋家。父亲会不舍，会徘徊不前。父亲不能滞留，他的魂魄得心无旁骛地一直奔向他应该去的地方。

父亲不能恋家，那个有他妻儿的尘世间的家，他再也不能恋了。

六

正如白天与黑夜总有衔接之处，乡人都相信总有一个途径能通往阳间和阴间。巫师是阳间唯一能骑着木马前往阴间的人，而阴间的魂魄也能依托梦回到阳间。

曾经有一段时间，父亲频频来找我，在梦里。他从门外走进来，走过我身边，转身又走出门外去。像是偶尔路过，顺便进来看看。

有一次，父亲走进来，他伸手在枕头边摸索。我说，爸，你在找什么呢？父亲说，我的手电筒呢？父亲离不开手电筒。我们小的时候，父亲用手电筒为我们起夜照明。我们闭眼躺在黑暗里喊，爸，我要拉尿。父亲从枕头边摸出手电筒，啪地推开按钮，光的柱便长长地伸出来，落在黑暗里。我们跟着光找到厕所，又跟着光爬回床上，父亲才又啪地关上手电筒。我们长大后，手电筒仍然跟着父亲。父亲用它起夜，翻找东西。在夜里，父亲不喜欢使用除手电筒之外的光源，我一直没问他为什么。

每一次梦到父亲，我都会打电话给母亲，让她在神台前烧纸钱给父亲。母亲照做了。母亲后来对我说，她烧纸钱给父亲的时候对父亲说，你小女儿给你送钱来了，送很多很多的钱，足够你用了。以后，别再去打扰你小女儿了。

母亲的话让我难过，我不是怕父亲打扰我，我是担心父亲在那边过得不好。我对母亲笑笑，没做任何解释。

从什么时候开始，父母与孩子之间用上了"打扰"这么生分的字眼？我们已经疏远到需要客气起来了吗？那么，我们是父母的客人还是父母是我们的客人？

母亲愈来愈小心翼翼，在与她孩子说话时，她的语气不再坚持，目光不再坚定。她像柔弱敏感的蜗牛，试探、犹豫地伸出自己的触角，然后等着观察她孩子的脸色。这个她花大半辈子经营的家似乎不再是她的家了，那群她怀胎十月含辛茹苦拉扯大的孩子似乎也不再是她的孩子。她更像是一个寄住在别人家需要别人施舍看别人脸色行事的风烛残年的老人。

前些日子，母亲病了。肺结核。劳累过度所致。确诊那天，哥哥姐姐对她一阵狠批，责备她不听话，不懂爱惜自己。母亲种玉米种菜，还喂养一群鸡，我们让她放弃，家门前就是市场，这些东西都能花钱买到。母亲嘴里答应，背地里却仍然我行我素，受批评的母亲垂着头一句话也不说，像做错事的孩子。

第二天，母亲搬到楼顶，说要自己开饭，说害怕把病传染给我们。母亲说话的时候极力避开我们的眼，我却看到她眼睛里的悲凉，那是一种被抛弃的凄惶，孤独无助。

母亲在指责里听出了什么？疏离？厌恶？嫌弃？母亲越来越不自信，她大半辈子的生活经验似乎越来越不够用，这个世界变化太快，孩子们的生活方式、处世观点与她认知里的是如此不同，她迷茫并怀疑自己，她不知道该坚持自己还是坚持孩子们。

我记得那一年，我站在凌云城嘈杂的街头给母亲打电话，告诉她我离婚的事。母亲在电话里惊讶得老半天说不出话。那个她喜欢的、嘴巧有礼的女婿，转眼间就与她没关系了，而这之前，她的女儿半点暗示都没有给她做思想铺垫。

母亲握着话筒沉默，良久，她长长地叹了一口气。我心里快速闪过电话那头母亲的难过，她的心一定疼痛得说不出话来。

我也痛，只不过，疼痛传递的速度更为缓慢。几乎是在我三十岁之后，痛的感觉才开始像浪潮，一波波向我袭来，让我愧疚。我没跟母亲说对不起。对于最亲的人，我已经丧失使用语言去表达情感的能力，那些从心里爬出来的话，我一句也说不出口。我只是变得越来越柔软，越来越包容，对于父亲或母亲，我再也舍不得说出任何一句生硬的话，甚至做出一个不满的表情。

七

我害怕看到豁口，那些时间的黑洞，在我们奔跑的路上，某一个亲人突然跌倒。

二姐打来电话。她在电话里哭泣。二姐说，我得的是癌。我愣了一下，怀疑自己的耳朵。二姐又重复了一遍，我得的是癌。我浑身冰凉，开始听不见声音，二姐的声音和我自己的声音。我不知道话筒里我说了什么，二姐又说了什么，所有的语言所有的思绪突然凌乱，也不知道最后是怎么挂的电话。

那时候，我正坐在办公室里准备一个活动方案。窗外是春天，阳光明媚得能从人的心里滴出暖意来。我好一阵子恍惚，电脑屏幕里的字糊成一团，再也无法继续。站起来，走到窗前，二姐的哭泣声仍在耳畔。我看见树的新绿，娇嫩地缀满枝头。春天是万物复苏的季节，可我的二姐却遇上了她人生中的大劫。

年前，二姐说不舒服，大便不畅，疑是肠炎。去了县医院又去了市医院。结果却说是直肠癌。我们都不信。二姐少有病痛，从小到大身体就比其他姐妹强壮。她不抽烟不喝酒，没有任何不良嗜好。这么好的人，怎么可能会被癌找上？

我们都希望能像烂俗的电视剧情节，二姐只是误诊，是某一个糊涂的医生或某一台老朽的仪器误断的结果。像做一场噩梦，睁开眼，一切又回到原来。二姐也从绝望里，背负星光一样弱的希望，辗转两个更权威的医院。南宁，广州，仍然是癌。二姐彻底崩溃了。她拒绝治疗，她不想挣扎，她要从这里倒下，直接跌进黑洞里。

我第一次知道原来二姐这么脆弱。可之前，她和父亲一样，是家里最坚强的人。在过去漫长的贫困里，二姐像一个无所畏惧的战士，和父亲共同站成家里阻挡风雨的墙——母亲柔弱，大姐多病，父亲不得不独自面对生活的艰辛。你知道生活的，很多时候，我们需要面对的并不仅仅是贫穷本身。

好在有二姐。

在我记忆里，二姐如同父亲，同样的疏离坚硬，可我们都依赖她，就像依赖父亲一样。

很多年前的那个圩日，父亲的摊位被一个城里人霸占。那是一个用木板钉成的架子，父亲用它摆卖老鼠药已经很多年了。那天早上，我走过街头，看到一群人围站在一起。我挤进去，看到父亲与一个男人对峙。男人年轻、高大，带着城里人藐视一切的霸道。矮小的父亲站在他面前，显示出明显的劣势。我的心怦怦狂跳，我看着父亲怒气冲冲的脸，看到了父亲内心的苍白无助，我还看到生活呈给我们全家人的所有卑微，它暴露在狼藉一地的木板架子里，暴露在围观人兴奋莫名的脸上。

我隐在人群中不敢出声，我害怕这样的场面。我是父亲的孩子，我想我应该站出来。可我不敢。我身体里有一千只手在拼命拽我，我迈不出脚步。那一刻，我希望我是隐形人。我多么害怕父亲看过来，要是他看到自己的女儿站在人群里围观自己，那该是怎样的悲哀？

二姐挤进人群里，她手里提着一把斧头。那是家里劈柴用的，父亲每晚都把它磨得锃亮。二姐一言不发地走到那男人面前，一言不发地盯着他看。事隔多年，我已忆不起那个男人最后是怎么离开的。我只记得二姐的眼睛，阴郁、执着、凶狠，完全不是一双少女的眼。

我曾无数次设想我猝然处在生命尽头时会是怎么样的心情，每一次都让我恐慌不已。我的人生还有很多不舍，那么多梦想还没来得及实现。我不明白二姐，她有丈夫、孩子，还有母亲和众多兄弟姐妹。这世上有那么多让人无法割舍的事物和梦想。况且二姐还如此年轻。

从医院回来，二姐便沉默了。她变得倔强而尖锐，——那是一种刻薄的尖锐。像是一瞬间长出浑身的刺，又像是隔着辽阔的河，二姐将自己推离，使我们无法接近。

我远远看见二姐，她从很多年前向我走来。那是我考上师范学校的那一年。二姐送我。我们辗转几次车，穿过车水马龙的百色城，二姐把我送到学校，帮我注册，为我整理床铺。二姐说，好了，妹，我走了哦。二姐回头看见我泪眼汪汪，笑了笑，说，别担心，慢慢就习惯了。那一年我十四岁，第一次离开家，二姐知道我的忐忑。

我站在宿舍门前目送二姐，心里满是惶恐和依恋。二姐下到楼底，回头看了看我，走到楼的拐弯处，又回头看了看我。

我不知道二姐是什么时候开始变得温润的，她眼睛里母性的味道越来越浓，我是如此地依恋这种味道。在我们家里，在我们长大之后，这种味道越来越浓郁，像磁场，我们紧紧相依。

我们都不愿意放手，就算是悬在崖边一根最细小的藤，我们也要二姐死死抓住不放。

那段时间，我特别害怕接到家里的电话，有关二姐的每一个消息都让人焦虑。她的抗拒让我们无措。还有母亲，她知道什么是癌，她唯一的亲弟弟，我的舅舅半年前刚刚因癌去世。现在她女儿病了，她心里该是怎样的恐慌呢。母亲却出乎意料地平静，她举了发生在逻楼街的无数个例子，证明癌的稀松平常。然后，拿起鸡蛋和香烛，出门去找巫师烧胎。巫师念着二姐的名字，把鸡蛋放在火边，鸡蛋"嘭"地爆开，巫师根据鸡蛋裂痕就知道二姐冒犯了哪路鬼神。

当然稀松平常了。我们小的时候，只要得了什么奇怪的病，母亲就去烧胎。母亲相信，法力高强的巫师一定能烧好二姐的病。

二姐蜷缩在角落里阴沉着脸沉默不语。她似乎被蛀空了，空的眼神，空的思绪，空的身体——只不过几天时间，二姐便憔悴消瘦得没了人形。我们对着二姐，像是对着空气说话，我们的话穿过二姐身体，撞到墙上，又原封不动地弹回我们耳边。

一直到二姐的两个孩子回来。两个大孩子，一个高中生，一个大学生，长得都比二姐高大。他们一左一右抱着二姐，像他们妈妈一样，一句话也不说。他们只是流泪，流很多很多泪。他们的泪烘软了二姐，二姐也流泪，流很多很多泪。

二姐又挣扎起来，去广州做手术。她醒来的时候，看到我们围在病床边，便咧开嘴，努力笑了笑。二姐很虚弱，豆大的汗水不断从她额上、脸上、脖上冒出来。我和五姐拿着毛巾不停为她擦汗。二姐心里似乎压有很多很多话，她急着要把它们全都说出来。但她没有力气说完一句完整的话，便把一句话分成几截，续续停停地说给我们听。她说，医生告诉她，手术很成功。医生还说，她的癌是早期。

二姐诉说着，她很吃力，汗水更快地往下淌。避开二姐的视线，五姐偷偷抹了泪。从知道二姐患癌那天起，五姐抹了好几次泪。我心里酸酸的，连忙把头扭向窗外，夏天的阳光正穿过窗台，亮灿灿地铺了一地。泪眼蒙眬中，我又看到那根悬在崖边的细小的藤，二姐正死死抓住它努力往上爬。

晚上，我给母亲打了一个电话，向她报平安。母亲的声音远远地从话筒里传来，我能听到她的心从很高很高的地方掉下来。

母亲已从楼上搬下来了，她在电话里向我描述小侄子争抢她熬的骨头粥的情景。哥哥到底没有嫌弃她，他让他最疼爱的儿子和母亲一起，吃母亲熬的骨头粥。母亲有些得意。

我在电话里叮嘱母亲诸多事项，注意什么，不能做什么，应该做什么。母亲一一应答，像个孩子。

| 创作评论 |

作为一个散文写作者，罗南起步晚，但这并不影响她写作散文时下手的稳、准、狠。罗南的"稳"，在于她对于笔下所写题材的信心；"准"，在于她对其散文中所聚焦人物的准确把握；"狠"，在于她对世态百相描摹时的决绝。也许正是因为罗南散文写作的起点是高的，所以她下笔的落点才是低平的，是荒芜的，是杂草丛生的，也是生机盎然的，是旷野一般的人生。……罗南在其散文中重建了自己的故乡，在回忆中的童年秘境中，突破着现代文明对农村习俗的围困，完成了一种文化保守主义与现代文明转化的有难度的呈现，这种秘境与旷野的悖论，民间话语与城市行为的对抗，高唱者与颓废者，孤独的个体与开放的村庄，经济压迫下的自我丧失，狭小的地域与膨胀的人心，都是罗南散文最终完成的文学要素，是需要去慢慢体味的。

　　——王冰：《人物志：童年秘境和人生旷野——解读罗南散文重现故乡和重建故
　　　　乡的写作路径》，《南方文坛》2018年第2期

　　罗南的散文创作体现着对广西散文传统的继承与创新。20世纪80年代中后期，广西散文以描写民族地区的自然风光、民族风情，反映广西少数民族的生活为主；进入21世纪，作家们的目光投向了更广阔的天地。罗南的散文同样体现了这两种倾向，既有浓郁的乡野气息、浓厚的乡土情怀、深厚的民族文化底蕴，又体现出开阔的视野、现代的意识，对人情伦理有深刻的洞察，于细微之中见深厚，于柔软之中见通达。

　　——韦露：《穿过圩场的沉默灵魂——评壮族作家罗南散文集〈穿过圩场〉》，
　　　　《文艺报》2018年3月5日

┃作品点评┃

　　《豁口》一文的节点是死亡及其仪式化的过程，以此延伸出存在之问。作品中关于死亡仪式化的细节再现相对繁复和翔实，而生和死的仪式化恰恰是传统文化的核心组件，人们通过这个过程完成生命意识的启蒙，完成祖先崇拜下的家族记忆以及文化的传承。而且，仪式并非为一次性完成，而是循环往复，随岁月的递进，身处其中的我们逐渐领会其间的含义。所以具体到这篇散文中，作者首先呈现的是祖

母和六堂哥的死，然后才是父亲的离世以及二姐在死神逼迫之际的反应。另一方面，《豁口》的叙事风格趋于锐度和力度的结合，阅读的前半段，我一直有一种错觉，认为是男性作家写就。散文即人，此处的人指向的应该是主体的文化个性了。

——刘军:《〈广西文学〉散文新锐专号述评》,《广西文学》2015年第9期

追萤火，逐流云

唐　女

　　大概每个孩子都问过同一个问题：我从哪里来？小时候，我每天费尽心思琢磨，大人的屁股为什么不像萤火虫那样发光，为什么自己长了一只塌鼻子，总是被别人嘲笑，让我在每个梦里都感到无比羞愧。是谁赐给了我生命？我不敢问早出晚归的父母，这个问题就一直郁结在心，直到今天，也还是我心中的一个谜团。

　　当初，我们的村子朝向田野。田野里有溪流、古井、长乡河、湘桂铁路和远处的越城岭。小时候不知道什么时候该煮午饭，妈妈说，听见火车叫就该煮饭了，它会在正午准时在田野里鸣叫三声，因为那里有个道口。我不爱围坐在桌上吃饭，总是端着碗站在田埂上，边看火车，边吃饭。没有火车的时候，就看远处的越城岭，

作者简介

　　唐女（1973—），原名唐玉兰，广西全州人。毕业于广西师范大学中文系。广西作家协会会员，桂林作协理事。有作品发表于《诗刊》《青年文学》《西湖》《广西文学》《时代文学》等刊物。小说被《小说月报》《海外文摘》等转载。作品入选《文学桂军二十年诗歌精选（1997—2017）》《文学桂军二十年散文精选（1997—2017）》《广西诗歌双年展精选集》等多种选本。出版有诗集《在高处》，散文集《云层里的居民》。

作品信息

　　原载《广西文学》2015年第9期，入选《〈广西文学〉精品集·散文卷一：我们必须爱这残缺的世界》（漓江出版社2017年版）。

还有那道白亮白亮的瀑布。山并不硬，薄薄的蓝得那么柔软，有时像云雾一样隐隐约约，变幻莫测，那水，倒挺直得有些硬了，像把锋利的日月神剑，别在越城岭的腰间。后来这把神剑消失了，原来是藏进了涵管，建成了水头落差一千零七十四米、亚洲第一高水头的电站。所以我们才丢了煤油灯，挂起了电灯泡，接连用上了录音机、电视机，过上了现代文明的生活。

越城岭位于广西东北部和湖南边境，又名老山界，古称全义岭。唐朝时，湘山寺的寿佛爷曾经在全义岭的覆釜山上避难修行十年，其法讳为全真。五代后晋天福四年（939），南楚君主马希范以全义岭之“全”字命州名，奏置全州。越城岭位于中亚热带湿润性季风气候区，常年云雾缭绕，雨量充沛。全州境内的白沙河、长乡河、山川河、万乡河、宜乡河均发源于此，山上大大小小的溪流到处都是，为县域的源头之水。后建有水库湖泊十三座。连绵的山岭间矗立着华南第二高峰真宝鼎，海拔为二千一百二十三点四米。湖泊那么多，又那么高，干脆取名为天湖。总之，我们吃着它的水，沐着它的风长大，这座大山就是我们生命的源头。

天湖之下，才湾镇长乡河上游的卢家桥附近，离我们不远的龙水镇桥渡渡里园等各处，发现了新石器时代遗址，说明早在九千多年前那里就已经有人居住生活了。他们从哪里来？嗯，据说水可以带来生命，他们的生命也许就是大山孕育，河流带来的。我们的生命是否也是从那座大山上来的？我经常潜入长乡河河底，睁着眼睛找答案，看见了彩色的鹅卵石和无穷无尽的水草，有鱼，有虾，有螃蟹，就是没有发现人的种子。有人说，那条孕育生命的河流藏在女人的身体里。我感到神奇又恐惧。不过，还是忍不住追问，那么女人又是从哪里来的呢？对天湖的好奇从未衰减。

这么远远地看了它几十年，始终朦朦胧胧，没看出个名堂来。直到有一天，我走入其中……

我惊异地发现，中国古山水画里的大山大树、江河瀑布、氤氲烟雾，全部在这里复活了。我还发现，原来山是硬的，水才是软的。水不但是软的，还是碧蓝的，它们四处流动。山大部分由石头组成，多为花岗岩，硬邦邦的。为什么远远看过去，只是那么松软的蓝呢？那么高的山，那么硬的石头，水从哪里来？难道山的肚子里全是水？不然怎么能够日夜流淌，怎么也流不完。这样的问题只能问科学家。他们说，当初的地球只不过是一团凝聚的尘埃颗粒，是一个混沌的火球，大气层中充满了水蒸气和二氧化碳，后来水蒸气凝结成雨，落下来成为河流，河流冲刷出山谷，汇成大海。水融化着山，山浸泡着水，软硬交融，交融着交融着，于四十亿年前，生命开始诞生。继而，生命一轮轮地死，又一轮轮地生，在缓慢的继承换代中，喜欢吃二氧化碳的树木出现了。树木吸收太阳的能量，分离水原子，释放出氧气，至此，空气中充满了氧气。喜欢吃氧气的动物也诞生了，于是形成了一个完美的生物循环圈。

那么，这些天上掉下来的水是如何更新循环的？好像没有一滴雨是从地球之外飘飞来的吧？我们老是用着多少多少亿年前的水，这些古老的水为何还能如此洁净，拥有碧蓝的颜色？

我循着江河往高山上走，去寻找答案。总是在关键时刻，被茂密的树丛或者陡峭的山石阻断去路，它们说，反正，水就是从这里流出来的。我不相信。举头看高大的树木，一般都看不到它们的头，因为它们时常穿云戴雾，扑朔迷离。一滴两滴雨水从叶尖滑落，掉在我的脸上，或者眼睛上。它们说，这就是尽头。我想起沉潜在峡谷的白云，远看，它是云，近看，它就是这些雾吧？我跟这些树木都待在云朵里呢。

山谷里的天气说变就变，云雾开开合合，忽然就来一场雨，我瑟瑟地躲在树木下面，还是不行，干脆扯来蕨草灌木遮在背上，尽量避免身上的热气被雨水带走，那旷世的孤独大概跟站在树上淋雨的大鸟有得一比。雨持续了一两个小时，身上也基本上没留一根干纱了，喷嚏打个不停。此时好生羡慕大鸟那身进不了雨水的羽毛，也好生羡慕动物们那身皮毛，它们使劲甩一甩就好了，而我这身衣服在这样的天气里，没有一天两天的工夫是干爽不了的。雨停之后半小时内，溪水照常那么清澈，照常吹着动听的口哨流动。突然间，一股洪水猛兽一般冲出山谷，小河瞬间满溢，整条河流千军万马，气势磅礴。吓得我大气不敢出，要是我还蹲在河边玩石头，这会儿怕是见阎王老爷去了。我忽然明白，山谷里的石拱桥为什么造得那么高，那么高。天上的水，说来就来，能有多大，谁也料不准。

我也终于相信，小水是雾，大水是雨。雾是被大片的树木和高山草甸接到地面，一滴一滴地变成清清纯纯的水。雨水也是被树木草甸留住一部分，慢慢地，再把它们放出来，形成涌流不止的泉。越城岭上有丰富的高山杜鹃，五六月份，花儿大朵大朵的，吊挂在盘根虬枝的古老树上，花开五色，白如玉，红如火，粉如霞，紫如烟，蓝如水，清香袭人。那些云雾，那些雨水，经由它们滴落下来，是不是就能形成一条条香河，饮之可以变成香人呢？我捞出手臂闻了闻，与蕙兰比起来，这肉淡而无味。

当然，在山的肚子里是有河流的，大西江镇和龙水镇的温泉，汩汩而出，冒着热气，还带出一股硫黄的气味。还有山上山下到处冒出来的井泉。我看到的花岗岩，总是湿漉漉的，它们从未离开过水。

因为越城岭海拔高，远离人间，森林植被保存较好，空气清新，负氧离子含量高，水源纯净，据测定，这里的地表水、地下水、土壤质量及大气质量都达到了国家一级标准。也就是说，那些被我们用脏了的水，蒸馏到天空变成云雾，到达越城岭，经过树木土壤的净化，变成了崭新的优质水源，再流经我们的身边，让我们过上了崭新洁净的美妙日子。

除此，我还看到了雪和冰，还有一大群几百万年前冰河期留下的冰臼。

地球不单单是软硬相生，还冷暖交叠。吐过火之后，它经历了好几个冰河时期，两极和高山的冰覆盖了大片陆地，这些冰可以延续一百万年。离我们最近的一次是在一万八千年左右。海拔一千六百米左右的越城岭曾经被厚厚的冰川覆盖，证据就是这些冰臼。当然，没有经过专家的认定，是不能称它们为冰臼的，但是，在这么大的一块斜面花岗岩上，怎么会出现这么多形似舂米的石臼呢？它的上方就是天空，没有什么重力可以钻出这么多光滑的石臼。因为它是个大斜面，水流也不可能冲刷出这样垂直的洞来，唯一合理的解释便是，它是冰川融水携带冰碎屑、岩屑物质，沿冰川裂隙自上向下以滴水穿石的方式，对下覆基岩进行强烈冲击和研磨而成的石坑。这条峡谷里的幽蓝冰川，一卧就是上百万年，相比身下的花岗岩，它们也算是年轻的，只是经过这么久的孵化，那些坚硬的石头也会变成蛋，暗藏生命吧。

我在天湖上看到的冰，吊挂在岩石和草木上。那些不断有水细流的地方，它粗大得有些怕人，跟岩洞里生长的钟乳石一样，瓜果蔬菜的形状都不缺。枯黄的草叶上，结着黄瓜一样大的冰柱，黄花上敷裹着厚厚的冰，看上去，像个隔世美人。水还在流，冰清玉洁，水下的彩色砂石晃荡得有些迷离，仿佛晃荡着晃荡着，鱼就生出来了，晃荡着晃荡着，虾也跑了出来，晃荡着晃荡着，一个女人就跃出了水面……

我看到过的最美的雪景就在天湖。以前，我被漫山遍野的银树迷惑过，以为那就是雪，只是奇怪为什么地上没有雪，后来才知道，那只是雾凇。它们躲在云雾里，被晚霞照亮，羞赧得脸色绯红，不停拉来雾纱遮掩。真正的大雪铺天盖地，地上是白的，树上是白的，只有乌鸦一群群地飞来，打破单调的白。一大团一大团的棉花雪飘落下来，用手接了，发现它还是温润的。天空之上，当是另一个和煦温暖的世界。天湖的雪可以铺得很厚很厚，厚得你可以扑在上面打滚；很白很白，白得你可以伸出舌头，让雪花落在舌尖，然后化为一缕冰凉，进入你的身体。有些地方露出点颜色，山腰的几棵杉木，压弯了腰的青竹。山顶上，除了柳杉，便是湖水泛出的那片蓝了。如果山谷里卧满冰川，那么，这个世界便又回到了冰河时期。

水是生命的温床，另一张温床则是土壤。

天湖海拔高的地方，土岭多，石山少。除了花岗岩，还有砂岩。土壤为黄壤和黄棕壤，五百米以下的是红壤。地球花了四十多亿年，创造了地球上唯一能够向着天空延展的自然元素：美丽神奇的树木。天湖的土层厚实，上面开着一串串紫红花的大叶胡枝子、花朵硕大花色多样的高山杜鹃、花期无比绵长的火艳艳的映山红、春来碧绿秋来赭黄冬来芦花飘飞的小五节芒，还有檵木、野漆、山胡椒、樱桃、悬钩子、蕨芭、茅栗和小杂竹等，它们构成灌木丛林，树连藤，藤缠树，密密匝匝，走入其中，便进了迷宫，只有鸟语和花香、奇石和异树，唯一不需要的，就是方向。

原始森林里的树木品种繁多，有国家一级保护植物红豆杉、桫椤和山桃树，有国家二级保护植物香果树、金毛狗、华南栲、闽楠、花榈木、伞花木、半枫荷、榉树、厚朴、红豆树，还有中国珍稀濒危保护植物杜仲、八角莲、白辛树、青檀、粘木、巴戟天、观光木。第四纪冰川的孑遗植物红豆杉，在地球上已经生活了二百五十多万年，会结一树的小红豆，美丽非凡，人类生了癌症之后，发现它是天然的抗癌植物，给它"生物黄金"的美称，这些对它并不重要，重要的是，它们已经濒临灭绝，千万别让它们消失。现在天湖上遗留下原生的十几株，最大的一株胸径接近一米。看到它们，就能一眼看到冰河世纪，多么古老的树木。还有更古老的，距今约一亿八千万年，桫椤曾是地球上最繁盛的植物，与恐龙一样，同属爬行动物时代的两大标志。但经过漫长的地质变迁，地球上的桫椤大都罹难，能够幸存至今的，少之又少。天湖是它们喜欢的一处避难所。美妙绝伦的山桃树，是中国特有的、古老的单种科和残遗种。具体到有多古老，谁也不知道。它虽然结跟桃子相似的果，开粉红的五瓣花，但它成熟的果子一把把的，红得十分艳丽，爆裂为三瓣，里面有好几粒光滑赭黄的核；花朵一大串一大串，花萼如倒挂的钟，看着它，似曾相识，原来我最喜欢的那幅任伯年的花卉，竟然就是山桃树的花！谜底揭开，心中豁然开朗，原来他也见到过它的花。不用一一列举，香果树、金毛狗等，这些植物，哪一种不古老神奇呢？它们制造出了腐殖土，这是生命不可或缺的土壤，成为孕育生命的另一个摇篮。

　　不知道动物们是怎么来到这世界的，古人说"大暑之日，腐草化为萤"。萤火虫是从腐叶当中飞起来的没错，小时候的夏夜，田野里，溪水边，到处飞着一闪一闪的萤火虫，我们追啊追，也不知道为什么一定要追，就是爱跑动，没个消停。有多久没见过萤火虫了？它们可还在？有了电之后，就再没稀罕它们发出的那点光。不管是谁开的头，总之陆地上就有了各种各样的动物，它们保持了一种遗传下来的古老仪式，很有组织地繁衍生息。动物得到了食物，树木开花结果，大自然相互依存，分享着阳光和雨水。很多年以来，一直保持着微妙又脆弱的平衡，直到二十万年前人类诞生。人类享受着地球四十多亿年创造的财富，经过十八万年的游牧生活之后，气候变得暖和，人类依靠着河流湖泊定居下来。天湖下的新石器时代遗址出现在长乡河、山川河和万乡河之间，说明当时此地土地、水和生命相生相容，物产丰盛，环境和谐。人类于六千年前开始建立城镇村落，此后，聪明的人类像上帝一样无处不在，导致物种严重失衡，仅动物物种，就消失了三分之一。

天湖的原始森林里，还栖息着一些珍贵稀少的野生动物。有国家一级保护动物黄腹角雉、黑颈长尾雉、白颈长尾雉。这是一些华丽的鸟儿，自碰见它们的那一刻起，我一直以为它们就是神鸟凤凰。

那日，天湖的大峡谷里风和日丽，映山红沿溪怒放，红竹笋粗大壮硕，布谷鸟的叫声清丽动人，峡谷里的沉云刚要退去，我大着胆子下到峡谷，沿着溪流追云逐水，想知道它们到底要跑到哪里去。走过一段开阔的开满黄花的草地，穿过一座茂密的竹林，溪流突然转向，拐个弯擦着悬崖峭壁走，阻断了我的路。我眼巴巴地看着白云到了另一座山腰，心里不服，便脱下鞋袜，提在手上，要涉过溪流，继续追赶它们。下到水里，不想水底的石头一点也不配合，水冰冷刺骨倒也罢了，石头又滑又硌脚，看似很浅的地方，踩下去，才知远远深过目测的距离。正当我一歪一扭地在溪水里行走时，异样的水声惊动了水边丛林里的一只鸟，它从灌木上飞起，身披华彩，体大如鹏，我惊愕得呆立水中。李时珍曾说，凤，南方朱鸟也；《山海经》又云：丹穴之山有鸟，状如鸡，五彩而纹，饮食自然，自歌自舞，见，则天下安宁。我想，这铁定就是凤了。过了溪流，擦干脚，穿上鞋袜，回望了一眼那片丛林，继续追赶流云和溪水。多少年之后，经过专家解释和资料比对，我确定，它就是一只雄性白颈长尾雉。不过，它有那么好看的羽毛，那么长的尾巴，还有那么优雅的飞姿，难道还不是一只凤吗？后来，也在天湖上碰到过几次，它们通常是一对夫妻，在灌木边觅食，等我掏出相机，它们便飞没于树丛了。它们应该非常非常隐蔽才对，如果碰见贪婪的人，它们的性命就不保了。

我在集市上见过它们的同伴，一对黑颈长尾雉夫妇被绑着腿，扔在街边叫卖。也见过资源县那边的村民捉到的红腹锦鸡，送去饭店做菜。还在天湖上遇到一人背着一只雀鹰下山，雀鹰受了伤，一路在滴血。最近还有人打到了野山羊，扒了皮，炖了肉，大吃大喝了一顿。

据森林保护区的管理人员说，最近摄像头拍到了一头黑熊，它一闪而过，再没露面。谁也不敢进森林里去探寻，他们说，那么深的森林，里面什么动物没有呢？有这样的敬畏是对的。所幸，这座原始森林还保护了一批国家二级保护动物：鸢、凤头鹃隼、赤腹鹰、雀鹰、白鹇、红腹角雉、勺鸡、红腹锦鸡、草鸮、斑头鸺鹠、穿山甲、小灵猫、林麝等。它们的名字背后，都是一个独特美丽的种群，没有谁是多余的，没有谁是有害的。

这些动物都可遇不可求，我们且让它们隐没于丛林，最好永远不为人知。真正近距离让我体验到野生动物野性的，则是杉树林里的黄牛。这些黄牛毛色光亮，不染人世尘埃，在林间溪流边慢慢咀嚼青草，慢慢享受甘露，过着闲云野鹤的自由生活。其实，它们都是有归宿的，归属于天湖脚下某个村庄里的居民。大雪扑来之后，它们躲在人间过冬。漫长的野生生活，已经唤醒了它们天然的野性。

那次我写生归来，碰到一群暮归的黄牛，大大小小的，看似一个大家庭。它们见到我便提高了警惕，靠到路边，想让我过去。但是我不愿意，我只想跟在它们后面，看看它们要回到哪里过夜。同时端着相机对着它们咔嚓咔嚓地拍照，弄得它们神经高度紧张，大牛催促着东张西望的小牛犊，加快了回家的脚步。那头小牛犊走路还不太稳，想必还是婴儿，它才不顾眼前的危险局势，跑到妈妈的后腿边蹭蹭擦擦，后来它妈妈停了下来，它就衔住了乳头，大口大口地吃奶了。我也跟着停下脚步，想看清小牛犊吃奶的具体场景，可是一头棕色的大牛冲我站着，挡住我的视线。我往侧面去，又被另一头间有奶白的黄牛挡住。还有一头半大不大的牛少年与这头牛亲热。这头牛默默地抬着头看我，不顾牛少年的蹭擦。它们形成半包围圈，让我无法靠近，另一边则是陡峭的杉树林。我蹲下来，从它们的腿下偷窥小牛犊吃奶，还是看不到，只听见很响的撞击声。后来，我干脆研究起眼前的牛来，看着看着，就看出了名堂，原来，那头棕色的牛是雄性，有奶白色花纹的是雌性，那么，那个牛少年就是这位妈妈的孩子了。忽然明白，这是一个一夫二妻的家庭。我记得小时候家里的母猪下仔，忙坏了父母，总还有新生儿死去，这牛产仔靠谁帮忙呢？生命就是一个大谜团，神奇得很。只是，冬天它们下山回到村里，会惹出一些官司来，它们总是走在一起，不会分开，按理，这些牛进了谁的家门就是谁家的，没牛进门的人家就不乐意了，自家的牛不但没带回小的，自己还跟别人私奔了，如果碰上个难说话的主儿，领不回自己的，就吃定官司了。天色黑下来，我的耐心好极了，等小牛犊吃完了奶，我跟着它们往前走，它们走到一条溪沟旁不走了。我看了看旁边高大茂盛的杉树林，再看看它们，就沿着一条满是牛蹄印的泥巴小路爬上一个坡，转过一个弯，哇，好宽敞舒适的天然居室，高高的树顶树叶密集，形成了屋顶，地上铺着厚厚的腐叶，柔软如毯，因为是在一个斜坡上，不积雨水，于是显得干燥舒适，就是牛屎多了点，不过不臭，而是有点青草的香。这就是它们的家了。我离开之后，故意躲在远处，看见它们回了家，不知不觉，我竟潸然泪下。

相比时光悠长的树木，动物们总是奔跑在重生的路上。我曾经坐在天湖旁边的石山上，望着湖水里一群群重生的鲤鱼，问它们生命有何意义。它们高高地跃出水面，搅动辉光，粼粼的波纹花了我的眼，远处的云雾向我跑来，这一切是美的，但转瞬即逝。大雾弥漫，我在迷雾里胡乱地走，生气地故意要把自己丢弃在荒山野岭。我听着自己的脚步、自己的喘息，仿佛身后有一个人默默地跟着，舍不得骂我，舍不得说一句不中听的话，陪同我承受丛林里响声的惊吓，和迷失方向的恐惧，对我死心塌地。我见到了美丽萤火、神奇的树木、神话里的凤凰、幸存的古老物种和冰臼，可是它们没有告诉我，我从哪里来，就算那是一个无法解开的谜团，那么活着的，这个并不快乐的生命体，她不曾像萤火虫一样照亮过这个世界，也不像树木一样那么长久地成为别的生命的依靠，她甚至不如一滴水，水一会儿来到天上，一会儿变成云朵，一会儿是雨，一会儿是冰，它的一生何其丰富生动。她活着，没有感觉到自由，没有感觉到生命的美丽动人，在历经了几次致命波折之后，她的身体和心灵都有些飘摇不定。她来来回回地想，活着，如此活着，有何意义？在如此浩大的人世里，她小如蝼蚁，在如此古老的山川前，她脆如豆火，她深知，她不会重生，她也不想重生。

深夜，望着天湖夜空里大如萤火的星星，一闪一闪，它们在说话，我听不懂。我想起在山谷里看到的金属，那些比地球还古老的金属，它们曾经是宇宙里美丽的星辰，如今封锁在岩石，就算它们红着、蓝着、白着，诉说着它们铁、铜、锌的身份，又能唤谁来解救？

我放任自己追云逐水，奔走在天湖的山山岭岭，是想让她高兴，让她能够重新体会到儿童时期追萤火的乐趣。那日黄昏，我碰落草叶上的露珠，爬上"九龙朝拜"山脉的龙头上，观看山下的湖泊，我很想大声地喊，但就是不敢，这是被禁锢得太久的心灵的自然反应。只要我喊一声，山谷里就会回响着我一个人的声音。我竟然不敢！就像那些金属，把它们从岩石里分离出来，它们还能起飞吗？还能回到宇宙做回美丽的星辰吗？这事何其悲伤。后来夕阳照在我的背上，我的身影非常长，她跑到了湖泊。我看着她，我再看她，我眯缝起眼睛看她，没错，有一个光圈罩着她！我的影子在发光！我以为是错觉，左移几步，有光，右移几步，有光，后退几步，有光，前进几步，还有光！我的泪水訇然涌出，对，是訇然涌出的，那震动不亚于八级地震。只是，它不是世界的坍塌，而是矗立起来一个人，她就是我。我听见了神的声音，他对我说，你的生命是个奇迹，有萤火虫一样的发光体，独一无二，还有那么多的光，等待你放出来……

海明威与桂林

沈东子

　　大名鼎鼎的海明威来过桂林，恐怕多数桂林人都不知道。那是1941年春，正是抗战最胶着的时候，当时美国民众对美国是否参战分歧很大，这多少缘于对远东的真实情况缺少了解，海明威受《科利尔》周刊老板英格索尔委派，来中国实地看看究竟是怎么回事，同时了解蒋介石的抗战意志到底有多坚定，国民党军队到底有多少战斗力，等等。至于中共方面的情况，他倒是没想过要去接触，他的好几个同胞如斯诺、史沫特莱和斯特朗，都已经先他一步去过延安了。

　　海明威是大作家，这个光环掩盖了他的另一个身份，他其实也是大记者，曾经历过西班牙内战的枪林弹雨，有着丰富的战地采访经验。海明威与新婚妻子盖尔霍恩先到香港，逗留了一个月。这位盖女士是他的第三任太太，也是一位不同寻常的人物，公开身份是战地记者，曾采访过苏联与芬兰的武装冲突。近年曝光的史料表明，盖1940年已加入苏联情报机构，是一位非常优秀的红色间谍，不过当时世人只知道她为左翼杂志《PM》撰稿，并不知道她的真实身份。

　　说起海明威与盖尔霍恩的认识过程，也很有意思，他们第一次见面是在美国佛

作品信息

原载《作品》2015年第10期。

罗里达州南段的一个小岛上，当时海明威正在那里修改《永别了，武器》，一次在酒吧喝酒时见了盖一面，相互问候后，就没联系了。后来西班牙发生内战，两人在对方不知情的情况下，同时加入国际纵队支援共和军，同一天抵达马德里，住在同一家酒店的同一层楼，还有呢，一次躲避空袭时，发现两人居然躲在同一个防空洞里。有这样的缘分，不做夫妻都说不过去。

1941年3月，海明威夫妇搭乘飞机穿越日军阵地，到达第七战区属地韶关，面见战区司令余汉谋，在国军官兵的护送下，两人曾靠近广州城，近距离观察日军防线，撤退时，海明威亲手炸毁了日军的一段电缆，算是遂了与日本人作战的心愿，四年后他又在巴黎与德军残余交火，成为与纳粹和日寇都打过仗的美国人之一。随后一个多月，夫妇俩在国军护送下，坐船骑马，穿山越岭，于1941年4月4日到达桂林，住进大华饭店。

他们运气不太好，四月是桂林最潮湿的季节，墙上都出水。盖尔霍恩说这是她有生以来见过的最肮脏的酒店，床上、地板上和墙壁上都有臭虫，那些小虫子不但咬人，还发出恶臭。所有的家具都是竹制品，煤油灯下放着脏分分的碗，连倒脏水的地方都没有。厕所在走道尽头，倒是铺上了瓷砖，但被堵死了。盖往房间各个角落撒消毒粉，还是不放心，不敢在床上睡，跟海明威吵架，说叫你不要来中国，你不听，要是跟我直接去新加坡多好。

海明威酒量很大，一路上都有酒喝，在韶关还第一次喝了蛇酒，在日记中大加称赞。但到桂林后没人关照他了，原先说好去重庆的飞机也不能落实，加上对战区安排的英文翻译不满意，于是打电话给老板英格索尔，发了一通脾气，逼老板马上安排飞重庆。男女还真是不一样，海明威对战时旅馆，一句怨言也没有，反而对桂林极尽赞溢。桂林本来并不在海明威的行程计划中，可是在行军途中，他不停地听人说起桂林的景色，说桂林如何如何美，是中国最美的地方，于是临时改变主意往桂林而来。

他写道："成千上万的微缩小山，在原野上列队，都仅有三百英尺高，我们都以为中国画上的风景，是想象出来的，其实不然，完全是桂林山水的翻版。这里还有一座很有名的岩洞，现在用来做防空洞，可容纳三万人。"海说的防空洞，应该是七星岩。盖尔霍恩从桂林给母亲发信，说中国之行很败兴，再艰难的环境她都能忍受，但让她受不了的是沉闷，哪怕在香港，生活也麻木不仁。盖是个追求激情的理想主义者，海则随遇而安，他给自己的出版商写信，说中国很不错，他想更深入了解下去，与国军将士相处的日子也很有意思。他希望有朝一日还要去北方看长城。不过这只是愿望，他一生都没看到长城。

两天后海明威夫妇离开桂林，乘美军飞机前往重庆，飞机上除了他俩，就是大包大包的美金，这是美国政府给中国的军援。盖尔霍恩坐在美金中，跟飞行员插科打诨，幻想这一飞机的钱全是她的。两人在重庆见到了蒋介石和宋美龄，对蒋印象不好，觉得宋还不错。海明威在中共安排下，还与周恩来秘密见了一次面。海明威夫妇离开中国后，回到在古巴首都哈瓦那的居所，一天盖尔霍恩不辞而别，跑到意大利去采访盟军登陆，海大为恼火，去信质问她，你究竟是战场上的记者，还是我床上的老婆？

盖未予理睬，她的心此刻已飞向诺曼底，盟军很快就要登陆欧洲大陆了，几个月后，她第一个进入达豪集中营，向世界报道纳粹大屠杀的罪行。海明威见状不甘落后，马上赶往法国，成为第一批进入巴黎的记者之一。海明威夫妇于1945年离婚，之后海明威以盖为原型写出《丧钟为谁而鸣》，后来获诺贝尔奖，再后来，在古巴自杀了。盖尔霍恩活到90岁，晚年接受采访时，她不许记者提海明威，说他是他，我是我。1998年盖学海在寓所自杀，不同的是海饮弹，盖服的是安眠药。

海明威在1941年那个潮湿的春天，站在漓江边眺望下游的迷蒙烟雨时，一定不会想到40多年后，他的小说会用汉字在这座城市印刷出版。80年代初经由卢存学先生推荐，我翻译的海明威短篇小说《士兵之家》在《桂林日报》副刊发表，彼时刚改革开放，副刊发表当代外国文学作品尚属首次，可谓开风气之先。1987年，由董衡巽等译家翻译的《老人与海》，作为获诺贝尔奖作家丛书之一种，由坐落铁西的漓江出版社出版，系中国大陆最早系统介绍海明威小说的图书之一，收入的小说除了《老人与海》，其余都是第一次译成中文。

进城的石头

莫景春

也许那站满高楼的城市先前就是石头的故乡。是勤劳聪明的人们一块一块地搬走那挤挤挨挨的石头，建起一座座气派宏伟的高楼大厦，成了人类的聚居地，成了熙熙攘攘的繁华都市。

想想那时候，石头一堆堆，一坨坨，高高低低，嶙峋峭楞，站满地儿，相勾相连。只有一些倔强的草儿藤蔓穿过窄窄的石缝，贪婪地呼吸阳光，爬在那些硬秃的石头上，斑斑驳驳，像是一道道深深的梦痕；还有那些直愣愣的树儿，挺着干瘦的身子，在跟石头较劲。

远处几处低矮的房舍，静静地躲在石头深处，不敢吭声。一条弯弯曲曲的羊肠

作者简介

莫景春（1969—），毛南族，原籍广西环江毛南族自治县，1990年毕业于巴马民族师范学校，曾就读于北京师范大学文学院，获教育硕士学位。中国作家协会会员。河池市作协副主席。曾在《民族文学》《文艺报》《四川文学》《鸭绿江》《青春》《广西文学》等刊物发表散文数十万字，多篇作品被《散文选刊》等刊物转载，入选《建国六十周年少数民族优秀文学作品选》《中国散文年度佳作2015》《2016年度精短散文》等选本，曾入围首届三毛散文奖。获广西"花山"文学奖、民族文学征文奖。著有散文集《歌落满坡》《被风吹过的村庄》。现供职于广西河池高中。

作品信息

原载《北方文学》2015年第10期，入选《中国散文年度佳作2015》（贵州人民出版社2016年版）。

小道，悄悄滴穿过石头，伸向远方。不知道它在努力探寻什么。

时间渐渐长出一个个的人，站满原来石头的位置，甚至要赶走石头。先是手挖肩挑，后来是轰隆隆的机械，无情地驱赶石头。那钻入泥土不深的石头被连根拔起，拉到更远处丢弃，有的被无情地扔进张着血盆大口的机器，咔咔被碾成粉碎。那些死死抱住大地的被叮叮当当的凿子钉子狠狠敲击，轰隆几声，粉身碎骨。

于是，坑坑洼洼的石头地慢慢被铲平，房子就像雨后春笋般一座接一座地长了出来，人们挤挤挨挨，来来往往。人的声音渐渐盖过了鸟的叫声，热闹起来了。

石头被彻底地赶走，赶得远远的。石头的故乡成了楼房的故乡。

我的故乡还是石头的故乡，且不说那高耸入云，望一望都让你仰倒在地的山峰；就是屋前屋后，石头也忘不了长出几块，圆的方的，神气十足。连最低洼的河流，也藏着块块巨石。那些石头任由滚滚河水冲刷洗磨，经受岁月的考验。

乡下的生活就是跟石头相依相偎的日子。大人们一天都操着小铲子，穿插在石缝间，勾出一点点泥土，埋进一两粒种子；然后坐到大石头上，擦擦汗，掏出烟袋吧嗒吧嗒地抽起来。待春天一来，春雨一淋，春风一吹，这石头狭缝的地便冒出一株株孱弱的苗儿，在夏风中顽强地摇摆，在金色的秋天里就勉强挂出一棒棒干瘪的玉米和麦子。生活如石头一样充满着灰色。绿幽幽的河水落下去，露出那些光秃秃的圆滑的石头。我们可以尽情地坐到石头上面，把石头当成一匹马，"驾驾"乱喊，发出几声干巴巴的笑声。石头是童年一块斑斑驳驳的记忆。

长大的我们终于被石头激怒了：是低矮的石瓦房压住了我们的梦想，那崎岖的山路也伸不出任何希望。年轻的我们只能背起重重的行囊，回望满是石头的灰色故乡，步履沉重地向城市出发，寻找青春的梦想。

赶走了石头的城市永远是一个充满诱惑的地方：宽敞的街道铺着油亮的沥青；路面散发着暧昧的味道，在耀眼的阳光下，显得格外的活泼，飘得四处都是，飘满城市的上空。那些穿梭不息的车儿，红的绿的篮的紫的，五光十色，载着各种各样的欲望，昼夜不停地奔跑着，不想让路面有着一丝歇息的机会。车流人流汹涌，像是大江大河里奔腾不息的水流。有人说这是城市的大动脉，涌动着城市的繁华和生机。

　　背负着发黄的编织袋，袋里装着山村之梦，我们犹如一粒渺小的沙子，卷入了这欲望汹涌澎湃的河流，搁浅在城市一个偏僻的角落。那里机器声隆隆，一件件整齐规一的商品成包成包码得高高的，旋即被一辆辆等候多时的大卡车一一运走。满身汗水涔涔的乡下人来回穿梭，忙忙碌碌着，这一群跟我们一样怀揣着多彩的梦想的山里人。我们挥舞双手，都将成为机器的一部分。

　　厂房大门气派辉煌，令人生畏。仿古灰色的拱门高高飞起，像是向空旷的天空索取些什么。拱门下横着一排威严的电动门，每天来回自动拉着。闸门红灯闪烁，严肃警告每位闲人，死死地把住大门，连一丝空气都不敢随便逸出。

　　在这庄严精致的大门后，我惊喜地发现了一块嶙峋的石头，那么眼熟。那石头足有一个人那么高，赫然地站在门后的中央，身上醒目地雕着几个大字：时间就是金钱。笔迹遒劲有力，深深地嵌进了石头的身体，让每个刚刚踏进厂房的人眼睛一亮。这几个大字会毫不留情深深地钻进了你的脑海，无法忘怀，然后会变成心头的一股风，急急忙忙地追赶你忙这忙那。

　　石头那凹凸的形状，让我脑海里萌发出一种在"他乡遇故知"的亲切感，那不是咱们村子河边那潜在水里的石头吗？什么时候它跑到城里来了，而且跑在我们的前面？难道它会飞？难道它也喜欢这五光十色的城市？

　　家住红水河畔。这条从贵州汹涌而来的河流，狠狠地从桂西北的千山万岭劈出了一条道，真有"天门中断楚江开"的气势。树被推倒，石头被淹埋，没有谁敢阻挡这条客流前进的脚步！被河水冲到河床底下的石头暗无天日，时间在上空飞快地流逝，自己只能默默承受河水千百次地抚摸。河流渐渐把一些岁月的秘密藏进石头里。河水一路奔腾，看到千奇百怪的花草树木，全刻到了河流里的石头皱纹里，抚去它们心头无限的寂寞。石头便在这无穷无尽的黑暗中默默修炼。

　　住在河畔的我们也常常受不了河水的诱惑。炎热的夏天，我们大多数小伙伴便光着腚子潜在不深的河滩，像一只鱼儿自由自在地游泳；胆大一些的，便潜到河床瞧瞧河底的神秘模样。他们浮上来的时候，神秘兮兮说河底的石头奇形怪状，大大小小，圆圆方方，个个不一样；看上去，好像是石头们在集会，纷纷聚在一起。小伙伴们那慢慢叙述河底的故事，让我们对河底的石头充满着期盼。秋天时候，河水落下去，那些嶙峋的石头羞羞地露出水面。我们才恍然大悟，原先小伙伴们所说的河底神秘故事就是这般奇怪！我们哧溜溜地爬在这些圆溜溜的石头，用小屁股不停地搓擦，表现出很得意的神情；或者手持一杆长长的线，把贪婪的鱼儿钓上，烤得香香脆脆，一解口馋；然后把鱼刺骨头火灰全撒到石头上，把那些光滑好看的石头弄得斑斑驳驳。我们要尽情地和石头玩。因为春天来了，它们又悄悄地潜回河床，把那可爱的样子藏起来。我们就难以看到它们漂亮的外形。

这些从河底露出来的石头确实好看：像牛，像马，像弥勒佛；还有通身晶莹剔透，隐隐约约透着几枝树叶花朵，那是水冲刷下来的痕迹。我们兴高采烈地将一块捧在手里，左看右看，不停玩赏，感觉圆润可爱。出于好奇，我们这些小伢们赤着脚，踩着这些大大小小的石头，不时弯着腰，不停地翻看捡呀，看谁能翻出最漂亮的。整个秋冬，小伙伴们捡了许许多多奇形怪状的石头，摆到屋前，不小心被大人们碰见了，嫌着碍手碍脚，偷偷扔掉不少。没想到，那些石头竟然跑到城里来，而且很神气地站在厂门中央，虎视眈眈盯着我们。看模样，应该跟家乡最靠近河边的那一块差不多。水枯的时候，它便露出半个头，我们小孩经常坐到它的头顶，一双脚丫不停地在它身上踏来磨去。没想到它比我们先来到城市里，而且混得比我们有派头，活在城里人虔敬的目光里。

待在城市里的时间越长，看见的石头越多。富裕的城里人发疯般地迷上了石头。每个单位的门口或庭院都几乎无一例外竖着一块或扁或圆的石头。尽管城市被一座座雄伟高大的楼房挤得密密匝匝，寸土寸金，但还是忘不了留下一座所谓的公园，栽些花草树木，点缀那冰冷单调的水泥林。这些花草树木养尊处优，有专人看护，一年四季都红红绿绿地长着，跟村后那座小山差不多，只是少了清脆的鸟声。公园没有山里那些沟沟坎坎，都是那样平平的。那些树木也能尽情地长，像宝贝一样的，每天都有工人们提着水桶，拿着铲子在精心呵护。城里的人很喜欢这样林木葱郁的地方，公园里满是熙熙攘攘的人：晨练的，晚上散步的。我们闲着没事，跟着城里人往这一处草木都被安排得整整齐齐的地方闲逛。

在花木深处，我们又看见了家乡的石头：村头那块长得有些像猴子的石头，被截下来，堆在这里；还有一些灰色的峭崚石块被堆成一座小山，摆成各种各样的姿势，爬着一些花草，模仿着乡下的山坡。城里的人纷纷拿出相机，一个接一个，偎依到小山旁，"咔嚓咔嚓"地拍照留念。此情此景让我们心生忌恨，那是怎样的一块石头呀！那是我们打鸟时趴在上面瞄准，尿急了，还忍不住往它身上乱撒一通的石头。想不到在这儿，这块石头竟被大伙弄成宝贝一样的，个个急着往它身上拥靠。我们竟隐隐约约闻到一股尿的臊味。

成为宝贝的石头还有很多。曾经跟着老板送货应酬，走进一大户人家。那绝对是家漂亮的别墅！庭院里长着各种各样奇花异草，争奇斗艳。小心翼翼穿过弯弯曲曲的游廊，来到他的二楼客厅，只见厅里摆着各种仿古家具，锃亮坚硬，古色古香。那榉木雕成的茶具上，精心供养着一尊椭圆形的石头。那方面大耳的主人就偎在石头旁边，笑容可掬，俨然一副石刻弥勒。主人欠身示意，一只手漫不经心地斟茶；另一手搭在石头上不停地磨搓，像是在抚摸亲爱的儿女。那石头黑油滑亮，大福大贵的样子，主人笑眯眯地介绍说这块石头是从红水河某个急流滩险里捞上来的，它那微凸的身子寄寓着某种财富；还有石头里隐含着一条滔滔流动的河，暗喻财源滚滚来；那半圆形的图案就是从河里冉冉升起的太阳，说明事业蒸蒸日上。主人的解释让所有人都惊讶于石头构成的巧妙。大家不由得凑近细细看着，确实有一丝丝流动的条纹，上面勾着半圆形的图案。

说着说着，主人的骄傲溢于言表。他说刚从河里捞起的时候，许多老板慕名而去，结果他是以十多万的价格拍下来，放到他的客厅里，每每出门或者没事闲居都会宝贝一样轻轻地抚摸，听说每天此举动，常有一种"石"来运转的好兆头。主人从来不给外人碰，生怕夺走了他的运气，于是供奉在名贵的茶几上，深深地靠在主人座位旁边，袅袅而升的茶气氤氲着屋里，芳香迷人。在一旁的石头不停地吐纳。主人那只肥大的手来回摩挲，听说一天要擦拭几次，还不时涂些保护油，精心呵护。那石头油光可鉴，犹如主人那发光的脸。

主人说的那险滩，小时候我们也经常去那儿玩。河里石头被冲刷得圆溜溜，正是我们小孩子玩耍的东西。我们经常捡些藏在河边的石头，到处乱砸：或者朝一只鸟抛去，或者朝一头牛扔去。听到它们滚落在河滩上发出叮当声音，看到它们飞到河里溅起一瓣瓣浪花，我们就高兴得拍手欢呼。真没想到这些躺在河滩上被我们玩弄了千百次的石头竟受到如此优厚的待遇，心里很是愤愤不平，继而感慨万千：真奇怪，有时候人的命运竟不如一块一块石头，贱如一堆放在马路边散发着熏天臭气的垃圾。

没找到工作的时候，我们拖着一团脏兮兮的编织袋，漫无目的地走在城市繁华的街道上，望着堵堵装饰华丽的墙，感到阵阵反射过来的冷光很是刺目。袋里仅剩下几张皱巴巴的纸币。饿了，买了几个硬邦邦的馒头；渴了，凑到水龙头下哗哗地乱灌一气。看到广场上那些随意摆放的石头，有一种看见家乡亲人的亲切感油然而生，情不自禁地坐上去，像在乡下一样，眯缝着眼，沉浸在对故乡的甜蜜回忆之中。突然，一阵急促的吆喝当头一棒，"起来起来，别弄坏了石雕"。赶紧撑起眼皮一看：一双威严的眼睛正紧紧地盯着自己，显出一副不容置辩的神态。自己手忙脚乱地拉起那编织袋，灰溜溜地走。慢了，生怕会被那手中的棍儿敲上一棒，那可受不了。

好不容易找到一份工作，也只窝在狭窄的工棚里。那里阴暗潮湿，尘土飞扬，谁叫我们只有一身的蛮力，简单头脑？望着城市里那些散布在各处的大大小小的石头，我们只能发出一声声沉重的叹息：认命了，下辈子变成一块石头也总强些。

我不知道这些庞大沉重的石头是如何混进城里的。我只知道我们进城不容易，走了十多里山路，翻过一座座大山，走得脚腿酸软，才来到通往城里的车站。那里已经黑压压地排满了人。大伙都拎着大大小小的包，焦急地等待购票。手头紧，刚刚出来，不敢花钱买贵的快巴汽车票，就挤着去买比较便宜的火车票。火车汽笛一响，这涌动的人流往前汹涌，扭成团。不小心这脚被人踩了，包又被卡在后面。大伙个个挤得满头大汗，好不容易挤进车厢里。里面已经是人头攒动，想好好站稳双脚都很困难，只好靠在座椅边，支起一脚，金鸡独立。熬过漫长的十多个小时，到站下了车，整个人便瘫坐在车站那冰冷脏兮兮的水泥凳上，大半天才缓过神来，进一趟城里不容易呀！

听人们说，石头来得就气派多了。城里人去乡下取石头，那场面就像是去娶新娘。老板看中了哪一块，便亲自驾着豪华的车过去郑重其事地去请。那石头不能说是搬或者运，而是去请的。到了请石头的地方，请的人要毕恭毕敬，敬上几炷香，祭天地鬼神，虔诚地邀请石头，像是邀请一位尊贵的长者。心诚则灵，看中的石头就有自己的灵性。若是怠慢了它，或者有一丁点不恭之处。不要说让石头保佑招财进宝，就连自身也难保，带来一些晦气。所以去请石头的人先把手洗干净，衣服也换上清爽的正装。

拜完仪式，赶紧掏出一大把钞票，笑眯眯地捧给那藏石头的人；然后小心翼翼地装进一只早就铺好的软绵绵的海绵垫的箱子，撕下粘条里三层外三层地封好，又轻手轻脚摆放到车里最舒适的地方，然后一路向城里奔来。就是那些庞大得让人无法想象的石头也是这样隆重地请来。那数吨重的巨石，迎接的场面更加隆重了：浩浩荡荡的一大群人，带上庞大有力的吊车，像是迎接新娘那般隆重。车子打扮得漂漂亮亮，热热闹闹地往乡下赶。一路上歌声飞扬，想到就要把那么珍贵的石头接进城里，增添一道靓丽的风景，心潮怎能不澎湃起来呢？

在乡下，人们早已把那块即将进城的石头摆到了路边。大伙里三层外三层地围着看，指指点点，惊叹这石头的纹路造型。主人用光滑的油漆涂得更加滑亮，在阳光的照射下，闪闪发光。那石头花纹细腻，形似一头正在飙风的雄狮，威风凛凛。城里的人一来，大伙顿时欢呼雀跃，铺上精致的垫棉，给石头套上软软的绳子，让吊车的吊小心翼翼钩一钩，便缓缓地上了车。几个人不放心似的紧紧扶着石头，直到石头毫发无损地装进大卡车。大伙才长长地舒了口气，接着"嘟嘟"启动车子，神气十足往城里去了，丢下一帮还站在路边看到嘴巴张大了的人们。

石头就这样一块接着一块，得意扬扬地涌进城里，在很体面的地方优越地生活，大概它们是沉浸在夺回故乡的胜利喜悦之中，只是有些痛心脚下这块已经被人类啃得伤痕累累的土地。

面对着一起进城的风风光光的石头兄弟，我们自惭形秽。

丰子恺在两江

李金兰

一

一九三八年夏天，丰子恺来到抗战的大后方桂林，住到离城三十五公里的两江古镇泮塘岭村四十号，成为李宗仁在家乡创建的广西省立桂林师范的美术和国文教师。重新拿起搁置十年的教鞭，算是安居定业。

长袍，礼帽，围巾，眼镜，青须，一眼可从粗朴人中认出的温厚男子，就是丰先生了。每天，沿着鹅卵石巷子出村，走野径到洛清江畔，过一座浮桥，上一段石阶到古城，再穿过一片松林，到学校教书。

新成立的学校，十月二十四日才开学。典礼上，唐现之校长邀丰子恺讲演。盛情难推。他讲："我与诸君行过相见礼，并且共唱党歌。我们已由礼乐结合，成为新

作者简介

李金兰（1971—），广西临桂人。广西作家协会会员，桂林市作协理事，临桂区作协主席。有散文、诗歌、小说作品在各类刊物发表。出版散文集《天与安排》、《马来西亚·热带雨林的交响》、《印度尼西亚·千岛牵手》、《仡佬风存》（合著）。曾获第六届《广西文学》"金嗓子"文学奖。

作品信息

原载《广西文学》2016年第2期，收入散文集《天与安排》（广西人民出版社2016年版）。

相知了。"桂师第一批一百三十八名学子，聆听丰先生讲相知难得：考试是百里挑一的，考取不易；诸位先生来自五湖四海，相识不易；战乱年代，能在山水如画的环境求学，得之不易。

典礼之后，丰子恺为高师班学生授第一堂课，讲美术的范围和学习法，教学生从写生开始绘画。彼时，学校正兴建校舍，便让学生眯缝两眼，观察劳作者形象，把握姿势，忽略细目，捕捉事物传神的一面。接着为简师班上第一堂课，过半学生举手，听不懂老师讲话。障碍是暂时的。过四天，再给简师班上国文课，为了让学生听懂江浙口音的普通话，在朗诵之前，便用粉笔在黑板上写道："我教你们国文，第一步必须使你们能听懂我的话。"又强调，言语与文化密切相关，能够接纳和听惯各省言语，胸襟气魄会随之广大。一班学生，眼神惊奇而宁静地翻开教育厅规定用的第一册教材，第二篇正是丰子恺随笔《苦学经验》。温言良语的先生，文章都收入教科书了，作他学生，实乃福分。

一个循循善诱的师者。一开始就把学生当朋友或者家人看待，想要教会大家举一反三、一通百通的方法。但从那些摸头不知脑的表情望过去，茫然比领会多。这情形，到底是情有可原的。岭南偏荒，又逢战乱，就算念读过一点书，也是三天打鱼两天晒网的。学生们埋头做事的精神可嘉，但不善于表达，在教室画画两小时，也不多言语，令人琢磨不透。直至相处日久，丰先生得知受聘浙江大学将成事实时，念及不知与百多名质朴的广西学生还有几许相聚之缘，才顿感留恋不已。

而在学生这一面，眷恋与敬爱的情感恐怕持续更久。我记得十年前某次采访，听已至耄耋之年的桂师学生杜金济回忆，说丰先生平易近人，授课的方式特别生活化，他在乡间看见农家大门贴着持刀执矛的门官，就叫学生也画门官，但是人物换成了勇敢的抗日战士，大家画得饶有兴味。在学校，学生有机会就进他休息间，看他画画。有一幅题名《重生》，画一蔸被人腰斩的树桩，抽出健壮的嫩枝。丰先生语气坚定地解释说，中国是不会亡国的，新中国一定要重建。那一幅画，后来收入《护生画集》第二集，画旁题诗："大树被斩伐，生机并不绝。春来勤抽条，气象何蓬勃。悠悠天地间，咸被好生得。无情且如此，有情不必说。"转眼间，连杜先生也不在人世了。我写这些文字时，想起十年前尚有一个苍老的声音唱起丰先生谱写的桂师校歌："百年之计树人，教育根本在心。桂林师范仁为训，克己复礼泛爱群。洛水之滨，大岭新村，心地播耘，普雨悉皆萌。"那岑寂的歌声，仿如久别的月轮，沉在某个未知的水井，现在被取水的人注视。过去那种间接的存在，令怀想变得温情。

二

安居定业，只是相对于颠沛流离而言。

从一九三八年十一月二十八日起，为了宣传保卫大广西，学校停课两星期。丰子恺与国学大师马一浮的弟子王星贤，负责抗日宣传壁报及漫画指导。任务布置给了学生，自己也亲自作抗战漫画。拿来示范的四幅作品中，有一幅表现敌机来临时，母亲背负脑袋不知何时被子弹切去的无头婴儿往防空洞狂奔。不曾想，漫画挂出来给学生示范时，遭遇哄堂大笑。起初，丰先生以为是自己把画挂倒了，同在教室的王星贤以为自己穿的新衣不对劲。却都不是。一问，才有学生答"没得头"。作先生的，那一刻大约觉得缺乏同情心的学生不仅肤浅而且可恨，却又不能放任怒火燃烧，虽然那情形实在无法谅解。

十二月一日早晨，得知头一天桂林城遭遇四十架敌机狂轰滥炸，死伤二百余人。准备做漫画宣传艺术演讲的丰先生，终于借此近在咫尺的无情现实，把学生批得狗血淋头："昨天，昨天下午，你们那组人正在对着所画的无头婴儿哄堂大笑的时候，七十里外的桂林城中，正在上演这种惨剧，……今天让我来讲漫画宣传技法，但我觉得对你们这种人，画的技法还讲不到，第一要矫正人的态度。一切宣传，不诚意不能动人。"那一顿狠狠的批评，大抵和寂静深处乌云擦出闪电相似。

有时候，刻骨铭心的鞭笞是最见成效的教育。第二天，挨过批评的学生一老一实地照着先生的十种样板，每人完成八张漫画，到村寨张贴，宣传抗战。丰子恺在家作画，听见炸弹声，走出户外细听。有个抱小孩的邻人问：敌人会否侵犯广西？丰先生回答："敌人在千里之外，只需防他飞机轰炸，像这回，桂林城里受难，你们乡下就很好。"谁知，邻人却说出令人刮目相看的话语来："要大家好才好！"言谈得知，此人小学大门槛都没跨过，于是用尊敬的眼光目送邻人。

十二月七日，学校安排另一组人到苏桥宣传抗战。丰子恺得闲在家，想到罹遇战火的缘缘堂藏画悉数被毁，便发心将抗战以来所作画稿选取较满意的，各重画一张，盖上"缘缘堂毁后所蓄"图章，供自己保藏。事情既然开了头，就非做好不可，画了一天，得画七幅。大约是太专注的缘故，先生右脚踩踏炭炉门时，不小心被侧翻的锅中米面汤水烫伤。擦了万金油，仍是疼痛。这可如何是好？按照计划，九日、十日是要亲自带领学生在两江圩宣传抗战的。幸好到了九号早晨，慢慢走，伤脚不觉得痛。上午先到学校集合，出发之前，与从南宁国民中学返桂的萧君交谈，有一番发自深心的肺腑之言："我等生活不安定，在今日实是小事……今日吾民族正当生死存亡关头，多些麻烦，诚不算苦。吾等要自励不屈不挠之精神，以为国民表式。此亦一种教育，此亦一种抗战。"说过，就与另两名教师一起带领学生到两江圩宣传抗战。身着中山装的丰先生，一改往日长衫围巾模样，与学生们穿行在闹市各条街道上，或张贴漫画，或演讲宣传。当晚，学生在丰先生联系好的两江戏院表演抗战剧。本心是想观看表演的，可惜那晚没有月亮，而居所离圩三里，加上走了大半天，脚痛加剧，没法看。回到泮塘岭，即把学生宣传抗战的情景画成《看壁报》。

转眼间，新年到了。辞旧迎新之际，丰先生蘸墨挥毫，于是，"天下兴亡，匹夫有责；抗战必胜，妇孺皆知"的对联，贴上了房东娘娘家大门。爱国一词，看起来高深空阔，本质上内容与形式都丰富实在，落在乡野人家的门脸上，就是本分人讲本分话的一副对联。屋檐下的人，借那红纸黑字表述的心意，步履和神色都添几分坚定。这一年的合家团聚，在离乡五千里外，比旧年添了在桂师开学第一天出生的儿子，逃难途中不期而遇的一枚果实，取名新枚。围着火炉吃年夜，心神也比浮萍飘零的旧年多几分安定。但这除夕的喜悦并不圆满。清清冷冷的冬雨，让他想起人间的不团圆了。

三

战火烧毁的缘缘堂已成废墟，连同曾经悠逸的日子，一去难返。转身离去的四十年，把丰先生推到了另一扇陌生的门前。若是自己乱了阵脚，便不得安然。渐渐悟出无常即是常，崎岖、波折、苦厄都当作历练。夜饮三杯酒，会仰卧了看星。不以吃苦为苦了。

从前，在舟车四通八达的江南，三里路远也会坐黄包车的。现在，不论北风扑面，抑或霜雪刺骨，每日来回走十里路去给学生授课，当作锻炼脚力。甚至，到五十里外的邻县永福寻找雇船，往返都风雨兼程。他的日记中，描述了自己带着两个女儿以伞做盾、顶着饥寒、埋头赶路的情景。天黑回到两江，换下被雨淋湿的衣履，"发碳一大盆，吃饭一顿，饮茶一壶，快活异常。今日视此泮塘岭四十号的陋屋为唯一之归宿处，无上之安息所，胜于石门湾缘缘堂多矣。"其实哪有以吃苦为乐的，只不过是历经苦境，更懂惜福罢了。

虽说江南人见多了精致典雅，却从不吝啬对岭南的平凡纯朴投去赞赏的一瞥。房东家的两扇窗格，是木匠用细条木拼接而成的"富贵长春"和"福禄善庆"图案。在丰先生眼里，这木格文字既雅致又牢固，兼顾了美术与实用。甚至，对暗藏机巧的大门闩抱以兴趣，临摹并旁加解释，作为存念。还有圩上卖的竹椅、竹篮、竹碗、竹饭包、竹烟管、摺灯，见到喜欢便买，以为深得简朴原始趣味，自己用不完就送来访的友朋。他总是带着艺术的眼光，来看待民间诸物，那些实用而又带来美感的制造，但凡有三分可爱灵巧的，都偏爱。

两江特产，物美价廉。丰先生喜欢圩上卖的水磨小圆子，认为有家乡滋味。水灵灵的青皮甘蔗最讨他喜欢。起初，并不以为然。的确，甘蔗是那样生硬而不似水果的事物。但他家人喜欢，时常赞美其多汁而甘甜。到后来，也真心喜欢了。对于甘蔗的咀嚼，若从根部吃起，到尾稍会渐觉平淡冲和，若从尾稍吃起，则有渐入佳境的甜蜜。若不计较浓淡，大体是从头甜到尾的。

广西民间诸多原始生活相，成为丰先生入画的素材。两江盛产爆竹，十岁小孩背着婴儿燃放爆竹的情景走进了他的画。他感觉当地人家吃饭最有特色，于四四方方的火盆架上安个火盆，火盆上炭火散发着热与温暖，在火上架个铁铸的三脚猫撑脚，支撑一个什么菜都包容的锅，碗、筷、酒盅陈列四周。人落座，膝盖定然高出桌子。在冬天阴冷的岭南，以此身子蜷曲的姿势吃饭，全身都烤得到火。同时，就着火盆暖酒，烤红薯、芋头、甘蔗、马蹄，一边享受美食，一边吃聊，行酒令，那样土香土色滋味绵长的情景，就呈现在《煨芋如拳劝客尝》等画作中。

　　比较一下，逃难之前，杨柳与丰先生的文、画甚至居所都关系密切。他赞美垂杨是最能象征春的神意的。逃难之后，那独立苍茫的松树，作为命运、境遇与境界的符号，屡屡入画。一九三九年大年初一上午，他画了八幅画，题材各不相同，但每一幅的题字都是："严霜烈日皆经过，次第春风到草庐。"画作中的松树，以与杨柳截然不同的姿势被描摹。正月初九，在桂师任课的最后一日，上午去学校，专程去与一片松树林道别。丰先生对这片离校两三百步的松林，可谓情有独钟，每日进校前必先造访，将围巾、帽子挂树上天然衣钩，然后如厕。最后的一次松林会晤，以依依不舍离去结束。七十余年之后，当初那片矮而密的松林，长到五六层楼高了仍不停止生长。我想起丰先生在其散文作品《大账簿》中，用"惜不胜惜"来形容人与物的情缘，实在是太妥帖了。那天下午，学校为丰子恺开欢送会。丰先生在告别讲话里说，"艺术不是孤独的，必须与人生相关联。美不是形式的，必须与真善相鼎立。"可谓句句不离本心。晚宴后，校工文嵩携灯，唐校长亲自相送。那一天，丰先生写道："此情此景，今后永不能忘。"世上没有不散的宴席，但曾经的灯火，会守候内心某个角落。多年以后，我数次出入当初的桂师，如今的两江中学，有时候我会对着高楼边缘几排简朴的平房，联想当年润物无声的课堂，或者在上了年岁的老树下发一阵呆，细听簌簌作响的枝叶，似在吟诵丰先生的言语："我今年正值四十之初，在此执教，可说是吾真正生活之开始。故此校犹如吾之母校。今后远游他方，念及此校，当有老家之感。甚望诸君及时努力，将来各有广大真实之成就也。"那年他四十。不惑了。

四

受聘成为浙江大学教师的缘故，从二月底就准备离开了的。泮塘岭全村人都知道，丰先生将携家带口赴宜山。

那天是一九三九年三月十二日，春风和煦。友人来寓所话别，丰先生送客到两江圩上。在熙来攘往的人群中，看见有人守着铁树卖，一角钱一株。就买下一棵，打算亲手种到租屋的空地。那棵铁树有些惹眼，路遇相识，人家都觉得不可思议：早不种，晚不种，而今离开已是不可改变的事情，还种，种了也没得看了。那天，必定是留恋之心教人想起了缘缘堂，想起从前每次外出回家，芭蕉鞠躬、樱桃点头、葡萄招手的亲切。所以，心里盘算着，将来抗战胜利，打道回杭州时重返此地，再来访旧居认旧邻，那时会有一棵苍翠的铁树相迎如宾。结局却是一别永别。战火蔓延，最后是从宜山一路向西，不无狼狈地撤往贵州。

因舟车迟迟难办，启程的日子一推再推。心想，焦急亦无用，慢慢等，总会等得到。如果等不到，就继续待在两江。此时，心也安定了。

"桂师已辞，浙大未就，无职身轻，画兴又作。"于是，从2月28日在桂师授最后一堂国文课，到4月5日离开，整整一个月在泮塘岭的乡居时间，成全了《阿Q正传》的漫画。此前第一次的画作于印刷中葬身火海。第二次的画作在邮寄过程中杳无音讯。这是第三次画笔诠释鲁迅笔下的人物阿Q了。3月22日，一上午画了十幅阿Q，那个愁眉斜眼的阿Q，猥琐卑怯的阿Q，精神胜利的阿Q，腰间别不了枪就别一个烟斗的阿Q。下午一点，托人去寻得的船从洛河上游开到两江。准备装行李了，偏偏此时传来浙大的电报，说日内即派校车来迎。在一种欲行不行的起伏里，体会"君子祸至不惧，福至不喜。而况区区舟车之事，岂足以动吾心哉?"这一晚，继续画阿Q。又过一星期，连冠首的序言都写好了。为防不测，又让人用薄纸铅笔逐幅印摹一套。此为收获。其间，另一件欣慰的事情，是收到夏丏尊转寄的弘一大师信，说在福建漳州闭关之后，发心重写在上海佛教居士林中被倭寇烧毁的《护生画集》。回想在两江教书的日子，他的所想所做，正与弘一大师所期所望相契。心情，好得跟春风吹开桃花似的。他亲手做了纸鸢，带着儿女到野外的草坪上放，像个老儿童，把什么都放下了。纸鸢扶摇而上，被风托着越飞越高。现在我们看到的画作中，风筝翅膀上还写着汉字——"胜利""和平"。

七十余年过去，我每次沿着丰先生在两江走过的路径漫步，不论低头，还是仰面，都仿佛有一双慈悲的眼睛在。曾经深得他喜欢的洛清江，流水依旧沉静安稳。东岸渡口上那棵无患子树，年年秋天都结满龙眼大小的洗手果，这棵老资格的树，或许见过那个诗情画意的人拾起三几粒果，搓出细腻洁白的泡沫，洗他握惯画笔的双手。西岸那块风帆似的犀牛石，像一个永远不老的神话在等待什么。圩上，当年丰先生曾想哪天有兴致，去看一次桂戏的戏院还在，老旧得和一张现实版的民国时期照片一样，偶尔还有演出桂戏或彩调的。

几经周折，终于找到丰先生住过又专门在其著作《教师笔记》中写到的谢四嫂家的地址。现在，彼处已是种满桂花的园子了。曾经他在屋宇下读书写字作画吃饭睡觉的陋室，只余下土色山墙欲倒未倒，遮过风避过雨的瓦片，旧梦似的碎在花树下的泥地里。在桂花园近旁的一座老屋里，一个叫谢祥嫂的老妇讲，她过世的婆婆曾谈起，有一个画家一家人住过那边的房子。丈夫早逝的谢四嫂后来改嫁了，她不成器的儿子卖了屋，外出游荡，杳无音讯。原本天井的位置有棵大柚子树，常有毛头小孩翻墙上树偷柚子，冒险得很，讨嫌得很，砍了。

村旁，百年老桂花树如伞如盖，三五村人石凳上闲坐。姓谢的中年汉子说：三十年前就已过世的爷爷讲过，村里曾经住过一个画家，画什么像什么。村人朴素，见过丰先生画画好，无人知他声名远播，无人缠他作画收藏，更无人知晓一个深情的艺术家把泮塘岭当作一个故乡。也许，村子四周随处可见的枝干遒劲的苍松知道，它们很愿意按照丰先生画集里屡屡出现的某种风姿，继续存在。

| 创作评论 |

在李金兰的笔下，岁月缓慢流淌，天空有可以触摸的记忆，村庄是挂在身后的

水墨，庭前垂柳珍重待春风，作者就像是在历史与现实，自然与人文之间缓步穿行，融入、触摸、冥想、聆听，并以雨雾般绵密的文字记录下时光里的苍茫与温暖……喜欢"散文式步行"，并写着"散步式文章"的李金兰是幸福的，因为她的生活与写作互相渗透、融为一体。她是把用心触摸过的时光炼化成有生命的文字，也是用笔下的文字去拾捡遗落在时光里的温暖与苍茫。对李金兰来说，生活与写作都是一场寻找和等待，会有一扇扇门在她的寻找中灵光乍现般敞开，会有一条条幽深的暗道在她的等待中瞬间被照亮，而她有足够的耐心去寻找和等待，正如她在《天与安排》的序中所说："不论是生活，还是写作，都还有我尚未触及的美存在，或是错过，或是未发现，或是未抵达。我且当作一场等待。"

——刘铁群：《触摸时光里的苍茫与温暖——读李金兰的散文集〈天与安排〉》，《广西文学》2017年第10期

雁山园：一个读书人的理想国

朱千华

一

道光年间，在岭南桂林府临桂县的一条乡间小道上走来两个人。为首者为中年书生，牵着马，踽踽独行，神情落寞。不远处，家仆用扁担挑着两箱书籍、衣物跟在后面，衣衫被汗水湿透。书生抬头看看炎热的天空，转过身对家仆说："天气闷热，我们在这里歇一会儿。"家仆就把担子放在树荫下，两人不再说话。

这是一片锦绣山岗，漫山遍野都是野桃树和李子树。书生仰天长叹，然后扶着一棵桃树号啕大哭起来，伤心欲绝。家仆也不去劝他，心想，让他哭出来，也许会更好些。

良久，从前面走来一个和尚。他看了看中年人，说："相公哭得如此伤心，想必此番赶考，又没考中吧。"书生看了和尚一眼，没搭理他。和尚说："贫僧略知些因缘。功名富贵，有时终须有，无时莫强求。"书生听了这话，忍不住问："依你所说，我的命里，功名富贵到底是有还是没有？"和尚说："看施主面相，清秀俊朗，

作品信息

原载《红豆》2016年第2期。

命中是个读书人，却未必能走入仕途。你不是做官的料。"

书生问道："何出此言？"和尚说："世间万物皆有灵性。凡事皆有端倪，只是一些细微迹象，无人注意罢了。"书生说："请赐教。"和尚说："你刚才失声痛哭，震动山谷。你可知道，你的泪水正好浇灌了这些山岗的桃李，你看那桃树李树，正开花育果，子实繁多，将来，这里定然是个桃李满天下的所在。"书生觉得和尚越说越离奇，反正闲着无事，不妨听他继续胡扯。和尚又说："树下乘凉那人，是你家的仆人吧？你能从他身上看出什么端倪吗？"那个家仆倚坐在一棵高大的李树下，手里拿着一本书，轻轻扇着风。书生摇首，说看不出任何异常。

和尚说："你看那仆人，大字不识一个，却挑着书担，不仅如此，他的手上还拿着书本。一个挑夫都能与书结缘，这就是天机。若干年后，这里定然有莘莘学子，负笈奔走。"书生听了，环顾四周，桃李无数，又有灌木丛生，山野荒岭一片寂静，不由冷笑说："你这胡言乱语的和尚，你的天机未免太玄乎。"和尚不再说话，独自离去。中年人和他的仆人，继续赶路。

书生名叫唐岳，字子实，桂林府临桂人氏。他心中闷闷不乐的原因，正如和尚所说，进京赶考，名落孙山。

古代，科举考试是相对公平的一种选拔人才的办法。于是，围绕着科举考试，我们看到了一幕幕人间喜剧和人间悲剧。

唐岳已人到中年。进京赶考，三年一次，十年才考三次。而这一次一同进京赶考的同乡举子高中，他却名落孙山。更让他难以接受的是，他不光是举人，而且还是解元。何为解元？就是举人当中的第一名。

古代科举考试，分四个程序。第一是童试，相当于现在的地区会考。考中了，即为秀才。可别小看了秀才，有一些小小的特权：除在官府公堂，见了官人可以不用下跪外，还可免除他的赋税徭役。考秀才也不易，其难度不亚于今天的公务员考试。

第二个程序，是乡试。即全省会考。考中了，就称之为举人。如范进中举。但是，中举之后不一定能做官，只能继续考试，或者成为候补官员，只能等待，哪里的官员有空缺，才有机会去填补。举人所做的官，大都是县令官之类，而且多在偏远之地。所以，多数举人最后会选择进京赶考，进入会试、殿试阶段。

唐岳从小就很聪明。桂林至今有句俗语"打马游京街，招牌记心怀"，说的就是唐岳，说他有过目不忘的本领。

唐岳在乡试中，考取了举人，而且是全省第一，人称唐解元。明代，苏州有个著名画家唐伯虎，也叫唐解元。

唐岳本以为，以解元身份进京考试，虽不能说考上会元，但考取贡士应该不成问题。也许是准备不足，也许是心高气盛，数次进京赶考，很多同乡都考取贡士，而他却铩羽而归。此种失落心情，说与谁知？人到中年，仕途渺茫，未能给唐家取得功名，不能光宗耀祖，有愧年迈老父，想到自己对于人生的种种绝望，唐岳不由得放声大哭。

二

唐岳回到老家临桂县大岗埠。这里有个远近闻名的唐氏庄园，百姓称之为唐府。唐岳落榜之后，无所事事。其父唐仁安慰他说："我年事已高，祖传的这片庄园，就靠你来维护了。"唐家在大岗这一带，是个望族，有大片土地、庄园，家丁仆役无数。更重要的是，唐家还有人数众多的"团丁"。

清道光三十年（1850）1月11日，洪秀全在广西桂平县金田村起义。后来20岁的咸丰皇帝继位，正是全国上下贪腐最严重的时期。清朝军队腐败透顶，不堪一击。曾国藩曾上奏咸丰皇帝，痛陈军队腐败：军匪勾结，出入赌场，吸食鸦片。其中有两句话，很能说明清朝军队当时的状况："见贼，则望风奔溃，贼去，则杀民以邀功。"在此情况下，曾国藩提出发展"团练"的构想。所谓团练，就是地方武装。由当地的大地主进行培训，政府给予经费上的补助。

团练的出现，在很大程度上阻止、延缓了太平军的前进。

从此，唐岳就在自己的庄园里训练团丁，每天进行操练，舞枪弄棒，从一个书生，变成了一介武夫，暂时忘掉落榜的不愉快。

咸丰元年（1851），太平军突破重围，向北，准备向桂林城进攻。这时，清政府出资训练的地方武装开始发挥作用。咸丰二年（1852）四月，太平军的先头部队，来到了唐岳的老家，桂林城南约50里的六塘、大岗、良丰一带。唐仁、唐岳父子联合良丰的地主武装，利用有利地形，向太平军开炮，目的是要阻止太平军北上。

太平军势头正健，只略施小计，采取分段包围的办法，就把大岗、良丰等乡村的地方武装全部消灭了。

史书记载：大岗埠唐家庄园"几遭洪逆之乱，室庐无存"。为什么是室庐无存？太平军行军打仗，也要吃饭，遇上这些大庄园、大地主，简直就是饿狼遇上大肥羊，于是，所有庄园的仓库被连窝端，充当太平军的补给。

唐岳的团丁被太平军打得落花流水。他不甘心，决定重整旗鼓，与太平军再战。清朝政府对镇压太平军可谓不遗余力，唐岳得到了一笔巨资，重修了唐氏庄园，又组织了一批团丁，共有500多人。

在咸丰八年（1858）六月，天地会的领袖覃亚帅，率一万多人，在容县平南一带，攻城略地，捉拿大地主、大富户共数千人。覃亚帅的目的很明确，要钱要粮，筹集军饷，凡交出钱粮者，皆可活命。拒不交者，杀。最后，被杀者92人。

如此惨案，让广西巡抚劳崇光寝食不安。他调集各地团练前往围剿，其中就包括唐岳。唐岳则带领500团丁，来到平南一个叫大乌的地方，也就是现在的平南县大洲镇。

《平南县志》详细记载了唐岳来大乌后，进行了一场非常彻底的"战斗"。

因为唐岳地形不熟，中计被覃亚帅引入山谷，四面包围。唐岳带来的500团丁，被覃亚帅打死412人。剩下来的团丁簇拥着唐岳，狼狈逃窜，最后在一片树林里停下。团丁告诉唐岳，后面没有追兵，可以休息一下。唐岳看到自己只剩下的几十人，不由得大哭起来。既为那些战死的团丁，也为自己的无能。他做出一个决定，解散团丁。主意已定，他拿出银两，逐个分给团丁，让他们自寻出路。

一会儿团丁都走了。山岗上只剩下唐岳一人。想到自己进京赶考数次，皆名落孙山，现在带兵打仗，又是一败涂地。文武皆输，这人生还有什么意义！还谈什么建功立业，光宗耀祖？这般光景早已把祖宗的脸丢光了。想到这里，唐岳解下马绳，绕到一棵树上，准备上吊自尽。

唐岳刚把头伸进绳索，后面有个人在说话了："阿弥陀佛！要上吊到别的地方去，别坏了这里的好风景。"唐岳转过头来一看，原来是以前见过的那位疯和尚。和尚说："多年以前，你就在此哭过。你看，那些桃树、李树，现在长得多么茂盛。如果桃花李花中间吊着一个人，你说是不是大煞风景？"

唐岳这才仔仔细细看了看这片桃李林。只见两山如翼，桃李满坡，花红欲燃，果然是一个好地方。他解下绳索徘徊良久，终于，在脑海中形成了一个宏大的计划。

三

人生失意时，最能抚慰自己心灵的办法，就是寄情山水。唐岳生在大户人家，没有功名，不能光宗耀祖，就这样无所事事地活着，在他看来是件很丢人的事。怎么办？不如隐姓埋名，找个桃花源，远离战乱，避开世俗人情，让自己静静地度过余生。可是，桃花源在哪里？没有那就自己造。这片桃李林，多好的山水，买下它，做成自己的桃花源。唐岳的这个决定很坚决，并且很快付诸实施。

银子从哪里来？唐岳操办团练时，巡抚拨给他的银子，还有一半没有使用。现在，团丁也没有了，正好派上用场。就这样，岭南一代名园由此诞生。这块桃李林，有200多亩，远处有山，如大雁展翅，唐岳就把这座园林命名为雁山园。

雁山园建成后，由于乱世战火，各种自然灾害，多数园林建筑损毁。我们已无法知道当时盛况，只能从前人留下的文字中窥见一斑。桂林人、清末进士刘名誉，曾亲游雁山园，写有一篇《雁山园记》，真实描绘了雁山园当时的情景："唐仲实（唐岳，字仲实）……所筑雁山园……有层楼巍耸，是为涵通楼，斯园之主楼也……往者藏数万轴书于此。"

《临桂县志》这样记载："岳既建别墅，冠盖云集，宴会演戏无虚日。""声势煊赫，雄视一方。"

雁山园的山水，是桂林山水间的盆景；雁山园的楼台，是江南园林的南迁。所以，雁山园承载了一个书生的梦想世界：精致、幽美、学问、刻书、雅集等等。

前人留下了关于雁山园为数不多的篇章，让我们可以窥见雁山园与众不同的园林风格。首先，雁山园是园林与书院的完美结合。涵通楼。是唐岳藏书的地方。唐岳把自己的所有藏书，都放在了这里。唐岳是当时著名的藏书家，据他自己所说，藏书达十万之巨。当时有人这样描写唐岳的藏书热情："百金购书收散佚，车厢满载数马驮。""藏书十万卷，称雄西粤。"这样的藏书量，即便是现在都是非常惊人的。

可以说，唐岳本质上是个读书人。尽管没有走上仕途，但雁山园就是他的一个梦，一个读书人的梦。在这里，唐岳找到了真正的自己，找到了人生的方向。他编辑刻印了《涵通楼师友文集》，将师友的文章收集出版。这是唐岳对广西文化史的重大贡献。

雁山园的另一个特点，是江南园林与桂林地貌的完美结合。在唐岳生活的那个时代，许多巨贾财主，在榕湖一带兴建了许多私家园林。例如拓园、钵园、湖西庄、芙蓉池馆、因而园等等。但是，这些私家园林，要么太小，要么照搬江南园林，没有特色。雁山园把岭南最为独特的岩溶地貌与园林结合在一起。岩溶地貌，也叫喀斯特地貌。包括地下河，岩洞等等，这是雁山园最大的特色。雁山园北有天然的钟乳山，南有方竹山，方竹山里还有布满钟乳石、光怪陆离的相思洞等。借着自然的青山、碧水、幽洞、千年老樟树及红豆树等古树名木，雁山园呈现出一番别有特色的山水佳境。

当唐岳在雁山园专心读书，为朋友们刻书操劳、沉浸在属于自己的理想国时，朝廷忽然记起这位远在岭南的书生。唐岳在围剿太平军的过程中，尽管打了败仗，但对朝廷的一片忠心，却是值得褒奖的。于是，在唐岳53岁那年，忽然被朝廷重用，派他到一个地方去当官。唐岳想到自己考试名落孙山，本以为进入仕途无望，现在得到朝廷重用的消息，不禁老泪纵横，立即前去赴任。未曾料到的是，还未到达目的地，唐岳身染重症，客死他乡。

唐岳去世之后，规模庞大的雁山园，由于其后辈无力经营而逐渐荒芜。1911年，雁山园由唐岳后人以纹银4万两，卖给了当时的两广总督岑春煊。岑春煊是广西西林人，他将雁山园改名为西林公园。后将此园捐给了新桂系李宗仁治下的广西省政府。

从此，西林公园更名为雁山公园，并成为近代史上广西教育文化的发祥地之一。广西大学、广西师范大学、广西农业学院等，都先后在这里办学，应了"桃李满天下"之语。著名学者胡适、陈寅恪、李四光、马君武等，都曾经是雁山公园的主人。特别是国学大师陈寅恪，曾在雁山园里生活一年多，他的代表著作《柳如是别传》，就是在雁山园完成的。

中国读书人都有一颗百年孤寂的心灵。雁山园已成为岭南园林的杰作。乙未夏，余往桂林，重访雁山园。信步园中，方竹、绿梅、丹桂、红豆树、芭蕉树等，处处明媚，池塘边有高耸的木瓜树和杨桃树。临水倒映着美人蕉、四季桂等，一丛丛，一棵棵，清香之气随风四散。许多院落、亭台水榭都很宁静，盛夏里更像一个书生之梦。

西津渡，锅盖面

张燕玲

我知道自己凡俗，太迷恋人间烟火，家里常常鲜花盛开，更有香锅热灶，出门在外，只要美味飘来，常常会寻香而去，大快朵颐，不便时，就禁不住一步三回头，内心顿时彷徨，寻思着何时再来。那天，在江苏镇江，面对一轮轮美食袭来，我更是俗相难掩了。

一杯金山翠芽，"搭茶吃"的是水晶肴肉，以及长得只能吹口琴般撕吃的茅山老鹅翅；热菜是海参酸辣羹、红烧东山羊肉、清蒸鲥鱼、河豚烧秧草，加之满口春气的芦蒿，待上镇江名吃蟹黄汤包时，我早已是打嘴也不丢筷了。学着主人，也拿起一支恒顺"蜂蜜养生醋"倒向形如座钟的小包子，轻轻夹起，慢慢移至嘴边，小咬一角，吸口汤汁，满口鲜香。正当放下辛苦一晚的筷子，主人说，"镇江一怪"锅盖面总要尝尝，吃不动，一口也要吧，可有讲究啦。半推半就，又倒些香醋，居然连汤带面小半碗，好面呀！至此，再也不看其他小吃了。瞬间，一夜珍馐——化为一碗好面的味道，知足了。知足之后，好奇的我便提出：明天早餐，我只吃锅盖

作品信息

原载《文汇报》2016年2月7日。《散文选刊》2016年第5期转载，入选《2016年中国散文精选》（长江文艺出版社2017年版）。

面了。

是的，在镇江，你可以不吃肴肉、河豚、蟹黄汤包以及无数河鲜，但必须吃碗锅盖面，否则不算来过镇江。此后，在镇江，这个念头我愈加清晰坚定，尤其饭后漫步西津渡，我才明白了主人说的"讲究"。

一早独步到"镇江锅盖面品鉴馆"。在镇江，面馆千家，遍布大街小巷，人人都需吃上一碗扎扎实实的锅盖面，才能算地道的镇江人。品鉴馆不同于其他面馆之处，在于开放式厨房。面条现做，一根粗杠子压上揉好的面团，师傅坐在竹杠一端上下颠跳，很快面团被挤压成薄薄的面皮，用刀一切，独特的镇江"跳面"就成了。将跳面投入大锅沸煮，女师傅随手扔只小锅盖覆在大锅中央，小锅盖随着沸腾的面在锅中自在漂泊，一如江上生活。浮沫溢出小锅盖边，师傅一勺一勺去沫子，那种漂浮感，那份热乎乎，甚至师傅的麻利劲儿，我都喜欢。我突然明白锅盖面与码头的相生相应了，操作如此大起大落，滋味又醇厚，当然非寻常胃口不可。

这胃口，属于码头。前一晚的踱步，早已令我蹚不尽西津渡码头的千年文化之河，经历过大江东去的举世风尘，难怪这里如此静好。立在金山寺上、明代的待渡亭中、元朝的过街石塔前，想象"潮落夜江斜月里，两三星火是瓜洲"的前世，眼前一个远远超出我期待、令我惊艳的镇江，居然如此不同于其他喧闹的吴侬之地，人文荟萃，而且宜居。放眼望去，满街都是悠悠闲定的踱步，没有别处似乎追着躲着跑着赶路的急躁，也少些江南的胭脂水汽，多了些悲壮清凉，天书都难写这"金陵渡"。

是的，西津渡古称"金陵渡"，是长江古运河交汇处，南来北往的客商相聚地。自公元208年，东吴定都镇江以来，那便是数代王朝经济血脉的通和，出过20多个皇帝的京口，当然可称"金陵渡"，它是"漕运重镇""吴楚要津"。不足千米的古街，曾经是怎样繁华的街市，招呼着南来北往的游子、商贾、官宦。街口便是长江下游繁忙的渡口，待渡亭迎送着如流商贾、如织行旅，小山楼留寄骚人墨客。长江天堑，风高浪急，行旅危机四伏。旅客历尽苦难又劫后余生，落入大江的有随浪到另一世界投生的，也有有幸被义渡局救生的。据说，镇江救生会是世界最早的海事组织，南宋乾道年间镇江善士们就成立了水上义渡救助机构拯溺扶困，直至民国二十二年（1933）兴办轮船为止，镇江人义渡救生已有七百多年的历史，真是兰义满长江。平安是福，见神便拜，镇江多元的宗教文化，与救生会一道同心渡慈航。

飘着腥味的码头千年就这样迎来送往，乃至生之欢欣与死之悲哭。我曾坐在海边看渔船和客轮靠岸，各色旅人踏上陆地疾步匆匆，渔人装卸繁忙，还有人对着大海烧一沓沓黄色的冥币，一眼望去犹如兵荒马乱。但在既定的时空中，人与行李相随，身后便鱼是鱼，物是物，损坏的器械散乱一地。纷乱中其实一切井然，其中有坚不可摧的秩序，日复一日，年复一年，方生方死以及方死方生都在瞬间。南宋之后，镇江又涌来这么多北方移民，所有的乡愁便简化为上岸后的第一碗面！

那时的金陵渡，各家东翁店伙望着刚涌上码头的那些惊魂未定的人们，自然更张扬店里锅盖面的挤、扛、压、煮。他们热情地招呼上岸人进店，坐定。一直冒着热气的面，便是各色远航人压压惊、解解乏、消消力的小圆满。伙计一声吆喝，面端上来了，客人倒入一勺香醋，热乎乎吸面，汤也喝干，直顺肠胃。醋是香而微甜，酸而不涩，绵软可口；面是不生不烂，汤清味香，直上心头，暖遍全身。一碗好面下肚，心安了，气定了，魂自然也回来了。

于是，昨日的风浪搏击，方死方生，在热腾腾的汤面中便成一条条远方的传奇，眼前的大江汤汤起来，返身，回家，安枕，入梦。

那时节，日色很慢，车，马，人，连家书都得过黄河穿长江，更慢，慢到"一生只够爱一个人"。那是灵魂迁徙的方向，隔着山岚，更隔着大江大河；那还是故乡的方向，低头处，只剩下这碗散发北方家乡气息的好面了。无论各色人等，望着大江大浪风急舟险，或官家富商，或文人骚客，或江上亡魂，但又如何，人生仍然充满无常，方生方死，方死又方生。疲惫而微茫，悲凉又悲壮，长歌呜咽，又生机勃勃。坐在面馆，望码头上一艘艘远方的船正在靠岸，一碗热气腾腾的锅盖面，就着几方肴肉喝下风雨飘摇的人生。锅盖面便是西津渡的慰藉，西津渡的日常，西津渡的人生。

他日晴好之晨，他们又踏着青青石板，再次远行，一次次，一月月，码头连着那碗锅盖面，经年如此自然，相沿成习，积习成俗。西津渡便生动了千年，就这么简单。

于是，"面锅里面煮锅盖，先烫浇头再烫筷"的锅盖面，得益于码头文化和南北习俗的交融，融入了码头人生，并风靡大江南北。锅盖面不仅仅是舌头对味蕾的依恋，更是生命生活的本质味道，融入了汗水、泪水与血水，融入了欢欣而破碎的津渡人生。择善而生，质朴淳厚，厌世不轻生，无语却向上。

没有锅盖面，西津渡会怎么样？

我再次感受到"平平常常才是人间常态"的悖论。在世间许多方生方死的关口，比如西津渡，水中岸上，并非人人能对世界安之若素，在世界深处，许多人生并不平常。唯此，大风大浪与大悲大喜之后，一碗定神好面何其及时与珍贵。

于此，大江渡口上下的方生方死，便有了码头文化，便有大碗饮食，尤其北人南移的镇江。锅盖面就这样维系着乡愁与牵挂乃至寄托，以及生死相依的爱情，更成就了孟姜女以及许仙白娘子的传奇，连蒋介石也演绎了一出难为自己的求爱的绅士戏码，十天的焦山缠绻，终于遂了美龄"此生非英雄不嫁"的芳愿。那天安坐焦山海云堂的凉亭，佳想安善，这双影雁是在哪片竹林放情？壁上纪晓岚的"紫鸾对舞菱花镜，海燕双栖玳瑁梁"不正诉说着同心？我甚至不合时宜地嘀咕：西餐之余，吃惯江南味道的蒋公肯定也会来碗锅盖面吧？众人皆点头称是。

没有锅盖面，西津渡会怎么样？英雄，当然也须镇江美食养育。

镇江自古出英雄，单单奇女子便有孟姜女、白娘子、杜秋娘、梁红玉等等，但历史留给女人的空间总是局促，像一场腾挪不开的舞蹈，只能低眉敛袖。孟姜女寻夫哭瞎了眼；白娘子成就一段惊世爱情之后，终被法海压在雷峰塔下；被四朝皇帝宠爱，让少年杜牧惊艳的杜秋娘，貌美且才艺绝世，一首传诵至今的《金缕衣》使其成为《唐诗三百首》里的唯一女诗人；而现代有文才的奇女子当属在镇江居住18年之久，并留下《大地》三部曲的赛珍珠。而杜秋娘，当杜牧为了看一眼仰慕迷恋一辈子的人儿，从西津渡上岸探望被遣回镇江年老珠黄的杜秋娘时，不禁悲从心起，一曲《杜秋娘诗》，堪比白居易的《长恨歌》，同悲切。

苏东坡十一次到镇江，"我谢江神岂得已，有田不归如江水"。《醉落魄·离京口作》中，也表达了"此生飘荡何时歇？家在西南，长作东南别"的无奈。都说东坡大赦后到镇江时，心似枯木，两个月后，就在镇江相邻的常州病逝了。其实，早半年路过廉州时，东坡就心如死灰。我曾寻着他的足迹，一路走过眉州杭州湖州黄州惠州儋州廉州，也多次立于合浦东坡亭，为壁上"芒鞋不踏名利场"而叹息不已。

有良心的文人，误入仕途，当然只能在官场上一路坎坷，一贬再贬，但东坡毕竟是旷世奇才，自然一路恣肆于文艺，也一路饕餮。他与发小至交金山寺方丈佛印和尚，两人满腹经纶，才情奇崛，仅独创美食，便为镇江留下"五柳鱼""东坡豆腐"等，一句"蒌蒿满地芦芽短，正是河豚欲上时"，便为江南美食奠定何等凡尘俗世的快乐，既有绝世才情和趣味，还有暖到心胃的日常。就这样，妙高台上，已处江湖之远的东坡居士与老友佛印方丈相伴，怡然于镇江的山水之间，恬淡在寺庙的禅意里，镇江的秀丽江山和暖心美食，为东坡晚年提供了一个退守的精神家园。

便想去常州，看看东坡为何选择那里入土。

临别时再入面馆，上来的锅盖面是送客之意了。依旧倒些香醋，又一碗好面落肚，此时无闲事挂心，真是人间好时节。

凌云行思

石一宁

仲秋九月的凌云，乍阴乍晴，乍风乍雨。

来到广场时，正下着雨。访客都打着雨伞。绵绵雨中，只见广场上高耸着一尊铜制的孙中山立像。再前行十来米，是一座中西合璧的砖木瓦结构建筑，正中拱门上白底衬书的"中山纪念堂"五个黑色大字，碑体，劲遒、凝重。

凌云中山纪念堂，坐东朝西，正面是三个牌坊式拱门，拱门之间各有一根竹子形立柱，两侧门上墙体各有三个穿接一起的红色菱形图案。中间拱门堂名的上方，是三角形的屋顶，屋顶两侧各嵌一只"佛手"装饰物，"佛手"呈粉红色，颇为醒目。拱门上部两侧墙体，以壮锦图案绘饰。此纪念堂的建筑风格，"竹子"、"佛手"，菱形与壮锦图案，都有讲究，象征着孙中山一生秉持之精神，追求之理想，展现之气节；壮乡人对孙中山之景仰，对中山先生在天之灵护佑物阜民安之祈愿。

凌云，四支河流纵横县城，古称泗城。宋皇佑五年（1053）置泗城府，清乾隆五年（1740）置凌云县，为汉、壮、瑶等民族聚居地，多半人口为少数民族。揆诸

作品信息

原载《人民日报》海外版2016年4月14日，《小品文选刊》2016年第10期转载。入选《2016中国最佳散文》（辽宁人民出版社2017年版）和《2016年中国随笔精选》（长江文艺出版社2017年版）。

孙中山之生平，生前并未踏足凌云，何以在凌云得享此隆祀？

在纪念堂内瞻仰，听东道主介绍，得知此为凌云先贤王彭年先生之倡设。王彭年，壮族，早年入学广西政法学堂，参加辛亥革命，曾任凌云县第一届议事会长、广西临时议会第一届议员。1913年，为讨袁护法，孙中山在广州成立护法军政府，王彭年任军政府内政部次长。1921年，王彭年回凌云任知县；1925年，任凌云县县长。而这一年，3月12日，孙中山病逝于北京东城铁狮子胡同5号行辕，终年59岁。临终前，他说的最后一句话是："和平、奋斗、救中国。"孙中山并留下三个遗嘱。其中国事遗嘱云："余致力国民革命，凡四十年，其目的在求中国之自由平等。积四十年之经验，深知欲达到此目的，必须唤起民众，及联合世界上以平等待我之民族，共同奋斗。现在革命尚未成功。凡我同志，务须依照余所著《建国方略》《建国大纲》《三民主义》及《第一次全国代表大会宣言》，继续努力，以求贯彻。最近主张开国民会议及废除不平等条约，尤须于最短期间，促其实现。"在给家人留下的遗嘱中，孙中山说："余因尽瘁国事，不治家产。其所遗之书籍、衣物、住宅等，一切均付吾妻宋庆龄，以为纪念。余之儿女，已长成，能自立，望各自爱，以继余志。"辛亥革命的胜利，奠定了孙中山伟大革命先行者的历史地位。孙中山逝世后，民国政府号召有条件的地方建立中山纪念堂。凌云县县长王彭年，追慕伟人，起而响应并发动县人捐助。1938年，凌云中山纪念堂在原广西泗城府土司衙署后花园破土而立，成为广西第二、百色唯一的一座地标性建筑。"中山纪念堂"五字为王彭年所写。

"革命尚未成功，同志仍须努力。"展厅正面墙上的孙中山彩色画像和画像两边的这副名联，展厅四面近百幅孙中山在各个时期的照片，令我遐思凝想。我想到广西也是全国的第一座中山纪念堂——梧州中山纪念堂。梧州的纪念堂是在时任西江善后督办、梧州善后处处长李济深的倡议下，于1930年10月建成的。梧州之所以抢风气之先，是因为孙中山为了北伐曾三次驻节梧州。我想到孙中山与广西之缘，想到广西各族仁人志士对辛亥革命的贡献。1907年3月孙中山在河内建立军事指挥机关，以越南为基地组织、发动了6次反清武装起义。这6次起义中，3次是在广西边境地区发动。这些起义虽然失败了，但为武昌起义的胜利积累了经验。友人、广西作家任君的长篇小说《铁血祭》即复活了曾参加过广西境内这几次起义的李德山、陆亚发、褚大等广西籍革命志士的形象，这些革命志士处身于延续了几千年的专制政体营造的如磐风雨和沉沉黑暗之中，不是嗫嚅趋趋，唯唯诺诺，甘做朝廷鹰犬或皇土顺民，而是为了做人的自由与尊严、为了再造一个新中国奋起搏击，以生命为代价撕开无边的黑暗天幕之一角，为夜色茫茫的中国大地引入一线黎明的曙光。

"危难无所顾，威力无所畏。"在中国历史重大的转折关头，广西人民作出了正确选择。这也是孙中山对广西情有独钟之原因。1921年10月15日，孙中山自广州"天字码头"乘"宝璧号"舰前往梧州，开始了取道广西督师北伐的历程。孙中山自10月17日抵达梧州，至1922年4月19日因改道赣南北伐而从梧州返回广州，在广西驻节了整整半年时间。在此半年间，孙中山还涉足南宁、昭平、平乐、阳朔、桂林等地，接见地方官员，会见各界人士，发表宣传演讲。10月17日刚到梧州，便委托胡汉民在欢迎会上代为宣读训词。孙中山希望广西"人人有民治之思想，出而负责，出而力行，务须达到毋求他人扶助地步，真正民治之精神，方能贯注"。在南宁演讲时，孙中山说：广西向称贫瘠。而"所谓贫瘠者，非真贫瘠。特人事未到耳"。广西同胞"不可放弃主人翁之资格"，"当共同负兴发广西利源之责任"，"以求公共幸福"。并说："广西需大借外债，以筑铁路、开矿山、树农场、兴工厂。此种种事业，皆获利之事业。尚能切实声明，用于兴利之途，则外人必乐为投资。惟只可利用其资本人才，而主权万不可授之于外人。"孙中山在后来撰写的《实业计划》一书中，对全国的港口、铁路和内河航道建设等所拟的规划，有不少内容是关于广西的。如在港口建设方面，孙中山提出在我国沿海地区要建设3个头等港即世界大港，4个二等港，9个三等港，15个渔业港。孙中山把广西的钦州港列为全国规划建设的4个二等港之一，认为钦州乃中国海岸之最南端，对于包括广西和云贵川在内的西南腹地而言，"直接输出入贸易，仍以钦州为最省俭之积载地也"。

沿着纪念堂的回廊走到堂后，见一方荷池。荷池被青松绿柳环抱。池心有一亭，名曰听荷亭。雨下得大了起来，密集的雨点击打在池水里，击打在荷叶上。仲秋的荷叶，有的仍翠青，大半已枯残。从回廊有一石板桥通往听荷亭。亭里有几位访客，或坐或立，或静默或交谈。"竹坞无尘水槛清，相思迢递隔重城。秋阴不散霜飞晚，留得枯荷听雨声。"李商隐的诗句油然浮现脑海。听荷亭旁听雨声，令人思念已远去而宛在的伊人。真正的伟人总是受到人民的真心爱戴。我想起2005年在巴黎问访安放着伏尔泰、卢梭、雨果等72位法兰西巨人肉体和灵魂的先贤祠，看到正门多根巨大的圆柱托举着的屋顶下一行刻写的法文："祖国感谢伟人们"，当时心中热流涌动……我想起母校中山大学。1924年，孙中山创立国立广东大学，并亲笔题写校训："博学、审问、慎思、明辨、笃行。"1926年，广东大学改名为国立中山大学。中山大学广州康乐园校园，至今矗立着一座孙中山铜像，那是孙中山的日本友人梅屋庄吉在1932年赠送给中国的4具孙中山塑像之一，按照孙中山的身高1：1复制。游览康乐园，孙中山铜像是必定瞻仰的。中大学子毕业留影，亦多选在孙中山铜像前定格。1923年，孙中山在岭南大学怀士堂（今中山大学康乐园内）对学生发表演讲时说："我劝诸君立志，是要做大事，不可要做大官。"孙中山还说，岭南大学之内，四围有花草树木的风景，洋房马路的建筑，这种繁华文明的气象，比校外的荒野景象，真是天壤之别呀。我们中国人现在每日至少有三万万人朝不保夕，愁了早餐愁晚餐，所以中国是世界上最穷弱的国家。大家想到国民同胞的痛苦，应该有一种恻隐怜爱之心。应该人人立志，担负救贫救弱的责任，去超度同胞。如果大家都有这种志愿，将来的中国，便可转弱为强，化贫为富……"立志要做大事，不可要做大官"这段话，至今镌刻于怀士堂，激励着中大的莘莘学子。

"尚余遗业艰难甚，谁与斯人慷慨同。"这是孙中山1907年悼挽第一个为革命牺牲的中国同盟会烈士刘道一的诗句，亦可视为孙中山在那段风云急遽变幻的历史时期艰困情境的自白。辛亥革命不彻底，孙中山不是完人，这在鲁迅的作品、毛泽东的文章中早已多次涉及，在今天更是国人共识。最为人诟病之一，乃1905年在日本东京成立的中国同盟会，以"驱除鞑虏，恢复中华，创立民国，平均地权"十六字为政治纲领，将清廷等同于满族，将满族加以蔑称并排除于中华之外。正如美国学者卡尔·瑞贝卡所批评：这种狭隘的以种族问题为中心的"中国性"，"这就承认了'人民'不必通过政治意识或革命行动主义来定义，而是通过本质化的种族—人种的类型来指明。这种中心化实际上为中国革命者卸下了从政治上动员'人民'的重任，因为它可以声称把一个自然化的排满主义作为革命的基础。"之后的革命实践，使得孙中山认识到"排满主义"显然不利于作为多民族国家的中国的统一，转而思考民族平等问题。他指出："异族因政治不平等，其结果惟革命；同族间政治不平等，其结果亦惟革命。革命之功用，在使不平等归于平等。"在《中华民国临时约法》中规定："中华民国之主权，属于国民全体。……中华民国人民一律平等，无种族、阶级、宗教之区别。"民国成立后孙中山特意会访原清朝摄政王载沣，对他能代表清朝政府和平交出政权、服从共和之举表示赞赏，并讲述民族平等的意义，表达要建立民族平等的新国家的愿景。辛亥革命并未终结中国的苦难和黑暗。然而，孙中山"推翻了清朝的统治，结束了中国两千多年的封建帝制，建立了中华民国和临时革命政府，并制定了一个《临时约法》。辛亥革命以后，谁要再想做皇帝，就做不成了。"（毛泽东语）孙中山领导的辛亥革命推翻帝制、缔造共和，开启现代中国民主政治的伟大功绩，昭彰日月，彪炳千秋。

"凌云山水美如画。"岭南画派大师关山月游凌云时发出如此感叹。而凌云中山纪念堂，召唤的是一种历史记忆和人文沉思，它比美丽的风景更让人深深地记住僻处云贵高原余脉山区的这方水土。

壮族乐师李果成

张仁胜

　　我愿意说李果成先生是壮人。其实此人一点不壮，相反较瘦，卷发清颜，长腿细腰，颇有几分闲云野鹤的高人风度。一般说来，我如果说谁是壮人，多是指其人是壮族人。例如说李果成先生是壮人，真实的意思是此人为生于斯长于斯并被壮族文化浸透多数细胞的壮族人。我在四十五年前第一次听李果成先生说话的时候，就认定此人是壮人。偷偷问旁人此公为何处壮人？旁人说是上林壮人，从此对上林二字留下印象并认定此地很壮。后查上林资料，上林百分之八十的人为壮人。上林二字，来自壮语译音，"上"与壮语"洞"近音，"林"系壮语"水"的谐音。上林意为有泉水流出的洞，即出水之处，因此得名。上林有一条风景优美的清水河，最

作者简介

　　张仁胜（1956—），山东黄县人，自幼生活在广西。毕业于武汉大学中文系。一级编剧，曾任广西文化音像出版社总编辑兼广西艺术研究所副所长，广西民族艺术研究院调研员，现已退休。代表作有大型彩调剧《哪嗬咿嗬嗨》（编剧）、大型风情壮剧《歌王》（导演）、儿童音乐剧（导演兼编剧）、歌曲《老王》（作词）、电视剧《那年秋天》（编剧）等。出版有《又过了一天》（小说集）、《张仁胜剧作集》（剧作选）、《广西当代作家丛书·张仁胜卷》等。曾获中国曹禺戏剧奖、全国少数民族戏剧剧本孔雀杯银奖、全国少数民族题材电视骏马奖、广西文艺创作铜鼓奖、广西精神文明建设"五个一工程"奖等。

作品信息

　　原载《歌海》2016年第4期。

后在来宾境内汇入有太阳河之称的红水河，然后流入珠江，最后成为大海若干朵浪花。清水河的水究竟是上林哪个山洞流出的泉水我没考证，但生于上林的李果成先生确实如清水河一样，在村庄为溪，流经上林若河，汇入南宁和北京时变江，最终在民族音乐之海中掀起优美而令人瞩目的浪花。

2015年7月，尊李果成先生嘱托为他的戏剧音乐作品集写序言的时候，最早在我耳边响起的并不是收录在这个集子中的壮剧音调，而是有着闲云野鹤外貌的李果成先生用永不悔改的上林人独有的壮族口音念出的师公锣鼓经，尤其是那些由舌尖发出的带有一点风声的钹声，不仅能听出两片铙撞击那一下的节奏，还能感受到铙片在撞击后接着在铙边滑出的那一点味道，真的是极具上林师公神韵。壮人两个字之所以首先闯入我的思维，是因为这两个字的重要性就像你想要看天下独步的壮族羽人图案必须首先观察在壮族地区出土的铜鼓一样，说是两个东西，但其实是不能分割开来去品鉴的一个整体。因此，说李果成先生的作品，壮人是个绕不过去的话题。就如同本篇题目中的"壮族乐师"四字，绕开壮族二字，你说不清乐师内涵。

其实，我不怎么清楚李果成先生在上林壮族山村的生活情况。大致是他的壮族母亲生了四个男孩，他和一个弟弟走出上林，还有二个哥哥终老壮乡，仅从这一点可以判断李果成先生的血脉与壮族从未中断。以前，听到李果成先生极有壮族特点的壮剧音乐时，从他和壮剧音乐水乳交融的状态做过一个猜测，李果成先生应该是从小生长在壮剧窝。待到某日求证李果成先生，结果令我大吃一惊——先生在离开上林之前，没在家乡看过壮剧甚至没听说过壮剧。他说清此事后，又说起自己从小放牛时拥有自制乐器一事，说时神情较为得意。得意到什么程度呢？谈话过程中，他跟我说他年轻的时候曾经有一个东南亚国家皇室公主追求过他，他叙述此次艳遇的得意程度，与他说自己与乐器相逢那一刻的得意程度相仿。那天，李果成先生坐在我的对面述说故乡这个话题的时候，我注意到他略显年龄的目光从镜片后依恋地投向了遥远的童年，做梦一样回忆着小时候把水牛赶到山坳吃草，自己守在坳口用蚂拐皮去蒙土造二胡琴筒或在竹子上挖六个孔做成一支竹笛，然后让整座山谷飘满了缀着牧牛少年梦幻的音乐的往事。太阳落山，牧牛少年将吃饱的水牛从峡谷中唤回，自个儿坐在牛背上吹着自制竹笛回家。这个回忆，成了李果成先生关于故乡幸福的最为暖心的桥段。热爱艺术是成为艺术家的第一步，李果成先生热爱艺术到何种地步呢？他说在他还是毛头少年的时候，没告诉家人，抱着自制二胡跟着一个杂技班子走了，义无反顾地去做一名杂技班的乐手。结果，在差一步离开上林的时候，被家人追上，家人扶犁的粗手提溜着他的衣领，把他拖回故乡老屋。人尽管被拖回去了，但是他的音乐梦想却随着杂技班飞出了上林。老歌海话说，机会总是给有准备的人的。若干年后，李果成先生果然因为放牛时拉过自制二胡，被南宁的桂西师范学校看上，于是他抱着土造二胡开启了他一走就是一辈子的音乐之旅。

李果成先生的音乐之路由一把自己制作的二胡开始应该是个事实，而且我知道他后来能成为壮剧作曲家跟他受到的二胡专业教育有莫大关系。但是，因为我听过李果成先生发表在这本集子中的几部壮剧的音乐，在写这篇序文时，依旧乐此不疲地想从他的壮人身份或者说他成长的环境再找一些他之所以成为壮族乐师的原因。

我去过上林，山清水秀的旷野之间一条山脉横亘在地球的北回归线上。这条山脉叫大明山，其主峰龙头山的高度为号称拥有十万大山的广西所有的山峰之首。大明山原名大鸣山，音同义不同。史料记载："每岁秋，烟云郁积，内有声似风非风，似雨非雨，似雷非雷，似波涛非波涛，或三五日或旬日乃止，名曰大鸣。"我的心怦然一动时，我又看到了在欧洲莱茵河中游峡谷的一个传说：在远古时代，有一位名叫罗累莱的痴情少女被情人抛弃，她决绝地跳入莱茵河，化为一位美丽的女神。每当旭日东升，她便坐在岩石上唱情歌，歌声从峡谷扶摇直上飘满天际。这种"天际怪声"被欧洲人称之为罗累莱女神之歌。后来科学家说天际怪声是"电荷微粒子团突然进入地球大气层，使大气中的分子和原子受到强烈冲击，使大气层产生一种高能的发光现象并同时产生一种低周波的震动声音"。这种说法或许科学，我却更愿意相信山之所以会鸣，都是为人的情感而鸣。大明山古名为大鸣山，此山是何人在鸣？为何意所鸣？李果成先生坐在坳口拉二胡，大鸣山发出的合鸣算是给他的二胡协奏吗？龙头这个形象难道对李果成先生最终成为壮族首席乐师是一种神秘的暗示？一切都是未知，只是于恍惚思绪中，影影绰绰地听到上林古老民歌飘来："壮人自古爱唱歌，从小唱到牙齿落。"这首上林民歌转化为李果成先生作曲的壮剧音乐，更具体的是壮剧《歌王》一个唱段的音乐："老子生来会唱歌，唱天唱地唱山河，唱得日月倒转走，唱得江河起风波"。这段音乐的背后似有大鸣山合奏之势。没错，李果成先生在"从小唱到牙齿落"的族群中长大，我想沿着他的故乡之声这条线摸清李果成先生一生的音乐之路。

李果成先生从会哭会笑时就受这些唱到牙齿落的壮人唱出的歌韵熏陶，这种壮族歌韵会左右李果成先生所有与发音有关系的神经系统，给日后李果成先生成为壮族乐师筑起一座与大鸣山等高的琴台。在这座琴台上，李果成先生不论在器乐中奏鸣还是在壮剧中歌唱，都会使命般地要求自己发出纯正的壮族之声。被壮族歌韵熏陶的壮人李果成，从出生起就在母亲的襁褓中看上林的开坛舞、游衣舞、五龙舞、请师舞、四帅押坛舞、四帅禁坛舞，从会走路就无数次地跟着师公的锣鼓和傩乐去完成那些神秘的驱鬼仪式。我估计儿时的李果成先生会去猜测师公那么神秘的声音到底从哪儿来？这种声音与大鸣山谜一样的声音为什么如此之像？他在大鸣山听到过大自然传出一种之为天籁之声的合鸣，那些画眉、草眉、锦鸟、山麻雀、草子雀、鹧鸪、竹鸡、五更鸡、火鸠、斑鸠、竹丝鸡、雉鸡、山鸡、大水鸭、小水鸭、鹩哥、黄莺、猫头鹰、猴面鹰、白灵鸡、大鹰鹞、飞虎、末花雀、彩雀、杜鹃、斑冠犀鸟、催春鸟作为合唱的某个声部都给少年李果成表演过；华南虎、狗熊、懒猴、金猫、金钱豹、黑叶猴、林麝、猕猴、熊猴、短尾猴、苏门羚、穿山甲、大灵猫、小灵猫、果子狸、五间狸、九间狸、豹狸、猪仔狸、黄猄、野羊、箭猪、豹仔、虎仔、狗熊、山猪、獐子、黑猴、黑熊猴、小黑熊猴、野猫也在这个合唱中作为若干个声部在少年李果成耳膜上完成了相当漂亮的和声。或许有人会质疑我关于他听过的声音中有华南虎的虎啸，那么，我负责任地说，在20世纪50年代初期，上林人确实打死过两只华南虎。华南虎灭绝了，李果成先生听到的大自然合唱远没有结束，在那个大鸣山飘来的合唱中，又掺入风吹过树林，溪水在山涧流动，轻雷在头顶滚过、雨点敲击芭蕉叶以及马蜂飞舞的种种天籁。我觉得天下很少有哪块土地比李果成先生家乡的大自然声部更多，因为很少有地方野生资源如此丰富。如果我这个说法有点过，那么换个说法，天下很少有地方会像李果成先生的家乡能发出如此和谐美妙的声音，我想，就算有些人不同意这个说法，至少李果成先生对这个说法是认可的。李果成先生的音乐记忆则是出奇的好，他的人生那些很高兴和很悲痛的时候，歌声或乐声都会通过那些从大鸣山开始的音乐记忆倾泻而出。古稀之年的李果成先生，在跟我叙述他长达七十余年的生命历程时，经常想不起涉及叙述过程的某位熟人的名字，每每这个时刻，他的面部都有一个老者因自己记忆力退化而产生的焦急而无奈的神情。在记忆力下降的日子里，李果成先生的音乐记忆依然好得惊人，他可以随口唱出他在半个世纪前写的《歌唱共产党　歌唱毛主席》这首歌，从旋律到节奏不打半点磕巴。如此，我经常怀疑，在离开上林数十年后的时间里，不管是拉二胡还是写曲子，只要他做与声音有关的事情，那些儿时在上林听过的声音都会在他的音乐记忆中浮现从而成为他的素材。我稍显文学地说一句，在李果成的音乐中，除了能听到画眉鸟啼鸣和华南虎长啸，还能听到那个因为会唱山歌而寻找到称心郎君的少女在若干个月夜所唱的山歌，听到指挥师公响器齐鸣的小鼓敲击出的节奏，最重要的是能听到那个壮族女人也就是李果成除了壮话什么话也不会说的母亲哄李果成睡觉的摇篮歌谣。当然，我还可以如同文学青年一样做稍显稚嫩的表达：在李果成先生写的壮剧音乐中经常能听到或者说嗅到大鸣山潮湿而新鲜的空气，能听到恍若大鸣山一万种有生命的动植物及李果成一万名族群一同吼出的大鸣之声。也许正是大鸣山的余韵如同水波，从李果成生下那天一直荡漾到他的古稀之年从未停歇，因而构成他在壮剧音乐中的壮腔壮调壮歌壮韵。我所以反复提到这些声音，是因为这些声音在李果成先生自觉以壮族乐师身份创作的壮剧音乐中完全可以感觉到。如此，我们才可能解释上林没有壮剧却出了一位壮剧首席乐师的民族学意义的原因——壮剧诞生与生长在山深林密并且歌比话多的壮族地区，能把壮剧音乐写得好的人，必须是从小听过大自然天籁之声和壮乡族人各种歌曲的那种人——只有生于斯长于斯并被壮族文化浸透多数细胞的壮人才能捕捉到纯正的壮剧神韵。佐证一下我的说法：前些年在美国纽约大都会博物馆台阶上，一个离开壮族地区七十余年早已定居美国的广西田林籍耄耋老人在与两名广西百色参观者擦身而过之际，偶尔听到了一名百色参观者给同行者说了一句壮话，耄耋老人顿时热泪盈眶。他的孙子问爷爷听到什么这么激动？耄耋老人吐出两个字：天籁。在壮乡长大的壮族人心中，壮族的声音就是天籁。像李果成这样操着从生到死也改不了壮族口音的人，即使从小没听过壮剧，但是，当他步入壮剧的行列后，凭他的声音记忆便可以发出天籁一般的壮族的声音，更何况他的音乐教育背景如此厚实，他被时代推动着坐上为民族操琴的壮剧首席乐师的第一谱台是顺理成章的事情。我之所以称李果成先生是壮族乐师，是听过了壮剧首席乐师在壮剧第一谱台上发出的若干声音后，觉得此人当得起此名。我知道这样尊崇他有人不服，但是，我写这样的序文确实无意让不服的人兴高采烈。我断定，李果成先生之所以超越许多不服的人坐上如同大鸣山主峰一般巍峨的壮剧首席乐师第一谱台，是因为这个卷发清颖的壮人根正苗红，这个闲云野鹤的音乐家有着强大而纯粹的壮族基因，他发出的乐音展现的壮族风格显现周正并且纯正的大鸣乐韵。

这部音乐集子收录了李果成先生创作的部分戏剧音乐。如果说今天我们在这部集子中看到是李果成先生写下的一些戏曲音乐，那么，若干年后的壮剧史看到的这部集子就是这个壮族乐师在壮族艺术长路上留下的一串脚印。当读者翻开这部著作时，我将与你们一同继续寻找李果成先生取得如此令壮人骄傲的艺术功绩的一些关联原因。我们都明白，要成为声名显赫的壮剧首席乐师，仅用一把土制二胡与大鸣山的声部完成童年组的协奏是远远不够的。

搜索百度百科词条，关于李果成先生的介绍有二百六十多个字：作曲家。壮族。广西上林人。1961年毕业于中央音乐学院。原广西壮剧团团长。中国音协会员，广西音协第六届理事。代表作品有《了罗山歌》《铁道兵斗志昂》《歌唱共产党　歌唱毛主席》。壮剧《红岭壮歌》《瓦氏夫人》《羽人梦》《酒醉英雄》《月满桂花江》，创作了壮剧音乐作品30余部。壮剧《羽人梦》《月满桂花江》和《酒醉英雄》《歌王》分别获广西第二、第三、第四届剧展优秀音乐创作奖，《歌王》1996年获中宣部"五个一工程奖"、文化部音乐创作"文华奖"。壮剧《瓦氏夫人》由广西电影厂录制。壮剧唱腔、曲牌已收入《中国戏曲音乐集成·广西卷》。其中，"毕业于中央音乐学院"九个字，无疑是我搜出来关于李果成先生能成为壮剧首席乐师的又一原因。事实很清楚，当李果成在大鸣山听过的天籁与中央音乐学院老师传授的乐音体系发生关系时，壮族乐师中的那个"乐"字便开始了有朝一日发出壮族黄钟大吕之音的化学反应。

在艺术教育如此普及的今天，广西一个考生考上中央音乐学院民乐本科依然是比范进中举还难的事情。在 20 世纪 50 年代，从广西坐火车去北京约两天两夜，我很难设想一个在坳口丢下水牛吃草自己埋头制作乐器的壮族牧牛少年走进位于北京鲍家街 43 号的中国最高音乐学府时是什么心情。我只能猜测，在李果成先生接到中央音乐学院录取通知书那些日子，他与他远在上林的李氏家族都沉浸在一种祖坟冒起青烟的感动中，只有在坳口听过李果成先生自制二胡的那头老水牛听到大鸣山连续几天都出现似风非风，似雨非雨，似雷非雷，似波涛非波涛的乐声，这个声音似乎跟那个要去北京的上林壮族乐师的未来有某种神秘联系。李果成先生坐上北去列车那个年代，以民间形式存活了三百多年的壮剧正在矮马的故乡成立国营右江壮剧团，只是右江壮剧团不知道有李果成这样一个上林壮族人。提着二胡在北京站下车的李果成也不知道千里之外成立了右江壮剧团。历史的某些细节总是显得意味深长，李果成赴京的时间和这个壮剧团的成立都是 20 世纪 50 年代的事，仅仅过了不到二十年，两个打着壮族印记却毫无关系的细节成为壮剧发展史上的核心情节。

20 世纪 50 年代末的一天，秋高气爽，壮族青年李果成先生背着一把二胡从南宁至北京的 6 次列车走下北京站的站台。此后的许多年，除了李果成死不悔改的上林壮族普通话，他与壮族几乎没有什么关系，更无从知道自己后半生的荣辱会系在壮剧这个他从未注意过的剧种身上。他在鲍家街 43 号拉的那些二胡曲，基本都是汉族传统经典二胡曲目，例如《江河水》《二泉映月》《平湖秋月》，虽然都涉及水，那也很难让他回想起上林的意思是个有泉水流出的洞。我由衷地佩服 20 世纪 50 年代国家对少数民族艺术人才的重视与培养，例如李果成先生在桂西师范这样级别的学校学习了几年二胡演奏，便可以去读中央音乐学院本科。在那个十分重视民族进步的年代，国家配置了很多艺术教育资源办了许多少数民族艺术人才班，李果成先生就读的这个班竟然一口气招了5个广西少数民族艺术人才学习民乐演奏专业。这些民族班毕业的学生多数回到民族地区，成为推动本民族艺术发展举足轻重的力量。其中代表性的人物除了李果成先生，我还要专门说出壮族音乐大师范西姆先生的名字。多年以后，我去瞻仰殿堂级的中央音乐学院，在那些旧得有些沉郁的老式楼宇前，作为一个在壮族地区艺术界生活了近半个世纪的山东汉人，竟然涌上感谢这座学府对壮族音乐做出的伟大贡献的冲动。

李果成先生在中央音乐学院时，不管是听中国教授在钢琴边讲授的视唱练耳和曲式分析，或是听苏联教授用俄语讲授诸如古曲乐派和浪漫乐派和声的同与异的课程，还是一年四季都会听到的小提琴、大提琴、小号、圆号、拉管、黑管、双簧管、长笛、巴松和定音鼓等没完没了的基础练习声，都成为李果成先生日后成为壮族乐师的关键声音构成。他那个听惯了大鸣山各种自然之声的耳朵从那个时候起，逐渐变成了一个级别很高的专业音乐家耳朵。有一个关于李果成先生耳朵的传说，当然也可能是别的音乐家的事儿套到了李果成先生头上，都一样，因为这是个关于音乐家耳朵敏感度的传说。说是某位刚招进歌舞团的小提琴学员很刻苦，半夜还在拉开塞练习曲，忽然听到李果成先生在楼上怒喊："十二点啦，还拉什么拉啊！"学员被李果成先生的愤怒吓坏了，赶紧收琴。结果，到了下半夜四点多钟，依然没睡着的李果成先生又从楼上窗子探出头来，朝楼下小提琴学员所住的房间喊出自己愤怒的真正原因："何况那个4（发）还不准！"小提琴学员终于明白，这个拉不准的4（发）才是令楼上李果成先生怒气爆发的导火索——不准的乐音带给音乐家的痛苦不亚于灌辣椒水和坐老虎凳。李果成先生在中央音乐学院系统学习了音律、记谱法、音阶、音程、和弦、听感、时值、节奏、节拍、调性、调性变换、旋律、和声、对位、复调、曲式、乐器法、配器法这些作曲家必须掌握的乐音体系，这个乐音体系在未来的某一天会跟大鸣山的乐音体系勾兑成一缸壮剧音乐的大酒。对于像壮剧这样一个生在深山长在深山的剧种，这个勾兑者除了在中央音乐学院学习过的壮人李果成先生，别人似乎很难承当。更准确地说，但凡受过李果成先生那样水平音乐教育的艺术家很少有人愿意到这样的剧种做这样的承当。

可见，李果成先生的艺术教育背景是他成功的另一要素。我有一个证据，证明李果成先生在中央音乐学院的学习与他成为壮剧音乐大师有关：李果成先生童年时接触的广西民族音乐和他在中央音乐学院所受的音乐教育是相隔非常遥远的两种音乐，在北京受音乐专业训练的这些年，这两种音乐把他训练出一种纯粹属于他个人的音乐感觉。这个训练如同一颗种子在二十多年后开花，结出的硕果就是李果成先生在进入壮剧音乐后，他对壮剧音乐做的最大贡献就是把北路壮剧和南路壮剧两类相距甚远的壮剧唱腔汇合成了一种从专家到观众都认可的壮剧音乐整体。我估计有些同行对我说李果成先生是壮剧首席乐师有些不以为然，我建议这些同行去看一下《中国戏曲音乐集成·广西卷》收录的与李果成先生有关的壮剧唱腔、曲牌。其实，同行只要心平气和地想一想，仅是将北路与南路二种壮剧唱腔捏成一体这一个尝试，李果成先生就当得起壮剧首席乐师的美誉——中国戏曲中的"曲"字是中国所有剧种的"种魂"，许多剧种的发展史都证明，对剧种之魂的"曲"做出较大贡献的人物往往被称为剧种发展里程碑式的人物。

但是，那个年头的李果成先生自己也未必认识到他在中央音乐学院的学习对广西的壮剧音乐有什么意义。我估计李果成先生眼下还会怀念自己意气风发地从鲍家街43号毕业出门的日子。北京文化官员很有眼光，看到一个聪明而刻苦的壮族青年二胡拉得不错，他们没让壮族青年回广西，而是把他分去名扬天下的东方歌舞团当乐手。是的，那时的李果成先生只是普通乐手，距离壮剧首席乐师的第一谱台尚有相当长的路要走。据说捧着二胡的李果成先生坐在国家级团体乐池的时候，他的余光有很多时候越过指挥的手势，投放在东方歌舞团那些美得令人眩晕的舞蹈女演员身上。虽然李果成先生那时写出《铁道兵斗志昂》这样时代气息浓郁的革命歌曲并产生不小影响，但那时的他正值青春勃发之年，除了为舞蹈伴奏，还想对舞蹈女演员发出一些比较柔软的声音。可惜，东方歌舞团时期的李果成先生没有发生诸如我这类境界不高粉丝更关心的爱情八卦。已达随心所欲不逾矩年纪的李果成先生，在头发花白的时候对爱情问题表现得极其坦然。例如，他跟我说过年轻时的他跟一个非常漂亮的姑娘在一张床上睡过一个晚上，那晚的李果成先生在内心犯了一百零八回作风错误，双手却自始至终放在自己身体两侧，严格继承了古代贤人坐怀不乱的传统。李果成先生对我说这个事的时候，他的太太林老师就坐在对面，但是，年逾古稀的李果成先生一点也不掩饰对自己在那个晚上行为方式遗憾终生的感慨，而林老师也极其自然地露出欣赏李果成先生这种坦然的笑容。我说爱情八卦，并非思想不健康，而是我要说明李果成先生对爱情的坦然或者一辈子没放弃对爱的追求的态度直接影响了日后他在壮剧爱情桥段时的音乐处理。看过壮剧《歌王》的人都知道，在处理"刑场笑谈风月事，刀丛窃取女儿心"一段唱的时候，男主角刀架脖子还不忘勾搭女主角的唱腔表现出极其动人的浪漫情怀，我很怀疑这份浪漫有很大成分是李果成先生对自己在年轻时在情场留下的遗憾做出的艺术补偿，这种补偿在创作心理学中是有说法的。他自己可能也不知道，作为上林大鸣山之子，他的爱情只能发生在壮族女人身上，事实上……他后来的事儿我就不说了，因为我说到李果成先生此生最重要的阶段了。

我不知道李果成先生是什么原因从东方歌舞团调到了广西歌舞团，或许是他的夹杂上林口音的普通话跟北京人的卷舌总说不到一个调上，或许是他的情感永远不能跟那些北方女演员在一个频率上振荡，或许是组织或边疆建设需要，或许是自己有为家乡贡献青春的政治觉悟，或许他想吃南宁老友粉，我只知道李果成先生确实从东方歌舞团调到了广西歌舞团。初回广西的李果成先生卷发如黑云，有些东南亚特征的面孔和比较讲究的穿着使他在外形上经常被人误认为是印尼归侨，加之在中央音乐学院和东方歌舞团练出来的翩翩风度，估计那时的李果成先生在广西歌舞团会成为未婚女演员的主要目标。奇怪得很，和李果成先生同住文化大院，没有听说李果成先生年轻时期有什么风流韵事，倒是听说他那个时期创作了一批以《了罗山歌》为代表的艺术歌曲和器乐作品。这些作品对李果成先生壮族乐师的地位或许不那么重要，但是，对壮剧却很重要。这个壮族人写壮族音乐作品表现出的天赋，让对壮族音乐较为敏感的壮族地区文化官员眼睛一亮。于是，广西歌舞团的李果成先生成了广西壮剧团的李果成先生。这个广西壮剧团，就是在李果成先生去北京深造时的那个右江壮剧团。也正是从这个时候起，担起壮剧作曲的上林壮人李果成先生，真正开始了他成为壮剧首席乐师的生命历程。

乐师，在一般人眼中似乎是操琴者的同义词。李果成先生的确拉得一手好二胡，但是，操琴者却不是我所说的乐师。历史上最大牌的乐师无疑是孔子，不仅能鼓瑟、吹笙、击磬、唱歌，史料还这样记载作为乐师的孔子的事迹："晚年回鲁国，鉴于周室礼乐废、《诗》《书》缺，从事正乐。他曾说：'吾自卫返鲁，然后正乐，《雅》《颂》各得其所。'并在整理以后，使《诗》'三百五篇'，都能和乐弦歌。"我古文不好，猜测这段记载的意思是孔子从卫国回到鲁国后搞了音乐创作，让《诗经》中《雅》与《颂》的音乐走上正道。从此以后，《诗经》里三百零五首的诗都有乐谱了。孔子为何下大功夫去承担乐师工作呢？这是因为在孔子眼里，乐师的意义远远大于操琴奏乐，有国师之义，因为国家"兴于诗、立于礼，成于乐"。我无意把李果成先生跟孔子相提并论，但是，孔子从卫国到鲁国做的音乐工作好像跟李果成从歌舞团到壮剧团做的音乐工作有点相似。同时，我想说明乐师不是操琴者，而是某国、某族或者某艺术门类最高点的音乐坐标。

我说李果成先生是壮剧首席乐师，是基于他的壮剧音乐创作代表了壮族这个民族在戏剧领域的最高水平。壮剧的主胡是马骨胡，琴筒极小而琴声巨大。我有时形容稍显瘦弱的李果成先生天生就是一把马骨琴，因为他只要开口一唱便有马骨胡音韵弥漫开来。自从李果成先生调到壮剧团担任作曲然后担任团长后，他这把用生命制成的马骨胡便成了壮剧这个剧种形而上意义的主胡。一年年过去，一个个大戏小戏上演，壮剧团随着李果成先生这把马骨胡的旋律渐渐走上中国戏剧的大台面，让戏剧界同仁对这个十分土俗却十分强大的剧种产生极大的敬意。当然，我这么说的时候绝没有抹杀编剧、导演、演员、舞美对壮剧所做出的杰出贡献，我只是想表达李果成先生是壮剧首席乐师这句话的含义——以一个纯正壮人的声音创作出壮族纯正的戏剧音乐并被整个戏剧界承认。我有个预感：李果成先生的这个壮剧首席乐师的音乐将影响到壮剧这个剧种在未来的生长及生命长度。我这样说，是我认为李果成先生的壮剧音乐创作不仅是为一个剧目写的旋律，更是为这个剧种的音乐发展找到了一条前行的正道。这部壮剧音乐作品集，可以证明我关于李果成先生是壮剧首席乐师的说法绝非言过其实。

我是壮剧音乐的门外汉，而对李果成先生在壮剧音乐的评论早有专家做过专业化的分析，例如王海波先生在《当代广西》发表的《守望壮剧——记壮族音乐家李果成》一文就对他的壮剧音乐有深度解读，我就不做狗尾续貂之事了。不过，既然是为李果成先生的这部戏剧音乐集子作序，我还是以外行身份说说我对李果成先生壮剧音乐的笼统印象。

我认为李果成先生壮剧音乐写得好，与他的文学功底扎实有直接关系。李果成先生看一个剧本，往往会对诸如主题、故事、风格、结构、节奏、人物、性格、情节、细节文学性元素看得很清楚，他的文学感觉好到什么地步呢？这个作曲家除了大量阅读文学名著外，还可以自己写剧本并且写得不错，壮剧《马骨胡之梦》的剧本便是李果成先生的文学作品之一。因此，兼具文学和作曲能力的李果成先生的唱腔设计把叙事性与抒情性结合得极强，他很善于用音乐的好听来帮助二度创作把故事讲得好听，还会贡献一个与戏剧主题浑然一体的音乐主题，这个主题往往形象鲜明并且气势宏大地贯穿全剧。以我一孔之见，李果成先生戏剧音乐的文学性是他区别于一般作曲家的重要方面。他的文学性表现在他的作品有文学作品般的清晰结构，表现在他的作品有小说叙事节奏般的准确速度，还表现在他那些如文学名著经典般的人物音乐形象，尤其表现在他总有一个结合戏剧冲突的音乐结构来担负人物性格塑造和强化矛盾冲突的有力手段，总能将自己的音乐设计与剧中唱词的文学风格形成风格基本一致的音乐风韵，如此，他的音乐才能创造性地帮助导演及演员乘着有文学意味的音乐翅膀飞至全剧要达到的主题之巅。为此李果成先生有时对自己的音乐有些骄傲。

我认为李果成壮剧音乐写得好，与他对壮剧素材的开掘够深和兄弟剧种的巧妙借鉴有直接关系。不论南路或者北路的壮剧唱腔，还是壮族民歌以及师公戏等，一旦剧情或情绪需要，这些壮族素材李先生便会手到擒来，写出的音乐能做到各种壮族元素结合得天衣无缝并有推陈出新功效。李果成先生的另一个好处是他有能力把自己的创作风格与壮族风格融为一体，往往是越李果成风格的时候那音乐听上去就越"壮"，越"壮"的音乐张扬之时恰恰就是李果成艺术风格彰显之际。同时，稍稍分析一下李果成的戏剧音乐，发现他从京剧、桂剧、彩调等兄弟剧种学到了不少音乐手段及观念。例如李果成在音乐主题提炼等方面对京剧现代戏的学习是很成功的，他笔下的主要人物唱段与戏剧主题的音乐提炼往往能够提炼出一个既传统又现代的壮剧音乐形象。有人说了，壮剧与京剧八竿子打不着，关系点在哪儿？这说法忽略了近几十年的中国戏曲史。在20世纪60年代至70年代，中国真正在戏曲音乐研究与创新之路上走得最成功的只有京剧。以京剧现代戏为代表的戏曲音乐改革让京剧有了较大发展，而包括李果成先生在内的许多地方剧种作曲家在那个时期都受到极大影响，这个影响到21世纪尚未结束。事实上，20世纪进行的京剧音乐改革所产生的戏曲音乐观念对五十岁至八十岁这个年龄段的各剧种作曲家的影响之大，今天还在影响着中国戏曲的新创作剧目的音乐。这个影响有好有坏，李果成先生难得的是他汲取的是好的一面，因此，他有时候会很佩服自己聪明的脑袋，用他的话说就是一个字："新"，李先生说的是上林普通话，因此，这个读音"新"的字，真实含义为"精"。

我认为李果成先生壮剧音乐写得好，是因为他有用整个童年积累下来的大鸣山的天籁记忆。听李果成先生的壮剧，让人会想起大画家黄永玉先生的一句话："真诚比技巧重要，所以，人没有鸟儿唱得好听。"同样热爱绘画的李果成先生碰到喜欢的年轻人会亲热地叫对方为"你这个鸟仔"，其实，他自己才是一个来自上林大鸣山的鸟仔，在壮剧的大树上真诚地唱了一辈子。于是，他的旋律充满了山情野趣，犹如山风在他失恋的时候帮他吹出来一段哀怨的旋律，犹如泉水在他恋爱的时候帮他流出来一段优美的旋律，至情至性至趣，透出一种原汁原味的壮族原生态之美。李果成先生肚子里的山歌旋律多得让人嫉妒，随口而出的山歌让人相信这是个从来没走出过大山的土人。另一方面，说李果成先生的旋律好，还得说他能把传统壮剧的唱腔化为极其优美的旋律，美到不像话的地步却依然保持让壮剧老艺人夸奖的壮剧原味。他的壮剧音乐还得到国内戏曲音乐界的认同，证实了越是民族的越是世界的这一老掉牙的说法有理。但是，如果李果成先生只有大鸣山的天籁记忆和壮乡的音乐记忆，他与他的两个终老壮乡的哥哥区别不会很大。他之所以成为壮剧首席乐师李果成，是因为他是广西戏曲界少有的受过中国最高学府以西洋乐音体系为基础的音乐训练的戏曲作曲家。研究李果成先生的壮剧音乐，你会发现他的壮剧音乐即使用西洋音乐理论来评价，不论技法还是和声，依然可圈可点。听李果成先生的《歌王》《瓦氏夫人》《马骨胡之梦》等壮剧音乐后你就会明白，不是受到过严格西洋乐音体系训练的音乐家，难以把如此土俗的原始音乐汇入如此严谨的现代乐音体系中。据我所知，李果成先生的壮剧音乐很适合用规模宏大的西洋交响乐队与马骨胡互为演奏，我亲眼见过广西歌舞剧院交响乐团坐在壮剧团排练场为壮剧《歌王》担当伴奏。当七十余件西洋的乐器与一把壮剧的马骨胡交相辉映之时，尽管那天排练场外下着大雨，但是，当《歌王》完成戏剧转折处到C那个高音的一刻，交响音乐轰然大作之时，排练场刹那间洒满灿烂而辉煌的阳光。是的，李果成先生笔下的马骨胡与交响乐队的和声进入全剧高潮时，你能使用的形容词只有一个——太阳！此时，你再观察坐在一角闭目聆听自己音乐的李果成先生，你才明白，这个一动不动的壮人，在写这个戏的音乐时一直在燃烧自己，终于把自己的音乐燃烧成光芒四射的太阳。

好了，对一个序文来说，已经写得太长了。收笔前想跟李果成先生再说几句：李先生，你以这部集子中的壮剧音乐证明你是壮剧首席乐师，这一点不用我继续用文字证明。你的族群从古至今一直生活在大鸣山和有十万大山的广西，在这样的地方生存的族群如果没有歌声，你的民族会寂寞；如果有了歌声，没有一个乐师把这些歌声替民族传扬并让世界听见，你的民族会落寞。于是，你的民族用族人和自然发出的所有声音养育了你的音乐之灵，你的国家用整个国家顶级的音乐教育培育了你的音乐之魂。为此，你担负起了为你的民族、国家让你做一名乐师的重任并担着这个重任走了很长的壮剧音乐之路。因为你写的壮剧音乐，你无愧于你的民族和国家对你的期望。你的音乐因为继承了祖先的血脉会永远传承在民族的记忆中，你的音乐因为写到了如此高度一定会在中国戏曲音乐史上留下关于壮族音乐的记载。

因此，我说你是壮族乐师！因此，你就是壮族乐师！

| 创作评论 |

自20世纪80年代以来，在中国南方喀斯特地貌上成长起了一批文艺家，他们的作品就像他们赖以成长的喀斯特地貌，奇崛玄妙，灵性盎然。作为文坛桂军的一员，张仁胜同样秉承八桂大地的奇崛玄妙、盎然灵性，但于此之外，他还有着多数八桂作家罕有的刚健清新、博学厚重的气质。印象中，张仁胜成长于八桂，祖籍为北方。果然如此的话，这或许就是其创作南北兼容，阳刚与阴柔并重的环境基因来源。

——黄伟林：《剧作家张仁胜创作漫议》，《歌海》2015年第4期

| 作者自述 |

从1981年发表短篇小说《涓涓泉流》至今，我从事过相当长时间的中短篇小说、诗歌、散文、歌词等文学形式的写作，还从事过数量相当大的广告文案、电视专题片、文艺晚会的撰稿。但是，真正赖以为生的却是剧本创作。所谓赖以为生，是指我是靠从事编剧职业获取工资。同时，在我的创作中，各种艺术门类的剧本占的文字量是最大的。粗略算算，大概有一百几十万字，这些字数主要是靠写作电视连续剧撑出来的。当然，我写的也不都是电视连续剧，我还写过一些戏剧剧本、广播剧剧本和电视电影剧本。这些作品显然比电视连续剧在我心中分量重一些。

——张仁胜：《广西当代作家丛书·张仁胜卷·后记》，载张仁胜《广西当代作家丛书·张仁胜卷》，漓江出版社，2004，第346页

难忘的回乡之路

黄继树

　　1968 年 6 月中旬，那是"文革"中广西最动乱的时候。我从部队退伍回桂林，一时无法安置，便临时决定先回故乡永福县寿城去暂住一段时间。那时，桂林到寿城还没有公路直达，必须从桂林乘坐火车到鹿寨县城，再转汽车到寿城，虽然交通不便，但五个多小时可以到家。不料，此时火车和汽车均已停运，桂林城中"武斗"枪炮连天，我在桂林举目无亲，被迫临时搭上一辆开往阳朔的翻斗卡车逃离桂林。赶到阳朔后，我直奔汽车站，但车站里空荡荡的，我只好到公路边等候。直到快天黑，才碰上一辆卡车，车上挤满了逃难的人，我也挤了上去。车开到荔浦县城，我投宿于一家名叫"东方红"的旅店。

　　可是，一连十几天，荔浦到鹿寨的班车都没有开通。我开始着急了，又住旅店

作者简介

　　黄继树（1943—），生于广西永福县。一级作家。1959 年考入广西师范学院附属中学，1962 年高中毕业后参加中国人民解放军。1968 年复员。曾任广西作家协会副主席、桂林市文联主席、桂林市作家协会主席、桂林文学院院长等职。著有《第一个总统》（与人合著）、《桂系演义》、《败兵成匪：1949 到 1952 年的剿匪往事》、《北伐往事》等。其中《第一个总统》《桂系演义》分别获首届和第二届广西文艺创作铜鼓奖。

作品信息

　　原载《广西文学》2016 年第 7 期。

又吃客饭，身上带的钱已所剩无几。一天，我正在荔浦县汽车站门前徘徊，碰上一位自称鹿寨人的中年男子。他也急着赶回去，还说荔浦到鹿寨不到一百公里，骑单车一天可以到，他说他能在荔浦借到两部单车，问我是否愿意与他同行。我回乡心切，便说只要有单车就行。

第二天早晨，我们每人骑上一部单车，从荔浦向鹿寨进发。走了一个多小时，只听身后有汽车的轰鸣声，我回头一看，只见一辆解放牌卡车驶来，车上有几名武装人员。我忽发奇想，决定强行搭车，便将单车往路中一横。卡车上的人猛喝一声："干什么？"我忙举着证件跑过去联系，请求搭车。车上的人看了我的证件，又盘问了几句，一名持枪的人把手一挥："上吧！"我和我的这位临时同伴，把单车扛到卡车上。上了车后才知道，对方是柳州某派群众组织。持枪的人说："你们搭车可以，但要帮我们干活。"我问："干什么活啊？"他说："到时你就知道了！"我看他们手上拿着枪，心想要是把我们拉去搞"武斗"就坏事了。

不久，车子离开了公路，拐进了一个小村子。他们要我们跟着一起下车，原来是要我们帮他们去扛晒干了的牛皮。那些水牛皮、黄牛皮晒干后捆成了一扎一扎的，又硬又臭。我问："拉这些臭牛皮去做什么？"他们说，扛回去做防御工事。这牛皮很坚韧的，子弹不容易打穿。他们柳州已经发生"武斗"了。我们只得帮着扛了十几捆臭牛皮上车，搞得一身都是牛皮牛毛味。搬完了又上车，车开到鹿寨县城后，我们下车，他们往柳州去了。

我的这个临时朋友，他家是鹿寨街上的，我把单车交还给他。他邀请我在他家住，我辞谢了，找了家小旅社暂时住了下来。一住又是十天，火车没有，汽车也没有。我整天无聊，到处闹哄哄的，大字报啊，造反啊，闹得没有一天安静的。这些我都不在意，最可怕的是：我没有钱了！因为我出来这一趟，没想到会那么长的时间，钱都快花光了，被困途中，回乡却遥遥无期，身处异乡，无亲无故，想借钱也没处借。怎么办？我开始节食。由一天吃三餐变成吃两餐，由吃两餐变成吃一餐。

鹿寨县城旁边有一条江，江上有个轮渡，当时还没有桥。汽车就从轮渡上过江。过了江后，公路进入四十八弄中的中渡小镇，然后进入永福县的三皇乡，再走三十多公里，就可到达我的故乡寿城。为了等车回去，我每天早晨交了头天的住宿费后，就到街上吃一碗米粉，然后就提着我那简单得不能再简单了的行李包，到江边轮渡去等车。

我在那轮渡边等了一天又一天，等到后来的那一天，我心里突然紧张了起来，交完昨天的住宿费后，我身上只剩几毛钱了。再等下去不但没钱交住宿费，而且连吃饭的钱也没有了。那一天早上，我摸着衣袋里的几毛钱，狠了狠心，去吃了一碗米粉，就提着行李包到江边的轮渡去等回家的车。希望奇迹出现，能搭上一辆顺路的车回家去。一直到黄昏时分，我盼望的奇迹仍没有出现。这时我的肚子饿得咕咕直叫，正不知何去何从的时候，忽听有汽车轰隆隆的声音，一路烟尘滚滚而来，一辆解放牌卡车轰轰地一下子冲到渡轮上。我一看车门上印着"寿城粮所"四个字。真是天无绝人之路，这正是我故乡寿城公社粮管所的车啊！卡车上满载粮袋，我马上冲到渡轮上，对司机说："我是寿城的，现在要回家，想搭你的车。"司机说："搭车可以啊，不过驾驶室坐不下了，只能坐到车厢的麻袋上。"因为驾驶室里有他两个亲戚，一个是来鹿寨县医院治病的病人，一个是照顾病人的老妇人。

我爬到车厢的麻袋上坐下，这下心里才算有点安定了。当时的路况很差，汽车的速度很慢，车子开到四十八㟖时，天黑已经很久了。这里曾是广西历史上有名的大匪巢，穷山恶水，人们谈匪色变。1952年解放军将土匪剿灭后，社会秩序才得以安定，即使深夜行车也安全无妨。

汽车在黑沉沉的群山中孤寂地行驶着。我躺在粮袋上，搂着饿得咕咕叫唤的肚子，昏昏然睡去。不知走了多久，我被一阵猛烈的颠簸震醒，只听汽车无可奈何地号叫着，却不能前进半步。司机下车一看，糟了！车轮陷到路面下去了，怎么也爬不出来。司机决定卸车，要我和他一起把车上满载的粮袋卸下来。粮食搬下来后，车子放空了，但由于车轮陷得太深，车子还是爬不出那道陷坑，司机急得像热锅上的蚂蚁一般围着车子直转。黑暗中，我见不远处似有个小村子，我就摸黑朝村子走去借工具。那村子在夜色中看起来不远，但摸黑走起来，却走了半个小时才到。老乡见我穿着一身军服，又听说是"公家"的车出了事便爽快地把铁锹锄头借给我。

来到陷车的路上，我和司机又挖又铲，再填上石头，司机终于把汽车开出了陷坑。我去还了工具，回来后才发现还有麻烦事，那卸下的粮食还得一袋一袋地重新装上去。坐在驾驶室里的两个人，一个是病人，照顾病人的又是一个老妇人，他们根本帮不上忙，这下全靠我这个饿了一天肚子的人充当搬运工了。司机害怕重蹈陷坑，不敢把已开出三四十米的空车倒回来。我只得咬紧牙关，把百斤重的粮袋一袋一袋扛过去，放到车上。司机站在车厢里，把我扛上去的粮袋一袋一袋码好。当全部粮食重新装好后，汽车又开动了。

我躺在那些装着粮食的麻袋上，肚子饿得钻心直疼，浑身像散了架似的，从来没感到这么饿，这么累啊！但一想到终于可以回家了，心里不觉感到一阵莫大的慰藉和兴奋。当一个人在走投无路的时候，还有故乡可回，有一个精神的和现实的故乡作为自己人生旅途的归依之处，这应该是多么幸福的事啊！想起这些，我虽然身心无比困倦，但却已毫无睡意，坐在粮袋上，看着两条雪亮的车灯劈开浓重的夜色，计算着越来越近的回乡之路。

当车灯映照出一大片暗绿色，一棵巨大的百年古樟树突然出现在我眼前时，我不由一阵惊喜，忙拍打着车厢告诉司机：

"到了，请停车！"

卡车缓缓地停了下来。我提着行李包，跳下车，谢过司机之后，卡车往前开往粮管所去了。我上前用手抚摸着大樟树古老苍劲的树身，真有故人久别重逢的无限亲切。这棵老樟树，谁也不知道它的真实年龄。小孩子们自懂事后就看见它有这么大，一直到变成八九十岁的老人，见它仍是这么大。树身有数围之粗，浓荫覆盖，赶圩的人常在树下歇脚，树周围的一大圈青石被坐得光滑发亮。寿城是历史上著名的长寿之乡，有许多长寿的遗迹，这棵古老的大樟树就是一种长寿的象征。我的家，离大樟树只有一公里，从公路右边一个岔道拐过去，十几分钟就到了。

我离开大樟树，提着行李包，踏上了那条回家的岔道。这时已是凌晨三点多钟，夜色朦胧，田野里静悄悄的，我家的村子房屋已隐约可见。我忽然恐慌起来，回家的迫切心情和兴奋的情绪顿时消散。我十分害怕见到我的父亲。唐人有诗："近乡情更怯，不敢问来人。"这是我当时心里的真实写照，但在这深更半夜，却又没有"来人"可问！

我在路边的一个岭坡上坐了下来，又饿又累，心里五味杂陈。如果此时有人看见我这个模样，一定认为我是一个典型的落魄者。我坐在岭坡上，呆呆地望着近在咫尺的家，回想起心酸的往事。

1959年夏秋之际，我从寿城中学初中毕业，考上了远在桂林的广西师范学院附属中学（今广西师范大学附中）。父亲看到我的录取通知书，高兴得不得了，从他那灿烂的笑容中，可看出他对我的无限期望。

寿城是一个古老的城镇，已有一千多年的历史，古时为永宁州的州治，辖永福、义宁两县。民国年间为百寿县县治，1952年与永福县合并后，寿城是永福县所属的一个乡镇。寿城四面环山，中间是一个富饶的盆地，向有"水旱无忧三千垌，十里常逢百岁人"的美誉。古镇上保存完整的明代永宁州古城和宋代的"百寿图"石刻，更为古镇增辉添彩。但寿城的对外交通被四周大山隔绝，古时只有一条修筑于隋朝时的古驿道北通桂林，南通宾（州）、邕（州）、庆远（今河池）。我到桂林去上学，必须翻越"上七（里）下八（里）"的一座大山崇江界，当天要步行五十多公里，到永福县城的火车站，再赶上下午六点多钟的火车，坐一个多小时的火车才能到学校。1959年9月中旬的一天早晨，天还没有亮，我离家踏上了到桂林的求学之路。父母亲站在大门口，一直望着我上路，这是我第一次远离故乡。父母亲对一个十几岁初中毕业的孩子独自一人踏上远途，又要穿越数十公里的荒山老林，挂念的心情可想而知。直到我已走远，他们已看不见我孤独的身影了，我才隐约听到我家那座古老的大门"格呀"一声的关门声。这时天刚蒙蒙亮。那"格呀"一声的关门声，就这样永远地回响在我的心中。

我在桂林广西师范学院读书的三年，正是国家最为困难的时期，肚子常常为饥饿所折磨。我家里的生活也十分艰难，父母亲不但要供我读书，还得抚养我三个未成年的弟弟妹妹。我每学期的学费和生活费，全靠父亲在农忙之余摸鱼捞虾和编织些竹筐竹笠去卖得些微薄的收入。每到开学的时候，父亲便打开他房中那个古老的柜子，从中拿出用旧报纸卷成一筒一筒的硬币，有一分钱的、五分钱的，这就是我一学期的学费和生活费了。虽然日子过得艰难，但父亲把那些积攒下来的一筒筒硬币交到我手上时，脸上总是现出无限的期望。

在广西师范学院附中读书时，我喜爱上了文学，开始在当时的《桂林日报》上发表作品。等到我高中毕业的时候，我想当作家的愿望已十分强烈。我曾经读过一位著名作家写的一本《文学手册》，说最有可能成为作家的是医生、流浪者和战士。我当时对学医没有兴趣，即使当了医生恐怕也做不成作家。当流浪者吗？这儿当然是不允许的，那么供我选择的就只有当兵了。于是，在1962年6月15日这天，我就毅然报名去当兵。那时候，离高考已经不到一个月了。

我当兵的决定，没有跟父亲商量，我知道如果跟他商量，他是绝对不会让我去的。我的祖上，虽然没有出过什么文化人才，但世代都对文化怀有崇敬之心。家中的香火台上，永远供奉着"天地君亲师位"的牌位，老师的地位是上香火台被人崇敬供奉着的。我的祖母虽然是位不识字的老农妇，但她对文字书籍是十分敬畏的，从来不允许家人烧"字纸"(印有文字的书报或写过字的纸片)。她常常告诫我们："烧字纸会瞎眼的！"因为乡人把不识字的文盲称为"光眼瞎"。

我考上广西师范学院附中后，父亲希望我毕业再考上广西师范学院，将来当一名教师。父亲对香火牌位上的"天地君亲师位"有他独到的解释，他说："当老师是上香火台的呀！"故乡一带，有着浓重的尊师重教的习俗。我的哥哥就是在民国年间由父母亲节衣缩食送到桂林师范学校读书，出来后当了一名小学教师，他终其一生从事教育工作。父亲对我最大的期望就是考上师范学院，将来当一名中学教师。我违逆父命，弃考当兵，这是一件十分严重的事情。因此，直到我已到了部队远离故乡之后，才给父亲写了一封寥寥数言的短信，告诉他我已当兵去了，请他不必挂念。父亲接到信后，气得几天不说话。他独自一人郁闷地来到桂林，把我留在学校宿舍中的被子蚊帐收拾打包寄回家里，然后把我的课本和省吃俭用买下的那些文学书籍全部当成废纸卖给收破烂的人。他终于把满怀的期望变成了绝望！我从部队写信给他，他干脆不复，仿佛断绝了父子关系一般。村里人见他终日郁郁寡欢，便安慰他说："继树在部队里，说不定将来可以当官的呢！"他听了把双眼一瞪，说："他那样子还能当官？ 就是当了官也上不了香火台的！"真是知子莫如父。我在部队里当的"官"就是副班长，直到解放军全军取消军衔的那一年，我的军衔还是"下士"，离最末位的"准尉"军官都还差三大级呢！可如今，我在部队里混了六年多，既不能混上一官半职，退伍回乡又没找到一份可以安身立命的工作，还在这半夜三更的时刻，像一个落难者一般回归故土，身上只剩几毛钱，连给父母亲买几颗糖的能力也没有，我怎么有脸回去见他们呢？ 唉！兵我也当过了，这将近一个月的回乡之路，流浪者也算当过了，但两手空空，作家还是没有做成，我不知道此时此刻该怎么面对父母。但是，既到了家门口，又怎能不硬着头皮回去呢？

我心情沉重地提着那个行李包，包中除了一本六十四开本的"毛选"外，便是一套旧军服和洗漱用具，真是别无长物矣！我就这样走走停停，停停走走，一路胡思乱想，走进了既熟悉又有几分陌生了的村子。天还没有亮，但已闻鸡啼之声。来到家门口，我站了一阵，回想我离开这大门的时候，正是1962年的寒假结束之时，父母亲在这门口送我出门，直到看不见我的身影之后，才"格呀"一声关上大门，那时辰正好是这个时候，天还没有亮。六年多过去，我回来了，却怀着几分惶恐又惭愧的心情，开始拍门：

"开门，开门，我是继树呀，我回来了！"

凌晨的五更天时，村里静悄悄的，拍门声和呼喊声在村子里显得孤寂又响亮。也许，我一去多年，口音和身形都已经发生了改变，暗夜中，那紧闭的大门似乎已不认识我了，拍打了许久，仍是门禁森严，毫无开启的迹象。我不禁流下了凄凉的泪水。又等了好一阵，大院墙的墙头上，忽然冒出一个人头来，正往外张望。我家的院子很大，院子的地面上镶着一层鹅卵石铺成的图案，院墙有两米多高，也算得上是高墙大院了。家乡一带历史上匪患猖獗，但凡有经济实力的农家，无不置枪构筑起高墙大院，我家院子的右侧还曾经筑了一座防匪的炮楼。此正值"文革"最动乱的时候，家人的警惕性还是很高的。

院墙头上的人探出小半个身子，朝外警觉地观望了一阵之后，才开始发话盘问我："你讲你是继树，那你讲家里头有几个人。"

我一看在院墙头上盘问我的正是我哥，忙回答："哥，你莫问了，我是继树呀，我回来了！"

"格呀"一声，古老的大门打开，多年的游子终于回来了！父母亲看到我像从天上掉下来似的突然归来，又惊又喜。儿子一去多年，一天东奔西跑，有时一年多也不写一封信回家，家里写去的信也常常无法收到，父母的心天天牵挂着，在这动乱的年月里，儿子终于平安回来了，他们心里能不高兴吗？

可是，高兴的心情却是短暂的。当父亲得知我眼下既无工作，又无单位，更无收入的窘况之后，便变得沉默寡言了。他常常独自坐在堂屋中，默默地抽着用旧报纸片卷着自己种的生烟叶，抽着抽着便不断地咳起来，咳得声嘶力竭。过去那双对我充满希望的眼睛，目光已变得暗淡。我心里很难过。

不久，中央关于解决广西"文革"问题的"七·三"布告下达，交通很快恢复。我从寿城搭班车前往桂林寻找工作，惭愧得很，连买车票的钱都是父亲给我的。父母亲送我到车站，母亲叮嘱："到了外面一定要记得写信回来啊！"父亲没有说话，只是看了看我，那目光中似乎还有着某种无言的寄托和期待。

我决心给父亲一个交代。

父亲去世十八年后，我的长篇历史小说《桂系演义》问世。我带上还散发着油墨清香的三册书（1988 年漓江出版社出版《桂系演义》上、中、下三卷，经过多次改版重印，2015 年广西师范大学出版社出版了四卷本的《桂系演义》增补版），到父亲墓前祭告。三年后，我的女儿海英也从广西师范大学附中毕业，并且以优异的成绩考入上海复旦大学。父亲生前的殷切期望，我们两代人经过艰辛的努力，才得以实现。

当我提笔写这篇短文的时候，正是清明时节，我又踏上了回乡之路，给父母亲扫墓。我在父亲的墓前眺望故乡的山野，到处是熙熙攘攘扫墓的人们。我忽然在心里向自己发问：故乡是什么？我认为，故乡是一个人文的内涵，她是有故乡情结的人的精神栖息之地；故乡又是一片肥沃的大地，她不仅养育了你，而且为你人生的打拼提供了精神的支柱，只要你勤恳耕耘，必将结出硕果。

故乡：默认的连接

黄咏梅

十七岁读书就离开故乡出门求学，之后扎根异乡，我再也没能看到过故乡完整的四季。这么多年来，每每与他人谈起故乡，多半是在说记忆里的那个小城。

位于广西东部的梧州市，与广东接壤，据说在历史上有"百年商埠"之称，而到我出生的20世纪70年代之后，人们不见得再这么提，他们骄傲地称自己生活的地方为"小香港"，又因它的地理环境特征，更多的人称它为"山城""水都"。除了龟苓膏、纸包鸡、冰泉豆浆等特产之外，梧州闻名于世的是它的"水浸街"。

我在跟外地人说起故乡梧州这个地名，他们几乎第一反应都是——啊，你们那

作者简介

黄咏梅（1974—），笔名每每、草暖，广西梧州人，毕业于广西师范大学中文系，获文学硕士。10岁开始写诗，14岁已在《人民日报》《文学报》《诗刊》等报刊发表80余首诗，1991年出版首部诗集《少女的憧憬》，1993年出版第二部诗集《寻找青鸟》，时有"少女诗人""校园作家"之称。2002年开始小说创作，在《人民文学》《花城》《钟山》《收获》《十月》等杂志发表小说百余万字，多篇被《小说月报》《小说选刊》等转载并入选多种选本。著有《一本正经》《把梦想喂肥》《隐身登录》《少爷威威》《走甜》等。曾获《十月》文学奖、《人民文学》新人奖、《钟山》文学奖、林斤澜优秀短篇小说作家奖、《北京文学》双年优秀短篇奖、汪曾祺优秀文学奖等。小说多次进入中国小说学会年度排行榜。

作品信息

原载《广西文学》2016年第8期。

里每年都被水淹。我总是哭笑不得。"水浸街"这个"传统"使梧州的房屋以骑楼为主，高高的楼脚可以避免整栋房子被洪水淹没。在骑楼的"脚"上，固定着一个铁环，那是用来系小船的，水浸街的时候，小船是交通工具，那铁环等同于现在的车锁。近年，梧州建了防洪堤，"水浸街"的现象很少发生，骑楼被装饰成了著名的旅游景点。每次走在河东旧城区的骑楼城，找找那些锈迹斑斑的铁环，我会想起那个背着大书包，走在一路不见天的骑楼底下，即使下雨也不用打伞的学生妹。

在我很小的时候，就知道有个花花世界叫香港。从西江码头上船，可以一直开到香港，当然，仅限于集装箱里的货物，人要跑到香港，那就叫偷渡了。隔壁那个整天想着发财的叔叔总是说，游水去香港发财，听大人说，他还真的行动过一次，不是游水，是划着自己家的一条小木船，不过并没能走多远，好像到肇庆就上岸了。大概因为我们这个小城处于交通要道上，还没改革开放，这里的人早早就开始做发财梦了。过新年，大街小巷都在放香港歌星许冠杰那首《财神到》，即使在一间破破烂烂的居民房里，那喜洋洋、催人奋发的歌声也能穿过幽暗的花窗——"财神到，财神到，好走快两步……"

离开故乡多年，我与故乡总是在记忆中相逢，在情感中缔结，在写作中重返。

老 屋

我们家不是梧州市本地人。父亲是广东潮汕人，母亲是贺县（今贺州市）人。20世纪60年代初，父亲在暨南大学毕业后，因为华侨成分的"不良"出身，被支边分配到广西地质队。母亲和父亲相识于在贺县今贺州市搞"四清"的那段日子，结婚后定居梧州市。即使如此，我们家也是梧州市的"边缘人"。现在回想起来，在我有记忆开始的那间老屋，是很有象征意味的。

父亲在梧州的第一份工作是梧州地委矿产局，梧州地委大院远离梧州市中心地区，单位分配给父亲的一间房子，位于连接地委大院石鼓冲的一座山上，我父亲回忆当时的房子，写过一篇文章《挂在半山腰的老屋》。这个"挂"，其实是很能形容当时我们家的情形的——父亲母亲就是"挂"在梧州户口里的外来人。听起来有点世外桃源的浪漫，但事实上那段日子的确相当艰难。母亲告诉我，我出生五十六天之后就搬进了这个老屋。

老屋是平房，只有两间居室，水泥地，门口搭个简易的厨房。这在当时条件都差不多的情况下，并不算特别窘迫，但艰苦的是，这间老屋左右无邻——背后是上山顶的路，左边是农业局的一个大实验室，下班后空荡荡的，各种躺在架子上的玻璃试管、瓶罐，散发出刺鼻的药味；右边是空旷的山野，要走十多分钟才有一个废弃的"独立营"，偶尔能看到有士兵在那里训练，鬼知道他们什么时候来什么时候走，我猜父亲也没指望他们来保护我们。所幸，在老屋的脚下，有几家居民，夜晚，母亲看到脚下星星点点的灯火，才不至于害怕。

每天，父亲母亲要爬山上下班。那时候我们家很少有访客，大概是山路吓怕了父母的同事，再加上，那个年月，似乎人人都很忙，除非邻居，很少有人串门扯闲篇。

在这间"挂在半山腰的老屋"，我和哥哥姐姐孤独地度过了童年。姐姐是老大，比我大六岁，哥哥是老二，大三岁，因为没有长得足够大，所以我被禁止跟随哥哥姐姐偷溜到山野里疯玩。实际上，他们疯玩的主要动力是吃——采各种他们能认识的野果。他们也会带些回家给我，味道不是酸就是甜，在那个物质匮乏的时期，酸和甜已经足够撑起幸福的童年生活。现在，我们三个孩子坐在一起回想老屋的生活，就是好玩两个字，谁知道，在父母来说，那是多么不堪回首的艰苦岁月。

父亲是一介书生，大学读的是历史系，而他干的工作却跟历史专业没多大关系，他在地质队挖过枧道，点过开山炮，风餐露宿，要是看到过他一贯瘦弱的身板，会觉得他能在那么重的劳力工作中活下来是个奇迹。可是，那个年月，到处都是这样的"奇迹"，因为他们怀抱一个坚定的信念就是活下去。活下去就是胜利，而不是成功什么的。

父亲母亲总是有很多方法让我们活下去，并且活得相对体面。在老屋的前前后后，父亲开垦了荒地，种蔬菜、瓜果，他自嘲为"潮汕老农"。各个季节，我们都有自种的蔬菜吃，吃不完还带到单位送人，我猜当时父亲最希望的是地里能种出肉来。当然，父亲还养了鸡、鸭、鹅，甚至兔子，这些家禽缓解了我们几个孩子长身体阶段对蛋白质和脂肪的本能需求，不过也仅仅是缓解罢了。胆子一贯小的父亲还跟农业局的职工进山捕过蛇，就是为了让我们能吃到肉——不拘什么肉。

母亲的手一贯很巧，只要有一寸布，她似乎都能将它做成有用的物品。那时候，我们所有的衣服都是母亲缝制，穿得也不比别人差。记忆最深的是，隔壁农业局时常有用完的化肥布袋，母亲跟职工搞好关系，讨了些来，拆洗后，裁剪缝制成内衣短裤，要不是那种月白色的土布做成外衣实在难看，我母亲会把这些土布变成时装。后来我们兄弟姐妹过年回梧州团聚，年夜饭围在桌子前忆苦思甜，常常会想起那些白色的土布衣裤，说起我哥哥当时有一条睡裤，屁股上印着两个字——"尿素"。我们笑得眼泪都出来了。

文　学

如果说，自给自足是父母对抗贫穷的武器，那么，文学就是父亲教会我们对抗孤独的法宝。既非本土人，又仅仅在梧州只有着十七年的完整生活，我不能说对这个故乡有多么了解和理解，但是，梧州的确是我的文学故乡，不仅是这个小城自身的历史文化底蕴，更多的来自成长期家庭给予我的文学滋养。

住在那个半山腰的老屋，话还不会说全，父亲就教我背诵唐诗。我对老屋生活第一个记忆的画面，是父亲趴在地面的凉席上，给我们三个孩子当马骑。那是一个夏天的夜晚，灯光昏黄，父亲跟我们玩得高兴，他高兴的原因是，我们把他教会的唐诗一字不漏地背了出来。正值学校放暑假的姐姐和哥哥，也在外边疯玩一天之后，赶在父亲下班前将唐诗背好了。而四岁小小年纪的我，竟然也背得很好。这是父亲最开心的一幕。事实上，作为文学青年的父亲，这一辈子最开心的事情，就是看到子女走在通往文学圣殿的道路上。

一个四岁的孩子，哪里懂得唐诗的美好？只是出于本能的趋利避害。唐诗就像是幼时的一个诱饵，只要背完唐诗，就有"马"骑，就有水果和糖粒奖励，就有父亲母亲夸奖的虚荣感，反之，则会受到责怪，而即使是声量稍大一点的责怪，也会让我委屈地哭上好一阵子。母亲说，在文学上，我从小就要强。父亲则解释说，那是因为我对文学有特别的天赋。谁知道呢？现在我时常想，要不是因为这间孤独的老屋以及父亲一开始"填鸭式"的唐诗背诵，我今天是否会成为一个作家？

童年就这样，三个孩子在无聊的老屋，比赛背唐诗、看小人书中度过。通常是，一家人围坐在席子上，背唐诗，听父亲讲老虎的故事，母亲举着扇子为我们赶蚊子。这个场景，是我人生中最初的记忆。

十多年前，我从广州回梧州过年，姐姐提议去老屋看看。一家人气喘吁吁爬上山，那老屋居然还孤零零地"挂"在那里，荒芜、破朽，像个风烛残年的受辱老人。我们一家人看得唏嘘。走进去，发现褪剩一点淡绿色的门板上，竟然还有我歪歪扭扭的几个粉笔字。父亲说，六岁多一点，我就吵着要上小学，因为年龄不足，托关系找了人，参加入学前考试，父亲在门板上教我识了很多字，终于让我考过了。我比同龄的孩子提前一年入学。

就在我读小学一年级的时候，我们搬下了山，搬离了老屋，矿产局在石鼓冲的宿舍楼给父亲分了两房一厅。我们住进了四楼的家，有左邻有右舍，有楼上有楼下，从阳台往底下的街道看，母亲说，楼没有山高，但看下去却更可怕似的。

那次重回老屋看过之后没多久，老屋就被拆了，事实上，那座山的整个大半都被夷平了，成为房地产开发的一块肥肉。

浅绿色门板上的那几个粉笔字，一笔一画，开始构成我对这个世界的认知之旅，同时也开启了我对这个世界的建构之旅。

正如父亲所预料，我的作文比同龄人优秀，每每成为贴堂的范文。十岁那年暑假，我写出了第一首分行的诗，经父亲鉴定，推荐到《梧州日报》副刊发表。大概是那些背诵过的唐诗成长发酵，加上一些早熟的情绪抒发而成。后来我听到有人说，少年写诗，青年写小说，中年后写散文。在我看来至少前两个阶段是有道理的。少年浪漫，青年务实，中年深沉。我最浪漫的时代，是在梧州写诗度过的。

黄金时代

　　20世纪80年代后期，改革开放之初，经济复苏，文学也获得了解放，相比今天文学的境遇，的确称得上是文学的黄金时代。借由文学而改变的命运，在国内比比皆是。父亲就是其中的受益者。

　　父亲在大学时代就喜欢写作，经常串到中文系蹭课、听讲座，由此结识了广东的一些作家诗人，秦牧、张永枚、郭光豹、韩笑等，在他们的鼓励下，他写诗也写杂文。在矿产局工作的时候，不时有文章发表在《人民日报》《羊城晚报》《广西日报》等，在当时的梧州，这种层次的发表并不多见。于是，他在四十多岁的时候，得以脱离那个不对口的矿产局工作，调入《梧州日报》副刊部。文学改变了父亲的命运，同时也注定了我的命运。父亲视写作为最有价值的事，只不过，他们是被时代所耽误的一代，那些未能实现的文学抱负，希望能在下一代人身上实现。他的愿望如此强烈。我们家三个孩子中，多少都受到过父亲有目的的引导，但是最终走上文学道路的，是姐姐和我，而坚持到最后的只有我。

　　整个中学阶段，我几乎都沉浸在写作的乐趣中。父亲时常带我到鸳鸯江边散步，在那个黄绿河水交接的界线处，时常暗涌着急流，如同我青春期一起萌动的写作激情。我已经想不起来当时怎么应付其他科目的，学习虽然严重偏科，但整体也并不算差。那时候，全国的校园文学是很热闹的，关注并培养文学新苗似乎是全社会非常重要的一件事情。比较典型的是各个学校的文学社，开展各种各样的文学活动，比如诗文比赛、名师讲座、文学夏令营，等等。我中学读的是梧州一中，当时的文学社叫萌芽文学社，在梧州属于很活跃的一个。1988年，梧州举办全国中学生文学社年会，可以说是当年的一大盛事。全国各地的中学生文学社代表集中在诗意盎然的鸳鸯江畔，畅谈文学，大有恰同学少年的意气风发，这对当时的校园文学中影响很大，也大大增强了我写作的动力。

　　那个年代，因为通信很不发达，所以写信交笔友很流行。我时常在国内报纸杂志发表诗歌，小有名气，经常收到全国各地文学爱好者的信。我记得在梧州师范念书的时候，是住校的，每周回家一次，每次回家我都会带回厚厚一沓信。最高兴的就是父亲，他每封都读得很认真。这些信现在一直保存在梧州的老家，偶尔回去帮母亲收拾屋子，会翻出一两封来看。近三十年前的信纸已经发黄，那些不认识的陌生人的笔迹，向我倾吐着自己的文学情怀和理想，现在读来，还能感到那一颗颗颤动的心跳，同时，满纸洋溢的对写作这项伟大事业的崇拜感，总是让我唏嘘不已。

学校的文学小环境是整个社会大环境的文学氛围造成的。我很清楚地记得，1988年我第一本诗集出版的时候，当时的梧州市副市长李培鑫接见了我，并请我上茶楼喝了一次早茶，他说自己花钱买了五十本赠送给梧州的文学青少年，可以想见，文学在当时是很红的。由于政府重视文学，梧州文联举行的活动层出不穷，每年定期召开青创会，不定期请著名作家秦牧、紫风、陈残云、张永枚等来举行文学讲座，开展诗文比赛还请到了著名诗人贺敬之、柯岩来颁奖并讲授诗歌……这些都为整个梧州市的文学创作营造了很好的氛围。

已经调入《梧州日报》副刊部的父亲，固然成为梧州文学活动的一个活跃分子。我们家隔三岔五就高朋满座，都是父亲的文友。那个时候，我们家虽然还说不上富裕，但也算得上脱贫了。父亲的文友们时常来我们家，他们畅谈文学的兴致很高，一坐就是一天，母亲还要给他们管饭。因此，母亲的厨艺在当时梧州文学圈是出了名的，她能用很普通的食材烹出美味，酿豆腐、酿南瓜花、酱油鸭……这些家常小菜通常是文友们来家聚会的一大诱惑。当然，他们最主要还是来谈文学的，有时候恰逢母亲没有准备，就着萝卜干喝光一大锅白粥，他们也欢畅无比。说句夸张一点的话，这些文友们似乎可以把文学当菜吃。

那个时候不兴下馆子，客人来家里吃饭大概是最高的礼遇了。秦牧、张永枚等著名作家，在我们家吃过母亲烧的菜。后来，我跟姐姐放暑假，父亲带我们去广州玩，就住在原广州军区达道路诗人张永枚的家。有一次，父亲破例从寄宿的学校把我接回家，原来是香港的诗人傅天虹，广西作家杨克、彭洋三位老师要来我们家，父亲希望能借此机会让我得到点拨。类似这样的机会有不少，我得益于父亲的那些文人朋友，获得了书本之外的创作指点。

这种文友家访、聚会，在那个年月特别常见。那时候没有高铁，坐飞机更是少数人才能实现，万水千山，相见不易，但是，穿省过界只为相见畅谈文学，激情燃烧的人不乏。听父亲说，有的诗人在国内游历，每到一个地方，就算素不相识，两手空空上门拜访，主人都会热情款待，因为诗歌是他们唯一的"接头暗号"，是他们敞开心扉的钥匙。进入21世纪的今天，以文学的名义聚会不计其数，各种研讨会、座谈会、采风……然而，同行相见，真正谈文学的居然稀少了。"我们谈谈文学吧……""谈什么文学，喝酒，喝酒……"我时常被这样的拒绝弄得意兴阑珊。

我们家有一套年代久远的工夫茶具，是父亲潮州老乡送的，它在文友聚会的时候是主角。广西人对工夫茶并不熟悉，所以，父亲每次都给文友示范茶道，"关公巡城""韩信点兵"……而一切关于文学、写作的话题便由那一只只盛着铁观音的小瓷杯传递着开始了。文学的芳香和温暖，在我的记忆中，总是离不开父亲那套虽古旧却精致的工夫茶具。

写作中的故乡

父亲经由文学而被改变的命运在我身上得以延续。在梧州师范毕业后，我因为公开出版了两本诗集（那时候没有自费出书，能公开出版是一种荣誉和认可）而被保送到广西师范大学中文系。四年后，同样因为写作被保送读研究生。研究生毕业，又是因为写作的特长而分配到《羊城晚报》副刊部。2012年，我调到浙江文学院，干着一份更为纯粹的文学工作。

从桂林到广州到杭州，离梧州一次比一次远，回家的次数也随着距离的改变而减少。

2002年，我转向小说写作，有评论家明确指出我的写作是一种"岭南写作"。从1998年到2012年，我的生活在广州。刚开始，我一直以为我的小说是以广州为根据地。我写出的《骑楼》《多宝路的风》《达人》《少爷威威》等小说，就连街道名也都用广州的。然而，写着写着，我发现自己笔下的广州跟我每天所呼吸到的广州气息并不那么吻合，小说里的广州更多的是过去的广州，无论风物特点、人物气质都与当下难以对应。这个问题我想了很久才找到答案——那个借由广州地名呈现在小说里的，无非是我记忆中的梧州，是潜意识里通过小说返回故乡的种种途径。

梧州跟广州一衣带水，无论是气候、食物、建筑、方言还是人情、风俗，都与广州一脉相承。在历史记载中，梧州曾归属于广东，后来才被划到广西，所以，梧州对于广东既有地理也有人文的亲近。梧州的流行元素都来自对广州的模仿，梧州人谋生、找财路，第一个想到的就是——落广州。我在广州工作期间，回家探望父母，每遇到熟人，他们都认为我在广州是"捞世界"，是最好的归宿，听到他们最多的话就是——几时返落去？那意思就是说——什么时候回广州？过去国道还没有开通，梧州人去广州只能坐船，一夜到天明就抵埠，是顺流而下的。因此，梧州人去广州不是"上"，而是"下"。这种地理位置和心理归属感，构成了梧州人的复杂心理。梧州人对广州比对首府南宁的亲近感似乎更为强烈，然而相比其他城市，梧州的经济并不见得很有优势，发展的步伐相对也慢些，所以，这里的人有点自卑又有点自尊，既务实又不势利，虽有梦想却缺少野心，虽有想法却容易被吃喝玩乐耽搁。他们更喜欢跟自己人扎堆。我虽身处广州，在感情中却活在故乡，这些感受特别敏锐，不自觉地渗透到我的写作里来了。

写故乡，对于像我这样离家在外的人来说，其实就是写记忆，是写童年记忆。童年记忆就是一张无边无沿的页面，任他无数次敲打回车键，将自己发送回去的每一次都能获取一个新的开头。苏童曾经说过："作家一生的写作都是为了找寻第一记忆，并让其复原。而第一记忆，注定是丢失的。"作家每一次对"第一记忆"的寻找，都会创造出一个世界，而这个世界往往令人恍若隔世。写作在某种程度上来说，出发点就是源自一种恍若隔世的惊诧。

这些年来，梧州的变化很大，过去我们居住的河东市中心，如今已经变成了老城区，市政府搬到了河西，那一带高楼林立，成为新的城区中心。我们家依然住在河东的马皇巷梧州日报社旧宿舍，也就是那个时代不少文学爱好者摸上门来谈文学的家。我很庆幸河东片没有太多改变，这样，每次回去我不至于有太多的失落感。

是的，失落感，因为每一次回家，我其实都在下意识地印证记忆，似乎只有这样才能让我找到故乡的感觉：骑楼底下的大排档、巷口的河粉、牛杂店、珠山隧道里的服装小摊、北山脚的酸菜铺、中山路口的凉茶铺……当然，还有母校的校门、西江里的游泳场以及江上的清风……这些进入过我写作中的信物，依然像证据一般向我证实着光阴的流逝。

前一段日子，我请探亲假回梧州看望父母。一打开门，我的口袋里就叮叮咚咚此起彼伏地响了。手机、Ipad、电子阅读器中，那些一直在等待登录的端口，纷纷默认连接上了宽带网。这些声音吓了我一跳，就好像踩中了某个机关，某些断了线的机器自动开启。这是上一次回家的时候，我设置连接过家里的宽带，只要在一定范围内，网址缺省、密码缺省，一切的连接都是默认、自然而然。这些网络连接一直沉默着，游子归家的那一瞬间，这些连接统统复活，并奏响了动人的乐曲。

我与故乡之间，从我出生的那一天，就设置了默认的连接方式，那些隐而不见的情感，就是我重返故乡的缺省密码。

鲁家二三事

陈 谦

　　鲁姆姆一家是我儿时的邻居之一。说是一家，其实只有老两口：姆姆和鲁伯，虽然那时姆姆总跟我说，她有一儿一女：你杏荣姐——她提到她在柳州一所中专教书的女儿时总是用这样的口吻跟我说。还有鲁金，她那英气逼人的儿子。但在我儿时最初的记忆里，姆姆的儿女很久都未出现。

　　鲁姆姆可以说是我儿时所见过的最胖的人，胖到走路双手都没法正常地前后甩，而是要在身后左右摆动，很像一只大鹅。在我的记忆里，她不只是胖，还有一

作者简介

陈谦，女，自幼生长于广西南宁。广西大学工程类本科毕业。1989年春赴美国留学，获电机工程硕士学位。曾长期供职于芯片设计业界。现居美国硅谷。代表作有长篇小说《无穷镜》《爱在无爱的硅谷》及中短篇小说《繁枝》《虎妹孟加拉》《特蕾莎的流氓犯》《莲露》《我是欧文太太》等。其中《特蕾莎的流氓犯》获首届郁达夫小说奖并入选中国小说学会2008年度"中国小说排行榜"。《望断南飞雁》《繁枝》分获2009年度、2012年度人民文学奖、《中篇小说选刊》2012—2013年度优秀中篇小说奖及第五届《北京文学》中篇小说月报奖，并入选中国小说学会2012年度"中国小说排行榜"。中篇小说《莲露》入选中国小说学会2013年度"中国小说排行榜"及《北京文学》中篇小说月报奖。短篇小说《我是欧文太太》入选中国小说学会2015年度"中国小说排行榜"及"2016年花地文学榜"。长篇小说《无穷镜》获第二届"中山文学奖"。

作品信息

原载《南方文学》2017年第1期。

对巨乳，这在我儿时的中国是罕见的。关于这一点，我曾认为是我童年的记忆在误导，后来向长辈求证，她们都说我没有记错，还补充说鲁姆姆不仅胖，骨架还很大，高高的，在广西人里也很少见。她的五官也是大的，两只圆鼓鼓的大眼睛总像瞪着，金鱼一般，这让她的面相看上去有点凶。不知是买不到合适的文胸，还是她压根就没想过要穿文胸，她的胸前永远是像晃着两团肉山一般。广西的夏天极是湿热，她干脆只穿件蚊帐布质的无袖 T 恤——当然那时那叫汗衫，胸前的就更是波浪汹涌起来。那时我们从未闻有"性感"一词，就算有，也绝不会想到该套到她头上。她总是穿一条松紧带裤头的宽腿黑色七分裤，春秋就穿那种斜卦襟的唐装布衣，铁灰或灰蓝色的居多。姆姆那时应该未到六十，可在我的印象里，她从一开始就是一个老人，皮肤松弛，头发花白，像那个时代的中老年妇女一样，剪个齐耳短发，再用两只铁质发夹在耳边夹起。

我们平时都叫她鲁姆姆。"鲁姆姆"这三字要用桂林话念，全平声，非常顺口。我儿时生活在南宁西郊的广西农学院，母亲在院里的植物保护系昆虫教研室工作。农学院之前在桂林，1958年成立广西壮族自治区时，农学院从桂林郊外的雁山直接移到南宁郊外。由于这段历史，我们大院的"官话"是桂林话，也是我们这些小孩子的母语。我长大后到桂林，才发现我一口流利的"桂林话"其实是走调的，并不为桂林本地人认同。当然，姆姆和鲁伯的桂林话却是很正宗的。

再回来说鲁姆姆。我们小孩子如果当面用我们的桂林话叫她，免姓，只姆姆长姆姆短地喊。她本名叫刘珍——这是我上学识字后，她告诉我的，还拿户口本给我看，一边叹气说：有好多事，慢慢跟你讲，等你将来会写字了，帮我记下来。鲁姆姆告诉我说，她小时不爱读书，只得高小文化。我听得心里生出小小的自豪感，说好啊好啊，我将来帮你写，但没想到问她要写下来给谁看。

姆姆的先生叫鲁纯，我们小孩随周围的大人叫他鲁伯。我后来才听说，姆姆和鲁伯并没有生养过的，姆姆甚至告诉我，鲁伯早年在桂林当警官时娶过一房小老婆，但那二房也没能生下个一男半女。姆姆跟我说这些话时表情很自然，好像面对的不是个小孩。我那时对"小老婆"这词半懂不懂，根本没想起追问那女子的下落。

从记事起，我就知道鲁伯是个"历史反革命"，这当然是因为他过去在国民党的警局里当过警察，好像就在当年广西大学农学院所在的雁山镇上的警察分局里，大概1949年后给就近遣送到农学院当了小职员，之后又随农学院从桂林搬迁到南宁。小时候，我听到"国民党"，跟听到"砒霜"的恐怖程度不相上下，何况还是国民党的警察。后来知道鲁伯当年不过是警局里的小股长，那真是低得不能再低的官阶了，薪资不会高，可当年还娶过二房，看来是与生养有关。

鲁伯虽然很瘦，但腰板总是挺得特别直，这让他看上去确实有点警察的派头。但他的形象跟红色样板戏中反派人物的造型非常像，有只眼睛是坏的，眼里总有白白的一层雾。他的脸是长形的，却不细，看上去总是有点浮肿，脸色暗中带点黄绿，总像在病中。在我的记忆里，他也从一开始就是个老人。在我刚明白他的"历史反革命"身份意味着什么时，我很有些害怕，有一阵总是偷偷地观察他，想象他是个潜伏的敌特分子，总在准备搞些颠覆活动，特别是后来读了反特小说，有段时间甚至怀疑他那有问题的眼球后面装了发报机。他不仅看上去像个瞎子，而且几乎无话，与邻里也没来往，下班回家后基本就不出门了。我那时经常在他们的小屋出入，他不可能一句话都没跟我说过，却给我留下个哑巴的印象，可见他连跟老婆也不怎么说话。记忆里，鲁伯总是穿着有洞的老旧月白色背心，阴丹士林布做的短裤，沉着脸静坐在靠窗的木椅上抽烟，吞云吐雾。他们家里总会有不少晒干的烟叶，由姆姆拿去菜市场找人切成烟丝，然后拿回家自己卷成烟码好，那个卷烟的工具是个长匣子，很好玩，我经常要求姆姆让我帮她卷，所以鲁伯应该抽过不少我卷的烟。我儿时从未好奇过鲁伯静静地坐在那儿抽烟时心里想什么，他的感受是什么。相对于姆姆而言，他在我眼里就是个透明人。而我们这些到他家如入无人之境的小孩子，于他大概也是透明人，两不相干。

话说农学院从20世纪50年代中期开始筹备从桂林迁往南宁，整个学院在南宁西郊的乱坟岗上开始大规模基建，大院里的生活和教学设施在当年属于相当先进的。我记事起住在学院西区的教工宿舍区，那是一片两层楼的房子，每栋上下两层，每层本来是按住三户人家来设计，每家有单独的厨房和卫生间，两个小户型的是三居室的，顶头的大户型则是五居室，一个楼层上的几家共用一条开阔的大走廊，楼梯在中厅处。从我记事起，我家和鲁姆姆家、喻老师家合住在二楼顶头五居室的单元里，三家人共一个厨房和一个卫生间，卫生间用的是抽水马桶。我从记事起到高中毕业，在农学院里住过的房子都是用的抽水马桶，这肯定是受苏联建筑的影响，只是马桶的水厢全都坏掉了，院里也不给修，所以虽有马桶，却是要另接了水来冲马桶的。

我们三家住的单元有个公用的门，它通向外面与同楼层里另两家共用的开放式走廊。进了门里，我家占套间里的两房，分别在小过道两侧。我住在家里当吃饭间用的小房里，单元里这侧只有我这一间房。我的房里有个圆饭桌，一张大竹椅。窗前放着一台上海牌缝纫机，我平时就在上面写作业，房里放的是架床，我睡下铺，上铺放着樟木箱皮箱之类，床下也塞了不少东西。在寂寞的童年里，我无数次爬到架床上翻看那些箱子，里面多是父母的信件、记事本、相册、书之类的东西，我竟百看不厌。窗外有棵两层楼高的白玉兰树，夏天一树的花香袭人。房里还有碗柜，碗柜上放着热水瓶等，也有茶杯水杯。父母总是很忙，没人不停地往那瓷水壶里加烧好的开水。大人可用热水冲茶，可我们小孩一是不爱喝茶，二是总是在玩疯到口渴得实在顶不住了才想到要喝水，哪里喝得下热水瓶里的热水？那年头又没有软饮料，所以总是去姆姆家蹭凉白开喝。我屋外的小过道两边挂着各家的洗脸巾之类。

单元里的喻老师一家住在大门进来边上直套的两间房里，后来他们家添了老三，院里又在一层的另一套里分了一间房子给他们。喻老师是学院附小的语文老师，四川人，从家乡的师范学校毕业后，随她那四川大学毕业的先生夏叔叔来到广西。夏叔叔在农学系教植物分类，小时我跟他还学过如何认中草药。他们那个漂亮的女儿长我一岁，并不很爱带我玩。如今他们的外孙胡夏成了知名偶像歌星，暂且不表。

鲁姆姆和鲁伯住在最靠里的那间约十二平方米的房间里，与我的小屋斜对着，紧挨着厨房。厨房不小，灶台上并排放着三个煤炉，有个洗菜用的水池，从厨房拐进去则是三家共用的卫生间。

　　进得姆姆家，左边是一个圆饭桌，永远罩着个防苍蝇的罩子，里面有时是上顿留下的剩菜，有时是她刚刚烧好的晚餐。姆姆是家庭妇女，不用上班，总是早早就将饭菜做好，有鱼有肉香喷喷的，看得我总是流口水，她偶尔就让我尝两口。饭桌边有两把椅子。一屋的家具都是深色，看上去又没光泽，很是老旧，让小小的屋子显得沉闷拥挤。饭桌边有个脸盆架，鲁伯一回来就在那儿洗脸。边上靠床那侧垒着几只木箱和皮箱。房里最大的家具是那张大床，直顶着靠到窗边。跟我们一般人家里不同的是，鲁姆姆家的蚊帐每天都会认真地收卷起来，再用塑料布搭上，以防灰尘，这个细节在我眼里真是太讲究了。床的一头靠着窗，边上那把椅子，就是鲁伯经常坐着抽闷烟的地方。从窗子看出去，能看到一棵番石榴树，侧边是成排的芒果树，前方远处是园艺系的荔枝园，那里有我们常去玩的防空壕，更远处就是荒野了，广西大学在围墙的那边。床的对面，沿墙直排着两张桌子，一高一低，最外面则有个不矮的柜子，也是黑黑的。靠着柜子的那张桌子上摆着几只热水瓶，还有两个有盖的大搪瓷缸，里面永远盛满了凉开水——它们便是我和小伙伴们随时冲入他们家里的原因。在外疯玩跑得气喘吁吁，只要口渴了，拔腿就会往回跑上楼，直接冲进姆姆家，不由分说，打开搪瓷杯盖"咕咕咕"地往肚里灌，这时，她会用她那一口标准的桂林话不停喊：渴死鬼投胎啊？慢点慢点，等下呛到了又哭又喊，造孽啊！姆姆开始肯定只是为自己盛凉水，大概我们小孩子来多了，她就弄出两个大瓷缸，随时添满待我们享用。水是室温，四季不断，随到随有。这儿时的习惯，养成了我一年到头都习惯喝凉白开的习惯，后来随父母搬了家，年纪也大些了，就懂得了自己随时往家里的大茶壶里盛开水凉上。我后来来美国，对喝凉水和冰水都很适应，就是因为从小喝惯了鲁姆姆一年四季为我准备的凉白开。

　　小小屋里塞着这么些东西，活动的空间就非常有限了。他们的大床下也塞了很多东西。虽然卫生间出门一拐就是，鲁伯却总是在自己的屋里用痰盂大便。每到这时，他家的门就关上了。便后由姆姆拿痰盂去卫生间倒。对我而言，他们屋里最引人注目的就是床底的那只大铜盆。姆姆总是从厨房里打来烧好的热水，倒到铜盆里，再兑好凉水，让鲁伯在屋里洗澡。洗好了，姆姆就搭上个搓板，扯来张小凳一坐，在屋里洗起衣裳，然后晾到窗外的晒衣架上。这样一来，除了姆姆用厨房，可以说鲁伯是基本上不与邻居共用公共空间的。

姆姆是旧社会过来的家庭妇女，无班可上，更无麻将可搓，也没扑克可打，跟我们小孩子相处的时间便很多，在某种程度上就是我们的看顾人。我小时大部分的时间是在学院里的幼儿园、托儿所度过，有时半托，有时全托，从无与祖辈们共同生活的经历。可长大后与生活中碰到的老人家总容易谈得来，相处自然而愉快，从不觉得听他们说话不耐烦，这应该跟我儿时跟鲁姆姆的密切往来有关。

我那时常去姆姆家喝水，喝完水没人玩了就在她屋里盘桓，听她东讲西讲，也很乐意帮她干点穿针引线之类力所能及的活儿。姆姆看上去粗眉大眼，说话声音也粗，但我很爱听她说话。她并不完全把我当个孩子，也不管我听得懂听不懂，什么都讲，有问必答，不像周围的其他大人，对我们小孩以打发为主。姆姆常给我看她抽屉里的旧物什，有时我自己去翻，她也并不介意。那时鲁家已被抄过，家里已没有什么特别的东西了，可铜制的掏耳针，粗大的老式顶针之类，在我看来还是很有意思。记得她竟将包得好好的拔下的牙齿打开给我看，说都要留好，将来要带着一起走。我问你走去哪里？她就"啪"地关了抽屉，说："去棺材里呗！"——她总是爱讲与"死亡"有关的事情，这确实让她更像个老人，但她说这些话时，不显得特别悲伤。她还总说自己有高血压，说倒就随时可倒的，若能死在丈夫之前其实是福气啊——"死在夫前一朵花，死在夫后黑麻麻"，她强调着。"麻麻"用桂林话念平声，"黑"则念"和"，"黑麻麻"是漆黑一片的意思。南宁在"文革"中大力推行火葬，这也是她告诉我的。她那与她弟弟同住在南宁城里的老母亲去世了，就是"被烧的"，她强调说。然后绘声绘色地向我描述整个过程，听得我毛骨悚然。我后来在学院或街头的布告栏里看到宣传火葬的图片，总忍不住踮了脚仔细看，想要印证姆姆讲过的细节，回去还找她再问。长大后，我对生活中各种细节有特别的兴趣和敏感，想来与儿时跟鲁姆姆相处的经历大有关系。

鲁姆姆的娘家人仿佛都在南宁城里，一到周末，她和鲁伯就穿戴得很整齐，一摇一摆地晃去坐公车，进城去看她弟弟一家。记得她弟弟一家住在中华路一带的南宁汽车总站里。她的侄女有时也来看他们。她是怎么嫁去桂林的，这点我不记得她讲过。鲁伯在旧社会里当个低级小警官，却有钱娶小老婆，可能跟姆姆娘家过去有钱有关。有次去学院里的大字报棚乱窜，撞到一幅配文字的漫画，我那时并不认得几个字，但靠漫画一眼就认出了那画的是鲁伯和姆姆夫妇，可见那大字报里的漫画水平还是有两下的。漫画中的鲁伯穿着一套黑色的制服，扎着皮带，穿的是绑腿的马裤，手里拿条警棍，表情凶煞。姆姆则被夸张地画得更胖了，脖子上吊着一串巨大的首饰，那是我生活里从未见她拥有过的。我请大人读给我听，说的是历史反革命鲁纯是国民党警察，老婆出身于有钱人家，好吃懒做爱打麻将。我的小脑袋完全无法将这些描写与我认识的鲁伯和鲁姆姆对上号。既然上了大字报，鲁伯被批斗的日子就开始了。他有时上下班会提个纸糊的高帽，高帽拿回来就放在箱子上，我去喝水时见到曾想拿下来看，被姆姆喝住，说千万不能动，弄不好要出人命的！姆姆虽然看上去凶，但绝少讲话那么严厉，我当时被吓住了，从此再不敢去碰。后来我父亲也有了一项上书"牛鬼蛇神"的高帽，我远远地躲着它，从不敢碰一下。农场在学院的边缘地带，主要是教学实验用的农田和果园，从我们宿舍走过去近半小时。鲁家没有当年人们常用的交通工具自行车，鲁伯总是步行上下班，想起他拎着个高帽穿过半个校园而行的样子，真不知他当年心里的感受是什么。他从此就更像个哑巴了。我上小学后，孩子间曾流行一个游戏，当拍手念道："我们都是木头人，不许说话不许动！"大家就要做出定格状。不久，我们班主任便出来制止说：不要再玩这个反动游戏。这其实是阶级敌人在指桑骂槐，他们不满自己被革命群众剥夺了发言权。我便想起鲁伯沉默地坐在窗前，面无表情地吞云吐雾，真是很像个木头人。

说到这儿，要讲到鲁姆姆的儿女了。前面说过，鲁姆姆和鲁伯没有生过孩子，鲁伯娶过的二房也没有生过孩子。这就是说，他们的一双儿女都是接养的。具体是什么时候接养的，在什么情况下，又是从哪儿接养的，我相信以姆姆那样健谈的性格，肯定给我讲过，我却一点没记住。只依稀记得她有一次跟邻居家的阿姨说起儿子鲁金，鲁金是在桂林郊区捡来的。

我不知道我们三家人是什么时候成了邻居的，我只知道大人们都认识鲁姆姆的儿女，那就该是我有记忆之前的事了。在我见过姆姆的儿女前，我只是不时从姆姆的口中听到他们的名字。姆姆告诉我她家女儿叫杏荣，很懂事，帮做好多家事，帮忙带弟弟，姐弟俩感情特别好。杏荣还特别会读书，鲁伯最爱她了，父女感情最好。姆姆每次跟我说到女儿，总是"你杏荣姐"长，"你杏荣姐"短的。她又告诉我，杏荣姐在"文革"前考上了在武汉的华中师范学院，把鲁伯高兴坏了，给女儿从里到外买了很多新衣裳，上学用的被子蚊帐提桶脸盆等，是崭新的一套。我想象不出终日面无表情沉默寡言的鲁伯高兴起来会是什么样子，他笑了吗？他笑起来会是怎么样呢？姆姆拿过一张两寸的黑白照片给我看，那是他们一家四口的合影，可能因为不习惯面对镜头，大家看上去都有点紧张。我的注意力落在那对儿女身上。杏荣姐扎着两条短辫，个子好像很小，儿子鲁金那时还像个小孩，但看上去很机灵，眉眼很清秀，与照片里的另外三人完全不同，也很不像。那时我没有什么"帅哥"这类词汇，只懂得讲他好看，姆姆有点不太满意，不悦地说：是英俊！说着就将照片从我手里拿回去，小心收起来。我又问那么他们现在在哪里呢？姆姆说，你杏荣姐大学毕业后分到柳州，在一个中专教书。我那时想不到问她为什么杏荣姐不见回来这样的问题。就只知道他们有个女儿杏荣姐在柳州教书，偶尔有信来。那时从南宁坐火车去趟柳州要五六个小时，在我听来真是远在天边，所以觉得她回不来也正常。

姆姆又告诉我，他们英俊的儿子鲁金在读水电专科学校，好像是在南宁东郊的长罡岭那边。鲁金在我的记忆里出现过一次。那是第一次，也是最后一次。我记得非常清楚的是，当时他穿了一件深杏色的带毛领的皮夹克，很像画报里见过的飞行员穿的行头，这在我周围的人群中是从来没见过的，特别显眼精神。鲁金留着分头，举手投足很有派头，我觉得真是很英俊。在我的记忆里，我是要抬头仰望他的，仿佛我在他的腰以下，可见我那时很小。按说在南宁要能穿得住皮夹克，最晚也得是在早春，因为一近"五一"，气温就急升了，单衣穿着都会热。那样算来，我应该是在1968年的早春见到他的。记得鲁金是提着个小箱子回来的，对我们跑来围观的小孩子很友好，给我们分了糖，分糖的时候笑得很灿烂，从表情上看，他显然是认得我们这些围上来的小孩子的，还叫得出我们的小名。按记忆的样子，今天想来他那时不过二十岁。姆姆后来告诉我，鲁金专科毕业了，分配在水电厅的一个单位里。我说到他的夹克，姆姆就有些自豪地说，那是你杏荣姐给她弟买的，我们哪有那么多钱呢。

从鲁金死的那一年夏天开始，我的记忆可以连接的碎片多起来。

我记得鲁金的死讯是在夏天的黄昏里传来的。我刚被家里从幼儿园接回家，正要兴冲冲地去姆姆家中打个转，就看到他们家里来了黑压压一屋子人——那肯定是因为屋子小给我的错觉，当时来的应该不过三四个人，我认出其中一个是我们宿舍区里胖胖的山东人迟伯伯，他是学院的人事处长。那些人拎着个皮箱，表情都很严肃，我在门口一出现，就被大人扯着离开了。过了好一会儿，那些人走了，我出门一转，就听到楼下空地上三三两两站着的大人正小声议论着什么，又听不清楚，就又折回到家里，好奇地往鲁姆姆家看去，只见平时白天里几乎从不关门的鲁家关上了门，我和喻老师家的孩子在单元里的小过道玩起来，喻老师那漂亮的女儿悄声告诉我："鲁金死了！"我半懂不懂，甚至也没问怎么死的，只觉得情况有点严重，难怪大人们的表情都这么难看。很快我就忘了，又在过道里跑动起来，弄出不小的响声。这时，鲁家的门开了。姆姆一出来，随手将身后的门又带上了，她挪着自己胖大的身子朝我走过来，一把抓住我的胳膊晃了晃，压着声跟我说：你们出去要要吧，不要吵闹，鲁伯想安静点。她那两只金鱼眼有点发红，说话带着鼻音，表情却看不出有特别的变化。因为平时跟她说话很随便，我就问她为什么，她说：你鲁金哥死了，刚才他们单位送来了他的遗物，鲁伯很难过。姆姆说得很直接，"遗物"这个词，跟她说的"英俊"一样，对我而言非常陌生。她说完转身，摇摆着回自己的屋里去了。我感到周围的空气很凝重，就踮着脚也躲回自己的小房间里了。

到了第二天，鲁姆姆家的门又敞开了，我趁鲁伯不在家时又窜进去，看到家里多了一只皮箱，想来那就是鲁金的遗物之一了。从那天起，鲁伯抽烟更凶了。我从没听说过鲁金遗体的下落。一个生气勃勃的英俊小伙子，说没就没了，死不见尸。

由于鲁金的死，我终于见到了姆姆嘴中念叨不断的"杏荣姐"。杏荣姐是什么时候到的，是接到了谁的通知而来的，我已无从知晓。我那时应该没被全托在幼儿园里，所以夜里会在家。听大人讲杏荣回来了，就很想去看。杏荣姐显然没有时间和心情搭理我们。我远远看到杏荣姐个子不高，打两条短辫，比照片里显得老成多了，看上去普普通通。杏荣姐回来，鲁家的门又关上了，她跟父母是如何互动，无法得知。我只清楚地记得，那个夜里我起身想去卫生间，刚走近厨房，就听到喻老师和杏荣姐在里面低声说话，卫生间和厨房里的灯瓦数很低，夜里显得特别暗。我探了个头，看到杏荣姐在卫生间里，坐在一张小板凳上，面前是一只木盆，里面是一大堆泡在水里的衣服。喻老师靠在卫生间的门边，背对着我，小声地跟杏荣姐讲着话，我听到了鲁金的名字，洗衣服的响声就没了，我在厨房门外缩回头，就听到了压抑的哭声，喻老师的声音愈发轻下去，显然是在安慰杏荣姐。杏荣姐的啜泣声越来越急，变成了抽泣，努力压低着，不敢放声。我的心跳在加快，躲在门外，又忍不住小心地探头往里看，只见黑暗中，喻老师已在门边蹲下来，杏荣姐坐在小木凳上，手还泡在一盆衣服里，喻老师的声音带上了浓重的鼻音。杏荣姐说一句后停顿良久，重而低沉的"呜呜"声，可能是压抑得太狠，带着呼呼的低鸣，好像哭一声，咬住一团布，又因乏力而没咬紧，听上去非常怪异。作为一个孩子，我之前从不知道人是会这样哭泣的。我第一次见到杏荣姐竟是在这样的情境下，她是鲁伯最爱的女儿，她心爱的弟弟死了，她却不敢放声痛哭。

我悄悄地退回自己的房间。

第二天我再从托儿所回来，就不见杏荣姐了。我去问姆姆，她说杏荣姐已回柳州去了，从姆姆家的窗口望出去，晾衣竿上搭满了衣裳，我知道那是前夜里杏荣姐洗出来的。姆姆自语道：她的孩子还很小，她要赶回去照顾的。从那之后到"文革"结束，我没有见杏荣姐再回来过。我听到喻老师跟大人们讲，杏荣姐的丈夫出身好，很上进，入了党，还当上了学校的领导，他坚决反对杏荣跟她那"历史反革命"的父亲来往。杏荣姐在那样的天平中做出无奈的选择。

接下去的日子更差了。整个学院里乱成一团。我看到很多小朋友的父母也戴上了高帽被游斗。父亲被隔离审查去了，身体很差的母亲也被弄去农场劳动，家里也被抄过了，连我最喜爱的一对玻璃糖罐也被抄家的人收走了。喻老师被打得流鼻血。有一天我突然听说前楼的秦科长自杀了，跟着人们跑去看。到了那楼下，听说火葬场的车已经来过，秦科长的遗体被拉走了。大孩子说他们看到秦科长的舌头长长地掉出来——他们比画着，将我吓得直哆嗦，从此记住了，上吊的人舌头会掉出来好长好长。再后来，我亲密的小伙伴阿康的父亲也"自绝于人民"了。

鲁伯这时更是无声无息，铁青着脸，与身边的世界不做任何交流。可他仍在劫难逃。姆姆哭丧着脸告诉我，鲁伯因被定性为敌我矛盾，开始被扣发工资，按每人十三元的标准给他们发放生活费。那就只够吃饱，没法像往时那样能经常吃鱼吃肉了，连鲁伯买烟的钱都很难挤出。他们先是砍掉周末去城里走亲戚，姆姆叹气说，你想想嘛，坐公车要买票不讲，每次见到侄儿侄女的小孩子也不能空手啊，现在荷包都空了，就不去了。大概见他们一连几周没去，姆姆的侄女就来了，走时还给她留了十五元钱。从那以后，他们周末又进城走亲戚了。他们还是像过去那样，每回出门都要换上自己最好的衣裳，头发梳理得清清爽爽，像姆姆说的，马要鞍装，人要衣装，两人这时果然看上去很是体面的。那城里的她侄女每回都会塞个十块八块给她，她就讲是借的，要一笔笔记下来，将来有机会要还。有来自兄弟和侄儿侄女们的关照，应该是姆姆和鲁伯在那段日子里最大的安慰。姆姆也就是从那时起，开始为宿舍区里的人家带小孩子，以贴补家用。

日子过到1974年夏天，母亲分到了宿舍区里另一楼里的一套三居室单元，家里有自己单独的小厨房和卫生间了。我已经上学多时，世界一下显得大多了，开始还不时会去姆姆那儿转转，慢慢地就稀疏下来。

到"文革"结束，由于忙于准备高考，我就基本没再得空去找姆姆了。忽然有一天，听说鲁伯查出了胰腺癌晚期，吓了一大跳。我在宿舍区里见到了专程从柳州回来照顾鲁伯的杏荣姐。她比我当年见时显得更年长了，个子小小的，剪个运动头，搀扶着鲁伯进进出出去看病。鲁伯的脸色更瘦了，脸色蜡黄，很热的天里还穿着厚厚的外套，听大人们说鲁伯已没有希望康复了，大家叹着气，又说，最爱的女儿毕竟回来尽孝了，陪他走人生最后一程，对他是很大的安慰啊。

鲁伯不久就走了。鲁姆姆看上去一下就老了很多。杏荣姐随后就将她接到柳州跟他们一起生活了。我忙于准备高考，越来越少有时间想鲁姆姆一家。等到了高考结束的那年夏天，忽然听说鲁姆姆回来了。我在宿舍里撞到她，看上去瘦了不少，头发很白了，但说话还是中气十足，穿着浅灰色的短袖斜襟唐装，步子比过去慢多了。她见到我很高兴，唤她的一双外孙过来叫我"姐姐"。他们看上去应该比我小几岁。姆姆由杏荣姐陪着，回来落实鲁伯"平反"的事情，院里给她补发了当年扣的鲁伯工资。杏荣姐话很少，只看着我浅浅地笑，说我长大了很多。她的声音是清亮的。我已经晓得告诉姆姆，我为她感到高兴。她晚年终于能跟女儿一家在一起了，又有两个可爱的外孙儿女，以她当年对小孩子的那份热情，她一定会很享受这份迟来的天伦之乐。她给我带来一包水果糖作为礼物，一如当年的鲁金那样。

那次是我最后一次见姆姆。之后的人生，便是一路飞奔，越跑越快，越跑越远。偶尔会想起姆姆，也总盘算着等有机会要到柳州看看她，后来就听到了她在柳州去世的消息。按她早年担心的，她是走在了夫后。我只希望她最后闭上眼睛的时候，并不觉得这个世界是"黑麻麻"的。

双城记：北京与北海

陈建功

这几年常往北海跑。北部湾畔的那座小城，是我的家乡。记得1957年初到北京的时候，人问"哪里人"，一说"北海"，人皆茫然，闻所未闻的样子。有些牛哄哄的同学还装傻充愣，说："北海公园?"令我悲愤了很久。没想到到了1993年，那里竟"火"了起来。好几位做房地产的朋友听说我是北海人，问："没回去拿块地吗?"或问："能回去帮拿块地吗?"拿地，我肯定是没招儿的，不过遥远的家乡，让那么多双眼睛突然放出了光，倒也令人豪情万丈。

随父母移居北京那年，我还不满8岁。上北京，是我朝思暮想的。虽然我爸回北海之前，我都没见过他；见面没几天，因为我的骄蛮，还挨了他一顿揍。即便如此，为了上北京，我甚至不惜做了我爸的"同谋"：为动员心存疑虑的祖母一同北上，我爸到珠海路去找了个卦摊儿，我看见他和算命的"盲佬"（此系旧时对失明男性不尊敬的叫法，今已不妥。——作者）嘀嘀咕咕，还偷偷给他塞钱，后来就看见我爸把他带到祖母面前，说北京的风水怎么怎么好，富贵寿考长宜子孙……在成人眼里，孩子的智力永远是被低估的，先父在天之灵，恐怕万万也不会想到这个"诡

作品信息

原载《美文》2017年第2期。

计"早已被我识破。我的祖母当然也不知道里面的故事，但富贵寿考的梦想，最终也填不满思乡的寂寞。只一年，祖母就回北海去了，几年后终老故乡。屈指算来，那都是近一个甲子之前的事了。当年那个8岁娃娃，早已被北京"同化"。被"同化"的证明是，我成了所谓的"京味儿作家"。当然，我知道深浅，对这"封号"老有点儿战战兢兢，唯一有信心的是，说"京片子"还是够格儿的。我的一位老乡到北京闯荡了好几年，至今那"儿"化韵还拿捏不好，时不时就把"倍儿棒"的那个"儿"，说得"字正腔圆"，要么就把"特好""说成个"特儿好"。闹得我忍无可忍，说："您就别费那个劲儿啦，就算把'儿'闹明白了，您离'京味儿'也还远呢!"我说的是实话。弄明白京味儿，"儿"化韵也好，"双声叠韵"也好，还都是皮毛，要是会夸饰、会自嘲呢，这才沾上点儿边儿。说起来应该是二十几年前的事了，电视连续剧《编辑部的故事》播映之前，剧组举行了一个记者会，有记者问编剧王朔对此剧的自我感觉如何，他说："顶不济也是本儿《飘》，闹不好还是本儿《红楼梦》呢!"结果到了第二天，报纸上满是对王朔"狂言妄语"的嘲笑和批评。记得后来我还写文章打抱不平，大概意思是，你们怎么就没听明白那是自嘲，人家蒂根儿就是跟你们开玩笑呢!

弄明白北京话哪些是正话反说，哪些又是反话正说，还不算明白了北京人的"精气神儿"。

北京人的"精气神儿"，在他们的活法儿上。

宠辱不惊的处世哲学，有脸儿有面儿的精神优势，有滋有味儿的生活情致，自信满满的神侃戏说……这活法儿从一个"制度笑柄"里孕育出来——"大清国"凋零落幕，"铁杆庄稼"自然就雨打风吹去，甭管祖上是皇族贵胄还是八旗兵丁，当您把最后一只扳指抵给了赊账的绸布庄或酱菜园，就得盘算着全家的嚼谷该上哪儿淘换了。要么，您得悄没声儿溜到天桥儿去，找个茶馆唱唱子弟书、什不闲；要么，您就赁辆洋车拉个晚儿?……皇城根儿"老辈儿"波峰浪谷的人生遭际，挂不住的脸面与贵族的"死扛"，扔不下世代传承的子弟"玩意儿"，却不能不做起士农工商，一边吹嘘着过往的繁华与体面，一面又与引车卖浆者流请安唱喏……渐渐地，它被敷衍成一座城市的生活态度，一种有滋有味儿的活法儿。它造就了平民北京文化的魅力。

我是在"寻根文学"风生水起的时候，感受到其中魅力的。

我在人民大学的大院儿里长大，其实离老北京还隔得很远。18岁到28岁之间，到京西挖煤，算是混到了京郊的底层，但对北京的了解，也边缘得很。那时，忽然读到一本张次溪先生著《人民首都的天桥》，感到发蒙启蔽般的震撼。这本书是张次溪对旧京游艺场天桥的调查。它一一列数了近半个世纪的"天桥人物"——几代"天桥八大怪"和其他"撂地抠饼"的艺人们，它还记录下尽可能搜集到的相声段子和俚曲唱词。一首一首地读下来，你仿佛能看到那暴土扬烟、人头攒动、百艺杂陈、嬉笑怒骂的现场……重要的是，这本书引领我读到了北京平民的生活哲学。记得这书是李陀从北影图书室借出来的，文不对题的书名，倒让我看出作者欲借"正能量"的名义，保存旧京民俗的苦心。据说，这苦心好像也没修得"正果"——李陀告诉我，此书只有20世纪50年代初"内部发行"的一版，数量极为有限。"内部发行"的理由是：这哪里是"人民首都的天桥"，分明是旧社会的天桥！平心而论，这"判决"倒是准确的，尽管它遮蔽了一个学者沉潜于平民文化而焕发的心灵之光。我却循着这光，找出属于我的激情来。

30年前，我沉浸于"京味儿"中探胜求宝的时候，做过一个演讲，题目是《四合院的悲戚与文学的可能》。我描述了"四合院"那牵儿携女的家庭序列的瓦解，叹息传统的情感方式和思考样式所面临的挑战，当然，最终那话题谈的是，文学在这进程中可能做些什么。

30年后，我发现当年采访过的人物已经先后离去，曾经名满天桥的艺人"大狗熊"孙宝才，由我介绍为金庸先生表演过"叫卖"的臧鸿，给我讲过家史的"爆肚冯"第三代传人冯广聚……和他们一起消失的，是我曾经非常熟悉的那些胡同和大杂院。用一个北京"老姑奶奶"的说法，现如今城圈儿里哪儿还有北京人哪？"老姑奶奶"家由皇城根儿搬到了天坛根儿，现在都搬到六环根儿上去啦！

那些有滋有味儿的地方和有滋有味儿的人，仿佛一夜间没了影儿。

就像那句老歌儿所叹，"不是我不明白，是这世界变化快"。

我问自己，是不是应该到六环根儿上的公寓楼里，找那些皇城根儿的老街坊们？我去过几次，发现真正的京味儿，还可以在楼上楼下邻里之间感受得到，但可以预见的是，它马上就会消失在历史的天空。

我为自己的失落而胆怯，这是落伍于时代的信号。

最终我发现，只有回到北海，才能找到那种暌违已久的滋味。这是一种"落伍者"的欢喜？

其实，北海并没有"落伍"，它的变化也是吓人的。我不想沿用某些写新闻的朋友欢喜的句式——欢呼北海由一个名不见经传的"小渔村"，发展成一个什么什么样的城市。满满的正能量固然令人振奋，但这"泡沫时期"的误读，已被国家确认的"历史文化名城"所正名。我欢喜的是，北海虽变，但仍有许多足以唤醒内心波澜的东西留在那里。

"少小离家老大回"的我，已经不被看作是北海人了。在公共场所，好几次都听见当地服务员用北海方言来喊话："喂，给那桌的'捞佬儿'上壶茶！"等等。"捞佬儿"是北海人对北方人的统称。据说新中国成立之初，来自北方的汉子们逢人便称"老兄"，被北海人听成"捞汹"，便称他们作"捞汹佬儿"，久之，便以"捞佬儿"名之，其中并无不敬。每逢此时，我常常出其不意地用北海话问他们："有没有搞错？哪个是'捞佬儿'？"北海乡亲见俚语被我戳破，先大窘，后大笑，我几乎猜得出他们的心思，定是惊叹："这'老嘢'咁'肥'，掂觧仲系北海人！"（这老家伙这么胖，咋地还是个北海人？）事后回味此事，笑自己：难道就为这点儿"得瑟"，你才时不时往北海跑？

这当然不是主要原因。人在故乡所感受的那种更深层的得意，实在是很难一言以蔽之的。譬如那条老街，在我看来，真是一个百看不厌的所在。每次回去，我会到街口的一家咖啡馆喝杯咖啡，俨然要先品品"百年"的醇香。然后就站在当街，眺望那由近而远的，中西合璧的骑楼。曲曲折折的屋脊，在湛蓝的天空上勾勒出一对棱角起伏的线条，延伸向遥远的天际。除了大长假，一般的日子里，老街并不熙熙攘攘。三三两两的游客，在自拍或者被拍，有的则用塑料袋裹着刚出锅的虾饼，一边吃一边闲逛……而我，更愿意在夜半更深时走进这里，好像还能听见石板路上的木屐声和木栅的关门声。每走过一个路段，或想，这个骑楼底下，就是60年前那个"盲佬"的卦摊呀；或想，当年这栋楼里住着我的外公外婆，或许现在还供着他们的遗像呢……借郭德纲和岳云鹏的口气："我是有故事的人！"走在这街上，你不能不自恃优越，你自认为比所有"到此一游"的人都有滋有味儿。

但我知道，更吸引我的是，回到这里，有重新回到8岁时的快乐。

顿悟是在刹那间产生的。

那天清晨，我骑着自行车，到不远的侨港海滩游泳。惯常的做法是，我在家里换上游泳裤，骑车到海滩，脱下套在外面的短裤和T恤，锁在车前的网筐里，再把单车锁在一个牢靠的地方，通常是海边的铁栅栏或电灯杆。我一般会在海里游1千米左右，耗时35分钟。这是我在游泳馆里测出的速度，因此我也会在35分钟后回到岸边，套上短裤T恤，骑上车回家。可是这天的"35分钟"过后真令我尴尬：游泳裤小兜儿里装的钥匙竟少了一把——那个装衣服的网筐的钥匙，丢了。那挂锁虽小，弄开并不容易，也没工具，再说家里还有一把，我何苦在海边劳神？我毫不犹豫地选择——也只好选择——穿着游泳裤回家了。就这样，我光着膀子，面无愧色地穿过侨港镇，又面无愧色地骑在金海岸大道上，最后面无愧色地骑入我所住的小区。如果不是这"面无愧色"被人发现，我会永远面无愧色。有趣的是这一切被一个女大学生在她家的阳台上看见，此即冯艺、张燕玲夫妇的女儿相宜——现在是陈思和教授的博士生，也已经让大家读到她很好的批评文字了。冯艺夫妇在北海和我是邻居，这次趁着暑假，携女儿前来小住。相宜见她熟悉的"陈叔叔"骑着单车，赤膊出现在小区的甬道上，花容变色，惊叫道："爸妈，快看陈叔叔呀！"适逢当晚我们与北海的文友们小聚，大家在海边排档烹鱼灼虾，把酒言欢，冯艺夫妇就把这事当笑话说了出来。张燕玲说："哈，原想讹一笔，忙着去拿手机来拍照呢，结果你进了楼！"相宜说："陈叔叔豪爽，如入无人之境！"

听着故事，我和大家一起笑，说："到了北京，警察会以为'行为艺术'又出来了呢！"

这时，该用方清平的口气收场了："我当时以为自己还是8岁呢！"

总角流年（节选）

严风华

折 身

1949年12月的某一天，龙州解放前夜。邬民飞带着他的妻子和14岁的女儿，正日夜兼程地往越南海防逃亡。

邬民飞当时是广西对汛督办署一名下级军官，先后在凭祥、龙州两地海关做外事工作。这个对汛督办署，是中法战争结束，清政府和法国政府在天津签署了《中法会订越南条约》后，经双方商议而设立的机构。其时，龙州被辟为广西第一个对外通商口岸，对汛督办署就是专门负责处理中国与法国、越南的外交事务。所谓对汛，即驻有武装之地为"汛地"，彼此对设汛署，即曰"对汛"。广西对汛督办署意为"广西国境警察局"的意思。第一任对汛督办是广西提督、太子少保苏元春；第二任督办郑孝胥到任后，立即将督办署从凭祥迁到龙州利民街。邬民飞当时任法文翻译，写得一手毛笔字。

他知道，龙州一旦解放，那等待着他的将是一个不测的命运。所以，他不得不

作品信息

原载《南方文学》2017年第2期。

带着妻儿，忍痛离开家乡，赶上停靠在越南海防的最后一艘国民党军舰，去台湾。当时他们逃亡的路线是：先从龙州的丽江坐船到邻县宁明的明江，然后从宁明边境进入越南，到海防。

但当他们上了岸，来到宁明县边境线上一个叫马鞍村的地方时，情况出现了变化。邬民飞妻子平日以卖豆腐为生，长期操劳，染病在身，身体十分虚弱，而女儿年岁还小，经过两天的跋涉，她们已经体力不支，行动缓慢。按如此速度，恐怕无法赶到百里以外的海防，按时登上这艘唯一的一趟军舰了。无奈之下，邬民飞决定，他一个人先走，等以后安定了，再回来接她们。

当时适逢冬天。他们除了带出一些路费和御寒的衣物，就别无他物了。风从江面刮来，徐徐地，却有一种透入骨髓的冷。江边的竹丛，叶子已经泛黄，在风的作用之下，竹尾顺着风向不停地摇摆，"沙沙"的响声，抖落许多黄叶。站在路口边，邬民飞要与老婆和女儿告别了。当时的礼节，不会有今天那样的拥抱、握手、吻别之类的造作和烦琐。他只是向她们挥挥手，转身就走。邬民飞是个军人，身高一米七几，身板挺直，英气十足。但此时的他，高大的身躯却现出了一种难以察觉的单薄与孤寒，步子迈得多么迟疑和凝重。看着他在竹林中渐渐远去的背影，他的妻子知道，这是最后的告别了。岁月的磨砺，世事的困苦，迫使她强忍住了泪水和悲伤，只是用目光表达了送别的留恋。而十多岁的不谙世事的女儿，已明白这是一种骨肉的分离，悲伤之情一下充盈心间。她紧紧拽住母亲的衣襟，一头埋在母亲的怀里，浑身颤抖，脸颊通红。她想刻意地压制住哭声，不想让父亲听到，否则影响了他的行动。但眼泪还是不听话，扑簌簌地淌下，一直淌到嘴角。眼泪渗到嘴里，味道是咸的，这就更加触发了她的悲伤，忍不住突然"呜"的一声哭出来。这哭声有些嘶哑，且断断续续。虽然微弱，但随着风的流转很快就传到了邬民飞的耳朵。他一听到，就一下子愣住，赶紧回过头来，看了一看妻女那孤苦的样子，心一软，折身就返回来了。

这一折身，是邬民飞刚才一直怀有的念头。毕竟，抛下妻女，他于心不忍。况且，这一离别，何时才能相逢？这个家没有了他，她们怎样生活？一连串的困惑使他实在不忍独自离去。倒是女儿的哭声给他找到了折身的理由。

但这一折身，就完全改变了他的命运。

也许，在此之前，他一定想了很多。如果他去了台湾，除了承受骨肉分离之苦外，那么，他身后所发生的一切，他将不用去承担什么；而如果他返回家乡，今后所有的灾难，他将要完全担负。但他最后一想，这么多年，无论是在官府做事还是与邻里相处，他从没有欺压百姓的言行，估计新政府对他不会有什么不公。

他们又重新坐船从明江而丽江返回龙州。后来，邬民飞的女儿邬淑德在龙州结了婚，邬淑德就成了我母亲，邬民飞就成了我外公。龙州便成了我的出生地。

母亲一直说，当年如果不是她的一哭，外公就真的走了，去台湾了。

如果外公去了台湾，那绝不是什么好事情。

石　枕

不知是哪一年，一个关于教师下放农村的政策下达，母亲不可避免地被排上了号。学校原本是把母亲派往金龙乡的，因为父亲还在金龙中学教书。但母亲坚决不从，她知道在乡下生活，远比城里艰难得多，何况她还要养育我和两个弟弟。她只好选择到外公所在的生产队里做一名菜农。毕竟，那里与原住地近一些。

外公是我们几个孙子唯一能见到的祖辈。外婆、爷爷、奶奶早在我们出生前就去世了。

我外公的家就住在城南唯有的一条街——利民街里。外婆已谢世，所以外公一个人独住。那间房子，也是一间简陋的茅草屋，屋门前就是街道。直直的一条街，东西走向，就在丽江边上。与对面的龙江街遥遥相望。

从朝阳小学到利民街不远。从学校出来，往西走400米，穿过谷扣村的村民自留地，上了公路，往南走过县城唯一的大桥——龙州大桥，就是利民街了。全程大约就20分钟。

严格地说，龙州大桥已属第二座桥。往西大约500米，早在100年前就建有一座铁桥，那是当时的广西都督陆荣廷及其内弟——广西巡防师师长谭浩明一起倡议兴建的。铁桥始建于1913年，是广西最早的公路铁桥，也是龙州城南北之间互通的唯一通道。据史载，通车典礼那天，为"固基"和"驱邪祛秽"，以"祭"新桥，师长谭浩明命部下抢来两名穷家少女，吊死桥头，其情景惨不忍睹。1931年3月，龙州起义不久，桂系军阀出动大军五千多人分三路从东、西、北三面进犯龙州。由于龙州南面临江，丽江河上唯一一座铁桥成为红军阻击桂军的有力屏障。但因寡不敌众，红军400多人全部壮烈牺牲。

可惜，铁桥最终被炸断了。

先是1939年4月，日本军第一次进犯龙州时，用小钢炮炸烂了桥面。1944年10月，日本军第二次从南宁地区向左江地区进犯，时任国民党守军的133师师长、白崇禧的外甥海兢强，惊慌失措，在敌军远未到达之时，竟下令通讯排提前炸毁铁桥。仅仅运行了31年的一座桥梁便如此草率和狼狈地寿终正寝。余下的残骸，全部被拆卸炼铁，如今只看到两座斑驳陆离的桥墩。

当母亲带着我和二弟、三弟来到外公家落脚时，外公始料不及。外公家很窄，只有一间用木板围起来的卧室，里面有一张床，其余为厨房和客厅。其实根本就没有厨房和客厅之分，两处都是相连的，空空荡荡，无甚摆设物。如此环境，实在没法安置我们母子四人，母亲只好带着两个弟弟到街上的亲戚家住，让我跟外公做伴。她白天出去做工，只有在午饭和晚饭时我们才在一起。

我从来都没想到，我们一家与外公所在的那条利民街会有什么瓜葛。我们一直住在学校里。这所学校远离城区，故而僻静，单纯，也无聊。我们突然一下变成了"街上仔"，能与街上的孩子们尽情地玩耍，我感到十分的快乐——如果这也算快乐的话。

当年，外公他们逃亡越南海防不成，回来没几天，龙州便解放。后来，我外公就被戴上了"四类分子"的帽子，在利民街的生产队里劳动，以挑粪为业。

因为血缘，我和外公意外地生活在一起，而且充满了新鲜感。每天晚上才九点多钟，他就要我上床睡觉。若是冬天，他就更早地叫我上床，目的是给他暖被窝。

而他睡之前，就坐在客厅太师椅上，边抽烟，边和隔壁那个拉马车的阿公聊天。他们之间的墙壁，都是用木板隔的，彼此打个哈欠，都能听得到声音；划根火柴，也看得见光亮。他们聊够了，外公才上床，我也睡着了。第二天早上五点多他就悄悄地起来，挑起粪桶出门，去淘粪。出门前他已经把昨晚的旧饭煮成粥，留给我吃。我吃了，就到江北的朝阳小学上学。

外公有一头银白的头发。无论何时，都剪成小平头。他上街，总有些小孩见了他就喊"白头翁！白头翁！……"他就笑呵呵地应答，他已经忘记了他是"四类"的身份。若是碰到恶意的取闹，他就不去理会，快快地走过去。

他收工回来，会很认真地摆弄他的晚饭；每个晚餐，不管有菜没菜，他必定喝上二两酒。吃了饭，他就坐在太师椅上，一根一根地抽烟，等天黑。他睡觉时，每次都从床头拿出一顶黑色的无檐礼帽，戴在头上。他的睡姿永远都是仰姿，身体总是笔挺笔挺的。他的枕头很小，硬得像块铁，外面是用一张报纸包着，时间久了，表面已经油光发亮。

我曾经在床上玩耍时不小心被那枕头角磕着，头上起了块包，所以对它十分的好奇，我曾翻动过，感觉又沉又硬，并且有一种透心的冰冷。别人的枕头都是棉花做的，既软又轻；我也曾见过一些老人的枕头，至少也是木枕或瓷枕，外公又沉又硬的枕头是什么做的呢？

外公家徒四壁，没什么物件让我感兴趣。但唯独这枕头能让我产生想象。我经常有要揭开其中奥妙的想法。

有一天，趁他不在，我趴在床上，一层一层地打开了报纸。我渴望那是一个百宝箱，里面藏有很多的宝贝，比如白银，黄金，或者铜钱。报纸在一层层揭开的时候，里面流出了一些粉末。报纸终于全部打开，是两块叠一起的青砖头。

我当时就想，外公的枕头为什么不用棉花做呢？

利民街南面有一个法国领事馆。原先是清末时期中法两国为修筑龙州至越南同登铁路而建设的配套建筑——火车站，建成于1896年。法式风格，两层，内部的楼梯、栏杆、门窗，均用龙州的百年蚬木做成。但后因双方在铁路轨距争执的原因，铁路没有建成，车站就失去用途。1908年，法国将驻龙州领事馆从原设在水口河与平而河交汇处的篓园角迁至空置的火车站，成为广西第一座外国领事馆。当年，在对汛督办署工作的外公因公干，常常来往于领事馆，与法国人接触多了，学会了喝酒，后来竟然嗜酒如命。但那时，哪能天天有下酒菜啊。偶尔有一顿豆豉焖排骨，那都是外公亲自做的，味道正，色泽好。动筷之前，外公就向我和二弟交代（三弟还小，吃不动），吃完了肉，千万不要丢了骨头，必须交给他。我以为作甚，后来才知，他把我们吃剩的骨头，全都装进他的碗里，就着酒，重新再啃一遍，属软骨的咬碎吞下，有骨髓的咬破吸干，咬不动的也要吸尽了肉汁才丢弃。有一次，我将平时从垃圾堆里找到的牙膏皮、铜线、鸡毛鸭毛到龙江街桥头下的收购部卖了，得了一毛五分钱（我每一次不管卖什么东西，有多重，得到的款项都是一毛五分钱），交给外公。外公立即叫我去买回一毛钱的木薯酒，五分钱买一个牛耳饼。回到家，外公将饼分成三份，一份留他自己，另两份给我和三弟。我们坐在饭桌前，他左手抱着三弟，右手拿饼块，啃一小口，放下，拿酒杯，喝一口，当场就把那一毛钱的酒就着牛耳饼喝了。当时我十分得意，我那一毛五分钱，就让我们祖孙仨饱餐一顿。

吃完了饭，都是我洗碗。当收拾到外公的酒杯时，我就停顿下来。他的酒杯，就这么一个，口大底小，呈倒三角形，大约能装一两酒。用得久了，没有认真清洗，杯子里结了一层垢。见外公平常喝酒喝得有滋有味，我也想尝尝酒到底是何种味道。我把酒杯倒扣过来，往嘴巴里倒，往往都能倒出两滴酒来。那两滴酒还没流进喉咙，就在舌面上化开了，有点苦，还有点辣。但我竟然很快就习惯这个味道。

我后来也嗜酒，酒量惊人，也许跟这有关。

外公没什么朋友。他那身份，没人敢跟他做朋友。偶然他会到对面一个老汉家里聊天，一回来，就会被我母亲骂：你去别人家干吗，你这样会影响人家的。有时母亲用旧报纸包衣服之类的东西回来，刚放下，外公就把报纸拿走，坐在门槛上，戴上老花镜读。母亲一见，立即火急火燎地去抢：你想害我啊！你是"四类分子"，怎能读这些报纸？

倒是有个人，可以随随便便进出外公家。他和外公年纪相仿，头发也花白了，但个子稍矮，背还有点驼。夏天里最爱穿运动裤，有时是蓝色的，有时是白色的。进门之前，他先把肩上的一担粪桶放下，然后声音朗朗地笑着进来。他跟谁都打招呼，包括我。外公和母亲都很热情地回应他。但他说的话我听不太懂。有点像普通话，也不全像。但当时我就知道，他肯定是个外乡人，因为在我们这里，没一个人说他那种话的。

他和外公聊了一阵，外公就把烟蒂一丢，到后院里也挑出一担粪桶，和他出去了。

那时是下午四点多钟。我知道，他们是在出晚工。

龙　州

我家住在朝阳小学，离城区有两公里远，如果实在没有什么事情，我们是不能到城区里去玩的。城里发生什么事，有什么好玩的东西，我们是全然不知的。

事实上，古城龙州，是一个比学校大得多的大千世界。

龙州建制于唐先天二年（713），至今1300年，地处中越边界，往西，水陆皆通越南；水路丽江汇入百色右江后，可通百色、云南；往东南，水路接南宁、梧州，可达广州。故而，作为水陆交通要道，历来为兵家必争之地，也是商贾必经之路。广西第一条铁路筑于龙州（因越南方原因未通车）；广西第一个领事馆——法国领事馆设于龙州利民街；中法战争，广西提督苏元春屯兵于此，于城北山峦筑小连城防范；陆荣廷青年时期在龙州中越边界水口发迹，才成为两广总督。抗美援越，龙州成为中国兵员、军用物资进入越南北方的运输通道。

就商家而言，货物进出多借水路，故而，龙州码头特多。据统计，龙州城内大小码头总共有29个之多。可想而知，当年，龙州城丽江边上，各种大小船只，穿梭于江面，真有如过江之鲫；兵、商、民等进出码头，更像倾巢出行之蚁，其情景是何等的壮观！

故而，龙州城商铺多街道也多。全城人都知道，龙州城统共有18条街。但这么多年，我还没见过哪个人能把18条街的街名完全数得出来。

有一年冬天，龙江街一个最大的码头下面，聚集了一大堆人。不少青年人脱了鞋脱了外衣外裤，下到冰冷的江水中，不知打捞什么。走近了看，江边浅滩已被挖得坑坑洼洼，那些打捞人在冰冷的江水长时间的浸泡之下，手脚已被冻得通红，但他们全然不顾，一直专注地在沙石里，寻找一样值钱的东西——子弹壳。

那时的子弹，很多是用铜制的。拿到县收购部去卖，可得不少钱。

时不时，这边或那处，发出一阵阵呼叫声。子弹壳纷纷被找到，大多是步枪子弹壳，有大人食指般大小。

他们谁都不明白，这地方为何有这么多的子弹壳。

上年纪的人知道，这里发生过一场惨烈的战斗。

当年两军对垒，在两岸之间不知射出了多少枪弹，也不知流下了多少血水。那遗留的弹壳，只是那段历史的点滴记忆。但后人打捞的只是战后的弹壳，却打捞不了当年的惨烈。

有一次，我在最繁华热闹的康平街上，看到银行出版的宣传墙报，当中有一首诗，我至今仍然背得：

龙州打铁街，有个李老大；
银纸八百块，把钱土中埋。
洪水浸过街，把钱都浸坏。
……

银行的意思是，叫大家有钱就到银行存，而不要像打铁街的李老大那样私自藏钱。

这是一个真实的事件。关键是，在当时，打铁街的李老大能有800块私存，那实在是了不起了！

打铁街在县城最大的集市新填地的东面，与新填地相接。街道全长约150米，街面宽约20米。是东面通往集市的必经之路。街道两旁，家家户户在门前都设有打铁坊；而街的西面，进入集市的拐弯处则是集体菜刀社。与个体打铁坊比，那是一个更大的打铁坊。用木板搭建而成。

打铁街主要出产菜刀。兼打制其他铁器，比如锄头、柴刀、斧头、犁耙等。

龙州菜刀自清朝起，享誉东南亚。那些菜刀，全来自打铁街。

龙州菜刀的特点是，刀口锋利，经久耐用。尤善砍骨，多大的骨头，一刀下去，必然断裂，而刀口不钝不蹦。

传说，打铁街的菜刀原先名不见经传。有一次，黄记铁铺要与李记铁铺比试菜刀。比试的办法是，看谁的刀能砍断的铜钱最多。

比试的结果是，黄记铁铺的菜刀一刀下去能砍断五枚铜钱，而李记铁铺的菜刀一刀能砍断七枚铜钱。从此，李记的菜刀声名鹊起。龙州菜刀跟着名扬天下。打铁街由此而得名。

那个能有800块私藏的李老大，是不是李记打铁铺的后人，不得而知。

打铁街真是名副其实的铁器锻造中心。每天一大早，打铁街家家户户的打铁坊包括集体菜刀社，风箱拉得呼呼地响，火炉烧得通红。不一会儿，"咚——叮，咚——叮……"打铁的声音此起彼伏，路过的人，都忍不住往里看，看到的是，作坊里，不是父子，就是兄弟，彼此面对着火炉，抡起铁锤，你一下，我一下，锤得火星四溅，看的人，都心惊胆战，不可思议。冬天里，他们竟然穿着单衣，年轻的甚至光着上身，那右臂的肌肉一块块隆起，看的人，不由得起鸡皮疙瘩。

所以，那时打铁街的人特别大气。上街买菜大都不讲价；男人们走在街上，人们大都认出他们是打铁街的人，因为他们大都长得矮，手臂粗壮，胸肌发达。

我有三个打铁街的女同学。一个是小学同桌，两个是初中同班。她们都很壮实，且凶悍。

后来，外地人有所不服。有人说，龙州菜刀之所以好，是因为用了法国的铁轨做材料。清朝末年，法国与清政府签订协议，要在龙州和越南同登之间修建铁路，后因越方的铁轨宽度与中方的不符，最后无法通车。铁匠们便使用了法国提供的铁轨做菜刀。

也有另一种说法。因为龙州菜刀淬火的水是用了青龙溪的水。从打铁街东头流入一条溪水，经打铁街、新填地，通过新填地南边的青龙桥，流入丽江。此溪叫青龙溪。

据说青龙溪水质特好，有丰富的矿物质，菜刀用此水淬火，刀就特别坚韧。

这两种说法都没有依据。法国铁轨终有用尽的时候，不至于到了七十年代还有吧？

青龙溪是一条季节性溪流。每年七八月涨水，到十二月底枯竭。一年里有半年无法用青龙溪的水。这么说，打铁街有半年时间出品的龙州菜刀是次品的了？

三棵杉树

那三棵杉树是谁种的？

那三棵杉树是什么时候种的？

父亲不在的时候，我就坐在书桌前，长时间地看着窗前的三棵杉树出神，然后想着这两个问题。

这是谁都无法回答的两个问题。

后来什么都不想了，就只看杉树。

杉树齐屋顶高了，彼此挨得很紧，树丫掺着树丫。树上有些果子，黑黑的，肉丸子这么大，时不时掉一两个下来，"噗噗"地响。下雨的时候，杉树的叶子，像泡过油似的，亮亮的，油油的，坠得厉害；水珠子"嘚嘚嘚"地滴，满世界都是这个声音。雨停了，鸟就从不同的方向飞来，有时是一双，有时是一群；要么觅食，要么啼叫，要么小憩。有些落得低矮，发现了窗口里的我，一个惊叫，噗啦一声飞走了。

树枝一抖，叶子上的雨珠就"嘚啦嘚啦"地落下。

大概是下课时间了，老师们纷纷回来，宿舍就有了人声和开门声。大多是从我的窗口路过，发现窗口里有个小孩，有的就突然止步，回头看一眼，笑一笑，有的根本没有任何表情，走过去了。

我很怕看见一个老师的眼睛。他的眼睛，不大不小，和正常人一样。但他的眼睛不是黑的，而是灰黄色的；眼珠周边，白中也泛黄。他和我们碰面，都是一晃而过，从不跟我们说话，连一个微笑也没有，脸色永远是灰灰冷冷的。一个从不说话却又彼此认识的人，用一颗灰黄色的眼珠看你，那是很不自在的。而且，他的眼神很坚定，很专注，很冷漠，似乎能把你看穿看透。我就常常被他这样的目光注视，而感到害怕，感到无助，感到六神无主。但我又不知道如何向父亲表达这种害怕。所以，在金龙，我因为这样的眼睛而害怕白天；因为教室的汽灯而害怕黑夜。

有一天，几个老师在我家门前的那几棵杉树下下棋。那颗"黄眼珠"也在。下了几盘，他们累了，都伸了伸懒腰，要散了。突然，"黄眼珠"说，噢，今天我来了客咧，要杀鸡呢。有几只项鸡就在他们旁边觅食。有老师说，喏，那不是你的鸡嘛。"黄眼珠"试图去抓，但他一靠近，鸡就跑了。"黄眼珠"想一想，转身进屋，不一会儿拿出一支风枪，往那几只鸡瞄了瞄，只听见"噗"的一声，其中一只脑袋中弹倒地，翅膀打拍了几下，死了。"黄眼珠"收起枪，提着鸡脚，回家去了。

我从没见过这样宰鸡的呀！

但那次我竟看见"黄眼珠"第一次露出了很灿烂的笑容。

我读初中的时候，"黄眼珠"调到了县教师进修学校。那是我到一个玩伴家里玩的时候看见的。我看见他的时候，他的眼球依然是灰白泛黄，依然用那种坚定、专注、冷漠的眼神看人。但那种神情明显已经苍老、乏力，已不足以让我害怕。估计他已经记不得我了，但我永远记得他。

岁月是很公正的。

一个人不再让别人害怕，说明他衰老了。

一个人记不起熟人了，说明他真的老了。

而我正年轻着。

在金龙中学，倒是有两个人我是很喜欢的。

一个是父亲的学生。那个学生，常常到宿舍里来，与父亲聊天。那时候，我已经隐隐约约知道，父亲在学校是一个有错误的人，不受欢迎的人。有人能够做出和我父亲交往的举动，那已经是很不容易了。有一次，父亲和学生竟然在光天化日之下，就在门口的杉树旁，互相帮剪头发。先是学生给父亲剪，父亲坐在椅子上，学生给他披上了理发专用的白色围裙，父亲整个身体被盖住了，只露出一个脑袋。学生就按着父亲的脑袋，从下往上慢慢地推着剪，父亲一团一团的黑发就掉落在围裙上，越积越多，最后聚作一团又滚落在地。他们面对着我家的门口，我坐在门槛上面对着他们。我看见他们背后的杉树又高又直，树叶青翠欲滴。透过树干和树叶，远处的山一峰连着一峰，山上的树木比我眼前的杉树还绿。我在想，山上的树也是杉树吗？

那天天气很好，有一丝丝的暖阳。

唯一和我玩的老师，是蒙老师。他身体略瘦，头发开始有点白了。脸型是方方的，笑时眼角有皱纹。当时应该有四十来岁了吧。我记得当年他第一次来找我玩时，他穿的是一件灰色的衬衣。那天，父亲不在，他路过宿舍，见我蹲在门口，跟我聊了几句，然后说，你会装鸟吗？我摇摇头。他说，装鸟好玩哦，蒙老师明天教你装斑鸠。

第二天，蒙老师果真来了，带来了一根细细的马尾，还有一个他自己用芒草秆做成的"⌒"形装鸟架，有大人的巴掌大。他把我带到不远处的玉米地里，蹲下，拿出那根马尾，一头做了一个活套，另一头绑在一根五寸长的树枝上，然后把树枝插在地下，固定。接着，他放下装鸟架，把活套搭在架上，马上给我示范："斑鸠爱吃玉米。"他从口袋里拿出几颗玉米放在活结内的地面上，"斑鸠一飞过来，看见了玉米，肯定下来吃，一啄，一啄，脖子碰到套子，套子一收缩，慢慢就被活套套住了"。他用食指作啄米状，那食指果然被马尾结套住了。

装下鸟套后，我每一天就不再寂寞了。我一烦闷的时候，就想到甘蔗地里的鸟套。那鸟套装得鸟了吗？那鸟会是什么样子的呢？如果是活的，那该怎么养呢？想着，我就兴冲冲地跑去看，可鸟套原封不动，空空如也。

我每天就这样来来回回地跑去看，但总是失望。而它却是一种希冀，让我每一天都能产生梦想。

直到长大成人，我都没有忘记这两个人。有一年，我还读小学的时候，蒙老师突然来访，不仅父母热情招待他，连我都感到特别高兴。那时蒙老师头发全白了，身体有些消瘦，皱纹也很多。我工作后，有一次出差龙州，在邮电局打长话时，竟意外遇到在此地工作的当年帮我父亲理发的那位学生。我提起他和我父亲理发的事，问他当时不怕吗，他说，怕什么，我喜欢你爸，他的语文课上得最好。

他姓农。微胖，秃顶了。

还有一位当时未曾谋面的哥哥。

父亲说，在金龙，他当时已经被关进"牛棚"，不准上课了。有一天中午，学校里来了个解放军，要见我父亲。学校领导先打量了他一番，迟疑了半天才冷冷地说了一句：他到外面劳动了，还没回。

来人就出了校门沿着大路去找。那时刚好下着蒙蒙细雨，远山、田野裹着一层烟雾，一片灰白。刚出了集镇，见远处的野地里，走来了五六个肩扛锄头、排成一行的白面书生，后面还跟着两个背着步枪的民兵。那些人头发、衣服都湿了，缩着身子，哆哆嗦嗦的样子。来人迎了上去，见到了我父亲，他们彼此对视了一下，都停下脚步，准备要走向对方。

后面的民兵见了，便一齐上前阻止来人：他是你什么人？来人说，他是我叔叔。民兵又说，此人已被管制，你不知道吗？来人说，我知道，所以我才大老远来要见他。民兵说，不行。来人又说，那我也给你们说白了，今天给见也见，不给见也见。说罢，他还有意提了提插在腰间的胀鼓鼓的手枪。那时，解放军在全中国是最受人尊敬和信赖的，谁都不敢冒犯和不敬。民兵无奈，只得退了出去，来人和我父亲就站在路边交谈。

父亲简直不敢相信，那时候还有人敢来看他。那种意外，使他射出的目光是局促、惶恐的，喃喃地说不出完整的话。肩上的锄头，放下了又扛上，扛上了又放下。他木木地站在路边，怔怔地看着来人，手足无措。

那位解放军是我们老家逐卜的一个同族兄弟，叫严崇基。当时是解放军某部副连长。按辈分他叫父亲作叔，我叫他作哥。那次，他和我父亲寒暄几句，就匆匆分别了。望着父亲萎缩的身影，他也不由得生出一些悲凉来。他转业后，在南宁市某国营五金公司工作。直到八十年代末我结婚时，父母介绍我去他那里买电视机，我才见到这位传说中的哥哥。他年长我二十多岁，长得高大、壮实，英气十足。想必当年，金龙中学的领导一定被他的架势镇住了，否则就不会有关于他的传说。到现在，他应该有七十多岁了吧。

过了一两年，我得从金龙回城了。因为暑假一过，我就开始上小学。此时，二弟和三弟也相继出生。

| 作品点评 |

严风华的长篇散文《一座山，两个人》描写了作者投入山野，享受山野以及对人与自然关系的思考。在作者笔下，山野是宁静美好的，也是寂寞清苦的。但不管是宁静美好还是寂寞清苦，他都愿意坦然接受，并乐在其中。因为他迷恋人与自然和谐相处的氛围，迷恋在山林中安放心灵的归属感："这个地方，无意中说来就来了，无意中就属于我了。整个山林是我的，整个黑夜是我的。萤火虫的光亮，夜鸟的啼叫，草虫的吟唱，树叶的摩挲，山风的吹拂，都是我的。我从来没有如此富有，富有得如此舒坦，舒坦得如此轻盈。"

——刘铁群：《深流藏于静水　生机蕴于寂寞——简论近二十年的广西散文创作》，《南方文坛》2017年第4期

娅 番

罗 南

一

那时候我还小，我不知道她是怎么来到山逻街的。

我看见她的时候都是在傍晚。那时候，阳光正从我家坝院一寸寸往屋后撤退，往山后撤退。我坐在门槛上，看几个孩子打着赤膊，各自在腰间扎一根稻草，站在高高的草垛上练功夫。他们腆起肚子，使劲一鼓，腰间的稻草"嘭"地断开，自以为是身怀绝技的武林高手。

父亲在屋里熬粥。黄灿灿的玉米粒被母亲磨成粉末，此时，它们躺在簸箕里，等待和水相遇，和火相遇，最后变成一锅黄灿灿的玉米粥填进我们一家人的肚子里。火塘的三脚架上架着一大鼎罐水，父亲左手抓起一把玉米面，右手捏着一双比平常长出三四倍的竹筷子。玉米面从父亲左手缝飘飘洒洒缓慢落入鼎罐内，右手间的长竹筷欢快地沿着顺时针方向不停均匀画圆圈。没干透的柴火吱吱地吐出白沫，

作品信息

原载《花城》2017年第3期。《散文选刊》2017年第9期转载，入选《文学桂军二十年·散文精选(1997—2017)》(广西人民出版社2017年版)。

冒出的辛辣烟火熏得父亲睁不开眼。父亲左右手娴熟配合，他眯缝着眼，竹筷画出的圆圈花朵一样在鼎罐内层层叠叠绽放。父亲熬了半辈子粥，无须用眼，也知道左手右手什么时候该做什么。

我闻见粥的味道，它们从第一户人家的火塘上飘过来，从第二户人家的火塘上飘过来，从每一户人家的火塘上飘过来，聚到草垛上空挨挨挤挤，它们长久徘徊，凝滞不散，以至于很多年后，仍然不时浩浩荡荡撞入我梦里。

一个孩子扯掉腰间的稻草，几个纵身跃过一堆堆草垛，呼啸着往家奔去。一群孩子很快作鸟兽散。

我端起碗还没来得及往嘴里送去的时候，她便出现了。是她的声音。尖锐的、嘶哑的，带着刃，像一柄厚实锋利的尖刀，从我家大门长驱而入。母亲低低地叹了一口气，说："娅番又骂街了。"

我迅速起身往门外跑。我喜欢每一个娅番骂街的傍晚，那样的傍晚就连空气也流动着令人亢奋莫名的气息。

娅番拍着巴掌，啪啪地朝我家走来。我家大门临着马路，路呈丫字形，丫字的一点一撇一竖像三只无限延长的手和脚，各自伸向遥不知处的山外。路无尽头，山逻街却有尽头。与路的丫不同，山逻街的丫是一个不会伸手伸脚的肥胖的丫。我家就在丫字一竖的末尾，那是街尾。娅番走到我家门前，一条街便也走完了，她折回身，啪啪地拍着巴掌又往街头走去。街头街尾，我们习惯上只特指丫字的一撇一竖，丫字的一点是机关所在地，那是我们陌生的地方，像是街蓦然旁逸斜出的一个深渊，又像是突兀劈出的一条河，丫字的一点仿佛离我们千远万远，我们从来没想过要把它归算成山逻街的一部分。

山逻街的女子骂街，就是这样拍着巴掌街头街尾上下走动的。娅番不是山逻街的女子，至少在当时，她还算不上是山逻街的女子，可她骂街的样子居然与山逻街的女子无异。

娅番嘴里不停咒骂，我不知道她骂什么。那时候我还小，听不懂汉话。可娅番的愤怒是那么明显，无须翻译，每个人都看得见她内心里燃烧的火焰。那些火焰挂在她嘴里沉甸甸的，像长而笨重的尾巴，跟随她的步子，从街头拖到街尾，又从街尾拖到街头。

哑番骂街的傍晚，几乎整条街的人都站到家门口来了，长长的街道两旁人声窃窃，这些细碎的声音汇聚到一起，像赶一场夜圩。不，是看戏，戏台上有时候是哑番一个人，有时候是哑番和另一个女人。

留在我记忆里的大多是哑番一个人。她目不斜视，始终不看路两旁的人一眼。她的步子不急不缓，她的巴掌不急不缓，她的咒骂不急不缓，仿佛这一场骂，可以绵长到一生一世。是的，哑番不急，山逻街的人都不急，他们有的是时间。二十世纪八十年代的山逻街，什么都缺，就是不缺时间。

"唉，这个汉族女人呀。"大人们轻喟。他们低声讨论着哑番。我听到哑番的劣迹，像一个见不得人的影子，在每一张嘴里鬼祟潜行。没有人喜欢哑番。这个汉族女人在山逻街的出现，像一个异物扎入人的眼球。

二

几乎从我第一次睁开眼，山逻街就是这个样子。瘦长的丫字路，肥胖的丫字街，街头街尾家家户户全都是沾亲带故的亲戚，像一棵错节盘根的老树结出的果，我们说着同样的语言，穿戴同样的服饰。我们知道彼此——谁家最难以启齿的丑事，或是谁身上某一道疤子的来历。这些裸露的生活痕迹让我们看着对方就像看着自己一样踏实。

多少时光的沉淀才堆积出一个山逻街？我不知道。我在史书上查找不到确切数据。我只知道在这片土地上，壮族人作为土著民族的骄傲。在漫长的时光里，这种骄傲渗进一辈辈壮族人的血液里，长成了一种气质，一种气势，像地底盘缠的根，像石缝攀缠的根，这种气质气势从壮族人的目光里长出来，从声音里长出来，甚至从每一个细微的，就连壮族人本身也不曾觉察的动作神态里长出来。

很多很多年了，山逻街一直是一座堡垒。这是壮族人的堡垒。一辈辈壮族人用目光和声音，以及每一个细微的，就连壮族人本身也不曾觉察的动作神态堆砌而成的堡垒。它们曾经坚固到顽固。那是一道界，横亘在一种语言与另一种语言之间，在一种服饰与另一种服饰之间，或是，一种认同与另一种认同之间，无法触摸无法言说却真实存在的微妙的界。就像习惯高耸入云的云盘山在山逻街东头天长地久的存在，我们都习惯这道界的存在。天长地久。在我之前，时间已经漫长得让人忘记起始，于是，当时光流转到我降临人世，一睁开眼，那道界便已存在很多很多年了。

娅番在山逻街的出现，是一个例外。或者说，是一个意外。那是因为一番和他的族人。

就像一片林子总会有一棵最老最大的树，一番的家族就是山逻街最老最大的树；就像一棵大树总会有最羸弱的枝，一番家就是他们家族最羸弱的枝。许多年前，一番的父亲用八抬大轿娶回正室，生下几个女儿后，又用八抬大轿娶回了偏室——然后，就有了一番。他当然不会想到，他小心翼翼地把香火传递到儿子这里，许多年后，他的儿子竟会连妻子也娶不上。命运就是这么神秘莫测，你永远不知道他将在什么时候拐弯。山逻街的老人常说，人是三节草，不知哪节好。

一番叫我姨婆。我不知道血缘的这根藤什么时候将我的祖辈和一番的祖辈连在一起，也不知道这根藤在两个姓氏之间拐了多少个弯，当生命传递到我和一番这辈时，我便成了一番的姨婆。

我很小的时候，一番已是中年了。他常常披着一件褪了色的对襟褂子在大街上游荡，他低着头，漫不经心地踢着路上的小石子，一颗颗小石子从他脚边滚开，又在不远处停下来，像是和他玩一个好玩的游戏。不踢小石子的时候，他就坐在街头的粉摊前，端着一碗酒慢慢抿，早上我从街头走过，就看到他坐在那里，下午我又从街头走过，他仍然坐在那里。

母亲说，一番少年的时候，他的父亲就病逝了。这个被百般宠爱的孩子，一直到家境败落下来，仍然没学会长大。两个寡母撑不绿一枝树丫，他们家无可奈何地一路枯萎下去。

一枝树丫枯萎不仅仅是树丫的事，还是树的事。从二十岁起，一番的族人就操心一番的婚事。山逻街的女子问遍了，邻村的壮族女子问遍了，没有人肯走进这个看不见未来的家。一番的年龄却一路在奔跑，来不及细想，他便已是四十好几的人了。一番的族人很着急，他们不能眼睁睁看着一番这一脉断了香火，这对整个家族来说是一种耻辱。他们四处打听，找到了娅番。就这样，这个汉族女人，背负着传宗接代的重任，走进了一个家族，走进了山逻街。

三

娅番明显异于山逻街。她更像一根来路不明的藤，从另一个未知的地界攀爬过来，爬到山逻街，竟也生根拔节了。

我不知道娅番向山逻街攀爬过来时的细节。有关娅番与一番的那一场婚礼，很多年后我才从母亲的嘴里一点点还原它最初的样子。我只记得娅番的奶子，那双巨大的奶子颤巍巍的，娅番走动的时候，它们就在娅番的衣襟下，不停地颤动。我的目光从四周围纷繁的身影掠过，猛地落到那双奶子上，再也挣扎不出来。我想起弟弟衔着母亲奶头的样子。弟弟那时候也许是两岁，也许是三岁，他的牙长全了，长而整齐的牙齿白森森的。他在家门外玩耍的时候，突然就会想起母亲的奶，然后丢下玩伴，独自跑回家去找母亲。母亲也许正在砍猪菜或剥玉米粒，弟弟一头钻进她怀里，掀起衣襟，一口白森森的牙齿就咬在母亲的奶头上。

母亲白晃晃的奶被弟弟叼得老长，她伸手在弟弟屁股上拍了拍，笑骂他不知羞。母亲的笑容很柔软，奶的香甜的味道从她的衣襟下飘过我眼前，我迷恋这样的味道，便用力吸了吸鼻子，偷偷将它装进肚子里。我坐在门槛上安静地看着他们，某一个恍惚，就会感觉到自己与眼前这两个人的生分——我从来就不能像弟弟那样赖在母亲的怀里，因为母亲会很不耐烦，她会把我从她的怀里推开，她的目光坚定而凶狠。这让我疑心自己不是母亲的孩子。事实上，我是母亲的第七个孩子，这是一个注定不被重视的孤独的数字。哥哥姐姐们去上学的时候，我独自一人坐在门槛上发呆；弟弟叼着母亲的奶头撒娇时，我仍然独自一人坐在门槛上发呆。现在回想起来，我的整个童年几乎是没有声音的，我已经习惯在内心里，自己与自己对话，这让我看起来像个傻瓜。山逻街的人提到我时，总会说："喏，就是那个从早到晚坐在门槛上发呆的罗家傻丫头呀。"

仍然是一个傍晚，仍然是我独自一人坐在门槛上发呆。娅番背着一捆山一样高的柴火从我家门前走过。她低着头，长长的脖子使劲往外伸，那双奶子藏在衣襟下，晃晃颤颤的，一直晃进我眼里。我想起大人们说的，娅番背着孩子干活的时候，如果孩子哭闹得太厉害，娅番就撩起衣襟，直接把奶子往身后那么一甩，那孩子便噙着娅番的奶头，停止了哭闹。可惜，这样的情景，我从来没有见到过。

娅番走过我面前，一股浓郁的奶香跟着她的步子猛然朝我扑过来——娅番的奶竟然和我母亲的奶是同一个味道呀！娅番仍然低着头，她的声音突然从山一样高的柴火下伸出来。娅番说："姨婆，吃饭了没?"娅番的声音很犹豫，像是把一句话含在嘴里已经很长时间了，明明就在舌尖，却仍然不能确定要不要将它吐出来。娅番说的是壮话。娅番的壮话还没养熟，疙疙瘩瘩地长着刺，她的每一个声调都倔强地高高扬起，结束的时候，骤然落下，像一个硬物重重地砸在另一个硬物上。

我吃了一惊，慌忙把头埋进双膝间——每当我慌乱无措时就会想着把自己藏起来——我没想到这个汉族女人会跟我打招呼，更没想到她竟然会说壮话——在此之前，我从来没听人提起娅番会说壮话。我猜想，整个山逻街，应该只有我知道娅番会说壮话了。这个猜想让我的心抑制不住扑扑地跳得厉害——对一个小孩子来说，这是天大的秘密。等到一万匹马从我心头跑过之后，我才又偷偷抬起头来。我还想听娅番说壮话——她声音里的生硬和犹豫像一道曲折陌生的门，让我忍不住想要进入偷窥。娅番却低头走远了。我连忙站起来，拔腿跟在她身后，我多么希望娅番能听到我的脚步声，然后回过头来跟我说话。可是，一直跟到她家门口，娅番也没有发现尾随在她身后的我。

那晚，我独自一人坐在娅番家敞开的大门门槛上，我听见屋子里娅番和一番说话的声音，娅番和她几个孩子说话的声音——又有小孩子哭闹了，娅番会不会像传说中的那样，把奶子往身后一甩，让孩子趴在她背上吃奶呢? 娅番的声音很响，像一张破布，铺张得很大，试图把一番的声音盖住，把孩子的哭声盖住。那些纷杂的声音却从破的洞里漏出来，以至于所有的声音混搅在一起。我在娅番家的门槛上不知坐了多久，我觉得很困很困，我的上眼皮不时塌下来压在下眼皮上，迷迷糊糊中，我感觉到自己被娅番抱起来，我的脸贴在她软绵绵的大奶子上。

一直到临睡前，母亲才发现我不见了——母亲的孩子实在太多，白天她顾不上清点，等到夜晚临睡觉前，她才像清点归圈的羊一样清点她的孩子。那晚，一家人从街尾寻到街头，最后，他们在娅番家找到了我，那时候我正蜷在娅番的怀里，贴着娅番硕大的奶子，睡得正熟。

没有人知道我为什么会睡到娅番家去，他们无法探听到那个木讷怯懦却又敏感纤细的孩子的内心。那年秋天，尽管我还没到上学的年龄，母亲还是让我跟着哥哥姐姐们一起上学去了，她终究不放心她的孩子像梦游一样睡到别人家去。

那年秋天，我和我的第五个姐姐坐到同一张书桌后。那个还没来得及学会听懂汉话的孩子，学着她姐姐的样子，双手平放，双目专注。老师在课堂上说的那些陌生语言，每一句都像一条幽深的路，通向娅番背着柴火走过她家门前的那个午后。

那次以后，每次见到娅番，我心底都会升起一种异样的感觉，似乎我与她达成了某种默契，或是，拥有了某种共同的秘密。只是，很长一段时间里，我仍然没敢与娅番说话，这个迥异于山逻街的汉族女人，让我感觉到很近，又很远。

四

我相信，娅番是真的记不起那些事了。

很多年后，娅番老成了婆旺，她背着那个名字叫作旺的小孙子，站在我家门前和我母亲聊天。旺趴在她背后睡觉，长长的涎水从他嘴角牵下来，弄湿她后背的衣服。我又想起很多年前的那个传言，娅番往身后一甩奶子，她背在背上的孩子就能吃到她的奶。娅番的奶子仍然很大，肥鼓鼓地撑满她的前襟。这双奶子再也闻不出奶香了，倒是她的孙子，他还是吃奶的年龄，他的脸上胸前满是他母亲浓郁的奶香味。

我又一次问起那些事，关于很多年前的那个屁或那口痰——我总是忍不住想要探听更多的真相，它们隔着时光无数次撩拨我的内心。娅番哈哈大笑，不承认自己曾经有过那么一个屁或一口痰。几十个年头的时间覆盖，那个屁或那口痰早就成了无法破解的悬案。谁知道呢，或许，正如娅番说的那样，根本就没有那个屁或那口痰存在。

母亲的记忆模糊而犹豫，她的细节已不甚清晰。母亲说，那时还是生产队，有一次收工回来，一群人走在回家的路上，新媳妇娅番放了一个屁，屁的响声突兀而放肆，四周围的目光都被吸引而来。娅番却浑然不觉，她的目光迎着这众多的目光，像是这个屁跟她没有丝毫关系。那时候，娅番多年轻呀，她扛着锄头的身姿依然轻盈，她迈开的步伐依然矫健。她看不见人群里一番的族人，他们脸色的变化，他们的目光长出刺，一根根扎到她身上。

娅番的若无其事不仅让族人不满，全山逻街的人都很不满，在他们看来，这是多么失礼的一件事呀，新媳妇娅番至少要装出一副羞涩的样子，以承认自己的不得体。

有时候，母亲的记忆里不是一个屁，而是一口痰。场景仍然是在生产队时，仍然是一群人走在收工回家的路上。娅番随口吐了一口痰。那口痰从娅番嘴里飞出来，正好落在一番家族的一个长辈面前。长辈勃然大怒，扯着娅番就要和她理论。在山逻街，如果你要羞辱一个人，你朝他吐一口痰比你当众扇他一巴掌更叫他难受。一口痰有时候不是一口痰，而是耻辱。关乎尊严。娅番的痰无意间触犯了长辈的尊严。

之后的细节，在母亲的记忆里，愈来愈模糊。她突然发现，自己竟然已经无法梳理往事——有关娅番与一番家族的往事，像一团麻，不梳理的时候，以为它们是清晰的，等到想要去梳理时，才发现它们凌乱而纠结。母亲说，娅番刚嫁来的时候，和其他壮族新媳妇一样，每天起早，挑水，服侍长辈，似乎也没什么可挑剔的，就是她的嗓门特别大，刺啦啦的，大老远听来，像是在吵架。

我在母亲的叙述里，看见新媳妇娅番穿越时光远远向我走来，她年轻壮实，大的臀，大的乳，大的手，大的脚，她的步伐有力，她的嗓门洪亮。每天清晨，她挑着水桶从空旷无人的丫字街走过，那时候，山逻街的人还没有从睡梦里醒来。娅番踩落一路露珠，挑回一担担沉甸甸的水，她的身形晃动，担子便也跟着晃晃悠悠。娅番努力像一个壮族媳妇的样子走近山逻街。街对她陌生，她知道；街对她排斥，她也知道，她没法知道的是，她将要面对的并不是一条街，而是千百年的时光沉淀。

我不知道年轻的娅番如何从青涩变成强悍，或许，娅番的内心里一直就住着另一个强悍的娅番？我不知道。那时候我还未出生，距离我与娅番在未来的相遇还相隔着十来年的时光，等我长大到能记事时，我见到的已是后来那个强悍的娅番了。

当然并不仅只是一个屁或一口痰，它还不至于让一个人变成全族人的公敌，这些肯定不是嫌隙的全部，它们只是一道口子，让双方内心汹涌的暗流找得到一个出口。

有一些裂口是从内往外断裂的。事实上，一番族人和娅番的断裂，早在千百年前就埋下了。千百年前，当山逻街出现第一个壮族人，第一个瑶族人，第一个汉族人，这样的断裂就开始了。这是历史，也是命运。只是很多时候，我们并不关心那些。我们只关心眼前看到的。我们的眼前，是一番族人的蛮横和愤怒，还有娅番的蛮横和愤怒。这些蛮横和愤怒和别人家所有的蛮横和愤怒一样，在山逻街无遮无拦。

那时候我还小，看不见这些裂痕。每天放晚学，我和一群小孩子绕过街中心的大榕树，从娅番家后门的小路走过。回家的路并不经过这里，我们绕一个大弯只为看见娅番。娅番不同于山逻街的装束，每一个细节都让我们谈论许久。我们笑话这些细节，又好奇这些细节。娅番像一个谜，我们找不到谜底在哪里。大人们嘴里的娅番和我们看见的娅番，有时候是一个人，有时候是两个人。

娅番家的猪卧在圈里闭目养神，我们的脚步声还没响到圈前，它们已立起身子，趴在圈门上乱哼乱叫。一番的母亲坐在一张小矮凳上，用一个缺了一个大口子的旧锅头洗衣服。几乎从我记事起，一番的母亲就那么老了，她的脸上长满皱纹，一道道深褶子，沿着脸的各处攀爬，然后再坍塌下来，变成一朵枯萎的花。一番母亲眉头紧蹙，永远是一副不高兴的样子，她的目光似乎是空的，视线到达之处，一片茫然。她不是哑巴，可我从来没听见过她开口说话。她的眉眼里一点儿也看不出母亲描述的当年的姨太太的清秀了。

一番母亲一身的黑，黑斜襟衣黑大脚裤黑头巾黑布鞋。她似乎有洗不完的衣服，每天我放晚学走过她家后门，都看到她坐在一个黑漆漆的锅头前洗一堆黑漆漆的衣服，这个动作似乎是恒定的，多少年后，我忆起我的童年，她进入我记忆里的姿势，都是坐在那个黑锅头前洗那堆永远洗不完的黑衣服。

娅番背着满满一背篓的红薯藤走过来，她右肩往外一抖，背上的背篓和红薯藤离开她的身子，准确无误地跌落进墙角里。她弯腰抱起一抱红薯藤丢进猪圈，猪们哗地把前蹄收起，跳下地争抢。娅番转身钻进屋里，出来的时候，手里提着满满一桶的猪食。

娅番转进转出，她刺咧咧的声音一路跟着她忙碌的步子。娅番在斥责一番的母亲，她讨厌她用烂锅头洗衣服，她觉得她在故意丢她的脸。娅番的声音很尖利，每一句都像是咬着牙，恶狠狠地砸出来。我远远地站着，我感觉到我的心脏像一个很小很小的小孩子，她被娅番的声音震击着，惊恐地蜷起小身子紧紧缩在我胸腔的某一处角落里。我害怕一切尖利的声音，也害怕一切尖利的表情，它们像鞭子，抽打得我的心一颤一颤的。一番的母亲没有停下手里的动作，她空洞洞的目光一直粘在一锅黑衣服里，仿佛她的世界，从来就没有挤进娅番，也没有挤进一群远远围观的小孩子。

娅番蹲下来，不由分说，捞起锅头里的衣服，放到一个大盆里搓洗。她刺咧咧的声音一路不间歇地跟过来。娅番一点儿也不在乎，那些尖利的声音会把空气割碎，把一番族人的心割碎。一番的母亲僵坐在小木凳上发了好一阵呆，像是蓦然发现自己的双手是空的，这才慢吞吞地站起来，走进屋里去。她黑的身影消失在黑的屋子里很久很久，娅番的声音仍然不依不饶地在空气中乱窜。

娅番说的是壮话。从娅番嘴里流出来的壮话剥去了原先的犹豫和羞涩，她的壮话里仍然掺杂有大量的汉单词，以至于每一个壮音节的发出，都生硬得像一个倔强的孩子。这些倔强的孩子从娅番嘴里跑出来却是那么自然，时间将他们长成一种奇怪的姿势，最后化成了娅番舌头上的一部分。

我有些遗憾，像看着一个专属自己的秘密被别人知晓，从此后，娅番会说壮话的秘密，再也不是我一个人的秘密了。

五

似乎所有的事情都喜欢发生在傍晚——那个时间点，白天上山干活的人回来了，晚饭吃过了，时间便大把大把地闲下来。闲下来的时间是用来生事的。

那个傍晚，一番的族人围堵在一番家。一群人，不知是十来个还是二十来个，男男女女，站满一番家的堂屋，一直站到大门口来。我们小孩子听到消息，兴冲冲跑到一番家。是的，小孩子对热闹有着天生的敏感，就像山逻街的老人们常说的那样，是红蚂蚁的鼻子，哪里有糖，哪里就有红蚂蚁。

一番家我们太熟悉了，几乎全山逻街的人家都得借用过他们家的碓。我就曾无数次跟随母亲去他家舂过米。碓安在侧屋一角，母亲的右手高高举起，抓住从木梁上悬挂下来的绳子，她一脚踩在地上，一脚踩在碓尾上。母亲踩碓的脚一使力，碓头便抬起，一松力，碓头便落下。唝隆咚，唝隆咚，周而复始，一粒粒谷子在碓窝里像跳舞的精灵上下翻跃。

一番家有一个正大门，两个小侧门，三个门一字排开。门槛是又高又厚实的木方。我跟母亲来舂米时，得先高高抬起一只脚，让整个人跨骑在门槛上，再挪动屁股，让跨出的脚碰地，再收进门槛外的另一只脚，这样才进得了他们家的门。那晚，我们赶到一番家时，娅番正跨坐在门槛上，她披头散发，两只手死死抱住门框不放。两个年轻的妇女拉扯推搡着，骂骂咧咧地要将她赶出家门。一个老妇人走过来，按辈分，我得叫她表巴。她矮矮小小的个子，一双小脚颠颠巍巍。那天，她动作出乎寻常的麻利，冲进房间，翻箱倒柜，很快把娅番的衣物胡乱打包，扔出大门外。娅番抓住门框，又哭又骂又踢又踹，就是死活不肯松手。

表爷扒开人群走进来，他肃着脸。他是族里一言九鼎的人，山逻街的人像敬畏那个家族一样敬畏他。表爷一言不发地走到娅番跟前，一根指头一根指头地掰开娅番紧抱门框的手。娅番失去重心，一屁股跌坐到门槛上，几个男男女女合力把娅番抬起，抬出大门，一直抬到街头，扔下娅番，扬长而去。

娅番独自一人坐在地上又哭又骂。天不知不觉黑了下来，空荡荡的街头，只剩下几个小孩子围看娅番笑话。月亮从山后爬上来，冷清清地挂在天上，一片厚云飘过来，它便隐进云里再也不出来了。一只萤火虫不知道从什么地方蹿出来，低低地飞过眼前，绿幽幽的一点亮，在我们不远处高高低低闪烁。一个小伙伴突然尖着嗓子喊，有鬼呀——一群孩子撒开腿，不要命地往家跑。我边跑边回头，夜幕下，盘云山像一个捉摸不定的庞大怪物跟在我们身后，我们跑动，它跟着跑动；我们静止，它便也跟着静止。我想起素日里伯父常说的鬼，伯父说，有一种鬼，永远不让人看见他的脸，你越抬头，他越长得高，高到云端里，横竖就是不让你看到他的脸。现在，我也看不到云盘山的脸。它隐在黑暗中，鬼鬼祟祟的样子。我越想越害怕，不由得打了几个寒战，再看娅番，她蜷缩着身子，蜷成一个小小的黑影。黑夜将空间无限拉宽拉长，整个山逻街置在一片无边无际的黑域里。娅番仍然在哭骂，她的声音忽远忽近忽大忽小，像另一种薄如纸片的鬼，在空无一人的街头踽踽独行。

那天后半夜，娅番回来了。她捡起散落一地的衣物，一个人，走回了一番家。第二天，山逻街的人看见她背着背篓像往常一样上山干活，就像什么事也没有发生过一样。

六

第二次，是在公社。——实际上，那时候已经没有公社了，原来的公社早改名为镇人民政府，只是，山逻街的人仍然习惯叫公社。那天早上，一番的族人把娅番拉到公社——不到万不得已，山逻街的人是不会去找公社的。再丑的家事都可以拿到大街上骂出来打出来，就是不能拿到衙门来。家事就是家事，要是家事变成了公事，那是一件很丢脸的事。

我们小孩子赶到公社的时候，大院里已经围有很多人。一个壮年妇女抓着娅番手臂，另几个妇女两手叉腰，正愤怒地向围观的众人列举娅番的罪行。那时候我还小，娅番的众多罪行我一个都没能记住，我倒是清晰记得当时的场景——在我懵懂的小孩子眼里，那时候的山逻街只有画面没有故事。多年后，每当我回想起那个早上的公社大院，它留在我脑子里的形象仍然是一锅架在火塘上烧滚的水，拥挤，翻腾，亢奋。

娅番反唇相讥，她半边身子受制动弹不了，便伸长脖子，挥舞着一只手臂。娅番的语言比娅番的动作还要凌乱，那些养不熟的壮话从她嘴里蹦出来，落进一堆圆润丰满的壮话里，轻微得像一根不知从什么地方偶尔飘过来的羽毛，可娅番的态度到底还是激怒了更多的人。一群妇女长长地伸出食指，骂咧咧地点戳到娅番的鼻尖上。一个女人一个阵营，一群女人一个阵营，就这样食指戳过来戳过去地对骂。男人们什么都不说，他们袖手站在一旁，冷冷地盯着娅番，眼睛里迸射出的厌恶和愤怒足以杀死一百个娅番。

一个男人从院子深处走过来。围拥的人群自觉向两边退开，让出一人多宽的空隙。我连忙往后缩了缩，把身子藏在大人们的身后。我害怕这个男人，他长着一张威严的脸——也真是奇怪，那时候的干部都喜欢长一张威严的脸。那是属于山逻街丫字那一点上的脸，与我们这一撇一竖的脸有着天壤之别。

表爷又站出来了，他永远肃着一张脸。表爷郑重其事地对干部说，他们这一姓决定不要这个目无尊长、不知礼数的汉族女人了。要求公社判一番与娅番脱离。

干部的眼睛向闹嚷嚷的人群扫来。那天早上，那双眼睛就这样威严地扫来扫去。所有的人都屏着呼吸等待，所有的人都以为，这一次，娅番离开山逻街是铁板钉钉的事了。

似乎有一百年那么漫长，干部才把眼睛收回来，对一番的族人说："你们说了不算，她男人说了才算。"

众人的眼睛立刻在人群里搜索一番。一番站在最后面，抱着手臂，像是在看别人的热闹，听到干部点他的名，连忙把头低下来。

表巴走过去，把一番拉到干部面前，要他表态。一番挠头羞涩地笑，被催急了，才低声说："我没有说不要她呀，是他们不要她。"

所有人的惊讶是毫不掩饰的，我听到人群里有诧异声，低低的，像水面掠过的疾风。当我抬眼看去的时候，便只剩下一番族人的惊愕，那些惊愕很快变成羞怒。原先指向娅番的指头全部转向一番，一番仍然低头羞涩地笑，他不看族人，也不看娅番，他看自己的鞋尖。一番笑得心无芥蒂，像一个不谙世事的婴孩。族人的愤怒砸过来，落在他身上却找不到半点回应，只好又原封不动地弹回去。众人把眼睛转向表爷。表爷一言不发，他眯缝着眼，望向高高的云盘山，良久，他收回目光，背起双手，大步流星地从一番身边走过，从众人身边走过。他没看一番一眼，也没看众人一眼，他肃着的脸坚硬如铁。

七

有一天，山逻街突然闹腾起来。有人悄无声息地上了报纸。万元户。政府（不知道什么时候，山逻街的人又不习惯叫公社了）敲锣打鼓地把大红奖状送到那个人的家里，这个消息像巨浪一样从街头迅速打到街尾，扛着锄头像往常一样上山侍弄土地的人愣了一下，这才蓦然惊觉，山逻街的确不一样了，有些人家不知道什么时候悄悄忙碌起来，他们放下锄头，从外地贩来面条粉丝，夜晚窝在家里，一把把拆封，每把取出一小撮，再重新封合，变出更多的面条粉丝来，只等圩日的时候拿到街上卖。扛锄头的人心里顿时空落落的。父亲的心里也空落落的，他守在火塘边，看着鼎罐里玉米粥翻出一朵又一朵金灿灿的花朵，右手的长竹筷却久久没有搅动一下。

几乎是一夜之间，从丫字路遥不知处的那头来了许多外地人，他们开着一辆辆东风牌大货车深夜潜入山逻街，连夜拉走一车车八角果——那些果树生长在山山峁峁里已经很多年了，山逻街的人从来不知道它们竟然那么值钱。还有一些外地人，他们卖老鼠药卖狗皮膏药，小喇叭的噪音将山逻街的圩日割切得支离破碎。这些面目模糊来路不明的人使得山逻街越来越拥挤，越来越喧闹，山逻街的圩日味道却寡淡了。

第一个万元户出现，接二连三的万元户出现。目不暇接的变化让山逻街的人失去了惊诧的兴趣。仿佛山逻街从来就是这个样子，闹腾的、忙碌的、浮躁的，像潮水一般快速往前奔流。很多事不再有人提起，很多事不再有人记起。

很久没听到娅番骂街，山逻街的人说，娅番忙着"谋"钱去了。"谋"是壮话。我曾试图在汉话里找一个词，能准确表达出"谋"的意思，这么多年过去，我一直没找到。它似乎是贪，似乎是拼，却比贪比拼都更规矩更凶狠。有一天，我坐在家门前，看着娅番从一辆货车上卸下一袋水泥扛在肩上，她侧低着头，她的肩上搭着一块破布，水泥粉末在她周围扬起，她置身在灰扑扑的尘雾中。那一瞬间，我突然明白，壮话里的"谋"在汉语里无法寻找，它只属于流淌在暗处的河，需要遁进时光里，在岁月最隐秘最疼痛的地方，才有可能触摸到它的影子。

那时候的山逻街像一只极度饥饿的兽，每天张开大口，源源不断吞咽山外来物，吃的穿的用的，特别是钢筋水泥——似乎突然之间，山逻街的人再也不能忍受居住了几个世纪的吊脚楼了，那些木板，再轻的步子走过，也会疼痛般吱呀乱响。

载满货物的大车从遥不知处的远处驶来，经过我家门前时便长长地按下车鸣，叭——叭——叭——娅番从家里跑出来，她边跑边扬手，那块破布就像一双轻盈的翅膀飞落到她肩上，她飞快地在胸前打了个结，破布就牢实地长在她身上。待到这一系列动作完成，人也已跑到车前了。转身，把后背递到车仓前，有人把一袋水泥重重地压在她肩上——山逻街的人把这行业叫"下车"。在山逻街人的眼里，"下车"是低贱的，只有像我父亲这样没有能力又需要养活八个孩子的人，才会去"下车"。

从丫字路一点一撇一竖延伸而去的遥不知处的那头像一个谜。小时候，我坐在门槛上发呆，我的眼睛沿着家门前的路慢慢伸向远方，路在山的拐角处消失，又在山的拐角处出现，最后消失无影踪，我知道路还在，它伸进更多的山背后，伸进我视线无法到达的地方。父亲说，路的远处是凌云县城，再远处是百色，再远处是南宁，再远处是北京。我想象那么多的远处，怎么也想象不出它们的样子。那些外地人从那么多远处而来，他们的语言和眼神像一条长长的藤，从谜一样遥远的地方悬挂下来，蛊惑着山逻街的人拼命去攀爬。

八

山逻街宁静的时候，我在童年；山逻街闹腾的时候，我在少年。有一天，少年的我背上行囊，离开父母去到远处求学，我从不曾想过，我的双脚踏上第一个远处，生活便像多米诺骨牌，我被裹挟着，再也无法停止脚步。我像一棵斜长的树，根还留在山逻街，枝丫却全部斜伸到远处去。我像候鸟一样往返，在山逻街与远处之间奔波。在往与返的间隙里，山逻街的人和事，便只剩下一个个零碎的片段。

我遗忘了娅番。再次见到她的时候，她已经是婆旺了。她背着孙子，闲闲地从我家门前走过，旺在她的背上生气地弹踢着小肥脚。娅番弓着背，她的身子努力往前倾，好给不安分的孙子保持一个最安全的坡度。一番背着手跟在后面，他一直在笑，不知道是笑孙子的耍赖还是笑娅番的无奈，或是，两者都不是，他只是没来由地想笑，于是便笑了。

娅番细声慢气地哄着孙子，抬头看到我和母亲，便笑着跟我们打招呼。娅番的壮话到底无法圆润，它像城里被移栽的大树，剪去了枝叶和高度，然后长成了另一种样子，存活下来，变成山逻街的一部分。母亲笑着应答，伸手逗她背上的小男孩，娅番便停下来，和我们说起她的儿子孙子。娅番薄薄的嘴唇快速张合，细碎的唾沫飞溅到我脸上，我突然想起很多年前的那些个傍晚，娅番拍着巴掌，街头街尾地上下走动，她的愤怒曾经燃烧了无数个山逻街的夜晚。眼前的娅番是柔软的。

从娅番到婆旺，中间有一大段时光被我错过了。在我远离山逻街的时候，山逻街的时光便是断裂的。这些错过的时光，有些在母亲的叙述里缝合了，有些就这么敞开着，留下一个巨大的时间的黑洞。

母亲说，当年，娅番嫁过来的时候是从侧门进来的。我想起一番家一字排开的三个门，宽大的正大门，矮小的侧门。新嫁娘的娅番低着头，努力抬起高高的脚，跨过门槛，跨进那个堡垒一样的山逻街。

我与苏东坡有缘

董晓燕

眉山，古称眉州，一个令我魂牵梦绕的地方。

多少次梦里寻觅，今天终于看到了眉山的真面目。五月花开的季节，眉山城繁花似锦，绿荫如海，阵阵花香，空气清新，令人心旷神怡。我看到了眉山城现代化建筑中无不浸润着"三苏"文化的传承，与时俱进的千年文化情怀，处处闪烁着清丽脱俗又具有开拓进取的风韵光彩，这是眉山千古不变砥砺前行、喷发正能量的风骨和灵魂。

去眉山看望翁一家，一直是我的一个愿望。在中国文学史上，这座古城曾经以当地一个杰出的文学世家出了名。这一家便是苏家，亦即人所周知的三苏。父亲苏

作者简介

董晓燕（1958—），笔名景茹，重庆人。2000年毕业于中央党校行政管理专业，先后任北海市政府新闻办、市委外宣办主任，北海市政府新闻发言人，北海市文联党组书记、主席。中国作家协会会员、中国散文学会理事、广西作协理事、《北部湾文学》主编。著有中篇小说《红房子》，报告文学《昨天今天明天》《虹起北部湾》和散文集《大海不告诉你》。其中《大海不告诉你》获第五届冰心散文奖，并入围第六届鲁迅文学奖参评作品。现居北海。

作品信息

原载《北海日报》2017年6月13日，又见于《广西日报》2017年6月15日。该文获冰心散文奖获奖作家东坡故里采风在场写作竞赛三等奖。

洵，生有二子，长子苏轼，次子苏辙，父子三人占唐宋八大家中的三席之地。

喜欢一个人，与他所处的是不是同一个时代没有关系，与对他的了解有关系。喜欢苏东坡，是与我的母亲和家中的一幅国画分不开的。

在我的小家书房悬挂一幅国画，画中有一位七尺男儿，魁梧高大，浓眉大眼，鼻直口方，脸长且宽，一脸浓密的络腮胡，他杵靠藤杖，卧坐磐石，仿佛喝醉了酒似的一副潇洒自如的姿态。这位老者，就是苏轼，字子瞻，又字和仲，号东坡居士，世称苏东坡。

我认识苏东坡，缘于这幅画。这幅画年代久远，画已泛黄，外公传给母亲，母亲传给了我，这一传已有数百年，虽与我家周围的挂饰格格不入，但每每端详画中的人物，就有出神入化的感觉，久久凝视，似真似幻。

在我二三岁时，有一天指着家中挂的苏东坡画叫爸爸，惹得全家人都笑了。就从那天开始，母亲对我识文抓字启蒙，在我入学前，绘声绘色地讲述画中的苏东坡。当时，我听不懂母亲说了些什么，但感受到母亲喜欢画中的这个人。在唐诗宋词中，母亲偏爱苏东坡的文学作品，常常一口气连连赞道：行云流水、曲尽其妙、超群绝伦……苏东坡是母亲心中唯一的全才。

母亲，一个听命于爱情的召唤、下嫁到四川的上海富商闺秀，从小熟读诗书，通晓琴棋书画。可万万没有想到，婚后的母亲好日子没过多久，父亲就被划为右派，被流放到离家数千公里外的荒蛮之地劳动改造。母亲坚信自己的丈夫没错，默默地承受这突然袭来的人祸。

父亲离开时我不满周岁还在襁褓之中，家被抄了，连一张父亲的照片都没留下来。父亲曾为此写过一首诗："父女分别十八春，相遇街头如路人，愧我无壮傻费心，春来怕听燕子鸣。"

母亲毕竟受过东西方教育，她坚信知识能改变命运。她含辛茹苦，夜以继日地劳作，白天为别人打小工，晚上替人家织衣，只要有点空闲，就会把儿女拢在膝下传授文化，一个个有趣的中外文学故事、一个个生动的人物形象从她嘴里如魔术般跳出来，让我们着迷。

每当母亲吟唱东坡先生诗句，整个人容焕异彩，犹如一朵盛开的荷花，惠色动人，是她最美的时刻。从母亲那里，让我强烈地感受到苏东坡的文学豪放、笔力纵横、穷极变幻、最富有的浪漫主义色彩。

母亲还把苏东坡的诗词一首首写下来让我们兄妹背诵："明月几时有？把酒问青天。不知天上宫阙，今夕是何年……""竹外桃花三两枝，春江水暖鸭先知……"每当想起"十年生死两茫茫，不思量，自难忘。千里孤坟，无处话凄凉。纵使相逢应不识，尘满面，鬓如霜"这首词，我心里会莫名地涌来一阵酸楚，不禁潸然泪下。

从小吟唱着苏翁诗词伴我渐渐长大。少女时期的我百般羡慕七岁知书、十岁能文的苏东坡。母亲赞赏有加的不仅是苏东坡的才华，更是他的胸襟。苏东坡一生仕途坎坷，三起三落，在遭到新政一派的诬陷贬谪之后虽有郁闷，但更多的是豁达，不仅矢志不渝文学艺术佳作万千，脍炙人口，流芳百世，而且心系百姓，为官一任，造福一方，开渠修桥，筑坝蓄水灌良田，把个人的成败荣辱挥洒笑谈在山水之间，在他的生活和作品里，显露得充分、鲜明，深深印在他写的每一行诗上。可以说，他是最具有现代精神的古人。

母亲为培养她的儿女煞费苦心，家里常举行小小的赛诗会，那也是偷偷地，因为在我所处的那个时代宣扬的是"读书无用论""批判孔孟之道"。"文革"时，连苏东坡这幅画都不敢挂了，母亲把它细心地卷起来藏在不易被人发现的家中夹墙缝里。这幅画，母亲说是外公50岁生日时庙里的一个方丈赠送的，曾经挂在外公的书房。外公很喜欢这幅画，画中的点、线、面，笔笔见骨，色彩饱和，力透纸背，人物形象栩栩如生。外公虽不同意女儿这桩婚事，阻挠她远嫁四川，但最终没有执拗过女儿痴迷爱情，还把父女俩共爱的这幅苏东坡国画送给了他的宝贝女儿。

然而就在母亲离开上海一年后，外公遇遭不幸驾鹤西去了。因路途遥远，交通不便，没有送上外公最后一程，母亲悲恨交加地责怪自己，抚摸着外公留下的唯一的遗物——这张苏东坡画像，悲痛欲绝。

光阴荏苒，在母亲精心哺育下，我们兄妹健康地成长，相继工作、上大学，去了不同的城市。母亲无论身在何处，与哪个儿女一起生活，都忘不了随身携带这幅东坡画，但最终母亲把这幅画传给了我——她的独女幺女。

东坡画到我家，身感画的重量，金银不换。我专门托人在福建买回了一个樟木箱，防虫防潮又防燥。只有在一年中最特殊的几个节气或日子，才会把东坡画挂出来格外地敬仰，告慰在天之灵的母亲，也吸引了家族子孙后代作诗凭念。

1993年秋天，我与夫君调往广西北海市工作，这座城市给了我一个意外的惊喜，这里有座东坡亭。

第二天，我兴奋地造访了位于合浦县师范学校内的东坡亭。

来到东坡亭，眺望周遭的景色，湖水环绕，波光潋滟，垂柳成荫，风景优美，美不胜收。

东坡亭，建于乾隆四十一年（1776），主亭正门上方端挂着"东坡亭"三字大匾额，正面壁上嵌有苏东坡阴纹石刻像，像中的东坡，慈善祥和，目光炯然。亭左侧回廊镶有苏东坡在廉时写的《廉州龙眼质味珠绝可敌荔枝》等诗作有9首之多。亭的内外墙壁上，镶有许多历代骚人墨客题咏的碑刻，满富感情色彩，对苏大学士分外地崇敬景仰。这里还有一口东坡井，传说为苏东坡亲自所挖，井水清冽甘美，饮过之井水的人学业有成。

当来到海角楼看到苏东坡手书的"万里瞻天"四个大字时，顿觉心里一振，被那雄浑豪放的笔触所震撼，"大江东去，浪涛尽，千古风流人物……"东坡先生浑厚而又豪迈的声音仿佛在天际回荡，驻足观瞻，令人久久不忍离去。

原来苏东坡62岁时，因"乌台诗案"而遭罪，从广东惠州贬到海南岛，三年后召回合浦，受当地廉州名士邓拟热情接待，安排在这里风景秀丽的清乐轩居住。

沿着古丝绸之路北海出发，追寻东坡故里，拜谒东坡先生，圆了我的梦。

四川眉山与广西北海，让我处处感怀着在沧桑巨变中对苏东坡所透发出的那一份不变的激情与关怀，源远流长，无不为眉山和北海所积淀的如此丰厚的文化遗产和谱写的中华传统历史文化时代最强音而喝彩击掌。

　　董晓燕的散文里，有好几篇感动了我，由此印证了董晓燕的兄长、画家董晓庄先生对她的评价，她确是"为感动而写"的。……这一本《大海不告诉你》，是她前行的屐痕。不能说篇篇锦绣、字字珠玑，却不难从这本书中发现足以成就其为文功德的慧根——不管是和我们分享幸福，还是和我们诉说酸楚，她永远在追逐着人类美好情怀的阳光。正因为有了这阳光，幸福才像花儿一样在笔下绽放。　一个作家能找到属于自己的风格，哪怕只是意识到自己努力的方向，都是幸福的。董晓燕似乎找到了，我们有理由祝福她。

　　——陈建功：《幸福像花儿在笔下开放　——浅评董晓燕散文集〈大海不告诉

　　　你〉》，《广西日报》2011年4月22日

坐在涠洲岛的石头上浮想联翩

梁思奇

最近去了一趟涠洲岛，坐在一块石头上出神。那种样子在来来往往的游客眼里，大概有点像罗丹那尊著名的雕塑。几年前，有位领导人说要仰望星空，其实俯视大海也是一样的，特别像涠洲岛的石头，它们年深日久，坐在那些石头上，历史硬硬地硌着屁股，看着辽阔得无边无际的大海，眼泪忍不住爬出来。坐在意大利真皮沙发上你可能会不可一世，舍我其谁，但坐在涠洲岛的石头上，会觉得人生如朝菌蟪蛄，又短暂又渺小。

当年的陈子昂登古幽州台大概也是这种感觉，可惜他没有来涠洲。涠洲岛说是"中国地质年龄最年轻的火山岛"，但也有一万岁了。最迟在一万年前从海里喷发的火山，堆积成了现在这个约25平方公里的海岛。我上过无数次涠洲，有一次退潮的时候，心血来潮想绕着海岛走一圈，只走了一半不到，很多地方都是巉岩峭壁，谁

作者简介

梁思奇（1964—），广西平南人。先后在文化馆、文联、媒体和研究部门工作，现在机关供职。有作品在《广西文学》《作品》等刊物发表。出版有短篇小说集《苦旅》，杂文集《世说"辛"语》，非虚构长篇《生于六十年代》。曾获广西文艺创作铜鼓奖。现居北海。

作品信息

原载《美文》2017年第3期。

叫我不是一只鸟呢！大大小小的石头，狼奔豕突，黝黑凌乱，像有一股热浪扑面而来，火山像是昨天才喷发的。上岛考察的地质学家跟我形容火山喷发的样子：海面像煮开的一锅粥，熔岩喷到半空，旋转着落下来，变成椭圆的火山弹，散落在鳄鱼山的火山口附近，它们与火山岩、海蚀洞等成为后人看到的壮丽景观。不过现在大部分火山弹已经看不到了，它们被多年前的游客刨得所剩无几。

那时候到涠洲游客离岛的时候，行头除了背包，大都手里拎着一个丝织袋，里头装着在那些摊上买的雪白的珊瑚。靠山吃山，靠海吃海，涠洲岛周边海域丰富的珊瑚礁，仿佛成为岛民取之不竭的宝库。除了死去的珊瑚，还有人采挖活珊瑚，潜水挖起的那些五颜六色的活珊瑚，装在盛着海水的泡沫箱里，大模大样地运回大陆，卖给北海当地和远至广州的水族馆。

涠洲能让我讲三天三夜自己与它有关的故事，但我远没有我的一位朋友熟悉它。他曾经当过涠洲岛的"岛主"——岛上最高行政长官，他像一头野兽熟悉自己的洞穴一样对涠洲了如指掌。他在岛上待了多年，对开发海岛"无所作为"，对上头来的领导下船伊始就指示或建议如何搞旅游不以为然，认为不开发是对涠洲最好的保护，后来他"理所当然"地被免掉了。这种想法太过"不合时宜"。这中间发生的故事，可以写成一部精彩小说。直到很久以后，他还一直像祥林嫂一样跟我唠叨涠洲岛的珊瑚。我始终记得他说起岛上那个油气终端处理厂，并把它称为"毒瘤"时愤慨的样子。

我不能完全同意他的看法，但我非常尊敬他的态度。因为那个终端处理厂，岛上的用电得到了保障，岛民由于用上液化气，不再砍伐树木，包括道路、通信、景区景点设施等也有了改善，岛民的住房也大都变成了水泥楼房。相比原来那些摄影家趋之若鹜地用火山石砌的房子，它们"高大上"了许多。生活就是这样，看风景是美丽的，做美景则是一种悲哀。随着游客增多，用水量骤增，岛上不少水井变成了枯井，而自发兴起的"渔家乐"像仙人掌一样四外蔓延，杂乱无章地抢占各处景点。

涠洲岛现在像一个冉冉升起的热气球，名气越来越大，成了《中国国家地理》评选"中国最美的十大海岛"的亚军（冠军是可望难及的西沙群岛）。岛上开得最鲜艳的不是路边的喇叭花，而是充满小资情调的酒吧、茶座和中西餐馆。我去了一位朋友家。岛上第一家"渔家乐"就是他开的。我曾经躺在院子菠萝树之间的网床上，天上的星星在菠萝树的枝丫间探头探脑，一伸手就能摘下来，一种物我两忘、地老天荒的感觉油然而生。当年的"渔家乐"已经翻建成一家崭新的宾馆，虽然还叫原来的名字，房子建得美轮美奂，很有特色，但我心里隐隐有些失落。

我还去了一趟天主教堂。这座用珊瑚礁和火山岩石建造的教堂，像一枚徽章别在涠洲的胸襟上。它建了整整十年。有人说是岛上条件差，取材不易，我猜想它是故意建这么久的。教堂的建筑时间都很长，意大利的米兰教堂从中国明初1386年动工，直到1965年才装上最后一扇铜门，历时六个世纪。我想起我们那些只用一两年就建起的巍然庙宇。信仰是否坚定，与宗教建筑物建造的时间长短有关吗？

涠洲岛天主教堂的神父当年被日本人杀掉后，遗骸被得到他保护的村民安葬在山上。我曾经穿过凌乱的树林，看过那个墓地，记得当时骑摩托车带路的村民还跟我要了十元钱"利市"（红包）。天主教堂所在村子里，村民几乎都是教徒，他们每周到教堂做礼拜，结婚仪式也选择在教堂，婚纱洁白，韶音绕梁，没有中国式婚礼的热闹，却多了几分庄严。但宗教也要为经济服务的，我看到一群妇女在钢琴伴奏下练习唱诗班的歌曲。一个村民告诉我，只要有尊贵的客人来，唱诗班都会在教堂里表演。

我拐进教堂旁的院子里。院子里绿草如茵，鲜花盛开，墙角有一棵木菠萝，还有一棵木瓜。它们果实累累，衬着教堂斑驳陆离的墙壁。十年前，我曾经陪同一位法国女士在这个院子寻访她先人的遗迹，她是那个被日本人杀死的神父的后人。她拿出从法国带来的老照片，在岛上访问到的每个上了年纪的人，都能一下子认出照片上站在人群中的那位神父。我记得，那些老照片里也有一棵粗壮的木瓜树。

我一直记得那位女士离开涠洲岛时的情形。靠在船舷上的她一直目不转睛地看着越退越远的海岛，短发在风中飘拂，海水像一条巨大的白练，在湛蓝的海面上飘舞，历史像一卷书徐徐合上。凭着从教会查到的资料，她不远万里到一个陌生的国度，一个仅仅在地图上拼间叫"涠洲"的地方，寻访自己的先人，她从来没有见过这个按中国人的称谓，她应该叫作"叔公"的人。她走进他布道的教堂，沿着腐朽的楼梯，爬上当年他住过的阁楼，抚摸据说他睡过的床板，每走一步，楼板都发出令人心惊的怪响。我不知道当时她心里在想什么。

距我那天枯坐的地方大约100米外，有一块石头，上面有四个褚红色的大字：海枯石烂。这四个字的来历，据说是若干年前一位82岁的著名科学家和他28岁的女友登上涠洲岛，在岛上订下终身。这四个大字既是纪念他们穿越时间的爱情，也是涠洲岛旅游的噱头。望着这四个意味深长的大字，我浮起一个念头：涠洲岛应该种满玫瑰、百合、芍药、薰衣草、郁金香等各种花卉，把它变成一个四季鲜花盛开的海岛，现在珊瑚不能买卖了，但每个上岛的游客都可以带着一束鲜艳夺目的"爱情岛鲜花"离开，让涠洲岛的爱情传遍天涯海角。

这个念头让我又快乐又惆怅。

冬天，在百万人的村庄

纪　尘

一

又一个冬季来临。

欧洲一座城市的一间地下室里，我端坐床前，如一只蛰伏的蝉。

圣诞就快到了，雪却还没开始下，明黄色的灯下，几枚干瘪的无花果有气无力地挂在枝头——在这座德国的城，这些需要大量阳光的果实永远都来不及抵达成熟。

一只蜘蛛无声地从灯罩爬出，又无声地消失在衣柜与墙的夹隙。暗红的蜡制圣母子像在墙头神情温柔、沉默不语，就像这冬天，就像——创世纪以来的所有寂静

作者简介

纪尘（1975—），原名蒋月英，瑶族，广西贺州富川人。2000年开始文学创作，2004年成为鲁迅文学院全国少数民族作家C班成员。主要从事小说、散文创作。作品散见于《钟山》《芙蓉》《上海文学》《大家》《山花》等刊物。出版有长篇小说《冰之焰》，散文集《乔丽盼行疆记》《宠物记：我生命中的狗狗猫猫》等。曾获全国首届"华夏作家网杯"文学大赛一等奖、第三届广西少数民族文学创作花山奖。

作品信息

原载《民族文学》2017年第4期。

日子。

偶尔有脚步声传来，那是丈夫的家人，也或者，是那位年轻的埃及裔女租客。在这阴霾的冬日早晨，他们将裹上厚厚的围巾和大衣，在拉开门的瞬间呼出一团白气，然后在寒风中渐行渐远。

还有一些动静。那是经过的路人，他们的衣着永远是灰和黑。他们不会知道，一幢古老的白色建筑里，稀疏的冬日植物下，有一双眼正以仰视的角度，不动声色地打量他们的羊绒手套和深色皮靴。

室内钟声嘀嗒。

那是个有着百年历史的落地老木钟。站起，打开两米高的钟门，将沉重铜坠用力向上拉——每几天我便需要重复这动作一次。这是使钟保持持续运作的唯一方式，而我，是时间的制造者和守护者。

一抹鲜亮的色彩映入眼帘。

经过的身影依然是黑色的，但从口袋伸出的一截一闪即逝的大红指甲，就如划过漆黑的光。她就这样明亮地走在冬天的寂静，仿佛路的那一头站着爱情。

将暖气拧小，将窗打开，冷空气便在亚热带季风性气候下成长起来的麦色皮肤上骤然流淌。

想起了中国南方的家乡，由于潮湿，也有可能，由于记忆的遥远，那里的冬有着更为迫切凛冽的冷。若把手伸进水里，指节会因刺骨冰寒而疼痛不已，还有大风，从城头到城尾，整夜整夜呼啸不停，猛烈惊悚如世界末日。

可我们从不需要帽子和手套，我们习惯了在冰寒中吸着冷气疾走，习惯了一进家门便不顾一切将身体挤向屋中央——那盆小小的炭火就是冬天里所有人的梦想。

炭火边永远有一个盛着清水的小杯，也永远有散发着雾气的潮湿鞋垫。人们将冻僵的脚搁在火边，用烤热的白萝卜往冻疮部位不断轻按，然后喝上一两碗滚烫油茶。那喝茶声总那么悠长响亮，而喝茶的人，他们疲倦的脸随之慢慢呈现柔和满足。孩子则急切地扒弄热灰里的红薯或鸡蛋，间或发出委屈争执……

那时的夜啊，多么漫长又多么容易就称心如意。

我走向屋后广阔的树林。

林间有条清澈小溪，水里总有鱼，岸边总有野鸭。那些野鸭，它们三五成群，或顺水漂来，或逆流而上，如一座座小而安静的自由悬浮岛。

我经过那棵奇特大树——只有在冬天才能看清它的主干。其他季节，不计其数低垂到地的枝条总是拢成一个完美之圆。很多时候，当你走过，密不透风的枝叶间会突然蹿出孩子或小狗的可爱脑袋。

但现在是冬天，除非有雪降下，否则鲜有孩子出现。

狗却是一直都在的。它们和自己那将手兜进衣裳的主人慢慢走着，而不再总是毫不犹豫就一下跳进水里然后甩人一身水花。它们步伐节制、眼神温和，仿佛也悉知现在是一年中最当稳重成熟的时节。

甚至婴儿也不再哭泣。他们被裹得严严实实，在推车或父母的怀里目光澄澈地安静着。粉妆玉琢的小脸，在浅浅的冬日光线下，如永不衰老的先知。

除了河狸。

它们一如既往夜以继日，没完没了地将树木削断、放倒。夜以继日，没完没了地建起一道又一道水坝。为此人们不得不用铁丝网把树围住。

尽管活动痕迹如此确凿明显，却鲜有人能见到河狸。它们也总是蛰伏在深幽僻静处吗？也总在人们不知情的时候，从地下抬起头，以仰望的角度打量外面的世界并深深呼吸清凉空气吗……

可谁又曾真的见到我？

每天清晨，我准时地从地下钻出，准时搭上地铁，准时出现在这百万人的村庄中心。在学习初级德语的国际班级，人们来自伊拉克、阿富汗、波兰、印尼、罗马尼亚、克罗地亚、泰国、中国、卢森堡、乌克兰、斯里兰卡……

没人能听得懂另一人的母语，没人知道另一人在另一片陌生大地曾有着怎样的童年，没人能想象另一人那异乡的冬天所呈现的景致和故事……

可这又有什么重要的呢？那位罗马尼亚单身母亲在故乡是否仍有着深爱的人；那位波兰工程师每天要独自喝多少杯伏特加；那位制服挂满荣誉勋章的斯里兰卡警

察为何跑到德国卖汉堡包……一切都不重要。重要的是，我们都在努力学习一门陌生复杂的新语言，重要的是，我们都要在这异国他乡好好生活下去。

每天，在这开敞的百万人的村庄，我夹挤在各种肤色中，听着各种陌生语言，像任何一位背着双肩包的普通而勤奋的留学生，像任何一位提着菜篮普通而尽职的家庭妇女。我经过缀满圣诞礼物的漂亮商店，也经过眼盲的吉卜赛乞丐。我操着贫瘠磕巴的德语向陌生人打听信息，人们却回以流利英语……

我经过夜晚的客运站中心。

在那片光怪陆离的陌生街区，依凭网上得来的线索，我仔细又困惑地搜寻一个舞蹈中心的名字——那里教授所喜爱并在中国学过的某一舞种。

已是冰天雪地的冬了啊，街上却还有那么多喝酒的人。他们着装时髦，头发一丝不苟，每经过一个，空气便倏然升腾起浓重的香水味和发胶味。

很多灯光，已过了晚上八点，不少商家却仍在经营生意。不甚明亮的玻璃窗里，成排的水烟壶与各种面饼毗邻。偶尔，一两个身着及地黑袍、面目不清的女人提着东西出来，随即幽灵般迅速消隐于黑暗。

这是一个移民区。

这里的夜晚不属于女人。我却竟穿了件鲜艳红衣，却竟明目张胆地穿梭在这熟悉的城的陌生区域。

那些男人，他们望着我、走向我、跟随我。他们举起酒瓶，示意我加入，他们用口音浓重的嫁接式英语或德语向我索要电话号码，一些甚至干脆直接掏出票子，在风中暧昧地轻轻挥舞。

我是谁又从哪里来并不重要。我只是一个女人。一个穿着大红色衣服、独自走在这放纵的街的年轻女人。

那地方，仿若大逆不道的叛教者，仿若光滑肌肤上一块不祥的玫瑰斑疹，仿若——这世界的任何一座百万人之城。

它如此突兀，又如此理所当然，如此晦暗，又如此浓艳夺目。

终于找到了舞蹈中心——仅一个红绿灯的转身，前面的世界便骤然褪隐闭合。

我依然一袭红衣，但商店消失了、灯光消失了、香水味和呕吐物味消失了。

呈现面前的，只是一条清寂洁净的普通街道。我只是一个通常的、将围巾往上裹了又裹的寒冬夜行人。

但我终究还是被认了出来。

在某一天，普通之极的一个清晨，一节早已了如指掌的车厢里，一阵急促的马蹄声和冬不拉弹奏突然响彻耳膜。

身体随之骤然僵直，紧接着，毫无过渡的，双眼一片泅湿……

转过头，将脸埋进围巾。

车玻璃映着我的面容——一如周边那些普通的、沉默的、淡然的陌生人面容……

音乐出自一个名叫《旅行者》的乐队。它跟许多其他音乐一起，很久以前就已存放在 MP3 里。可却为什么，那不知已听过多少遍的琴声，竟会在一个清晨，在短短的毫无防备的几秒，如同证人般将我一下指认出来。

"如果想成为一个真正的俄罗斯人，成为一个彻底的俄罗斯人，或许就意味着要作为（你们最终会强调这一点的）所有人的兄弟，即'世界人'……因为我们的命运就在于它的世界性……"

在普希金纪念碑揭幕典礼上，陀思妥耶夫斯基曾严正地说。

在这片遥远的西方大地，我终日面目陌生地来和去，如一粒尘埃般无足轻重、隐姓埋名，但其实多么的轻而易举——只一阵琴声、一个毛笔字、甚至只一丝绿茶香气，就道出了我的来龙去脉，就能触到这具单薄身躯后的辽阔东方。

二

冬夜寂静，我听到流水，以及流水的更远处——横穿整座村庄的伊萨尔河（Isar）。

早在罗马时期，伊萨尔河面就架起了不少木桥，以方便控制货运和税收。19 世纪顶峰时期，每年将水果、香料、丝绸等从威尼斯转运到慕尼黑的商船木筏就高达8000多座。

时过境迁，慕尼黑在二战中被夷为平地，而后又重建。但伊萨尔从没有因为历史而改变流向，也一如既往地冰寒。

伊萨尔之水是阿尔卑斯山之巅的雪水。

夏天的伊萨尔是整座村庄最宽容也最热闹的游乐场。特别是在慕尼黑大学边上的"英国公园"，不计其数的人躺在河边，阅读、交谈、遛狗、骑马、慢跑，或是什么也不做，就那样心满意足地待上半天一天。

一位怀有数月身孕的年轻母亲，肚子大得仿佛随时都可能生产。可她毫不犹豫地走进冰河并在其间愉悦地来回畅游。当她上岸，挂满晶莹水珠的身体如此丰腴清新，就仿佛刚从蚌壳诞生。

我也曾惊惶又心甘情愿地朝河中纵身一跃，然后顺湍流而下。我漂了那么久、那么远，直至在一个险要的落差口被麻绳果断截住——那里有着数个黑色禁止符。每一两年便会有一两个不幸生命从那里跌入、消失。

但人们从不退缩。那些朝气蓬勃的年轻人，身着连体滑水服，扛着滑水板，走过一片又一片草地，只为到达那里。然后，就在黑色的 X 号边，他们果断跳上滑板，在奔腾的激流间一次次冲击、跳跃、坠落。

一些林间空地则总是布满了赤裸身体，它们如弧度温柔的羽绒，如紧致坚实的黏土，或如使用多年渐起硬结的棉絮……一列列，一行行，在宽阔的绿地从容不迫地摊晾、翻晒，乳房和性器在明亮阳光下柔软微耸。这些纯然的肉体，形形色色却又如天造地设的自然之物般无所谓彼此。

河水流淌了多少个千年呢？我们的肉身，又已经历了多少次轮回？

我赤裸着从中轻盈穿过，不动声色，不扰一物。

现在是冬天。

我走在伊萨尔河边的森林。有鼓声响起。一些裸露的河床有熄灭不久的火堆。一群大雁在浅滩来回走动，那密麻的不时张开的灰白双翅如同一场提前来临的暴风雪。

远远的，一团黑影在堆满落叶的小道缓慢出现。那是个六十岁左右的女人，推着辆轮椅，上面坐着位与她年纪相仿的一动不动的高大男人。轮椅之后，绕满了管道和急救品。

他是一个"渐冻人"（肌萎缩侧索硬化，简称 ALS）。只两年时间，从左手小指开始，他的身体一个部位接一个部位萎缩硬化，而今，除了眨眼之外，他全身僵化如枯树，连进食都只能依靠胃管注射。但意识却是清醒的，他明白一切——包括迫在眼前的冷酷残忍的死亡——很快，他将死于呼吸衰竭。

女人神情虚弱但平静。她亦明白一切。在家庭护士的陪同下，在这一年一度的盛大节日，她终于疲惫又坚定地推着他到这里：这具躯体已被无情冻结，再也无法跟她一起逛热烈拥挤的圣诞集市，然而正是这同一具身躯，曾几何时，在宽阔冰寒的伊萨尔河无畏地漂流过一次又一次。

十几分钟后，他们离开了。

那远去的裹得密不透风的毯子，鲜见的花色明艳，又因这明艳，显得无比悲伤。

又有黑色身影走过。

一个穿着传统鹿皮裤的男人提着一捆柴。他在附近很快生起了火。没人认识他，没人知道为什么他要在这样的河边寂地独自生火。看到有人靠近，他又往火里丢了几块柴。

鼓声又从那里传来，还有吟唱。人渐渐多了起来，差不多十个。

有人开始拿出酒，那是所有圣诞集市都不可或缺的一种温过的红酒。

"这不同寻常的一年……"喝酒的人说，然后把酒递给下一个。

"嗯，这不同寻常的一年……"接过酒的人回答。他留着极具特色的大八字卷须，戴着顶传统鹿须绒帽。

这种帽，一般为家族遗产。在曾经的岁月，巴伐利亚的高山上，猎人将一种体型巨大的鹿杀死并收集其胡须作为荣誉品装饰在帽檐。帽子一代代往下传，相应地，帽檐上的须束也一代比一代更繁密。

这不同寻常的一年。

想起了那些铺天盖地的报纸，还有不断在广播重复出现的词："Flüchtling"（难民）。

我学会的第一个德语单词是"Libe"（爱），第二个为"Auto"（汽车），"Flüchtling"是第三个。

这个词，几乎在一夜之间将所有词语空间挤爆。

火车高密度地一辆接一辆轰隆隆驶来，那么多通过各种渠道不顾一切涌来的异乡人，他们从早晨来，从中午来，从深夜来。车间、体育馆、学校，空置的农场和宾馆……从城到镇，从镇到乡，从乡到村……一个月、一个季度、半年、一年……难民营如雨后春笋般源源不断从四面八方冒出。一些营地，从天而降的异乡人甚至超过当地村落人口。

可火车依然不断轰隆隆开来，异乡人依然低调又迅捷地分散又结集于各处。渐渐的，一些令人不安的新闻或传闻开始流传播散，渐渐的，持乐观和信任态度的人越来越少。同情、欢迎、困惑、担忧、愤怒……人们平静的外表下，各种情绪却不断跌宕起伏，一些人甚至开始关注捷克的黑枪购买行情——他们悲观地相信着，战争即将来临，自己的孩子将在自己的国土沦为难民……

再一段时间，"Flüchtling"这个词仿佛人间蒸发，人们不再怀着巨大兴趣购买最新日报，不再低声谈论和表达。他们神色淡然地拧开电视和广播，稍微看看听听，随即转到其他节目。

生活在继续。

不管那些身携不可预知能量、浪潮般不断涌来的异乡人是真的无处容身还是乘虚而入，不管这势不可挡的又一次人类大迁徙将在未来如何改变欧洲，生活都要继续。

"嘿，你从哪里来？圣诞快乐！"有人转向我，声音响亮。

"嘿、嘿嘿，圣诞快乐！"声音一个接一个，此起彼伏。

他们的口音是粗犷的下巴伐利亚方言。

拉开大衣，露出里面的巴伐利亚传统裙装——我是一位从遥远地方来的巴伐利亚新娘。

三

小溪仍在清亮流淌,河狸仍一夜又一夜地筑建新的水坝。

孩子们开始出现。他们拉着小雪橇车,爬上被白雪覆盖的小坡,找准最高点,坐好,然后像滑滑梯般疾速滑下。整个季节的寂静于是被欢乐猛然刺穿。他们红彤彤的小脸溅满雪花,眼睛霜露般晶莹透亮。

一些人手持滑雪竿,踩着长长的有如爱斯基摩雪靴似的滑板,泛舟般在雪地时疾时缓,他们从容地避开障碍物,如降落的鸟儿般优雅滑翔、收拢、迂回、轻跃。

天鹅从水面那端悠悠漂来,它们总是成双成对、不疾不徐,总是让看到的人情不自禁生出温柔并献上美好词语。还有潜水本领很好的白骨顶鸟,浑身漆黑,头顶却有一抹精确又醒目的白,仿佛是为了方便人们识别和记忆。还有个头很大的天不怕地不怕的乌鸦,数量总那么多,觅食时总那么肆无忌惮,有时人几乎都走到跟前了,它们也仅仅是往边上随便一跳,一副胸有成竹、懒得理你的样子。它们的黑使得世界更白。

公路却仍是忙碌的。

早在雪刚降下之际,路面便已撒满了除冰盐——公路因此洁净安全。车辆载着人们——那些上班的人、旅行的人、要赶到更寒冷的高山滑雪的人,以及迫不及待到酒馆喝上一杯的人……

一辆的士在路边停下。几个高大身影迈出车门,一个个神情欣快、目光迷离。

他们刚从安德希斯(Andechs)下来。那是一座古老的洛可可式修道院,有着德国最古老的祈祷蜡烛和据说某些来自耶稣的遗物。

但他们不是去朝圣的,或者说,他们的朝圣内容是另一种——啤酒。

德国最好的酒在慕尼黑,而慕尼黑最好的酒,在安德希斯。那里的僧侣们酿酒酿了500年。从黑啤到白啤,从春天到冬天。山顶那间可以远眺湖水和雪山的古老餐馆,其中一间房就是用来专门存放常客的大酒杯的。

冬天是真正的属于酒的季节。

人们从外面携一身寒气，推开餐厅或酒馆，把沉重的大衣和缀满雪花的帽子往墙上一挂，坐下，点一杯酒，肃穆的神色便一下子放松柔和下来。

当再出门，他们仿佛拥有了件隐形的保暖大衣，一个个脸色绯红，谈笑风生。

一个孩子远远地走来。

从很深很远的东方。那里的冬天没有暖气，没有挂满礼物的圣诞树，那里的冬天短暂却冰寒。

孩子安静地躺在幼儿园的小床。房间那么大那么黑，四壁破旧。几十个孩子因为寒冷而悄无声息。孩子整夜都睡不着，整夜都搂着自己的脚丫不断呵气。

隔壁的孩子也没睡——她生病了，一直在打恶心。凌晨时分，当夜巡老师离去，生病的孩子对搂着脚丫的孩子悄声说："我把吐的东西用力含住，然后又全部吞回去了。"她虚弱的声音里甚至有着几分骄傲，因为自己没把被子和地板弄脏。

孩子们害怕冬天的一切：寒冷、黑暗，以及脾气暴躁的老师。

几天后，孩子回家，奶声奶气地告诉家人自己发明的取暖方式：把脚弯到胸前，一直吹气。泪水骤然从母亲面庞滑落，但母亲坚持说，妈妈哪会哭，是灰进了眼睛啊。

孩子于是安静下来。她伸出小手——冬天那么冷，妈妈的眼泪那么滚烫。

可孩子还是得住幼儿园，父亲母亲还是得在下班后挑着军大衣到河里清洗——每洗一件可挣上两毛钱。大衣又厚又重，浸湿后更是不堪负荷。但他们还是得一小时一小时地洗，一件又一件地甩拧，直至双手失去知觉。

洗衣的时候，他们的小女儿正在河对岸一间塞满孩子的黑暗大房里，蜷着身体不断向脚呵气。

终于，一个暴雨之夜，破旧的大房突然坍塌。所幸那晚是周六，屋里只有几十张空荡荡的小床。自此孩子再也不用住幼儿园了，她睡在家中拥挤的床，一双小脚被父亲牢牢地兜在怀里。自此冬天的夜便再也不会那样孤单又冰寒了。

再后来，孩子开始上学，父亲母亲也不用再整夜将手浸进河水。甚至，家里有了半自动洗衣机和收录机。

母亲买来黄梅戏磁带——《梁山伯与祝英台》。冬天的时候，母亲总是一边织毛衣一边跟着磁带哼唱。孩子则没完没了地翻箱倒柜，她将大人的衣服套在身上，脑袋缀满线团，脸颊涂满廉价胭脂，在炭火边第一百遍、一千遍地跟着戏曲狂热舞动……

我推开酒馆的门。

外面的寒气和迎面扑来的暖流倏然相撞，浑身随之骤然紧张又立即松弛——父亲将孩子冰凉的小脚揣进怀里的一刻。

雪静静地下，玻璃窗里却仿佛盛夏。美丽的白色欧式窗帘下天竺葵仍在盛放。人们露着粉红色的粗壮胳膊，愉快地用刀叉分割盘中美食，一边轻言细语。蓬松的卷发和长睫毛被烛光投影到有着传统鹿皮壁灯的墙。身着传统长裙的中年女侍者，半裸着巨大胸脯，在温暖富足的空间里有条不紊地输送、收集。

这里的人们不会给寒冷任何入侵的机会，哪怕也许两百米开外，一只途经溪流的倒霉狐狸正被活生生冻成冰雕。这里的孩子从不会因为冷而独自无声哭泣，这里的相当一部分人，一生中甚至从没用冷水洗过一个碗。

物质过剩，设备先进——这里的冬，漫长却不需要忍耐。

"嗨，你是谁呀，你是从非洲来的吗？"

一声清脆落在耳畔。那孩子，最多五岁，身着可爱的天蓝色夏装。紧接着是一声温柔呵斥。一位棕发年轻女子起身，笑着说了声对不起，然后将孩子换到背对的另一张椅子。

酒杯映着一个无可指责、无可挑剔的冬天。

我却不止一次看到她——那个静悄悄蜷在幼儿园小床的孩子；那惶恐又好奇地看着母亲红肿关节的孩子；那随着唯一的一盒黄梅戏磁带跳得满头大汗的孩子……

那样的冬天竟从没被摒弃和遗忘吗？这头蛰伏在体内的熊，到底凭什么竟能如此长久地沉睡，又凭什么，几十年后，在世界另一头，由一个遥远而陌生的冬天惊醒？

而我毫无防备。

一只松鼠自窗前一晃而过，悄无声息，只余留一串小巧精致的足印。

一只猫从窗前一晃而过，悄无声息，只余留一串小巧精致的足印。

嘿，孩子，我不从非洲来，不从欧洲来，不从美洲来，甚至——不从亚洲来。嘿，孩子，这世界的村庄那么大，人那么多，发明和生产的东西那么漂亮丰盛。有人不经意地经过你——你童话般的童年。你明亮的眼睛看到她，清脆的声音问候她，你踮起脚尖，想给她一朵花或一碗干净的水。这就够了。你永不会也不需要知道那个从东走到西，从昼走到夜的异乡人是谁——直至将来的你，在某一天，也那样经过一个天真孩子并被问起，嗨，你是谁……

枝头的雪静静膨胀又扑簌坠下。

接着是粗重的靴步声，又渐渐变得轻淡、消逝。开门声响起，又关上。然后是亲昵的问候，食物的香气、苹果汁倒进玻璃杯、洗碗机自动循环……

天黑了，灯亮了起来，我又看到那个孩子——搂着脚安静地醒在冰凉的床。

一双温暖的手伸了过来。

孩子睁睁眼，笑了。她把脚伸直，翻了个身——她终于沉沉睡去。

世界那么白，床上均匀安稳的呼吸，那么辽阔宁静。

| 创作评论 |

纪尘的文风颇似 10 年前的林白，一如没有止息的南中国的阴雨，反复地述说和倾诉，密度却很大。她女巫般敏锐感性的叙述，是以散文诗般的语言和绚烂的意象见长，带着浓郁南方气息的本土化，它们在南方的神秘和残酷的外表下，掩藏着一颗渴望幸福和温情的柔弱心灵。

——张燕玲:《值得期待的广西少数民族青年作家》,《文艺报》2013 年 7 月 5 日

散文的生长，总是伴随着经验的生长。纪尘的写作路径，就是一直沿着她自己的经验之藤在攀爬。常年游走于世界各地并相对沉入地体验某一国家和城市的精神世界，使她的写作不仅具有开阔的视野，也总有一根牵动灵魂的绳在隐隐发力。从

这篇新作看来，纪尘不再拘泥于血液与属地的差异，在陌生语言中那个最先学会的"爱"的单词面前，人类之间消弭界限、融为一体的理想成为可能。百万人口的慕尼黑只是一个隐喻的入口；世界之大，当基于平等、友爱、自由、公义、尊重等关键词的国际主义的那道阳光，穿越人类精神的困境之后，我们可能会释然地发觉，世界的冬天，变得更加温暖了一些。

——石彦伟：《责编手记》，《民族文学》2017年第4期

在旅途中

庞 白

在乌镇，遇到一只肥胖的麻雀

一只麻雀，在前面的屋瓦上，慢慢踱着，四平八稳的，像一个老成持重、心安理得的家伙。它走了几步，就停了下来，然后跳到紧挨着屋瓦的一根石桩上，缓缓地转动脑袋，作张望状。我和它的距离才两米余，也不见它有什么惊慌，倒是我有些担心惊着了它。但是我发现它是那么安然地望着我，对我的接近，一点也不介意。真是一只见多识广、宠辱不惊的麻雀啊！

这时乌镇东栅的游人很少，和这只肥胖的麻雀相遇的时候，古朴的石板路上空空荡荡的。天气很好，却几乎没有游人，对乌镇这样的旅游名地来讲，有些奇怪。

作者简介

庞白，原名庞华坚，广西合浦县人。中国作家协会会员。现为《北海日报》副刊编辑。1989年开始文学写作，曾在《诗刊》《散文》《诗选刊》《星星》《清明》等刊物发表大量作品。作品多次入选多种选本。曾获第25届"东丽杯"全国鲁黎诗歌奖单篇类二等奖（2016年）、第3届"中国·曹植诗歌奖"（2016年）、第5届"中国报人散文奖"、第8届"冰心散文奖"（2018年）。出版有散文集《慈航》，诗集《天边：世间的事》、《水星街24号》、《跋涉者》（与人合集），随笔集《北海民风民俗民菜》等。

作品信息

载《散文》2018年第6期。

站在这连绵不断的明清建筑中，"前不见古人，后不见来者。念天地之悠悠，独怆然而涕下"几句突然就涌上来了我的心头。不知肥胖的麻雀会不会也想到了这几句诗。如果它也想到了，那我会很不好意思的。——难道我和一只肥胖的麻雀，在乌镇有着相同的感慨吗？

来乌镇缘于突如其来的机遇——应邀参加完太湖诗会之后，离返程还有一天半的时间。在江南，一天半的时间很容易度过，关键是去哪里。乌镇是当时我一瞬间就选定了的地方。于是，提起行李，就一个人过去了。

到乌镇东栅区时正是黄昏时分，由于去过周庄、南浔、丽江等古镇，到了这里，非常大的惊喜谈不上，而且和其他江南古镇相比，乌镇其实并没有独特的风景，但是夕阳下的粉墙黛瓦，小桥流水，曲巷深弄，枕河人家，平静、自然、恬淡，都是我想象中的模样。再加上不时有一只吱呀而过的小船慢悠悠地晃过平静的河面，划动心里积存日久的寂静时，迷失、绝望、渐去渐远的凄美感，就形成了。这是一种久别重逢的感觉。只是那种感受只能闭眼长叹，难以与旁人言。可惜了！

那只肥胖的麻雀，在我刚走进乌镇的黄昏里，就和我相遇了。这样的相遇是一件非常奇怪的事情。为什么是它，而不是别的？为什么它一点也不怕人，还这么胖？当然，我并没有与那只麻雀长久相处，对视了一会儿，我就转身继续沿着石板路走了。但是，不论我走到那里，那只麻雀的形象，都在我脑海里浮现。转过一个弯，好像看到它站在灰黑的瓦上；跨过一道桥，好像看到它站在桥头的石桩上。

——这只该死的肥胖的麻雀，它把我刚想赞美乌镇的心情都消解了！

那只肥胖的麻雀，陪我游完了乌镇东栅。当我从东栅大门走出来时，长长地舒了一口气。我低声骂了一句：去他妈的胖麻雀！然后免费公交也不坐，拉开了一辆出租车的车门，迅速离开东栅。我要去西栅。到东栅之前，我已订好了西栅的民居房。

一路上我就想好了，到了住处，什么也不干，洗过澡之后，就睡觉。但是我睡不着。躺在床上，那只麻雀还是老在眼前晃来晃去。熟悉我的朋友都知道，我是在公共汽车上都可以睡得着的人。失眠对我来讲，至今还是难以想象的事情。我于是爬起来，在老板"夜里有些凉"的提醒中走了出去。我没走远，出了门没几步就是一座横跨西市河的石拱桥。我在桥上的石板坐了下来。一幢幢明清民居沿河而建，陌生的夜里亮着昏黄的灯火，灯火的光亮映在树上、砖上、屋檐上、河水上，有些清冷，又有些温暖。有时，有情侣牵着手从身边静悄悄地走过，有时桥下传来可能是鱼弄水的声音。当我觉得肩膀有些冷的时候，远处的几扇窗里不约而同地关了灯。

——"不看流水，不看房子 / 快要落下去的夕阳，也不看 // 我和你都是孤独的 / 像那些擦肩而过的笑声"。

几句诗，像从即将到来的冬天里提前跑过来一样，湿润我眼睛的同时，把那麻雀狠狠地赶走了。我于是站起来，往回走。那晚，我睡得很好，醒来时，太阳透过窗纱把我的脸都晒热了。那晚和第二天游乌镇西栅，那只肥胖的麻雀都没有出现，直到今晚整理在乌镇拍的照片，直到写这些文字。

春天里

我居住的这座城市，是一座美丽的海滨小城。在诸多信誓旦旦向几百万、上千万，甚至几千万人口迈进的城市群中，我们这个小城，显得有些慢条斯理、"不谙世事"，甚至落后。它的常住人口，至今仍然只有六七十万。当然，城市变化也是有的，只是远远算不上"翻天覆地"，安静、平和风格依然：一条偌长的百年老街完好地摆放在市中心，一抹二十多公里长的银沙滩侧卧海边；夕阳西下，游人仍然在海边、栈桥、火山岛、国家森林公园，结伴而行，流连忘返。

这是一座让很多人喜欢的城市。

我也喜欢这座城市，但是，我不太喜欢这座城市的春天。小城的春天，从三月开始，气温一下子就涨到二十多度，而且突然又没完没了旋起东南风，来了"回南天"。回南天里，到处黏黏糊糊，家里的地板上湿漉漉，走着走着不小心会滑跌一跤；洗过的衣服，凉几天都不干爽；天从早到晚灰蒙蒙，潮湿的空气里飘荡着让我无法言说的难受。

若说这座城市没有萌芽、拔节的春天气息，也不尽然。满街树木，郁郁葱葱；满树花朵，娇艳，妖娆。一切都和书上形容春天的模样一样。这个城市的春天，好像一直趴在冬天背后，冬天稍不小心，它就把冬天淹没了。

我不喜欢这黏黏糊糊的春天。春天来了，我喜欢冻僵的泥土冒出丝丝暖气，几株小草倔强、有声有色地站着，寒风打在脸上的清凉。我喜欢的春天，是春寒料峭的春天，是光秃秃的树枝上的春天，是沉默已久绿意喷薄的春天。

原来，我一直都以为天下的春天都像我们小城的春天，沉闷，经年不变漫天的绿色，湿漉漉的地板，灰蒙蒙的天。我以为所有人都得这样憋着气，度过不算太漫长的一个多月，然后一觉醒来，就见到了满身大汗的夏天。后来我发现，春天不仅仅是这样的，各地的春天各不相同。这是若干年后，我有机会去了北方、西北和东北等地的城市和乡村，才知道的事实。有一年春天，我去到了内蒙古的呼伦贝尔大草原。当我的脚踏在大草原上时，一股彻骨的寒气，刀一样从脚底捅上来，让我不禁打了一个寒战。但是，很快，我就适应了这样的环境。广漠的天地，不再灰茫茫、黏黏糊糊。板结的土地，冒着毛茸茸的嫩黄，泛着浅绿；身边的树枝爆出新芽；原野上的房子有炊烟飘起；一条曲折婉转的小河轻快地流动，河里有小鱼，有水草，有陈年的枯枝，有长满青苔的石块。我站在辽阔的天地间，感觉到了人几乎可以忽略的渺小和源源不尽如大河的活力。天地之大，出乎我的意料，天地赋予我的力量，更是远远超出我的想象。我于是激动得不由自主在这旷野上奔跑起来。

我拼命地奔跑，像一匹放纵的野马！

我也曾走进过西北的春天。西北的春天，和东北、北方不尽相同。西北的春天，沙石和黄土，显然还沉睡在寒冬里，但是，走进一棵树的时候，我诧异地发现，粗大的枝丫间，竟然长出了两片明晃晃的嫩芽，叶子小小的，但却是生机勃然，勇猛的。它们站在结实的树丫间，像两把刀刃扎在树皮上，闪着果断的翠绿的光。光秃秃的树枝，因这两片叶子顿显生命，树下的泥土因这两片叶子萌生活力，远处的群山因这两片叶子而耸动、澎湃起来。

但是我住的小城，春天没有这种让我激动的景象。我们的小城，春天是安静的，四季是不分明的。这座城市的绿色，从冬天开始，到第二年冬天，一如既往地绿。我不能说这样不好。我只能说，这是我太习惯了的生活，太习惯了的春天。

当然，很多人喜欢这样景色，喜欢这样的春天。温暖，满眼绿色。他们感觉新奇，也感觉特别舒适。而我，已经乏味好多年了。有人在一篇文章里写过这样的话："近处没有风景"。可能说的就是我这样的人吧。实际上，我算不上讨厌我们这里的春天，只是觉得四季景色鲜有变化，多少让人有些遗憾罢了。

不过，转念想想，即使近处处处是美景，而仅仅看近处的美景还是不够的。世界之大，人穷尽一辈子也能只看到它小小的一角。但那是多么让人需要去见识的小小的一角啊！走出去，心神当有触动，眼界会开阔，心胸将舒展。近处，我需要，我也需要远方。天地虽无言，而且它可能也不需要我们，但我们可以走近它，接触它，见识它的四季更迭、山川各异。我需要走进更宽阔的天地。我一直觉得，是世界上的大和小，远和近，南和北，东和西，温暖和寒冷，春天和冬天，改变和丰富了我们短暂的生命。

旅馆里有一张睡觉的床

旅馆是流动的家。很多人都有过这样的经历，看到旅馆，会顿生感激之情。夜幕降临，寒风吹起，旅馆给了我们温暖和安定，让我们得以歇歇，重新积蓄出发的勇气。旅馆也是让人不可小觑的处所。很多人都看过电影《新龙门客栈》，大漠荒沙里的龙门客栈，虽然地处偏远，却经血雨，沥腥风，正义与邪恶碰撞，爱情和道义并肩，蚁民命运和家国情怀交织。旅馆里，有死生存亡，有同舟共命，有造化弄人，有太多的悲欢离合。

每一个人对旅馆都有各自的认识和感受。有人喜欢，有人讨厌，有人在旅馆睡得特别踏实，有人在旅馆辗转反侧无法入眠，有人在旅馆丢失了自己，有人在旅馆里找回了最初的恋人。

旅馆里也有很多故事和传说。关于神仙鬼怪和爱恨情仇的，都有。旅馆也因此而丰富和立体起来。这些，一般出现在电影和电视剧里。旅馆对于我和大多数人，意味着安静和休息。在没有人打扰的旅馆里，我很快就可以睡着了。说到睡觉，我有时不太好意思，和一些睡眠质量不好的朋友讲起睡觉这件事，有时甚至觉得是罪过。以前在公司上班的时候，经常出差，人很疲乏，坐飞机，飞机还没起飞，就睡着，被空姐叫醒，人家告诉我，到了。搭船，躺到狭窄的床铺上，船摇摇晃晃如摇篮，很快就被摇得眼皮撑不住。半夜，一觉醒来，同行的同事，还在小的房间里转来转去，像一头困兽。

记得第一次和诗人盘妙彬老师住一个房间。作为一个优秀诗人，他十点还没到就蜷到床上去了。这让我有些不安。这个点就睡觉，实在不像话。我心里胡乱猜测，如果别的诗人知道他这个点睡觉，可能会骂他破坏了传说中诗人夜生活从十二点开始的规矩。看到盘老师要睡觉了，我当然不好意思满房子开着灯看电视玩电脑，也赶快洗了澡，蜷到另一张床上去。他看我"也有早睡的习惯"，似乎颇高兴，操着那口在我听来独特得有些听不太懂的梧州普通话，像安慰，更像聊兴渐起，有要好好聊几句的样子。好不容易有缘和诗人住一个房间，我是应该认真聆听他的高见，相信会有不少收获。但是，很遗憾，在他唱歌一样的梧州话声中，我不一会儿就睡着了。一觉醒来，口渴，起来找点水喝，黑暗中竟然悠悠地传来他的声音：你真好睡！那份感慨，那份惆怅，让我顿生愧疚。后来，大家熟悉了之后，逢到他黑暗中的声音又起，我就郑重告诉他，不要担心了，请放心睡觉，贼人不会惦记两个穷诗人，而且还是男的。

我也曾失眠，能感觉到失眠的痛苦，那份无奈，那份悲凉，那份愤慨，确实让人内心焦虑，如火如荼，可以感同身受，但爱莫能助。在我焦虑的时候，朋友也曾宽慰，也曾排解，最终，还得自己抽丝剥茧，固本培元。

由于工作需要和喜欢旅游，我经常住酒店旅馆。我对酒店旅馆的要求不高，干净、安静就行。我住过奢华的五星级酒店，也住过人杂味臭的通铺；在高原之巅住过，也在海岛礁石边躺过。不管在哪里，夜幕降临后，走进一座旅馆，那里面有一张床，可以躺下，让四肢舒坦，就好。

一个人在外，住旅馆容易解决，看中了，讲好价钱，就住下。如果能和志趣相投的朋友一起住旅馆，也是乐事一桩。大家互相理解，不会为住几星酒店商量半天，不会猜测酒店安静与否犹豫不决，不会为酒店是否送早餐而纠结，不会为价格高低心痛不已，能随意，可随性。

有一次，我和兄长，在江南的南浔古镇，走着走着，看到古巷拐角处有一家青年旅馆，干净，清幽，装饰又不失现代气息，撩开门帘一看，哎，不错，对视一眼，就决定住这里了。床是上下架床，空间逼窄，除了床，仅可容一桌；窗外是潺潺流水，是夏天湿润的细风，是偶尔"谷谷"的脚步声。在这江南丝竹一样的夜里，睡着和醒着似乎模糊了界线，睡得香，睡得踏实，有梦，但不累人。身处这样的小镇，时间悄然停顿，悬着的心，安然了。其实入住青年旅馆之前，我们住在市里一间条件不错的酒店。但从好的酒店换成青年旅馆，我们并没觉得有什么不对。我们甚至觉得住青年旅馆，更有味道，不是好与不好的概念，而是简单、随意。在青年旅馆住，能体会到朋友间的情谊，体会到自己喜欢的街巷气息，感受到漫游的乐趣以及遗世独立的味道。

人在旅途，能随遇而安，吃住安然，不容易，也多少会决定一个人喜不喜欢外出。想想，睡都睡不好，外出的意愿会降低吧。在旅途中，我一般能睡得踏实，所以乐意到外面走走，看看。外面的天地，外面的景色，辽阔，美好，每次都获得体验，受到触动。我相信，这是上天的恩赐。希望自己不辜负上天的厚爱。

| 创作评论 |

所谓慈航，即以舟航渡人，华坚的散文，援引佛教"慈航普度"一语，形容善心人士慈悲为怀，能普遍救助大众。"慈航普度"亦即通过用慈悲之心，去引导人们，使普罗大众都能渡过生死苦海，达到快乐的彼岸。从这个维度上考索，华坚的散文乃为人伦大道而明，或立心，或扬善，或播美，或求真，莫不通过文字使自己的那

一颗慈心善怀出场、在场、热场、圆场。可以说，是北海独特的风情物性，诸如南珠、榕树、文昌塔、北海老街、涠洲、地角，以及出尘而入世的人文精神，造就了庞华坚散文中的地域特色与真挚、深邃、纯净、静穆、慈爱、忧郁情感的丰富性与多元性。

  ——崔国发：《于苦津愿海中普度善心真魂——评庞华坚的散文集〈慈航〉》，《南方文坛》2017年第3期